中国水利报社
2021年
新闻作品集①

U0792197

2021 年

庆祝中国共产党百年华诞新闻作品集

中国水利报社 编

中国水利水电出版社
www.waterpub.com.cn
·北京·

图书在版编目（CIP）数据

中国水利报社2021年新闻作品集 : 全四册 / 中国水利报社编. -- 北京 : 中国水利水电出版社, 2022.2
ISBN 978-7-5226-0514-2

Ⅰ. ①中… Ⅱ. ①中… Ⅲ. ①新闻报道—作品集—中国—当代 Ⅳ. ①I253

中国版本图书馆CIP数据核字(2022)第034111号

书　名	**中国水利报社 2021 年新闻作品集① ——庆祝中国共产党百年华诞** ZHONGGUO SHUILI BAOSHE 2021 NIAN XINWEN ZUOPIN JI ① ——QINGZHU ZHONGGUO GONGCHANDANG BAINIAN HUADAN
作　者	中国水利报社　编
出版发行	中国水利水电出版社 （北京市海淀区玉渊潭南路 1 号 D 座　100038） 网址：www.waterpub.com.cn E-mail：sales@mwr.gov.cn 电话：(010) 68545888（营销中心）
经　售	北京科水图书销售有限公司 电话：(010) 68545874、63202643 全国各地新华书店和相关出版物销售网点
排　版	中国水利水电出版社微机排版中心
印　刷	天津嘉恒印务有限公司
规　格	184mm×260mm　16 开本　85.25 印张（总）　1719 千字（总）
版　次	2022 年 2 月第 1 版　2022 年 2 月第 1 次印刷
总 定 价	**498.00** 元（全四册）

前言

NEWS

2021年7月1日，中国共产党迎来百年华诞。百年征程波澜壮阔，百年初心历久弥坚。中国共产党带领中国人民攻坚克难、接续奋斗，开辟正确道路，创造伟大事业，取得辉煌成就。

百年奋斗路，中国共产党始终把水利工作摆在党和国家事业发展的突出位置，从水利是农业的命脉，到水利是国民经济和社会发展的重要基础设施，再到党的十九大报告中将水利摆在九大基础设施网络建设之首，水利地位逐步提升，作用日益凸显，举世瞩目的治水成就支撑了中华民族从站起来、富起来到强起来的历史性飞跃。

治水为民，初心永恒。水利部党组深入学习贯彻习近平总书记关于党的历史的重要论述精神，牢记习近平总书记"让人民生活幸福是'国之大者'"的重要要求，扎实开展"我为群众办实事"实践活动，聚焦人民群众急难愁盼的涉水问题，分四批推出42项办事事项，强调"确保把实事办好、好事办好"，以此照耀初心、坚定信念、鼓舞斗志、砥砺品格，推动新阶段水利高质量发展，为实现中华民族伟大复兴的中国梦作出水利贡献。

本书精选了一年来发表在《中国水利报》、《中国水利》杂志、中国水利网站及新媒体平台上的系列特稿、评论、专栏文章、有奖征文、楹联大赛获奖作品等部分内容，各个部分内部排列以见报时间为序。其中，"庆祝中国共产党百年华诞"系列特稿，回顾了在中国共产党领导下走过的水利发展历程，全面展示水利建设取得的辉煌成就；"奋斗百年路　启航新征程""深入学习贯彻习近平新时代中国特色社会主义思想""新思想引领新征程·红色足迹""学党史　悟思想　办实事　开新局""全面小康的水利保障""牢记初心使命　争取更大光荣""学好百年党史　汲取奋进力量""先锋党支部""我是建设者""百年奋斗路　启航新征程·工程巡礼"等各类栏目，刊发了《水利部党组认真传达学习贯彻习近平总书记在全国脱贫攻坚总结表彰大会上的重要讲话精神》《让绿水青山永远成为福建的骄傲》《冬奥之城的"清河卫士"》等上百篇稿件；《泽润中华　生生不息——庆祝中国共产党建党100周年》专辑，总结回顾百年光辉历程中我国水利面貌发生的翻天覆地变化，为党的百年华诞献上水利人的深情祝福……

百年华章，润泽中华，在新的赶考路上，水利人更加意气风发，阔步前行，继续书写着新时代的伟大篇章。

时间所限，本书辑录过程中难免错漏，敬请读者指正。

编者

2022 年 2 月

目录

NEWS

前言

《中国水利报》

致敬百年

砥砺奋进

《中国水利》杂志

中国水利网站及新媒体

“治水为民　百年伟业”征文比赛

治水为民　千秋伟业
——献礼中国共产党百年华诞全国楹联大赛获奖作品

《中国水利报》

致敬百年

党领导新中国水利事业的历史经验与启示

（2021 年 9 月 1 日）

中共水利部党组

中国共产党领导下的治水历史是中国共产党百年历史的重要组成部分。不论是革命、建设、改革时期，还是新时代，党领导下的水利事业始终坚持以人民为中心，始终以服务保障国民经济和社会发展为使命，适应我国国情水情特点，适应各个时期国家中心工作需要，不断优化调整治水方针思路和主要任务，革故鼎新、攻坚克难，以治水成效支撑了中华民族从站起来、富起来到强起来的历史性飞跃。

中国水利報

China Water Resources News

http://www.chinawater.com.cn

1 星期三 2021年9月

第4916期

党领导新中国水利事业的历史经验与启示

中共水利部党组

科学调度汉江水库群 减轻下游防洪压力

水利部党组推出党史学习教育第三批“我为群众办实事”项目

魏山忠调研水利预算执行工作

永定河全线通水跨流域多水源调度正式启动

密云水库蓄水突破历史最高水位

江苏省水利厅 加快推进水利重大项目建设

“晋”善“晋”美水为媒

一、党领导下水利事业的辉煌成就

党领导下的百年治水史大体上可以划分为四个历史时期：新民主主义革命时期、社会主义革命和建设时期、改革开放和社会主义现代化建设新时期、中国特色社会主义新时代。历经四个时期的不懈努力和艰苦奋斗，党领导下的水利事业发生了翻天覆地的变化，取得了历史性成就。

（一）新民主主义革命时期

这一时期，党领导我国的革命事业从“星星之火”发展成“燎原之势”，在江西瑞金、陕西延安，党领导建立了革命政权，开始有组织有计划地发展红色根据地的水利事业，极大地促进了农业生产连年丰收，有效解决了广大军民的粮食问题，为根据地建设、红色政权巩固和革命事业发展作出了巨大贡献。

在中央苏区，党和苏维埃政府就对水利工作非常重视。1931 年，中华苏维埃共和国临时中央政府成立，在中央土地人民委员部专门设立山林水利局，这是中国共产党领导建立的第一个负责水利建设事业的机构。从此，苏区的山林水利工作朝着有计划有规模的方向发展。临时中央政府先后颁布《中华苏维埃共和国土地法》《山林保护条例》《怎样分配水利》等法律和条例，合理分配山林水利资源，促进水利和农业的发展。《中华苏维埃共和国地方苏维埃组织法》规定从乡至省均设立水利机构，“管理陂圳、河堤、池塘的修筑与开发，水车的修理和添置，山林的种植、培育、保护与开垦等”。这一时期，毛泽东首次提出著名的“水利是农业的命脉”科学论断，亲自带领区乡政府干部，勘山察水寻找水源，修筑水陂水圳，开挖水井。苏区干部身体力行，带动广大军民开渠筑坝，打井抗旱，车水润田，解决了许多水利问题。

延安十三年，党领导下的水利事业迅猛发展。1937 年陕甘宁边区政府成立后，治水问题被提上议事日程，水利工作从一家一户的传统模式转变为政府有组织地推进水利工程建设。1939 年《陕甘宁边区抗战时期施政纲领》规定，“开垦荒地，兴修水利，改良耕种，增加农业生产，组织春耕秋收运动”。边区政府每年制定年度经济建设计划都强调，要“广泛发展水利”“多修水利”“把修水利作为重要工作之一”。特别是随着大生产运动进入高潮，水利工程规模从小微化向适应生产力发展要求的小中型方向转变，极大地促进了农业生产发展。各级党委政府在非常困难的情况下，拨出专款修建水利工程，大力倡办民间小型水利，建成延安裴庄渠（幸福渠）、子长渠、靖边杨桥畔渠、绥德绥惠渠等一批重点水利工程和数量众多的小型水利工程。南泥湾从荒无人烟的“烂泥湾”开发成陕北的“好江南”，水利建设发挥了关键作用。得益于兴修水利，边区水利灌溉的耕地面积、粮食产量迅速增加，水浇地从 1937 年 801 亩增加到 1943 年 41 109 亩，粮食产量由 100 万石左右增加到 200 万石以上，边区军民基本实现丰衣足食。1946 年—1949 年解放战争期间，山东解放区与冀鲁豫解放区的人民在党的正确领导下，克服困难，修复黄河堤防，组织防汛，开启了“人民治黄”新篇章。

（二）社会主义革命和建设时期

这一时期，面对严重的水旱灾害和日益增大的粮食生产压力，党领导全国人民开展了轰轰烈烈的“兴修水利大会战”，建成一大批防洪灌溉基础设施，有力支撑了国民经济的恢复和发展。

新中国成立之初，面对水利残缺不全、江河泛滥成灾的落后局面，治理水旱灾害，保障人民生命财产安全、恢复农业生产，成为摆在党和政府面前十分紧迫而艰巨的任务。1949 年 9 月，中国人民政治协商会议第一届全体会议把兴修水利、防洪抗旱、疏浚河流等写入《中国人民政治协商会议共同纲领》。1957 年党中央、国务院对水利建设提出“必须切实贯彻执行小型为主，中型为辅，必要和可能的条件下兴修大型工程”方针。这一时期，水利工作的重点是防洪排涝、整治河道、恢复灌区。1949 年和 1950 年，淮河接连发生流域性洪水，中央人民政府发布《关于治理淮河的决定》，明确“蓄泄兼筹”治淮方针，这是新中国成立后中央政府就大江大河治理作出的第一个决定。1951 年，毛泽东发出“一定要把淮河修好”的号召，把大规模治淮推向高潮。1950 年，我国在黄河下游实施大堤加培工程，每年投入劳力 20 万到 25 万人，宽河固堤，废除民埝，扩大河道排洪能力。1952 年，毛泽东视察黄河时指出“要把黄河的事情办好”，由此掀起大规模治理黄河的高潮。“万里长江，险在荆江。”1952 年中央人民政府作出《关于荆江分洪工程的决定》，开启了荆江治理的大幕，毛泽东指出，要“为广大人民的利益，争取荆江分洪工程的胜利”。1953 年，荆江分洪工程全面建成，并于 1954 年首次运用，为有效抵御长江出现的流域性特大洪水发挥了重要作用。为根治汉江下游洪水泛滥成灾的隐患，1956 年，我国建成杜家台分洪工程，大大提升了汉水下游的防洪能力。此外，各级政府积极引导开展中小型水利设施建设，依靠群众广泛兴修农田水利，全国灌溉面积发展到 4 亿亩。

“大跃进”和国民经济调整时期，是党对中国社会主义建设道路艰辛探索的十年，农田水利建设等开始布局。在党中央《1956 年到 1967 年全国农业发展纲要（修正草案）》的鼓舞下，农村率先大搞水利建设。1958 年《中共中央关于水利工作的指示》明确提出水利建设“以小型工程为主、以蓄水为主、以社队自办为主”的“三主”建设方针，成为“大跃进”时期水利建设的发展方略。1960 年，党和国家实行“调整、巩固、充实、提高”方针，水利工作提出了“发扬大寨精神，大搞小型，全面配套，狠抓管理，更好地为农业增产服务”的“大、小、全、管、好”工作方针。全国性规模空前的群众性水利建设运动取得很大成绩，新中国水利建设史上许多重大工程，如丹江口水利枢纽、青铜峡水利枢纽、刘家峡水利枢纽、北京密云水库等，都是在这一时期开工建设的。约上亿劳动力投身水利建设，共修建九百多座大中型水库，农田灌溉面积达 5 亿亩。

“文化大革命”期间，在党和人民的共同努力下，包括水利在内的各项工作在艰难中取得重要进展。在“农业学大寨”和“以粮为纲”精神带动下，水利建设继续贯彻“三主”建设方针和“大、小、全、管、好”工作方针，治水规模扩大、投入增加。水利建设在三线建设中成果显著，甘肃刘家峡水利枢纽、湖北丹江口水库建成投产，葛洲坝水电站开工建设。全国范围大规模的农田水利建设广泛开展，治水和改土相结合，山、水、田、林、路综合治理，旱涝保收、高产稳产农田建设取得很大成绩，农田灌溉面积增加到 6.7 亿亩。

（三）改革开放和社会主义现代化建设新时期

这一时期，我国经历了从计划经济向市场经济体制的伟大转型，水利战略地位不断强化，从支撑农业发展向支撑整个国民经济发展转变，可持续水利、民生水利得到重视和发展，水利事业取得长足进步。

改革开放初期，我国逐步明确了“加强经营管理，讲究经济效益”的水利工作方针，确立了“全面服务，转轨变型”的水利改革方向，提出以“两个支柱（调整水费和开展多种经营）、一把钥匙（实行不同形式的经济责任制）”作为加强水利管理、提高工程经济效益的中心环节，农村水利、水价、水库移民等领域探索出台改革措施。1985 年，国务院发布《水利工程水费核订、计收和管理办法》，标志着水利工程从无偿供水转变为有偿供水。1986 年，国务院办公厅转发水利电力部《关于抓紧处理水库移民问题的报告》，明确开发性移民的方向。1988 年《中华人民共和国水法》颁布实施，这是新中国成立以来第一部水的基本法，标志着我国水利事业开始走上法治轨道。

20 世纪 90 年代，随着我国向市场经济体制转型，水资源的经济资源属性日益凸显，水利对整个国民经济发展的支撑作用越来越明显。1991 年，国家“八五”计划提出，要把水利作为国民经济的基础产业，放在重要战略位置。1995 年，党的十四届五中全会强调，把水利摆在国民经济基础设施建设的首位。在建设市场经济大背景下，水利投资由国家投资、农民投劳的单一模式转变为中央、地方、集体、个人多元化共同投入，水利投入不足矛盾得到一定程度缓解。这一时期，大江大河治理明显加快，长江三峡、黄河小浪底、万家寨等重点工程相继开工建设，治淮、治太、洞庭湖治理工程等取得重大进展，农田水利建设蓬勃发展，新增灌溉面积 8 000 多万亩。依法治水加快推进，《中华人民共和国水土保持法》《淮河流域水污染防治暂行条例》相继颁布施行。

世纪之交，我国进入全面建设小康社会、加快推进社会主义现代化建设的关键时期，经济社会发生深刻变化，水利发展进入传统水利向现代水利加快转变的重要时期。1998 年，党的十五届三中全会提出，“水利建设要实行兴利除害结合，开源节流并重，防洪抗旱并举”的水利工作方针。2000 年，党的十五届五中全会把水资源同粮食、石油一起作为国家重要战略资源，提高到可持续发展的高度予以重视。2011 年，中央一号文件聚焦水利，中央水利工作会议召开，强调要走出一条中国特色水利现代化道路。这一时期，水利投入快速增长，水利基础设施建设大规模开展，南水北调东线、中线工程相继开工，新一轮治淮拉开帷幕，农村饮水安全保障工程全面推进。水利改革向纵深推进，水务一体化取得重要进展，东阳义乌水权协议开启我国水权交易的先河，农业水价综合改革试点实施。

（四）中国特色社会主义新时代

习近平总书记高度重视治水工作。党的十八大以来，习近平总书记专门就保障国家水安全发表重要讲话并提出“节水优先、空间均衡、系统治理、两手发力”的治水思路，为水利改革发展提供了根本遵循和行动指南。习近平总书记多次赴长江沿线考察，就推动长江经济带发展召开座谈会，推动沿江省市共抓大保护、不搞大开发。习近平总书记多次考察黄河，主持召开黄河流域生态保护和高质量发展座谈会，强调“让黄河成为造福人民的幸福河”。2021 年，习近平总书记在河南省南阳市主持召开推进南水北调后续工程高质量发展座谈会，为推进南水北调后续工程高质量发展指明了方向，提供了根本遵循。习近平总书记还亲自考察了安徽淮河治理、吉林查干湖南湖生态保护、昆明滇池保护治理和水质改善情况，以及三峡工程等“国之重器”发挥作用情况。

全新的治水思路引领水利改革发展步入快车道。在水利建设方面，三峡工程持续发挥巨大综合效益，南水北调东线、中线一期工程先后通水，淮河出山店、西江大藤峡、河湖水系连通、大型灌区续建配套、农村饮水安全保障工程等加快建设，进一步完善了江河流域防洪体系，优化了水资源配置格局，筑牢了国计民生根基。2014 年国务院确定 172 项节水供水重大水利工程建设，2020 年国务院部署推进 150 项重大水利工程建设，水利投资为经济高质量发展注入强劲动能，水利工程促就业稳增长保民生作用凸显。在水利改革方面，最严格水资源管理制度全面建立，从宏观到微观的水资源管控体系基本建成，水资源刚性约束作用明显增强；2014 年全国水权改革试点启动，2016 年国务院办公厅印发《关于推进农业水价综合改革的意见》，水权水价水市场改革深入推进；水利投融资机制改革取得积极进展，投融资规模创历史新高，结构更趋合理；《中华人民共和国长江保护法》颁布实施，开启了流域管理有法可依的崭新局面。

这一时期，党领导统筹推进水灾害防治、水资源节约、水生态保护修复、水环境治理，解决了许多长期想解决而没有解决的水问题。我国水旱灾害防御能力持续提升，有效应对 1998 年以来最严重汛情，科学抗御长江、淮河、太湖流域多次大洪水、特大洪水；农村贫困人口饮水安全问题全面解决，83％以上农村人口用上安全放心的自来水，农村为吃水发愁、缺水找水的历史宣告终结；华北地区地下水超采综合治理全面实施，“节”“控”“调”“管”多措并举，地下水水位下降趋势得到有效遏制；河长制湖长制全面建立，上百万名党政领导干部参加到江河治理中，河湖面貌焕然一新。

历经百年，党领导下的水利事业成就辉煌、举世瞩目。在防洪减灾方面，基本建成以堤防为基础、江河控制性工程为骨干、蓄滞洪区为主要手段、工程措施与非工程措施相结合的防洪减灾体系，洪涝和干旱灾害年均损失率分别降低到 0.28%、0.05%，水旱灾害防御能力明显增强。在水资源配置方面，以跨流域调水工程、区域水资源配置工程和重点水源工程为框架的“四横三纵、南北调配、东西互济”的水资源配置格局初步形成，全国水利工程供水能力超过 8 700 亿立方米，城乡供水保障能力显著提升，全国农村集中供水率达到 88%。在农田水利方面，全国农田有效灌溉面积增加到 10.3 亿亩，有力保障了国家粮食安全。在水生态保护方面，地下水超采综合治理、河湖生态补水、水土流失防治等水生态保护修复工程扎实推进，水生态环境面貌呈现持续向好态势。在水利管理方面，初步形成以水法为核心的水法规体系，基本形成统一管理与专业管理相结合、流域管理与行政区域管理相结合以及中央与地方分级管理的水利管理体制机制，依法治水、科学治水更加有力。在水利改革方面，水权水市场制度建设、水价改革、水利工程建设管理等领域的改革深入推进，成效显现。在水利科技方面，科技创新能力不断增强，科技进步贡献率达到 60%，在泥沙研究、坝工技术、水文监测预报预警、水资源配置等诸多领域处于国际领先水平。

二、党领导下治水的基本经验

中国共产党领导人民的治水经验弥足珍贵，对于推进新阶段水利高质量发展，开启全面建设社会主义现代化国家新征程具有重要意义。

（一）必须坚持党对水利工作的领导

水利是经济社会发展的基础性行业，是党和国家事业发展大局的重要组成部分。党中央历来高度重视水利工作，新中国成立后，党领导人民开展了气壮山河的水利建设，取得了巨大的治水兴水成就，一大批重大水利工程相继建成并发挥效益，为经济社会发展、人民安居乐业提供了重要保障。中国共产党领导是中国特色社会主义最本质的特征。只有在中国共产党领导和社会主义制度下，才能找到符合国情水情的治水兴水道路，确保水利工作始终沿着正确方向前进。

（二）必须坚持以人民为中心

为人民谋幸福、为民族谋复兴，是建党百年始终不渝的初心和使命，也是党领导下治水事业不变的追求。人民就是江山，共产党打江山、守江山，守的是人民的心，为的是让人民过上好日子。我们必须坚持以人民为中心的发展思想，牢记水利行业为人民造福的历史使命，自觉站在人民立场，尊重人民的首创精神，下大力气解决人民群众最关心最直接最现实的涉水问题，以实实在在治水成效造福于民。

（三）必须坚持服务国家经济社会发展大局

水是生存之本、文明之源，是经济社会发展的重要支撑和基础保障。不同历史时期，针对国家宏观需求和面临的水问题，党领导确定了不同的治水方略和重点，但其共同点都是为经济社会发展创造稳定的环境和条件，服务经济社会发展大局，保障国家重大战略实施。进入新发展阶段、贯彻新发展理念、构建新发展格局，形成全国统一大市场和畅通的国内大循环，促进南北方协调发展，需要水资源的有力支撑。我们必须完整、准确、全面贯彻新发展理念，推动新阶段水利高质量发展，以提升水安全保障能力为目标，大力提高水旱灾害防御能力、水资源集约安全利用能力、水资源优化配置能力、大江大河大湖生态保护治理能力，更好支撑经济高质量发展和国家重大战略实施。

（四）必须坚持保障国家安全

建设防洪减灾工程，最大程度减少人员伤亡和财产损失，事关人民生命财产安全；兴修农田水利基础设施，把 14 亿多中国人的饭碗牢牢端在自己手中，事关粮食安全；提高城乡供水能力和用水效率，推动经济绿色发展，事关经济安全；大力推进水土流失、水生态治理，提升生态系统质量和稳定性，事关生态安全。习近平总书记创新性提出总体国家安全观，强调“水安全是涉及国家长治久安的大事”。我们必须站在全局高度认识国家安全，完善流域防洪工程体系，优化水资源配置战略格局，大力推进农田水利建设，提升水资源涵养修复能力，打破水资源的瓶颈制约，守护好国家水安全。

（五）必须坚持遵循自然规律

从革命年代党领导群众在中央苏区开展大规模的植树运动以保护和利用有限的水利资源，到秉持可持续发展理念治理水污染、修复水生态，再到新时代实行山水林田湖草系统治理，认识自然规律、遵循自然规律是党领导下治水事业的鲜明底色。习近平总书记强调，“要做到人与自然和谐，天人合一，不要试图征服老天爷”。我们必须坚持“人与自然是生命共同体”的理念，准确把握治水的规律性，落实“十六字”治水思路，推动实现人水和谐共生。

（六）必须坚持问题导向

水资源时空分布极不均衡是我国的基本水情。针对不同历史时期面临的主要水问题，党领导下的治水方针和治水思路不断调整完善。习近平总书记反复强调，“要坚持问题导向，坚持底线思维，把问题作为研究制定政策的起点，把工作的着力点放在解决最突出的矛盾和问题上”。我们必须坚持问题导向，准确把握治水的阶段性特征，增强破解水利改革发展深层次矛盾和问题的能力和水平，统筹解决好新老“水问题”。

（七）必须坚持底线思维

自古以来，防汛抗旱减灾是治水的重大课题。建党百年以来，党领导下的治水事业始终秉持人民至上、生命至上的信念，始终将确保人民生命安全作为治水工作的底线。习近平总书记强调，要善于运用“底线思维”的方法，凡事从坏处准备，努力争取最好的结果，这样才能有备无患、遇事不慌，增强自信，牢牢把握主动权。我们必须坚持底线思维，增强忧患意识和风险意识，落实好“两个坚持、三个转变”防灾减灾救灾新理念，在工程建设和管理、水资源管理、水生态水环境治理中，对可能出现的极端情形进行科学分析研判，强化预报、预警、预演和预案措施，切实保障人民群众生命财产安全。

（八）必须坚持改革创新

纵观党领导下的治水史，以创新促改革、以改革促发展是永恒的主线。带有中国特色的河湖长制从地方探索实践到全面部署实施并发挥巨大作用，充分彰显出了制度创新的强大推动力。改革开放是决定当代中国命运的关键一招，改革开放只有进行时，没有完成时，创新是改革开放的生命。我们必须坚持把改革创新作为发展的根本动力，加强顶层设计，更加注重改革的系统性、整体性、协调性，打好改革“组合拳”，运用好政策创新“工具包”，通过改革创新推动新阶段水利高质量发展。

（九）必须坚持科技驱动

科技是发展的利器。从黄河4年3次断流到连续21年不断流，从研究黄河水沙关系到小浪底调水调沙取得成功，科技发挥了关键作用。“国之重器”三峡工程创造了一百多项世界之最，依托的是自强不息、科技创新。关键核心技术是要不来、买不来、讨不来的，只有把关键核心技术掌握在自己手中，才能从根本上保障国家经济安全、国防安全和其他安全。我们必须大力发展水利科技，坚定不移走自主创新之路，不断提升水利战略科技力量，加快破解涉水领域的关键问题和科技难题，构建智慧水利体系，为水利现代化建设提供科技支撑。

（十）必须坚持体制机制法治管理

建章立制，不仅是压实工作责任的重要做法，也是巩固工作成效的有力抓手。通过构建水法规制度和水资源管理、河湖管理、工程管理的体制机制，促进各方面制度更加成熟更加定型，才能实现水利精细化、规范化、法治化管理。依法治国是坚持和发展中国特色社会主义的本质要求和重要保障，推动水利高质量发展必须以健全的体制机制法治管理为保障，深入推进水利重点领域和关键环节改革，加快破解制约水利发展的体制机制障碍，进一步完善水法规体系，不断提升水利治理能力和水平，确保各项工作落地见效。

党在新中国成立后领导淮河治理的历史经验与启示

（2021 年 9 月 3 日）

中共水利部党组

淮河流域地处我国东中部腹地，是极具发展潜力的重要经济带，是和合南北的重要生态过渡带，在经济社会发展大局和生态安全全局中具有十分重要的地位。同时，淮河又是一条极为特殊和复杂的河流。特别是南北气候、高低纬度和陆地海洋三种过渡带重叠的地理气候条件，中游地势低平、尾闾不畅的蓄排水条件，导致淮河流域成为极易孕灾地区。据统计，黄河夺淮初期的 12 世纪、13 世纪，淮河平均每百年发生水灾 35 次，16 世纪至新中国成立初期的 450 年间，平均每百年发生水灾 94 次。新中国成立前，沿淮人民同水旱灾害斗争了近千年，但受社会制度和生产力水平的制约，流域灾害频发的局面始终没有根本改观。

新中国的成立开启了淮河治理、开发、保护的新纪元。政务院 1950 年 8 月召开第一次治淮会议，10 月 14 日颁布《关于治理淮河的决定》。11 月 6 日，直属于中央人民政府的治淮机构——治淮委员会在安徽蚌埠成立，翻开了淮河治理历史性的崭新一页。1951 年 5 月，毛泽东主席发出"一定要把淮河修好"的伟大号召。70 多年来，在党中央、国务院的坚强领导下，在"蓄泄兼筹"方针指引下，几代治淮工作者坚持不懈、开拓进取，进行了全面、系统、持续的保护治理工作，淮河流域基本建成了与全面建成小康社会相适应的水安全保障体系，为流域经济社会发展、人民幸福安康提供了强有力的水安全支撑与保障。

一是洪涝灾害防御能力显著增强，具备抗御新中国成立以来流域性最大洪水的能力。70 多年来，佛子岭水库、濛洼蓄洪区、临淮岗洪水控制工程、新沭河、新沂河、怀洪新河、淮河入海水道近期工程等一大批治淮工程的相继建成，使淮河流域基本形成以水库、河道堤防、行蓄洪区、分洪河道、控制性枢纽、防汛调度指挥系统等组成的防洪除涝减灾体系。淮河流域防洪除涝标准显著提高，淮河干流上游防洪标准超 10 年一遇；中游主要防洪保护区、重要城市和下游洪泽湖大堤防洪标准已达到 100 年一遇；重要支流及中小河流的防洪标准已基本提高到 10～20 年一遇以上；沂沭泗河中下游重要防洪保护区的总体防洪标准基本上达到 50 年一遇；在行蓄洪区充分运用的情况下，可防御新中国成立以来发生的流域性最大洪水。

二是水资源保障能力大幅提高，有效支撑了流域经济社会的可持续发展。历经70多年建设，淮河流域已经建成6300余座水库，约40万座塘坝，约8.2万处引提水工程，约6.5万座泵站，规模以上机电井约144万眼，水库、塘坝、水闸工程、泵站和机井星罗棋布。南水北调东、中线一期和引江济淮、苏北引江等工程的建设，与流域内河湖闸坝及淠史杭等大中型灌区一起，逐步形成了“四纵一横多点”的水资源开发利用和配置体系。淮河流域以不足全国3%的水资源总量，承载了全国大约13.6%的人口和11%的耕地，贡献了全国9%的GDP，生产了全国1/6的粮食，有效支撑了流域经济社会的可持续发展。同时，通过水资源配置还为长三角一体化高质量发展、京津冀一体化发展、大运河文化保护传承利用等重大国家战略提供了水资源保障。

三是水环境保障能力明显提高，流域性水污染恶化趋势得到有效遏制。坚持节水优先、保护优先，积极推进节水型社会建设，落实最严格的水资源管理制度，强化用水定额管理，淮河流域水资源保护和水污染防治工作取得显著进展。通过调整产业结构、加快污染源治理、实施污水集中处理、强化水功能区管理、限制污染物排放总量、开展水污染联防和水资源保护等一系列措施，流域入河排污量明显下降，河湖水质显著改善，淮河干流和南水北调东线一期输水干线水质常年维持在Ⅲ类。2005年至今，淮河未发生大面积突发性水污染事故，有效保障了沿淮城镇用水安全。

四是水生态保障能力持续提升，促进流域生态环境进入良性发展轨道。统筹山水林田湖草系统治理，聚焦管好“盛水的盆”和“盆里的水”，强化水域、岸线空间管控与保护，有效提升上游水源涵养和水土保持生态保育功能，积极开展重要河湖保护修复、地下水保护和河湖生态流量保障等工作，流域水生态文明建设取得显著成效。截至2019年年底，淮河流域累计治理山丘区水土流失面积5.4万平方公里，桐柏山区、大别山区、伏牛山区、沂蒙山区水土流失普遍呈现好转态势，水土流失面积减少六成以上。依托已初步形成的江河湖库水系连通体系多次成功实施生态调水，有效保障了南四湖等重要湖泊的生态安全。

新中国治淮70多年，基本理顺了紊乱的水系，改变了黄泛数百年来恶化的局面，实现了淮河洪水入江畅流、归海有道，初步建成了水清、河畅、岸绿、景美的新淮河。2020年，习近平总书记视察淮河时强调，淮河是新中国成立后第一条全面系统治理的大河。70多年来，淮河治理取得显著成效，防洪体系越来越完善，防汛抗洪、防灾减灾能力不断提高。要把治理淮河的经验总结好，认真谋划“十四五”时期淮河治理方案。这是对治淮工作的极大鼓舞、极大鞭策、极大激励。

治淮在创造彪炳史册的辉煌成就的同时，也积累了极其宝贵的经验。纵观70多年走过的道路，可以总结出以下几点基本经验和认识：

一是必须始终坚持党的领导。党中央历来高度重视治淮工作。毛泽东同志两个月内曾4次对淮河治理作出重要批示。党的几代最高领导人都曾亲临淮河视察，对淮河治理作出重要指示。2020年，习近平总书记先后视察淮河流域王家坝闸和江都水利枢纽工程，详细了解淮河治理历史、流域防汛抗洪和南水北调东线工程规划建设等情况，对治淮成就给予充分肯定，对行蓄洪区调整建设、现代化防洪救灾体系建设、确保南水北调东线工程成为"四个生命线"等作出重要指示，为我们进一步做好新时代淮河保护治理工作注入了强大动力，提供了根本遵循，在治淮史上具有重要的里程碑意义。国务院先后12次召开治淮工作会议，编制五轮流域综合规划，多次掀起大规模治淮高潮。中国特色社会主义制度的优越性、中国共产党无比坚强的领导力，在淮河治理中彰显得淋漓尽致。新中国成立伊始，在抗美援朝已经打响，国家百废待兴、经济极其困难的情况下，党中央毅然决定举全国之力治理淮河，仅治淮第一年就投入约等于10亿斤粮食的经费。几千名医务工作者、上万名专家技工、几百万名民工，响应毛主席"一定要把淮河修好"的伟大号召，从全国各地奔赴治淮前线，相继建成佛子岭、磨子潭等一大批治淮工程。70多年来，淮河治理的脚步一直没有停歇，始终在党的领导下奋力前行。在应对新中国成立以来历次洪水中，中国共产党以坚定果敢的勇气和坚韧不拔的决心，领导广大军民取得了一场又一场抗洪斗争的胜利，保护了人民生命财产安全。党的十八大以来，在"节水优先、空间均衡、系统治理、两手发力"治水思路指引下，编制了南水北调东线二期工程、大运河水系治理管护、重要河湖岸线保护和开发利用等规划，更加注重人水和谐、生态保护和流域高质量发展，治淮工作呈现出监管加强、投资加大、建设加快、改革加速的良好态势，水利发展的生机不断迸发、活力不断增强、质量不断提高。实践证明，中国共产党拥有无比坚强的领导力，中国特色社会主义制度具有集中力量办大事、办难事的优势。只有在中国共产党的正确领导下，充分发挥中国特色社会主义制度的优越性，才能找到符合国情水情河情的正确道路，才能彻底扭转淮河流域"大雨大灾，小雨小灾，无雨旱灾"的落后面貌，治淮才能不断创造新的历史辉煌。

二是必须始终坚持人民至上。千百年来，淮河问题始终没有从根本上得到解决，其症结还是出在治水"为了谁""依靠谁"这个出发点上。明清时期，治淮无视广大人民群众的切身利益，为完成"蓄清、刷黄、济运"的使命，淮河下游水系遭到人为破坏，区域生态持续恶化，黄河夺淮带来的灾难不断加重，淮河流域经济社会加速衰落，给国家和百姓造成了不可估量的损失。党领导的新中国治淮，出发点在历次规划中都开宗明义、一目了然：蓄水、排涝、泄洪、灌溉、通航、发电，无不都是为了人民。因为为了人民，所以才能蓄、泄由理而不由权；因为为了人民，所以才没有特权阶级可以干扰整体布局，才能实施周恩来同志定下的"河南上游，以蓄为主；安徽中游，泄蓄兼施；江苏下游，以泄为主、蓄为辅"的中国水利大局；因为为了人民，淮河流域的千万百姓才能积极响应“一定要把淮河修好”的伟大号召，纷纷投入水利建设，才有了令世界震撼的奇迹。70 多年来，治淮始终坚持全心全意为人民服务这一根本宗旨，始终坚持一切为了人民、一切依靠人民，始终着眼于把解决好涉及人民群众切身利益的水忧、水患、水难、水盼问题作为工作的出发点和落脚点，保证了治淮工作始终不偏航、不离航。党的十八大以来，紧紧围绕全面建成小康社会，完善流域防洪工程体系，优化水资源配置，安排 50 余万行蓄洪区及滩区居民逐步迁移至安全区，建成 1.9 万余处农村供水工程，形成了保障民生、服务民生、改善民生、惠及民生的水利发展格局。

三是必须始终尊重人民的首创精神。人民是历史的创造者，人民是真正的英雄。70 多年治淮，涌现出了大批技术精湛、作风过硬的工程技术人员和劳动模范，培养了一批能打硬仗的水利建设队伍，在治淮实践中诞生的“佛子岭大学”，成为新中国第一批现代坝工英才成长的摇篮；在历次治淮高潮中走出了一大批院士、专家和行业领军人物，他们不仅在治淮战线上建功立业、为淮河持续的开发保护治理提供重要支撑，而且把当年治淮工作中的团结奋斗、吃苦耐劳、关心国家胜于关心自己的主人翁精神带到全国各地水利建设战线上，为全国的水利建设奉献智慧和力量。70 多年治淮，创造了一项又一项享誉海内外的治水奇迹：建成了气势恢宏的大别山水库群，创造了中国第一座连拱坝、第一座大头坝、第一座自行设计的重力拱坝等一系列首创性成果，兴建了新中国成立后全国最大灌区——淠史杭灌区，建成了亚洲最大的泵站枢纽——江都水利枢纽，建成了亚洲最大的水上立交工程——入海水道淮安枢纽工程。临淮岗洪水控制工程、入海水道近期工程、燕山水库工程等荣获中国建筑工程鲁班奖、中国土木工程詹天佑奖、百年百项杰出土木工程、全国优秀工程设计金奖等奖项。党的十八大以来，淮河流域在全国重要江河湖泊水功能区全覆盖监测、生态流量调度、水生态文明城市建设、推行河湖长制等多个方面走在全国前列，发挥了巨大的示范引领作用。70 多年治淮，继承了革命年代诞生的大别山精神、沂蒙精神，发扬了治淮实践中产生的淠史杭精神、焦裕禄精神、王家坝精神、新汴河精神。淮河保护治理始终尊重人民主体地位，发挥群众首创精神，紧紧依靠人民推动改革发展，凝聚起了行稳致远的强大正能量。

四是必须始终坚持与时俱进。在中国共产党领导下，淮河治理始终与时代同步伐，与改革同频率，与实践同发展。新中国成立初期，治淮的重点在于加快扭转淮河流域“大雨大灾，小雨小灾，无雨旱灾”的落后面貌。70 多年来，在防洪工程体系建设方面，建成各类水库 6300 余座，兴建加固各类堤防 6.3 万公里，修建行蓄洪区 27 处，建设各类水闸 2.2 万座，建成了江都水利枢纽、三河闸、临淮岗、刘家道口等一大批控制性枢纽工程，完成了入海水道近期工程，基本建成了防洪减灾、水资源配置与保护的水安全保障工程体系，为流域水旱灾害防御、水资源开发利用和保护奠定了坚实基础；在防洪理念方面，不断深化尊重自然规律、主动给洪水以出路的科学防洪理念，实现了从被动抢防到控制洪水、再到洪水管理的转变，最大程度发挥防洪工程整体效益。20世纪80年代，由于过度开发，淮河流域河湖萎缩持续加剧、河流自净能力降低、生态系统严重失衡，多次发生严重的水污染事件，绿色发展从选择题变为必答题。淮河保护与治理坚持以保障水安全为重心，合理开发利用水资源，加强河湖管控、水生态保护与修复，走出了一条人水和谐之路，书写了生态文明建设新篇章。1995年，国务院颁布了我国第一部流域性水污染防治法规——《淮河流域水污染防治暂行条例》，此后陆续开展了“零点行动”、淮河水体变清等重大防污治污行动，持续开展水污染联防工作，成功处置多起跨省河流水污染事件。自2005年以来，淮河干流已连续16年未发生大范围突发性水污染事故。目前，淮河水质明显好转，干流水质基本保持在Ⅲ类，水环境污染和水生态损害趋势初步得到遏制。从人定胜天到人水共生，人与自然和谐相处的科学理念不断深化，“水清、河畅、岸绿、景美、人和”的目标正从美好的愿景一步步走向现实。

五是必须始终坚持团结治水。淮河流域跨省河道多，水事矛盾复杂。淮河治理是一个有机整体，上下游互为一体，左右岸唇齿相依。1950年8月，毛泽东同志作出关于淮河救灾工作的第三次批示，“导淮必苏皖豫三省同时动手，三省党委的工作计划，均须以此为中心”，开启了团结治水的新局面。70多年来，治淮始终坚持兴利与除害相统筹，推动上下游、左右岸、干支流协调发展，形成了团结治河、合力兴水的生动局面。水利部淮河水利委员会从流域全局出发加强顶层设计和统筹协调，妥善处理好全局与局部、近期与长远的关系，努力实现全流域综合效益的最大化；流域各省充分发扬团结治水的优良传统，顾全大局、精诚合作，各有关部门和衷共济、互谅互让，协同推进治淮工程建设、水资源配置及开发利用、水污染联合防控和水旱灾害防御等工作，凝聚了淮河保护治理的强大合力，铸就了淮河治理的巍巍丰碑。

“十四五”时期，我们将持续深入学习贯彻习近平总书记视察淮河以及在推进南水北调后续工程高质量发展座谈会上的重要指示精神，围绕推动新阶段淮河保护治理高质量发展的主题，完善流域防洪工程体系，实施国家水网重大工程，复苏河湖生态环境，推进数字淮河和智慧流域建设，建立健全节水制度政策，强化体制机制法治管理，全面提升水旱灾害防御能力、水资源集约节约利用能力、水资源优化配置能力、大江大河大湖生态保护治理能力，为流域全面建设社会主义现代化提供有力的水安全保障。

党在新中国成立后领导长江治理的历史经验与启示

（2021 年 9 月 3 日）

中共水利部党组

长江是中华民族的母亲河，也是中华民族发展的重要支撑。长江流域水资源丰沛，“优”于水的同时也“忧”于水。自古以来，长江水患就是中华民族的心腹之患，长江两岸人民与洪水的斗争持续了数千年。新中国成立后，党中央把除害兴利、治水安邦放在十分重要的地位，领导人民治江事业取得了举世瞩目的辉煌成就。

一、新中国长江治理的发展历程

党在新中国领导长江治理的发展史，是一部带领中华儿女除水患、兴水利、促发展、惠民生的奋斗史，大致分为三个阶段：

（一）起步与发展阶段

1949 年，新中国成立在即，长江发生严重的洪水灾害。党中央、国务院密切关注影响国计民生的长江防洪问题，1950 年 2 月组建长江水利委员会（以下简称“长江委”），负责长江的治理开发保护工作。面对严峻的防洪形势，长江委 1951—1953 年研究提出了《关于治理长江计划基本方案的报告》，制定了治江三阶段计划，即第一阶段以培修加固堤防为主，适当扩大长江中下游安全泄量；第二阶段堤防结合运用蓄洪垦殖区，蓄纳超过河道安全泄量的超额洪水；第三阶段兴建山谷水库拦洪，达到降低长江水位为安全水位的目的。1954 年全流域性特大洪水过后，党中央、国务院部署长江流域规划工作；1958 年 3 月，周恩来总理在中央政治局成都会议上作了关于三峡水利枢纽和长江流域规划的报告；按照中央政治局批准的《中共中央关于三峡水利枢纽和长江流域规划的意见》，长江委编制完成 1959 年版《长江流域综合利用规划要点报告》，确定以长江中下游防洪为首要任务，提出以三峡水利枢纽工程为主体的五大开发计划，合理安排了江河治理和水资源综合利用、水土资源保持内容，注意协调了干支流和其他方面的关系，指导了一个时期长江水利建设，构想三峡工程、南水北调等远景规划，谋划长江治理宏伟蓝图。在 1972 年和 1980 年水电部主持召开的两次长江中下游防洪座谈会上，进一步明确了“蓄泄兼筹，以泄为主”的防洪治理方针和部署。其间，还开展了长江中游平原区防洪排涝方案研究，长江中下游防洪、河道整治等专项规划，为长江水利建设的发展做了大量基础准备。

新中国成立初期主要开展了长江堤防堵口复堤、荆江分洪工程等蓄洪垦殖工程建设，成功战胜1954年全流域性大洪水，开展大规模干支流堤防修复。在“大跃进”和“农业学大寨”期间，兴起了水利建设高潮，开工兴建了大量灌溉、供水为主的水库和灌区配套工程；建成了丹江口水利枢纽、鸭河口、白莲河、柘溪、漳河、陆水等一批大型水利水电工程，实施了下荆江裁弯工程。

1976年1月，国务院环境保护领导小组和水利电力部联合批复成立长江流域水资源保护局，自此长江流域水资源保护工作全面启动。

（二）改革与提升阶段

改革开放以后，经济社会得到长足发展，长江治理开发和水资源综合利用也进入了快速发展的新阶段。规划体系不断完善，1990年9月《长江流域综合利用规划简要报告（一九九〇年修订）》获国务院批准，开展了长江流域防洪规划、长江流域水资源综合规划、长江流域水资源保护规划、长江中下游干流河道治理规划、长江流域水土保持规划、南水北调规划等大量专业规划和专项规划。

1980年长江中下游防洪座谈会后，加强了荆江大堤、南线大堤、武汉市堤、无为大堤、黄广大堤、同马大堤，及洞庭湖、鄱阳湖重点堤垸等重要堤防建设，建成了五强溪、隔河岩、凤滩、乌江渡等水利水电工程，开展了长江中下游干流河道治理，成功抗御1998年长江流域特大洪水。1998年大洪水后，遵照党中央、国务院“封山植树、退耕还林；平垸行洪、退田还湖；以工代赈、移民建镇；加固干堤、疏浚河湖”的战略部署，完成了长江中下游干流堤防及汉江遥堤、赣抚大堤的全线达标建设，开展了长江中下游干流河道整治、城陵矶附近分洪100亿立方米蓄滞洪区、洞庭湖和鄱阳湖治理、重要支流堤防、平垸行洪退田还湖等建设，并实施了病险水库除险加固、中小河流治理、山洪灾害防治等，防洪能力显著提高。

1994年长江防洪的关键工程——三峡工程开工建设，2008年进入试验性蓄水期，具备按正常蓄水位175米运用条件，极大地改善了长江中下游防洪形势，同时发挥了发电、航运、供水等综合效益。2002年南水北调工程开工建设，2013年东线一期工程通水，2014年中线一期工程通水。一批关乎民生、对经济社会发展有重大影响的骨干工程加快建设，葛洲坝、二滩、瀑布沟、紫坪铺、构皮滩、水布垭、江垭、皂市等水利枢纽建成投产，开展了长江中下游航道建设和长江口深水航道治理。

同时，针对流域经济快速发展和人口不断增加产生的水污染、生态退化、水土流失等突出问题，我国的生态环境保护力度逐步加大，实施了三峡库区及其上游水污染防治规划、长江中下游水污染防治规划、天然林资源保护、长江防护林体系建设和退耕还林还草、退田还湖还湿、水土流失连片重点治理等措施，初步建立了基于水功能区管理的水资源保护和水污染防治体系，建立了长江上游珍稀特有鱼类、东洞庭湖、鄱阳湖、崇明东滩等多个国家级自然保护区。

（三）高质量发展与保护阶段

党的十八大以来，习近平总书记提出了“节水优先、空间均衡、系统治理、两手发力”治水思路，作出了推进长江经济带发展的战略部署，强调长江共抓大保护、不搞大开发；生态优先、绿色发展。

《长江流域综合规划（2012—2030 年）》获国务院批复，《长江经济带发展水利专项规划》《长江经济带沿江取水口排污口及应急水源布局规划》《长江经济带生态环境保护规划》《长江岸线保护和开发利用总体规划》等规划先后出台，开展了重要支流（湖泊）综合规划。

溪洛渡、向家坝、锦屏一级、亭子口等骨干水利水电工程投入运行，组织开展了长江中下游干流河道治理、洞庭湖鄱阳湖综合治理、蓄滞洪区建设，以及中小河流治理、山洪灾害防治、重点易涝区治理、小型病险水库加固等防洪薄弱环节建设，加快防汛抗旱指挥系统建设，完善水文监测站网体系。

引汉济渭、滇中引水、引江济淮、鄂北水资源配置及四川李家岩、贵州夹岩等一大批节水供水重大水利工程开工建设，加强了西南五省骨干水源工程建设，开展了大中型灌区续建配套与节水改造；完成了长江口深水航道治理三期工程，12.5 米深水航道上延至南京。

水资源与水生态保护不断加强，开展了取水口排污口专项核查、最小下泄流量监管、丹江口水库水流产权确权试点工作；全面建立河湖长制，开展了河湖“清四乱”、长江干流岸线利用项目清理整顿、非法采砂专项整治等系列专项行动；在继续实施三峡库区、丹江口水库等重点区域水污染防治规划和天然林保护、长防林建设、水土流失重点治理等基础上，加强了主要城镇集中供水水源地的保护与建设、重要城市入河排污口优化布局与整治，强化了自然保护区等环境敏感区的建设与管理，实施了禁渔制度、过鱼设施建设、鱼类增殖放流等措施，开展了河湖健康评估试点、重要河湖生态水量调查评估、重要水源地安全保障达标评估、长江流域水生态及重点水域富营养化状况调查与评价、三峡水库生态调度试验、丹江口库区水土流失与面源污染生态阻控示范等。控制性水利水电工程综合调度及相关研究不断加强，长江上中游水库群联合调度已增至 107 座水库。

二、新中国长江治理的主要成就

70 多年来，在党中央、国务院领导下，长江水患频仍的局面得到改观，流域防洪抗旱减灾、水资源综合利用、水资源与水环境保护、水生态保护与水土保持以及流域综合管理等方面取得显著成效，为流域经济社会发展和人民生活幸福安康提供了有力的水利支撑与保障。

一是防洪减灾体系基本建立。长江上游初步形成了由干支流水库、河道整治、堤防护岸等组成的防洪工程体系。长江中下游基本形成了以堤防为基础，三峡水库为骨干，其他干支流水库、蓄滞洪区、河道整治工程、平垸行洪、退田还湖等相配合的防洪工程体系。建成了三峡水库、丹江口水库等一大批流域控制性水利工程，长江流域建成的各类水利工程数量，远超此前的总和。干支流已建成水库5.2万座，总库容约4140亿立方米，其中，大型水库300余座，总防洪库容约800亿立方米，堤防总长约6.4万公里。长江流域气象水文站网已基本控制流域降雨水情变化，流域水文气象自动测报系统、预报调度系统为防洪减灾提供了良好的技术支撑。与新中国成立时相比，长江流域年均受灾面积和受灾人口分别减少72%、33%。

二是水资源综合利用体系初步形成。基本形成以大中型骨干水库、引水、提水、调水工程为主体的水资源配置体系，供水安全保障程度全面提高。2020年，全流域供用水量约1950亿立方米，流域水电装机容量约23.7万兆瓦。南水北调中线东线一期工程建成并向北方供水，南水北调中线一期工程目前已累计供水近400亿立方米，京津豫冀4省市7500多万人喝上长江水。长江航运快速发展，航运条件得到显著改善，截至2020年，长江水系内河航道通航里程约9.65万公里，长江干线货物运输量达30.6亿吨。

三是水资源与水生态环境保护体系逐步构建。初步建立了以水功能区管理为基础的水资源保护管理体系，基本建成了流域水环境监测网络，加强了水污染综合治理。2020年干支流水质符合或优于Ⅲ类水河长占98.1%，水质总体上保持良好状态。水生态环境治理修复工作成效初显，连续11年开展三峡水库生态调度试验，2021年第二次试验期间宜都江段产卵量超过70亿粒，创历史新高。2013年流域水土流失面积实现了由增到减的历史性转变，30多年来，长江流域水土流失面积减少了28.5万平方公里，较20世纪80年代中期遥感调查流域水土流失面积下降了45.82%。

四是流域综合管理体系不断加强。流域法治建设不断推进，《中华人民共和国长江保护法》全面实施，流域管理与区域管理相结合的水资源管理体制逐步完善，水资源统一管理和调度水平不断提升，2021年纳入联合调度的水工程数量增至107座，其中控制性水库47座。以长江委"水利一张图"为有力支撑的信息化建设不断推进。水利规划体系不断完善，水行政审批制度改革不断深入，水行政执法监督逐步强化，涉水事务管理能力明显加强。

三、新中国长江治理的经验启示

没有中国共产党的坚强领导，没有中国特色社会主义制度集中力量办大事的优越性，就没有我国经济社会发展、国家治理能力和治理体系的不断完善，就没有今天举世瞩目的辉煌成就。三峡工程、南水北调工程等"国之重器"只有在社会主义新中国才能建设、才能建成、才能建好。

（一）党在新中国领导长江治理，彰显着中国共产党人的初心和使命

"水兴则邦兴，水安则民安。"治理好、保护好长江，不仅是长江流域4亿多人民的福祉所系，也关系到全国经济社会可持续发展大局。

早在 1934 年，毛泽东同志就作出了“水利是农业的命脉”这一著名论断，宣示了中国共产党力图通过加强水利建设来造福百姓的坚定信心。

新中国成立后，1949 年和 1954 年的长江特大洪水给长江中下游地区人民生命财产和国家建设造成重大损失。党和国家领导人把大江大河的治理纳入重要议事日程，毛泽东、周恩来等中央领导多次对长江治理作出重要批示指示，还实地考察长江水情，亲自决策和部署长江流域规划编制及丹江口、陆水、葛洲坝等重点水利工程建设，指导和参与有关三峡工程的规划、设计与论证。1953—1958 年，毛泽东 6 次询问时任长江委主任的林一山三峡工程、南水北调等长江治理与水利建设问题，勾绘出“截断巫山云雨，高峡出平湖”“南方水多，北方水少，如有可能，借点水来也是可以的”伟大构想。为实现这一构想，在党中央、国务院的领导下，长江委从 20 世纪 50 年代就开始了前期勘探、设计和试验工作。

改革开放后，邓小平同志视察三峡库区和葛洲坝工程，1982 年，他对是否兴建三峡工程果断表态：“看准了就下决心，不要动摇！”1989 年，江泽民同志担任总书记不久，就到长江考察，在详细听取各方面的汇报后，将兴建三峡工程这一关乎国家经济建设大局的工作，提上了议事日程。三峡工程兴建后，胡锦涛同志到三峡考察。

党的十八大以来，习近平总书记多次亲临长江考察调研，主持召开座谈会并发表重要讲话，为推动长江经济带发展把脉、开方，赋予了长江经济带五“新”三“主”的战略使命。

党的几代领导人对长江治理的高度重视和关怀，充分体现了中国共产党的为民情怀，始终把人民群众的生命财产安全放在第一位。

（二）党在新中国领导长江治理，折射出中国特色社会主义制度的强大优势

长江治理众多成就中，三峡工程是一个杰出代表。1918 年，孙中山先生首次提出建设长江三峡工程的宏伟设想。中华人民共和国成立后，三峡工程作为党和国家的重大议事日程被重新提出。改革开放后，三峡工程进入实质性筹备和重新研究论证阶段。1992 年 4 月 3 日，第七届全国人民代表大会第五次会议关于兴建长江三峡工程的决议进行了表决，赞成票占全部票数的 67.1%，超过半数，在人民大会堂庄严通过。这是新中国成立以来由国家最高权力机关集体表决通过兴建的唯一工程。社会主义市场经济体制的建立，为三峡工程提供了高效率、高质量建设的沃土。1994 年 12 月，国务院决定正式开工建设三峡工程，并动员全国对口支援三峡工程库区移民。1997 年 11 月，三峡工程实现大江截流。2003 年 6 月，三峡工程正式开始蓄水发电。2020 年 11 月 1 日，三峡工程完成了整体竣工验收。

三峡工程是我国社会主义制度能够集中力量办大事优越性的典范。三峡工程的

成功建成和运行，使几代中国人开发和利用三峡资源的梦想变为现实，成为改革开放以来我国发展的重要标志。

（三）党在新中国领导长江治理，体现了中国人民富于智慧和创造性

大江大河的治理开发是复杂的系统工程，为实施治标最终达到治本的目标，首先要作好流域规划。几十年的实践证明，没有一个好的规划，没有随着情况的变化及时修订的规划，就不可能把长江治理好。1951—1953年，在总结治江经验和近代各种治江主张的基础上，根据长江的实际和特点，长江委先后提出和完善了“以防洪为主”的治江三阶段计划。1959年，编制完成《长江流域综合利用规划要点报告》，明确提出了以三峡水利枢纽工程为主体的五大开发计划，全面绘制了长江水利水电建设事业的宏伟蓝图，指导了30年的长江治理与开发。20世纪50年代至80年代，长江委主持规划设计汉江丹江口、陆水等一批水利工程项目的同时，对三峡工程开展了大量的研究工作，于1959年提出了《三峡工程初步设计要点报告》。

三峡工程建设面临一系列前所未有的世界级难题，必须依靠中国自己的力量自主创新、攻坚克难。作为三峡工程的设计总成单位，长江委为实现“高峡出平湖”这个中华民族的百年梦想，数不清的论证，无数次的试验，仅一张枢纽布置图就设计、修改了40年……据不完全统计，自1993年开工以来，三峡工程获得了20多项国家科技奖励，200多项省部级科技奖励和700余项专利，制定了100多项工程质量和技术方面标准。这些科技创新成果有力地促进了我国重大水利水电工程建设、机电设备制造安装、生态环境保护和信息技术应用等领域的科学发展和技术进步，让筑造“大国重器”的核心技术掌握在我们自己手中。

四、赓续伟业，再创辉煌

立足新发展阶段，贯彻新发展理念，构建新发展格局，推动长江治理高质量发展，必须贯彻落实习近平总书记关于长江经济带和南水北调后续工程高质量发展的重要讲话精神，积极推进建设安澜长江、坚持节水调水两手硬、统筹推进系统治理、持续推进水生态环境修复保护、弘扬长江水文化等工作。

一是要建设安澜长江。习近平总书记一直关心长江水灾害防治。2018年4月，习近平总书记乘船考察长江时指出，水患仍是我们面对的最严重的自然灾害之一。要认真研究在实现“两个一百年”奋斗目标的进程中，防灾减灾的短板是什么，要拿出战略举措。2020年11月14日，习近平总书记在南京召开的全面推动长江经济带发展座谈会上指出，要健全长江水灾害监测预警、灾害防治、应急救援体系，推进河道综合治理和堤岸加固，建设安澜长江。这就要求我们谋划好安澜长江顶层设计，加强防洪薄弱环节建设，不断完善防洪工程和非工程措施体系，提升防洪治理能力。

二是要坚持调水节水两手硬。习近平总书记指出，“北缺南丰”是我国水资源分布的显著特点。党和国家实施南水北调工程建设，就是要对水资源进行科学调剂，

促进南北方均衡发展、可持续发展。要把实施南水北调工程同北方地区节约用水统筹起来，坚持调水、节水两手都要硬，一方面要提高向北调水能力，另一方面北方地区要从实际出发，坚持以水定城、以水定业，节约用水，不能随意扩大用水量。这就要求我们将节水作为水资源配置工程、水源工程等水利基础设施建设的先手棋，做到先节水后调水、先节水后用水，在强化节水的前提下，不断优化水资源配置格局，提升水资源配置能力，强化水资源刚性约束，严格实行水资源消耗总量和强度双控，加强节水定额管理，加快实现流域水资源节约高效利用。

三是要统筹推进系统治理。习近平总书记强调，要从生态系统整体性和流域系统性出发，追根溯源、系统治疗，防止头痛医头、脚痛医脚。他强调，要把修复长江生态环境摆在压倒性位置，构建综合治理新体系，统筹考虑水环境、水生态、水资源、水安全、水文化和岸线等多方面的有机联系，推进长江上中下游、江河湖库、左右岸、干支流协同治理，改善长江生态环境和水域生态功能，提升生态系统质量和稳定性。近年来，随着一系列专项整治行动开展，流域内乱挖、乱排、乱堆、乱占等生态环境突出问题得到有效遏制，流域生态环境修复全面转向了标本兼治，更加注重治本的新阶段。这就要求我们坚持流域视角，统筹水灾害、水资源、水环境、水生态“四水共治”，推进水域和岸线“水岸共治”。

四是要持续推进生态修复保护。习近平总书记强调，要严守生态红线，持续开展生态修复和环境污染治理工程，保持长江生态原真性和完整性。这对长江水生态环境保护和修复工作提出了新的更高的要求，要实现保持水生态系统原真性和完整性，这就要求我们全面排查摸清水生态环境本底情况，提出有针对性的水生生物生境保护修复、水生生物物种和多样性保护对策，强化水生态空间管控，按照生命共同体理念，强化山水林田湖草系统治理。

五是要弘扬长江水文化。习近平总书记指出，长江造就了从巴山蜀水到江南水乡的千年文脉，是中华民族的代表性符号和中华文明的标志性象征，是涵养社会主义核心价值观的重要源泉。要把长江文化保护好、传承好、弘扬好，延续历史文脉，坚定文化自信。长江水文化是长江文化的重要组成部分，古代都江堰带来的人水和谐之美，“98抗洪”凝聚的伟大抗洪精神等都是流域人民在推进水治理，战胜水患中留下的宝贵的文化遗产和精神财富。我们要普查流域水文化遗迹，摸清家底，做好顶层设计，挖掘精神内涵，不断弘扬长江水文化。

中国共产党领导人民治理黄河的经验与启示

（2021 年 9 月 4 日）

中共水利部党组

九曲黄河，奔腾万里，贯穿古今，滋养生灵万物，是中华民族的母亲之河。同时，黄河也曾是一条以善淤善决善徙、洪水灾害频发闻名于世的忧患之河。中华民族在发端发展过程中，既深得黄河哺育泽润之利，又饱受黄河洪水泛滥之苦。历代劳动人民与治河先贤为治理黄河水旱灾害进行了艰苦的实践探索，但由于黄河复杂难治且受生产力水平与社会制度制约，或因河政松懈废弛，或因治理措施顾此失彼，黄河为患的局面始终没有根本改观。

1946 年，中国共产党领导的人民治黄事业在炮火硝烟中起步，开启了黄河治理的新纪元。70 多年来，特别是中华人民共和国成立后，在党的高度重视和坚强领导下，沿黄军民团结一心、艰苦奋斗，创造了前无古人的光辉业绩，古老黄河发生沧桑巨变，从“中华之忧患”变为一条利民之河、安澜之河，成为中国粮仓丰廪的重要保障、国家能源安全的重要支撑、流域生态环境改善的重要依托，为世界大河保护与治理树立了典范。

人民治黄是中国共产党百年奋斗史中的光辉篇章，是党领导人民重整河山、改天换地的历史缩影，是“中国共产党为什么能、马克思主义为什么行、中国特色社会主义为什么好”的生动诠释与例证。

从 70 多年波澜壮阔的人民治黄实践中，我们得到的最根本、最关键的一条经验就是：必须始终坚持中国共产党的领导，必须紧紧依靠社会主义制度。

一是只有在中国共产党领导和社会主义制度下，才能彻底改写黄河频繁决口改道的历史，实现岁岁安澜。据史料统计，从公元前 602 年至 1938 年的 2 540 年间，黄河下游决口 1 590 余次，改道 26 次。据记载，1840 年至 1938 年的 99 年间，有 66 年发生洪水灾害，每次洪水都导致大堤决口。封建社会战争和军阀混战时期，更是人为导致黄河决口 12 次。每次决口，水沙俱下、洪水肆虐、生灵涂炭、河渠淤塞、良田沙化，生态长期难以恢复。

人民治黄以来，党中央高度重视黄河水患治理。1952 年毛泽东主席第一次出京视察就来到黄河，发出“要把黄河的事情办好”的伟大号召。邓小平、江泽民、胡锦涛等党和国家领导人都曾亲临黄河视察，对黄河治理开发作出重要指示。党的十八大以来，习近平总书记多次考察黄河。2019 年 9 月，习近平总书记主持召开座谈会，从中华民族伟大复兴千秋大计的高度，擘画黄河流域生态保护和高质量发展重大国家战略，发出“让黄河成为造福人民的幸福河”的伟大号召。

70 多年来，在党的坚强领导下，依靠社会主义制度的优越性，黄河防汛组织动员能力提高到前所未有的程度，形成了强大的军民联防合力。国家投入大量人力物力，全力改变防洪工程羸弱、隐患众多的局面，先后四次加高培厚堤防，持续开展河道整治，进行河口治理。加固堤防 1 300 多千米，新建、改建、加固险工、控导 500 多处，修建坝垛 14 000 多道；建成了三门峡、小浪底、沁河河口村、伊河陆浑、洛河故县等干支流水库，开辟了北金堤、东平湖等分滞洪区，形成了“上拦下排、两岸分滞”的防洪工程体系。通过水库联合调度，可将黄河下游千年一遇洪水洪峰流量削减至 22 600 立方米每秒，下游凌汛威胁基本解除。自 2002 年以来连年开展调水调沙，遏制了下游主河槽淤积抬高的步伐。新中国成立初期，流域各类水文站点仅有 200 余处。目前已建成雨量、水位、流量、水质等水文站点 6 000 多处，形成了布局合理、功能完善的监测站网；开展了“三条黄河”（原型黄河、数字黄河、模型黄河）建设，为黄河治理和防汛决策现代化提供了坚实支撑。

历史的对比最有说服力。1958 年黄河下游发生 22 300 立方米每秒的有水文实测资料以来最大洪水，周恩来总理亲临一线指挥，200 万军民顽强奋战，在未分洪的情况下战胜洪水。而 1933 年 8 月下游发生 22 000 立方米每秒的大洪水，两岸 60 多处决口，豫、鲁、冀、苏 4 省 6 592 平方千米、273 万人受灾；1935 年发生 14 900 立方米每秒的大洪水，造成鲁、苏两省 12 215 平方千米、341 万人受灾。党的十八大以来，面对极端天气突发性、反常性、不确定性日益明显的新挑战，流域各方积极践行“两个坚持、三个转变”防灾减灾救灾新理念，先后战胜了黄河干流 15 次编号洪水，确保了人民生命财产安全，为流域建成和巩固全面小康成果提供了有力保障。

人民治黄以来，依托黄河防洪减淤工程体系，以及科学调度和严密防守，先后 12 次战胜超过 10 000 立方米每秒的大洪水，两岸大堤安然无恙，黄河频繁决口改道的历史一去不再复返。

二是只有在中国共产党领导和社会主义制度下，才能有效应对流域大旱灾，保障两岸生产生活用水安全。黄河流经干旱半干旱地区，属于资源性缺水河流。历史上流域旱灾频发，有“十年九旱”之说。“水灾一条线、旱灾一大片”，大旱导致大灾成为常态。1368 年至 1949 年的 582 年间，有“人相食，饿殍盈野，死者枕藉”等记述的大旱灾 61 年，平均 9.5 年一遇。如 1942 年中原大旱，河南大部分地区夏秋两季庄稼绝收。据不完全统计，河南全省因灾饿死 300 万人，逃离家园 300 万人，濒于死亡等待救济者 1 500 万人。

新中国成立前，多数灌区设施简陋，工程不配套。技术手段落后加之下游是地上悬河，在大堤上开口子引黄，想都不敢想。新中国成立后，在社会主义制度下，在中国这样一个并不富裕的国度里，党领导人民开展了空前规模的水利基础设施建设。人民胜利渠在下游首开开闸取水先例，一大批引黄涵闸陆续建成投入使用。盐环定、景泰川等引黄提灌工程建成通水，极大缓解了沿河干旱地区缺水问题。黄河流域及下游引黄灌溉面积增长到新中国成立初期的 10 倍。新中国成立前，干流上没一座水库；新中国成立后，结束了无坝引水的历史。建成龙羊峡、刘家峡、小浪底等干流水利枢纽工程，总库容超过 580 亿立方米，流域内建成蓄水工程 1.9 万座，有效调节了水资源时空分布。1987 年，国务院批准《黄河可供水量分配方案》，黄河成为我国大江大河首个进行全河水量分配的河流。1999 年，国务院授权水利部黄河水利委员会对黄河水量实施干流水量统一调度，在我国大江大河中首开先河。2006 年，国家层面第一次为黄河专门制定的行政法规——《黄河水量调度条例》颁布实施。防御旱灾的工程和非工程措施日益完备。

人民治黄以来，依靠制度优势、工程措施和科学调度，屡屡有效化解严重旱情。如 2009 年初黄河流域遭遇特大干旱，甘、晋、陕、豫、鲁等省累计受旱面积 1.06 亿亩，部分地区出现人畜饮水困难。抗旱期间，共调度黄河干流 23.8 亿立方米水量注入五省旱区，灌溉面积 3 708 万亩。这一年，河南省大旱之年夏粮产量创历史新高，山东省夏粮产量刷新 2000 年以来纪录。2010 年至 2011 年间，晋、陕、豫、鲁四省出现秋冬春连旱，局部地区旱情超过百年一遇，通过 21 天的应急抗旱，向四省供水 9.1 亿立方米，河南省、山东省实现粮食连年增产丰收。在党的领导下，黄河水成为幸福水，泽被四方：保障了沿黄大中城市和能源基地的供水安全；解决了 8 400 多万农村人口饮水安全问题；实施了向天津、青岛等地跨流域调水，屡屡缓解用水紧张局面；水电资源得到有序开发，水电装机从 300 多千瓦增长到 2 000 多万千瓦。党的十八大以来，面对日趋尖锐的黄河水资源供需矛盾，习近平总书记明确要求，把水资源作为最大的刚性约束，坚持以水定城、以水定地、以水定人、以水定产，坚决抑制不合理用水需求。在各方努力下，水资源集约节约利用迈出关键步伐，当前黄河流域 70%的项目通过节水改造和水权转让等解决用水指标，水资源的刚性约束作用逐步发挥。2021 年 5 月，习近平总书记亲自主持召开推进南水北调后续工程高质量发展座谈会，对加快构建国家水网、科学推进实施调水工程进行周密部署。水资源集约节约利用的加快推进、水资源配置格局的顶层设计优化，为长远解决黄河水资源问题带来了新的契机。

通过几十年不懈努力，综合应用行政、法治、工程、科技等手段，黄河流域大旱之年“赤地千里、流民塞道”的历史惨景一去不再复返。黄河以占全国 2%的河川径流量，养育了全国 12%的人口，灌溉了 15%的耕地，支撑了全国 14%的国内生产总值，有力保障了流域及相关地区经济社会发展。

三是只有在中国共产党领导和社会主义制度下，才能着眼不同历史时期治黄主要矛盾的发展变化，将流域生态保护不断推向新高度。黄河复杂难治，症结在于水少沙多，巨量的泥沙来自黄土高原。这里是我国乃至世界上水土流失面积最广、侵蚀强度最大的地区，多年平均入黄泥沙达 16 亿吨。据考证，古代黄土高原林地面积曾占总面积的 40%至 50%。春秋战国之后，森林开始遭到破坏，到唐宋时期破坏面积接近二分之一，到明清时期 80%至 90%的森林遭到毁灭性破坏，到 1949 年新中国成立时只剩下约 6%。脆弱的生态环境、严重的水土流失，成为黄河泥沙为患的重要原因。

新中国成立后，黄土高原水土流失治理经历了由点到面、由单项治理到综合治理、由人工措施为主到更加注重自然修复的转变。通过淤地坝、坡改梯、小流域综合治理等措施，达到增产拦泥目的。特别是 20 世纪 80 年代初，推广“户包治理小流域”，开创了“千家万户治理千沟万壑”的崭新局面，在长期实践中涌现出“山顶植树造林戴帽子，山坡退耕种草披褂子，山腰兴修梯田系带子，沟底筑坝淤地穿靴子”等治理模式。1997 年后，按照党中央“再造一个山川秀美的西北地区”的号召，更加注重生态建设和生态自我修复。黄河流域率先实施“退耕还林（草）、封山绿化、以粮代赈、个体承包”政策，在条件适宜地区因地制宜开展封育和保护，发挥植被自我修复能力。通过几代人的努力，锁定了对下游河道淤积影响最大的区域，为实施粗泥沙“靶向”治理提供了科学依据。党的十八大以后，生态文明思想、绿色发展理念引领山水林田湖草沙系统治理。以坡耕地整治、病险淤地坝除险加固和塬面保护等一系列国家水土保持重点工程为龙头，示范带动全面治理，“绿水青山”与“金山银山”相融相生，助力几百万人脱贫解困。

截至 2018 年，黄河流域累计保存水土保持措施面积近 24 万平方千米，建成 5.9 万多座淤地坝和大量小型蓄水保土工程，在 2 000 多条小流域开展了综合治理。水利水保措施年拦减入黄泥沙 4.35 亿吨，原来的跑水、跑土、跑肥的“三跑田”变成了保水、保土、保肥的“三保田”。水土保持措施累计增产粮食 1.57 亿吨，增产果品 1.56 亿吨。黄土高原地区生态环境总体改善，林草植被覆盖率普遍增加了 10 至 30 个百分点。昔日山光水蚀的黄土高原迈进山川秀美的新时代。

党领导下的黄河保护治理工作，既讲人定胜天，也讲人水和谐。特别是党的十八大以来，在习近平生态文明思想指引下，黄河生态调度“版图”不断扩展，首次开展全河生态调度，黄河的生态廊道功能得到增强，河口等生态脆弱区生态得到修复；实施引黄入冀补淀，助力雄安新区水城共融；向乌梁素海生态补水，助力打造北疆亮丽风景线；探索向库布齐沙漠生态补水，为沙漠“锁边”提供水资源保障；通过加强水资源刚性约束、“清四乱”等综合措施，还水于河、还地于河，河湖生态进一步复苏，生态环境质量显著改善。

四是只有在中国共产党领导和社会主义制度下，才能不断完善治河体制机制和方略，探索走出一条符合黄河实际的大河保护治理之路。在中国几千年的治河历史上，虽也曾产生过一系列治河方略，但其存废兴替常系于统治者一念之间，完整的治河体系难以形成，治理措施多局限于下游一隅。黄河自铜瓦厢决口后，清政府相继裁撤南河和东河河道总督，形成分省而治的治河体制。由于社会动荡不安、战争连绵不断，黄河长期得不到统一治理。1929 年，国民政府决定组建黄河水利委员会，统一河政的工作却久拖难行。李仪祉等治河先驱也曾提出上中下游并重，防洪、航运、灌溉、发电兼顾的治河方针，但抗日战争中大片国土沦陷，抗战胜利后国民党忙于发动内战，统一治理的设想终成泡影。

新中国成立后，党和国家把制定黄河治理规划列入治国理政的重要日程。1955 年，一届全国人大二次会议通过第一部根治黄河水害、开发黄河水利规划，黄河进入有计划有步骤治理的新阶段。根据黄河出现的新情况新变化，国家相继批复实施黄河近期重点治理开发规划、黄河流域综合规划，不断优化治黄整体布局。黄河治理体制也由初期的分区治理走向联合治理，成立了全流域综合管理的流域管理机构，管理职能不断拓展，在上中下游都设立了分支机构。与规划要求相对应，逐步形成了“上拦下排、两岸分滞”处理洪水、“拦、调、排、放、挖”处理泥沙的综合治理方略。黄河下游的特殊区域——滩区的安全与发展问题也提上日程，从“废堤筑台”到滩区运用补偿再到滩区迁建，进而到滩区综合治理设想提出，治水治沙治滩实现统筹，防洪与滩区发展矛盾的解决不断迈出新步伐。

随着中华人民共和国水法、防洪法、水土保持法等国家层面涉水法律出台，黄河水量调度条例等涉河法规颁布实施，流域管理与区域管理相结合的管理体制日益健全。在防汛抗旱方面，形成了“统一指挥、部门协同、社会动员、军地联防、全民参与”的工作机制。在水资源管理方面，形成并强化了统一规划、统一分配、统一调度、统一管理的工作模式，建立了联合治污工作机制。水土保持方面，坚持统一规划、因地制宜、分区施策，形成了流域机构与地方协调联动的监督管理体系。党的十八大以来，在习近平新时代中国特色社会主义思想引领下，黄河保护治理实现更高层次、更优目标的统筹。习近平总书记亲自主持审议《黄河流域生态保护和高质量发展规划纲要》，对黄河保护治理进行宏伟战略布局；黄河保护立法加快推进，围绕“水”这条“线”和“流域”这个“面”，将确立黄河保护治理的一系列政策、机制、制度；河湖长制全面推开，为流域管理与区域管理协同提供了更有力的抓手。新时代，黄河治理体系和治理能力现代化全面驶入“快车道”。

70 多年来，党中央的集中统一领导和社会主义制度将流域各方拧成一股绳，凝聚了团结治河合力。沿黄各级党委政府精诚合作、整体联动，确保了治黄重大决策部署落地生根；流域管理机构履职尽责、当好黄河代言人，不断加强流域管理与技术支撑；官兵不畏艰险、勇挑重担，在历次抗洪抢险救灾中发挥了中流砥柱作用。体制机制的力量与黄河实际相结合，走出了一条独特的河流保护治理之路，从根本上改变了黄河的面貌。

70 多年来，每一个治黄纲领性文件的落地，每一个治黄重大工程的建成，每一次战胜大洪水大旱灾，无不是党中央统揽全局、科学决策的结果，无不是在党的领导下释放社会主义制度优势，紧紧依靠人民群众，集中力量办大事的结果。纵观中华民族发展史，只有在中国共产党领导和社会主义制度下，才能找到符合国情水情河情的正确治河道路，才能从根本上改变黄河为患不止的局面，才能真正实现“黄河宁、天下平”的美好愿望。

中国共产党领导人民治黄的伟大实践还为我们提供了其他许多有益的经验和启示。

一是坚守人民立场，是人民治黄事业的价值原点和力量源泉。习近平总书记深刻指出，“我们党的百年历史，就是一部践行党的初心使命的历史，就是一部党与人民心连心、同呼吸、共命运的历史”。人民性是中国共产党领导下的治黄事业不同于历史上任何时期的最显著标识。一方面，党始终坚持为人民利益而奋斗。1946 年人民治黄事业创立之初，国民党当局急于让黄河回归故道、把洪水引向解放区，为了将黄泛区人民从水深火热中解脱出来，中共中央同意黄河归故，充分体现了中国共产党人的人民立场和民族大义。新中国成立后，从“要把黄河的事情办好”到“让黄河成为造福人民的幸福河”，从《关于根治黄河水害和开发黄河水利的综合规划的决议》到《黄河流域生态保护和高质量发展规划纲要》，我们党始终把实现好、维护好、发展好最广大人民的根本利益作为工作的出发点和落脚点。另一方面，党始终尊重人民的主体地位。封建社会少数统治者主导黄河治理，人民群众的主动性和创造性得不到发挥。1946 年人民治河机构成立后，解放区人民迸发出巨大创造热情，“拆小家、顾大家”，开展献砖献石运动，40 多万民工自带工具上堤劳动，初步恢复了黄河大堤防洪功能；新中国成立后，沿黄人民群众发扬主人翁精神，克服经济条件落后、施工工艺简陋等重重困难，肩扛手抬开展重大治黄工程建设。在历次战胜大洪水的过程中，几十万上百万群众召之即来，枕戈待旦，以血肉之躯确保了黄河安澜。实践昭示：人民是历史的创造者，必须始终站稳人民立场，把人民作为治黄事业的基本力量和基本依靠，坚持全心全意为人民服务的根本宗旨，践行以人民为中心的发展思想，矢志不渝为人民谋幸福。惟其如此，人民治黄事业才能不断从胜利走向胜利。

二是弘扬伟大建党精神，是激励人民治黄事业坚定向前的精神密码。习近平总书记深刻指出，“一百年来，中国共产党弘扬伟大建党精神，在长期奋斗中构建起中国共产党人的精神谱系，锤炼出鲜明的政治品格”。中国共产党领导下的人民治黄事业，在伟大建党精神的浸润和激励下一路走来，红色基因代代传，愈是艰险愈向前。在风雨如晦的战争年代，王化云等老一辈治黄工作者筚路蓝缕开创人民治黄事业，他们“一手拿枪，一手拿锨”，顶着国民党反动派军事袭扰，不怕牺牲、英勇斗争，确保了“临黄不决口”，支援配合了刘邓大军渡黄河等重大军事行动。在国民经济困难时期，治黄战线上的广大党员干部对党忠诚、不负人民，发扬自力更生、艰苦奋斗的优良传统，保证了黄河岁岁安澜，推进了三盛公水利枢纽工程开工以及刘家峡、青铜峡水利枢纽工程截流等重要治黄实践，为国民经济恢复发展贡献了力量。在历次战胜大洪水和严重旱情的过程中，党员总是冲锋在前，在风口浪尖和救灾一线，担苦担难、担重担险。在伟大建党精神的感召下，在治黄实践中涌现了一批又一批英雄模范，有用身体堵住堤岸漏洞的“黄河上的黄继光”戴令德，有三十年如一日坚守在悬崖峭壁上的水文人田双印等等。实践昭示：“人无精神则不立，国无精神则不强。”无论是现在还是黄河保护治理新征程上，都必须弘扬光荣传统、赓续红色血脉，永远把伟大建党精神传承下去，永远保持革命热情、拼命精神。惟其如此，才能战胜前进道路上的各种风险挑战，把人民治黄事业不断推向前进。

三是尊重客观规律，是人民治黄事业健康发展的重要遵循。习近平总书记深刻指出，“黄河流域生态保护和高质量发展，要尊重规律，摒弃征服水、征服自然的冲动思想”。70多年来，我们着力把握自然规律、河流演变规律和经济社会发展需求，因时而变、顺势而为，走出了一条从治理开发为主向维护河流健康生命转变、从传统治河向现代治河转变的成功道路。同时在摸索黄河保护治理规律的实践中，我们也遭受过挫折、付出过代价，依靠实践——认识——再实践——再认识的认识路线，我们取得了新的认识成果和治河业绩。比如，通过三门峡水利枢纽工程的改建和运用方式调整，最大限度消除了不利影响，保障了枢纽防洪功能的持续发挥，为小浪底工程处理水库泥沙淤积问题积累了宝贵经验。再如，通过深化对黄河水沙运动规律的认识，创造性实施调水调沙，在协调水沙关系的实践方面实现了新突破；通过精心调度、严格管理，有效解决了黄河的断流问题，以往黄河水资源的粗放开发利用局面正在逐步扭转，“不能过度消耗资源环境换取经济增长”“必须坚持保护优先、节水优先”等日益成为全流域和全社会的共识，人类涉河活动的底线日益清晰。实践昭示：黄河保护治理必须在充分尊重客观规律的基础上推进，既要保持历史耐心和战略定力，不能犯急躁病大干快上，又要敏锐感知内外部环境的变化，认真研究探索“黄河水沙情势变化”等各种新情况新问题背后蕴含的内在规律，主动顺应规律创新谋划工作举措。惟其如此，才能不断开创黄河保护治理的崭新境界。

四是坚持系统观念，是人民治黄事业全面发展的重要思想方法。习近平总书记深刻指出，“要坚持山水林田湖草综合治理、系统治理、源头治理，统筹推进各项工作”。70 多年来，黄河治理体系从单一到综合，从初期偏重下游防洪转向全流域系统治理；为适应涉河行为增多和强度加大、治理对象和要素不断拓展的新形势，逐步确立了“堤防不决口、河道不断流、污染不超标、河床不抬高”的综合目标，构建了维持黄河健康生命的综合支撑体系。新时代赋予人民治黄事业新使命，习近平总书记在黄河流域生态保护和高质量发展座谈会上的重要讲话中，将生态环境保护、黄河长治久安、水资源节约集约利用、流域高质量发展、保护传承弘扬黄河文化等五大目标任务一体部署，极大丰富了黄河保护治理工作的内涵和外延。实践昭示：黄河保护治理是一个层次结构复杂、持续动态变化的巨系统，流域内外彼此支撑、上下游相互作用、左右岸唇齿相依，牵一发而动全身，任何单一的、固定的措施都难以真正把黄河的事情办好。必须坚持系统论的观点，“跳出黄河看黄河”，着眼整体把握局部，着眼长期处理近期，着眼高质量发展把握黄河保护治理定位，加强前瞻性思考、全局性谋划、战略性布局、整体性推进，加强要素统筹、贯通耦合，统筹发展和安全，把政府市场作用、法治科技支撑有机结合起来，在多重目标中寻求动态平衡。惟其如此，才能达到预期的效果。

大河汤汤，岁月悠悠。

回首过往奋斗路，中国共产党领导人民治黄的 70 多年历程，是一部不忘初心、兴河惠民，认识自然、把握规律，百折不挠、自强不息的治水探索史、实践史和奋斗史。艰难困苦，玉汝于成，党领导人民治黄取得的成就举世瞩目、盛况空前！

眺望前方奋进路，幸福河建设并非坦途，黄河依然是世界上最为复杂难治的河流，更新目标和更高要求已经摆在我们面前，黄河保护治理任重道远、行无止境。学史增信、照鉴未来，党的领导让我们对人民治黄前景信心如磐！

在新的历史起点上，我们将以习近平新时代中国特色社会主义思想为引领，不断加强党的领导，弘扬伟大建党精神，胸怀“国之大者”，积极践行“节水优先、空间均衡、系统治理、两手发力”的治水思路，牢记初心、接续奋斗，向着“让黄河成为造福人民的幸福河”的宏伟目标阔步前进！

集聚推动新阶段水利高质量发展的奋进力量

（2021 年 7 月 16 日）

水利部党组书记、部长　李国英

习近平总书记指出，在全党开展党史学习教育，是牢记初心使命、推进中华民族伟大复兴历史伟业的必然要求，是坚定信仰信念、在新时代坚持和发展中国特色社会主义的必然要求，是推进党的自我革命、永葆党的生机活力的必然要求。水利部党组深学细悟习近平总书记关于党史学习教育的重要论述，把党史学习教育作为政治生活的大事，提高政治站位，扛牢主体责任，引导部属系统党员干部学党史、悟思想、办实事、开新局，着力推动党史学习教育走深走实，不断集聚推动新阶段水利高质量发展的奋进力量。

中国水利報
China Water Resources News
中华人民共和国水利部主管　中国水利报社主办
16 星期五 2021年7月 第4883期
每周二、三、四、五、六出版　今日4版

集聚推动新阶段水利高质量发展的奋进力量

水利部党组书记、部长 李国英

水利部党组理论学习中心组专题学习研讨习近平总书记关于作风建设重要论述精神

水利部召开定点帮扶重庆市巫溪县工作会

水利部会商部署防御江淮西北西南新一轮强降雨

水利部司法部联合部署开展长江流域水行政执法监督

庆祝中国共产党百年华诞系列特稿之十七

中国水利：从边缘走近国际舞台中央

全面提升水旱灾害防御现代化调度指挥能力

——访水利部水旱灾害防御司司长姚文广

河北5年入库水资源税超98亿元

百年征程波澜壮阔　百年初心历久弥坚

党组带动扎实学党史

习近平总书记指出，党员、干部不管处在哪个层次和岗位，都要全身心投入，静下心来，认真学习、深入思考，做到学有所思、学有所悟、学有所得。水利部党组将“深学细研”作为党史学习教育的基础，以党组领学带动部属系统学史明理、学史增信、学史崇德、学史力行。

党组带头领学。理论中心组学习具有很强的“头雁效应”，必须有更高的标准和要求。水利部党组将读原著、学原文、悟原理作为基础课必修课，原汁原味学习习近平总书记在党史学习教育动员大会上的重要讲话，及时跟进学习习近平总书记在福建、广西、河南、青海等地考察时的重要讲话精神，深入思考习近平总书记重要讲话的时代背景、重大意义、鲜明主题和思想体系，深刻领会贯穿其中的治国理政新理念新思想新战略和马克思主义立场观点方法。将党组理论中心组学习作为示范班，把党史学习教育放在更加突出的位置，2021 年 3 月以来采取“每月一专题”方式，分阶段学习党在不同历史时期的光辉成就，主要负责同志当好班长，逢学必有总结点评；中心组成员做好学员，逢学必有重点发言；扩大至司局主要负责同志，逢学必有交流研讨。以部党组中心组学习为龙头，带动部属系统 2839 个基层党组织、4.5 万余名党员、6 万余名干部职工学习常态化，形成一级抓一级、层层抓学习的良好局面。将理论联系实际的学风贯穿始终，请进来学，邀请中央党校（国家行政学院）专家作专题辅导；走出去学，部党组集体赴李大钊烈士陵园祭奠英烈，重温入党誓词，接受精神洗礼，铭记初心使命；调查研究学，党组成员深入北京、天津、河北、河南、山东、湖北、上海、江苏、浙江、重庆等地实地走访调研，察实情、求实效，以调查研究助力学深悟透。

突出重点研学。突出抓好领导干部这个“关键少数”。在组织个人自学、单位交流深学基础上，组织开展 3 期司局级干部党史学习教育专题培训班，深入交流研讨；组织处级以上领导干部学好指定学习材料，并利用专题培训班课程、中国干部网络学院党史精品网课等全覆盖深入学习；部党组派出工作组列席旁听直属单位党组织中心组集体学习，将学习情况作为年度各类党建考核评价的重要参考。突出抓好青年干部这个“重点群体”。围绕“学党史、强信念、跟党走”，组织青年党史学习教育“六个一”活动，即广泛开展一次研讨交流、组织一次主题团日活动、举办一期示范培训班、举办一次辅导讲座、开展一次调研实践、组织一项志愿服务活动；创新方式方法，采用青年喜闻乐见的方式讲好党史，组织直属机关青年干部和水利部党校学员联学，邀请李大钊同志之孙李亚中作“铁肩担道义——精神永存的李大钊”辅导报告，追思先烈、坚定信念；举办青年干部“学党史、悟思想、强信念”党史学习教育示范培训班，组织青年干部到井冈山接受红色教育，传承红色基因。

全员覆盖深学。学习的覆盖面直接决定着党史学习教育的成效。水利部党组将深入开展党史学习教育与深化落实中央巡视整改结合起来，组织部属系统全员开展“政治对标、思路对标、任务对标，科学编制‘十四五’水利发展规划体系”专项行动，对表对标习近平总书记重要讲话指示批示精神和党中央决策部署，切实用创新理论武装头脑、指导实践、推动工作。精心组织东深供水工程建设者群体先进事迹学习宣传活动，让干部职工切身感受艰辛历程、巨大变化、辉煌成就。深入开展“永远跟党走”群众性主题宣传教育活动，推进“党建进工地”，让党旗在重大水利工程建设一线高高飘扬。开展“百题百天迎百年”健步走、书法、摄影、广播操云比赛等群众性文化体育活动，在部属新闻媒体开设“党课开讲啦”等专题专栏，吸引广大干部职工踊跃参与，于活动中厚植爱党、爱国、爱社会主义的情感。

对表对标深入悟思想

习近平总书记强调，进一步感悟思想伟力，增强用党的创新理论武装全党的政治自觉。水利部党组把“悟思想”作为党史学习教育的根本和主线，把党史学习教育作为一场深刻的思想洗礼，在开展对表对标中深入悟思想。

全面系统悟。悟思想，必须完整准确全面。一是深悟真理力量。我们党的历史，是一部不断推进马克思主义中国化的历史，是一部不断推进理论创新、进行理论创造的历史。水利部党组在党史学习教育中注重进一步学习马克思主义基本原理，系统深入学习党的科学理论，特别是深入学习习近平新时代中国特色社会主义思想，引导党员干部从党的非凡历程中领会真理力量和自信答案。二是深悟初心使命。我们党的历史，是一部践行党的初心使命的历史，是一部党与人民心连心、同呼吸、共命运的历史。水利部党组在党史学习教育中结合深入学习党的章程，引导党员干部深刻认识党的性质宗旨，始终牢记党的初心使命，坚持以人民为中心的发展思想，把人民放在心中最高位置、把人民对美好生活的向往作为奋斗目标。三是深悟精神血脉。我们党在应对各种困难挑战中，锤炼出不畏强敌、不惧风险、敢于奋斗、勇于胜利的风骨和品质，这是我们党最鲜明的特质和特点。水利部党组坚持把系统学习中国共产党人的精神谱系贯穿始终，结合水利特色组织学习弘扬红旗渠精神“一报告、两展览”专题活动，用好用活红色资源，教育引导党员干部进一步增强对共产主义的信仰、对中国特色社会主义的信念、对实现中华民族伟大复兴的信心。

及时跟进悟。悟思想，必须与时俱进。一是贯通结合跟进。水利部党组把学习领会习近平新时代中国特色社会主义思想同学习党史、新中国史、改革开放史、社会主义发展史贯通起来，建立起“理论学习中心组带，党支部、党小组学习引，党校进修培训、网络干部学院学习辅”的悟思想学习体系。二是督促指导跟进。水利部党组在党史学习教育起步阶段就组建巡回指导组，通过建立健全指导机制，督促部属党员干部强化问题导向、目标导向、结果导向，把自己摆进去、把职责摆进去、把工作摆进去。三是学思践悟跟进。组织专题学习习近平总书记关于把握新发展阶段、贯彻新发展理念、构建新发展格局、推动高质量发展的重要论述，邀请专家围绕贯彻落实党的十九届五中全会精神、《中华人民共和国国民经济和社会发展第十四个五年规划和 2035 年远景目标纲要》等作专题辅导，切实增强党员干部对党中央重大决策的理解把握，更加自觉地用党的创新理论指导解决改革发展稳定的重大问题、人民群众反映强烈的突出问题、党的建设面临的紧迫问题。

聚焦主业悟。悟思想，必须联系主责主业。水利部党组把悟思想与推动水利工作紧密结合，举办 4 次集体学习研讨、5 场辅导讲座，近 30 万人次参与。一是聚焦“国之大者”悟。深入学习习近平总书记谈及秦岭生态问题时的重要讲话精神、在省部级主要领导干部专题研讨班开班式上的重要讲话精神、在广西考察期间的重要讲话精神等，深刻思考水利工作中什么是党和国家最重要的利益、什么是最需要坚定维护的立场，对水利在全面建设社会主义现代化国家大局中的战略地位和使命任务有了新的认识，对如何推动新阶段水利高质量发展有了新的认识。二是聚焦治水思路悟。围绕坚持根本宗旨、问题导向、忧患意识等深入研讨，提升了完整、准确、全面理解贯彻习近平总书记“节水优先、空间均衡、系统治理、两手发力”治水思路的能力，增强了把习近平总书记治水重要讲话指示批示精神在水利发展实践中落地落实的动能，深化了对新阶段水利工作面临的新形势新任务新要求的认识，思考了对表对标下推动新阶段水利高质量发展的路径选择和工作举措。三是聚焦最新要求悟。深入学习习近平总书记在推进南水北调后续工程高质量发展座谈会上的重要讲话精神，强调以高度的政治责任感和历史使命感，不折不扣全面贯彻落实习近平总书记重要讲话精神，全力以赴、扎扎实实做好各项工作。

践行宗旨为民办实事

习近平总书记强调，江山就是人民，人民就是江山。水利与群众利益息息相关，水利部党组把“我为群众办实事”作为党史学习教育的重点，学习教育一启动即聚焦群众“急难愁盼”、把握“四个紧紧围绕”，按照“切口小、发力准、效果好”原则，同步研究部署办实事具体项目，确定部党组直接组织和推动办好的 8 件实事并扎实推进。

紧紧围绕习近平总书记重要讲话指示批示精神和党中央重大决策部署办实事。一是深入贯彻落实习近平总书记在黄河流域生态保护和高质量发展座谈会上的重要讲话精神，清理整治山东省黄河干流、金堤河、大汶河 550 个岸线利用项目，深入基层一线摸底调查，区分项目性质、违法违规实质，逐项研判清理整治方案，明确拆除取缔 9 个、整改规范 541 个。截至目前，已拆除取缔 8 个、整改规范 536 个，正在组织对已完成项目开展全覆盖核查。

二是深入贯彻落实习近平总书记关于防灾减灾救灾重要指示精神，扎实推动 356 个县（区）的 1389 座小型水库除险加固项目主体工程建设，明确水利部 2 个司局、7

个直属单位对24个相关省份进行指导帮扶，将所有项目全部纳入水库除险加固项目管理系统，形成项目清单，动态跟踪进展。建立小型水库除险加固沟通机制，及时解答相关问题。目前，1389座小型水库除险加固项目完成初步设计批复994座，占比71.6%；已开工建设311座，占比22.4%。

紧紧围绕巩固拓展脱贫攻坚成果、全面推进乡村振兴办实事。一是积极与6个定点帮扶县（区）对接后续帮扶工作，印发《水利部定点帮扶工作方案（2021—2022）》，确定后续帮扶年度工作重点；下达重庆市武隆区小型水库建设、中小河流治理、小型病险水库除险加固等资金1.03亿元；组织人员赴重庆市巫溪县指导加强农村供水工程规范化管理，到重庆市万州区、丰都县开展技术帮扶调研，赴湖北省十堰市郧阳区开展支部共建，到重庆市巫溪县指导支部阵地建设；通过帮助销售农副产品，引荐电商市场考察对接，组织选派新一轮水利挂职帮扶干部、驻村第一书记等方式进行定点帮扶。

二是深入革命老区开展实地调研，选取山西省岢岚县温泉乡前温泉等3个村和甘肃省环县八珠乡马连掌等2个村实施国家水土保持重点工程，精心编制工作方案，明确10个方面具体建设内容，建立省部、省市县共建的推进落实机制。

紧紧围绕坚持生态优先、绿色发展办实事。一是顺应人民群众对高品质生活的期待，加快推进55个水系连通及水美乡村建设试点县建设，组织赴河北、浙江等地试点县开展调研，建立完善调度机制，按月跟踪进展情况。目前，累计向55个试点县下达中央财政资金75.1亿元，完成投资超过140亿元，增加水面面积36万亩，治理农村河道2200多公里、湖塘600多个，受益村庄上千个。

二是实施70个以上大中型灌区续建配套与现代化改造，依托灌区信息化平台，建立项目任务台账；深入山东、河北、河南、四川、贵州等地调研灌区现代化改造及春灌供水保障等工作。目前，全国大型灌区已累计灌溉农田近1亿亩，引水量超过100亿立方米，编制完成74处大型灌区项目可研报告。

紧紧围绕解决基层的困难事、群众的烦心事办实事。一是在青海省海北州海宴县金滩乡光明沟、宁夏回族自治区中卫市沙坡头区东园镇黑山嘴山洪沟实施山洪灾害防治定向帮扶。目前，已协调地方安排下达中央财政补助资金各800万元，完成山洪沟治理初步设计。同时，组织两地基层工作人员参加全国山洪灾害防治建设管理及技术培训，强化技术指导，加大智力帮扶力度，精准提升帮扶实效。

二是对中西部地区5万处以上集中供水工程实施维修养护，提升供水保障水平。按照“做则做成、做就做好”的原则，建立工程名录，实行清单化管理。目前，已完成农村供水工程维修养护中央补助资金5.11亿元，涉及农村集中供水工程1.76万处，服务群众3120万人。

党史学习教育开展以来，水利部党组示范带动55家直属单位共确定351件“我为群众办实事”实践活动重点项目。下一步，水利部党组将以实干促提升，深刻把握“让人民生活幸福是‘国之大者’”的实践要求，遴选部党组直接组织和推动办好的第二批实事项目清单，进一步深入组织开展好“我为群众办实事”实践活动。

系统规划奋力开新局

习近平总书记强调，要坚持统筹兼顾，把党史学习教育同党和国家中心工作紧密结合起来，同统筹疫情防控和经济社会发展紧密结合起来，同动员人民群众创造美好生活紧密结合起来，以昂扬姿态奋力开启全面建设社会主义现代化国家新征程。水利部党组紧紧抓住建党一百周年这个重要节点，将“开新局”作为党史学习教育的目标，推动新阶段水利高质量发展。

将开新局体现在高质量编制“十四五”水利发展规划体系上。水利部党组深刻认识开局关系全局、起步决定后势，以高质量编制“十四五”水利发展规划体系推动改革发展。一是贯彻新发展理念开新局。把坚持新发展理念作为“十四五”水利发展必须遵循的根本原则，将新发展理念贯彻落实到水利规划设计、水利工程建设、水利政策制定、水利投资方向、水利工作安排等各方面，努力实现创新成为第一动力、协调成为内生特点、绿色成为普遍形态、开放成为必由之路、共享成为根本目的的发展。二是抓住高质量发展主题开新局。把高质量发展作为当前和今后一个时期确定水利改革发展思路、制定各项水利政策、抓好各项水利工作的根本要求，“十四五”时期以全面提升水安全保障能力为目标，重点提升水旱灾害防御能力、水资源集约安全利用能力、水资源优化配置能力、大江大河大湖生态保护治理能力。三是坚持系统观念开新局。加强前瞻性思考、全局性谋划、战略性布局、整体性推进，统筹发展和安全，以“十四五”水安全保障规划为核心、各专项规划和具体工作计划为支撑，着力固根基、扬优势、补短板、强弱项，重点完善流域防洪工程体系、实施国家水网重大工程、推进智慧水利系统建设、建立健全节水制度政策、强化体制机制法治管理等。

将开新局体现在推进南水北调后续工程高质量发展上。推进南水北调后续工程高质量发展使命光荣、责任重大，水利部党组对表对标习近平总书记重要讲话精神，不断提高政治判断力、政治领悟力、政治执行力，以高质量工作成效开新局。一是深入学习，全面贯彻。学深悟透讲话的丰富内涵、精神实质、实践要求，制定深入贯彻落实习近平总书记重要讲话精神工作方案，开展重大问题专题研究，实施重点任务清单管理，切实把思想和行动统一到习近平总书记重要讲话精神上来，把智慧和力量凝聚到习近平总书记作出的战略部署上来。二是压实责任，确保质量。主要负责同志亲自抓，调集最强的专业力量，提供最有力的要素保障，开展最广泛深入的研究论证，拿出经得起历史和实践检验的成果。三是建立台账，动态管理。所有工作任务全部列入重点督办事项，及时掌握工作进度，加强节点控制，确保各项工作有力有序有效推进、各项任务保质保量完成。

百年征程波澜壮阔，百年初心历久弥坚。水利部党组将始终胸怀“两个大局”，扎实推进党史学习教育走深走实，学党史、悟思想、办实事、开新局，以优异成绩庆祝中国共产党成立100周年。

（文章转载于《人民论坛》）

以机关党建引领推动新阶段水利高质量发展

（2021 年 10 月 21 日）

水利部党组书记、部长　李国英

近年来，水利部党组坚决贯彻习近平总书记在中央和国家机关党的建设工作会议上的重要讲话精神，全面落实新时代党的建设总要求，自觉扛牢机关党建主体责任，党组书记认真履行第一责任人职责，党组成员认真落实“一岗双责”，以党的政治建设为统领，着力深化理论武装，着力夯实基层基础，着力推进正风肃纪，全面提高机关党的建设质量，引领推动新阶段水利高质量发展。

旗帜鲜明讲政治、作表率

习近平总书记指出，党的政治建设是党的根本性建设，要把党的政治建设摆在首位。水利部机关首先是政治机关，必须旗帜鲜明讲政治。部党组始终坚持把讲政治的要求落实到水利工作全过程各方面。

坚决做到“两个维护”。部党组牢记“中央和国家机关是践行‘两个维护’的第一方阵”的政治定位，教育引导机关党员干部始终向以习近平同志为核心的党中央看齐，向党的理论和路线方针政策看齐，向党中央决策部署看齐。2021 年上半年，利用 4 个多月时间面向部属系统全员开展“政治对标、思路对标、任务对标，科学编制‘十四五’水利发展规划体系”专项行动，深入学习领会习近平新时代中国特色社会主义思想和习近平总书记关于治水重要讲话和指示批示精神、党的十九届五中全会精神，坚决把“两个维护”作为最高政治原则和根本政治规矩，不断提高政治判断力、政治领悟力、政治执行力。完整、准确、全面落实习近平总书记和党中央要求，编制形成定位准确、边界清晰、功能互补、统一衔接的“十四五”水利发展规划体系，确保水利工作始终沿着习近平总书记和党中央指引的方向前进。

积极践行“三个表率”。中央和国家机关是贯彻落实党中央决策部署的“最初一公里”，必须坚决落实“三个表率”要求。部党组坚持以上率下，以更强自觉、更高要求在学懂弄通做实上下功夫，采取书记领学、研讨深学、以讲促学等形式，及时传达学习贯彻习近平总书记重要讲话、指示批示精神和党中央决策部署。认真开展部党组理论学习中心组学习，2021年以来已开展集体学习28次；制定完善《习近平总书记重要指示批示贯彻落实办法》，常态化开展贯彻落实情况“回头看”；围绕深入学习贯彻习近平总书记“七一”重要讲话精神，部党组书记带头以“弘扬伟大建党精神，走好新的赶考之路”为题讲专题党课，党组成员分别为分管司局单位讲专题党课。通过部党组示范带动，教育引导党员干部坚决把贯彻落实党中央决策部署的“第一棒”接住接好、“最初一公里”走稳走实。

大力建设“模范机关”。深入创建“让党中央放心、让人民群众满意的模范机关”，把模范机关建设根植于对人民美好生活向往和对中华民族伟大复兴要求的准确把握上，体现在谋划和推动新阶段水利高质量发展的实践中。2021年以来，深入贯彻落实习近平总书记重要讲话和指示批示精神，部党组书记带队实地调研南水北调、三峡工程、太湖流域治理、华北地下水超采综合治理、雄安新区水安全保障等工作，深入一线指导防汛抗洪防台风工作，党组其他成员结合分管工作深入17个省区市走访调研，察实情、出实招、求实效，精准务实地解决问题、推动发展。在部党组带动下，部属系统党员干部动起来、沉下去，深入基层一线，扎实推进治水为民、兴水惠民的水利实践。

守正创新抓组织、强队伍

习近平总书记指出，只有持之以恒抓基层、打基础，发挥基层党组织战斗堡垒作用和党员先锋模范作用，机关党建工作才能落地生根。水利部党组坚持以机关带系统、以先进带整体，推动部属系统基层党组织全面进步、全面过硬。

重点提升组织力。科学精准施策，完善对水利机关、事业单位、国有企业、社会组织等基层党组织的分类指导。部地联手创建“黄河水利基层党建示范带”，初步形成以点连线带面的基层党建创新发展格局。加强党建工作力量，选优配强专兼职党务干部队伍。严格执行党组织换届规定，筹备召开水利部直属机关第十三次代表大会，指导基层党组织按期换届。注重探索创新，以信息化助力机关党建。

立足实际抓支部。全覆盖开展党建督查，督促指导支部严格落实党支部工作条例，严肃认真开展“三会一课”等组织生活。部党组书记带头，党组所有成员都以普通党员身份参加所在党支部或党小组党史学习教育专题组织生活会。深化“水利先锋党支部”创建工作，总结典型支部工作法，创建“党员示范岗”“基层党建示范点”，以点带面、上下一体推进支部标准化规范化建设。弘扬“支部建在连上”光荣传统，在防汛抗旱、保障农村供水安全等重点专项任务中成立临时党支部，发挥基层党组织战斗堡垒作用和党员先锋模范作用。

培训锻炼强队伍。坚持教育培训和实践锻炼两手发力，切实加强党员干部队伍建设。围绕加强党性修养等，邀请中央党校（国家行政学院）专家为党员干部授课。举办党支部书记、纪检干部、巡视工作培训班，多层面加强横向交流，搭建学习互促平台。抽调机关党员干部赴定点帮扶县（区）挂职、参与水利人才“订单式”培养、开展“人才组团”帮扶等，为党员干部提供基层锻炼机会，帮助他们提高服务群众能力。深入实施青年理论学习提升工程，直属机关共成立青年理论学习小组 121 个，青年理论学习氛围更浓厚、成效更明显。

找准定位抓结合、促融合

习近平总书记指出，只有围绕中心、建设队伍、服务群众，推动党建和业务深度融合，机关党建工作才能找准定位。部党组坚持围绕中心抓党建、抓好党建促业务，将党建工作和业务工作同谋划、同部署、同落实、同检查。

在围绕中心上融合。着力把党建成果转化为推动新阶段水利高质量发展的实际能力。学深悟透做实习近平总书记关于治水重要讲话和指示批示精神，完整准确全面贯彻“十六字”治水思路，围绕全面提升国家水安全保障能力总体目标，明确完善流域防洪工程体系、实施国家水网重大工程、复苏河湖生态环境、推进智慧水利建设、建立健全节水制度政策、强化体制机制法治管理等六条推动新阶段水利高质量发展的实施路径，加强前瞻性思考、全局性谋划、战略性布局、整体性推进。

在队伍建设上融合。着力结合党史学习教育加强党员干部队伍建设，带动部属系统 4.5 万党员干部深入开展党史学习教育。建立月调度和巡回指导工作机制，举办部党组学习习近平总书记“七一”重要讲话精神读书班，部党组书记结合专题党课为学员讲授开班第一课。举办 3 期司局级党员干部党史学习教育培训班。部党组带领党员干部赴李大钊烈士陵园、香山革命纪念馆、中国共产党历史展览馆参观学习，接受精神洗礼。开展学习弘扬红旗渠精神“一报告、两展览”专题活动、向“时代楷模”东深供水工程建设者群体学习活动等，引导广大党员干部学史明理、学史增信、学史崇德、学史力行。

在服务群众上融合。深入开展“我为群众办实事”实践活动，深刻领悟“让人民生活幸福是‘国之大者’”的要求，反复研究确定了部党组直接组织和推动的三批共 27 项办实事项目，并向社会公布，更加精准解决人民群众急难愁盼的涉水问题。突出“实”字要求，实施台账管理、动态监控和月调度机制，全链条精准掌握办理进度、阶段成效、办理结果，实打实推进、钉钉子落实。部领导带队赴项目实施现场进行检查指导、验收考核，确保把实事办实、好事办好，确保办实事成效得到人民认可、经得起历史检验。

持之以恒抓作风、严执纪

习近平总书记指出，我们要牢记打铁必须自身硬的道理，增强全面从严治党永远在路上的政治自觉。水利部党组坚决落实管党治党主体责任，推动全面从严治党不断向纵深发展。

狠抓作风建设。坚持抓在经常、融入日常、严在平常，明确进一步加强作风建设27项重点任务，保障党中央决策部署贯彻落实。带头纠“四风”、树新风，加大对违反中央八项规定及其实施细则精神问题的查处问责和通报曝光力度，整治形式主义、官僚主义突出问题，开展“一刀切”、层层加码问题清理，整治指尖上的形式主义。持续深化水利“放管服”改革，所有行政审批事项实现“一网通办”。水利部12314监督举报服务平台上线运行，解决了一批群众身边的农村供水、河湖“四乱”等涉水问题。大力弘扬新风正气，促进优良作风形成常态、保持长效。

强化党内监督。坚持把党内监督融入部门治理、行业治理、基层治理、单位治理，紧盯贯彻落实习近平总书记重要讲话和指示批示精神以及党中央重大决策部署、中央巡视反馈意见整改落实开展政治监督。深入贯彻落实党中央《关于加强对“一把手”和领导班子监督的意见》，研究制定部党组贯彻落实的重点任务清单。全面贯彻中央巡视工作方针，开展水利部党组第九轮巡视，结合水利特点推进巡视巡察上下联动，提前1年实现十九届中央任期内水利部党组巡视全覆盖。健全并落实廉政风险防控机制，加强对要害部门、重点领域、关键岗位的监管，推进国家重大水利工程聘请特约监督员和工程建设各方签署廉政协议制度试点工作，推进机关党员干部廉政档案全覆盖，全面从严治党责任进一步压实。

严肃执纪问责。坚持挺纪在前，深化运用“四种形态”，坚持“三个区分开来”，抓早抓小、防微杜渐。结合典型案例开展警示教育，加强日常教育提醒，常态化做好被问责和受处分干部跟踪回访工作。持续整治“灯下黑”，定期排查、及时处置问题线索，把执纪问责做深、做实、做细。坚持无禁区、全覆盖、零容忍，保持反腐败高压态势，坚决查处水利系统违规违纪违法行为。规范直属机关纪委工作规则，专项检查直属单位纪委年度监督执纪工作，以铁一般的纪律作风为推动新阶段水利高质量发展提供坚强保证。

（转载自2021年第9期《旗帜》）

以全面从严治党新成效引领
推动新阶段水利高质量发展

（2021 年 10 月 27 日）

水利部党组书记、部长　李国英

近年来，水利部直属机关各级党组织和广大党员干部坚持以习近平新时代中国特色社会主义思想为指导，认真落实新时代党的建设总要求，深入贯彻习近平总书记在中央和国家机关党的建设工作会议上的重要讲话精神和党中央《关于加强和改进中央和国家机关党的建设的意见》，党的各项建设稳步推进，各级党组织的政治功能和战斗力、凝聚力、组织力明显增强，广大党员干部的政治意识、党性观念、能力水平、工作作风得到全面提升，为水利改革发展提供了坚强有力的保证。

政治建设全面加强。坚持把党的政治建设摆在首位，不断深化政治机关意识教育、理想信念教育、对党忠诚教育，全员覆盖开展“政治对标、思路对标、任务对标，科学编制‘十四五’水利发展规划体系”专项行动，引导广大党员干部进一步增强“四个意识”、坚定“四个自信”、做到“两个维护”，努力创建让党中央放心、让人民群众满意的模范机关。

理论武装不断深化。教育引导广大党员干部自觉用习近平新时代中国特色社会主义思想武装头脑、指导实践、推动工作，深入推进“两学一做”学习教育常态化制度化，扎实开展“不忘初心、牢记使命”主题教育、党史学习教育，深学细研习近平总书记“节水优先、空间均衡、系统治理、两手发力”治水思路和关于治水重要讲话指示批示精神，理论学习的针对性、实效性不断增强。

组织建设扎实推进。建立完善上下贯通、执行有力的组织体系，开展党支部标准化规范化建设，创建“水利先锋党支部”，严格党员教育管理监督，健全党建工作机制，基层党组织战斗堡垒作用和党员先锋模范作用更加凸显。

纪律作风持续向好。严格落实中央八项规定及其实施细则精神，下大气力整治形式主义官僚主义，着力强化监督执纪问责，上下联动开展巡视巡察，创新形式推进水利精神文明建设，作风建设成效进一步巩固拓展。

党建责任深入落实。制定和落实全面从严治党责任清单，开展党建督查和年度党建考核，压实管党治党政治责任，形成一级抓一级、层层抓落实的工作局面，全面从严治党不断向纵深发展。

习近平总书记在“七一”重要讲话中强调，以史为鉴、开创未来，必须不断推进党的建设新的伟大工程。新的征程上，水利部将以习近平新时代中国特色社会主义思想为指导，以深入学习贯彻落实习近平总书记在中央和国家机关党的建设工作会议上的重要讲话精神为主线，以推动机关党的建设高质量发展为主题，以党的政治建设为统领，推进直属机关党的建设各项工作再上新台阶。

一、始终把“两个维护”作为首要任务

习近平总书记强调，中央和国家机关是践行“两个维护”的第一方阵，必须牢固树立政治机关的意识。加强直属机关党的建设，必须把讲政治的要求贯穿始终，不断增强做到“两个维护”的自觉性和坚定性。要在深入学习贯彻习近平新时代中国特色社会主义思想上作表率。

把学懂弄通做实习近平新时代中国特色社会主义思想作为长期政治任务，以学深悟透践行习近平总书记“七一”重要讲话精神为重点，继续深化党史学习教育，引领全体党员干部自觉主动学、及时跟进学、联系实际学、笃信笃行学，切实把学习成果转化为把握新发展阶段、贯彻新发展理念、构建新发展格局、推动高质量发展的本领，筑牢做到“两个维护”的思想基础，提高坚决维护的定力和能力。要在始终同以习近平同志为核心的党中央保持高度一致上作表率。自觉同党的基本理论、基本路线、基本方略对表对标，心怀“国之大者”，不断提高政治判断力、政治领悟力、政治执行力。推动政治机关意识教育向机关处室、直属基层单位延伸，引导广大党员干部进一步提高政治站位，把准政治方向，坚定政治立场，明确政治态度，严守政治纪律，做到党中央提倡的坚决响应、党中央决定的坚决执行、党中央禁止的坚决杜绝。要在坚决贯彻落实党中央各项决策部署上作表率。全力抓好习近平总书记“节水优先、空间均衡、系统治理、两手发力”治水思路和关于治水重要讲话指示批示精神、党中央决策部署的贯彻落实，从党和国家工作大局出发，把党中央的政治要求体现到水利系统谋划重大战略、制定重大政策、部署重大任务、推进重大工作的实践中，坚决把贯彻落实党中央决策部署的“第一棒”接住接好、“最先一公里”走稳走实。

二、着力夯实基层党组织建设基础

习近平总书记强调，要树立大抓基层的鲜明导向，以提升组织力为重点，锻造坚强有力的机关基层党组织。水利部直属机关 2810 个基层党组织，是直属机关党建工作的主体力量，也是直属机关战斗力的基础。必须把强基固本作为机关党建工作的重中之重，把基层组织建设得更加坚强有力。要巩固完善党的组织体系。优化京内直属单位基层党组织设置，理顺京外直属单位党建工作管理体制和工作机制，不断提高党的组织和党的工作全覆盖质量。要建好建强党的基层组织。认真贯彻落实

《中国共产党支部工作条例（试行）》，深化党支部标准化规范化建设，严格党员教育管理监督，以创建“水利先锋党支部”为抓手，推动直属机关基层党组织做到政治功能强、支部班子强、党员队伍强、作用发挥强，使每名党员都成为一面鲜红的旗帜、每个支部都成为党旗高高飘扬的战斗堡垒。要健全完善党建制度体系。坚持目标导向、问题导向、效果导向，以党章为根本遵循，以党内法规为基础依据，健全系统完备、科学规范、运行有效的党建工作制度体系，不断提高制度执行力，真正使制度成为硬约束，实现管党治党规范化、常态化、长效化。

三、坚持严的主基调强化正风肃纪反腐

习近平总书记强调，要把严的主基调长期坚持下去，以系统施治、标本兼治的理念正风肃纪反腐，不断增强党自我净化、自我完善、自我革新、自我提高能力。水利部直属机关各级党组织要切实增强全面从严治党永远在路上的政治自觉，坚定不移推进党风廉政建设和反腐败工作，做到态度不变、决心不减、尺度不松。要毫不松懈纠“四风”树新风。锲而不舍落实中央八项规定及其实施细则精神，持续纠治“四风”，坚决防止形式主义、官僚主义滋生蔓延。大力弘扬伟大建党精神，发扬党的光荣传统和优良作风，开展好“我为群众办实事”实践活动，用心用情用力解决好水利领域群众急难愁盼问题。要充分发挥巡视监督利剑作用。全面贯彻中央巡视工作方针，牢牢把握政治巡视定位，加快构建上下联动、贯通融合的巡视巡察工作体系，进一步提升巡视巡察监督质量，有效发挥监督保障执行、促进完善发展作用。要一体推进不敢腐不能腐不想腐。健全并落实廉政风险防控机制，加强对要害部门、重点领域、关键岗位的监管。坚持挺纪在前，精准运用监督执纪“四种形态”，做到抓早抓小、防微杜渐，更好发挥惩治震慑、惩戒挽救、教育警醒的整体功效。坚持无禁区、全覆盖、零容忍，保持反腐败高压态势，坚决查处水利系统违规违纪违法行为。

四、压紧压实全面从严治党主体责任

习近平总书记强调，加强和改进中央和国家机关党的建设，必须牵住责任制这个“牛鼻子”。机关党建工作责任制是紧密联系、环环相扣的责任链条，要层层压实责任，以责任落实推动任务落实。要落实机关党建工作责任。机关党委要协助部党组落实全面从严治党主体责任，聚焦主责主业、当好参谋助手、强化指导督促，以更严要求、更实举措、更硬作风，切实把机关党建“责任田”种好。部属各级党组织要牢固树立抓机关党建是本职、不抓机关党建是失职、抓不好机关党建是渎职的理念，各级党组织书记要履行好第一责任人职责，各级领导干部要落实“一岗双责”，抓好职责范围内的党建工作。要促进党建与业务深度融合。坚持围绕中心抓党建、抓好党建促业务，坚持党建工作和业务工作同谋划、同部署、同落实、同检查，把推动新阶段水利高质量发展中的重点难点作为机关党建工作的切入点、着力点，推进党建工作和业务工作同频共振、相互促进。要打造忠诚干净担当的党务干部队伍。注重选拔政治强、业务精、人品正、作风好的干部从事机关党建工作，特别是选优配强直属机关基层党组织书记。加强党务干部与业务干部交流，强化专兼职党务干部教育培训，把党务干部培养成政治上的明白人、党建工作的内行人、干部职工的贴心人。

做好机关党的建设工作责任重大、使命光荣。我们要更加紧密地团结在以习近平同志为核心的党中央周围，大力弘扬伟大建党精神，坚决响应党中央号召，进一步坚定信念、开拓进取、凝心聚力、扎实工作，以全面从严治党新成效引领推动新阶段水利高质量发展，为全面建设社会主义现代化国家提供有力的水安全保障。

（转载自《机关党建研究》）

社 论

治水千秋利 放歌百岁功

——热烈庆祝中国共产党百年华诞

(2021 年 7 月 1 日)

本报记者 李先明 李海川

今天，中国共产党成立整整 100 周年！

1921 年到 2021 年，中国共产党留下的百年印记，是用鲜血、汗水、泪水、勇气、智慧、力量铸就的印记；是筚路蓝缕、赴汤蹈火、披荆斩棘、艰苦创业、砥砺前行、充满神奇的印记；是苦难中铸就辉煌、挫折后毅然奋起、探索中收获成功、失误后拨乱反正、转折中开创新局、奋斗后赢得未来的印记。争取民族独立、人民解放和实现国家富强、人民幸福，是中国共产党百年历史的主题和主线；“不懈奋斗史”“理论探索史”“自身建设史”，是中国共产党百年历史的主流和本质；把革命、建设、改革、复兴事业不断推向前进，是中国共产党百年历史的鲜明特征；逐步实现救国、兴国、富国、强国的奋斗目标，是中国共产党百年历史的庄严使命。

百年奋斗，以水为基；盛世治水，国泰民安。在这个举国上下共同欢庆的大喜日子里，百万水利职工与全国各族人民一道，为中国共

产党百年华诞而欢呼高歌，为百年来在党的领导下治水为民、兴水强国取得的辉煌成就而豪情满怀！

中国共产党从成立那一天起，就像那条红船一样破浪前行，以崭新的理念，带领全国人民开始了波澜壮阔的革命和建设事业。水利建设作为基础设施，更深刻更真切更生动地感受到在党的领导下发展变化的力量。数千年来中华大地饱受洪旱之苦、人民群众饱受用水之困的局面彻底改变，我们彻底告别了旧中国水系紊乱、水利设施脆弱不堪的状况，迎来江河竞秀、万水安澜、百姓安宁、社会安定的大好局面。

百年轰轰烈烈的治水实践让我们心潮澎湃。善治国者，必先治水。中国共产党继承了中华民族几千年治水不辍的优秀传统，始终高度重视水利建设，把兴修水利作为强国惠民的头等大事。早在1931年，中国共产党领导下成立的第一个全国性红色政权——中华苏维埃共和国临时中央政府，就专门设立山林水利局，在十分艰苦的条件下，组织广大军民开渠筑坝，打井抗旱，车水润田。毛泽东主席还亲自带领军民选址挖了一眼水井，被誉为“红井”，并提出了“水利是农业的命脉”的著名论断。历任党和国家领导人亲自领导重大水利方针制定，亲自决策重大水利工程建设，亲自参加水利建设劳动，亲赴一线指挥抗洪抢险救灾。毛泽东主席发出了“一定要把淮河修好”“要把黄河的事情办好”“一定要根治海河”等一系列伟大号召，描绘了治理全国水患和进行重大水利建设的宏伟蓝图。党的十八大以来，习近平总书记把治水作为实现“两个一百年”奋斗目标和中华民族伟大复兴中国梦的长远大计来抓，明确提出“节水优先、空间均衡、系统治理、两手发力”的治水思路，把治水提升到新的高度。兴水利，除水害，几代水利工作者在党的领导下掀起了一波又一波的水利建设热潮，打赢了一场又一场防汛抗旱硬仗，建成一座又一座重大水利工程，创造了前无古人、振奋人心的巨大成就，谱写了中华民族治水史上最为辉煌的壮丽篇章。

从水利是农业的命脉，到国民经济和社会发展的重要基础设施，再到党的十九大报告中被摆在九大基础设施网络建设之首，水利地位逐步提升，作用日益凸显，实现了彪炳史册的辉煌跨越，为国家发展、民族富强、人民幸福提供了强有力的支撑和保障。

百年辉煌绚烂的治水成就让我们无比自豪。100年风雨兼程，在中国共产党的领导下，经过不懈的努力，我国已基本建成较为完善的江河防洪、农田灌溉、城乡供水等水利基础体系，逐步彻底消灭了困扰中国几千年大水大灾难、大旱大饥荒的状况。水旱灾害防御体系日臻完善，守护着万水安澜，成为经济社会发展的坚实保障；一大批重大引调水工程加快建设，大大缓解了资源性、工程性、水质性缺水问题；农田水利短板加快补齐，为全国粮食连年丰收作出重要贡献；先后实施农村人畜饮水、饮水解困、饮水安全工程等，亿万群众喝上放心水、用上幸福水；先后启动实施一批国家水土流失重点治理工程，水土流失面积已由上世纪 80 年代的 367.03 万平方公里减少到 2020 年的 269.27 万平方公里；山水林田湖草沙一体治理，上下游、左右岸协同发力，河湖面貌明显改善，唱响了一曲曲动人的绿色颂歌。从长江三峡到南水北调，从黄河小浪底到西江大藤峡，从“172”到“150”，一大批国之重器相继诞生，一座座水利设施岿然屹立，成为防汛抗洪的钢铁力量，成为水资源供给的动脉血脉，守卫着大江大河大湖岁岁安澜，保障着国家的防洪安全、粮食安全、供水安全和生态安全，支撑着我国经济社会持续又好又快发展。我们以占全球 6%的淡水、9%的耕地，解决了约占全球 20%人口的吃饭问题，为全面建成小康社会奠定了坚实基础，为中华民族的复兴大业提供了有力支撑和保障。中国水利自信走向世界，已经成为名副其实的水利大国强国。

治水千秋利，放歌百岁功。没有共产党就没有新中国，更没有中国水利事业的发展和壮大。江河为证，岁月为名，我们能取得百年水利建设的跨越发展和今天的辉煌成就，得益于始终坚持党的领导，不折不扣贯彻落实党中央关于治水的决策部署，确保水利事业始终沿着正确的方向前进；得益于始终坚持以马克思主义为指导，特别是以马克思主义中国化的最新理论成果——毛泽东思想、邓小平理论、“三个代表”重要思想、科学发展观、习近平新时代中国特色社会主义思想——为指导，充分发挥社会主义制度优越性，凝聚全社会团结治水、合力兴水的巨大力量，成功走出一条具有中国特色的水利现代化道路；得益于始终坚持以人民为中心，着力解决人民群众最关心、最直接、最现实的水利问题，让人民群众在水利改革发展中体验到真真切切、实实在在的获得感、幸福感、安全感；得益于始终坚持着眼党和国家事业发展全局，科学谋划水利改革发展的主攻方向、总体布局和目标任务，始终为经济社会发展提供水安全、水支撑、水保障；得益于始终坚持尊重自然规律，重视生态环境保护，既讲改造自然，也讲人水和谐，用科学的态度，按规律办事，处理好发展和保护、利用和修复的关系，统筹解决水资源、水生态、水环境、水灾害问题。

一切伟大成就，都是接续奋斗的结果；一切伟大事业，都需要在继往开来中推进。中国特色社会主义进入新时代，水利发展所处的历史方位亦进入新发展阶段。党的十九大作出我国社会主要矛盾已经转化为人民日益增长的美好生活需要和不平衡不充分的发展之间的矛盾的重大论断，把坚持人与自然和谐共生纳入新时代坚持和发展中国特色社会主义的基本方略，对实施国家节水行动、统筹山水林田湖草沙系统治理、加强水利基础设施建设等提出明确要求，进一步深化了水利工作内涵，指明了水利发展方向。面对新时代、新阶段、新格局、新要求，新变化、新情况、新问题、新挑战将会层出不穷。我们必须紧紧围绕第二个百年奋斗目标和社会主义现代化建设的战略安排，主动适应治水主要矛盾的深刻变化，把人民群众对美好生活的向往作为奋斗目标，以推动高质量发展作为新阶段水利工作的主题，把“十六字”治水思路不折不扣落实到水利高质量发展各环节全过程，建立完善与党的伟大目标相适应的水安全保障体系。

忆往昔，百年破浪，万水安澜，堤坝筑牢强盛梦；看今朝，初心如一，使命在肩，江河唱响复兴歌。站在“两个一百年”奋斗目标的历史交汇点上，让我们更加紧密地团结在以习近平同志为核心的党中央周围，坚持以“十六字”治水思路为指导，坚持不懈地把治水兴水这一造福中华民族的千秋伟业抓实办好，在构建新发展格局中推动新阶段水利高质量发展，为开启全面建设社会主义现代化国家新征程作出更大的水利贡献，向着实现中华民族伟大复兴的中国梦，乘风破浪，坚毅前行，再创新的更大的辉煌！

编者按：流金七月，中国共产党即将迎来百年华诞。百年征程波澜壮阔，百年初心历久弥坚。在中国共产党的坚强领导下，中国人民攻坚克难、接续奋斗，取得了治水兴水、造福民生的辉煌成就，为经济社会高质量发展提供了强有力的支撑和保障。

本报从今日起推出“庆祝中国共产党百年华诞”系列特稿，回顾在中国共产党领导下走过的水利发展历程，全面展示水利建设取得的辉煌成就、积累的宝贵经验，共庆百年华诞，齐心开创新局。敬请关注。

庆祝中国共产党百年华诞系列特稿之一

江河万里有“尖兵”

（2021年6月22日）

本报记者　赵建平　李海川

济南北部，黄河上有个泺口水文站。102年前的春天，几个年轻人用仅有的一杆水尺，在这里观测到了一个水位数据，在条件极其简陋的情况下开启了黄河的百年水文记忆。

中国水利報
China Water Resources News
22 星期二 2021年6月 第4865期
江河万里有“尖兵”
水利部启动水旱灾害防御Ⅲ级应急响应
嫩江发生2021年第1号洪水 部署防御东北洪水和南方强降雨
黄委实施2021年汛前黄河调水调沙
水利部举办农村供水管理培训班
陆桂华在宁夏甘肃调研指导“我为群众办实事”实践活动和水土保持等工作
一脉活齐鲁 万福比岱宗
加强生态环境保护 坚持一体化保护和系统治理

百年后的泺口水文站，环境如花园一般，声学多普勒测流系统、无人测验平台、无人机等现代化测报装备一应俱全，新建的自动气象场，实现了降水、风力、风向、温度的全天候实时监测。

千年大河奔流不息，百年老站续写辉煌。放眼我国江河之畔，如同这家百年老站，历经百年沧桑的水文事业，在中国共产党的领导下，发生了翻天覆地的变化。一座座水文站，像一支支温度计、一张张“晴雨表”，一个个热血“尖兵”，时刻监视着河流的变化，及时传递着永不间断的数据。一代代水文人战风斗雨，“把脉”江河，守护家园，铸就平凡而伟大的精神力量。

使 命

一个个看来不起眼的数字，串联百年，历经丰枯起伏，见证沧桑巨变，就是一部中国江河沉甸甸的历史

一件蓑衣一条船，一根木桩一尺牌，这是水文观测初始手段和条件。简陋原始的观测手段一直延续到新中国成立以后才有所改善。

1949 年，全国水文站仅有 148 处，水位站仅有 203 处。20 世纪 50 年代到 70 年代，我国兴修了大量防洪、排涝、灌溉工程，水文信息发挥了重要作用。

到 1978 年，全国水文站有 2922 处、水位站有 1320 处。改革开放以来，我国水文站网密度、水文测报质量和水文预报精度大幅提升。

如今，我国水文测站发展到 13 万处，水位、雨量水文要素监测已全面实现自动测报，水质监测范围、监测项目在量上成倍增加，监测能力、监测手段在质上快速提升。

水情信息传输速度更不可同日而语。20 世纪 80 年代末以前，全国各类水情信息主要通过电报传送、人工译电方式，费时费力、时效性差。如今，水利部收集全国 10 多万个报汛站的雨水情信息仅需 10～15 分钟。

闻“汛”而动，“预”得先手，水文践行使命，为防汛抗洪科学决策提供有力依据，为守护人民生命安全赢得宝贵时间，为打赢防汛抗洪硬仗赢得先机，为经济社会发展提供可靠支撑。

1998 年夏天发生的长江流域性大洪水让很多人记忆犹新。在 8 月 16 日防汛抢险的关键时期，水文部门在 1 个小时内回答了事关是否启用荆江蓄滞洪区分洪的 6 个关键性问题，为党中央最终做出不分洪决策提供了重要依据。

在应对汶川地震唐家山堰塞湖、舟曲特大泥石流、金沙江白格堰塞湖等一系列突发水事件中，水文部门迅速响应，全力做好水文应急监测工作；在三峡工程等水利水电工程建设和管理调度中，水文部门提供大量历史水文资料，科学分析评估，为水利工程规划、设计、建设、调度提供科学依据；在奥运会、世博会等国家重大活动期间，水文部门提供专项水文监测服务，开展城市水文监测与预测预警等，满足多样化服务需求……

时代在变，使命在变。水利部信息中心（水利部水文水资源监测预报中心）副主任刘志雨说，随着水利改革和经济社会发展对水情信息需求的不断拓展，水文工作除服务江河防洪、水库调度、蓄滞洪区运用、中小水库洪水预警、山洪灾害防御等以外，还将向农业农村、住建、交通运输、旅游等行业延伸，努力为防灾减灾、水资源调度管理、水工程运行监管、经济社会发展各类涉水事务提供更加全面、精准的信

息支撑。

党的十八大以来，习近平总书记多次强调要坚持“人民至上、生命至上”，坚持底线思维，增强忧患意识，提高防控能力，着力防范化解重大风险，保持经济持续健康发展和社会大局稳定。化解灾害重大风险关键在于贯彻落实党中央“两个坚持、三个转变”的防灾减灾救灾新理念，新理念的核心在于预防，而做好预防的前提就在于精准可靠的预测预报。

2020 年发生了 1998 年以来多流域并发重发最严重的汛情，在“6・22”綦江暴雨洪水过程中，重庆水文提前 10 个小时发布洪水预警，为沿河 10 万余居民紧急疏散争取宝贵时间，此次超历史洪灾实现人员零伤亡。据统计，2020 年全国洪涝灾害死亡失踪人数较 1950 年以来均值下降 93%。

一个个看来不起眼的数字，串联百年，历经丰枯起伏，见证沧桑巨变，就是一部中国江河沉甸甸的历史。

从最初见证潮涨潮落、记录河湖水位动态变化，到现如今为水旱灾害防御、服务经济发展等各方面提供基础支撑，从水文发展的脉络中，我们看到，党始终坚持以人民为中心的执政理念和发展思想，水文事业取得长足发展，有力支撑了防汛抗旱的科学决策，助力国家长治久安，发挥出巨大效益。

传　承

一代代水文人执着坚守、精益求精，用实际行动书写朴实而壮丽的水文生涯

哪里有水情，哪里就有水文人的身影。江河之畔的每一座水文站，都在讲述着激动人心的故事。

降水、蒸发、流量、泥沙……每一天都是不一样的记录，每一条河流的变化，每一个水文数据资料都凝聚着基层水文人的汗水和心血。

无论严寒酷暑，无论春夏秋冬，他们在风雨中逆行，他们在浪尖上抢测，不畏艰险，冲锋在前。他们是离危险最近的“尖兵”，召之即来，来之能战，在关键时刻冲在一线。

百年风雨兼程，正是一代代水文人默默奉献，冒着生命危险，克服重重困难，及时测报洪水，为防汛指挥决策、水利工程的安全调度和运行提供重要依据，为夺取防洪胜利立下了汗马功劳，为国家经济和社会发展积累了大量宝贵的水文资料。

水利部南京水利水文自动化研究所的驻藏水文应急抢险队，参与了 20 余次水文应急救援监测任务，从 2004 年阿里扎达赤贡河冰湖溃决，到 2008 年汶川地震紫坪铺水库现场应急监测预警预报，再到 2010 年舟曲泥石流应急救援、2014 年鲁甸地震红石岩堰塞湖水文应急抢险监测救援……屡次应急抢险的艰苦历练，为后方决策传回

大量有价值的水文信息。

他们是守望江河的“灯塔”，舍小家顾大家，日夜坚守在水文测报岗位。

龙门水文站是黄河重点报汛站和国家重要水文站，背靠绝壁万仞的山崖，面向奔流不息的黄河，独守峡谷隘口，环境险恶，钢索吊厢是进出水文站的唯一方式。“水文侦察兵”田双印在这个被称为“黄河孤岛”的水文站守护黄河30余年，在长年的孤独和对家人的思念中坚守着岗位。

田双印是千千万万坚守奉献的水文人的一个典型代表。正是因为无数人这样的坚守，黄河下游70年来没有发生改道，连续20多年没有断流。

“传帮带”“老带新”是水文行业的优良传统，代代水文人将对社会强烈的责任心、不计个人得失的奉献精神、对预报业务精益求精的工匠精神和处处较真的科学态度永续传承。

长江水利委员会水文局长江中游水文水资源勘测局江汉分局主任工程师、水文勘测工高级技师汪卫东在“传帮带”过程中格外注重思想品德、工作责任心、协作精神培养，通过技能培训、以赛促学等方式促进各项工作。他的徒弟罗兴现任长江水文中游局副局长，在第五届全国水文勘测工技能大赛中勇夺第一名，并在2020年被评为“全国先进工作者”。

坚守是一种责任，奉献是一种境界。执着坚守、守正创新、精益求精是代代水文工作者的真实写照。他们用实际行动诠释着新时代水利精神，书写朴实而又壮丽的水文生涯，护佑每一条江河岁岁安澜。

新　生

进入新时代，百年“晴雨表”正向“智慧水利”突进

水文事业的发展轨迹，是中国治水智慧的充分展现和印证。

位于武汉江滩的百年老站汉口水文站，在2020年成为长江流域首个使用5G网络服务的水文站点，体现出水文对创新发展从未停止的渴望。

百年来，随着现代科技的进步与发展，卫星遥感、航空摄影、无人机、雷达波、ADCP（声学多普勒流速剖面仪）等先进技术和仪器设备在水文领域不断推广应用，为“耳目”和“尖兵”插上科技的翅膀。

在新仪器新技术的助力下，水文预报精度不断提高，预见期不断延长，测报质量稳步提升，实现又快又准又强，水文事业发生了质的蜕变。

“在1998年大水年，在水利部本级对几十个大江大河重要控制断面进行预报，通常需要3～4个小时。”刘志雨介绍，“现在水利部基本上能在30分钟内完成大江大河及主要支流几百个断面的预报工作，充分利用气象水文预报耦合、大数据等技术，

升级完善业务系统，洪水预报水平得到明显提高，南方主要江河预报准确率达到 90%。”

风雨百年看巨变，江河万里有“尖兵”。在中国共产党的领导下，我国已初步建成了整体功能较为强大的水文站网监测体系，形成了分级管理、分级制作、联合会商、成果共享的水文预报业务体系，水情预警发布基本实现中央、流域、省、市、县五级覆盖，构建了较为完善的防汛抗旱水文监测预报预警服务体系。

进入新时代，水文工作面临新的更高要求，百年“晴雨表”正向“智慧水利”突进。

“随着大数据、人工智能等信息技术与水利业务的深度融合，以及水利改革发展和经济社会发展对水文测报信息需求的不断拓展，愈加需要通过深化改革和技术创新，加快建立现代水文测报体系来加以解决。”水利部水文司副司长魏新平说，“要通过信息化手段实现业务流程再造和服务模式创新，为统筹解决四大水问题、保障经济社会发展提供有力的支撑。”

立足新发展阶段、贯彻新发展理念、构建新发展格局，党中央对水利工作作出了一系列重要部署，也对水文工作提出了新的更高要求。站在新的历史起点，与国家水网相匹配的国家水文站网正加快构建，“空天地”一体化监测体系正推进建立，预报、预警、预演、预案“四预”措施正在强化，水文正瞄准服务于国家重大战略，自信地迈入更快更全更准的新阶段。

庆祝中国共产党百年华诞系列特稿之二

百年破浪　万水安澜

（2021 年 6 月 23 日）

本报记者　石珊珊　陈萌

“现在好了，水不往两边漫了。”在江西省九江市修水县上杭村，今年 74 岁的张敦富对村里河道的变化竖起了大拇指。

九江市，这座在 1998 年大水中经受严峻考验的长江重镇，在今年已陆续迎战多轮强降雨。千军万马上堤防的景象已不复现，但洪患村镇洪涝整治、模拟 1998 年大洪水的实战演练、工程调度预案制定等各项工作早已全面铺开。

应对洪水、干旱等自然灾害，认识更加深刻，理念不断升级，手段更加多元，伤亡不断降低，这是中国共产党领导下的治水之变。

百年破浪，万水安澜。中国共产党从成立那一天开始，就像那艘红船一样破浪前行，领导人民治水兴水，中国水利建设面貌焕然一新，打赢了一场又一场防汛抗旱硬仗，百年之中实现了从堤防尽溃、饿殍遍野到水旱从人、江河安澜沧桑巨变，创造了彪炳史册、辉煌灿烂的巨大成就，为国家发展、民族富强、人民幸福提供了强有力的支撑和保障。

初心不改，理念升级
人民至上、生命至上

“为中国人民谋幸福，为中华民族谋复兴”的初心和使命，激励着一代代中国共产党人前赴后继、英勇奋斗。兴水利、除水害，确保百姓和家园安全无虞，是谋幸福、谋复兴的必然要求。

在旧中国，一场洪水就夺走几万甚至几十万人的生命，一场大旱即赤地千里、饿殍遍野。1931 年长江大水，武汉三镇“堤防尽溃，人畜漂流”“市镇精华，摧毁殆尽”，水淹三镇百余天，汉口闹市汪洋一片，震惊中外。

国贫民弱，山河破碎，河道长期失治，堤防残破不堪，水利设施寥寥无几……在这样一个“烂摊子”之上，党带领人民开始了艰难探索之路。

新中国成立后，毛泽东同志发出“一定要把淮河修好”“要把黄河的事情办好”

“一定要根治海河”的伟大号召。年轻的共和国，在成立伊始，就集中有限财力治理大江大河，治淮工程、长江荆江分洪工程、三门峡水利枢纽等一批重要水利工程相继上马。

1958 年，黄河下游遭遇罕见特大洪水。在党中央坚强领导下，军民勠力同心固守大堤，战胜了特大洪水，两岸没有分洪、没有决口，保证了农业大丰收。

1998 年，长江、松花江、嫩江发生历史罕见的大洪水。尤其在长江流域，党中央、国务院科学研判，作出荆江分洪区不分洪的决策。数百万军民与洪水连续搏斗 60 多个日夜，取得了防汛抗洪斗争的伟大胜利。

这场大水，让人们深刻认识到人水矛盾持续加剧的危害，也促使我国治水理念实现新的飞跃。

洪水过后，国务院提出“封山育林，退耕还林，平垸行洪，退田还湖”等政策措施。2003 年，水利部明确提出，我国的防洪工作要从控制洪水向洪水管理转变。

从“严防死守”到“给洪水以出路”，过去围湖造田、人水争地，面对洪水一味加高堤防的做法得以纠正，如今更加注重人水和谐、科学防控，在对待河流自然空间上做“加法”，在对待人类过度索取上做“减法”。

治水思路理念不断转型升级，不变的是，始终坚持以人民为中心，始终把确保人民生命安全放在第一位。

2016 年，习近平总书记站在全局和战略高度，提出“两个坚持、三个转变”防灾减灾救灾理念，即“坚持以防为主，防抗救相结合，坚持常态减灾和非常态救灾相统一，努力实现从注重灾后救助向注重灾前预防转变，从应对单一灾种向综合减灾转变，从减少灾害损失向减轻灾害风险转变”，把“防”摆在更加突出位置，为新时代防汛抗旱工作指明了方向、提供了遵循。

水利部门更加注重预报、预警、预演、预案“四预”措施，完善水旱灾害预警发布机制，开展水工程调度模拟预演，细化完善江河洪水调度方案和超标洪水防御预案，牢牢守住水旱灾害风险防控底线。

坚决落实责任制，加强汛情监测，第一时间预警，迅速启动预案，科学调度工程，昼夜巡查堤防……做好各项防御工作，切实把“确保人民生命安全放在第一位”的要求落到实处，彰显了“人民至上、生命至上”的不变信念。

完善体系，提升能力
科学调度水工程发挥巨大效益

1919 年，孙中山先生在《建国方略》中首次提出修建三峡工程的设想，在当时积贫积弱的中国，很多人视其为天方夜谭。

时光流转近一个世纪，曾经遥不可及的“三峡梦”，在中国共产党的领导下，一步一步终成现实。1994 年 12 月 14 日，三峡工程正式开工。

高峡出平湖，当惊世界殊。三峡工程可直接控制长江防洪形势最严峻荆江河段 95%的洪水来量、武汉以上 67%左右的洪水来量，成为长江防洪调度的“王牌”。

以三峡水库为核心的长江上中游水库群，让长江防洪有了底气、多了从容，让百姓能够“把心放到肚子里”。面对 2010 年、2012 年、2016 年、2020 年长江大洪水，水利部科学精细调度三峡工程，充分发挥拦洪削峰错峰作用，极大减轻了中下游地区防洪压力。不再有千军万马、肩挑人扛、严防死守的情形，取而代之的是“堤外洪水滔滔，堤内安居乐业”。

尤其在 2020 年汛期，长江先后发生 5 次编号洪水，三峡水库出现建库以来最大入库洪峰流量。与此同时，新冠肺炎疫情防控依旧任务艰巨，形势牵动人心！

面对双重“大考”，水利人迎难而上，研判洪水发展趋势，强化监测预报预警，统筹考虑上下游、干支流，充分发挥水工程作用。据统计，2020 年以三峡水库为核心的长江上中游 30 余座控制性水库，累计拦蓄洪水 490 余亿立方米，通过科学精细控制江湖水位，成功避免洞庭湖城陵矶、鄱阳湖湖口附近蓄滞洪区和荆江分洪区运用。

今昔对比，沧桑巨变。新中国成立之前，偌大的国土上只有 22 座大中型水库，江河堤防仅 4.2 万公里，许多江河都缺乏控制性工程。党和国家高度重视水利建设，经过几十年持续大规模投入，我国已建成各类水库 9.8 万多座，堤防长度 43 万公里，七大江河流域基本形成以堤防、控制性枢纽、蓄滞洪区为骨干的防洪工程体系，基本具备防御新中国成立以来最大洪水的能力。

看长江，以堤防为基础，三峡水库为骨干，其他干支流水库、蓄滞洪区、河道整治工程相配套的防汛抗旱体系已基本形成；看黄河，龙羊峡、刘家峡、小浪底等水利枢纽巍然矗立，基本形成“上拦下排、两岸分滞”防洪体系；看淮河，70 多年持之以恒的治淮，逐步改变了行洪不畅、出海无路的局面；看海河，各河系分区防守、分流入海的防洪格局已经形成……

在今天的中国大地，坚固的水工程体系犹如“水上长城”守护着安澜。日新月异的预报、预警等技术手段，则让防汛指挥调度如虎添翼。

目前，我国共有各类水文测站 12 万处，实现了对大江大河及有防洪任务的中小河流水文监测全覆盖。河系预报、人机交互、“以测补报”等技术提高了洪水预报能力，南方主要江河关键期洪水预报准确率达 90%。2010 年起开展山洪灾害防治项目建设，2011—2020 年全国因山洪灾害死亡年均 333 人，相比项目启动前的 2000—2010 年年均值减少七成；2020 年因山洪灾害死亡 157 人，不到近 20 年平均值的 1/5……

在抗洪一线，不再是严防死守、千军上堤，更多的是运筹帷幄、精细调度；灾害来临前，人心惶惶、被动转移的景象少了，更多的是有序撤离、忙而不乱。狂风骤雨不再危及生命，滔天洪浪可以顺利入海，中国共产党带领着中国人民铸就了一个又一个治水丰碑！

制度保障，汇聚合力
发挥中国特色社会主义制度独特优势

“轰隆！轰隆！”滁河两处口门相继爆破，浑黄的洪水从爆破口涌入国家蓄滞洪区荒草二圩、三圩。仅隔一天，2020年7月20日，接国家防总命令，安徽阜阳王家坝开闸泄洪，引流至濛洼蓄洪区。

给洪水“让路”——这是水利部与淮委、安徽省等彻夜会商、反复权衡，并再三确认蓄洪区内人员安全转移后作出的决策。最终，淮河洪水安全过境。

坚持全国一盘棋，集中力量办大事，这是做好防汛抗旱工作的制度保障，更是中国特色社会主义体制优势、政治优势、组织优势所在。在党中央的坚强领导下，各级党委政府和有关部门各司其职、各负其责、通力合作、主动协调，形成了防灾、减灾、救灾的强大合力。

严重汛情旱情险情面前，各级水利部门坚守岗位、夜以继日、连续作战，层层落实责任和措施，加强与有关部门有关方面的密切协作，共同做好预测预报、水工程调度、抢险救灾等工作；灾区广大干部群众团结一心、顶风冒雨、合力抗灾，基层党组织充分发挥战斗堡垒作用，广大共产党员充分发挥先锋模范作用，主动担当，敢打头阵，让党旗在防汛救灾一线高高飘扬，汇聚了团结抗灾的强大力量。

2008年5月，解放军指战员、武警水电部队官兵以及水利、地质等部门的技术人员鏖战十余天，成功处理了唐家山堰塞湖险情，消除了汶川地震次生灾害的一个特大威胁，大水下泄无一人伤亡，创造了世界上处理大型堰塞湖的奇迹。

2010年年初，西南五省区遭遇百年不遇特大干旱，城乡居民饮水严重告急。国家防总、水利部强化抗旱水源统一管理调度，各地积极采取开辟水源、打井调水、架设管道等措施，甘泉送到了饱受旱灾的每一个群众家中。

2019年8月，台风“利奇马”强势登陆，先后影响太湖、长江、淮河、黄河、海河、松辽6个流域共13个省（市）。水利部密集会商，研判汛情，指导各地水利部门科学调度542座大中型骨干水库，累计拦蓄洪水51.39亿立方米，充分发挥了防洪减灾效益。

…………

一次次迎难而上，一次次化险为夷，一次次创造奇迹。万众一心、众志成城的水旱灾害防御实践，充分彰显了中国特色社会主义制度的独特优势，凝聚起坚不可摧的中国力量。

百年大党风华正茂，治水兴水千秋伟业。站在“两个一百年”奋斗目标的历史交汇点上，我们有理由相信，这是一条伟大道路的赓续，也是一个崭新时代的开始。在中国共产党的带领下，中华民族定能经受住洪涝干旱灾害的种种考验，定能在实现伟大复兴的道路上书写更加光彩夺目的治水篇章！

庆祝中国共产党百年华诞系列特稿之三

壮心兴水　重器强国

（2021 年 6 月 24 日）

本报记者　杨晶　樊弋滋

巍巍大坝，横江而起，奏响激越奋进的凯歌。

汩汩清水，纵贯南北，见证泽被千秋的创举。

泱泱大国的治水史，气吞山河。伴随中国共产党成长壮大的脚步，关系国计民生的水利工程体系从无到有，工程数量从少到多，走向高质量发展的步伐愈加铿锵有力。

壮心兴水，重器强国。从三峡到南水北调，从黄河小浪底到西江大藤峡，一座座水库大坝，一条条灌溉渠道，一个个水源工程，构筑起纵横交错的现代化水网，保障着中华儿女的饮水安全、防洪安全、粮食安全、供水安全和生态安全，书写着中国共产党领导下的治水华章。

思想引领方向

“建设新中国的奠基工程中，水利占重要位置，治国先治水。”在南水北调后续工程高质量发展座谈会，习近平总书记在追溯南水北调历史时，这样感慨。

善治国者，必先治水。中华民族数千年文明和进步，均与治水息息相关。然而在 1949 年之前，偌大的国土上水利工程设施寥寥无几，几乎所有江河都缺乏控制性工程。水旱频仍，曾使百姓处于水深火热之中。

新中国成立后，党和国家把治水兴水摆在关系国家经济社会发展全局的重要战略位置，领导人民开展了波澜壮阔的水利建设。毛泽东主席发出“一定要把淮河修好”“要把黄河的事情办好”“一定要根治海河”的号召，国家在百废待兴、百业待举的情况下，集中力量兴修水利、防治水害，掀起了大规模建设水利工程的高潮。

从 1950 年年末至 1960 年年初，国家集中有限财力投入攸关国计民生的水利项目，开展了对淮河、海河、黄河、长江等大江大河大湖的治理，恢复、改造和扩建原有灌区，建设大量新灌区，兴建大量水电站和供水工程，在水土流失区开展水土保持工程建设……从治淮到治黄，从长江荆江分洪工程到海河治理工程，从官厅水库到三门峡水利枢纽，一大批重要水利设施在这一时期兴建，掀起了新中国水利建设第一个高潮。

东方风来满眼春，改革开放揭开了水利工程建设大步向前的序幕。大江大河治理明显加快，特别是1998年长江松花江嫩江特大洪水后，中央作出灾后重建、整治江湖、兴修水利的决定，水利投入大幅度增加，水利基础设施建设大规模展开。2011年，中央1号文件锁定水利，作出加快水利改革发展的决定，明确要求持续加大水利投入，加强水利建设。随后，长江干堤加固工程、黄河下游标准化堤防建设全面展开，治淮19项骨干工程建设加快推进，举世瞩目的南水北调工程及尼尔基、百色、紫坪铺、皂市、沙坡头水利枢纽等一大批重点工程相继开工。同时，大规模的病险水库除险加固、灌区节水改造和水土保持等水利项目开始实施。

党的十八大以来，以习近平同志为核心的党中央高瞻远瞩，统筹谋划，提出“节水优先、空间均衡、系统治理、两手发力”的治水思路，作出保障国家水安全、推进重大水利工程建设等一系列决策部署，水安全上升为国家战略，治水理念不断升华，治水兴水进入新阶段。国家把水利摆在九大基础设施网络建设之首，着力推进重大水利工程和灾后水利薄弱环节建设，水利基础设施迎来了前所未有的历史机遇期，进入加速发展的黄金期。

从172项到150项，一项项重大水利工程建设如雨后春笋般拔地而起，成为防洪、水资源配置、供水等各项保障的中坚力量。

一项项工程的建成投运、效益发挥，是一代代水利建设者在党的领导下接续奋斗的结果，是社会主义制度优越性的有力见证，更是全社会团结治水、合力兴水的集中体现。

重器见证担当

“大国重器必须掌握在自己手里。”2018年4月，习近平总书记调研三峡工程时说，三峡工程是国之重器，是靠劳动者的辛勤劳动自力更生创造出来的，三峡工程的成功建成和运转，使多少代中国人开发和利用三峡资源的梦想变为现实。

2020年汛期，三峡水利枢纽工程迎战建库以来最大洪峰。作为长江防洪体系的关键一环，在不到两个月的时间内，三峡工程5次迎战编号洪水，累计拦洪293亿立方米，有效减轻了长江中下游防洪压力，发挥了巨大的防洪减灾效益。

“南方水多，北方水少，如有可能，借点水来也是可以的。”从毛泽东主席的一个宏伟设想，到“四横三纵、南北调配、东西互济”水资源配置格局的初步形成，历时近70年。南水北调，这一世界最大规模的人工调水工程连通长江、淮河、黄河、海河四大流域，打开了全时空供水格局。东、中线一期工程全面通水以来，已累计调水

400多亿立方米，直接受益人口达1.2亿人。

黄河干流上，小浪底水利枢纽的建成，大大缓解花园口以下河段的防洪压力，使黄河下游防洪标准从原来的不足100年一遇提高到1000年一遇，同时，基本解除凌汛对黄河下游的威胁。

“十三五”时期，172项节水供水重大水利工程开工建设了149项，在建规模超过1.2万亿元。在继续加快推进172项工程建设的同时，我国明确2020年至2022年将抓紧谋划一批新的重大水利工程，重点推进150项重大水利工程建设，包括防洪减灾、水资源优化配置、灌溉节水和供水、水生态保护修复等方面，涉及京津冀协同发展、长江经济带发展、黄河流域生态保护和高质量发展等重大国家战略。

…………

兴国必造重器。重大水利工程是提升水旱灾害防御能力、优化水资源配置、改善水生态环境、促进流域区域协调发展的重要手段，在保障国家水安全中有着不可替代的基础性作用。

效益不止于此。重大水利工程建设，覆盖范围大、产业链条长、带动能力强，为拉动内需、保持经济平稳快速增长作出了重要贡献。据中国宏观经济研究院估算，重大水利工程每投资1000亿元可带动GDP增长约0.15个百分点、新增就业岗位49万个。

东深供水工程向香港供水50多年，为香港繁荣发展作出重要贡献；大藤峡一期工程发挥综合效益，显著提升粤港澳大湾区供水安全保障能力；鄂北水资源配置工程全线通水，长期困扰鄂北地区发展的“旱包子”问题将从根本上得以解决……

一个崭新的时代见证了大批重器的诞生。放眼全国，一个个骨干水利工程和控制性枢纽守卫着大江大河大湖，守护着人民安全，为经济社会发展搭建起强有力的水利支撑，为全面建成小康社会注入了强劲动力。

兴水造福民生

“现在终于能睡上安稳觉了!”王向华的家在江西省永丰县返步桥水库大坝下游1000余米的返步桥村。说起水库除险加固前的日子，他仍心有余悸：“以前一到汛期我们就提心吊胆，寝食难安!”现在，返步桥水库经过除险加固，运行安全有了保障，王向华和村民们终于吃下了“定心丸”。

我国病险水库数量多，始终是悬在头上的“一盆水”，威胁着下游群众的生命财产安全。近年来，中央和地方不断加大投入，加快推进病险水库除险加固。2007年，党中央、国务院决定投资510亿元，用3年时间对全国规划内6240座大中型和重点小型病险水库集中进行除险加固；2012年以来，又先后实施了全国重点小（2）型、一般小（2）型病险水库除险加固。

从大江大河治理到病险水库除险加固、灌区建设与改造、中小河流治理、蓄滞洪区建设……瞄准薄弱环节，满足民生期盼，一系列水利工程建设加快推进。水利工程建设的方方面面，都与人民的幸福安康息息相关。

翻开百年治水史，以民心、民意为根基，依靠人民群众而建立起来的水利工程体系，已开始反哺和造福人民，成为防洪安全、粮食安全、供水安全、生态安全、能源安全的有力支撑和保障。

目前，我国已基本建成较为完善的江河防洪、农田灌溉、城乡供水等水利工程体系，水利工程规模和数量跃居世界前列。全国各类水库从新中国成立前的1200多座增加到近10万座，总库容从200多亿立方米增加到9000多亿立方米，5级以上江河堤防达30多万公里，是新中国成立之初的7倍多，大江大河干流基本具备了防御新中国成立以来最大洪水的能力。

时间流转，沧桑巨变。一座座大坝拔地而起，一道道堤防加高培厚，一条条输水隧洞穿山越岭，一座座水库蓄水发电……江河安澜，水脉畅通，山川秀美，水利工程的建设给亿万人民带来了看得见、摸得着的实惠。

万里安澜，千里伏波，漂亮答卷背后，折射出的是一个百年大党的为民情怀。

5月14日，习近平总书记在推进南水北调后续工程高质量发展座谈会上指出，“十四五”时期要以全面提升水安全保障能力为目标，以优化水资源配置体系、完善流域防洪减灾体系为重点，统筹存量和增量，加强互联互通，加快构建国家水网主骨架和大动脉，为全面建设社会主义现代化国家提供有力的水安全保障。

历史的长河，流淌着中国共产党人憧憬的梦想，更镌刻着他们执着的追求。从顶层设计到落地实施，再到新的谋划、新的梦圆——水利工程建设历程，闪耀着党的思想光辉，伴随着中华民族伟大复兴的漫漫征程。

时代是出卷人，我们是答卷人，人民是阅卷人。闯关夺隘，山水迢迢，未来更需不懈奋斗。随着国家水网建设的全面铺开，共和国的水利建设者将在党的领导下续写水利建设恢弘篇章，加速奔向治水惠民、泽被后世的新征途！

庆祝中国共产党百年华诞系列特稿之四

江河鉴初心　山川写未来

（2021 年 6 月 25 日）

本报记者　李爽　陈君　聂生勇

2020 年 10 月 19 日，南水北调东线山东干线有限责任公司党委书记、董事长兼总经理瞿潇从北京中水源禹国环认证中心负责人手中接过了 ISO 质量、环境、职业健康安全管理体系认证证书。

通过“三标一体”认证，标志着东线山东干线公司运行管理提质增效，在高质量发展道路上迈出可喜的一步。

正是得益于南水北调运行管理机构规范、高效、安全的管理，南水北调东中线一期工程全面通水 6 年多来，累计调水 400 多亿立方米，惠及 1.2 亿人，在促进经济社会发展和生态环境保护方面发挥了重要作用。

水之兴在于建，利之效在于管。新中国成立后，特别是改革开放、进入新时代以来，伴随着党和国家治国理政能力的提升，水利工程运行管理的理念、体系、效能不断进步、完善。水利工程管护者们用初心守护江河，在祖国的山川大地写下为国为民把好运行管理质量关的壮丽篇章。

运管理念，在发展中转变、提升

百年征程波澜壮阔，百年奋斗成就辉煌。

新中国成立伊始，在党的领导下，轰轰烈烈的水利建设大规模展开，一大批水库、水闸、堤防等水利工程相继建成。全国各级水利工程管理机构和管理队伍也组建成立。建立管理制度、制定技术标准，管理工作全面展开。水利工程运行管理从无到有、从弱到强，为水利工程兴利除害提供坚强支撑和保障。

受经济社会发展历史阶段局限，水利工作存在“先治坡后治窝”等重建轻管思想，加上长期计划经济模式造成管理方式粗放，吃“大锅饭”、喝“大锅水”，很长一段时期，水利工程运行管理处境艰难。

随着对社会主义市场经济认识的不断深化，2002 年，党和国家决定在全国启动水利工程管理体制改革，明确权责、划分类别、定编定岗、管养分离、规范管理，从根本上解决“重建轻管”问题，初步建立符合我国国情、水情和社会主义市场经济要求的水利工程管理体制和运行机制。

2011 年中央 1 号文件和中央水利工作会议，进一步强调坚持建管并重，对水利管理设置目标，提出一系列强有力的政策措施，推进水管体制改革深入开展。

党的十八大以来，为攻克小型水利工程管理这个难点，水利部联合财政部印发深化小型水利工程管理体制改革的指导意见，相继在全国开展深化小型水库管理体制改革试点县、样板县创建活动，探索出区域集中管护、政府购买服务、“以大带小”、物业化管理等可复制可推广的管护模式，并不断强化水利工程安全监管，推进水利工程运行管理补齐短板、提质增效。

理念的转变、提升给水管工作带来质的变化，水管体制改革激发出水管单位巨大活力，病险水库水闸除险加固、大中型灌区泵站节水改造等夯实了运管基础，加上制度化、规范化、标准化、信息化建设的推广推进，我国水利工程运行管理实力、能力不断增强，防御、减轻水旱灾害的水平大大提升，面对水旱灾害我们更加有底气，更加从容，也更有成效。

“十三五”时期，是水利工程运行总体安全的 5 年、运管基础加快夯实的 5 年、水利工程运行监管不断加强的 5 年、运管队伍持续壮大的 5 年，为打赢脱贫攻坚战、决胜全面建成小康社会作出了贡献。

运管体系，在实践中建立、健全

记者从水利部了解到这样一份成绩单：2019 年，全国纳入水管体制改革范围的国有运管单位精简撤并调整为 12908 个，较改革前下降 10%；纳入改革范围的小型水利工程 1445.3 万处，绝大部分出台了改革实施方案；全国占比 97%的小型水利工程明晰了工程产权，占比 81%的小型水利工程落实了管护主体，占比 72%的工程明确了工程管理模式。

在党的领导下，水利工程运行管理体系伴随着党和国家治国理政进程不断加强，伴随着共和国的成长不断建立、健全。

水利管理体制不断健全。国有大中型水管单位管理体制改革成效显著，两项经费渠道保持稳定，管养分离不断推进；小型水利工程管理体制改革不断深化，工程产权逐步明晰，管护主体和责任逐步落实，管护经费明显增加，管理水平不断提高。

运行管理基础不断夯实。工程底数逐步摸清，目前全国已有 9.6 万座水库、8.5 万座水闸完成注册登记并建档入库；全国水库大坝基础数据管理信息系统建成；全国大型水库大坝安全监测监督平台一期工程、堤防水闸等工程基础信息数据库建设有序推进；大坝安全责任基本落实，水利工程划界工作有序推进。

运管制度日趋完善。形成了以水法、防洪法、水库大坝安全管理条例、河道管理条例为核心的法律法规体系，建立了注册登记、安全鉴定、除险加固、降等报废、调度运用、维修养护、监测预警、应急预案等安全管理制度和技术标准体系，标准化管理有序推进。

工程安全状况进一步掌握。水库、水闸安全鉴定工作积极推进。建立了水库大坝安全鉴定提示制度，摸底调查了小型水库病险问题，稳步推进了水闸安全鉴定工作。水利工程安全监测系统逐步建立，各地积极推进水利工程监测预警系统建设。

水利工程运管体系的建立、健全，保证了水利工程运行管理工作安全健康高效发展，保证了水利工程良性运行、效益正常发挥，为国家经济社会可持续发展、人民群众幸福安康提供了支撑与保障，也有力践行了党始终坚持的以人民为中心的执政理念和发展思想。

运管效能，在坚守中激发、彰显

被称为“扛起了黄河标准化堤防建设的旗帜”、总长 128 公里的济南黄河标准化堤防一期工程，2008 年与国家体育场“鸟巢”、国家大剧院等享誉世界的建筑精品，同步登上了“鲁班奖”领奖台。

济南黄河标准化堤防是整个黄河大堤标准化管理的一个缩影。从黄河大堤，到“千里淮河第一闸”王家坝闸，再到南水北调中线水源地丹江口水库，几十年来，依靠一代代水管人的执着坚守，依托日益科学高效的运行管理，一座座水工程发挥出了极大的防洪、抗旱、灌溉、供水、航运、发电综合效益。

在党的领导下，如今水利工程运行管理正步入快捷、准确、安全、高效的现代化新阶段，为有效保障我国防洪安全、供水安全、生态安全和粮食安全，优化我国水资源的时空分布，提供着有力支撑和保障，效能凸显。

水利工程运行总体安全。“十三五”期间，我国年均溃坝率 0.03‰，为历史最低，远远优于 0.1‰的世界公认低溃坝率国家水平。湖北 2020 年严守 6921 座水库、1.7 万公里 5 级以上堤防，在历史罕见疫情和洪水冲击下无事故发生。小型水库运行管理不断加强，2020 年 18097 座小型水库开展了安全运行专项检查，安全管理意识增强，管理水平提高，工程面貌显著改善。

水利工程效益充分发挥。全国水库总防洪库容 1800 多亿立方米，大江大河 2 级以上堤防 4.8 万公里，成为防洪减灾的中流砥柱。全国大中型水库供水能力 2700 亿立方米，服务灌区面积 3.5 亿亩，灌溉、供水、生态、发电、航运等综合效益进一步拓展，成为农业抗旱、工业城镇供水、生态改善等的坚强后盾。

工程安全风险隐患管理显著加强。各地加快推进水库大坝、水闸安全鉴定工作，强化堤防险工险段管理，极大地消除了工程安全风险隐患。2020年，全国实施水库大坝安全鉴定2.3万多座，排查出堤防险工险段7900多公里。

信息化建设成效明显。水库运行管理信息系统和堤防、水闸基础信息数据库建立。全国大型水库大坝安全监测监督平台一期工程建成，实现了对67座大型水库实时监控预警。国有水库、堤防、水闸管理范围划界完成率超过70%，部直属工程划界按投资计划安排按期完成。

标准化管理稳步推进。水利部将出台《水利工程运行标准化管理指导意见》，指导各地加快推进标准化管理工作。各地各流域按照“因地制宜、试点先行、典型引领、逐步推进”原则，积极推进水利工程标准化管理。江西省政府出台《全面推行水利工程标准化管理的意见》，将标准化管理纳入省级考核，在中西部地区发挥了示范作用。全国152家水利工程管理单位通过水利部水利工程管理考核验收，为标准化管理树立了标杆。

运管队伍建设不断加强。“十三五”期间，培训各级运管人员26万余人，成功举办闸门运行工、水工监测工等全国职业技能竞赛。运管系统敬业风气、履职能力显著提升。

…………

“到2025年年底前，基本消除水库、堤防、水闸等水利工程重大安全隐患，建立健全水库运行管护长效机制，运行管理逐步走向规范化、信息化、标准化……实现运行安全与效益发挥双目标，为高质量发展提供水利工程保障。”这是“十四五”水利工程运行管理主要目标。有党的坚强领导，有几十年的成功积淀，有水管人的真抓实干，水利工程运行管理工作一定会不辱使命，不断开创新局面，推动新阶段水利高质量发展，守护江河，福泽家国。

庆祝中国共产党百年华诞系列特稿之五

水润万家　百年梦圆

（2021 年 6 月 26 日）

本报记者　王曼玉　马晓媛

2019 年，刚刚摘帽不久的国定深度贫困县湖北省英山县，紧接着又干了一件“大事”：将全县最大水厂西河中心水厂和其余 3 座千吨万人水厂连结成网，覆盖全县，率先在湖北省实现城乡居民饮用水“同标准、同质量、同管网、同服务”。

从没水喝，到喝上水，再到喝好水，“八山一水一分田”的英山县，其饮水安全发展史，也是全省乃至全国饮水安全发展历程的写照。

百年间，在中国共产党的领导下，亿万人民群众实现了从“扁担挑水”到“水龙头一拧”的幸福演变。饮水安全百年梦圆，托起了百姓对美好生活的无限向往。

在这场关乎人民福祉的饮水安全“接力”中，水利部门作为牵头部门，坚决贯彻执行党的路线方针政策，以超常决心、超常智慧、超常手段，千方百计推动项目建设，保证了战役目标的全面完成，实现了饮水安全从“解民之渴”到“促民健康”的蝶变。

初心如磐
想方设法破解多年喝水难题

饮水，关乎民生福祉，是党中央始终“放在心头”的一件大事。

在全国农村自来水普及率已达 83％的今天，我们很难想象，20 世纪初期，受自然、经济和社会等条件制约，我国农村供水设施简陋，水质易受污染，不少百姓还只能直接取用河水、溪水、坑塘水，干旱季节更要远距离拉水、背水，获取饮用水可谓艰难。

中央苏区时期，共产党带领军民打下的一口口朴实无华的红井，诉说着共产党人与百姓之间的鱼水情深。

新中国成立后，我国结合兴修灌溉工程解决了部分缺水地区群众严重饮水困难问题。

改革开放以后，农村饮水资金投入力度大幅度增加，结合农田水利基本建设，实施防病改水和饮水解困工程，基本结束了我国农村长期饮水困难的历史，一些农民告别了“无水喝”的历史。

在党中央高度重视和高位推进下，1980 年，全国农村饮水工作会议在山西召开，提出了明确目标；1984 年，农村饮水解困正式列入相关规划，农村饮水加快发展；1994 年，国务院印发《国家“八七”扶贫攻坚计划》，把基本解决农村饮水困难作为奋斗目标之一；2000—2004 年，中央共投资 97 亿元，解决了 6004 万农村人口的饮水难问题。

从“喝水难”，到“有水喝”，饮水安全这件党中央始终惦记的民生大事，在艰难中一步步推进，初见成效。

不仅要“解水困”，还要实现“水之安”。2005—2015 年，农村饮水安全“十一五”“十二五”规划相继实施，5.2 亿农村居民和 4700 多万农村学校师生的饮水安全问题得到解决，农村饮水走向“安全之路”。

进入“十三五”，我国大力实施农村饮水安全巩固提升工程。其中，中央累计投资 296.06 亿元，各地累计完成农村饮水安全巩固提升工程建设投资 2093 亿元，共巩固提升了 2.7 亿农村人口供水保障水平，其中解决了 1710 万贫困人口饮水安全问题、1095 万农村人口饮水型氟超标问题和苦咸水问题，现行标准下贫困人口饮水安全问题得到了全面解决，农村居民的获得感、幸福感和安全感不断增强。

汩汩自来水，折射出令人欣喜的民生变迁，更映照着党中央惠民政策的进程。

百年来，党中央始终牢记百姓饮水安全这件大事，矢志不渝稳步推动农村饮水安全工作，实现了工程设施从无到有、群众取水从难到易、供水质量从差到好的历史性转变，更为全面建成小康社会扫除了饮水障碍。

据统计，截至 2020 年年底，我国共建成各类农村供水工程 931 万处，服务农村人口 9.09 亿人，其中城市管网延伸及千吨万人供水工程 1.8 万处，千人及以下集中供水工程 56.2 万处，农村集中供水率达到 88%，农村自来水普及率达到 83%，一半农村居民可以享受和城市人口一样的供水服务。农村供水工程在提高农村居民生活质量、改善农村人居环境、增进民族团结等方面作用明显，已成为最受农村居民欢迎的重大惠民工程之一。

攻坚克难
饮水安全不落一户一人

农村饮水安全事关脱贫攻坚，不能落下一户一人。

2020 年，新疆维吾尔自治区伽师县饮水安全工程提前一个月完工，47.35 万各族城乡居民彻底告别苦咸水。黔山大地打响农村饮水安全“歼灭战”，贵州省威宁彝族回族苗族自治县文炉村全体村民用上自来水；甘肃省天水市张家川回族自治县实施规模化农村供水工程，所有农户自来水 24 小时不间断。

一座座供水工程、一条条输水管道，连接着一张张幸福的笑脸。这背后，是党中央的英明决策、坚强领导，攻坚克难、大力推进。

习近平总书记多次对农村饮水安全工作作出重要指示批示，强调不能把饮水不安全问题带入小康社会。水利部会同有关部门与地方党委、政府动了不少脑筋、想了很多办法。

水利部把农村饮水安全脱贫攻坚作为水利扶贫的头号工程和底线任务，统筹谋划、编方案增资金，主动出击、找症结寻出路，统一评价、定标准建台账，加快建设、月调度保水质，挂牌督战、攻难点决死战。最终，在 2020 年 6 月底前如期完成饮水安全脱贫攻坚扫尾工程建设，攻克了最后一座“堡垒”。

“凉山州 7 个未摘帽贫困县全部完成了农村饮水安全脱贫攻坚收尾工程建设任务，全面解决了现行标准下的贫困人口饮水安全问题。”2020 年，在饮水安全脱贫攻坚冲刺阶段，水利部副部长田学斌率督察组亲赴四川省凉山彝族自治州督查饮水安全情况后，郑重宣布。

民以食为天，食以水为先。解决好饮水问题，才能更好的为人民谋幸福。为此，各地因地制宜，不断摸索，创新思路和方法，大力推进解决“缺水致贫”等问题。

甘肃相继实施“病区改水”“国家以工代赈农村人畜饮水项目”“121 雨水集流工程”“大地之爱·母亲水窖”等项目，为贫困地区百姓“解渴”；贵州针对最后的“盲区死角”，2020 年启动脱贫攻坚农村饮水安全挂牌督战，着力解决了饮水安全“老大难”问题；内蒙古加大投资、加快推进的贫困人口饮水安全工程，终结了“高氟水”等不安全饮用水对人们健康的影响。

甘泉流进千家万户，亿万群众“苦尽甘来”，这份美好离不开数以万计水利党员干部职工的辛苦努力、默默付出。

召必来、来必行、行必果。长期以来，无数奔走在山间、田野的水利人，响应号召、兢兢业业、无私奉献，他们日复一日年复一年，坚守着初心和使命，用最朴实的行动，守护着百姓的幸福。

提档升级
“幸福水”浇灌美好未来

水，关乎发展。

山西省广灵县涧西村，是一个拥有 200 年历史的老村落。村里曾经只有一口古井，村民深受吃水困扰。通上自来水后，解决了用水之忧，这座古老村落被清水从沉睡中唤醒，发展强劲。

如今，村民们用上清洁自来水，劳动力从挑水、担水中解放出来，外出打工增加收入。有了水源的保证，环境美了，旅游业跨越发展，加快了村民奔小康的步伐。

水，还直接关系到人民群众的美好生活。

走进福建省福鼎市小白鹭村净水站，现代化农村供水一体化水处理装置不停运转，工作人员拧开水龙头，清流涌出，和未经处理的“黄浊水”形成鲜明对比。

小白鹭净水站是福鼎市城乡供水一体化的一环。福鼎市从列入省城乡供水一体化首批试点县以来，百姓告别了苦咸水，迎来甘甜水，健康有了保障，获得感、幸福感大大提升，群众交口称赞。

水润民心，福至万家。进入新时代，转变饮水安全建设管理的观念和模式，打破城乡供水二元结构、实现城乡供水同质同服务，已然成为百姓的新需求、新期待，也成为农村饮水安全工作的新使命。

继续实施农村供水工程建设，推进稳定水源工程建设，有条件的地区推进城乡一体化和千吨万人供水工程建设；在人口分散、偏远的地区，实施小型供水工程标准化改造，加强水源保护和水质保障，强化工程管理管护，切实保障农村饮水安全……

农村饮水安全没有完成时，只有进行时。站在新的历史起点上，重整行装再出发。在党中央的坚强领导下，继续固底板、补短板、锻长板，强管理，相信农村供水会在巩固拓展脱贫攻坚成果和全面推进乡村振兴中发挥着更大地支撑和保障作用，更好地适应农村人口对美好生活的向往。

庆祝中国共产党百年华诞系列特稿之六

水润沃野 穰穰满家

（2021年6月30日）

本报记者 李博远

“以前守着黄河用不上水，现在有了灌区，用上了黄河水，省时省工又省钱，我这150亩地两三天就浇完了。”看到在智能计量装置的精准控制下，灌溉水流入自家小麦地，山西省运城市芮城县夭头村村民张东东露出欣慰的笑容。

芮城县坐落在黄河边，由于地势比黄河高出200多米，长期以来，当地群众饱受“住在黄河沿，用水比油难”之苦。1974年，大禹渡灌区建成后，曾经“靠天吃饭”的芮城成为黄河中游地区著名的粮仓。

水润沃野，穰穰满家。回顾百年历程，特别是新中国成立以后，中国共产党领导全国人民掀起了一次次农田水利建设热潮，大力发展节水灌溉，不断夯实农业发展基础，让中国人把饭碗牢牢端在自己手中，创造了以全球6%的淡水资源、9%的耕地保障全球20%以上人口吃饭问题的世界奇迹。2021年建党百年之际，我国夏粮迎来了连续18年的增产丰收。千里沃野，麦浪翻滚，向百年华诞送上金色礼赞！

守护粮食安全的命脉

人的命脉在田，田的命脉在水。我国是农业大国，特殊的自然地理条件决定了我国必须走灌溉农业之路。

“水利是农业的命脉”。1934年，江西瑞金，毛泽东主席在第二次全国工农代表大会上作出这一论断。有数据统计，1934年4月，瑞金全县“田地总数34175担，灌得到水的有31938担，换句话说，94%的田受到水利的灌溉”。

中国共产党从成立之初便十分重视农田水利工作，但在艰苦的革命战争时期，我国普遍存在水利基础设施严重缺乏、灌排能力严重不足、粮食生产能力低下的情况。1949年新中国成立时，我国农业基本处于“靠天吃饭”的艰苦阶段，农田有效灌溉面积仅为2.4亿亩，粮食总产量2260亿斤，“南粮北运”的局面仍在艰难维持。

面对农田不保收、人民吃不饱的现实问题，中国共产党带领人民持续开展以发展灌溉面积为核心的大规模农田水利建设。

1952年4月12日，被誉为“新中国引黄第一渠”的人民胜利渠正式开闸放水。这座新中国在黄河中下游兴建的第一个大型引黄自流灌溉工程，担负着灌区农业、城市生活供水和排涝等任务。“人民胜利渠让黄河从此成为‘水肥兼具、灌淤两便’的幸福之源。”人民胜利渠管理局总工程师吴卫星说。自建成以来，灌区全年亩均粮食产量从1952年的95公斤增长到2011年的984公斤，棉花产量由每亩23公斤增长到75公斤，亩产量实现了巨大飞跃。“近70年来，人民胜利渠共引（供）水390亿立方米，为灌区经济社会发展提供了水利支撑。”吴卫星说。

1958年开工建设的安徽淠史杭灌区灌溉面积超过千万亩，惠及安徽、河南两省四市共17个县（区），正常年份每年产粮70亿公斤左右。淠史杭灌区彻底改善了皖西皖中地区人民群众恶劣的生存发展条件，使安徽省稳居粮食主产省地位。“变化太大了，看着灌区带来这么多的益处，我觉得我这一生都没白活。”淠史杭工程的第一代工程师杜吉震老人激动地说。

“中国人的饭碗任何时候都要牢牢端在自己的手上”。党的十八大以来，习近平总书记多次强调粮食安全的特殊重要性，保障粮食安全始终是头等大事。

在党的坚强领导下，农业灌溉水利工程得到持续巩固和提升，确保饭碗牢牢端在自己的手上。目前，我国兴建了30万亩以上的大型灌区400多个，1万～30万亩的中型灌区7000多个，大中型灌区有效灌溉面积达5.1亿亩，大量小型塘堰和难以计数的田间工程覆盖了所有农田灌溉面积，规模位居世界第一。全国农田有效灌溉面积由1949年的2.4亿亩增长到如今的10.37亿亩，全国粮食总产量由2260亿斤增加到1.3万亿斤以上，约占全国耕地面积50%的灌溉面积上生产了占全国总量75%的粮食作物和90%以上的经济作物，为保障我国粮食安全及主要农产品供给、农民持续增收、促进现代农业发展和水资源可持续利用作出了重大贡献。

把节水灌溉作为革命性措施

“种地还得靠科技，市里推广膜下滴灌、水肥一体化等节水技术，成本降低了，产量增加了。”位于内蒙古河套灌区的巴彦淖尔市临河区白脑包镇永胜村的村主任唐学忠说，变大水漫灌为精准滴灌，节水灌溉带来了显著成效。2020年，内蒙古河套灌区完成水利建设投资6.7亿元，创历年新高。连续实施22年的节水改造工程完成既定任务，特别是灌区的“灌溉输配水系统与田间工程关键技术研究与应用”项目，可使年平均灌溉水利用系数提高20%。

随着经济社会的快速发展，人增、地减、水缺的矛盾日益突出。传统的灌溉模式不能适应经济社会的发展，如何在推进社会可持续发展的同时继续保持粮食稳产增收？高效节水灌溉的发展，实现了农民增收和节约用水双赢。

20 世纪 90 年代以来，我国以对原有工程续建配套技术改造、发展节水灌溉、提高用水效率和效益为重点推进灌溉事业的发展。1998 年，党的十五届三中全会提出“把推广节水灌溉作为一项革命性措施来抓”；2011 年，中央一号文件将节水灌溉作为一项战略性、根本性措施来抓，并提出到 2020 年农田灌溉水利用系数提高到 0.55 以上。

2014 年，习近平总书记就保障国家水安全问题发表了重要讲话，把节水放在治水思路的首要位置，指明了发展高效节水灌溉的努力方向。2020 年 6 月，习近平总书记在宁夏考察时提出农业要节水化，要调整种植结构，积极发展节水型农业。

党的十八大以来，党中央、国务院相继作出推进节水供水重大水利工程建设等一系列决策部署，把农业节水作为方向性、战略性大事来抓，大规模实施农业节水工程，突出抓好大中型灌区节水改造和严重缺水、生态脆弱地区及粮食主产区节水灌溉工程建设。

如今，我国农田灌溉水利用系数提高到 0.565，节水灌溉面积已超 3600 万公顷，在灌溉面积扩大、灌溉保证率提高、粮食总产量稳步增加的情况下，农业用水量多年一直维持在 4000 亿立方米左右，其中农业灌溉用水保持在 3400 亿立方米左右，农业用水占国民经济用水总量比重从 2000 年的约 69%下降至约 62%，推进农业节水为保障国家粮食安全、缓解水资源供需矛盾作出了突出贡献。

贯彻新理念助力高质量发展

“原先浇一亩地，水费要近 60 元，水价改革以后，只要 40～50 元。”“现在提倡节约用水，用水量少交的水费少，国家还给奖励，真是做梦都没想到会有这好事啊。”居住在陕西农业大县富平县的冯选民说。这是桃曲坡水库灌区用 5 年时间，探索实施农业水价综合改革工作的成果。

20 世纪 80 年代以来，我国灌区工作的重点从抓新灌区建设逐渐转移到建设与管理并重、注重发挥现有工程效益上。围绕推动农业灌溉可持续发展，中央不断推动深化改革创新，坚持“先建机制、后建工程”，以水价机制为核心，以奖补机制为保障，以工程和计量设施建设为硬件基础，以“总量控制、定额管理”为制度基础，以工程管护机制为重要依托，统筹推进农业水价综合改革，逐步提高农业用水效率和农田水利工程良性运行保障水平，促进实现农业现代化。全国累计实施农业水价综合改革的面积超过 4.3 亿亩，改革成效明显。与此同时，农田水利设施产权逐步明晰，多元化多渠道筹资机制逐步形成，全国约一半农田水利设施以“两证一书”形式明晰了产权。

立足新发展阶段，贯彻新发展理念，构建新发展格局，围绕高质量发展主题，灌区管理向着精细化、智能化、现代化的方向快速发展。

“新时代，都江堰灌区将按照习近平总书记‘十六字’治水思路，加快生态都江堰、节水都江堰、智慧都江堰建设的步伐，引领水利工程不断向高质量、可持续的方向发展，努力建设‘国内一流、世界领先、具有都江堰特色’的现代化智慧灌区。”四川省都江堰灌区管理局局长孙小铭介绍。

按照《数字都江堰工程总体规划》，都江堰灌区先后建成了覆盖渠首各枢纽的网络系统、覆盖全灌区 45 处测点的水情自动测报系统、渠首内江闸群自动控制及图像监视系统、内江水质在线监测系统、基于 GIS 的灌区水资源调度系统、灌区广域网等，提高了灌区水利信息化水平，增强了水利现代化管理能力。如今，2200 多岁“高龄”的都江堰灌区已踏上了现代化发展之路。

奋斗百年路，启航新征程，中国共产党为中国人民谋幸福、为中华民族谋复兴的初心从未改变。《中华人民共和国国民经济和社会发展第十四个五年规划和 2035 年远景目标纲要》提出，“推进大中型灌区节水改造和精细化管理，建设节水灌溉骨干工程，同步推进水价综合改革”。一条条灌渠、一个个灌区，将在神州大地继续描绘水惠民生的新画卷。

庆祝中国共产党百年华诞系列特稿之七

治水千秋业　精神一脉传

（2021年6月30日）

本报记者　张元一　田慧莹

2021年4月21日，中共中央宣传部授予东深供水工程建设者群体“时代楷模”称号，一时间，东深供水工程建设者忠于祖国、心系同胞的家国情怀，勇挑重担、攻坚克难的使命担当，艰苦奋斗、甘于付出的奉献精神，闪耀神州大地，成为奋进新时代的强大精神动力。

一段岁月，波澜壮阔，刻骨铭心。建党百年之际，循着历史的足迹，回望党领导下的水利事业，我们看到大江大河有效治理，看到三峡工程、南水北调工程、小浪底水利枢纽等大国重器在服务国家战略上发挥着重大作用，看到生活用水从“肩挑”“车拉”到“手拧”的嬗变，看到漫天黄沙到塞上江南的生动蜕变……

一种精神，穿越历史，辉映未来。在波澜壮阔的治水实践中，一代代水利人肩负历史的责任接续奋斗、砥砺前行。他们的身影定格在田间地头、高山峻岭、防汛一线、江河岸边，水利精神汇聚成推动水利改革发展的磅礴力量。

为水利事业凝聚力量

翻开党领导下的水利事业发展史册，每一个激动人心的历史篇章都浸染着水利人付出的心血汗水，每一座跨越山河的丰碑都镌刻着水利人传承水利精神的生动实践。

“蓝天白云做棉被，大地荒草做绒毡。高山为我放岗哨，漳河流水催我眠！”

20世纪60年代，30万林县儿女以“重新安排林县河山”的豪迈气概，苦战10个春秋，仅靠着一锤、一铲、两只手，用鲜血、汗水和生命在太行山的悬崖峭壁上修成了全长1500公里的红旗渠，引来了漳河水，滋养了林县大地，也孕育了“自力更生、艰苦创业、团结协作、无私奉献”的红旗渠精神。

红旗渠精神不仅是那个时代的精神写照，也是一代又一代水利人前行路上的信仰灯塔，积蓄着水利人不懈的精神追求。

1997年10月28日上午10时28分，是载入中华民族治黄历史的又一高光时刻。

小浪底截流戗堤南、北两岸的大型翻斗车同时向龙口口门倒入巨大的石块，黄河水被拦腰截断，从北岸山中的导流洞奔泄而出。

20年风雨历程成就了举世瞩目的小浪底工程，也造就了“爱国忠诚、敬业奉献、精益卓越、团结友善、自律自强”的小浪底精神，激励着水利人在祖国广袤的大地上建起一座又一座造福人民的丰碑。

“1998年8月21日，第七次洪峰到来时，湖北省洪湖长江干提出现200米长的大滑坡和157厘米宽的大裂缝，眼见长江水穿堤而过，形势危如累卵。”抗洪亲历者何龙盛回忆道，紧接着他就看到守堤官兵趟过齐膝的泥浆，扛着沙包奔向大堤，一名军官挥舞着党旗，用喇叭高喊着“人在堤在，誓与大堤共存亡!”

长江流域告急！嫩江、松花江流域告急！珠江的西江流域告急！福建的闽江流域告急……1998年的那场特大洪水，让人至今记忆深刻。

一时间，抗洪抢险成了长城内外的一致行动，一幕幕催人泪下、感人至深的动人画面在与洪水搏斗中上演。在党的坚强领导下，在广大军民的团结奋战下，我们取得了抗洪抢险斗争的伟大胜利，并形成了“万众一心、众志成城，不怕困难、顽强拼搏，坚韧不拔、敢于胜利”的九八抗洪精神。

精神所在，就是血脉所在，就是力量所在。一代又一代水利人正是从红旗渠精神、小浪底精神、九八抗洪精神中汲取奋进的力量，实现了水利建设历史性跨越，科学治水方略不断完善，传统水利向现代水利加快转变，水利改革发展取得新突破，民生水利给百姓带来越来越多实惠，水利成为经济社会可持续发展的重要支撑和保障。

他们是践行者、弘扬者

历史上的黄河，不仅是中华民族的母亲河，还是一条桀骜不驯的忧患之河。几千年来，中华民族始终在同黄河水患作斗争，直到中国共产党领导人民开创治黄事业新篇章，黄河才迎来如今新岁月。

新中国成立初期，“治黄特等功臣”于佐堂，曾顶着国民党军队的飞机轰炸，冒着被洪水冲走的危险，奋战14个昼夜抢护山东黄河王庄险工；“一等人民功臣”孙龙蛟，不顾生命危险跳入湍急的水流中，用身体堵住河堤洞口；“推土英雄”夏崇文，推一辆小车，扛一把铁锹，每天推土二十八立方米……

这些新中国水利事业的开创者，在国家一穷二白、百废待兴的情况下，靠着对党的忠诚和献身水利事业的决心，肩挑背扛，人抬车推，用生命与汗水传递着推进水利事业发展的精神火种。

1978年，改革开放的春风吹遍祖国大江南北，在党的领导下，水利事业发生了历史性的深刻变化，取得了令人瞩目的成就，也涌现出许多先进典型。

一切为实、不奢虚华的“全国优秀共产党员”汪洋湖，敬业为公、勤政为民的“人民满意的公务员”高安泽，把党心民心融在一起的“大禹传人”何贵平，心中装着千百万人生命财产安危的水文勘测工张宇仙，甘于寂寞、忠于职守、坚守黄河源头 30 年的谢会贵，坚持真理、科学求实、勤奋敬业、鞠躬尽瘁的崔政权……

时代在变，水利人的精神底色不变。党的十八大以后，水利事业进入发展的“快车道”。水利人在平凡中坚守，在奉献中前行，生动谱写了新时代的水利人之歌。

56 载水利工地为家，9000 多个日夜守护三峡大坝，两次患癌仍坚守三峡工地的郑守仁；25 年来走遍洞庭湖每一条水系、为根治洞庭湖水患倾尽一生的余元君；一人一站，驻守极寒之地观测冷冽的界河，30 多年如一日的任宝学；在“一带一路”建设征程中，为构建中国跨流域调水格局、助推中国标准走向世界作出卓越贡献的杨海燕；坚持每天凌晨 3 点起床看书，一次比赛失利能写下 2 万字总结分析原因的年轻水文“工匠”陈磊……

他们当中，有德高望重的专家学者，有科技创新一线的“排头兵”，有重点项目建设的“领头雁”，还有许许多多平凡岗位上苦练内功的基层水利工作者……每一位都是水利精神的践行者、水利精神的弘扬者。

推动血脉传承

除水害、兴水利，水利精神不仅是中华民族几千年治水文化精神的传承，更是穿越历史长河、彰显时代特征、激励一代又一代中华儿女投身水利事业的精神传递。

2019 年 12 月，水利部向社会公布第一批“历史治水名人”。入选的大禹、孙叔敖、西门豹、李冰、王景、马臻、姜师度、苏轼、郭守敬、潘季驯、林则徐、李仪祉 12 位历史人物，都是各个时代的治水先贤，是一座座冲不垮的丰碑。他们身上承载的艰苦奋斗、公而忘私、科学治水、创新求实等优秀品质和人文精神，汇聚着奋斗新时代的精神力量。

党的十八大以来，水利部在习近平总书记“节水优先、空间均衡、系统治理、两手发力”的治水思路指引下，广泛开展群众性精神文明创建活动，形成保护河湖的广泛共识，让水利精神在全社会得到更深入、更广泛的传递。

从 2014 年开始，水利部连续举办了“保护水源地”“保护江河源头”“保护河流尾间”志愿服务暨公益宣传系列活动。

2017 年、2018 年，围绕河长制的全面建立，举办了“保护城市水体”“保护乡村河道”志愿服务暨公益宣传活动。

2019 年，开展了“保护湖泊”志愿服务暨公益宣传活动。

2020年，在青海、甘肃、宁夏、内蒙古、陕西、山西、河南、山东等黄河流域8省10地开展“关爱山川河流·保护母亲河”全河联动志愿服务活动，为保护母亲河、保护传承弘扬黄河文化贡献智慧力量。

在水利人的带动和影响下，社会公众积极参与到河湖治理和保护中来，先后有42万名志愿者直接投身节水护水志愿服务和公益宣传，涌现出一大批乡贤河长、党员河长、记者河长以及“河小青”“河小禹”等巡河护河志愿服务队，水利志愿服务逐渐形成“在行业内辐射、向全社会传递”的良好局面。

伟大的事业需要伟大的精神，伟大的精神需要代代传承。站在“两个一百年”的历史交汇点上，一代又一代水利人将继续传承、弘扬和践行水利精神，在推动水利高质量发展的道路上阔步前行！

庆祝中国共产党百年华诞系列特稿之八

脱贫圆梦　治水惠民

（2021 年 7 月 1 日）

本报记者　张佳鑫　陈萌

“我国脱贫攻坚战取得了全面胜利！”今年 2 月 25 日，习近平总书记庄严宣告！

永远把人民放在最高位置！中国共产党，兑现了向历史向人民作出的庄严承诺，创造了人类减贫史上的中国奇迹，镌刻了彪炳史册的辉煌篇章。

建党百年之际，恰是脱贫攻坚交卷之时，时间的巧合，却也是历史的必然。中国共产党 100 年的发展历程，既是一部薪火相传、砥砺前行的奋斗史诗，也是一首攻克贫穷堡垒、昂首奔向小康的英雄壮歌。

当世代从山下人扛马驮取水的贵州喀斯特山区村民在家喝上甘甜自来水，当湖北郧阳区在水利扶贫干部带领下发展起带动数千人就业的制袜产业，当受新冠肺炎疫情影响无法外出务工的青海格尔木贫困牧民就近参加水利工程复工复产每天获得 200 多元收入……一项项心系冷暖、务实有效的政策措施落地，一个个扑到田间、甩开膀子的身影接续奋斗，一幅幅村美民富的新图景涌现，一张张吃上甘甜水的幸福笑脸感动世界。

百年大党初心如磐，执政为民使命在肩。在脱贫攻坚宏伟蓝图上，水利人写下了浓墨重彩的一笔，为高质量完成脱贫攻坚任务提供了坚实的水利支撑和保障。

初心不改担使命
——以人民为中心　为人民谋幸福

谁能想到，百年前，独龙族还处在原始社会末期，民众过着刀耕火种、结绳计日的生活。如今，云南独龙族整族脱贫，村里通车、通电，也通了安全水，一跃千年奔小康。

在半封建、半殖民地的旧中国，贫困如影随形。中国共产党人最初看到的就是积贫积弱的中华民族，首先思考的就是如何能够摆脱贫困，改变命运，救亡图存。面对饥寒交迫、民不聊生、江河泛滥和战火纷飞的状况，中国共产党从成立伊始，就将消除贫困、改善民生、逐步实现共同富裕作为自己的使命。无论在土地革命时期，还是在抗日战争、解放战争时期，中国共产党人都始终注意解决吃饱穿暖的问题，团结带领广大人民以坚定不移、顽强不屈的信念和意志与贫困做斗争。旧中国水利基础设施脆弱，想从根本上改变人民群众吃饭问题，只能是一种美好的愿望。但中国共产党人一旦有条件就积极建设水利设施，改善灌溉条件，发展农业生产，就是为了解决贫困问题。中国共产党领导下成立的中华苏维埃共和国，专门设立山林水利局，组织广大军民开渠筑坝，打井抗旱，车水润田，留下了治水改变贫困的一段佳话。

通过开展土地改革、农田水利基础设施建设等，解决农民的温饱问题；推进农村经济体制改革推动减贫战略，实施区域开发式扶贫等战略，逐步建立常态化减贫工作机制……立足国情、遵循规律，中国共产党带领人民在不同历史时期实施不同战略政策，不断实践探索中国特色的减贫道路。

党的十八大以来，以习近平同志为核心的党中央从全面建成小康社会要求出发，把扶贫开发作为实现第一个百年奋斗目标的重点任务，作出一系列重大部署。习近平总书记创造性地提出精准扶贫精准脱贫基本方略，推动了扶贫减贫理论创新和实践创新。

在这场看不见硝烟的反贫困“战场”上，水利是重要基础和保障。在中国共产党的领导下，一代又一代治水人只争朝夕，除水害、兴水利，提升水旱灾害防御能力，改善农业生产条件，恢复和发展社会生产力，不断改善人民群众的生活。

1986 年，国务院成立贫困地区经济开发领导小组，我国开始实施有组织、有计划、大规模的开发式扶贫，并确定原水电部等 10 个部委作为首批开展定点扶贫任务的单位。

随着《国家八七扶贫攻坚计划》开始实施，1995 年，水利部成立了由副部长担任组长的扶贫领导小组。至此，水利部开始发挥行业优势，从解决水的问题入手，以老、少、边、穷地区及水库移民为重点，加强贫困地区水利建设。

在《中国农村扶贫开发纲要（2001—2010 年）》指导下，水利部印发了《关于加强水利扶贫工作的意见》《水利部定点扶贫规划（2001—2010 年）》等一系列文件和规划，在行业内部署开展水利扶贫工作。

从中央到地方，在党的领导下，扶贫的水利印记越来越清晰。水利行业举全行业之力，充分发挥行业优势，做好水利扶贫各项工作，为我国各个阶段扶贫目标任务的顺利完成提供了坚实水利支撑。特别是党的十八大以来，水利扶贫责任更加明确，政策举措要求更加精准，形成了以行业扶贫、定点扶贫、片区联系、对口支援、重点区域扶贫等为主的扶贫体系，贫困地区水利基础设施建设不断完善，因水致贫的突出问题加快解决。

一件一件抓落实，一年接着一年干，长久封冻的贫困“冰山”逐渐融化，水利扶贫奏响最强音!

攻坚克难拔穷根
——喜迎安全水 点亮致富梦

在乌蒙山区壁立千仞般的一些村庄，一桶水过去曾被当做珍贵的礼品。随着农村饮水安全工程的实施，昔日长征路上“乌蒙磅礴走泥丸”的地方，又响彻着喝上安全水的喜悦声。

水利部把全面解决贫困人口饮水安全问题作为全面建成小康社会的底线任务和标志性指标，继“十二五”末基本解决农村饮水安全问题后，“十三五”时期继续实施巩固提升工程。

“无论这块硬骨头有多硬都必须啃下，无论这场攻坚战有多难打都必须打赢。”各级水利部门牢记习近平总书记的嘱托，凝心聚力，攻克最后的“堡垒”。2020 年 8 月，我国贫困人口饮水安全问题全面解决!

水利作为重要基础设施和公共服务领域，在决胜全面小康、打赢脱贫攻坚战中具有重要地位。水利系统积极行动，用好“六个精准”“五个一批”等“锦囊”，让贫困群众感受因水浸润的幸福。

全力推进保障饮水安全这一水利扶贫头号工程，持续改善农田水利灌排设施，不断提升防洪抗旱减灾能力，加快治理水土流失，抓好重大水利工程建设，发挥农村水电扶贫效益……啃下硬骨头，打赢攻坚战，支撑贫困地区长远发展的水安全保障能力得到较大提升。

“十三五”时期是水利扶贫开发投入资金最多、建设成果最多、群众得实惠最多的五年。水利部安排贫困地区中央水利建设投资 3687.2 亿元；农村水电扶贫工程精准帮扶 9.8 万多户建档立卡贫困户；水利工程建设管理岗位吸纳贫困家庭劳动力 108 万人次，人均年增收 1 万元；646 个贫困县每年超过 100 万群众从水土流失治理中受益……水利行业扶贫使贫困群众不断收获大礼包，实现脱贫致富。

“八大工程”拔穷根。锁定地区，锚定目标，水利部调动各方力量，整合扶贫资源，创造性地实施水利行业倾斜支持、贫困户产业帮扶等“八大工程”，积极争取有利于增强地方经济发展的项目和资金支持，激活产业来“造血”，智力帮扶去“授渔”。在 2017—2020 年中央单位定点扶贫年度考核中，水利部连续 4 年获得“好”的等次。

在行业扶贫多角度发力和精准扶贫纵深开展的同时，以对口支援为经、片区联系为纬、重点区域扶贫为聚焦点的扶贫行动全面铺开，一股“暖流”在华夏大地缓缓流淌。

打攻坚战的关键是人。党的十八大以来，水利部择优选派209名优秀干部到脱贫攻坚一线挂职扶贫，组织2600多名专家开展扶贫专项咨询服务，连续4年选派业务骨干到西藏阿里、那曲工作，累计培训贫困地区水利干部9300多人次，“组团式”“菜单式”“订单式”开展干部人才、教育培训、人才培养、能力提升等立体式帮扶，成为培育基层水利人才成长的沃土。“订单式”水利人才培养案例荣获“全球减贫案例有奖征集活动”最佳减贫案例。

在党的坚强领导下，在国家大扶贫格局中，水利扶贫经过30多年的探索实践，形成了一套行之有效的扶贫模式，为我国各阶段扶贫任务顺利完成和脱贫攻坚战全面胜利，谱写下一页页恢宏壮美的诗篇。

用情帮扶结硕果
——把责任扛在肩上 把群众放在心上

“能让伽师人民早日喝上甜水，一切付出都是值得的……”今年2月25日，新疆伽师县水利局党组副书记、局长刘虎获全国脱贫攻坚楷模荣誉称号。他带领团队翻沙包，找水源，定方案，划标段，患病后仍奋战在工程一线。2020年5月，伽师县47万各族群众喝上了期盼已久的甘甜自来水。

把责任扛在肩上，把群众放在心上，刘虎用行动与坚守诠释着共产党员和水利工作者的初心与本色，是脱贫攻坚水利楷模的典型代表。

一个个水利扶贫干部以“功成不必在我”的精神境界和“功成必定有我”的历史担当，迎难而上，精准施策，倾力奉献，苦干实干，同贫困群众想在一起、过在一起、干在一起，将最美的年华奉献给了党的脱贫事业。

扶技、扶智更扶志。举办党支部书记、创业致富带头人培训班，实施贫困学生勤工俭学帮扶、水利建设技术帮扶、贫困村党建促脱贫帮扶等工程……水利部在扶知识、扶技术、扶思路的同时，扶思想、扶观念、扶信心，使贫困群众盼富懂富、能富长富。

在祁连山脚下，高标准水渠引来祁连山雪水，昔日干旱的荒滩被滋润成甘肃临泽县明泉村1200多名移民的新家园；在丰都，“一头猪”“一头牛”“一颗红心柚”等产业纷纷落地，构建起“1＋6＋X”的扶贫产业体系；在少数民族聚居的贵州黄平县，以青山绿水和原生态美食为亮点的农家乐项目，帮助贫困户在家门口实现脱贫……水利扶贫实打实地促就业、稳增收，帮贫困群众过上富裕新生活。

脱贫攻坚壮丽画卷中的水利篇章蔚为壮观！

党的十八大以来，累计解决2889万贫困人口的饮水安全问题；“十三五”期间，贫困地区累计新增、改善和恢复农田有效灌溉面积8029万亩，贫困地区累计治理水土流失面积 6.35 万平方公里……水利行业扶贫成效显著。

“十三五”期间，水利部向 6 个定点扶贫县（区）投入引进帮扶资金 4.13 亿元，选派 36 名优秀干部挂职扶贫，帮助 1 万多户贫困户发展产业……湖北郧阳和重庆万州、武隆、丰都、城口、巫溪在 2020 年年底前全部脱贫摘帽。

在滇桂黔石漠化片区建立健全部际联系会议制度，选派 3 个工作组驻广西、贵州、云南开展帮扶工作，“十三五”期间安排片区中央水利建设投资 250.65 亿元……水利部与滇桂黔石漠化片区紧密的联系，为通往致富路搭建了“桥梁”，80 个贫困县如期实现脱贫。

安排河北阜平、安徽金寨、江西宁都等 5 个对口支援地区中央水利建设投资 74.34 亿元……水利部的对口帮扶按下建设“快进键”，当地水利面貌焕然一新。

脱贫摘帽不是终点，而是新生活、新奋斗的起点。筑牢产业根基、激活内生动力，让百姓以水为媒搭上幸福快车，实现巩固拓展脱贫攻坚成果同乡村振兴有效衔接，新的征程已经开启。

脱贫攻坚取得伟大胜利，充分证明中国共产党是团结带领人民攻坚克难、开拓前进最可靠的领导力量，充分证明只要始终不渝坚持党的领导，就一定能够战胜前进道路上的任何艰难险阻，不断满足人民对美好生活的向往！

浩渺行无极，扬帆但信风。站在“两个一百年”奋斗目标的历史交汇点上，在党的坚强领导下，水利人将严格落实“四个不摘”要求，把脱贫“完成时”变致富“进行时”，全力推进脱贫地区水利高质量发展，共同见证伟大复兴历史征程上新的奇迹！

庆祝中国共产党百年华诞系列特稿之九

生命之源谱写“中国之治”灿烂诗章

（2021 年 7 月 6 日）

本报记者　李顺卿

长渠通南北，幸福千万家。

2014 年 12 月 12 日，被誉为“人间天河”的南水北调中线工程全面通水，清澈甘冽的汉江水从丹江口水库一路北上，流入北京千家万户。7 年来，南水北调工程不仅让沿线七省市数以亿计人民群众喝上了甘甜的“南水”，还极大地改善了华北缺水状况和河湖生态。2021 年 6 月 7 日，滹沱河、大清河生态补水正式启动，南水北调工程助力雄安新区白洋淀湿地生态全面复苏。

我国水资源配置正在构建“四横三纵、南北调配、东西互济”的恢宏格局，南水北调工程成为优化水资源配置、保障饮水安全、复苏河湖生态、支撑经济社会高质量发展的典范。

党的十八大以来，以习近平同志为核心的党中央从国家长治久安和中华民族永续发展的战略全局高度擘画治水工作。习近平总书记明确提出“节水优先、空间均衡、系统治理、两手发力”的治水思路，为提升水资源优化配置能力、提高水资源集约节约安全利用水平指明了方向。

从延安时期兴修水利、提高水的开发利用水平，到改革开放后应对资源环境趋紧态势、解决诸多水问题，我们党高度重视水资源管理工作，将水资源管理作为经济社会可持续发展的重要内容

中国共产党的百年历史，也是一部气壮山河的治水史。延安时期，从 1939 年起，边区政府积极兴修水利，扩大水浇地面积，提高粮食生产能力。根据边区的自然条件、技术水平以及群众要求，边区水利建设主要是兴修引水灌溉与水土保持两类民间小型水利工程。随着水利建设的发展，边区的水地逐年增加，1940 年改旱地为水地 2.3558 万亩，1944 年水地面积达 4.1109 万亩。水利工作成为“大生产运动”最重要的组成部分，为促进农业生产、改善军民生活、支持抗战救国以至中国革命的

胜利提供了重要的基础保障。

新中国成立初期，水利基础设施薄弱，水资源开发利用程度低，全国供水总量仅为 1031 亿立方米。新中国成立后，实施了大规模水资源开发利用，建成水库近 10 万座，总库容 9035 亿立方米，耕地灌溉面积超过 10.2 亿亩，供水总量增加到 2019 年的 6021.2 亿立方米。中国以占全球 6%的水资源，支撑了占世界近 20%的人口、16%的经济总量。

改革开放前，经济社会用水需求相对有限，水基本“够用”，认为水资源“取之不尽用之不竭”、喝“大锅水”的现象十分普遍。1978 年改革开放后，随着经济社会的持续高速发展和人口增长，水资源短缺、水污染等发展中的问题接踵而至，愈演愈烈。1988 年，《中华人民共和国水法》颁布实施，确立了取水许可管理等水资源管理基本制度。水资源作为基础性自然资源、战略性经济资源和生态与环境控制性要素，首次被提到国家管理的高度。1993 年，《取水许可制度实施办法》发布，全国大部分省（自治区、直辖市）相继制定了地方性水资源费计收管理办法，实施取水许可和水资源有偿使用制度，用水从此告别了随意取用的“免费水”时代。资源环境的日益趋紧，也将水资源管理推到了前台。

2016 年，流域组织国际网常设技术秘书处秘书长、法国水管理专家让-弗朗索瓦·唐泽尔获得中国政府友谊奖。唐泽尔见证了中国从本世纪初以来的水资源治理进程：“我看到中国政府和人民加强生态环境修复保护的决心和取得的斐然成果。中国不仅将水资源治理作为可持续发展事业的优先事项，也为人与自然和谐共生贡献了智慧和力量。”

近些年来，唐泽尔几乎每年都会到访中国一到两次，每年都会有不一样的感受。“中国政府这些年来加大资金、技术和人力等方面投入力度，无论在河流水域修复治理、水源地保护，还是在城市水体治理、节水宣传等方面，都付出巨大努力，取得显著成效。不仅有效防范水体污染，提高水环境管理效率，也为人们提供了更加安全的用水环境。”唐泽尔说，“中国是一个拥有 14 亿人口的大国，如此重视水资源治理和保护，其意义是世界性的。我相信，随着相关政策在更广范围内得到落实，中国将成为全球水资源治理领域更重要的参与者和引领者。”

进入社会主义现代化建设新时期，我们党高度重视水资源开发、利用和保护，把节约资源和保护环境确立为基本国策，把可持续发展确立为国家战略，以水资源可持续利用有力支撑了经济社会可持续发展

和谐的人水关系是中华民族永续发展的基础保障。我国水资源紧缺，人均水资

源量仅占世界平均水平的28%。立足自身资源禀赋，进入社会主义现代化建设新时期，我们党高度重视水资源开发、利用和保护，把节约资源和保护环境确立为基本国策，把可持续发展确立为国家战略。

针对水资源南多北少、丰枯变化大等时空分布不均的特点，在国家层面和区域层面，相继建成了南水北调东中线一期工程、三峡工程、黄河小浪底水利枢纽、引滦入津等一大批水资源配置工程，以南水北调工程为代表的“南北调配、东西互济”的水资源配置格局逐步形成，显著提高了水资源配置、调控能力，改善了重点地区、重要城市、粮食生产基地、能源化工基地等水源条件，有效保障了供水安全。

针对水资源短缺、用水粗放的情况，坚持节水优先方针，把节水作为解决我国水资源短缺问题的根本性措施。加大农业节水力度，实施大中型灌区续建配套节水改造，推动东北节水增粮、西北节水增效、华北节水压采、南方节水减排，2019年全国节水灌溉面积为5.56亿亩，其中高效节水灌溉面积3.4亿亩。在工业节水方面，严控高耗水、高污染项目，加快工业节水技术改造，推广节水技术、工艺和设备，提高水重复利用率。在生活用水方面，大力推广节水型器具，加大再生水等非常规水开发利用，全国非常规水利用量目前已达86.4亿立方米。

针对在发展中出现的地下水超采、河道断流、湖泊萎缩、水污染等水生态水环境问题，加强水资源保护。存在地下水超采问题的21个省区实施了禁采、限采措施。实施华北地区地下水超采综合治理，采取“一减、一增”治理措施，南水北调受水区6省市城区累计压减地下水开采量约23.56亿立方米；对河北省滹沱河等重点河段实施河湖生态补水，河道生态功能逐渐恢复，沿线地下水得到有效回补。实施黄河、塔里木河、黑河、石羊河生态修复，采取节水控需、统一调度等生态治理措施，实现黄河干流连续22年不断流，黑河下游东居延海连续17年不干涸，塔里木河流域重现生机，石羊河流域生态恶化得到有效遏制。实施白洋淀、衡水湖、永定河、扎龙湿地、向海湿地等生态补水，显著改善生态环境。实施引江济太水量调度，改善了太湖及河网水环境。实施珠江压咸补淡水量调度，全力保障澳门、珠海及珠江三角洲供水安全。建立了水功能区划体系，促进水污染防治，强化饮用水水源保护，全国水功能区水质达标率由2012年的63.5%提高到2019年的86.9%。与2012年相比，2018年全国Ⅰ～Ⅲ类水河长占比上升14.6个百分点，劣Ⅴ类水河长比例下降10.2个百分点。

全面实行最严格水资源管理制度，加强需求管理和用水总量控制，以水而定、量水而行，建立了全国和各省市县三级行政区的三条红线控制指标体系。全国用水总量经历了先快速上升，后缓慢上升趋于平稳的态势，2016年以来控制在6100亿立方米以内，为经济社会高质量发展提供水安全保障。推进跨省江河流域水量分配，国家先后批复黄河、淮河干流、太湖、松花江干流等58条跨省江河流域水量分配方案，制定了相关流域省区水量分配份额和省界断面、重要控制断面水量下泄控制指标，控制河湖开发强度。严格水资源论证和取水许可管理，对黄河流域水资源超载的 13 个地级市、62 个县级市暂停新增取水许可政策。组织开展全国取用水管理专项整治行动，集中整治违法取水行为，累计核查取水口超过 560 万个，基本摸清全国取水口现状，对取用水存在的问题推进整改。强化水资源监测，对 1.0298 万个地下水站点、1.9 万个取水户实现在线监测。对地方人民政府落实最严格水资源管理制度情况进行考核，并将考核结果纳入地方主要领导干部综合评价体系。

坚持系统观念，在全面加强节水、强化水资源刚性约束的前提下，统筹加强需求和供给管理，为实现中华民族伟大复兴和永续发展提供坚实的水资源安全保障

水是生存之本、文明之源。水资源关系人民生命安全，关系粮食安全、经济安全、社会安全、生态安全、国家安全。2014 年 3 月 14 日，习近平总书记就保障国家水安全发表重要讲话，指出要加强需求管理，把水资源、水生态、水环境承载能力作为刚性约束，贯彻落实到改革发展稳定各项工作中。党的十九届五中全会研究制定的《中共中央关于制定国民经济和社会发展第十四个五年规划和二〇三五年远景目标的建议》中明确提出要建立水资源刚性约束制度。

这些重要论述，对水资源管理具有十分重要的指导意义。水资源承载能力是有限的，这就决定了发展方式、发展规模等“需”必须控制在水资源承载能力范围内，不能突破水资源刚性约束，否则必然人为导致水资源紧缺和过度开发，既无法实现水资源可持续利用，也无法支撑经济社会发展，还会导致一系列生态环境问题。因此，必须不折不扣落实好水资源刚性约束，做到以水定需、量水而行。

“十三五”期间，水利部重点推进加快建立水资源刚性约束指标体系、界定合理的用水需求、通过严监管约束不合理用水需求，落实“以水定需”，强化水资源刚性约束。2019 年度实行最严格水资源管理制度考核结果显示：2018 年度和 2019 年度全国 31 个省（自治区、直辖市）用水总量分别为 6015.5 亿立方米和 6021.2 亿立方米，全国万元国内生产总值用水量比 2015 年（按可比价计算）分别下降 19.2%和 23.8%，万元工业增加值用水量比 2015 年（按可比价计算）分别下降 20.6%和 27.5%，农田灌溉水利用系数分别为 0.554 和 0.559，重要江河湖泊水功能区水质达标率分别为 83.1%和 86.9%。各省（自治区、直辖市）全面落实中央决策部署和最严格水资源管理制度，深入推进节水优先，强化水资源监管，水资源保护持续加强，河长制湖长制进一步深化，农村饮水安全保障水平显著提升，取得积极进展。

心怀“国之大者”，全面贯彻习近平总书记关于治水工作的重要讲话、重要指示批示精神，统筹发展与安全，全面提升国家水安全保障能力，需要我们坚持节水优先方针，深入实施国家节水行动；建立水资源刚性约束指标体系，严控水资源开发利用上限，坚持以水定城、以水定地、以水定人、以水定产，实施最严格的水资源管理制度，倒逼发展规模、发展结构、发展布局优化，推动经济社会发展与水资源承载能力相适应；实施国家水网重大工程，立足流域整体和水资源空间配置，遵循确有需要、生态安全、可以持续的重大水利工程论证原则，构建“系统完备、安全可靠，集约高效、绿色智能，循环通畅、调控有序”的国家水网，全面增强我国水资源统筹调配能力、供水保障能力、战略储备能力；复苏河湖生态环境，以提升水生态系统质量和稳定性为核心，坚持山水林田湖草沙系统治理，加强河湖生态保护治理，加快地下水超采综合治理，科学推进水土流失综合治理，维护河湖健康生命，实现河湖功能永续利用，实现人水和谐共生；推进智慧水利建设，以数字化、网络化、智能化为主线，加快构建具有预报、预警、预演、预案功能的智慧水利体系；建立健全节水制度政策，坚持量水而行、节水为重，建立健全初始水权分配和交易制度、水资源刚性约束制度、全社会节水制度，建立健全水量分配、监督、考核的节水制度政策，全面提升水资源集约节约安全利用水平。

中华文明“天人合一”思想绵延5000多年，弦歌不辍，历久弥新。人水和谐共生，正是这一思想的具体体现。回望来路，我们党的百年奋斗史就是为人民谋幸福的历史。优化我国水资源管理，消解“河川之危、水源之危”，建设生态文明，根本目的正是为了不断满足人民日益增长的美好生活需要、优美生态环境需要，为了中华民族伟大复兴和永续发展。

水资源集约节约安全利用，映照出共产党人的初心使命，谱写出“中国之治”的灿烂诗章。人民对美好生活的向往，也一定会在共产党人的不懈奋斗中成为现实，在中华民族伟大复兴的征程中刻下不朽的印记。

庆祝中国共产党百年华诞系列特稿之十

治水利剑　护水盾牌

（2021 年 7 月 7 日）

本报记者　刘艳飞

法律是治水的利剑。

在中国共产党的领导下，伴随着我国法治建设的进程，水利法治建设也取得了全面进步，实现了历史性跨越。日趋完备的水法规制度体系，为全面依法治水管水奠定了坚实的法制基础。

法律是护水的盾牌。

法律法规的权威在于执行。依法治国是我们党带领人民在实践中付出巨大代价而得出的正确结论。与水法制建设同步，水行政执法也从无到有，从点到面，从单一到综合，从零散到规范，在不平凡的历程中收获了显著成效。

“全面依法治国最广泛、最深厚的基础是人民，必须坚持为了人民、依靠人民……”习近平法治思想是习近平新时代中国特色社会主义思想的重要组成部分，是全面依法治国的根本遵循和行动指南。

哪里有人民群众的强烈反映，哪里就有解决问题的动真碰硬；哪里有涉水违法违规行为，哪里就有严格执法铁腕监管。

水法规建设，从保障有序治水到支撑经济社会高质量发展

水是生存之本。水利在我国有着重要地位和悠久历史，兴修水利是治国安邦的大计。

1923 年 6 月，在中国共产党第三次全国代表大会上通过的《中国共产党党纲草案》第九章“共产党之任务”中，第一次出现了“改良水利”。

1931 年，中华苏维埃共和国临时中央政府颁布了《中华苏维埃共和国土地法》《山林保护条例》《怎样分配水利》等法律和条例，中国共产党通过立法的形式明确水利权属、资金和劳动问题。

1932 年，福建省工农兵达标大会讨论兴修水利问题的“决议案”；1938 年，晋察

冀边区冀中河务局颁布了《奖励兴办农田水利暂行办法》；1941 年，陕甘宁边区政府《抗战时期施政纲领》第 19 条规定兴修水利以增加农业生产……这些有关水利的纲领和法规条例，是中国共产党在水利建设中的有益探索，在解放区发展水利、改善人民生产生活条件方面发挥了重要作用。

1949 年 9 月 29 日，中国人民政治协商会议第一届全体会议，通过了具有临时宪法性质的《中国人民政治协商会议共同纲领》，其中第 34 条为“应注意兴修水利，防洪防旱”。

…………

“我国社会主义法治凝聚着我们党治国理政的理论成果和实践经验，是制度之治最基本最稳定最可靠的保障。”2020 年，习近平总书记在《求是》杂志上发表文章强调，“推进全面依法治国，发挥法治在国家治理体系和治理能力现代化中的积极作用。”

法律是实践经验的总结，是实践证明正确的政策的法律化、条文化，代表国家意志，具有很强的指导性和约束力。依法治国要求国家各项事业都必须依法进行。

水利是国民经济和社会发展的基础设施和重要支撑。水资源是经济社会发展的基础性、先导性、控制性要素，水的承载空间决定了经济社会的发展空间。

1988 年 1 月 21 日，第六届全国人民代表大会常务委员会第二十四次会议通过了《中华人民共和国水法》。

随着依法治国的不断深入，2002 年 8 月 29 日，第九届全国人民代表大会常务委员会第二十九次会议又对《水法》进行了修订。

“《水法》的修订实施是我国水利事业发展中一件具有里程碑意义的大事。”专家指出，“这标志着我国依法治水管水进入了向可持续发展水利转变的新阶段，将对合理开发、利用、节约和保护水资源，防治水害，实现水资源的可持续利用，适应国民经济和社会发展的需要发挥极其重要的作用。”

新中国成立以来，在中国共产党的领导下，我国水法规经历了从无到有、不断完善的过程，形成了以《中华人民共和国水法》为核心的较为完备的法规体系，各类涉水活动基本实现有法可依：

1984 年通过的《中华人民共和国水污染防治法》，是为保护和改善环境、防治水污染、保护水生态、保障饮用水安全、维护公众健康、推进生态文明建设、促进经济社会可持续发展而制定的法律。

1988 年发布的《中华人民共和国河道管理条例》，是为加强河道管理、保障防洪安全、发挥江河湖泊的综合效益而制定的条例。

1989 年颁布的《饮用水水源保护区污染防治管理规定》，是为保障人民身体健康和经济建设发展、保护好饮用水水源而制定的规定。

1997 年通过的《中华人民共和国防洪法》，是为防治洪水，防御、减轻洪涝灾害，维护人民的生命和财产安全，保障社会主义现代化建设顺利进行而制定的法律。

《南水北调工程供用水管理条例》为南水北调工程充分发挥效益和依法管理提供了制度保障，《农田水利条例》为农田水利建设管理提供了法治保障……水利工程质量管理、水利工程招标投标管理、水利工程建设安全生产管理等一系列规章的颁布施行，为大规模水利工程建设提供了法制保障。

2021 年 3 月 1 日，我国第一部流域保护法律《中华人民共和国长江保护法》施行。长江保护法“不仅关系到长江流域生态保护和绿色发展，而且关系到党和国家工作大局，关系到中华民族伟大复兴战略全局。”水利部副部长魏山忠强调。

2021 年 4 月 19 日，水利部党组书记、部长李国英主持召开党组会议，研究黄河保护法立法工作。6 月 8 日，水利部部务会议通过了黄河保护法草案送审稿。

…………

在党的领导下，水利系统切实把依法治国基本方略和法治中国建设目标任务，贯彻到水利改革发展全过程和各方面，从保障有序治水到支撑经济社会高质量发展。推进水利法治建设不但是治水的重要保障，更是践行习近平法治思想的具体体现。

水行政执法，从维护河湖健康到建设幸福河湖

江河湖泊是宝贵水资源的载体，也是生态系统的重要组成。维护河湖健康生命，顺应百姓更高期待，水利人始终不懈努力。

2019 年 9 月 18 日，习近平总书记在主持召开黄河流域生态保护和高质量发展座谈上发出了“让黄河成为造福人民的幸福河”的伟大号召。

在生态文明的新时代，干净、整洁、优美的河湖生态环境，成为群众更强烈的诉求和更美好的期盼。河湖突出问题，与生态文明建设的要求不相符，与人民群众的期盼不相称。

对此，水利部提出深入推进河湖“清四乱”常态化规范化，扎实开展河道采砂综合整治，加强河湖日常巡查管护，努力打造健康河湖、美丽河湖、幸福河湖。

2018 年 5 月，水利部依据水法等有关法律法规，出台了《河湖执法工作方案（2018—2020 年）》，严厉打击非法侵占河湖、非法采砂、非法取水、违法涉河建设、违法设障、人为造成水土流失和破坏水利工程等七类违法活动。

一年后，水利部决定在全国开展河湖违法陈年积案“清零”行动，制定了实施方案，坚决打赢河湖执法三年攻坚战，巩固和拓展河湖执法成果。

在河湖执法过程中，各级水利部门紧密结合水利部部署的河湖“清四乱”、采砂、水资源管理等系列重大监管专项活动，以“零容忍”的态度，从严打击损害河湖违法

行为。

长江委、淮委、海委、太湖局，以及辽宁、江苏、浙江、江西、福建、湖北、广东、甘肃等省级水行政主管部门的主要负责人，部署、督促和落实河湖执法，以及河湖违法陈年积案“清零”行动。

重庆把河湖执法作为“禹王杯”评比表彰的重要内容，山西和安徽分别将河湖执法作为“水利法治示范创建县”“市级水利目标绩效”考评重点，河南、湖南、广东、四川等地建立非法采砂有奖举报制度，发挥群众监督作用。

一组数据，有力说明了三年多来全国河湖执法的成效——

2018 年 1 月至 2020 年 12 月，全国河湖执法累计巡查河道 4289.7 万公里、水域面积 1089.6 万平方公里，出动执法人员 956.7 万人次、车辆 236.7 万车次、船只 45.0 万航次，现场制止违法行为 37.7 万起，立案查处水事违法案件 69724 件，已结案 62474 件。

在河湖执法中，水利部还亮出一记新招：挂牌督办！

水利部明确要求——挂牌督办就是要抓紧抓好河湖违法案件的挂牌跟踪督办，确保通过水利部挂牌督办，挂出声势，挂出震慑。

成效立竿见影。通过挂牌督办，加速查处了一批难度大、整改阻力大的陈年积案。

值得一提的是，水利部“放管服”进一步提档升级，政务服务实现“一网通办”。一方面，深化简政放权工作，以清理水利行政许可事项、修订市场准入清单、推进告知承诺，以及建设项目取水许可、水土保持事项改革为重点，推动水利简政放权向纵深发展；另一方面，加强公正监管工作，以完善监管机制为抓手，以信息化手段为支撑，积极构建监管体系，创新监管模式，强化社会公开，推进监管全覆盖，构建了业务监管、专业监管、行政执法的“三位一体”监督体系。与此同时，不断优化政府服务工作，以系统优化政务服务流程、全面实行“一网通办”为重点，提升政务服务能力和水平。

…………

水利部党组坚持以习近平新时代中国特色社会主义思想为指导，全面贯彻党的十九大和十九届二中、三中、四中、五中全会精神，深入推进依法治水管水，进一步发挥法治在推进水利治理体系和治理能力现代化中的重要作用。

2020 年 8 月 5 日，《水行政执法监督检查办法（试行）》出台，就是为了规范水行政执法监督检查工作，促进地方水行政主管部门和流域管理机构依法履行法定执法职责，全面落实严格规范公正文明执法要求。

《水行政执法监督检查办法（试行）》以发现并解决水行政执法中不作为、乱作为等问题为重点，规定对行政检查、行政处罚、行政强制、执法队伍建设和管理等四方面工作开展情况进行监督检查。通过查资料、查专项行动及重大案件、查现场、查数据图像、查监督举报、查能力、查满意度、座谈访谈“七查一谈”方式，全面了解被检查单位水行政执法工作开展情况。

“《办法》为开展水行政执法监督检查提供了依据，是提升水行政执法效能的重要举措。”各级水行政执法人员表示，“要严格按照《办法》规定，开展执法监督检查工作，推进水行政执法部门依法履行职责，更好发挥水行政执法在水利改革发展中的重要作用，保障水法律法规全面有效贯彻实施。”

“法令既行，纪律自正，则无不治之国，无不化之民”。在新的历史起点上，依法治水、管水的主线日益清晰。我们有理由相信，水法治建设必将在激发水利改革动力、保障水利高质量发展等方面发挥重要作用。

庆祝中国共产党百年华诞系列特稿之十一

科技创新：百年驱动　不竭力量

（2021 年 7 月 8 日）

本报记者　魏晓雯　周妍

历史在这里交汇，又在这里递进。

2011 年 1 月 14 日，北京人民大会堂，一年一度的国家科学技术奖励大会隆重举行，作为黄河治理开发与管理的重大举措——黄河调水调沙理论与实践，获得国家科技进步奖一等奖。

如潮的掌声，是对复兴之路上科技治河的充分肯定，也是对中国坚定走创新之路的广泛共鸣。

55 年前，1956 年 1 月 14 日，中南海怀仁堂，同样如潮般的掌声响起，党中央向全国发出了“向科学进军”的时代强音。

时序更替，梦想前行，中国特色社会主义进入新时代，国民经济和社会发展实现了伟大的历史性跨越，其背后蕴含着中国共产党人对科技创新的历史自觉和行动自觉。

从科学的觉醒到“科学的春天”，从“科学技术是第一生产力”到“创新是引领发展的第一动力”，在党中央的带领下，一代代水利人勇立潮头、踏浪而行，推动我国水利科技事业从一穷二白处起步，在砥砺奋进中开拓，我国水利科技创新能力和信息化水平不断提升。在中华大地上，水利科技创新为经济社会高质量发展的贡献越来越大，越来越受人瞩目。

一张白纸绘新图

“只有德先生、赛先生可以救中国。”百年前，中国共产党创始人陈独秀的疾呼，掀起了全国上下思想解放的潮流。

一批青年知识分子高举“科学救国”的旗帜，力图改变国家贫困落后的面貌。用现代科学振兴中国水利的觉醒亦在水利先驱们的心中投射下了梦想火种，随着时光流逝，探索新知、造福人民的初心在革命、建设和改革的实践中不断升华，激发出的活力从涓涓细流汇聚成滔滔江河，奔流不息。

新中国成立后，百废待兴、百业待举，1949 年 11 月 1 日，水利部正式组建，一场改造山河的大规模水利建设序幕由此拉开，吸引了大批爱国知识分子加入。

一代代科学家接力奋斗，一批批报国者誓言无声。

汪胡桢、林一山、汪闻韶、林秉南、张光斗、钱宁等一批杰出科学家投身新中国的水利建设中。面对各种技术短板，他们以强烈的爱国精神争生存、求发展，在短时间内迎头赶上，化不可能为可能。

1956 年，党中央、国务院号召全国人民“向科学进军”，水利部先后建立和充实了中央、地方和江河流域勘测、设计、施工、科研、管理等各级水利机构，泥沙研究所、长委会水土工试验室、中国水利水电科学研究院等一批研究院所先后创建，全面奠定了我国水利学科各专业的基础，培养锻炼出一支支优秀的科研专业队伍，科技人才的支撑大大缩小了我国与国外先进科技水平的差距。

新中国成立之初，我国设有水利系科或土木系水利组高校的在校生仅有 1312 人，办学规模小，师资薄弱，无力开展水利科研活动。如今的中国水利已今非昔比，国家、流域、地方三个层次科技创新中心基本形成，2 个国家重点实验室，2 个国家工程技术研究中心，10 个部级重点实验室，13 个部级工程技术中心，6 个部级野外科学研究站……我国已拥有较为完善的水利科技创新平台体系和接近国际先进水平的综合科研能力，水利科技创新的主骨架已经搭建、日臻成熟，各类水利科技创新主体紧密联系、有效互动，形成了加强水利科技创新的强大合力，不断向科学技术的广度和深度进军，创造出举世瞩目的中国水利建设成就。

伟大变革奠新基

浩瀚的历史长河中，创新决定着文明的走向。

当沉睡的东方民族跨越百年沧桑，科学技术越来越成为现代生产力最活跃的因素。如何聚力创新发展，成为中国必须回答的时代课题。

“科学技术是第一生产力。”在生产力亟待解放和发展的改革开放初期，邓小平同志的论断如一声春雷，打破了长期以来禁锢创新的桎梏，各行各业迎来科学发展的春天。

1978 年，令张光斗难以忘怀，停摆近 10 年的中国水利水电科学研究院在这一年得以恢复重建，他带领全院职工以只争朝夕的干劲，边筹建、边整顿、边科研，仅用一年时间就使科研事业快速恢复正常。

改革开放以后，水利“基础设施”地位和水资源“基础性的经济资源”“战略性的自然资源”“生态与环境的控制性要素”地位得以确立，为水利科技创新提供了前所未有的发展机遇。物质条件和试验研究手段进一步充实完善，研究开发实力不断增强，长江三峡、黄河小浪底工程等大型枢纽工程接连“上马”，水资源合理配置及高新技术在灾害预报、监测及评估方面的应用迎来更大的发展空间，科技成果转化率全面提高、转化周期大为缩短，水利科技创新开始面向经济社会提供全方位服务。

1995 年，“科教兴国”战略作为基本国策，为科技发展指明方向。“十五”期间，水利部引进消化吸收“948”计划和科技成果推广转化计划，组织实施了国家科技攻关、“863”“973”重大技术装备等项目，我国水利科技创新为水利迈向现代化提供了强大的第一生产力。

“创新是引领发展的第一动力。”在以习近平同志为核心的党中央带领下，中国创新发展迎来了新时代。

在先进理念的指引下，我国水利科技创新实现了从量的积累到质的飞跃，从点的突破到系统能力的提升，水利科技创新实现了从跟跑、并跑、领跑“三跑并存”到“领跑”分量加重的历史性转变。

农业综合节水技术、多尺度水资源综合评价方法、水资源红线指标管控与监测技术，为加强水资源调控管理、落实最严格的水资源管理制度提供了科学依据；饮用水安全保障技术及设备，为农村饮水安全工程提供了技术手段；洪涝干旱灾害预测预报与多水库联合调度技术，为各级防汛抗旱指挥部门超前决策、有效应对提供了技术支持；大型水利工程施工成套技术装备研制与应用，及大型实体模型试验研究，为重大水利工程建设与运行提供了支撑。

从南水北调工程取得世界首次大管径输水隧洞近距离穿越地铁下部、世界规模最大的 U 形输水渡槽工程等创新成果；到长江三峡工程完成整体竣工验收，取得了 100 多项“世界之最”；

再到金沙江白鹤滩水电站首批机组正式投产发电，装备的 16 台单机容量 100 万千瓦水轮发电机组，成为目前世界上单机容量最大的水电机组……

百年来，中国水利科技创新的道路从不是一片坦途，但中国水利人不断探索、勇于实践，最终百炼成钢、创造奇迹——

泥沙调控理论与关键技术国际领先！

坝工技术实现 100 米级、200 米级、300 米级高坝建设多级跨越！

建成了世界最高拱坝、混凝土面板堆石坝，成为世界上拥有 200 米级以上高坝最多的国家！

智慧大坝建设技术取得突破性进展，十余个大坝工程获得国际菲迪克工程项目杰出成就奖、国际大坝委员会里程碑工程奖！

百年奋斗，百年风华。在党的领导下，水利科技工作者们以与时俱进的精神、革故鼎新的勇气、坚忍不拔的定力，面向世界科技前沿、面向经济主战场、面向国家重大需求、面向人民生命健康，把握大势、抢占先机，直面问题、迎难而上，一批重大水利问题得到突破，重大科技成果不断涌现，为实现中华民族伟大复兴提供了坚实水利支撑。

走向复兴谱新篇

科技创新和体制创新，如车之双轮、鸟之两翼，互为促进，缺一不可。

1956 年，伴随着“向科学进军”的号召，新中国首个科技发展规划出台，新中国成立后的 10 年间，我国逐步形成了适应计划经济体制的集中型科技体制。

计划经济条件下形成的科技体制，在特定历史时期为我国科技发展奠定了重要基础。然而，长期计划经济体制的束缚也越来越明显地暴露出来——科技与经济脱节，条块分割导致科研机构设置重叠，难以调动科技人员的积极性与创造性。

1987 年，原水电部成立科技体制改革领导小组，吹响了水利科技体制改革的号角。

水利部先后进行了部属科研院所的改革，通过实行院长负责制，改事业费为有偿合同制和科学基金制，实行课题核算或承包制、鼓励发展横向联合等改革措施，改变了科研工作的运行机制，调动了科技人员的积极性。

2008 年 3 月，全国水利科技大会召开，这是新中国成立以来第一次召开全国性水利科技大会。中央财政加大水利科技投入、推进水利科学研究与技术开发体系建设。推动非营利性科研机构建立起“职责明确、评价科学、开放有序、管理规范”的现代科研院所制度。

党的十八大以来，中国科技体制改革“动真格”，向数十年难除的积弊“下刀”。科研人员如何既有“面子”更有“里子”?“松绑”与“激励”亦成为中国水利科技体制改革的关键词。

——改革红利，喷薄而出。水利部进一步优化水利科技创新环境，完善加强水利科技项目与经费管理、科研诚信制度等规章制度，推进水利科技领域“放管服”改革，健全完善非营利性科研机构管理机制，给科研院所和科研人员更大的自主权，进一步提升水利科技创新活力。

——千秋基业，人才为先。水利科技人才培养力度不断加大，以 5151 人才工程部级人选、水利青年科技英才的选拔培养和创新团队建设等为重点，打造了一支素质优良、结构合理、具有较高学术造诣、专业水平和创新能力的水利科技人才队伍。截至 2020 年年底，从事水利研发活动的相关人员达 6.3 万余人。

参天的大树，离不开肥沃的水土；创新的力量，发轫于优良的制度。我国“长江三峡枢纽工程”获得国家科学技术进步奖特等奖，“流域水循环演变机理与水资源高效利用”“水库大坝安全保障关键技术研究与应用”和“生态节水型灌区建设关键技术及应用”获得国家科学技术进步奖一等奖，1982年至2019年，共有139项水利科技成果获国家科技进步奖。

2020年进入创新型国家行列，2030年跻身创新型国家前列，到2050年建成世界科技创新强国，创新型国家的总攻目标已然清晰，从国家到行业，科技创新的时代答卷正在书写新的篇章。

目前，我国水利发展已经站在了新的起点，具备了由传统向数字化、网络化、智能化转变的科技基础，中国水利正致力于以科技创新为驱动力，不断提升发展质量，推动水利向形态更高级、基础更牢固、保障更有力、功能更优化的阶段演进。

行路有道，东风正来。在中国共产党的卓越领导下，水利科技理论创新、实践创新、体制机制创新、管理创新活力竞相迸发。展望新阶段新征程，中国水利人将赶考再出发，接续再奋斗，充分发挥科技创新的引领和支撑作用，为水利发展质量变革、效率变革、动力变革提供源源不断的科技牵引力和驱动力，以高水平科技创新支持和保障新阶段水利高质量发展。

庆祝中国共产党百年华诞系列特稿之十二

润泽平畴沃野　刷新乡土中国

（2021 年 7 月 9 日）

本报记者　席晶　李攀

“你听，红旗渠‘誓把河山重安排’的豪迈乐章!”在中国共产党成立 100 周年庆祝大会上，许多人记住了“请党放心、强国有我”的青春誓言，这一段浓缩中国共产党百年历史的献词里，红旗渠闪耀着民族精神的时代光芒。

红旗渠，位于河南省林州市，全长 1500 公里，是勤劳勇敢的林州人民一锤一铲一双手，苦战十个春秋，生生在太行山悬崖峭壁上修成的“人工天河”。它结束了林州十年九旱、水贵如油的苦难历史，从根本上改变了当地的生产生活条件。

历史潮涌，百年不过长河一浪，却足以书写一段改天换地的人间传奇。从饥寒交迫、民不聊生、生死线上的苦苦挣扎，到水旱从人、水美乡村、宜居宜业的乡村振兴，一百年来，中国共产党领导人民，谱写了改造山河、治水兴水的壮丽史诗。那些从江河、水库延伸到田间地头的水利工程，引汩汩清泉滋润沃野千里，成为时光雕刻在中国大地上的印记，记录着中华民族和广袤乡村的沧桑巨变，成就了今日中国粮食安全和水美中国的奇迹。

端牢“中国饭碗”
——农田水利建设筑牢粮食安全根基

“看看这些小麦，穗穗金黄，籽粒饱满，亩产肯定要超过 1000 斤，今年又是个丰收年!”日前，多个小麦主产省份迎来“三夏”大忙时节。这丰收的画卷里，掩映着弯弯绕绕的沟渠，它们，可是农业丰产的“大功臣”。

“麦收八十三场雨。”想要场场不落，雨量适当，如果天不“帮忙”，就要工程“给力”。如今，我国广大农村地区沟渠通畅、设施齐全，旱能浇、涝能排，让早出晚归在田地里劳作的乡亲们，喜获丰收。

“水利是农业的命脉。”毛泽东主席这一著名论断鞭辟入里。兴修农田水利，改善农业生产条件，提高农业抗御自然灾害的能力，历来是关系国计民生、社会稳定的大事。

新中国成立后，共产党人始终把解决人民温饱问题作为头等大事和最紧迫的任务，领导人民治理大江大河，根除洪涝灾害，大兴农田水利，疏河流，通沟渠，打机井，建池塘，解决农田灌溉问题，为新中国“固本培元”。

广大农村地区，低水爬上高山，咸水变成甘泉，一片片盐碱地、易旱易涝地成为旱涝保收、高产稳产的良田，粮食产量逐年创下新高。至20世纪80年代初期，我国农田水利系统基本建成，成为保证农业生产的有力支撑。泱泱大国逐渐摆脱了饥饿的苦难历史，赤地千里、饿殍遍野的景象一去不返。

1998年，党的十五届三中全会提出“把推广节水灌溉作为一项革命性措施来抓”“努力扩大农田有效灌溉面积”。此后，传统灌溉模式逐渐向节水型灌溉模式转变，科学化、现代化程度显著提升。

2009年，中央决定在全国范围内全面开展小型农田水利重点县建设。6年间，1800余个县级行政区紧紧抓住这一历史契机，建成了较为科学、完善的灌排工程体系，农业综合生产能力和抗灾减灾能力大幅度提升。

2011年，中央一号文件《中共中央国务院关于加快水利改革发展的决定》，向全党全社会发出了大兴水利的重磅信号，把农田水利建设提升到国家粮食安全的战略高度。

党的十八大以来，以习近平同志为核心的党中央把水安全上升为国家战略，作出了一系列加快水利改革发展的重大决策部署。习近平总书记高度重视粮食安全问题，多次强调“中国饭碗任何时候都要牢牢端在自己的手上”“我们的饭碗应该主要装中国粮”。

据统计，全国农田有效灌溉面积由1949年的2.4亿亩增长到如今的10.37亿亩，居世界首位。中国以约占全国耕地面积50%的灌溉面积，生产了占全国总量75%的粮食作物和90%以上的经济作物。特别是2004年以来，中国实现粮食生产“十七连丰”，创造了历史性奇迹，中国饭碗实现了自给自足。

疏导末梢之困
——改革破解“卡脖子”难题

“我们家的田在后边，以前要等别人家的田浇好了我们才能用上水，现在灌溉渠道修好了，大家可以同时灌溉，可方便了。”2021年3月，四川省市马井镇，蔬菜种植户刘兴玉在自家田里忙碌。

农时不能误。但是，“眼看着清流到地头，伸着脖子就是喝不到水”“小农水工程建好之后无人管护，农民守着工程还缺水”曾是多少农民春耕时节的真实写照。

从水源地到农田，遍布田间的小沟渠、小塘坝和小电站，被称为农田水利建设的“最后一公里”。曾经，这“最后一公里”或梗阻、或跑冒、或通而不畅，国家照顾不到，群众解决不了，成为困扰农业发展的一大难题。

末梢不通，全盘皆输。如何畅通“最后一公里”？各地在探索，国家在引导，破解之道日渐明朗。

1996年，河南省叶县大规模拍卖全县范围内的机井使用权，不到一年就回收资金2200万元，相当于以往46年投入机井建设资金的总和，有效拓宽了水利投入渠道。

放眼全国，农村小型水利工程产权制度改革多点开花，各地不断探索出股份合作制、农民自办水利、承包、租赁、拍卖等多种形式，有效解决了长期以来农田水利工程集体办又办不了、管又管不好的矛盾，进一步理顺了产权关系，极大地调动了集体和农民参与农田水利设施建设的积极性。

2002年，党和国家决定在全国启动水利工程管理体制改革，小型农田水利工程产权制度改革正式拉开帷幕。

2004年，水利部、财政部、国家发改委启动农田水利设施产权制度改革和创新运行管护试点工作。次年，确定在全国除北京、上海、海南外28个省（自治区、直辖市）的100个县（市、区）开展试点工作。

3年间，75万处农田水利工程设施明确了产权，筹集农田水利设施和管护资金77亿元，工程设施良性运行得到有效保障。

“以前，村里没有专人管理农田水利设施，村民耕种时常为水而苦恼”“有了用水户协会，我们种田种菜再也不愁用水了”……试点县之一的福建省永春县，探索成立用水户协会，同时创新采用购买社会化服务方式，推行建管一体化模式，有效破解了小型农田水利工程管护矛盾，农民从中受益获利。

随着改革逐步深化，农田水利设施产权制度被充分“激活”，破解农田水利“组织难、投入难、管理难”等“卡脖子”难题，三剂良方务实管用。

——推行建管一体化，心往一处想。探索和鼓励以农民专业合作社等新型主体、农民用水合作组织作为农田水利工程项目法人进行建设管理。推行先建后补、以奖代补建设模式，极大调动了农户主动参与农田水利建设的积极性。

——明晰所有权搞活经营权，拧成一股绳。按照“谁投资、谁受益、谁所有”原则，允许水利设施由村组集体等不同主体持有、管护，颁发产权证或使用权证。在此基础上，将农田水利资产纳入村级集体资产统一管理，搞活农田水利设施经营权。

——强化管护，劲儿往一处使。采取政府购买服务等方式，引导村组集体、农户、专业管护公司等不同主体参与管护，同时，推进基层水利服务机构和农民用水合作组织建设，进一步健全基层服务体系，管护责任和经费得到落实。

2016年，国务院公布《农田水利条例》，进一步明确了小型农田水利工程运行维护主体、责任和经费负担机制等，农田水利工作迈上法治化道路。

宜居宜业日子甜
——“水美乡村”助力乡村振兴

谷雨时节，安徽省芜湖市湾沚区。青弋江畔，山青水绿，耕田忙作。徽派小楼倒映水中，三两村民倚水而憩，水鸟低飞掠过江面。一幅水美乡村画卷在眼前徐徐铺展。

与城市相比，乡村与河流的关系更为紧密。良好的水生态环境直接关系到农民生存和生活安全、农产品质量安全，直接关系到脱贫致富、乡村振兴战略的实现，是推动生态文明建设的重要因素。

进入21世纪，党中央始终把加强农村河湖环境治理作为解决三农问题的重要内容。水利部先后开展了中小河流治理重点县综合整治、江河湖库水系连通建设、全面推进河长制湖长制、河湖“清四乱”专项行动、农村水系综合整治等工作，农村河流面貌焕然一新。

党的十八大以来，习近平总书记对农民生活、农村发展深深牵挂，多次就“三农”问题发表重要讲话，提出要坚持绿色发展，让良好生态成为乡村振兴支撑点。

2019年10月，水利部、财政部启动水系连通及农村水系综合整治试点工作，并于半年后启动了首批55个试点县工作。2021年4月，“水系连通及农村水系综合整治试点”更名为“水系连通及水美乡村建设试点”，这一变化体现了更明确的目标导向，即通过试点，打造水美乡村，形成示范效应，助力乡村振兴。

一场以河流水系为脉络、以村庄为节点、水域岸线并治、集中连片统筹规划的乡村水系治理行动，在全国范围内渐次展开。

各试点县紧抓有利契机，因地制宜，系统整治，提升了农村河湖治理水平和管护能力，改善了农村生活条件和人居环境。依托良好的水生态环境，各地探索延伸“水美经济”内涵，打造新兴文旅综合体，产业实现转型升级，走出了一条“绿水青山就是金山银山”的发展之路，获得了社会、经济、生态、文化效应的多赢。

山美水美村庄美，宜居宜业日子甜。水美乡村，有效激活绿色动能，推动乡村全面高质量发展，成为乡村振兴、产业兴旺的重要引擎。

治水兴水千秋业，润泽民生万代歌。回望来路，中国共产党领导下的农村水利建设随时光延伸，在中国广袤大地上绽放出耀眼光芒。放眼未来，乡村振兴，产业兴旺，因水而美因水而富因水而强的幸福生活定将刷新乡土中国，掀开更加辉煌的篇章。

庆祝中国共产党百年华诞系列特稿之十三

小水电：点燃“火炬”照山村

（2021 年 7 月 10 日）

本报记者　张灯林　陈静

7 月 1 日早上 7 点多，93 岁的孟阿婆穿着崭新的红裙，激动地守在电视机前，等着收看庆祝中国共产党成立 100 周年大会直播。

孟阿婆家地处井冈山西麓的湖南省株洲市炎陵县水口镇自源村。村口不远处的水口水电站，正在为阿婆家那台 50 英寸的电视机提供着充足电力。也是它，在 20 世纪 70 年代让阿婆告别煤油灯，用上了电灯。这座装机容量 18150 千瓦的小水电站，几十年来一直以成本价给周边村民优惠供电，悄悄地改变着这里的生活。

“1983 年全国第一批农村电气化县就有炎陵县，小水电站成为我们炎陵山区的‘液体金矿’，很多百姓因此脱贫致富。”炎陵县水利局相关负责人介绍。

百年辉煌，乡村巨变。中国共产党一直把依靠农民、为亿万农民谋幸福作为重要使命和责任。在党的坚强领导下，农村小水电从无到有、从小到大，在中国水电建设和农村经济社会发展史上熠熠生辉。截至 2020 年，全国建成小水电站 4.5 万多座，装机容量 8200 多万千瓦，年发电量 2500 多亿千瓦时，超过两个三峡的年发电量。通过开发小水电站，全国初步治理了数千条中小河流，形成水库库容 2800 多亿立方米、有效灌溉面积上亿亩。作为农村的基础设施、公共设施和可再生能源的重要组成，小水电被称为山区的“夜明珠”，在解决农村用电、促进农民脱贫致富、保障城镇防洪安全、改善灌溉和供水条件、促进生态建设等方面发挥了重要作用，照亮了中国广袤农村的新生活。

弥补农村短板的“光明工程”

我国农村水能资源丰富，技术可开发量约 1.28 亿千瓦，居世界首位。

1942 年，中国共产党领导建设的第一座小型水电站——河北省赤岸水电站建成。从新中国成立到 20 世纪 70 年代末，国家为解决广大山区农村用电问题，结合江河治理，提倡开发小水电。小水电从单站发电到联网运行，从建设地方小电网到与国家大电网联结，初步形成了大小电网并举、各有侧重、余缺调剂、共同发展的格局。截至1979年年底，全国一半以上的县开发了小水电，近千个县主要靠小水电供电。小水电使1.5亿人告别了无电历史，开始进入现代文明。

改革开放到新世纪以来的20年里，小水电释放出更多能量。在邓小平同志亲自倡导下，国家大力支持小水电开发，鼓励地方政府和当地农民自力更生兴办小水电，启动了农村电气化建设，解决当时越来越突出的电力基础设施薄弱和缺电问题。到1999年年底，小水电总装机容量达到2348万千瓦，使全国1/2地域、1/3县市、3亿多农村人口用上了电，基本解决了农村用电问题，初步实现了农村电气化。2003—2015年实施的小水电代燃料工程，解决了320万农民的生活燃料问题，年减少薪柴消耗570万立方米，保护森林1100多万亩。

小水电因而被百姓誉为“光明工程”和“清洁工程”，成为共产党人为山村点燃的“永不熄灭的火炬”。

保障生态流量的“绿色工程”

尽管国际公认水电是清洁能源，但我国部分引水式小水电因立项建设年代较早，规划设计不够科学，当时并没有保证生态流量的意识和管理手段，导致一些小水电站出现发电引用水量过大、厂坝间的河段出现河道脱水断流等现象。

众多质疑声因此袭来，甚至有“一刀切”全面关停小水电的声音。

没有小水电，哪里寻找年发电量超过两个三峡的清洁能源？真要放弃全国农村水电发展，“一人得病，全家吃药”？

新时期如何定位，决定着小水电的未来。

党的十八大把生态文明建设提升到了与经济建设、政治建设、文化建设和社会建设并列“五位一体”的战略高度。2016年中央一号文件提出“发展绿色小水电”，拉开了小水电走上“绿色大道”的序幕。2017年，习近平总书记站在实现中华民族永续发展的战略高度，作出“绿水青山就是金山银山”的科学论断。

践行生态文明理念，坚持问题导向，农村小水电开启绿色嬗变。

遍布全国的小水电如何进行绿色改造？如何创建绿色小水电站？关键点又在哪里？

“生态流量监管是影响农村水电绿色发展最薄弱的环节，只要紧紧抓住生态流量这个‘牛鼻子’，就能从根本上改变目前的局面。”2019年，水利部副部长田学斌在农村水电绿色改造现场会上表示。水利部农村水利水电司相关负责人表示：“根据绿色小水电标准，能否创建为绿色小水电站，有一票性否决指标，就是要按要求泄放坝（闸）下生态流量。”

各地如火如荼探索、实践。福建省于2017年12月出台了《福建省水电站生态电价管理办法（试行）》，规定对最小生态下泄流量监控数据完整率和达标率达 80%（含）以上的水电站，实行生态电价奖励，对完整率和达标率低的水电站，实行生态电价惩罚，进一步促进落实水电站生态流量，切实改善河流水环境。

“激励诚信、惩戒失信，在政策引导下，我们自觉参与改造，落实最小生态下泄流量。”厦门市紫云岭水电站负责人黄和记介绍。半年内该电站就完成了生态下泄流量核定工作和泄放设施的安装。经过整改，紫云岭水电站实现了 24 小时下泄，最小生态下泄流量为 0.0161 立方米每秒。如今，在紫云岭水电站下游，溪水涌动，山水交融。“整改完成后，河道有了活水，微生物、鱼虾等也回归了。”厦门市水利局有关负责人感慨。

在广西，河流生态改造项目的实施，修复了河流减脱水河段共计约 61 公里，有效修复河流生态。通过电站增效扩容改造，新增年发电量 2.60 亿千瓦时，每年可节约 8.87 万吨标准煤，减少 22.79 万吨二氧化碳排放，减排效益突出。

围绕河流生态改造、绿色小水电站创建等措施，党的十八大以来，《水利部关于推进绿色小水电发展的指导意见》《绿色小水电评价标准》等相继出台，组织各地开展了 3 200 多条中小河流水能资源规划修编，累计完成 6000 多座水电站的增效扩容改造，创建 616 座绿色小水电站，在提高水能资源综合利用效率、修复河流生态、标准化建设等方面发挥了较好的示范引领作用。目前，全国已有福建等 10 个省份出台了水电站生态流量监督管理文件，在生态流量监管方面取得突破。

在“绿色大道”前进，已经无法跟上的，退出和整改也绝不含糊。

在长江经济带的小水电站中，有 3900 多座位于自然保护区核心区或缓冲区，严重影响生态环境，被水利部列为退出电站，还有超 2.1 万座水电站被列为整改类。

2018 年，长江经济带小水电清理整改开始。截至 2020 年年底，长江经济带小水电清理整改阶段性目标已经完成。3500 多座位于自然保护区核心区或缓冲区、严重破坏生态环境的电站已退出，2 万多座完成整改，9 万余公里减脱水河段重新有了水。

关停与退出并不意味着水电站失去了价值。存在时是一面旗帜，退出时仍可光辉满面。在浙江安吉，报废的小水电站被打造成首个小水电站民宿，更是一个集旅游、观光、科普、体验、住宿为一体的小水电综合展示馆。它还有一个好听的名字，叫“今晚我在水电站值班”。在曾被誉为“全国小水电一面红旗”的福建永春，“退役”水电站变身创意书吧，引来游客纷纷“打卡”。屋内，人们在昔日发电机组改建的饮品台前饮茶、阅读。屋外，流水潺潺、绿意盎然。

2021 年 3 月 22 日，水利部部长李国英在《人民日报》发表的署名文章中强调，要加快推进小水电站生态流量泄放设施改造。在“生态流量”这把硬标尺面前，小水电的“绿色转身”还在继续。

助力脱贫攻坚的“德政工程”

一座小水电点亮一方，更能带富一方。小水电，还成为了贫困地区的“液体金矿”。

按照党中央、国务院关于打赢脱贫攻坚战和大力扶持贫困地区农村水电开发的决策部署，2016年起，水利部、国家发展改革委联合启动了农村小水电扶贫工程，以保护生态环境为前提，以增加贫困地区建档立卡贫困户收入、增强贫困地区电力保障、促进贫困地区发展为重点，建设农村水电扶贫工程，累计安排中央预算内投资18亿元，在湖北等7省（自治区、直辖市）建设扶贫装机44.9万千瓦。

2018年3月，土家族汉子向中富，站在自家120多平方米的新房前喜笑颜开。这位来自湖北五峰土家族自治县白庙村四组的建档立卡贫困户，半年前一家四口还挤在破旧土坯房中。正是2017年傅家湾农村小水电扶贫项目3万元的收益，帮助他完成了危房改造。后期，县水电扶贫项目还持续对向中富进行跟踪帮扶，帮助其女儿完成学业、家庭实现脱贫。

农村水电扶贫工程为当地政府和项目业主解决了建设资金的难题，更重要的是，贫困户直接享受国家资金分红，部分持续受益高达20年。

以湖北省为例，2016年至2020年，湖北先后有26个水电项目被列为国家水电扶贫试点和建设项目，在集中连片的特困武陵山区等5个地市州的11个国家级贫困县（林区）开展项目建设，项目总装机容量20.8万千瓦。五年来，项目县市共计收水电扶贫收益4712.2万元，采取现金直补、生态补偿和开发公益性岗位等形式，共向20403户建档立卡贫困户兑现水电扶贫收益；水电站周边282个贫困村得到水电扶贫收益资金支持，村均受益4.2万元，用于改善基础设施。

截至2020年年底，已有7省累计投产装机容量71.9万千瓦，兑现扶贫收益2.53亿元，帮扶9.8万多建档立卡贫困户。

推动“一带一路”的“担当工程”

中国发展小水电的经验，得到了国际社会的高度评价，农村水电国际合作不断加强。

目前，我国已面向“一带一路”国家开展小水电技术培训109期，培训人数超过2500名，援助越南、古巴等亚非拉国家建设了一批小水电站工程项目，为蒙古、卢旺达等60多个国家提供了上百座小水电站规划、设计、咨询及设备成套等服务。

“小水电国际标准编制”作为“一带一路”倡议下国际合作的重要成果，已列入第二届“一带一路”国际合作高峰论坛成果清单。“中国小水电”已经成为一张响亮的中国名片，在中国“一带一路”倡议中扮演着重要角色，不仅带动中国技术、中国标准、中国制造和中国文化“走出去”，也为构建人类命运共同体做出积极贡献，彰显世界大变局背景下的大国担当。

7 月 1 日晚，当五星烟花在北京鸟巢体育场上空盛放，山沟里的孟阿婆也和无数国人一样通过电视机、网络观看着，心潮澎湃。这一幕，仿佛是毛主席“星星之火可以燎原”的浪漫演绎，也是中国共产党百年奋斗的辉煌印记。

诞生、发展，源于人民需求，自我革新、实践探索，永远为了人民需求。在有着千年历史的中国大地上，唯有历史和人民的选择，才能永葆强大和生机，伟大的中国共产党如是，农村水电发展亦如是。山坳里的一座又一座农村水电站，正将水力转化为更多的生产力，为高质量发展提供源源不断的动力。一滴水可以折射太阳的光辉，亿万滴水，正折射出更耀眼的大国光辉。

庆祝中国共产党百年华诞系列特稿之十四

水利规划：登高定向　稳舵引航

（2021 年 7 月 13 日）

本报记者　滕红真

地处河南省郑州市的黄河花园口，是地上悬河的起点。历史上黄河在这里频繁决口破堤，危及四方。然而，如今的花园口绿树葱茏，花团锦簇。站在将军坝瞭望——向东，郑州黄河公路大桥蔚为壮观；向西，连绵不绝的黄河大堤似水上长城。

伟大治黄成就的取得，离不开历次黄河流域综合规划、防洪规划的持续引领。从 1940 年代中国共产党领导下的人民治黄开始，到 1950 年代“蓄水拦沙”，1960、1970 年代“上拦下排、两岸分滞”，再到 1980 年代后增加“拦、排、放、调、挖”的泥沙综合处理措施，21 世纪后转向“控制、利用、塑造”综合管理洪水，黄河流域治理方略不断优化、防洪体系不断完善，先后 12 次战胜花园口超 1 万立方米每秒的大洪水。

回望党的百年征程，初心为民矢志不渝。包括七大流域防洪规划在内的一系列水利规划，在发展中解决人民群众最关心最直接最现实的水利问题。一部厚重的水利规划史，就是党赤诚为民展开的波澜壮阔的治水兴水史。统筹规划，定锚指向，创造光辉历程；擘画蓝图，稳舵奋楫，铸就百年荣光。

与人民共命运——
规划从零进阶　奠定水利发展总体格局

1934 年，毛泽东主席提出“水利是农业的命脉”的重要论断，指导了中国共产党领导的苏区农业建设。水利兴则仓廪实。艰难岁月，党始终抓住水利命脉造福人民。

抗战时期，党领导抗日根据地政府，兴修农田水利灌溉、河海防洪工程，并出台诸多政策，如晋察冀边区的“兴修水利条例”、苏皖边区的“兴修水利暂行办法”等，对水利兴修方式、工程费用等做了具体规定。这使水利建设有章可循，也为此后水利规划系统发展奠定了基础。

“任何一个河流的用水，必须统一规划，统筹管理，才能充分利用水资源”。

1949年11月8日，水利部在正式组建后的第8天，召开全国各解放区水利联席会议，明确以流域为单元开展水利规划工作，彰显出党迅速解决水利问题的思路和决心。

1954年，周恩来总理在第一届全国人大一次会议上强调，“今后必须积极从流域规划入手，采取治标治本相结合、防洪排涝并重的方针”，从国家角度强调了水利规划的地位。

百年大业，规划先行。在党的领导下，治水为民、兴水强国步履铿锵！

20世纪50至60年代，全国处于系统建设社会主义、不断调整国民经济时期，面对河道失治、堤防残破的严峻形势，包括长江、黄河、淮河、海河、松花江等流域及其重要支流的综合规划开始编制，并对流域水能资源开发进行论证。

改革开放以后，1988年《中华人民共和国水法》第一次以法律形式确定了水利规划的地位。围绕新的经济发展战略，七大江河流域综合规划修编完善、防洪规划出台；塔里木河、黑河、石羊河近期治理规划出台；第一次全国水资源调查评价开展，全国水资源综合规划编制完成；南水北调工程总体规划落地；有关防洪抗旱、灌区节水、水源地保护及西部地区水利发展等专业及区域规划出台……水利作为国家基础设施建设的优先领域，助力社会主义现代化国家建设。

党的十八大后，改革进入攻坚区、深水区，经济发展进入新常态。习近平总书记明确提出“节水优先、空间均衡、系统治理、两手发力”的治水思路，水安全上升为国家战略。

围绕更好满足人民对美好生活的向往，水利规划工作全面升级。各级水利部门围绕重大水利项目建设、水利投融资改革、水中长期供求、水资源保护、城市水利规划、水库运行管护、水土保持、水情教育等内容，出台一大批水利规划。同时印发了京津冀协同发展水利专项规划、北京冬奥会水资源保障方案、长江经济带发展水利专项规划、长江三角洲区域一体化发展水安全保障规划、粤港澳大湾区水安全保障规划、大运河河道水系治理管护等专项规划；组织编制完成黄河流域生态保护和高质量发展等重大区域战略水安全保障规划；系统谋划国家水网工程建设，加快推进水利基础设施空间布局规划编制。各地政府根据实际情况和水利发展重点，也开展了数百项规划编制工作，持续深化水利重点领域改革。

目前，我国基本形成了以全国水资源综合规划、七大流域综合规划、七大流域防洪规划为基础，全国、流域、区域“三级”与综合规划、专业规划“两类”相结合的水利规划体系。

与国家发展同频共振，与人民同呼吸、共命运！在党的科学领导下，水利规划体系不断完善，水利事业阔步向前。我国逐步建成了世界上规模最为宏大的水利基础设施体系，防洪能力和供水保障能力均升级到较安全水平。

为人民谋幸福——思路持续升华　勾勒又好又快发展蓝图

仲夏的福建省长汀县河田镇露湖村，雨润山林，马尾松漫山遍野。

难以想象，20 世纪 80 年代，这里赤岭荒山，是我国南方水土流失最严重的区域之一。

《水土保持工作条例》《水土保持法》《全国水土保持规划（2015—2030 年）》的先后出台，推动一批国家水土流失重点防治工程实施。目前长汀森林覆盖率近 80%，成为“绿水青山就是金山银山”重要理念的实践者。

随着党对经济社会发展规律认识的深化，治水理念不断升华，水利规划思路发生转变。注重生态文明建设，折射出水利规划由单一满足国家经济发展目标逐步转移到满足更广泛的社会需求。

20 世纪 50 年代后，在“蓄泄兼筹”的治水方针指引下，水利规划侧重探讨水利基础设施建设的综合利用。

据水利部原副总工程师庞进武介绍，进入 21 世纪，面对经济社会发展带来的新问题，流域综合规划修编扭转了以重大工程建设为主的做法，把建设资源节约型、环境友好型社会，促进人与自然和谐相处作为修编主线，坚持在保护中开发、在开发中保护。

2011 年中央一号文件首次聚焦水利，明确提出水是生命之源、生产之要、生态之基。党的十八大以来，随着新发展理念的提出、“五位一体”总体布局的明确、社会主要矛盾的变化，治水兴水迈入崭新阶段，水利规划有了更高要求。

贵州夹岩水利枢纽最初规划时以发电为主，后考虑当地群众生活生产用水困难，规划目标调整为以城乡供水和农田灌溉为主。在 172 项节水供水重大工程中，专门规划了以生态功能为主的工程，如牛栏江—滇池补水、引嫩扩建工程等。《长江三角洲区域一体化发展水安全保障规划》明确到 2035 年，实现饮水放心、用水便捷、亲水宜居、洪涝无虞……

水利规划由过去主要聚焦防汛抗旱、发展农业、振兴经济，发展到与经济结构调整、缓解社会矛盾、生态文明建设等密切结合起来，统筹解决水资源、水生态、水环境、水灾害问题。

如果说不断拓宽服务范围，是水利规划思路在横向上的转变，那么社会管理作用不断强化，则是水利规划思路在纵向上的延伸。

早在“十一五”时期，伴随市场经济体制的初步建立，我们党及时把“五年计划”改为“五年规划”，强调规划对社会行为的约束和管理作用，明确水利规划不仅是流域水利建设的基础和依据，更是强化涉水事务社会管理的基础和依据。

肩负新使命、整装再出发，水利规划严格规范和约束各项涉水活动，从对水资源的开发、利用、治理转变为优化配置、节约保护。

实行最严格的水资源管理制度、划定水资源管理三条“红线”；编制《全国水资源综合规划》，拟定全国水资源总体配置方案。

“规划过程中，全国、流域和省区先后进行了 20 余次汇总集成与协调平衡。”水利部水利水电规划设计总院副院长李原园介绍，通过合理调控参量，使水资源一经济社会一生态环境系统向着良性循环、可持续发展方向演变。

此后，《全国水资源保护规划》出台，明确新形势下构建河湖健康保障体系。同时，坚持节水优先、把水资源作为最大的刚性约束等要求，思路清晰，措施给力。

“十三五”水利改革发展规划，设置用水总量控制、重要江河湖泊水功能区水质达标率等 4 项约束性指标，要求全面推进节水型社会建设，加强水资源管理……

统筹需求和供给管理，是以安全之桨撑发展之舟。“红船”出海破浪，规划引航致远，一朵朵水利为民的浪花，在历史长河中奔腾、激荡。

发展成果由人民共享——
效益增添动力 提升国家水安全保障能力

2014 年 12 月 27 日，南水北调中线一期工程总干渠终点团城湖明渠开闸放水，南水正式流入北京。

2019 年安徽遭遇严重干旱，淠史杭灌区引水约 45 亿立方米，实现大旱之年大丰收，同时保证 1300 多万人的用水安全。

2020 年 8 月 20 日 8 时，三峡水利枢纽遭遇建库以来最大洪峰，经大坝调蓄，超 1/3 的洪峰被截流。

…………

浩浩九州大地，河川安澜，百姓安泰。一代代水利人积极响应党的号召，深入调研，反复论证，编制出台了凝聚各方智慧、共识的水利规划，指导大江大河系统治理开发，各项惠民成果不断显现。

洪涝灾害防御体系基本完善——流域综合规划把防洪作为首要任务，七大江河流域基本形成以堤防、控制性枢纽、蓄滞洪区为骨干的防洪工程体系以及较为完善的水文测报、洪水调度等非工程体系，基本具备防御新中国成立以来最大洪水的能力。

水利抗旱能力显著提升——确立了以抗旱应急备用水源工程体系、旱情监测预警和抗旱指挥调度系统、抗旱管理服务体系为主要内容的全国抗旱减灾体系。

水土保持成效显著——重点区域生态环境明显改善，水土流失严重状况得到全面遏制，水土流失面积实现了由“增”到“减”、强度由“高”到“低”的历史性转变。

水资源配置格局不断完善——从“172”到“150”，一大批国之重器相继诞生，一批跨流域调水和区域水资源配置工程先后建成，区域均衡发展水资源保障能力持续增强。

…………

如今，充分发挥规划在理念引领、战略导向和目标约束方面的作用已成“硬杠杠”。水利部部长李国英要求，立足新发展阶段，科学编制“十四五”水安全保障规划，解决发展不平衡不充分问题，实现水利治理体系和治理能力现代化。这要求我们紧紧围绕第二个百年奋斗目标，心怀“国之大者”，主动适应治水主要矛盾的深刻变化，以推动高质量发展作为新阶段水利工作的主题，建立完善与党的伟大目标相适应的水安全保障规划。

登高正好定方向，稳舵真能引远航。中国共产党的先锋力量，让我们不惧风雨、笃定前行。推动水利高质量发展的顶层设计，必将续写光耀中华民族复兴大业的水利新篇！

庆祝中国共产党百年华诞系列特稿之十五

管好河湖　造福人民

（2021 年 7 月 14 日）

本报记者　吴頔

江河湖泊是生命的源泉、民族的血脉、文明的摇篮。管理好河湖，正是百年来中国共产党为人民谋幸福、为民族谋复兴的重要使命和伟大实践。

“一切水利、江河湖溪、森林牧场、大山林，由苏维埃管理。”这是 1931 年中华苏维埃第一次全国代表大会通过的《中华苏维埃共和国土地法》中的规定。在设立山林水利局的基础上，1933 年 5 月，中华苏维埃政府土地部要求各区乡政府组织水利委员会。毛泽东指出，乡苏维埃政府要抓水利，乡苏维埃主席兼任乡水利委员会主任。

2016 年 11 月，中共中央办公厅、国务院办公厅印发《关于全面推行河长制的意见》，明确各省（自治区、直辖市）设立总河长，由党委或政府主要负责同志担任，各级河长负责组织领导相应河湖的管理和保护工作。习近平总书记在 2017 年新年贺词中强调：“每条河流要有‘河长’了！”

从乡苏维埃主席兼任乡水利委员会主任到河长制，从苏维埃统管到水行政主管部门主管，再到河长湖长负总责，依法依规管理河湖，开展整治行动维护河湖健康生命，深化河湖长制建设造福人民的幸福河湖……在中国共产党的领导下，河湖管理工作在传承中不断实现新发展、新突破、新飞跃，江河湖泊实现了“有人管”“依法管”“统一管”“管得好”。

不断建章立制　强化河湖管理

早在战火纷飞的年代，中国共产党在领导工农红军和苏区人民开展革命战争的同时，就颁布了《中华苏维埃共和国土地法》《山林保护条例》等法律条例，其中对河湖治理等作了具体规定，体现出中国共产党对于河流等公共资源治理的重视和思路。1931 年苏维埃红色政权成立的山林水利局，负责河流疏浚、河道整治、堤岸加固等工作。

新中国成立后，尤其是改革开放后，我国经济社会快速发展，涉河建设项目随之逐渐增多，侵占河湖的行为频繁出现。水资源开发利用和节约保护，以及河流管理等，亟需明确职责、强化手段、统一管理。

1988年，对于河湖管理有着特殊意义。国务院批准了水利部“三定”（职能、机构、人员编制）方案，新组建的水利部成为国务院的水行政主管部门，作为全国河道（包括人工水道、行洪区、蓄洪区、滞洪区）的主管机关。县级以上地方水行政主管部门作为该行政区域的河道主管机关。这一年，“水法”“河道管理条例”相继颁布施行，为河湖管理提供了法律依据。“谁来管”“管什么”的问题都得以明确。

1992年起，我国开展了河道管理范围内建设项目管理，以确保江河防洪安全，保障了人民生命财产安全和经济快速发展。水利部依法划定了各流域机构行政审批权限，各省份水行政主管部门划定了各级地方水行政主管部门行政审批权限。

20世纪90年代末，河道采砂现象开始大范围出现。由此带来的河势恶化、危及防洪安全等问题引起了党中央的高度重视。2002年，我国以河道采砂形势最为严峻的长江为重点，颁布实施了《长江河道采砂管理条例》。水利部及所属的长江水利委员会依照条例，加强了对长江采砂的统一管理和监督检查。长江水利委员会还会同相关省份编制了长江中下游、长江上游干流宜宾以下河道采砂规划。长江采砂管理薄弱、秩序混乱等问题得到有效解决。

保护好长江，是维护国家生态安全的重大需求，事关中华民族的生存发展与未来。党的十八大以来，党中央作出了推动长江经济带发展的重大决策，习近平总书记于2016年、2018年、2020年三次主持召开座谈会进行部署。2021年3月1日起施行的“长江保护法”以国家和地方流域统筹协调机制为核心，确立了长江流域管理体制的基本框架。目前水利部正在细化工作措施，加快构建长江全覆盖水监控系统，加大水行政执法力度，全面加强河湖保护，努力打造幸福长江。

明确了管理部门，确定了管理内容，强化了法律保障……在党中央的统一领导下，我国河湖管理工作有力有序开展。

约束人的行为　改善河湖面貌

2018年4月，习近平总书记到被誉为洞庭湖及长江流域水情“晴雨表”的城陵矶水文站、岳阳市君山华龙码头等地进行考察。作为长江流域重要的调蓄湖泊，洞庭湖历来受到党中央、国务院的高度重视。

2020年，长江发生流域性大洪水。9月1日18时，在经历了长达60天的超警后，洞庭湖区全面退出警戒水位，未溃一堤一垸。安全度汛的背后，既有水利工程科学调度等发挥的关键作用，也离不开多年来河湖整治行动取得的重要成效。

20世纪70年代以来，我国围湖造田势头愈演愈烈，严重影响了湖泊的调节能力。以洞庭湖为例，洞庭湖在历史上曾是我国第一大淡水湖，由于长年的围湖造田和泥沙淤积，面积由 1949 年的 4350 平方公里缩减到 1978 年的 2691 平方公里。

1998 年，中共中央、国务院下发了《关于灾后重建、整治江湖、兴修水利的若干意见》，提出采取停止长江、黄河流域上中游天然林采伐，分类规划平垸行洪、退田还湖，搞好江河、湖泊清淤疏浚等措施，疏堵结合整治江河湖泊。

5 年间中央投入了 103 亿元，完成长江及两湖地区退田还湖 2900 平方公里。这标志着千百年来围湖造田到大规模退田还湖的历史性转变。河湖管理与保护上升到新的高度，维护河流健康生命、促进人水和谐成为新追求、新目标。

“要从改变自然、征服自然转向调整人的行为、纠正人的错误行为。”在中央财经领导小组第五次会议上，习近平总书记为新时代河湖管理保护工作指明了方向。

新征程，新作为。自 2018 年 7 月起，水利部在全国范围内针对乱占、乱采、乱堆、乱建等河湖管理保护突出问题开展专项清理整治行动。专项行动开展以来，通过制定政策标准、建立问题台账、实行销号制度、强化跟踪督办、加强暗访督查、开展抽查核查、接受社会监督等多种措施，全国共清理整治河湖“四乱”问题 16.4 万个，拆除违法建筑面积 4700 多万平方米。

近年来，水利部还结合长江大保护，组织开展了长江经济带固体废物清理整治、长江干流岸线利用项目清理整治、长江流域非法矮围专项整治等专项行动，联合公安部、交通运输部等部门开展长江河道采砂综合整治行动。共清理整治河道管理范围内固体废物 1376 处、违法违规岸线利用项目 2431 个，腾退长江干流岸线 158 公里，对整治后的 1213 万平方米长江岸线进行了复绿。

各地结合实际，立足河湖水域岸线主阵地，开展了“清河”“碧水”“生态河湖”等专项行动。通过清理整治，河湖面貌明显改善，行蓄洪能力得到提高，河湖水质逐步向好，损害河湖的行为得到有效遏制。

深化河湖长制　建设幸福河湖

全国各地河湖治理专项行动屡掀热潮的背后，离不开一支强有力领导队伍的组织推动。这就是总量超过百万人的河长湖长。

今年 3 月，全面推行河湖长制工作部际联席会议制度调整完善，国务院分管领导同志担任联席会议召集人，水利部成为联席会议 18 个组成部门的牵头单位。水利部党组书记、部长李国英在 6 月 28 日召开的“三对标、一规划”专项行动总结大会上强调：“要充分发挥全面推行河湖长制工作部际联席会议制度作用，统筹协调全国河湖长制工作。”

河湖长制是具有鲜明中国特色的新时代河湖管护制度，经历了地方实践、国家全面推行、持续深化升级的过程。

2003年，浙江省长兴县委办下发通知，任命水利、环卫处负责人为城区河道"河长"，对规定范围河道水系的整治行动进行全面负责。

2007年，江苏省无锡市针对太湖污染问题，实行地方行政首长负责的河长制，发挥党政领导的组织协调优势，集中全社会力量治理太湖，取得良好效果。

2016年10月，中央全面深化改革领导小组第28次会议审议通过了《关于全面推行河长制的意见》。《关于在湖泊实施湖长制的指导意见》也于2017年年底印发实施。河湖长制上升为国家意志。地方各级党政负责同志担任河长、湖长，成为河湖治理第一责任人，牵头治水工作，协调解决河流保护与管理中的重大问题。河湖管理打破了区域壁垒、部门壁垒，从"分头管理"迈向"协同共管"。

2017年10月25日，湖南省总河长签署了全国第一个省总河长令，要求全省各地立即全面开展河长巡河行动，实现河道问题"早发现、早处理、早解决"。如今，发布总河长令已成为各地党政负责人部署、推动河湖管理工作的主要方式。

2019年9月，习近平总书记在黄河流域生态保护和高质量发展座谈会上，发出了"让黄河成为造福人民的幸福河"的号召。经过深化与升级，河湖长制正从"有名有责"走向"有能有效"，成为各地建设幸福河湖的重要抓手。

"我们群众非常支持碧道建设!"很多生活在广东的百姓，与茂名市茂南区共同村村民周世安持同样的观点。2018年6月，广东省委十二届四次全会作出高质量建设万里碧道的重大决策部署。3年来，全省坚持以人民为中心，高质量规划建设万里碧道，打造亮丽的水生态名片，建设幸福河的广东样本。截至2020年年底，广东已累计建成碧道864公里。水碧岸美的生态效益、水岸联动发展的经济效益已开始显现。

福建省莆田市在木兰溪创新设立流域双河长，干流及其重要支流、小流域及问题河道等均升格为县级河道，增设县级党政主要负责人为第一河长，并将每月20日定为河长日，市、县、乡级河长带头一线巡河履职。2020年11月，木兰溪高分通过全国首批示范河湖验收，成为全国河湖管理及河湖长制工作的样板。

中原核心城市河南省郑州市总结制定"两函四巡三单两报告"工作法，促进河长湖长履职尽责。近年来，在各级河长湖长的推动下，"法莉兰童话王国"等一批重点难点河湖"四乱"问题得到解决，黄河岸线成为市民打卡地。

…………

全国范围内这样的生动案例不胜枚举。各地还积极探索"党建＋河长制"模式，切实加强党的基层组织建设，在河湖管理工作中，逐步形成了"组织引领、党员示范、群众参与"的强大合力。"只要党有号召，我们基层干部就全力抓好落实。"贵州省六盘水市牛场苗族彝族乡党委委员、全国优秀河长龚鸿志说。

如今，在党中央、国务院的高度重视和坚强领导下，120 万名河长湖长履职尽责、担当作为，广大河湖管理保护工作者无私奉献、倾心付出，各个部门团结协作、握指成拳，各种社会力量热情参与、积极行动，共同守护每条河流、每座湖泊，使绿水青山不断转化成金山银山。

湖泊如镜映照初心，江河似锦铺展幸福。“安全、生态、和谐、文化、宜居、富民”的美丽河湖，正持续为人民群众带来获得感幸福感安全感；“让每条河流都成为造福人民的幸福河”的目标，渐行渐近……

庆祝中国共产党百年华诞系列特稿之十六

引领风尚　共赴未来

（2021 年 7 月 15 日）

本报记者　罗景月　樊弋滋

“十三五”时期，我国节水水平已经达到全世界平均水平；今年 6 月，国家发展改革委新闻发言人披露，有测算表明，从现在起到 2035 年，通过在农业、工业和城镇生活用水等方面加大节水力度，全国节水潜力可以达到 600 亿立方米……

从用水粗放到全世界平均水平，这是在中国共产党领导下，全国稳步推进节水型社会建设的自信成果，更是全国节水工作从“全民行动”到“全面见效”的生动见证。

节水是解决中国水资源短缺问题的根本出路。回望百年，一场让节水成为文明新标志的历史长卷在不断书写；展望未来，一幅锚定航向践行新发展理念的节水远景蓝图正在擘画。

从理念升级到制度完善

中国，这个有着 960 万平方公里国土面积的泱泱大国，自古以来，资源丰富、地大物博是它的显著特性。但同时，我国人均水资源占有量不到世界平均水平的四分之一，全国年缺水约 500 亿立方米，水资源供需矛盾十分突出。

时间追溯到新中国成立以前，粗放、无序用水的不良习惯在民众中普遍存在，水资源“取之不尽用之不竭”成为固有思维。

新中国成立后，大规模经济建设、城市发展和社会进步，使许多城市开始出现用水紧张、水资源供需不平衡的矛盾。人民遇到了用水难题，经济社会发展受到水的制约。

20 世纪 50 年代开始，随着农田灌溉面积不断扩大和城乡用水需求持续增加，缺水地区开始关注节约用水问题。喷灌、滴灌等高效节水灌溉技术在北方地区逐渐试验推行。

水资源短缺和水环境污染问题仍日益严重，仅在农业用水上推广节水灌溉技术远远不够，解决大量城市生活、工业用水浪费问题已经迫在眉睫。

节水，成为等不得、拖不了的当务之急。

发力，再发力！1985 年，中央在《关于制定国民经济第七个五年计划的建议》中明确提出，要把十分注意有效地保护和节约使用水资源作为长期坚持的基本国策；1988 年《中华人民共和国水法》明确提出“国家实行计划用水，厉行节约用水”，将节约用水的规定以法律形式固定化。

在各类制度的强烈推动下，全国节约用水办公室应运而生。1998 年，党中央战略性地提出要把推广节水灌溉作为一项革命性措施来抓，国务院进行机构改革，水利部设立全国节约用水办公室。2000 年，措施进一步升级，国民经济和社会发展第十个五年计划明确提出，建设节水型社会。2004 年，中央人口资源环境工作座谈会要求，把节水作为一项必须长期坚持的战略方针，把节水工作贯穿于国民经济发展和群众生产生活的全过程。2011 年，加快水利改革发展的春风吹来，中央水利工作会议再次明确，要加快建设节水型社会。

一泓清水，用之不觉，失之难存。党的十八大提出将节水作为解决我国水资源问题的一项战略性和根本性举措。2014 年，中央财经领导小组第五次会议上，习近平总书记提出“节水优先、空间均衡、系统治理、两手发力”的治水思路，强调从观念、意识和措施等方面把节水放在优先位置，为节水治水管水提供了科学指南。2019 年，国家发展改革委、水利部联合印发《国家节水行动方案》，部署实施国家节水行动，推动全社会节水。

如果说党中央定调的“节水优先”是航海罗盘，为节水工作指明航向，那么“国家节水行动”则为节水之船划出一条明确的航道。5 年时间，一张节水蓝图落实为 20 项重点行动，可期待、可展望的节水工作奋斗目标跃然纸上。近年来，一系列重大政策，总量强度双控、节水评价等重要制度基本建立，水价改革加速推进，国家和省级取用水定额进一步完善，节约用水制度框架体系基本形成。

思路决定出路，制度调整行动。从人定胜天、人水相争到人水和谐共生，从工程水利、资源水利到高质量发展水利，治水思路不断丰富完善。从江河萎缩到清水复流，从粗放用水到集约节约，从大水漫灌到精准滴灌，我国用水效率不断提升。人们在处理与水的关系上也发生了重大改变，不仅利用水、约束水，也善待水、珍惜水、节约水、保护水。

从示范引领到百花齐放

“水票就相当于人民币，用不完的水票，通过水市场卖了可以换钱。”在甘肃省张掖市高台县，自从节水型社会建设开始后，“卖水”成了这里农民的常事。

作为我国第一个节水型社会试点地区，20 年前，张掖就上演了一场水权革命带来的用水革命。随之而来的，是张掖市农民用水观念发生的巨大变化。如今，让张掖农民多浇水都办不到，因为农民有了自己的水权。对他们而言，有了水权，水就是自己的，节约的水就是收入，浪费水实际上就是挥霍自己的财富。

建设节水型社会是解决我国水资源短缺问题的战略性措施，而张掖仅仅是个开始。2001年起，水利部共组织建成100个全国节水型社会建设试点和200多个省级节水型社会建设试点，形成了以河西走廊、黄淮海平原、南水北调受水区、太湖平原河网区、珠三角、长株潭城市群、黄河上中游能源重化工基地群、环渤海经济圈等为典型的节水型社会建设示范带。

通过试点建设，各地积极探索出了各具特色的节水型社会发展模式。华北地区水资源总量少，选择控制总量、节水压采；针对西北能源化工基地工农业争水矛盾，选择推进水权转换、节水增效；东南沿海虽是丰水区，但经济发达耗水量巨大，采取清洁生产、节水治污、节水减排之方；东北地区结合转型升级，实行节水增粮……

示范引领不是结束，百花齐放才是真正的开始。县域是我国经济社会发展的基本单元，控制好每个县域节水型社会建设的"分阀门"，就能拧紧全国节约用水的"总阀门"。2017年，在"节水优先"方针的指引下，水利部在全国范围内部署开展县域节水型社会达标建设工作，开启了节水工作新征程，着力推动用水方式从粗放向节约集约转变。

从农业到工业再到城镇节水，从以水定城、以水定地到以水定产，县域节水型社会达标社会建设触及全县域内每一个神经元，节水型社会从建设试点到全域达标的美丽嬗变正在逐步实现。

如今，喜人的答卷已经呈现在眼前。"十三五"期间，我国节水效果初步显现，全国用水总量总体稳定在6000亿立方米左右，万元GDP用水量较2015年相比下降23.8%，万元工业增加值用水量与2015年相比下降27.5%。与此同时，截至2020年年底，全国共有616个节水型社会建设达标县（区）。

从建设全国节水型社会试点到打造省级节水型社会，再到推进县域节水型社会建设，由点到面，由宏观至微观，全国上下已经构建起一个多方发力、百花齐放的节水载体建设体系，一张精心织就的节水大网在全国铺开。

从全民共识到全民行动

"节水中国，节水你我，涓滴之爱润泽每一个角落……"2021年3月22日上午11时，广东省潮州市古城广济楼广场上，悠扬的歌声让步履匆匆的人们停下了脚步——一场别开生面的《节水中国》主题歌曲推广快闪活动在"世界水日"当天上演，吸引了众多市民游客驻足观看。

在每年的“世界水日”“中国水周”，全国各地都在用不同的方式纪念着这个特别的日子。他们通过活动、社区宣传栏以及网站、微信公众号等媒体，大范围传播节水资讯，提醒着每一位公民做节水护水的倡导者和践行者，让节水护水惜水成为全社会自觉行动。

除了水日水周等特殊时间节点，在创建节水型社会的号召下，节水进机关、进社区、进校园、进企业等活动大力推进，全社会节水意识进一步增强。

金秋时节，走进北京市大兴区礼贤镇第一中心小学，能看到一道亮丽的风景线，那是由学生们精心准备的近千份节水主题宣传品。这些宣传品讲述着他们对节水的理解、他们和节水的故事，甚至他们脑海中的节水小发明。这是 2019 年 10 月，北京节水“七进”活动的一处剪影。

早在 2011 年 9 月，习近平总书记视察北京时就强调，要扎实有效做好建设节水型社会科普工作，在全社会形成节约用水合理用水的良好风尚。北京市深入开展节水知识进社区、进校园、进医院、进企业、进农村、进园林、进机关的“七进”活动，大力宣传节水知识和理念，形成全社会节约用水的良好风尚。

“只有全社会都自觉参与节水，节水才能从被动引导转变成主动行为，才能筑牢节水型社会建设的基础。”四川省眉山市彭山区政府有关负责人介绍，近年来，全区开展多种形式的节水宣传，让居民认识到节水的紧迫性、必要性和重要性，群众节水意识明显增强。

节约用水全民行动，并非一日之功。1988 年《中华人民共和国水法》颁布后，水利部确定每年的 7 月 1 日至 7 日为“中国水周”，使我国节约用水宣传实现了“从无到有”的历史转变。20 多年来，每年在“世界水日”“中国水周”期间集中开展节水宣传教育活动，开展“节水在路上”“节水中国行”等主题宣传，在全民节水意识培育方面起到了良好的效果。水利部、中宣部、教育部、团中央联合印发《全国水情教育规划（2015—2020 年）》，引导公众不断加深对我国水情的认知，增强水资源忧患意识，推动形成全民知水、节水、护水、亲水的良好社会风尚

如今，节约用水已经成为国家宣传、国民素质教育和中小学教育活动的重要组成部分。据统计，全国 34 家国家水情教育基地，年受众人数达到 1500 万人左右，节约用水真正成为全民行动。

今年 5 月 14 日，习近平总书记在推进南水北调后续工程高质量发展座谈会上强调：“节水是关键，调水是补充。不能一边调水一边浪费，更不能无节制用水。”这是党中央对人民用水问题的坚定态度，是党中央对水利工作高质量发展提出的全新要求，更是党中央为解决中华民族水资源存续问题谋定的伟大航向。

庆祝中国共产党百年华诞系列特稿之十七

中国水利：从边缘走近国际舞台中央

（2021 年 7 月 16 日）

本报记者　周妍　陈思

2014 年秋，中国国家主席习近平在亚太经合组织（APEC）欢迎宴会上致辞时指出，2000 多年前，老子说“上善若水，水善利万物而不争”，意思是说最高境界的善行就像水一样涓涓细流，泽被万物。亚太经合组织以太平洋之水结缘，我们有责任使太平洋成为太平之洋、友谊之洋、合作之洋，见证亚太地区和平、发展、繁荣、进步。

会议期间，中国宣布出资 400 亿美元成立丝路基金，为“一带一路”沿线国家基础设施建设、资源开发、产业合作等提供投融资支持。

丝路基金投向“一带一路”的首单项目就跟水直接相关。2015 年 4 月，位于中巴经济走廊的卡洛特水电站被确立为丝路基金首个大型清洁能源项目。2016 年 1 月 10 日，在距离巴基斯坦首都 50 多公里处的吉拉姆河畔，卡洛特水电站主体工程开工。如今，巴基斯坦人勾勒 40 多年让水流转变为清洁电力能源的梦想已经触手可及。

建党百年，回望来路，从为世界反法西斯战争胜利作出重大贡献，到恢复新中国在联合国的合法席位，再到为全球治理体系改革和建设贡献“中国方案”，国际舞台上从不缺少中国与中国共产党的时代担当。

中国水利始终服务于国家战略需要，利用国际国内两个市场、两种资源的能力持续增强，水利国际话语权和全球影响力显著提升，水利国际交流合作达到了前所未有的深度、广度、速度和力度，有效服务了水利高质量发展和国家外交大局。

在对话合作中实现互利共赢

1945 年 6 月 26 日，美国旧金山，董必武作为中国代表团成员，在《联合国宪章》上签下自己的名字，中国共产党在联合国舞台上首次正式亮相，从此走向了和平发展、互利共赢的国际合作道路。

新中国成立之初，百废待兴，“一五”时期大规模经济建设方案的制定以引进项目为核心。当时，从前苏联和东欧国家引进了 156 项重点工程，奠定了中国初步工业化的部门经济基础，中国水利对外合作由此起步。

1953 年，根治黄河被纳入 156 项工程，三门峡水利枢纽工程成为我国“一五”计划中唯一的水利水电工程。在前苏联专家组的帮助下，1954 年 10 月，我国提出了黄河综合利用规划。

在消化吸收前苏联经验的基础上，我国通过自主发展、自力更生的研究和探索，建设了新安江、龙羊峡、葛洲坝等一批具备综合效益的大型水利枢纽工程，为当时国家经济建设和发展奠定了重要基础。

也正是同一时期，1955 年，中国水利开启了援外工作。中国把促进其他发展中国家水利发展、减少贫困作为对外援助的优先领域，在亚洲周边国家以援建水电站为主，在非洲国家以援建农田水利项目和供排水工程为主。据统计，仅 20 世纪 50 年代至 80 年代，我国水利对外援助就涉及亚、非、拉美 30 余个国家，完成了近百个水利水电项目的勘察、设计和施工任务，为受援国带去民生福祉。

相通则共进。随着中美恢复交往、中日建交和中国在联合国恢复合法席位，改革开放为中国和世界打通了双向互动、共赢共生的发展之路。

党的十一届三中全会后，水利国际合作呈现多元化和全方位快速发展势头，合作方式、途径及领域不断拓展。1988 年水利部单设外事司，全面负责水利行业对外交流与合作。这一时期，中国和诸多国家、地区建立了双边水利交流与合作关系，积极引进外资，引进发达国家先进水利技术、设备和管理经验。

1984 年，云南鲁布革水电站大胆引进世界银行贷款，对引水系统工程实行国际招标及合同管理。进入 20 世纪 90 年代，黄河小浪底水利枢纽工程、黄土高原水土保持等世行贷款国际合作项目的成功实施，使对外交流的广度和深度得到较大发展。

据统计，改革开放以来，水利利用外资的领域涉及灌溉、防洪骨干工程、水力发电、城市供水、水土保持、水环境治理、扶贫开发等，几乎涵盖水利行业的各个领域。外资在一定时期内弥补了国内水利建设资金的不足，从整体上加快了水利建设进度，有力推动了水利行业管理体制改革创新。

从“九五”开始，水利国际技术交流按照技术引进、合作研究、消化吸收、创新推广相结合的技术路线，通过实施“引进国际先进农业科学技术计划”（“948”计划），引进了 800 余项适合我国水利行业特点的先进实用技术，对缩短我国水利科技与世界先进水平的差距发挥了重要作用。

与此同时，通过开拓国外培训渠道、开展人才培训项目等形式，为行业培养了数以万计的技术人才和管理人才，奠定了水利进一步发展和走向世界的基础。

在全面开放中登上国际舞台

加入世界贸易组织，推动了中国经济社会的全面开放，为水利全方位、多层次、宽领域扩大国际合作创造了条件。水利部不断深化与国外政府部门的交往，截至2020年年底，已与57个国家签署72份双边合作协议，建立32个双边固定合作交流机制，形成发达国家与发展中国家并重的全方位合作格局。以双边高层对话会或固定交流机制会议为平台，围绕水资源开发、利用、节约、保护等议题积极开展政策对话与技术交流，并持续推进务实合作项目的落地。双边水利合作成果不断充实，重要性不断凸显，成为中国与其他国家双边交往合作的重要组成部分。

从2000年开始，在世界水论坛、亚太水论坛、斯德哥尔摩世界水周、国际大坝委员会年会等重大国际水事活动中，中国水利的声音在国际社会上频频引起强烈反响。截至2020年年底，水利部已与8个国际组织及相关国家签署了10份多边合作协议，中国水利与国际社会的联系越来越紧密，中国水利全面登上国际舞台的步伐加快。

2005年9月，第19届国际灌排大会在北京举行。大会上，中国专家介绍先进的治水理念，展示中国治水成果，让世界更好地了解中国、了解中国水利。

国际灌排委员会前主席、加拿大前国际开发署官员阿里·沙迪说："中国拥有世界20%的人口，特殊的自然地理环境使其面临别的国家难以理解的、复杂的挑战，中国的成功令人钦佩。"

在国际社会赢得阵阵掌声中，我国先后主办或承办国际水土保持大会、河流泥沙国际学术研讨会、世界水理事会董事会会议、国际大坝会议、国际水利学大会等重要涉水国际会议，黄河国际论坛、长江论坛等已成为国际社会共同解决水问题的重要平台。

迄今为止，我国水利部门和专家已参加40多个政府间和非政府间国际水利组织。2009年、2011年，水利部专家先后当选国际大坝委员会、国际灌排委员会主席，实现了中国人担任国际重要涉水组织主要领导人的突破。2019年，中国香港专家当选国际水利与环境工程学会主席。

随着中国水利国际地位的提高和水利人才队伍的壮大，我国水利专家先后在国际大坝委员会等12个重要国际水组织担任重要职务。

水利部还同联合国教科文组织、联合国工发组织、欧盟、世界水理事会等国际组织开展合作，先后组建了国际泥沙研究培训中心、国际小水电中心，发起成立国际泥沙研究学会、国际小水电联合会、国际沙棘协会、世界水土保持学会等涉水国际组织，成为我国水利对外开放、开展国际合作的重要窗口。

从20世纪六七十年代开始，在自身经济条件并不宽裕的情况下，中国水利已在帮助更需要支持的"朋友"。几十年后，在力所能及的范围内，中国水利与世界分享更多发展果实，从经济全球化的跟随者、参与者向贡献者转变。

在谋求大同中走近国际舞台中央

2013年3月，习近平主席在俄罗斯莫斯科发表重要演讲，呼吁国际社会树立“你中有我、我中有你”的命运共同体理念。

“构建人类命运共同体，实现共赢共享。”2017年1月，瑞士日内瓦万国宫，针对“世界怎么了、我们怎么办”的时代之问，习近平主席面向世界给出中国方案。

胸怀天下，胸怀全人类，中国共产党始终致力于为全人类的进步事业努力奋斗。

伴随着人类命运共同体理念日趋完善，愿景、实施路径日渐清晰，中国水利事业亦步履铿锵，扎实推进构建人类命运共同体这一宏伟蓝图的实现：

——2013年中俄两国携手应对黑龙江大洪水，2014年伊犁河应急补水，2016年额尔齐斯河大洪水期间增加报汛频次，2016年对湄公河应急补水，2018年向印方提供雅鲁藏布江堰塞湖应急信息……中国协助下游有关国家防灾减灾，开展防洪应急合作，为推动建设持久和平、普遍安全的世界贡献中国力量。

——与周边12个国家建立各种形式的跨界河流合作机制，签署20多份有关跨界河流合作的不同层级协议，在水文报汛与防洪、突发事件处理等领域，中国推进跨界河流务实合作，有力保障了河流沿岸各国人民生命财产安全。

——越来越多中国企业在对外互利合作中践行“一起走、才会赢”的发展信条，推动更多国家和地区水利基础设施建设，提升水资源利用水平。目前，中国企业海外大坝业务遍及全球140多个国家和地区，中国企业在海外承担或参与勘测设计、施工、设备供货和投资运维的已建在建大坝达到320座、装机总容量达到81000兆瓦，有效促进了所在国经济社会发展。

——在“民心相通”方面，水利部为112个国家3000多名技术人员和政府官员提供培训，实现了培训地点从境内到境外，培训形式从双边到多双边，培训语言从单语种到多语种，培训级别从技术班、研修班到部长级高官班的拓展。2018年起，水利部与教育部连续5年合作启动“一带一路”水利高层次人才培训项目。新冠肺炎疫情发生后，向秘鲁、智利、塞尔维亚、孟加拉国等国家捐赠防疫物资。

——节水灌溉、生态修复等一批具备绿色竞争优势的项目逐渐成为新的增长点，积极践行“共同构建人与自然生命共同体”的新要求。

2017年5月14日，“一带一路”国际合作高峰论坛在北京开幕，这一源自中国、属于世界的倡议被越来越多的国家认同和接纳。

改革开放之初，我们追赶世界；40多年后的今天，我们在技术、成果、人才、影响力等诸多方面已经走近国际舞台的中央。

澜沧江-湄公河合作是共建“一带一路”次区域合作的典范，水资源合作又是澜湄合作的旗舰领域。2021 年 3 月 23 日，澜湄合作迎来 5 周年。5 年间，经历培育期、快速拓展期，并迈入了全面发展新阶段，澜湄合作为各国发展注入了“源头活水”，为构建人类命运共同体作出重要贡献。

5 年来，在发展蓝图的指引下，澜湄水资源合作步入机制化轨道；澜湄水资源合作信息共享平台开通，提升了六国洪旱灾害管理合作水平；安全饮水、小流域治理、大坝安全等一大批造福湄公河国家老百姓的惠民水利项目实施……奔流不息的河流见证了澜湄六国各个发展阶段的不同样貌，“同饮一江水，命运紧相连”定义出澜湄国家长久合作的主题。

如今，“一带一路”建设已成为当今世界规模最大的国际合作平台、最受欢迎的全球公共产品，人类命运共同体理念正在不断走深走实，也日益走进世界人民的心中。中国水利与世界各国的发展繁荣更加紧密相连，对国际水安全的贡献度、对全球水治理的引领力实现了新的跃升，越来越多的“中国水利”品牌镌刻在人类社会文明发展的史册中。

欣看千秋伟业，喜得百载风流。从承载民族希望的小小红船，到领航中国行稳致远的巍巍巨轮，中国共产党正带领新时代中国大步走近世界舞台中央。如今，在第二个百年的赶考之路上，中国水利将迈着铿锵步伐，叩击时代节拍，与世界一路同行，在历史进程中迈向光明未来。

庆祝中国共产党百年华诞系列特稿之十八

江河竞秀　山水和诗

（2021 年 7 月 17 日）

本报记者　李坤　温婷婷　郑贤

7 月 9 日，历时 33 天的 2021 年夏季滹沱河、大清河、白洋淀生态补水顺利结束，两条补水线路共 627 公里河道全线贯通，补水量达 2.21 亿立方米。这是水利部门充分发挥南水北调工程和当地水利工程作用，推进华北河湖生态系统复苏和地下水超采综合治理的又一次实践。补水后，常年干涸断流的赵王新河、子牙新河、子牙河重现碧波荡漾，得到补给的河流沿线生态环境持续向好，沿河群众拍手称赞。

生态文明建设乃千年大计，关系中华民族永续发展。水是生态环境的控制性要素。回望百年路，从山河破碎到重整河山，从频繁断流到水畅其流，从浊水横流到碧水清流，从死水微澜到活水绕城，一个个水系连通成网，形成畅通的“水动脉”，一条条河流重焕生机，变身幸福河湖，水生态文明建设已成为美丽中国的生动注脚和坚强力量。

从人水相争到人水和谐共生，生态优先的治水理念在经济社会发展变化中不断升华

时空分布不均，洪涝灾害频发，我国是世界上治水难度最大的国家。历代党中央领导集体，始终把水利放在极其重要的战略地位，为水利事业的发展指明了方向。随着经济社会不断发展和社会主要矛盾逐渐变化，治水思路与时俱进：从传统的以水资源开发利用为主，到以水资源的可持续利用保障经济社会可持续发展，再到建设水生态文明，实现人与水、人与自然的和谐共生。

中华苏维埃政府成立之初，毛泽东同志提倡把植树造林、保护树木与改良水利结合起来，使苏区有限的水资源得到保护和利用。新中国成立后，在“蓄泄兼筹”“统筹兼顾”“除害与兴利相结合”“治标与治本相结合”的治水方略指引下，治淮工程、长江荆江分洪工程、官厅水库、三门峡水利枢纽等一批重要水利设施相继兴建。

但随着经济社会的快速发展，人们对水的浪费、污染、掠夺，使缺水、缺安全的

水越来越成为发展瓶颈，并引发一系列生态与环境问题。到了20世纪末期，江河断流，湖库淤积；地下水超采，湿地退化；围湖造地，侵占河道；水污染频发，沙尘暴肆虐——人水相争导致的不和谐景象时有出现。

历史不会忘记1998年的那场世纪大洪水。正是这次洪水，促使人们更加深刻地反思由于经济社会不断发展、人口持续增长而加剧的人水之间的矛盾。这一年，党的十五届三中全会提出了“水利建设要坚持全面规划，统筹兼顾，标本兼治，综合治理的原则，实行兴利除害结合，开源节流并重，防洪抗旱并举”的水利工作方针。紧接着，国务院提出了“封山植树，退耕还林；平垸行洪，退田还湖；以工代赈，移民建镇；加固干堤，疏浚河湖”的政策措施。

水利部门明确提出了新的治水理念——“治水必须正确处理人与自然的辩证关系”，“在防止水对人类侵害的同时，要特别注意防止人类对水的侵害，实现人与自然和谐相处”。这是对水、对自然认识的理性升华。

其后，在加强堤防建设的同时，一场大规模的平垸行洪、退田还湖（河）、退耕还林、移民建镇工程，在长江中下游付诸实施。这是一次水上“战略大撤退”，是治水思路的一次重要调整，是中国历史上第一次从向水进军、与水争地，自觉主动地转变为大规模的给洪水让路。

从人水相争走向人水和谐，在处理与水的关系上，水利部门迈出了更为科学、理性的一步。

在新理念指导下，从2000年起，水利部门多次对长期断流的塔里木河、黑河实施全流域统一调水，使塔里木河和黑河下游濒临毁灭的绿洲生态重现勃勃生机；2001年起，连续从嫩江向扎龙湿地补水，使生态恶化的湿地逐渐恢复原有功能；2002年起实施引江济太，探索通过水资源统一调度和优化配置进行水环境治理，激活太湖；2004年、2006年和2008年三次从黄河引水补给白洋淀，挽救了几近干涸的“华北明珠”。

党的十八大以来，以习近平同志为核心的党中央把生态文明建设作为统筹推进“五位一体”总体布局和协调推进“四个全面”战略布局的重要内容。党的十九大，将“美丽”纳入建设社会主义现代化强国的奋斗目标，提出要建设“美丽中国”。水是生态文明建设中的“牛鼻子”，水利工作一直处于生态文明建设的“前沿阵地”。进入新时代，水利部门将生态文明理念融入到水资源开发、利用、调度、配置、节约、保护各个领域，科学谋划、统筹推进水生态文明建设，着力构建水生态文明建设长效机制，最大程度释放着“生态红利”。

黄河作为中华民族的母亲河，已成功实现连续20年不断流。南水北调东中线一期工程已累计向北方调水260多亿立方米，从根本上改变了北京、天津等受水区供水格局，对缓解华北地区特别是海河流域的水资源过度开发起到了重要作用，保障了京津冀协同发展、雄安新区建设等国家重大战略的实施。黑河东居延海曾是北方沙尘暴的主要起源地，已实现连续 15 年不干涸，黑河尾闾和东居延海已成为重要的生态屏障。

2021 年 6 月 28 日，水利部部长李国英在水利部“三对标、一规划”专项行动总结大会上指出，推动新阶段水利高质量发展，必须以绿色为普遍形态，把生态优先、绿色发展理念贯穿水利高质量发展始终，水资源刚性约束制度效能充分发挥，用水方式向集约节约转变，水生态水环境持续改善，河湖健康生命得以维护，绿色发展方式和生活方式加快形成，实现人水和谐共生。

以水定需量水而行，用水资源刚性约束推动生态保护和高质量发展

“生态兴则文明兴，生态衰则文明衰。”中国共产党成立一百年的历史，就是一部以人民为中心的实践史，生态文明是其中的重要篇章。进入新时代，从“盼温饱”到“盼环保”，从“求生存”到“求生态”，中国社会的主要矛盾发生了翻天覆地的变化。习近平生态文明思想，已成为指引中国人民生产和生活的行动指南；贯彻新发展理念，推动形成绿色发展方式和生活方式，正在成为全民共识，成为水利部门的具体实践和行动。

2014 年 3 月，习近平总书记就保障国家水安全发表重要讲话，提出“节水优先、空间均衡、系统治理、两手发力”的治水思路，指出要加强需求管理，把水资源、水生态、水环境承载能力作为刚性约束，贯彻落实到改革发展稳定各项工作中。2016 年 1 月，推动长江经济带发展座谈会在重庆召开，习近平总书记在会上指出，要把修复长江生态环境摆在压倒性位置，共抓大保护，不搞大开发。2019 年 9 月，习近平总书记在黄河流域生态保护和高质量发展座谈会上强调，要坚持以水定城、以水定地、以水定人、以水定产，把水资源作为最大的刚性约束，合理规划人口、城市和产业发展，坚决抑制不合理用水需求，推动用水方式由粗放向节约集约转变。

我国是一个严重缺水的国家，水资源承载能力是有限的，这就决定了发展方式、发展规模等“需”，必须控制在水资源承载能力范围内，“有多少汤，泡多少馍”。否则，既无法实现水资源可持续利用，也无法支撑经济社会发展，还会导致一系列生态环境问题。

以水定需，量水而行。按照党中央的要求，水利部门逐步强化水资源的约束性、控制性和先导性作用，利用水资源节约保护的“倒逼机制”，推进经济结构调整和发展方式转变，推进形成人水和谐的发展方式和生活方式。

一系列具体举措正在加速推进：加快建立水资源刚性约束指标体系，加快河湖

生态流量目标确定，明确河湖水资源开发利用底线；根据生态保护和高质量发展的用水需要，界定好刚性需求、合理需求，以及要予以遏制的不合理需求；通过强化水资源论证，对需水规模、准入条件、用水合理性等进行明确，落实“四定”原则；通过严监管约束不合理用水需求，防止和纠正错误的用水行为，倒逼经济社会发展规划、建设项目和产业结构布局与水资源承载力相适应，推动经济转型升级，促进生态保护和高质量发展。

江苏南通，拥有长江岸线226公里，是长江入海的“最后一站”，也是长江大保护的“最后一棒”。2019年以来，南通市陆续对93个长江干流岸线利用项目集中清整。启东太平港务码头历经削滩整改，曾被6万个集装箱占用的246亩长江滩涂，恢复到原有行洪断面。长江沿线最大吨位码头狼山港整体搬迁，拆除饮用水水源保护区及周边“散乱污”企业203家，拆迁居民及非居民2508户。

产业退、港口移、城市进、生态保。蜿蜒万里的长江岸线，正在奏响高质量发展的“长江之歌”，生态优先、绿色发展的产业结构、增长方式和消费模式，真正使黄金水道产生黄金效益。

绿水青山就是金山银山，良好的水生态环境是最普惠的民生福祉

2005年8月15日，习近平同志在浙江省安吉县余村，首次提出“绿水青山就是金山银山”重要理念。生态惠民、生态利民、生态为民，绿水青山就是金山银山，充分彰显出绿水青山本身蕴含的巨大自然价值、生态价值、社会价值和经济价值，激发出无穷的综合效益。

党的十八大以来，水利部门从思想认识和具体行动上，深入践行“绿水青山就是金山银山”理念，统筹山水林田湖草系统治理，水生态文明城市建设加快推进，河湖生态环境极大改善，河湖长制全面落实，水土流失综合防治成效显著。

展开中国人民幸福生活的美好画卷，云浮绿水，鸟掠芳洲。碧水似玉，青山如黛，更是其中不可或缺的色彩。

2018年至2019年，水利部分两批公布了99个通过全国水生态文明建设试点验收城市名单。试点城市将保障和改善民生作为试点工作首要任务，着力解决最为突出的水问题，落实最严格水资源管理制度，明确将“三条红线”指标作为试点建设约束性指标，纳入政府绩效考核体系

良好的水生态环境，成为人民生活质量的增长点、展现城市美丽形象的发力点，试点城市成为全国创建水生态文明城市的“样板间”。

让绿水青山颜值更高、金山银山成色更足。近年来，水利部门通过采取河道连

通、清淤、生态护岸建设等措施，实施江河湖库水系连通项目，改善了 362 条（个）河流（湖泊或水库）的连通性，补充生态水量近 6.9 亿立方米，新增生态护岸长度 585 公里，增加水面面积 180 平方公里，新增或改善湿地面积 186 平方公里。通过河湖综合整治和修复，塔里木河、石羊河等生态脆弱流域得到明显改善。《敦煌水资源合理利用与生态保护综合规划》稳步实施，月牙泉恢复水位缓慢上升，水域面积不断扩大，河道生态下泄水量逐年增加。牛栏江—滇池补水工程已建成并向滇池补水 17 亿立方米，滇池外海氨氮、总磷浓度明显降低，绝大部分水质好转。

全面推进河湖长制取得重大进展——机构到位，制度到位，河长到位，河湖生态环境得到改善。目前全国 31 个省（自治区、直辖市）全部建立河长制，共设立省、市、县、乡、村五级河长湖长 120 万名，同时还有“企业河长”“民间河长”以及志愿者等社会力量自发参与。百万河长上岗，守护河流健康。

由愿景照进现实的美丽城市、美好环境、良好生态，正在满足人民日益增长的优美生态环境需要。

我国是世界上水土流失最为严重的国家之一。党和政府一贯高度重视水土流失防治工作，早在上世纪 90 年代初就将水土保持定为基本国策。习近平同志在福建工作期间，就带领长汀老区人民，发扬“滴水穿石，人一我十”的精神，与百万亩荒山作战，创造了水土流失治理的“长汀经验”，让昔日贫瘠的“火焰山”变成了造福百姓的“花果山”，成为中国水土流失治理的典范。党的十八大以来，严重的水土流失状况得到了全面遏制，水土流失面积持续减少，实现了由“增”到“减”的历史性转变。

贵州省黔南布依族苗族自治州荔波县朝阳镇岜马村水土流失综合治理项目区拥角小流域内，一株株枇杷随风摆动。这片枇杷树今年第一次挂果，收益大概 10 万元，预计盛产期收益能到 80 万元左右，除了带动 40 人增收致富，还可以为村集体增加一笔不小的收入。而在 2018 年之前，这里还是一片荒地。“十三五”期间，荔波县共实施了 6 个水土流失治理项目，治理水土流失面积 9007 公顷，全部发挥效益后，年保土效益 45.59 万吨、保水效益 145.98 万立方米，每年产生的直接经济利益达 1600 万元，助力贫困户人均增收 900 元以上。

荔波县的治理成效，是水土保持生态文明建设的缩影。在中国的诸多山区，水土保持工作坚持与脱贫攻坚、生态建设与乡村振兴融合发展，践行“绿水青山就是金山银山”理念，让良好的水生态价值转化为持续增长的经济价值。

江河竞秀，水美中国。水，是美丽中国最亮丽的底色；水利，正在深度融入美丽中国建设。放眼神州大地，一幅幅望得见山、看得见水、记得住乡愁的美丽画卷，正在徐徐铺展。

见证百年华诞盛典

（2021 年 7 月 3 日）

本报记者　席晶

2021 年，7 月 1 日。这是我们将终生铭记的日子。

这是党的 100 岁生日，这是人民的节日，这是中华民族的盛典。

天刚破晓，我就跟随采访庆祝中国共产党成立 100 周年大会的记者队伍来到天安门广场西侧的记者席位。

今天的天安门广场，格外庄严肃穆。

中国水利報

China Water Resources News

中华人民共和国水利部主管　中国水利报社主办

3　星期六　2021 年 7 月　第 4874 期

水利部传达贯彻李克强总理重要批示 进一步研究部署关键期防汛工作

雄起之城谋安澜

水利部党组党史学习教育领导小组办公室研究推动"我为群众办实事"实践活动

见证百年华诞盛典

坚持以"十六字"治水思路为指导

重要讲话激荡人心 治水兴水誓立新功（上篇）

中央苏区水利史陈列馆全新亮相

"一定要时刻感党恩、听党话、跟党走"

——习近平总书记重要讲话在西藏拉孜县桑珠村引发热烈反响

一枚巨大的中国共产党党徽和“1921”“2021”两组数字特别醒目。周边花团锦簇，红旗招展。

纪念碑静静矗立，与之遥相呼应的是庄严雄伟的天安门城楼。城楼红墙正中悬挂着毛泽东主席的巨幅彩色画像。

“唱支山歌给党听，我把党来比母亲……”清亮悠扬的女声合唱划过天际，抚慰着澎湃的心潮。人们齐声合唱，抒发着对党的热爱与深情。

7 时 53 分，在欢快的乐曲声中，中共中央总书记、国家主席、中央军委主席习近平等党和国家领导人登上天安门城楼，全场爆发出热烈掌声。

7 时 55 分许，广场上空传来轰鸣声，中国人民解放军 71

架战机飞向天安门广场。空中护旗梯队从广场东侧的天空破风而来，悬挂着鲜红的党旗；5 架直升机分别悬挂中国共产党党旗和写有“伟大的中国共产党万岁”“伟大的中国人民万岁”“伟大的中华人民共和国万岁”“全国各族人民大团结万岁”的条幅迎风向前；直升机、战斗机分别组成“100”“71”的字样；教练机拉出 10 道彩烟，绚烂长空。精彩的表演“燃”遍全场，广场上各族各界人士热血沸腾，掌声、欢呼声热烈响起。

倒计时钟摆声响起，现场大屏幕上依次显现 1921、1931、1941……2021 年份数字，一下一下，庄重肃穆有力，似乎是在积聚着喷薄迸发的那一刻。

8 时整，象征着巨轮启航的汽笛声响起，庆祝中国共产党成立 100 周年大会隆重开始。

紧接着，嘭！嘭！嘭！嘭！……100 响礼炮，响彻云霄。三军仪仗队护送国旗从人民英雄纪念碑出发，足音铿锵。我的心头被这两种声响锤击着、震撼着。军乐团奏响雄壮的《义勇军进行曲》，全场齐声高唱国歌，鲜艳夺目的五星红旗冉冉升起。共青团员、少先队员许下了“请党放心、强国有我”的青春誓言。

热烈的掌声响过，万众期盼的熟悉的声音响起——

“今天，在中国共产党历史上，在中华民族历史上，都是一个十分重大而庄严的日子。我们在这里隆重集会，同全党全国各族人民一道，庆祝中国共产党成立一百周年，回顾中国共产党百年奋斗的光辉历程，展望中华民族伟大复兴的光明前景。”

习近平总书记代表党和人民庄严宣告：“经过全党全国各族人民持续奋斗，我们实现了第一个百年奋斗目标，在中华大地上全面建成了小康社会，历史性地解决了绝对贫困问题，正在意气风发向着全面建成社会主义现代化强国的第二个百年奋斗目标迈进。”

这是光荣与梦想的时刻，这是中华民族几千年历史上最恢宏的史诗！多少人眼中噙满泪花，多少人为了这一时刻，披荆斩棘，不懈奋斗。

1921—2021 年，从南湖小船到巍巍巨轮，从积贫积弱到繁荣富强，我们党领导人民，走过苦难辉煌，一百年，恰是风华正茂。

“任何想把中国共产党同中国人民分割开来、对立起来的企图，都是绝不会得逞的！9500 多万中国共产党人不答应！14 亿多中国人民也不答应！”

“新时代的中国青年要以实现中华民族伟大复兴为己任，增强做中国人的志气、骨气、底气，不负时代，不负韶华，不负党和人民的殷切期望！”

…………

现场的人们一次次用掌声与欢呼声回应，将手中的红旗挥舞成红色的海洋。

我知道，在欢呼的人群的海洋里，有带领群众在绝壁上开凿“生命渠”的“当代愚公”黄大发，他佩戴着“七一”勋章。采访时的话语又在我耳畔回响：“我们的国家富强了，人民幸福了，生活美满了，我们的国家这样好。我非常激动、非常骄傲！回去后要带着乡亲们搞乡村振兴。”

在欢呼的人群的海洋里，有全国优秀共产党员、来自安徽的基层水利人梁铁飞，他告诉记者：“能参加这样的盛会，我倍感荣耀。”“牢记总书记教导，回到工作岗位后，扎根基层，服务农村，苦干实干，为水利事业发展贡献力量。”

在欢呼的人群的海洋里，还有全国先进基层党组织、湖北省农村饮水安全保障中心党支部书记陈建华，他说：“经过年复一年的不懈努力，湖北农村饮水安全取得了历史成效，总体实现国家现行标准下农村饮水安全全覆盖。我们会牢记习总书记嘱托，以实施农村饮水提标升级为抓手，努力为人民群众提供更加安全、更有保障、更可持续的饮用水。”

在共同采访的记者队伍里，也有一个熟悉的身影——《人民日报》摄影部主任雷声。他全程站在一人多高的梯子上，手握“大炮筒”，身上还背着另一台相机。他最满意的作品，是飘扬的红旗与直升机组成的“100”字样同框——擎旗百年，奋勇前行——这是他的创意构图，这是影像的魅力，这是百年华诞的献礼。

“我们有底气、有能力、有信心，与时代同频，与潮流同向！”总书记的讲话让高校党员教师汪庆华和许许多多的人都备受鼓舞。看见我的记者挂牌，便邀请我为他们郑重地拍下现场照片，定格珍贵的时刻。

“满腔的热血已经沸腾……”庆祝大会在雄壮的《国际歌》中落下帷幕。

我仰起头，看见阳光穿透云层，洒满天安门广场，周边红旗猎猎，歌声嘹亮。

10万羽和平鸽展翅高飞，10万只彩色气球腾空而起。

各界群众向着天安门城楼的方向欢呼致敬，天安门城楼上无数手臂在挥舞……

我下意识地伸手拿起水瓶，想润一润早已干渴的喉咙。此时，我注意到，身边的记者，广场上的群众，大多也如我一般，拿出了早已准备好的水瓶。

水，就是水，再隆重的盛典，再重大的场合，再伟大的事业，都离不开水——水永远是最不可或缺的要素。

正如一直以来，中国共产党领导人民治水兴水，解决了14亿人口的吃水问题，保障了经济社会的持续高速发展……

许多人一边喝着水，一边热烈地谈论着刚刚经历的一个个激动人心的时刻。

我想，这一天，一定是现场许多人终生难忘的记忆。

黄大发获颁“七一勋章”

一条水渠　一座丰碑

（2021 年 7 月 1 日）

本报记者　席晶

6 月 29 日上午，“七一勋章”颁授仪式在人民大会堂金色大厅隆重举行。29 名为党和人民作出杰出贡献的共产党员获得党内最高荣誉，其中就包括一心为民、艰苦奋斗的“当代愚公”——黄大发。

现场解说简短却充满力量：他带领群众历经 30 多年在绝壁上开凿“生命渠”，用实干兑现“水过不去、拿命来铺”的誓言，为当地群众脱贫致富作出杰出贡献。

感动于他的事迹，颁授仪式后，本报记者采访了黄大发老人。

“我们老百姓没得饭吃，没得水吃，我们就要下决心把水修过来。”想要让当地老百姓吃上大米饭的朴素愿望，支撑他克服万难，带领团结村（原草王坝村）村民们，硬生生在大山绝壁间开凿出一条总长 9400 米的“天外来渠”，实现脱贫致富。

黄大发 1935 年出生于贵州遵义播州区草王坝村，自幼父母双亡，吃百家饭长大。1958 年，23 岁的黄大发加入中国共产党。这一年，他被推选为草王坝大队长。

“我们那时入党就是为了广大人民的利益，要带头改变我们的家乡嘛，我们党员不怕苦嘛，带领老百姓加油干嘛！”入党是一种信仰，更是一份担当。

草王坝村地处深山腹地，严重缺水，农业生产“靠天吃饭”，地里只种得出不饱满的玉米和红薯，乡亲们缺衣少吃，过着穷困的日子。

“水利是农业的命脉，水是人民的生命。没得水我们就没得生命的！”黄大发想把水引到村里来，理想的水源地是几公里外的螺蛳河，可中间阻隔了三座大山。

36 年的时光中，黄大发带领乡亲们创造了绝壁引水的奇迹。

20 世纪 60 年代初，黄大发便带领村民开凿水渠，缺资金、缺技术、缺劳动力导致了第一次修渠失败。1989 年，53 岁的黄大发申请到原遵义县水利局枫香区水利站跟班学习，用了 3 年时间，掌握了修渠的程序和其中的奥妙。1992 年春，水渠正式动工，黄大发带着 200 多人的队伍进山，不分昼夜寒暑，每天坚持苦干。终于，1995 年端午节，这条主渠长 7200 米、支渠长 2200 米，绕三重大山、过三道绝壁、穿三道险崖的大渠竣工。

水来了，也带来了生活的希望。“只要有决心，不怕牺牲，带头拼命苦干。我们不怕嘛，我们的党员就是什么困难都不怕，我们不怕苦、不怕累，不怕困难、不怕牺牲，我们帮老百姓办事，腰杆硬!”

被问及眼中合格的共产党员，黄大发说：“共产党员就是带头嘛，就是无私奉献，就是好好地帮人民办事，真真正正地办，老老实实地办，要实事求是；就是要干净，说话才有人听，老百姓才来帮你的嘛，不能团结好老百姓，就没得今天。”

颁授仪式上，86 岁的黄大发穿着中山装，戴着前进帽，站在总书记身旁合影，激动且略显紧张。“我是个农村党员啊，我在建党 100 周年领了这个勋章，我非常荣幸，非常光荣，非常骄傲和自豪。这个勋章是党和人民给我的。”黄大发声音洪亮，言语质朴，“好好地把我们下一步的工作做好嘛，教育我们的新党员，在这个新时代，好好地为国家做出新的成绩、新的贡献。”

心中有信仰，脚下有力量。平凡英雄黄大发，用他的行动诠释了共产党人坚定信念、践行宗旨、拼搏奉献、廉洁奉公的高尚品质和崇高精神。

向百年致敬　担使命前行

——水利部“治水百年路，牢记为民心”党史主题展侧记

（2021 年 9 月 24 日）

本报记者　滕红真

这是一场与历史的对话，风云激荡，山河见证；这是一次对荣光的铭记，不负时代，奋楫笃行！

9 月 7 日下午 5 时许，水利部机关主楼大厅，温暖的阳光透过窗户从高处缝隙洒进来，勾勒着一块块展板的轮廓。“治水百年路，牢记为民心——走进中国共产党历史展览馆中的水利”主题展览，正式拉开帷幕，并迎来第一批参观团——水利部党组的集体参观。

约 400 平方米的展区内，淡黄色的柔和灯光，从不同方向照射下来，与“中国红”“朝阳橙”“水利蓝”主色调融为一体，“党徽金”色彩点缀其间，光亮闪耀。

水利部党组书记、部长李国英带领党组成员，沿着百年党史中水利事业发展脉络，依次参观“建立中国共产党 夺取新民主主义革命伟大胜利”“成立中华人民共和国 进行社会主义革命和建设”“实行改革开放 开创和发展中国特色社会主义”“推进中国特色社会主义进入新时代 全面建成小康社会 开启全面建设社会主义现代化国家新征程”等展览内容。

他们认真听取讲解，询问有关情况，驻足细看展出的档案资料、图片视频等，深情回顾党带领人民走过的治水兴水光辉历程。

江西省瑞金县沙洲坝的一口“红井”，记录了党领导下的水利事业一心为民的情怀；数十万群众以人挑、肩扛、小车推的“愚公移山”精神，开启大规模治淮壮举，体现了党领导下的水利事业紧紧依靠人民创造历史；南水北调、三峡等一批重大水利工程的建设，展现了我国社会主义制度集中力量办大事的巨大优越性；黄河调水调沙成效显著、水电站建设创造世界纪录，反映出科技创新是水利事业发展的不竭动力；农村饮水安全脱贫攻坚取得重大胜利，折射出党领导下的水利事业始终以人民为中心的发展思想……

回望百年路，水利实践波澜壮阔，水利面貌日新月异。从 1934 年 1 月毛泽东主席提出“水利是农业的命脉”，到 2011 年中央一号文件首次聚焦水利，“把水利作为

国家基础设施建设的优先领域”，再到党的十八大后，“十六字”治水思路引领水利改革发展步入快车道、水安全上升为国家战略，党和国家对治水兴水高度重视，党领导下的水利事业为保障国家安全、服务国计民生、促进经济社会发展，提供了稳固基础，为人民幸福、国家富强、民族复兴提供了有力保障。

与时代同行，与祖国共进。百年水利，泽润中华。

参观结束后，李国英部长说，党领导下的治水史是百年党史的重要组成部分。展览充分展示了中国共产党领导中国人民治水兴水取得的伟大成就，展示了百年治水史中体现出的伟大建党精神，诠释了我们党为中国人民谋幸福、为中华民族谋复兴的初心使命，彰显了我国社会主义制度集中力量办大事的巨大优越性，体现了以人民为中心的发展思想和人民群众的广泛参与，反映了尊重客观规律、规划统筹引领、科学审慎论证、科技创新驱动在水利事业发展中的重大作用。

展区最后，一面鲜红的党旗格外引人注目。

“我志愿加入中国共产党，拥护党的纲领，遵守党的章程……”李国英部长右拳紧握，进行领誓，重温入党誓词。全体党组成员神情庄重，精神饱满，声音铿锵有力。

根据水利部开展党史学习教育的安排，9 月 13 日至 18 日，部机关各司局、在京各直属单位组织党员干部约 1200 名分批参观展览，并开展主题党日活动。党员们通过了解党领导下的水利事业艰苦卓绝的奋斗历程、创造的治水兴水的伟大成就，进一步照耀初心、坚定信念、鼓舞斗志。

驻部纪检监察组党支部党员说：“展区面积有限，但是内容非常丰富。展览是一堂生动的党史学习教育课。作为纪检监察干部，要把党史学习教育成果转化为履职担当作为的强大动力，以有力的监督执纪问责确保风清气正的政治生态。”

“在百年的时间跨度里，党领导下的水利事业始终坚持以人民为中心，以解决老百姓不同的问题为导向，取得了辉煌的成就。身为水利人很骄傲、很自豪。”水利部水资源司党员刘婷说。

水利部农水水电司综合处党员曲鹏观展后，同样深有感触：“在打赢脱贫攻坚战的展板上，老百姓脸上洋溢着幸福笑容，这是对我们最大的鼓励。”

“老一辈水利工作者的精神，让我备受鼓舞，感觉肩上的担子更重了，要继续履行好职责，为推进水利高质量发展作出自己的贡献。”水利部南水北调司综合处党员高立军说。

“展览内容丰富，图文并茂还有视频，十分生动。作为青年党员，我们要把学党史和学水利史结合在一起，牢记初心使命，践行责任担当。”水利部人事司人才与培训处党员张玉卓说。

…………

一句句参展感受，真切、朴素，饱含着敬畏，激荡着感动，体现着思索。

在记录着新中国水利部第一届领导就职、开始办公等重要史实的展板旁；在存放有中央防汛总指挥部成立会议纪要，水利部颁布黄委、长江委印信等珍贵史料以及官厅水库早期测量设备的展柜旁；在南水北调沙盘图及三峡工程模型图旁……参观人员纷纷驻足停留，仔细查看并询问探讨相关史实、设备用途、工程概况等。

接受红色精神的洗礼，感受红色文化的感召。展览教育人、鼓舞人、启迪人，一次回顾，激起无限斗志，不仅丰富了党史学习教育的形式，而且极大增强了水利系统干部职工做好新阶段水利工作的使命感、责任感。

立足新起点，启航新征程。唯有传承红色基因、赓续红色血脉，从党领导下的百年治水史中汲取强大精神力量，才能加快推动新阶段水利高质量发展，阔步前行走好新的赶考之路，为实现中华民族伟大复兴的中国梦提供强有力的水利支撑。

9月13日至18日，部机关各司局、在京各直属单位组织党员干部约1200名分批参观展览。　　本报记者　齐京泽　摄

忆来时峥嵘路　向未来再出发

——水利部“治水百年路　牢记为民心”主题展纪实

（2021 年 12 月 22 日）

本报记者　滕红真　樊弋滋　杨勤

历史是最好的教科书。11 月 12 日，党的十九届六中全会刚刚结束，在回顾总结党的百年奋斗重大成就和历史经验之际，一场“重走百年治水路”的邀请在互联网移动端迅速传阅。仅仅一天时间，10 万余名公众参与了这场线上活动。这是中国水利报社策划推出的新媒体互动 H5 作品，掀起水利部“治水百年路　牢记为民心——走进中国共产党历史展览馆中的水利”展览线上传播热潮。

从 7 月 8 日，水利部党组提出贯彻党中央关于开展党史学习教育的部署要求，到 9 月 7 日展览正式拉开帷幕，水利部党组书记、部长李国英带领党组成员参观；从第一时间部署、启动，到反复修改文案、设计，加班加点施工，短短两个月时间，一个高起点、高规格、高水准的党史展览就以令人振奋、让人耳目一新的样态出现在水利部机关主楼大厅。

中国水利报
China Water Resources News
http://www.chinawater.com.cn
中华人民共和国水利部主管　中国水利报社主办
22　星期三　2021 年 12 月　第 4989 期
每周二、三、四、五、六出版　今日 4 版

忆来时峥嵘路　向未来再出发
——水利部“治水百年路　牢记为民心”主题展纪实

田学斌赴党支部工作联系点调研基层党建工作

魏山忠调研长江大保护工作

水利部国家发展改革委联合印发《全国对口支援三峡库区合作规划（2021—2025 年）》

深入学习贯彻六中全会精神·推进数字孪生流域建设

淮委扎实推进数字孪生淮河建设

智慧海河创新实验室成立

农村供水泵站换“娘家”

从中国共产党历史展览馆中走出，并且融入百年间党领

导下的水利事业的伟大成就，这场展览是一场与百年党史的对话，是一次对奋斗荣光的铭记，成为水利人进行党史学习教育的生动课堂。

知所从来，方明所往。水利系统广大干部职工通过本次展览，鼓舞斗志，坚定信心，忆来时峥嵘路，向未来再出发！

高位推进——
匠心制造　精益求精

李国英 7 月 8 日带队参观"'不忘初心、牢记使命'中国共产党历史展览"后，深受触动。他说，党领导下的治水史是百年党史的重要组成部分，中国共产党历史展览馆中有很多水利内容、水利元素，水利系统广大干部职工要从水利事业艰苦卓绝的奋斗历程、治水兴水的伟大成就中汲取奋进力量，传承好、弘扬好百年治水史中形成的宝贵经验和精神品质。

结合进一步学思践悟习近平总书记关于党史学习教育的重要论述精神，李国英强调，要把举办党史主题展作为水利部开展党史学习教育的重要抓手，充分发挥展览教育人鼓舞人的作用。

目标明确，行动坚决。水利部直属机关党委立刻启动谋划工作；中国水利报社主动请缨，坚决保证全力以赴高质量完成党史主题展的建设和参观讲解工作。

7 月 15 日，中国共产党历史展览馆面向社会公众开放第一天，在直属机关党委的安排下，水利报社策展人员实地走访考察，对展厅布局、展览内容等做了详细的拍照记录。

"是还原、再现还是重构？""形散神聚的关键是主题，展览主题是什么？""如何体现历史的纵深感？"7 月 16 日，水利部机关主楼 1213 室，一场党史展览的筹备会紧张进行。

在近 3 个小时的头脑风暴后，工作团队初步明确展览思路：要通过图片、档案、实物等展品，辅以多媒体视听技术，选取中国共产党历史展览馆中与水利有关的内容，并对水利重要事件、人物等进行适当补充拓展，再现百年党史中水利事业发展脉络，展现水利对经济社会发展的重要作用，讲述一代又一代水利人治水兴水的动人故事和奋斗精神。

会后，策展人员迅速梳理水利事件、筛选展览内容。文案小组同步开始整理文字，制定实施进度计划，倒排工期，快速推进。

仅用了两天时间，展览工作内容大纲及详细实施计划便新鲜出炉。

7 月 19 日，直属机关党委签报部领导。随后，工作团队加快整理史料、撰写文案，并向有关地区征集图片，同步启动水利部档案借阅、扫描及实物展品征集联系工作。水利系统有关单位积极配合提供素材，确保了此次党史展的“血肉骨架”得以完美呈现。

是的，要让历史“可感知”，让历史“会说话”。水利部办公厅档案处影印了包括部长任命、流域机构建立等珍贵文件；专门梳理建国初期领导人有关水利建设的重要题词并进行翻拍；将只在中国共产党历史展览馆展出过的国家领导人参与十三陵水库建设的珍贵影像，“搬到”了水利部……很多第一次呈现在公众面前的照片、史料，成为穿越时空、回望历史的重要载体。

不过，新问题随之而来。内容很丰富，但如何参照中国共产党历史展览馆规格，高水准设计、高标准施工？工作团队多方比选、积极对接，确定从设计到施工全部采用中国共产党历史展览馆原班人马。

专业的事交给专业的人做：增加水的元素，体现行业特色；快速建模，按照“中国红”“朝阳橙”“水利蓝”等不同色调分区展示；明确格式，确定标题字号、说明条边框高度……超580平方米的水利部机关主楼大厅，将被打造成微缩版的中国共产党历史展览馆。

百年党史，厚重如山。策展过程注定需要匠心制造、精益求精。李国英先后三次审定展览图文：一张张明确，展览图片务必精准；一字字校核，展览文字务必准确。

最终，本次展览从七大流域机构、有关单位征集到700多张图片，精选出350张左右上版；直属机关党委、水利报社与设计团队多次沟通研讨，先后修改设计方案30余稿，展览文案也经历了反复修改更正。

为确保时间进度，确保机关办公秩序不受影响，计划20天的工期被缩短到了7天。

和时间赛跑，向目标冲刺。施工人员充分利用工作日晚上及周末进行展板、展柜布置，“三班倒”施工，最大限度减少对部机关日常工作的影响。设计、编辑人员全天候驻守现场，晚上督导施工，白天协调生产。

在各方积极打好配合战的同时，部领导现场办公优化展览内容。高位推动、高位引领激起无限斗志。为了早日交出一份高质量展示百年治水历程的答卷，策展人员铆足劲头加油干。

在经历一路爬坡过坎后，展览终于如期而来。

正式亮相——
治水华章　光辉灿烂

9月7日下午5时许，“治水百年路　牢记为民心”主题展，迎来第一批参观团。李国英带领党组成员，认真听取讲解，驻足细看展出的档案资料、图片视频等，深情回顾党带领人民走过的治水兴水光辉历程，感受百年治水史中时时闪耀的伟大建党精神。

一张“山林水利局”的旧址照片，带参观者启程步入“建立中国共产党，夺取新民主主义革命伟大胜利”阶段。这一时期，党始终抓住水利命脉造福人民。

沙洲坝的一口“红井”，彰显共产党人与百姓间的鱼水深情；“水利是农业的命脉”重要论断，有力指导水利建设事业发展；“兴修水利”在新中国成立前，就被写入具有临时宪法性质的《中国人民政治协商会议共同纲领》……党领导人民发展水利、开展生产，为夺取革命战争胜利奠定坚实基础。

沿着“中国红”主色展区继续前行，首次展陈的泛黄珍贵史料，写就“成立中华人民共和国，进行社会主义革命和建设”序言。

“一定要把淮河修好”“要把黄河的事情办好”“一定要根治海河”，毛泽东主席的题词格外醒目，全国掀起兴修水利高潮。数十万群众以人挑、肩扛、小车推的“愚公移山”精神，开始大规模治淮壮举；上万名建设者仅用一年时间就将东江水引到香港，展现出“时代楷模”的奋斗伟力；10 万修渠大军在太行山上建成 1500 公里的“人工天河”，创造出伟大的“红旗渠精神”……在人民群众的广泛参与下，水利基础设施加快建设，为经济社会发展提供重要支撑。

转身，“朝阳橙”主色映入眼帘。

在“实行改革开放，开创和发展中国特色社会主义”时期，社会主义制度集中力量办大事的巨大优越性充分显现，一批重大水利工程开工建设。通过沙盘和模型，可以看到，长江水通过南水北调中线关键性工程穿黄隧洞，从黄河南岸流到黄河北岸；万吨级货轮通过双线五级连续船闸经历 113 米落差，通过世界规模最大的三峡工程……此刻，党一心为民谋幸福、创造美好生活的无私情怀得到彰显，党带领人民接续奋斗、铸就百年辉煌的梦想已经实现。

’98 抗洪的感人瞬间，黄河调水调沙的震撼画面，首次聚焦水利的 2011 年中央一号文件图书展示，让参观者感受着保障经济社会可持续发展的水事变迁。

穿越走廊，“水利蓝”主色扑面而来。

在“推进中国特色社会主义进入新时代，全面建成小康社会，开启全面建设社会主义现代化国家新征程”时期，水安全上升为国家战略，水利改革发展续写新篇。

党的十八大以来，习近平总书记“节水优先、空间均衡、系统治理、两手发力”的治水思路引领水利改革发展步入快车道，水利事业与经济社会发展同频共振：为京津冀协同发展战略提供水安全保障；为长江经济带发展提供水利支撑；珠江水资源配置保障粤港澳大湾区建设……

恢弘画卷铺展，辉煌成就灿烂。黄河流域生态保护和高质量发展上升为国家战略；南水北调后续工程高质量发展深入推进；172 项重大水利工程建设成就显著，

150 项重大水利工程建设重点推进；农村饮水安全脱贫攻坚取得重大胜利；全国 123 万名河湖长守护河湖安澜……在以习近平同志为核心的党中央坚强领导下，水利事业为全面建设社会主义现代化国家提供了有力支撑。

重要史实、过往故事、拼搏精神、奋进力量，被一个个文字诉说、一幅幅图片见证、一个个实物展现、一块块展板串联，成为治水兴水百年华章的重要注脚。

华章最后一篇，满是习近平总书记的水利情缘：推动筼筜湖综合治理，打造水土流失“长汀经验”，科学治理木兰溪。参观者跟随习近平总书记的足迹，看江河治理，看大国重器。

一百年筚路蓝缕，一百年不懈奋斗。在部党组参观结束时，李国英说，展览充分展示了中国共产党领导中国人民治水兴水取得的伟大成就，展示了百年治水史中体现出的伟大建党精神，诠释了我们党为中国人民谋幸福、为中华民族谋复兴的初心使命，彰显了我国社会主义制度集中力量办大事的巨大优越性，体现了以人民为中心的发展思想和人民群众的广泛参与，反映了尊重客观规律、规划统筹引领、科学审慎论证、科技创新驱动在水利事业发展中的重大作用。

展区最后，一面鲜红的党旗格外引人注目。“我志愿加入中国共产党，拥护党的纲领，遵守党的章程……”李国英右拳紧握，进行领誓，重温入党誓词。党组成员神情庄重，精神饱满，声音铿锵有力。

反响热烈——
线上线下　全面铺开

9 月 13 日至 18 日，水利部机关主楼大厅人头攒动，洋溢着浓厚的观展交流氛围。按照直属机关党委的安排，该周是水利部各司局、在京单位的密集参展期，1700 余名党员干部分批参观展览。从早 8 时 30 分到下午 5 时左右，除去午休时间，每半个小时就有一家单位前来参观，盛况空前。展览配备训练有素、业务熟练的五位专业讲解员，分别为参观者进行讲解。

在记录着新中国水利部第一届领导就职、开始办公等重要史实的展板旁，在摆放着官厅水库早期测量设备的展柜旁，在南水北调沙盘图及三峡工程模型图旁，参观者纷纷驻足停留，仔细查看并询问探讨相关史实、设备用途、工程概况等。

“请问山林水利局的局长是?”“这些史料都是从哪里找到的?”“这个为什么叫沕沕水水电站?”“这张图片是哪里?”“三峡水电站有多少台机组?”“垂直升船机运行多久了?”……讲解人员面临不同问题，耐心回应、详细解答。

不局限于简单地陈述事实，讲解员认真探究水利事业与国家发展的内在关系，力求让讲述有深度、厚度；努力挖掘史实背后的动人故事，力求让讲述有温度、力度；精心打磨语句，巧妙串联不同展区，力求让讲述有亲和力、感染力。

面对不同司局单位，讲解员还有针对性地调整解说文案，做到重点突出、详略得当。同时，提前查阅资料，做好应对各种提问的准备。

“讲解员的解说，带我们一起回顾了党带领人民的一系列治水历程、人物事迹、辉煌成就……这些无一不体现我国社会主义制度集中力量办大事的优越性，体现了中国共产党全心全意为人民服务的根本宗旨。”

“在打赢脱贫攻坚战的展板上，老百姓脸上洋溢着幸福笑容，这是对我们最大的鼓励。”

“展览让我们切实感受到水利力量，非常自豪。依靠科技创新，经过科学规划、严谨论证，一批重点水利工程拔地而起，为国家经济发展提供强大支撑。”

“一代代水利人担当实干的工作作风、一心为民的家国情怀、干事创业的动力和干劲，教育鼓舞着我们传承、弘扬百年治水史中形成的宝贵经验和精神品质。”

“这是一场生动的国情水情、部史部风的教育。让我们感受到薪火相传的历史重托，憧憬着新阶段水利高质量发展的美好前景。”

…………

接受红色精神的洗礼，汲取砥砺奋进的力量。展览还先后迎来了中央有关单位领导及来部各界人士的调研参观，受到一致好评。

10 月 18 日后，网上展厅正式上线。

“大家好，欢迎来到‘治水百年路　牢记为民心——走进中国共产党历史展览馆中的水利’网上展厅。”在柔和清晰的解说下，读者用指尖在屏幕轻轻滑动，就可以沉浸在一场虚拟的展览中，全方位、立体地学习党的百年治水史。

在水利部党组的部署和直属机关党委的指导下，中国水利报社创新表现形式，结合部机关的实体展览，设计开发网上展厅，利用移动端让广大水利干部职工甚至社会公众更多地看到展览、感受展览。

适时推出的爆款“10 万＋”H5 作品，以细腻的笔触、生动的细节手绘出百年党史下的百年治水史。每一个治水重大事件、每一个重要节点都让人记忆犹新。随着历史年轮的演进，读者还能通过寻找并珍藏画面中的党旗以及海报拍摄的互动方式与历史对话、与现实碰撞。

“有趣的科普。”

“非常棒！百年治水一目了然。”

“很轻松的形式了解了很多治水知识，很赞。”

…………

在小小手机屏中，一句句读者的留言，是对党的百年治水史的见证，更是新时代网络空间中历史与未来的握手。

回望来路，风雨如磐；以史为鉴，开创未来。本次展览展示了过去一百年，党领导下的水利事业向人民、向历史交出的优异答卷。站在新的历史起点上，让我们赓续红色血脉，从党领导下的百年治水史中汲取强大精神力量，更加紧密地团结在以习近平同志为核心的党中央周围，坚定理想信念，牢记初心使命，自觉弘扬伟大建党精神，以咬定青山不放松的执着奋力推动水利高质量发展，以行百里者半九十的清醒为实现中华民族伟大复兴作出水利贡献！

重要讲话激荡人心
治水兴水誓立新功（上篇）

（2021 年 7 月 3 日）

本报记者　陈晓磊　程瀛　梅林蓉　张智杰　魏永平　万菁　李刚
通讯员　陈布泽

7 月 1 日上午，庆祝中国共产党成立 100 周年大会在北京天安门广场隆重举行。水利系统广大党员干部群众纷纷通过广播、电视、网络、手机等多种方式收听收看直播盛况。习近平总书记的重要讲话，引发水利系统广大党员干部热烈反响。

中国水利報
China Water Resources News
http://www.chinawater.com.cn
中华人民共和国水利部主管　中国水利报社主办
3　星期六　2021年7月　第4874期
每周二、三、四、五、六出版　今日4版

水利部传达贯彻李克强总理重要批示 进一步研究部署关键期防汛工作

雄起之城谋安澜

水利部党组党史学习教育领导小组办公室研究推动"我为群众办实事"实践活动

见证百年华诞盛典

坚持以"十六字"治水思路为指导

重要讲话激荡人心　治水兴水誓立新功（上篇）

中央苏区水利史陈列馆全新亮相

"一定要时刻感党恩、听党话、跟党走"
——习近平总书记重要讲话在西藏拉孜县桑珠村引发热烈反响

聆听习近平总书记在大会上的重要讲话后，江苏省水利系统干部职工表示，将认真贯彻落实习近平总书记重要讲话精神，着力加快水利基础设施建设，合力推进南水北调东线工程建设，全力打造幸福河湖，大力提升水资源优化配置和水旱灾害防御能力，开启江苏水利现代化建设新征程，为“强富美高”新江苏建设提供重要的水利支撑和保障。

浙江省水利系统组织党员干部集中收看庆祝大会，渡江胜利纪念章和淮海战役纪念章获得者、党龄 73 年的水利老干部葛望春和党员们一起收看直播，聆听习近平总书记重要讲话。在重大水利工程建设现场，建设者们也通过多种方式收看直播。广大党员干部表示，要认真学习贯彻习近平总书记重要讲话精神，守好红色根脉，争当治水先锋，为高质量发展建设共同富裕示范区作出新的水利贡献。

福建省水利厅组织全体党员认真聆听了习近平总书记在庆祝大会上的重要讲话，随后召开庆祝中国共产党成立100周年暨“两优一先”表彰大会。与会党员同志表示，要赓续传承习近平总书记在福建治水的成功实践和重要理念，积极投身治水兴水的伟大事业。首席水文预报员杨剑辉说：“我们一定会继承弘扬伟大建党精神，做好本职工作，保一方江河安澜。”

山西省水利厅党员干部群众通过多种方式收听收看大会盛况直播。水利厅干部职工表示，要传承和发扬老一代革命家艰苦奋斗的精神，坚持不懈地把治水兴水这一造福中华民族的千秋伟业抓实办好，在构建新发展格局中推动新阶段水利高质量发展，为全面建设社会主义现代化国家新征程作出更大水利贡献。

江西省水利厅干部职工收听收看大会后表示，将全面落实“节水优先、空间均衡、系统治理、两手发力”的治水思路，着力构建现代水网，深化水利改革创新，推动水治理体系与治理能力现代化，着力构建持续水安澜、优质水资源、健康水生态、宜居水环境、先进水文化的水安全保障体系，建设造福人民的幸福河湖，开启水生态文明建设新征程。

黑龙江省水利厅组织副处级以上干部近100人集中收看庆祝大会，其他工作人员自行收看。大家表示，将自觉把学习习近平总书记重要讲话精神与党史学习教育结合起来，持续在学懂弄通做实上下功夫、求实效，深入河流山川、田间地头、防汛一线，以习近平总书记“十六字”治水思路为指引，开创新时代龙江水利改革发展新篇章。

重要讲话激荡人心 治水兴水誓立新功（下篇）

（2021 年 7 月 6 日）

本报记者　王鹏翔　李建国　骆远柱　李乐乐
特约记者　谢奇　侯艳娇
通讯员　徐宏　许睿

7 月 1 日上午，庆祝中国共产党成立 100 周年大会在北京天安门广场隆重举行。习近平总书记的重要讲话，引发水利系统广大党员干部热烈反响。大家表示，要赓续红色血脉，坚定理想信念，为推进水利高质量发展贡献力量。

北京市水务局各党支部组织党员集中收看庆祝大会，荣获"光荣在党 50 年"纪念章的 233 名老党员和大家一起收看直播。北京市水务局供水管理处副处长周政表示，将积极投身首都供水保障工作，为推动提升供水规范化智慧化贡献自己的力量，增强人民群众用水的幸福感、获得感，不负时代、不负韶华，不负党和人民的殷切希望。

内蒙古自治区水利厅全体党员干部一起收看庆祝大会直播，认真聆听习近平总书记的重要讲话，共同见证这一具有深远意义的历史时刻。大家表示，要深入学习领会、全面贯彻落实习近平总书记重要讲话精神，赓续红色血脉，坚定理想信念，扎根水利岗位，拼搏奉献，锐意进取，以实际行动书写自治区水利事业高质量发展的新篇章。

习近平总书记的重要讲话在广西壮族自治区水利厅党员干部中引发热烈反响。大家表示，要更加紧密地团结在以习近平同志为核心的党中央周围，坚决响应党中央的号召，牢记初心使命，坚定理想信念，践行党的宗旨，永远保持同人民群众的血肉联系，继续为实现人民对美好生活的向往不懈努力，努力为党和人民争取更大光荣。

湖北省水利厅组织干部职工以多种方式收看庆祝大会直播。大家表示，大会盛况空前，鼓舞人心，能共同见证这一伟大的历史时刻，感到无比自豪。作为一名水利人，要牢记初心使命，积极履职尽责，加快推进湖北水利高质量发展，为满足人民群众对优质水资源、健康水生态和宜居水环境的更高需求而努力奋斗。

安徽省水利厅干部职工收看大会实况后纷纷表示，将积极响应习近平总书记的伟大号召，以“功成不必在我，功成必定有我”的担当奉献精神和“为有牺牲多壮志，敢教日月换新天”的大无畏气概，践行初心使命，砥砺担当作为，不负党和人民的殷切期望，努力为实现安徽水利高质量发展贡献力量。

集中聆听习近平总书记在大会上的重要讲话后，河南省水利厅干部职工表示，要牢记初心使命，坚定理想信念，奋力走好实现第二个百年奋斗目标的赶考之路。此前，河南省水利厅召开庆祝中国共产党成立100周年暨2019—2020年度“两优一先”表彰大会，表彰了一批优秀共产党员、优秀党务工作者和先进基层党组织。

百年新起点 赶考再出发（上）

——习近平总书记在庆祝中国共产党成立100周年大会上的重要讲话引发水利系统热烈反响

（2021年7月3日）

编者按：历史将永远铭记这一光荣时刻，2021年7月1日，在庆祝中国共产党成立100周年大会上，习近平总书记代表党和人民庄严宣告，我们实现了第一个百年奋斗目标，在中华大地上全面建成了小康社会，历史性地解决了绝对贫困问题，正在意气风发向着全面建成社会主义现代化强国的第二个百年奋斗目标迈进。

回首百年奋斗历程，展望伟大复兴前景，这一切都是坚持中国共产党的领导才能取得和实现的伟大成就与目标。百年潮，中国梦，惟有在历史前进的逻辑中前进、在时代发展的潮流中发展，才能继续在人类的伟大时间历史中创造中华民族的伟大历史时间。当今世界正经历百年未有之大变局，中华民族伟大复兴正处于关键时期，立足新发展阶段，贯彻新发展理念，构建新发展格局，推动高质量发展，时代的考题已经列出，水利人的答卷正在写就。本报从今日起，就继承和发扬伟大建党精神、奋进第二个百年赶考路、全面提升国家水安全保障能力等议题，刊发水利系统干部职工学习习近平总书记“七一”重要讲话的认识与感悟，敬请关注。

祝平军（湖南省衡阳水文水资源勘测中心）：

水文行业是冲锋在前的行业，用实际行动诠释建党精神是水文人的鲜明特质。面对相对艰苦的工作环境，一代又一代水文人常年坚守在江河湖畔。面对洪水，他们从未退却，危险来临时，他们冲锋在前。他们干了一辈子，也奉献了一辈子，这份奉献是对初心最好的诠释。

作为新时代的水文人，尤其是党员干部，一定要把这种光荣传统和优良作风继承好、发扬好。共产党人必须要有一颗为党为人民矢志奋斗的心，这才不负党的嘱托和人民的期望。

李溶（湖北省漳河工程管理局）：

60年前，在国家建设最困难时期，一声惊天动地的炮响，揭开了造福漳河人民的崭新篇章。在中国共产党的领导下，十万干群背上背包、挑起土筐走上了湖北省漳河水利工程建设工地。8 年战天斗地，党员、共青团、群众艰苦奋斗，把连年洪水泛滥、民不聊生的地方变成润泽一方、水质优良的大（1）型水库。一代又一代漳河水利人延续的是共产党人的信仰，激荡在这片红土地上的是世世代代漳河人的共产主义梦想。

张继凯（山东东阿黄河河务局）：

南水北调工程实现了我国水资源的优化配置，缓解了我国北方地区水资源严重短缺的局面。建设中，建设者遵循人民至上、协作共享、艰苦奋斗、创新求精、舍家为国的原则，这均是伟大建党精神的生动实践。

继承发扬建党精神，夯实水利根基，推动水利行业不断发展进步，全体水利人也将以“对党忠诚、不负人民”为信仰，为实现中华民族伟大复兴发出嘹亮的水利之音。

吴越（江西奉新县水利局）：

回顾新中国水利发展史，从红旗渠到葛洲坝，水利人无不把战天斗地的实践同党的伟大斗争连成一体，把治水兴水同党的伟大事业连成一体，把个人前途命运同党的伟大梦想连成一体。

站在新时代新征程的伟大历史时期，水利人学习和发扬伟大的建党精神，就要深入贯彻习近平新时代中国特色社会主义思想，立足新发展阶段，贯彻新发展理念，构建新发展格局，用劳动和汗水把合格水利答卷书写在大地上。

王旭（安徽裕安区水利局）：

坚守理想，担当使命。建党百年，在中国共产党的领导下，掀起了我国大规模水利建设的热潮并取得了巨大成就。江河安澜，水清岸美，为我国经济社会快速发展提供了坚强的水利支撑和水安全保障。

在水利建设中，更涌现了一大批冲锋在前、不怕牺牲的水利人，建党精神已经深深融入水利人的血脉。他们在平凡的工作岗位上，坚守理想，践行初心，以建党精神激励自己，埋头苦干，勇于担当，汇聚起磅礴的水利力量，续写新时代中国水利发展新篇章。

周余丽（浙江天台县水利水电局）：

100 年前，一批坚持真理、坚守理想的先驱们创建了中国共产党，所形成的伟大建党精神是中国共产党的精神之源。正是建党精神的引领，让天台水利人在物资匮乏、条件艰苦等多重压力下逢山开路、遇水搭桥，直到今日水利事业的发展腾飞，为天台县经济的快速发展作出了巨大贡献。

新中国成立以来，在党和政府的领导下，天台县水利建设从无到有、从有到好、从好到强。一座座水库建成，始丰溪流域的开发利用和综合治理取得巨大成效，天台率先实现“初级农村电气化县”……亮眼的成绩全方位展现了真实、全面、最具代表性的水利人、水利事、水利情。作为新时代的天台水利工作者，我们将把建党精神内化于心、外化于行，为天台水利事业全面持续发展贡献应尽的力量。

钮清海（山西侯马市水务局）：

20 世纪 20 年代初，以“南陈北李”为代表的先驱们不避艰险、矢志不渝追求革命真理，筚路蓝缕为中华民族独立解放而奋斗。作为基层水利战线上的党员，我们应时刻铭记伟大的建党精神，时刻不忘所肩负的初心和使命，在平凡的工作岗位上，以持续超越自我、把极致当目标的工作业绩作为践行入党誓词的最好行动，以螺丝钉般的执着为水利现代化建设事业作出应有贡献。

刘敏（重庆垫江县水利局）：

6 月 28 日，在金沙江白鹤滩水电站首批机组安全准点投产发电之际，习近平总书记在贺电中指出白鹤滩水电站是实施“西电东送”的国家重大工程，是当今世界在建规模最大、技术难度最高的水电工程。其间，无数川渝水利人发扬精益求精、勇攀高峰、无私奉献的精神，团结协作，攻坚克难，为国家重大工程建设作出贡献。我们一直牢记初心使命，践行着伟大的建党精神，用全心全意为人民服务的赤诚书写川渝水利乃至中国水利事业的美好篇章。

刘春波（湖南娄底市水文水资源勘测局）：

由于水文工作的特殊性，大部分水文站选址偏僻，默默无闻成为水文人的注脚和代名词，他们是水旱灾害防御的“耳目”“尖兵”。正是一代代水文人继承和发扬建党精神，坚持真理、坚守理想，战斗在荒无人烟、远离城市、条件恶劣的大山深处，为国民经济、社会发展提供了一个个宝贵的水文数据；一代代水文人继承和发扬建党精神，不怕牺牲、英勇斗争，迎着暴风骤雨战退洪水；一代代水文人继承和发扬建党精神，对党忠诚、不负人民，在平凡中谱写出非凡人生。

李大帅（山东黄河河务局东平湖管理局）：

新中国成立后，在中国共产党的领导下，一代代水利人弘扬伟大建党精神，献身水利事业，从解决人民群众最关心、最直接、最现实的水问题入手，经过多年艰苦奋斗、顽强拼搏，通过小浪底、三峡、南水北调等一系列水利工程，有效解决了水旱灾害、农村饮水安全问题，促进了水资源集约安全利用，努力实现人水和谐共生。

水利行业作为一个艰苦的基础性行业，水利人通过对水资源的开发、保护、节约、利用，在平凡的岗位上体现了不平凡的价值，每一位水利人的坚守更成为经济社会发展的重要保障，为建设社会主义现代化国家作出水利贡献。

李才玉（江西遂川县水利局）：

建党百年来，一代又一代对党忠诚、一心为民的水利人始终在继承、践行和发扬伟大的建党精神，水利事业的变化是日新月异的，不变的是水利人坚持真理、坚持理想的执着。从瑞金沙洲坝毛泽东带领群众挖下的那口水井，到新时代水利人通过逐户排查、精准施策全面解决饮水安全问题，变化的是人民群众对饮水质量的向往，不变的是水利人践行初心、担当使命的情怀。从1954年淮河抗洪到1998年的长江抗洪，变化的是肆虐的洪水，不变的是水利人不怕牺牲、英勇斗争的精神。

纪红云（山东黄河河务局东平湖梁山管理局）：

在中国共产党的百年征程中，山东治黄工作者始终以除害兴利、治河惠民为己任，以建党精神为指引，改秸料埽坝为石坝，建立起泄洪闸，实施标准化堤防工程，进行一系列河道整治，加固了防洪工程，筑就了“水上长城”。实施黄河水量统一调度，引黄供水，结束了青岛人民排队取水的历史，也使沿线寿光、潍坊等地的群众摆脱了饮用苦咸水、高氟水的局面，让黄河三角洲自然保护区的生态系统焕发勃勃生机。站在新的历史起点，山东黄河人将以“十六字”治水思路为指引，继续秉承伟大的建党精神，对党忠诚、不负人民，为实现“让黄河成为造福人民的幸福河”而接续奋斗。

洪慎东（安徽安庆市水利局）：

建党百年来，水利人用自己的双手和智慧建造了水库、堤防等防洪排涝灌溉设施，勇于担当、不辱使命；百年来，水利人用自己的双脚走遍了祖国的山山水水、沟沟壑壑，红心向党、心系人民，不怕吃苦、不怕牺牲，为国家的水利事业作出了巨大贡献，树立了一座座不朽的丰碑。进入新时代，水利人定将继续对党忠诚、不负人民，以更高的水平、更大的热忱、更实的奉献，迈向第二个百年奋斗目标。

程亮（山东东阿黄河河务局）：

新中国成立以来，在党领导人民治水的历史长河里，每一座水利丰碑的铸就，都凝聚着一代代治水先进人物的心血；每一项治水成就的取得，都浸透着一代代治水先进人物的汗水。

人民治黄历史上最为重要的人物王化云，潜心治理黄河 40 年之久，先后提出了“除害兴利、综合利用”“宽河固堤”“蓄水拦沙”“上拦下排”等治黄措施，实现了人民治黄事业从无到有、从初创到辉煌。作为保护治理黄河的青年水利人，我们要继承和发扬伟大建党精神，在百年党史中汲取奋进的磅礴力量，把青春融入黄河流域生态保护和高质量发展国家重大战略中。

彭玲玲（贵州黔东南苗族侗族自治州凯里市水务局）：

水利人在建党百年的历史长河中，不断发挥建党精神，不怕牺牲、英勇斗争，在国家基础设施事业和民生发展领域发挥着至关重要的作用。贵州夹岩水利枢纽工程、马岭水利枢纽工程、黄家湾水利枢纽工程都着力于解决民生问题，逐步破解工程性缺水瓶颈，贵州水利人始终以兢兢业业的姿态、务实的作风、无私的奉献践行着初心与使命，推进水利事业不断向前发展，将建党精神不断发扬光大，在国家实现了第一个百年奋斗目标之后，我们还将向第二个百年奋斗目标继续迈进。

盖永强（河北邯郸市水利局）：

水利建设关系民生福祉，与人民群众生产生活息息相关。中国共产党的百年历史就是为人民谋幸福的奋斗史。作为水利人继承和发扬伟大建党精神，就是要坚持以人民为中心的发展思想，努力践行水利为民的初心，切实担当水利惠民的使命，推动解决人民群众最关心最直接最现实的涉水问题，满足人民群众对防洪保安全、优质水资源、健康水生态、宜居水环境的需求，持续增强人民群众的获得感、幸福感、安全感。

百年新起点　赶考再出发（下）

——习近平总书记在庆祝中国共产党成立100周年大会上的重要讲话引发水利系统热烈反响

（2021年7月8日）

在踏上实现第二个百年奋斗目标新的赶考之路上，新时代的水利工作应如何展现新作为，彰显新担当？

周德宝（山东诸城市水利局）：

水是经济社会可持续发展、人民群众幸福安康的重要保障，我们站在第二个百年奋斗目标新起点上展望未来，期盼水网更发达、水源更充沛、水质更清洁、水管理更智慧。

深入实施国家水网战略，协调上下游，盘活主客水，建成一批跨市连县、串河联库的区域性水网，实现更大范围同饮一网水。

分类建设分质分流工程，以河流为线、以水库为环、以湖泊为圈，实行雨污分流、清污分流，建成一个污水隔离、清水畅流的新空间。

持续推进农村供水迭代升级，以水龙头入室、纯净水直饮、取用水感应为目标，大力加强农村公共供水建设，让饮水更方便、更安全、更健康。

扩展延伸智慧水利应用领域，借助卫星遥测、智能感知、大数据联网推进人机协同深度融合，实现工程机器人、工业机器人在工程建设、抗洪抢险、水源保护、水质处理、管道疏通、农田灌溉等领域的广泛应用，让水利更智能、更高效、更便捷。

李军（江苏连云港市水利局）：

在向第二个百年奋斗目标迈进的新征程中，新时代水利工作应重点在三个方面强化“硬”管理，彰显水利担当：

一是在推行河湖长制上要“硬”。水利部门作为河湖长制的协调和办事机构，要用好、用足河湖长制赋予的工作职责，关键时刻敢于“亮剑”，发挥水利部门的统筹协调作用。

二是在水资源管理上要“硬”。把贯彻“以水定城、以水定地、以水定人、以水定产”的水资源刚性约束落到实处，坚持以“硬管”达成统筹，实现水资源可持续利用，切实担起水资源管理的重任。

三是在水生态建设和管理上要“硬”。水生态是新时代水利工作的重中之重，要做好、做足水生态文章，护好水生态环境。

陈光文（陕西岚皋县水利局）：

水利兴则天下定。在实现第二个百年奋斗目标的伟大征程上，水利人必须始终坚持把治水为民、兴水强国作为水利人的初心使命，努力在新时代续写江河安澜、水旱从人、山清水秀、社会安定的水利发展新篇章。

要始终坚持人水和谐的发展理念。要坚持生态优先、绿色发展，以水而定、量水而行，因地制宜、分类施策，把水生态环境保护摆在压倒性位置，让江河湖泊恢复生态本色，成为造福人民的幸福河湖。

要始终坚持系统治水的发展理念。要突出治水的整合性、综合性、协同性，把维护健康水生态、保障国家水安全作为新时代水利工作的出发点和落脚点，加快构建系统完备、科学规范、更加开放、运行有效的治水体制机制。

要始终坚持兴水为民的发展理念。要坚持以人民利益为重，不断加大公共财政投入，补齐水利基础建设短板，切实增强水利综合保障能力，让广大人民群众充分享受水利发展成果，不断提升获得感、幸福感、安全感。

李溶（湖北省漳河工程管理局）：

1958年7月1日，漳河水利工程开工建设，漳河水利人以“山高没有我的热情高，石坚没有我的信念坚”的豪迈，开创和续写了水利史上的奇迹，让水袋子变成幸福田，旱包子变成米粮仓。

百年之后，我们奋力奔跑在传统水利向智慧水利跃升的路上，变的是漳河水利工程发挥作用的广度和深度，不变的是水利人如磐的初心和使命。

新的赶考路上，深入服务对象，了解灌区人民所需，结合实情实需抓实水源地保护和智慧水利建设；强国征程上，在平凡岗位上一如既往地热爱水利事业，用心用情服务灌区人民，矢志拼搏奋斗，切实把党的创新理论转化为推动工作的强大力量，努力在水利现代化进程中再展新作为。

葛雷（湖南桃江县水利局）：

新的百年，新的征程。水利人应始终把治水兴水作为奋斗目标，把为民惠民作为工作理念，充分发挥自身能动性，把智慧贡献在防洪重大问题的决策参谋上，把担当体现在处置急难险重的任务前，把汗水挥洒在抗洪一线。以钉钉子精神，一代接着一代干，让每一座水库更好发挥防洪保安功能，让每一片灌区充满活力与生机，用无限的赤诚之心滋润人民心田。

陶东（宁夏回族自治区唐徕渠管理处）：

作为水利工作者，必须心怀“国之大者”。在实现第二个百年奋斗目标的伟大征程上，推动新阶段水利高质量发展是我们这一代水利人的历史使命，必须提高政治站位，深入贯彻习近平总书记发出的“让黄河成为造福人民的幸福河”的伟大号召，加快节水型生态灌区建设，紧紧围绕灌区推进乡村振兴战略提升服务能力与管理水平，扛起治水兴水的责任，把唐徕渠建设成为造福塞上江南的幸福渠。

刘玲玲（河北涉县水务局）：

走过百年风雨，在新的赶考之路上，水利人将更加坚定理想信念，坚定奋斗意志，坚定恒心韧劲。对于县域水利工作，要结合实际，积极谋划，一方面是饮水保民生，要结合地理条件和供水现状，详细制定农村饮水维修养护工程实施方案，全面提升工程运行水平；强化水源地、输配水管网巡查等工作，高质量运维管理，打通农村饮水安全保障责任制的“最后一公里”，巩固脱贫攻坚农村饮水安全成果，有效衔接乡村振兴战略。另一方面是治理助振兴，因地制宜、一河一策，坚持水工程与水生态相结合，进一步提高河道行洪能力，建设生态景观河道，探索总结可复制、可推广的乡村旅游新模式，全力推动农村美、农业旺、农民富。

朱翰森（云南沾益区水务局）：

百年初心历久弥坚，百年治水举世瞩目。党领导下的水利事业始终坚持以人民为中心，革故鼎新、攻坚克难，取得了显著的治水成效。在第二个百年奋斗目标的新征程上，我们将坚决贯彻“十六字”治水思路，不忘治水初心、牢记兴水使命，不断织密江河防灾减灾网、完善工农业用水保障网，提升群众饮水幸福感。始终以服务保障国民经济和社会发展为使命，产业发展到哪里、水利人的服务就跟进到哪里，以拼搏进取的一腔热血，以默默奉献的一颗红心，做出水利人的新成绩、新贡献。

程亮（山东东阿黄河河务局）：

实现全面建成社会主义现代化强国的第二个百年奋斗目标，水利人责无旁贷。新的百年，一要贯彻新发展理念，继续加强水利基础设施建设，围绕重大引调水、供水灌溉、防洪减灾，推进南水北调后续工程高质量发展以及国家水网骨干工程建设；

二要继续牢牢把握创新这个“基础能力”，推进城市防洪排涝以及现代农村智慧水利建设，实现京津冀、长江经济带、长三角、黄河流域、西部地区协调发展；三要坚持以人民为中心，加强长江、黄河等大江大河和重要湖泊湿地生态保护治理，加强重要生态廊道建设和保护，持续改善环境质量，提升水旱灾害防御能力，保障人民群众生命财产安全；四要继续听党话、感党恩、跟党走，热爱水利事业，以史为鉴、开创未来，找准新发展阶段工作重心，融入高质量发展工作大局，只争朝夕推进各项工作落实。

刘智超（海委海河下游管理局）：

1958 年，天津人民积极响应市委提出“全党全民动手改造海河”的号召，组成包括工、农、兵、学、商等联合的劳动大军，胜利完成海河改造工程，建成海河防潮闸，书写了壮丽诗篇。在踏上实现第二个百年奋斗目标新的赶考之路上，海河下游局人将重温老一辈水利人干事创业的崇高精神，传承红色基因，立足新发展阶段，贯彻新发展理念，构建新发展格局，统筹发展和安全，加快推进海河防潮闸除险加固工程高水平实施，尽快补齐防洪短板，全面提升水安全保障能力，为实现海河流域下游地区经济社会高质量发展提供坚实的水利保障。

邓瑶瑶（山东黄河东平湖管理局梁山管理局）：

新时代对水利工作提出了更新更高的要求，黄河基层水利工作者更应立足岗位，奉献青春年华。

一是以不断学习的态度奉献水利。扎实的专业素养是做好水利工作的必备条件，要切实把学习与工作紧密结合，积极探索新思路、新方法，为认识当下、规划未来、制定政策找到客观基点。

二是以真抓实干的坚韧奉献水利。要发扬求真务实、攻坚克难精神，不做表面文章、不搞花架子，履好职尽好责。

三是以开拓创新的精神奉献水利。创新是水利事业发展的动力源泉，青年是水利事业的新鲜血脉，这就要求青年水利人要将自己的专业与岗位相结合，不断磨练自身本领，用创新思维推动智慧水利建设，为水利事业发展贡献青春力量。

洪慎东（安徽安庆市水利局）：

在迈向第二个百年奋斗目标的进程中，每一位水利人都应积极响应党中央的号召，牢记初心和使命、不负人民和事业，用自己的实际行动，努力为党和人民争取更大的荣光。一要做到心中始终有党。党向所指，水利所行，要坚决维护党的权威，积极践行党的宗旨，对党尽忠、为党分忧、助党立信。二要做到心中始终有民。水利，一头连着党、连着国家，一头连着人民群众，永远保持同人民群众的血肉联系，是水利人一直以来的风格和光荣传统。三要做到心中始终有业。水利关系到国计民生，自古以来都是治国安邦的大事，要以推进水利事业高质量发展为己任，为实现人民对美好生活的向往不懈努力。

张继凯（山东东阿黄河河务局）：

在实现第二个百年奋斗目标新的赶考之路上，一是提标准、抓落实，系统提升。守护水安全风险防控底线，把水资源承载力作为刚性约束，努力打造优质水资源、健康水生态、宜居水环境。筑牢水利工作发展根基，探索新型水利工作标准。

二是细化责任，狠抓落实，展现新作风。要深刻领会“十六字”治水思路的精神实质和丰富内涵，树立和践行“绿水青山就是金山银山”的理念，深入细致做好水利管理工作、水利工程建设、水旱灾害防御等工作，营造敢作为、有担当的新时代水利工作氛围。

三是面对新形势、新机遇、新要求，主动寻求创新。要大力培养新型水利工作者，打造人才创新库，利用5G、互联网＋、人工智能等技术手段，实现信息高效便捷共享，助力智慧水利发展。

田发松（云南马关县水务局）：

作为一名共产党员，要全身心投入到乡村振兴中，投入到兴水强县的战斗中。坚定不移贯彻创新、协调、绿色、开放、共享的新发展理念，深入落实“十六字”治水思路，立足县情水情，满足人民群众对防洪保安全、优质水资源、健康水生态、宜居水环境、先进水文化的需求，不断推进水治理体系和治理能力现代化，为巩固全面小康社会和脱贫攻坚成果，推动经济社会高质量跨越式发展提供水安全保障和支撑。

李明（甘肃临泽县水务局）：

水利事关国计民生，对实现第二个百年奋斗目标至关重要。随着我国治水主要矛盾的变化，人民对水安全、水资源、水生态、水环境的需求进一步增加。要把“十六字”治水思路不折不扣落实到水利高质量发展各环节全过程，要埋头苦干、奋力攻坚，肩负起实现水利高质量发展的使命；要勇攀高峰、追求卓越，科学实施重大跨流域调水工程，进一步提升水旱灾害防御能力、水资源集约节约利用能力、水资源优化配置能力、大江大河大湖生态保护治理能力，建立完善与经济社会高质量发展相适应的水安全保障体系，促进水治理体系和治理能力现代化。

纪红云（山东黄河河务局东平湖梁山管理局）：

在迈向第二个百年目标的伟大征程中，要坚持“十六字”治水思路，立足自身岗位，围绕工程安全、水资源利用、水生态文明、黄河文化传承等主要工作，做好宣传信息工作，将中央决策和上级部署要求贯彻落实到一线岗位。征程路上，我们将始终以奋斗者的姿态，适应新形势，迎接新挑战，只争朝夕，不负韶华，在伟大、光荣、正确的中国共产党领导下，“让黄河成为造福人民的幸福河”的奋斗目标、第二个百年奋斗目标、中华民族伟大复兴的中国梦终将会实现。

在解决发展不平衡不充分问题和人民群众急难愁盼问题，推动人的全面发展、全体人民共同富裕上，水利应该发挥哪些作用？

饶明奇（华北水利水电大学马克思主义学院院长）：

中国特色社会主义进入新时代，人民群众对高质量文化生活的需求将更加凸显。水利工作必须在紧紧围绕人民群众对水生态、水环境、水安全等基本需求的基础上，大力发展先进水文化。

一要搞清楚为什么发展水文化、应该建设什么样的水文化、怎样发展水文化等基本问题，牢固树立以人民为中心的价值导向，坚持各级党组织对水文化建设的坚强领导，为水文化建设提供根本遵循。

二要在全社会普及先进水文化理念。通过学校教育、干部培训、大众传媒、主题活动等渠道，加强对水安全形势与任务、人水和谐生产生活方式、水生态法律法规等先进水文化理念的教育普及，促进社会共识的形成。

三要提升水工程的文化品位。通过规划设计标准规范、优质工程评审、政策扶持等措施，推动水工程在满足实用功能的基础上，结合各地实际，丰富文化元素，提升文化品位，增强水工程教育、审美、娱乐、休闲等功能。

四要加强水文化研究。在整理挖掘传统水文化资源的基础上，加强对水文化与水利改革创新等当代水文化建设发展前沿问题的研究，推出一批水文化精品力作，为水文化建设提供学术支撑。

五要大力发展水文化产业。汇聚资金、人才、技术等要素，建设发展与水文化有关的主题公园、影视作品、实景演出等新业态，创新水文化传播载体，促进博大精深的水文化“飞入寻常百姓家”。

姜文来（中国农业科学院农业资源与农业区划研究所研究员）：

水资源作为国民经济发展重要的自然资源、经济资源、环境资源和战略资源，在解决发展不平衡不充分问题和人民群众急难愁盼问题，推动人的全面发展、全体人民共同富裕上，有着不可替代的重要作用。

一是保障水资源供给。我国水资源供需矛盾整体呈现加剧趋势，尽管保障国民经济发展所需要的水资源任务艰巨，但其关系到现代化建设支撑，必须想法设法予以保障。

二是保障水生态优良。结合各地水环境具体特点，全力打造良好水生态环境，不断提高人民群众的幸福感与获得感，对水环境恶化地区，找准问题，有效恢复，这关系到生态文明建设大局，水利人必须做实做好。

三是提供优质的饮水。优质的饮水是保障生命健康最基本的条件之一，是国家发展和富裕的基础。我国城乡发展不平衡，特别是尚不富裕的农村饮水质量和城市相比差距较大。在提升城市饮水质量的同时，应重点提升农村饮水的质量，早日实现饮水质量城乡一体化。

邓瑶瑶（山东黄河河务局东平湖梁山管理局）：

解决水利发展不平衡不充分问题，发挥水利支撑作用，让水利在更大范围、更广领域、更高水平上造福人民群众，是我们水利工作者持之以恒的价值追求。

牢固树立以人民为中心的发展思想，从不同地区、不同流域的实际出发，抓重点，补短板，强弱项，着力解决直接关系人民群众生命安全、生活保障、生存发展等方面的水利难题，加快构建保障民生、服务民生、改善民生、惠及民生的水利发展格局。

准确把握生态保护和水利事业发展的关系，在维持河流自然结构和功能稳定的前提下，全力打造生态宜居的水生态环境，把人民群众直接受益的设施作为建设的优先领域，实现水利与园林、防洪与生态、亲水与安全有机结合，增强民生水利服务功能，让人民的获得感、幸福感、安全感更加充实有保障。

刘智超（海委海河下游管理局）：

推动新阶段水利高质量发展，不断满足人民日益增长的美好生活需要，要在做好高效水资源利用、科学防治水灾害的同时，充分提高水利工程的生态承载能力，开展水环境综合治理，系统修复水生态，提供优质水生态产品。积极践行“绿水青山就是金山银山”理念，立足当地资源禀赋，把水利建设与市政、建筑、环保、文化等产业发展有机结合起来。通过疏浚河道、改善水质、活化水体、建设水景，促进水利与水文化、水旅游等产业深度融合和创新发展，为人们提供良好的生态空间和宜居环境，使河流成为人们陶冶性情的好去处，使水利工程成为人们赏心悦目的好风景。

在踏上实现第二个百年奋斗目标新的赶考之路上，新时代的水利工作应如何展现新作为，彰显新担当？

钮清海（山西侯马市水务局）：

水利工作者应牢记新阶段水利高质量发展历史使命，在新的赶考之路中，干出新业绩。

应对标水利高质量发展路径任务，立足各自岗位和工作实际，以接地气、访实情、解民意、知民需的基层调研为抓手，制定出新阶段水利工作各领域科学务实的高质量发展工作方案和路线图。

应展现时代担当补齐基层短板，共同谱写新阶段水利高质量发展新篇章。面对基层水利部门在人才队伍建设、先进技术转化为生产力、工程建设与管理的机制创新与投入不足等问题，各级部门要共同努力，让整个行业能够步调一致、同频共振，为全面提升国家水安全保障能力、实现中华民族伟大复兴中国梦作出水利贡献。

王旭（安徽六安市裕安区水利局）：

在进入第二个百年奋斗目标的赶考路上，我国水利事业也将迎来创新发展、高质量发展阶段。

让江河更安澜。从大江大河到中小河流，从大型水库到中小水库，防洪保安体系更完善，防御洪水标准达到新的高度，能更加有力保障社会主义现代化建设成果，保障人民生命财产安全。

让保障更有力。从城市到乡村，从西部到东部，从干旱地区到偏远山区，全国水资源配置更加均衡、科学、合理，能最大限度保障全国经济社会发展用水需求，满足人民生活生产用水需求。

让人水更和谐。从江河湖泊到塘库堰坝，从偏远乡村到繁华都市，有水皆美，有水皆清，有水皆净；有水的地方就是最美的风景，水生态持续改善，水环境更加优美；每一条江河湖泊都碧波荡漾，鱼翔浅底，每一座水库塘堰都水清岸绿，景色如画，到处都是水美乡村、水美集镇、水美城市。

刘祖刚（江西遂川县水利局）：

站在第二个百年的新起点上，水利人应坚持以“创新、协调、绿色、开放、共享”的新发展理念为引领，全面提升水利创新能力，提高水利工程智慧化水平，全面建成现代化水利强国；建设国家水网等重大水利工程，科学调配水资源，促进区域协调发展；持续改善水生态水环境，呵护河湖健康生命，打造绿色水利，实现人水和谐共生；以开放的思维主动融入全球水治理体系，为解决人类共同面对的水问题提供中国智慧和中国方案；加快补齐农村水利等水利工程短板，全面实现城乡供水一体化，进一步增强人民群众获得感和幸福感。

在解决发展不平衡不充分问题和人民群众急难愁盼问题，推动人的全面发展、全体人民共同富裕上，水利应该发挥哪些作用？

杨晶（山西省水利发展中心）：

水利事业事关民生福祉，在解决发展不平衡不充分问题和人民群众急难愁盼问题上，具有不可替代的重要作用。

一要持续提高农村饮水安全管理保障水平，助力脱贫攻坚接续乡村振兴。围绕实施农村供水保障工程建设、巩固农村饮水脱贫攻坚成果、强化农村供水工程运行管理等重点工作，补齐弱项短板。同时要加快农业灌溉基础设施建设，强化农业用水管理；加大农村供水保障工作力度，强化水源地保护和水质检测；推进农村小水电各项工作，开展绿色小水电站创建和农村水电站安全生产标准化建设。

二要着力加强水资源消耗总量和强度控制，全力推动节水型社会建设。要积极推进水资源集约安全利用，对用水指标进行实时监测、科学管理。通过严格落实节水各项工作，发挥水资源刚性约束作用，全面协调水资源节约保护与合理开发利用之间的关系，深入推进全国节水型社会建设的进程，为经济社会发展和生态文明建设提供水支撑。

三要统筹推进山水林田湖草沙系统治理，高质量推进生态修复与保护。通过严格落实河湖长制，抓好水污染防治、水环境治理、水生态修复等工作，建立常态化、规范化“清四乱”机制。把好山好水好风光融入城市，给市民带来更多的幸福感和获得感。

杨自健（宁夏回族自治区吴忠市利通区水务局）：

统筹解决水利发展的不平衡不充分问题，以水利的高质量发展推动经济社会的高质量发展，既是水利事业发展的必然选择，也是经济社会发展的必然要求。水利改革发展要坚持系统治理，还要“两手发力”，通过水利改革提高水利服务能力和质量，为生态移民、工业发展、生态建设等提供高标准的供水服务。通过节水工作的全面推广，降低群众生产生活中的用水开支。通过现代化信息化的水利建设，提供可靠、高效、便利、公开、公平、透明的水利服务，提高群众的幸福感和获得感。

王少清（宁夏回族自治区灵武市水务局）：

西北属资源型缺水和水质型缺水地区，水利工程及水资源缺少统一监督管理，监测数据不能及时共享，从而造成“信息孤岛”，全方位监督管理迫在眉睫。

水利部门应充分利用数据采集技术、监视控制、通信及计算机网络技术，搭建智慧水务数据资源应用平台，实现区域内水利信息化现代化监督、管理、调控，减少人工数据调查、沟渠巡查、工程建设监督等工作负荷，有效提升水利工作效率，实时掌握最新水利数据，为水利事业发展提供强有力的决策支持。

吴越（江西奉新县水利局）：

要以问题为导向，找出问题所在，花大力气补短板、强弱项，提高人民群众对水利的满意度和获得感。缺水地区要实行最严格水资源保护措施，促进水资源科学利用、节约利用和永续利用；要重点加强水旱灾害多发地区水旱灾害防御能力建设，强化水工程防御作用，把水旱灾害损失降到最低；要注重边远地区、缺水地区和欠发达地区农村人口饮水安全问题，千方百计打通饮水安全“最后一公里”，让人民群众全部饮用上安全卫生的水。

袁保林（陕西岚皋县水利局）：

一是巩固拓展农村饮水安全脱贫攻坚成果，积极推进城乡供水一体化、规模化发展，稳步推进农村饮水安全向农村供水保障转变；二是加强农村水利基础设施建设，深化农村水利工程产权制度与管理体制改革，完善基层水利服务机构建设，加强农村水利科技研发推广应用；三是坚持以百姓心为心，进一步深化水行政审批制度改革，简化程序流程，提高办事效率，让群众在良好的服务中感受公平和正义。

周余丽（浙江天台县水利局）：

新时代水利工作应坚持一切从实际出发，实现高质量发展。要不断提升水利项目“谋”的能力、“招”的本领、“建”的速度，千方百计推进项目建设，全力以赴扩大有效投资，彰显“水利速度”和“水利力度”；将数字化贯穿水利项目谋划建设的全过程，以“智慧水利”先行先试为抓手，大力推进水利“新基建”，以“试点”扩围破局，推进水利治理实现新图景；在增进民生福祉上不断求“实”，做好“水产融合”“水农融合”“水旅融合”，把河道水系建成“生态河”“文化河”“幸福河”，推动水系连通及水美乡村建设实现更高水平提升。

田发松（云南马关县水务局）：

着力解决发展不平衡不充分问题和人民群众急难愁盼问题，在水利方面，供水不平衡和供需不平衡是制约整体发展不平衡的重要因素。目前，水安全保障工作处于“补短板、破瓶颈、促发展、提质量”的发展阶段，水利部门要立足人民群众对水安全保障的新要求，科学编制水安全保障规划，按照“节水优先、空间均衡、系统治理、两手发力”的治水思路，强化涉水事务监督管理及水治理能力创新，为推动实现高质量跨越式发展、巩固全面建成小康社会成果、建设美丽边疆提供水安全保障。

朱诗慧（湖南汝城县水利局）：

为兴利除害，小山塘发挥了大作用，各地水利部门应对小山塘的管护双管齐下。

一方面，实施工程措施，加大资金投入，对小山塘进行除险加固、整修；县水利部门对山塘巡查员要给予一定的补助资金；要与当地乡镇联合开展综合整治，如发动受益群众投工投劳、清淤扫障，加强日常管护。

另一方面，实施非工程措施，大力宣传水法，增强群众节水意识，全面推行小山塘管理产权化、物业化、数字化改革，切实消除山塘安全隐患；根据山塘的条件和特点，可组织人员因地制宜地发展种植业，让数目众多的小山塘造福于社会、造福于人民。

奋斗百年路　启航新征程（水利工程篇）

奋斗百年路　启航新征程

江河铸重器　百年立丰碑

奋斗百年路　启航新征程（饮水安全篇）

奋斗百年路 启航新征程 饮水安全篇

4版 2021 年 7 月 2 日　责任编辑：田慧莹　美术设计：陈思　照　排：高永红　电话：(010)63205234　E-mail：zkb@chinawater.com.cn

编者按：水，是一道关乎生存与发展、脱贫与致富的千年命题。在中国共产党的领导下，百年间，亿万人民实现了从“喝水难”到“有水喝”再到“喝好水”的幸福嬗变。汩汩“幸福水”润泽民心，百年饮水梦照进现实。

民生为上，治水为要。四川凉山彝族自治州 7 个未摘帽贫困县全部完成农村饮水安全脱贫攻坚收尾工程建设任务；甘肃天水市张家川回族自治县所有农户自来水 24 小时不间断；山西广灵县涧西村结束靠古井吃水的历史……一代代水利人以深沉的为民情怀，攻坚克难，为全面建成小康社会扫除饮水障碍。一座座惠民饮水工程，正通过星罗棋布的乡村水厂和供水管网，向亿万群众输送清洁、卫生的饮用水，为脱贫攻坚和乡村振兴注入源源动力。

红旗漫卷百年奋斗路，征程漫漫万里开新局。喝好水、用好水直接关系到人民群众的美好生活，水利人将接续努力，以一往无前的奋斗姿态，筑牢饮水安全屏障，全力开启新时代新征程。本期推出图片专题，展现农村饮水安全取得的辉煌成就，献礼建党百年。

2021 年 3 月，山东高密市群众以剪纸方式记录农村饮水方式百年变迁　周德宝 摄

情牵一水　福送万家

四川凉山彝族自治州盐源县金河镇钱家湾社区，正在洗菜的沙日伍莫与邻居马立索莫高兴地聊起安置点集中供水带来的喜人变化　本报记者 李先明 摄

“互联网+人饮”助推脱贫富民　本报记者 孟砚岷 摄

山西忻州市农村饮水水质检测培训中心员工进行水质分析化验　本报记者 魏永平 摄

通了“自来水”后，贵州册亨县秧坝镇福尧村村民用水更方便了　蔡华频 摄

通水到家，新疆伊宁县维吾尔玉其温村村民喜笑颜开　王忠庆 摄

2020 年 6 月，江苏连云港市赣榆区区域供水工程主管道施工　唐强 摄

2020 年 9 月，江西永丰县恩江镇饮水安全工程扩建　黄小红 摄

湖北枝江市胡家畈水厂　湖北省水利厅供图

社长：董自刚　总编辑：李先明　社址：北京市海淀区玉渊潭南路 3 号　邮政编码：100038　电话：63205243　传真：63205200　广告经营许可证：京宣工商广字第 0001 号　广告电话：63205272 63205218 63205271　发行电话：63205210　各地邮局均可订阅　全年定价：390 元　国外总发行：北京 399 信箱　排版：本社　印刷：经济日报印刷厂

岁月钩沉——讲述照片里的水利故事

4版 水视界 用镜头讲述有温度的水利故事 中国水利报
2021 年 4 月 16 日 责任编辑：田慧莹 美术设计：陈思 照排：高永红 电话：(010)63205234 E-mail：zkb@chinawater.com.cn

献礼建党百年

岁月钩沉——讲述照片里的水利故事

编者按：今年是中国共产党成立100周年，也是"十四五"规划开局之年。为生动讲好中国共产党领导下的治水事业取得的瞩目成就，营造举国共庆百年华诞、齐心协力开创新局的浓厚氛围，"水视界"从今日起推出献礼建党百年系列专题《岁月钩沉——讲述照片里的水利故事》。通过新老照片的对比展示，钩沉百年历史长河中可书可颂的水利亮点，讲述奋进求索征程中值得铭记的动人故事，致敬改革发展路上忠贞奉献的一代代水利人。

本期，让摄影家带我们走进山东、青海，通过图片感受党领导下的民生水利巨变，感受水利部门破解农村饮水安全难题所取得的显著成效。

专题策划：田慧莹

群众用剪纸艺术记录饮水百年历程感恩党

水库、河流、水厂连通组网

闲置的压水井已成为乡村久远记忆

2006年，自来水首次通到农家院

饮水思恩

□周德宝 文/图

曾几何时，"一天的日子从等水、抢水、挑水开始"，一个"水"字背后"磨断了多少井绳，拆散了多少姻缘，压弯了多少腰"！

百年跨越，水井封存，扁担"下岗"，压水井"退役"，自来水"登场"。

自来水，不自来。山东诸城市用一张水网的力量保障水龙头的安全，自 20 世纪 90 年代中期以来，历经农村饮水解困、村村通自来水、农村饮水安全、库河水系连通、城乡供水联网五个发展阶段，完成从"找水喝""有水喝"到"喝好水"的递进与嬗变。当地人回忆，2015 年的城乡供水一体化、2020 年的饮水安全脱贫攻坚清零，才是农村饮水安全的彻底改变，不漏一村，不落一人。

小小水龙头，流淌幸福泉。水龙头里映照着党的治水惠民政策，了却了农村群众祖辈祈愿，生活从此不再为水愁。这份恩情，群众用心感受着、铭记着，一辈辈一代代。

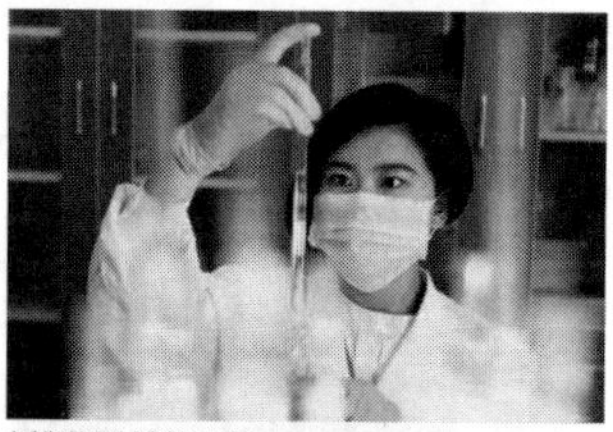

水质检测把好饮水安全"入口关"

现代化制水设施让群众足不出户喝上"纯净水"

忆水思甜

□本报记者 谈林明

曾经，喝的是苦咸水、涝坝水，还得你争我抢、人背马驮走很远的路。曾经，风沙席卷村庄，美丽乡村只是一个遥不可及的梦。

如今，春光照耀下的金银滩草原显得分外静谧，成群的牛羊悠闲地漫步觅食，为雪后初霁的草原添了几许灵动，甘露滋润着万物生灵。

"以前喝水要到一两公里外的河滩拉水，到了冬天最冷的时候也是喝水最难的时候。现在坐在家里拧开水龙头就有水，水质特别好。"说起生活的变化，青海海晏县哈勒景蒙古族乡瓦鄂岳托社 64 岁的斗口里老人笑得灿烂。在岳托社的牧民中流传着这样一句话：夏天靠草，冬天靠水，由此可见草和水对于牛羊的重要性。对于牧民而言，牛羊是他们生产生活中不可缺少的重要成员。斗口里老人说："以前人喝水都困难，哪顾得上牲口。自从通了水之后，羊羔的成活率高了，死亡率降低了一半。"

让群众喝上安全水放心水是脱贫攻坚、乡村振兴的基础和保障。多年来，青海省水利行业扎实推进党中央国务院、水利部和省委省政府决策部署落地落实，水利脱贫攻坚取得决定性成就，人民群众的获得感、幸福感和安全感持续增强。全省所有村基本实现饮水安全工程全覆盖，农牧区集中供水率、自来水普及率、供水保证率分别达到 84.7%、78.1%和92%，提前一年实现了绝对贫困人口饮水安全"清零"目标，水费计收率达到 90.9%。

吃水梦想，已然实现；美丽乡村梦想，已在路上。纪念那个人背马驮的年代，是忆苦思甜，是更加珍惜当下的幸福生活，是为巩固脱贫成果、实施乡村振兴战略积蓄力量。

喝水靠人背马驮的年代 青海省水利厅供图

曾经排队挑水，喝浑浊的涝坝水 青海省水利厅供图

如今，偏远的寺院也通上了自来水 谈林明 摄

饮水安全喜心田 青海省水利厅供图

社长：董自刚 总编辑：李先明 社址：北京市海淀区玉渊潭南路 3 号 邮政编码：100038 电话：63205243 传真：63205200 广告经营许可证：京宣工商广字第 0001 号 广告电话：63205272 63205218 63205271 发行电话：63205210 各地邮局均可订阅 全年定价：390 元 国外总发行：北京 399 信箱 排版：本社 印刷：经济日报印刷厂

献礼建党百年

岁月钩沉
——讲述照片里的水利故事

新疆伊犁青年渠 王忠庆 摄

更新改造后的青年渠引水枢纽 王忠庆 摄

伊犁喀什河引水枢纽工程 王忠庆 摄

1965年10月，伊犁喀什河水利工程开工典礼现场 新疆维吾尔自治区水利厅供图

1950年建成的伊犁湟渠枢纽9孔进水闸 新疆维吾尔自治区水利厅供图

20世纪60年代，哈萨克族妇女在人民渠建设工地上 新疆维吾尔自治区水利厅供图

百年渠道 润泽农田万亩

□王忠庆

新疆伊犁皇渠始建于清代，清代乾隆三十年(1765年)，为了灌溉开垦的土地，保证戍边军队的粮食供应，开凿了这条人工渠。1950年改称湟渠，1966年改称人民渠延用至今。250多年来，经历了多次续建维修。

新中国成立后，党和政府将水利视为农业的命脉，70多年来，常年投入资金和人力物力，不间断地对渠道进行疏浚、取直、改造。今天的人民渠已经发生了根本性改变，渠水源源不断地灌溉着流域内的广袤土地。

人民渠全长93千米，从伊宁县维吾尔玉其温乡境内人民渠进水闸引水，控制灌溉面积60万亩，设计流量45立方米每秒，加大流量55立方米每秒。2001年，伊犁喀什河下游灌区续建配套与节水改造工程开始实施。通过17年的工程建设，完成了喀什河下游灌区范围内人民渠、团结渠、青年渠206公里的防渗改建，改建渠系建筑物272座，并在重要节点建筑物上完成自动化改造，极大改善了渠道输水能力，消除了安全隐患，提高了灌溉水利用系数，为伊犁当地社会经济发展提供了可靠的供水保障。

伊犁人民渠建设维修的历史蕴含着“爱国、团结、友爱、奉献”的民族精神。如今，在这片富饶的土地上，各民族人民正在用自己的智慧和汗水书写着更加灿烂辉煌的新篇章。

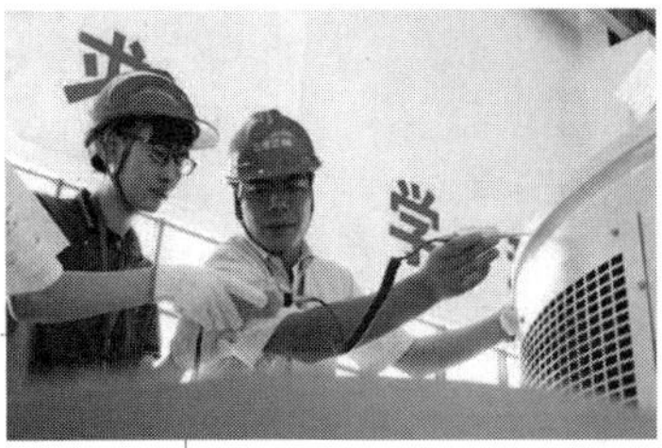

石港抽水站工作人员正在检测电机状况 缪宜江 摄

“自己动手”修淮河

□郭军

1950年，毛主席发出“一定要把淮河修好”的伟大号召。1968年，江苏淮安数万民众参与修筑淮河下游堤防，将淮河水道改入长江，万千民众“挑土筑堤，垒石成港”，在淮河入江水道三河段修建了一个石砌码头，称之为“石港”。

1973年，淮河流域发生大旱。江苏省积极落实毛主席“备战、备荒、为人民”和“深挖洞，广积粮，不称霸”的战略部署，决定在淮阴地区金湖、蒋坝、淮安、高良涧等八处建临时翻水站，补给洪泽湖和骆马湖，以保证徐淮地区1100万亩农田有水灌溉。金湖县选择在石港建翻水站。石港翻水站于1973年11月开始建设，1974年8月建成投运，仅用9个月时间建成机组240台套，翻水流量120立方米每秒。

石港翻水站地处偏僻，条件艰苦，第一任站长叫管长庆，曾是八路军战士。建站初期，管长庆亲自动手，带领职工无偿建设站区，先后修建了厂房、护坡、排水渠和涵洞等配套工程。后来的石港人继承了老一辈的光荣传统。20世纪90年代初，时任江苏省水利厅副厅长蒋传丰检查石港站工程，由衷赞叹：“在这么艰苦的地方，石港人甘于奉献、爱岗敬业，工程管理如此优秀，令人敬佩。自己动手，就是石港精神，值得学习和推广”。从此，石港人“自己动手”的精神传遍江苏水利。

2004年，石港翻水站更名为石港抽水站。2013年，国家实施淮河入江水道整治工程，石港抽水站作为工程的重要组成部分，进行更新改造，2016年全面建成。新站为人字形建筑，寓意人人治水、众人治水，凸显现代水利人水和谐、生态文明的治水理念。新一代石港人不忘初心，传承“自己动手”的石港精神，以拼搏的干劲和昂扬的斗志，努力开创石港站美好的未来。

①石港老站拆除前 缪宜江 摄

②1973年11月，架设机泵抽水抗旱 石港抽水站管理所供图

③20世纪70年代石港翻水站建设时期，群众挑土筑堤 石港抽水站管理所供图

④石港抽水站工作人员巡查设备 缪宜江 摄

⑤石港抽水站新貌 郭军 摄

社长：董自刚 总编辑：李先明 社址：北京市海淀区玉渊潭南路3号 邮政编码：100038 电话：63205243 传真：63205200 广告经营许可证：京宣工商广字第0001号 广告电话：63205272 63205218 63205271 发行电话：63205210 各地邮局均可订阅 全年定价：390元 国外总发行：北京399信箱 排版：本社 印刷：经济日报印刷厂

4版 水视界 用镜头讲述有温度的水利故事 中国水利报
2021 年 5 月 21 日 责任编辑：田慧莹 美术设计：陈思 照排：高永红 电话：(010)63205234 E-mail：zkb@chinawater.com.cn

献礼建党百年 百年征程波澜壮阔，百年初心历久弥坚！

岁月钩沉——讲述照片里的水利故事

编者按：近日，中共中央宣传部授予东深供水工程建设者群体"时代楷模"称号，褒扬他们是"建设守护香港供水生命线的光荣团队"，号召全社会向他们学习。

56年前，上万名建设者汇集力量、肩挑人扛，不舍昼夜地开山劈岭、凿洞挖渠，一座座水坝、泵站、厂房拔地而起，由南至北的河流终被改向，一路拾级而上进入深圳水库，建设者们用自己的时代担当，为粤港情谊写下了感人至深的历史篇章。56年来，被誉为"生命水、政治水、经济水"的东江水从未间断，持续渗入到香港这座城市的每一寸土地，东深供水工程用56年的坚守，见证了香港的繁荣稳定与深莞地区的加速发展。

如今，作为粤港澳基础设施互联互通的重要一环，东深供水工程与港珠澳大桥共同成为象征香港与祖国血肉相连的伟大工程。新一代的工程建设者，接过"接力棒"，踏着前辈的足迹，继续奋战在香港供水生命线上。铭记这段珍贵的历史，致敬"东深精神"，感受齐心协力改造大自然、令河水倒流的智慧，体悟守护一泓东江清水的坚定决心，在迎接中国共产党成立100周年之际，我们推出东深供水工程照片故事专题，共同品味这段"血浓于水"的同胞深情。

一泓东江水 浓浓粤港情

香港三面环海，降水季节分配不均，加之全境没有大的河流和湖泊调蓄雨水，导致淡水奇缺，地下水源不足，历史上曾出现多次水荒。自1938年起，香港开始实行严格的限时限量管制用水规定。用车拉水、用肩挑水、排队等放水，成为香港老一辈人难以磨灭的记忆。水荒的阴影笼罩着整个香港，也严重制约着经济社会发展。

1963年，广东出现特大旱情，香港地区水塘枯竭，数百万居民生活用水遭受严重困难。同样遇到旱情的广东百姓面对快要见底的深圳水库，以血浓于水的博大情怀，克服种种困难，最大限度地增加对香港供水水量。从1963年6月到1964年3月，香港派船来珠江运水共约1100艘次，内地共运往香港淡水1360万立方米。

舶船取水、行车运水终归只是权宜之策。1963年12月8日，出访东南亚借道回京的周恩来总理来到广州，当得知香港缺水的情况，周总理心情十分沉重，提出要不惜一切代价帮助香港同胞渡过难关。

此时，广东省提出谋划多时的解决香港用水难题方案——修建引水工程。时任广东省水利电力厅厅长刘兆伦事前已委派设计人员前往东江沿岸进行勘测，并设计出三种引水方案。周总理听取汇报后，当即表示同意石马河分级提水方案，即从东莞县桥头镇引东江水，利用石马河河道建梯级泵站，把东江水倒流注入雁田水库，再导入深圳水库，通过钢管送到香港。

东江虽说离香港较近，但从取水口到深圳水库，要经过80多公里，翻越6座高山，沿途仅大型机械闸门就有17座，大功率水泵几十台。建设这么大一个工程，钱从何来？周总理的话语铿锵有力："工程关系到300万同胞，应从政治上看问题，由国家举办，广东省负责设计施工。"此后他批示从援外经费中拨出3800万元兴建工程。刚刚经历了三年自然灾害的中国，百废待兴，这3800万元显得如此厚重和不易。1964年2月20日，东深供水工程正式动工兴建。

东深供水工程除供水香港外，还承担深圳市民生活用水及宝安、东莞沿途农业灌溉用水。工程充分利用东莞辖区内石马河天然河道，兴建桥头、司马等8级电力抽水站，将东江水提升46米注入雁田水库，然后在库尾开挖人工渠道，越过分水岭流入宝安县沙湾河注入深圳水库，在深圳水库坝后敷设压力钢管输水至深圳河北岸。经过深圳河后，由港方接水入香港木湖抽水站。整个工程全长83公里，由50.5公里石马河道、13公里沙湾河道、3公里新开河、16公里人工渠道、8个梯级抽水站、6个拦河坝、2个调节水库、3.5公里输水管道组成。

广州、东莞、惠阳、宝安等地组织动员1万余人投入施工。在施工过程中先后受到5次强台风暴雨袭击，两个围堰被冲垮，工程受损，但施工一直持续进行，并得到全国各有关部门大力支持。"让高山低头，令河水倒流"，这是建设者写在山坡上的口号，也是人与自然较量的真实写照。经过1年奋战，工程于1965年1月建成。

1965年3月1日，满载祖国人民深情厚谊的东江水，沿着新建成的东深供水工程，在石马河一路倒流、一路提升，流进香江、流进香港同胞的心田。香港，从此终结缺水历史；紫荆，从此璀璨艳丽；同胞，从此改变命运。

东江水的到来，极大地促进了香港经济社会快速发展。随着香港人口不断扩张，东深供水工程最初的设计供水量已难以满足需要。自1974年3月以来，东深供水工程经过三次扩建和一次改造，共投资76亿元，不仅使供水能力达到24.23亿立方米，而且实现了清污分流，确保供水水质免受污染并优于国家地表水Ⅱ类标准。

东深供水工程建成通水56年来，实现量足、质优不间断供水，为香港的繁荣稳定作出无可替代的历史性贡献。

20世纪60年代，香港求水的孩子

东深供水工程施工场景

20世纪60年代，香港地区限时限量管制用水期间挑水的群众

油轮正在码头卸下淡水

广东粤海水务有限公司供图

1965年，建成完工的东深供水工程闸门

①新丰江水库是东江水资源的调配中心
②工作人员在新丰江水库检测水质
本报记者 邹锦华 摄
③生物硝化处理工程
④位于东莞市桥头镇的太园抽水站取水口
本报记者 邹锦华 摄
⑤东深供水改造工程金湖泵站
本报记者 邹锦华 摄

▼东深供水工程旗岭渡槽 曾文凡 摄

本版图片除署名者外，均由广东省水利厅提供
文字由本报记者田慧莹编辑整理

策划人：田慧莹

社长：董自刚 总编辑：李先明 社址：北京市海淀区玉渊潭南路3号 邮政编码：100038 电话：63205243 传真：63205200 广告经营许可证：京宣工商广字第0001号 广告电话：63205272 63205218 63205271 发行电话：63205210 各地邮局均可订阅 全年定价：390元 国外总发行：北京399信箱 排版：本社 印刷：经济日报印刷厂

4版 水视界 用镜头讲述有温度的水利故事 中国水利报
2021年6月11日 责任编辑:张元一 田慧莹 美术设计:陈思 照排:刘建军 电话:(010)63205234 E-mail:zkb@chinawater.com.cn

献礼建党百年

岁月钩沉
——讲述照片里的水利故事

鄱阳湖里有前哨

□李林根

1957年,伴随着新中国水文工作向鄱阳湖进军的号角,四位水文职工踏上位于鄱阳湖中央的棠荫岛。他们建起鄱阳湖都昌棠荫水文站,开始了水位、降水等水文要素的监测记录。

棠荫岛四面环水,鄱阳湖来水总量的55%都要流经这里。独特的地理位置,良好的水文生态,使其成为感应鄱阳湖"呼吸"与"脉动"的关键前哨。

1959年,一幢有5个房间、每个房间不足6平方米的水文站房建设完成,职工终于由临时住所搬进了自己的家。斗转星移,1972年,在第一幢站房前面10多米的地方,第二幢站房建立起来。在建站之后的半个世纪,职工们与蚊蝇蛇蝎相伴、与惊涛骇浪抗争、与孤独寂寞相随,多人感染血吸虫病。但是他们始终坚守孤岛,搜集了大量珍贵的水文原始资料,成就了一批水文分析研究成果,涌现了汪泽培、曹儒珍两位省级劳动模范。

2009年,以棠荫水文站为基础,一个以大型湖泊水文生态监测分析研究为目标,为湖泊水文生态研究和水资源管理保护提供借鉴的科研基地开始兴建。2012年,基地建设首个重要项目——鄱阳湖蛇山水文生态自动监测站投入运行。水文工作由过去的人工定时观测,转变为24小时在线监测、实时处理、数据传输,水文职工的生存环境也随之得到根本性改善。

今天,经历了65年的艰苦跋涉,经过了9任站长的传承接力,经受了一次又一次风霜雨雪的考验,这座珍珠一般镶嵌在鄱阳湖的水文站,在波涛之上、风雨之中,全时空、全天候运行,肩负的是水利责任,彰显的是水利担当。

2009年,水文科技人员开展鄱阳湖底泥取样监测 李林根 摄

1972年建成的水文站房 李林根 摄

水文科技人员运用ADCP开展鄱阳湖湖流监测 唐玉芹 摄

2012年建成的新水文站办公楼 李林根 摄

镶嵌在鄱阳湖的水文站 吴兆福 摄

水文老站今朝新

□张伟革 文/图

75年前的5月,扬子江水利委员会设立宜昌水文站;72年前的7月,宜昌水文站由人民政府接管,后划归长江水利委员会。这便是今天长江水利委员会水文三峡局的前身,宜昌水文站作为局属三级单位保留至今。水还是那江水,地还是那片地,不同的是,在中国共产党的领导下,小小的宜昌水文站发生了翻天覆地的变化。

新中国成立以来,特别是改革开放以来,长江三峡水文水资源勘测局不断发展壮大,从单一的水位观测发展到水文测验、河道勘测等专业齐全的长江水利中坚力量;从一条小木测船发展为拥有5艘多功能钢制测船的专业船队;先进的电子、激光测绘仪器代替了光学仪器,卫星定位技术和无人机、无人船测量、多波束测深以及3D技术广泛应用,建立了水情自动测报系统和水雨情信息处理及分析预报系统,实现了水文监测自动化信息化和测报一体化,应急测报能力显著增强;建成了现代化的水环境实验室,为长江大保护提供了有力技术支撑;参与完成多项国家"七五"至"十一五"水文泥沙课题研究,一批高质量的水文科研成果得到广泛应用。

特别是在"国之重器"长江葛洲坝、长江三峡、广西大藤峡等大型水利工程建设,以及四川汶川抗震救灾、西藏重要湖泊测量等工作中,长江三峡水文水资源勘测局运用先进技术设备开展水文泥沙测验和应急监测,取得了显著的社会经济效益。

在事业、经济发展和文化建设中取得了新成绩的三峡水文人,将更加努力焕发百年老站活力,以崭新的姿态投入到"十四五"规划水利建设的大潮中,再立新功。

20世纪60年代宜昌水文站开展水文技术革新 长江三峡水文水资源勘测局供图

GNSS卫星定位系统成功应用于高原湖泊容积测量

70年代三峡水文自造测船在三峡测区过险滩 长江三峡水文水资源勘测局供图

水文人在长江荆江河段进行水道地形测量

水文人冒雨抢测洪峰,为长江防汛及时提供水文信息

开展三峡河道测量,为长江通航提供基础支撑

社长:董自刚 总编辑:李先明 社址:北京市海淀区玉渊潭南路3号 邮政编码:100038 电话:63205243 传真:63205200 广告经营许可证:京宣工商广字第0001号 广告电话:63205272 63205218 63205271 发行电话:63205210 各地邮局均可订阅 全年定价:390元 国外总发行:北京399信箱 排版:本社 印刷:经济日报印刷厂

4版 水视界 用镜头讲述有温度的水利故事 中国水利报
2021 年 7 月 16 日 责任编辑：田慧莹 美术设计：陈思 照排：高永红 电话：(010)63205234 E-mail：zkb@chinawater.com.cn

献礼建党百年

岁月钩沉

——讲述照片里的水利故事

大国修基业 重器捍江河

□周虹 王永旭

在中国共产党的领导下，我国现代大坝建设事业从无到有、从弱到强，逐步成为世界坝工行业的引领者。水库大坝作为重要的基础设施，在防洪安全、水资源集约利用、清洁能源转型、生态环境保护、推动经济发展等方面具有不可替代的重要作用。重温我国水库大坝发展历程，大概可以分为四个阶段。

第一阶段：新中国成立前。我国积贫积弱，全国 15 米以上的大坝只有 21 座(包括港澳台地区)。当时洪灾、旱灾是国家的心腹之患，缺乏水资源调蓄能力是主要原因。

第二阶段：从新中国成立到改革开放初期，即 1949 年到 1978 年。这一时期，大坝建设总体上处于探索和“跟跑”阶段。起初主要靠借鉴学习苏联经验，随后在消化吸收的基础上，转向以自主发展、自力更生为主的研究和探索，建设了一批如新安江、龙羊峡、葛洲坝等具备综合效益的大型水利枢纽工程，迅速扭转了水利基础设施的落后局面，为当时和今后的国家经济建设和社会发展奠定了基础。

第三阶段：从改革开放到 2000 年。这个阶段我国大坝建设从“跟跑”阶段发展到“并跑”阶段。改革开放带来生产力的极大释放和迅猛发展，从“鲁布革冲击”到广蓄、岩滩、漫湾、隔河岩、水口等水电“五朵金花”，水利水电事业迎来新的浪潮。以世界银行等国际金融组织支持的二滩水电站、小浪底水利枢纽等项目建设为代表，中国大坝工程从设计到建设管理加速与国际接轨，大坝建设能力全面提升。在技术发展方面，碾压混凝土坝、面板堆石坝等新坝型成功引进并在中国得到迅速发展。

第四阶段：从 2000 年至今。这一阶段，国民经济稳步快速发展，综合国力不断增强，对水利基础设施的需求不断加大，水利水电事业进入大发展时期。一批 200 米级以上甚至 300 米级的高坝、特高坝开工建设，建成了大国重器三峡、最大坝高 294.5 米的小湾拱坝、最大坝高 203 米的黄登碾压混凝土重力坝、最大坝高 233.2 米的水布垭面板堆石坝、最大坝高 261.5 米的糯扎渡心墙堆石坝、最大坝高 305 米的锦屏一级拱坝等特高坝工程，攻克了一系列世界级筑坝难题，标志着我国建坝技术已经位居世界前列。

从“一定要把淮河修好”的伟大号召，到“节水优先、空间均衡、系统治理、两手发力”的十六字治水思路，各个时期党和政府都对治水兴水倾注了巨大心血，并带领人民在治水之路上砥砺探索、顽强拼搏。从学习国外技术“跟跑”到融合国内外技术“并跑”，再到创新发展“领跑”，我国一跃成为世界筑坝强国，现代大坝建设事业的发展从一个侧面验证了“没有共产党就没有新中国”的伟大真理。

我国坝工建设者以江河山川为背板，以智慧和奋斗为笔墨，在中国大地上绘出了水利水电建设最美画卷，为国家的防洪安全、供水安全、粮食安全、能源安全作出了重要贡献，并以此优异成绩献礼建党 100 周年。

面向未来，中国坝工科技工作者将坚定理想信念，秉承“水利为民、兴水惠民”的初心，笃行担当、迎难而上，谱写坝工事业新篇章！

本版图片由中国大坝工程学会提供

小浪底水利枢纽调水调沙

锦屏一级水电站

水布垭水利枢纽溢洪道泄洪

龙羊峡水电站

三峡水利枢纽

20 世纪 50 年代，新安江水库截流

20 世纪 50 年代，大伙房水库主坝施工

葛洲坝水利枢纽

社长：董自刚 总编辑：李先明 社址：北京市海淀区玉渊潭南路 3 号 邮政编码：100038 电话：63205243 传真：63205200 广告经营许可证：京宣工商广字第 0001 号 广告电话：63205272 63205218 63205271 发行电话：63205210 各地邮局均可订阅 全年定价：390 元 国外总发行：北京 399 信箱 排版：本社 印刷：经济日报印刷厂

4版 水视界 用镜头讲述有温度的水利故事 中国水利报
2021年9月3日 责任编辑：田慧莹 美术设计：陈思 照排：高永红 电话：(010)63205234 E-mail：zkb@chinawater.com.cn

敬礼建党百年

岁月钩沉——讲述照片里的水利故事

①造船组研究施工难题

②造船组职工正在制作模型

③"红心一号"吸泥船下水场景

④1970年，"红心一号"造船组全体人员合影

⑤造船组人员工作场景

本文图片除署名外均由德州黄河河务局提供

机淤固堤的治黄记忆

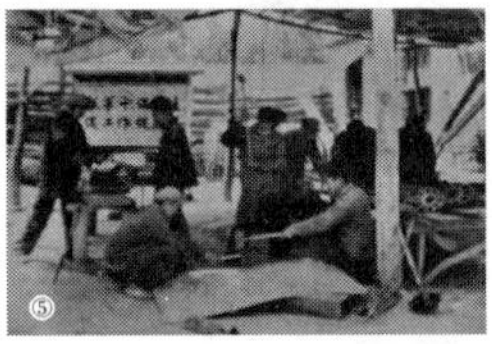

□付小璇

20世纪六七十年代，黄河下游险情不断，每逢汛期甚至出现决口，威胁沿黄群众生命财产安全。治黄工作者们手提肩扛，年年垒石筑坝加高大堤，却仍不能从根本上降低洪水风险。

山东齐河修防段职工为求长久之计，受虹吸引黄灌溉沉沙淤地的启发，提出研制吸泥船机淤固堤的想法，就是把河流汛期带来的泥沙，在两岸滩地或堤背后洼地落淤，以此巩固堤防。一经组织肯定，齐河修防段革委会立即宣布成立造船组并即日动工。当时的生产条件十分简陋，设备、技术等条件匮乏，但是大家不等不靠，用一部电焊机、两个氧气瓶和大锤作工具，开始了轰轰烈烈的造船事业。

没船台，就在齐河南坦黄河坝头上垫起方木当船台；没有压平机，就拼上满身的力气，用大锤和压堤用的混凝土碾轧钢板一点点砸平压展；没有圆钢加工设备，就平地挖炉，冒着上百度的高温将灼烧后的圆钢烧了砸、砸了烧，一锤锤一錾錾，反复上百次将圆钢加工成型；没有起重设备，就赤膊上阵、肩扛人抬，甚至在面临造船关键期多名技术骨干先后受伤的窘境时，造船组成员仍坚定信念，力保造船正常进行。

艰难困苦，玉汝于成。在造船组全体职工的共同努力下，1970年7月，黄河上第一艘简易机动自航式钢板吸泥船——"红心一号"诞生，并于1970年9月在齐河南坦险工成功下水运行。

机淤固堤的出现，改变了黄河洪水漫滩后大堤渗水、管涌险情频发的不利局面，减缓河道淤积抬高，保护耕地，创造出巨大的社会、经济和生态效益。1977年，时任国务院副总理李先念对使用吸泥船机淤固堤作出批示："很好，继续总结提高。"1978年，齐河黄河职工创造的引黄放淤固堤成果荣获"全国科学大会奖"。

从"红心一号"问世至1983年，德州黄河修防处共制造简易吸泥船44艘，除因严重锈蚀报废外，到1985年还有36艘。直到第三次大修堤的完成，基建投资减少，机淤固堤任务也逐年减少，吸泥船完成了历史使命。

黄河南坦段——"黄河咽喉" 杜长青 摄

从人水相争到人水和谐

20世纪50年代，新疆群众用梢捆防洪

20世纪50年代，新疆群众用马槎防洪

20世纪50年代，新疆河堤防洪加固

□王忠庆 文/图

新疆维吾尔自治区是我国洪旱灾害频发多发的地区。1949年，新疆防洪堤总长度仅289公里，且全部是临时性工程，没有控制性水利工程，当地各族人民饱受洪旱灾害之苦。

新中国成立后，党和政府把防汛抗旱作为保持新疆经济持续发展、维护社会稳定的头等大事来抓。几十年来，不断加强防洪基础设施建设，通过系统的科学规划，实施河道整治、堤防工程、控制性枢纽工程建设等工程措施，结合洪水风险管理、洪水预警预报、防洪调度指挥等非工程措施，逐渐完善水旱灾害防御体系，不断提高防洪减灾能力，显著降低洪旱灾害损失，确保人民群众生命财产安全。当地人民彻底摆脱了"年年洪水年年防，粮食要与洪水抢"的日子，共同见证了身边生态和生活环境的不断改善，过上人水和谐的幸福生活。

昔日与洪水相争的"战场"，如今已变了模样，坚固的堤防、美观的河堤变成人们休闲的好去处。防洪工程设施已成为一道亮丽的风景线，为新疆大地增添了无尽的秀美和灵气。水旱灾害防御工程体系仿佛是一道坚强的盾牌，为各族人民群众遮风挡雨，为经济发展、社会稳定提供重要保障。

水之悦

青山秀水幸福河

新疆麦盖提县防洪工程

社长：董自刚 总编辑：李先明 社址：北京市海淀区玉渊潭南路3号 邮政编码：100038 电话：63205243 传真：63205200 广告经营许可证：京宣工商广字第0001号 广告电话：63205272 63205218 63205271 发行电话：63205210 各地邮局均可订阅 全年定价：390元 国外总发行：北京399信箱 排版：本社 印刷：经济日报印刷厂 地址：北京市西城区白纸坊东街2号

4版 水视界 用镜头讲述有温度的水利故事 中国水利报
2021 年 10 月 1 日 责任编辑：田慧莹 美术设计：陈思 照排：高永红 电话：(010)63205234 E-mail：zkb@chinawater.com.cn

致敬建党百年

岁月钩沉 ——讲述照片里的水利故事

引来丹江水 荒岗变江南

□刘铁军

①引丹渠施工期间，"铁姑娘风钻班"正在钻炮眼

②"红一连"工前动员会

③20 世纪 70 年代，14 万大军奋战在引丹工程总干渠的工地上

灌区内的老河口市薛集镇成为鄂西北最大的水产生态养殖基地 刘铁军 摄

在鄂豫两省的交界处，有一座引水渠首与南水北调中线渠首陶岔遥遥相望，它就是引丹渠渠首清泉沟泵站。

引丹渠位于一山两省三县的交界处。20 世纪 70 年代初，这里工棚遍野，机声轰鸣。数十万英雄儿女汇集此地，为改变鄂西北岗地贫穷、落后、干旱的旧面貌，开山凿洞，修渠架槽，引来汉江水，绘就一幅感天动地的宏伟画卷。

原来的鄂西北是一片荒芜的山岗地，更是有名的"旱包子"，十年九不收，滴水贵如油。百姓只能在干涸的黄土坡上种点红薯、南瓜等充饥。当时民间流传的歌谣："早晨梆梆梆(剁红薯)，中午靠山桩(蒸红薯)，晚上换个样儿，还是红薯汤。"

1974 年 7 月，68 公里长的引丹渠总干渠全线通水，清泉沟泵站开闸放水，形成了以引丹工程为骨干、水库为"瓜"、渠库相通、引提蓄相结合的灌溉网络。

引来丹江水，荒岗变江南。鄂北岗地共有 35 个乡镇、130 多万人得惠于引丹渠引来的"幸福水"，粮食产量翻了八番，引丹灌区一跃成为湖北省重要的粮棉油生产基地和优质水稻基地。伴随着南水北调中线水源主体工程丹江口大坝的加高，2012 年，清泉沟渠首实施改造，实现全线自流。

北有"红旗渠"，南有"引丹渠"。如今，引丹渠如长藤结瓜，分流成 6 条干渠，716 条支渠。干渠和支渠总长度分别达到 254.2 公里和 1570 公里，成为支撑百亿斤粮食生产基地的一条"碧水长龙"。

引丹工程管理局渠首管理处处长翟志献介绍，引丹渠沿线先后建成大小自来水厂 20 余座，向沿途居民提供安全饮用水。目前，随着政府加大对汉江水质的保护力度，湖北省襄阳市引丹工程已由单一的农业灌溉，向生活供水、生态农业、休闲旅游、清洁能源等综合功能转变，成为践行"创新、协调、绿色、开放、共享"五大理念的生动样本。

本文图片除署名外均由湖北省襄阳市引丹工程管理渠首管理处提供

引丹渠引来"幸福水" 刘铁军 摄

引丹渠渠首——清泉沟泵站 刘铁军 摄

千年运河育明珠

□刘学敏

海河平原上，四女寺枢纽工程南进洪闸、北进洪闸、节制闸及船闸巧妙组合，气势恢宏，自建成以来在防洪、除涝、航运、灌溉等方面发挥了巨大的工程效益，成为大运河上一颗璀璨明珠。

四女寺枢纽工程的前身是明清时的四女寺减水坝(闸)。新中国成立后，党和政府十分重视四女寺减河的治理。1958 年，四女寺枢纽工程建成，作为卫运河、四女寺减河扩大治理的重要控制性工程。1963 年，卫运河大洪水后，由于枢纽不能满足泄洪要求，1972 年 10 月至 1973 年 7 月，对南进洪闸、节制闸、船闸进行了改扩建，新建北进洪闸，枢纽泄洪能力大大提升。

2010 年，为缓解天津市城市用水供需矛盾，国务院批准实施引黄济津潘庄线路应急调水，修建漳卫新河倒虹吸工程。2013 年，四女寺枢纽以"古遗址"身份入选第七批全国重点文物保护单位。2017 年，国家投资对四女寺枢纽船闸进行保护与展示工程修缮，曾因河道水量减少而断航废弃的老船闸焕然一新，再次成为大运河上一道亮丽风景线。

2020 年 11 月，北进洪闸除险加固主体工程全部完工，实现了工程质量和外在形象的本质提升。枢纽旧貌换新颜，在漳卫南运河河系 2021 年洪水中有力拦泄洪水，保一方安澜，更好地发挥了防洪减灾效益。

建成 60 余年，四女寺枢纽经历了沧桑巨变，经受了数次洪水考验。如今，借助大运河文化带建设等契机，这颗拥有深厚历史文化底蕴的运河明珠，正焕发出新的生机与活力。

本文图片除署名外均由海委漳卫南运河四女寺枢纽工程管理局提供

四女寺枢纽工程三闸鸟瞰

除险加固后的北进洪闸

修复后的船闸

①20 世纪 50 年代，建设中的四女寺枢纽工程

②1958 年，建成后的船闸

③1958 年，建成后的四女寺进洪闸

安治栋 摄

社长：董自刚 总编辑：李先明 社址：北京市海淀区玉渊潭南路 3 号 邮政编码：100038 电话：63205243 传真：63205200 广告经营许可证：京宣工商广字第 0001 号 广告电话：63205272 63205218 63205271 发行电话：63205210 各地邮局均可订阅 全年定价：390 元 国外总发行：北京 399 信箱 排版：本社 印刷：经济日报印刷厂 地址：北京市西城区白纸坊东街 2 号

砥　砺　奋　进

且看春风绿江南

——江苏水利书写“长江大保护”精彩答卷

（2021 年 1 月 26 日）

本报通讯员　胡志刚　周瑾　梁宁　　记者　程瀛

江豚时出戏，惊波忽荡漾。

千百年前，文人墨客以豚写江，原生态的笔触勾勒出母亲河的勃勃生机。如今，漫步在位于江苏省南京市江北新区的“江豚广场”，水杉、香樟迎风挺立，芦苇、杨柳随风起伏，40 万平方米的草地顺江铺陈。江面上，嬉戏的江豚划出一串串久违的涟漪。

这涟漪，是江苏践行“长江大保护”的生动注解，也是江苏水利大力推行岸线整治、强化河势控导、促进生态修复、推动全省高质量绿色发展的成果展示。从烟囱林立的百里化工带，到水清岸绿的生态未来城，“大保护”之风正拂绿江南岸。

化工围江蝶变“最美岸线”

滨江走廊绿树成荫，19.8 公里生态岸线自然延展……南京江宁段，是万里长江奔流入苏的第一站。如今，在新建成的亲水生态园区里，不时有居民散步遛弯，骑行慢跑。

“就像回到了小时候。”星辉社区 52 岁的居民王德宝，从小就住在江边。他曾目睹整洁美丽的滨江岸线逐步沦为“淘金者”的乐园：码头、砂石场、造船厂……化工围江，曾是长江岸线面临的困境。

作为“长江守望者联盟”巡江支队的一员，王德宝每周都要沿着江宁段走两三遍，看看哪里有偷排违建，捡捡岸边的白色垃圾。谈起园区里那些已经消失的厂房工地，王德宝说：“也就一两年时间，一个个几十米高的厂房，都拆迁了。”

清理违规企业、拆除披棚民房、改善长江水质……长江江宁段的绿色蝶变，掀开了长江江苏段岸线整治的序幕，也为全省乃至全国树立了的“样板”。

在“长江大保护”理念指引下，江苏全力抓好长江岸线清理整治，科学引领长江岸线管理保护；通过组织编制《江苏省长江岸线保护利用规划》，迅速摸清底数，掌握主江岸线、洲岛岸线及其开发利用状况，着重分析从“大开发”到“大保护”两个不同发展阶段的利用变化，协商生产性岸线清退目标；对岸线开发利用，严格分区管理和用途管制，严控新增开发利用项目，保留和恢复生态空间。

596 个岸线清理整治项目、68 个拆除取缔项目、528 个整改规范类项目全面完成整改，累计退出岸线 47 公里……数字的背后，是还水于民的不懈努力。

废旧厂房变成健身绿地，渔船码头成为主题公园，白鹭自在栖息，一个个生态修复工程，打造出一条最美岸线。“以前巡查总能发现脏乱差的现象，现在环境改善了，巡查更像在锻炼身体了。”王德宝笑言，家门前的母亲河恢复健康了，长江的儿女们才能更健康。

祛病除根守护“大江安澜”

白天机声隆隆，夜晚灯火通明；江岸坍塌，堤防破坏；撞船、沉船等海损事故频频发生；划势力范围，争控制地盘，打架斗殴等治安事件层出不穷……长江江苏段，尤其是扬中一带，曾经是非法采砂的重灾区。

禁绝非法采砂，铲除唯利是图的“砂耗子”，是长江大保护必须打好的关键之战。数十年间，江苏持续保持长江采砂高压严打态势，严格落实行政首长负责制，深入开展非法采砂专项整治，加大多部门联合执法及夜间巡查力度，打击涉砂领域的犯罪行为。

“现在执法能力大大提升了。”在江苏省长江水政监察执法扬州基地，扬州市水利局调研员李永芹讲着十年间采砂管理的变革与成效。目前，全省各区域均有专管机构、专职人员、专门装备、专项经费，基地统一标准化建设，日常执法已经实现“天上看、地上查、水上巡、网上管”的综合运用效果。

经过多年持续有力治理，江苏省采砂管理不断强化源头控制，提升司法效率，运用科技力量，基层执法效能大幅度提升，长江采砂管理发生根本性转变。

河势控导能力关系长江安澜的主动权，江苏各地积极实施长江治理工程——

南京提升长江干堤防洪能力，分段开展 58 公里滨江风光带建设，强化长江河势控制和崩岸应急治理，全力推进八卦洲汊道整治工程。

扬州夯实长江岸线利用安全基础，斥资 53 亿元，按照百年一遇标准实施长江堤防防洪能力提升工程，建成长江治理镇扬河段三期崩岸应急整治工程。

南通在全省率先开展长江堤防精细化管理试点，推进实现岸线实时化、可视化、智慧化管控；探索建立岸线保护利用协调机制，加强统筹协作，形成齐抓共管的良好局面。

…………

如今，江苏采砂管理已实现“平稳可控，稳定向好”，有力保护了长江母亲河的生态环境。沿江各地出动执法人员年均约4万人次，执法船艇约5千航次，基本杜绝规模性非法采砂，有效维护了长江河道的水事秩序，保障沿江地区经济社会发展。

水清岸绿释放“生态红利”

站在南通市黄泥山滨水石脊眺望，天高水阔、浪涛拍岸、千帆竞发、百舸争流的繁荣景致，展现出这座“现代化港口城市”的生机活力。

“龙爪石脊与海岸相连，形成了一个天然避风港，过去这附近岸边全是码头，水污染很难管控，老百姓临江难看江。”南通市水务局副局长蔡莉指着不远处郁郁葱葱的岸线介绍，“这几年整治力度大，市里建起了不少亲水生态特色示范工程。”

五山及沿江地区就是其中之一。200多家“散乱污”企业关停后，当地系统推进生态修复涵养水源，打造生态绿色廊道。如今，在这座“城市会客厅”里，游人如织，去狼山国家森林公园徒步，在滨江栈道上感受习习江风，听着不远处偶尔传来的汽笛声……

长江大保护，支流同样重要。对南通而言，守好每一滴入江水的水质是重要课题。通过“控源截污—水系连通—河道清淤—自然活水—生态修复”治水路径，南通严格管控中心城区主要河道水质，力保清水入江。

“狼山区域是水源地，水质达标率一直是100%。姚港河、裤子港河作为入江支流，也是重点保护对象，实时监测水质，每周向社会发布公报。”蔡莉表示，目前南通市主城区河道水质已经全部接入智慧管控系统，汇集了水情、工情、水质、雨情、流向等数据，能够实时掌握南通主城区活水调度情况，实现远程调控。

还水于民，让老百姓共享水清岸绿。截至目前，江苏全省已退出岸线47公里，复绿面积8576亩，建成了南京江宁、扬州三湾、江都水利枢纽、南通五山片区等一批亲水生态特色示范工程。

与此同时，江苏持续实施水土流失综合治理，建设清洁小流域，强化入江支流综合整治，对所有102条支流入江断面水质开展监测，加大水质达标整治力度，2019年优Ⅲ类河道比例提高到69.6%。

且盼江面春风起，共赴绿堤赏江豚。行走江苏，一幅水清岸绿、人水和谐的幸福图景正在徐徐铺开。

一江碧水　情满潇湘

——湖南唱好新时代“长江之歌”

（2021 年 2 月 24 日）

本报通讯员　杨朝文

“不违农时，谷不可胜食也；数罟不入洿池，鱼鳖不可胜食也；斧斤以时入山林，材木不可胜用也。”习近平总书记曾引用这句话，强调生态文明建设的重要性，要求正确处理人与自然的关系。

湖南省近年来自觉扛起“共抓大保护，不搞大开发”的政治责任，牢牢守护好163 公里黄金水道和“长江之肾”洞庭湖，推进生态环境改善，增进民生福祉。

黑臭水体变身城市新名片

位于岳阳市主城区的东风湖，从 20 世纪 60 年代修筑东风湖大堤后，慢慢成为城市调蓄湖、养殖湖、纳污湖，每天大约有 5 万吨生活污水直排湖中。久而久之，湖水成了黑臭水体，市民掩鼻而过。东风湖成了岳阳市的一道伤疤。

岳阳市将东风湖环境综合治理列入岳阳市“共抓长江大保护”的先行先试示范项目，持续推进东风湖新区建设工程，打造城市新名片。按照“标本兼治、系统施策、近远统筹、分步达标”的总体思路，围绕改善水环境的核心目标，控源截污，内源治理，生态修复，长治久清，做到四管齐下。

整治过程中，东风湖新建环湖绿道 14 公里，岸线生态修复 50 万平方米，上、中、下湖重新连通为一体，沿湖豆腐加工作坊、洗衣坊等 83 家污染企业悉数关停……2019 年，污水直排问题全面解决，顺利完成中央环保督察“回头看”交办的整改任务；2020 年，全面消除黑臭水体，水质提升至Ⅳ类。

水清岸绿新美景，东风湖周边响起城市发展、产业壮大和群众幸福生活“三重奏”。

渔民上岸开启幸福新生活

紧邻东洞庭湖的岳阳市君山区六门闸渔村，曾是远近闻名的野生鱼美食聚集区，各地游客纷至沓来。然而，逐渐加剧的无序捕捞，使洞庭湖鱼类资源急速缩减。生态遭到破坏，候鸟不再停留，渔村的游客越来越少。“靠山吃山、靠水吃水”，在洞庭湖已行不通。

“渔民的苦只有自己知道!”六门闸渔村老渔民刘平说，渔民以水为家，居无定所，不捕鱼没有收入，时间久了还落下风湿病、血吸虫病，“做梦都想在岸上睡一个安稳觉，过上没有风吹雨打的生活”。

2019年年底，长江“十年禁渔”令出台，刘平第一个交出渔船渔网，开始上岸生活。依靠出色的晒鱼手艺，做起风干鱼生意的他，一年收入100多万元，女儿也从外地回乡做起电商，当起了“网红”。

从野生渔村到生态渔村，从渔民到晒鱼人，六门闸渔村迎来翻天覆地的变化，洞庭湖里的鱼又慢慢多了起来。

长江“十年禁渔”启动以来，湖南先后出台一系列指导性文件，构建渔民退捕政策的制度保障体系。同时，按照发展产业、务工就业、支持创业、公益岗位、特困救助等“五个安置一批”的思路，分类精准做好退捕渔民转产安置工作，确保登记在册、有就业意愿、有劳动能力而未就业的退捕渔民实现动态清零。

湖区生态负担变成致富新法宝

八百里洞庭碧波荡漾，芦苇遍野。在过去，芦苇是优质的造纸原材料，湖区造纸业繁荣时，芦苇价格跟着涨起来，洞庭湖水污染也越来越严重。

湖南下定决心，保护好洞庭湖区生态环境，加快沿湖地区产业转型，关停洞庭湖区的造纸业等高污染产业。下游产业消失不见，上游原材料何去何从？余存的芦苇成了生态负担。

同一种原材料，换一个思路，就有截然不同的发展成果。在益阳沅江，小产业撬动，将这些芦苇化为群众致富的法宝。

地处洞庭湖腹地的沅江市，拥有80多万亩湿地，其中包括45万亩高产芦苇湿地。2014年，沅江市大力开展产业提质改造，瞄准芦苇的嫩芽——芦笋，提出推进沅江芦笋产业化建设，打造百亿新型产业链，实现从传统造纸业到打造生态健康食品的转型升级。

从沅江走出去的企业家杨国舜重回故里，投资1.5亿元牵头成立公司，并与湖南省农科院、中山大学等机构建立“产学研用”战略合作关系。“芦笋本身就是优质食材，芦根可做芦柑茶，芦苇可做生物质燃料，芦花可做养生枕头、座垫。”杨国舜介绍，除了充分挖掘芦笋的价值，通过不断试验，公司目前已成功突破将芦苇秆作为生物基培养食用菌的技术。

洞庭湖周边，有水的地方就有芦苇，野生芦笋市场前景广阔。当前，芦笋产业在沅江遍地开花。每年三四月份芦苇采摘的高峰期，当地仅采摘用工就多达近3万人，户均劳务收入近3万元，当地农民的收入水平显著提高。

大河浩荡春潮涌

——陕西全力推进渭河生态区建设

（2021 年 2 月 25 日）

本报记者　刘艳芹

千百年来，奔流的渭河滋养着关中大地。进入新时代，渭河追赶着生态文明建设的浪潮，追赶着黄河流域生态保护和高质量发展的波涛，一路蜿蜒向前。而今，这条关中地区的母亲河生机蓬勃，正以前所未有的雄姿，向着安澜河、生态河、景观河、文化河、致富河奋力前行。

顶层规划　全民共建生态渭河

一道长达 100 公里的生态长廊，一座流淌幸福的花园城市……这里是渭河中游宝鸡段。

渭河流经陕西省宝鸡市陈仓、金台、渭滨、高新、岐山、眉县、扶风 7 个县区。如何趋利避害，实现人水和谐相处？2017 年，宝鸡市全面开展渭河生态区建设保护工作，相继建成国家水利风景区、国家湿地公园和渭河滩区生态公园。2020 年 2 月，宝鸡市开展渭河文化公园百里花海建设，对 500 立方米每秒洪水淹没范围以上的全部滩区进行美化治理。

"渭河之滨鲜花盛开，生态绿化醉美游人，住在宝鸡，我幸福、我骄傲。"市民的肺腑之言，是宝鸡渭河治理成果的最佳例证。

发生在宝鸡的生态文明实践，只是陕西渭河生态区建设的一个缩影。

"十二五"期间，通过实施综合整治，曾被戏称为"关中道的下水沟"的渭河，基本实现了"洪畅、堤固、水清、岸绿、景美"。"十三五"伊始，陕西省坚持生态优先、绿色发展，提出沿渭河建设一条长 512 公里、宽 1 至 6 公里的渭河生态区。规划布局"一河、两堤、两带、六区"，构建河湖库塘连接，人工水道与自然水道贯通，渭河与其他主要水系内部大循环、外部大连通的关中柔性水系。

"建设渭河生态区最大的特点，就是改变了过去单纯以防洪为主的治理理念，坚持人水和谐，突出系统化，山水林田湖草一体化修复整治。通过实施滩面整治工程和水生态自然修复工程，恢复水生物多样性，使得河道环境持续向好。”陕西省渭河生态区保护中心主任党德才说。

经过5年努力，打造渭河沿岸生态环境优美、历史文化相连、产业集群发展、基础设施完备的特色生态区的目标逐步成为现实。

建管并重　协同共治绿意渭河

渭河杨凌段位于渭河中游，全段长11.8公里的水道给杨凌带来了可观的砂石资源。非法采砂一度猖獗，严重破坏了生态环境，甚至影响到经济社会的正常秩序。

眼看着渭河河道满目疮痍，威胁行洪安全，杨凌示范区水务局局长王西宁坐立难安。“要把严厉打击非法采砂摆在压倒性位置!”王西宁说。

把准病灶、号准脉，杨凌示范区水务局迅速打响渭河生态保卫战。如今，渭河杨凌段5500亩景观水面美丽壮阔，水生生物种类繁多，成为国家一级保护动物朱鹮的栖息地，成了老百姓惬意生活的乐园。

治水兴水，持续攻坚。陕西省修订了《陕西省渭河流域管理条例》，首次从立法层面为渭河生态区建设管理提供了依据和保障。同时，加大沿渭排污口关停力度，加快建设垃圾和污水处理厂，提高沿渭城镇生活污水净化处理能力；加强水质监测，优化水量调度，在入渭口建设生态修复工程对入河水体进行生物净化。目前，杨凌以上渭河干流水质达到Ⅲ类，入黄断面水质达到Ⅴ类，渭河水质显著提高。

统筹推进　全力打造幸福渭河

如今，渭河防洪大堤成为守护两岸百姓安全的坚实屏障，沿岸修建的一系列生态公园和水系景观则成了群众休闲娱乐的好去处，也促进了当地旅游产业及农业资源的发展，沿渭群众因水受益、因河致富。

宝鸡市眉县常兴镇河祁村党支部书记杨宗田高兴地说：“村上的荒滩地变成了良田，新增猕猴桃种植面积1100多亩，人均年收入翻了一倍。”眉县还建成了国家级猕猴桃专业批发市场，猕猴桃年产值达到46亿元。

良好的生态环境是最普惠的民生福祉。在杨凌，渭河湿地公园成为马拉松赛的最美跑道；在咸阳，沿渭生态公园融入了更多历史文化元素，唤醒人们对古城的记忆……

此外，渭河生态区保护中心利用2年的时间，依法划定了河道管理和渭河生态区范围，形成了渭河生态区地理信息和综合管理“一张图”，为切实抓好生态区建设、探索“渭河试点路径”奠定坚实基础。

“十三五”期间，渭河生态区建设累计完成投资 75 亿元，完成滩面整治、水生态修复 30 余万亩，建成 55 座生态公园和 800 里沿渭全民健身长廊。2017 年，渭河获得首届“最美家乡河”称号。

千里渭河，万古流淌。走进“十四五”，带着生机与希望的渭河，将奔向更加美好的未来！

敢让东江水倒流 甘护清波润紫荆

——记“时代楷模”东深供水工程建设者群体

（2021 年 5 月 8 日）

本报记者 黄一为 滕红真 邹锦华

56 年前，一部名为《东江之水越山来》的纪录片横扫香港票房，创下当年中西影片的最高卖座纪录；56 年后，那时喊出“要高山低头，令河水倒流”口号，获颁“时代楷模”称号的东深供水工程建设者群体先进事迹，再次引发社会强烈反响。

东江岸边，粤港两地，发生了一个怎样的故事？

20 世纪 60 年代初，淡水资源本就奇缺的香港遭遇大旱，350 万香港同胞陷入前所未有的水荒。“要不惜一切代价保证香港同胞渡过难关。”周恩来总理迅速作出指示。粤港两地，一衣带水，筋骨相连，血脉相通。广东人民义无反顾地挑起重担，兴建东江—深圳供水工程（简称东深供水工程）。工程 1964 年 2 月 20 日正式动工，1965 年 3 月 1 日建成通水，上万名建设者开山劈路、凿洞架桥，仅仅用了一年，就将东江水引到了香港。至此，这座跨越粤港的水利工程，改变了香港人的生活，改变了香港的命运，成就了美丽的“东方之珠”。

穿越半个多世纪，给“香港送水的人”换了一茬又一茬，工程也历经多次扩建改造，而任凭风吹雨打，血浓于水的同胞情谊从未改变。如今，万千东深供水人接续守护着这条“生命线”，清澈的东江水保障着香港约 80％的用水需求，浸润着沿线港深莞 2400 多万居民生活，也继续映照着新时代大湾区的发展共荣。

万人奋战一年建成
引水为香港“解渴”

1962 年到 1963 年，香港遭遇特大干旱，港英政府实行严厉限水措施：每 4 天供应 1 次水，且每次供水仅 4 个小时。

在香港同胞“解渴”无望的绝境中，周恩来总理拍板决定引东江水供港：“供水工程，由我们国家举办，应当列入国家计划。因为香港百分之九十五以上是自己的同胞。”中央划拨 3800 万元专项资金，明确用一年时间兴建东深供水工程。

这是一项实现广东“北水南调”的宏伟工程。用一个形象比喻来说，工程如同一座由北向南、高达四五十米的“大滑梯”，从东莞桥头镇的东江取水，东江水沿着石马河，通过高低不等的梯级，即 6 个拦河坝、8 个抽水站，逐级被逆流提升至梯顶的雁田水库，再顺着“滑梯”沙湾河注入深圳水库，最后经输水钢管与香港供水系统对接。

当时中央和广东省选派大批优秀干部和技术骨干，征召 1 万多人参加工程建设。然而，83 公里的输水线路，工地分散、站线长，时间紧迫。广东省水利厅原总工程师茹建辉说，那时生产力比较落后，没有什么机械设备，基本依靠人力，建设难度非常大。

最终，经历一年零 5 天的昼夜会战，1 万多名建设者靠肩挑、靠手铲完成了 240 万立方米土石方和 10 万立方米混凝土的建筑及机电安装工程。

是什么样的力量鼓舞建设者，在极短时间内，超速完成了如此巨大的工程？

一张珍贵的老照片给了我们答案。照片里工棚墙上写着：“自力更生、又快又好地完成东江—深圳供水工程设计，早日给香港同胞供水。”

心系同胞，迎难而上！原广东省水电厅下属设计院技术员王寿永回忆，为了赶工期，设计人员的施工图画一张就往工地送一张，设计图纸画到哪里，工地建设就推进到哪里。

在油毛毡搭起来的工棚里，王寿永与同事们持续几个月加班加点绘图。“那个时候，不分领导者、技术人员、工人，大家都是为了一个共同目标而奋斗的战友，一起吃住，一起克服困难，每个人都干劲儿冲天。”王寿永说，“只要能尽快解决香港同胞的缺水问题，再苦也觉得没什么。”

工程建设过程中还需应对接连来袭的台风暴雨。一次强台风过程中，旗岭、马滩工地围堰先后 3 次被洪水冲跨。危急时刻，上万名施工人员主动组成抢险队，抢修围堰，坚守坝基，鏖战一天一夜水势才逐渐平息，最终成功保住坝基。

饱含激情、艰苦奋战的上万名建设者中，还有这样一个特殊群体：84 名广东工学院农田水利和土木工程系毕业班学生。

“看到香港同胞吃水紧张，工程又跟所学专业相关，我们都义无反顾”“这是一个很难得的机会，让我们去，我们就去”……在那个专业人员奇缺的年代，这些大学生毅然决然打起背包，住进工棚，用汗水、泪水乃至鲜血和生命，把青春岁月最重要的那篇论文写在了东深供水工程之上。

1964 年 10 月强台风登陆广东。夜里 12 点，工程下游的水位直逼围堰顶部，若未及时关闭雁田水库泄洪闸，有垮堰危险。暴雨破坏了本就脆弱的通信设备，参建学生之一陈汝基自告奋勇去水库传递信息。

“最后一段低洼路，积水已经到了齐胸口的高度，车过不了只能步行。我们靠着路旁的树作导向，一步一步往前移，300 多米走了半小时。终于在凌晨 2 点多钟，赶到雁田工段，指挥关闭了泄洪闸。”回忆起在暴风雨和一片汪洋中艰难跋涉的情形，已经 82 岁的陈汝基仍感惊心动魄。

更加让人感怀的还有逝去的生命。在应对台风、努力抢工期的过程中，罗家强同学冒着狂风暴雨继续坚守在沙岭工段 7 米多高的闸墩，后来不慎跌落，献出了年轻的生命。

最美芳华，深情绽放。下乡知青、农民、大学生、工人……这些施工建设的生力军，临危受命，鏖战在最前线，为解决几百万港九同胞的饮水难题，作出了不可磨灭的历史性贡献。

1965 年 3 月 1 日，满载祖国人民深情厚谊的东江水，沿着新建成的东深供水工程，在石马河一路倒流，一路提升，一路欢歌，流进香江，彻底终结香港缺水历史。曾经街闻巷知的歌谣中，那句愁云笼罩的“唔知几时没水荒”也终于有了历史的答案。

扩建改造共护清流
托起粤港“生命之源”

碧波微漾，水鸟翩飞。暮春时节的深圳水库，四周绿意葱然。

这里是东深供水工程的最后一站，也是向香港、深圳供水的调节水库，水质常年优于国家地表水Ⅱ类标准。

“远远能看到的那座山就是香港了，我们这里检测的水质有多好，到香港去就有多好。”水库大坝上，广东粤港供水有限公司原董事长徐叶琴自豪地说。

1974 年至 1994 年间，在香港经济社会快速发展、人口不断增长的形势下，东深供水工程进行了 3 次扩建，供水能力提升了 20 多倍，基本可以满足香港及工程沿线各地用水需求。

但新的挑战又来了。20 世纪 90 年代，珠三角一带经济发展迅猛，有些未经处理的污水流入东深供水河道，供水水质面临严峻威胁。如何迅速并彻底改善水质？对工程进行改造！

东深供水工程建设者再次担负起新的时代使命。

工程要将原来的天然河道和人工渠道输水改为封闭专用管道输水，实现清污分流。这对工程来说，是重生式的改变。

广东省水利电力勘测设计研究院有限公司副总经理、总工程师严振瑞说，51.7 公里的路线，勘测设计人员来回走了数百次，行程上万公里，大家朝着打造精品的共同目标不断论证优化。

从太园泵站开始，建设者们遇山建隧、平地搭渠，先后克服了“头顶水库”“脚踩淤泥”“腰穿公路”等一系列复杂难题，攻克了无数专业壁垒，短短 3 年时间重新修建了一条现代化的供水通道。改造工程率先采用了同类型最大现浇预应力混凝土 U 形薄壳渡槽等 4 项先进技术，创下了当时的“世界之最”，确保了 2.2 万多个单元工程 100%合格。

2003 年 6 月 28 日，东深供水改造工程顺利完工通水。当年的建设者之一，如今 83 岁的原广东省水利电力勘测规划设计研究院副总工程师林振勋，还记得按下通水按钮时的心情：“从规划勘测到设计施工整整花了 6 年多时间！东深人终于又以一项堪称世界一流的输水工程把更晶莹的生命之源送到了香港，送到了千家万户。”

在深圳水库库区，还有一个个巨大的长方形池子——原水生物硝化处理工程，同样被林振勋记挂。

“生物硝化池是为确保供水水质的应急工程建设的，我们前后花了一年左右的时间，相当于在‘清污分流’改造启动前，给深圳水库加装了一个净水器，多重保障供港水质。”林振勋说。

“东江的水质怎么样？”2014 年全国两会，习近平总书记参加广东代表团审议时，也表达了对这一泓碧水的牵挂。

斥巨资建设清污分流改造工程、出台 10 余部专门法规文件、忍痛拒绝许多工业项目避免污染……东深供水工程不仅成为香港珍贵的“生命线”工程，也给全国跨区域调水以及水质保护工作树立了典范。

此外，广东与香港建立起频繁的磋商和交流制度，保障了粤港供水机制从上到下的良好运作。2020 年年底，广东省水利厅与香港发展局签署了《关于从东江取水供给香港的协议》，确立了对港供水的年均供水量、计量方式等相关事项，以制度形式保障对港安全稳定优质供水。

传承“东深精神”
接续奋斗新时代

每次从上水乘坐火车到深圳时，香港青年王聪颖总会被窗外的大型输水管道吸引：“我们不用经历困扰祖辈的苦况，但不能视之为理所当然。香港年轻人应多了解东深供水，深刻体会香港发展与国家的紧密关系。”

自 1965 年 3 月通水以来，东深供水工程不间断安全优质对港供水 2 万多天、超 260 亿立方米。

江水无言，深情如斯。在岁月流徙中，东深供水工程流淌不息的“生命之水”，逐渐融入内地和香港同胞的血脉深处。通过供水合作、经贸合作、科技文化交流、人员密切往来，粤港两地相互了解，亲情与互信日益提升，两地经济社会发展和民生福祉得到极大改善。

这项重大工程背后，站立着千千万万平凡又不凡的建设者。他们拼搏奋斗的故事，激励了一代代特区建设者敢闯敢试、勇立潮头；他们真挚的爱国情怀，感召了广大香港民众饮水思源、爱国爱港；他们代代接力传承，凝聚起推进粤港澳大湾区建设的磅礴力量。

其难可知，其情动人。全国侨联副主席、中国和平统一促进会香港总会理事长卢文端说，东深供水工程是中央为解决香港同胞饮水困难而兴建的跨流域大型调水工程。香港同胞饮水思源，不会忘记建设者的忘我付出和辛勤劳动，香港和内地甘苦与共、命运相依的同胞情谊只会更加深厚。

香港区青年联盟主席胡志禧感慨，没有东江水稳定供港，可能就不会有香港人引以为傲的健康长寿，更没有香港今天的繁荣。

被“东深精神”影响的还有新一代建设者粤港供水有限公司生产技术部“85后”经理佟立辉：“前辈们打下了非常好的基础，无论是工程质量，还是东深人的情怀，对我们现在的工作团队都是非常大的鼓舞和鞭策。精心守护这条对港供水保障线，我们责无旁贷!”

曾参与东深供水改造工程的严振瑞，眼下正带领团队加快推进珠江三角洲水资源配置工程相关课题的联合攻关。工程建成后，将为粤港澳大湾区的建设发展提供重要的水安全支撑。

如今，身处百年未有之大变局，粤港澳大湾区的宏伟蓝图已然绘就。作为粤港澳基础设施互连互通的重要一环，东深供水工程也承担起新时代的历史使命，而闪耀着不朽荣光的“东深精神”也将伴随新一代的建设者，传承不息。

让绿水青山永远成为福建的骄傲

——福建牢记嘱托谱写生态文明建设新篇章

（2021 年 5 月 18 日）

本报记者　张智杰　　通讯员　陈布泽

今年 3 月，习近平总书记到福建考察时强调，绿色是福建一张亮丽名片，要接续努力，让绿水青山永远成为福建的骄傲。

早在福建工作期间，习近平同志就亲自部署，在全国率先开展生态省建设，并在水利领域成功实践。1997 年，他到将乐县常口村调研时强调，绿水青山是无价之宝，要画好山水画，做好山水田文章。他亲自主持筼筜湖治理，提出了“依法治湖、截污处理、清淤筑岸、搞活水体、美化环境”的治理方针；亲自主导木兰溪全域治理，指明了“变害为利、造福百姓”的治理目标；亲自领导长汀水土流失治理，作出了“进则全胜、不进则退”的重要批示……

福建是习近平生态文明思想的重要孕育地，也是践行这一重要思想的先行省份。福建秉承习近平生态文明思想，沿着习近平同志在福建治水的成功实践，滴水穿石，久久为功，掀起了一轮又一轮生态文明建设的高潮。

2020 年，福建再一次交出了水、大气、生态环境质量全优成绩单：全省 12 条主要河流优质水比例达 97.9%，55 个地表水国考断面Ⅰ～Ⅲ类水质比例达 94.5%，高出全国平均水平 12.5%；城市空气优良天数比例达 98.8%，PM2.5 浓度下降至 20 微克每立方米，优于全国平均水平近 40%。同时，福建城镇、农村居民人均可支配收入分别位居全国第 7、第 6 位，所有地级市人均 GDP 均超全国平均水平，实现了生态环境“高颜值”和经济发展“高素质”的协同并进。

山河披绿　百姓致富
水土流失治理的福建答卷

入夏时分，穿行于长汀县河田、三洲、策武等地，只见青山连绵，绿水环绕，郁郁葱葱；七叶一枝花和三叶青穿插点缀，青翠欲滴……眼前景象，让人很难相信这里曾是寸草不长的“火焰山”：水土流失面积高达 146.2 万亩，占土地总面积的

31.5%，夏天地表温度可达70多摄氏度！

长汀的水土流失问题让当时在福建工作的习近平忧心忡忡。他先后5次赴长汀实地调研，9次做出批示指示，特别是2012年1月8日作出“进则全胜，不进则退”的重要批示。一任接着一任干，一年接着一年推，一件接着一件创新突破，从规模化治理到精准化施策，从清单化管理到图斑化监管……长汀水土流失治理取得了决定性胜利，实现了从水土流失重灾区到国家生态文明建设示范区的历史性跨越。

在三洲镇，山上是万亩高产杨梅基地，山下是游人如织的汀江国家湿地公园；在南坑村，4000多亩银杏缀满山头，荒山变成金山银山，成为践行“绿水青山就是金山银山”的生动写照。至2020年末，长汀水土流失率已降至6.78%。昔日“山光水浊田瘦人穷”的长汀，如今处处风光处处景，产业兴旺，百姓富足。

长汀从火焰山到花果山的生态嬗变，正是福建加快水土保持生态建设的一个缩影。福建坚持政府市场两手发力，9年共统筹资金138.9亿元投入水土流失治理；坚持行政司法同频共振，9年来依法立案查处水土保持违法案件500多个；坚持局部整体统筹协调，形成重点攻坚和面上推进结合、源头治理和系统治理兼顾、安全和生态并重的水土流失治理新模式。据统计，2011年以来，福建共完成水土流失综合治理2458万亩，造林1477万亩，水土流失率大于10%的县由22个降至9个，全省平均水土流失率从9.95%降至7.52%；森林覆盖率从63.1%提升至66.8%，连续42年位居全国首位。

以水入景　点水成金
解锁水美画卷的幸福密码

满城红荔的莆田荔林水乡，推窗见景的福州串珠公园，白鹭成群的厦门筼筜湖……漫步八闽河湖，处处是清澈的溪水、成荫的绿树、以及徜徉其间数不尽的幸福笑脸。

这一幅幅水美画卷的绘就，得益于福建万里安全生态水系建设。而万里安全生态水系的实施，正是福建传承习近平在闽工作期间指示要求、接力木兰溪筼筜湖治理的创新之举。习近平同志在闽工作期间，擘画实施筼筜湖治理，关心推动木兰溪治理。通过20多年的接续发力，莆田木兰溪已从“水患之河”变为“安全之河”“生态之河”“发展之河”，成为全国生态文明建设的样本，跻身全国最美家乡河行列；筼筜湖已由臭水湖变身“城市会客厅”，成为厦门特区建设高颜值生态花园城市、探索人与自然和谐共生的实践范例。

“十三五”期间，福建以木兰溪为样本，统筹山水林田湖草综合治理，创新打造万里安全生态水系，努力把绿水青山打造成金山银山。2020年底，福建万里安全生态水系建设圆满收官，全省累计投资 90 亿元，建成安全生态水系 5416 公里，比原计划增加了 416 公里。各地用生态的理念、系统的方法，改善河水，改良河床，恢复河滩，重塑河岸，陆续建成了一批河流生态走廊，展示了八闽水韵，绘就了生态画卷。

“生态建设只有起点，没有终点。”福建省水利厅相关负责人说，“在新的征程中，我们将按照习近平总书记建设幸福河的要求，以更大的力度、更实的举措，坚持不懈推进新一轮安全生态水系建设，把八闽大地每一条河湖都打造成‘安全、健康、美丽、繁荣’的幸福河湖。”

有效管控　全面治理
成效显著四次获得国家激励

近日，国务院办公厅印发通报，对福建泉州市等河长制湖长制工作推进力度大、河湖管理保护成效明显的市县予以督查激励。这是福建自河湖长制全面推行以来第 4 次获得国家表彰激励。

2016 年 12 月中共中央办公厅、国务院办公厅《关于全面推行河长制的意见》印发后，福建坚持“赶前不赶后、早抓早发力”，2017 年起开始全面推行河长制，成为全国最早推行河湖长制的省份之一。

4 年来，福建创新组织体系，党政一把手挂帅出征，带头巡河护河；创新运行机制，各级河长办统筹协调，汇集管护合力；创新治理模式，精准施策，河湖生态持续向好；创新管理制度，高标准建立行为规范，依法治河稳步推进。

4 年来，福建通过“河长河长办＋专管员”，建立了队伍；通过“六全四有＋年度报告”，规范了职责；通过“设计师＋施工队长”，明确了定位；通过河长办实体运作、各部门分工协作、一张网集成共享，做到协调常态化、职责不转移、监管全覆盖；通过开出清单交问题下任务、列出项目提标准抓进度、广泛动员重参与强监督，河湖治理体系不断优化，河湖治理能力持续增强。

4 年来，福建河湖面貌焕然一新，河湖水质全国领先；河湖长制责任落实、“河湖长制＋河湖司法协作”等 39 项改革举措列入国家生态文明试验区推广清单。

据 2020 年度《福建省河湖健康蓝皮书》显示，福建 179 条流域面积 200 平方公里以上的河流，健康状况良好以上的有 159 条，占 88.8％，比上年提高了 6.1％；健康状况优秀的有 22 条，比上年翻了一番；21 座大型水库健康状态优良的有 19 座，占 90.5％。

“河湖是福建绿色发展的基础，也是关键。深化落实河湖长制，是奋力谱写全面建设社会主义现代化国家福建篇章不可或缺的重要内容。”福建省河长办有关负责人说，“我们将再接再厉，瞄准河湖治理领域的突出问题和薄弱环节，履行好河湖健康代言人和守护者的重要责任，推动河湖长制从全面建立走向全面见效。”

汾河飘玉带　晋地聚金山

——山西落实习近平总书记嘱托深入推进汾河流域生态保护与修复

（2021 年 5 月 28 日）

本报记者　李先明　张灯林　陈萌　王鹏翔

5 月 12 日，山西省太原市。雄伟的晋阳桥横跨汾河两岸，桥下碧波荡漾，身着橙色工服的保洁员正在船上打捞水面垃圾。不远处，有市民在典雅的仿古码头前拍照“打卡”，还有的伴着绿树花香在步道上跑步锻炼。

一年前，正是在这里，习近平总书记沿河岸步行察看汾河水治理及两岸生态保护情况，对太原汾河沿岸生态环境的沧桑巨变表示欣慰，指出要统筹推进山水林田湖草系统治理，抓好“两山七河一流域”生态修复治理。这是总书记继 2017 年视察山西后，再次对汾河生态保护与治理提出明确要求。

山西省近年来深入推进汾河流域生态保护与修复，坚持在保护中发展、在发展中保护，探索绿色发展新路子。目前，汾河流域生态修复取得了阶段性成果，劣Ⅴ类水质断面已全部消除。

沧桑巨变从何而来？总书记的指示要求如何深入落实？未来母亲河沿岸将是怎样一番景象？日前，记者一行赴山西省太原市、介休市、运城市等地，实地探访山西推进汾河治理保护、确保“一泓清水入黄河”的努力与行动。

从“示范带动”到“一体推进”

发源于管涔山南麓，流经忻州、太原、晋中、吕梁、临汾、运城等 6 市，汇聚吕梁、太岳山区近百条河流，穿越太原、临汾两大盆地，自北向南绵延 700 多公里……作为黄河的第二大支流，汾河在三晋大地上静谧流淌，滋养着近半数的山西儿女。

无人机的镜头中，河水交汇处青黄分明，不远处的河岸滩地上，白鹤嬉戏成群，芦苇随风摇曳。这里是万荣县庙前村，翻山越岭的汾河在此汇入黄河。

“我们这儿是汾河最下游，早些年，人根本就站不到河边，都被熏得远远的！”万荣县水利局局长解胜刚说。

从“有河无水，有水皆污”到如今“碧波万顷，大河美景”，汾河流域生态环境怎样实现华丽蜕变？

“我们将汾河流域生态保护与修复上升到了法律层面。”山西省水利厅河湖处副调研员李俊学说。山西 2017 年就颁布实施了《山西省汾河流域生态修复与保护条例》，从法律层面进一步规范汾河流域内开发、利用、建设、保护等各项活动。

法制护航升级探索，绿色发展坚定向前。今年 1 月，山西省省长林武签署省人民政府令，公布 3 月 1 日起实施《山西省人民政府关于加快实施七河流域生态保护与修复的决定》。这是山西通过立法形式，贯彻落实习近平生态文明思想，加快实施以汾河为重点的七河流域生态保护与修复的有力举措。

从《汾河流域生态修复规划（2015—2030 年）》到《汾河流域生态景观规划（2020—2035 年）》，山西不断加强顶层设计，以河流为纽带，实施源头区保护，力争打造山水相依、溪水长流、林泉相伴、湖光山色的三晋幸福河。

强立法，定规划，逐步完善，加力推进……汾河治理保护在山西改革发展中的“分量”可见一斑。

在太原市汾河百公里中游示范区先行示范段施工现场，已看不到来回穿梭的大型机械，河岸边露出点点新绿。“我们负责示范段工程建设，已经完成河道主槽拓宽疏浚、堤坡放缓等工作，正在推进绿化工程，目前项目进度超过 90%，6 月底可全部完工。”汾河流域管理有限公司副总经理程国旗说。

山西明确省级规划、市县主体，政府主导、市场运作的基本原则，引进战略投资方组建流域投资公司，做到省级与地方、企业等主体多方协同发力，提高治理工程项目建设质量和效率。

山西省水利厅河湖处工作人员常堃说：“先行示范段共 13.5 公里，在百公里项目中起到示范引领作用。而对‘两山七河’而言，汾河是重点也是示范，带动其他六河、五湖和大泉等保护治理。”

立足长远的规划，真金白银的投入，给母亲河沿岸一个个工程项目按下“快进键”。山西坚持系统谋划、一体推进，以点带面、示范带动，引领全流域开展高质量生态保护与修复。

从“水量丰起来、水质好起来”到“风光美起来”

挖掘机隆隆作响，托起石块往来穿梭，工人们配合着铺设格网石笼，分工有序。这里是汾河百公里中游示范区介休市段生态治理工程施工现场。

尽管工程还没有结束，但对照展板上治理前的照片，已经明显看出河面宽度的扩大。河中的湖心岛初具雏形，不时有野鸭、白鹭飞过。“河里有了水就有了灵气，工程还没建好呢，它们就急着来‘安家’了。”介休市水利局副局长郭俊笑着说。

介休市近年来投资1.5亿元建设汾河中游核心区蓄水工程，建成堤内蓄水液压坝3座、堤外调蓄水工程2处，及时调蓄补充汾河水量。同时严格落实水资源论证和取水许可制度，规范取水管理，未经批准不得取用汾河水源。

“多补少拿”让汾河介休段实现了“水量丰起来”。2020年，汾河介休段总径流量达9.2亿立方米，比2019年增长26%。

“光有水是不够的，还得让水好起来。”郭俊说，介休市累计投入4.6亿元，完成城市污水处理厂提标改造和兴地水源地达标建设，实施18个农村污水治理项目，启动开发区5万吨污水治理工程。

作为汾河汇入黄河的最后一道关口，汾河万荣段水质问题一直是难啃的“硬骨头”。“去年年底，我们开始实施汾河入黄口生态保护修复工程，以水质净化为重点，通过建设湿地改善生态环境，打造环境优美的生态绿色长廊。”万荣县水利局河道站站长解晓斌说。

在汾河入黄口上游不远处，河岸边一处挂着“国家地表水水质自动监测网”牌子的水质监测设施站，实时监测并上传河道水质状况。“现在，汾河运城段及支流的7个国考、省考断面均建有自动监测站，大大提升了监测管控水平。”解晓斌说。2020年，汾河入黄口庙前断面达到地表水Ⅳ类水质标准。

这是山西上下全力落实习近平总书记对汾河“水量丰起来、水质好起来、风光美起来”重要指示要求的缩影。

围绕“水量丰起来”，山西建立了汾河流域水资源统一调度机制，通过已建成的万家寨引黄等工程向汾河干流补水；围绕“水质好起来”，开展“清河行动”、河道采砂专项整治行动和河湖“清四乱”专项行动，净化河道，涵养水源，改善生态环境。

同心协力，如臂使指，汾河水量水质“大变样”。2017年至今，山西省累计调引黄河水15.53亿立方米，以汾河谷地为中心的地下水水位已连续多年持续回升；汾河水质呈向好趋势，2020年全部国考断面均退出劣Ⅴ类。

“现阶段的重点，是在巩固基本实现‘水量丰起来’‘水质好起来’良好成果的基础上，让越来越多的河段实现‘风光美起来’。”山西省水利厅副厅长白小丹介绍，去年印发的《汾河流域生态景观规划（2020—2035年）》已明确提出，今后将通过对河流自然形态的修复及两岸的水生态空间管控、种植结构调整、绿色产业导入，构建“一源、两路、三线、四区、多节点”的河流生态景观空间布局。

从“补齐发展短板”到“打造发展优势”

山西之长在于煤，山西之短在于水。绿色发展、转型发展是摆在山西面前的一道“时代命题”。坚持“绿水青山就是金山银山”，加强以汾河为重点的流域生态保护与修复，三晋表里山河已重现风采。

习近平总书记在汾河太原城区晋阳桥段考察时，提出要再现“锦绣太原城”的盛景，不断增强太原的吸引力、影响力，增强太原人民的获得感、幸福感、安全感。

如何依靠汾河治理保护，打造发展优势，提升幸福指数？

汾河通达桥旁，一座“帆船”形状的建筑伫立在河岸边。常堃说：“这是山西省水上运动训练基地，承担了第二届全国青年运动会赛艇、皮划艇等水上项目。”顺着建筑向河中望去，河面上清漂打捞船与训练船只往来穿梭，为平静的河面增添灵动与生机。

水上运动中心向北几百米，有一座古色古香的凉亭。置身于凉亭中，感受微风习习，望景怀古，体验古晋阳八景之一——汾河晚渡。汾河治理后，不仅带给市民美的享受，更让市民体验了晋阳汾河文化。

治水惠民，带来新的气象，也带来新的生活方式。在太原汾河岸边的彩色步道，不时有居民慢跑、骑行。“大家都愿意去美的地方，这里生态环境这么好，为了呼吸清新空气，我也要常往这儿跑!”居民郄俊巧在跑步休息间隙时说。

“这里是汾河治理三期工程，往北是四期工程，预计今年上半年完工。到时，汾河太原城区段将全面实现生态修复。”常堃说。

在人口密集的太原市区中心，这样一条绿色生态长廊，有助于防洪排涝、净化空气、消除水体污染，为各种水生生物、动物、鸟类提供了适宜的生存环境，为市民提供了与自然和谐共处、健康发展的空间。

晋中市黄河 1 号旅游公路沿汾河建设，打造“生态友好型”绿色之路，促进路网建设与自然生态系统和谐发展；万荣县凭借紧邻汾河及黄河的地理优势，开展高标准农田建设，打造优质粮食生产区……依托汾河治理，山西不仅守护好了资源存量，还扩展了生态增量，厚植了发展优势。

绿水青山就是金山银山。碧水荡漾，两岸花开，汾河已然活起来、美起来，成为一条流动的河、健康的河、生态的河、升值的河……汾河儿女践行习近平总书记嘱托，以高站位、大力度、新举措扎实推进汾河流域生态保护与修复。如今，美丽的汾河正以崭新的面貌出现在百姓眼前，支撑着山西在转型发展上蹚出一条新路来!

南水北调中线行之一

碧水壅高方出奇

（2021年6月5日）

本报采访组

5月26日，湖北省丹江口市。

沿着如纱似棉的平流雾逆流而上，一种争先恐后的涛声由远而近，及至跟前，一池碧海翻花拥翠，抬眼望处，一道巍峨雄壮的大坝豁然矗立。

登临坝顶，顿时可见水天浩渺，碧波万顷。拉升无人机，可见大坝似钢铁巨人的臂弯，揽住浩荡汉江和丹江，壅起无垠碧水。

这里就是在丹江汇入汉江的地方筑坝而成的丹江口水库，南水北调中线源头——北京人吃水用水的70%就来自这里。

南水北调的一滴水，要在这里被大坝壅抬最高达170米，经过1432公里“长途跋涉”才能到达京津人民的水杯里。

这座大坝就是南水北调中线工程的关键。没有大坝的安全，其他一切都无从谈起。

丹江口水利枢纽工程于1958年9月1日开工建设，1973年建完。被周恩来总理誉为全国唯一集防洪、发电、灌溉、航运、养殖于一体五利俱全的大型水利工程。2005年9月26日，南水北调中线丹江口大坝加高主体工程开工，大坝在162米的基础上“穿衣戴帽”加高至176.6米，使水库正常蓄水位由157米抬高到170米，正常蓄水位库容相应由174亿立方米增至290亿立方米。

实施大坝加高工程之后，考虑到新老坝体结合的特殊性，南水北调中线水源有限责任公司对工程安全的要求更为严苛，全力推进大坝安全监测新老系统的整合和完善。

记者在坝顶从44坝段走进丹江口大坝安全自动化监测中心站。显示屏上清晰显示着当天的水位、流量等各种数据。

“这是丹江口大坝安全自动化监测信息平台。”当班值守人员陈慧敏说，利用BIM、空间移动网络等信息新技术，结合丹江口大坝安全监控的需求，构建一个全域监控的管理系统，可以监测大坝变形、渗压、渗流、温度等各类信息，掌握整个枢纽的运行状态。

密布的监测点，编织了一张大坝安全守护网。中线水源公司工程部副主任胡雨新说："丹江口水利枢纽总共有1812个监测点，可以对各个重要部位进行自动化监测。监测系统能够对数据即时采集、分析、传输、展示和应用，自动化传输，数字化管理，高效化运行。一旦发现异常数据，我们会及时分析、研判，第一时间妥善处理。"

记者跟随工程管理人员深入到大坝廊道。这里分布着多种监测点、排水孔和测压管。尽管是夏季，但进入廊道就强烈地感受到一股寒气扑面而来。正在巡查的工作人员打开廊道一侧的一个小门，房间里灯光明亮，地上墙上布满了多种监测设备。这里是应力水准测点，主要是监测坝体内部受力情况。

胡雨新说："监测人员就像大坝安全运行的'医生'。从丹江口大坝建成至今，一代又一代的守护者为了大坝的安全运行，扛起重任，一年365天从未停止过对大坝的监测。"

中线水源公司制定《丹江口水利枢纽大坝加高工程蓄水期安全监测技术要求》《工程运行安全生产管理办法》等运行管理制度；健全突发事件应急管理体系，建立定期巡查制度，全力做好大坝安全监测、水情测报、大坝强震监测；安装钢网护栏墙，设置安全警示标识，围绕封闭区周界护栏、交通道口、坝面、码头、核心区等重要部位安装高清数字监控探头74个，主要通道和重点要害区域全覆盖……严密的制度和措施，为大坝穿上一层坚硬的"铠甲"。

大坝拦水只是基础，如何确保拦蓄的是人民期盼的好水，是南水北调的又一重大课题。

汉江的源头在陕西，汉江上游人民通过生态修复、关停并转高耗能工业企业等措施立体治污，为保护一库清水北流作出了贡献。

记者来到位于丹江口库区的"千岛画廊"，极目远眺，这里碧波荡漾，湖光山色，相映成辉，形状各异的小岛如绿色宝石撒落水面，一派令人陶醉的秀美画卷。

水质的好坏光凭肉眼看还不行，必须要用科学数据说话。

记者来到位于丹江口大坝左岸坝头的中线水源工程水质监测中心实验室，工作人员陶晶祥和米长青正在全神贯注操作水质分析仪器。

陶晶祥说，这个投资1000多万元建成的中心实验室，配备了目前最先进的水质监测设备，设置原子吸收室、原子荧光室、气质联用室等多个专业实验室。湖北省计量测试技术研究院还会定期对设备进行检测，保证监测数据准确。

陶岔渠首断面每日进行常规水质人工监测，7个自动监测站每4小时进行常规水质参数趋势监测，库区32个断面每月进行水质参数人工监测，每年进行109项全指标人工监测，还有强大的信息系统为支撑……中线水源公司已形成了较为完善的水质监测体系，可以精准捕获核心水源地水质的细微变动，及时对水质监测数据进行分析并上报结果。

“站网建成后，实现了中线水源地水质状态的自动监测和信息的及时传输，大幅度提高了水环境监测的工作效率，也为管理部门提供了高效、科学的决策支撑信息。”中线水源公司副总经理齐耀华表示，通过规范的监测，公司对核心水源地提供全方位立体化的监管。

向北奔涌的丹江水，见证着这群源头“哨兵”日复一日、风雨无阻的坚守。通水以来，中线水源工程未发生安全运行事故，丹江口水库水质始终稳定在Ⅱ类以上；超过 380 亿立方米的清澈丹江水流向北方，成为京津冀豫 20 多座大中型城市的主力水源。

两江集翠始称善，大坝壅高方出奇。探访南水北调水源地，记者强烈地感受到碧水、大坝、监测、安全正是南水北调源头区造福沿线 7900 万人的关键词。

（本报采访组成员：李先明　陈萌　吴涛　杨晶）

丹江口水库大坝　　本报记者　李先明　摄

南水北调中线行之二

源头水出清如许

（2021 年 6 月 8 日）

本报采访组

5 月 26 日中午，从丹江口水利枢纽出发，沿着丹陶公路一路奔驰，约 40 分钟，陶岔渠首工程到了。

恰遇一大队人马先一步进入渠首大坝，是当地单位组织职工来这里做团建活动。他们饶有兴致地参观工程，询问总书记在大坝上考察时的情况，最后展开党旗合影留念。

约两周前，习近平总书记来到这里实地考察引水闸运行情况。总书记强调，南水北调工程是重大战略性基础设施，功在当代，利在千秋，要求从守护生命线的政治高度，切实维护南水北调工程安全、供水安全、水质安全。

“问渠那得清如许，为有源头活水来。”总书记离开以后，许多人慕名来此参观，站到总书记站过的地方照相，顺着总书记眺望的视线感受这里的风物。

站在渠首大坝上，向上游眺望，艳阳之下，丹江口水库烟波浩渺；向下游看，宽约 60 多米的碧水顺着长渠奔腾而去。渠道两岸绿意葱茏，繁花点缀，行走其间，一步一景。

如果说丹江口水库是南水北调中线的“大水缸”，陶岔渠首就相当于出水的“水龙头”和“总阀门”，控制和调节北上的水量。

“作为中线干线千里长渠之始，渠首位置意义重大。渠首工程全长 185 公里，包括陶岔渠首枢纽工程和渠道工程两部分。”南水北调中线陶岔管理处处长王西苑说，“每一秒钟，就有约 400 吨水，利用陶岔渠首到团城湖近 100 米的落差，从这里自流向北方。同时，渠首段又是流量最大、开口最宽、挖深最深的一段。必须毫不懈怠，全力做好工程安全、水质安全等工作，确保一渠清水送向北方。”

丹江口水库的水进入渠首大坝需要经过“三道关”。王西苑向记者介绍，两道拦网用于阻挡体积较大的漂浮物，再用清漂机器人“查漏补缺”。

记者在渠首坝前看到了正在作业的清漂机器人。它像一艘航模小船在坝前水面上不知疲倦地游来游去，用前方的触角收集小漂浮物，灵活自如，成为坝前的一道风景。“机器人看着小巧，但内置的过滤网孔径最小只有 5 毫米，足以让漂浮物无处遁形。而且，相比于人工打捞，操作机器人时工作人员可站在大坝上，视野开阔，高效又安全。”王西苑说，机器人单次可收集漂浮物300千克，每天累计作业8小时可收集1000多千克漂浮物，还具有自动卸渣功能。之前采用人工打捞时，2人每天工作8小时才打捞漂浮物近500千克，并且水上作业安全隐患较大。

在渠首大坝右岸，康静伟正和同事进行斜管监测，一个测量，一个记录，配合默契。他们是南水北调中线建管局渠首分局负责现场安全监测的作业员。

康静伟说：“沿线布设了安全监测仪器设施，确保渠道及输水建筑物的安全。我们主要的监测项目有表面垂直位移、表面水平位移、内部水平位移、地下水位等。”

不仅如此，依靠中线建管局近年来推进的“智慧中线”建设，沿线各管理处开展安全监测更加高效。巡查维护系统采用IT技术、移动技术、GIS技术等先进技术，实现“巡检有计划、过程有监督、事后有分析、处理可追踪”；依托全线布设的8万余个安全监测点，实时监测渠道安全；开发视频智能分析系统，实现对水位尺数据读取、人员入侵检测等多种场景视频图像的自动研判和上传告警……针对发现的问题，及时研判，高标准处置，确保工程始终处于良好状态。

南水北调，成败就在于水质好坏。渠首人，深知责任重大。

从陶岔渠首入渠口顺流下行约600米，来到陶岔渠首水质自动监测站。这里是丹江水进入总干渠的第一个水质自动监测站，也是全线监测参数最多的一个站。

水质监测人员陶丽和彭文文正准备采集水样。她们穿着橙色救生衣、白色监测服，拿着取样的工具来到监测点。风大水急，脚下的桥晃晃悠悠。她们扎稳脚步，抛出取样器，轻拉绳索，清澈透亮的水样被取回。

渠首的一滴水，要经过层层检测，才被“放行”流入沿线城市。渠首分局水质监测中心工作人员李仪介绍，南水北调中线沿线共计有13个水质自动监测站，全部24小时动态监测水质。在2020年全年监测中，渠首的水366天里有360天达到Ⅰ类水标准，占比98.4%。

“总书记对南水北调工程的肯定，极大地鼓舞了广大水利职工，坚定了大家干好水利工作的信心。”南水北调中线建管局渠首分局党委副书记、纪委书记万金波说，“作为一名基层护水人，无比激动，备感自豪，也深感重任在肩。今后要认真学习总书记重要讲话精神，做好本职工作，管好、护好工程，为南水北调贡献更大的力量。”

源头水出清如许，渠外花开正可言。南水北调中线工程渠首乃至全线的护水使者们，饱经风雨历练，坚守在供水一线，于细微处精心呵护工程安全，用精益求精的匠人精神实现安全运营，以满腔的赤诚守护这座世纪丰碑，护佑一渠清水造福两岸人民群众，支撑经济社会发展，改善生态环境。

（本报采访组成员：李先明　吴涛　陈萌　杨晶）

南水北调中线行之三

滴水涌泉总有痕

（2021 年 6 月 9 日）

本报采访组

回忆起 5 月 13 日的情景，邹新曾还是难掩激动。

这一天，他的家里来了一位重要“客人”。

“总书记太平易近人了！特别关心移民群众，亲切地询问我身体情况。”邹新曾一边笑着介绍，一边摆弄桌上的花生、水果，“快尝尝，这都是我们自己产的。”

5 月 26 日下午，从内邓高速渠首站出发，沿渠首快速通道行驶约 20 分钟，一个干净整洁、绿树成荫的村庄呈现在眼前。这里是邹新曾所在的村子——河南省南阳市淅川县九重镇邹庄村，也是南水北调中线工程移民村。

160 多平方米的双层小楼，电视机、洗衣机、电热水器等家电一应俱全，孙子邹子辰的“三好学生”“学习标兵”奖状几乎贴满了一侧墙面……走进邹新曾的家，处处流露出生活的崭新气象。

客厅桌子上，邹新曾“最美保洁员”的奖牌前摆放着两张照片，一张是总书记和他们一家三代围坐在一起聊家常的场景，一张是总书记在家里厨房询问用水情况的场景。

“总书记首先来的是厨房，问了用水、用燃气情况，还拿起锅盖，打开冰箱，再到卫生间、卧室。”邹新曾说，“总书记每一句询问都表达出深深的关心，我们感到格外温暖。”

看望邹新曾，也是看望几十万为南水北调工程作出突出贡献的移民群众。

“为了沿线人民能够喝上好水，大家舍小家为大家，搬出来了。这是一种伟大的奉献精神。沿线人民、全国人民都应该感谢你们，滴水之恩涌泉相报，吃水不忘挖井人呐，你们就是挖井人。”在离开邹庄村前，习近平总书记曾动情地说。

“滴水之恩涌泉相报。这哪是滴水之恩？是涌泉之恩啊。”在推进南水北调后续工程高质量发展座谈会上，习近平总书记的一番话引人深省。

南水北调中线丹江口库区移民搬迁是世界水利移民史上最大强度的移民搬迁，涉及搬迁移民 34.5 万人，时间紧，任务重，难度超乎寻常。面对这道极具考验的难题，我国实现了“四年任务、两年基本完成”，做到了“不伤、不亡、不漏、不掉”

一人，创造了世界工程建设移民安置奇迹。

奇迹的背后，是党中央的坚强领导，是集中力量办大事的制度保障，是河南、湖北两省举全省之力的组织推进，是科学规划、政策集成下的妥善安置，更离不开广大移民群众的奉献和牺牲。这是南水北调大型跨流域重大调水工程精神的重要组成部分。

从九重镇油坊岗村搬迁至邹庄村，邹新曾等移民群众已经来这里整整 10 年了。他们适应新生活了吗?

“很满意。以前住的地方都是土路，哪像现在？而且收入也不如现在，我家 18 亩地，流转出去的地每亩收入 800 多块。”邹新曾说，加上务农、就近打工等，一家人年收入近 10 万元。

真正实现“搬得出、稳得住、能发展、可致富”，并不容易。河南省建设移民集中安置点 208 个，搬迁安置移民 4.1 万户 165 471 人，集中建设房屋 550.5 万平方米。同时，聚力做好移民安置后续帮扶工作，建设美丽移民村，全面推进乡村振兴。

“总书记当时详细了解村里产业发展，他十分关心移民就业、增收情况。”邹庄村驻村第一书记凌行说，总书记在丹江绿色果蔬园基地内，察看猕猴桃长势，询问果蔬园生产销售情况。目前，邹庄村有 300 余人从事果蔬产业，每月人均收入 2 000 元以上。

作为全国移民大县，淅川县按照“短、中、长”三线产业发展模式，把移民后期扶持和可持续发展紧密结合起来，优化调整产业结构，大力发展特色产业，既巩固传统产业，也注重发展生态高效农业，兴办节能环保产业。产业的发展、项目的实施，不仅改善了农业生产条件，提高了土地产出率和农业生产效率，还能有效减少面源污染，使以肥促产、以药保收的传统农业向绿色发展、生态高效的有机农业转变，筑起保护南水北调水源的一道绿色屏障。

移民生客岂无路，滴水涌泉总有痕。记者看到，邹庄村一排排两层小楼林立，家家户户门前绿意盎然，村中学校、卫生所、便民服务大厅样样齐全。邹庄村党群服务中心小楼外墙正中印着巨大的党徽，楼前一面国旗高高飘扬。健身广场上，“人民对美好生活的向往就是我们的奋斗目标”的标语赫然入目。

宽敞的街道上偶尔有汽车驶过。树阴下有村民三五成群纳凉，看孩子、择菜、聊天。“日子越来越兴旺，芝麻开花节节高”的殷切希望言犹在耳。

邹新曾告诉记者，儿媳郭春玲快从服装店下班了，晚上，她还将利用电商平台直播卖货……

（本报采访组成员：李先明　陈萌　吴涛　杨晶）

南水北调中线行之四

巨龙飞渡传佳话

（2021 年 6 月 10 日）

本报采访组

巨龙飞渡，清泉北流。

麦浪翻滚的田野上，这座一眼望不到头的“水上立交桥”，令人震撼。

5 月 27 日，记者来到距离陶岔渠首 240 多公里外的南水北调中线关键性工程——沙河渡槽。

站在观虹台上放眼望去，清澈的丹江水正通过节制闸，从 4 个巨大的“U”形槽中奔涌北上。

借助无人机的视角俯瞰，位于河南省平顶山市鲁山县的沙河渡槽犹如一条“巨龙”盘踞在中原大地。

全国乃至世界，渡槽工程众多，沙河渡槽何以赢得“世界第一渡槽”的美誉？

南水北调中线干线工程建设管理局河南分局鲁山管理处处长董志斌介绍，沙河渡槽是世界最重的吊装渡槽，单槽起吊重量 1200 吨；是世界首座实现“槽上运槽”的渡槽，实施大吨位提、运、架机械一体化施工；是世界最大的涵洞式渡槽，单槽最宽的落地渡槽，以及长度最长的渡槽……

成就“世界之最”的亮眼成绩，必须化解诸多“史无前例”的困难挑战——线路最长，技术含量最高，施工最复杂、挑战最大……

逢山开路，遇河架桥，大国重器就是这样势无可挡，成就传奇。汉江清流顺势而下，至此遭遇三条河流拦阻——沙河、大郎河、将相河，南水北调想要继续北流，必须架设大型渡槽，“空运”清水跨过“拦路河”。

“这个工程的建设，填补了国内外水利行业大流量渡槽设计及施工的技术空白。”董志斌说，沙河渡槽在建设时期，集中了各方力量，攻克了多项技术难题。

工程刚刚完工便迎来“大考”。

2014 年，平顶山遭遇建市以来最大旱情，城市用水频频告急。“当时南水北调中线一期主体工程基本完工，尚未通水。关键时刻，工程启动应急调水，解决了百万人口的吃水难题。”当年的往事，董志斌记忆犹新。

应急补水让平顶山成为了首个喝上南水北调中线水的城市，平顶山人明白了南水北调这个超级工程背后的意义，南水北调人感受到了身上的责任。

从工程建设，到运行管理，“安全”始终是核心关键词。

“我们从细节入手，充分利用信息化手段，做好安全、调度等各项工作，保障沿线人民用水安全顺畅。”董志斌边走边说。

地面上，沉降测点保护盒引起记者的注意。鲁山管理处工程安全监测科工作人员王佳猛说：“我们对关键建筑物、重点渠段进行安全监测。监测内容包括变形、应力应变、渗流、土压力等。”目前，在沙河渡槽段共布置内观仪器 4911 支，外观测点 866 个，接入自动化内观仪器 2486 支。

在运用信息化、数字化、智慧化手段保障工程安全的同时，管理处严格执行“两个所有”工作机制，即所有人查辖区内的所有问题。从各专业“分摊干”，到跨专业“一盘棋”，只为确保工程处于良好状态运行。

鲁山管理处安全科科长张承祖说，管理处通过“人防、物防、技防”，做好安全保卫工作。“管理处设有警务室，成立了专门的安保队伍，每天都沿渠巡逻。渠道沿线设置封闭隔离网，顶部安装滚轮刺丝，有效防止入侵。此外，沿线布设 129 个安防高清摄像头，便于发现问题，保证设备设施安全。”

南水北调中线工程是个“直肠子”，尚无调蓄水库。这种情况下，做好调度工作至关重要，考验着运行管理者的智慧与担当。

走进沙河渡槽的闸站室，管理处调度科科长宁志超用手机登录“中线巡查维护实时监管系统”，通过扫描启闭机控制柜上的二维码，查看巡查目标。

“目前沙河渡槽的闸门开度是 5 米多，过水流量是 315 立方米每秒。如果哪一个闸门调度不合理，后果不堪设想。”宁志超说，“这对调度精准性和设备可靠性、准确性要求非常高。”

宁志超介绍，沙河渡槽节制闸执行 24 小时值守模式，每班 2 人。“我们对闸门的控制精度为毫米级，对于因温度变化等引起开度误差超 20 毫米的闸门，经中控室值班人员允许后，现场手动纠偏，确保精准的闸门开度。”

离开沙河渡槽，记者来到鲁山管理处中控室，这里是南水北调中线鲁山段的“大脑中枢”。墙壁上，“精准、规范、高效、安全”8 个蓝色大字十分醒目。调度值班长吕冰正目不转睛地盯着电脑屏幕，进行水情数据复核。“我们中控室调度主要负责日常水情数据上报，调度指令执行及反馈，防汛及应急值班和闸站室内外视频巡视等工作。”吕冰说。

“鲁山段指挥调度主要通过闸站监控系统、闸站视频监控系统、日常调度管理系统等自动化系统，实现了远程调度、实时监控、信息采集等。”宁志超说，“值班人员无论白天夜晚，都要做到每半小时复核 1 次水位，每 2 个小时转一遍全部摄像头。”

从“一条渠救活一座城”，到如今一渠清水润泽沿线城乡，“供水成绩单”更加亮眼：中线工程通水以来，沙河渡槽安全护送“南水”北上，优质的丹江水已惠及沿线 20 多个大中城市及 130 多个县，直接受益人口达 7900 万人。

“习近平总书记主持召开推进南水北调后续工程高质量发展座谈会后，管理处的同志们认真学习，深受鼓舞。我们将扛起责任，维护好工程安全、供水安全、水质安全，确保一渠清水北送。”董志斌说。

巨龙飞渡传佳话，碧水长驱过大关。沙河渡槽，世界第一，6 年运行未见渗水等任何问题，已属见证奇迹，同时科学、严谨、规范的管理正在延续传奇。南水北调千里长渠，每一段都是关口，每一处都是担当，每一节都有守候。沙河渡槽空中输水，更是提心吊胆，更要精益求精，更需分秒值守、默默奉献……

（本报采访组成员：李先明　杨晶　陈萌　吴涛）

南水北调中线行之五

江河“揖让”动天地

（2021年6月11日）

本报采访组

汉江碧水，浩荡北上；万古黄河，不舍东流。江河“相会”，如何“江水不犯河水”？

5月27日下午，记者来到黄河中游距郑州市约30公里处的南水北调中线标志性、控制性工程——穿黄工程。正是在这里，江河“握手”“相会”，又各奔北东。

我们首先来到一座横跨渠道的彩虹桥上。向南望，一渠清水通透碧绿，两岸的五级护坡整齐划一，几名工作人员正在进行绿化养护。向北看，炎炎烈日下，奔流的碧水陡然消失在一座水工建筑物下，簸箕形状的护坡层层展开，像是一渠碧水消失前留下的巨大涟漪。

这座水工建筑物就是穿黄隧洞的进口。有两道高大的引槽分别引入两个进口，由此进入两条穿黄隧洞。

2019年，在黄河北岸穿黄隧洞的出口，记者曾经深入庞大的竖井目睹了地下输水管道的情况。迈进一道铁门，顿时寒气逼人，眼前是硕大的弧形光亮。顺着螺旋楼梯走下数十级台阶，方才察觉这道巨大的弧形正是直径9米的输水管与竖井夹持的空间。经过345级台阶才走到穿黄隧洞的底层，这里布满了多种多样的测量设施和琳琅满目的阀门、仪器，仔细分辨可以听见细碎的过流声响。

记者随后来到穿黄倒虹吸出口闸室，这里波涛激荡，巨浪翻滚，如虎啸，似狮吼，以雷霆万钧之势，冲出钢铁门帘，进入输水渠道，许久才复归正常。

“穿黄工程总长19.3千米，由穿黄隧洞、退水洞、明渠段和其他闸站设施组成。在黄河下面有两条有压输水隧洞，单个洞长4250米、内径7米。汉江水就是通过隧洞穿越黄河继续北上。”南水北调中线局河南分局穿黄管理处副处长朱文君说。

穿黄之于中线，意义重大。“穿黄不通，全线不通”，它是中线工程的“咽喉”。

在黄河底下复杂的地层中开凿出数千米的隧洞，谈何容易？

“这好比‘牙膏里打洞’。”朱文君介绍，穿黄河段是典型的游荡性河段，地质条件极为复杂，同时又地处地震带。在高地下水位下，在密实砂层、砂砾石层、黏土层等复杂地层中，采用盾构机一次性长距离掘进穿越大河，堪称世界难题。

穿黄工程，第一次采用大直径隧洞穿越黄河，第一次在我国水利史上采用泥水加压平衡盾构进行隧洞施工，第一次应用双层衬砌结构。竖井涌水、管片拼装、盾构刀盘具修复……建设者们集中力量、紧密团结、攻坚克难，成功解决了一系列特殊难题，完成了北上的汉江水穿越黄河的历史壮举。

建设很难，管理也同样不易。在穿黄工程隧洞进口南岸明渠水质监测点，记者采访了正在用专业设备采集水样的中线建管局河南分局水质检测员段春建。

“我们每周会检测水质综合指标、藻类指标。此外，还有 3 个水质自动监测站，每 6 个小时检测 1 次，确保水质安全。”

穿黄工程的抗震能力可达 8 级，按黄河 300 年一遇洪水设计，按 1000 年一遇洪水校核。隧洞内布置了现代化的观测仪器，若出现洞内受力、变异等情况，通过观测仪器，在黄河岸上的自动控制室就能及时看到，确保隧洞安全。

“管理处全面实施以‘精准定价、精细维护’为内容的‘双精维护’。”朱文君说，一方面实施“精准定价”，对工程土建、绿化日常维修养护项目，列出标准化工程量清单；另一方面，实施“精细维护”，从编制维修养护项目方案到选择维修单位，从质量进度到安全文明施工，每个环节都求精求细。

穿黄工程已经运行了 7 个年头，实现了工程安全、供水安全、水质安全。

经教育部批准，穿黄工程被确定为全国中小学研学实践教育基地，已经成为研学教育的前沿阵地和节水教育、水情教育普及的重要场所。

“目前，南水北调中线一期唯一在建的工程——孤柏嘴控导工程已经提前 1 个月完成建设。”穿黄管理处处长张晓伟说，“工程是控导南水北调中线穿黄工程段黄河主流、稳定河势的重要河道整治工程，是维护和稳定黄河河道生态的安全屏障。”

站在穿黄工程的观景平台上，记者看到，岸边碧绿的水体与黄河水形成鲜明对比。朱文君说，绿色水体的位置是穿黄工程退水洞的出口。工程检修时，可开启退水闸，将水排往黄河，还可利用退水闸向黄河进行生态补水，实现两大母亲河的“亲密接触”。

无人机不断攀升，呈现在屏幕上的是江河“相会”的壮阔景象——两边是江水奔流，中间是黄河浩荡，一条是规整的蓝色玉带，一条是蜿蜒的黄色金练，各有色彩，各有风流，各有使命，各有方向。

“江河揖让动天地，雨露送迎润赵燕”。江河“相会”，两大母亲河错位立交，在涛声中“迎送”，为各自的恩泽雨露奔流，特别是成就了江水顺利北上，润泽燕赵，造福华北。南水北调中线穿黄工程已经成为人类历史上最宏大的穿越大江大河的水利工程，向世人展示了“中国智慧”“中国力量”。新时代的传奇就这样永远镌刻在华夏大地上。

（本报采访组成员：李先明　杨晶　陈萌　吴涛）

南水北调中线行之六

华 北 亦 江 南

（2021 年 6 月 16 日）

本报采访组

5 月 28 日上午，艳阳高照，惠风和畅。

一条大河，浩渺无垠，碧波荡漾。两岸之上，草木葱翠，生机盎然。不远处，高楼大厦，鳞次栉比，俨然一派江南水城风光。

这是哪里？

河北省正定县，明曦湖，滹沱河畔。

熟悉滹沱河的人都知道，滹沱河是石家庄市的母亲河，起源于山西省繁峙县，是海河水系子牙河的上游支流之一，向东流入渤海湾。随着经济社会发展，用水量剧增，长期挤占生态用水，滹沱河断流 20 多年。因为严重缺水，“尘灰傍土，缺乏生机”曾是石家庄市给人的印象。

“以前这里沙坑裸露，垃圾遍地！现在水清岸绿，群众在这儿搞经营，尤其是节假日，游人如织，中午吃饭时去晚了根本排不上队！”

石家庄市水利局滹沱河生态工程运维服务中心工作人员崔京平，已经在这里工作了 8 年，目睹了荒沙滩“蝶变”为美公园，对这里的一草一木有着深厚的感情。他说：“周边土地增值也快，从过去十几万元一亩涨到二三百万元一亩了。”

河清了，景美了，沧桑巨变从何而来？

这一切都与一个退水闸有着密切关联。

记者来到正定县西柏棠乡新村北，滹沱河倒虹吸工程的退水闸门前，清澈的南水欢畅奔流，还有许多小鱼随着水流游动着。这就是让滹沱河发生“蝶变”的“源头”。

尽管闸门很小，但它延伸出去的 800 米退水渠向东北方向延伸，并入滹沱河的东西河道。从空中俯瞰，工程如同一个海螺平卧在地上。

“2017 年至今，南水北调中线已向滹沱河生态补水 36 次，补水最多的一次是 2018 年 10 月中旬，流量达到 64 立方米每秒。”南水北调中线建管局河北分局石家庄管理处副处长曹铭泽说。

滹沱河倒虹吸工程承担着输水、退水和调度等多重任务。“2003 年 12 月，滹沱河倒虹吸工程率先开工建设，是南水北调中线工程第一批开工建设的重点工程。”曹铭泽介绍，倒虹吸工程简单说就是利用 U 形管的虹吸原理，修建穿河隧道，让渠从河下过。

开工建设早，效益发挥也早。2008 年至 2014 年，随着京石段应急供水工程通水，滹沱河倒虹吸工程投入运行，先后 4 次从岗南、黄壁庄水库引水超过 16 亿立方米，有力保障了首都供水安全。南水北调中线工程全面通水以来，滹沱河倒虹吸工程累计输水 115 亿立方米，实现了不间断持续稳定通水运行。

距离渠首已有 977 公里之遥，这里的水质和源头有变化吗？

南水北调中线建管局河北分局副局长张国利说："这里的水依然清澈，是Ⅱ类水，和丹江口水库的水基本一致。南水虽然流淌了近 1000 公里，但它是独立运行的，不和立交桥、河流有接触，可以保持非常好的水质。"

在渠道边，工作人员夏勇为我们演示了无人机采集水样的操作。一架黑色的无人机在水面上盘旋，快速把一段水管伸入水中，前后不到 10 分钟就完成了一次水样采集。夏勇说："无人机采样主要是在发生水污染等紧急情况下使用，可有效保障监测人员安全，提高采样速度和效率。"

南水北调中线干线河北境内工程总长 596 公里，设有 12 个水质监测断面，建有 1 个国家级认证的水质实验室和 2 个水质自动监测站，配备了国内外先进的仪器设备，初步具备 97 项指标的检测能力。

张国利说："为了让河北人民喝上优质南水，我们与属地各级检察院共同建立协调联络机制，启动'南水北调沿线生态环境综合整治'检察公益诉讼专项活动，水质保护及风险管控取得明显成效。"

一渠清水千里北送，安全保障需先行。在确保工程安全运行管理中，很多新技术和新设备都得到了运用。

就要离开滹沱河倒虹吸工程时，一把大铁锁引起记者的注意。现场管理人员李宏硕用手机扫码，只听"啪"的一声，铁锁打开了。李宏硕说："这是一把物联网智能锁，将物联网通信技术和大数据云技术结合在一起，可以监管人员进出及大门启闭。只要用手机一扫二维码，锁就开了，既留下了开锁痕迹，确保了安全，也不怕钥匙丢失。"

围绕工程安全、供水安全、水质安全，中线建管局河北分局做好水质监测、运行维护、防洪度汛、应急管理、监督检查等各项工作。工程运行 6 年多来，经受了冰冻灾害、暴雨洪水等多次考验，实现了持续安全平稳运行。

南来之水，让大河重现碧波，让华北再现生机。自 2018 年 9 月开始，在保障年度正常供水计划前提下，南水北调中线工程利用丹江口水库富余水量持续对华北地区开展生态补水，滹沱河、滏阳河、南拒马河等河流水质明显提升，华北部分地区地下水水位止跌回升。

就在不久前，6 月 7 日，水利部、河北省人民政府联合启动 2021 年夏季滹沱河、大清河（白洋淀）生态补水工作。补水水源包括南水北调中线工程引江水、当地水库、白洋淀下泄水量，力争 7 月前实现滹沱河补水线路和大清河（白洋淀）补水线路全线贯通。

水长归塞上，华北亦江南。南水北上，让河北受水区吃水难用水难、“有河皆干、有水皆污”的困境成功破局，让近 3000 万城乡居民喝上了优质水，让白洋淀和 20 余条河流重现活力。水脉通，生机来，南水北调就是这样在深层次上改变着石家庄，改变着河北，改变着华北。

（本报采访组成员：李先明　吴涛　陈萌　杨晶）

南水北调中线行之七

水润雄安承大事

（2021 年 6 月 17 日）

本报采访组

塔吊林立，长臂飞舞，施工紧张，场面壮观。

5 月 28 日，雄安新区。这座举世瞩目的“未来之城”，正在建设者日夜兼程的奋斗中悄然崛起。

与周边热火朝天的建设场面不同，位于雄安新区容东片区王路村的雄安新区起步区 1 号供水厂已经整体建成，一座现代化水厂已具雏形。

“这个水厂 6 月底将投入运行，日供水 15 万吨，水源取自南水北调中线天津干渠。”1 号供水厂项目负责人梁赛介绍，工程占地 15 公顷，是雄安新区首个净水厂，投入运营后可确保容东片区 17 万人喝上优质水。

借助无人机，供水厂全貌尽收眼底。几座砖红色外观的建筑物依次排开，酷似字母“H”，设计中灵活运用的曲线显出灵动之美。院子里像波浪一样起伏的地面上竖立着许多透气帽，那是地下水处理池的透气装置。挖掘机和工人正在整理地面、进行绿化作业。已经绿化好的屋顶和地面，绿意盈盈，错落有致，富有生机。

蓝绿交织、清新明亮、水城共融是雄安新区未来的生态建设蓝图。正是按照这样的要求，起步区 1 号供水厂采用去工厂化设计理念，通过景观地形的营造，将水厂与周边环境融为一体。

记者走进位于办公楼二层的中控室，几名工作人员正在对水厂监控系统进行调试。“目前，中控系统调试是我们最主要的工作。水厂正式运行前会有 5 到 10 天的试运行，中控系统需要提前调整到位。”梁赛说。

一路北上，南水情长。6 月底，从丹江口水库千里奔流来的甘甜水，将带着库区人民和南水北调人满满的情意，流进新区容东片区和启动区的千家万户。

据梁赛介绍，水厂项目还建设了一座日供水规模 15 万立方米的原水泵站和总长约 19.4 公里的原水管道，作为引水配套工程，保证供水来源，提高水源安全性。

国家大事重千钧。从更长时间的维度来看，如何为雄安新区提供持续、长久的水资源保障？

在距离 1 号供水厂 50 多公里外，一个事关“未来之城”用水安全的工程项目正在有序推进。

记者来到位于保定市徐水区的雄安调蓄库工程项目施工现场。站在项目区内的观景平台眺望，远处峰峦叠嶂，树木葱笼，近处花草点缀，厂房密布。运输车、洒水车往来穿梭，大型施工机械隆隆作响。

南水北调中线实业发展有限公司河北分公司相关负责人焦小彦介绍，雄安调蓄库是南水北调中线工程第一座调蓄水库，是服务于雄安新区的基础设施工程。项目由调蓄上库、调蓄下库、连通工程、输水发电系统、主坝下游环境整治工程和弃渣处理系统等组成，调蓄库总库容约 2.56 亿立方米。

“调蓄库项目建成后，配合正在谋划实施的雄安干渠，可以满足未来雄安新区正常稳定供水要求，保障新区应急供水安全，提供稳定的供水保障。”焦小彦说。

雄安调蓄库不仅是“未来之城”的“水之源”，还是“骨料仓”。调蓄库项目建设过程中将开挖 4 亿吨骨料，是三峡工程建设时开挖量的 2 倍多，可满足雄安新区 15 年的建筑骨料需求。

尽管施工一片繁忙，车辆、人员来回穿梭，但现场并无尘土飞扬、喧嚣噪音。焦小彦说：“我们坚持无尘、无废、无污染的设计标准，不论是砂石加工系统还是全封闭的花园式厂房，都按照国内最顶尖的标准来建造运营。”

作为南水北调中线后续重点工程，雄安调蓄库在规划设计时有何考量？

南水北调中线实业发展有限公司副总经理兼河北分公司总经理韩志成透露，雄安调蓄库在保障雄安新区正常供水、总干渠应急和检修供水的同时，还兼具了供料、沉藻、发电、矿山修复等综合功能。

“这就对选址提出了更高的要求。首先需要离南水北调中线干渠和雄安新区足够近，减少骨料运输成本。其次不能占用大规模的基本农田。此外，地质条件同样重要，上库在地形上要恰当，以充分节约修筑成本；下库在高程上要合适，这样可以实现自流引水。”

记者从雄安调蓄库地理位置显示图上看到，最终敲定的雄安调蓄库位置紧临南水北调中线干渠北京、天津分水口，是一个“三岔路口”，地处咽喉。

韩志成说，不仅能让千里奔波的南水“歇歇脚”，项目还配套建设了南水北调中线总干渠在线沉沙沉藻工程，可以有效净化水源，改善水质，提供更加优质安全的用水保障。

既要高标准高站位规划，更需高标准高质量建设。“在雄安调蓄库的建设管理方面，我们将引入 BIM、GIS、物联网、5G 和云技术等先进技术手段，努力将这个项目打造成智慧工地的‘领头羊’。”韩志成说，“总书记的重要讲话让我们南水北调人感到非常自豪与光荣。雄安调蓄库工程是服务雄安新区的重大基础性工程，我们将按照高标准、严要求，把调蓄库建设成经得起历史考验的工程。”

水润雄安承大事，国逢盛世启新局。千里奔流而来的南水为雄安这座“未来之城”注入强劲“水动力”，支撑其承载“千年大计、国家大事”的重托。在习近平总书记重要讲话精神的指引下，随着雄安调蓄库等后续工程的建设，南水北调中线工程供水综合效益将不断提升，支撑国家重大战略的作用将日益凸显。南水北调与雄安的故事，才刚刚开始……

（本报采访组成员：李先明　杨晶　陈萌　吴涛）

红井映初心　碧水润红都

——看江西瑞金市农村饮水安全变迁

（2021 年 6 月 18 日）

本报记者　石珊珊　　通讯员　盛晓晓　欧阳兴

“吃水不忘挖井人，时刻想念毛主席”，这块写进小学课本的石碑，就立在江西省瑞金市沙洲坝村。

中央苏区时期，毛泽东主席发现沙洲坝村群众喝的是又脏又臭的池塘水，便带领军民选址挖井，奋战十几天，挖出一口直径 0.85 米、深约 5 米的水井。毛主席还亲自下井底铺沙石、垫木炭，让井水更加清澈。

一口朴实无华的水井，承载着共产党人与百姓之间的鱼水深情，也因此被老百姓亲切地称为“红井”。2019 年 5 月 20 日，习近平总书记专程来到赣州看望中央苏区父老乡亲，指出要着力解决好“两不愁三保障”突出问题，让老区人民过上幸福生活。

“我们早就用上自来水了，现在水费也用手机交。”家住“红井”附近的吴大娘说。吴大娘今年 63 岁，缺水喝的记忆虽然遥远却印象深刻：“那时候没水喝就去别人家借水，后面再还回去。”如今，家里热水器、洗衣机等电器一应俱全，开在家门口的小超市也依靠红色旅游生意红火。

2018 年 7 月，瑞金成为赣南革命老区首个实现脱贫摘帽的县市，贫困人口全部实现“两不愁三保障”。“2018 年上半年，我们全面解决了贫困人口的饮水安全问题。目前全市农村自来水覆盖率达 91.66%，脱贫攻坚普查数据显示贫困户集中供水入户率达 99.61%。”市水利局农饮办主任罗剑林说。

瑞金是罗霄山集中连片特困地区扶贫攻坚重点县市，农村饮水安全工程建设任务重、难度大。如何在短短两年多时间里解决所有贫困人口饮水安全问题？又如何破解管护难题、巩固好脱贫攻坚成果？

瑞金不断创新工作思路，进行了一场城乡供水一体化建设的“瑞金实践”。“我们采用 PPP 模式和江西省水利投资集团有限公司合作，组建了瑞金润泉供水有限公司，建立了责任主体在政府、建管主体在企业、筹资渠道在市场的新型管理机制。”罗剑林说。

市场化运作为工程建设提供了充足的资金。

有了资金保障，瑞金市因地制宜打出一套“组合拳”——挖掘南华水厂和陈石湖水厂两座万吨级城市水厂的供水潜力，通过管网延伸工程解决了 8 个乡镇的饮水问题；全面修缮改造 7 个千吨万人水厂，新建 1 个千吨万人水厂；新建村级小水厂，解决地势较高、管网覆盖难度大的乡镇村落饮水安全问题；通过引山泉水、打机井和安装净水器等，解决偏远山区和独户居住的贫困户饮水安全问题。

位于市区东北郊的陈石湖水厂，是瑞金市供水能力最大的一座现代化水厂，由润泉供水公司负责运行管理。“现在水厂的日供水能力为 5 万吨，可保障 25 万人的生产生活用水。今年二期项目即将开工，完工后日供水能力可达 10 万吨。”水厂生产运行部负责人杨荣来介绍。

水厂里，滤水池、送水泵房掩映在一片翠绿之中。中控室的电脑屏幕上，设备运行情况实时可见，出厂水 pH 值、浊度，总管出水余氯等指标一一显示。“这是 13 公里外的取水泵站。”杨荣来指着屏幕说，“泵站无人值守，可以通过自控系统远程控制。”有了这套自控系统助力，只需几名工作人员就可以管理一座大型水厂。

目前，润泉供水公司负责为瑞金市农村饮水安全工程提供养护服务。专业化养护，彻底破解了建管分离、水价过高、水质不能保障等问题。去年 11 月 24 日，瑞金市又和省水务集团签订协议书，进一步明确由润泉供水公司统一规划、统筹建设、统一服务，打造城乡共享的优质供水服务。罗剑林感慨：“瑞金市在供水能力、供水水质、技术装备、企业管理等方面，发生了质的飞跃。”

八十多年前，老百姓在水井边认识了红军，也记住了中国共产党。时光荏苒，井水依旧清澈甘甜，中国共产党千方百计让老百姓过上好日子的初心从未改变。从井水到“放心水”，汩汩清泉，滋润了老百姓的心田，也映照着共产党人始终与人民同呼吸、共命运、心连心的的初心和恒心。

穿越华北平原的携手奔流

——写在2021年滹沱河、大清河（白洋淀）补水提前全线贯通之际

（2021年6月26日）

本报记者　董自刚　李平　张灯林　陈晓磊　通讯员　任树春　赵群

应对华北生态脆弱难题，一场跨流域跨区域补水的实践探索正在展现成效。

——题记

两条水路，在华北平原自西向东，贯通河湖。

这是一段“牵手之旅”。来自南水北调中线总干渠河北段的引江水，“牵手”当地水库水，从6月7日出发，开始了一段绿色“旅程”。

一路水头，经滹沱河、子牙新河，奔流10天，6月17日来到沧州市南运河周官屯闸。

同时“起跑”的另一路水头，分南北两支，经大清河水系的瀑河、南拒马河，穿白洋淀，入赵王新河，6月11日就抵达“终点”天津市独流减河进洪闸。

至此，滹沱河、大清河（白洋淀）两条补水线路提前10多天全线贯通。

多水源统筹，多水系连通。这是一条“协同之路”。

江水、库水科学配置，综合补给。南水北调中线工程与补水沿线的河湖水库统筹调度，为华北地下水回补、河湖生态复苏输入了强劲动力，为实现跨流域调水工程战略功能，提供了生动的实践探索。

清水复流，滋养华北全新生态

6月7日，水利部、河北省政府联合启动2021年夏季滹沱河、大清河（白洋淀）生态补水。

截至6月17日8时补水全线贯通，累计补水0.83亿立方米，实现水流贯通目标河长467公里。

汩汩清流涌入下游河道，近年多数时间断流或干涸的子牙新河、赵王新河、大清河实现全线复流，目前补水工作还在持续。

一条不断流的河，能给一座城、一方人带来什么？

石家庄市北部城区，石家庄的“母亲河”——滹沱河一派湿地公园景象。丹江口水库的“南水”，上游岗南水库和黄壁庄水库的“北水”，在这里交汇。俯瞰滹沱河，水面宽阔，烟波浩渺，草木葱郁，野鸭游弋。

十几年前，同样站在这里，石家庄市水利局滹沱河生态工程运行维护中心崔京平看到的却是河床干涸、河段沙化、黄沙四起，这里一度成为石家庄市主要沙尘污染源。

在滹沱河生态修复工程建设中，“水来了”是关键、是核心，依靠源源不断的活水，如今，“母亲河”再次成为石家庄的生态屏障。随着生态逐渐复苏，人们的脸庞也逐渐朗润起来。

同样获得新生的，还有大清河。上游安格庄水库、旺隆水库，汇合南水北调引江水，让大清河下游水环境明显改善，河北天津河湖生态复苏。

白洋淀是大清河水系重要的水量调节枢纽。6 月 16 日的白洋淀，补水已进行了 9 天。无垠淀水，无边苇海，水鸟掠过，一片蓝绿相融的世界。

“建设雄安新区，一定要把白洋淀修复好、保护好。”习近平总书记的殷殷嘱托犹在耳畔。作为雄安新区重要的生态湿地，白洋淀这颗“华北明珠”重绽风采，实施生态补水是必由之路。

“通过近年持续的生态补水，白洋淀水位明显回升，保持在 7 米左右，同时，增加了水动力，提升了水质，绝迹多年的水生植物重现，野生鱼类也在快速恢复和繁殖。”河北省水利厅调水管理处调研员孟贺宗说。

水系畅通，带来的是质的飞跃。2020 年，华北浅层地下水水位较上年总体回升 0.23 米。跨区域生态补水显现了巨大的生态效益。

多轮补水，让华北腹地生机盎然，逐步复苏的河湖生态成为京津冀协同发展的强劲动能，为进一步推进华北河湖生态修复提供了成功经验。

科学统筹，实现跨地联调格局

生态修复要的是好水。好水从哪儿来？有限的水怎么分配？应对这场关于生态文明的大考，需要胸怀大局、打破定式。

抓住主汛期前腾库容的有利时机，利用丹江口水库、白洋淀、岗南水库、黄壁庄水库、安格庄水库、旺隆水库的下泄水量，通过科学调度，推进生态补水向滹沱河、白洋淀下游河湖延伸，促进河湖生态系统恢复。这是水利部经过科学谋划，打的一个漂亮的时间差。

水利部、河北省政府周密计划、科学组织。河北省水利厅确定补水河流关键断面及控制流量，联合南水北调中线管理局调度上游水库和南水北调中线及时开启、调整闸门实施生态补水。

水利部联合沿线地方政府提前开展河道“清四乱”，强化水质监管，严控沿程用水，确保输水效率。水利部水利水电规划设计总院、海河水利委员会等多家单位进行水文监测和成效跟踪。

这是一个有着全局站位、依靠科学统筹的重大行动。

根据《2021 年夏季滹沱河、大清河（白洋淀）生态补水方案》，此次补水统筹考虑防洪安全与河湖生态补水需求，统筹引江水、水库水等多水源调度，发挥南水北调工程输配水功能，通过实现多条河湖贯通，推动地下水回补和河湖水生态修复、水环境改善。

顺着白洋淀主航道，记者来到位于淀东侧的枣林庄枢纽四孔闸，白洋淀水从这里流向赵王新河，最终到达天津独流减河。“从 6 月 7 日开始，枣林庄枢纽以 50 立方米每秒的流量向下游补水，11 日提前贯通后流量调整到 20 立方米每秒，都是按照方案进行调度。”河北省水利厅大清河河务中心党委书记梁建军说。

在补水中，如何兼顾沿线供水安全和防洪安全？河北省水利厅总规划师边文辉告诉记者，水利部与河北省水利厅加强组织协调，一方面严格监管汛限水位，做好水情监测预报，强化监测信息实时共享，优化调整补水流量，另一方面强化属地巡查管护、涉河设施应急处置、涉水作业等，在保证防洪安全、供水安全的前提下有序补水。

在跳出苑囿、寻求协同发展的大理念下，通过科学精心调度，截至今年 5 月底，滹沱河累计补水 16.3 亿立方米，大清河（白洋淀）累计补水 17.06 亿立方米，实施生态补水的河湖共计补水 97.49 亿立方米。

科学统筹、合力护航，成就了今天流动的河、清澈的河、幸福的河。

相融共济，保障国家重大战略

今天的滹沱河、大清河，流淌的是“百家水”。

“南水北调中线滹沱河退水闸已向滹沱河生态补水 36 次。”南水北调中线建管局河北分局石家庄管理处副处长曹铭泽说。多年来，南水北调中线工程向河北生态补水 39.2 亿立方米，成为补水的骨干力量。

除南水北调工程外，水利部充分发挥引黄入冀、万家寨引黄、引滦等跨流域调水工程效益，结合当地水库和多种水源，有序推进华北地区河湖生态补水。

据 2020 年统计，各方补水量分别为：南水北调中线 17.04 亿立方米，引黄 5.19 亿立方米，引滦 0.67 亿立方米，当地水库 7.69 亿立方米，雨洪水等非常规水源

13.65 亿立方米。

这其中，多源保障是重要一环。在华北生态补水的实践中，城镇雨洪水等非常规水源的收集利用，成为补水水源的重要部分。

事实证明，结合国家、地方水安全保障需求，加强国家重大水资源配置工程与地方重要水资源配置工程互连互通，开展水源工程间、不同水资源配置工程间水系连通建设，是卓有成效的。

“构建水资源南北调配格局，实施区域河湖水系连通，是新阶段科学推进调水工程的一项主要举措。”水利部水规总院院长沈凤生说，开展海河等河湖水系连通，为实施华北河湖生态补水、维护区域河湖生态健康奠定了坚实基础。

多水源保障下的生态补水，修复了华北地区生态环境，形成了京津冀三地水系互连、互通、共济的供水新格局，支撑了京津冀协同发展和雄安新区建设等重大战略的实施，将有力推动国家水资源战略储备体系的建立健全。

依据《华北地区地下水超采综合治理行动方案》，今年是完成综合治理近期目标的关键期，任务依然艰巨。根据各水源来水情况，相机加大河湖生态补水和地下水回补力度，实施华北河湖生态复苏行动，坚持一河一策，都是完成阶段性目标任务的必由之路。

南北互连水共济。有了活水的滋养，在海河流域，在华北地区，河流湖泊正在逐步成为绿色生态廊道，为高质量发展打上纯净底色，人们心中的美好愿景正在逐步勾画出清晰的模样。

“一定要时刻感党恩、听党话、跟党走”
——习近平总书记重要讲话在西藏拉孜县桑珠村引发热烈反响

（2021年7月3日）

本报通讯员　益西卓嘎

7月1日上午8时，庆祝中国共产党成立100周年大会在北京天安门广场隆重举行。在海拔4100米的西藏自治区日喀则市拉孜县桑珠村，一大早，自治区水利厅驻村工作队的队员，和身着鲜艳民族服装的桑珠村党员干部们，聚集在村委会一同观看庆祝大会实况直播。

庆祝大会上，习近平总书记发表重要讲话，他指出：“新的征程上，我们必须坚持党的全面领导，不断完善党的领导，增强‘四个意识’、坚定‘四个自信’、做到‘两个维护’，牢记‘国之大者’，不断提高党科学执政、民主执政、依法执政水平，充分发挥党总揽全局、协调各方的领导核心作用！”

认真学习聆听总书记的重要讲话后，身处边疆少数民族地区的党员干部们纷纷表示，深感自己身上肩负着守护祖国河山和维护社会和谐稳定的重任，要为捍卫社会稳定、人民幸福作出更大的贡献。

“作为基层党员，要增强‘四个意识’、坚定‘四个自信’、做到‘两个维护’，发挥好驻村工作队各项工作职责，协同村两委班子共同努力，不忘初心、牢记使命，为助推乡村振兴和实现中华民族伟大复兴的中国梦贡献力量！”驻村工作队队长的话说出了自治区水利厅驻村干部的心声。

村双语幼儿园老师拉姆是一名共产党员，她说：“今天听了习近平总书记的讲话，我感到无比激动和自豪。波澜壮阔的百年党史，激励着我们每一个人进一步坚定理想信念，不忘初心、牢记使命，做好本职工作，立足岗位，教书育人。”同为党员的村医卓嘎表示：“在党的坚强领导下，全国人民众志成城，有效控制了新冠肺炎疫情。只有中国共产党才有如此强大的应对疫情的能力，只有中国共产党才能守护我们的生命安全，作为一名村医我感到无比的自豪。我们一定积极响应总书记的号召，做新时代的白衣卫士，守护祖国，守护人民！”

大会结束后，所有党员干部进行了深入交流。老村支书巴桑通过新旧西藏对比，深情讲述了如今西藏人民美好生活的来之不易，要时刻牢记历史，珍惜当下幸福。

大家表示，在中国共产党的领导下，西藏创造了短短几十年、跨越上千年的人间奇迹，人民生活发生了天翻地覆的喜人变化，一定要时刻感党恩、听党话、跟党走，全面贯彻落实好习近平总书记“治国必治边、治边先稳藏”的重要战略思想，始终坚定正确的政治方向和政治立场，像爱护自己的眼睛一样爱护安定团结祥和的大好局面。

随后，所有党员干部重温了入党誓词，并开展了“为民办事实”主题党日活动，一同前往村后山维修养护鲁朗水塘，确保桑珠村 100 多亩耕地及 210 亩林地的灌溉安全，充实而忙碌地度过了“七一”党的生日。

自治区水利厅驻村工作队的队员和桑珠村党员干部们观看庆祝大会

本报通讯员　益西卓嘎　摄

初心始发地铺展水美画卷

（2021 年 7 月 17 日）

本报通讯员　叶晓峰　栾晓娜

上海是中国共产党的诞生地和初心始发地。百年来，红色基因在这里代代传承。

近年来，上海市水务部门始终牢记习近平总书记的嘱托，积极践行“节水优先、空间均衡、系统治理、两手发力”治水思路，牢固树立“绿水青山就是金山银山”理念，不断创新工作体制机制，统筹推进水环境治理、水安全保障、水生态保护等工作，河湖水质不断改善，供水品质持续提升，区域协同治水逐渐加速，防洪基础得到夯实。

黄浦江奔腾不息，苏州河碧波粼粼，“一江一河”两岸滨水空间全面贯通开放，人们或悠闲散步或驻足赏景，欢声笑语荡漾在水清景美的画卷之中；从水库原水到自来水厂再到千家万户，供水水质不断提升，老百姓喝到的自来水口感越来越好……

改善河湖水质　共享发展成果

2019 年 11 月，习近平总书记来到上海市杨浦滨江公共空间杨树浦水厂滨江段，提出“人民城市人民建，人民城市为人民”的重要理念。

杨树浦水厂滨江段，是黄浦江沿岸的滨水空间。早在 2017 年年底，黄浦江两岸 45 公里的岸线公共空间已全部贯通开放，实现“还江于民”。沿着滨江岸线漫步，一路皆是风景，群众共享“人民城市”的发展成果。

曾因“黑臭”而闻名的苏州河，在历经 30 多年的环境综合整治后，也已实现华丽蜕变，从黑臭河变成了生态河、景观河。2020 年年底，全长 42 公里的苏州河岸线实现全面贯通开放。现在，苏州河两岸绿树成阴、鸟语花香，让人心旷神怡。

在城市间纵横流淌的黄浦江、苏州河，成为城市的“生命线”、高质量发展的“绿色名片”，承载着人民群众对美好生活的向往。

改变的不只是黄浦江和苏州河。上海市水务部门深入贯彻落实“绿水青山就是金山银山”这一重要理念，大力推进水环境治理保护，城乡水环境有了明显改善，实现了 2020 年基本消除劣Ⅴ类水体目标。

加快水环境治理保护，制度保障是关键。上海市持续深入推进河长制湖长制，推动河长制工作重心下移，落实市属重点区域、市级企业河长制，设立标准化街镇、村（居）河长工作站，强化治水“神经末梢”，压实河长“巡、盯、管、督”责任。

当前，上海市仍在探索创新水环境治理工作，如结合河湖长制，探索适合上海平原河网地区特点的生态清洁小流域建设，打造水系统治理升级版。根据规划，到 2025 年，上海将重点建设 50 个生态清洁小流域，超过全市面积的一半；到 2035 年，建成覆盖全市的 151 个生态清洁小流域。

齐抓源头末端　供水品质持续提升

2020 年 5 月 22 日，拥有近 140 年历史的杨树浦水厂深度处理改造工程正式开工。改造完成后，厂内所有生产线将全部采用“臭氧＋生物活性炭”的深度处理工艺，进一步提升饮用水水质。

2020 年 11 月，上海市首个高品质饮用水试验示范区建设在闵行水厂开建，规划受益人口 10 万人。待项目完全建成后，老百姓可实现打开水龙头就能直接喝水的愿望。

上海提升水质的脚步从未停止。根据规划，到 2035 年，上海全市范围供水水质对标世界发达国家同期水平。围绕实现这一目标，上海不断完善多源连通互补的原水系统布局，全面实施水厂深度处理工程，滚动推进老旧供水管网改造，强化二次供水监管能力建设等措施，持续提升从“源头”到“龙头”的供水水质，满足直饮需求。

除了高品质供水，节约用水也是上海水务工作的重中之重。

上海近年扎实做好各项节约用水管理工作，通过多种形式宣传节水理念，推广先进节水技术，增强全民节水意识。仅 2020 年，上海全市节水量约 600 万立方米，累计完成各类节水措施 938 项，最高日节水量达 2.14 万立方米。

同时，上海加快转变治水思路，将节约用水作为水资源开发利用与保护的前提与基础，从源头和末端双管齐下，推动污水资源化利用和节水减排，促进城市运行降损增效，以水资源的优化配置和高效利用支撑经济社会持续健康发展。

服务国家战略　加速区域协同治水

2018 年 11 月 5 日，习近平总书记在首届中国国际进口博览会开幕式上发表主旨演讲时宣布：将支持长江三角洲区域一体化发展并上升为国家战略。自此，长三角一体化发展按下加速键，区域水环境协同治理开启新征程。

2019 年 11 月 1 日，作为实施长三角一体化发展国家战略的先手棋和突破口，长三角生态绿色一体化发展示范区正式揭牌成立，区域内重点水体联保共治体系建设进入加速期。

经过广泛调研和多方深入协商，沪苏浙三地共同摸索出《长三角生态绿色一体化发展示范区重点跨界水体联保专项方案》，将 47 个主要跨界水体纳入实施范围。

示范区所在的上海市青浦区、江苏省苏州市吴江区、浙江省嘉兴市嘉善县三地以深入推进协同治水为契机，探索实施联合河湖长制。在联合巡河上，充实完善协同治水信息化平台，健全完善信息通报机制；在联合监测上，构建示范区水生态监测网络，开展淀山湖蓝藻水华调查、骨干河道底泥监测，编制河湖健康状况“蓝皮书”；在联合治理上，高标准打造有亮点、有显示度的示范样板河湖。通过积极推行“联合巡河、联合管护、联合监测、联合执法、联合治理”等五个联合机制，打破行政壁垒，为实现跨省界河湖河畅、水清、岸绿、景美做了有益有效的探索。

坚持科技赋能　筑牢城市防洪屏障

上海濒江临海、地势低平，防汛防台风工作一刻也不能放松。

全市深入贯彻落实习近平总书记关于防汛救灾工作重要指示批示精神，始终坚持人民至上、生命至上，压紧压实防汛责任，切实筑牢城市防汛防台风的安全防线，全力保障人民群众生命财产安全，不断增强市民的获得感、安全感。

上海努力把功夫下在风雨到来之前，全市防汛防台风基础设施体系不断完善，已基本建成千里海塘、千里江堤、区域排涝和城镇排水“四道防线”。同时，依托长三角一体化合作平台开展联合调度，有效应对太湖超标洪水，持续加大防汛物资储备力度，做好预报、预警、预演、预案“四预”工作。全市各级防汛干部恪尽职守、勠力同心，全力筑起守护上海的“防洪屏障”。

防汛能力不断提升背后，是高科技赋能。自动监测积水动态，信息实时共享，智能调度指挥，多部门联动响应，直接视频对话……从一部电话到一块大屏，如今上海防汛体系越来越智能、精准、高效，“科技＋管理”的长效机制正在逐步形成。

从党的百年光辉历程中汲取奋勇前进的力量，上海水务部门正努力奔跑，以超大城市水系统治理现代化需求为导向，以河湖长制为抓手，持续推进新阶段水利高质量发展。一幅新的水美新画卷正在初心始发地徐徐铺展，人民群众的幸福感也将持续增强。

铺就东北高质量发展绿色基底

——吉林全面推进万里绿水长廊建设

（2021 年 9 月 7 日）

本报记者　李平　边境　石珊珊

绿色是经济发展的底色。在有东北“水塔”之称的吉林省，松花江、辽河、绥芬河等五大水系纵横全境，水网密布，河流绵延。水，是吉林大地宝贵的生态财富。

如何将生态优势转化为经济社会高质量发展优势？这是加快推动新时代吉林全面振兴、全方位振兴的必答题。

2015 年 7 月、2018 年 9 月、2020 年 7 月，习近平总书记 5 年三赴吉林考察，殷殷嘱托要实施好重大生态工程，坚定不移走生态优先、绿色发展之路。

“绿水青山就是金山银山、冰天雪地也是金山银山”“加快统筹山水林田湖草治理，使东北地区天更蓝、山更绿、水更清”……总书记亲自为吉林发展掌舵领航、把脉定向，对吉林生态文明建设寄予厚望。

2021 年 6 月 8 日，一场囊括吉林全省所有江河湖库湿地及河口岸边带的“绿水长廊”建设，迅速启动。省总河长会议审议通过了《吉林万里绿水长廊建设规划（2021—2035 年）》，并以省总河长令的形式印发实施。8 月，吉林万里绿水长廊省级第一批试点名单正式出炉。

一条以江河湖泊为纽带的万里绿水长廊将逐渐描绘出白山松水的本真模样，为吉林走出一条质量更高、效益更好、结构更优、优势充分释放的发展新路注入强大动力。

用生态工程打造绿色发展新引擎

吉林是河源省份，城镇大都依水而建、向水而生、因水而兴。

然而与东部地区水资源丰沛形成明显反差的是，中部、西部地区极度、重度缺水，加之受气候变化和人类活动影响，地下水水位不断下降，湿地萎缩，湖泊干涸，河流断流。多年来，防洪减灾体系仍存在突出短板，河湖系统治理局面没有完全形成，河湖岸线利用水平整体较低。

万里绿水长廊，正是吉林破解制约高质量发展“水瓶颈”的关键一招。

“这是推进吉林经济社会高质量发展的支撑性工程。”吉林省水利厅主要负责人这样定义万里绿水长廊，“以水为纽带，促进山川、文化、旅游、经济等资源整合，形成‘绿水长廊＋’的倍增效应，不仅满足人民日益增长的优美生态环境需要，还为加快推动‘一主、六双’产业空间布局、保障国家粮食安全、推动全域旅游发展等提供有力支撑。”

万里绿水长廊将作为建设生态强省的重要载体，走出一条保护生态环境与经济社会发展相互促进、相得益彰的吉林道路。

据介绍，吉林省按照“2 年选试点、见雏形，5 年打基础、见成效，10 年新跨越、见蝶变”的思路，聚焦保护水资源、强化水安全、改善水环境、守护水岸线、修复水生态、弘扬水文化和做强水经济“6＋1”项重点任务，到 2035 年建成绿水长廊 1.35 万公里。“建设匡算投资 1115 亿元，今明两年我们先选取试点，不断总结建设经验，在 2023 年后全面铺开建设。”省水利厅主要负责人说。

经过近几年河湖水系整治，吉林省河湖生态环境正在复苏。总书记关心的查干湖、东辽河治理等标志性战役取得重大成果；长春市伊通河、吉林市松花江、梅河口市辉发河等已经成为城区“绿色名片”；五级河湖长合力攻坚，推动治理体系和治理能力不断升级。

《规划》一出台，吉林省各地纷纷举荐自家门前越变越美的家乡河先行先试。省河长办对照《规划》标准和要求，现场查看、审核把关、专题会议研究，确定长春市汽开区新凯河等 36 个地方积极性高、规划建设标准符合要求的绿水长廊项目为省级第一批试点。其中，城市型项目 25 个，乡村型项目 8 个，原真型项目 3 个。这些试点将被打造为精品工程、示范工程，形成可推广、可复制的经验。

在精品工程带动效应下，一条条逐渐焕发生机的河湖，必将成为吉林大地上的“生命线”“景观带”“生态轴”“动力源”。

系统治理做活“绿水”文章

城市临水而建，乡村依水而居，青山傍水而立，山水融合而美，这是绿水长廊的愿景，也是先行试点河湖的真实图景。

“钓上来一条小鲫鱼!”辽源市仙人河旁，68 岁的丁守贵沉浸在钓鱼乐趣中。这条仙人河是东辽河支流，在 2018 年因“臭”名昭著被习近平总书记批示，被中央生态环保督察组通报。经过两年多治理，眼前的仙人河清水潺潺、鱼翔浅底，两岸绿树成阴、鲜花绽放。

东辽河的新生得益于生态水系总体规划、合力打造。“我们通过河长制工作机制，调集各方资源、配齐各方力量，把造成污染的因素一个一个根除。”辽源市副市长康忠贵说。来自水利、城管执法、财政、生态环境等各部门的力量汇聚成强大治水合力，随着河道清淤、雨污分流改造、污水处理扩容工程等一系列措施实施，东辽河水生态治理成效显著。“2020 年，东辽河 35 年来首次全年消除劣Ⅴ类水体。”辽源市水利局局长钟亚辉说。

出色的治理成果使东辽河入选城市型绿水长廊试点。城市型绿水长廊，就是依托流经城市城区的河湖水系，结合城市更新行动，开展城市水系综合治理，通过治理一条河彻底改变一座城。

告别黑臭榜单的东辽河，催化了辽源市的新生。14.27 公里的东辽河市区段，沿岸步道整洁宽敞，清风徐来心旷神怡，河边多了徒步健身队伍，周边地价也比上年翻了一番。

绿水廊道不仅勾勒出市区的新貌，还蔓延舒展在更广阔的乡村。依托流经郊区和乡镇村屯的河湖，依托流经自然保护区和公园的湿地水系，一条条乡村型、原真型绿水长廊，正在加速城乡一体化发展的火热进程。

东辽县安北村是东辽河的发源地，也是原真型绿水长廊试点。乡村木栈道，深林淌清泉，“东辽河源头”实至名归。

“5 年前，这里的林子里种了庄稼，还搞了养牛业，一走一腿泥。3 年前侵占的林地收了回来，种树涵养水源。现在这里已经是一个‘农旅＋’旅游景区了，果树明年就能挂果。”康忠贵边走边说。

据东辽县副县长王飞介绍，东辽县水源地植被覆盖率由原来的 43％提升至 85％，同时集中流转耕地，建设生态循环农业，每年减少化肥用量 3000 吨、农药用量 21 吨，农业面源污染大大减少。随着试点建设的不断推进，辽河源将以打造生态经济发展区为目标，建设“活水畅流、岸清水绿、人水相融”的现代城乡。

事实证明，要从根子上解决生态问题，必须将水的问题放在山水林田湖草沙这个生命共同体中，统筹推进生态保护修复，筑牢流域生态安全屏障。

根植于统筹布局、系统治理的绿水长廊建设，必将赋予经济社会发展强有力的“绿色”动能。

跳出水利干水利的叠加效应

通化市佟佳江，江水清澈幽静，江边绿意盎然。不远处一只龙舟正破浪前行，吉林省赛艇队、皮划艇队的训练基地就在这里。

“工程建设后，水环境好了，多年不见的野生动物来了，赛艇队、皮划艇队也来了，整治效果看得见、摸得着。”市水利局局长丁杰感慨。

佟佳江生态长廊项目是目前具备较好建设基础的城市型绿水长廊试点之一，集全域旅游、城市建设、水利、生态环境于一体，建设长度 33.1 公里，总投资达 15.86 亿元。如此范围广、投资大的项目，仅靠水利一家难以顺利推进，通化如何破解这一难题？

"我们充分发挥河长办牵头抓总的作用，联合生态环境、文化旅游、自然资源等各个部门，统一规划、统筹推进，把'水文章'做好做丰富。"丁杰说。

以破解投融资难题为例，通化市水利局创新拓宽思路，一方面积极与市文旅集团沟通协商，凭借文旅项目优势争取政府专项债，另一方面联合河长制成员单位共同申报"海绵城市""山水林田湖草沙"等国家专项资金项目，为生态长廊建设提供资金保障。

统一整合资源、叠加资金效益，通化市"跳出水利看水利"的探索尝试，为吉林万里绿水长廊建设提供了可复制可推广的经验。

对同时拥有"绿水青山""冰天雪地"两座"金山银山"的吉林省来说，探索出一条"生态美"和"百姓富"相得益彰的绿色发展之路，具有双重加持。

"水对滑雪场至关重要。"在通化市中心 7 公里外的万峰滑雪场施工现场，开发方负责人梁锴说，滑雪场对水质、水量稳定性、河道排洪能力等都有较高要求，"金厂河，是我们这个新中国第一座高山滑雪场'重生'的关键。"

东昌区农业农村局局长张志宏介绍，金厂河是浑江支流，水质长年保持在Ⅱ类以上，河流中段修建了水闸，既可为造雪提供充足水源，还可确保冰雪融化后河道安全行洪。今年 12 月，滑雪场就将正式投入运行，将极大带动当地冰雪旅游发展和人口就业。

沿着金厂河边的绿色廊道往上游前行，一座集滑雪、度假为一体的山村旅游景区出现在眼前。"上龙头雪村是 2017 年修建的，就是看中了金厂河的水。"上龙头村村支书丁振河开门见山地说。

这座小型雪场每年带来 20 万元收入，还让近 50 名村民在家门口找到了工作，开起了农家乐。水环境治理，给村民们带来了源源不断的"生态红利"。丁振河说："我们有信心把雪场办得更上一层楼!"

一路探访绿水长廊，记者最常听到和看到的一句话就是"绿水青山就是金山银山"。这是对万里绿水长廊最好的诠释。这条绿色纽带串联起河流山川、城市乡村，扮靓大地，铺展幸福，绘就了一条安澜水廊、生态画廊、文化游廊和发展走廊，汇聚起推动吉林经济社会高质量发展的磅礴力量。

红 城 常 青

——建党百年之际访遵义

（2021 年 9 月 9 日）

本报采访组

遵义，中国共产党人不可磨灭的集体记忆，不曾忘却的红色圣地。

站在中国共产党成立 100 周年的时间节点驻足回望，来自 1935 年的中国西南这座小城的时空纪事，在历史中一直回响。86 年前，中国共产党人在危急关头坚持真理、修正错误，创造性地制定和实施了符合中国革命特点的战略，在这里实现从挫折中奋起的“伟大转折”，彪炳史册。

遵义，“转折之城”。不坠转折壮志，留下惊世传奇；赓续红色基因，而今迈步从头越。新时代的共产党人，团结和带领各族群众接续奋斗，向人民交出一份时代答卷。

6 年前，习近平总书记来到遵义调研考察，指出“我们要运用好遵义会议历史经验，让遵义会议精神永放光芒”。2021 年，习近平总书记在贵州考察调研时强调，要牢固树立绿水青山就是金山银山的理念，守住发展和生态两条底线，努力走出一条生态优先、绿色发展的新路子。

如今，红色乡土与绿色发展构成巨大的历史与现代张力。在红色光芒历久弥坚、穿越时空的同时，这片土地愈发常青。

初 心

每天除了经营农家乐，退伍军人刘学很少离开“新时代农民讲习所”。

这是一座两层的木制楼房，讲习厅就设在农家乐楼上。讲习厅墙壁是素面的木板，悬挂着“脱贫攻坚小喇叭”“构建和谐在路上”等自制图画，屋里整整齐齐设置着四处收来的斑驳老旧的 68 个木头桌椅座位，地面用木板做了地板和主席台，有音响有幕布，正面悬着红色的横幅——“学党史、忆英雄、感党恩、跟党走主题宣讲”。讲习厅年代感十足。

刘学清了清嗓子，熟练地开腔：“用故事讲述生活，用生活诠释道理，用道理展现幸福。在各级党委和政府关心扶持下自主创业，不再漂流异乡，全家人朝夕相处，共享天伦，这就是我和父老乡亲们追求的幸福。”这段话也被他挂在木墙上，还冠以“心里话”三个大字。

1976年出生的刘学，退伍之后，回乡种过庄稼，到建筑工地打过工，还一度成为“演技不错”的群众演员。是什么原因让他放下漂流，回乡创业？

“乡愁嘛。”健壮的刘学呵呵地笑，眉眼都眯了起来。“村里生态好了，绿化多了，家乡更美了，到村里来玩的游客也越来越多了，就更想回家。”曾经在部队干过文化宣传工作的共产党员刘学，2017年再度回乡启动民宿经营，并心心念念地开设了讲习所。

讲习所位于遵义市绥阳县风华镇牛心村，处在九曲螺江的核心位置，田园风光秀丽，滨河景色迷人，“村在园中，人在景中”，成为“百里洛安江”生态文明示范区的一环。依靠着距高铁站“一小时车程”的优势，正着力打造“重庆后花园”。

县水利工程运行服务中心主任顾爱军说，绥阳近几年下大力气开展生态河道治理，发展健康水产业，将水资源盘活，让水不仅“管”起来、“存”起来、“流”起来，而且“净”起来、“靓”起来、“富”起来。

水环境治理满足了人民群众的新期待。刘学小的时候，一个猛子能在洋川河扎很远，暑假成天都在河里玩。但在2000年前后，河水开始发臭，鱼也不能钓了。现在，综合治理后的洋川河正在悄然发生蜕变。他说，推行河长制以来，各级河长常来巡河，检查有没有塌方、污染、违规捕鱼，沿河群众处理垃圾的方式也自觉改变了。

近年，遵义围绕省级水生态文明建设试点，着力建设“山水相依乡愁可寄”的最美水利。刘学的家乡记忆，逐渐复苏在现实生活中。

遵义市区，穿城而过的湘江河静静流淌，沿岸绿树成荫，宛如绿丝带，延伸进远处的青山。阳光和煦的下午，河边木叶清香，河面披上金黄。傍晚清风徐来，河岸灯火次第亮起，母亲河的气息吸引着遵义市民到河边漫步。沿河的纪念公园，鸟啼与虫鸣，鲜花与芳草，轻歌与曼舞，安谧与静好……湘江河干流综合治理，为遵义人民渐渐增添幸福的滋味。

那条从红色历史走到今天的赤水河，她流经遵义的河段，时下已经成为全国首批示范河湖。这段200多公里长的河道，被定义为“江河安澜的行洪道、水清岸绿的生态道、融入自然的休闲道、科技共享的智慧道”，成为贵州省首条国家级“样板河湖”。遵义市水务局局长何德茂说：“示范河湖效应还将向本市更多河流延伸，让更多人民群众享受到幸福河湖的建设成果。”

晕染红色历史的赤水，绿色文明蓬勃生长；传承红色基因的人民，正在走进美好生活。

振　　兴

“清华美景农庄”的生意一年比一年好。

枧坝镇美景村，这家农庄店面里挂满了写着餐饮美酒字样的红灯笼，门口为省道，对面有山水，土地平旷，屋舍俨然，颇有“水村山郭酒旗风”的况味。

院子可不小。近前的场院里正晾晒着一席褐色的油菜籽，旁边立着篮球架，停着小汽车，还修建了一排带灶台的餐桌。不远处，是白墙黛瓦的民居，方楼坡顶，侧立面粉刷了蓝灰色的横纵线条，在绿色山岭的背景下，清新醒目。走进厅堂，十分凉爽。墙上挂着金灿灿的“绥阳县首届地方美食争霸赛”奖牌，酱爆肉王、金银花鱼、银丝面炒鸡这几道地方名菜是本间民宿主人的拿手绝活。

主人朱乾铭是厨师，以前在遵义城里做生意，买了房。2014 年卖房回乡创业。“水治理好了，环境美了，公路也通了，生意好做了。”他说。

农庄开始年收入几万块钱，后来“每年都在上涨”，到现在年收入已达四五十万元，能同时接待大概 150 人。

“3 月，油菜花就开了，金黄色一片片；收了油菜籽，就开始种稻谷；9 月，稻谷熟了，又是一片金黄。”朱乾铭觉得，游客主要是为环境而来，山青、水净、景美，是外面买不到的。“绿水青山真要变成金山银山哦。”朱乾铭说。

距离农庄不远是绥阳县生态旅游开发重点项目观音岩风景区，这个山水灵秀的原生态胜地吸引了众多省内外游客，为附近带来了商机。枧坝镇人大主席范晓敏说，枧坝的风光格外动人，水赋予了这里灵气和活力，也为当地带来了脱贫致富的机遇。

枧坝社区主任王永其扶着村里的水表箱，高兴地说，老百姓现在非常愿意交水费，开民宿和餐饮的也愿意交，按水表计收，“用多少吨花多少钱”“能节约水资源”，大家一起节约用水。

“十三五”期间，遵义创建了两个国家级水利风景区、15 个省级水利风景区。依傍星罗棋布的河流水库的生态休闲农业方兴未艾，结合特色小镇、美丽乡村建设，各地在沿岸重点打造生态农业观光示范点、乡村休闲旅游滨水精品线。因地制宜，因水兴利，带动茶叶、花椒、竹子、中药材等产业发展。

发　　展

发展为了人民，发展成果与人民共享。绿色，拓展了遵义发展的维度。遵义人的红色初心，还在不断描绘生态繁荣的图景。

遵义发展，优势在水，忧患也在水。优势在水，是因为遵义年均降水量和人均水资源量均高于全国平均水平；忧患在水，是因为遵义水资源时空分布不均和典型的喀斯特地貌，曾经连一座大型水库都没有，工程性缺水成为遵义发展的瓶颈。进入新时代，治水矛盾发生了深刻变化，经济社会发展和人民群众对优质水资源、健康水生态、宜居水环境的需求与日俱增，新老水问题相互交织，给遵义治水提出了新课题。

“十三五”以来，遵义市以贵州省党代会提出的“到2020年基本解决工程性缺水问题”为目标，大力实施“市级有大型水库、县县有中型水库、乡乡有稳定水源”和“大水网”会战等战略行动，加快推进全市水务基础设施建设。5年来，遵义先后开工建设59座骨干水源工程，全市在建骨干水源工程累计97座，治理病险水库54座。目前，遵义全市水利工程供水能力达27.37亿立方米，其中“十三五”期间新增供水能力4.51亿立方米，农村集中供水率从“十二五”末的81.5%提升至96%，水资源供需矛盾得到有效缓解。

遵义市成立了由市政府主要领导任组长的水资源管理领导小组。围绕让河清岸美成为常态，建立健全河长制体系，全市1134条河流、519座水库，实现河长制管理全覆盖。遵义市还以水土流失综合治理为重点，治理水土流失面积2212平方公里。

市水务局局长何德茂把城镇污水处理工作列为“需要大力推进”的重点工作。目前，遵义已建成城镇污水处理厂236座，实现城镇（乡）生活污水处理设施全覆盖。何德茂说：“当前，我们正以深化水务一体化改革为契机，坚持问题导向，深入开展城镇黑臭水体排查治理，加快实施城市排水防涝整治，稳步实施城镇生活污水收集处理提质增效整县推进工作，全力提升遵义城镇生活污水设施建设管理能力。”

习近平总书记指出，优良生态环境是贵州最大的发展优势和竞争优势。遵义市近年来的水生态文明建设实践，为红色遵义造就了高质量发展的绿色“引擎”。

常青，是和时代一起成长。从中国革命伟大的转折点走来，到“两个一百年”的历史交汇点，绿色，已经成为遵义的重要生产力、竞争力，更是遵义高质量发展的美丽底色。

（本报采访组：马加　李坤　赵洪涛　王伟康　杨良强　刘岩岩　段玲玲）

“云”解水困　福泽旱塬

——宁夏推进“互联网＋城乡供水”纪实

（2021 年 11 月 26 日）

本报记者　孟砚岷

地处西北腹地的宁夏回族自治区，近年来加快运用互联网思维、信息化手段和社会化服务，使“智慧水”成为乡村振兴的“活力源泉”。“天旱窖枯水断流，麻雀渴得喝柴油”的西海固，正是受惠于此，实现了由担水、驮水到手机买水的历史变革，群众生活品质得到极大提升。

2020 年 6 月，水利部批复同意宁夏在全国率先建设“互联网＋城乡供水”示范省（区）。当年 9 月，自治区与水利部共同启动示范省（区）建设。

水利云：告别毛驴驮水苦日子

52 岁的曹建雄，是西海固地区彭阳县城阳乡长城村村民。放学后担着水桶走 10 里山路到山沟里挑水，是他这一代“山里娃”挥之不去的集体记忆。

引水、解困，是彭阳县自 1983 年建县以来历届县委县政府接续攻坚的头等大事。

生命工程、农村饮水解困工程、农村饮水安全巩固提升项目、宁夏中南部城乡饮水安全工程的相继实施，为全县 12 个乡镇 156 个村输入了甘甜水，让许多像长城村一样的偏僻山村居民终于不再“喊渴”。但由于工程点多面广、穿山越沟，特别在人迹罕至的地段，支管、毛管水跑冒滴漏现象时有发生，断水、停水成为常事；加之水价高、水费计收难，“最后 100 米”问题让群众怨声不断，供水方叫苦不迭。

“缺人管”“跑冒漏”“收费难”“运行差”不但在彭阳县普遍存在，也是宁夏农村供水中普遍存在的难点、痛点、堵点和弱点。

智能“水利云”让这些问题迎刃而解。

室外白雪皑皑，室内键盘轻点。在调度中心“彭阳人饮工程管理系统”显示屏上，“互联网＋城乡供水”的信息化管理模式，将全县 19.1 万人的饮水控制精细化到每家每户；密密麻麻的监测点，犹如供水系统的“眼睛”，24 小时关注供水管道的变化。

智能“水利云”的推广，使彭阳县供水管理人员由 90 人减少到 40 人，管网漏失率由 36%降到 12%，年运维成本减少了 150 万元，实现了节水、降本、增效的三重作用。

效率的提高，人员的减少，直接推动彭阳县城乡供水一体化改革。原来城市每立方米 2.3 元、农村每立方米 4 元的水价，被统一调整为每立方米 2.6 元，真正实现了全县城乡供水“同源、同质、同网、同价”的目标。

清华大学王忠静教授认为，“互联网＋农村供水”确实提升了农村群众的幸福感。群众满意度从应用前的 65%上升到 98%，提升了 33 个百分点，创建了全国农村供水的“彭阳模式”。

2019 年 9 月，全国农村饮水安全工作现场会在彭阳召开，宁夏“互联网＋农村供水”被水利部推荐为智慧水利农村供水典型解决方案。

先行先试：花开山乡展新颜

天上降水少、地面径流少、地下好水少。千百年来，“水问题”一直是困扰海原群众生存的最大瓶颈。

海原县将物联网、云计算等前沿技术应用于农村饮水安全工程，在 3 个乡镇试点“互联网＋城乡供水”模式，实现自动化监测、控制、计量、缴费，省去了蓄水池人工调蓄、巡线、抄表收费等环节，降低了运行成本，提高了供水保证率，让群众吃上了方便水、明白水。外出务工的子女在异地他乡也可以用手机应用程序随时查看剩余水量、用微信为农村留守老人缴费。

“截至目前，全县实现了农村居民饮水安全全覆盖，全县常住户自来水普及率达 99%，供水保证率达 95%，集中供水率达 99.6%，群众获得感、幸福感不断提升。”海原县水务局局长张广平介绍。

目光转向西海固核心区的固原市。

短短几年间，固原市水利事业取得了历史性成就。城乡饮水安全普及率达 100%，农村自来水入户率达 98%以上，不仅圆了中南部地区 110 万人民喝上干净安全水的美好梦想，而且为助推固原决战决胜脱贫攻坚战、全面建成小康社会提供了有力保障。

治水“固原经验”也由此跃然纸上——在顶层设计上，固原市实行市级领导主抓、分管领导包抓、县区领导推动落地，从水源、水量、水质、水价、水权上定落地规划、落实措施，明确任务书、施工图、时间表，探索城乡供水水源、水网、水质、水价、水服务的智能化管理。在资金筹措和建管机制上，固原市结合各县区推广彭阳“331”（“3”即建管、水价、运行机制；“3”即自动化工程平台、数字化管理平台、智慧化服务平台；“1”即一体化供水体系）模式实际，创新投融资机制，发挥财政资金的杠杆作用，通过水价调节、资金整合、财政配套、社会资本参与等措施，解决工程融资问题；创新建管服机制，全面推进水务建管服一体化，保证工程高效建设和高质运行。在水资源配置上，固原市构建“北引黄河水、南调泾河水、用好当地水”的现代水网体系，按期完成确定的 10 个片区项目，实现建设管理系统化、全域供水一体化、运营服务智慧化和节约用水全面化的目标，让智慧水利为干渴画上句号。

没有等出来的成功，只有干出来的精彩。2020 年以来，固原市原州区、西吉县和中卫市海原县等县区也开始相继推行“互联网＋城乡供水”管理服务平台建设。宁夏总结试点经验，进一步扩大推广范围，使智慧水网向更多偏远区域延伸。

数字赋能：点亮美好新生活

“让老百姓早日喝上放心水!”这既是人民群众的热切期盼，又是水利人面对的考卷。

水利部立足乡村振兴新需求，实施农村供水设施升级改造和城乡一体化供水工程建设，不断提升数字化、网络化、智能化管理水平，更好满足农村居民用水需求。在水利部有力支持指导下，宁夏把建设“互联网＋城乡供水”示范省（区）作为一项重要工作，编制完成了《宁夏“十四五”城乡供水规划》和“互联网＋城乡供水”示范省（区）建设规划及实施方案，积极谋划全域推进“互联网＋城乡供水”管理模式。

据自治区水利厅节约用水与城乡节水处处长王正良介绍，宁夏建设“互联网＋城乡供水”示范省（区）的总体目标可概括成“12345”：统筹建设一个全自治区城乡供水大数据中心；培育壮大数字供水、供水数字两大产业；连通升级城乡供水工程网、信息网、服务网三张网；系统建立城乡供水组织、制度、标准、安全四个体系；协同完成政务云应用、技术创新、政策机制、产业培育、均衡服务五个方面的示范创新，用 3 年左右时间，实现全区城乡供水一体化、农村供水可持续。

目前，宁夏加快推进“互联网＋城乡供水”示范省（区）建设，今年年底前管理服务平台将投入运行，为城乡供水一体化提供“云”数据支撑；15 个县（区）已完成可研批复，固原 5 县（区）年底前基本完成建设任务，及时评估总结教科书式工作经验；自治区数字治水“科创、试验、产业”三位一体创新机制正加快完善；“十四五”期间 104 项城乡供水重点项目已有 12 项开工建设；固原市“互联网＋城乡供水”示范市建设项目正稳步推进。

“互联网＋城乡供水”，让西海固的老百姓真正吃上了安全水、明白水、放心水，也趟出了一条城乡供水高质量发展新路子。在此基础上，宁夏正加快构建“南北调配、丰枯补给、水量稳定、水质可靠、互备互用”的全自治区城乡供水总格局，着力建设以大水源、大水厂、大水网为主体的城乡打通、县县连通、区域互通的现代水网体系，进一步提升城乡供水保障能力，为黄河流域生态保护和高质量发展先行区建设提供可靠水支撑。

党史学习教育“上船头”

（2021 年 4 月 10 日）

本报通讯员　刘军

在江苏省泰州引江河管理处高港船闸，过去，船民党员长年在水上从事运输，走南闯北存在集中难、学习难的问题，组织生活、学习培训难以正常开展，党员教育计划执行和效果难以得到保障。如今，高港船闸主动关切船民党员的学习生活，通过“敞开大门”“走入船家”“搭建舞台”，为“水上漂”的党员同志们提供了一个有组织的学习阵地。

敞开大门一起学

高港船闸所在的水闸党支部是五星党支部，以“零距离、零缺陷、零障碍”为主要内容的“三零服务”是水闸党支部的党建品牌。党史学习教育活动中，水闸党支部在加强自身学习的同时，了解到一批船民党员缺乏学习资料，迫切希望能有相对正常的学习时间与空间。为此，高港船闸邀请服务对象代表、船民党员代表来到党员活动室，与支部党员一起学习，重温党的光辉历程；邀请船民参加他们的道德讲堂、专家讲座等，共同学习进步。同时，他们还经常召开座谈会，听取船民的意见和建议，分析面临的困难和问题，就高港船闸如何加强党群联系、更好地服务船民进行深入交流。

走入船家上门学

高港船闸是江苏省水利系统最大的船闸，也是长江中下游最繁忙的通江口门之一，每天都有大量的船舶在此等候过闸，高峰时曾出现待闸 15 天的现象。随着高港二线船闸建成，“阳光通航”行动不断深入，船闸通航效率得到了根本性的提升，待闸时间缩短到 8～12 个小时。

日前，高港船闸的党员以“学党史、强服务、办实事、开新局”为目标，主动走进船家，为船民党员们送党史资料读本，并通过学习平台，组织船民党员就地学习。

在学习内容上，不仅有党史，还有中国传统文化、水法、长江保护法等内容；学习形式上从简单围坐在一起读书扩展到朗诵、歌咏、互动问答，深受船民朋友的欢迎。

搭建舞台比着学

近日，一场别开生面的党史知识问答活动在高港船闸举办，参加答题的都是等待过闸的船员。活动现场，船民们争先恐后，举手抢答，踊跃参与到答题中来，气氛十分热烈。这是高港船闸党史学习中的一项活动，也是普及党史知识、增加学习教育覆盖面的一项新举措。船民党员们纷纷表示这样的方式新颖且有趣。

小船闸，大阵地，通过一系列的活动，船闸的党史学习教育活动丰富多彩，船闸党员与船民的心也贴得更近了。接下来，高港船闸还将在微信公众号、自动报港平台上增加趣味党史答题栏目，在船闸上游停泊区建设“暖心港湾”，搭建更多舞台，传播更多知识，让船闸真正成为党建大阵地。

党史知识问答活动现场　　　　本报通讯员　刘军　摄

学出党性　学出信仰　学出担当

——浙江省水利厅积极推进党史学习教育

（2021 年 6 月 19 日）

本报记者　王超

展卷披读、鉴往知来，饮水思源、以行践知……在全党开展党史学习教育之际，浙江省水利厅掀起了一股学习热潮，广大党员干部在一个个鲜活的场景中学习感受正青春的党史魅力。

专班推动　谋划早一步

3 月 11 日，浙江省水利厅召开党史学习教育动员部署会，传达贯彻中央和浙江省委有关部署，要求广大党员干部立足“红色根脉”，扛起“三地一窗口”的政治担当，提升“党建统领能力、业务为本能力、数字赋能能力”，争当浙江省党史学习教育的排头兵，为争创水利现代化先行省提供坚强保障。

3 月初，成立领导小组、组建专班，出台实施方案，实行专班化推进……省水利厅党组迅速有序推出一套组合拳，谋划开展党史学习教育。

“越是任务重大，越要加强组织领导。”省水利厅有关负责人介绍，除了高规格成立领导小组，设置办公室以外，还第一时间抽调精干力量成立党史学习教育专班，16 名政治素质高、综合能力强的同志迅速集结，综合协调组、宣传指导组、为民服务组等工作小组相继成立，做到一盘棋统筹、一体化推进。

根据实施方案，7 个方面 39 项主要任务清晰明确，从“饮水思源・勇立潮头”专题宣传到“浙水润民・为民服务”专题实践，从机关单位到工程一线全面推进，充满“水利味儿”。目前，浙江省水利系统各地各单位已完成动员部署，转入开展专题学习、专题宣讲、专题实践，在学习内容、学习步骤、学习方式上做深做实，形成了“系统联动抓学习，上下联动办实事，内外联动强宣传”的浓厚氛围。

系统联动　学习深一步

如何学党史？很重要的一个方面就是要学会读“有字之书”，需要多读原文、多悟原理。

浙江省水利厅有关负责人介绍，除了认真学习好《中国共产党简史》《习近平新时代中国特色社会主义思想学习问答》等指定学习书籍，省水利厅把《习近平在浙江》采访实录和《习近平科学的思维方法在浙江的探索与实践》作为开展党史学习教育的独特资源和核心内容，列为必读内容。

学思结合，知信统一。短短一个月内，厅党组带头开展专题研讨交流、厅管处级干部“走进红色学府”专题培训圆满结束、水利大讲堂暨党史主题宣传会火热开讲、党史知识竞赛一争高下、“浙水青年讲党史”微党课比赛如火如荼……省水利厅围绕读原文、悟原理推出了一系列有声有色的学习教育活动。

系统联动，推动学习教育更深一层。浙江水利水电勘测设计院“重走八大水系治水路，回顾浙水设计奋斗史”主题活动，将学习教育搬到了浙江八大流域的重大工程现场；浙江省水利河口研究院以“七个一百践初心，千人聚力开新局”为主题，7位党委委员牵头，开展庆祝建党百年系列活动；浙江省钱塘江流域中心组织寻访钱塘江流域红色印记，传承钱塘精神；浙江同济科技职业学院成立“‘四史’红色宣讲团”，开展线上线下相结合的“接地气”党史宣讲……省水利厅直属各单位深入挖掘水利红色资源，展现红色水基因，推出了一系列有特色、有成效的学习教育。

上下联动　办实事先一步

近日，在绍兴市上虞区曹娥街道建成区河道综合整治工程现场，一支年轻的临时党支部正式成立。支部集结了12名党员的力量，带头攻坚整治11条河道，着力改善当地“遇暴雨必涝”的现状。同时，支部还专门成立了一支防汛应急党员突击队，带头开启防汛“战时”模式。

不仅在上虞，浙江全省各个重大水利项目纷纷兴起了“党建进工地 推进党史学习教育”活动。省水利厅党史学习教育专班有关负责人介绍：“重大项目成立项目党支部、重要专班成立党小组、重大任务成立党员突击队，我们要以党建统领的力量，保障建成水利项目安全运营、在建设水利工程安全度汛。”

进入汛期以来，浙江省水利厅聚焦主责主业，把开展党史学习教育同水旱灾害防御履职结合起来，同解决实际问题结合起来。省水利厅领导带队开展水利三服务“百千万”行动，对全省11个市进行督导和服务，并联动全省水利系统出动6.33万人次，检查工程4.28万处（点）。截至目前，所发现的问题和隐患均已完成整改或落实安全度汛措施。

“既要推动解决一批群众、企业和基层最关心最直接最现实的问题，又要引导党员干部沉下身心，联系实际学习，学出党性、学出信仰、学出担当。”省水利厅有关负责人说，“下一步，省水利厅还将深入开展‘浙水润民·为民服务’专题实践，分‘我为群众办实事、我为企业解难题、我为基层减负担’三个篇章，从群众最关心的水安全、水生态、水环境问题出发，扎实办好省政府水利民生实事，提升水库山塘干堤安全水平，让群众的获得感一年更比一年多、幸福感一年更比一年好、安全感一年比一年强。”

浙江省水利厅党组书记、厅长马林云带队赴南湖瞻仰红船

本报记者　王超　摄

初心如磐为民生

——陕西岚皋县水利系统党史学习教育侧记

（2021年7月17日）

本报通讯员　陈光文

雨后初晴，陕西岚皋县水利局机关支部党员干部深入官元镇二郎村田间地头，听民声，察民情，与帮扶群众畅谈乡村振兴的美好愿景……这是岚皋县水利局深入开展学党史、悟思想、办实事、开新局系列活动的一个缩影。

今年3月以来，岚皋县水利局坚持把加强党史学习教育与推进县域水利发展相结合，不断创新学习形式，丰富教育载体，真正使党史学习教育走实走深，在全系统凝聚起推动县域水利高质量发展的不竭动力。

精心谋划　高质量推进学习教育

“党史学习教育绝不能照本宣科、自说自唱，要让全体党员都参与进来，真正入脑入心入行动。”

在岚皋县水利局党史学习教育方案制定讨论会上，全体党员一致认为，党史学习教育要改变过去领导在台上讲、党员在台下听的形式，让每一位普通党员都融入进来，人人讲党史，人人学党史，人人思党史。

岚皋县水利局为此在精心制定学习教育方案的同时，明确集中学习计划、责任清单和学习点评办法，要求局领导班子成员和各支部书记每人组织领学不少于3次，普通党员组织领学不少于1次。在每次集中学习结束后，统一开展交流探讨和点评打分，总结分析学习效果和存在问题，通过你我讲、大家评，形成“比学赶超”的行动自觉。

丰富载体　让学习教育活起来

“再次观看《建党伟业》，更坚定了我们入党时的初心。”在集中开展红色观影后，岚皋县水利局机关支部30多名党员有感而发。

不仅是组织红色观影，为了让广大党员对党的历史有更深入了解，在抓好理论教育的同时，岚皋县水利局在全系统启动了以“走一次红色之旅、做一次调查走访、搞一次志愿服务、献一个发展良策”等为主要内容的“十个一”活动，掀起学党史热潮。

全系统各支部积极响应，结合各自实际，通过多种形式开展党史学习教育。机关支部组建党员志愿服务队，深入开展社区共驻共建志愿服务活动；自来水公司支部将党史学习教育与推进优质供水服务有机结合；宏图公司支部结合党史学习教育积极开展非公企业标准化党支部建设……一系列新颖、生动、灵活的活动，让党史学习教育“新”起来、“活”起来。

工学结合　在学习教育中聚力

岚皋县水利局为将党史学习教育成果转化为推进县域水利发展的动力，在全系统大力开展以党委引领、支部示范、党员带头为主题的“党建+”工程，号召各基层支部和全体党员立足自身岗位亮身份、亮职责、亮目标。

县自来水公司多年来由于党支部和党员作用发挥不强，服务一直跟不上。党史学习教育开展以来，自来水公司不断深化“放管服”改革，通过建立岚皋供水微信平台，开通 24 小时供水服务热线，实行报装“容缺后补”、报修限时承诺等措施，努力优化用水报装报修流程，持续提升服务质量，极大方便了企业和群众，受到社会各界的一致好评。

与此同时，在推进乡村振兴、加快重点项目建设、保障城乡群众饮水安全、加强河湖监管保护治理等领域，全系统广大党员心往一处想、劲往一处使，纷纷带头实践，竞相添彩。学习教育开展以来，全系统共成立党员志愿服务队 3 支，党员牵头负责重点工作 12 项，为群众办实事 26 件，主动靠前化解信访矛盾 11 件。

“初心如磐，使命在肩。水利发展事关乡村振兴大局，作为新时代水利人，我们要从学党史中鼓舞斗志，明确方向，为岚皋人民提供更加坚实、更高质量的水利保障。”岚皋县水利局副局长张成友说。

件件实事暖人心

——海南省水务厅推动党史学习教育“为民办实事”走深走实

（2021 年 7 月 17 日）

本报通讯员　徐良伟

“党史学习教育要与水务改革发展稳定结合起来，与为民办实事、开新局结合起来，与推动‘十四五’水务规划落地见效结合起来。”海南省水务厅党组书记、厅长王强强调，“要心怀‘国之大者’，努力在海南自贸港建设中展现海南水务人勇争先锋、担当奉献的精神风貌。”

连日来，海南省水务厅以利民惠民为宗旨，以“为民办实事”为主题，以水环境整治、保障供水水质、畅通便民服务通道，以及提升生态文明建设等内容为主要抓手，有力推动了党史学习教育走深走实、见行见效。

倾力保护生境　尽心服务大众

《海南省城乡供水管理条例》今年 5 月 1 日开始实施。

“《条例》的出台将推动进一步优化全省城乡供水服务，全面提升供水法治化管理水平，对进一步提高城乡供水规范化管理和供水服务水平，提升人民群众对城乡供水安全的获得感和满意度具有重要意义。”王强说，“海南省水务厅结合党史学习教育，结合《条例》实施，以利民惠民为宗旨，抓紧完善相关配套制度，切实抓好相关工作落实。”

推进海南水务改革发展，为民办实事，不能只停留在口号上，更要体现在实践中。

王强结合党史学习以及“为民办实事”的主题，带领相关部门的党员到松涛水库调研。作为海南省最大的水库、海南省重点饮用水保护区——松涛水库对于海南的重要性不言而喻。

尝过水质常年保持在Ⅰ类的松涛水库水后，大家感慨：“饮水思源，松涛水库凝聚了老一辈革命家和先辈们的热血汗水。作为新时代的水务人，誓做保护松涛水库生态的坚强卫士。同时，要积极引导社会各界投身爱护松涛水库生态环境，让海南这个最大的生命之源永续利民惠民。”

畅通便民渠道　优化营商环境

为民办实事还体现在制定便民举措、优化营商环境上，海南省水务厅进一步提高供水报装效率，出台优惠报装政策，开通线上“营业厅”。

“精简供水报装申请流程，使申请材料由 5 份缩减至 2 份，申请时限由 10 个工作日缩短为 3～4 个工作日，办理流程由 4 个环节缩减为 3 个环节。”海南省水务厅相关工作人员介绍，“我们同时开通了拨打服务热线、关注公众号、到访营业厅或政务大厅等多种报装申请渠道，对报装项目实行‘分区负责、分班组制’，真正做到‘服务到位、客户至上’。”

在出台优惠报装政策方面，海南省水务厅指导相关部门对中小型用水项目实行免费报装，针对供水管线管径 DN40 以下、支户管线接入长度小于 200 米的新建改建项目，免除企业需承担的全部施工费用。

此外，继开通短信账单提醒，中国银联 App、海南农信 App 网上缴费等服务，海南省水务厅还推出微信服务升级版，开通了线上“营业厅”。

“真的要大大点一个赞。线上‘营业厅’开通后，我们直接可通过微信公众号办理各项用水业务、获取各类供水信息，既方便又及时。”用户小王对此赞不绝口。

据统计，海南目前已有约 1.6 万户享受到线上用水保障服务。

开展清河专项　打造良好环境

打造良好的生态环境是海南省水务厅党史学习教育“为民办实事”开展的又一民生工程。

自开展党史学习教育以来，海南省水务厅开展了常态化、规范化“清河行动”，推动爱河护河行动走深走实，巩固水环境治理成效，以实实在在的行动践行人民至上的宗旨理念。

截至今年 6 月底，海口、东方、昌江、陵水等 11 个市县先后开展“清河专项行动”，通过清理重点河段的垃圾、杂草、枯木烂枝、水浮莲以及河道内违法建筑，河湖水生态环境持续改善；处理违法占用河道乱建乱占、种植养殖问题 23 处，清理河道内生活垃圾、杂草浮萍及漂浮物 720 多吨。

“有了水，心就稳了”

——陕西渭南市东雷二期抽黄工程管理中心开展“我为群众办实事”实践活动

（2021年8月21日）

本报记者　刘艳芹

“二黄管理中心今年给我们办了件大好事，把多年失修的机泵设施更换成新的，再也不用为没水浇地而发愁了。”盛夏时节，陕西省大荔县段家镇李家垣村村民李新卫说。

开展党史学习教育以来，陕西省渭南市东雷二期抽黄工程管理中心（以下简称渭南二黄管理中心）坚持把党史学习教育与服务群众、解决实际问题相结合，强化问题导向，用心用情深入开展“我为群众办实事”实践活动，有效解决群众的烦心事、操心事、揪心事，把实事办到群众心坎里，以实际行动践行初心使命，助力灌区乡村振兴、经济发展、群众增收。

泵站改造解民忧

大荔县段家镇李家垣村地处铁镰山上，属渭北旱腰带。自从东雷二期抽黄工程引水上塬后，村庄稼灌溉有了保障，农民生活有了改善，产业结构得到调整，但村里一组二组的400多亩田地，由于地势高，只能用水泵再次提水才能灌溉。

据李新卫介绍，泵站设备老化失修，近五六年故障层出不穷，干旱时村民只能用机井应急。

了解到群众的实际困难后，渭南二黄管理中心迅速筹集资金3.8万元，于今年5月20日安装新的机泵设施，6月中旬夏灌随即投入使用。

李新卫家种了16亩柿子树、6亩椒树、2亩杏树。他给记者算了一笔账，浇灌后一亩能收五六千斤柿子，1斤柿子按最低价1元算，1亩地至少收入五六千元，比往年要增加收入2000元左右。

“改造后的抽水站一小时出水155立方米，能浇两三亩地。有了水，我们的心就稳了，增收致富更有奔头了。”李新卫说。

抗旱服务解民困

正午时分，骄阳似火，渭南二黄北干渠上，一台水泵从二三十米宽的渠道把水抽上来，送到渠边的地里。孙镇总站的工作人员正在指导村民科学有序灌溉。

正在浇地的蒲城县城南紫荆办柳家村村民李安良介绍，北干渠从村里的田地中间横穿而过，渠北有 500 多亩田地，渠南有 400 多亩，虽然地和渠紧挨，但渠低地高，眼看着渠水从地边流过，却浇灌不上。今年持续高温天旱，群众急得直冒火，多亏渭南二黄管理中心在渠道设置了几个泵点，解了燃眉之急。

沿渠前行，渠边除了固定设置的几个泵点，还有临时架设的水泵。

孙镇总站副站长杨秀峰说："临时流动泵点设置是为了解决田地离渠道比较远，满足分散零星的少部分村民灌溉需要。我们这样做就是要让每户都能浇上水。"

据了解，今年为解决北干渠近 100 公里沿线零星农田"小高地"浇地难问题，渭南二黄管理中心增设抗旱固定泵点 106 处，另新购置汽油泵 25 台，设立流动泵点，成立 9 支渭南二黄共产党员抗旱服务志愿队，为缺少劳动力的农户提供浇地服务。目前已开启抗旱泵点 65 台，抽水流量达到 1.25 立方米每秒。

示范带动促民富

"我们建设示范田，形成规模化种植，目的就是通过技术探索，获得好的经济效益，逐步向群众示范推广，让群众广受益、普增收。"来到富平县到贤镇惠店村流曲千亩高效示范田，看着一排排长势良好的玉米苗，示范田负责人刘军虎说。

2019 年至今，渭南二黄管理中心累计流转土地 1010 亩用于高效节水示范田建设，探索"农水结合"助力乡村振兴发展新路子。

在示范田种植管理中，渭南二黄管理中心不仅实行滴灌与改畦作业，还邀请西北农林科技大学、陕西首席专家进行技术指导，精心开展种、管、收。今年试种的小麦最高亩产 724.91 公斤，吸引了周边很多村民来取经。

"村民慕名跑来，询问用的什么种子、什么肥料、怎么管理，我们一一耐心解答，不仅给村民提供技术指导，还尽力提供农机农资便利。"刘军虎说。

"流转前，一亩地一年纯收入 200 元左右。现在除了土地流转费，加上打工收入，一年算下来能挣 1 万多元，比过去强多了。"惠店村一组村民赵转民说。

"我为群众办实事"不只是一句响亮的口号，更是实实在在为群众解忧帮困的具体行动。渭南二黄管理中心党委组织各科室、各单位结合际建立了"我为群众办实事"项目清单，制定了实践活动开展情况进度表，中心领导班子分别认领分管科室和单位的具体事项，实时监测和督促推进进展。目前，各科室一共办理 29 件实事，基层单位共办理 34 件。

抗旱服务队正在给村民浇地　　本报记者　刘艳芹　摄

“五水争涌”锻造治水先锋

——记浙江慈溪市水利局党史学习教育

（2021 年 8 月 28 日）

本报通讯员　陈永高　杨卫兵　徐惠芳　卢怡吉

“慈溪下一步发展要围绕‘四个重点、八个字’来展开，一个是围涂，一个是河网，一个是引水，再一个就是大桥，这四件事情关系到慈溪发展大局，关系到全省重点战略问题。”这是 2003 年 5 月 27 日，时任浙江省委书记习近平到慈溪市考察调研时，对慈溪发展作出的“八字指示”。

党史学习教育开展以来，慈溪市水利局结合学习《习近平在浙江》系列采访实录，把深入学习实践“围涂、河网、引水、大桥”八字重要指示精神作为切入点和结合点，强化源头活水、奋进潮水、青春秀水、无私清水、大爱善水“五水争涌”党建品牌引领，服务高质量水利发展大局，践行“兴水强市、治水为民”的初心使命。

融合“八字指示”深学党史

“围涂、河网、引水、大桥”八字指示与水利工作息息相关，慈溪市水利局牢记总书记谆谆嘱托，积极创新方式载体，贯通学习教育实践，注重打造特色鲜明、内涵丰富的学习教育阵地，持续掀起学习实践热潮。采取领导领学、集中研学、现场教学、基层送学、同台赛学、线上随学的“六学合一”方式做深做实党史学习教育规定动作。

慈溪市委、市政府高规格召开全市域兴水治水大会，慈溪市水利局制定出台全市域兴水治水实施方案和水安全保障“十四五”规划，描绘了未来 5 年着力“打造现代化慈溪水网，重塑品质化江南水乡”的美好蓝图，谋划总投资 176 亿元的兴水治水近 100 个项目。

“接下来，要围绕‘打造现代化慈溪水网，重塑品质化江南水乡’目标，突出党建引领水利高质量发展，推动水利现代化先行，数字赋能撬动改革突破，争拼赶超，书写兴水治水新篇章。”在专题宣讲课堂中，慈溪市水利局党委书记带头作党史学习教育党课报告，激励水利人牢记“八字指示”接续奋斗。

慈溪市水利局利用现有办公场所建成占地约200平方米的“八字指示”精神学习实践阵地和“五水争涌”数字党建阵地。其中“五水争涌”数字党建阵地让支部规范建设、党员教育管理、基层党务管理等线上线下深度融合，实现数据共建共享、党员互学互比、管理有序有效。

聚焦“学史力行”展现作为

慈溪市水利局紧密联系水利中心工作，将党史学习教育成效转化为争先创优、担当作为实效。

在今年抗击台风“烟花”时，慈溪市水利局运用“水利一张图”多源全景平台对全市水库、山塘、海塘运行情况进行全天候监控，紧急排涝1.7亿立方米，累计发布调度指令超200条，其中跨水系防台调度指令40条，第一时间化解风险。依靠数字赋能精准调度，使慈溪市受淹面积大幅度缩小、经济损失降低九成。

同时，慈溪市水利局深入开展“我为群众办实事”实践活动。全力推动郑徐水库、潮塘横江创建省级、宁波市级美丽河湖，基本完成12个农村重点池塘整治，组织党员干部积极投身慈善救助、交通疏导、文明劝导、清洁海滩、节水宣传等志愿服务，人均志愿服务时间长达20个小时。

瞄准“党建争强”筑牢堡垒

慈溪市水利局全面推进“五水争涌、党建争强”行动计划，以实施“源头活水”行动突出加强思想政治建设，以实施“奋进潮水”行动突出提升担当攻坚能力，以实施“青春秀水”行动突出培育年轻水利人才，以实施“无私清水”行动突出营造风清气正氛围，以实施“大爱善水”行动突出增进党内人文关怀。

全系统党员干部在党建引领下，争拼赶超，凝聚起了“治水为民守初心、兴水强市担使命”的强大合力。局机关党委获评市级先进党组织，下属4个党支部被评为宁波市“五星级”党组织，2个党支部列入市级模范党支部培育对象。

今年，慈溪市水利局在全市试点开展“全员积分、日常考核”管理，对全体干部职工思想政治、岗位履职、争先创优、遵规守纪、参与活动、发挥作用等方面以积分形式进行量化，推行月小结、季评分、年定级的争拼赶超工作机制，并将积分结果运用与评先评优、职级晋升、干部选拔、奖金分配挂钩，有力推动党员干部党性观念的增强、志愿服务自觉性的提高、业务争先创优激情的迸发。党员干部在各类市级以上比赛平台中屡屡获奖，其中2名党员包揽了第八届浙江省水利行业职业技能竞赛河道修防工竞赛前两名。

慈溪市水利局机关党委创新推出党支部书记领办项目，开展“扛旗攻坚立新功”活动，通过组织点题与个人申报相结合的方式确定 13 个“书记项目”，将党建引领和业务攻坚有机融合，形成“书记扛旗、党员冲锋、干部紧跟”团队攻坚氛围。定期组织干事对账、交叉检查、同台比武，扎实推进水利工程建设、水利数字化改革、美丽河湖创建、水利设施标准化管理等重点水利工作创新突破。今年慈溪数字水利获评浙江省水利系统改革创新案例第二名，3 个重点水利工程列入浙江省水利系统“党建进工地”计划项目。

把群众“心上事”办成“上心事”

——甘肃临泽县水务局开展“我为群众办实事”实践活动

（2021年8月28日）

本报通讯员　李明

全力保障灌溉用水，近20万亩农作物旱情得到缓解；开展农村供水问题隐患摸排整改，集中供水率、水质达标率均达到100%；推进水系连通及水美乡村建设项目，黑臭现象已基本消除……自党史学习教育开展以来，甘肃省临泽县水务局聚焦急难愁盼、服务民生和乡村振兴，精准开展“我为群众办实事”实践活动，受到社会广泛好评。

抗旱保灌解民忧

进入7月以来，临泽县气温持续偏高，河流来水量减少，水库水位不断下降，部分农作物遭受旱情，给农业生产造成较大影响。

临泽县水务局把察民情、访民意作为“我为群众办实事”的首要任务，组织开展关键岗位有党员、困难面前有党员、服务群众有党员“三有”党性实践活动，广大党员深入田间地头，准确掌握受旱作物、面积和受旱程度，现场指导农户采取措施抗旱保灌。同时，根据各用水小组需水量、灌水时间、作物受旱状况，合理安排划分河灌区和井灌区，及时调整配水计划，压缩灌水定额，指导用水户科学合理进行灌溉。

临泽县水务局把党员放在灌溉用水关键岗位，变过去“守在渠口配水”为“根据需求供水”，通过加固加高引水口门、渠道清淤、24小时不间断跟水作业，既解决了农作物灌溉用水要求，也化解了潜在的水事矛盾纠纷。据统计，临泽县今年种植农作物57.8万亩，在利用地表水灌溉水源进行有效灌溉的同时，启动500多眼机电井对农作物进行补水灌溉，缓解了近20万亩农作物旱情。

饮水安全暖民心

临泽县水务局把持续提升农村保障能力作为“我为群众办实事”的主战场，建立饮水安全返贫动态监测机制，深化饮水安全管理“三个责任”“三项制度”落实，压实水厂运行、设备维护、管网巡查及村级管护等运行管理责任。制定农村供水问题隐患摸排整改工作方案，对全县 7 个镇 71 个村 4.45 万户饮水安全开展拉网式“回头看”，用水户水量、水质、用水方便程度、供水保证率等 4 项指标均达到国家安全标准。

针对部分水厂水量不足、水质不稳定等问题，临泽县水务局多方争取资金近 1.46 亿元，实施农村饮水安全巩固提升工程，对蓼泉、平川、板桥、沙河等 6 个镇 2 万余户 7.63 万人的供水管网和入户设施进行升级改造。目前已新打机井 3 眼，配套蓄水池 3 座，改造供水管网 140 公里，完成投资 2200 万元；实施 2021 年农村供水管网维修养护项目，维修供水管网 11 公里，更换各类设备 120 个。

此外，临泽县水务局利用全自动无线远程控制系统对水源地、净水车间、泵站、水池进行全方位、全天候远程监测，定期检测水源水、出厂水、末梢水浊度、余氯、总大肠菌数等常规指标，累计完成水样检测 50 多份，供水水质全部达标。

生态水利惠民生

坚持以人民为中心，就得把党史学习教育的成效体现在群众得实惠上。临泽县水务局把水系连通及水美乡村建设试点项目列入“我为群众办实事”项目清单，坚

临泽县水务局平川水利管理所党员带头对黑河二坝干渠引水坝进行加固加高　　本报通讯员　吴天鑫　摄

持“控污、增湿、清淤、绿岸、调水”一体推进。

面对水系连通及水美乡村建设试点项目没有先例、没有成功经验的前期设计工作和技术攻关难题，临泽县水务局通过设置“党员责任区”“党员先锋岗”，引领广大党员到勘测设计、创新施工等关键岗位当先锋、打头阵，因地制宜采用“木排桩、植生袋”修建生态护堤，攻克泉水河流生态化处理技术难关。目前，通过水系连通、河道清障、防污控污、水源涵养与水土保持等措施，治理修复生态水系 48 公里，清淤疏浚水系 60.3 公里，修建人文景观湖 8 座，铺设绿化管道 35 公里、污水管道 21 公里，营造生态涵养林 100 多公顷，促进了乡村文明与水生态环境融合发展。

牢记嘱托　奋楫笃行

——江苏省江都水利工程管理处党史学习教育纪实

（2021 年 9 月 4 日）

本报通讯员　夏炎　严爽　李彤

一次次专题学习武装头脑，一场场交流研讨荡涤心灵，一堂堂实景教育赓续精神，一桩桩民生实事饱含深情……

党史学习教育开展以来，江苏省江都水利工程管理处（以下简称江都管理处）时刻牢记习近平总书记视察时的殷殷嘱托，早谋划、快启动、细安排、严落实，充分利用丰富的红色资源，创造性开展各项主题实践活动，以“三部曲”推动党史学习教育高标准开展、高质量推进。

丰富载体活化教材
奏响学习“主题曲”

针对党员数量大、因工程运行管理需要难以集中等情况，江都管理处守正创新，以上好“四堂课”为抓手，让党史学习教育深入群众、深入基层、深入人心。邵仙闸党支部书记邵林深有感触地说：“通过现场授课、专家辅导和讨论交流，更容易把自己融进去、学进去，心灵得到净化，党性得到锤炼，境界得到提升。”

江都管理处通过深入开展体验式、沉浸式教学，让旧址遗址成为党史“教室”，文物史料成为党史“教材”，英烈模范成为党史“教师”，先后组织党员干部赴江都革命烈士陵园、杨根思烈士陵园和中国人民解放军海军诞生地纪念馆开展现场集中学习，重走习近平总书记视察江都水利枢纽路线，参观“百年征程　初心永恒”中国共产党在江苏历史展，使党史学习教育活起来。

江都管理处依托党委会、党委理论学习中心组、“三会一课”、青年学堂等，原原本本学习习近平总书记重要讲话和指定学习材料，开展专题交流研讨 12 次，邀请专家学者、退休党员干部开展党史公开课、主题宣讲 5 次。

依托“学习强国”App、“处智慧党建”小程序、“江都水利枢纽”微信公众号，江都管理处开设“党史百年天天读”“向党说句心里话”专栏，每天推送党史相关知识、微视频、微故事累计 100 余期。从“线下”到“线上”，真正实现党员群众在哪里，党史学习教育就跟进到哪里、覆盖到哪里。

党员领导干部带头讲党课、参加党史学习教育专题组织生活会，进行自我剖析和检视，推进党史学习教育走深走实；组织开展“颂歌献给党”“党史故事大家讲”“节水中国、你我同行”志愿服务等群众性互动活动近 10 项，进一步丰富学习形式，推动学习教育入脑入心。

立足实际主动作为
奏响创新“协奏曲”

“在全党上下深入开展党史学习教育之际，‘新华红’江苏党建联盟走进江都水利枢纽，开展‘跟着习近平总书记的足迹学党史’思享会，对全省水利厅系统进一步深化党史学习教育、提高单位党建质量，具有很强的指导意义。”江苏省水利厅副厅长高圣明在第九届“新华红”思享会活动致辞中说。

活动中，全体党员重走习近平总书记视察江都水利枢纽时的路线，重温总书记的殷殷嘱托、聆听党史公开课、开展党史互动问答、同唱经典红歌、共忆奋斗历程，在“跟着习近平总书记的足迹学党史”中找准精神坐标，汲取奋进力量。

同时，江都管理处创新开展“学党史、听党话、跟党走”岗位讲坛活动，通过党员干部职工代表现身讲述，引导全体党员干部把党史学习教育和强理论、精业务、提效能结合起来；组织开展“牢记嘱托开新局，我们怎么办”大讨论活动，引导党员干部悟初心、亮身份、亮职责、亮承诺、做表率；面向全处职工征集“向党说一句心里话”，引导全处干部职工牢记嘱托、勇担使命，凝聚起推动管理处高质量发展的强大动力。

学史力行不忘初心
奏响为民“进行曲”

“现在我们的居住环境更好了，自来水管网改造了，道路更平整了，个别房屋漏雨维修也到位了，真是办了件大好事。”退休职工徐长海高兴地说。江都管理处扎实开展“我为群众办实事”实践活动，紧盯单位发展、职工群众关注的焦点热点难点，实施“引水思源　精管强处”为民办实事工程，收集群众急难愁盼事项 23 项。

汛情就是命令，责任重于泰山。截至 8 月底，淮河入江水道万福闸、金湾闸、太平闸共排泄洪水 215 亿立方米，江都抽水站累计抽排 8 亿立方米，排泄江都城市涝水 3800 万立方米，为保障人民群众生命财产安全构筑起坚不可摧的严密防线。江都管理处党员干部职工全力奋战在抗台第一线，以实际行动践行责任担当。

7 月底以来，面对新冠肺炎疫情防控的严峻形势，江都管理处党员突击队闻令而动，投身家属区流调工作，进驻社区开展全面核酸检测志愿服务。截至目前，已开展流动宣传、防疫值班、人员流调、核酸检测等志愿服务 48 批次，参与达 242 人次。

“我们将在学党史中感悟马克思主义的真理力量和实践力量，传承红色基因，领悟历史智慧，在思想上再‘加钙’，在政治上再‘加油’，在行动上再‘加压’，以甘守源头的责任与担当，更好地发挥江都水利枢纽在南水北调一盘棋中的重要作用，全力争当‘江苏水利’排头兵。”江都管理处党委书记、主任夏方坤说。

党员突击队进行应急抢修　江苏省江都水利工程管理处　供图

潮起先锋　争创一流

——浙江省钱塘江流域中心深入开展党史学习教育

（2021 年 10 月 23 日）

本报记者　王超　　通讯员　姚怡斐

今年以来，浙江省钱塘江流域中心（以下简称钱塘江中心）坚持党建统领，数字赋能，业务为本，全面推进党史学习教育，深入开展“潮起先锋”行动，激励干部职工在党史学习教育、钱塘江流域和全省河湖管理现代化的实践中当先锋、创一流、争上游。

加强党的建设
争当红色领航先锋

钱塘江中心党委以浙江省数字化改革为契机，打造“潮起先锋”数字化应用平台，建设“云上党建”，推动党支部标准化建设整体提升。

数字化管理，清单式推进，全过程督导，赛马制考评……利用“潮起先锋”平台，中心将党建和重点工作计划与进展情况“亮点比晒”。在推进党史学习教育中，钱塘江中心实行“双亮”（亮清单、亮实绩）、“双带”（书记带、委员带）、“双评”（组织评、群众评）、“双查”（工作组专项检查、支部互查），每月评比先锋支部和先锋之星，进展情况在“潮起先锋”平台上一目了然，让每个党员干部学有方向、干有标准。

“党建与时俱进、紧跟时代，方能有吸引力实效力。”钱塘江中心主要负责人说。今年在建设“清廉钱塘”方面，钱塘江中心积极创新“廉洁智治”措施，推进“互联网＋廉洁教育”，发送节假日廉洁电子贺卡，在自动化办公审批中随附风险防控“明白卡”，将“事后监管”向“事前预防”转变，进一步健全风险防控体系。

突出数字赋能
争当流域治理先锋

会商研判、预报预警、山洪防御……经过两年多的改革实践，“数字大脑”——

钱塘江防洪减灾数字化平台运用贯穿于今年防御第 6 号台风“烟花”工作的全过程，并发挥了智能引擎作用。

作为平台的支撑保障单位，钱塘江中心既要加强技术保障，持续迭代升级钱塘江流域防洪减灾平台，又要利用平台开展潮位预报、风险动态研判等防御工作。在防御“烟花”过程中，钱塘江中心防灾减灾部支部书记带头奋战 120 个小时，支部党员各司其职，连续滚动预报 8 期高潮位，仅半天时间就自主开发上线钱塘江中心“防汛管理”模块……

此外，钱塘江中心以数字流域建设为牵引，以流域水行政执法协同机制建设为突破口，探索构建“大综合、一体化”的流域水行政执法监管体系，着力在流域治理现代化上争走前列。

聚焦民生福祉
争当惠民服务先锋

建设美丽河湖 100 个，水美乡镇 100 个，完成中小河流综合治理 500 公里，完成 1000 个农村池塘整治……面对一系列美丽河湖建设任务，钱塘江中心成立美丽河湖服务指导队伍，先后奔赴浙江省各地为 131 个项目服务指导 101 批次 306 人次，组织编制幸福河行动计划、建设规划和幸福河湖试点县建设指南、验收评估办法等，评选第一批幸福河湖 11 个试点县和 2021 年水系连通及水美乡村建设试点县（天台县），推进美丽河湖向幸福河湖迭代升级。

截至 7 月底，美丽河湖建设形象进度 78.1%，中小河流治理完成 339 公里（占比年度任务 68%），水美乡镇进度 80.3%，农村池塘形象进度 85.2%。德清、景宁、嘉善三个试点县项目通过 2020 年度绩效评估，实现时间过半、任务过半。

强化责任担当
争当攻坚开局先锋

今年 6 月 29 日，曹娥江至宁波引水工程（引曹南线）启动试运行，这标志着浙江跨流域最多、引调水线路最长、受益区域最广的水资源战略配置工程全线贯通。

规模大、线路长，施工难度大、技术要求高……曹娥江至宁波引水工程是浙江省内最大的集引排功能为一体的综合水利枢纽，建设过程中攻克了软土深基坑垂直开挖、大体积砼温控防裂、高压电网交叉施工等技术难点，并先后克服了连续雨雪冰冻、强台风以及新冠肺炎疫情等不利影响，钱塘江中心下属建设团队先后荣获“长江经济带重大水利建设劳动和技能竞赛先进集体”“全国工人先锋号”等荣誉称号。

今年浙江启动实施了海塘安澜百项千亿工程，作为省管海塘项目的负责单位，钱塘江中心组建起一支又一支党员先锋队、突击队，攻克了一个又一个难关。7月海宁段堤脚加固工程开工，8月西江塘闻堰段加固提升工程取得超常规进展，钱塘江省管海塘工程建设全力推进……

勇立潮头敢为先，奋楫扬帆谋新篇。钱塘江中心将继续强化争先意识，积极担当作为，奋力推进钱塘江流域和全省河湖管理现代化，为浙江建设“重要窗口”和争创水利现代化先行省贡献力量。

钱塘江中心党员先锋队开展“保护母亲河 清洁钱塘江”活动

本报通讯员 王恺 摄

夯实水利基础　助力乡村振兴

——水利部农村水利水电司以推进灌区现代化改造践行“我为群众办实事”

（2021 年 11 月 20 日）

本报通讯员　党平　雷波

大型灌区是国家粮食和优质农产品的主要产区，粮食产量占全国生产总量的 27%。今年，水利部联合国家发展改革委启动实施“十四五”大型灌区续建配套与现代化改造，通过五年时间对列入改造范围的 124 处灌区实施建设改造，新增恢复灌溉面积 700 万亩，改善灌溉面积约 8100 万亩，将进一步促进农业农村现代化，实现农业增产、农民增收，助推乡村振兴战略全面实施。

党史学习教育开展以来，水利部党组将“实施 70 个以上大中型灌区续建配套与现代化改造”纳入“我为群众办实事”项目。水利部农村水利水电司（以下简称“农水水电司”）为把这件事关民生的实事做好做实，加强组织领导，下沉一线调研，建立项目台账，加强调度督办，推动各项工作顺利开展。

突出重点　在加强督导上下功夫

农水水电司以启动实施 70 处大型灌区续建配套与现代化改造工作为基础，督促指导各地推进做好大中型灌区春灌供水保障工作；加快完善现代化改造前期工作、积极落实中央预算投资，确保 2021 年至少启动实施 70 处大型灌区现代化改造项目；指导灌区深入推进标准化规范化管理、开展信息化建设，提升灌区建管能力和服务“三农”水平。

贴近群众　在做实做细上下功夫

水利部副部长田学斌、农水水电司主要负责同志和有关处室，克服新冠肺炎疫情影响，采取调研、蹲点、督促等多种形式，下沉到灌区基层，与管理人员和灌区受益群众面对面交流，倾听农民对灌区改造的呼声，足迹遍布西北地区的内蒙古河套、甘肃红崖山、宁夏青铜峡等灌区，东部地区的山东位山、闫潭、江苏高邮等灌区，西南地区的四川都江堰、云南宾川、元谋等灌区。

农水水电司还组织各流域机构、中国水科院、灌排中心等单位，以黄河流域和粮食主产区大型灌区为重点，对河南、山东等18个省36处大型灌区开展标准化规范化管理及骨干工程病险情况调研，总结经验、发现问题、提出对策，进一步强化灌区管理工作。

多措并举　在力求实效上下功夫

农水水电司依托灌区信息化管理平台，对2021年启动实施的75处灌区现代化改造项目建立改造任务清单台账，按月调度，督促加快项目建设进度。同时，组织项目前期工作开展较好、建设进度较快的省份和灌区提供经验、分享做法。

针对今年大型灌区现代化改造项目投资计划下达计划晚、改造建设任务重、实施时间工期短的实际，江苏、宁夏、河北等地积极采取有效措施，解决制约问题，力争将灌区现代化改造这一民心工程落地做实。截至目前，75处大型灌区项目已全部

农村水利水电司工作人员在云南元谋灌区与百姓座谈，深入了解用水需求

农水水电司　供图

开工建设，总体进展顺利。

在各级水利部门的共同努力下，大型灌区现代化改造工作扎实稳步推进，成效喜人。据统计，全国大型灌区在完成春灌任务中，累计灌溉农田近 1.55 亿亩，引水量超过 235 亿立方米，为夏粮丰收奠定了坚实基础；124 处大型灌区通过竞争择优，与新建灌区一并纳入《“十四五”重大农业节水供水工程实施方案》。可以预见，今年启动实施的 75 处大型灌区现代化改造，项目完成后可恢复灌溉面积 104.3 万亩，改善灌溉面积 1583.4 万亩，新增粮食产能 97314.3 万公斤，新增节水能力 76618.5 万立方米，将有效保障国家粮食安全，助力全面推进乡村振兴。

飘扬在悬崖峭壁上的党旗

——龙门水文站党支部创建“水利先锋党支部”侧记

（2021 年 2 月 20 日）

本报通讯员　杜彩玲

位于晋陕峡谷末端的黄河龙门水文站，设立于 1934 年 6 月，是国家重要水文站、黄委重点报汛站、黄河中游洪水编号站和国家一类水文站，在黄河防汛抗旱、水库调度运用和经济社会发展中发挥着非常重要的作用。这里是黄河的咽喉地带，黄河经历了壶口的跌宕起伏，在这里恢复平静，并且水域收窄到 60 米宽，只有在这一带才能获取最佳的监测数据。这里因出入不便、信息闭塞，被媒体称为“悬崖上的水文站”。

龙门水文站虽然矗立在陡峭的山崖，仅靠一座吊箱与外界互通，但这里处处充满着生机和活力。一代代黄河水文人牢记使命，不负韶华，毅然扎根在这里，默默的坚守，无私的付出。是什么力量让他们坚定信念？是什么精神让他们执着坚守？是龙门水文站党支部这样一支队伍，给人以信念的力量，给人以奉献的支撑，给这片土地浇灌着动力和源泉，播撒着种子和希望。

龙门水文站党支部连年被上级党委评为“先进党支部”，2020 年入选水利部第一届“水利先锋党支部”。依托“黄河爱国主义教育基地”“全国先进工作者”田双印先进引领和“黄委首席技师工作室”三个平台，围绕“节水优先、空间均衡、系统治理、两手发力”的治水思路、“规范管理，加快发展”治黄总要求和“三个水文”建设目标，龙门水文站将党建与业务工作同谋划、同部署、同推进、同考核，测站管理规范有序，测报业务稳步推进，呈现出一个团结有力、务实创新、担当作为的集体，为幸福河建设作出黄河水文人应有的贡献。

支部坚持标准化规范化建设，严格落实“三会一课”制度，灵活开展主题党日活动，以“活动”丰富党建内容，达到了强党性的教育效果。新冠肺炎疫情防控期间，采取“支部建在网上、党员连在线上”，组织传达学习中央、地方政府和黄委党组等关于疫情防控的指示精神，党员带头参加疫情防控志愿者和捐款活动，让党旗高高飘扬在测站一线。

依托“黄河爱国主义教育基地”平台，通过组织每日晨练、每周升国旗等形式，让党员和职工在潜移默化中受教育和熏陶，取得明显效果。积极开展“请进来、走出去”横向交流，先后到 7 个单位观摩学习，使支委工作能力得到快速提升。

有效发挥“一名党员一面旗帜”效应，每年选树“党员示范岗”，组织党员参加上级轮训，以点带面，全面增强了党员模范表率意识。严格落实“双推双评三全程”发展党员，着力打造高素质、高标准的党员队伍。坚持做到“工作在哪里，党员就在哪里，党支部的作用就发挥在哪里”，在历次洪水测报过程中，支部书记身先士卒，党员冲锋在前，与职工齐心协力，充分发挥了支部的战斗堡垒和党员先锋模范作用。

依托“黄委首席技师工作室”朱洪雁引领，以党员为骨干，成立技术创新小组，围绕水文测报能力提升，积极开展“师带徒”活动。五年来，龙门水文站完成科技成果 39 项，投入生产运用 20 项，完成培训 17 场 376 人次。

新的一年，龙门水文站党支部将不忘初心、牢记使命，带领全体党员砥砺前行，奋勇担当，为幸福河建设添砖加瓦。

副站长杨文博带领队员春节前夕进行冰上测验　　龙门水文站　提供

当好披荆斩棘的开路先锋

——花园口水文站党支部创建“水利先锋党支部”纪实

（2021年2月27日）

本报通讯员　张荔柯

地处黄河下游的花园口经历过洪水无情的肆虐，也见证了黄河水文由量变到质变的飞跃。花园口水文站设立于1938年7月，是黄河进入下游平原的第一站，是黄河干流最重要的水沙控制站、国家级重点报汛站，为黄河水资源、水环境、水生态、水灾害防御提供重要水文信息服务，堪称黄河水文乃至全国水文的一面旗帜。近日，花园口水文站党支部被水利部授予第一届“水利先锋党支部”荣誉称号。

为加强政治建设严把关

花园口水文站党支部在黄委河南水文水资源局党委和黄委郑州水文水资源勘测局党总支的领导下，坚持以党建促引领、谋发展、做示范，努力形成了政治功能强、支部班子强、党员队伍强、作用发挥好的工作局面。

支部现有党员15名，其中40岁以下青年党员占53%，是一支朝气蓬勃、有凝聚力和战斗力的新时代水文精兵队伍。支部结合“两学一做”常态化制度化，以规范化标准执行好“三会一课”，确保制度不“跑调”，落实不“走神”。

每年年初，支部书记与党员签订《党员目标责任书》，坚持日常考核和年终考核相结合、支部考核和民主评议相结合的原则；党内广泛开展对照检查、谈心谈话及公平选举，杜绝“单肩挑”的现象，在反腐倡廉、党风廉政建设方面透明公开、相互监督。同时，党员为过好组织生活踊跃表达想法、积极参与讨论、建言献策，有效提升了党组织的凝聚力和战斗力。

为突出党建引领做示范

支部以“担使命、当尖兵”支部工作法为依托，设立5个党员示范岗，成立党员志愿服务队，长年义务开展水上巡逻、水法宣传等志愿服务活动，并发扬测站优良传统，成功施救落水群众，发挥了党员先锋模范作用。

支部委员瞄准成效，按照“当天事当天议，重大事项及时议”的原则开好“班前会”，集中讨论近期工作重点，协助支部书记抓好支部规范化建设；做好党费收缴、党员活动日等支部日常活动和党员教育管理，通过支部委员的齐心协力，始终保持队伍“营养均衡”。

支部强化党性，将主题教育与水文测报能力提升等工作结合起来，做到两手抓、两促进，取得了良好成效。2019 年 10 月 22 日、11 月 28 日，先后顺利通过中央和水利部“不忘初心、牢记使命”主题教育工作巡回督导组的检查，得到了两级督导组的充分肯定和好评。

支部创新党员学习教育方法，制定了党建创新点清单，亮点纷呈。成立青年理论学习小组，以量化评比、以考促学等形式将习近平总书记重要讲话精神和党章党规等内容作为“必学菜单”；采取“走出去、请进来”方式，与地方高校开展合作，共建教学实习基地；开展“互联网＋党建”，通过“共产党员”“清风郑州”“学习强国 App”等平台，组织党员线下、线上同步学；建立“公众开放日”机制，向社会公众免费开放工作场所，展示黄河水文工作场景，科普黄河水文知识，讲述黄河水文故事，宣传黄河水文文化、法治建设成果，2018 年至今共接待来访累计近 8000 人。

为彰显科技创新下狠劲

花园口水文站为防范“黑天鹅”事件，支部修订、完善了特大洪水测报应急预案和突发事件应急处置方案；在 2020 年防御大洪水实战演练中，党员干部吃苦耐劳，冲锋在前，成功抢测到“96·8”洪水以来小浪底水文站下游最大洪峰流量 5520 立方米每秒，为黄委打开黄河下游防汛调度空间提供了重要水文信息。

近年来，黄委河南水文水资源局投资 100 余万元在花园口水文站测验河段内建成了“水文要素测验固定平台”，将新技术、新仪器、新设备全部安装在平台上进行比测试验，使水文站成为“全河新仪器、新技术试验场”，并朝着中国第一、世界一流“示范窗口水文站”的目标迈进；将科技领军人才、高端技能人才调配到水文站并积极开展“传帮带”活动；实施水文站软硬件建设和测报能力提升项目，重新规划、全面改造了站院、站房，完善了水情会商室、报汛室、党员活动室、职工宿舍、职工食堂等工作和生活场所，使全站的面貌焕然一新；五年来完成了水文要素综合观测平台建设，安装雷达水位计、侧扫雷达测流系统、双频回声测深仪、光电测沙仪、高性能视频水尺等 53 项测报能力提升项目，实现了水位、流量、含沙量、水深的自动采集、传输、处理及展示，具备了“防汛前沿指挥部”功能。

“我们的成功离不开黄委河南水文水资源局党委的重视和支持。”回忆创建之路，党支部书记吴幸华深有感触。

多年来，支部紧跟黄委河南水文水资源局党委的步伐，将支部委员拧成“一股绳”，带领全体干部职工攻坚克难、奋勇拼搏，取得了众多荣誉，先后被授予“全国水利系统水文先进集体”“河南省总工会工人先锋号”“黄委基层示范性先进班组”“黄河先锋党支部”“河南青年五四奖章集体”等十余项荣誉称号，赢得社会各界广泛赞誉。

支部在党旗的引领下，大力弘扬黄河水文精神，勇做披荆斩棘的开路者、立说立行的行动者、舍我其谁的奋斗者。在中国共产党建党100周年之际展望未来，支部将以百倍的信心、百倍的努力、百倍的干劲，为黄河水文事业高质量发展奏响华美乐章。

党支部书记在黄河水文公众开放日活动中向小学生讲解仪器设备

本报通讯员　李荔柯　摄

小支部抓好大党建“两条腿”走稳先锋路

——水利部海委漳卫南运河清河河务局党支部工作纪实

（2021 年 3 月 27 日）

本报通讯员　许琳　王亚倩

近日，水利部海委漳卫南运河清河河务局党支部获得“水利先锋党支部”荣誉称号。清河河务局成立于 1964 年，隶属于水利部海委漳卫南运河邢台衡水河务局，管辖着卫运河左岸清河县境内 18.89 公里河道堤防工程，自 2011 年以来，清河河务局一直保持着国家级水管单位的殊荣。

在海委党组、漳卫南局党委的指导下，清河河务局不断提升政治站位、开拓发展格局，以小支部做好大党建为目标，创新“两条腿”支部工作法，对标先锋要求，在推动全面从严治党和实现党建与业务深度融合的道路上，蹄疾步稳，奋勇前行。

政治建设摆首位

“单位再小，也是政治机关。”漳卫南运河清河河务局党支部书记、局长姚红梅说。清河河务局现有在职职工 5 名，全部为共产党员。近年来，清河河务局在工作中以党建为引领，不断强化政治机关意识教育，全力提升党支部标准化规范化建设。通过扎实开展“不忘初心、牢记使命”主题教育，严格“三会一课”制度，创新组织主题党日活动，不断增强党内组织生活的吸引力，逐步形成“书记带头讲党课，党员轮流讲党课”的学习互动模式。在每次的支部活动中，鼓励每位党员谈学习感悟、工作心得和发展规划，充分激发了学习交流的主动性，取得了良好效果。

清河河务局党支部注重把党建学习中积累的理论知识转化为提高工作效率的实践能力。在政治理论学习中筑牢党员的理想信念，在业务工作实践中引导党员发挥模范带头作用。在加强党风廉政建设上，通过警示教育案例引导党员廉洁自律，守住底线、不碰红线，营造风清气正的发展氛围。

“抓好党建，带好队伍是我的义务和责任，清河局支部要变成‘鹰的个人，雁的团队’，在党的政治建设中永远走好第一方阵。”姚红梅坚定地说。

创新思路搭台子

清河河务局党支部以党建学习交流搭建对外协调工作的“桥梁”。近几年，与沿河乡镇和县水务局、县文广新局、县环保局等多个业务部门始终保持支部“结对共建”活动。活动中始终坚守为民初心，在协助地方政府防汛抢险、河长制推进和“清四乱”专项行动中，切实发挥技术参谋作用；强化使命担当，充分借助堤防管辖优势、资源优势，努力推进水利工程管理工作高质量发展。

结对共建是一条双赢之路，成果证明一切。近三年来，清河河务局联合地方公安部门执法，有效制止违法水事行为6次，顺利拆除4处遗留非法建筑和1座废弃生产桥，消除了安全隐患；联合乡镇“河长”，彻底治理了4个城乡接合部的11处垃圾点；积极参与大运河文化带建设，争取地方资金硬化18.89公里沥青堤顶路面、建设运河记忆公园和5公里的文化长廊，美化堤防环境，把运河建设成沿河群众的“幸福河”。

“在党的坚强领导下，只要站在为人民服务的角度开展工作，任何难题都不是问题。”姚红梅自信地说。

找准方法迈步子

“务求实效，不搞花架子”一直是姚红梅在工作中的追求。面对新形势、新要求，围绕漳卫南局“一个中心，四个保障”基本工作思路，在推动单位高质量发展上，力戒党建业务“两张皮”，坚决杜绝形式主义、官僚主义，成为探索支部工作法的初衷。

通过实践与创新，清河河务局总结出了“两条腿”走路：“从严”与“落实”两条腿齐力抓政治功能，通过健全党建工作体系，把从严治党落到实处；“承诺”与“践诺”两条腿合力抓作用发挥，开展党员承诺践诺活动，提高单位和个人工作的计划性和执行力；“内建”与“共建”两条腿聚力抓单位发展，与上级机关支部“结对”，理顺体制机制，与外单位支部“结对”，加强沟通协调；“批评”与“关怀”两条腿协力带好队伍，严肃政治生活，凝聚大家共识，时常交流谈心，促进职工团结；通过创新党建工作方法，让党建工作与业务工作真正“零距离”。

“我们党支部是团结的支部，也是富有战斗力的支部。”姚红梅自豪地说。

把握机遇探路子

早在2017年，姚红梅就在清河县政府召开的大运河文化带建设会议提出了打造运河文化公园的美好远景和实施方案。2018 年，通过“结对共建”搭建的党建平台，积极协调清河县水利局引运河水改善沿河乡镇生态环境，向县文广新局宣传运河文化，充分发掘所辖堤防水利工程的生态效益、社会效益、经济效益。2019 年，借助“大运河文化带建设”的东风，最终促成“清河县大运河综合文化长廊”项目开工。

当这幅优美的水生态画卷在清河油坊码头绘制完工后，也成为了清河河务局国家级水管单位第二次复核验收时最大的亮点。

漫步在平坦整洁的堤顶沥青道路上，看着卫运河岸边不时飞起的白鹭，姚红梅不禁感慨：“看着卫运河的水越来越清，堤防面貌越来越美，我感到无比自豪，我们的付出得到了回报，实现了清河河务局党支部‘确保卫运河安澜，造福沿河人民’的庄严承诺。下一步，我们要向着建设‘防洪保安全、优质水资源、健康水生态、宜居水环境’的‘幸福河’目标坚实迈进！”

清河河务局开展党员承诺践诺活动　　许琳　摄

当好海河守闸人

——海委海河下游局海河防潮闸管理处党支部工作纪实

（2021年4月17日）

本报记者　薛程　　通讯员　刘冉冉　岳英生

海河防潮闸位于天津市滨海新区塘沽渤海湾海河干流入海口，是新中国成立后的第一批重点水利工程。

在地处偏远、历史悠久的水闸上，有一座坚强的“战斗堡垒”——海委海河下游局海河防潮闸管理处党支部（以下简称海河防潮闸党支部），11名党员长期奋战在天津市防洪防潮一线，为保卫海河下游地区防洪安全持续贡献着青春力量。2020年，海河防潮闸党支部获得“水利先锋党支部”荣誉称号。

坚定干部职工理想信念

海河防潮闸党支部始终把政治建设放在首位，定期开展“三会一课”，组织干部职工交流研讨时事热点，创新开设青年职工讲堂，通过多种形式的学习交流与思想碰撞，教育引导党员干部牢记为人民服务的根本宗旨，树立远大理想信念，坚守治水兴水的初心使命。

有力的党建统领，打造了支部担当负责、团结奋进的良好氛围。面对新冠肺炎疫情，海河防潮闸党支部全体党员充分发挥先锋模范作用，积极捐款、参与疫情防控工作。1名党员下沉社区参与联防联控工作，连续2个多月坚守一线；多名党员主动参加疫情防控志愿服务，用实际行动彰显初心使命、社会担当。

同时，海河防潮闸党支部持续推进支部党风廉政建设，通过廉政约谈、廉政党课、查摆廉政风险等方式，切实筑牢干部职工的廉政防线，形成闸管处崇廉拒腐的浓厚氛围，让干部职工时刻谨记“我是谁、为了谁、依靠谁”，让坚定的理想信念化为日常工作的不竭精神力量。

筑牢防洪保安有力屏障

闸所虽小，却关乎天津市防洪大格局。

海河防潮闸承担着海河下游重要的水旱灾害防御任务，经常面临超强台风、强降雨、风暴潮“三碰头”的复杂局面。党支部持续强化作风建设，让每一名党员都成为闸上抗击风雨的一线标兵、先锋模范，让党建工作更加“有生气”“接地气”“提士气”。

近五年来，海河防潮闸党支部全体党员干部立足本职、坚守岗位，终日与水闸为伴，与潮水赛跑，实现水闸安全运行 532 次，累计泄水 15 亿立方米，抵御较大风暴潮 32 次，出色完成了各项水旱灾害防御任务。特别是 2019 年，超强台风“利奇马”来袭，海河防潮闸党支部全体党员冒雨“逆行”，连续数日坚守在防台御潮一线，监测水情、巡查排险、提闸排涝……有力保障了工程的安全运行，守住了天津市防洪保安防线，充分展示了党员干部攻坚克难的良好精神风貌。

注入单位发展不竭动力

文明单位创建是海河防潮闸党支部推进党建工作的重要抓手。闸管处办公区环境、硬件设施较差，周边又存在多家租赁单位，文明单位创建工作困难交织。党支部为此建立了“党建＋文明创建”的工作机制，将创建工作与党建工作同步部署、一体推进。

在资金紧张的情况下，海河防潮闸党支部因地制宜开展办公区、闸区环境整治，深入挖掘水闸深厚的历史文化价值，集中力量进行资料整编，并组织党员干部积极参与“保护水环境，我们在行动”“关爱山川河流、爱护水利工程”、扶贫村义务植树、重阳节敬老爱老等志愿服务活动。2020 年，闸管处获得了“天津市文明单位”荣誉称号。

与此同时，海河防潮闸党支部持续推进党员干部学法懂法用法守法，组织职工学宪法、学水法律法规，并将学习成果应用于日常巡查执法中，切实维护辖区水事秩序稳定。海河防潮闸管理处与天津市地方部门建立执法长效机制，全力推进渤海综合治理，在“三无”船舶清理专项行动中共清理“三无”船舶 139 艘、窝棚 35 个，并结合河湖“清四乱”专项行动清理上游右岸 700 余立方米乱堆垃圾，解决了多年来想解决而没有解决的难题，切实保障了河口行洪安全，恢复了海河下游清洁美丽的水域岸线，向建设“幸福海河”目标迈进一大步。

一个支部就是一座堡垒，一名党员就是一面旗帜。闸管处全体党员干部职工用几十年如一日的坚守，诠释了水利人的责任与担当。未来，海河防潮闸党支部将带领干部职工充分地发挥“水利先锋党支部”示范作用，当好海河守闸人，为绘制“幸福海河”宏伟蓝图再添新彩。

海河防潮闸党支部开展主题党日活动　　　　　　海河水利委员会　供图

奋进路上激荡的智库力量

——珠江委规划计划处党支部工作纪实

（2021 年 2 月 24 日）

本报记者　吴怡蓉　　通讯员　邓苏懿　黄丽婷

党支部是整个党组织的神经末梢，是落实党的路线方针政策和各项工作任务的"毛细血管"。近年来，在珠江水利委员会党组的领导下，规划计划处党支部作为流域治理保护的"第一道工序"，以高质量党建为引领，对标先锋要求，聚焦规划计划主责主业奋勇争先，充分发挥基层党组织的战斗堡垒作用与党员的先锋模范作用，为推动珠江水利事业高质量发展提供坚实支撑。

强化思想武装　争当"排头兵"

党建工作如何提质增效？发挥"头雁"作用是关键。

"要时刻把做好'两个维护'作为根本政治任务，始终从讲政治的高度分析问题、研提举措。"支部书记易越涛说。在他的带领下，规划计划处党支部始终把政治建设摆在支部工作的首位，以支部标准化规范化建设为抓手，深入推进支部理论学习。

支部把学习贯彻习近平新时代中国特色社会主义思想和总书记治水重要讲话指示批示精神作为"必修课""常修课"，把准政治方向，时刻对表对标。支部书记和支委委员率先垂范，带头讲党课，加强对本领、能力的自觉自省和相互检视。在他们的带动下，支部全体党员将政治理论学习与规划计划业务工作紧密衔接，把学习成果转化为破解工作难题、转变作风、推动事业发展的强大动力，练就了干事创业、攻坚克难的过硬本领。

坚持规划先行　奏响"先锋曲"

翻开《粤港澳大湾区水安全保障规划》，一幅未来 15 年水安全保障的宏伟图景呈现在眼前。

作为负责流域规划计划工作的职能部门，规划计划处支部党员全心全力投身大湾区水安全保障规划编制工作，深度对接粤港澳所需，对照中央有关要求和对标国际先进水平，统筹谋划大湾区水安全保障的总体思路、发展目标、总体布局和主要任务，为今后一段时期大湾区水安全保障做好顶层设计。

近年来，支部紧密结合流域工作实际，聚焦流域水利改革发展“大事、难事、急事”，立足岗位尽责担当，积极推进粤港澳大湾区、珠江—西江经济带、北部湾城市群等国家区域发展战略实施。牵头组织编制环北部湾水资源配置工程总体方案，为广东省迄今为止投资规模最大的水利工程项目——环北部湾广东水资源配置工程试验段开工建设奠定基础；组织编制珠江—西江经济带岸线保护与利用、沿江取水口排污口及应急水源布局等规划，为推进广东生态文明建设添砖加瓦；服务好珠江三角洲水资源配置、深中通道、黄茅海跨海通道等流域重大工程水行政许可工作，全力支持地方经济社会高质量发展。

倾力水利援疆　唱响“主旋律”

孔怀兄弟，同气连枝。多年来，规划计划处作为珠江委水利援疆工作的主要承办部门，不断完善对口援疆工作机制，助力边疆地区水利事业发展，与对口援疆单位建立了深厚情谊。

从2010年至今，规划计划处支部已经圆满完成了两个五年的援助。支部主动协助受援单位开展水利规划编制工作，援派优秀干部赴新疆挂职交流，组织召开人才培训活动，开展贫困大学生捐资助学行动，筹措资金援助办公设备，加强了技术、人才、资金等各方面帮扶。

“我就说两个字‘感谢’，感谢珠江委这些年的援疆工作。”新疆维吾尔自治区水利厅喀什噶尔河流域管理局党委副书记、局长阿木提·库尔班说。

“水利援疆是促进民族大团结的大事情。今年是‘十四五’水利援疆工作的第一年，我们将一如既往、倾力相助，继续做好援疆工作。”易越涛坚定地说。

从人迹罕至的山沟沟到水利援疆精准扶贫的前沿阵地，从规划审查前期咨询的会场到水库抢险救灾的第一线，从省界水文站网建设工地到珠江河口水行政执法现场……规划计划处支部的党员冲锋在前，留下了孜孜不倦的工作身影。

他们在获得“人民点赞”中实现价值、收获满满，先后3人被授予三等功，1人被授予“优秀党务工作者”，支部荣获水利部“水利先锋党支部”、广东省“省直机关先进基层党组织”等多项荣誉。

风好正是扬帆时。规划计划处支部将按照“三对标、一规划”专项行动和党史学习教育要求，坚定理想信念，强化业务本领，开拓创新、攻坚克难，争当规划计划铁军排头兵，为流域水利高质量发展作出新的贡献。

珠江委规划计划处党支部重温入党誓言　　　　本报记者　吴怡蓉　摄

越是艰险越向前

——记黄委水旱灾害防御局党支部

（2021 年 4 月 24 日）

本报通讯员　穆磊

黄河以“善淤、善决、善徙”闻名于世，黄河水旱灾害防御工作复杂且艰巨，承担这一重要职责的黄委水旱灾害防御局拥有一支信念坚定的党员队伍。

近年来，防御局党支部以“争创先锋支部，筑牢战斗堡垒”为目标，紧紧抓住防汛工作急、难、险、重任务多的特点，引导党员在工作中勇于担当、善于担当，取得了防汛减灾新胜利，实现了党建和业务工作双丰收。

强化责任落实　点亮信仰灯塔

4 月 5 日，防御局党支部开展党史学习教育活动，局长魏向阳带领全体党员集中学习《中国共产党简史》，激荡昂扬的建党史与波澜壮阔的治河史交相辉映，树立起“信仰灯塔”，点亮“信念之灯”。

治理黄河的千钧重任在肩，防御局党支部始终坚持把政治建设摆在首位，把旗帜鲜明讲政治作为党支部建设的首要任务。支部书记作为党建工作第一责任人，认真履行党建责任制；分管局领导在分管范围内靠前抓；各处室负责人具体抓落实，层层夯实党建责任，形成齐抓共管局面。

与此同时，防御局党支部制订全面从严治党主体责任清单，构建了明责、守责、尽责主体责任落实闭环，认真履行“一岗双责”，推动党建与业务相互促进，切实做到同计划、同部署、同实施，确保党建各项工作任务落到实处。

强化支部建设　锻造坚强堡垒

“我志愿加入中国共产党，拥护党的纲领，遵守党的章程，履行党员义务……”柏茂青翠、红星闪耀，在豫西抗日纪念馆，防御局全体党员重温入党誓词，面对党旗庄严宣誓。

开展形式多样的主题教育活动是防御局党建工作的重要举措。此外，支部还制定了详细的党建工作计划和学习计划，通过“三会一课”、主题党日、青年理论学习小组等方式强化党员政治意识。支部坚持党务公开、重要情况通报和报告、与党员定期谈心谈话等党内监督制度，持续提升党员干部的政治理论水平和政治敏锐性、辨别力，为在新形势下开展水旱灾害防御工作铸就坚强的红色精神堡垒。

强化党员管理　凝聚精神力量

黄河汛情就是防御局党员的冲锋号！

2020 年汛期，黄河流域连续发生 6 场编号洪水，黄河上中下游干支流接连发生暴雨洪水，黄河防汛工作面临“三面作战”的不利局面。自 6 月 15 日启动防汛值班，防御局每名党员不畏艰险、冲锋在前，值班人员全部上岗到位，坚守防汛调度一线。

24 小时值班带班，72 次防汛会商，301 份调度指令，34 期黄河水旱灾害防御简报，60 期黄河汛情和水库调度意见，30 个工作组专家组奔赴流域各地指导抗洪抢险工作……这一组组数字的背后，是党员们一个个不眠不休的长夜、一双双血丝布满的眼睛。

在长期的水旱灾害防御工作实践中，防御局党支部探索形成了“四强化、勇担当”的支部工作法，强化责任意识、业务本领、教育培养、示范传承。老党员积极发挥“传、帮、带”作用，责任意识上勇做表率、业务本领上倾囊相授，不断增强年轻党员的历史使命感和集体荣誉感。

此外，党支部设立“党员先锋岗”，调动党员参与党建工作的积极性，引导党员立足岗位、创先争优，形成人人争当优秀党员的良好氛围，凝聚强大的精神力量。

强化作用发挥　彰显黄河担当

在党支部的强有力带动下，防御局的业务工作取得多项重大突破。

2020 年，防御局组织开展超标洪水防御调度演练和防御大洪水实战演练，用新时代的防汛视野决策考量、果敢抉择，创造性利用小浪底水库腾库迎汛时机，开展防御大洪水实战演练，提高河流主槽过流能力，打开下游防洪调度空间。调度思维的创新、自我加压的担当在突破性的工作开展中悉数尽现。

极具创新的付出，收获累累硕果。2018 年和 2021 年，防御局分别荣获第一批“黄河先锋党支部”和“水利先锋党支部”；连续多年获得黄河防汛抗洪先进集体和黄委年度绩效考核先进部门。这些荣誉是防御局所有党员勇于担当、无私奉献的见证。

展望未来，防御局党支部将继续认真对标习近平总书记关于保障黄河长治久安的要求，坚持人民至上、生命至上，不断创新工作思路和洪水泥沙处理理念，坚决守住水旱灾害防御底线，继续在新时代黄河保护治理事业的大道上昂扬奋斗。

防御局党支部开展主题党日活动　　本报通讯员　穆磊　摄

白衣执甲　不辱使命

——长江委长江医院临床党支部工作纪实

（2021 年 5 月 22 日）

本报通讯员　孟婧勔

长江水利委员会长江医院临床党支部是一支扎根基层，有着坚定信仰、坚强战斗力和奉献精神的队伍。支部党员在新冠肺炎疫情防控一线不惧生死，用责任和担当织密长江委职工和群众的“防护网”，用天职与勇气守护每一个脆弱不屈的生命。

党员队伍建设有力度

“支部战斗力强不强，关键要看党员队伍。支部始终把党员队伍建设放在重要位置，在党员管理、党员教育上下功夫。”支部书记周志敏说。

临床党支部为保证支部活动时间，针对“三班倒”的工作特点，积极协调各位党员的工作时间，尽最大可能确保全员参加组织生活。为提高学习参与度，支部书记、支部委员带头轮流讲党课，营造人人争做“主讲官”的浓厚氛围。为鼓励青年党员参与党建工作，设立青年委员，充分调动青年党员的积极性、主动性和创造性。

此外，支部加强廉政风险防范教育，组织做好各类党纪法规的学习，开展卫生系统的违法案件警示教育，深化廉政家风建设。完善监督提醒制度，确保党员严格执行卫生行业“九不准”，严格规范诊疗服务行为，落实各项诊疗常规。

党建业务融合有深度

支部紧紧围绕临床一线医疗工作，在实践过程中提炼出“着力有重点、创新有亮点、冲锋在一线”的“两点一线”支部工作法，努力推动党建和业务工作深度融合。

支部引导党员在服务能力提升和业务创新上充分发挥党员模范带头作用。每名党员积极主动开展“管好一位病人，写好一份病历，留下一个好口碑”的“三个好”活动，让科室管理更加精细，医疗行为更加细致，服务态度更加优良；多名党员参加

“1＋1＋N”健康保健团队，变被动为主动，为长江委职工提供健康宣教、疾病预防、健康管理等服务，提高了病人满意度；外科在腰椎间盘突出症髓核摘除术、腰椎管狭窄症椎管成型术、腰椎滑脱固定术及中晚期乳腺癌、胃癌根治、人工关节置换、腹腔镜胆囊切除等手术上有创新突破；内科在急性心肌梗死、难治性心衰、急慢性呼吸衰竭及肺栓塞、脑血管意外、糖尿病重症、消化道出血等急重症病人抢救治疗方面不断巩固成果和丰富经验。

此外，支部党员积极“下沉”社区，开展结对联系、扶贫帮困、生活救助等服务，利用专业技术服务群众。如今，义诊已经成为制度化、常态化服务群众的志愿活动，得到长江委内职工和周边群众的广泛认可。

大义无畏逆行有温度

2020年的春节注定是一个不平凡的春节。长江医院距新冠肺炎疫情“风暴眼”华南海鲜批发市场不到3公里，新冠疑似患者剧增，感染风险巨大。临床党支部响应医院党委号召，吹响“党员到一线去”的集结号。

支部党员纷纷响应，有的果断退掉回家过年的车票，坚守待命；有的说服家人，克服种种困难逆行返汉；有的夫妻齐上阵，岗位不同，数月不能相见；有的错过与亲人最后一别，含泪战斗在一线……

在疫情最复杂、最艰苦的时候，支部党员还以临时党支部书记、党代表身份转战隔离点，带领隔离点战斗小组克服环境限制、医护不足、物资缺少等困难，出色完成了3个隔离点、600余名新冠肺炎疑似病人及密切接触者、新冠肺炎出院患者和新冠肺炎失能、失智老年患者医学观察和管理工作，为武汉市的疫情防控工作提供了

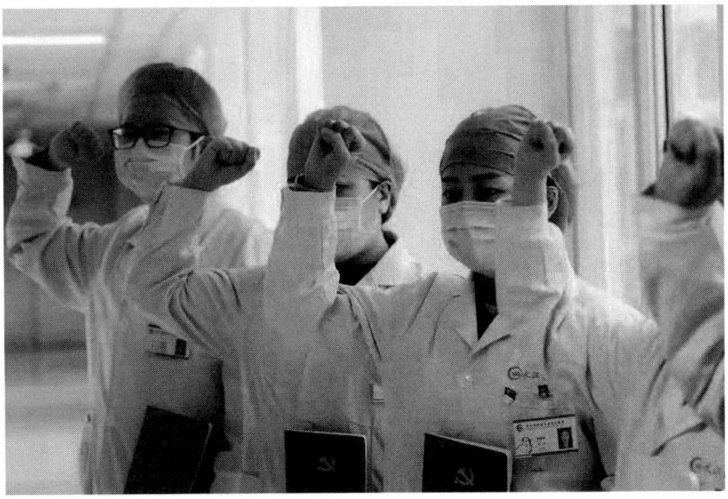

火线入党人员宣誓　　本报通讯员　胡红明　摄

强有力的支撑。支部 3 个集体、9 名党员受到了水利部的嘉奖。支部成员、长江医院副院长、院新冠肺炎救治组组长张济祥荣获“全国抗击新冠肺炎疫情先进个人”荣誉称号。

新开局、新起点，支部将弘扬伟大的抗疫精神，进一步强化支部政治功能和组织力，增强党建工作实效，为医院高质量发展、为新时代水利事业改革发展贡献力量。

建功太湖一线　立业民生水利

——太湖局苏州管理局创建“水利先锋党支部”纪实

（2021年5月22日）

本报通讯员　吕双双

近年来，太湖流域管理局苏州管理局党支部以党的政治建设为统领，以“小支部”做好“大党建”为基本定位，紧扣服务流域经济社会发展、服务流域水利改革发展和单位中心工作，推动各项工作提质增效。

“记实积分”推动组织生活

“你参加了几次组织生活？”党员大会前，苏州管理局党支部的党员们拿着“红本本”相互交流，这是党员记实积分考核养成的习惯。

从2016年起，苏州管理局党支部实行党员记实积分考核，从组织生活、教育培训、志愿服务、先锋实践、遵纪守法等党员日常工作的方方面面赋予积分，季度公示、年度总结，作为评先评优、民主评议党员的重要参考依据。5年来，大家从“组织要我参加生活”到“我要参加组织活动”，积极性和主动性不断提高，积分在你追我赶中不断攀升，人手一本的“红本本”已经不知不觉记到了党员的心里。

此外，苏州管理局党支部积极开展丰富多彩的组织活动。每年“七一”前后，支部书记上专题党课成为“保留项目”，定期开展“在职党员统一活动日”“在职党员进社区”活动，主题党日、沉浸式教育不断线，为党员同志提供更多的选择。

“四维课堂”丰富学习教育

“学习教育怎么开展？怎样入脑入心？”一直是支部书记尤林贤记挂的事。

苏州管理局党支部探索出涵盖理论、实践、岗位、网络的党员“四维课堂”学习教育模式，拓展党员学习教育渠道，增强学习效果。理论课堂突出“深度”，每年不少于12次领导班子（扩大）理论学习班、党小组及青年理论学习小组活动，围绕政治理论学习内容分类辅导，每年党员人均各类学习培训平均超过200学时。实践课堂突出“行动”，开展“行动支部”建设，让党旗飘扬在工程桥头堡上、水利监督路上。岗位课堂突出“实干”，立足岗位培育党员核心业务技能，引导党员紧贴业务亮身份、立足岗位作贡献、体现宗旨做表率。网络课堂突出“灵活”，依托学习强国和水利教育培训网，鼓励党员根据需求灵活安排学习时间和内容，理论学习与业务知识同抓共促。

“红脸出汗”保持风清气正

“2020 年，全局共开展日常谈心谈话 289 人次，提醒谈话 3 人次”，这是在党支部年度总结中通报的数据。

苏州管理局党支部积极运用提醒谈话、批评教育等方式手段，让谈心谈话融入日常工作，让“红脸出汗”成为常态，及时发现纠正苗头性的问题。支部扎实落实全面从严治党责任，支部书记每年两次听取各部门落实情况汇报，领导班子每年两次深入直属机构现场办公解决实际问题。同时，修订印发廉政风险防控手册，加强对廉政风险的动态排查和监控。每年 5 月开展主题鲜明的廉政宣教月活动，及时通报各类反面典型案例，加强警示教育。

党建品牌构筑坚强堡垒

走进苏州管理局党支部，每位党员桌面都放有“承诺清单”，清单中列出组织生活会上查摆问题的改进措施，方便党员时刻对照落实。

2016 年以来，苏州管理局党支部持续开展以“建功太湖一线，立业民生水利”为行动方向的“行动支部”建设。汛情紧张时期成立“党员突击队”，发动党员在急难险重任务中发挥先锋模范作用；强化党员服务意识，加入苏州市狮山横塘街道党建“红色联盟”，积极深入结对社区为民服务办实事。

支部在行动中总结提炼出涵盖 5 个方面 20 项具体工作的“5×4”基层党建工作法；打造“红映太湖”基层党建品牌，获评“苏州市优秀党建品牌”；建设具有基层水利单位特色的党建阵地，获评“苏州市市级机关十佳‘海棠花红’先锋阵地”。

党建引领激发群团活力

支部持续发挥党建“龙头”作用，加强对群团组织的领导、指导力度，支持群团组织开展积极向上、有利于职工身心健康的文化体育活动，多次获得太湖局运动会团体第一名。持续推进水工程与水文化的有机融合，望亭水利枢纽被评为水利部第二届水工程与水文化有机融合案例。深化各类文明创建，组织开展“关爱山川河流建设幸福河湖”水利志愿服务活动，获得第五届中国青年志愿服务项目大赛银奖、苏州市优秀青年志愿服务组织，单位获评“2016—2018年度江苏省文明单位”，通过“全国水利文明单位”复审。

“十四五”已起航，苏州管理局党支部将继续把思想和行动统一到党中央决策部署和水利部党组、太湖局党组工作要求上来，开拓进取、行稳致远，全力支撑太湖流域水利高质量发展，以实际行动献礼建党百年。

支部党员开展志愿服务活动　　本报通讯员　吕双双　摄

当好长江防汛的“作战参谋”

——记长江委水旱灾害防御局党支部

（2021 年 6 月 26 日）

本报通讯员　朱俊君　段一琛

在长江水利委员会有这样一支先锋队，时刻忠诚守护长江安澜；在应对突发涉水事件时，枕戈待旦，冲锋陷阵；为充分发挥水工程综合效益，潜心钻研，大胆革新，这就是长江委水旱灾害防御局党支部。

党建引领聚合力

长江是中华民族的母亲河，防洪历来是长江“天大的事”。习近平总书记高度重视安澜长江建设，多次发表重要讲话并作出指示批示，为流域水旱灾害防御工作提供了根本遵循。

“我们要认真学习‘十六字’治水思路和‘两个坚持、三个转变’防灾减灾理念，从党的光辉历史中汲取精神力量，牢固树立风险意识、底线思维，把‘两个维护’落到实处。”在支部党史学习教育时，防御局支部书记、局长胡向阳带头研讨发言。

防御局党支部始终坚持以政治建设为统领，积极推进模范机关建设，把党建和业务融合落到实处，总结提炼“三学三亮三结合”支部工作法，突出理论学习、业务学习、实践学习，党员亮明身份、亮明承诺、亮明业绩，将支部建设与推动中心工作、建强队伍、服务群众有机结合，探索支委抓总、处室轮值、全员参与的工作机制，提升支部的组织力，打造“特别能战斗”的集体。

防御局支部 21 名党员担当作为、屡建战功，涌现出“全国三八红旗手”“湖北省青年岗位能手”“长江委十佳青年”“青年科技英才”等一批先进典型，调度处被评为第九届全国“人民满意的公务员集体”，防御局集体获得“全国防汛抗旱先进集体”以及首届“水利先锋党支部”“水利部创建模范机关先进单位”等荣誉。

不忘初心守安澜

汛情就是命令，党员就是旗帜。防御局支部党员牢记“人民至上、生命至上”，全年24小时值守200余天，通宵达旦紧盯流域汛情，时刻做好分析研判，及时组织会商调度，紧要关头第一时间赶赴一线，顶风冒雨为抗洪抢险做好技术支撑。

这一切的付出，最终换来大江安澜——面对2016年、2017年、2018年、2020年不同类型流域洪水的考验，防御局通过科学调度水利工程，保护了19个省（市）1亿多人口。

特别是2020年，长江流域发生新中国成立以来仅次于1954年、1998年的全流域性大洪水。防御局党支部组织成立党员应急突击队，应急响应87天，组织综合会商156次，下发调度令129个。防御局调度处处长丁胜祥说："我们是长江防汛的'作战参谋'，个个都是敢于带头、奋勇当先的能手。"通过精细调度，流域控制性水库群拦蓄洪水约500亿立方米，最大限度降低灾害风险，保障人民生命财产安全。

勇于担当解危难

2018年10月，正当人们认为汛期将平安度过之时，金沙江白格和雅鲁藏布江米林两地接连发生4次堰塞湖险情，特别是白格堰塞湖险情物质体量之大、蓄水容量之多、持续时间之长、安全影响之重，均为历年罕见。

危难关头，防御局党员干部再次挺身而出。防御局工程处处长廖鸿志回忆说："大家有的在前方克服高原反应，协助指导抢险；有的在后方滚动分析，为指挥部提供及时准确的决策参考，将超万年一遇的溃坝洪水成功消纳在金沙江中游。"

这样的事例数不胜数。支援东方之星沉船救援打捞，进行四川茂县特大山体高位崩塌应急处置，指导湖北浠水白洋河水库脱坡处置……他们用实际行动诠释对信仰的坚守、对党的忠诚。

开拓创新强本领

长江流域拥有世界规模最大、数量最多的水库群，如何精准科学调度运用，发挥供水、生态、航运、发电等综合效益，是防御局支部党员经常思考的问题。

"每一座水库要不要调、怎么调、调多少、什么时间调，都必须有科学的依据。"防御局副局长、支部组织委员宁磊说。

南水北调中线工程通水6年多来，累计调度丹江口水库向北方供水超过370亿立方米，约6900万人受益；调度三峡水库连续11年实现175米试验性蓄水目标，连续开展生态调度试验，促进了鱼类自然繁殖，为修复长江水生态环境贡献智慧和力量。

防御局支部有一支高学历、年轻化的党员队伍，党支部把人才优势转化为工作优势，围绕长江大保护、科技创新、"十四五"规划、统筹发展与安全等主题，每年组织集中学习20余次，与水利部信息中心、三峡集团梯调中心等单位党支部开展联学联建，持续激发创新热情。联合调度关键技术研究成果获得大禹水利科学技术奖特等奖、湖北省科技进步特等奖等近20项科技奖励。

坚守水旱灾害防御底线，充分发挥水利工程防洪兴利作用，是刻在防御局支部党员骨子里的使命与担当。支部全体党员将不忘初心、牢记使命，为长江经济带高质量发展提供更加坚实的防洪安全保障。

防御局调度处党员干部研究调度方案　　本报通讯员　付彬　摄

四十寒暑引滦情

（2021 年 4 月 29 日）

陈如春

1973 年，国家为缓解天津市和河北省工农业生产及人民群众生活用水困难，作出了兴建潘家口水库工程的决定，施工任务交由中国人民解放军基本建设工程兵六十一支队承担（后改编为武警水电部队第一总队）。这支 2 万余人的工程兵部队中，战士们大多来自农村，是一支特别能吃苦、能打硬仗的水电雄师。

当时，我有幸担任了六十一支队一团技术股股长，与战友们并肩作战，参与建设了引滦入津的重要工程之一——潘家口水库。如今我已八旬有余，但那段与战友勠力齐心建设潘家口水库的峥嵘岁月，就像斑驳的老电影一样，一幕幕浮现在我的眼前。

坝址勘探　初显身手

潘家口水库原设计坝址位于现大坝上游 8 公里处的走马哨村，当时由于地质条件差、岩石风化严重、河面宽，存在着工程量大、造价高等诸多问题，专家和领导们决定重新勘探地质条件，重新选定坝址。

1973 年年底，部队派出了由 36 人组成的地质勘探小分队，我作为队员之一，配合十三局水电勘测设计院进行勘探会战工作。现场的勘探条件十分艰苦，面对饥饿、寒冷、风沙的重重考验，我们一行人在河槽上冒着严寒钻取岩心，进行岩层分析、素描和孔内电视观测。

历时 6 个月的艰难勘探，小分队共完成深度在 50～120 米的取样钻孔 80 多个，交出了经得起历史检验的地质资料，最终确定了位于下游 6 公里处的杨查子村作为新坝址。

截流防汛　争分夺秒

潘家口工程截流和部队移防搬迁与施工前准备是同时进行的。

1974 年，部队开始陆续进场。到达后，现场没有营房，我们就在山坡上平整场地，搭建木板房、土坯房，初步安置下后便立即开始挖导流洞的基础，填筑上下游围堰。

转眼到了 1975 年 9 月下旬，滦河水量越来越小了，上游围堰准备合龙，我们事先准备了大批铁丝笼块石和大量黄土草袋堵漏，由于准备充分，国庆前夕围堰合龙截流一次成功。

然而截流成功，预示着下一个汛期的开始，基坑工作面必须浇筑混凝土，基坑排水设施不能被洪水淹没，上游围堰必须承担防洪挡水任务，否则一切将前功尽弃。潘家口大坝施工的十年，是我们与洪水赛跑的十年，年年汛前，我们都胜利完成了预定目标，这凭的不仅仅是天时、地利、人和，更靠的是部队严格的组织纪律和周密的计划安排。

就在工程大会战的紧张时刻，我远在江苏农村的父亲得了重病，直到父亲去世，我都没能回家看上一眼，更没能给父亲养老送终，留下了我终生的愧疚和遗憾。然而在那时，我的脑海里都没有“我”字，紧张的施工任务是我们最重要的使命。

万众一心　破解难题

潘家口大坝工程混凝土浇注是由 2 万多名指战员协同作战而成的大工程，在施工中，我们一改原来的 0.3 平方米小模板，推广应用 36 平方米钢木结构的大模板，通过技术创新极大地提高了建设效率，降低了劳动强度。不仅如此，当时我们为了降低成本，还制定了新的技术要求。在混凝土施工中埋入十多万立方米开挖出来的新块石，多埋一立方米块石，就少浇注一立方米混凝土。当时一立方米混凝土的价格在 600 元左右，这些举措虽然技术含量不高，但在保证质量的同时，实实在在降低了工程成本、减少了原材料消耗。最后，我们就这样为潘家口水库工程节省投资 5000 多万元。

除此之外，潘家口大坝施工难度最大的要数厂房坝段和闸墩施工了，特别是一些水流高速高压的部位，如果与设计曲线出现偏差，高速高压的水流切割混凝土和钢板就犹如切豆腐一般。为确保精度，需要先在后方场内制作这些部位的各种模板，我和工程技术股的战友们深入班组，放大样校核，保障了施工质量。我们还手把手教会了木工连战友们复杂模板制作技术……

在大坝施工中，我们解决的技术难题数不胜数，这些细微的工作，虽默默无闻，但缺一不可。

引滦入津　造福人间

1983 年，潘家口水库主坝浇筑工作全部完成，经过 2 万多名部队官兵近十年的艰苦奋战，引滦入津主体工程——潘家口水利枢纽一期工程顺利通过交接鉴定验收，实现了“提前一年截流、提前一年蓄水、提前一年发电”，被水利部评为“优质工程金奖”。然而，我的31位战友却为此献出了年轻的生命，从此长眠在长城脚下，化作不朽的烈士丰碑，永远守护着滦水安澜。

国家同期建设的大黑汀水库、引滦枢纽闸和全长234公里的引滦入津输水线路也陆续完成，自此引滦工程作为经济发展、社会稳定和人民安居乐业的水源保障，成为天津、河北工农业生产不可或缺的元素。

转眼间，48年过去了，我也为引滦入津工程奉献了40年最美好的岁月。潘家口水库，这座跨世纪的工程是一代代的引滦人用青春和热血浇筑出来的。我更希望新时代引滦人能够不忘传承，牢记当年建设者的艰辛，让这一汪碧水永葆甘甜清澈。

1985年，陈如春（左一）在潘家口水库下池大坝工地巡查

陈如春 供图

宝库河上树丰碑

（2021 年 5 月 13 日）

沈靖国

今年是中国共产党百年华诞，我作为一名进入耄耋之年的水利人，回望我为之奋斗一生的水利事业，其中印象最深的就是参加了青海省引大济湟规划一期工程——黑泉水库的建设实践，并先后担任黑泉水库建设局副局长、局长。在这期间，我收获的水利知识、积累的实践经验、结交的良师益友、经历的艰难困苦，都成为了我一生受用不尽的宝贵财富。

现如今，黑泉水库已安全运行 20 年，竣工验收 18 年，青海几代人梦寐以求的引大济湟工程正扎实向前推进，黑泉水库的建设也成为青海水利人心中永远为之骄傲的里程碑。

黑泉水库距省会西宁 75 公里，是一座大型水利枢纽工程，建在大通县境内的宝库河上（北川河上段）。工程由大坝、溢洪道、导流放水洞、灌溉发电洞、坝后电站及升压站、供水工程组成。河床布置混凝土面板砂砾石坝，最大坝高 123.5 米，坝体填筑砂砾石 558 万立方米，总库容 1.82 亿立方米，在国内同类坝型中名列前茅。

黑泉水库于 1996 年 9 月 12 日正式开工建设。黑泉水库大坝建立在深厚砂砾石覆盖层上，最深处达 30 米，分布着不少特大的岩石，加上河床地下水的干扰，施工难度相当大。其中，坝体填筑和混凝土面板浇筑就是一项艰巨的任务。

黑泉水库整个坝体填筑土方量为 558 万立方米，而且分垫层、过渡层、排水体、主堆石区块石护坡等不同区域，对上坝料有不同的技术要求，因此在保证质量的前提下如何加快施工进度成了建设各方共同关注的问题。

我们为此召集设计、监理、质检、施工单位反复在现场进行实际操作，最终确定最优的上坝路线、设备数量、人员分工，使上坝速度明显加快。那些日子，工地上每天有近千人，数百辆机械设备昼夜不停地工作，许多人放弃了节假日休息。

每年的安全度汛是工程建设的重点。1998 年 7 月 15 日，宝库河上游突降暴雨瞬时形成洪水。我立即召集相关领导和各处室负责人，第一时间奔向河边冒雨组织抢险工作，面对滔滔洪水，工地各单位职工立即投入抗洪抢险斗争，通过人力、设备清障排洪，加固河堤，大大减少了洪水造成的损失。

2001年，水库建设进入冲刺阶段。2001年4月16日，建设局在工地召集各单位负责人开会，我在会上和大家讲清形势，明确任务，提出大干180天，为实现总目标而奋斗。会后各单位立即行动，制定年度工作计划，落实目标责任和时间要求，整个工地掀起了比干劲、比质量、比团结协作的建设高潮。7月23日，由水利部水利水电规划设计总院16位专家组成的蓄水安全鉴定小组到工地开始进行下闸蓄水前的安全鉴定工作，7月29日工作结束，专家提出了鉴定意见。我立即召开落实鉴定意见工作会议，提出两个目标：一个是在8月3日前把专家组提出的有关设计、计算数据资料给出一个系统明确的答复，另一个是在11月1日前完成所有与下闸蓄水有关的工程项目。

在此期间，我的压力非常大，不仅是我，施工单位压力更大，何时下闸蓄水的担子都压在他们肩上，一是两个洞口岸坡加固；二是导流洞进口闸门加固；三是坝上游面粘土铺盖的施工。

2001年10月，工地已十分寒冷，但为了尽早下闸蓄水，大家冒着风雪严寒，克服千难万险，终于圆满完成了任务，10月30日验收工作结束。直到11月11日，黑泉水库顺利通过阶段验收，同意水库下闸蓄水，我们所有建设者提着的心终于放下了。

2001年11月16日，是水库下闸蓄水的日子，下闸庆典如期举行。我永远记得，那天是那么晴朗，彩旗随处飘扬。11点10分，随着时任青海省省长赵乐际宣布下闸令，霎时间，工地上鞭炮齐鸣锣鼓喧天，欢呼声、马达声震耳欲聋，大家兴奋激动的眼泪夺眶而出，这一天我们终于盼到了。

设计、施工、监理、质检、建设等单位的数千名建设者用辛勤的汗水，集体的智

沈靖国（左一）向全国政协原副主席钱正英介绍黑泉水库工程情况

沈靖国　供图

慧、科学的态度、艰苦的创造、顽强的拼搏，终于在宝库河上树起了一座不朽的丰碑。全省人民盼望已久的引大济湟工程由此开始变为现实，并迈出了坚实的第一步。我相信，黑泉水库的建设将永远载入青海水利建设的史册，成为激励鼓舞水利人继往开来的强大动力。

三门峡　我的家

（2021 年 6 月 3 日）

陈士驎

我有三个家：第一个是父母养育我的家，第二个是我和爱人一起组建的家，第三个家就是三门峡。自从踏上三门峡这片土地，至今已有 66 年。在这里，我体会了人生的酸甜苦辣，越过无数的艰难险阻，我的人生已和三门峡紧紧联系在一起。

走进陌生的世界

第一次踏上三门峡的土地，是在 1955 年春节后，我们一行 5 人从华东水利学院（现河海大学）毕业，接到的第一个工作任务就是参与三门峡的前期调研工作。大家坐了很久的长途车来到会兴镇，第二天一大早，徒步走向 20 公里外的目的地，三门峡坝址。

三门峡大坝整体设计和设备都是苏联负责，我们这支“先遣队”负责做好施工前的各项准备工作，如水、电、交通、建材、办公场所、居住房屋以及场地等。

除了要横渡湍急的黄河到现场勘查，我们还要为离坝区十几公里的基地找水源。附近只有一条小河，只能现场观测收集数据，获取水情资料。在陕州水文站的帮助下，我们在小河的中游设了观测站。我成为观测员兼“站长”，每天守在观测站附近的一个破旧窑洞内，一天测 4 次水位并做好记录，有时到了半夜还得拿着手电筒摸到河边看水尺、做记录，如遇到下雨，条件就更加恶劣。

风口浪尖里拼搏

1957 年 4 月 13 日，三门峡水利枢纽工程开工典礼在神门岛举行，时任水利部部长傅作义主持开幕式。第二天，人民日报发表社论，号召全国支援三门峡建设，之后东北的丰满水库、大伙房水库，华北的官厅水库，湖北的荆江分洪工程，福建的古田水电站，安徽的佛子岭水库、四川的狮子滩水电站等四面八方的精兵强将陆续到来，工地上到处是南腔北调，而我们这些前期工作人员成建制地划归三门峡工程管理局。

记得有一次我上夜班去现场检查，发现一处冲洗工作面的水竟然存不住，混凝土怎么会吃水呢？经过仔细观察，我发现工作面上有一条大裂缝，这是混凝土工程施工最忌讳的质量问题。我发现问题后立即上报，本来有几种处理办法可以尝试，但领导最终还是决定全部炸掉。之后，一共炸毁 100 多立方米的混凝土，虽然耽误十来天的工期，但大家都本着质量为先的原则，不允许工程出现任何细微问题。

大坝建成后，水轮机的安装与运行箭在弦上。三门峡大坝当时设计总装机 120 万千瓦，单机 15 万千瓦，是当时国内第一、国外顶级的大型机组。水轮发电机组的安装进入到最后阶段时，运行前的检查更为严格。机组内仅负责清扫检查的工作人员就达十几个人，大家在直径 10 米左右的发电机内，上上下下边边角角各处缝隙照着手电筒进行全面大检查，进入检查的人员不许带任何金属物品，身上的纽扣都要登记，如有丢失，一定要把它找出来，因为任何细小物品在发电机飞快的转速和强大的磁力下都有可能造成整机烧毁。直到开机的一刹那，人人绷紧神经，屏气凝神。

三门峡改建之路

三门峡水利枢纽 1960 年开始蓄水，1961 年开始装机，只经过短短 1 年多的实践，水库淤积非常严重。三门峡当时年平均泥沙进库量为 13.6 亿吨，如果把它砌成一米见方的堤，约可绕地球 27 圈。

从此，三门峡水利枢纽拉开了历时 40 年的改造序幕。

20 世纪 60 年代三门峡水利枢纽进行了第 1 次改建，即所谓“两洞四管”工程，增开两条隧洞，打开四条发电钢管，以增加泄洪排沙能力。这次改造后，水库淤积有所减缓，但还有 60%的泥沙淤在库里，于是就有了第 2 次改建。

这次改造从 1970 年开始，计划把施工底孔打开。3 米宽、8 米高、长近百米的施工底孔是当年施工导流临时用来过水的，所以底高比设计的排水孔低了 20 米，施工完成后就把它封堵了，从 1970 年开始又不得不重新打开，难度可想而知。逐步打开这 12 个底孔后，奇迹出现了，水库淤积的泥沙被大量排出，基本实现年内冲淤平衡。

水库淤积问题得到解决后，低水头发电变成了可能。1973 年起，三门峡水利枢纽先后安装了 5 台机组共 25 万千瓦。到了 90 年代，又加装了两台共 15 万千瓦的机组。近年来，枢纽相继又改造了 70 年代安装的 5 台机组，改造后总装机可达 45 万千瓦。近年来，三门峡水利枢纽年发电量已翻了一番，不仅改善了豫西电网的系统供电质量，更为千家万户输送了绿色能源。

三门峡水利枢纽建成后，党和国家领导人对三门峡的肯定、重视和关心是有目共睹的，特别是周恩来总理曾 3 次来到三门峡，关心工程的建设和改建。

1961 年国庆刚过，在水涡轮焊接试验现场，周总理和陈毅夫妇陪同尼泊尔国王来到发电厂房。周总理一进来就询问情况，并爬上五六米高的梯子观察水涡轮是否变形。当时大家都非常紧张，因为苏联专家早已撤走，我们只能自己边试验边摸索。周总理从梯子上下来后走向看台，亲切地跟大家合影握手，我们都十分激动。

在前来视察的领导人中，我有幸见过刘少奇、邓小平、彭德怀、彭真、华国锋等。作为三门峡人，我倍感骄傲。

如今，我们的“家”已今非昔比，“万里黄河第一坝”——三门峡水利枢纽已成为黄河上一颗璀璨的明珠，焕发出勃勃生机，为黄河流域生态保护和高质量发展作出新的贡献。

陈士驎在大坝建设现场

工人正在进行现场试验

均由陈士驎 供图

见证雷州青年运河建设奇迹

（2021 年 6 月 10 日）

马建国

雷州青年运河，源于广东省廉江市鹤地水库，这是一个修建于 20 世纪 50 年代的大型水利工程，因开挖者以青年人为主而得名。我的青春岁月和当时肩负开挖工作的每一名青年人一样，每一滴汗水都深深地嵌入河床，每一份深情都与运河水交织共融。

自古以来，雷州半岛就是干旱的重灾区。新中国成立后，雷州人民一直渴望通过兴修水利改变干旱的面貌，所以一直筹备建设大型水库蓄水，开凿运河贯通半岛南北，从根本上解除雷州半岛的旱情。

1958 年，全国人民掀起了各项建设高潮，水利建设也步入快车道，广东更是刻不容缓，安排了良德、松涛、小江、鹤地四大水库上马，水利工作者们热血沸腾，争上第一线。

随后，世世代代饱受干旱折磨的雷州半岛人民，以气吞山河的英雄气概向大自然宣战，拦腰斩断九洲江，筑起蓄水 11.44 亿立方米的鹤地水库，建成全长 271 公里的运河总干渠和 4547 公里分流配套渠道，基本上根治了雷州半岛的旱情。

工程筹备初期，我在广东水利电力勘测设计院工作，院内组织 4 个业务技术组奔赴四大水库工地，对工程进行勘测设计和指导施工。我有幸参加了何多基、林颖夫工程师领队的鹤地水库技术组。在送行的鞭炮声中，奔赴四大水库的技术组同时出发，我们这一组也很快到达了设在遂溪县河唇镇的青年运河工地指挥部。

1958 年 5 月 15 日，湛江地委公布了关于修建雷州青年运河的决定，并成立青年运河指挥部，由时任湛江地委副书记王勇任总指挥。为了提升工程的建设效率，我们采取边勘测、边设计、边施工的“三边”政策立即运作。

建运河的消息在雷州半岛迅速传开，各县各公社的青壮年纷纷要求上工地，申请就像雪花一样飞到各级领导手中，各地迅速组成队伍，数万名公社儿女推着车子、担着竹箕、背着锄头、扛着铁铲，陆续奔来运河工地。他们住草棚、宿山岗，自带伙食，为运河工程流汗出力。

在青年运河的建设中，不但受水地区的男女老幼齐心奋战，就连非受水地区的人们也从数十公里外赶来工地协助兴建，湛江地区的阳江、阳春等县选派优秀的青年代表组成支援队参加劳动，当地驻军、地方机关和湛江市的干部也分批参加了建设。

我们技术组到达工地后，立即投入到工程的查勘测量，我被分配到坡脊工区工务科，由我和同事方浩德负责排水渠的施工。

工程开工后，工地热气腾腾，红旗招展。黎湛铁路一侧每个山头上，各路劳动大军在各分配地段都是日夜奋战，白天挥汗如雨，夜晚汽灯照明。我们更是三班倒，赤脚在工地监测施工。繁忙的工地上，有线广播声、劳动号子声、机器轰鸣声，组成了优美的交响乐，这是一曲劳动人民的欢乐赞歌。

然而，当时正值大跃进时期，尽管浮夸风滋长，王勇总指挥为了不打击群众劳动积极性，还能保证工程质量，便对建设工地实行军事化管理，坡脊工区改为坡脊师司令部，工务科改为参谋部，我们技术干部都被任命为参谋。尽管大家每天早晨出操，日常生活按照军事化管理，但是紧张愉快的生活和工作让我们每个青年人都乐在其中。

1959 年初，排水渠工程完工，我被调去副坝工程段的施工。与此同时，各个突击队都冲锋在前，敢打硬战：副坝中有个“三八”坝，是为女青年突击队所建；“共青坝”为共青团员所建……每一座副坝都记录着突击队感人奋进的建设故事，闪耀着青春之光的红旗在坝上迎风飘扬。

1959 年 8 月，坡脊工区的工程基本完成。随即，技术组先后搬到莲塘口灌区总

青年建设者奋力拦截九州江　　广东省水利厅　提供

部和西涌地区，我和程德堡等同事组成的排水设计小组日夜加班，为雷州青年运河设计出了许多排水涵、倒虹吸、引水入渠、退水闸的图纸，及时满足了工程进度的需要。

自工程开工后，党和国家领导人对工程以及青年建设者们十分关怀，朱德、董必武、邓小平、陈毅、叶剑英、郭沫若等先后到工地视察。1960年2月初，邓小平前来慰问时欣然为“雷州青年运河”题名，并称赞建设者们为“当代愚公”。

1960年5月15日，距离公布建设雷州青年运河的决定整整两年，部分干渠工程已完工，运河开闸放水直到西涌。

雷州青年运河建成了，青年人成功了！此时，工地内一片沸腾，许多人流下了热泪，大家都争先到渠中喝上一口这奔腾的流水，都要亲口尝一尝自己的劳动成果。

岁月如歌，青春永放光芒！两年的运河建设，每一抹深刻的记忆都永远留在我的青春岁月里。

泥沙为伴七十载

（2021年6月17日）

赵宝信

在举国同庆中国共产党成立100周年之际，我作为一名老水利人，回望过往，最难忘的莫过于我的第一份工作，而这也是一段几乎占据了我全部职业生涯的美好时光，它记载着我的青春，记录着我的成长。

1963年春天，时任北京市市长彭真在人民大会堂为我们作了关于高校毕业生分配的动员报告，号召我们要服从党和国家的需要，到边疆去，到最艰苦的地方去。1963年4月初，我被分配到内蒙古自治区红山水库管理局，我立即背起行装，登上了北上的列车。

经过一天一夜的行程，我到达了内蒙古赤峰市，这里距红山水库还有90公里，没有正式公路也没有长途汽车。我们一行人搭乘运货的卡车来到荒无人烟的老哈河畔，走到一排干打垒的土房前，带队的同事说这就是红山水库管理局，当时我的工作就是在水文实验站库区组做水文泥沙观测工作。库区组中有8名同事，我是第一个来这里工作的大学生。

红山水库，是辽河流域也是内蒙古最大的水库，是国家“二五”期间修建的重点防洪灌溉工程，1958年开始兴建，1960年成立了内蒙古自治区红山水库管理局，当时库区的水文泥沙观测设施，也是伴随管理局的建设与成立从零开始。

随着红山水库逐步投入使用，问题接踵而至。建国初期在多泥沙河流上兴建的水库经过多年的使用，泥沙淤积已严重影响了水库效益的发挥。1963年年底，水电部水文局立即开会，决定在全国12个大型多泥沙水库中重点开展泥沙观测研究工作，红山水库是重点之一。

水电部与北京水科院联合主办了泥沙研究培训班，我有幸被派往学习。经过5个月的学习，本科学习水工专业的我又学习了泥沙运动基本理论和河床演变学等知识。

随着红山水库被列为重点泥沙观测工程后，水文实验站在1965年添置了回声测深仪，引进了同位素水库淤积物容重测量仪，开展了水库异重流观测。之后我们还制造了铁壳的大船，经过两年的苦干，这艘9米长的铁船成为了我们水上观测的生活基地。

20 世纪 70 年代，我做观测工作已有 10 年，对水库淤积和异重流有了较多的工作经验，加之大量的实测资料和在泥沙班学习的理论知识，我始终认为自己的工作不应只停留在初级阶段，应该为国家的水利事业做出更大贡献。当我完成论文《红山水库泥沙淤积分析报告》后发现，与当时水利专家学者不约而同地提出了淤积上延的观点，引起了各方重视，随后又撰写了《红山水库异重流初步分析》《红山水库淤积上延初步分析》等文章，为红山水库的泥沙研究提供了学术支撑。

当时，一个基层的水文实验站，在十分艰苦的条件下，无论任何情况下也没有中断任何一个测次，没丢掉任何一个测点，为多泥沙水库的规划设计和管理运用提供了可靠的依据。也是因为我们每一名水文人的艰苦付出，1983 年 5 月，在水电部召开的全国水文系统先进集体和先进个人表彰大会上，红山水库水文实验站被评为先进集体，我代表集体上台作交流报告。大家对于这样一个最基层的水文实验站，在艰苦条件下为水利事业积累了水文第一手资料，并撰写了多篇有价值的论文，投来了赞许的目光。也是同年，我被批准加入中国共产党，成为一名光荣的共产党员。

在成绩面前我们并未满足，由于淤积上延问题日趋严重，直接影响上游工农业生产，水库上游成了悬河，两岸大堤逐年加高。对此，我做了更深入的研究，并探讨解决措施。我提出水库蓄水后变动回水区的河床发生了根本性调整，为了验证这一推论，在洪水到来之时，我冒着危险举着相机到河漫滩上实地拍摄水草拦沙情况，为我的观点提供了有力的一手材料。

1979 年 8 月，赵宝信在红山水库淤积上延研讨会上作报告

1984 年洪水入库时，赵宝信举着相机在回水区拍摄水草拦沙情况

赵宝信　提供

在之后一段时间的工作中，随着泥沙淤积日益严重，泥沙水库遇到的问题也随之变化，随即我提出了用吸泥船疏通主河槽，从而加大过洪能力，一般洪水将不再漫滩。另外，因支流含沙量最大，两岸又没有农田和厂矿，河滩开阔是放淤的好地方，我提出可以在河口种植水草拦截泥沙入库，这样就能控制住上延问题，并可延

长水库的使用寿命。1989 年年底，我因在水利科技方面作出了突出贡献，被中国水利学会评为优秀中青年水利科技工作者。

在工作整整 30 年之际，1993 年 4 月，我被调到水利部引滦枢纽工程管理局，依依不舍地告别了让我成长为一名“泥沙战士”的红山水库。离开那天我眼含热泪，走遍了红山水库的每一个角落，这里的每一寸热土、每一方流水，都镌刻着我作为一名老水文人那段与泥沙为伴的峥嵘岁月。

五星红旗飘扬在小浪底

（2021 年 7 月 3 日）

孙国纬

1995 年，我国第一次采用全方位国际招投标模式进行建管的小浪底水利枢纽工程建设激战正酣，具有里程碑意义的施工总进度节点——“九七截流”一天天逼近。然而，处于关键线路的导流洞施工陷入困境，作为业主的中方与欧洲承包商的争议日益尖锐，承包商甚至提出推迟一年截流和巨额索赔。当时，我任小浪底水利枢纽建设管理局技术处处长，深知按照合同工期实现项目总进度目标的极端重要性。

在严峻形势面前，为了伟大祖国的荣誉，为了确保“九七截流”按时实现，小浪底建管局提出了响亮的战斗口号“一路绿灯奔‘九七’”。自此，小浪底与国旗的故事拉开了序幕。

国旗飘扬 信念永存

1995 年 10 月中旬的一天，小浪底建管局局长助理张善臣召集我和宣传处处长李焕章，商议修建旗杆事宜。

根据当时的情形，建管局党委一致认为应该将国旗矗立在建设工地，一方面鼓励大家积极投身建设，另一方面向欧洲承包商表明中国人民建设的决心与毅力。

旗杆立好后，建管局党委决定从 1995 年 12 月开始，把每个月第一周周一，正式定为升国旗日。每到这一天，全局职工穿上整齐的服装，准时集合在升旗广场，当雄壮的国歌响彻小浪底工地，每一名小浪底人都热血沸腾，建设信心倍增。

当时居住在桥沟河西“欧洲村”的德、法、意等数十个国家的外籍职员，隔溪仰望高扬在蓝天上的五星红旗，对于中国人的意志和力量，无不感受到震撼与惊叹。

庄严国旗 初心尽显

小浪底水利枢纽建设过程中，遇到的难题与矛盾逐步深化。当时，小浪底工程导流洞施工遭遇多次塌方，建管局和外国承包商为厘清责任产生激烈争议。1995 年 7

月 27 日，时任水利部副部长的严克强率工作组来到工地指导工作。

当天傍晚，严副部长与我在招待所见面。刚一进房门，他拿给我一摞名片严肃地说："这几位你都认识，他们是这次德国承包商聘请的咨询专家，专门为导流洞塌方的事，来和我们打官司的！"我一边听一边快速翻看名片，前来争论的是国内几位知名岩石力学专家，包括哈秋舲、王思敬、刘宝琛等人。

"这几位专家中，唯一既懂岩石力学又有工程经验的就是你在水电五局的领导和朋友哈秋舲，你抓紧去找他，将小浪底国际招标工程的复杂情况给他讲解下。"严副部长又补充道，"你告诉老哈，明天会见时，会议室是要挂国旗的！"

走出招待所，我掂量着严副部长话语的分量。径直来到哈秋舲住所，哈总可能预感到我的来意，便首先讲了他们受雇于外方的过程和想法。

原来，为导流洞塌方一事，二标联营体责任方德国旭普林公司聘请意大利一家公司组建专家咨询团队。意大利公司一位华人雇员建议再聘请一家中国专业机构协助解决，于是便找到了在国际上颇有名气的中国岩石力学与工程学会。当时，哈秋舲是学会副理事长，又是三峡水利枢纽工程总工程师，自然成为咨询专家组组长。

哈总深知，受聘于外国公司解决导流洞塌方是件难事大事。他首先想到的是，小浪底工程是我们自己的工程，中方专家参加咨询，就能占据优势地位。作为学者，他深知小浪底工程地质条件特殊，地下工程规模宏大，在参加咨询中想为小浪底工程出点主意。正因此，他才特意在谈判前去拜访严副部长。

听了哈总一席话，我顿时轻松许多，接着向他详细介绍了导流洞塌方的情况和原因分析等。临走时，我拉着哈总的手说道："严副部长让我转告你，明天会见时，会议室要挂上国旗"。哈总听了这话，提高嗓音激动地说："国纬同志，我哈秋舲是共产党员！"

听着老战友动情表白，我仿佛又回到我们并肩建设"大三线"白龙江碧口水电站那段激情燃烧的岁月。

次日，严副部长会见哈秋舲一行，会议室的东墙上挂着鲜艳的五星红旗。那面五星红旗，于中国人而言，不仅是每一名水利人建设与前行的初心，更是所有人爱党爱国的信念与灯塔。

截流龙口　国旗见证

1997 年 10 月 28 日，小浪底建管局在施工现场举行隆重的截流仪式，中央领导亲临祝贺，外国承包商所在国的驻华大使应邀观礼，中央电视台实况直播截流盛况。

按照精心设计的截流方案，从 10 月 24 日 16 时开始，截流龙口由右岸单向进占，经过 40 多小时的紧张施工，抛填石料 9 万多立方米，到 10 月 28 日清晨，龙口宽度已从原有 106 米束窄至 12 米左右。

10 月 28 日 10 时 28 分，随着左岸抛石场六辆卡车的巨石抛投而下，截流合龙完全成功！

霎时间，一面巨大的五星红旗在龙口左岸崖壁上豁然展现！人们蓦地将目光一齐转向国旗，全场欢声雷动。我们和着《五星红旗迎风飘扬》的嘹亮歌声，尽情享受经过艰苦奋斗迎来胜利的喜悦，这震撼人心的辉煌一幕永远定格在我心中。

如今，26 年过去了，小浪底工程升国旗仪式的优良传统一直延续至今。同时，小浪底水利枢纽也已成为闻名全国的爱国主义教育基地。鲜艳的五星红旗将永远飘扬在小浪底水利枢纽，飘扬在每一名中国人、水利人的心中！

小浪底全体职工参加升旗仪式　　小浪底水利枢纽管理中心　供图

扰沙冲淤“洗”黄河

（2021年7月22日）

谢军

作为保护治理黄河的一名老兵，对于2004年“基于干流多库联合调度和人工扰动的调水调沙试验”，我记忆犹新。这是在中国共产党领导下，黄河治理运用的一次科学探索。下游河道人工扰沙试验山东段在梁山河段摆开战场，当时我作为山东黄河东平湖管理局副局长，被任命为前线指挥部副指挥，负责扰动试验的现场技术与调度工作，在数百名黄河职工顶烈日、斗风雨中，历经了25个昼夜的奋战，黄河梁山雷口河段明显扩宽和刷深，过流能力由汛前的2300立方米每秒恢复到2900立方米每秒。

强大凝聚力

当时，人工扰沙是个新生事物，我们没有经验和资料可供学习借鉴，只能边摸索边总结边试验。

山东黄河集结精英力量成立指挥机构，确立“确保安全，注重效果”的奋斗目标。2004年5月28日，各类机械设备陆续进入安装场地，东平湖管理局、三门峡枢纽局、铁道战备舟桥处等7个单位数百名职工昼夜奋战加工安装扰沙设备。6月18日，4艘移动式和11艘相对固定式扰沙作业船全部布设就位。6月22日12时，黄河防总一声令下，15艘扰沙船只全部开启作业。

从扰沙设备制作到现场操作扰动，每天一个现场会，大家相互交流发言，总结一个经验推广一个办法，发现一个问题思考一个方案，定一件事落实一个责任人、一个督察员、一个工作标准、一个完成时间。指挥部民主决策、集思广益的工作作风产生了强大的凝聚力。

风雨中抢护

当年参加扰沙试验的同事，我仍然记得一清二楚。

副指挥长孙百启日夜思考，分析每一个可能出现的问题，预筹应对方案；年近六旬的山东黄河船舶工程处马林祥担任扰沙试验技术顾问，每天忍着病痛盯在施工现场进行技术指导；山东黄河梁山机械厂、铁道战备舟桥处、三门峡枢纽局等单位的同事为扰沙试验与我们共同奋战。

就在大家齐心协力推进扰沙试验期间，偏偏天公不作美，2004 年 6 月下旬以来风雨连绵不断。6 月 24 日下午，山东黄河扰沙现场，15 只扰沙船正在紧张作业，接到可能有大雨的预报后，我立即乘加油船自下而上逐船检查扰沙作业情况。16 时左右，天空乌云笼罩，河道内刮起狂风，暴雨倾盆而至，大河上下雨雾迷茫，正在加油的 12 号作业船瞬间被巨浪与风雨笼罩。

船员们面对狂风骤雨没有丝毫畏惧，在船长师一平的带领下，立即投入抢护设备战斗。他们把所有的雨具全部遮护在发电机、电动机、开关箱上，风大盖不住就用身体死死压住，就这样与暴风雨搏斗了一个多小时。18 时左右，风略小了些，大雨仍在下。此时大家感到刺骨寒意，船员们依然在风雨中忙碌。

自始至终与大家战斗在一起的我，一边现场指挥 12 号船抢护，一边用对讲机调度指挥其他作业船避险。当时，看着大家在风雨中舍身忘我的场景，我的脸上分不清是泪水还是雨水。

安全比天大

扰沙试验是水上高危作业，尤其在水大浪高、漩涡激流飞转、潜流汹涌的黄河上，稍有不慎就容易出现大事故。山东黄河扰沙前线指挥部把安全工作看作是“比天还要大的事情”，扰沙开始前召开安全誓师会，山东黄河河务局副局长郝金之来到现场，语重心长地告诉大家：“扰沙试验结束后，我来看大家，不能少一个人！”

指挥部制定了扰沙试验安全保障方案，特别对暴风雨、高温天气和翻船、跑船、人员落水等突发事件预筹了应对措施。层层建立安全网络，推行三级检查制度，每天两次巡查，37 名安全员盯在一线随时督查；各船船长都由两名科级干部担任，歇人不歇船。为增加安全系数，每艘船自配 3 个锚锭，还在岸边埋设了 26 组固定桩，船只安全有了“双保险”。所有上船人员进行岗前安全技能培训。为让大家记住安全规范程序，指挥部还自编了《人工扰沙安全歌》，录入小喇叭，班前班后反复播放……在为期 25 天的扰沙试验中，7 公里河道上，26 艘船只 500 多人、上百台机械没有发生任何事故。

2004 年 7 月 15 日这天风和日丽，山东黄河人工扰沙试验圆满成功，所有船上设备和人员安全撤离。

泥沙汤汤过三门

（2021 年 8 月 7 日）

郭晚荣

1973 年年底，三门峡水利枢纽改建后的第一台国产水轮发电机组投产发电，随后带来的问题就是黄河高含沙水流对三门峡水电站水轮机造成严重破坏。此后，几代专业技术人员为研究解决三门峡泥沙这一重大技术难题付出了诸多努力。

作为一名在三门峡水电站工作多年的专业技术人员，我不仅是其中的见证者，更是解决泥沙难题的科技工作者。随着社会进程的不断推进，改革开放将三门峡水利枢纽工程推上了新的发展之路，这可谓是三门峡水电站水轮机技术改造的一个重要转折点。

改 建 缘 起

三门峡水利枢纽是新中国成立后在黄河上兴建的第一座以防洪为主综合利用的大型水利枢纽工程，也是前苏联援建我国第一个五年计划 156 个工程项目中唯一的水利水电项目。

但是工程在 1961 年基本建成后，出现了库区泥沙淤积的问题。在周恩来总理亲自关怀主持下，工程从 1964 年到 1978 年进行了两次重大改建。后又经过“蓄清排浑”“调水调沙”，基本上解决了三门峡库区泥沙淤积问题，然而高含沙水流对发电机组水轮机的破坏一直是行业内的一大难题。

到了 1989 年，影响三门峡汛期发电的诸多因素已发生变化，此时入库水沙条件已与三门峡水利枢纽建成之时有所不同。1989 年 7 月至 1994 年 10 月，由三门峡水利枢纽管理局发起的三门峡水电站汛期浑水发电试验研究项目连续进行了 6 年，主攻这一难题。我作为当时参加研究的主要成员，在接受这项研究任务时倍感责任和压力重大。

浑 水 试 验

1989 年，试验率先在 4 号机组上进行，当时我的主要任务是进行水轮机空蚀、磨损观测试验。由于水电站经过“七下八上”主汛期高含沙期的运行，又历时长达近2000小时运行，观测时我能明显看到水轮机主要过流部件叶片、转轮室损坏严重。

在试验中间停机检查和停机后的检查记录时，蜗壳内环境潮湿且低温，地面更加湿滑。在这种条件下，我们要对叶片、转轮室、导水叶的破坏部位、形态进行观察绘图，做好影像资料、文字说明的记录。

然而受客观条件制约，当时我们还无法改变三门峡水轮机设备的设计和制造，只能在现有条件下应急采取对水轮机过流部件表面进行抗泥沙磨蚀防护，从而减轻泥沙对水轮机母材的破坏。

国 际 合 作

三门峡水电站使用的轴流式水轮机是哈尔滨电机厂20世纪70年代专门为水电站设计制造的。受当时我国科技发展和水轮机机型开发研究以及设备制造水平制约，轴流式水轮机并不能满足三门峡高含沙水流以及恶劣的水头工况运行。三门峡水电站要想实现汛期正常发电并且机组检修周期接近国内其他清水电站水平，三门峡水轮机的彻底改造是必须的，也是刻不容缓的。

1978年以来，随着改革开放政策的实施，许多国外著名大公司在中国开展业务，水电行业也不例外。尽管当时国内水轮机开发研究、设计制造技术水平与国外水轮机技术相比差距还较大，但考虑技术引进、供货价格等因素后，我们仍然选择了国内技术改造方案。

1993年，三门峡水利枢纽管理局委托清华大学水利系赖敏尔负责和联系德国福伊特公司等单位，在水轮机研究开发设计、制造工艺及材料等方面进行技术咨询。

1995年10月，三门峡机组改造工作正在按照国内技术改造方案推进时，管理局收到水利部外资办公室主任杨定远签发的传真。传真内容是关于利用德国政府赠款与福伊特公司合作进行水轮机抗磨现场试验研究。从当年10月起，在水利部领导关怀下，在外资办、计划司、国际合作司、黄委的领导和协调支持下，经国家科委和德国科技部牵头，我作为项目技术负责人与福伊特公司进行了多次商务和技术商谈。经过一年多的协商，1997年4月，我们与德国福伊特公司正式签署《关于三门峡电站水轮机抗泥沙磨损研究合作总合同》。

经过双方三年多的艰苦努力，在新机型研究试验、水轮机新型结构设计、过流部件防护方案等重点技术方案确定之后，顺利完成了一号机组的改造工作。

到2010年，一号机组在全年发电运行10年后才进行改造后的第一次大修。运行实践证明，机组增容20%，水轮机效率和综合指标有较大幅度提高，机组达到了国内一般清水电站的大修周期，水轮机抗泥沙磨损性能更达到了原来预期的目标。2017

年年底，其余 4 台机组均按照一号机模式全部完成改造。

几代人与泥沙的奋战，不仅解决了三门峡水电站水轮机存在的重大技术难题，更造就了这一国际合作双赢的典范。

1998 年 8 月，中方与德国福伊特公司进行会商

1995 年，郭晚荣正在开展泥沙研究　　郭晚荣　供图

难忘治黄岁月

（2021 年 8 月 19 日）

杨丙炎

我们这一代是与治理保护黄河共同成长、互相见证的一代人。我不仅目睹了保护治理黄河 70 多年来取得的巨大成就，更亲身经历和参与了黄河小浪底水利枢纽工程建设。尽管小浪底水利枢纽工程已建成十余年，但每当回望那些难忘的岁月，件件往事，历历在目。

风餐不畏苦

黄河小浪底水利枢纽工程的地质勘察工作从 1953 年开始，而我是 1977 年 7 月毕业于黄河水利学校后被分配在黄河水利委员会勘测规划设计研究院（以下简称黄委设计院）工作。

在黄委设计院几十年的工作中，我走遍了黄河上下，大江南北，从黄河中游的甘泽坡、舌头岭、军渡，到黄河支流的伊河陆浑水库、沁河河口村水库，又到举世瞩目的黄河小浪底、西霞院。其间住过甘泽坡的帐篷、军渡村的窑洞、河口村的毛毡房，还有小浪底开工前的砖瓦房。几十年来，在长期的地质勘察工作中与黄河结下了不解之缘。

在地质勘察实践中，我从 1981 年开始任地质勘探一队副队长、队长，1988 年 4 月任地质勘探总队副总队长。

1992 年 4 月，我开始担任地质勘探总队总队长，这时候小浪底工程的地质勘察工作已经结束，主要任务就是发挥我们的专业优势，积极承揽和组织完成小浪底施工任务，为小浪底水利枢纽工程建设作出贡献。

尽管我没有全程参与小浪底水利枢纽的地质勘探工作，但我知道，在地质勘探的 38 年中，我所在的地质勘探总队共完成了机钻钻孔 920 个，进尺 5 万 2 千余米，土钻钻孔 371 个，进尺 5456 米，完成地质探洞 66 条，进尺 4625 米，竖井 211 个，进尺 3356 米，地质勘探总队的每一分努力都为小浪底工程设计提供了丰富详实、准确可靠的地质资料。

工程施工忙

1991年，伴随着小浪底工程开工的炮声，我再次加入到了小浪底工程建设的大军中。

小浪底水利枢纽工程建设期间，参与小浪底施工的队伍繁多，全国水利电力系统的各大工程局几乎都聚集在小浪底。在激烈的竞争中，黄委设计院地质勘探总队先后承揽完成了小浪底1号、2号交通洞、排水洞和消力塘地下排水洞的开挖，3号、4号灌浆洞灌浆，28号排水洞排水孔及主坝防渗墙检测等施工任务和勘探任务。

1993年到1996年，地质勘探总队所属的地质勘探一队职工连续4年春节没有放假，地质勘探二队职工和承担灌浆施工任务的所有人员1996年和1997年也没有放假。我作为总队长，每年都和职工一起坚守在小浪底。在万家团圆之时，这些常年在外的一线职工非常想念和牵挂远在家乡的父母和妻子儿女，但是，为了小浪底工程建设，他们强忍住思念的泪水，心甘情愿舍弃小家，在自己的岗位上默默无闻地工作奉献。

集思出广益

至今我仍清楚地记得，在建设过程中遇到的每一个难题和大家凝心聚力解决难题的决心。

在小浪底主体工程施工中，地质勘探总队承担并完成了小浪底高难度的3号、4号洞灌浆施工任务。这段工程对于主体工程至关重要，为了完成好这项重要任务，地质勘探总队召开专题会议研究施工方案并成立灌浆工作领导小组。在施工过程中大家不断总结经验，生产效率由刚开始的每天几十米，很快提高到每天100多米。

在小浪底4号洞灌浆施工过程中，除了按照常规方法施工外，还按照小浪底建设管理局的要求，用总队所具有的在国内处于领先水平的GIN灌浆方法进行部分生产性试验，试验效果良好，质量高、成本低，深受小浪底建管局的好评。经过大家的共同努力，4号洞灌浆任务提前完成。小浪底建管局又把工作量最大的3号洞灌浆任务交给总队，这个隧洞灌浆钻孔需1.3万米。

在小浪底工程建设的十余年中，地质勘探总队在1997年3月，完成了1号、2号交通洞、排水洞、消力塘地下排水洞施工任务；1998年7月，完成了1号、4号、28号排水洞排水孔、主坝防渗墙检测和东苗家排水洞施工任务；1998年12月，完成了4号灌浆洞灌浆任务，随后又承担完成了3号洞灌浆任务……

小浪底工程建设任务的承揽和完成离不开地质勘探总队每一名同事的辛苦付出。

每一名小浪底水利人就像黄河中奔涌的浪花，用凝聚之力、勤奋之功，推动黄河综合治理开发蓬勃发展。

小浪底水利枢纽工程大坝防渗灌浆现场　　　　杨丙炎　供图

姚江大闸的建设凯歌

（2021 年 8 月 26 日）

孔凡生

姚江，浙江宁波的“母亲河”。姚江大闸，是宁波三江上最大的阻咸蓄淡工程，始建于 1958 年。我刚毕业参加工作不久，就有幸作为设计编写人员，参与了姚江大闸的建设。

光阴似箭，日月如梭。我现在每天都会到姚江岸边散步，每次经过姚江大闸时，我的思绪都会被带回那红旗招展、热火朝天的壮观建设场面。

姚江的苦难记忆

姚江原为潮汐河，连续晴 20～30 天，咸潮即抵丈亭；连续晴 40 天，咸潮上溯至上虞通明。落潮时，水流湍急。江水含盐量高，沿岸土地盐渍化严重，蟹类滋生。若淫雨又逢潮水顶托，往往积涝成灾，两岸百姓苦于其害，“丈亭尖角畈，咸水当客栈，百亩收一担，逃荒去讨饭”，正是当时姚江两岸人民生活的真实写照。为解决姚江的“潮、涝、旱、蟹、咸”五大灾害，在 1932 年，时任鄞县县长陈宝麟计划堵塞姚江原口，筹建新式碶闸。最终因邻县意见不一，加上所需费用巨大，又适逢日寇入侵，未能付诸实施。

1958 年是大旱之年，自 5 月 19 日起各地陆续断雨，干梅连夏旱。直到 8 月 23 日下雨，其间连续干旱 96 天，有 134 万亩早稻、60 万亩棉花受旱。

正当姚江咸潮上溯到丈亭，姚江沿岸农田受到威胁时，为阻止咸潮上溯，7 月 8 日凌晨 3 时，中共余姚县委召开扩大会议，决定于丈亭三江口拦江筑坝，御咸蓄淡。后因获台风消息，考虑到拦江后堵坝难以拆除，有碍上游泄洪，省、地领导纷纷出面劝阻，工程不得不停止。

尽管停工，为了保证姚江两岸的农业生产，保证宁波市区日益增长的工业用水需求，以使蓄排两利、旱涝兼顾，1958 年 8 月，中共宁波地委决定，在距姚江河口 3.5 公里处利用弯道取直建闸，这便是姚江大闸建闸的起因。

大闸的建设之路

姚江大闸于 1958 年 9 月 11 日动工，由宁波专区、余姚、慈溪、镇海及市郊组成宁波专区姚江建闸工程指挥部，由余姚县县长郭子栋任指挥，时亨起、孟祥禄任副指挥。

三材紧缺是当时最大难题，我们便开始自谋解决途径。钢筋不足，我们就用收集来的废铜烂铁，去上海钢铁厂调换废品钢筋，调来的钢筋粗细不一，且有圆有扁，只得根据工程建设的主次分类采用。最困难的是，36 根闸门钢螺旋杆必须要正规产品，最终由上海支援得以解决。水泥全面紧张，我们就在绍兴办浙东水泥厂，利用绍兴钢铁厂的矿渣制造矿渣硫酸盐水泥，开始用石碾子，后来用土制球磨机粉磨。

建闸和大坝总需块石、条石 10 万立方米，缺口大，时间紧。经有关县（市）发动群众搜集，当时余姚、慈城镇原有城墙墙基多系条石砌成，可大量挖取利用；各地结合平整土地、拆坟平地也有大量石方可供采用。也因此，建成后大闸的城墙壁垒上，呈现出了石碑林立的景象。

姚江的壮丽凯歌

姚江大闸是在边规划、边设计、边施工情况下进行的，在设计中主要难题是在软土地基上如何解决土壤承载力问题。传统上采用基桩设计，如果采用这个方案，就需要木材 2200 立方米，这样庞大数量的木材即使到山上砍伐也需 4 个月时间，完成打桩也要 5 个月时间，在汛期前建成大闸显然是不可能的。

时任宁波地区水利局副局长，同时也是姚江大闸总工程师的施求臧率队两次赴江苏省学习取经，回来后大胆采用黄泥垫层、无桩设计并取消板桩。经过 6 个月紧张

1959 年，建设者正在进行底板浇筑　　宁波市河道管理中心　供图

施工，情况基本正常，沉陷量25毫米，小于预计沉陷量，设计取得成功。这不仅节省了大量木材，还缩短了工期，确保在汛前建成大闸，发挥工程效益。

姚江大闸就是在这样困难的条件下，肩挑手挖，土法上马，仅用10个月时间，投入165万劳动力，完成了一座长165.2米、36孔闸、总净宽118.8米的大型钢筋混凝土水闸。古有愚公移山之传说，今有姚江建闸之传奇，依靠党的领导和伟大的群众力量，依靠自力更生、千方百计克服重重困难的勇气和决心，建设者们谱写了一曲壮丽凯歌。

姚江大闸建成后，几十万人民从此告别咸潮，上百万农田蟹灾成为历史；咸水成清泉，沧海变桑田。镇守姚江大闸的几代儿女，只有一个共同的初心和使命，护一江碧水，打造美丽河；保一方安宁，建设幸福河。

（本文由本报通讯员欧述俊整理）

梦起长河慕白首

（2021 年 11 月 11 日）

陈中泉

我出生在淮河支流史河的岸边，我的家乡就在淮河流域重点工程之一的梅山水库附近。小时候看到那里热闹的施工场面，明晃晃的探照灯把工地照得像白昼一样，这些都给我留下了深刻的印象，也激起了我投入水利事业的梦想。后来我上大学学习的专业就是河川枢纽与水电站建筑专业，自此我进入了水利工程行业的大门，这一干就是一辈子。

攻 坚 战

1963 年 7 月大学毕业，我投身到水利部卫河疏浚工程局工作。后因技术人员缺乏，我提前结束劳动期当上了施工技术员。

1968 年 5 月，响应毛主席提出“三线建设要抓紧”的伟大号召，我们成建制转战甘肃建设碧口水电站。从碧口水电站开始，我国土石坝建设从人工配合小型机械一步跨入大型机械化施工。当时我担任大坝施工领班技术员，负责当班大坝施工全面安排。

由于施工技术革新，以往的施工经验大多已不再适用，只有一边施工一边摸索，适时创新施工工艺与方法。在广大建设者的共同努力下，大家创造出一整套土石坝大型机械化施工经验。大坝施工主要工序实现了机械化，采用挖、运、填、压联合机械化作业，充分发挥了高土石坝实现机械化施工的优势；心墙土料与反滤料、坝壳料平起施工法首次在碧口水电站中采用，相较传统的削坡法，工效有较大提升。

我和彭维能等人合写的《碧口水电站土石坝施工综合机械化》荣获 1978 年全国科技大会奖。不仅这项技术，还有多项创新技术在保证工程质量的同时，也为土石坝施工、设计乃至规范修订提供了有价值的借鉴。

核 心 战

有了之前的建设经验，从 1976 年至 1991 年间，我参与了多个重大水利工程的施工建设，其中包括修复北京市密云水库白河主坝斜墙，为沁河灌区工程、岳城水库大坝一期加固工程、引滦入唐输水工程、宝珠寺水电站等水利工程的建设提供技术支撑。1991 年，我加入了建设小浪底水利枢纽的队伍。

在工程建设初期，我担任小浪底建管局副总工，分管部分施工技术工作。小浪底工程咨询公司监理单位成立后，担任咨询公司副总经理（副总监理工程师）。小浪底主体工程部分采用世界银行贷款进行国际招标，同时还要按照菲迪克条款进行建设监理，工程颇具挑战性。在全体建设者的努力下，工程建设如期完工并在工程管理方面创造并积累了许多宝贵经验。

收 官 战

南水北调中线工程是缓解我国北方地区水资源短缺的特大型跨流域调水工程，穿黄工程是南水北调的关键性工程。穿黄工程单项工程工期长、技术含量高、施工极其复杂。

穿黄工程自 2005 年 9 月 25 日开工，2014 年 12 月 12 日正式通水。我受国务院南水北调建设管理办公室的聘任，担任南水北调中线穿黄工程质量监督站站长并全程参加工程建设。

南水北调中线穿黄隧洞工程是我国水利史上首次采用大直径、泥水平衡盾构机进行施工的输水隧洞工程。工程管道由内、外两层衬砌和中间一层防排水垫层组成，这种结构在国内外均属先例，同时也是首例使用盾构机穿越黄河的工程。

当时，外衬为盾构掘进拼装的预制管片，内衬为现浇预应力环锚结构，防排水

1992 年小浪底主体工程开工前期，陈中泉（左一）在大坝位置接受采访

陈中泉　供图

垫层为复合土工材料，许多技术难题需要多次研究、反复试验才能确定下来。穿黄隧洞工程施工的难度可以说是难之又难，我们的质量监督工作也可以说是慎之又慎，大家进行质量监督检查工作丝毫不敢懈怠。

我负责的南水北调中线穿黄工程质量监督站除承担中线穿黄工程质量监督工作外，还承担中线荥阳段工程以及南水北调东线南四湖水资源控制工程的四座水闸设计单元工程质量监督工作。南水北调中线工程实现正式通水后，2015 年年底，74 岁的我辞去了质量监督站站长职务，同时也结束了我在水利战线长达 52 年的战斗生涯，为我的水利梦画上了圆满的句号。

党和政府造福百姓的民心工程

江西赣抚平原灌区：一渠清水　泽润平原

（2021 年 3 月 9 日）

应锋来

江西赣抚平原水利工程是党和政府造福百姓的民心工程。

新中国成立后，党和政府发出大兴水利的号召，江西省委省政府将开建赣抚平原水利工程作为省列入国家第二个五年计划最大的水利项目。1958 年 5 月 1 日，在党的领导下，各路劳动大军云集焦石，参加盛大的开工典礼。尽管物资匮乏，条件恶劣，但在短短的两年时间里，老一辈水利人和十几万劳动群众在 2000 平方公里的土地上，用血肉之躯和“土式机械”建成了这座造福当代的大型综合开发水利工程。从此，赣抚平原地区彻底结束了“盼水水不来，恨水水连天”的历史。1960 年 4 月，时任省委第一书记杨尚奎为工程竣工剪彩，省长邵式平亲题“焦石拦河大坝”。

赣抚平原水利工程主要建筑物包括焦石拦河闸坝、王家洲节制闸等 15 座大中型枢纽工程和各类取泄水建筑物 3600 多座。赣抚平原灌区是赣抚平原水利工程的受益区域，地跨南昌、宜春、抚州三市的七个县（市、区），设计灌溉面积 119.3 万亩，排渍面积 70 万亩，是一座以灌溉为主，兼顾防洪、排涝、发电、工业生活环境供水及航运的大型灌区，为长江以南最大的自流式引水灌区。

赣抚平原水利工程建成 60 年来，极大地改善了灌区人民群众的生产生活条件，在抗御水旱灾害、保障粮食安全、保障区域经济社会发展和改善生态环境等方面发挥了重要作用，已成为区域经济社会发展资源性支撑的重要基础设施。

但由于先天不足、历史欠账等原因，工程运行一段时期后，特别是改革开放后，经济社会的快速发展对灌区提出了新的更高的要求，灌区基础设施亟需进一步加固完善。从上世纪八十年代开始，在党的坚强领导、国家政策扶持下，在水利部、省委省政府大力关心支持下，灌区工程设施进行了除险加固、续建配套，为灌区经济社会持续健康发展奠定了坚实的水利基础。

工程运行 60 余年来，赣抚人在党的领导下，不忘初心，始终秉持“水利是农业的命脉”这一初心不变，坚持以服务农业灌溉为立身之本，使灌区灌溉能力大大加强，粮食产量大幅度增产，农田复种指数由 141％提高到 284％，亩产由 150 公斤左右，提高到 750 公斤以上。赣抚平原地区成为国家重要的粮食生产基地，昔日“十年九灾，非涝即旱”之地变成“赣抚粮仓”，为保障全省乃至国家粮食生产安全树起了一座丰碑。

进入新时期，赣抚人砥砺前行，秉持“水生态文明建设”方略，主动策应南昌市打造“鄱湖明珠·中国水都”生态城市发展战略，全力助推南昌市打造“全国水生态文明城市”。在保障农业灌溉用水的基础上，灌区利用节余水量，向生态环境供水 2.5 多亿立方米，还被列入南昌市城市供水应急备用水源。赣抚平原水利工程的“一渠清水”凭借其水质优、水量足、水位高、渠网全、服务好的功能优势和区位优势，已成为南昌市社会经济发展格局和生态文明建设布局不可或缺的重要组成部分。

江西省赣抚平原水利工程管理局先后获得“水利部一级管理单位”“全国大型灌区精神文明建设先进集体”“全国水利文明单位”“最具时代精神的魅力灌区”等荣誉称号。

江西省赣抚平原水利工程管理局党委书记杨罗女说，作为灌区管理者，我们一定贯彻“十六字”治水思路，在党的领导下努力工作、主动担当、改革创新、锐意进取，使灌区管理更加科学、功能更加完善，充分发挥灌区工程经济、社会和生态效益，早日实现赣抚平原灌区现代化。

1993 年改建后的焦石拦河闸坝枢纽

济南市平阴田山1030电力引黄灌排工程

山东“红旗渠”　一代人的红色记忆

（2021年3月23日）

王尚君

山东儿女在党的领导下，克服重重困难，在上世纪70年代初建成济南市平阴田山1030电力引黄灌排工程（以下简称引黄灌排工程）。“1030”是为纪念毛泽东主席1952年10月30日发出的“一定要把黄河的事情办好”号召。该工程被誉为“山东的红旗渠”“人工黄河”，发挥效益至今，给人们留下了宝贵的物质财富和精神财富。国家主席李先念，国务院副总理余秋里、纪登奎、陈永贵等先后来到田山视察。

山东省济南市平阴县、肥城市自古缺水，滔滔黄河水虽从平阴县流过，但过去常受其害，未获其利。1968年，平阴、肥城遭遇大旱，庄家近乎绝收。天灾面前，智慧坚韧的山东儿女在中国共产党的领导下，提出了建设引黄泵站提水灌溉山丘梯田的设想。1968年12月26日，引黄灌排工程获黄委会批复。

当年，受生产力水平限制，没有大型机械设备，开山劈石基本靠手抬肩扛。主体工程需用平阴、肥城两地劳动工日572万个，计划劳力1万人。在党的领导下，山东省、济南驻军等部门抽调专业力量，克服物资匮乏等困难，总计用劳动工日601.72万个，实际投资904.45万元，于1971年11月14日实现主体工程竣工。

该工程主体工程包括一、二级站，一、二级总干渠和35千伏输变电工程。工程取水口位于黄河“L”型段的直角转弯处，取水口前预留石灰岩拦沙坎，犹如“鱼背”纵卧河中，取用仅为正常黄河含沙量1/4的弯道回流水，有“大水不落淤，小水不脱流”的天然取水优势。

引黄灌排工程建成后，彻底改变了灌区附近缺水的情况。上世纪70年代灌区粮食亩产由200斤提升至500斤以上。1978年、1981年、1989年几次大旱，山丘地区有些地方井泉枯干，人畜用水发生困难，但引黄灌排工程干渠送到水的地方，群众都可就近取水。经过多年的续建配套和节水改造、现代化电气改造、智慧灌区建设、连通工程建设，如今引黄灌排工程在满足灌区农灌、排涝的同时，还实现了城市生活用水、生态用水等供水空间的突破延伸，成为济南市建设“强省会”水资源保障的重要支撑，并将为山东省打造“省会都市圈”做出越来越重要的贡献。

济南市平阴田山服务处主任王冬梅说，新时代田山水利人，坚持“十六字”治水思路，利用山东省内最大客水黄河的资源优势，以及田山灌区沉沙防洪引水优势，树立大型跨区域引黄水源工程目标，推动服务型、民生型、创新型、和谐型“四型灌区”建设工作，完成灌区农灌、防洪排涝、工业供水、济南趵突泉群补源保泉供水、胶东应急保障供水、青岛上合峰会供水等保障任务，被水利部评为安全生产标准化一级单位。引黄灌排工程完成了由单一的灌排灌区，向多元化引黄供水水源工程的蝶变，服务社会经济，服务民生百业，完成了党和政府赋予的任务与使命。

建站之初，老一辈建设者艰苦奋斗，不畏困难，手抬肩扛建设山东“红旗渠”的事迹，沉淀形成了独特的田山精神，那就是勤奋严谨、自强不息、克服万难、勇于挑战。田山精神是前行的灯塔与航标，渗透入一代代田山水利人的骨髓中，融化在一代代田山水利人血液里。新时代田山引黄灌排工程党员突击队、党员科技攻坚小组主动担当作为，开展“田山灌区工程管理系统 App”、灌区远程少人值守软件、引黄灌区泥沙资源利用新模式等科技攻关项目，为灌区发展插上了腾飞的翅膀，同时也是对田山精神的继承与发扬。

“静水流深，润泽民生”，勇立潮头敢争先，既是田山水利人的目标与行动，又是担当与坚守。

田山灌区水利风景区东侧沉沙池　　济南市平阳田山服务处　供图

周恩来总理批示兴建的香港用水生命线

——东深供水工程

（2021 年 3 月 30 日）

广东粤港供水有限公司

周恩来总理批示兴建的东深供水工程是国家为根本解决香港用水困难而实施的一项政治工程。截至目前，该工程已安全运行 56 年，累计供水量约 540 亿立方米，其中对港供水超过 260 亿立方米，为香港的繁荣稳定、深莞地区跨越式发展作出了重要贡献，被誉为“生命水、政治水、经济水”。经过半个多世纪的高质量运维，该工程已成为以东江流域整体水资源以及生态保障为依托，以精细化、规范化、智能化为管理手段，安全稳定高效的引水工程。

东深供水工程是以向香港供水为主要目标，同时担负深圳市和东莞沿线乡镇原水供应的跨流域大型引水工程。工程北起东莞桥头镇，南至深圳水库，途经东莞、深圳两地。供水主线全长 68 公里，工程设计流量 100 立方米每秒，工程设施包括 61 公里专用输水管道、6 座泵站、2 座调节水库、1 座生物硝化站。东江水经太园、莲湖、金湖、旗岭四级泵站提水至深圳水库，再经 3.5 公里地下输水管道自流进入香港，水质达到了国家地表水Ⅱ类标准。

香港自开埠以来，一直缺乏淡水，1963 年遭遇严重干旱，全港 350 万市民生活陷入困境，20 多万人逃离家园。1963 年底，周恩来总理批示兴建东深供水工程。工程于 1964 年动工，建设期间，广东省投入大量人力物力，史称“万人会战”。广大参战人员以“要高山低头、让河水倒流”的豪迈气概，克服重重困难。工程于 1965 年 3 月建成通水，创造了当时世界水利工程建设史上的奇迹。

随着社会经济的发展，为满足香港、深圳和东莞的用水需求，工程于 1974 年至 1994 年期间先后进行了三次扩建。2000 年至 2003 年，为彻底解决水质污染问题，并满足深圳、东莞的用水快速增长需求，工程进行了大规模改造。改造工程于 2000 年 8 月 28 日开工，2003 年 6 月 28 日建成通水。扩建改造后的东深供水工程年供水能力由初期的 0.68 亿立方米提升为现在的 24.23 亿立方米，输水系统由石马河天然河道升级为全封闭的专用管道，实现输水系统与天然河道的彻底分离，供水从“量”的保障走向“量”和“质”的双重保障。改造工程四大技术突破饮誉业界：现浇预应力混凝土 U 形薄壳渡槽，在世界同类渡槽中规模最大；旗岭、金湖泵站采用了同类型世界最大液压式全调节立轴抽芯式斜流泵；现浇环形后张无黏结预应力混凝土地下埋管，在世界同类型埋管中最大；自动化监控技术达到了国际先进水平。

此外，深圳水库库尾的原水生物硝化处理工程，设计日处理水量 400 万立方米，规模为目前世界上同类工程之最。

广东粤港供水有限公司董事长郑航桅说，作为工程管理单位，广东粤港供水有限公司始终以高度的政治责任感，坚守初心，逐步形成了公司“生命水、政治水、经济水”的核心价值观。在粤港供水公司基础上发展而来的广东粤海水务股份有限公司已成为集原水供应、自来水经营、污水处理和水环境综合治理等多种业务于一体的大型综合水务运营商。目前，粤海水务在全国各地投资运营水务项目 70 余个，水处理规模逾 3500 万吨每日，已成为国内行业头部企业。

粤海水务将“安全供水、供安全水”作为谋划工作的出发点和落脚点，提纲挈领，全力以赴抓好东深供水工程及其他项目的安全运行管理。同时，形成了以“中国水安全专家”为安全愿景的具有水务行业特色的安全文化体系。公司首批通过了水利部安全生产标准化一级单位认证，2020 年被评为全国安全文化建设示范企业。

按照“一流工程、一流管理”信念，粤海水务在管理上保持与国际接轨，建立了高于同行业的管理指标，得到业内高度认可。2013 年粤海水务通过了水利部国家级水管单位验收（2018 年通过复审），并开创了水利行业泵站和水库工程同时高分通过国家验收的先河。

东深供水工程深圳水库　　广东粤港供水有限公司　供图

满拉水利枢纽——造福西藏人民的标志性工程

（2021年4月13日）

朱大龙　加白

一百年风雨兼程，一世纪沧桑巨变。中国共产党带领武警官兵和当地群众用勤劳和智慧的双手在雪域高原上劈波斩浪，兴水利，治水害，建起了藏区第一座综合性大型水利枢纽工程——满拉水利枢纽工程，为年楚河流域经济社会的快速发展奠定了坚实的水利基础。昔日的穷乡僻壤，如今牛羊成群、五谷满仓。

满拉工程是“八五”期间和西藏自治区成立30周年大庆时62个援藏项目中投资规模最大、经济效益最为显著的工程，也是“一江两河”地区综合开发的骨干工程。水库总库容1.55亿立方米，水电站装机容量20兆瓦。工程以灌溉、发电为主，兼顾防洪、旅游等综合效益，1994年9月开工建设，2001年5月通过验收。

工程建设之初，满拉人发扬“缺氧不缺精神，艰苦不怕吃苦”的精神，冒雨雪，顶烈日，默默地在艰苦的岗位奉献着自己，发挥了水利人的光和热。当大坝屹立在河道之上，当长渠平铺在耕田之侧，当百里长堤建设在年楚河两岸，水利人感到无比的自豪：这是在党的领导下，我们用泪水和汗水谱写出的无私奉献的赞歌，是水利人用双手托起的一座壮丽的工程，更是水利人在西藏改革发展中留下的一道光辉形象。

满拉水利工程积累了丰富的建设、运行、管理经验，为日后藏区大型水利工程建设和运管工作提供了借鉴和参考。一是成为西藏水利标志性工程。该工程荣获2003年中国建筑工程行业最高奖鲁班奖，2004年全国第十一届优秀工程设计奖，2004年度水利部优秀工程设计金质奖。运管期间获全国“青年文明号”，水利部“全国水利工程管理体制改革先进集体”等多项荣誉。二是实现自治区第一个大型水库联合调度。2008年，满拉工程和冲巴湖水库联合调度，并编制了《满拉、冲巴湖水库联合调度方案》，这是自治区第一个水库联合调度方案，其工程综合效益得到了最大化。三是为统筹治水兴水节水管水工作提供了平台。2015年，满拉水利枢纽管理局组织召开首届年楚河流域春灌供用水洽商会，逐步增强下游农牧民群众节约水资源意识，提高工程在极端气候下的紧急应对能力。

工程自投入运行以来，对解决年楚河流域农田、林草地灌溉及人畜饮水，缓解藏中电网覆盖地区能源紧张，提高流域防洪标准，改善流域气候条件，保护流域生态环境，促进当地社会经济发展，稳定社会局势等发挥了重要作用。

民生效益方面：工程建成后有效灌溉面积达 57.52 万亩（增加灌溉面积 25.42 万亩），后经满拉、冲巴湖水库联合调度，有效灌溉面积增加至 65 万亩。据《日喀则地区统计年鉴》统计，工程建成后年楚河流域粮食亩产量从 630 斤提高到 760 斤，亩均增产粮食 130 斤。

防洪效益方面：2000 年 8 月，流域遭遇超过百年一遇洪水袭击，入库洪峰流量达 385 立方米每秒，经水库调节滞洪后下泄流量为 260 立方米每秒，保障了人民群众的生命财产安全。

生态效益方面：水库运行调度中，始终将最小生态基流控制在每秒 6 立方米以上，有效保证了下游生态供水需求。

抗旱保供水方面：2005 年，日喀则地区发生百年不遇的大面积干旱，水库通过调度放水，为下游农田灌溉提供了较为充足的水量，保证了粮食作物早期的灌溉，为改善农牧业生产条件和促进粮食增产做出了积极贡献。

能源供给方面：自 1999 年 12 月至 2020 年 12 月底，满拉水电厂 4 台机组累计发电 13.06 亿千瓦时。

满拉水利枢纽工程　　满拉水利枢纽管理局　供图

宁夏固海扬水工程：山区群众的生命工程 希望工程 幸福工程

（2021 年 4 月 27 日）

孟砚岷

曾经的宁夏中部干旱带荒漠广布，十年九旱，群众长期处于极度贫困中。为了从根本上改变这一地区极度缺水的状况，1975 年 6 月起，在党中央的关怀下，宁夏在 20 余年时间里，先后建成运行了同心扬水工程、固海扬水工程、固海扩灌扬水工程三大扬水系统，合称宁夏固海扬水工程。三大扬水工程通水运行后，彻底改变了这里“靠天吃饭”的历史。

同心扬水工程是 1975 年 6 月破土动工的。凭借一锤一钎一双手和愚公移山的精神，经建设者奋战 3 年后竣工，成为宁夏首座规模较大的电力提灌工程。

固海扬水工程 1978 年 6 月动土兴建。历时 8 年，建设者逢山开道，遇水搭桥，科学规划，克服重重困难，从中宁泉眼山输水到固原三营乡。

固海扩灌扬水工程 1999 年开工建设，2003 年 10 月建成通水，该工程进一步夯实了中部干旱带的水资源支撑基础。

2009 年 8 月至 2017 年 4 月，国家实施大型泵站更新改造工程，同心扬水和固海扬水工程更新改造泵站 16 座。2020 年 9 月，固海扩灌扬水工程原有 19 座泵站开始更新改造。工程实施后，灌溉面积由 38 万亩提高到 68 万亩以上。

宁夏固海扬水工程是宁夏建设最早、规模最大的公益性生态扶贫扬黄灌溉工程，现运行泵站 29 座，总装机容量 20.4 万千瓦，总扬程 1209.61 米；干渠、支干渠 39 条，总长 464 公里，各类水工建筑物 1459 座，年均引水量 4.5 亿立方米，供水量 3.9 亿立方米。宁夏固海扬水工程建设发展 40 多年来，润泽了宁夏中部干旱带 170 万亩土地，解决了 60 多万回汉群众和 30 多万头家畜的饮水问题，被山区群众亲切地称为生命工程、希望工程、幸福工程。

宁夏固海扬水工程的建设开创了宁夏黄河水高扬远送的先河，使中南部群众喝上了黄河“生命之水”，打破了当地水资源的瓶颈制约，为宁夏中部干旱带农业生产和人民生活提供了最基本的条件。依托工程，灌区用水结构逐步改变，推动了高效节水农业和城乡供水事业的发展，加快了灌区群众脱贫攻坚步伐。扬水工程的兴建也为宁夏大型扬水工程的建设和管理提供了成功经验，开启了中部干旱带贫困地区扬黄工程扶贫开发的先河，成为改善区域生态环境、促进中部干旱带经济社会高质量发展、维护民族团结和社会长期稳定的“大动脉”。运行 40 多年来，宁夏固海扬水工程累计扬黄河水 117 亿立方米，灌区粮油总产量达 1258.57 万吨，农林牧总收入达 540 亿元，农民人均年收入 6239 元，较 1980 年翻了 205 倍。

宁夏固海扬水管理处党委书记、处长陶东说，广大受益县区人民群众和水利干部职工舍小家顾大家，团结协作，艰苦奋斗，战戈壁荒漠，兴扬黄伟业，以“敢教日月换新天”的豪情壮志投身扬水事业建设，铸就了“水往高处流”的扬水工程伟业。

宁夏固海扬水管理处从大型高压泵站工程运行管理“白手起家”，发展到今天管理规范、技术成熟、队伍壮大的现代化泵站管理单位，倾注了几代固海扬水人的心血和汗水。他们身上充分展现了几代扬水工程建设者和管理者艰苦创业、积极进取、敬业奉献的精神风采，充分体现了水利人献身崇高事业、服务山区发展的强烈责任感和使命感，这是水利职工宝贵的精神财富，值得我们传承和发扬。

站在新的历史起点，宁夏固海扬水管理处将坚守“扬水上山、惠泽民生”的初心与使命，全力推进现代化生态灌区建设，在黄河流域生态保护和高质量发展先行区建设中走在前担使命做表率，在宁夏中部干旱带持续书写固海扬水砥砺奋进的华美乐章。

固海扬水工程长山头大渡槽　　宁夏水利厅　供图

新立城水库：新中国成立后长春市第一个大型水利设施

（2021 年 5 月 11 日）

王俊博

新立城水库自 1962 年竣工投入运行以来，经过几代水利人顽强拼搏、砥砺前行，发挥了显著的社会效益和生态效益，保障了吉林省长春市的防洪安全和供水安全，使长春市经济快速发展，人民安居乐业。

新立城水库位于松花江水系饮马河支流伊通河的中上游，距吉林省长春市 16 公里，总库容 5.51 亿立方米，是一座以防洪、城市供水为主，结合养殖等综合利用的大（2）型水库。新立城水库是长春市上游唯一的大型防洪工程，1983 年、1999 年和 2009 年先后进行了 3 次除险加固，并多次进行工程配套建设。

水库于 1958 年动工兴建。在物资匮乏的年代，简陋艰苦的生活条件没能阻挡建设者的热情。建设工地上，几万名长春市民日以继夜地挖土拦河，伊通河两岸到处是穿梭往来的施工者。历经 4 年建设，长春市建成了第一个大型水利设施新立城水库。

水库建成以来，累计拦截 100 立方米每秒以上的洪水 100 余次、460 立方米每秒以上洪水 15 次，有效地保护了长春市城区和农安、德惠上百万人口，90 多万亩耕地，以及京哈、吉长、长白铁路线的安全。该水库同时是长春市的重要饮用水水源地，年均向城市和企业实际供水 1 亿立方米，截至 2020 年年底，累计为长春市供水 53 亿立方米，并不定期向伊通河河道进行生态补水，确保河道不断流。

为确保长春市民饮用水安全，新立城水库成立了水源地保护工作领导机构，围绕水环境、水生态、水安全、水文化等规划建设了水环境治理工程、生态改善工程、水源保护工程、水质监测工程、智慧水库系统等，通过建立和完善网格化水源地保护责任体系，形成了水面、林地、围网、工程区等一级保护区全覆盖水源地保护系统；累计投资 2.5 亿元，2018 年年底完成了水源地一级保护区围网封闭建设工程，实施了水库上游河道入库口湿地工程建设。如今，近 2200 公顷的乔灌林木和水生植物在河道入库口形成了保护屏障，不但净化了水质、保持了水土，而且调节了生态、美化了环境。

通过综合治理，新立城水库水源地生态环境持续改善。初步调查，水库水源地现有野生维管束植物 244 种，野生禽类 255 种，国家一、二级重点保护野生动物 30 余种。水资源得到有效保护，目前水库水质已达到国家饮用水水源Ⅲ类标准。新立城水库丰富的水体资源还为渔业经济提供了巨大的发展空间。水库现有鱼类 20 余种，主打品牌鳙鱼，已获得中国绿色食品发展中心“有机食品”认证，并进行了商标注册。通过鱼类滤食，抑制了水中藻类的过度繁殖，净化了水质，保持了水体的生态平衡，为大力发展洁水渔业进行了有益的探索。

长春市新立城水库管理中心主任于洪波说，新立城水库虽然在防洪、供水和生态文明建设上取得了丰硕成果，但是我们清楚地认识到生态水利建设任重道远。站在新的起点，面对新时代新任务，新机遇和新挑战，我们将不忘初心，牢记使命，积极践行绿水青山就是金山银山的理念，大步向前，走出一条人水和谐发展之路，努力谱写水库发展新篇章，让新立城水库成为“生态一流、管理先进、幸福和谐”的现代化水库。

库区全景　　长春市新立城水库管理中心　供图

新中国第一个大型水利工程：荆江分洪工程

（2021 年 5 月 18 日）

万杰

“万里长江，险在荆江”。荆江地处长江中游，上起湖北省枝城市，下至湖南省洞庭湖口城陵矶，河段全长 377 公里，地势平坦，河道弯曲，水流宣泄不畅。据史料记载，从 1499 年至 1949 年的 450 年中，荆江两岸曾决堤 180 多次。新中国成立后，为缓解长江水患，减轻荆江大堤防洪负担，国家决定在公安县境内兴建荆江分洪工程，当宜昌上游来水量远大于荆江河段安全泄量时，则启用荆江分洪工程，分蓄超额洪量，降低沙市水位，确保荆江大堤、江汉平原安全，减轻洪水对武汉的威胁。

1952 年，艰苦创业，拼搏奋进，创造水利工程奇迹。1952 年 4 月 5 日，荆江分洪工程全面动工兴建。在工程设计上，没有照搬外国经验，而是实事求是，自力更生，敢于科研创新。在毛主席的英明领导下，30 万参建军民日夜奋战，忘我劳动，发挥智慧，创造发明。1952 年 6 月 20 号，荆江分洪工程第一期主体工程建成。水利建设者仅用 75 天就完成了这项举世闻名的浩大工程，创造了新中国的第一个工程高速度。

1954 年夏，长江发生了有记录以来的特大洪水，荆江大堤形势危急。经国务院批准，7 月 22 日至 8 月 22 日，先后 3 次运用荆江分洪工程，分蓄超额洪水 122.6 亿立方米，有效降低沙市水位 0.96 米，确保了荆江大堤、江汉平原和武汉市的安全。荆江分洪工程经过大水分洪的考验，充分证明了新中国有能力也有水平建设具有国际水平的大型水利工程。

1963 年至 1995 年，加快建设，防洪标准提升到百年一遇。党中央和省、市各级领导高度重视分洪工程建设，提出“因地制宜，有利生产，保证分洪安全”“分洪保安全，平时保丰收，长期奋斗，搞好综合治理，一切从实际出发”“专人、专材、专款、专用”等原则方针，指出“荆江防洪事关重大，它的安危影响到全国的经济建设”“防汛抗洪，有备无患。要做好荆江大堤的加固防护，加快分洪区的防洪安全设施建设。”经过 30 多年的建设，国家累计投资 1.14 亿元，分洪区的安全建设取得很大成绩，充分发挥了工程效益，为确保分洪安全提供了重要的物质条件。

1998 年至今，兼顾分洪准备和安全建设，为经济发展提供安全基础。1998 年，长江流域再次发生全流域组合型洪水，荆江分洪区处于准备运用状态近一个月时间，转移人口达 33 万人。“十三五”期间，根据长江流域蓄滞洪区建设与管理规划及蓄滞洪区建设补短板的需要，规划了荆江分洪区安置房综合改造工程、荆江分洪区近期重点项目建设工程、荆江地区蓄滞洪区工程建设及安全建设等项目，规划投资 34 亿元，完成投资 6 亿元。“十四五”期间，结合人大代表提案、地方政府的强烈要求，将重点突出荆江分洪区内的 2 个安全区扩容、19 处安全区围堤防渗护坡及排水系统改造、新建 78 条转移路和 89 座转移桥、新增改建安置房 16 万平方米，以及开展涴市扩大分洪区、虎西预备分洪区和人民大院蓄滞洪区等 3 个分蓄洪区的围堤加固、转移路桥及口门建设等项目，规划投资近 93 亿元。

湖北省荆江分蓄洪区工程管理局书记、局长甘辉波说，荆江分洪工程是新中国成立后第一个大型水利工程，也是长江水利史上的一座丰碑。六十多年来，荆江分洪工程发挥了蓄洪、泄洪作用，承载着艰苦创业、拼搏奋进、舍小家保大家精神，见证了新中国的水利成就。

荆江分洪工程　　艾国臣　摄

松涛水库：海南人民建设社会主义的旗帜和象征

（2021 年 5 月 25 日）

刘擎中

在毛主席、周总理等老一辈国家领导人的重视和亲切关怀下，海南省松涛水库于 1958 年 7 月正式破土动工。1960 年 2 月 9 日，周总理莅临水库所在地儋县（儋州），在听取松涛工程局负责人汇报后欣然挥笔题词“松涛水库”。1969 年，工程基本建成，它是海南人民建设社会主义的一面旗帜和象征。

被誉为“宝岛明珠”“开发海南第一把金钥匙”的松涛水库，坐落在海南第一大河南渡江上游。当年，随着开工一声令下，在选址筑坝的工地上，顷刻间人声鼎沸，车水马龙，群峦震撼，激流止步。6.8 万军民和施工技术人员在战天斗地的凯歌声中，顶着常人难以承受的万般艰苦，用汗水、青春乃至宝贵生命谱写出惊天动地的辉煌业绩。他们治险山、斗恶水，抢战 10 个月，在首年主汛期到来前巧夺大坝“170”高程，确保坝体安全度汛，创造土坝建设速度史上罕见纪录。建设者土法上马，土洋结合，靠肩挑、车推硬是搬掉 13 座大山，填土 490 万立方米，于狮山至琴岭之间耸立起一座 80.1 米高、730 米长的庞然大坝，截断千古以来桀骜不驯的南渡江。从此，琼岛西北部结束长期以来遭受上游旱灾下游洪灾的历史。

松涛水库总库容 33.45 亿立方米，集雨面积 1496 平方公里，年均供水 12.87 亿立方米；松涛灌区是海南最早建成的大型灌区，以松涛水库为主体，通过 444 公里上三级渠道和 3912 公里下三级渠道联结，组成大中小相结合、蓄引提相并举的大型灌溉系统。灌区总规划灌溉面积 205 万亩，涉及海口、儋州、澄迈、临高四市县，现有效灌溉面积 128 万亩。灌区主要农产品粮食、糖蔗、油料的年产量，分别占全省的 24.5％、54.6％、26.21％。松涛灌区已成为海南省农业生产稳产高产基地和全省冬种瓜菜主要基地。此外，水库还肩负海口、澄迈等四市县城镇乡的生活用水，以及洋浦、金牌、老城、马村等重要工业开发区（工业产值占全省一半以上）供水重任。可以说，松涛水库撑起了海南工农业的半壁江山。

历经多年建设和完善，松涛水库现已成为集灌溉防洪发电航运养殖及供水于一体的海南最大水利枢纽工程。迈入新时代，松涛灌区管理分局在上级主管部门的坚强领导下，扎实推动松涛水库向一流大型水库迈进。松涛人不忘初心，以加强党的建设促进工作发展，着力打造“水库党建、管理体系、水利信息、生态水库”四个一流，扎实推进水利工程标准化规范化建设与管理，实现工程、供水与防汛安全，造福灌区工农业和城乡百姓，保护下游 200 多万人生命财产安全。

在海南省水利灌区管理局的直接领导下，松涛灌区管理分局坚决落实省委省政府和省水务厅的决策部署，与属地政府联防联治联管，不忘初心，砥砺前行，立足打造生态水库品牌，建设水青岸绿天蓝的良好生态环境。同时，管理分局传承水库建设者的匠心与榜样，缅怀和铭记先辈丰功伟绩，激发勇于前行的内生动力；用心感受前辈艰苦奋斗、与洪水赛跑、用忠诚筑坝的建库“170 精神”；学习先辈优良品德和建库精神，以更加坚定跟党走的信念，增强守初心、担使命的责任感，充分发挥党支部战斗堡垒和党员先锋模范作用，创新管理模式，发挥水库最大优势，为服务海南自贸港建设作出新的更大的贡献。

松涛大坝

内蒙古红山水库：老哈河上的红色赞歌

（2021 年 6 月 1 日）

李建国

“大堤横截老哈河，扼要宏图询可歌，自此辽河灾患绝，更欣沾润灌渠多……三门峡畔三门市，红山库边红山区。一样工业成市镇，安知先日是荒墟。”这是 1961 年 8 月，时任国家教育部副部长叶圣陶与中国作协副主席老舍率中央文化考察团考察红山水库后，叶圣陶挥笔写下咏红山水库的诗句。

内蒙古自治区赤峰市境内的红山水库，地处辽河干流老哈河中游。1954 年工程开始勘探设计，1958 年开工兴建，1965 年竣工投运。总库容 25.6 亿立方米，是辽河流域最大的水库。工程以防洪为主，兼顾灌溉发电养鱼等综合利用。

1958 年 10 月，红山水库开工。大河两岸，人山人海，战鼓喧天。劳动竞赛的红旗在整个工地上迎风招展；纵横交错的各类电线像血管一样遍布工地；推土运石的简易铁轨犹如蛛网；5 万名劳动大军开山劈岭的爆破声雷鸣不止，烟雾飞腾，碎石滚滚；汽车、胶车满载着砂石在工地上往返穿梭；发电机、鼓风机、扩音机的轰鸣声交织在一起；一排排工人宿舍成栋地建起……千军万马战犹酣，呈现出一副蔚为壮观的新大禹治水图。有几个数据可以说明当时的盛况：5 万民工、7 年时间，决战红山水库；工程土方石方按一公尺高一公尺宽并列起来，比万里长城还要长；蓄水量比十三陵水库大 24 倍。

当地群众为红山水库建设作出了卓越的贡献，同时也付出了极大的牺牲。在决战红山水库的战斗中，涌现出了众多的英雄群体、模范单位和英雄人物，他们的事迹，同修建红山水库 5 万民兵大军的辉煌业绩一道，永远被铭记在赤峰人民心中。

时任内蒙古自治区党委书记王铎、自治区政府主席乌兰夫先后到工地慰问建设者。钱正英、曹刚川等国家党政军领导人也先后视察红山水库。

红山水库建成运用 50 多年来，发挥了极大的防洪灌溉等综合效益。

防洪方面：水库自运用以来，累计防洪减灾效益 100 多亿元，为保护区的经济发展作出了巨大贡献。防御大于 2000 立方米每秒的洪水 7 次，1962 年为最大 1 次。1962 年 7 月 24 日，受台风影响，昭乌达盟连降暴雨，洪水泛滥，老哈河铁路土桥被冲毁，内蒙古自治区政府派飞机空投救灾物资。此次洪水入库洪峰 1.27 万立方米每秒，出库流量仅为 995 立方米每秒，削减洪峰 92.2%，6 日洪量 12.78 亿立方米，直接减灾效益 3.87 亿元，是修建红山水库总投资的 4.4 倍。此次洪水因有红山水库蓄拦，下游西辽河、营口等地区免遭了洪灾。

灌溉方面：红山水库和下游水库联合运用，最大实灌面积 110 万亩；同时满足库区 15 万亩扬水灌区的灌溉供水。经测算，红山水库灌溉效益累计近 100 亿元。

生态方面：红山水库库区陆地面积 10.1 平方公里。现有林地面积 7.35 平方公里，其中国家重点公益林 6200 亩，苗圃地 180 亩，果树地 450 亩，森林覆盖率 72.8%，木材蓄积量 5990 立方米。

发电方面：红山水电站 1974 年合闸并入国家电网，累计发电量 4.4 亿千瓦时，平均年发电量 1080.9 万千瓦时。

养殖方面：水库设计可养殖面积 14.5 万亩，养殖鳙鲢鲤鲫及大银鱼等，年产鲜鱼近 30 万斤。

旅游方面：利用水利工程和水面开展旅游，在赤峰地区有着独特的旅游资源。水库 2006 年晋升为国家水利风景区，年接待游客近 5 万人次。

红山水库　　内蒙古水利厅　供图

党建助力贵州夹岩工程“跑出加速度”

（2021 年 6 月 8 日）

郭元志

在革命老区云贵高原乌蒙山腹地，一座宽 429 米高 154 米的混凝土堆石大坝拔地而起，将六冲河拦腰截断；一条正在建设、绵延辐射总长 648 公里的输水管道，宛如一条巨龙，穿山越岭，盘踞在毕节、遵义两地。这项宏大的工程，就是贵州省夹岩水利枢纽及黔西北供水工程（简称“夹岩工程”）。

夹岩工程是国家 172 项重大水利工程、贵州省迄今为止最大的水利工程，由水源枢纽、干渠供水、灌区输水工程三大部分组成，概算总投资 186.498 亿元，总工期 66 个月。工程以灌溉和供水为主，兼顾发电，水库设计总库容 13.23 亿立方米，多年平均供水量 6.88 亿立方米，灌溉总面积 90 万亩。电站装机容量 90 兆瓦，多年平均发电量 2.33 亿千瓦时。

自 2015 年 12 月工程正式开工以来，建设方贵州省水利投资（集团）有限责任公司与各参建单位、地方基层党组织成立了夹岩工程党建联建共创临时党总支。在临时党总支的带领下，26 个参建单位、地方基层党组织共 160 多名党员、1 万余名建设者，以长征精神为鼓舞，传承红色基因，秉持初心使命，以党建“五联五创”为工作内容，大胆探索、勇于实践，有力地推动了夹岩工程各项工作高质量开展，开创了党建工作和工程建设相互促进、融合发展的新局面。

五年来，夹岩工程通过党建“五联五创”工作的开展，改变了以前施工单位基层党组织管理薄弱、纪律松弛的局面，形成了党组织之间党建联建、党建联学、工作联融、群团联动、地企联合的局面，做到了经验共鉴、资源共享、责任共担、有事共商、难题共解、互帮共助，有效整合了各类资源，汇聚起了高质量建设夹岩工程的强大正能量，探索出了一条党建工作和工程建设深度融合的“夹岩模式”。

五年来，夹岩工程通过党建“五联五创”工作的开展，培养了一支吃苦耐劳、奋发有为的优秀人才队伍。他们翻山越岭、风餐露宿，以奋发赶超、时不我待的进取精神，抢工期、赶进度，涌现出了贵州省劳动模范谭其志、全国青年能手钟勋等一大批先进典型人物，塑造了一种默默无闻、甘于奉献、担当有为的“夹岩精神”。

五年来，夹岩工程通过党建“五联五创”工作的开展，探索成立了“党员专家工作室”“劳模创新工作室”。他们刻苦钻研、攻坚克难，克服了喀斯特地区山高坡陡、地形地质条件复杂，极易出现断层滑坡、瓦斯突出、涌水涌泥的施工难题，完成了高边坡、深埋长隧洞、高大跨度管桥等高难度施工；在学术研究上硕果累累，发表高质量论文 200 多篇，其中赵德才主持编纂的《夹岩水利枢纽工程复杂地质深埋长隧洞关键技术与管理》一书，获业界高度评价，为我国水利工程在特殊地质条件下的施工探索了“夹岩技术”，积累了“夹岩经验”。

五年来，夹岩工程通过党建“五联五创”工作的开展，为工程建设增强了凝聚合力的动力。仅仅用了 3 年多时间，建设者就快速高质量完成了项目前期工作；特别是在 2020 年新冠疫情影响的情况下，他们克服重重困难，在贵州乃至全国水利项目上较早实现复工达产，大坝面板浇筑提前 20 天完成；连续 5 年完成国家下达的投资任务，创造了水利工程建设行业罕见的“夹岩速度”。

党建，助力贵州夹岩工程跑出加速度。目前，工程已完成概算总投资的 95.08%，年底将下闸蓄水。

夹岩工程大坝　　　　宋洪磊　摄

三门峡水利枢纽：新中国水电建设的摇篮

（2021 年 6 月 22 日）

刘佳琪

三门峡水利枢纽是新中国成立后举全国之力在黄河上修建的第一座大型水利枢纽，是治理开发黄河的关键性工程，是治黄史上的里程碑。它的决策、建设历程，是一段艰难曲折、发扬中国人民伟大创造精神的历史；它留下的精神财富，生动诠释了中国共产党执政为民的伟大理念。

历史上，黄河“三年两决口、百年一改道”，一直是中华民族的忧患。新中国成立后，水利建设事业掀开新篇章。1954 年 3 月，中、苏专家联合查勘黄河，选定三门峡为黄河规划的第一期工程；1954 年 11 月 29 日，国家计委召开会议，听取《黄河综合利用规划技术经济报告基本情况》的报告；1955 年 7 月 30 日，第一届全国人民代表大会第二次会议通过了《关于根治黄河水害和开发黄河水利的综合规划的报告》。

1957 年 4 月 13 日，三门峡水利枢纽工程正式开工。《人民日报》以《征服黄河的开端——举世瞩目的三门峡水利枢纽工程正式开工》为题，报道了开工盛况。文章提到，时任水利部部长傅作义在开工典礼上说：“我们现在举办这样一个工程，把千百年来的水害变成水利，只有在中国共产党的领导下才能办到。”同时，还发表了社论《大家来支援三门峡啊!》，引起全国响应，数以万计的建设者奔赴母亲河畔。

这是一项艰巨浩大的工程。三门峡谷壁立千仞，水深流急，黄河水被两座石岛分成神门、鬼门、人门三股洪流，因而以“三门天险”称著于世。两万多名建设者克服难以想象的困难，取得了史无前例的战果。1961 年 4 月，建设者比原定工期提前 1 年零 10 个月，向祖国和人民奉献出万里黄河第一坝——一座主坝长 713 米、坝顶高程 353 米、最大坝高 106 米的大型混凝土重力坝，巍然屹立在波涛汹涌的万里黄河之上。

这座当时新中国修建规模最大、技术最复杂、机械化水平最高的水利水电工程，成功研制了多种新材料、新工艺，建设者提出技术革新和合理化建议 7200 多项。因此，三门峡水利枢纽被誉为“新中国水电建设的摇篮”。

三门峡水利枢纽的建设，自始至终得到了党和国家领导人的高度重视和关心支持。1952 年至 1955 年，毛主席 4 次听取治黄工作汇报，关切询问关于三门峡枢纽的各方面情况。周总理先后 3 次亲临三门峡水利枢纽工程施工现场视察，亲自主持召开会议解决存在的重大问题，在工地度过了 8 个日夜。刘少奇、朱德、董必武、邓小平、李先念等先后亲临三门峡工地视察工程建设。

60 多年来，三门峡水利枢纽充分发挥黄河防洪、防凌、灌溉、供水、调水调沙、生态文明建设等巨大功能。40 多年来，黄河下游出现 6 次严重凌情，通过枢纽合理控泄，均安然无虞。

作为三门峡枢纽的直接管理者，三门峡黄河明珠（集团）有限公司找准职责定位，主动担当作为，确立了“让党旗飘起来、党徽亮起来、党员干起来、企业强起来、职工富起来、集团美起来”的党建工作目标，在保障黄河长治久安、推动流域生态保护和高质量发展中贡献“三门峡力量”，提供“三门峡方案”，唱响新时代“黄河大合唱”的“三门峡乐章”。

三门峡水利枢纽大坝全景　　　明珠集团　供图

黄河三盛公水利枢纽：河套人民的“幸福闸”

（2021年6月29日）

李建国

黄河三盛公水利枢纽工程的建设，结束了黄河水进入河套地区无工程控制的状态，是河套水利建设史乃至内蒙古水利建设史上的一座里程碑。它的建成，体现了党中央、国务院对边疆少数民族地区的关怀和社会主义制度的优越性，开启了内蒙古自治区西部地区与祖国同步发展的新纪元。目前，枢纽工程年平均引水量约48亿立方米，灌溉面积由新中国成立前约300万亩扩大到现在的1000余万亩。

黄河三盛公水利枢纽工程1959年开工，当时正值国家3年困难时期。在材料短缺、施工设备简陋、生活物资供应很差的情况下，党和政府发动群众克服困难，风雨无阻，肩挑人拉、土法上马大搞科技革新，用汗水甚至生命书写了自力更生、战天斗地、无私奉献的大无畏精神。工程于1961年5月基本建成。党和国家领导人乌兰夫、邓小平、彭真、乔石、江泽民、程思远、钱正英等先后到枢纽工程视察、指导工作。

栉风沐雨60年，该工程为促进自治区西部经济社会发展、保障国家粮食安全和边疆稳固作出了重要贡献。这项河套灌区引水龙头工程的建成，成为黄河干流上唯一以灌溉为主的一首制大型平原闸坝工程，也是目前亚洲最大的一首制平原引水灌区，兼有防洪防凌、城市及工业用水、水力发电、交通旅游、生态补水等综合效能。同时该工程为国内多泥沙河流的治理，以及在多泥沙河流上修建大型水利枢纽提供了宝贵经验。

工程历经1964年、1967年、1981年3次大洪水和1988年、1993年、2002年、2004年特大凌汛考验，保护了河套地区，以及包兰铁路、110国道等国家基础设施的安全。

该工程通过灌区纵横交错的灌排水系统，日夜滋养着河套灌区和黄河南岸灌区，助推灌区实现了从无坝引水到有坝引水、从有灌无排到灌排配套、从粗放灌溉到节水型社会建设的三大历史性跨越，让黄河成为造福两岸人民的幸福河，为黄河两岸工农牧业带来了丰饶与繁荣，造就了“黄河百害、唯富一套”的经典。河套灌区、鄂尔多斯沿河灌区粮食总产量由建成前的每年2.445亿公斤，增加到现在的26.4亿公斤，增长 9.8 倍。

黄河三盛公水利枢纽还扼制了乌兰布和、库布齐两大沙漠东移，发挥了水利枢纽在生态补水、涵养水源、水沙治理、调节洪峰、水生态修复和水资源保护等方面的重要作用。

如今，由黄河三盛公水利枢纽工程、三盛公游乐园、河套源度假村 3 个景区组成的黄河三盛公风情旅游区，成为巴彦淖尔市功能齐全的大型旅游景区。景区以黄河水利枢纽工程为中心，以三盛公游乐园、河套源度假村为两翼，形成了一条体现黄河文明和河套源头特色的旅游线路。据不完全统计，每年到此旅游参观、考察的人数达 10 万人。

作为工程运行管理单位，黄河工程管理局党委书记、局长陈新忠说，要准确把握水利人的初心和使命，确保工程安全运行、工程效益充分发挥，让人民群众得到更安全、更稳固的水安全保障。

黄河三盛公水利枢纽　　李建国　摄

黄壁庄水库：河北防洪保安一号工程

（2021 年 7 月 6 日）

吕培

黄壁庄水库是海河流域南系防洪的骨干工程和河北省防洪保安一号工程，位于石家庄市西北约 30 公里的太行山东麓，承担着下游北京、天津、石家庄等 25 个市县，1800 多万亩耕地和华北油田、大港油田，京广、京九、京沪等重要交通干线的防洪保安任务，地理位置十分重要。

历史上，滹沱河河槽摇摆不定、尾闾不畅，两岸堤防屡次决口，洪水灾害严重。为解除滹沱河水患，国家克服重重困难，于 1958 年投资修建黄壁庄水库。26 个县市、十几万民工、几千名工人和技术人员，在极其艰苦的条件下用时 5 年将水库建成。黄壁庄水库的建设与管理得到中央、水利部等各级领导的高度重视，周恩来、李鹏、彭真、姜春云、温家宝、回良玉、钱正英等先后来水库检查和指导工作。

黄壁庄水库工程宏伟壮观，西依太行群峰，东俯华北平原，水面宽阔，山水交映，景色宜人。水库运行 60 多年来，在防洪、兴利供水等方面发挥了巨大的社会和经济效益。

防洪效益：水库建成以来，先后抵御较大洪水 7 次，其中包括“63・8”“96・8”两次特大洪水。特别是 1996 年，水库将最大入库洪峰流量由 1.26 万立方米每秒减至 3650 立方米每秒，削减洪峰达 71%，减免下游经济损失近 150 亿元，为实现河北省委省政府提出的“四保”目标发挥了“龙头”保障作用，社会效益十分显著。2016 年“7・19”洪水，水库最大入库洪峰流量 8800 立方米每秒，最大泄量控制在 1000 立方米每秒，削减洪峰 88.6%，夺取了防汛抗洪的全面胜利。黄壁庄水库事务中心为此荣获全省防汛抗洪先进集体荣誉称号，时任河北省长张庆伟给予“准备充分、执行有力、效果很好”高度评价。

兴利效益：农业灌溉方面，水库下游共有 3 个灌区，受益范围包括石家庄、衡水、邢台 3 个市的 14 个县（市）。截至 2020 年年底，水库农业供水 387.3 亿立方米，为冀中平原农业生产发展提供了可靠保障。工业供水方面，水库从 1993 年开始为西柏坡电厂供水，近年年供水量约为 0.24 亿立方米，截至 2020 年年底，累计供水 5.5489 亿立方米，促进了国民经济可持续发展。城市生活供水方面，水库自 1996 年开始向石家庄市供水，2015 年以前每年供水 3000 万立方米至 5000 万立方米，截至 2020 年年底累计供水 5.55 亿立方米，2008 年至 2014 年向北京应急供水 8 亿立方米，有效缓解了北京水资源紧缺状况。生态供水方面，水库为石家庄城市水系、衡水湖、滹沱河等进行补水，截至 2020 年年底，累计供水 4.5133 亿立方米。

黄壁庄水库　　黄壁庄水库事务中心　供图

江都水利枢纽：南水北调东线水从这里始发

（2021 年 7 月 13 日）

顾芸

江都水利枢纽既是江苏江水北调工程的龙头，又是国家南水北调东线工程的源头，是新中国第一座自主设计、制造安装、建设管理的大型泵站群，被誉为“江淮明珠”。

江都水利枢纽南濒长江、北连淮河，地处江苏省扬州市境内京杭大运河、新通扬运河和淮河入江水道交汇处，主要由 4 座大型电力抽水站、12 座大中型水闸，以及输变电工程、引排河道、船闸等组成，其中江都抽水站设计流量 400 立方米每秒，共装机 33 台套，装机容量 5.58 万千瓦，其规模是我国乃至亚洲最大的电力排灌工程。

江都水利枢纽具有抽江北送、自流引江、抽排涝水、分泄洪水、余水发电、保障航运、改善生态环境等功能，自 1963 年建成至 2020 年 12 月底，共抽引江水 1527.63 亿立方米，抽排涝水 398.44 亿立方米，泄洪 1 万余亿立方米，自流引江 1334.23 亿立方米，发电 9930.4 万千瓦时，发挥了巨大的工程效益。

江都水利枢纽工程 1982 年荣获“国家优质工程金奖”，2012 年被评为“百年百项杰出土木工程”。江苏省江都水利工程管理处连续六届荣获“全国文明单位”，2011 年被评为“全国先进基层党组织”，并先后荣获“国家级水利工程管理单位”“国家水利风景区”“国家水情教育基地”等称号。

江都水利枢纽是现代水利工程管理的范本。多年来，该工程立足“源头”特色优势，充分发挥精细管理、党建工作、优秀人才、源头文化等品牌效应，以新担当、新作为干出新成效、展现新气象，全面提升工程综合效益，始终走在现代化水利工程管理的前列。

坚持深耕精细管理。保持国家级水管单位建设的高水准，紧扣“管理任务、管理标准、管理流程、管理制度、管理考核、管理平台”等重点工作，探索实践和深化拓展精细化管理，不断推进全覆盖。强化职工“素养”训练，让精细化管理转化为工作人员的自觉行为，真正实现落地生根。

坚持全面从严治党。以智慧党建为抓手，创新“一支部一品牌一特色”夯实党建基础，形成干事创业、风清气正的良好政治生态。坚定不移推进党风廉政建设和反腐败斗争，发挥“全国文明单位”辐射作用，激发水利发展持久力量。

坚持构建人才高地。以站闸管理信息化、智能化、精细化为重点开展课题研究，统筹工程运行管理、调度管理、安全管理、效能管理、形象展示等工作。发挥“技师工作室”“大师工作室”和高技能人才引领作用，鼓励开展技术革新和“五小”创新，用创新跑出江都水利枢纽发展加速度。

坚持打造源头文化。依托大型水利设施和江都水利枢纽展览馆，开展国情和水情教育。探索水工程与水生态、水环境、水文化融合发展路径，统筹工程建设与节水保护、水土保持、河湖管理等综合管理。

2020 年 11 月 13 日，习近平总书记视察江都水利枢纽，详细了解南水北调东线源头工程和枢纽建设运行等情况，并发表重要讲话、作出重要指示。管理处将牢记总书记的嘱托，再接再厉再启程，同心同德同奋斗，以优异成绩庆祝建党 100 周年。

江都水利枢纽　　张斌　摄

让河套彻底摆脱黄河水患的“二黄河”——总干渠

（2021 年 7 月 20 日）

李建国

河套灌区总干渠，是黄河流域输水流量最大的人工开挖干渠，是河套灌区的输水大动脉，河套灌区因此成为我国三个特大型灌区中的一个，以及亚洲最大的一首制引水灌区。总干渠因此被内蒙古巴彦淖尔人民亲切地称为“二黄河”。

河套灌区是一个古老而年轻的灌区，地处干旱半干旱地区。由于独特的地理气候条件，自古以来，水利在巴彦淖尔具有举足轻重的地位。由于是无坝自流引水，受上游水量大小的影响，河套地区水大成涝，水小受旱，旱涝丰枯全凭自然，河套人民灌溉成本巨大，灌区土地利用率很低，大量土地“望河兴叹”。

新中国成立后，在各级领导的关心重视下，河套灌区开始了全新时期的建设。1957 年，国家出台河套灌区发展规划，修建黄河三盛公水利枢纽。1958 年 11 月 15 日，总干渠第一次动工开挖；1967 年，横跨巴彦淖尔东西 230 余公里的总干渠全线完工通水至三湖河，黄河水终于通过总干渠在河套灌区实现了可控调节和全域覆盖。年均约 50 亿立方米的黄河水，经由灌区 10.36 万条、7 级灌排渠（沟）道的接力输送，支撑着巴彦淖尔市经济社会的快速发展。

总干渠的通水彻底结束了河套灌区无坝自流引水的历史，使河套人民彻底摆脱了黄河水患。

60 多年前的寒冬里，2.3 万多名河套各族儿女奋战在开挖总干渠的施工现场。1959 至 1961 三年经济困难时期，粮食、资源短缺，施工条件落后，民工们硬是用锹挖背扛完成了总干渠的开挖，为河套留下了宝贵的物质财富，为后人留下了珍贵的“总干”精神。

60 多年以来，几代水利人与河套人民一道，发扬“总干”精神，进行了引水建设、排水畅通、世行配套、节水改造 4 次大规模的水利建设，实现了从无坝引水到有坝引水、从有灌无排到灌排配套、从粗放灌溉到节水型社会建设的三大历史跨越。

总干渠开挖以来，河套灌区灌溉面积由 290 万亩发展到目前逾千万亩，灌区多年平均粮食年产量稳定在 60 亿斤以上，油料 60 万吨，成为国家、自治区重要的粮油及绿色农产品生产加工输出基地。依托丰富的农副产品资源和对灌区水资源的综合利用，巴彦淖尔市的第二、第三产业也迎来了蓬勃的发展。在生态建设和人居环境方面，总干渠的引水为全市大小湖泊、海子、湿地、公园带来了源源不断的补给，各级交通网络绿化带用水也有赖总干渠的输送，全市森林覆盖率从改革开放初的 13%提高到现在的 21%，成为名副其实的“塞外明珠”。乌兰夫、邓小平、江泽民、胡锦涛、温家宝等党和国家领导人先后视察河套灌区。

近年来，灌区利用排水系统每年为工业和城镇排水约 5000 万立方米，累计为乌梁素海实施生态补水近 28 亿立方米，为保障巴彦淖尔市工业城镇排水安全和乌梁素海及灌区水生态环境改善发挥了不可替代的重要作用。

河套灌区水利建设的历程，是一部河套人民的奋斗史、创业史和发展史，也是河套人民奋力奔向小康的幸福史。她和当年河南林县人民开挖红旗渠的壮举一样，永远载入河套人民和中国人民科学治水的史册，也必将成为世界水利建设史上浓墨重彩的一笔。

2019 年，河套灌区被列入（第六批）世界灌溉工程遗产名录。

内蒙古河套灌区总干渠　　李建国　摄

陕西泾惠渠：千年古渠凤凰涅槃

（2021 年 7 月 27 日）

刘艳芹

引一渠清水，润一方良田，富一方百姓。

炎炎夏日，来到陕西省泾惠渠灌区，绿色玉带般的泾惠渠水碧波荡漾，欢快奔流，两岸的庄稼树木得之灌溉，林草丰茂，生机勃勃。

“泾惠渠也叫郑国渠，是战国时期一个叫郑国的人主持修建的渠道。”陕西省泾惠渠管理中心副主任何植一边走一边介绍。郑国渠首开了引泾灌溉的先河，此后，历代延续，汉白公渠、唐郑白渠、宋丰利渠、元王御史渠、明广惠渠，到近代的泾惠渠，都是在郑国渠的基础上发展而来。

1928 年至 1930 年，关中平原和渭北高原三年大旱，赤地千里，哀鸿遍野，老百姓啃树皮、吃观音土，背井离乡外出逃荒，250 万人活活饿死。1930 年 12 月，水利专家李仪祉先生追寻先人足迹，破土动工、主持修建“泾惠渠灌溉工程”，数千民工辛劳苦干，历经艰辛，勇克时难，历时近两年，终于在 1932 年 6 月建成通水。

泾惠渠的建成，使关中大地久旱逢甘霖，流落他乡的百姓告别了颠沛流离的生活，回到故土重建家园，恢复生产，种植粮棉。粮食产量由以前每亩 60 斤左右增加到 450 斤左右，棉花亩产由原来的 20 斤增加到 80 斤，最高的达到 120 斤，成为全国著名的棉产区。关中大地成了名副其实的“金城千里，天府之国”，口口相传的陕西民谣“泾三原，米粮川”再现了当地老百姓丰衣足食的幸福场景。

新中国成立后，在党和政府的关心支持下，泾惠渠灌区犹如凤凰涅槃，发生了翻天覆地的变化。灌区先后实施了世行贷款、续建配套与节水改造、末级渠系改造等项目，将灌溉面积由最初的 50 多万亩增加到 145 万亩。同时深化基层管理体制改革，全面推广农民用水者协会，大力发展灌溉服务组织建设，推广一条龙服务，解决群众灌溉难问题。近年来，泾惠渠灌区又积极推行农业水价综合改革，大幅提高各级灌溉渠道的衬砌率和维修养护水平，杜绝“跑、冒、滴、漏”；严格执行“双标尺，同计量”和新的水价政策；在全灌区实行节水精准奖补政策，目前灌区灌溉水利用系数达到 0.555，灌区群众亩均浇地费用下降 5 元左右，亩均灌水定额下降 20 立方米左右。

在田地里浇灌玉米的三原县大程镇毕家沟村惠家组村民李振说："改革后实行一价到户，按量收费，20 多分钟浇一亩地，成本只有 30 多元钱。水费下降，群众种地积极性提高，好多撂荒的田地又开始耕种。"

如今，泾惠渠像他的"先辈"们一样，将泾河水源源不断地输向渭北大地，滋润着泾阳、三原、高陵、临潼、阎良、富平 6 个县区 145 万亩农田，以占全省 2.4%的耕地面积生产出占全省 5.8%的商品粮，被誉为"关中的白菜心"。

2016 年 11 月，郑国渠入选"世界灌溉工程遗产"。

泾惠渠渠首　　刘艳芹　摄

马岭水利枢纽：为黔西南腾飞注入“水动力”

（2021年8月3日）

韦政

贵州省马岭水利枢纽工程是国家172项重大水利工程，是列入国家层面社会资本参与重大水利工程建设运营的第一批12个试点项目之一，水库总库容1.29亿立方米。工程位于贵州省黔西南布依族苗族自治州兴义市境内的马别河中游，是马别河干流梯级规划中的第9个梯级。工程开发任务以城乡供水为主，结合灌溉，兼顾发电等综合利用。

黔西南地区工程性缺水问题极为严重，2009年至2011年该地区发生多年不遇的严重旱灾，社会经济和民生受到严重影响。2011年，贵州省启动“三位一体规划”；同年4月，贵州省政府下发《关于马别河干流水资源开发利用规划报告的批复》；2014年7月、2015年7月，国家发改委分别批复了马岭工程的项目建议书、可研报告；2015年10月，水利部批复了工程初步设计报告。马岭工程从开工到发挥效益仅用时51个月，这在全省乃至全国水利行业都为数不多，工程实现了质量与安全零事故、历年平稳安全度汛等目标。

马岭工程属PPP试点项目，贵州省马岭水利枢纽开发有限公司（简称马岭公司）积极探索，在公司法人治理结构上，理顺党组织、董事会、监事会、经营层的关系，团结凝聚各投资方和参建单位力量，组织机构得到了充实和完善，党建及党风廉政工作有序、有力开展，质量、安全、投资等工作全面处于受控状态。2020年1月，马岭公司获得水利部“水利安全生产标准化一级单位”荣誉称号。

马岭公司在做好疫情防控的同时提前谋划部署，把耽误的时间抢回来，把遭受的损失补回来。经过全体参建单位的不懈努力，马岭工程取得良好业绩：防洪度汛方面，马岭水库2020年首次进行调度运行，汛期水库开闸泄洪6次，在马岭公司科学合理的调度下，工程保障了下游群众的生命与财产安全，同时也最大限度地留住了库区水资源，为今后水库调度运行积累了经验。投资方面，马岭公司2020全年完成投资1.4750亿元，超额完成年度投资计划；在马岭公司严格有效的管理下，从目前投资控制情况看，除因政策性调整导致征地移民投资增加外，工程建安投资基本控制在初设批复的投资范围内，这在水利工程建设领域是难能可贵的。

截至 2021 年 6 月 30 日，电站累计安全运行 559 天，累计发电量 1.64 亿千瓦时；用地老大难“占补平衡”协议签订完成，各项目标节点如期实现。

马岭公司董事长杨锡林说，2021 年是工程“建管接力”关键年，我们将继续开展好各项工作，努力将工程管理好，翻开马岭工程新篇章。

黑龙江引汤灌区：龙江大地上的“红旗渠”

（2021年8月10日）

李刚

汤旺河是松花江干流的支流，被誉为松花江干流北岸第一河，汤原县因汤旺河冲击平原而得名。引汤灌区是我国大型灌区之一，引汤旺河水灌溉水田。

引汤灌区1958年开始兴建，比河南省的红旗渠还早两年。1958年深秋，鉴于汤旺河适合引水自流灌溉的特点，汤原县委向全县人民发出“大干一冬春，实现水利化”的号召，吹响了引汤灌区的建设号角。1.2万人自带粮食、工具，开始了渠首工程和总干渠工程的会战。当时不满18岁的郝建民，参加工作仅25天就加入了引汤会战。他回忆：“农闲季节现场施工有上万人，正所谓千军万马战引汤。”他说，参与引汤建设让我受益一生，磨炼了我的性格，锻炼了我的意志，培养了我不怕吃苦的精神。这种宝贵的精神，一直是我干好今后工作的动力。

历经3年，汤原人劈山凿石，人拉肩扛完成土石方280万立方米，汤原、胜利等3个乡镇的3000亩水田第一次用上了汤旺河水。然而，天公不作美，1960年和1961年的两场大洪水无情地冲毁了汤原人辛苦筑起的柳石拦河坝。

1975年寒冬，引汤灌区二度上马。历经十二载，总干渠向前推进了18.3公里，两座水力发电站建成投产，永久性混凝土重力坝和进水闸改建完成，引汤灌区又向前迈出了一大步。但由于引汤灌区工程未纳入国家基本建设项目，汤原县自身又不具备资金和技术力量，1987年工程再度下马。

“九五”期间，引汤灌区工程被列入全国大型灌区续建配套与节水改造项目，引汤续建工程终于拉开了续建的序幕。时任县委书记田立英巾帼不让须眉，跑资金、找专家，克服各方压力，千方百计促成引汤灌区再度上马。1998年，引汤续建工程十几公里的施工段全面铺开。2001年，水利部批复了引汤灌区续建配套与节水改造规划，拨付总投资3.4亿元，全面奏响了新时期水利建设的赞歌。

引汤灌区干渠设计总长80公里，西起渠首电站，东至吉祥乡黄花村汇入松花江为止，跨越8个乡镇3个农场，总灌溉面积56.62万亩。目前，灌区工程已完成灌区长度60公里，灌溉面积20万亩，每年增加粮食产量2.29亿斤，惠及农民6.2万人。

昔日“看天吃饭”的低产田因引汤灌区变成了千里沃野，汤原人彻底告别了旱涝交替的贫苦过去。引汤灌区宛如一条巨龙腾飞于汤原 3420 平方公里的大地上，新华社曾以《一场跨越半世纪的引水接力——汤原县塑造黑龙江“红旗渠”精神》为题，报道灌区的建设历程。

如今，站在引汤灌区渠首大桥上，波光粼粼的汤旺河水一眼望不到头，两岸是平整的水田地。“引汤灌区工程是一项民生工程，在汤原县脱贫致富中灌区的作用极为关键。”汤原县引汤灌区管理处主任徐明革说。1999 年后，引汤灌区经过 12 期的续建配套及节水改造，新增水田 15.66 万亩，改善水田 6.21 万亩，为实现“优质、高产、高效”农业发展奠定了坚实基础。

离引汤渠首仅 6 公里的汤原镇仙马村，是第一个享受引汤自流水福利的村子。全村水田面积已从当初几十亩发展到现在的 3000 多亩。“有了引汤灌区工程，旱能灌，涝能排，水田稳产，每垧地水田收入万元不成问题。”仙马村村支书唐有海说。

引汤灌区　　　　郝建民　摄

重庆市赵家渡防洪护岸生态治理综合工程

广大市民赞誉的生态水利工程

（2021年8月17日）

莫华

重庆市合川城区涪江上段（赵家渡段）防洪护岸生态治理综合工程位于重庆市合川城区涪江右岸，上起沙湾河出口，下至涪江三桥，包括防洪护岸及配套附属工程两部分。

工程设计、建设亮点纷呈：

设计引入自然、生态和亲水的治河理念，结合海绵城市吸收、存蓄、渗透、净化雨水的功能，打造出了一个集防洪护岸、文化展示、休闲游览、涉水观光等多功能于一体的生态水利工程。

工程在建设初期深入挖掘历史文化资源，重视保护工程内的文物古迹，恢复场景，发挥文化和景观价值，结合实际保留现状地形，设置仿古悬空栈道和人行步道，构建了沿江生态景观长廊，对钢丝石笼网进行覆土绿化，构建了一条独特的水生态驳岸景观。

建设中打破常规模式，在重庆市内首次采用水利工程和市政工程同步实施方式，同步设计，同步施工，统一建设，缩短了建设工期，整体景观工程造价约为320元每平方米，比类似城市景观工程节约了20％～30％的投资。

工程采用抗冲刷能力强、能够适应水下基础变形和不均匀沉降的钢丝石笼网边坡护面，在抵抗河道水流冲刷的同时，又为鱼虾的栖息和繁殖提供了场所。

工程在景观设计布置上，纵横分布合理，层次清晰，有效地降低了雨水的冲刷，控制了水土流失。

工程建设管理方面，项目部党支部参与项目的组织与管理，做好工程现场的宣传工作，加强党支部的组织建设、思想建设和作风建设，发挥了党组织的战斗堡垒作用和党员的先锋模范作用，有效地推动了工程建设。

经过参建各方共同努力，该工程于2016年11月荣获中国水利工程优质（大禹）奖，同时还获得了两项国家实用新型专利、一项省部级工法和两项全国水利优秀质量管理小组一等奖、重庆市2015—2016年度水利建设工程“文明工地”奖、重庆市

2015—2016 年度水利工程“优质奖”等。

工程建成后显著提升了合川城区涪江上段（赵家渡段）的防洪标准，取得良好的综合效益，得到广大市民的一致好评。

生态效益方面，绿化率达 82%，净化了空气，美化了周边环境，打造出了“四季常绿、三季有花、季相丰富”的景观效果。

社会效益方面，公园为市民提供了一处休闲娱乐场所，提升了居民们的幸福感。

经济效益方面，公园连通了金沙堤防与新加坡风情堤防，提升了金涪路沿线地块的价值，带动周边产业经济发展。

文化效益方面，通过打造江风书香、遗风画卷、涪江晚渡等景点，恢复重现丰富厚重的历史遗存，唤醒人们对历史文化的记忆。

赵家渡防洪护岸生态治理综合工程　　重庆江城水务有限公司　供图

治淮第一坝：石漫滩水库

（2021年8月24日）

张慧

2021年是建党100周年，石漫滩水库也迎来了建库70周年。石漫滩水库，是淮河流域洪河支流滚河上一颗耀眼的明珠，该工程始建于1951年，是新中国成立后在淮河流域修建的第一座大型水库，有“治淮第一坝”之称。

然而，原石漫滩水库坝型为均质土坝，在发挥了24年防洪减灾、兴利除害的作用后，于1975年8月上旬遭遇了震惊中外的“75·8”特大洪灾，导致坝体溃决失事。

在党中央的关怀下，石漫滩水库得以复建。复建工程于1993年9月动工，1998年1月通过竣工验收并投入运用。该工程坝址以上控制流域面积230平方公里，总库容1.2亿立方米，总投资2.56亿元，是一座以防洪除涝为主，兼顾工业供水、旅游、养殖等综合利用的大型水利工程。水库复建使舞钢市形成了以山、水、林、城为一体的独特自然环境，2001年石漫滩水库被水利部批准为全国首批“国家水利风景区”，2009年当选“河南省十大最美丽的湖”，2006年荣获“国家一级水利工程管理单位”并保持至今。水库每年可向舞钢市提供工业及城市生活用水3300万立方米，为地方经济和社会发展发挥了重要作用。

水库与下游洪河上的杨庄、老王坡滞洪区联合运用，可有效减免洪河下游平原地区常遇的洪涝灾害，年防洪除涝社会效益至少在2000万元以上，丰水年更是发挥了重要的作用，如2000年汛期减灾效益1亿元，2004年为0.7亿元。1998年、2000年、2004年、2007年遇较大暴雨，水库充分发挥拦蓄作用，为保护下游人民生命财产安全做出了巨大贡献。2004年8月5日，时任国务院副总理回良玉、水利部部长汪恕诚等赴石漫滩水库视察工作，肯定了水库在淮河防洪减灾中的作用。

为消除安全隐患，确保水库安全运行，石漫滩水库进行了除险加固。加固后的水库在2020年迎战“7·21”暴雨洪水过程中，拦蓄洪峰14小时，超汛限水位运行8个小时，与下游田岗水库联合调度，充分发挥了水库削峰拦洪作用，社会效益显著，受到了水利部的通报表扬。

多年来，石漫滩水库管理局加强水利工程监管，履职尽责，回报社会，全面做好水生态管理和水环境保护；落实“三个清单”，加强水政执法、岸线管控和水库清“四乱”工作，实现河湖治理规范化、长效化；坚持问题导向，围绕解决人的行为不当造成的水安全、水资源、水生态、水环境问题，助力地方生态文明建设。

70 年来，石漫滩水库这座饱经沧桑的水利工程守护了千千万万的淮河儿女，今后也将继续为保一方安澜、促地方发展、创社会效益贡献力量，为党的百年华诞增光添彩。

石漫滩水库　　本报记者　李乐乐　摄

东江水源工程：深圳“生命线工程”

（2021 年 9 月 7 日）

肖华

东江水源工程是为长远解决深圳水源短缺问题，由深圳市政府投资 42 亿多元建设的大型跨流域调水工程，工程年供水量约占深圳市外引水量的一半，被深圳市民誉为“生命线工程”。

工程自惠州市水口街道东江和马安镇西枝江分别取水，输水主干线全长 106 公里，经两级泵站提升，跨越惠州和深圳，在深圳经松子坑、西丽、铁岗、石岩 4 大水库调蓄后形成一个“长藤结瓜”，覆盖深圳全市的供水网络。工程分两期建设，一期 1996 年 11 月 30 日开工，2001 年 12 月 28 日建成通水；二期 2006 年 8 月 5 日开工，2010 年 11 月 26 日正式通水运行。工程设计总供水量为 7.2 亿立方米每年，供水水质达到国标饮用水水源Ⅱ类以上标准。目前，工程主要建筑物有 6 座泵站、17 座隧洞、7 座渡槽，以及箱涵、管道、分水建筑物等。

工程陆续建设了梅林、笔架山、大鹏等 10 条支线工程，其中总投资 1.75 亿元的盐田支线工程已于 2020 年 1 月完工，盐田区迈入供水双水源保障时代，东江水源工程的原水供应由此覆盖了深圳各区，进一步增强了工程服务全市的能力。

工程线路沿山脉自然走势布置，采用全线封闭结构输水，具有取水口选址理想水质优、供水成本低投资优、布局合理效益优、工程技术含量高、运行模式优等特点。自建成通水以来，工程已连续安全运行 7000 多天，累计为深圳供水 100 多亿立方米，每年供水量满足了深圳一半人口的用水需求，直接或间接支撑了深圳市 1/3 以上的生产总值，使深圳成功抵御干旱灾害，为深圳的腾飞注入了源源不断的动力。该工程曾获评深圳市 30 年 30 个特色建设项目之一。

东江水源工程通水 20 年，是深圳市水务事业蓬勃发展的一个时代印记，同时也积累了宝贵的经验。一是领导高度重视是做好水务建设工作的根本保证。二是科学规划引领是做好水务建设工作的重要基础。29 年前，深圳市水务部门就制定了全国第一个完整的城市供水水源规划，成为特区敢闯敢试的一个成功范例。三是甘于拼搏奉献是做好水务建设工作的有力支撑。四是团结协作治水是做好水务建设工作的重要保障。

深圳惠州两市政府和人民互相理解、互相支持，为引水工程的顺利实施和运行管理营造了良好的环境，保证了东江水源源不断地润泽着鹏城大地。

东江水源工程　　深圳市水务局　供图

龙河口水库：兴利五十载 再担新使命

（2021 年 9 月 14 日）

陈伟　王冠

龙河口水库位于安徽省六安市舒城县巢湖水系支流杭埠河上游的龙河口，总库容 8.2 亿立方米，是杭埠河灌区的水源工程，也是渠首工程。

龙河口水库工程 1958 年 11 月开工建设，1961 年 4 月停建，1965 年 10 月复工续建，1969 年 10 月竣工。翻阅龙河口水库的建设史料，一幕幕感天动地的情景不断映入眼前。在那个火红的年代，来自舒城、庐江两地的近 10 万民工，以“重新安排河山”的气魄，凭借肩挑背磨，手拉人碾，用汗水甚至生命构筑了一座举世无双的土石大坝。在历时 11 年的工程建设中，涌现出无数可歌可泣的英雄模范人物。同时，为配合工程建设，水库淹没区 50 多平方公里内 8 万人毅然离开世代居住的故土，曾经繁华的梅河古镇等 3 个建制镇永沉水底。

龙河口水库工程建成后发挥了显著的防洪抗旱减灾效益。建库前的 1954 年 6 月 24 日，杭埠河龙河口遇暴雨，入库流量 2120 立方米每秒，造成 7 万亩破圩成灾。建库后的 1969 年 7 月 14 日，入库洪峰流量高达 1.032 万立方米每秒，仅下泄 2150 立方米每秒，大大减轻了杭埠河的防洪负担。水库设计灌溉舒城、庐江、六安三县农田 155 万亩，20 世纪 90 年代实灌达 123 万亩。1978 年大旱，水库供水 5.78 亿立方米，105.9 万亩农田丰收。同时，库内有航道 6 条，总长 30 公里。

如今，已经运行 50 多年的龙河口水库将以一种全新的姿态，继续润养这方土地和人民——龙河口水库引水工程可行性研究报告日前获安徽省发展和改革委员会批复，工程初步设计获安徽省水利厅批复。该工程设计从龙河口水库取水，以肥西县磨墩水库收水，线路设计全长 52.66 公里，总投资超 15 亿元。工程建成后，来自龙河口水库的水将源源不断地输送到合肥，改变合肥市饮用水水源相对单一的现状，大大提高城市供水保证率，有效提升供水水质，对进一步提升合肥都市圈一体化高质量建设水平，促进合肥、六安两地融合发展，具有重大而深远的意义。

合肥是我国省会城市中少数几个饮用水质量排在前列的城市。依托淠干，大别山响洪甸、佛子岭水库的一泓清水源源流入合肥，为几百万市民的饮水安全提供了坚强的保证。未来合肥将发展成千万级人口特大城市，水安全是首要问题。现在进行的引江济淮工程是重要的战略举措，建成后，合肥将形成“淠水东送、江水北上、淮水南下、湖水东流”四水互济的水资源调配体系，这是合肥市“十四五”期间的一项重要任务。眼下，引江济淮工程正在紧张施工，有望在 2023 年全线贯通。龙河口水库引水工程完工后，合肥的供水体系将更趋完善，优质饮用水将成为合肥一张亮丽的名片。

内蒙古镫口扬水灌区：让百姓过上幸福生活

（2021 年 10 月 12 日）

李建国

镫口扬水灌区是黄河流域内蒙古西部最大的电力扬水灌区。该灌区以农业灌溉为主，并承担防洪、为工业和养殖业供水等任务。从 1928 年民生渠开挖，到 1975 年大型电力扬水泵站建成运行，灌区经历了近半个世纪的坎坷。

1928 年，土默川平原连续 3 年大旱，当地决定开挖民生渠，但受限于当时的条件，直到 1949 年工程未能发挥效益。1956 年，民生渠修复工程开工，当年完工，自流受益面积规划 18 万亩，并挖通了民生渠入哈素海泄水渠。1958 年～1962 年，兴建民生渠临时扬水泵站 2 座，扬水灌溉面积 10 万亩，灌区形成了自流、扬水并举格局。1966 年，镫口扬水站（西泵站）兴建。从此，灌区结束自流，全部实现扬水。到 20 世纪 70 年代后期，民生渠 8 座枢纽节制闸等相继建成，哈素海二级灌区干渠主体工程基本建成。针对土默川黄灌区灌溉用水仍不能满足农业生产发展需求的问题，1971 年，自治区党委提出在镫口以下实行多口提水方案，困扰人们几十年的民生渠灌溉引水，以及整个土默川灌溉引水问题最终得以解决。

1975 年，镫口扬水站（东泵站）扩建工程竣工，这是该灌区建设史上的里程碑，标志着镫口扬水灌区的建成。1976 年，灌区主体骨干工程基本建成，镫口扬水站东、西泵站总装机容量达到 4820 千瓦，灌区设计灌溉面积 116 万亩。1998 年后，镫口灌区续建配套与节水改造工程的实施，提高了灌溉水的利用率、供水保证率。

镫口扬水灌区在农业生产灌溉、防洪减灾及养殖和生态建设等方面发挥了巨大作用，经济和社会效益十分显著。灌区实灌面积由 1975 年的 20 多万亩增加到现在的近 60 万亩，灌区粮食产量由 1975 年的 2910 万公斤增加到现在的 2.99 亿公斤。据统计，1966 年至 2006 年的 40 年间，土默川发生 9 次特旱，扬水灌区工程发挥了极大的作用，确保了灌区丰收。由于灌溉有保证，灌区农业生产不断发展，“十年九旱”的土默川已成为自治区重要的粮食生产基地之一。灌区呈现出一派欣欣向荣的景象，人民生活水平不断提高。

镫口扬水灌区的发展历史告诉人们，只有在党和政府的正确领导下，灌区水利事业才能得到长足发展，人民才能过上幸福的生活。

海日苏水利枢纽工程：抒写牧民的幸福欢歌

（2021 年 10 月 26 日）

李建国

金秋的草原，淡黄与青绿交织，蓝天与微风相伴。在草原别有特色的时节，记者前往目前我国规模最大的牧区水利灌溉工程——海日苏水利枢纽工程。

远望凌空飞架在西辽河主要支流西拉沐沦中下游河上的海日苏水利枢纽工程，犹如一条横卧水面的巨龙。该工程 1976 年 3 月动工兴建，1978 年 8 月竣工。工程建设之初，资金不足，没有专业施工队伍，施工环境极其艰苦，内蒙古昭乌达盟（现为赤峰市）6000 多人凭借钢铁般的意志和气壮山河的决心，奋不顾身跳进刚刚解冻、冰冷刺骨的激流中，臂挽臂用身体挡住汹涌的河水。大家不论男女，不分年龄，300 多万立方米的土石方硬是靠人搬、肩扛、车推来施工。他们自带烧柴、口粮，住自建临时工棚，当年建设现场是“蓝天做棉被，荒草当绒毡；高粱米饭泡盐水，野菜煮熟算改善”。两年多时间，换来了这座以灌溉为主，兼有交通、发电、防洪、治沙功能的桥闸联建大型灌区工程。

海日苏水利枢纽工程担负着沿河两岸海日苏草原灌区的供水灌溉任务，年均可供水量 4.87 亿立方米以上。灌区分左右岸两个灌域，左岸巴林右旗达林台草原灌域，通过海日苏水利枢纽渠首引入西拉沐沦河水进行灌溉，目前实际灌溉面积 10.18 万亩，受益嘎查 19 个，受益人口 1.19 万。2001 年节水改造项目实施后，地表水灌溉水利用系数由原来的 0.32 提高到 0.45 以上，灌域内粮食单产由 400 公斤提高到现在的 650 公斤以上，受益区农业综合生产能力显著提高，农业总产值由 1998 年的 1.8 亿元提高到 2017 年的 9.3 亿元，农民人均收入由 1998 年的 804 元提高到现在的 1.25 万元。

右岸翁牛特旗的幸福河灌域，总人口 5.17 万，现有效灌溉面积 25.52 万亩。多年来，灌域的建设与发展对提高受益区的农牧业综合生产能力和促进地区粮食增产起到了重要作用，2019 年灌域内农业总产值达到 10.962 亿元，粮食总产达 2.196 亿斤，农牧民年人均收入 1.02 万元。灌域内已经形成较好的灌排渠系网络，干支渠道绿树成荫，田成方、林成网，生态环境得到极大改善，有效提高了灌域用水效率，为灌域更好服务当地农业发展、保障灌域内供水灌溉的安全运行提供了有力保障，同时提高了灌域内农业综合生产能力，促进了农民增收，对灌域现代农业建设及社会主义新农村建设起到了积极的促进作用。

海日苏草原灌区在西拉沐沦河水的滋育下，昔日茫茫沙地，已变成一望无际的沃土良田，昔日的大漠荒滩，变成了鸥飞鱼跃、稻花飘香的“塞上江南”。目前，海日苏草原灌区经济效益达20.262亿元，为改善广大农牧民生产生活提供了有力的保障，也带动了勤劳的农牧民迈进富足文明的小康生活。

远观海日苏水利枢纽工程，24孔总长260米的拦河闸、两岸各三孔进水闸和水电站，以及长1千米的拦水堤坝，静静地横卧在宽阔的西拉沐沦河上；被拦截在闸上游的河水犹如一面明镜，平稳地流经引水渠首，造福着草原。下游200米处新建的一座公路桥，贯通了两岸，来往车辆穿梭而过，弥补了当年未设计工程交通功能的不足。

海日苏水利枢纽工程，不仅仅是一座水利工程、生产工程、生态工程，它早已成为一种民族精神的象征，描摹着西拉沐沦的大河浩荡，抒写着赤峰草原的幸福欢歌。

海日苏水利枢纽工程　　　　李建国　摄

西水东调工程：浦江水利史上一大壮举

（2021 年 11 月 2 日）

傅克平　李训朗

浙江省金华市浦江县有浦阳江和壶源江两大流域，滋养着浦江大地，哺育了浦江儿女。但两大流域水资源量时空分布及人均水资源占有量不均，浦江县政治、经济、文化中心，人口与产业主要集聚区的浦阳江流域水资源量只有壶源江流域的 1/5，水资源短缺一度束缚浦江县发展。把壶源江水引到山那边的浦阳江，一直是个美好的梦。

1976 年 5 月 18 日，浦江县西水东调工程开工建设，工程由金坑岭水库及输水工程等组成。金坑岭水库位于浦阳江流域金坑溪上游，是以灌溉、供水为主，结合防洪、发电等综合利用的中型水库，总库容 2150 万立方米，是浦江县西水东调工程的重要组成部分。输水工程在壶源江上游筑拦河坝，利用壶源江和浦阳江的自然落差，引壶源江水经 1041 米穿山隧洞，再经 110 米分水隧洞、1051 米压力隧洞，引水进入壶源江电站，发电之后的水蓄入金坑岭水库。

金坑岭水库工程量大，地质不好，施工条件差，经济困难。全县 11 个公社民工营在县委和工程指挥部的统筹安排下，自带所有生活资料和施工工具参加工程建设。他们披星戴月、挥汗如雨，有的民工甚至为工程献出了生命。

1979 年，西水东调重点项目——杭坪引水隧洞全线开通；1986 年 6 月 15 日，大坝主体工程完成；1991 年 11 月西水东调工程竣工。

浦江县西水东调工程以水库为枢纽，引壶济浦，长藤结瓜，一水多用。从 1976 年开始，浦江陆续兴建外胡、派顶、红岩、仙华等 11 座中小型水库，总蓄水量 4216 万立方米。工程改善了金坑岭灌区的干旱缺水局面，缓解了县城工业和生活用水紧缺状况，促进了仙华山省级风景名胜区的旅游产业发展。

除中小型水库外，浦江县还建成外胡、派顶、石宅、杭坪、壶源江、仙华、金坑岭一级、金坑岭二级 8 座梯级电站，总装机容量 6660 千瓦，年均发电量 1028 万千瓦时；建成干渠 17.8 公里、支渠 45 公里、斗渠农渠 500 余公里；建成日供水 12 万立方米的仙华水厂（甘泉水厂），每年向下游生态补水 1000 余万立方米。

至此，利用东溪、西溪等北山脚南北向自然河道与金坑岭水库东西向人工干渠，浦阳江盆地北部地区纵横成网。

西水东调工程，在党的领导下和广大建设者的不懈努力下，通过水资源合理调配，至今已跨流域调配水资源累计15亿立方米，与通济桥等水库调配运行，全面保障了浦阳江流域40万人口防洪、排涝、饮水安全和15万亩农田的旱涝保收，为浦江社会稳定、经济发展、生态平衡发挥了根本基础性保障作用。

站在仙华山巅，极目远眺，浦阳江如玉练横贯浦江大地，大小水库，星罗棋布，成为一道惠民济民风景线。

昆都仑水库：钢城包头守护者

（2021 年 11 月 9 日）

李建国

从内蒙古最大的工业重镇包头市驱车 10 多公里，进入阴山山脉大青山与乌拉山相接的峡谷中，扑入眼帘的是一个巨大的“镜面”，在明丽阳光的反射下熠熠生辉——这就是昆都仑水库。

“昆都仑”蒙语意为“横着”。昆都仑水库位于黄河一级支流昆都仑河下游沟口处，坝址以上控制流域面积 2581 平方公里，总库容 7850 万立方米，属多年调节水库，1958 年 11 月开工兴建。当时，国家和地方财力、物力都十分紧缺，工程建设都是靠人力苦干。勤劳的包头人民为改变家乡面貌，免遭洪水之害，战严寒、斗酷暑，以“吃糠咽菜睡窝棚，肩挑人拉不叫累。流血流汗不流泪，定要修起昆都仑（水库）”的无私奉献精神，克服重重困难，终于在 1959 年 9 月基本建成昆都仑水库。1960 年 7 月，昆都仑水库投入运行。

昆都仑水库是集防洪、供水、水保、旅游于一体的综合水利工程，按照大型水库管理。水库建成运行 60 多年来，调洪减峰拦蓄洪水 100 多次，完成工农业供水近 10 亿立方米，保护下游包头市青山区、昆都仑区、稀土高新区、九原区 4 个行政区及包钢厂区人口约 200 万人，保护包兰、包白铁路及铁路桥、110 国道、G6 京藏高速公路，以及全国联网通讯光缆的防洪安全。同时，昆都仑水库是包头市城镇主要的应急供水水源地之一，承担着包头市城镇的供水任务，为包头市经济社会发展发挥了重要作用。

2003 年，被列为全国病险水库的昆都仑水库完成了除险加固，防洪标准由原来的 120 年一遇提高到千年一遇设计，最大下泄流量达 1.272 万立方米每秒。

水库好还得环境好。由于地理条件制约，昆都仑水库库区自然植被差，生态环境未从根本上改善。为把水库变成一道风景，管理者一代接着一代、一任接着一任绿化荒山，美化周边环境，先后种植各种树木 100 万余株，建成总面积 1.1 万亩以上的生态建设基地，吸引了大量野生动物、鸟类在周边栖息，为水库平添了一道亮丽风景。2004 年，该基地被内蒙古自治区林业厅命名为自治区级森林公园。

目前，昆都仑河石门风景区（昆都仑水库）为国家水利风景区、国家 AAA 级旅游景区。景区春季山岚明丽、绿树吐蕊、万物竞发，夏秋水波浩淼、百鸟翔集、林木氤氲，冬季明湖静穆、万籁俱寂、蓄势以待。

凭借良好的水土保持和生态景观，以及旅游、娱乐、疗养、度假、科普活动等，昆都仑水库成为包头市区北端的一道绿色屏障、市民观光旅游的景点。

探寻红色印迹　见证历史伟业

4版　专题　中国水利报
2021 年 6 月 26 日　责任编辑：陈思杰　美术设计：陈思　照　排：高永红　电话：(010)63205233　E-mail:zkb@chinawater.com.cn

探寻红色印迹　见证历史伟业

编者按：百年风雨兼程，百年风华正茂。在庆祝中国共产党成立 100 周年之际，本报推出《探寻红色印迹 见证历史伟业——走红色地标 看水利变化》特别策划，与读者一起探寻百年党史中具有重大意义的红色地标城市，追寻红色印迹和时代脚步，展示城市发展和治水成就，凝聚水利人迈进新征程、奋进新时代的磅礴力量。

浙江嘉兴

走红色地标　看水利变化

红船载初心　碧水秀嘉兴

□本报记者 刘艳飞 梅林蓉
通讯员 姜林卫 包潇玮

“没有共产党就没有新中国……共产党辛劳为民族，共产党他一心救中国，他领导中国走向光明……他改善了人民生活……他实行了民主好处多……没有共产党就没有新中国……”

初夏，浙江，嘉兴，南湖。

冒雨前来瞻仰中国共产党第一次全国代表大会举行地南湖红船，追寻革命足迹，感受和学习“红船精神”的党员群众，慷慨激昂地唱起了这首《没有共产党就没有新中国》。

这首由曹火星在 1943 年创作的歌曲，唱出了广大人民群众对中国共产党的衷心拥护和跟党走的坚定信念，唱出了只有中国共产党才能领导中国人民争取国家独立、民族解放、人民幸福的历史必然。

前来参观的人尽管因雨一时欣赏不到南湖“日沉红有影”的美好景致，却还是能够体会其“风定绿无波”的别样情怀。随着浙江在 2013 年年底实施“五水共治”以来，重现水清岸绿的南湖，让烟雨楼、湖心岛、南湖革命纪念馆，在清澈湖水的映衬下更显壮观肃穆，让身处此地的人都多了几分对党百年风华的崇敬之情，以及对下个百年的期许之愿。

“水，是南湖的根，更是嘉兴高质量发展不可或缺的重要一环。”嘉兴市水利局党委书记、局长潘侃感慨道，“嘉兴是红船起航地、‘红船精神’凝练升华地，从‘一船红中国，万众跟党走’的‘红船精神’引领新时代脚步，到杭嘉湖南排工程实施过程中凝练的‘长山河精神’，党的领导是嘉兴水利高质量发展的基础。”

有一种动力，叫“长山河精神”

潘侃的另一个职务，是嘉兴市杭嘉湖南排工程管理服务中心主任。

杭嘉湖南排工程对于嘉兴的意义可见一斑。

嘉兴位于浙江省东北部、长江三角洲杭嘉湖平原腹心地带，东临大海，南倚钱塘江，北负太湖，西接天目之水，大运河纵贯境内。

“‘苏湖熟，天下足。’嘉兴所在的杭嘉湖平原，自古以来就是江南粮仓。水网纵横，稻香千里之地，最怕洪水袭扰。”在已退休的杭嘉湖南排工程指挥部原副指挥、嘉兴市水利局原局长臧金宽的记忆里，20 世纪五六十年代，太湖流域一带水患严重，常年上演着“水没膝盖，豆腐过年”的场景。

1954 年 5—7 月，太湖流域遭遇百年大涝。

1963 年 9 月的 12 号台风造成的经济损失，让嘉兴杭嘉湖南排工程的建设再次提上了议程。

“在痛苦中反思，决心征服水害，必须设法新辟排水之路——向南排入杭州湾、钱塘江。”时任南排工程指挥部副指挥臧宝琳回忆，“在党的坚强领导下，新中国老一辈水利人破塘开河排涝，调整杭嘉湖地区行洪布局，系太湖流域治水一大创举。”

然而，更加棘手的问题来了——杭嘉湖地势南高北低，以水往低处流的自然规律，现在想要“倒转”过来，走的是前人从未走过的路，干的是前人从未干过的事。

“作为中国共产党诞生地、红船起航地，老一辈水利专家坚定‘实事求是是中国共产党思想路线的实质和核心’的理念，发挥‘红船精神’开天辟地、敢为人先的首创精神，坚定理想、百折不挠的奋斗精神，立党为公、忠诚为民的奉献精神。”臧宝琳说，“经过多年调查研究、实地勘察，南排工程涉及的水文地质、工程规模、闸体安全、干河线路、外海潮位、内河水位、排涝效益及投资等一系列问题，都作了科学论证与分析。”

作为工程副指挥的臧金宽，带领工人们建起了一个小型的试验闸，反复用水浪冲击。经过近 1 年的试验，大家最终测算出洪水冲击的数据，解决了钱塘潮的倒灌问题。

1974 年 2 月 20 日，水电部以〔1974〕水电计字第 39 号文批复，同意兴建海盐南台头、澉浦长山、盐官下河、盐官上河等 4 座排涝闸和 1 座电排站，以及与四闸相配套的 4 条排水河道工程。至此，南排工程方案揭开了杭嘉湖水利建设的崭新一页。

1977 年 7 月，南排工程长山闸先行启动施工。

1 年后的 11 月，作为整个南排工程重要项目长山河一期土方开挖工程正式动工。

“那是嘉兴人一次难忘的大会战。”作为施工队队长参与长山闸建设的费焕经提及当时场景，仍然热血沸腾——

“为了这片江南水乡长治久安，30 多万嘉兴百姓加入了南排工程建设，在绵延 40 多公里土地上，组建起 7 个民工团 149 个营 1805 个连，靠着铁锹挖、肩膀扛，一点点修通了河道，建起了闸门，创造出了杭嘉湖水利建设史上的奇迹。”

面对“三伏”天赤日炎炎如火烧，费焕经和他的施工队自嘲是“孙大圣进了八卦炉”；而到了“三九”寒天，他们又自嘲进了“广寒宫”。

“我们发明出了装药多、爆破力强的硐室爆破新工艺，都是为国家节省资金和原料。”费焕经说，“一切都为了让工程效益达到最佳。”

全线测量 3 万多个数据表明，长山河道边坡误差不超过 2%；平台高程误差不超过 5 厘米，宽度误差不超过 20 厘米；河底高程全部低于海拔以下 1 米，宽度误差在 20 厘米以内；安全带高程达到 5 米，最大误差不超过 10 厘米……让臧宝琳自豪的是工程全部达到设计标准。

新开挖的长山河，像一条巨龙卧伏于杭嘉湖大地，守护着这片江南水乡的安宁，让这片繁华富庶的鱼米之乡再无后顾之忧。

南湖区湘家荡

潘侃说：“南排工程不仅缓解了杭嘉湖平原洪涝灾害，减少了杭嘉湖平原入湖、入浦水量，减轻了太湖和黄浦江的防洪压力，也在杭嘉湖平原减灾增粮、经济发展、生态环境等方面发挥了巨大作用。”

有一种精神叫“长山河精神”，这是一种不畏艰辛的奋斗精神，这是一种同甘共苦的团队精神，这是一种敢于突破的创新精神，这更是一种尽善尽美的工匠精神。这是水利事业留下的宝贵财富！

有一种追求，是老百姓满意

小桥流水人家，河湖密布鱼跃，碧波荡漾葱郁……这是水乡嘉兴让外地游人向往的美丽画面。

以“在人间天堂苏杭之间”著称的嘉兴，也尤因为水的问题经历过阵痛。一组当时的数据可以体现出嘉兴的隐忧：2015 年，嘉兴市控断面Ⅲ类水占比仅有 7.5%，饮用水水源地水质达标率仅有 25.8%。

“水本是乡愁，梦里的水乡是对家乡的眷恋。”市民王先生说，“但那时，水是愁，是我们对环境的担忧。”

治水，时不我待。

“首先要让百姓享受良好的水环境。”潘侃说，“作为嘉兴发展规划‘九水连心’的‘心’，南湖水质提升和水环境改善，不仅是嘉兴老百姓的需求，更是一项必须完成的政治任务。”

2018 年，为恢复南湖的湖泊功能，提升南湖水质，嘉兴市借助“十三五”水专项嘉兴项目组的力量，编制了《嘉兴市南湖水质提升与生态修复总体方案》。在此基础上，南湖生态环境修复工程（一期）随即开工。

湖区微地形改造、安装净水降浊设施、水量优化调度设施，启动水生态修复工程……经过治理后的南湖水质发生了肉眼可见的改观。

“我在湖边上住了 60 来年了，饭后经常会过来走走，没想到现在水底的水草都能看得清清楚楚，南湖真是越来越美了。”家住在南湖附近的孙阿姨说。

南湖水生态环境的改善在嘉兴并非个例。

海盐县的白洋河曾一度因“橙黄”被人戏称为“黄河”，如今生物多样性基本得到恢复；秀洲区王江泾镇与江苏省苏州市吴江区交界的麻溪港也实现了以劣Ⅴ类水为主导到Ⅲ类水的蝶变……

“我们以满足人民群众的需求为目标推进河流的系统治理和保护利用，稳步提升河湖水环境质量。”潘侃说，“近 5 年，嘉兴水环境质量得到进一步提高，重新配置优化市县镇村四级河长后，全市 1351 条劣Ⅴ类小微水体全部完成销号，消灭了‘墨汁河’，换来了‘清澈水’。”

“今年 7 月，我们就要喝上‘农夫山泉’了。”嘉兴市水利局小虞开玩笑地说。

小虞口中的“农夫山泉”，就是通过嘉兴市域外配水工程（杭州方向）输送到嘉兴的。

“一定要让老百姓喝上安全优质的水。”潘侃说，“水源结构单一、水质性缺水、供水安全等问题，已不能满足人民群众生活水平日益提高的需要。从其他地方引用优质水作为饮用水水源，成为改善饮用水品质、保障嘉兴供水安全的迫切需求。”

嘉兴市域外配水工程（杭州方向）取水水源地为千岛湖金竹牌，工程上接杭州市千岛湖配水工程，通过隧洞、管道，经泵站加压向嘉兴市本级和五县（市）供水，配水规模为每年 2.3 亿立方米，供水范围为全市域，供水对象主要为城乡居民，可为嘉兴五县两区提供城乡居民生活用水。

不仅是保供水，近年来，嘉兴不断提升水资源管理能力和水平。通过强化水资源承载能力刚性约束，实施用水总量和效率“双控”，开展城镇公共节水、工业节水、农业节水等，持续推进节水减排与水资源高效利用体系建设，不断增强水资源在嘉兴经济社会可持续发展中的支撑保障能力。

“加快水利改革发展，不仅关系到防洪安全、供水安全、粮食安全，而且关系到经济安全、生态安全、国家安全。”潘侃说，“做好水利工作需要从大的历史时空着眼，从大系统综合思考，更要有大安全的担当意识和责任意识。”

水利事业功在当代，利在千秋。

40 多年过去了，嘉兴通过杭嘉湖南排工程实现以不到浙江省十分之一的耕地，贡献全省六分之一粮食产量的伟大成绩。

过去五年，嘉兴水利人通过水安全、水资源、水环境、水生态、水管理“五水”共建，系统解决水问题，着力增强打赢防范化解重大风险攻坚战能力，嘉兴水利高质量发展取得长足进步。

当前，已开启实现第二个百年奋斗目标新征程，在这一关键历史节点，以习近平同志为核心的党中央赋予浙江高质量发展建设共同富裕示范区的重要示范改革任务，这也是中国革命红船起航地义不容辞的使命担当，是前所未有的重要机遇。

“我们一定要坚定不移听党话、真心实意感党恩、矢志不渝跟党走。以百倍的热情、百倍的斗志、百倍的干劲，守初心、担使命，保嘉水安澜，为嘉兴奋力打造‘重要窗口’中最精彩板块增添水利的‘最靓丽色彩’。”潘侃说，“这是一名党员的初心，更是一名党员的恒心。”

本版图片由嘉兴市水利局提供

红色名片

100 年前，在浙江嘉兴南湖的红船上，中国共产党第一次全国代表大会完成了最后的议程，正式宣告中国共产党诞生，处于长三角地理中心的嘉兴成为了中国共产党的根脉之地和中国革命红船起航地。

在党的领导下，嘉兴大力弘扬“红船精神”，坚决贯彻新发展理念，全面融入长三角一体化发展国家战略，城市和乡村普遍实现了更加富裕的生活。农村居民收入连续 17 年居浙江省首位，2020 年，嘉兴城乡居民收入比为 1.61:1，走在全国前列。对照全面建成高水平小康社会及实现水利现代化目标，嘉兴水利部门系统解决水问题，着力提升打赢防范化解重大风险攻坚战能力，水利高质量发展取得长足进步。

学史践行

2005 年 6 月 21 日，时任浙江省委书记习近平在《光明日报》发表了《弘扬“红船精神” 走在时代前列》的署名文章，系统阐述了“红船精神”的历史及现实意义，将“红船精神”概括为开天辟地、敢为人先的首创精神，坚定理想、百折不挠的奋斗精神，立党为公、忠诚为民的奉献精神。

2017 年 10 月 31 日，在党的十九大胜利闭幕一周之际，习近平总书记带领中共中央政治局常委专程赴上海瞻仰中共一大会址、赴浙江嘉兴瞻仰南湖红船。习近平总书记强调：“上海党的一大会址、嘉兴南湖红船是我们党梦想起航的地方。我们党从这里诞生，从这里出征，从这里走向全国执政。这里是我们党的根脉。”

重点工程

嘉兴市杭嘉湖南排工程是太湖流域综合治理十一项骨干工程之一。工程由 4 座排涝大闸及 1 座大型泵站，4 条干河，若干条配套河道及桥梁、节制闸、护岸等组成；按设计要求，工程可向钱塘江、杭州湾排泄涝水约 22.7 亿立方米。南排工程不仅缓解了杭嘉湖平原洪涝灾害，减少了杭嘉湖平原入湖、入浦水量，减轻了太湖和黄浦江的防洪压力，也在杭嘉湖平原减灾增粮、经济发展、生态环境等方面发挥了巨大作用。

策划：马加　李坤　杨飞

4版 专 题 中国水利报
2021年7月8日 责任编辑：陈思杰 美术设计：陈思 照 排：高永红 电话：(010)63205233 E-mail：zkb@chinawater.com.cn

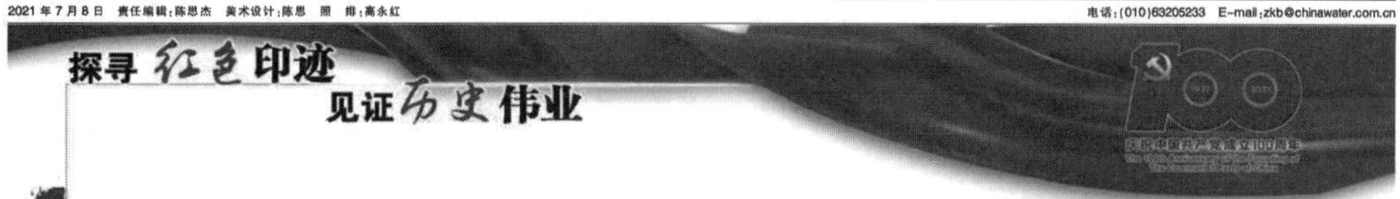

江西瑞金

走红色地标 看水利变化

红色故都精神永传 水利托起幸福瑞金

□本报记者 温婷婷
通讯员 王子鹏 盛晓晓 钟建平

瑞金，这个面积不到2 500平方公里的县级市，却有着"红色故都""共和国摇篮"的美誉。这里蕴藏着红色中国的遗传密码和历史基因。当代中国的一切，都能在这里找到历史根源，水利也不例外。

在这里，成立了苏区时期第一个领导水利建设的政府机构，中华苏维埃共和国山林水利局，这是水利部的前身；在这里，毛泽东同志作出了"水利是农业的命脉"的著名论断；在这里，红色政权组织修建了第一座万亩以上的灌溉工程——东华陂；在这里，建设了第一个农饮工程——红井……

如今，当我们迈入新时代，瑞金水利人如何接续传统，让红色水利的精神在这片热土上永续传承？

"红井"送进千家万户

小学课文《吃水不忘挖井人》中讲到的故事，就发生在瑞金沙洲坝，那口井，就是誉声中外的"红井"，这也是中国共产党领导下创建的第一处农村饮水水利建设工程。新中国成立后，"红井"的故事依然在瑞金大地上传扬。延续至今，瑞金水利人正在把一口口"红井"送进千家万户。

20世纪70年代，沙洲坝村兴建了3座小(2)型水库。1988年，沙洲坝村有了第一口机井。1990年，镇上借助这口机井建起了自来水厂。2003年，村自来水管与瑞金市并网，自来水流进了家家户户。

受益的不仅是沙洲坝。2016年至2020年，瑞金市水利局实施了178处农村饮水工程项目，总投资5.72亿元，受益户11.66万户，受益人口46.66万人，其中贫困户17 397户，贫困人口69 591人。瑞金市农村自来水覆盖率达89.4%，脱贫攻坚普查数据农村集中供水入户率达99.61%。

在叶坪镇仰山村脱贫户杨建忠家里，村里的自来水已经接到了3楼。杨建忠告诉记者，他家的自来水已经通了好几年了，这都要感谢党的好政策。

记者又来到了负责向叶坪镇供水的江西省瑞金润泉供水有限公司（以下简称"润泉供水"）。公司党支部副书记朱茂松说："润泉供水成立于2016年8月，负责瑞金市市区及沙洲坝镇、叶坪镇的生产生活自来水供应。目前，公司正在把供水管道向边远的武阳、谢坊地区延伸，这将有效提升武阳镇、谢坊镇数万百姓的饮水质量，让大家从'有水喝'提升到喝'安全水'。"农村饮水安全在助力瑞金脱贫攻坚上功不可没。

"连心塘"连着乡村振兴

今年2月25日，乡长朱胜江代表叶坪乡从习总书记手中接过了"全国脱贫攻坚楷模"荣誉奖牌。现在，叶坪乡已经变成了叶坪镇，他也由乡长变成了镇长。

正在地头查看经济作物长势的朱胜江说："'连心塘'是苏区时期为解决老百姓用水问题而建的。这个称呼，既是说三口塘是连通在一起的，也是在赞颂党和政府与群众'心连心'。"

当初，毛主席在叶坪高瞻远瞩地提出了"水利是农业的命脉"这一著名论断后，他还亲自带领群众在马山村修建了苏区时期第一座陂坝工程——东华陂，灌溉农田1.3万余亩，至今仍在发挥作用。

朱胜江说："我们共产党人，要坚定理想信念，感悟初心使命，其中之一就是继承传统，实现乡村振兴，而实现乡村振兴的基础就是兴修农田水利。"

有了水利，乡村振兴才有基础，产业兴旺才有可能。以仰山村为例，水利人挖机井、建管网，缓解了农田灌溉用水不足；加固山塘，修复坝体，提升山塘储水量；疏浚河道，完善拦水陂，提升河道排洪和灌溉功能；新建塘坑小型水库，解决了仰山、马山、瑞星等村的农田灌溉用水不足的问题……随着自来水管网的铺设，排污管网完善，农村居住环境也得到明显改观，村容村貌提升。

叶坪镇曾有7个贫困村，到了2017年，这里却成为全国产业扶贫流动现场会的经典案例。如今叶坪镇已经形成蔬菜、脐橙、水产、生猪等六大特色农业产业，打造了"华嫂嫂泡菜""夏罗黄金鱼"等扶贫产品品牌；创新成立叶坪乡村振兴公司，实现村集体经济收入平均在16万元以上……

回到"红井"所在的沙洲坝，同样是硕果累累。镇里近年来投入900多万元资金进行万亩灌渠改造，启动小型病险水库除险加固工程，使包括沙洲坝村在内的所有村基本实现旱涝保收。

如今，走在沙洲坝村红井观光园，一年四季都可以赏花看景。2016年，为发展生态观光农业，村里还投入20多万元，把喷灌技术引入红井风景观光园，实现了农作物的长效节水灌溉。

"连心塘"从苏区走到现在。随着农村水利设施的不断完善，一个"产业兴旺、生态宜居、乡风文明、治理有效、生活富裕"的新农村正在徐徐展现。

传承红色精神，让瑞金越来越美好

1931年11月，中华苏维埃第一次全国代表大会在瑞金召开，宣告中华苏维埃共和国临时中央政府成立，山林水利局由此诞生。

当年苏区地域内随季节降水量分布不均，因此多发干旱、洪涝灾害。1929年春，毛泽东、朱德率领红四军主力从井冈山来到赣南。当时正值插秧季节，兴国一带却久旱无雨，于是毛泽东便与红军指战员一起帮助工农群众车水抗旱。后来，毛泽东站在濊河边，发现没有河堤，便督促当地苏维埃政府把河堤修好，并指出：河堤必须按照堤高4尺、底宽7尺、顶宽3尺的标准修筑。这就是中国共产党历史上最早的水利工程建设标准。

1931年11月山林水利局成立后，统筹负责管理苏区水利工作，包括陂、河堤、池塘等水利的修筑与开发，山林的种植培育与开垦等。此后，江西苏区军民联手开塘打井筑堤坝，使小型水利工程"遍地开花"。这些水利工程既可浇灌农田，又能蓄水防洪，还能为苏区军民日常饮水提供便利。

由于时代所限，苏区军民修建的多是小型水利工程。新中国成立后，瑞金开始了第二次大规模水利建设，其间，1952年10月建设的谢坊镇安背山塘水库是第一座新中国水库，1958年7月沙洲坝小(1)型水库开始建设，此后又修建了七堡水库、河坑水库等，从根本上解决了当地的农业和生活用水问题。

瑞金市水利局副局长谢志坚说，苏区的水利建设，是瑞金历史上第一个水利建设高潮。第二个高潮是20世纪50年代到20世纪70年代初，现在瑞金的水库，大多数是那个时期修建的。近10年来，瑞金掀起了第三次水利建设高潮。现在，瑞金有85座水库，有山塘等"六小工程"4000多处，全市36万亩耕地中，有效灌溉面积达到30万亩，水利为农业丰收提供了保障。

红井　　资料图片

在苏区时期，毛泽东就已经开始提倡把植树造林、保护树木与改良水利结合起来，使苏区有限的水资源得到保护和利用。

如同当年苏区一样，瑞金市党政和有关部门在做好沙洲坝区域水库管理工作的同时，也在大力做好周边山体的绿化工作，从源头上进行治理。

通过系统治理、综合施策，"十三五"期间，瑞金市江河水库水功能区达标率、全市饮用水水源地水质达标率为100%，河长制工作实现从无到有，从有名到有实，建立了220名五级河长队伍，覆盖了全市流域，消灭了劣V类水，流域综合治理初见成效，"河畅、水清、景美、岸绿"目标基本实现。

"坚定信念、求真务实、一心为民、清正廉洁、艰苦奋斗、争创一流、无私奉献"是苏区精神的主要内涵。瑞金水利始终秉持一心为民的初心使命，致力为瑞金人民更加美好的生活而不懈奋斗。

红色名片

瑞金地处赣闽交界，被誉为"红色故都""共和国摇篮"。1931年11月7日，中国共产党创建的第一个全国性红色政权——中华苏维埃共和国临时中央政府在这里宣告成立，瑞金成为苏区的政治、经济、军事和文化中心。中国共产党领导中央苏区广大军民，在瑞金这片红土地上，开启了治国理政的伟大预演，开始制度建设的伟大探索，为新中国建立奠定了重要基础。

这里也是人民水利的起点。中华苏维埃临时中央政府在中央土地人民委员部专门设立山林水利局，这是中国共产党建立的历史上第一个领导水利建设事业的政府机构，毛泽东同志在这里提出了"水利是农业的命脉"著名论断。沙洲坝的"红井"，更是见证了共产党人的为民初心。如今，瑞金水利人坚守为民初心，通过大力兴修水利，为当地人民打造越来越美好的生活。

红色印迹

走进中央苏区水利史陈列馆

推开陈列馆厚重的大门，沿着回字形动态参观路线，犹如走入了90年前共和国水利的"伟大开端"。

正前方中央序厅主形象墙上为"水利丰碑"历史浮雕组合：第一个水利政府机构——山林水利局；第一个水利著名论断——"水利是农业的命脉"；第一处农村饮水工程——瑞金红井；第一座农田灌溉工程——瑞金东华陂；第一个水利施工标准——堤高4尺、底宽7尺、顶宽3尺的河堤修筑标准……一个个赣南苏区水利创造的第一，再现了中国共产党全心全意为人民服务的赤诚初心。

由左侧进入展厅，依次分别是"建政立制 发展起步""兴修水利 夺取丰收""改天换地 阔步征途"三大篇章。当参观者驻足于一件件铭刻着历史印记的文物、文献、照片面前，透过文字介绍，循着时间脉络，时光仿佛回到90年前。

第一篇章"建政立制 水利起步"介绍了水利是如何在中国共产党领导下设立机构、命脉立论、颁布律法、全民动员的过程。中国共产党领导的中国革命，在赣南闽西建立了当时全国最大的一块农村革命根据地——中央革命根据地，创建了中国历史上第一个全国性红色政权——中华苏维埃共和国。在那个战火纷飞的年代，尽管条件十分艰苦，党和苏维埃政府对水利事业仍旧非常重视。

第二篇章"兴修水利 夺取丰收"将军民合力修筑陂坝、车水抗旱、挖井解困、保护水土的故事次第道来。尤为引人注目的是，视频《苏区第一陂 红色东华陂》更是讲述了1933年毛泽东在瑞金叶坪带领区、乡民主政府干部动工，如何修建瑞金东华陂引水工程。屏幕前东华陂的模型沙盘，以实景缩放效果使观展者仿佛置身实地。在山林水利局的组织下，广大军民开渠筑坝，打井抗旱、车水润田，使水利事业得到了很大的发展，农业生产连年丰收，支持了前方打仗，改善了苏区军民的生活，为根据地的巩固和发展作出了巨大贡献。

踏入第三篇章"改天换地 阔步征途"，可以看到1949年新中国成立后，中央苏区在党的领导下开展了大规模的水利建设，农业生产迅速恢复。经过几十年的接续奋斗，苏区水利建设有了长足进步。特别是党的十八大以来，在以习近平同志为核心的党中央坚强领导下，瑞金水利事业步入了快速发展轨道，奔流不息的水惠泽着万千民众。

共和国水利从这里诞生，从这里出发，从这里走向全国。我们既振奋于翻天覆地的新时代，又感动于一代代仁人志士的奋斗与牺牲。参观者在陈列馆里寻觅到的点滴历史细节，无一不在讲述90年前的开端何其伟大，讲述为什么只有中国共产党才能救中国！

蔡璐 钟建平

学史践行

我们一定要牢记红色政权是从哪里来的、新中国是怎么建立起来的，倍加珍惜我们党开创的中国特色社会主义，坚定道路自信、理论自信、制度自信、文化自信。革命理想高于天。理想信念之火一经点燃，就永远不会熄灭。在中央苏区和长征途中，党和红军就是依靠坚定的理想信念和坚强的革命意志，一次次绝境重生，愈挫愈勇，最后取得了胜利，创造了难以置信的奇迹。我们不能忘记党的初心和使命，不能忘记革命理想和革命宗旨，要继续高举革命的旗帜，弘扬伟大的长征精神，朝着中华民族伟大复兴的目标奋勇前进。

——2019年5月
习近平总书记在视察江西时的讲话

策划：马加 李坤 杨飞

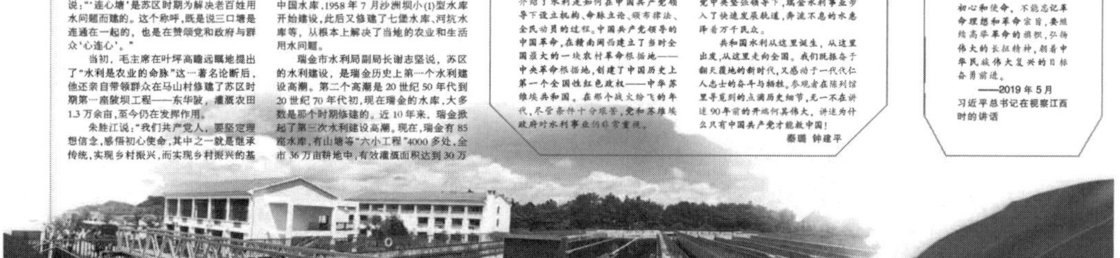
陈石湖10万吨日供水工程

社长：董自刚 总编辑：李先明 社址：北京市海淀区玉渊潭南路3号 邮政编码：100038 电话：63205243 传真：63205200 广告经营许可证：京宣工商广字第0001号 广告电话：63205272 63205218 63205271 发行电话：63205210 各地邮局均可订阅 全年定价：390元 国外总发行：北京399信箱 排版：本社 印刷：经济日报印刷厂

4版 专题 中国水利报
2021 年 7 月 23 日 责任编辑：田慧莹 美术设计：陈思 照 排：高永红 电话：(010)63205234 E-mail:zkb@chinawater.com.cn

探寻红色印迹 见证历史伟业

江西井冈山

走红色地标 看水利变化

井冈山："挑水人"挑起使命担当

□本报记者 温婷婷
通讯员 王子鹏 张斌

井冈山市拿山河两岸风景美如画 本报记者 温婷婷 摄

在井冈山革命博物馆陈列柜中，两只破旧的水桶格外引人注目，这是当年毛泽东同志帮房东周香姬挑水用的水桶。

1928 年 5 月，毛泽东来到江西省吉安市永新县塘边村考察，住在贫农周香姬家中。周大娘唯一的儿子参加红军去了前线，平时的家务活、农活全都压在她和儿媳的肩上。毛泽东得知情况后，每天早晨都按时帮忙挑满水缸，还帮着大娘干农活。为了不劳累客人，周香姬故意将水桶藏了起来，但毛泽东总是能把水桶找出来继续挑水。

这两只水桶，成了井冈山水利人经常参观、缅怀的文物。站在两只水桶的面前，他们觉得，自己就是领袖与群众之间的纽带，他们是新时代的"挑水人"。他们的手中，接过的正是领袖肩头的水桶，他们要把清澈的甘泉送到每一位井冈山人民的手中。

新时代的"送水工程"

保障城乡居民用水安全，始终是井冈山水利人最重要的任务。每天，把装满清水的"水桶"送到千家万户，这是他们的职责。

井冈山市水利局局长刘亮说，为了实现这个目标，他们正在积极推进城乡供水一体化。这意味着城市的自来水管网要"上山下乡"，将面临大量的成本投入、管养维护等工作。

"井冈山并不缺水，但要把有水喝变成喝好水、喝放心水，就需要开展城乡一体化，这也是完善农村供水设施、提升供水服务水平、巩固脱贫攻坚成果、促进乡村振兴城乡融合发展的需要。"井冈山市水利局副局长赖建华说。

作为城乡供水一体化的主管部门，市水利局确定了"政府主导、市场化运作、企业化经营、建管养一体"的模式，按照"建大、并中、撤小"的要求，尽可能扩大规模化供水覆盖范围，由城区及周边、集镇及周边、村庄梯次推进。

按照计划，从 2020 年到 2025 年，全面推行城乡供水一体化，2025 年年底前基本建成全市城乡供水一体化工程体系，达到全市农村集中供水率 90%、农村自来水普及率 85%、规模化工程供水率 80%，基本实现农村居民喝上安全水、放心水和幸福水。

在下茅坪水库不远处，有一处热火朝天的工地，那里是正在建设中的下茅坪水厂，这里是未来的主要供水点之一。据市水利局工作人员介绍，城乡供水一体化的规划编制和审批已经完成，目前已经进入建设阶段，同时建设的还有新城区水厂、茨坪水厂的改扩建。新城区 2020 年刚刚划入井冈山市的碧溪镇，计划铺设的管道已经完成 20%。随着规划的展开，还将新建乔林、黄坳、光明 3 个水厂，改扩建龙市自来水厂，逐步完成县道、乡道沿线主供水管网和 90%以上集镇、村庄的配水管网铺设任务。

在城市自来水管网延伸不到的地方，水利部门实施了农村饮水安全工程，边远乡村的村民也都用上了集中供应的山泉水。

从 2016 年起，井冈山市水利部门先后投资 2366 万元、2550 万元，实施农村饮水安全项目。截至 2020 年，全市农村供水受益人口约 12 万人，农村集中式供水工程 224 处，农村集中供水人口超过 10 万人。所有的农村，包括贫困户都通上了自来水。

为保证水质过关，2015 年，建立了水质检测中心，负责对全山供水水质进行抽检。水利部门定期对水源地进行巡查，为水质安全提供了有力保障。

在习近平总书记去过的神山村，与总书记一起打糍粑的左秀发说，几年前，这里就修了自来水，有了"双保险"。自己接山泉水，一下雨就变浑了，管子小水压不足，政府接的是"好大的管子"，现在洗衣机、热水器等都用的自来水。

打开屋前的水龙头，一股清澈的水流喷涌而出。清澈的自来水不仅保证了居民的饮水需要，还为乡村旅游的发展提供了最基本的条件。

高效节水带动乡村振兴

"三送红军到拿山，山上包谷金灿灿，包谷种子红军种，包谷棒棒咱们穷人嗬……"这是著名的《十送红军》的歌词，歌词里提到的拿山，就是如今的井冈山市拿山镇。当年，红军在这里战斗，为农民种下金灿灿的包谷，如今的拿山，还有那金灿灿的包谷吗？

"包谷你是看不到了，不过你可以看到现代化的农业园区。"市水利局农水科肖明开说这话的时候，透露着难以言说的自豪。

在一处现代化的温控大棚内，排列着一行行丝瓜，走廊里垂吊着金黄的南瓜，路边是一排排观赏橘，正在采摘的是西红柿……

这里就是井冈山市高科技农业博览园，也就是井冈山人常说的"九丰农业"，是井冈山市重点引进的现代化农业示范园区。这个庞大的项目计划总投资 6 亿元，规划用地 1000 亩。园区严格按照国家 AAAA 级景区的要求打造，结合井冈山产业特色、文化内涵、民俗特征及乡村风貌，打造集设施蔬菜种植、种子种苗培育、农业技术服务、农产品深加工、休闲旅游观光为一体的高科技农业博览园。在 2020 年，园区生产优质蔬菜近 2000 万公斤，年产值 4500 万元，吸纳周边群众 150 余人就业。

对园区进行高效节水灌溉推广的，正是井冈山市水利局。他们通过农业节水项目，对基地进行了喷灌、滴灌、微灌设施配套。

像"九丰农业"这样的项目还有拿山镇灵芝园、新城镇白茶园、新城镇猕猴桃园、白石垦殖场茶园等，一共 7 处农业生态产业基地。建成 7500 亩节水灌溉面积，而井冈山全市的有效灌溉面积也只有 9.6 万亩。

"井冈山不缺水，但仍然要节水，我们节约了资源，就为更多的城市提供了发展机会。"刘亮说。

有了水，就有了发展的基础。在柏路会议旧址不远处的"鹭鸣湖"，曾经只是一片洼地。水利部门在附近河道修筑了拦水坝，把水引过来，文旅公司接过手，这个洼地瞬间就成了有名的钓鱼基地。采访的时候，虽然下着大雨，但仍然挡不住钓鱼者的热情，打着伞的垂钓者也成了风景的一部分。

如今，在井冈山的田间地头，虽然很难再看到"金灿灿的包谷"，但现代化的高效节水农业却给老百姓带来了更多的收入，带来了产业兴旺，促进了乡村振兴。

护水管水呵护未来

年轻的井冈山市是一座按规划建造的城市，在新城区，行政服务中心、市民服务中心成为城市的中心组团，影院、运动场、办公用房、住宅依次而建，"Y"字形绿廊将城市外部的绿色背景引入城市，形成内外交融的城市绿地系统……

那么，古老的江河，山水林田湖草沙，可不可以也被统一规划和管理起来呢？答案是：能！

井冈山市水资源丰富，流域面积 50 平方千米以上的河流有 9 条，水资源总量为 18.45 亿立方米。境内河流大部分为源头性河流，因此，对于河流水质的保护至关重要。

要管好水，就要管好河湖，要管好河湖，最有效的方法就是河湖长制。井冈山市在 2016 年年初就成立了河长办，人员到位、工作到位。当年就荣获吉安市 2016 年度河长制工作考核优秀单位。

为了助力河湖长巡河，市水利局建立了智慧河湖长制信息管理平台，在蜀水、龙江河、乾坤湖、井冈冲水库安装监测点，实现重点河湖库水质变化全天候监测。巡查员只需要通过手机巡河 App，就可以将涉水违法图片上传至市河长办管理信息平台，从而使市河长办可以监测全市范围内每一条河湖的情况。

在河长制实行初期，最难的是查处非法采砂。井冈山市从 2016 年 9 月开始，对河道采砂全面禁止。但因为触及具体利益，并不是所有的群众都能理解。为此，赖建华带队，逐一去做工作。

在原下七乡（现为光明乡），查处采砂遇到了村干部的抵触，为了做工作，赖建华干脆在村民家住了一个星期，自己煮饭，自己洗衣。居住条件差，又赶上一年中最湿热的季节，别人都觉得这个副局长"太拼"，但赖建华只是轻描淡写地说了一句："没什么，习惯了。"

因为工作做得周密细致，这个采砂点最终被顺利拆除。2 年的时间，全市 64 个采砂点全部顺利拆除。一位老干部对着龙江河感慨："这条河以前一年 365 天，最少 360 天都是浑浊的，通过河长办的努力，现在一年四季都是清澈的。"

不仅是龙江河，井冈山市所有的河流都变清了、变美了，白鹭等水鸟也飞回来了。赖建华说，现在全市水库和河流断面水质都达到了Ⅲ类水以上。

由于工作出色，井冈山市水利局河长办荣获江西省 2016—2018 年度江西省河长制工作先进集体。今年，河长办谢小玲荣获水利部 2020 年度全面推行河湖长制工作先进工作者。从 2018 年开始的"河小青"活动，参加人数有 200 多人，他们下乡村、进集市、进学校、入企业，开展"保护母亲河"活动，组织志愿者清理垃圾，成为河湖长制的编外力量，守护着井冈山的绿水青山。

但是，对于并不缺水的井冈山来说，节水和农业水价的推广也不容易，因为这需要改变人们的认识和习惯。

刘亮对此很有信心，他说："水是重要的国家资源，我们要为国家的发展、为下游城市的发展作出贡献。我相信，老区人民会有这个觉悟。"

当年，毛泽东主席为房东挑水的水桶被流窜的国民党反动武装砸坏。敌人走后，周香姬专门请了木匠修理，还在上面加了铁箍。在之后的岁月里，周香姬一直将水桶视为珍宝细心呵护。解放后，周大娘将水桶献给了井冈山革命博物馆收藏。如今，水桶已成为供人瞻仰的历史文物，默默向游客们诉说着党和人民群众之间的血肉联系。

井冈山是赣江上游的"水桶"，有这样的老区人民，有这样的革命传统，保护这个"水桶"，井冈山水利人充满信心。

红色名片

井冈山，中国革命的摇篮。井冈山革命根据地是在土地革命战争时期，中国共产党在湖南、江西两省边界罗霄山脉中段创建的第一个农村革命根据地。井冈山革命根据地的建立，点燃了"农村包围城市、武装夺取政权"的星星之火，为中国共产党领导的各地武装斗争树立了榜样，成为中国革命以农村包围城市、最后夺取全国胜利的道路开端。

中国共产党人在创建和发展井冈山革命根据地的过程中，形成了"坚定信念、艰苦奋斗，实事求是、敢闯新路，依靠群众、勇于胜利"的井冈山精神。

学史践行

2016 年 2 月 2 日，习近平总书记瞻仰了井冈山革命烈士陵园。他深情地说，井冈山是革命的山、战斗的山，也是英雄的山、光荣的山，每次来缅怀革命先烈，思想都受到洗礼，心灵都产生触动。回想过去那段峥嵘岁月，我们要向革命先烈表示崇高的敬意，我们永远怀念他们、牢记他们，传承好他们的红色基因。

习近平指出，井冈山是中国革命的摇篮。井冈山时期留给我们最为宝贵的财富，就是跨越时空的井冈山精神。今天，我们要结合新的时代条件，坚持坚定执着追理想、实事求是闯新路、艰苦奋斗攻难关、依靠群众求胜利，让井冈山精神放射出新的时代光芒。

水利感言

作为井冈山人，我们更应该传承红色基因，让井冈山精神代代相传。

坚定信念是井冈山精神之魂。坚定马克思主义、共产主义理想信念不动摇，把中国特色社会主义事业作为指路明灯，紧跟党走，在工作中不断进取。

实事求是、敢闯新路是井冈山精神之核心。坚持一切从实际出发，学习先进理念，开拓工作思路，在工作中不断有新突破。

坚持群众路线是井冈山精神之本。及时准确了解群众所思、所盼、所忧、所急，努力提高服务群众的水平和能力，实实在在帮群众排忧解难，为广大群众办实事、谋福利。

井冈山市水利局局长 刘亮

策划：马加 李坤 杨飞

井冈冲水库 井冈山市水利局供图

社长：董自刚 总编辑：李先明 社址：北京市海淀区玉渊潭南路3号 邮政编码：100038 电话：63205243 传真：63205200 广告经营许可证：京宣工商广字第0001号 广告电话：63205272 63205218 63205271 发行电话：63205210 各地邮局均可订阅 全年定价：390元 国外总发行：北京399信箱 排版：本社 印刷：经济日报印刷厂

4版 专题 中国水利报
2021年9月11日 责任编辑：张元一 美术设计：陈思 照 排：刘建军 电话：(010)63205234 E-mail:zkb@chinawater.com.cn

贵州遵义

走红色地标 看水利变化

遵义："转折之城"赓续治水初心

□本报记者 段玲玲 通讯员 杨智慧

贵州遵义，一座名城。

翻开历史课本，遵义是"红色"的。1935年，红军长征在此转战3个月，彪炳史册的遵义会议在这里召开，四渡赤水出奇兵的传奇在这里流传。

翻开地理课本，遵义是"绿色"的。它位于贵州省北部、黔川渝三省市接合部，是长江中上游重要的生态屏障区。境内水资源丰富，植被茂盛，喀斯特地貌发育典型。见证历史风云的乌江和赤水河，奔流而下哺育沿岸老区人民。

80多年前，一场扭转乾坤的会议，一次生死攸关的转折，让历史记住了遵义。6年前，习近平总书记来到遵义调研考察，指出"我们要运用好遵义会议历史经验，让遵义会议精神永放光芒"。2021年春节前夕，习近平总书记赴贵州看望慰问各族干部群众时强调，要牢固树立绿水青山就是金山银山的理念，守住发展和生态两条底线，努力走出一条生态优先、绿色发展的新路子。

走在新时代的长征路上，面对经济社会发展和人民群众对水的更高需求，遵义如何作答？

记者来到"转折之城"遵义，探寻这里的治水印记。

一颗初心筑就一条天渠

沿着遵义一路向西，是一座座望不到尽头的群山。行至深山聚落处，白墙黑瓦的一栋栋房屋密密挨着，便到了遵义市播州区平正仡佬族乡团结村（含原草王坝村）。

村里，有席从"天上"引来的水渠——大发渠。

大发渠，因时代楷模、"七一勋章"获得者黄大发而得名。建党百年之际，黄大发来到北京参加在人民大会堂隆重举行的"七一勋章"颁授仪式。现场解说简短却令人印象深刻：他带领群众历经30多年在绝壁上开凿"生命渠"，用实干兑现"水过不去、拿命来铺"的誓言，为当地群众脱贫致富作出杰出贡献。

今年86岁的黄大发老人，是播州区平正仡佬族乡原草王坝村党支部书记。草王坝山高坡陡，石漠化明显，常年缺水。1958年，23岁的黄大发被推选为大队长。当时，全国上下大兴水利，黄大发下定决心："穷就穷在水上，一定要想法通上水，让大家吃上大米饭。"

如何才能通水呢？黄大发考察后拍板：在山上凿渠，把邻村螺蛳河的水引过来。前后36年，黄大发率领党员群众，靠着一双手，用锄头、钢钎、铁锤等原始工具，硬是在悬崖绝壁上凿出水渠。绕三重大山，穿三处绝壁，跨三道险崖，终于，天渠在1994年通水。

这是生命之水、志气之水、致富之水。

"为什么村里人这么听您的话？这么多年在您带领下无怨无悔地修渠？"

黄大发的回答很简单："我是共产党员，身子正，敢担当，所以大家都服。"整个大发渠工程，由黄大发经手的资金有20多万元，但每一分账目都清清楚楚。"公家的东西，一分一毫都不能占！"

当年参与修渠的村民黄彬凯忆起往事，动情不已："多亏当年听了老支书的话，修了这条渠，救活我们村！离了老支书，这件事干不成。没有党和政府，这个渠也不可能修好。"

湘江河流经遵义市主城区　　本报通讯员 罗星汉 摄

"你要知道，在那个年代，新中国百废待兴，处处建设都缺钱少人缺技术。国家号召地方大干水利，我们大发渠和同时期的红旗渠，都是在这样的背景下诞生的。大发渠最终能修成，要得益于当时遵义县水电局批复设计方案，并且派出专业的勘测设计人员参与进来。黄大发老人还在当时的枫香区水利站跟班学习将近3年呢！"平正仡佬族乡纪委书记苏峰进一步解释道。

水渠修成后，黄大发又率党员干部群众造良田、建学校、架电线、修公路，一举改变当地贫穷落后的面貌。如今，草王坝村民正逐步改变传统的种植结构，全村现有核桃5200多亩、柚子650亩、辣椒2000亩，牛羊养殖大户超过30户。村前还建起了直通遵义市区的高速公路，匝道和收费站就建在村口。

"就像鱼儿离不开水，鱼水相连，我们的共产党和人民群众也是鱼水相依的。"老支书的话让人心头一热。"农村党员获得'七一勋章'，我感到非常荣幸、非常骄傲、非常自豪。回去以后好好地把我们下一步工作做好，教育新党员，踏踏实实为国家作出新的成绩、新的贡献。"

任凭岁月流逝，纯粹的初心，滚烫依旧。

一池碧水映照百姓企盼

在遵义看水，绕不开乌江和赤水河。这是遵义的两大母亲河，均属长江水系，覆盖全市15个县区。

前些年，乌江"病"了——由于沿岸企业经营粗放、网箱养殖超载、两岸污水处理滞后等原因，乌江一度成为"污江"。2017年起，遵义市对乌江干流开展水中污染整治，拆除养鱼网箱，发展生态渔业。一年之间拆除网箱超1400亩，补助渔民网箱处置费1.72亿元，在全省率先实现乌江流域内"零网箱"目标，同时出台方案推进生态渔业发展。

2018年，第一个地埋式污水处理厂在余庆县乌江河岸修建，乌江干流岸上污染整治行动启动。目前，乌江流域遵义段已建成污水处理厂150余座，实现城镇污水处理设施全覆盖，干流水质全面达到Ⅱ类标准。余庆县乌江社区党支部书记杨通全说："有了污水处理厂，我们的生活环境变干净了，乌江水也变清了，大家高兴得很！"

"七一勋章"获得者黄大发带领群众绝壁凿渠
本报通讯员 潘凌峰 摄

湘江河是乌江的一级支流。在遵义市区，穿城而过的湘江河，一渠碧水静静流淌，沿岸杨花随风轻舞，滨河店家热情张罗，市民沿河漫步会友，一派祥和景象。静好的背后，是水务部门实施的湘江河干流综合治理项目，让百姓对美好水环境的期许变为眼前的现实。遵义市采取PPP融资方式引入社会资本9.48亿元，通过生态补水、污水收集处理、河道清淤等综合措施，解决了湘江河污水直排和生态用水不足的问题，并且先后出台《遵义市湘江干流治理保护工作方案》《遵义市湘江保护条例》，将保护湘江河纳入规范化、法制化轨道。

虾子河是湘江河一级支流，83%的河道是暗涵，常年埋于地下，加之污染物排放堆积，部分河段变成了黑臭水体。遵义市投入10.21亿元，按照"污水全收集全处理、管网全覆盖"的原则，对虾子河流域的14条主次干道、80个排水单元实施雨污分流，采取生态措施修复局部生态系统，增强水体自净能力。如今，虾子河黑臭水体已全面完成整治，河水复现清澈。

变化不止在乌江。名声在外的赤水河，曾饱受企业污水直排之害，遵义市下大力气整治，推进还绿于河、还水于河、还岸于河、还鱼于河的"四还"工程，走出一条产业融合、水企融合、红旅融合的生态发展之路。

"作为长江生态屏障和国家首批生态文明先行示范区，遵义市历来高度重视水环境保护工作，始终坚守生态和发展两条底线，牢固树立'绿水青山就是金山银山'理念，在水生态文明建设中奋勇争先。"遵义市水务局党组书记、局长何德茂说。一番话的背后，饱含治水护水的为民初心，映照着百姓的满满获得感、幸福感。

一域一业支撑乡村振兴

水治好了，美了环境，旺了产业，留了乡愁，富了乡亲，这是遵义人的切身体会。

绕过蜿蜒曲折的山路，走进乌江河畔的凤冈县永安镇田坝社区，片片茶园绿意盎然，到处可见茶农们忙碌的身影。走近细看，有机茶叶示范园内，翠绿的嫩芽上挂着些许水珠，茶林间一根根"喷柱"鳞次栉比，通过埋在地下的水管，将三公里外土地岩水库的水输送至茶园。

田坝社区的水利灌溉项目始于2016年，通过引入土地岩水库水源，建设提水泵站、水池，铺设输配水管网及配套喷头，解决了4770亩有机茶叶的灌溉问题。"2017年项目建成后，采用喷灌、滴灌和微喷的节水灌溉方式，一亩茶园每年能增收茶叶20公斤。"凤冈县水务局工程师王文利算了一笔账，"每公斤按200元计，4770亩茶园每年增收可达1908万元，受益农户326户。"

"生活条件比以前好太多了，很多事情以前想都不敢想，现在我都已经买车了。"田坝社区村民宋具友谈起变化，感受颇深。"以前种茶采茶，忙活一年两个人收入四五万元。现在把土地流转给公司，自己来公司上班，一个人就能拿到四五万元。"茶叶改变凤冈的美好愿景正在实现。

在绥阳县牛心村，村民、退役军人刘学看准发展乡村旅游经济这一时机，将原有住房改造后用以经营农家乐，收入远超以前在市区打工的光景。在他的带动下，村里开起十几家客栈。

跟儿时相比，家乡现在的环境有什么变化吗？刘学说，最大的感受是，村民不再往河里扔垃圾，河水变清了，河岸变绿了，村里的环境变美了。"我知道现在有河长，就是我们镇长，他定期来巡河，检查是否有人污染河流、违规捕鱼等。这样的好变化为我们就地发展创造了条件，我感到很有信心！"

这是遵义把"绿水青山"转化为"金山银山"的一个个剪影。正如习近平总书记指出的那样，优良生态环境是贵州最大的发展优势和竞争优势。水生态文明试点区、国家级水利风景区、城市核心滨水魅力区等建设，沿着"山水相依乡愁可寄"的美丽路线行进；以河流水库为依托的生态休闲农业蓬勃发展；沿河沿岸的生态农业观光点、乡村旅游滨水精品线，灵动地融入特色小镇、美丽乡村建设中……遵义市近年来的水生态文明实践，证明绿水青山可以成为财富、优势和品牌，成为带动经济增长的绿色"引擎"。

治水强市，兴水惠民。老区人民在遵义会议精神的引领和激励下，正在奋力谱写高质量发展这篇大文章。老区的山山水水，描绘着乡愁可寄、乡村振兴的新时代图景。

红色名片

遵义地处黔川渝三省市接合部，因遵义会议彪炳史册。遵义是贵州省第二大城市、黔北政治经济文化中心，也是长江中上游重要的生态屏障。

1935年1月，党中央在遵义召开政治局扩大会议，即遵义会议。遵义会议是中国共产党第一次独立自主地运用马克思列宁主义基本原理解决自己的路线、方针和政策问题的会议。会议确立了毛泽东在党中央和红军的领导地位，在极端危急的历史关头，挽救了党、挽救了红军、挽救了中国革命，在中国共产党的历史上，是一个生死攸关的转折点，遵义由此被称为"转折之城"。

近年来，遵义以脱贫攻坚统揽经济社会发展全局，坚守发展和生态两条底线，积极对接成渝地区双城经济圈建设，经济社会发展取得历史性成就，彻底撕掉千百年来绝对贫困的标签，综合经济实力全面跃升。遵义水务紧紧围绕新时代水务建设新形势新要求，系统解决水问题，水安全保障体系和现代水治理体系建设取得长足进步。

学史践行

遵义会议作为我们党历史上一次具有伟大转折意义的重要会议，在把马克思主义基本原理同中国具体实际相结合、坚持走独立自主道路、坚定正确的政治路线和政策策略、建设坚强成熟的中央领导集体等方面，留下宝贵经验和重要启示。我们要运用好遵义会议历史经验，让遵义会议精神永放光芒。

——2015年6月，习近平总书记在遵义考察时的重要讲话

中国共产党是为广大人民谋幸福的党，从成立开始，就把为人民服务写在了党的旗帜上。革命、建设、改革一路走来，已经一百年了，我们党依靠人民战胜了多少艰难险阻，创造了多少奇迹，取得了多少丰功伟绩，不容易啊！我们要始终牢记党的初心和使命，继续努力，继续前进。

——2021年2月，习近平总书记在贵州考察时的重要讲话

策划：马加 李坤 杨飞

大美赤水河　　本报通讯员 王宪祥 摄

社长：董自刚 总编辑：李先明 社址：北京市海淀区玉渊潭南路3号 邮政编码：100038 电话：63205243 传真：63205200 广告经营许可证：京宣工商广字第0001号 广告电话：63205272 63205218 63205271 发行电话：63205210 各地邮局均可订阅 全年定价：390元 国内总发行：北京399信箱 排版：本社 印刷：经济日报印刷厂 地址：北京市白纸坊东街2号

4版 专题 中国水利报
2021 年 11 月 5 日 责任编辑：田慧莹 美术设计：陈思 照 排：刘建军 电话：(010)63205234 E-mail:zkb@chinawater.com.cn

探寻红色印迹 见证历史伟业

江苏徐州

走红色地标 看水利变化

策划：马旭 李坤 杨飞

人民伟力绘就水韵新篇

□王子鹏 颜笑

在江苏省徐州市凤凰山南麓，矗立着庄严的淮海战役烈士纪念塔，塔基左右是两面大型浮雕：一面是解放军英勇作战，另一面是人民群众踊跃支前。军与民，是淮海战役这场伟大胜利相互支撑的两面。

“淮海战役的胜利，是人民群众用小车推出来的！”陈毅元帅的这句话，与淮海战役一起名扬四海。

徐州，这片红色的热土，始终蕴藏着深厚无比的人民伟力。

新中国成立前，人民的伟力夺取了抗战胜利；新中国成立后，人民的伟力铸就了徐州水利。一大批水利工程在人民的手中崛起，如今，水利造福于徐州人民，造福于徐州这片红色的土地。

人民伟力 改天换地

当年，为了淮海战役的胜利，华东、中原、冀鲁豫、华中四个解放区前后共出动民工 543 万人，动用车辆 88 万辆、挑子 30.5 万副，向前线运送 1460 多万吨弹药、9.6 亿斤粮食等军需物资。“军队打胜仗，人民是靠山。”淮海战役的胜利，正是这句话最深刻的注脚。人民的伟力始终在这片红色热土上传承。新中国成立以后，这种力量汇聚起国家建设的热潮，一大批水利工程在徐州大地上涌现。

1949 年冬，淮海战役的硝烟刚刚散去，徐州人民就在共产党领导下开始了导沂整沭工程。那时，战争的创伤尚未得到医治，加上连续 5 年的灾荒，水利行业十分艰苦。河工多采用“以工代赈，治水结合救灾”的办法，粮食不足，就组织民工在附近挖野菜补充；没有煤炭，就组织群众像战争年代那样送柴送草。

徐州人民充分发挥当家作主的精神，创造了一个又一个人间奇迹，在兴修水利工程的同时，也造就了一批治水英雄模范。比如，在 1949 年冬至 1950 年春，苏北 10 个县投入 55.5 万人次开挖新沂河，涌现出一大批劳动模范和治水功臣，包括赵金科等 4 名特等功臣。

从 1958 年开始的十年间，徐州南四湖西大堤加固、邳苍分洪道筑堤等工程与庆安、云龙湖等数十座中小型水库相继开工，骆马湖、中运河、沂河等行洪河道沿岸电力排灌工程先后建设，徐沛运河、徐丰运河等先后开挖。各个水利工程建设现场人山人海，大家肩挑背扛，各显其能，掀起第一次大干水利的热潮，兴修了一批骨干工程。以 1958 年为例，当年 1 月至 2 月，在徐州地委的组织下，专区有 130 万人投入水利建设；4 月 1 日至 7 月上旬，微山湖大堤加复工程开工后，8.8 万人共完成土方 1278 万立方米；9 月 30 日，23 万人奋战完成邳县赵墩河网化试点工程；11 月，水利建设掀起高潮，除大运河工程外，民工 284 万人相继投入疏浚河道、建筑库涵、打井开渠……

20 世纪 70 年代实行引水上山，徐州山丘区要兴建一批工程量大、扬程高的多级翻水站。这些站扬程高、渠系配套任务大，控制建筑物多，很多站都是群众用一镐一锹建起来的。

贾汪区的朝阳渠工程是当时徐州专区第一个提水上山工程。此项工程于 1970 年 9 月开工，共经过四个冬春，投入民工 5500 人，完成土方 46.9 万立方米、石方 19.5 万立方米、混凝土 4675 立方米。贾汪区汴塘镇的芦山翻水站，建于 1975 年，动用民工 1100 人，开挖土方 10.5 万立方米，砌石 2.2 万立方米。铜山县阳泉乡的向阳渠工程，土石方开挖、建筑物砌筑所用材料和人工，全部由群众自己投劳完成。施工高潮时，家家户户齐动员，男女老少均上阵，最高上工人数达 1 万多人。后来，向阳渠工程被誉为“江苏红旗渠”，成为群众自力更生兴建机电排灌工程的典范。

正是由于人民群众的艰苦奉献，到 20 世纪 70 年代中期，徐州兴办了一大批以引水为主的农水骨干工程，逐步形成综合利用的梯级河网。时至今日，这些工程仍在发挥着不可替代的作用。

军民同心 其利断金

如果说淮海战役是军民共同谱写的胜利史诗，那么，在徐州的水利建设史上，军民同心就是一座永不磨灭的丰碑。

云龙湖，位于徐州泉山区，如今也是徐州的标志性景点之一。但在解放前，这里只是一处叫作“石狗湖”的洼地沼泽，没有堤岸，没有闸坝，每逢雨季，湖水暴涨，威胁市区安全。雨后，湖水经奎河很快流失，湖区又成为一片沼泽。为此徐州市委市政府决定挖土筑堤，扩湖蓄水，变水害为水利。

1958 年秋，徐州专区和徐州市动员机关干部、学生、群众和解放军战士共 1.5 万余人兴建云龙湖水库。一时间，军民联手，挖土筑堤，打响了整治、扩建石狗湖的大决战，在云龙山与韩山之间修筑了一条长达 4000 余米的拦水大坝，作为拦截南部山区洪水的屏障。因为这条大坝，云龙湖成为“有形”的湖泊，并开始发挥蓄水灌溉的功能。1960 年工程竣工，并被正式定名为“云龙湖水库”。驻徐部队共出动 1 万多名指战员参与云龙湖建设，为了纪念和表彰部队支持修建云龙湖，大坝被命名为“八一大坝”（后称“八一大堤”）。

八一大坝建成后，云龙湖的危险还没有彻底解除。1972 年，云龙湖水库被定为全国 37 个危险水库之一。1975 年春，为加强云龙湖大堤的防洪能力，徐州市再次动员 1.3 万多军民，日夜奋战，历时两个月有余，将大坝高程由 35.1 米提高到 37.5 米，顶宽由 7 米增加至 19.5 米，大大提高了水库的防洪能力。

在云龙湖东岸，有一座“彰军碑”，这里镌刻着一个感人的故事，也是军民同心的历史见证。20 世纪 70 年代，在河南驻马店发生“75·8”特大暴雨后，为了彻底解决云龙湖对城市的威胁，避免泄洪时对下游城区排水产生顶托，水利部门提出在云龙山下开凿一条溢洪道，让泄水穿山而过，绕开市区，再注入奎河。隧洞于 1975 年年底动工，由当地驻军广大指战员及地方工矿企业共同施工开挖。1979 年隧道洞穿，1981 年完工，长约 2 千米的泄洪通道建成。施工期间，战士李建华、盛明亮光荣牺牲。1982 年，徐州市人民政府在云龙山西麓、泄洪隧洞西东口附近设立“彰军碑”，这是对牺牲战士的深切怀念，也是对驻徐部队的永久纪念。

至此，云龙湖这柄高悬在徐州人民头上的“利剑”变成了美丽的风景。此后，大坝再次加固，建设了“万人游泳场”、水族馆、音乐厅等，并于 1994 年与杭州西湖缔结姊妹湖，云龙湖开始成为徐州的名片，被称为“徐州名胜之冠”。

不管云龙湖有多少美景，在徐州人的心目中，“彰军碑”都是一处永不褪色的风景，那是徐州人民军民携手的历史见证。

绿水青山 不负人民

人民的小推车支撑起伟大的淮海战役，军民同心掀起了新中国的水利建设热潮，作为水利人，他们肩负起历史的担当，用青山绿水造福人民、回馈人民。

徐州是洪涝灾害并发频发的地区。为了兴利除害，为徐州人民解除水患，早在 1948 年，中共华北局就采用“导沭经沙（河）”的导沭工程方案，于 10 月成立测量队，在淮海战役的隆隆炮声中，开始了“导沭经沙”入海河道的测量工作。1949 年秋，党中央电告苏北局党委，要抓紧战争刚刚结束的有利时机，积极着手治水。从 20 世纪 50 年代到 60 年代中期，以“导沂整沭”工程为中心，大规模的治水运动在徐州开展。云龙湖、向阳渠、芦山翻水站等水利设施先后出现，形成徐州水利设施的基础。改革开放后，徐州水利建设阔步向前。丁万河的开挖，是这一时期的代表性工程。

丁万河，原名水线河，是清朝康熙年间开挖的狭窄泄洪道。由于历史原因，河道淤积严重，周边煤尘飞扬，是名声在外的徐州“龙须沟”，不仅附近居民深受其害，也严重制约了经济发展。1984 年，徐州万名民工大会战开挖河道，到 1986 年，完成全长 12.5 公里的新河。新河西起丁楼，东至万寨港，丁万河的名字由此而来。新开的丁万河承担着分洪、灌溉和向市区故黄河、云龙湖、奎河补水三大任务，并通过水系贯通工程全面改善市区水环境。经过水利人的精心打造，昔日的“龙须沟”华丽转身，成为国家水利风景区，2017 年 12 月成功入选全国首批“最美家乡河”。如今，因为丁万河，徐州城市北区人居环境显著提升，成为徐州市生态转型发展变化最快最大的城区之一。

不仅仅是丁万河。为整治河湖“两违三乱”，徐州市先后封堵违规排污口 350 个，关停取缔“散乱污”企业 8948 家；实施污水处理提质增效精准攻坚行动，全市新建扩建污水处理厂 10 座。编制完成《徐州市城区水系连通规划》，重点实施故黄河、闸河和奎河连通等 8 大工程，实现活水循环。骆马湖退圩还湖工程，为徐州人民新增自由水面 30.72 平方千米。持续夯实城乡供水一体化工程，全面实现城乡供水“同水源、同管网、同水质、同服务”，真正做到让全市百姓共饮“一碗水”。

河湖长制在徐州落地生根、走深走实，3000 余名民间河湖长、护河志愿者、护河治河监督员积极参与，“水清、河畅、岸绿、景美、宜居、人和”的美好画卷，在古老的徐州大地蔚然铺展。

经过一系列综合整治，徐州一大批河湖面貌焕然一新，越来越多的河道重现碧波美景。一批水利风景区、河湖湿地成为网红打卡地，老百姓享受到了水利发展成果。曾经的红色热土，当年的老工业基地，正在焕发新的活力。

“江山就是人民，人民就是江山”，民之所望，政之所向。新的时代，徐州水利被赋予更加丰富的内涵和使命。徐州市水务局局长杨勇表示，“十四五”期间，徐州水利人将始终坚持以人民为中心的发展理念，全力提升政治、业务和科技“三种能力”，重点完善防洪保安、水资源调配和美丽幸福河湖“三大体系”，着眼城市防洪排涝积水治理、城镇雨污分流提质增效和城乡供水一体化提质增量“三大攻坚战”，充分发扬淮海战役精神，奋力谱写美丽徐州的水韵新篇，为打赢打好高质量发展的“新淮海战役”提供更加坚实的水保障。

红色名片

徐州地处苏鲁豫皖四省交界，是一座名副其实的英雄之城。从江苏省最早宣传马克思主义思想的“赤潮社”，到省内首个党支部“陇海铁路铜山站支部”；从波澜壮阔的淮海战役，到“两不怕”王杰精神，党的百年奋斗史，赋予了这座城市众多无法磨灭的红色印迹，也彰显着这座城市的英雄气概。

在党的领导下，徐州大力弘扬听党指挥、依靠人民、团结协同、决战决胜的“淮海战役精神”，深入贯彻习近平总书记视察江苏、徐州重要讲话指示精神，转型发展取得重大突破，改革开放创新纵深推进，城乡面貌发生深刻变化，人民生活水平持续提高。环城 72 座山峦、九大河流、七大湖泊，市区绿化率达 43.67%，居江苏省前列，荣获国家生态园林城市、国家卫生城市、全国文明城市、全国水生态文明城市、中国人居环境奖和联合国人居奖，“一城青山半城湖”成为城市亮丽名片。

学史践行

淮海战役深刻启示我们，决定战争胜负的未必一定是武器和兵力，军队的战略战术运用、将士们的信心和勇气、人民的支持和帮助，往往是更为重要的因素。我们要传承好人民军队的红色基因，努力培养有灵魂、有本事、有血性、有品德的新时代革命军人，永葆人民军队性质、宗旨、本色。要继承和弘扬我们党和人民军队的光荣传统和历史经验，在坚持和发展中国特色社会主义道路上不断前进。

——2017 年 12 月习近平总书记在江苏省徐州市考察时的讲话

红色印迹

水利文物的守望者

□王子鹏 颜笑

老高在徐州市贾汪区水务局已经工作了 8 年，他热爱水利这个行业，一直牵挂着徐州大地上那些散落在田间的水利文物。

听说我们要看看水利工程的“红色遗迹”，老高显得特别兴奋。他把我们带到庞下洼人民渠翻水站，这是一座看起来十分庞大的建筑物，1974 年竣工，到现在还在使用，每年种稻的时候，能灌溉稻田 2 万亩。远远望去，土黄色大理石砌成的建筑像一座城堡，一条宽 3 米多的沟渠延伸向远方。

老高一边介绍，一边爬上爬下地找那块“不可移动文物”的石碑。石碑被荒草遮盖，宽阔的石拱内堆满了玉米秸。远远看去，枯草衰杨，古道夕阳，有一种苍凉的美感。老高说，这只是一个小的，更大更精细的在后面。

老高接着把我们带到泉河泵站。相比之下，人民渠翻水站就成了“小兄弟”，泉河泵站的主体建筑像一座石砌的城墙，如今设备已经换了新的。这个泵站和渠道不仅有灌溉功能，在汛期还是一个重要的拦洪、排洪道，能把山区的洪水引入大运河。

泉河翻水站只是贾汪镇朝阳渠工程的一部分，朝阳渠是当时徐州专区第一个提水上山工程。工程于 1970 年 9 月开工，经过四个冬春，共动员民工 5500 人。其中，泉河站自 1971 年建成后，一直担负着贾汪镇山区 2.5 万亩耕地的灌溉任务。我们看到，翻水站下面连接不牢河的河道，河岸像被刀砍斧劈一样，都是坚硬的石头。老高说，徐州地下都是坚硬的石头，可以想象在缺乏大型机电设备的年代，当时的民工们施工有多么困难。

最让我们感到震撼的还是芦山翻水站。看到它，我们想到了红旗渠的主体。翻水站有一处泵房和一条 35 孔高架石拱渠，悬渠长 315 米，跨度 8.5 米，顶至地面最高落差 17.6 米。老高说，这个站建成于 1975 年，动用民工 1100 人，投工 25 万个工日。经过 40 多年风霜，虽然芦山翻水站支渠和配套的一些建筑已经损毁，但保留下来的部分依然结实牢靠，石块之间严实合缝，特别是孔洞上部，靠着石块之间的力量，硬是撑起了上面的水槽，堪称奇迹。

负责看守的张师傅是当年芦山翻水站的建设者。他说，那个时候，他还是名小学生，放学后就在工地砸石子拌混凝土。大家都是自己带干粮，每人都带一个茶缸子，工地上烧煮的开水萝卜汤就是大家的伙食。一个村一个孔，就这样建了一年多……

老高把我们领到一个刻有“为有牺牲多壮志，敢教日月换新天”诗句的石孔前，这里曾经牺牲了 11 位民工，协助爆破的解放军战士也是一死一伤，这是对牺牲者的纪念。我们走的时候，老高叮嘱张师傅：“要看好守好啊！”

老高还带我们看了他从施工队伍中抢救出来的“七孔闸”，这座建于 1958 年的红旗防洪闸，并不在现在的位置。施工单位当初并不知道这是文物，差点给毁掉。老高知道后，马上联系文物保护单位，进行整体迁移。现在，七孔闸成为一处景观。

在徐州像这样散落田间的水利文物还有很多，它们需要保护，更需要发挥其使用价值、宣传价值。

老高说，他爱这些文物，这些当年的水利工程，经过风风雨雨几十年，他们沉淀成了文物，承载了那个时代人民群众伟大的创造精神和牺牲精神。

老高说：“等我退休了，我还来看翻水站。”他相信，这些文物也能激励年轻一代干事创业的热情。他愿意做一位田间守望者，终生守望着这些文物。

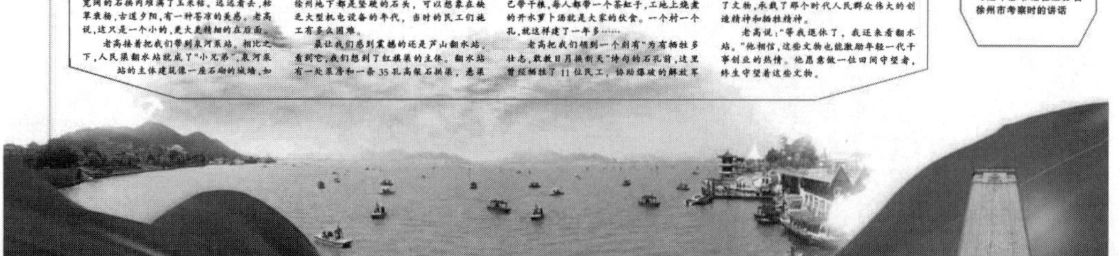

云龙湖水上泛舟忙 徐州市水务局供图

4版 专题 中国水利报
2021年12月4日 责任编辑：田慧莹 美术设计：陈思 照 排：刘建军 电话：(010)63205234 E-mail：zkb@chinawater.com.cn

探寻红色印迹 见证历史伟业

广西百色

走红色地标 看水利变化

"百色起义精神"辉耀河谷明珠

□本报记者 郑贤 文/图

青山风缓，烟雨水间。站在百色水库大坝上眺望，右江江面的壮阔美景一览无余，大自然用画笔润泽色彩，描绘广西百色的层林尽染、漫江碧透。

右江是百色"母亲河"，在漫漫岁月中，福泽庇护依江而居的百姓，送上生命之源，也送来了红色力量。右江的源头，在百色市区澄碧河口与鹅江交汇处，曾有一个古埠，现名百色大码头。1929年，邓小平、张云逸等老一辈无产阶级革命家率领部队溯江而上，从码头登岸，领导百色武装起义走向伟大胜利。百色大码头，见证了这部伟大的革命史诗。

时间虽已远去，硝烟虽已散去，即使穿过了90多年的时空长河，但镌刻在百色红色热土上的壮丽画卷，依旧历久弥新。百色市在百色大码头对岸的后龙山、迎龙山上，先后建成百色起义烈士纪念碑和百色起义纪念馆，它们比邻而居，俯临右江，俯视鹅城，成为百色革命老区的地标。

"百色起义精神"如点点星火，在八桂大地铺展开来。面对洪水大患，百色人民奋勇抵抗，兴水利、除水患、筑家园，让右江这条"忧患之江"成为"安澜之江""幸福之江"。

抗御洪灾 直面"忧患之江"

"百色"在壮族语言中意为"山川塞口地形复杂的地方"。因地形地势而得名的百色市，地处云贵高原与南岭丘陵的过渡地带，位于珠江流域西江水系的右江上游。

珠江水系发源云贵高原，年径流总量3 492亿立方米，仅次于长江水量居全国第二位，是黄河水量的6倍。右江作为珠江水系西江上游支流，不仅继承了珠江奔腾不羁的基因，又受河谷地势地形影响，增长了"暴躁"脾性，是一条滩多水急、暴涨暴落、枯水期长的山区季节性河流。以往，每当汛期来临，沿江百姓因洪灾频频叫苦不迭，承受洪水对家园的肆虐。

2001年7月4日，第3号、4号台风"榴莲""尤特"带来大风和强降雨，导致右江发生80年一遇的特大洪水。"江滨一路临江而建的楼房，洪水淹到了二楼；江岸一丛丛竹子被连根拔起冲入江中，一些船只失去控制漂流而下，四处冲撞；百色大码头被淹没……"从百色起义烈士纪念碑广场俯瞰城区，从事水利工作近30年的潘刚卡回忆那时的惨痛景象。

据统计，2001年，仅百色市沿右江的4个县(区)，就有57个乡镇受灾，受灾人口111.4万人，因灾造成直接经济损失达到25亿多元。

灾情牵动党和国家领导人以及亿万群众的心。各级防汛指挥部门联合作战，本着"把群众的生命财产放在第一位"的原则，各部门、县市(乡镇)干部，解放军、武警官兵等各司其职，连续数日无眠无休，紧张有序地开展各项抗洪抢险工作。"经过全社会的共同努力，各项救灾工作有条不紊，灾民得到了妥善安置。当年的高考如期进行，没有一名考生因灾耽误考试。全地区社会稳定，人心稳定，物价稳定。"百色市水利局工作人员介绍。

面对水患，百色人民奋勇向前，修复这座英雄城市的水患之伤。

兴修水利 守护"安澜之江"

除水患，要彻底消除人民"头顶一盆水"的困扰。2001年7月，时任国务院副总理温家宝到百色水利枢纽工地了解"7·4"洪水受灾情况时指示："大家现在关心百色水利枢纽，这次洪灾使我们更加认识到，建设百色水利枢纽不仅完全必要，而且十分迫切。"

2001年10月11日，作为西部大开发十大标志性工程之一，以防洪为主的大型控制性工程——右江百色水利枢纽工程正式开工建设，坝址选定于百色市上游22公里处。国家西部大开发建设的坚定步伐，让这项从1957年就开始筹备的水利工程，终于走进现实。"是国家的发展壮大、技术的日臻完善、人民的迫切需要推动工程落地开工。"右江水利公司总工程师邓勋发介绍。

百色水利枢纽工程是3段折线型坝体，呈151度钝角的"V"形。建成这种少见的坝形，皆因当地复杂的地质构造。水库坝址所在地，方圆数十公里内的岩石均为辉绿岩，工程技术人员与混凝土试验专家们进行了上千次实验，创新使用大坝基础开挖的辉绿岩作为大坝碾压混凝土骨料，填补了辉绿岩骨料在国内混凝土应用中的空白。工程大胆采用多项新技术、新材料、新工艺、新方法，成功解决了一系列高难度课题。

"成功的关键是我们有一支敢打硬仗、能打硬仗的队伍。"右江水利公司董事长肖卫国坦言，在百色水利枢纽建设过程中，建设队伍将"百折不挠、实事求是、依靠群众、团结奋斗"的百色起义精神贯穿始终。

两院院士、著名水电专家潘家铮在当年视察大坝地下厂房工程时评价"最差的地质条件，最好的施工队伍"。就是在这种情况下，工程建设者们历经2 000多个日夜的奋战，艰苦奋斗、顽强拼搏，攻克了地质条件特殊、技术难度复杂等诸多难题，创下了大型水利工程建设当年开工、当年截流的佳绩。

2006年年底，凝聚几代水利人梦想的百色水利枢纽工程全部建成完工。

大坝横江起，百色万象新。2010年5月，时任国家副主席习近平视察百色水利枢纽工程时指出，"百色水利枢纽是这些年来特别是西部大开发战略实施以来，广西发展变化的一个缩影"。

百色水利枢纽工程总投资64.3亿元，以防洪为主，兼顾发电、灌溉、航运、供水等综合利用，为百色市、南宁市乃至广西的区域经济社会发展助推续航。

自2005年8月下闸蓄水以来，百色水利枢纽工程已成功拦蓄洪水13次。工程结合南宁市防洪堤，通过与老口水库联合调度，将南宁市城区防洪标准提高到200年一遇，最大程度避免右江下游百色、南宁、贵港沿岸的洪涝灾害。

"水库的防洪调度工作已充分融入百色市防汛机制，在市防汛抗旱应急指挥部的组织协调下，与市应急管理局、市水利局等部门共同担负水情监测预警和洪涝灾害预防等任务。"百色市水利局工作人员介绍。

振兴乡村 打造"幸福之江"

百色市是一个集革命老区、少数民族地区、边境地区、大石山区、贫困地区、水库移民区"六位一体"的特殊区域。免受水患困扰，城市乡村发展更显张力，百色人民摘掉了贫困的帽子，生产生活更具底气与朝气。

百色水库库区移民新村右江区阳圩镇六丰村，位于百色水库下游10公里处的右江沿岸，村子里一排排依山而建的楼房错落有致，健身区、议事亭、活动广场等配套区域一应俱全。"2020年以来，政府又投入400多万元帮我们村产业升级、基础设施改善、村容村貌改造等。"六丰村党支部书记宋玉军说，顺利移民安置的这15年来，

百色水库库区移民开展重阳节活动

村屯依托百色水库库区丰富的水资源发展芒果、山茶油等产业，还通过抖音等电商平台销售，有效促进群众增收和村集体经济增长。

兼具现代气息与乡村传统的六丰村，2017年整村脱贫，2020年村集体经济收入42万元，人均年收入1.72万元。

"脱贫摘帽不是终点，而是新生活、新奋斗的起点。"村委会一旁的白墙上，大红字刻印着习近平总书记的教诲，"依水而居""向山要富"等主题水彩画列为其后。从村民们口中得知，这些画作的内容创意是大家一起商量得出的。提及如今的美好生活，他们有说不完的话，幸福感、满足感更溢于言表。

20多年来，百色市委市政府和百色水利枢纽建设与运行管理者始终秉承"搬得出、稳得住、能致富"的移民政策，把民生放在第一位，搬迁安置移民27 650人，涉及云南、广西两省(自治区)3个县(区)12个乡镇。截至目前，移民集镇道路硬化、自来水已基本全部普及，集镇的生活垃圾处理逐步实现无害化和减量化，建成雨污分流系统配套生活污水初步处理设施。

稳稳托住百色人民"幸福梦"，离不开丰沛水资源的滋养。百色水库灌区工程覆盖三县区12个乡镇60个村，灌溉面积59.2万亩，目前已完成管道安装204.2公里，占设计总长60.24%。"生命之源"在密布的地下管道内缓缓流淌，地势较高的灌溉区域有提水泵站助力，浇灌芒果、甘蔗、香蕉以及蔬菜等作物，有效改善右江灌溉条件，对全面提升水资源集约节约利用能力、保障区域农业节水灌溉和农民增产增收起到关键性作用，促进区域农业现代化发展和乡村振兴发展进程。

2021年7月，右江流域连降大雨，滚滚江水被百色水库大坝宽厚的长臂揽入怀中，下游城市一片祥和。

流经百色城区的右江像温婉的少女，轻舞水袖，翩然起舞。宽阔的江面上，"小平一号"红船满载着游客观光，庆祝建党百年的赞歌在江岸广场上回荡，临近江边的红七军军部旧址粤东会馆热闹非凡。江对岸，百色起义烈士纪念碑前和纪念馆内人头攒动，"百色起义精神"是起义先烈和先辈们留给后人最为宝贵的精神财富，如一朵怒放的鲜花，绽放红色力量，赓续在人们心间。

"西部大开发，国家来建设，党的好政策，建移民新镇，小河连湖泊，村村通道路，湖边芒果香，湖面好风光……"在乐业安居的日子里，百色人民哼唱着自编的小调，昂首阔步，奔赴在共同富裕的道路上。

红色名片

百色，中国红色革命根据地，"百色起义"革命之火点燃的地方。1929年12月11日，邓小平、陈豪人、张云逸、贺昌等同志在广西百色组织领导的武装起义，创建了中国工农红军第七军，是在南昌起义、秋收起义、广州起义的影响和鼓舞下，中国共产党在广西少数民族地区实行"工农武装割据"的一次光辉实践。百色起义走出了一条工农结合、武装割据、建立红色政权、实现人民当家作主的道路，为中国革命道路的探索注入了新鲜的经验。

"百折不挠、实事求是、依靠群众、团结奋斗"的百色起义精神，是先烈和先辈们用鲜血和生命铸就、为共产党人和革命群众所特有的一种精气神。精神指引奋斗方向，如江水般源远流长，勇往直前。

学史践行

百色起义是一部伟大的革命史诗，建立了左右江革命根据地。百色起义是我党在少数民族地区革命斗争的成功实践，为我党在少数民族地区开展革命斗争积累了十分宝贵的经验，为中国革命作出了卓越贡献，在中国革命史上具有十分重要的地位。

——2010年5月 习近平在百色起义纪念馆调研时的讲话

红色印迹

守望右江

□本报记者 郑贤

右江左岸迎龙山上，百色起义纪念馆巍峨矗立。背靠大山，纪念馆守望着鹅城，注视着轻柔碧透的右江水缓缓流过城区，见证沿岸城市发展"因水而美、因水而靓"。

在百色市，水与城，水与人，有道不尽的历史与故事。百色起义纪念馆便如时光记录机一般，刻录着那段惊心动魄、热血激昂的红色回忆。

百色起义纪念馆成立于1961年，原名"右江革命文物馆"，旧址位于百色老城区的中国工农红军第七军军部旧址粤东会馆里。1996年11月1日，经江泽民同志题写，正式改名为"百色起义纪念馆"。1999年12月11日，百色起义七十周年纪念日，百色起义纪念馆在后龙山新址正式开馆。

场馆运用多媒体、场景复原、幻影成像、虚拟现实等现代展陈技术再现历史，沉浸式讲述有关百色起义的重要人物和重要事件，展示老一辈无产阶级革命家的光辉业绩和革命老区人民在社会主义建设中取得的伟大成就和美好前程。

馆内展览的1 400多件(幅)革命文物和图片资料中，波光粼粼的右江水是"出镜率"很高的元素。邓小平等老一辈无产阶级革命家从百色大码头登陆，大部队移师右江，红七军告别右江根据地北上……顽强拼搏的红色革命力量，早已与奔流不息的右江交织融汇，穿梭于岁月洪流。

历史车轮滚滚向前，右江之水源远流长。百色纪念馆守在右江畔，站在历史交汇点上，满载红色过去，展望辉煌未来，将"百色起义精神"久久传承弘扬。

策划：马加 李坤 杨飞

百色水利枢纽工程 张友豪 摄

社长：董自刚 总编辑：李先明 社址：北京市海淀区玉渊潭南路3号 邮政编码：100038 电话：63205243 传真：63205200 广告经营许可证：京宣工商广字第0001号 广告电话：63205272 63205218 63205271 发行电话：63205210 各地邮局均可订阅 全年定价：390元 国外总发行：北京399信箱 排版：本社 印刷：经济日报印刷厂 地址：北京市西城区白纸坊东街2号

《中国水利》杂志

本刊述评

泽润中华 生生不息

本刊记者 马颖卓

这是重大而庄严的日子，这是辉煌而耀眼的时刻！2021年7月1日，我们迎来了中国共产党成立100周年！回望百年壮阔征程，山河见证：领航中国，砥柱人间是此峰！

大江流日夜，岁月忆峥嵘。中国共产党团结带领中国人民开辟了伟大道路、创造了伟大事业、取得了伟大成就，水利是其中的华彩乐章。

百年奋斗路，生动诠释中国共产党为人民谋幸福、为民族谋复兴的初心使命。

百年华章，泽润中华。善治国者，必先治水。兴水利，除水害，历来是治国安邦的大事。百年奋斗路，中国共产党始终把水利工作摆在党和国家事业发展的突出位置，从水利是农业的命脉，到国民经济和社会发展的重要基础设施，再到党的十九大报告摆在九大基础设施网络建设之首，水利地位逐步提升，作用日益凸显，举世瞩目的治水成就支撑了中华民族从站起来、富起来到强起来的历史性飞跃。

江山就是人民，人民就是江山。洞察时代大势，顺应人民期待，中国共产党领导人民风雨兼程，收拾旧山河，水利实践波澜壮阔，水利面貌日新月异。大江大河从水旱频仍、基础设施薄弱，到干流基本具备防御新中国成立以来最大洪水能力；亿万群众从喝水难，到饮水安全问题历史性全面解决；水利基础设施网络加速建设，水安全保障体系日益完善，水资源优化配置能力不断增强，水生态水环境持续向好，涉及民生福祉的水利问题加快解决。百年沧桑巨变，日益完善的江河防洪、农田灌溉、城乡供水等水利工程体系，为国家安全、经济安全、粮食安全、供水安全、生态安全提供了坚实支撑，为全面建成小康社会提供了稳固基础，为人民幸福、国家富强、民族复兴提供了有力保障，水利跨越式发展步履铿锵。

百年奋斗路，充分彰显中国特色社会主义制度的优势、国家治理体系和治理能力现代化效能。

治水兴水融入治国理政宏伟蓝图。党的十八大以来，以习近平同志为核心的党中央，将生态文明建设纳入“五位一体”总体布局，从实现中华民族伟大复兴的战略高度和历史维度，全面推进生态文明建设。彰显执政担当，遵循发展规律，科学回答时代之问，一系列创新理念、顶层设计、战略部署接续推出。“河川之危、水源之危是生存环境之危、民族存续之危”“治水必须要有新内涵、新要求、新任务，坚持‘节水优先、空间均衡、系统治理、两手发力’的思路，实现治水思路的转变”“把修复长江生态环境摆在压倒性位置，共抓大保护、不搞大开发”“保护黄河是事关中华民族伟大复兴的千秋大计”，黄河流域生态保护和高质量发展、长江经济带发展上升为国家战略，全面推行河湖长制，以系统思维推进山水林田湖草沙综合治理，“十四五”时期以全面提升水安全保障能力为目标，加快构建国家水网主骨架和大动脉，加快建立水资源刚性约束制度……

“最大优势”转化为最强治理效能。全新的治水思路引领我国治水进入新境界，解决了许多长期想解决而没有解决的水问题，人水关系深刻改变，生动诠释了“中国之治”的磅礴力量，有力彰显了党的领导和中国特色社会主义制度的巨大优势；创造的人类文明新形态，为实现中华民族伟大复兴提供了更为坚实的基础，为处理全球水问题提供了中国方案和中国智慧。

百年奋斗路，精神血脉滋养传承生生不息，新征程弘扬伟大建党精神砥砺前行。

历史川流不息，精神代代相传。伟大政党铸就伟大精神，百年非凡奋斗历程构建起中国共产党人的精神谱系，“坚持真理、坚守理想，践行初心、担当使命，不怕牺牲、英勇斗争，对党忠诚、不负人民”的伟大建党精神，成为贯穿中国共产党人精神谱系的一条红线，为百年奋斗和水利事业发展提供了精神支柱和宝贵财富。

伟大精神成就伟大事业。红旗渠精神响彻历史，成为民族精神的象征；抗洪精神气壮山河，凝聚起中华民族敢于斗争敢于胜利的英雄气概。“长江之子”郑守仁，56 载潜心水利，用一生守护三峡大坝；“时代楷模”余元君，25 年走遍洞庭湖每一条水系，为根治洞庭湖水患倾尽终身；“时代楷模”东深供水工程建设者群体，敢于创新、接续奋斗，厚植家国情怀、笃定理想信念，在平凡的岗位上创造不平凡的业绩。

回首百年路，风云激荡，一代代奋斗者不负时代，奋楫笃行，将伟大的建党精神转化为推动事业发展的强大动力，在山川大地书写了治水兴水的壮丽篇章。历史将铭记奋斗者的荣光！

启航新征程，习近平总书记在庆祝中国共产党成立 100 周年大会上，向全党全社会发出向第二个百年奋斗目标前进的总动员令。新的赶考路上，水利人正意气风发，阔步前行，书写新时代的伟大篇章！

百年水事掠影

本刊记者　马颖卓

1923 年

中国共产党第三次全国代表大会通过的《中国共产党党纲草案》第九章“共产党之任务”中专门列出“改良水利”，第一次把水利纳入党的纲领

1931 年

中华苏维埃第一次全国代表大会通过的《中华苏维埃共和国土地法》规定“一切水利、江河、湖沼、森林、牧场、大山林，由苏维埃管理，来便利于贫农中农的公共使用”

1934 年

毛泽东在瑞金召开的中华苏维埃共和国临时中央政府第二次全国工农兵代表大会上作《我们的经济政策》报告，提出“水利是农业的命脉”论断

1946 年

晋冀鲁豫边区政府设立冀鲁豫解放区治河委员会，后改称冀鲁豫黄河水利委员会。1949 年 6 月，华北、中原、华东三大解放区成立三大区统一的治河机构——黄河水利委员会。1950 年 1 月，黄河水利委员会改为流域机构

1949 年

中国人民政治协商会议第一届全体会议通过具有临时宪法性质的《中国人民政治协商会议共同纲领》，其中第 34 条为“应注意兴修水利，防洪防旱”

中华人民共和国水利部在北京成立，是新中国成立后最早设立的政府部门之一。1958 年，水利部、电力工业部合并为水利电力部。1979 年，水利电力部撤销，分别组建水利部和电力工业部。1982 年，水利部、电力工业部合并为水利电力部。1988 年，水利电力部撤销，重新组建水利部和能源部，水利部作为国务院的水行政主管部门，负责全国水资源统一管理工作

新中国成立后的第一次全国水利会议——各解放区水利联席会议在北京召开，明确水利建设基本方针为“防止水患，兴修水利，以达到大量发展生产的目的”

1950 年

长江水利委员会成立

中央防汛总指挥部成立，办公室设在水利部

淮河流域发生大水，毛泽东四次作出批示，中央人民政府政务院发布《关于治理淮河的决定》，淮河成为新中国成立后第一条全面治理的大河

1951 年

毛泽东题词：“一定要把淮河修好”

1952 年

引黄灌溉济卫一期工程竣工，改名为“人民胜利渠”，揭开了开发利用黄河水沙资源的序幕

毛泽东视察黄河，嘱咐“要把黄河的事情办好”，提出“南方水多，北方水少，如有可能，借一点水来也是可以的”

治理开发长江的第一个大型工程——荆江分洪第一期工程全面开工，30 万军民以 75 天的惊人速度建成一期主体工程

1954 年

我国颁布第一部社会主义类型的《宪法》，规定水流属于国家所有

我国第一部流域综合利用规划——《黄河综合利用规划技术经济报告》编制完成

我国第一座大型山谷水库——官厅水库竣工

长江、淮河流域发生百年未遇的大水灾。灾区党委和政府迅速动员，组织群众转移，开展以工代赈、生产自救，取得抗洪斗争的胜利

1955 年

一届全国人大二次会议通过《关于根治黄河水害和开发黄河水利的综合规划的决议》，揭开人民治黄事业新篇章

1957 年

黄河干流第一座大型水利枢纽、“万里黄河第一坝”——三门峡水利枢纽工程开工建设

国务院成立水土保持委员会

1958 年

北京密云水库、新丰江水电站、黄河青铜峡水利枢纽、丹江口水利枢纽、刘家峡水利枢纽、安徽淠史杭灌区等一批重点水利工程开工建设

1963 年

海河发生洪水，毛泽东为河北抗洪抢险斗争展览会题词“一定要根治海河”。到 1973 年 11 月，子牙河、大清河、永定河、北运河及南运河等五大河系和徒骇河、马颊河等骨干河道得到普遍治理

1964 年

为解决香港淡水供应困难而兴建的东江－深圳供水工程开工。1965 年正式向香港供水

1965 年

河南林县人民自力更生、艰苦奋斗建成的“人造天河”——红旗渠实现总干渠通水

1969 年

甘肃省景泰川电力提灌工程一期工程开工建设，就其扬程、流量、装机容量、多梯级综合评价，被誉为“中华之最”

1970 年

中共中央批准兴建长江葛洲坝水利枢纽工程。1988 年 12 月，“万里长江第一坝”——葛洲坝水利枢纽工程建成

1972 年

国务院成立官厅水库水源保护领导小组，对上游污染源进行治理，成为我国水污染治理起步的标志

黄河下游河道第一次发生明显断流

1976 年

《南水北调近期工程规划报告》编制完成

1979 年

全国第一次水资源评价工作开始，同时进行全国、流域、省（自治区、直辖市）、县四级水利区划工作

1980 年

第一次全国农村人畜饮水工程会议召开

水利部在山西吉县召开 13 省（自治区）小流域综合治理座谈会，小流域综合治理成为防治水土流失的重要途径

1982 年

国务院颁布《中华人民共和国水土保持工作条例》

1983 年

国务院批转“关于积极发展小水电，建设中国式农村电气化试点县的报告”，同时批转“全国 100 个农村电气化试点县名单”

我国第一个远距离引水城市供水工程——引滦入津工程建成通水

1984 年

《中华人民共和国水污染防治法》颁布实施

农村饮水解困正式列入国家规划，标志着农村饮水工作进入新的发展时期

1985 年

国务院发布《水利工程水费核订、计收和管理办法》，标志水利工程从无偿供水转变为有偿供水

1988 年

新中国第一部全面规范水事活动的基本法——《中华人民共和国水法》颁布施行，我国走上依法治水轨道。先后于 2002 年、2009 年、2016 年进行修订

1991 年

党的十三届八中全会指出：水利是农业的命脉，是国民经济和社会发展的基础产业；兴修水利是治国安邦的百年大计

国务院作出《关于进一步治理淮河和太湖的决定》，确定实施 19 项治淮和 10 项

治太骨干工程

我国水土保持的第一部法律——《中华人民共和国水土保持法》公布施行

1993 年

国务院颁布《取水许可制度实施办法》，取水许可和水资源费征收管理制度全面实施

全国第一个水务局——深圳市水务局组建

1994 年

国务院印发《国家“八七”扶贫攻坚计划》，把基本解决农村饮水困难作为奋斗目标之一

1995 年

党的十四届五中全会《制定国民经济和社会发展“九五”计划和 2010 年远景目标的建议》，把水利摆在国民经济基础设施建设的首位，节水列在资源节约的首位

我国第一部流域水资源保护法规——《淮河流域水污染防治暂行条例》颁布施行

1997 年

《中华人民共和国防洪法》颁布，1998 年 1 月 1 日起施行

我国在基础设施领域的第一项产业政策——《水利产业政策》颁布

长江三峡水利枢纽工程成功实现大江截流。2012 年 7 月 4 日，三峡工程最后一台 70 万 kW 巨型机组正式交付投产

1998 年

长江、嫩江、松花江等流域发生特大洪水，全党全军全国人民团结奋战，800 多万人参加抗洪抢险，取得了抗洪抢险斗争的全面胜利，形成了“万众一心、众志成城，不怕困难、顽强拼搏，坚韧不拔、敢于胜利”的伟大抗洪精神。中共中央、国务院发布《关于灾后重建、整治江湖、兴修水利的若干意见》

1999 年

在党中央、国务院的直接关心下，水利部自 1999 年起，相继在黄河、黑河和塔里木河有关地区实施全流域统一调水，三河调水工作取得成功，被称为“一曲绿色的颂歌”

2000 年

党的十五届五中全会把水资源同粮食、石油一起作为国家重要战略资源，提高到可持续发展的战略高度予以高度重视，《中共中央关于制定国民经济和社会发展第十个五年计划的建议》中首次提出建立节水型社会

全国首家省级水资源一体化管理单位上海市水务局成立

2001 年

国务院相继批复《21 世纪初期首都水资源可持续利用规划》《黑河水资源综合治理规划》《塔里木河水资源综合治理规划》，组织完成全国地下水资源开发利用规划、水资源开发利用现状调查

2002 年

中央人口资源环境工作座谈会明确提出水资源是基础性的自然资源和战略性的经济资源，是生态与环境的控制性要素

国务院批准发布实施《水利工程管理体制改革实施意见》

第二次全国水资源调查评价工作开始，全国水资源综合规划编制工作启动

黄河进行历史上首次大规模调水调沙试验

国务院正式批复《南水北调工程总体规划》，提出先期实施东线和中线一期工程，西线工程先继续做好前期工作。12 月 27 日，南水北调工程开工典礼在北京人民大会堂和江苏省、山东省施工现场同时举行；2013 年 11 月 15 日，南水北调东线一期工程正式通水；2014 年 12 月 12 日，南水北调中线一期工程正式通水

2004 年

中央人口资源环境工作座谈会提出全面推进节水型社会建设

2006 年

国务院发布《取水许可和水资源费征收管理条例》，水资源许可取得和有偿使用纳入系统化规范化轨道

第一部关于大江大河流域水量调度管理的立法——《黄河水量调度条例》正式施行

2007 年

《中华人民共和国水文条例》公布，填补了我国水文立法的空白

2008 年

四川汶川发生特大地震，水利部举全部之力、全行业之力投入抗震救灾，唐家山堰塞湖成功排险，创造了世界上处理大型堰塞湖的奇迹

2009 年

《中华人民共和国抗旱条例》公布施行

2010 年

国务院下发《关于开展第一次全国水利普查的通知》，2010—2012 年开展为期三年的第一次全国水利普查

2011 年

中央 1 号文件《中共中央国务院关于加快水利改革发展的决定》正式公布，这是新中国成立 62 年来中共中央首次系统部署水利改革发展全面工作的决定

中央水利工作会议在京召开，这是新中国成立以来首次以中共中央名义召开的水利工作会议

我国第一部流域综合性行政法规——《太湖流域管理条例》正式施行

2012 年

《国务院关于实行最严格水资源管理制度的意见》发布，划定了水资源利用管理的“三条红线”

党的十八大报告把水利放在生态文明建设的突出位置

2013 年

七大流域综合规划全部获国务院批复

水利部印发《关于推进江河湖库水系连通工作的指导意见》

2014 年

习近平总书记在中央财经领导小组第五次会议上就我国水安全问题发表重要讲话，提出“节水优先、空间均衡、系统治理、两手发力”治水思路

国务院常务会议作出加快推进 172 项节水供水重大水利工程的决策部署

2015 年

国家发展改革委、财政部、水利部联合出台《关于鼓励和引导社会资本参与重

大水利工程建设运营的实施意见》

福建向金门供水工程正式开工建设

2016 年

习近平在重庆召开推动长江经济带发展座谈会，强调推动长江经济带发展是国家一项重大区域发展战略，要坚持生态优先、绿色发展，共抓大保护、不搞大开发；中共中央、国务院印发《长江经济带发展规划纲要》，提出把保护和修复长江生态环境摆在首位。2018 年，习近平在武汉主持召开深入推动长江经济带发展座谈会。2020 年，习近平在南京主持召开全面推动长江经济带发展座谈会

澜沧江-湄公河合作首次领导人会议在海南三亚召开，正式启动澜湄合作机制

国务院办公厅印发《关于推进农业水价综合改革的意见》

国家级水权交易平台——中国水权交易所在京开业

水利部、国家发展改革委联合印发《“十三五”水资源消耗总量和强度双控行动方案》，水资源消耗总量和强度双控行动开始全面实施

中共中央办公厅、国务院办公厅下发《关于全面推行河长制的意见》，要求全国到 2020 年年底全面建立河长制。2017 年，中共中央办公厅、国务院办公厅印发《关于在湖泊实行湖长制的指导意见》，提出到 2018 年年底前全面建立省、市、县、乡四级湖长体系。2018 年，河长制、湖长制全面建立

2017 年

党的十九大报告把水利摆在九大基础设施网络建设之首；提出实施国家节水行动，节水成为国家意志和全民行动

2018 年

十三届全国人大一次会议表决通过国务院机构改革方案，决定对水利部职责进行优化

2019 年

国家发展改革委、水利部联合印发《国家节水行动方案》

水利部联合相关部门印发《华北地区地下水超采综合治理行动方案》

习近平在河南郑州主持召开黄河流域生态保护和高质量发展座谈会，强调黄河流域生态保护和高质量发展是重大国家战略，要共同抓好大保护，协同推进大治理，让黄河成为造福人民的幸福河。2020 年 10 月 5 日，中共中央、国务院印发《黄河流域生态保护和高质量发展规划纲要》

2020 年

172 项节水供水重大水利工程的标志性工程——大藤峡水利枢纽正式下闸蓄水

国务院常务会议研究部署 150 项重大水利工程建设安排

全国贫困人口饮水安全问题得到全面解决

党的十九届五中全会审议通过的《中共中央关于制定国民经济和社会发展第十四个五年规划和二〇三五年远景目标的建议》从 7 个版块 12 个方面对水利改革发展进行了安排部署

十三届全国人大常委会第二十四次会议表决通过《中华人民共和国长江保护法》，2021 年 3 月 1 日起施行，这是我国首部全国性流域立法

水利部统筹推进疫情防控和水利改革发展各项工作，为保障城乡供水安全、满足春耕生产用水需求、打赢疫情防控总体战提供了有力的水利支撑

2021 年

国务院同意调整完善全面推行河湖长制工作部际联席会议制度，联席会议由水利部、国家发展改革委等 18 个部门组成，水利部为牵头单位。国务院分管领导同志担任联席会议召集人，水利部主要负责同志和国务院分管副秘书长担任副召集人

由 20 个成员单位组成、水利部部长任召集人的节约用水工作部际协调机制建立

习近平主持召开推进南水北调后续工程高质量发展座谈会并发表重要讲话

当今世界在建规模最大、技术难度最高的水电工程白鹤滩水电站首批机组正式投产发电

……

依法治水管水能力和水平全面提升

本刊记者　车小磊

我国国情水情复杂、治水兴水任务艰巨，依法治水管水是全面推进依法治国的必然要求，是推动新阶段水利高质量发展的客观需要。

水利立法从治水害、兴水利起步，逐步向水旱灾害防御、水资源集约节约利用、水资源优化配置、大江大河大湖生态保护治理、保障国家水安全拓展延伸。改革开放以来尤其是党的十八大以来，党的治水主张通过法定程序成为国家意志，党的治水方针政策和决策部署得到全面贯彻和有效执行。伴随国家法治建设进程，水利法治建设取得了全面进步，实现了历史性跨越。

水法规制度体系日趋完善。以 1982 年将水流全民所有制载入《中华人民共和国宪法》为标志，1988 年《中华人民共和国水法》颁布实施为里程碑，水法规制度不断完善。2002 年新《水法》颁布实施，是我国水利法治建设史上又一次新飞跃。2021 年 3 月 1 日，习近平总书记亲自确定的重大立法任务《中华人民共和国长江保护法》正式实施，开创了我国制定流域法律的先河。目前，我国已建立起以《水法》为核心，包括《中华人民共和国水法》《中华人民共和国防洪法》《中华人民共和国水土保持法》《中华人民共和国水污染防治法》《中华人民共和国长江保护法》等 5 部法律、《中华人民共和国河道管理条例》等 19 件行政法规、《水行政处罚实施办法》等 55 件部门规章、近 1000 件地方性法规和地方政府规章的较为完备的水法规体系，夯实了依法治水的基石。

水行政执法更加严格规范、公正文明。在党中央国务院的坚强领导下，水行政执法从无到有、从点到面、从单一到综合、从零散到规范，在不平凡的历程中取得了显著成绩。党的十八大以来，水行政执法紧紧围绕党中央国务院关于深入推进依法行政、加快建设法治政府的部署要求，加强水行政执法能力建设，强化规范公正文明执法，执法质量和效能不断提升。

依法行政水平不断提高。依法办理政府信息公开、行政许可、行政处罚和行政强制等案件。加强规范性文件合法性审核，重视做好行政复议和行政应诉工作，运用行政复议意见书机制，指导督促相关单位提高依法行政能力和水平。建立法律顾问和公职律师制度，在重大行政决策咨询、合法性审查等方面发挥积极作用。坚持和发展新时代"枫桥经验"，完善水事纠纷预防和调处机制，省际水事秩序稳定向好。

全社会尊崇和遵守水法规氛围更加浓厚。自1986年以来，各级水利部门圆满完成了七个五年普法任务。坚持“谁执法谁普法”，抓住“关键少数”加强法治培训，推进法治宣传教育基地建设，拓展水利普法互联网阵地，利用“宪法宣传周”“世界水日”“中国水周”等节点开展水利法治宣传，全社会水法治观念明显增强，为依法治水管水营造了良好氛围。

水资源管理支撑经济社会可持续发展

本刊记者　车小磊

中国共产党的百年历史，也是一部气壮山河的治水史。从延安时期的兴修水利，到改革开放后解决资源环境趋紧带来的水问题，再到进入社会主义现代化建设新时期高度重视水资源开发、利用和保护，将水安全上升为国家战略，水资源的集约节约安全利用有力保障了我国经济社会可持续发展。

水资源管理制度体系日趋完善。从 1939 年起，中国共产党领导的边区政府就积极兴修水利，为促进农业生产、改善军民生活、支持抗战救国以至革命胜利提供了重要的基础保障。新中国成立后，尤其是改革开放以来，大规模的水资源开发利用导致水资源短缺、水污染严重、水生态系统退化等问题逐步显现。1975 年开始，流域水资源保护机构相继成立，1988 年《中华人民共和国水法》确立了流域管理和行政区域管理相结合的管理体制。1998 年，国务院赋予水利部统一管理水资源的职能，水资源开发、利用、节约和保护的制度框架体系逐步完善。

2011 年中央提出实行最严格水资源管理制度，建立了全国和各省、市、县三级行政区的"三条红线"控制指标体系。2014 年，习近平总书记提出"节水优先、空间均衡、系统治理、两手发力"的治水思路，为推进新时代水利改革发展、加强水资源管理指明了方向。"十四五"规划和 2035 年远景目标纲要明确提出要建立水资源刚性约束制度。

水资源安全保障能力显著增强。以南水北调工程为代表的一大批水资源配置工程相继建成，"南北调配、东西互济"的水资源配置格局逐步建立。改革开放后特别是 1998 年以来，我国共建成水库工程近 10 万座，供水总量由新中国成立初期的 1031 亿 m^3，增加到 2019 年的 6021.2 亿 m^3。中国以占全球 6％的淡水、9％的耕地，解决了约占全球 20％人口的吃饭问题。

流域区域取用水管控深入推进。"以水定城、以水定地、以水定人、以水定产"逐步落实，地下水超采综合治理加快实施，水生态保护修复与生态补水让河湖重现生机，水资源税改革等稳步推进，在减少开采地下水、促进用水方式转变、规范取用水行为等方面作用凸显。伴随着水资源管理理念的转变与跃升，我国总体用水效率逐步达到世界平均水平。

节约用水成为解决我国水问题的根本出路

本刊记者　车小磊

节约利用水资源是治水全过程中的重要方面，是可持续发展的必然要求。随着我国经济社会快速发展，节约用水的重要性愈发凸显。党中央历来高度重视节水工作，在各个发展阶段不断加强领导，我国节约用水工作力度不断加大，节约用水成效不断提升。

20世纪60年代初，一些灌区推行了沟灌、畦灌和计划配水等相对节水的灌溉模式，一些缺水城市节水工作开始纳入当地政府工作议程。70年代中期开始，北方地区试验推行喷灌、滴灌等高效节水灌溉技术。改革开放之前，我国节水工作试探性研究起步。

改革开放后，经济社会快速发展使水资源供需矛盾日益凸显，建设节水型社会成为大势所趋。1988年，水法提出国家实行计划用水、厉行节约用水；1998年，全国节约用水办公室在水利部设立；2000年，“十五”计划明确提出建设节水型社会；2004年，中央人口资源环境工作座谈会要求把节水作为一项必须长期坚持的战略方针，把节水工作贯穿于国民经济发展和群众生产生活的全过程；2011年，中央水利工作会议明确提出加快建设节水型社会。

随着经济社会发展，我国水资源供需矛盾日益突出，水安全红灯频闪，严重影响国家可持续发展。党的十八大以来，党中央高度重视水安全，2014年，习近平总书记提出“节水优先、空间均衡、系统治理、两手发力”的治水思路，为节约用水工作提供了根本遵循。党的十九大报告作出“实施国家节水行动”的战略部署，节水成为国家意志和全民行动。

2019年以来，习近平总书记先后在黄河流域生态保护和高质量发展座谈会、中央财经委员会第六次会议上强调，要推进水资源节约集约利用，明确指出要量水而行、节水为重，把水资源作为最大的刚性约束，全面实施深度节水控水行动，充分体现了党中央对节约用水工作的高度重视，凸显了节水优先在意识行动和全局工作重中之重的位置。

全国上下坚持落实节水优先方针，把节水作为解决水资源短缺问题的根本性措施——加大农业节水力度，实施大中型灌区续建配套节水改造，推动东北节水增粮、西北节水增效、华北节水压采、南方节水减排，2020 年全国节水灌溉面积 5.67 亿亩，其中高效节水灌溉面积 3.5 亿亩；在工业节水方面，严控高耗水、高污染项目，加快工业节水技术改造，推广节水技术、工艺和设备，提高水重复利用率；在生活用水方面，大力推广节水型器具，加大再生水等非常规水开发利用，全国非常规水利用量 2019 年已达到 104.5 亿 m^3。

数据显示，2018 和 2019 年度全国万元国内生产总值用水量比 2015 年（按可比价计算）分别下降 19.2%和 23.8%，万元工业增加值用水量比 2015 年（按可比价计算）分别下降 20.6%和 27.5%，农田灌溉水有效利用系数从 2012 年的 0.516 提高到 2019 年的 0.559。

重大水利工程建设成就瞩目

本刊记者　轩玮

伴随中国共产党成长壮大的脚步，关系国计民生的水利工程体系从无到有，工程数量由少到多，工程建设从弱到强，支撑高质量发展的保障愈加坚实。

党和国家把治水兴水摆在关系经济社会发展全局的战略位置，领导人民开展了波澜壮阔的水利建设。1950 年起，国家集中有限财力开展了淮河、海河、黄河、长江等大江大河治理，掀起新中国水利建设高潮。改革开放以来，特别是 1998 年大水后，中央作出灾后重建、整治江湖、兴修水利的决定，水利投入大幅度增加，水利基础设施建设大规模展开。2011 年，中央 1 号文件作出加快水利改革发展的决定，中央召开水利工作会议，水利投入持续加大。

党的十八大以来，习近平总书记提出“节水优先、空间均衡、系统治理、两手发力”的治水思路。172 项全局性、战略性的节水供水重大水利工程加快实施。党的十九大报告把水利摆在九大基础设施网络建设之首，重大水利工程建设进入新的历史机遇期。涉及防洪减灾、水资源优化配置、水生态保护修复等内容的 150 项重大水利工程有序推进。

目前，我国已基本建成较为完善的江河防洪、农田灌溉、城乡供水等水利工程体系，水利工程规模和数量跃居世界前列。各类水库从新中国成立前的 1200 多座增加到近 10 万座，总库容从 200 多亿 m^3 增加到 9000 多亿 m^3，5 级以上江河堤防达 30 多万 km，是新中国成立之初的 7 倍多，大江大河干流基本具备了防御新中国成立以来最大洪水的能力。水资源“南北调配、东西互济”配置格局逐步形成，全国水利工程供水能力达 8700 多亿 m^3。

我国水利工程建设实现从跟跑、并跑到领跑，坝工技术达到国际领先水平。适应市场经济要求的水利工程建设管理体制机制逐步建立，由单一的财政预算内拨款逐渐转变为以政府投资为主导、社会投资为补充的多元化多层次多渠道的新格局。工程建设管理专业化市场化水平进一步提高，项目法人责任制、招标投标制、建设监理制、合同管理制全面推行，水利建设市场准入制度和市场监管体制日趋完善。重大水利工程质量得到国内外充分肯定，13 个水利枢纽获得国际大坝委员会里程碑工程奖。

重大水利工程护江河安澜、保百姓安宁，为区域协调发展提供了水资源保障，强力支撑着受水区和水源区经济社会发展，也为贫困地区打赢脱贫攻坚战、全面建成小康社会以及实施乡村振兴战略提供了强力的水资源支撑，彰显了国之重器的使命与担当，书写出一个百年大党的为民情怀。

水利工程运行管理提质增效作用彰显

本刊记者　张瑜洪

水之兴在于建，利之效在于管。在党和政府的领导下，水利工程运行管理从无到有、从弱到强，为水利工程兴利除害提供坚强支撑和保障。

早在新民主主义革命时期，我们党便在解放区的水利建设实践中逐步建立水利管理机构，探索发展水利工程运行管理方式。从1931年中华苏维埃共和国临时中央政府成立山林水利局恢复发展苏区水利事业，到1938年党领导下抗日民主政权的第一个治水机构——冀中河务局成立，再到1949年华北、中原、华东三大解放区成立统一的治河机构——黄河水利委员会，这一时期的水利实践与探索，为新中国成立后开展水利工程运行管理积累了重要的思想和制度条件。

新中国成立后，随着水利建设大规模开展，水利工程管理工作全面推进。2002年，党和国家决定启动水利工程管理体制改革，从根本上解决“重建轻管”问题，初步建立符合我国国情、水情和社会主义市场经济要求的水利工程管理体制和运行机制。2011年中央1号文件和中央水利工作会议，进一步强调坚持建管并重，推进水管体制改革深入开展。党的十八大以来，水利部联合财政部印发深化小型水利工程管理体制改革的指导意见，在全国开展深化小型水库管理体制改革试点县、样板县创建活动，推进水利工程运行管理补齐短板、提质增效，水利工程运行管理理念得到进一步转变和提升。

运管体系在实践中不断建立健全，运管制度日趋完善。国有大中型水管单位管理体制改革成效显著，小型水利工程管理体制改革不断深化。形成了以《中华人民共和国水法》《中华人民共和国防洪法》《水库大坝安全管理条例》《中华人民共和国河道管理条例》为核心的法律法规体系，建立了安全管理制度和技术标准体系，标准化管理有序推进，运管队伍建设不断加强。

水利工程运行总体安全，安全管理显著加强。“十三五”期间，我国年均溃坝率0.03‰，为历史最低，远远优于0.1‰的世界公认低溃坝率国家水平。水库大坝、水闸安全鉴定工作加快推进，2020年全国实施水库大坝安全鉴定2.3万多座，排查出堤防险工险段7900多km，对18097座小型水库开展了安全运行专项检查，安全管理意识增强。

运管效能充分彰显，水利工程效益充分发挥。目前，全国近 10 万座各类水库、10 万多座规模以上水闸、5 级以上堤防 35 万 km 及一大批供水工程、水源工程，为经济社会发展提供着有力支撑和重要保障，成为护佑江河安澜、浇灌千里沃野、守护民生福祉、呵护河湖健康的“生命线”。

维护河湖健康　建设幸福河湖

本刊记者　张瑜洪

江河湖泊是水资源的重要载体，是生态系统的重要组成部分。维护河湖健康生命，满足人民群众对美好生活新期盼，是民心所向、民心所望。

撼山易，治水难。我国江河湖泊星罗棋布，管理保护任务重，难度大，但在党中央的坚强领导下，针对不同时期河湖面临的突出问题，精准发力，综合施策，不断探索出适合我国国情的良策。

改革开放后我国经济社会快速发展，涉河建设项目迅速增多，违法围垦河湖、侵占河湖水域岸线的行为不断增加，尤其是河道非法采砂，至20世纪80年代愈演愈烈，引起社会广泛关注。1988年以来，《中华人民共和国水法》《中华人民共和国防洪法》《中华人民共和国河道管理条例》《长江河道采砂管理条例》等法律法规相继出台，逐步构建起加强河道管理、保障防洪安全和发挥综合效益的法制保障，河湖管理保护实现有法可依的历史性转变。

2016年11月28日，中办、国办联合印发《关于全面推行河长制的意见》；一年后，《关于在湖泊实施湖长制的指导意见》正式出台。这是我国河湖管理制度和水治理体制的重要创新，一场聚焦河湖治水的深刻变革由基层探索上升为国家意志。2018年6月底，全国31个省份全部建立河长制，百万河长上岗履职，“每条河流要有‘河长’了”的庄严承诺提前实现。

随着我国治水矛盾发生深刻变化，水利部党组高位推动河湖长制从“有名有责”到“有能有效”，开展河湖“清四乱”专项行动，以问题为导向，集中清理整治“乱占、乱采、乱堆、乱建”等河湖问题16.4万个。

2019年9月18日，习近平总书记在黄河流域生态保护和高质量发展座谈会上发出了“让黄河成为造福人民的幸福河”的伟大号召。建设幸福河湖，成为未来一个时期河湖治理的主向标。为此，水利部不断完善河湖长制体制机制法制，深入推进河湖“清四乱”常态化规范化，扎实开展河道采砂综合整治，加强河湖日常巡查管护，强化水资源与节约保护，开展河湖违法陈年积案“清零”行动，努力打造健康河湖、美丽河湖、幸福河湖。

2021年3月1日，国务院调整完善全面推行河湖长制工作部际联席会议制度，升格河湖长制协调机制，对河湖管理和保护将产生更大的推动作用。2021年5月，

《河长湖长履职规范（试行）》印发，河长湖长履行职责有了标尺。随着河湖健康评价工作的有序开展，对省级政府全面推行河湖长制实施绩效的评价考核，河长湖长履职将更加规范，河湖治理保护将持续加强，河湖面貌将不断向好，人民群众的获得感、幸福感、认同感将持续增强。

水土保持绘就绿水青山美丽中国新画卷

本刊记者　张金慧

我国是世界上水土流失最严重的国家之一，水土保持历来受到党和政府的高度重视。水土保持事业在发展进程中，内涵不断丰富，成效愈发凸显。从保护水土资源保障粮食生产，到固土固沙减轻水旱灾害，再到生态文明建设担当重任，水土保持通过治山治水防治水土流失，绘就绿水青山美丽中国新画卷。

革命战争年代，中央苏区时期设立山林水利局、制定《山林保护条例》；延安时期把兴修水利、保持水土、改良土壤作为提高农业生产、达到粮食增产目的的首要措施。

新中国成立后，1952 年政务院发布《关于发动群众继续开展防旱抗旱运动并大力推广水土保持工作的指示》，1957 年成立国务院水土保持委员会，陆续召开了六次全国水土保持工作会议；1993 年，国务院印发《关于加强水土保持工作的通知》，明确水土保持是山区发展的生命线，是国土整治、江河治理的根本，是国民经济和社会发展的基础，是必须长期坚持的一项基本国策。党的十八大以来，生态文明建设被纳入“五位一体”总体布局，习近平生态文明思想和“绿水青山就是金山银山”理念成为新时代水土保持工作的遵循，水土流失防治步入快车道，实现了水土流失面积持续下降、强度由高到低的历史性转变。

水土流失综合治理效益持续发挥。通过不懈努力，走出了一条适合我国国情、符合自然规律、具有中国特色的水土流失综合防治之路，水土流失状况得到全面遏制。水利部组织完成的全国水土流失动态监测结果显示，2020 年全国水土流失面积 269.27 万 km^2，与 20 世纪 80 年代相比减少了 97.76 万 km^2，全国水土流失状况继续呈现面积、强度“双下降”态势，充分表明我国水土流失综合治理的效益持续发挥，生态环境状况整体向好的态势进一步稳固。

全社会共同治理水土流失局面逐步形成。20 世纪 80 年代初开始，水利部在全国推行小流域综合治理，以小流域为单元，山、水、田、林、路、村统一规划，工程措施、植物措施、农业技术措施有机结合，形成综合防护体系。1983 年我国第一个国家水土保持重点工程——八片国家水土流失重点治理工程启动，此后国家发展改革、财政等部门逐步加大水土保持投入力度，相继实施了黄河中游、长江上游、黄土高原淤地坝、京津风沙源、东北黑土区和岩溶地区石漠化治理等一大批水土保持重点工程，以及三北防护林、退耕还林还草、山水林田湖草生态保护修复等一系列重大生态工程，治理范围从传统的黄河、长江上中游地区扩展到全国主要流域。据测算，现有水土保持措施每年可保持土壤 16 亿 t，治理区生产生活条件大大提升，粮食产量增加，农民增收显著，乡村面貌焕然一新。

进入新发展阶段，绿色成为我国高质量发展的鲜明底色，党的十九大报告明确要求科学推进荒漠化、石漠化、水土流失综合治理，水土保持将在修复生态、造就美丽山川中续写新的辉煌篇章。

农水水电兴利助农托起农民幸福生活

本刊记者　李博远

农业、农村、农民问题是关系国计民生的根本性问题。中国共产党从成立初期便十分重视农田水利。早在1934年，毛泽东在江西瑞金第二次全国工农代表大会上就作出“水利是农业的命脉”这一著名论断。回顾百年历程，我们党始终把农村水利水电建设放在经济社会发展的突出位置，作为治国安邦的重要方略，农村水利水电为改善农民生活、保障农业增产和农村稳定奠定了坚实基础。

灌区建设守住农业命脉。特殊的自然地理和气候条件，决定了我国必须走灌溉农业之路。新中国成立后，在党的带领下，全国掀起了大兴农田水利建设高潮，兴建了淠史杭、位山等一批大型灌区。20世纪八九十年代以来，国家逐渐将农田水利工作的重点从抓建设新灌区转移到建设与管理并重、注重发挥现有工程效益上。进入21世纪，中央财政加大支持力度，引导地方和受益主体增加投入，农田水利建设进一步提速，基本形成了较为完善的农田灌排体系。目前，我国共兴建了30万亩以上的大型灌区400多处，1万～30万亩的中型灌区7000多个，大中型灌区有效灌溉面积5.2亿亩，灌溉面积位居世界第一，大量小型塘堰和难以计数的田间工程覆盖了所有农田灌溉面积，规模位居世界第一，为促进农业生产、抵御自然灾害和保障粮食安全提供了有力保障。

改革创新推动农村水利可持续发展。在工程制度改革上，2002年，党和国家在全国启动水利工程管理体制改革，小型农田水利工程产权制度改革正式拉开帷幕。自2015年起，水利部、财政部、国家发展改革委联合部署安排开展农田水利设施产权制度改革和创新运行管护机制试点工作；截至2018年年底，100个试点县全部通过验收。2016年，国务院公布《农田水利条例》，进一步明确了小型农田水利工程运行维护主体、责任和经费负担机制等，农田水利工作迈上法治化道路。农村小型水利工程产权制度改革极大地调动了集体和农民参与农田水利设施建设的积极性。通过统筹推进农业水价综合改革，农业用水效率和农田水利工程良性运行保障水平逐步提高。

小水电点亮乡村。从无到有、从小到大，小水电成为我国农村重要的基础设施和公共设施，在不同历史时期都发挥了巨大作用，在解决农村用电、促进农民脱贫致富和推动农村经济社会发展，特别是在山区生态建设和环境保护、节能减排等方面发挥了重要作用。新阶段，农村水电生态流量管理工作不断强化，小水电增效扩容和绿色改造持续推进。

水美乡村助力乡村振兴。近年来，党中央始终把加强农村河湖环境治理作为解决“三农”问题的重要内容，提出要坚持绿色发展，让良好生态成为乡村振兴支撑点。2019 年，水利部、财政部启动水系连通及农村水系综合整治试点工作，首批确定 55 个试点县；2021 年 4 月，更名为“水系连通及水美乡村建设试点”，通过试点，打造水美乡村，形成示范效应，助力乡村振兴。

让亿万农民喝上放心水

本刊记者　王慧

民以食为天，食以水为先。让老百姓喝上放心水，是最基本的民生保障，也是最重要的民生福祉。

百年间，在中国共产党的领导下，从饮水难到喝好水，从挑水喝到自来水入户，从饮水解困到安全饮水，我国农村供水保障水平显著提高，亿万农民喝上了放心水。

20 世纪初期，我国农村地区的供水设施几乎为零，广大农民群众只能从江河、湖泊、坑塘中直接取水饮用，干旱季节更要远距离拉水、背水，饮水十分艰难。

在中国共产党的领导下，农村饮水的跨越之路从“解困”开始。中央苏区时期，共产党带领军民打下口口“红井”；新中国成立后，部分缺水地区群众严重饮水困难问题结合兴修灌溉工程得到解决；改革开放以后，农村供水工程建设资金投入力度大幅度增加，实施防病改水和饮水解困工程，到 21 世纪初基本结束了我国农村长期饮水困难的历史。

在党中央高度重视和高位推进下，1980 年，全国农村饮水工作会议在山西召开，提出五年奋斗目标；1984 年，农村饮水解困正式列入相关规划；1994 年，国务院印发《国家“八七”扶贫攻坚计划》，把基本解决农村饮水困难作为奋斗目标之一；2000—2004 年，中央共投资 97 亿元解决了 6004 万农村人口的饮水难问题。

农村饮水从“解困”走向“安全”，步伐愈发坚实笃定。2005—2015 年，农村饮水安全“十一五”“十二五”规划相继实施，解决了 5.2 亿农村居民和 4700 多万农村学校师生的饮水安全问题；2009 年，我国提前 6 年实现了联合国千年宣言提出的“到 2015 年将无法持续获得安全饮用水的人口比例减半”的目标。

“十三五”期间，国家继续实施农村饮水安全巩固提升工程，中央累计投资 296.06 亿元，各地共完成农村饮水安全巩固提升工程建设投资 2093 亿元，共巩固提升了 2.7 亿农村人口供水保障水平，其中解决了 1710 万贫困人口饮水安全问题、1095 万农村人口饮水型氟超标问题和苦咸水问题，现行标准下贫困人口饮水安全问题得到全面解决。

截至 2020 年年底，我国共建成各类农村供水工程 931 万处，服务农村人口 9.09 亿人，其中城市管网延伸及千吨万人供水工程 1.8 万处，千人及以下集中供水工程 56.2 万处，农村集中供水率达到 88%，农村自来水普及率达到 83%，一半农村居民可以享受和城市人口一样的供水服务。

从供水基础一穷二白到饮水安全目标全面实现，农村供水工程成为最受农村居民欢迎的重大惠民工程之一，在提高农村居民生活质量、提高农民健康水平、改善农村人居环境、促进美丽乡村建设、增进民族团结等方面发挥了重要作用，农村居民获得感、幸福感和安全感明显增强。

为打赢脱贫攻坚战提供水利支撑和保障

本刊记者　王慧

在以习近平同志为核心的党中央坚强领导下，中国打赢了世界规模最大、力度最强的脱贫攻坚战，创造了彪炳史册的伟大奇迹。水利为脱贫攻坚提供了坚实的支撑和保障，留下了浓墨重彩的一笔。

消除贫困、改善民生、逐步实现共同富裕，是社会主义的本质要求，是中国共产党的重要使命。农村饮水安全是“两不愁三保障”脱贫攻坚目标的重要内容和底线任务。在党的领导下，水利举全行业之力，充分发挥行业优势，做好水利扶贫各项工作，为我国各个阶段扶贫目标任务的顺利完成提供了坚实水利支撑。

我国1986年开始实施有组织、有计划、大规模的开发式扶贫。水利部作为中央国家机关中最早参与社会扶贫的单位之一，在三峡地区开展定点扶贫和对口支援；1994年，国家“八七”扶贫攻坚计划实施，水利部发挥行业优势，以解决贫困地区“水问题”为着力点参与扶贫攻坚；在《中国农村扶贫开发纲要（2001—2010年）》指导下，水利对贫困地区的支持力度不断加大，在定点扶贫外还开展了行业扶贫及“自选动作”试点扶贫。

党的十八大以来，水利扶贫责任更加明确，政策举措要求更加精准，形成了以行业扶贫、定点扶贫、片区联系、对口支援、重点区域扶贫等为主的扶贫体系，贫困地区水利基础设施建设不断完善，因水致贫的突出问题加速解决。

“十三五”期间，安排贫困地区中央水利建设投资3687.2亿元；巩固提升了2.7亿农村人口供水保障水平，解决了1710万贫困人口饮水安全问题；贫困地区累计新增、改善和恢复农田有效灌溉面积8029万亩；744个贫困县开展了山洪灾害防治项目建设；646个贫困县每年超过100万群众从水土流失治理中受益；农村水电扶贫工程精准帮扶9.8万多户建档立卡贫困户；水利工程建设管理岗位吸纳贫困家庭劳动力108万人次，人均年增收1万元。

“组团式”技术帮扶、“订单式”人才培养、“需求导向型”教育培训，持续提升贫困地区人才队伍建设水平，“订单式”人才培养案例荣获“全球减贫案例有奖征集活动”最佳减贫案例；水利部负责的6个定点扶贫县区全部脱贫摘帽；联系的滇桂黔石漠化片区80个贫困县如期脱贫摘帽。

水利行业从项目、资金、技术、人才等方面给予贫困地区倾斜支持，让贫困地区群众喝上放心水，让贫困地区水利短板补齐补强，让水利扶持政策点亮了贫困群众的希望。各项水利扶贫任务圆满完成，取得显著成效。

脱贫摘帽不是终点，而是新生活、新奋斗的起点。党的领导是打赢脱贫攻坚战的根本保证，也必将是推动乡村振兴、高质量发展的根本保证。在党的坚强领导下，打赢脱贫攻坚战的水利支撑和保障，成果将更加坚固、成效将更可持续，为脱贫地区下一步的高质量发展保驾护航。

水旱灾害防御能力超过历史任何一个时期

本刊记者 轩玮

防灾减灾救灾事关人民生命财产安全，事关社会和谐稳定，是衡量执政党领导力、检验政府执行力、评判国家动员力、体现民族凝聚力的一个重要方面。

因特殊的地理气候条件，我国水旱灾害频发。兴水利除水害历来是治国安邦的大事。旧中国水利工程残破不全，江河泛滥、旱灾频发，常常导致饿殍遍野、民不聊生。中国共产党成立一百年来，始终秉承以人民为中心的发展理念，不断丰富和发展中国特色水旱灾害防御之路。

面对洪涝多发的新中国，毛泽东主席发出“一定要把淮河修好”“要把黄河的事情办好”“一定要根治海河”的伟大号召，以兴修工程为重点开启大江大河治理。改革开放后，逐步建立工程措施与非工程措施相结合的防汛抗旱体系。1998 年长江大水后，党中央实施“平垸行洪、退田还湖、移民建镇”方针，注重规范调整人类活动，给洪水以出路。从控制洪水向洪水管理转变，再到积极践行防灾减灾救灾“两个坚持、三个转变”，从注重工程建设到工程措施与非工程措施并重，水旱灾害防御理念不断提升。

目前，我国共建有水库近 10 万座，总库容近 9000 亿 m^3，堤防 43 万 km，形成水库、堤防、水闸、蓄滞洪区、分洪河道等于一体的较为完善的防洪抗旱减灾工程体系，通过综合运用“拦、分、蓄、滞、排”等措施，基本具备防御新中国成立以来实际发生的最大洪水能力。工程体系逐步完备，供水保障能力明显提高，中等干旱年份可以基本保证城乡供水安全。

防御非工程体系不断完善，保障更加有力。《中华人民共和国防洪法》《中华人民共和国防汛条例》《中华人民共和国抗旱条例》等法律法规颁布实施，确保了防汛抗旱工作有法可依；“预”字当先，更加注重预报、预警、预演、预案“四预”措施；建成各类水文站 12.1 万余处，基本实现对大江大河及有防洪任务的中小河流水文监测全覆盖；加强水库群联合调度，水工程调度更加精细科学；编制完成大江大河防御洪水方案和洪水调度方案等，方案预案体系不断完善。在全国有防治任务的 2076 个县建设山洪灾害监测预警平台，初步建成适合我国国情、专群结合的山洪灾害防御体系。

江河安澜，百姓平安。“十三五”时期成为水旱灾害防御成效最好的五年，年均因洪涝灾害死亡人数降至历史最低。

科技创新为水利发展注入澎湃动力

本刊记者　吕彩霞

科技兴则民族兴，科技强则国家强。回望百年，科技创新为水利沧桑巨变注入了澎湃动力。一座座高难水电工程拔地而起、一项项前沿水利科研成果国际瞩目，水资源利用水平持续提高、水利标准走向国际，水利科技创新助力国家改革发展、保障人民生活幸福。

水利科技创新能力全面增强。我国工程泥沙研究水平国际领先，水文监测预警预报技术跻身国际前列，坝工技术、巨型水利发电机组设计制造水平、水资源配置等方面均处于世界领先水平，成为世界上拥有 200m 级以上高坝最多的国家，实现了在世界水利科技前沿跟跑、并跑到领跑的历史性跨越，为全球水治理贡献了中国智慧和力量。高效节水灌溉技术水平大幅度提升，农田灌溉面积从新中国成立之初的 2.4 亿亩扩大到目前的 10.37 亿亩。水利科技成果为保障国家水安全、粮食安全，提高人民群众获得感、幸福感发挥强有力保障作用。

水利重大科技成果不断涌现。2010 年，“黄河调水调沙理论与实践”获得国家科技进步一等奖；2014—2016 年，“流域水循环演变机理与水资源高效利用”“水库大坝安全保障关键技术研究与应用”和“生态节水型灌区建设关键技术及应用”获得国家科技进步一等奖；长江三峡枢纽工程荣获 2019 年度国家科学技术进步奖特等奖；党的十八大以来，365 项科技成果获大禹水利科学技术奖。

水利科技创新平台不断发展壮大。当前，国家、流域、地方三个层次的水利科技创新中心基本形成，已经建成 2 个国家重点实验室、2 个国家工程技术研究中心、10 个部级重点实验室、13 个部级工程中心，部分机构的综合科研能力已达到国际先进水平。

水利技术标准体系逐步完善。新中国成立至今，先后六版《水利技术标准体系表》见证了我国水利科技进步的历程。目前，现行有效水利技术标准 779 项，向社会免费公开。已翻译完成的 40 余本水利标准在亚非拉国家诸多领域得到应用，为我国水利技术输出和企业开拓国际市场奠定了坚实基础。水利资质认定等技术监督工作持续推进。通过国家级计量认证质检的机构达 94 家，现有 77 种国家有证标准物质，直接服务于最严格水资源管理制度目标考核。

以水为媒 讲好“中国故事”

本刊记者 吕彩霞

中国水利全面贯彻党和国家的外交方针政策，伴随着我国走向世界舞台中心的步伐，以更积极的姿态和更强劲的声音参与涉水国际组织和重大国际水事，稳步推进共建“一带一路”倡议，深入推进水利多双边务实合作，与周边国家建立互利共赢合作伙伴关系，以水为媒，讲好“中国故事”，贡献“中国力量”。

水利多双边交流合作不断深化。政府间高层交往日趋增多，迄今已与57个国家签署72份双边合作协议，建立32个双边固定合作交流机制，并与8个国际组织及相关国家签署了10份多边合作协议，构建起发达国家与发展中国家并重的全方位合作格局。围绕水资源开发、利用、节约、保护等议题召开双边固定交流机制会议或研讨会，双边水利合作成果不断充实，成为我国与其他国家双边交往合作的重要组成部分。利用世界水论坛、中欧水资源交流平台等多边合作平台，与世界水理事会、欧盟、联合国等国际组织开展合作，促进共同发展。水利部及直属单位代表于2012年、2015年、2018年连任世界水理事会董事，并当选执行局成员。2016年和2019年，水利部连任亚洲水理事会副主席。

水利国际合作项目深入实施。改革开放以来，水利行业在多个领域利用外资组织开展了项目实施。截至2020年4月，我国利用世行贷款的水利项目共有82个，占我国利用世行贷款项目数量的14%，涉及流域洪水管理、水资源开发、农业用水和节水、水污染防控、气候变化适应与缓解等多个领域，促进了我国水利事业的发展。

水利“走出去”开创新局面。水利企业积极贯彻“走出去”战略，大力开拓海外市场，业务已遍及全球70多个国家和地区，国际竞争力和影响力大幅度提升。黄河勘测规划设计有限公司设计的厄瓜多尔辛克雷水电站，是中国在海外建成投产的最大水电站；长江勘测规划设计研究院设计的巴基斯坦卡洛特水电站成为首个载入中巴联合声明的水电投资项目。

水利援外人才培训工作取得突破。水利部已为来自112个国家的1700多名技术人员和政府官员提供培训。2018年起连续5年，水利部与教育部合作启动“一带一路”水利高层次人才培训项目，资助“一带一路”沿线及相关国家水利高层次人才来华攻读硕士学位。

跨界河流工作扎实开展。积极推进跨界河流涉外合作，截至2021年6月，我国已与周边 12 个国家和国际组织建立各种形式的跨界河流合作机制，在水文报汛与防洪、突发事件处理等领域开展了卓有成效的交流与合作。我国已与周边国家签署了 24 份有关跨界河流合作的不同层级协议，并建立不同形式的合作机制，开展了一系列广泛而务实的合作，有力保障了跨界河流沿岸各国人民生命财产安全和经济社会可持续发展。

中国水利网站及新媒体

NEWS

他们在偏僻的站房里守望江湖

6 月 29 日，《中共中央关于表彰全国优秀共产党员、全国优秀党务工作者和全国先进基层党组织的决定》正式发布。安徽宣城水文勘测队党支部被授予“全国先进基层党组织”称号。

他们是怎样一个党支部？为何能获得如此高的荣誉？

安徽省水文局宣城水文勘测队党支部，隶属于安徽省芜湖水文水资源局党总支，党员 18 人（含退休党员 7 人）。宣城水文勘测队承担着长江支流水阳江、青弋江以及陈村水库（太平湖）水文测报任务，辖区面积 1 万多平方公里，共有 10 个国家基本水文站、162 个中小河流水文站及水位雨量站点。这些水文站点大多远离城区，有的还在偏远山区。宣城勘测队党支部的党员们在这些偏僻的站房里，守望江河湖库，观测报送雨情、水情、汛情，一干就是一辈子。

“水文人的工作就是风里来雨里去，要敢于吃苦，勇于吃苦。”

2016 年，时任站长陈协栋带领陈涛等驾船测流

在水阳江畔的新河庄水文站，有着三代水文人的传承。

34 岁的陈涛在水文站长大，少年时就常跟着父亲去测流。陈涛的爷爷陈克杰，

70 多年前便在新河庄站工作，直至 20 世纪 80 年代初退休。紧接着，父亲陈协栋顶上，一干就是 37 年。2011 年，陈涛来到站里，成为这个家庭的第三代水文人。

老站长陈协栋常说：“年轻的时候，父亲总在上班前叮嘱我，水文人的工作就是风里来雨里去，要敢于吃苦，勇于吃苦。”年轻的站长陈涛说：“小时候一到暑假，同学总有爸爸陪着玩，但暑假恰逢汛期，是我爸最忙的时候，他常常一两个月都要在水文站待着。”虽然自小就知道父亲工作辛苦，但长大之后，陈涛还是主动成为一名水文人。2020 年汛期，年轻的站长陈涛带头，返聘的老站长陈协栋跟上，一家两代人共同奋斗在防汛一线。坚守是这个家族 70 年的接力守护，更是三代人历久弥新的水文情怀。

“只要心中有党，时刻以党员的标准要求自己，就不会愧对党员这个光荣的身份。”

束俭朴一个人坚守在深山里的水文站

在群山环绕的三口镇水文站，站长、党员束俭朴一个人独守阵地 16 年。

2018 年汛前准备中，他的妻子患病住院做手术，女儿又刚生完孩子，他把妻子女儿托付给亲戚朋友照顾，完成 17 个站点的遥测雨量维护，本站的大断面、水尺测量等工作。这些站点跨越 2 个市 4 个县区，最远的站单程 100 多公里。束俭朴说：“只要心中有党，时刻以党员的标准要求自己，就不会愧对党员这个光荣的身份。”

“当时根本顾不得害怕，就想尽快把设备清理好，第一时间测到数据报出去。”

宣城水文勘测队支部书记、队长吴科军

在水上作业，“乘风破浪”是常态，遭遇风险在所难免。

7 月 11 日，在周寒河寒亭站断面，宣城水文勘测队正在开展应急抢测，不料走航式 ADCP 挂在了河里的树枝上，无法挣脱。同志们都要争着跳下水清理故障，支部书记、队长吴科军说：“我把你们带出来了，就一定要平安地带回去。”吴科军毫不犹豫地跳到湍急的河水中，奋力清理缠绕的树枝等漂浮物。故障清除后，吴科军简单用毛巾擦了擦水，就带队继续奔赴下一个断面开展监测。

回忆起那天的情景，吴科军仍历历在目：“当时根本顾不得害怕，就想尽快把设备清理好，第一时间测到数据报出去。”

2019 年 8 月 10 日，宁国水文站抢测洪峰现场

2020 年 7 月 8 日，新河庄水文站在道路被水淹没的情况下驾船开展流量测验工作

2020 年汛期

宣城水文勘测队实测流量 691 次

其中应急测流 71 次

行程近 4000 公里

采集各类水雨情信息近 250 万条

发布洪水预报 142 站次

助力宣城市实现 2020 年汛期万亩圩口

小型水库无一溃破

7 月 8 日、7 月 19 日安徽省委书记李锦斌，时任安徽省长李国英先后来到新河庄水文站实地检查了解水情，并向全站职工表示慰问。

8 月 19 日，新河庄水文站站长陈涛作为防汛抗洪一线人员、先进典型代表，在肥东十八联圩生态湿地蓄洪区巢湖大堤罗家疃段得到习近平总书记亲切接见。

宣城水文勘测队党支部开展党员活动

陈涛、吴科军作为先进代表参加
安徽省防汛救灾表彰大会

2020年宣城水文勘测队党支部被安徽省委表彰为“安徽省先进党组织”，宣城水文勘测队被安徽省委、省政府表彰为“安徽省防汛救灾先进集体”。勘测队职工耿继光同志被评为安徽省先进工作者，李邦杰同志被人力资源和社会保障部授予全国技术能手，陈协栋、陈涛父子两人先后被表彰为2016年、2020年安徽省防汛救灾先进个人。2021年，安徽省宣城水文勘测队党支部被党中央表彰为全国先进基层党组织。

他们初心未改，砥砺前行

他们担当使命，无私奉献

他们是全国水文行业的优秀代表

在新中国治水兴水的伟大历程中

描绘出水文人的华彩篇章

他是抗美援朝的战斗英雄，也是与洪水“搏击”的勇士

在今年的“七一勋章”颁授仪式上

有一位 97 岁高龄的获得者

名叫孙景坤

战场上，他是抗美援朝一级战士

战场下，他也是带领群众“驯服”洪水的勇士

一名功勋老兵何缘与水利结缘？

今天，就让我们一起了解一下孙景坤的故事

……

孙景坤是辽宁丹东人，生于 1924 年 10 月，于 1947 年 12 月入伍，1949 年 1 月加入中国共产党。

他是永葆革命本色的战斗功臣，先后参加了四平、辽沈、平津、解放长沙、解放海南岛、抗美援朝等战役战争，荣立一等功一次、二等功多次，荣获“抗美援朝一级

战士荣誉勋章”。作为英雄报告团成员，受到毛主席等党和国家领导人亲切接见。

抗美援朝老战士孙景坤（2013 年 6 月 15 日摄）　　新华社　刘海东　摄

1955 年，复员后的孙景坤放弃了到城里工作的机会，回到老家山城村务农，建设家乡。也是在这里，他结缘水利，带领乡亲们治理水患。

在山城村，有一条大沙河。每年洪水暴发时，鸭绿江水位上涨，洪水无处可泄，时常漫过河岸，淹没土地，危及房屋。

孙景坤出任山城村第一生产队队长，大沙河的洪水成了他的心结。他回村的第一件事就是要和全村人一道治理这条河。有人说，洪水猛兽，人拿它是没办法的。

孙景坤心里想的却是：“再顽固，再厉害，能比得过敌人的飞机大炮吗？只要肯一锹一锹不停地挖，山也会变成平地。”

在水利专家的帮助下，治河方案很快出台。孙景坤像当年战场上打歼灭战那样，带着治河的乡亲们昼夜奋战在两岸，开展劳动竞赛。

要想彻底治理，需要固定河道。固定河道要占地，可土地是农民的命根子，谁也不愿意。

孙景坤做出决定，山城一队与对面的村交换土地，谁也不吃亏。

就这样，大沙河去弯取直的设计方案形成了。冬季修坝大会战在两岸轰轰烈烈地开展了起来。当时，没有机械化设备，孙景坤就带头用筐挑、用肩扛，运送土石，吃住都在工地上。一连奋战两三个月。

大坝修好了，巩固坝体又是一个新课题。雨水年年冲刷，泥坝会随之变矮。若放任不管，修坝付出的艰辛劳动早晚会付之东流，而最好的办法是种树。于是，春天来临时，大坝上种满了白杨树。

到了 20 世纪六十年代初，大坝越建越高，越建越厚实，洪水也被“驯服”了。不仅两岸的土地得到了保护，村民的生命财产安全也有了保障。与此同时，河滩改造还给山城一队增加了一百多亩耕地，对于惜地如金的农民来说简直是天大的喜讯。

辽宁省丹东市山城村村民曲华成：这个河一发水就把地都冲坏了，（孙景坤）领着大家伙儿修这个拦河坝，想办法叫大家伙儿富裕起来。老百姓心目中非常信任他。

此后，孙景坤又带领乡亲们大搞农田基本建设。为了能在缺水时灌溉稻田，孙景坤还带着村民在大沙河上建了一座引水工程，让荒弃的土地变成了聚宝盆。他的英雄事迹一度成为当地流传甚广的顺口溜。

抗美援朝老战士孙景坤在家中（2020 年 7 月 7 日摄）

新华社　杨青　摄

“山城一队大亚湾
当年就是烂泥滩
一遇水涝就不收
如今变成米粮川”

回乡务农六十余载，孙景坤从不提起自己在战场上的英勇事迹。他一心扑下身子把家乡的土地当成一个新的“战场”。几十载埋头苦干，他用一生诠释着什么是共产党员的初心与使命。

新媒体中心党建稿件汇总

序号	标　题	链　　接	二维码
1	他是抗美援朝的战斗英雄，也是与洪水“搏击”的勇士	http://mp.weixin.qq.com/s?__biz=MzAxNjM5NzA2OQ==&mid=2649445106&idx=1&sn=c7038d09fd1d31d5c1cb56d32a854b31&chksm	
2	刚刚！他获“七一勋章”！	https://mp.weixin.qq.com/s?__biz=MzAxNjM5NzA2OQ==&mid=2649443022&idx=1&sn=74539bb974794d78d96271b4e6d96261&chksm	
3	一条水渠　一座丰碑	https://mp.weixin.qq.com/s?__biz=MzAxNjM5NzA2OQ==&mid=2649443127&idx=1&sn=afdacf3c7e92d5eca6349078ded66dc7&chksm	
4	他们在偏僻的站房里守望江湖	https://mp.weixin.qq.com/s?__biz=MzAxNjM5NzA2OQ==&mid=2649443475&idx=1&sn=ae4fffbffd14a3db80868870044e77f0&chksm	

续表

序号	标题	链接	二维码
5	在生命的最后一刻，她大喊：“不要管我。”	https://mp.weixin.qq.com/s?__biz=MzAxNjM5NzA2OQ==&mid=2649447162&idx=1&sn=f8d7c8ebf9d7ad254f255e606e0c2068&chksm	
6	为让乡亲们都喝上放心水，他们踏遍荆山楚水！	https://mp.weixin.qq.com/s?__biz=MzAxNjM5NzA2OQ==&mid=2649443556&idx=1&sn=ee2505833fd717ad1bdfeb0a0bbccba1&chksm	
7	一名普通的基层水利人，为何能得到总书记的亲切接见？	https://mp.weixin.qq.com/s?__biz=MzAxNjM5NzA2OQ==&mid=2649443253&idx=1&sn=e676ea5ef4e1cccf34c8ccf8e91d68b6&chksm	
8	看过来！这些作品获奖啦！	https://mp.weixin.qq.com/s?__biz=MzAxNjM5NzA2OQ==&mid=2649446345&idx=1&sn=756616add97669bf563d2e2efa59f2ad	

续表

序号	标　题	链　　接	二维码
9	哪一个故事，最能拨动你的心弦？	https：//mp. weixin. qq. com/s? _ _biz=MzAxNjM5NzA2OQ==&mid=2649443852&idx=1&sn=81b577d041f62460be742346915e82d5	
10	再再再再再再再再征集	https：//mp. weixin. qq. com/s? _ _biz=MzAxNjM5NzA2OQ==&mid=2649440753&idx=1&sn=f50c8e5072aa839468aed325eada2b70	
11	我想听听你的故事	https：//mp. weixin. qq. com/s? _ _biz=MzAxNjM5NzA2OQ==&mid=2649438751&idx=1&sn=2aa3345652898b8e70e658dd3e7721cf	
12	节水：引领风尚　共赴未来	https：//mp. weixin. qq. com/s? _ _biz=MzAxNjM5NzA2OQ==&mid=2649443825&idx=2&sn=5f9ae893dc52b0a0cd51a42f26516d06	

续表

序号	标　题	链　　接	二维码
13	江河湖泊的红色记忆｜山城往事	https：//v. kuaishou. com/iuzWXF	
14	江河湖泊的红色记忆｜赣鄱大地的红色治水基因	https：//v. kuaishou. com/fKshTq	
15	江河湖泊的红色记忆｜八闽大地上的治水精神	https：//v. kuaishou. com/hU42FZ	
16	《水事连连看》（第15期）庆祝中国共产党百年华诞特辑	https：//v. kuaishou. com/fDw98E	

续表

序号	标　题	链　接	二维码
17	水利部在京各直属单位参观“治水百年路 牢记为民心”主题展览	https：//v. kuaishou. com/gNoAny	
18	水利部机关各司局组织参观“治水百年路 牢记为民心”主题展览	https：//v. kuaishou. com/feiw29	
19	看剧学党史｜红旗渠的自力更生精神	https：//v. kuaishou. com/ip49yw	
20	看剧学党史｜红旗渠的艰苦创业精神	https：//v. kuaishou. com/edlJIt	

续表

序号	标　题	链　　接	二维码
21	看剧学党史｜红旗渠的无私奉献精神	https：//v. kuaishou. com/fpE69T	

一名普通的基层水利人，为何能得到总书记的亲切接见？

6 月 29 日，《中共中央关于表彰全国优秀共产党员、全国优秀党务工作者和全国先进基层党组织的决定》正式发布。安徽省桐城市水利局党组成员、高级工程师梁铁飞被授予“全国优秀共产党员”称号。

6 月 28 日，全国“两优一先”表彰大会在北京人民大会堂举行

新华社记者　张领　摄

2020 年 8 月 19 日，梁铁飞作为安徽省防汛抗洪一线的优秀代表受到习近平总书记的亲切接见。

一名普通的水利人，何以频频迎来高光时刻？

答案简单却深刻：不忘初心，担当使命，扎实苦干，百炼成钢。

双脚的水泡磨了破、破了磨，平均每天微信计数 3 万步，他是防汛抗洪抢险一线的“拼命儿郎”。

2020 年 7 月，受连日暴雨与长江水位快速上涨的影响，桐城市菜子湖水位突破有记录以来的历史极值。

沿菜子湖水系的 4 个万亩圩面临巨大防汛压力，其中关系着桐城市双港、新渡两个经济重镇安危的练潭圩、唐合圩最为险峻，先后发生大小险情 100 多次，平均每天约 8 次。

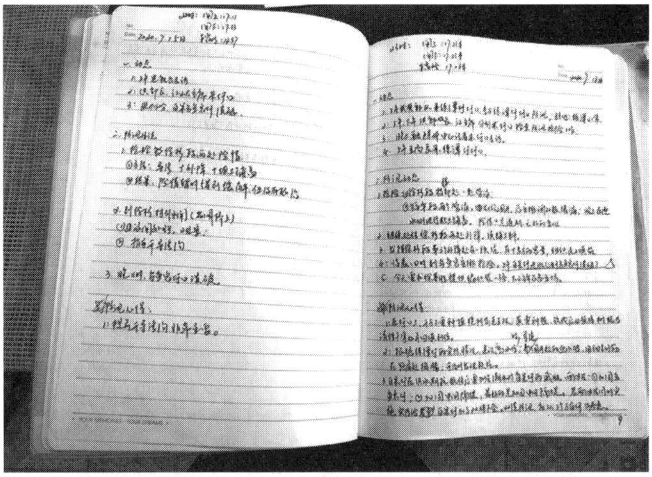

梁铁飞 2020 年汛期记下的防汛日志

梁铁飞就是这两个防区的抢险技术负责人。

“练潭圩从大沙河一直连到菜子湖，面临河水与湖水齐涨的压力，险情在全市来说最为严峻。被湖水浸泡后的圩堤，管涌此起彼伏，险情不断。”梁铁飞说。

在长达 12.5 公里的圩堤上，日常巡堤工作考验着 48 岁梁铁飞的体力。受高水位浸泡，练潭圩已是脆弱不堪，无法通行车辆。他每天穿着胶鞋奔波在大堤上，双脚的水泡磨了破、破了磨，平均每天微信计数 3 万步。

梁铁飞在巡堤查险（中）

为了保圩堤安全，每天午夜 12 点以后，梁铁飞要对白天的险情点复查一遍才回到指挥部休息，走一趟两个多小时。第二天 7 点到岗，他再复查一遍才放心。

在一次巡堤查险中，他发现前两天插下去的旗杆下沉了几厘米，用旗杆扒拉了几下，发现有一处堤身土层已十分松软。安排人员下水摸排后，他惊出一身冷汗，红旗下的堤身已被水流掏出一个 20 平方米的大洞。

“我们发现后立即填充堵口。当时堤上有 100 多名防汛人员来来回回行走，再迟一点都不敢想象。”梁铁飞回忆这段抢险经历时仍很激动。

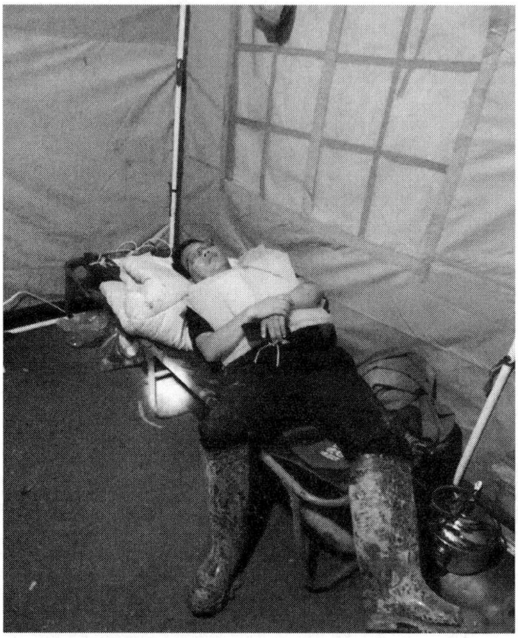

长胶靴没脱就在防汛指挥棚里睡着了

坚守大堤，“死磕”洪魔。防汛抗洪抢险的“战友”、双港镇福华村党总支书记潘慧玲这样夸赞梁铁飞：“抢险的时候，他带头码沙包。这么拼的人，我是第一次见到!”

经手 50 多个项目，投资规模超 20 亿元，无一发生安全事故，他是不忘初心、牢记使命的“大禹”传人。

桐城境内有 2 个连通长江的大湖、4 条大河、4 个万亩大圩、65 座中小型水库，历年防汛抗旱任务艰巨。

汛期保安澜，平时抓兴修，桐城水利人“四季不得闲”，梁铁飞是其中最忙的一个。桐城市水利局的公务车年里程 3 万公里，基本上都是梁铁飞带着同事和“徒弟”们跑的。梁铁飞不仅自己乐当全市防汛防洪的“预警员”，还总是跟年轻的水利人说：“全市水文环境，一定要了然于心，才能临阵不慌。”

25 年来，梁铁飞经手过的水利工程项目有 50 多个，投资规模超 20 亿元，无一发生质量事故、安全事故。

他慎独慎微，努力把经手的每项工程建成精品工程、良心工程。不少人想方设法和他拉关系，以图揽工程、开偏门，但他毫不动心，始终守住“底线”。有一次，某工程老板趁他不注意，留下一个2000元的红包就跑了。梁铁飞没办法，为对方代缴了2000元的手机预存话费，才消除了心头的这个“阴影”。他说：“干净做事，才能站着做人。”

上善若水，大德无痕。专注变“水害”为“水利”的梁铁飞，初心如磐，使命在肩，毅然奔走在桐城大地上，化碧血为清流、用丹心暖民生！

坚守初心的他，冲锋在每年桐城防汛抗洪抢险最险恶的战场，用生命践行水利精神，成为道德模范、行业标杆。

“我将追崇大禹等治水先贤，时刻牢记自己是一名共产党员，当先锋，立标杆，创业绩，惠民生，为新时代水利人争光！”

水利是梁铁飞一生钟情的事业，河湖安澜是他不变的追求，让我们向他致敬！

在生命的最后一刻，她大喊：“不要管我。”

“如果不把淤积物清理掉，水会涨得更快，河边的农田就全毁了。”

在今年防御台风“卢碧”工作中福建省宁德市霞浦县松山街道古县村原党支部书记孙丽美不顾个人安危因疏通被杂物堵塞的涵洞不幸被洪水冲走因公殉职，年仅 44 岁。近日中共中央宣传部追授孙丽美“时代楷模”称号。

8 月 5 日 16 时 50 分左右，今年第 9 号台风“卢碧”在福建沿海再次登陆，宁德市辖区内普降大到暴雨。

下午，孙丽美和省派驻古县村第一书记樊丽丽、村委会主任孙万进，以及沙塘工作站站长汤辉冒雨对各自然村开展巡查。当大家来到村后自然村旁的金沙溪时，发现一水泥桥下的涵洞被杂物堵塞，岸边部分农田已被冲毁。

“当时，孙书记说如果不把淤积物清理掉，水会涨得更快，河边的农田就全毁了。”樊丽丽回忆道。

孙丽美书记出事的涵洞　　刘丰　摄

随后，4 人各站在一个桥墩上，着手清理堵塞物。

突然，孙丽美半个身子被水流卷进涵洞。汤辉跳入水中，想将其托起。

樊丽丽说："当时孙书记看到汤辉跳下去，还一直喊'站长你上去，不要管我！'"

在汤辉试图托起孙丽美的时候，自己反被水流卷入涵洞中。

"我抓住一把水草，连游带爬到了岸边，跑回桥墩，想继续营救孙丽美。"汤辉回忆道，无奈当时水流太急，3 人最终没能把孙丽美营救上岸。

"阿美！阿美！阿美！"搜寻的呼声从白天响到黑夜。8 月 6 日晚上 9 点，人们终于在下游 5 公里处的河道中发现了她。

这张照片，是孙丽美留给这个世界最后的画面。

在村民眼里，孙丽美是一个"凡事冲在前，一心为人民"的好干部、好党员。

在霞浦县古县小学，有一口水井，它保障了学生们的日常用水。而曾经的这里严重缺水，老师在上课之余还要跑到 2 公里外的自然村取水，十分不便。

田宏炜　摄

“我们打开水管，经常没有水，或者就是浑浊的、掺有泥沙的水。想要用水，就要到 2 公里外的金沙溪去打水。”古县小学校长章彰说。

孙丽美得知后，立即组织申请了一辆拖水车，专门负责给古县小学运水。她告诉章彰，再苦不能苦孩子，再穷不能穷教育。

拖车队运来了水，但孙丽美仍不满意，她要让孩子们吃上干净的活水。

不久，孙丽美便联系了挖井施工队。“挖井这个事情我们之前都不知道，施工队人来了才知道。”章彰说，“书记跟施工队说，水井挖好后，要给学校单独牵一条水管。”

如今，在古县小学操场西北角的这口水井默默地守护着这一方净土。水井的出水口，黑色、较粗的水管通往村里，供水给村民；白色、较细的水管是孙丽美为孩子们单独留下的。

哪里有险情，哪里就有共产党员冲锋在前的身影；哪里有危险，哪里就有共产党员叩击心灵的担当。孙丽美用年轻的生命诠释了中国共产党员的初心和使命。斯人已去，但这片土地和人民永远不会忘记她。

“治水为民　百年伟业”
征文比赛

NEWS

老家花园口

李良

一

“你家在哪里，我家在黄河边……”沿着郑州花园路一直向北，约摸一顿饭工夫，走到头就到我的老家花园口了。

花园口得名是因为明朝一个姓许的天官，归休故里，不知深浅，挖开黄河，让河水倒灌流入涸河，修了一处占地五百多亩的大花园。为了来往方便，他索性又修了一个渡口。这样叫来叫去，原来的村名反倒忘了，花园口却给喊响了。

也就第二年，黄河发大水，一夜之间，秒变沙窝。花园不在，渡口尚存，花园口的名字，便一直留了下来。黄河在这之后，还发生过多次决口。尤其是最近的一次，让花园口一夜之间出了名。

中原抗战，国民党杀敌无勇，退敌无谋，“以水代兵”，在此扒开了黄河。这天恰逢暴雨，河水汹涌而出，浊浪排空，一泻千里。在地理书上，从此多了一个让人心酸的名词：黄泛区。堵口后统计，人口减少近三分之二。

我爷爷把奶奶和父亲安顿在二姨奶家，先是逃荒到了西安，这里灾民遍地，根本站不住脚，便又跟着人流朝西走，后来在宝鸡酒精厂安顿下来。扒口之后，先是蝗灾，再是三年大旱，二姨奶家也难以为继，奶奶便拉着年幼的父亲，背着一包二姨奶给的旧衣服，走着去寻爷爷。这一待便是九年。直到黄河堵口复堤，爷爷在报纸上看到招工启事，说：“河工这活儿我行，走，咱回家去。”

二

游人去花园口，有两处非看不可的“景”。将军坝：在坝的西端立着一块白色的西界碑，东端立有一块东界碑，这之间就是扒开花园口的口门，最宽时达 1460 米。洪水猛兽的“兽”有多猛，光看其“口”便知一二。六面碑亭：花园口堵口复堤后修建，亭子中心是合围在一起的六面石碑，分别镌刻“济国安澜”“安澜有庆”、工程纪实、合龙纪念及官员名单。一下子立 6 块碑，密密麻麻列了那么多的名字，却连黄河为何决口一句不提，好像决口是凭空发生似的。

自打我记事起，就总是跟在爷爷的后头，在怎么也望不到尽头的大堤上跑。下河摸鱼，上树掏鸟窝，乐不可支。爷爷参加复堤后，因为摸清了黄河的“脾气”，很快当上了河工队长，有事没事，每天要到大堤上转转，否则总觉少点什么。村人见惯了这样的场景：爷爷在前头，背着手，面迎大河落日，脚下惊涛拍岸，影子拖出好长。我躲在影子里藏猫猫，好像这样一来天塌下来都不怕了。终于有一天，这影子突然藏不住了，我好一阵茫然，也不知是爷爷的腰一天天弯下去了，还是我一天天长高了。随后，父亲铜钟般的声音开始闯入我的记忆，村中间大槐树上，支着一个大喇叭，在上头一喊“嗡嗡”的，“河水涨上来了，民兵要巡查值班，所有的棒劳力，准备随时上堤抢险。”

爷爷这时候会让我用轮椅推着他上堤，对着滚滚的河水，既像是和老伙计唠嗑，又像是自言自语。从这些断断续续的话语里，我知道了花园口很不一般：这里是黄河悬河段的起点；这里的流量和水位是下游的防汛标准；还有人干脆这样说，花园口就是黄河的晴雨表。这里是黄河大堤上 11.6 公里长的一段险工，主坝“将军坝”根石深 23 米，是黄河最深的一道坝。

三

时光荏苒，我从部队转业到水利系统工作，父亲让我陪他到大堤上走走，说：“过去（指新中国成立前）只要发每秒一万立方米以上的洪水，几乎都要决口泛滥，全村人紧张得整夜不敢合眼，有时不到每秒六千立方米就决口了。现在（指新中国成立后），咱花园口每秒一万立方米以上的洪水发过不下十次，一次决口也没有”。他望着远处的邙山头，目光中流露出无比自豪之情，“‘要把黄河的事情办好’是毛主席的嘱托，啥时候都不能忘。”

去年春节回家过年，一家人围在一起吃年夜饭，我特意把一张习近平总书记视察黄河的照片洗出来装进框里送给他，告诉他中央不光要搞数字黄河和综合治理、生态保护，还要弘扬黄河文化，让后代知道中华民族的根是扎在黄河的泥土里的。父亲说：“这是母亲河哩，人能忘了娘？只要踏石留印，一代接着一代干，哪有干不好的事儿。”

冬去春来，一个星期日，我带着爱人孩子，上大坝赏花踏青，挖鲜嫩的荠荠菜包饺子吃。我见父亲独自坐在屋里，望着满墙自己和到花园口视察的领导们的合影，神情显得有些凝重。我想起郑州要建黄河生态廊道，老家也在拆迁之列，故土难离，正想着该怎么劝他。父亲突然一笑，说：“搬！这是朝好处挪，谁还会说不中。”我开玩笑说：“那我刚才怎么瞧着你有点伤感，还心想别几十年的老党员，最后当了钉子户。”父亲长叹口气，说：“以前全是洪水追着屁股搬，这次是自己主动搬，日子没法儿比。”我说：“黄河没有变，是时代变了，害河跟着变成了幸福河。”父亲说：“将军坝的名字是因了上面的庙。将军庙里无将军，里面供的全是治水的好官。打仗有善有恶，治水全是行善。不然，老子能说‘上善若水’，他们是真将军！老百姓心里这样想。庙就这样修，皇帝封不封，老百姓管不着，也懒得去管。”父亲接着又关心地问：“‘小白宫’的黄河防汛前线指挥部搬不搬?”花园口水文站是一座三层白色的漂亮建筑，老家人习惯称其为“小白宫”。我说：“不搬。”父亲把手一拍，说：“走，吃饺子去。”

小院上空，飘出阵阵欢快笑声，枝头儿喜鹊受到感染，跟着“喳喳喳”地叫个不停。饭后，父亲提议全家一起唱《黄河大合唱》：“风在吼，马在叫，黄河在咆哮……”

拯救白洋淀的壮举

靳怀堾

白洋淀，海河流域最大的淡水湖泊，有“华北明珠”“华北之肾”“北地西湖”等美誉。曾几何时，这颗明珠因污染和旱涸一度黯淡无光。如果说治污是为了除去白洋淀身上的毒素，那么生态补水则是为白洋淀输血的救命之举。

白洋淀生态补水早在 20 世纪 80 年代就开始了。1981 年 11 月至 1984 年 6 月期间，安格庄、西大洋、王快三大水库先后四次向白洋淀输水，对迟滞白洋淀的干涸起到了一定作用。但由于每次输水都是量小流微，犹如杯水车薪，根本不能驱走旱魃。在干涸中挣扎的白洋淀于 1983 年至 1988 年汛前连续 5 年干淀，直到 1988 年夏，大清河上游地区下了几场豪雨，唐河、潴龙河、瀑河、漕河等河道相继暴涨，终于灌满了白洋淀。然而，这种丰水局面不过昙花一现，更多的年份，白洋淀上游的几条河几乎涓滴不下。2003 年秋后，白洋淀水危机的警报又一次尖厉地拉响。

正当白洋淀人戚戚惶惶却又束手无策的时候，有好消息翩然而至：水利部海河水利委员会会同河北省水利厅，将从千里之外的漳河岳城水库向白洋淀应急补水。其时，我担任海委办公室主任一职，参与了这次拯救白洋淀的行动，见证了许多难忘的历史瞬间和动人场景。

2003 年 10 月下旬的一天上午，海委副主任田友敲开了主任邓坚的办公室。

“邓主任，白洋淀的水位一降再降，面临干淀危机，急需补水。岳城水库汛后来水不少，比往年多蓄了两三亿立方米的水。我建议实施引岳济淀应急调水。”田友开门见山，说出了自己的想法，“这几年，党中央、国务院以及水利部党组对生态调水高度重视。2002 年的黄河、黑河、塔里木河‘三河’生态调水取得了巨大的社会和生态效益，中外瞩目。朱镕基总理对‘三河’调水的成功给予高度评价，称‘这是一曲绿色的颂歌，值得大书特书’。如果实施引岳济淀应急补水，我看意义不凡。”

“老田，你这个想法很好，咱们想到一块儿去了。”稍作沉思后，邓坚把询问的目光投到了田友身上，“如果给白洋淀调水，走哪条线路既便捷又节省投资呢?”“前几天，我和委防办、河北省水利厅有关同志沟通探讨过，初步设想利用滏阳河、支漳河、老漳河、滏东排河、紫塔干渠、古阳河、小白河等现有河渠，再做一些疏浚沟通工程即可贯通，不用大兴土木。”田友胸有成竹，侃侃而谈。

“拯救白洋淀不仅是河北地方上的事，也是海河流域的事，再往大了说还是国家和全社会的事。”平时温文尔雅的邓坚兴奋地站起身来，白净的面庞泛起坚定的表情，“现在全社会都关注水生态环境的建设，‘三河’生态调水、扎龙湿地补水已开先河，我们也要借势发力！如果引岳济淀搞成了，也是一曲绿色颂歌嘛。”

转过天来，邓坚立即动身去水利部汇报引岳济淀的想法，得到水利部领导的大力支持后，马上联系河北省水利厅开展相关工作。查勘、设计、论证、审批、施工，风风火火，日夜兼程，扬鞭催马。12月下旬，“引岳济淀生态应急补水”的施工战役便在输水沿线各个工地热火朝天地摆开了。

2004年2月16日9时，岳城水库民有渠渠首临时开辟的一块场地上，引岳济淀应急补水工程通水仪式在热烈的气氛中拉开序幕。9时45分，蓄势已久的漳河水从民有渠渠首闸门奔腾而出。

好水知时节，阳春入淀来。

2004年3月1日17时，这注定是白洋淀生命史上一个极为重要的时刻！其时，白洋淀十二孔闸现场，春风弄柳，彩旗飘飘，人声鼎沸。“水来了！水来了！”在人们的欢呼声中，带着水利人深情厚意的漳河水，历经14天457公里长途跋涉的漳河水，穿子（子牙河）越清（大清河）跨流域的漳河水，跃过十二孔闸，涌入了渴得奄奄一息的白洋淀。

经过134天源源不断的“输液”，白洋淀丰满了、滋润了、活泼了，1.6亿立方米的清流入淀后，水域面积由3个月前的31平方公里扩大到120平方公里，水位由原来的5.8米上升到7.2米（大沽高程）……

万顷水淀笑扬波。

丛丛簇簇、绿得闪闪发亮的芦苇，临风摇曳，生机勃发；层层叠叠、亭亭玉立的荷花，红白相间，分外妖娆；水鸟翔集，鱼儿跳跃，渔舟唱晚……于是，就有了中外游客的欢呼雀跃：白洋淀——今夏荷花别样红！

“引岳济淀”生态应急补水，是我国继黄河、塔里木河、黑河调水，扎龙湿地、南四湖补水后又一次生态补水的壮举，唱响了又一曲激昂的绿色颂歌。于是，就有了时任国务院总理温家宝鼓舞人心的批示：“这件事做得好！”

光阴荏苒，日月如梭，2017年4月1日，中共中央、国务院决定，在河北保定、华北明珠白洋淀侧畔，设立一座国家级新区——雄安新区。白洋淀作为雄安新区最核心的自然和文化双重名片备受瞩目。很快，在激情澎湃之“雄安力量”的推动下，白洋淀在水生态环境保护与修复方面率先发力，气魄之大，举措之硬，效果之佳，让人有“当惊世界殊”之叹。

过去为白洋淀补水，皆是一事一议的应急措施。但现在不同了，建立的是常态机制——水利部会同河北省及有关单位，联手建立协调机制，确定统筹引江、引黄、当地水和再生水，科学实施白洋淀生态补水，确保实现年均为白洋淀生态补水3亿～

4 亿立方米的目标，使白洋淀正常水位达到 6.5～7 米（黄海高程），淀区面积稳定在 360 平方公里左右，水质全域Ⅳ类、局部Ⅲ类、消除Ⅴ类。

今年初夏，我去白洋淀考察采访，深深震撼于“雄安力量”在保护与修复白洋淀水生态环境带来的惊人成就——一淀碧水，波光粼粼；片片苇荡，翠绿欢欣；水禽翔集，追逐嬉戏……来到去年才建成的白洋淀引黄大树刘庄泵站，我了解到，近年来千里迢迢而来的黄河水，正是通过该泵站的助力才投入大淀的怀抱。雄安新区管委会公共服务局的一位水利工程师兴奋地告诉我，2017 年 4 月新区设立以来，通过实施引黄、引江及白洋淀上游水库供水等途径，基本实现了济淀补水的常态化，已累计为白洋淀生态补水近 16 亿立方米；而且水质逐年改善，目前已达到Ⅲ类至Ⅳ类。

我深知，白洋淀能有现在的喜人局面，光靠治污这一手肯定不够，如果没有这几年生态补水的持续发力，哪会有今朝白洋淀大水大绿大美大生态的气象呢?!

幸福河的“滴答”声

朱长忠

七十多岁的马大爷曾是山东德州城里有名的钟表匠人，出于职业习惯，对于“滴答滴答”的钟表指针声分外敏感。他虽说退休在家，但对家国大事依然保持着旺盛的热情。这一阵子，他总是关注着习近平主席视察黄河有关的新闻，伴随着萦绕在耳边时间的“滴答滴答”声，母亲河唤醒了他对这座城市关于水的记忆，有苦涩、无奈；当然更多的是甜蜜、喜悦。

他是德州的老居民，与共和国同龄。新中国成立以前，他的父亲是位水工，推着水车走街串巷给人们送水。新中国成立以后，伴随着时间的“滴答滴答”声，城市大了，人越来越多。家家户户有了自来水管，他父亲的送水车慢慢地成了文物。饮水由运河水、浅井水换成了深井水。刚喝上深井水没几年，他听一位搞水文地质的邻居说，由于地下水过量开采，这一带形成了一个巨大的地下水漏斗，造成城区地面不均匀沉降，这可麻烦了！还有比这个更糟心的呢，不知什么缘故，渐渐地，人们原本挺白挺亮的牙齿变成了大黄牙，一些老年人莫名其妙的粉碎性骨折。专家一调查，深层地下水高氟低钙，氟含量超出国标 6～8 倍，长期饮用就会氟中毒，对儿童发育和老人健康的影响最大。更让人哭笑不得的是，大黄牙成了德州特有的地理标志。人们还用顺口溜调侃德州姑娘：皮肤白，身材俏，就是不敢开口笑。张嘴两排大黄牙，你说尴尬不尴尬！

其实，对于高氟低钙水，马大爷家里就有着苦涩的体味。他的父亲在遛弯儿时跌了一跤，结果粉碎性骨折。他的弟弟谈了一个生在江南的女朋友，本来说好毕业后回德州工作。谁料姑娘看到满街的人全是大黄牙，立马拉下脸说了句“我可不想让自己的后代满口的大黄牙”就走了。弟弟无奈，只好跟着姑娘去了南方。马大爷坐在店铺里，看着那些咬合紧密的钟表齿轮和发条，听着“滴答滴答”的时间流逝声，心里直叹气。

日子在不经意间悄悄发生着变化。从 20 世纪 70 年代开始，大家喝上了从远处引来的黄河水。黄河水就像母亲的乳汁，在居民身体上发生的效应非常明显，几年工夫，氟中毒发病率直线下降直至绝迹。大黄牙，这个特殊时期德州人的特殊标记成为历史。不仅如此，德州自从有了黄河水做支撑，城市面貌日新月异。前几年，马大爷的弟弟一家从南方回来探亲，弟媳妇儿一个劲儿地夸赞：“想不到当年街道灰头土脸、到处是大黄牙的小城蛮有大都市味道的，大姑娘、小伙子漂亮得直晃眼睛。”

这天，马大爷躺在床上，翻来覆去睡不着，他对那些栉风沐雨的水利人充满着敬意，对慈祥如母亲般的黄河非常感激。“让黄河成为造福人民的幸福河”，这话真给力！不过，他也有一丝疑虑，要把习主席的号召落到实处可不容易哩。听着萦绕在耳边“滴答滴答”的声音，突然，他萌生了一个想法：要去实地看看那些遍布城乡的水利设施，看看那些水利人的工作状态，亲身了解习主席指示的落实情况。

很快，他的愿望就实现了，水利部门表示，欢迎市民监督并派专人专车陪同。

汽车驶出城区，沿着潘庄引黄干渠一路疾驰。这条建于 20 世纪 70 年代的输水“大动脉”，马大爷倾慕已久。今日一睹“尊容”，他眼睛都不敢眨，生怕错过大好的景致。渠里清水潺潺，渠边绿树夹岸，芳草萋萋。工匠出身的马大爷禁不住赞叹道：“这活干得真地道，简直是个风景长廊！”

行进途中，但见平畴千里，风和日丽，水网密布，鸟语花香。突然，他的目光被田野里的喷灌机吸引了。在他的记忆里，农民浇地都是大水漫灌，现在怎么都用上过去在电影里才看到的发达国家的工具呢？只见那几十米长的喷灌机长臂在拖拉机的牵引下缓缓前行，雨雾像一道道彩虹。马大爷和农民们拉起家常，当说到大水漫灌的往事时，一位后生笑着说：“这都是老黄历了。以水定产，以水定人，刚性约束，可不是光喊喊口号，要石头滚子砸碾盘——石打石（实打实）才能做得到。实话告诉您吧，水利部门制定了补助政策，喷灌、滴灌、小白龙在咱这里都已经普及了。黄河是咱们的母亲河，咱不爱护谁爱护哩。”马大爷边听边点头：“真不错。”

行程安排得很紧凑，考察的最后一站是丁东水库。汽车七拐八弯驶到一座建筑物前停了下来。马大爷一瞧是入库泵站。他以为，泵房嘛，肯定到处是泥浆油垢，能好看到哪里去？可进到主厂房，他眼前一亮：硕大的电机一字排开，窗明几净，一尘不染。他特意用白纸在电机壳上擦拭了一下，纸白如新，比他修理钟表的工作台收拾的还整齐利索。在工作人员的搀扶下，他从厂房的电机层下到水泵层。只见一排硕大的泵体上接电机，下联进水管体。进入离地面十几米深的泵房，感到飕飕的冷气浸入肤肌，他再往下一瞧，逼仄狭窄的空间里，有人光着膀子蹲在水里检修拆装设备。满身的油垢锈迹，被汗水冲刷出一道道沟痕，只有黑白分明的眼睛露出坚毅自信的目光。马大爷注意到，几个小伙子干活时配合默契，就像他在工作台上摆弄那些精密的钟表零件一般，进入了物我两忘的境界。

登上水库大坝极目远眺，一块块方块石被衬砌在大坝上，横平竖直的斜躺着，构成了一个巨大无比的整体伸向天际，一湾碧水横空出世，远处的城市在蓝天白云下隐约可见。此情此景与一路的见闻，让马大爷心里越发敞亮起来，甚至有几分激动。作为一辈子精益求精的匠人，他不禁感慨：“水利人也是一群工匠，有他们默默无闻的奉献，‘让黄河成为造福人民的幸福河’就大有希望!”这下子，他释然了，那一丝忧虑一扫而空。

考察结束回到家已是华灯初上。马大爷按捺不住急切的心情，把所见所闻写了下来，让小孙子发到网上。他想让其他人也了解这座城市关于水的前世今生。

做完这一切，马大爷仍感到缺点儿什么。对了，建设节水型社会可不光是水利人的事啊，咱市民也有责任哩！

马大爷从此成了一位义务宣传员。他逢人就说，你们看新闻了吗？咱们习主席视察黄河了，说要把黄河建成“幸福河”，今后咱们可得要节约用水，爱护母亲河，让幸福的日子永远幸福下去，就像这钟表的指针，“滴答滴答”永无止境！

刘兆伦与东深供水工程

凌先有

刘兆伦曾经说过，他的人生是幸运的。1958 年 8 月起，他担任广东省水利电力厅厅长，有幸赶上了大办水利的年代，组织兴建了一大批大中小型蓄、引、提水工程和江海堤围工程；1979 年，他又被任命为水利部副部长兼任珠江水利委员会主任和党组书记，幸运地成为水利部珠江水利委员会的创始人。在担任广东省水利电力厅厅长的七八年中，最令他难忘的，还是组织实施东深供水工程的勘测设计和施工工作。

从 1962 年开始，香港地区出现了有气象记录以来最严重的干旱，为了从根本上解决香港用水问题，港英当局向广东省政府提议，建议修建从东江引水补给香港供水的工程。

1963 年 6 月 1 日，香港代表与广东省代表举行会谈，形成意向性报告。1963 年 6 月 10 日，周恩来总理审阅广东省省委《关于向香港供水问题的谈判报告》，听取了时任广东省水利电力厅厅长刘兆伦关于从东江向香港引水的可行性意见。周总理当场作出指示，供水工程，由我们国家举办，应当列入国家计划。因为香港百分之九十五以上是自己的同胞，工程自己办比较主动，不用他们插手。

6 月 15 日，中央作出《关于向香港供水谈判问题的批复》。刘兆伦立即组织各方面专家对向香港供水提出可行性方案，提出了西线、中线、东线三条输水方案。他多次率领水利工程技术人员，深入东江流域，分别对三个方案进行实地勘测，对三种方案进行比较。

之后，刘兆伦当面向周恩来总理汇报了西线、中线、东线三条输水方案，分析利弊。周总理当即明确决策，同意东深供水的东线供水方案，工程投资概算的 3800 万元由中央划拨援外专款，广东省负责兴办。对所需机电设备等物资，广东解决不了的，由全国支援解决。

东线方案既定，刘兆伦立即组织力量投入工程建设。他当时兼任广东省勘测设计院院长，将设计院的各个设计室搬到了施工现场的工棚里，组织设计人员日夜奋战。设计人员在工作和生活条件极其艰苦的条件下，绘制出一张张精确的设计图纸。这些图纸如果连起来，可达 10 公里长。

1964 年 2 月 20 日，东深供水工程正式开工。广东省人民政府邀请香港当局派代表谈判，就供水时间、每年供水量、水费标准等进行两次协商，达成一致意见，形成协议。1964 年 4 月 22 日，在广东迎宾馆举行《关于从东江取水给香港、九龙的协议》签字仪式，完成了这一具有历史意义的重大事件。

由于施工期跨越整个汛期，东深供水工程全面开工之后，其间经历 5 次台风暴雨洪水的袭击，旗岭、马滩工地围堰先后 3 次被洪水冲垮，给整个工程施工带来极大困难。刘兆伦在广东省政府的支持下，协调工程建设指挥部调集 2 万多名工程建设者，日夜奋战在工地上。全国各有关部门和工程所在地干部群众都给予大力支持。

1965 年 2 月，东深供水工程顺利经过验收。3 月 1 日，刘兆伦在深圳水库红楼主持东深供水香港的开闸放水仪式。在开闸仪式上，港英工业司邬利德多次表达对中央政府的感谢之情。他说，真的难以想象广东省能够在一年内建成这样规模的工程，这个工程对香港来说，是一个保险公司，对香港有很大的价值。

“开闸!”随着刘兆伦一声命令，满载祖国人民深情的东江之水，沿着新建成的东深供水工程，一路倒流，一路提升，流进深圳水库，流进香江，流入香港同胞的心田。

吃水不忘挖井人。东深供水工程建成通水，为香港解除了水荒之忧。港九工会联合会及香港中华总商会为了表达香港同胞对祖国母亲和人民的感激之情，向广东省赠送了两面锦旗：一面写着“江水倒流，高山低首；恩波远泽，万众倾心”；一面写着“饮水思源，心怀祖国”。

我心中的“灰”与“红”

汪凯迪

水利专业出身的人，多多少少都听说过乌东德水电站。2019 年，刚刚毕业的我第一次站在这座世界级水电工程建设现场，仰望着眼前层层升高的双曲坝体，怀揣着将七年所学一展身手的青春热血，心中充盈着水利人的事业梦想与青年人的凌云壮志。

日子一晃两年过去了。

乌东德大坝全线贯通，工程环境面貌焕然一新，习近平总书记对首批机组投产发电作出重要指示……这里篆刻着一项又一项的世界纪录，传唱着一篇又一篇的建设故事。一批批干事创业的建设者奔赴而来，扎根在这干热河谷的角角落落，朴素、踏实、坚韧，他们就如同这群山一般，稳重且刚毅；热情、阳光、奋进，他们又如同这烈日一般，热情且温暖，我不知道该赋予这群人多么绚烂的颜色，才匹配得起这深山里的青春。一年前，师父老黄说，山是灰的，大坝是灰的，我们水利人当然也是“灰”的，无法接受的我陆陆续续请教了许多水利行业的前辈，他们给出最多的答案，都是水利“灰”，我称他们“老顽固”，他们笑我还年轻。

2021 年初，我妥协了，也是想通了。

“灰”，是扎根一线的坚定信念。逢山开路、遇水架桥，“初代”乌东德工程建设者可以说是亲手把自己送进了深山里，自工程筹建以来，乌东德工程建设者以中年骨干为牵头力量，以青年先锋为基础力量，扎根基层，坚守一线。在这里，你可以听到“灰头土脸”的名校毕业生与钢筋绑扎工人的侃侃而谈；你可以看到身着灰色工装的建设者站在山村小学的课堂；你可以闻到伫立崖边的三角梅的缕缕清香；你更可以感受到工程现场建设者的磅礴力量！

“灰”，是基层建设者的坚毅朴实。一心筑造大国重器，两耳不闻山外闲事，乌东德工程建设现场汇聚了一大批专业技术人才、专项技术工人，这是一群本可以在城市里凭借一技之长风风光光过日子的人。在这里，他们穿着沾满岁月痕迹的工装，揣着平易近人的语调，为攻克一项项技术难题日夜操劳，为创新一个个施工工艺反复比较，一颗螺丝钉、一捧砂石料都是他们大脑里的思考。还记得我第一眼见到他们的样子，眼神坚毅，面容和善，衣着朴实，更像个“老农民”，他们看着这拔地而起的乌东德大坝，就像看到田里丰收的谷子、院里长大的孩子，满眼都是骄傲。

“灰”，是心底念念不忘的家国情怀。在这深山里，有一个大家都不想谈论却难以避免的话题——“家”。365 天里，如果能有 60 天的时间可以回家看看，那就是一个顾家的人了。他们是真的不顾家吗？在我参与工程建设的短短两年里，我见过刘姐在仅有的午休时间里一遍遍的和城里的老师通电话，一句句的重复着、确认着孩子的上学事宜，大学毕业就参与工程建设的她，现在也是一名即将进入幼儿园学习的孩子的妈妈了；我亦见过午夜办公室里眉头紧皱的同事接连通了几个电话后心神不安的样子，父亲住院了，他加了几大宿的班才匆匆赶回了家。两年的时间，听过的、见过的，这些“家”的故事，实在是太多了，手机成了传播亲情的纽带，纽带两端的人，也都适应了报喜不报忧、哪哪都挺好。

迟子建说，“当我们爱脚下的泥泞时，说明我们已经拥抱了一种精神”。支撑这群“不合格”的孩子、“不称职”的父母深耕一线的精神，我想应该是“大国重器必须牢牢掌握在自己手里”的坚定信念；是“我是一块砖，哪里需要往哪搬”的朴素真理；更是舍小家为大家的家国情怀。这种精神，是“红”色的。

“红”，是紧抓党建促工程的主线坚持。如果说钢筋混凝土是乌东德工程的血肉之躯，那么共产党的旗帜便赋予了这里红色的灵魂。乌东德工程建设坚持党建引领，施工区大党建协调委员会的成立为工程顺利建设提供了牢靠保障；党员示范岗的设立是以点带面促工程的坚实基础；党建带团建的扎实推进是整合施工区青年力量，引领青年发展的重要举措。建设者们充分依托红色历史资源，守初心、担使命，贯彻落实习总书记系列重要指示批示精神，坚持推进党史学习教育……一封封庄重严肃的入党申请书，一句句铿锵有力的入党誓词，让这里红色基因逐渐发扬壮大。

“红”，是“为我中华、志建三峡”的企业担当。“为我中华、志建三峡”的三峡精神在乌东德水电站工程建设中不断延续与发扬，建好一个工程、带动一方经济、改善一片环境、造福一批居民，三峡集团充分发挥央企担当，三峡人主动提高政治站位，深刻认识乌东德水电站建设的工程价值与社会意义。电站建好了，石垒房、土坯房变成了清一色的移民小洋房；路通了，山里人增添了各式各样的代步工具；山绿了，成片的果园吸引了一批批的外来商人……现在的乌东德，羊咩咩的叫，孩子绕着操场欢笑，天气一天暖似一天，日子一寸一寸的充满着希望。

“红”，是五星红旗照耀下的旧貌换新颜。工程营地里随风飘扬的五星红旗，地下电站里悬挂的巨幅五星红旗，偶尔还有插着小红旗的挖掘机呼啦啦的行过，随处可见的五星红旗见证着这里的日新月异。随着工程建设的有序推进，乌东德俨然成了人们的另一个家，五湖四海的各民族同胞在这里一同度过一个又一个的传统节日，舒适的自然环境，和谐的人际关系，越来越多的职工父母来到这里散心、休假，他们肯定着孩子们的工作与理想；每逢日落，操场上满是咿呀学语的宝宝，他们生在国旗下，长在春风里；散着步的人们哼的是各个年代的小调，聊的是家事国事天下事，感慨的是胜过昨日的今日和充满希望的未来。

鏖战金沙十余载，大国重器终屹立。如今的乌东德水电站傲然屹立在川滇交界，那群“初代”中年人已然年过半百，乌东德水电站成为了他们人生事业里的“关门弟子”、水利行业里的“封笔之作”；那群开山造桥的青年人在深山里成家立业、结婚育子，在这里，他们步入了社会的第一级阶梯，开启了人生的另一个阶段。

理想因其远大而为理想，信念因其执着而为信念。在党和国家的大力支持下，在所有信念坚定的参建者的共同努力下，不仅成就了这举世瞩目的世界级工程，更是让红色信仰在这里得到传承，一批批优秀的青年在这里加入党组织，朴素的灰色工装上，那颗红闪闪的党徽，与随风飘扬的五星红旗遥相呼应。

百年征程波澜壮阔，百年初心历久弥坚，伟大的中国共产党在苦难中摸索、探索中奋起，即将迎来建党一百周年历史性时刻，伟大的乌东德工程建设者砥砺前行，锚定七一前全部机组投产发电目标，以优异的成绩为建党一百周年献礼。

致敬，我热爱的中国共产党。

致敬，我尊敬的工程建设者。

致敬，平凡且了不起的你、我、他。

难忘的九八抗洪采访

孙军胜

22年前那场惊天长江大洪水，考验了水利人抗洪抢险的坚强意志，也见证了党的军队爱人民的英雄壮举。参加湖北抗洪抢险的部队、武警官兵达9.5万人。今天的湖北人还记忆犹新地说："除了渡江战役，还没有过这么多军队集结在长江边的!"作为一名参加抗洪抢险新闻采访的记者，至今脑海中还留有难以忘怀的画面。

冲锋艇上

1998年长江发生了自1954年以来的又一次全流域性大洪水，从6月中旬到8月末，整整77天，总共形成8次较大的洪峰，持续时间之长、洪水来势之猛，实为罕见。抗洪关键时刻，党中央发出动员令，调集兵力，奔赴抗洪险段。

在第四次较高的洪峰到来之时，我们宣传新闻中心采访组往返在武汉市郊，以及湖北洪湖、监利和湖南城陵矶等长江干堤险情多发地段，实时报道参加抢险的技术人员和水文工作者。烈日当顶，洪水齐堤，我们看到守堤军人脸色黝黑、汗水淋淋，有的身上只穿着背心，肩膀都晒脱了皮。只见他们列成方阵蹲守堤边时，安安静静，只要一声令下，立马扛包奔跑，穿梭成一条线。哪里最危险、最困难，哪里就有人民子弟兵。哪里有子弟兵，那里的老百姓就安心。只有党领导下的军队，才能承担急难险重的攻坚任务，成为守护一方平安的钢铁长城。

7月下旬的一天中午，我们头顶烈日，饥肠辘辘，赶到监利县被淹没的三洲民垸，要完成长江防总办公室交办的收集灾情视频资料的紧急任务。看到水茫茫的一片淹没区，我们犯了愁，没有船怎么进去呢？不远处的树林丛中，我看到停放的军车，心中大喜，"找解放军想办法!"走近打听，原来是咸宁军区的部队，指挥官竟然是《大江文艺》主编刘军的丈夫——晏安祥司令，他身着迷彩服，热情地从部队炊事军车上给我们打来饭菜。当我们提出想乘坐冲锋舟进淹没区拍摄资料时，他亲自安排了2名战士和1名军官亲自驾驶冲锋舟，并仔细交待了注意安全的事项，让他们领航。我和记者刘小康穿上救生衣，赶紧坐上冲锋舟，绕过了淹没的屋顶，穿行在街道电线杆中间。浩浩的淹没区只有我们这一艘小舟穿梭，满目成片的家园被洪水吞没，一种强烈的责任感驱使我们分秒必争抓紧拍摄，全然不顾涌浪打湿了我们的衣服。

部队担心我们的安全，只允许我们拍摄 1 个小时。这些珍贵的画面，后来编辑成内部资料片上报到国家防总。

堵 口 之 战

九江溃口，举世瞩目。封堵之战，震撼人心！8 月 7 日下午 1 时 10 分，洪水肆虐，疯狂撞击长江干堤，江西九江城防大堤的堤脚突发大管涌，随之塌陷溃决。瞬间，大堤被撕开 5 米多宽的决口。40 米、60 米……随着决口不断扩大，狂泻的洪水向九江城扑去，如不及时堵住，全城 42 万群众将陷入灭顶之灾，京九大动脉也会被拦腰切断……

危急时刻，紧急投入抢险的济南军区 6500 名官兵，日夜轮班奋战，在长江委施工专家杨光煦指导下，在溃口处用钢管扎成一排钢栅栏打入江底，然后飞速地抛块石、钢筋笼块等。8 月 8 日到 9 日，经过连续 46 个小时奋战，决口处一道长 243 米的围堰合龙，东奔西突、四处泄溢的洪流被制服。决口处涌水的流量、流速明显减缓，为大堤直接堵口创造了有利条件。从 8 月 15 日开始，解放军又连夜突击填料 3 万立方米，终于抢在第六次洪峰到来之前筑起了一道长 453 米的第三道围堰。许多水利专家评价，九江堵口成功不仅创造了中国水利史上的奇迹，也创造了世界防洪史上的奇迹。

抢险期间，正值高温时节，室外达 40 多度，衣服汗湿了又晒干。由于工具不足，为了抢时间，战士们用手往袋子里刨碎石，指头都磨出了血，他们又用脚后跟蹬碎石，解放牌胶鞋都磨掉了后跟。没有人抱怨，没有人叫苦，更没有人退缩！市民们感动之际，有的送去了降温的绿豆汤，有的为倒在树荫下中暑的战士打扇。他们除了施工，晚上还参加抢险培训课。笔者前去采访时，满耳群众的赞扬声。现场见到一个个年轻的战士，只听见沙哑的声音，看到黑黝黝的面庞，还有不怕困难的坚毅神态。多好的战士，多好的兵！

在党中央坚强领导下，军民团结、众志成城取得了 ’98 抗洪全面胜利，党领导下的人民军队光辉形象深深地铭刻在人民的心中。如今，抗洪烈士、解放军战士高建成安葬在九峰烈士园内，青松环绕，鲜花簇拥，每年清明市民、学生都回去祭扫。和平年代的人民解放军，在最危险的时刻为了人民的安全，也会义不容辞冲锋在前，甚至献出年轻的、宝贵的生命！

幸福渭河复又还

王辛石

渭河，陕西人民的“母亲河”。1982 年，我到渭河之滨的杨凌上中专，第一次走进渭河，到如今已经整整 40 年了。40 年里，作为水利人，我无数次行走在渭河大堤，也无数次用手中的笔书写了关于渭河的真实故事，用手中的镜头记录了渭河的精彩瞬间，亲眼见证了一条河流的变化，也深深感受到了水利事业的翻天覆地。

1982 年的渭河河道宽阔，水流清澈。我和同学们经常来到长满芦苇的渭河边，散步或者野炊，甚至走进河里，玩着捉鱼打水仗的游戏，吟唱着“长天一色渡中流，如雪芦花载满舟”的诗句，感觉 40 年前的渭河是如此美丽，让学生时代充满了美好的回忆。

再次与渭河相逢已经是 20 年后的事了，那是 2002 年夏天，我作为中国水利报社记者，利用一周时间，从渭河源头开始，行程近 1000 公里，近距离对渭河做了一次考察，才发现曾经美丽的渭河已经破败不堪，河道里没了大水汤汤的壮观，有的只是像小溪一样的涓涓细流。尤其是在渭河下游，由于泥沙淤积严重，成为了地上悬河，防汛形势十分严峻。

渭河行让我心里很是沉闷，渭河百疮千孔、伤痕累累的模样在脑海中久久挥之不去。回来后，我在《陕西日报》上发表了 4 篇系列报道，呼吁全社会关注渭河，尽快解决渭河防洪、污染和断流等问题。我在文中写道：“拯救渭河，也是拯救我们自己。我们需要一条生态的渭河，一条幸福的渭河，一条美丽和谐的渭河。”

一语成谶，时隔一年，2003 年 8 月，渭河发生特大洪水，连续 5 次洪峰造成 13 万人无家可归，102 万亩农田和 55 个村庄被淹。一个多月时间，我在洪灾现场目睹了堤防冲毁、洪水横流、房屋坍塌。在采访过程中，乘坐的车辆陷进了洪水，生死之间我从车子的天窗爬出来，最后被转移群众的冲锋舟搭救，每每回想那惊险一幕，都有劫后余生的感觉。

渭河巨变从 2011 年开始，这一年农历正月十五，陕西省委、省政府在渭河西安段的河滩上召开渭河综合整治动员大会，在隆隆的炮声中开始了渭河陕西段全线整治。通过加宽堤防、疏浚河道、整治河滩、水量调度、绿化治污、开发利用等综合措施，彻底解决渭河沉疴，实现渭河“洪畅、堤固、水清、岸绿、景美”目标。这是一场陕西省水利建设历史上投资最大、规模最大的工程，300 多公里河道两岸铺开了

100多处建设工地，数万名建设者昼夜奋战，最终建成高标准堤防630公里、生态湿地及水面景观15万亩。

2016年，在综合整治的基础上，陕西省将渭河两岸1000余平方公里范围确定为渭河生态区，构建河湖库塘连接，人工水道与自然水道贯通，渭河与其他主要水系内部大循环、外部大连通的关中柔性水系。经过5年努力，打造渭河沿岸生态环境优美、历史文化相连、产业集群发展、基础设施完备的特色生态区的目标逐步成为现实。渭河防洪大堤成为守护两岸百姓安全的坚实屏障，沿岸修建的一系列生态公园和水系景观则成了群众休闲娱乐的好去处，也促进了当地旅游产业及农业资源的发展，沿渭群众因水受益、因河致富。

2015年6月，我带领全国水利系统10余名摄影师全程走完了渭河陕西段，系统拍摄了渭河的历史文化、自然风光、建设成就、人水和谐的幸福场景，形象生动地记录了渭河之美，诠释了水与环境、水与经济社会发展的关系。2017年，我又多次带领媒体记者和摄影人深入渭河，对渭河进行全方位采访和推广，使渭河走出陕西，成为北方河流生态治理的典范。

渭河蝶变十年，是我亲身见证的十年。因为记者的职业，我无数次行走在渭河两岸，采访了众多建设者和受益者，拍摄了大量关于渭河的照片。如今的渭河水清岸绿、鸟语花香，宽阔的堤顶道路上铺设了行车道、自行车道和步行道，沿岸布设了38个湿地公园和上百个健身场所，成为了沿河群众休闲健身的绝佳之地，把“幸福河”变成了现实。

“晚来清渭上，疑似楚江边。鱼网依沙岸，人家傍水田”，我看着渭河无边的美景，感受着人水和谐的惬意，不由自主地吟诵起古人关于渭河的诗句。随着渭河越来越美，我到渭河的次数也越来越多。镜头下的渭河绽放着四季别样的美，充盈着四时不同的美。渭河在不经意间已成为一张无比骄傲的名片，不仅是因为她的美丽打动了我，更是因为40年来亲眼见证了她的涅槃与焕发的青春。

千里渭河，万古流淌。曾经的美丽渭河、幸福渭河复又回还。

天 河 之 问

许安强

一

到底是一群什么样的人，铸就了南水北调中线工程这条人间天河？

从南水北调构想提出、规划论证、完工建设到工程通水运行，半个多世纪的漫漫长路中，何止是一群人在跋涉！这是新中国成立后在水资源优化调配上第一次天马行空般的伟大构想，是中华人民共和国一代代国家领导人的传递接力，是社会主义制度优越性集中力量办大事的具体体现，更是关系民族前途命运在无数共产党员身上壮丽伟岸的联系。

18年前，他们活跃于祖国山川河流、城市乡村，他们多是共产党员，几乎是每一个领域的佼佼者。如果不是一个伟大的调水梦想，他们可能还在熟悉的领域里砥砺前行。他们仿佛听到了北方的呜咽：河流在死亡，土地在呻吟，城市满身伤痕。他们甚至没有安顿好妻儿，便投身于她的怀抱——建设南水北调，拯救被水资源短缺困扰且疾病缠身的华北。

北京自上世纪90年代起持续干旱，密云水库水位一次次刷新最低值。因为水资源短缺，有专家甚至提出了迁都的建议。超采地下水难以维持，北京不得不四处为水化缘。彼时，水资源短缺、水生态恶化、水环境污染成为北京、天津、河北、河南等北方地区的常态问题，如同四处蔓延的瘟疫，严重制约地方经济发展。早在北京市申办2008年29届夏季奥运会，水资源短板已是不愿公开的秘密。

调水梦想在2002年底清晰。南水北调中线工程的目光落在丹江口水库。丹江口大坝加高后，形成百米落差，从陶岔渠首开启水龙头，汉水出方城垭口，在荥阳孤柏嘴处穿越黄河，沿太行山南麓前行，与京广线平行，在保定分支天津后继续北上，全程自流。彼时，北京2008年奥运会能否成功举办，取决于南水北调中线一期工程京石段应急供水工程。这是无奈之举，中线一期工程全线通水之前，北京只能借水河北。

应急供水工程从开始实施，急难险重一路伴随。这是政治任务，更是巨大考验。以京石段S31标为例，为了克服冬季施工难题，建设者在曲逆河倒虹吸工地搭建保温棚。仓号里炭火通红温暖如春，仓号外天寒地冻雪花纷纷。以共产党员为代表的青年突击队“两班倒”作业，施工日夜不停，最终赶回了计划工期。

2011 年，中线工程建设进入关键期。党中央、国务院确定了 2014 年汛后通水的时间表。千里工程建设战线吹响集结号，最大强度的移民搬迁、高填方深挖方、膨胀土处理、首次从地底穿越黄河等诸多难题相互交织。

工程施工战线一千多公里长，参建单位上百家，涉及铁路、公路、通信、电力等多个行业部门，协调难度之大前所未有。工程进度、质量和安全管理成为重要关隘和要塞：它们相互制约又相互关联，一处失守，满盘皆输。党中央、国务院赋予南水北调工程建设者的神圣职责和光荣使命，最终化为基层每个共产党员的高度认同，最终成为每个南水北调人的自觉追随，不屈不挠。

“你把身影融入移民群众当中，像灶台温暖的烟火，用生命为万千家庭点燃生活的希望。”这首诗歌道出了移民干部工作的艰辛。移山容易移民难！为了南水北调丹江口库区 34 万移民移得出、稳得住、能发展、快致富，河南和湖北两省移民干部和移民群众用热血和汗水创造了我国水利移民史上的奇迹：四年任务两年基本完成。

湖北省丹江口市均县镇党委副书记刘峙清被称为“移民的贴心人”，他先后化解矛盾 19 起 172 人次，来回往返近万里，完成 22 批次、2300 多户共 9100 多人次移民搬迁护送任务，却因突发脑溢血去世，倒在工作岗位上年仅 42 岁。“留取丹心照汉青”，河南省淅川县在移民搬迁期间，有 10 名党员干部牺牲在移民迁安一线。

只有把个人的理想与党和国家的需要、民族的前途命运紧密联系在一起，才能有所成就、彰显价值。南水北调工程建设委员会专家委员会就是这样一支特殊的队伍。这些为新中国水利事业奉献了大半辈子的技术“智库”，一到工地，全然忘记了高龄，像注射了兴奋剂，不探个究竟决不离开。郑守仁、钱七虎、陈厚群、汪易森等泰斗级专家，把脉问诊重大事项全过程，涉及关键工程重大技术创新，皆由专家委审查，指导技术攻关，相继攻克了一道道世界级技术难题。

陈建国曾是中线南阳段方城 6 标项目经理。面对亲人相继离世，他默默承受，带着 75 岁的父亲住到工地。左肩扛起工程，右肩扛起亲情，忘我奉献，善于创新，标段进度质量安全多次名列前茂，先后获得“感动中原十大人物”“全国五一劳动奖章”等荣誉称号。中线工程正式通水后，他继续在南水北调配套工程工地奋战，让更多人民群众喝上了甘甜的南水。“这一辈子离不开南水北调了。”陈建国盼望着南水北调西线工程早日开工，“那时，我有限的人生就有了无限的可能！”

2011 年 10 月，中线工程建设高峰期，南水北调中线建管局从局机关各部门抽调人员进驻一线，成立河南工作组。次年春，工程施工遭遇连绵细雨。渠道土方开挖停滞不前，工程建设进度压力空前。时任河南工作组组长、党员郑征宇带队逐个检查标段，为标段项目部出主意想办法，逼出了“下雨前工作面彩条布全覆盖、天一晴见缝插针施工”的绝招。

中线工程建设决战期，渠道衬砌进入大面积施工阶段，全线上百个标段同台竞技，比质量、比安全、比进度。其实，谁都清楚最终比得是企业管理水平。共产党员黄子兴从众多项目经理中脱颖而出。这个方城2标的当家人力排众议，“衬砌机不在于数量多，而在于利用率，施工组织得好，衬砌效率就高。”在劳动竞赛期间，他没有增加一台衬砌机，而是把全部心思用在合理调配衬砌作业队人员数量上，达到了“增一分则肥，减一分则瘦”的管理最高境界，提前完成2013年主体工程施工任务，成为南阳段18个标段中的第一名。

决战高峰期，包括工程建管、设计、监理、施工等单位的数十万人日夜鏖战，一条蜿蜒的巨龙在华北大地初现。南水北调人为了工程通水一个共同的目标，拧成了一股绳，共产党员的模范作用在进度协调、质量监管、技术创新、施工组织等关键环节彰显，解开死结，盘活危局，成为夺关守隘坚不可摧的力量。

二

是什么力量支撑了中线工程运行管理长治久安，成为水利工程运行管理的典范？2014年12月12日，中线工程正式通水后，运行管理进入全面整治阶段。南水北调中线建管局从工程规范化、标准化、信息化建设入手，所有人具备查所有问题的能力，高效干事不出事，迅速补齐了运行管理上的短板。

作为国之重器，南水北调工程关系千万人的饮水安全，这是比天还要高的责任，是比地还要重的使命，也就有了拿生命去交换的决心和意志！2016年的7月19日，河南省新乡市峪河上游突降暴雨，山洪暴发，滚滚洪水不断冲刷峪河倒虹吸进出口裹头。如不采取措施，裹头损毁，洪水入渠，后果不堪设想。党员程德虎在现场听到地方防汛指挥部“暂时后撤”的建议时，内心怎么也不能接受。“难道真的没有办法了吗?”再试试，哪怕有一线希望也不能放弃！身后可是几千万人的饮水安全啊！作为南水北调中线建管局总工程师，他不能后退，带头冲了上去。

“打丁字桩试试，哪怕改变一点洪水的流向也好！”说出想法后，一群患难兄弟纷纷支持。有谁想放弃视如自己生命的工程呢？已是凌晨3点，洪水随时都有可能反扑。他们争分夺秒填砂袋，扛砂袋，在泥泞中奋不顾身筑堤坝。这群共产党员是誓与堤坝共存亡的，在洪水面前他们身影虽然渺小，却像一棵棵冲不跨的树桩，顽强艰难地抗争着。在他们的坚持下，丁字桩竟然奇迹般地奏效了，洪水在一点点退却。“雨停了，裹头保住了，渠道保住了！”天快亮了，一群大老爷们呼喊着，互相拥抱，喜极而泣。

2016年12月底，河北和北京境内突发极寒天气，工程沿线山区的气温达零下二十多摄氏度。城市灯光闪烁繁华喧闹，乡村万籁俱寂，人们沉浸于温柔的梦乡。可是有谁知道，为了渠道融冰、破冰和碎冰，保证闸门正常调度，南水北调人挑灯夜战，与持续近半个月的极寒天气作战，度过了一个个不眠之夜，最终化险为夷。

有过多少次这样的紧急出动，排除险情，基层管理处人员已经记不清了。但渠道的一草一木知道，每天都有人巡渠，用脚步丈量每一寸土地。汗水滋润，关爱问候，渠道两岸草木葱茏，设施日新月异。

“节水优先、空间均衡、系统治理、两手发力”，习近平总书记提出的“十六字”治水思路，是工作原则和方向，更是工作措施和目标。实现这个目标，需要千千万万个水利人扛起新时代的旗帜，用实际行动一步一个脚印，在工作岗位上艰苦奋斗，无私奉献。实现这个目标，需要南水北调人扛起编织国家大水网的骨干先锋旗帜，敢创敢干，以高标准样板工程为基础，持续完成南水北调工程总体规划的“三纵四横”任务。只有这样，我们才能真正告慰那些为了南水北调事业前仆后继作出奉献和牺牲的优秀共产党员和无名英雄。

自2003年底中线工程开工，历经18载风雨，南水北调中线工程从无到有，建设者目睹了她的出生和成长，倾注了无尽的情感和心血，精心浇灌出了渠道边鲜艳的花朵：工程经受住了多次极端天气的考验，至今没有发生过一起安全责任事故。

最新的统计数据表明，中线工程目前受益人口达7900万，在经济、社会和生态方面发挥的效益日益显著。2021年春晚，在演员秦海璐参与的小品《大扫除》节目中，“南水北调”一词被她顺口拈来，“你还要弄音乐喷泉，国家建南水北调是为了解决我们生产和生活的用水问题，是给你玩喷泉的吗？”一句看似不经意的话语引起了南水北调人的强烈共鸣，“南水北调工程的重要意义已经深入人心，我们的默默守护是值得的！”

花儿为什么这样红？因为有无数个共产党员和平凡英雄的事迹像丰碑一样矗立在渠道边，蜿蜒流淌在清水中，永远镌刻在日夜守护工程运行安全的南水北调人心中！4月22日夜，雨后初晴，站在中线穿黄工程南岸跨渠桥梁上，一渠清水蜿蜒北上，打着漩涡潜入隧洞，渠水倒映着进口建筑物，流光溢彩。抬头仰望，天上繁星点点，一颗流星从天空划过。悲伤的眼泪是流星，那一颗颗流星不是长眠于大地，却仍牵挂着南水北调事业的工程建设者吗？是精益求精鞠躬尽瘁的郑守仁老先生，是挂帅出征积劳成疾的郑征宇副局长，是挂职一线却再也没有回来的朱豪，是青山无语万人相送的移民好干部刘峙清……他们约好了，在渠道上空深情凝望，希望自己参与的这个伟大的作品独一无二，功在千秋，利在后代，持续发挥它不可替代的作用，为美丽中国梦的实现，提供源源不断的水资源保证。为中华民族的伟大复兴，注入新的发展动力和丰富源泉。

文化浸润北京治水事业

马东春

记得那是仲夏季的一个中午，永定河边，骄阳似火。

2012年的这一天，我们怀着肃穆的心情，奔波辗转，来到这里，寻找它的存在——历史记载，公元250年的三国时期，曹魏的靖北将军刘靖为屯田守边，在蓟城（现在北京城的前身）附近修筑灌溉工事，开辟稻田，卓有成效。

1800多年前的这一水利盛举，是在高梁河（今永定河）上修堰开渠，引水灌田。堰叫戾陵堰，渠名车箱渠。当时开辟水田2000余顷。公元262年，戾陵堰重修扩建，灌溉面积也扩大到了“万有余顷”。

现在，工程的遗迹穿越时光静静地躺在草丛中，望着我们这伙人的到来，测量、画图、拍照，一通忙活。我们也与这位“沉睡的巨人”对视，感受着久远历史的脉动，遥想着那千人修渠的宏大场面，仿佛看到大渠通水后，河水的奔涌向前，人们的欢歌笑语，以及沿线稻谷丰收的景象。

由于永定河不羁的性情，汛期河水暴涨暴落，加之当时的工程技术条件有限，戾陵堰和车箱渠的兴利时间并不长久。但在那个时代，这堰、这渠却是古代人民对永定河兴利的探索，是智慧、创造和实践的结晶。正是这一次又一次努力求索，才让我们一步一步发展向前，而它也成为后人宝贵的精神财富。

9年前的这次田野调查让我至今印象深刻。这是当年我们开展的北京水文化遗产调查项目的一个小片断。

2012年，第一次全国水利普查工作全面展开。北京市在水务普查工作中加入了水文化遗产调查专项普查。我所在的北京市水科学技术研究院承担了这项任务，我也有幸参与其中。

当时的工作目标是对1950年以前建设的水文化遗产进行系统调查、分析整理和深入研究，内容涵盖河流湖泊、汤泉古井、水闸洞渠、桥梁堤坝、园林塔建、庙宇祠堂、石碑石刻、古城村镇，以及仓库、水厂、沉船等多个方面。

在调查和研究过程中，我们查阅了大量史料文献，结合多次田野调查、现场勘察、专家研讨、分析论证，从“水”的角度调查各种文物和遗产，分析了水在历史发展中的作用，挖掘了北京历史发展过程中各个时代的水事成果和水文化精髓。

这次调查在全国是首创之举，为全国水利系统做好水文化遗产保护的各项工作提供了经验借鉴。调查的成果，体现了历史上各时代人们在图腾崇拜、祈雨祭祀、生产生活、娱乐休闲、生态保护和复育等方面的水事活动和文化传承。

水文化遗产调查摸清了水文化遗产的“家底儿”，掌握了水文化与城市发展的脉络，也让我们了解了水系的变化和过程，通过探寻历史的发展规律来启迪当今的治水工作。

水文化遗产调查还促进发挥水文化教育功能，使其成为人们了解水和人类文明发展关系的重要渠道。2013 年，《中国水利报》对我们的成果进行了报道。

北京是历史文化名城，我们伟大祖国的首都。她有着 3000 多年的建城史和 800 多年的建都史。北京的水文化遗产见证了这座城市的“因水而生”“因水而兴”。

新中国成立以后，在党的领导下，北京的治水事业更是飞速发展，取得了许多令人瞩目的成就。进入新时代，北京水务工作在“人文北京、科技北京、绿色北京”的建设进程中，发挥了重要的支撑与保障作用，北京水文化建设也迎来了难得的发展机遇。

北京水务人在推进首都水务工作全面发展过程中，不断增强文化自觉性，积极推进水文化建设，在水文化的挖掘与整理、水利遗产的调查与保护，以及水文化的传播和教育等方面都开展了大量工作。这些工作服务中心，既丰富了水务人的精神世界，又在全社会广泛开展水情教育中发挥了积极作用。

北京水科学研究院也以水文化遗产调查为起点，持续研究水文化与城市发展的关系，并在 2009 年和 2019 年分别对水生态系统及其生态过程中的文化服务价值进行了定量评价。今年，我们还承担了首都功能核心区与三山五园历史水系恢复的前期研究工作，通过研究提出建议，在传承中形成新的水文化亮点，体现新时代风貌。

近几年，围绕大运河文化、黄河文化和长江文化，习近平总书记多次提出了保护好、传承好、弘扬好的要求。2020 年 11 月，在全面推动长江经济带发展座谈会上，总书记还特别强调了“统筹考虑水环境、水生态、水资源、水安全、水文化和岸线等多方面的有机联系”，把水文化列为河流综合治理需要统筹思考的重要内容。这些思想是今后推动水利工作高质量发展的重要遵循。

让文化浸润北京治水事业。在做好水环境、水生态、水资源、水安全文章的同时，讲好水故事，进一步加强水文化建设，就一定会让北京这座历史文化古城更加美丽、充满生机，为此我们将继续努力、贡献力量。

浦阳江上听渔歌

方自亮

我的家乡在浙江省浦江县。我从小就在浦阳江上抓鱼摸虾、游泳嬉戏，从部队转业后，又供职于浙江省水利厅河道处，更与浦阳江结下了不解之缘。我熟悉这里的一山一水，熟知这里的一堤一堰。我亲历了浦阳江的“五水共治”，目睹了母亲河的喜乐哀愁。可以说，浦阳江于我，不仅仅是家乡河，更有着难以割舍的心灵皈依和情感寄托。

历史上，浦阳江是一条独流入海的河流，曾为东南“三江”之一，是古越西施浣纱之江。由于源短流急，时常洪水泛滥，水患频发，故而几度改道变迁。“筑麻溪，开碛堰，导浦阳江水入浙江”，历史上治水为民之举，一以贯之。新中国成立后，人民政府开启了浦阳江系统化、规模化综合治理之先河，以水库建设为先，继而堤防建设、水闸堰坝建设、蓄滞洪区建设等。这些水利工程，似巨龙横卧，如城垣屹立，令桀骜不驯的浦阳江变得温驯、服帖，裨益着浦江、诸暨、萧山诸境，山水清明，百姓安居。

我清楚地记得，改革开放初期，国家先后实行了“分田到户”的农村家庭联产承包责任制和“温州模式”的个体经济，基础设施工程大规模兴建，开发区、集聚区遍地崛起，浙江迎来了前所未有的发展。但是，人们在追求粗放型经济发展的同时，却忽视了生态环境，忽视了对水资源的保护。工业污染、农业面源污染、养殖业污染、生活污水污染，似一条条黑龙笼罩大地吞噬江河。清澈之水不见，清莹之乡不再。而浦阳江因源头遭受严重的“水晶污染”，水质及水生态环境更加恶化，污水横流，垃圾遍布，江河泛臭、百姓闭户，全省环境满意度调查连续 6 年倒数第一，水质连续 8 年劣Ⅴ类，成为全省污染最严重的河流。

人们终究不能沉默，浦阳江两岸人民不能，浙江省委省政府更不能！

2013 年，浙江省委省政府作出“五水共治”重大决策，打响了一场规模和力度空前的治水攻坚战。浦江县以“重整山河”之雄心，“壮士断腕”之决心，“排山倒海”之气势，打响全省“五水共治”第一枪！其间，“四边三化”“三改一拆”“河长制”“清三河”“剿劣”等治理活动相继开展，环环相扣，重拳出击！

我作为水利厅“五水共治”的联络成员，受命多次奔赴浦江县了解情况，协调工作，常常被家乡人民奋力治水的场景所感动，也为母亲河的蝶变而自豪。

那是在“五水共治”的动员大会上，县里的干部齐集一堂。荧幕上转动着一张又一张母亲河伤痕累累的照片，墙壁上挂满了一幅幅治水“作战图”，耳边响起县委书记慷慨激昂的声音：“五水共治，关乎民生，关乎县域绿色发展，我们每做一件事，都要把它当作一场战役来打，无论多么艰难困苦，必须攻克它。”余音未了，领导和干部们直奔“五水共治”第一线，带领群众如火如荼地开展治水工作。

8 月的一天，烈日当头，骄阳似火，我在翠湖工地邂逅县委书记，相言“五水共治”之事，他一手抽下挂在脖子上的毛巾，边擦汗水边对我说：“像这样的治水工作没有经验可循，困难多，阻力大。但是，好在我们有成百上千的党员干部，他们始终走在前列，哪里有困难，哪里就有他们的身影；哪里最艰苦，哪里就是他们的岗位！就这样硬是攻破一个个难关，打赢一场场战役。”我能感觉到，他铿锵的声音里蕴含着一种不屈的精神。

2014 年春节，人们正沉浸在节日的欢乐气氛中。可是，饱受水污染之痛的浦江人民顾不上休息，从正月初一到初六一直奋战在工地上。截污水、清污泥、连水系、植草皮，机声隆隆，人来车往，好不热闹。我驾车回乡梓，途经工地，被热火朝天的场面感动，下车置身其中。迎面碰上的是县水务局局长张咸荣，他告诉我：“自打响‘五水共治’第一枪以来，大家日夜奋战在治水最前线。一直工作到腊月三十下午 3 点，正月初一上午休息半天，吃过中饭就来工地了。这些工人中，一部分还是外地人。”我看着他乌黑的脸庞和消瘦的身躯，比以往疲惫了许多，想与他握手。他看了看沾满泥浆的双手，缩了回去，陪我走过去与外地工人交谈起来。“过年了，人们都在家团聚，你们却坚守工地，不想家吗？”我问。“哪有不想家的？”一个带河南口音的男子望着我，搓搓手上的泥巴继续说：“只是治水任务繁重，时间紧迫，听领导们说过年后省里要开现场会，把浦江的治水经验推广到全省，我们必须做得更好些。再说，县里的领导、水务局的领导天天与我们工作在一起，我们还有什么可说的？”多么淳朴的语言呀，浦江的“五水共治”，不仅仅有成百上千的党员干部在带头，更有成千上万的百姓在支持。他们的目标只有一个：夺取“五水共治”的全面胜利，还江河以清流，确保绿色经济可持续发展。

8 年过去了，如今的浦阳江，可谓是溪流潺潺，可见鱼鳞；杨柳依依，常闻莺歌。一条条绿道，可供人们骑行漫步；一座座堰坝，可供人们亲水嬉戏。岸芷汀兰的湿地，有了乡愁的记忆；落英缤纷的夹岸，更胜儿时的憧憬。围绕大花园战略，沿河勾勒着“一户一处景、一村一幅画、一镇一天地、一城一特色、一脉一风光”锦绣江南的画卷。围绕绿色经济发展，沿河编织着“水美乡村、特色小镇、文旅游线、生态田园、环保工业”共同发展的梦想。

水文测船上的岁月变迁

刘裕　华运鸣

日斜照水长，天宽映水阔。美丽的珠江，波光粼粼，百舸竞渡。辽阔的江面上横跨着一座崭新大桥——明珠湾大桥，在夕阳的余晖中，犹如天边一弯彩虹气势磅礴，好不壮观。

一艘搭载着ADCP（一种断面流量测量仪）的橙色三体船在江面上随波起舞，似是要挣脱缆绳，踏浪而去。两艘水文测船正在断面上忙着进行同步水文测验。随着绞车上的按钮按下，采样器缓缓沉入水中，我看着转动的水文绞车，渐渐陷入了沉思。

忆往昔

测船缓缓离开码头，朝着各自的监测断面破浪前行。作为监测队伍中的一员，我参与过多次这样类似的水文测验，也眼见耳闻了水文测船的岁月变迁，但从未参与过如此大范围、多项目和多部门参与的大规模测验。兴奋、好奇，倍感干劲十足。闲暇时常向同船的老师傅们请教经验，聊聊往年的测验故事。在水文岗位上干了40余年的林师傅说："这次大湾区测验，离2005年压咸补淡应急调水同步测验已有16年，离1999年大同步测验也有22个年头了，距离1980年珠江三角洲及海岸线调查就更久远了。"

"八十年代的水文测验，测船都是一些小马力木船，一两天时间还到达不了测验地点。小艇都是些靠人力划水的小木船，夜里测验照明用马灯，数据计算用算盘，流速测验计时靠秒表，工作辛苦且缓慢。测个流量要几条船在河面上一字排开，耗人耗物又危险，哪像你们现在哟！ADCP小艇一开，流量就出来了。"林师傅说完发出深深的感慨。"你们那个时候的成果是怎么整编出来的?"我问。他说："那时整编一个组合的资料起码得好几个月时间，整编人员手上有一个计算器的已经算是奢侈。有些人只是用算盘进行计算，手工绘图，手工制作成果表，哪能想象发展到现在，什么都是电脑制作、程序整编。40多年来，水文的变化可谓是日新月异啊。""我们也是站在前辈们的肩膀上才能达到现在的高度。"我说。

勇 挑 担

一代又一代的水文人高举旗帜，奋斗在平凡的工作岗位上。“功在当代，利在千秋”，为这千秋之业，他们顶严寒，战酷暑，顶狂风，战洪水，奋斗不止。林师傅作为一名党员，40 多年来一直奋斗在水文一线，经历过大大小小的“战斗”，如今依然战斗在水文工作的第一线，孜孜不倦。

党已经为我们水文事业绘就蓝图，一幅幅美丽的画面展现在面前。我想，我们还正处于发展的路上，前进的道路上充满着挑战，水需要更清、岸需要更绿、环境需要更美。任务是艰巨的，前途是光明的。看着老师傅那布满皱纹又充满自信的脸庞，看着一路上乘风破浪的测船，我们的心底充满信心。我们要用勤劳的双手，用我们的才智去奋斗。

看 今 朝

这时，水底传来一声闷响，打断了我的思索，水文绞车的缆绳拉着采样器再次缓缓上升，我还得继续完成取样工作。16 年过去了，参加测验的老同事依然奋斗在水文一线，咸潮上溯的问题早已有了有效的应对方法和经验，这一次测验的目的也有不一样的变化，对服务粤港澳大湾区建设、加强珠江河口保护与治理都具有重要意义。作为此次项目的一名外业负责人，我深感责任重大，同时也深深体会到作为水文人的自豪。

过去的水文，是一条条破旧木船，人力小艇，是一个算盘、一个秒表、一支笔、一张图、一台手摇绞车；而现在的水文，有了各种机动专用测船、快艇，还有电动绞车、笔记本电脑、ADCP、OBS（一种实时浊度测量仪）、压力式水位计等先进仪器，更有各种遥测、网络传输。

过去的水文人，吃苦耐劳、踏实肯干、敢为人先。现在的水文人继承了前辈们的精神。变的是岁月，不变的是水文人的初心，是水文人建设现代化美丽中国的远大理想和信念。对于我们新一代水文人来说，这是一条平凡又不普通的道路。

此时的我仿佛看到了远方一艘彩旗飘飘的水文测船，鸣着长长的汽笛声，乘风破浪向我们驶来，就像滚滚向前的珠江水，攻坚克难，砥砺奋进。

山 河 锦 绣

罗张琴

赣南苏区，红壤居多，易碎，没黏性，且含沙量大，一冲就溃。20 世纪六七十年代，中外专家称之为“江南红色沙漠”。赣南有 18 个县市区，水土流失不说，还饱受崩岗侵蚀，据不完全统计，赣县有崩岗 4138 座，侵蚀面积达 18 平方公里。

在谢小路的家乡——赣县区白鹭乡及邻镇田村，有一片绵延约 7 平方公里的山岭，叫金钩形，是赣县崩岗数量最多、侵蚀最为严重的地方。2474 座崩岗在金钩形集中连片，使得这里的土层以每年约 1 厘米的速度流失。遇雨，那些流失的土层又极易形成泥石流涡，引发洪涝灾害，当地群众苦不堪言。

据谢小路父辈们回忆，20 世纪 50 年代，是一个个村支部书记领着大伙儿，肩挑手扛、围沙筑坝、清淤修田来改善农业生产条件的。1957 年，周恩来总理对赣县治山治水治穷先进事迹作出“叫崩岗长青树，让沙洲变良田”的重要批示，国务院水土保持委员会将批示做成锦旗，在全国第二次水土保持会议上，对赣县一家名叫道潭的合作社进行过表彰。很快，国家指导组来了，省里专家团来了，赣州行署攻关队来了。全县统筹，全民动员，同工同劳，种草造林。奈何，这片山河底子实在太差了，一时半会儿想要模样变好，太难！

屡战屡败，屡败屡战。堪称悲壮的大会战，一打就是二三十年，打穴、挖鱼鳞坑、整理水平台地，摸索多种技术，试栽各式草木。

“哎呀嘞，山光秃岭和尚头，洪水下山遍地流，三日无雨田龟裂。同志哥，一场暴雨沙满丘。”自打 1978 年出生，谢小路的父母常带着他上山，这首山歌几乎陪伴了他整个童年。那时小，趴在母亲背上的谢小路听不懂歌词意思，只瞪着一双小眼睛，满山满地打量：松松散散的土，踩棉花般，母亲每走一步，似乎就成了长短脚，巅得他有些晕乎；再说那山，没有一点绿，也从不开五彩缤纷的花，可不就像个穿土布衫的大和尚？

刚拎得动锄头的谢小路，已经是家里的小劳力，跟着父母在山上土里忙活。锄头一起一落，马尾松的高度仿佛被一双魔手给冰冻住了，反倒是河床，“噌噌”往上长，几年泥沙堆积，竟比田还高。一毛不长，颗粒无收，这持久的无用功啥时是个头？少年谢小路泄了气，生平第一次冲父母发了火，直接撂锄头跑兴国的亲戚家诉委屈去了。

兴国与赣县相邻，情况相似。这次到兴国，谢小路发现亲戚家的山变绿了，水也变清了。他特别想知道，究竟是哪路神仙对它施了造福的魔法？亲戚说：“还能有谁，国家派下来的专家，在咱们这穷乡僻壤一待好几年；水保专业队的同志成天在山上试验，晒得比谁都黑。这几年，就是他们教我们打水平竹节沟，才让大片大片的树呀草呀都活了起来。省市县乡村，那么多的共产党干部，一任接着一任干，一任干给一任看，从象草到马塘草再到宽叶雀稗，从马尾松到枫香、木荷等绿叶阔叶树再到脐橙、杨梅等经济果木林。要我说，他们就是咱这红壤、走沙山蜕变为好山好水的定海神针呢。”

少年谢小路听了，心里更委屈了，赣县的干部、专家都个顶个的好，赣县人也一样吃苦耐劳，凭什么就因为多了个“崩岗”，山水一直好不了？那个新年，少年谢小路过得无滋无味。除夕守夜时，父亲要他开春就走，跟着哥哥们也去广东打工。都怪那些不争气的山，连棵果树都种不活。心灰意冷的他，一个人跑到一块小众山岭——光秃秃的岗是凸起的峰，呈金钩状直刺天穹；岗下，是凹下去的沟谷，盘丝洞般，幽深荒芜。身后，突然响起母亲的歌声：“哎呀嘞，龙凭大海虎凭山，人凭志气排万难，孤军远征把钱赚，来日反哺家乡人。同志哥，未来日子凯歌传。”谢小路的心，被母亲唱的新山歌击中，仿佛有一束光照了进来。他用手在脸上撇了两下，转身回家收拾行李。

一去 20 多年，从家具学徒工干起，凭着赣南人的韧劲和实诚，谢小路在广东娶妻生子，有了自己的工厂，事业渐丰。赣南人乡愁浓郁，许多东西谢小路其实一直放不下。每到雨天，他就在想这些年金钩形的春天会是什么模样。

2018 年的一个雨天，谢小路在网上搜索家乡的信息，突然看到一则新闻，大意是说赣县区委区政府将金钩形列为山水林田湖草生态保护修复试点重要组成部分，以“山上山下同治，治山理水同步，工程植物同时，产业生态同行”四同模式进行治理，通过“以奖代补”，采用租赁承包等形式加强治理后期管护……谢小路坐不住了，电脑一关，开着车就往家的方向赶。

车子在乡道蜿蜒前行，许多父老乡亲在金钩形劳作。草丛之上，一垄接一垄的脐橙树，长势喜人。诧异，惊喜，谢小路将车停下，掏出打火机，用抽上一支烟的方式，慢慢平复心绪的波动。这一刻，谢小路坚信，赣县人找着了窍门。很快，谢小路一次性流转崩岗 1000 亩，平岗填土，投资上千万，建起“小路农庄”，成了白鹭乡承包崩岗治理“第一个吃螃蟹的人”。

小路媳妇是广东人，虽然理解不了老公这样的选择，但别扭数月，便也主动带着几个孩子回赣州读书安居了。待把孩子们上学的事办妥后，谢小路开车从赣州把老婆接到了自己的农场。一下车，乡里乡亲便拥了上来，向小路媳妇细说小路对乡里的好。比如，附近 90 多号人都和农庄签订了长期果园务工合同，按小时计酬，一小时能有十几块工钱；他还无偿让贫困户认领脐橙树，自主开发等。

乡村的夜，寂静绵长。小路老婆笑着捶打了他一下，说："我看你啊，就是中了老话'富贵不归故乡，如锦衣夜行'的毒，也罢，能帮上一些人，就是你的价值、我的福分。"小路搂了搂她的肩："总书记说了，绿水青山就是金山银山，放心吧，脐橙树开了花，很快，金钩形的土会被炼成'金'的。"

他们与乡村一起，坠入甜美的梦境。梦里梦外，山河锦绣。

万里长江　美在荆江

李文山

巨蟒般的荆江大堤之上，与观音矶千米相望的荆江分洪工程纪念碑巍然屹立。塔形花岗岩碑体南面是毛泽东的题词："为广大人民的利益，争取荆江分洪工程的胜利"；北面是周恩来的题词："要使江湖都对人民有利"。

这里正是长江与荆州城区的连接处，滨江公园跃入视线。从空中鸟瞰，分布在荆江两岸的荆州大地镶嵌在洞庭湖区和云梦大泽之间，酷似一艘躺在春水碧波中的艨艟巨舰。

蓝天白云下，有一双中国特有的雎鸠俯冲过来。它们扑扇着娇小的羽翼，头顶的冠羽清晰可见，让我们感受到一种珍稀鸟类的王者气度，也让我们联想到那一脍炙人口的绝句："关关雎鸠，在河之洲"。

关关和鸣的雎鸠，相伴在河中的小洲，这是多么美好绝妙的意境。我只是觉得，在这里更应该写作荆州之"州"。

长江大桥从公园上飞跨而过，川流不息的机动车风驰电掣般往来穿梭。人间四月天，大江潮涌时，我们就在大桥之下，伴着凉爽江风，三五成群的市民正享受着天然氧吧的清新气息，或徜徉于与长江垂直方向的景观轴，闻鸟语啾啾、赏姹紫嫣红、观江水东去。

看到眼前的美景，有谁相信就在几年前这里还是满目疮痍。破败的厂房、低矮的民居、杂乱堆放的砂石、竹木和遍地的垃圾。脏乱差的环境，犹如城市的一块伤疤，不仅影响市容市貌，也影响长江防洪和市区水源地保护。

2018 年 4 月 25 日，是一个十分特别的日子，中共中央总书记习近平自荆州港乘船，沿江而下考察荆州的长江大保护状况。

荆江风情带的老百姓有获得感吗？为建设滨江公园提供场地的职工是否都安置好了？江面上过往的货船每天都是这样忙碌吗？晚上也通航吧？航道里危险的暗礁清除了没有？考察路上，总书记问得非常仔细，并反复强调，长江经济带发展共抓大保护、不搞大开发，首先是要下个禁令，作为前提立在那里。否则，一说大开发，便一哄而上，抢码头、采砂石、开工厂、排污水，又陷入了破坏生态再去治理的恶性循环。所以，要设立生态这个禁区，我们搞的开发建设必须是绿色的、可持续的。

善治国者，必先治水。多少年来，习近平总书记的目光始终关注着波涛涌动的壮美长江，思考着人与自然和谐共生的辩证法则，谋划着让中华民族母亲河永葆生机活力的发展之道。

“共抓大保护、不搞大开发”10个字，振聋发聩。

地处荆江两岸的荆州，所辖8个县市区都沿江而立，全境483公里的长江岸线，几乎占湖北长江过境里程的“半壁江山”。特殊的地理位置，决定了荆州在长江大保护中负有特殊的责任和使命。

就在总书记换乘石首码头不远处，长江与长江天鹅洲故道的夹角草色青青，蛰伏一冬的麋鹿在悠闲地啃食着刚刚萌芽的嫩叶，野生麋鹿种群总量从起初的22头繁衍到如今的突破1400头，再现了两千多年前“荆有云梦，麋鹿满之”的美丽画卷。

2020年春节前夕，荆州人作出了向保护区新交付8000亩缓冲区土地的决定，再次为保护好麋鹿赖以生栖的湿地生态环境打下坚实基础。殊不知10年前，保护区原有2000亩滩涂不够用，荆州人就曾给麋鹿让过1.5万亩地。此次人退鹿进再让地，包括2300亩农田、5000亩林地、700亩鱼池，涉及700户3300人。缓冲区要封闭1.5公里道路，这是三面环水的六合垸3个村7000多人唯一出行通道，道路封闭后，农民需要绕道21.4公里才能上潜石高速。

然而，荆州人没有退缩。因为保护麋鹿就是保护生态，是长江大保护的重大行动。

保护好长江免不了要“刮骨疗毒”。作为长江的天然蓄水库，348平方公里洪湖水质，直接影响长江生态。20世纪90年代以来，因为过度养殖，洪湖秀美的生态遭到严重破坏。荆州人启动“拆围工程”，开始综合整治洪湖生态环境，累计驱赶非法采砂船146艘，抓获涉砂船舶39条，刑事拘留15人，批捕5人，关闭非法码头30多家，拆迁码头、砂石料堆场等设施62处，对23家涉江企业进行了查封、关停和搬迁转产，3453户渔民全部永久性上岸安居，实现了没有重化工企业、没有造纸企业、没有排污口，集中式饮用水水源地水质监测达标率100%，重现“洪湖水、浪打浪”的生态美景。

可喜的变化每天都在发生。荆州提出“一城三区，一区多园”战略，在中心城区设立高新区、开发区、文旅区三个功能区，以荆州开发区统领18个工业园区发展，所有企业必须入园。搬迁企业对标新的环保要求，达不到的一律淘汰。

经历了'98抗洪中的长江之危，目睹了盲目开发的长江之殇，也见证了“共抓大保护、不搞大开发”的长江巨变，荆州人说，我们要变“万里长江，险在荆江”为“万里长江，美在荆江”。

天 碑 旋 江 河

陈维达

2019 年 9 月，习近平总书记在黄河流域生态保护和高质量发展座谈会上发表重要讲话，把黄河流域生态保护和高质量发展列为重大国家战略。在认真学习领会总书记重要讲话的时刻，我不由想起 20 多年前在新中国成立 50 周年之际，我亲身参与，带队、组织在黄河源头为母亲河立碑的往事。

黄河源碑位于海拔 4675 米高，青海省玉树州曲麻莱县麻多乡约古宗列盆地中的“玛曲曲果”，藏族称黄河为“玛曲”，“曲果”意为河源，这是藏族地区对黄河源的认知与标识。

这座碑通高 2.9 米，其中基座高 1 米，碑身高 1999 毫米，表示设立于 1999 年；碑体厚度为 546.4 毫米，隐喻黄河干流长度为 5464 千米；碑体宽度为 1.5 米，整碑呈黄金比例。全碑采用青海当地产乳白色花岗岩，碑的正面为时任中共中央总书记江泽民同志题词“黄河源”的三个大字，碑的背面刻着黄河水利委员会撰写的《黄河源碑铭》。

这一巨碑，坐东朝西，面向清泉，背依白云，俯瞰群岭。

一

1999 年 8 月下旬的一天，时任黄委办公室副主任赵国训让我完成一个紧急任务：去河源树碑。

1999 年是中华人民共和国成立 50 周年。半个世纪以来，党和国家对黄河治理开发的重视和投入，以及所取得的巨大成就前所未有。经过黄河水利委员会党组的再三研究，决定在黄河源头为母亲河树立一尊标志石碑，这是全体治河人的共识和愿望。

为此，黄委一方面组织黄河源碑设计征集，一方面专门到北京向水利部作汇报。水利部对此十分赞同，之后便呈文报告党中央和国务院主管部门，希望中央领导予以题词。

作为主管黄河的部门，无论从哪个角度讲，在国庆之时，把河源碑树立起来，都是一项意义十分重大的任务。

当时我是黄委宣传处主持工作副处长，我处负责向全社会征集黄河源碑设计稿。征文启事一刊出，赢得热烈反响，来自全国四面八方的源碑图稿纷至沓来，画稿中的各种碑型充满了人们对母亲河的热爱。这些图稿经过我们初步筛选后，大家一致选定了一个符合民族传统审美观念的碑型。

一切准备工作就绪，“七下八上”的大汛期即将过去，1999 年黄河安澜已成定局，树碑任务提上日程。

二

8 月下旬，在内地还是炎热未消的时节，但是，远在青藏高原腹地的黄河源已是草黄冰结、风雪时来。

我与黄委办公室的陈丰迅速赶往青海，经简短商议后，青海水利厅组织厅办公室和青海水利勘察设计院的同志们参与查勘河源位置、设计、施工、树碑、测量等工作。8 月 31 日早五点天还未亮，我们便出发了。

20 多年前，青藏高原几乎还是原始状态。出发前，我们大约计算了一下，这一路至少 1200 余公里，单程最快也需要 3 天时间。

第一天，我们早上 5 点出发，晚上 11 点多才赶到曲麻莱县政府所在地约改镇。次日，出了县城就往源区行进。所谓牧区道路，就是盘山的上与下，不时翻越海拔 4500 以上的垭口，然后沿着长江上游支流色吾曲，一直向北。第三天一早，当地干部告诉我说，只有 80 公里就到源头啦。谁知这 80 公里，我们行驶了整整 4 个小时，最终在太阳已经偏斜时分，才来到河源第一泉边。

同行的人均被眼前的景色所震撼，只有经过千辛万苦来到这里的人，才能体会到高原绚烂旖旎的色泽，才能体会到高原雄浑博远的景象。

三

艳阳高照，祥云缭绕，碧空如洗，碧溪似练。黄河第一泉就在这绿草如茵的盆地西南角一处两坡夹峙的丘陵之上汩汩涌出。

这就是黄河第一滴水啊！我们欢呼着，我们把泉水高高撩起，我们把泉水捧起泼到脸上，拼命地用泉水洗着发干的脸庞，感受着母亲河第一泉带来的甘甜福祉。

时已过午，我们还要连夜撤出盆地。片刻的激动后，我们就急忙开始了工作，看走向、查地形、算方位，最后根据地形流势以及周边环境，大家一致确定了河源碑的施工位置。就在这里，将树立起高大的黄河源碑。

从河源回到西宁，我们的工作更加日夜兼程，一边紧张地寻找石材，进行碑型制作，另一边与青海省委、省政府和水利部联系，以省、部规格进行揭碑仪式开展组织工作。此外，还有一支队伍，在时任青海水利厅祁占林率领下，进入海拔 4600 米以上的河源，冒着零下 20 摄氏度严寒进行紧张的施工，挖基坑、筑地基、运碑体……在往河源运送重达 11 吨的碑体时，汽车多次陷入河床，负责运输的工作人员义无反顾脱掉棉衣棉裤跳入冰冷的河水中推车。

10 月 21 日，黄河源碑盎然树立于第一泉的正面。24 日下午 1 时 40 分，水利部、青海省人民政府、黄河水利委员会以及当地汉藏各族群众数百人，在黄河源举行了简易而隆重的揭幕仪式。

十分神奇的是，当鲜红的天鹅绒幕布缓缓拉下、高大庄严的河源碑露出熠熠光彩之时，一望无际的蔚蓝色天空飘来丝丝白云，很快，鹅毛般的雪片弥漫了约古宗列盆地，整个河谷再次进入冰天雪地的境界。

正如河源碑铭文所说："美哉黄河，水德何长！继往开来，国运恒昌。"这瑞雪，似乎是上苍以冰清玉洁笼罩河源碑的心愿，似乎是黄河之水源远流长滋润大地的期望。

调水调沙重塑黄河健康生命

都潇潇　李晓莹

“我们不怕水少，也不怕沙多，就怕水沙关系不平衡，不平衡的水沙关系使得黄河下游河道形态持续恶化，给黄河带来了极大的安全隐患。因此，我们在治理黄河时着重调整黄河水沙关系，使其更加符合黄河泥沙的自然规律，最终达到人与自然和谐相处的目的。”2004 年 6 月，时任黄河水利委员会主任、第三次调水调沙总指挥的李国英这样阐释调水调沙的意义。

2002 年、2003 年、2004 年，黄河水利委员会连续三年实施调水调沙试验，拉开了在黄河上人工塑造洪水、重塑黄河水沙关系的历史大幕。

三次调水调沙，不同条件、不同河段、不同水沙级配模式、不同的水库调度组合，充满了风云变幻，蕴含着艰辛探索。从中，黄河人对于这条大河的水沙运动规律、感性认知与理论总结都得以显著升华。

时光回转到 2002 年，7 月 4 日 9 时，黄河小浪底水库 11 个闸门依次徐徐开启，泄水洞喷涌而出的巨浪犹如群龙吐水，伴随着震耳欲聋的轰鸣，奔向黄河下游，从而开始了黄河首次调水调沙试验的雄伟壮举。

调水调沙试验是一项庞大的系统工程，通过统一调度大型水库对来水来沙进行控制与调节，改善水沙组合关系，变水沙不平衡为相适应的配置关系，把河道内的泥沙更多地输送入海。这种试验，国内外均未有尝试，既无先例可遵循，又无经验可借鉴。

为做好此次黄河调水调沙试验，黄委经过长时间的准备，通过科学调度，在不影响两岸用水的情况下，使小浪底水库蓄水达 44 亿立方米，为试验提供了可靠的保证。此次试验还运用了大量高新科技与仪器，并对动床物理模型进行验证和率定。

在首次调水调沙试验中，黄委提出的建设“三条黄河”（原型黄河、数字黄河、模型黄河）新理念也得到了初步运用。

2003 年，在遭遇 50 年来最为严重的干旱之后，一场历史罕见的华西秋雨接踵而至，而第二次调水调沙试验依然在接续实现。从 7 月 30 日，黄河中游府谷出现 1 万 3 千立方米每秒的洪水开始，华西秋雨使黄河中游干支流洪峰连绵相接，整整持续了 80 天，洪水量达到 110 亿立方米。陆浑水库突破汛限水位！故县水库突破汛限水位！小浪底水库水位持续上涨……

在艰难的条件下，黄河防总运筹帷幄、谨慎决策，经反复讨论，形成“无控区清水负载，小浪底调水配沙”的目标方案，即利用小浪底水库把中游洪水调控为含沙量较高的浑水，然后打时间差、空间差，再用支流伊河、洛河、沁河的清水与浑水在花园口对接，实现大空间尺度的调水调沙。

一个新的调水调沙方案诞生了！

这一设想和现实的巧妙结合，来自经验与智慧碰撞而来的火花，根基于现代治黄的理念和对黄河河情的理性认识。

在防洪调度过程中，黄河防总边实践、边总结、边研究，综合考量、统筹安排、精细调度。

随着中游高含沙洪水源源不断流入，黄河防总科学调度三门峡水库泄洪排沙，使之如期在小浪底库区产生了约 25 米厚的异重流。黄河防总适时下发指令，打开小浪底枢纽孔洞，将细沙洪水排出去，成功实现了小浪底水库拦粗排细的目标。

花园口水文测验断面黄河水以 2400 立方米每秒左右的流量、30 千克每立方米左右的含沙量滚滚东流的时候，预示着清水和浑水的“对接”成功。

如果说 2002 年黄河第一次调水调沙，是人类历史上首次最大规模河流原型试验之壮举；2003 年第二次调水调沙，为艰难险阻中书写大空间尺度水沙时空“对接”之妙笔；那么，2004 年的第三次调水调沙试验，便是一部波澜壮阔、荡气回肠、绚丽多彩的惊世华章。

2004 年黄河调水调沙，呈现两大特点：一是充分借助自然力量，通过黄河干流万家寨、三门峡、小浪底水库联合调度和人工扰动，在小浪底库区塑造人工异重流，实现异重流接力运行，对小浪底水库淤积泥沙进行冲刷；二是充分利用小浪底水库出库洪水的富余能量，在下游二级悬河最严重和平滩流量最小的“卡口”河段进行人工扰动，最大限度实现减淤冲沙目的，增大下游河道过洪能力。

大胆构想，科学论证，“三条黄河”，应声联动，一场全新的重大治黄实践就此拉开帷幕。

大河之中，千帆入定，机器轰鸣，水流激射，水流含沙量倍增。从河底翻卷而起的泥浆，在上游来水挟带下，飘然东去。

与此同时，小浪底库区尾部的三角洲上，另一场人工扰沙的战斗也已打响。

人工塑造异重流，是这次调水调沙试验中最具挑战性的精彩乐章。异重流是产生于水库的奇异流体，在特定条件下，可以挟带泥沙在水库底部向前行进。人工塑造出异重流，对于破解多泥沙河流水库淤积的世界性难题，具有极其重大的意义。这项试验，世界河流治理史上一直没有迈出试验室的门槛，原型试验仍属空白。

如今，黄河人却要依靠自己的智慧和科学的力量，把它“克隆”再造。为此，既要悉心研究异重流的生成要素，审慎分析现实中的水沙条件，又要精心计算 3 座“参战”水库的水沙时空对接，其难度之大，不难想象。

随着人工塑造异重流达小浪底水库坝前，进而通过排沙洞冲出库外。霎时间，随着几股由清变浑的冲天巨浪喷涌而出，一幕旷世壮景出现在人们面前。

黄河人工塑造异重流成功了！

这一开了先河的巨大成功，标志着中国水利科学家已掌握了世界领先的水库异重流的形成机制和运行规律。激动与感奋，喜悦与沸腾，久久荡漾在黄河人心中。

这一切，来的是如此不易。它印记着这项重大治河实践，从初始构想到艰难实施的一串串脚印，折射着从观望、怀疑到最终转向认同和赞许的不同观点。

2004 年，随着第三次调水调沙试验的成功结束，黄河调水调沙从试验阶段转入常规生产运用。这项关键技术的突破，不仅为黄河治理增添了一种重要手段，也为世界多泥沙河流水库运用赋予了新的内涵。

一座坝，一道堤

夏兴政

坝是新四军坝，堤是长江堤。坝未建成前，只是战士们脚下一粒风尘仆仆的泥土；堤则伴大江而生，随滚滚江流蜿蜒曲折，不离不弃。

坝下这一粒泥土，已辗转江西、福建等 8 省 160 个县，陪伴着长征后留守南方的红军游击队，步履匆匆，与敌人斗，与大自然斗，与疾病伤痛斗，在革命根据地开展艰苦卓绝的游击战争。三年锤炼，它见证了战士们“天当被，地当床，树皮野菜当干粮”的艰难生活。“取义成仁今日事，人间遍种自由花”，不论面对任何绝境，它深知，战士们心中的信仰不灭，共产党的旗帜不倒，革命必胜的信念不变。

那一年，坚守在革命根据地的红军游击队已整编成新四军。它，终于紧跟陈毅、粟裕的队伍脚步，“弯弓射日到江南”，挺进茅山地区。在下蜀，它目睹了战士们破坏沪宁铁路附近的铁路桥梁，导致日军一列火车出轨，半天交通中断，震惊了上海和南京的日军；在韦岗，它亲历了战士们冒雨伏击日寇运输车队，取得江南首捷；还有新丰战斗、句容战斗、珥陵战斗、东湾战斗、贺甲战斗……那些大大小小 100 多次著名战斗，不断袭击、消耗、牵制了敌人，歼灭了日伪军许多有生力量。

那些年，在茅山，新四军战士们无暇去观赏日出月落，无暇倾听惊雷雨声。他们与日伪敌寇展开周旋战斗，翻越每一架山梁、每一涧河渠，踏遍每一垄田地、每一片丛林……而伴随着战士们坚韧步伐的那一粒风尘仆仆的泥土，终于在战斗间隙，为护佑一方百姓，献身为一座水坝，集成一潭生命清水。

堤，从镇扬汽渡渡口到引航道枢纽，仅 3.944 公里，相对绵延 6300 多公里的长江，相对镇江市约 293 公里的长江岸线，渺小如沧海一粟，然而，它却历经沧桑巨变，看遍风云变幻。

堤，怎能忘记，当年百万雄师以排山倒海之势，万船竞发、万炮齐鸣，强渡长江，迅速突破国民党军队的长江防线，彻底粉碎了国民党政府“划江而治”的分裂图谋，镇江这座滨江千年古城获得新生。堤，还记得《我送亲人过大江》吗？那个叫颜红英的大辫子姑娘奋臂划桨护送着载满解放军战士的小木船，冒着炮火硝烟，迎风斗浪，突破封锁，奋力冲向南岸敌占区……正是千千万万个像颜红英这样的人民群众支持革命，患难与共，才赢得渡江战役的胜利，诠释了“人民就是江山，江山就是人民”的真理。

怎能忘记新四军坝的建筑场景？那是一群在后方“竹林医院”疗养所养伤的战士，用一双双拿起刀枪与敌人殊死搏斗的手，一个个在枪林弹雨中巍峨挺立、曾被殷红的鲜血染遍的顽强身躯，挖开山腰的泥土，肩挑手提，挥汗如雨，一块块垒砌在洼地的边沿，筑坝蓄水，缓解了山区军民的用水难题。

怎能忘记，那一群伤病员就住在附近的竹林深处，都是在战斗中身负重伤的新四军干部、战士和地下党员。说是后方医院，其实就是泥巴筑墙、茅草覆顶的简易草棚。1942 年 1 月，新四军六师十六旅成立了卫生部，为医治伤病员，选择毛竹林和杉树林密布的茅山山脉的磨盘山作为固定的重伤组，只有一个医生、两个护士、一个炊事员和一个招呼员，吃用均来自当地人民群众的支持。就在这简陋、艰苦的环境里，伤员来了一批，又走了一批，来来去去之间，为支持抗日的陈庄百姓奉献出一汪清潭。八十多年过去，沧桑巨变，旧貌换新颜，曾经硝烟弥漫、战火纷飞的茅山抗日根据地已经成为旅游养生福地，而坝下这一汪清潭，还一直牢牢守护着山下陈村一方百姓饮水、灌溉安全。

堤，已垂垂老矣。随着长江主航道北移，江堤不断迁移。江水洗刷、掏挖，使处于长江南岸的江堤更加险象环生，坍塌险情屡屡发生。堤下一些村庄、良田渐渐湮没在江流之中，村民不得不忍痛流泪撤离家园，易地搬迁。这些年，虽然堤被不停地进行应急除险加固，但受一些受利益驱使的沿江沙库的重载车辆破坏性碾压，堤顶道路损坏严重，伤痕累累。特别是 2020 年长江流域出现流域性大洪水，镇江段水位不停告急，一度超出历史最高警戒潮位 0.23 米，堤防多次出现险情，严重危害着人民群众的生命和财产安全。

守堤就是守家，广大水利人闻“汛”而战，冲锋在前，一面面党旗在江堤飘扬，一个个党徽在江堤闪亮，他们手挽手、肩并肩，齐心协力、众志成城，发扬“跑在洪水前面，撤在群众后面，抢在工程一线”的拼命精神，冒风雨、战高温、查隐患、堵漏洞、固江堤，终于化险为夷，击溃了洪水，守住了家园。

前些年，坝下这一汪清水，虽然失去了饮用水功能，但仍对陈村村民中草药、花木种植等发挥着重要的蓄水灌溉作用。这两年，幸福河湖工程实施，钢筋混凝土加固，新建水闸，水坝又焕发新机。每到农忙时节，打开闸门，一汪碧水便沿着沟渠一路欢唱流进大坝下方的农田；每遇暴雨季节，水位一旦上升，也会通过分流引水到水库，真正实现了旱涝无忧。尤其是水坝旁增设了上堤栈道、堤顶步道、亲水平台、月季花海、草皮护坡等，成为村民休闲漫步的一道靓丽风景。水坝旁钢梁上镶嵌的“N4A”标志在阳光下熠熠生辉，景观墙上“新四军水坝”“鱼水情缘”等金色大字璀璨夺目，军民修建水坝、人民群众浣洗制茶等劳动场景的雕像栩栩如生……

堤开始迎来新生。政府持续加大整治力度，关闭非法沙库，打击非法采砂，减少江水对江堤的侵蚀。特别是今年，按照“百年一遇”的防洪标准，对堤防进行培高加厚。那是多么繁忙而紧张的施工场景啊！一辆辆装载车拉满材料源源不断地送上堤顶；一群群施工队冒着高温挥洒着汗水，扎钢筋、固护坡、铺沥青；一排排挡浪墙在堤旁高高耸立。堤下，一个个生机盎然的休闲景观带渐渐成型……一条靓丽的滨江风景线、艰固的长江堤防正在形成。

夏天的新四军坝，山林滴翠，泥土芬芳。在这里，每一粒泥土、每一丛青草、每一片绿叶，都散发着当年战士们踏过铺满绿苔的青石板路的幽幽清香；都蕴藏着那个战火纷飞的年代抗日战场激烈的硝烟味、新四军战士奋勇杀敌的呐喊声、枪击声；都浸润着军民一同劳作、心心相印、同甘共苦的汗水与笑容；都传诵着新四军“天下兴亡、匹夫有责”的爱国情怀，视死如归、宁死不屈的民族气节，不畏强暴、血战到底的英雄气概，百折不挠、坚忍不拔的必胜信念。

大江东去，千帆竞渡，沙鸥翔集。堤，始终护佑着一方平安。堤下，城市生机勃勃，人民安居乐业，习近平总书记对镇江发展的谆谆嘱托正加速成为现实。

回忆治淮岁月　坚定如磐初心

张雪洁

我的籍贯是安徽合肥，抗日战争时期逃难到了四川，在四川长大，新中国成立后在南京中央大学（今南京大学）读书。1950年国家提出要治理淮河，因缺乏技术干部，政务院决定动员华东区水利系和土木系的大学三、四年级的学生参加治淮。我那时是土木系三年级的学生。当时华东军政委员会水利部副部长兼治淮委员会工程部副部长钱正英去学校作了动员报告，大家积极性都很高。我觉得自己经过3年的学习已经积累了一些知识，便报名参加了治淮工作。

初遇治淮
我在“佛子岭大学”

1950年，周恩来总理在听取许多专家意见后提出“蓄泄兼筹”的治淮方针，提出不光要泄水，还要在上中游兴建水库和行蓄洪区。我在1952年初就到了佛子岭水库设计科的梅山设计组，在佛子岭边学习边做梅山水库的设计。那时的办公室是一排草棚子，两人一间，住宿和办公都在一起。

来到佛子岭水库之后，我感觉很不一样。因为参加工程建设的很多同志都是刚毕业或者还没毕业的大学生。虽然也有一批来自华东地区的老工程师，但这些工程师也都没做过水库工程。水利专家汪胡桢提出大家互相学习、能者为师。当时美国垦务局下面有一个专门干水库设计的部门，他们有一个备忘录，其中有关于溢洪道、水库等相关资料。汪胡桢等一批在国外留学的专家很了不起，他们把这些备忘录一本一本抄下来，带回来很多教科书、图纸和资料，我在佛子岭就看到好几十本。我们开始自学，每个礼拜抽出一个晚上作报告，把自己学习的内容跟大家讲一讲，也会请一些地质、水文等方面的专家来作报告。就在这样的条件下，我们作出了溢洪道、坝身等各部分设计，最后佛子岭、梅山、磨子潭、响洪甸等水库的设计就这样做出来了。我学的是溢洪道设计，梅山水库的溢洪道就是我设计的。

淠史杭横排头枢纽
——我的“结婚纪念工程”

1958年我去了安徽省水利厅，在总工程师办公室当技术组组长，不再具体搞设计，而是审查各个地区报来的设计，并提出审查意见。

1958 年下半年，安徽省提出要做淠史杭工程，其中在淠河中游的横排头建渠首，拦蓄上游来水。这个工程当时由安徽省六安地区负责，当时的地区专员赵子厚很积极，他们给安徽省水利厅报来一个设计，我负责审查。

当时的设计是在沙地基上做混凝土坝，所以坝体设计得比较大。按照他们的设计，建设需要 8 万吨水泥，要做 500 米的混凝土坝和 600 多米的土坝。1958 年正是“大跃进”时期，那时水泥、钢材都非常紧俏。在审查时，我觉得需要的材料太多，成本太高，于是多方翻阅资料，终于在资料里查阅到，有一些小型水利工程可以在土坝外面盖一层混凝土，这样可以节省一半的水泥。于是我提出可以用 4 万吨水泥做这个工程，当时的主任工程师杨寿星采纳了这一意见。

1959 年春节，我利用 3 天假期从合肥回蚌埠跟我爱人结婚。但巧就巧在我回来结婚的时候，赵子厚带着一批技术干部也利用春节假期到省委汇报。当时的省委书记曾希圣叫上安徽省水利厅厅长张作英一起听取汇报并询问他的意见，张作英对设计没有意见，就是觉得水泥需要量太大。当时他也带了杨寿星一起去，当厅长询问他的意见时，他说：“我们单位谭福甲提到了另外一种设计，可以节省水泥。”曾希圣一听就非常高兴，问：“可以省多少吨?”杨寿星当时慌了，答到：“大概两万吨。”于是曾希圣就让赵子厚他们回去按照这种坝体重新设计，提供给他们两万吨水泥。赵子厚跟他们的技术干部商议后，就说：“两万吨水泥我们搞不起来，要么我们不干了，你们来设计。让我们设计的话还是需要八万吨水泥。”当时曾希圣就拍板说：“好，这个工程交给水利厅干。张作英，我给你两万吨水泥，你给我把这个工程做起来。”但是赵子厚提出年底一定要通水的条件。所以我结婚回来，张作英马上喊我过去，对我说：“这个设计我们接下来了，给你两万吨水泥，你来负责。”我当时说：“这不对啊，两万吨水泥不够，我说的是四万吨。”张作英说：“你就照两万吨来搞，必须搞出来不可。”当时我压力非常大。

没有办法，我就这样去了工地，在那里呆了一个多月作出了设计，然后回蚌埠的水科所做模型试验，因为做工程要在水力学上符合条件，还要做土地学方面的渗透试验，看看水渗下来会不会对工程安全造成隐患。就这样，大概用了 3 个月的时间，我完成了横排头的全部设计。

除了设计，施工过程中我也都在工地上，一直到 9 月份左右坝体完成，年底正式通水。这一工程做到了当年设计、当年施工、当年受益。但过程是很困难的，因为两万吨水泥根本不够，于是绞尽脑汁想了很多办法。比如利用竹笼块石做成护滩，坝体只用了 30 公分的混凝土盖上，就这样这里省一点、那里省一点，工程就这样做起来了。之后我又负责做了加固工程。这个工程就一直从那时用到了现在，已经 60 多年了。我一直觉得，这就是我的“结婚纪念工程”。

后来我参加了1969年抗洪，查勘过龙河口、毛尖山水库，下放在安徽省定远县设计过芝麻水库、江巷水库，参与过农田水利建设。到了淮委以后，我先后参与引进了意大利的一套微波通讯设施，建立了系统内的专线联系，推动了防汛工作的开展，更主持了板桥水库的兴建等工作。

今年是建党100周年，我的党龄也已经65年了，作为一名治淮战线上的老党员，这一路走来，我觉得自己运气不错，如果重新再给我一次选择的机会，我还是会毫不犹豫地选择水利，选择治淮。

五星红旗飘扬在小浪底

孙国纬

1995 年，我国第一次采用全方位国际招投标模式进行建管的小浪底水利枢纽工程建设激战正酣，具有里程碑意义的施工总进度节点——“九七截流”一天天逼近。然而，处于关键线路的导流洞施工陷入困境，作为业主的中方与欧洲承包商的争议日益尖锐，承包商甚至提出推迟一年截流和巨额索赔。当时，我任小浪底水利枢纽建设管理局技术处处长，深知按照合同工期实现项目总进度目标的极端重要性。

在严峻形势面前，为了伟大祖国的荣誉，为了确保“九七截流”按时实现，小浪底建管局提出了响亮的战斗口号“一路绿灯奔‘九七’”。自此，小浪底与国旗的故事拉开了序幕。

国旗飘扬　信念永存

1995 年 10 月中旬的一天，小浪底建管局局长助理张善臣召集我和宣传处处长李焕章，商议修建旗杆事宜。

根据当时的情形，建管局党委一致认为应该将国旗矗立在建设工地，一方面鼓励大家积极投身建设，另一方面向欧洲承包商表明中国人民建设的决心与毅力。

旗杆立好后，建管局党委决定从 1995 年 12 月开始，把每个月第一周周一，正式定为升国旗日。每到这一天，全局职工穿上整齐的服装，准时集合在升旗广场，当雄壮的国歌响彻小浪底工地，每一名小浪底人都热血沸腾，建设信心倍增。

当时居住在桥沟河西“欧洲村”的德、法、意等数十个国家的外籍职员，隔溪仰望高扬在蓝天上的五星红旗，对于中国人的意志和力量，无不感受到震撼与惊叹。

庄严国旗　初心尽显

小浪底水利枢纽建设过程中，遇到的难题与矛盾逐步深化。当时，小浪底工程导流洞施工遭遇多次塌方，建管局和外国承包商为厘清责任产生激烈争议。1995 年 7 月 27 日，时任水利部副部长的严克强率工作组来到工地指导工作。

当天傍晚，严副部长与我在招待所见面。刚一进房门，他拿给我一摞名片严肃地说："这几位你都认识，他们是这次德国承包商聘请的咨询专家，专门为导流洞塌方的事，来和我们打官司的！"我一边听一边快速翻看名片，前来争论的是国内几位知名岩石力学专家，包括哈秋舲、王思敬、刘宝琛等人。

"这几位专家中，唯一既懂岩石力学又有工程经验的就是你在水电五局的领导和朋友哈秋舲，你抓紧去找他，将小浪底国际招标工程的复杂情况给他讲解下。"严副部长又补充道，"你告诉老哈，明天会见时，会议室是要挂国旗的！"

走出招待所，我掂量着严副部长话语的分量。径直来到哈秋舲住所，哈总可能预感到我的来意，便首先讲了他们受雇于外方的过程和想法。

原来，为导流洞塌方一事，二标联营体责任方德国旭普林公司聘请意大利一家公司组建专家咨询团队。意大利公司一位华人雇员建议再聘请一家中国专业机构协助解决，于是便找到了在国际上颇有名气的中国岩石力学与工程学会。当时，哈秋舲是学会副理事长，又是三峡水利枢纽工程总工程师，自然成为咨询专家组组长。

哈总深知，受聘于外国公司解决导流洞塌方是件难事大事。他首先想到的是，小浪底工程是我们自己的工程，中方专家参加咨询，就能占据优势地位。作为学者，他深知小浪底工程地质条件特殊，地下工程规模宏大，在参加咨询中想为小浪底工程出点主意。正因此，他才特意在谈判前去拜访严副部长。

听了哈总一席话，我顿时轻松许多，接着向他详细介绍了导流洞塌方的情况和原因分析等。临走时，我拉着哈总的手说道："严副部长让我转告你，明天会见时，会议室要挂上国旗"。哈总听了这话，提高嗓音激动地说："国纬同志，我哈秋舲是共产党员！"

听着老战友动情表白，我仿佛又回到我们并肩建设"大三线"白龙江碧口水电站那段激情燃烧的岁月。

次日，严副部长会见哈秋舲一行，会议室的东墙上挂着鲜艳的五星红旗。那面五星红旗，于中国人而言，不仅是每一名水利人建设与前行的初心，更是所有人爱党爱国的信念与灯塔。

截流龙口　国旗见证

1997 年 10 月 28 日，小浪底建管局在施工现场举行隆重的截流仪式，中央领导亲临祝贺，外国承包商所在国的驻华大使应邀观礼，中央电视台实况直播截流盛况。

按照精心设计的截流方案，从 10 月 24 日 16 时开始，截流龙口由右岸单向进占，经过 40 多小时的紧张施工，抛填石料 9 万多立方米，到 10 月 28 日清晨，龙口宽度已从原有 106 米束窄至 12 米左右。

10 月 28 日 10 时 28 分，随着左岸抛石场六辆卡车的巨石抛投而下，截流合龙完全成功！

霎时间，一面巨大的五星红旗在龙口左岸崖壁上豁然展现！人们蓦地将目光一齐转向国旗，全场欢声雷动。我们和着《五星红旗迎风飘扬》的嘹亮歌声，尽情享受经过艰苦奋斗迎来胜利的喜悦，这震撼人心的辉煌一幕永远定格在我心中。

如今，26 年过去了，小浪底工程升国旗仪式的优良传统一直延续至今。同时，小浪底水利枢纽也已成为闻名全国的爱国主义教育基地。鲜艳的五星红旗将永远飘扬在小浪底水利枢纽，飘扬在每一名中国人、水利人的心中！

同饮一江水　共话两地情

何治波

澳门三面环海，地理位置特殊，曾饱受水资源匮乏困扰。进入21世纪，受连续来水偏枯、供水增加、河道下切等因素影响，每年冬春时节，珠江河口咸潮上溯，成为威胁澳门供水安全的头号大敌。2005年，在水利部指挥下，珠江水利委员会成功组织实施了首次珠江压咸补淡应急调水，去年冬天、今年春天又圆满完成第17次珠江枯水期水量调度，有力保障澳门、珠海等地供水安全。我连续17年参与组织这项工作，亲历从保障春节期间的应急调水到全年保障多方共赢的水量调度，见证了千里送清泉、远水解近渴，全面保障澳门同胞饮水安全的伟大创举。

第一次应急调水已过去17年，但我仍记忆犹新。2003年由于西江上游连续干旱，加上河床下切等因素加剧了咸潮影响，珠海、澳门两地取水咸度非常高。2003年特大咸潮过后，灾害态势愈演愈烈。2004年冬春时节澳门和珠海供水咸度达到800毫克每升。

面对咸潮危机，我们从流域机构肩负的防汛抗旱职责出发，从2004年开始着手研究能否采取一些流域调度措施，缓解下一季咸潮带来的影响，探索枯水条件下供水的办法。基于汛期水多时下游咸潮影响小的认识，集中探讨了枯水期能否采取流域调度措施形成径流压制咸潮。当时主要开展了三项工作：调查上游可调水源工程、分析下游咸潮基本成因、探讨研究调水和压咸技术。我们作了技术论证分析，进行了模型计算，开展了物理模型试验，同时还充分听取了珠海、中山当地抢蓄淡水的经验。

我们通过研究发现，咸潮影响是周期性的，因此形成了压咸补淡应急调水的大胆想法，即通过避开咸潮影响强的时段，在咸潮影响较弱的时段里，通过上游水库调度使珠江三角洲地区径流达到预定的流量，下游就可以抢淡。这本身有很多技术难点。首先，西江上游到下游全长1330公里，水要走10天；其次这股水还要在规定的时间到达规定的地点。当时很多人怀疑，比如到底能不能形成径流？能不能从上游形成一股水流按照我们的意愿把咸潮压制下来？水质是否能保障？

在决策过程中，我们把所有可能的情况进行摸排，作出整体方案并进行情景模拟；邀请了全国的知名专家进行咨询，对方案的可行性进行技术论证；还跟各地政府和水利电力等众多部门进行协调，最终制定了珠江压咸补淡应急调水实施方案，上报国家防汛抗旱总指挥部并获得了批复。

2005 年 1 月 17 日，珠江压咸补淡应急调水在贵州天生桥一级水库举行启动仪式。当时珠海、澳门供水很紧张，一定要保证春节期间的供水安全。而此时上游水库蓄水也有限，从天生桥一级和岩滩两个水库总共调水大约 7 亿立方米，从北江飞来峡水库调水 1 亿多立方米。往下游补水的流程共 1330 公里，中间涉及到七八个梯级水库的调节，我们盯了好几个通宵，不停进行演算、跟踪，同时从上游到下游全线监测水流实际情况，一路派人监督调水管水护水，终于在设定的时间内把水送到了珠三角，当时广东省还举行了隆重的接水仪式。

首次应急调水压咸取得了成功，保障了澳门、珠海两地春节期间供水的安全。时任全国政协副主席、澳门中华总商会会长马万祺先生专门为珠江委题写了“千里送清泉　思源怀祖国”的对联，以表达澳门特别行政区各界人士对珠江压咸补淡应急调水工作的感激之情。

应急调水只能解一时之渴。我们在 2006 年春节期间又成功实施了一次应急调水后，开始着手解决长远供水问题，筹划采用综合的工程措施和非工程措施，全年保障近期及 2020 年以前珠海、澳门供水安全。我们编制完成《保障珠海澳门供水水安全专项规划》并在当年获国务院批复。工程措施主要包括统筹兼顾龙滩、百色水库施工建设保障，兴建西江上游大藤峡工程，下游兴建珠海竹银水源系统工程和管网等供水系统；非工程措施是指实施水量统一调度和当地供水管理措施等，确保规划实施期澳门等地供水安全。

这些年来，我们始终不断研究咸潮调水取水规律，摸索精准调咸手段，加上 2006 年到 2007 年龙滩、百色、长洲等水库陆续建成，精准调度的手段更多了，单次压咸调用水量从第一次的 8 亿立方米，降到了后面的 4 亿到 5 亿、甚至 2 亿立方米。2011 年，珠海当地竹银水库投入使用，我们编制了《珠江枯水期水量调度预案》，从制度和措施上为调水工作提供了保障，并逐步形成了“前蓄后补”的精细调度方式，即：每年从 7 月开始做调度实施方案，谋划主动开展汛末蓄水、供水关键期补水；8 月、9 月珠海主要水库开始蓄水；11 月以后，上游水库开始补水压咸。这些年，珠海、澳门供水安全也面临过很多风险，但通过我们的工作，供水都得到了很好的保障。2011 年以来，澳门供水咸度未超 100 毫克每升，质优量足。

民以食为天，食以水为先。保障澳门供水安全，事关“一国两制”的成功实践。17 年千里调水，体现党和国家对澳门居民的深切关怀，也彰显了我们党以人民为中心的发展思想。站在新的起点上，我们将接续奋斗，全力保障珠江流域水安全！

我三个“十年”的情感故事

杨启满

一个水利人的自白：我是玉环市农业农村和水利局的一名职工，在建党100周年之际，我想和大家分享下我和水利建设的故事。水是生命之源，生命源于水，也离不开水，所以我们要珍惜、重视和保护水资源。由于个人的成长经历，我对水有别样的情感，尤其是对于漩门湾的水，有三个“十年”的情感故事。

第一个“十年”

小时候，我住在玉环市芦浦镇漩门村的山上，住过山上的人都知道，水对于山上的居民是多么重要。从我记事开始，家里就一直缺水，小时候的我也实实在在地体会过缺水的艰辛。记得那时，我家住在半山腰，距离最近的水井要走一两里路，大一点的水塘或者山塘在更远的山顶。每天放学，我都要赶到最近的那个水井，趴在水井头写作业，然后等水井里的山水慢慢渗出来，再用汤勺收集，装进那种盛油用的塑料桶里，水桶容量有5L和10L两种，小时候的我由于人小，背的是5L的。我现在留下了高低肩的毛病，就是由于小小年纪长年背水导致的。按照这种方式打到的水，我们家人都是倍感珍惜，除了煮饭和烧水，丝毫不敢浪费一滴水。洗脸的水可以洗脚，洗脚的水还可以用来冲刷马桶，一水多用，把水的效能发挥到最大。走进我小时候的家，你总能看见瓶瓶罐罐，各种器皿装着我们视之如生命的水。

第二个“十年”

随着时间推移，漩门山头解决缺水问题的事情终于被提上议程，通过专事专议政策，拨付专项资金解决缺水的问题。印象最深刻的是，当修建漩门山塘的坝体时，十几岁的我也积极加入劳动大军，大型石块土堆我搬不动，小事情我还是可以出些力，比如看护、浇水、养护等。在全体村民的共同努力下，昔日的小水坑也变为初具规模的山塘，只要安心养护，用心维护，正常运行，基本可以满足全村人的饮用水。虽有了山塘，可是我们依旧要去山顶打水，还是非常艰辛，如果有一根自来水管可以通到村口，那就方便了。因此，全村村民再集资，四处奔走申请部分拨款，想给住在半山腰的村民通一条自来水管。在党和政府的关心和照顾下，我们成功引了一根10cm口径的水管到半山腰。当打开阀门、接通饮水的那一瞬间，全村村民欢呼雀跃。虽然只有一根管，而且接水还要排队，有时候谁先谁后，谁感觉其他人水接多了，甚至时不时出现摩擦，但大家都觉得这种摩擦也是幸福的，因为我们终于不用背着大桶小罐走好几里去打水，只要在家门口排队就有水用，真是喜悦的心情涌在心头，有水的幸福甜在心间。

第三个“十年”

最近的十年里，在党的光辉照耀下，在各位领导人的正确领导下，祖国发展更迅速，漩门村发生了翻天覆地的变化。一部分村民高山移民，走进城镇。在城镇里，居民基本不缺水，不但不缺水，水质也更优质，有些住上商品房，有些住上新农村的房子，不管什么类型的房子，再也不会被缺水困扰了。还住在山上的村民，几乎家家户户都通上了自来水，还有专人服务、专门维护、水质检测、水利信息即时公开等服务。村民不但用水方便，用水也更放心。这期间，我大部分时间在外求学，和家里通电话，提到小时候“缺水”“挑水”相关回忆时，他们都说自从通了自来水，就没有缺水的问题了，家长里短聊的更多的是新农村的变化、城镇的发展和生活的改善。这一时期，我从其他方面获息，党和政府为了高山村民的饮水问题，还在做着各方面的努力，包括山塘的维护，饮水用水的调度，台风水情的灾害防御，干旱的应对等等。虽然这些工作村民们不一定都了解，但是党和政府始终把解决高山缺水问题放在重要位置，也就是说，整个玉环海岛市的缺水问题也始终在党和政府的议程里面。

有幸的是，我去年成为玉环市农业农村和水利局的一名工作人员，被分配在水旱灾害防御科，我的同事们，有在水库服务中心的，有在水利建设运行服务中心的，有在河道服务中心的等等。我身边的人都是奉献在水利事业上的，他们紧紧围绕在党的领导下，为玉环的水利事业默默耕耘，让玉环不但成为节水示范的标杆，也让玉环可以经受50年一遇，甚至100年一遇的干旱，让缺水的玉环不再缺水。

外　　记

在党和政府的领导下，经过玉环水利人的不懈努力，玉环逐渐远离缺水情况。2021年4月，玉环总共从长潭水库引水2181080吨，通过亚海山淡化供水640094吨，给海岛鸡山送水2741吨和高山栈头送水4073吨。现在还在建设的南部湾区饮水工程，将可以达到日均20万方的规模，启动亚海水淡化二期工程，日产淡水5万方。以后的玉环市，不管是生活用水和工业用水，都将摆脱缺水的情况。在2019年，玉环市还获得全国第二批节水型社会建设达标县，人民日报、浙江日报都报道了《玉环，一座海湾城市的节水示范行动》。虽然取得诸多成绩，但是玉环市这个海岛市依然要把水视为生命，因此，我呼吁大家都要节约用水，践行两山理论，让浙江玉环成为节水用水不缺水的重要窗口示范点。

“认识”丁仲文

赵西安

“1940 年 4 月 29 日，由边区建设厅工程师丁仲文设计，群众集资与政府资助修筑的裴庄渠建成并正式放水”，我在延安水利部门工作几十年，每当看见“幸福渠”简介牌上的这段话，就不由得猜想，丁仲文究竟是怎样一个人？当年他在边区是怎样进行水利工作的？直到退休后我参与水文化工作，才从那些尘封 80 多年的历史资料中，与这位红色水利工程师渐行渐近。

一天，我在查阅资料时，看到在 1940 年 5 月 28 日的陕甘宁边区《新中华报》上有一篇醒目报道《边区第一长渠裴庄渠修筑成功　用事实教育了人民》，报道的开头写道“去年秋天，当裴庄枣园一带枣子红滴滴成熟的时候，忽然来了一位穿着不大整齐的人物，他每日出入于这密丛的枣林间，像是有什么事似的，盘旋在这个地方。当地老百姓就猜疑：这是哪里的一位掉队战士？难道他每天都来这里偷枣子吃吗？却不晓得，这位人物就是边区政府为了兴修水利，而派来到裴庄勘察测量，计划开渠的一位水利工程师呢！他就是丁仲文同志。”

延安西川裴庄、枣园一带有 6 个村子，1400 多亩川地，长长的西川河从中流过，有充足的水量可用于灌溉，历史上这里也曾几次修过水利，但都因地形复杂、工程量大而失败。边区政府成立后，为响应党中央、毛主席号召，在大生产运动中把修建裴庄渠作为边区第一个示范水利工程，边区建设厅派出当时唯一的水利工程师丁仲文负责裴庄渠的勘测修建。

从几份零散资料中得知，丁仲文毕业于北洋工学院（天津大学前身）土木工程系，抗日战争爆发后奔赴延安，成为革命队伍里的一名专业人才。他接受任务后，立即到裴庄村反复查看水源地形，很快开始勘测设计。他架起水准仪，引来周围百姓的围观，这是边区第一条使用仪器测量的渠道，也是第一个运用水利专业知识设计的水利工程，不少人第一次听说了高程、高差、流量、比降这些专业名词，第一次看到这条渠不仅要有拦河坝、引水渠，还有退水闸、跌水、渡槽、暗洞这些建筑物，因而在报纸报道中称其为“本市附近兴修新式水利工程”“这在边区还是第一次试验”。

裴庄渠长约 6 公里，要穿过岸滩、石砭、冲沟、树林等，《新中华报》报道“除了丁同志外，都没有土木工程科学知识，而且都是工农干部。但只两个月，在丁同志帮助下，对测量知识都会了，各种仪器对他们不再是稀奇东西了”，在丁仲文的带领下，测量工作大大加快。

在当地修这样大的水利工程，开始时多数人是持怀疑态度的，担心不成功白花钱。丁仲文和地方干部对群众反复宣传修渠的好处，讲解科学知识，让大家知道政府修水利是为了百姓的利益，最终得到了群众的理解支持。没有钢材、水泥，丁仲文就和大家共同想办法，用木桩碎石坝挡水，用木板代替钢闸板。从1939年9月动工，到11月大地封冻前，工程完成了大部分；1940年3月解冻后继续施工，4月底全部完工。4月29日开闸放水，西川群众奔走相告，摆酒宴，唱大戏，感谢政府为老百姓办实事。裴庄渠建成，1400亩旱地变成水地，群众种粮又种菜，过上了幸福生活，故把裴庄渠称作“幸福渠”。

1942年6月，丁仲文又奉命负责子长渠的设计与施工，这是谢子长烈士家乡的第一处大型水利工程，由边区政府林伯渠主席亲批，全长5.3公里，从秀延河自流引水，可灌溉川地上千亩。他带领建设厅技术人员住地施工，克服无数困难，与地方同志和当地群众苦战355天，完成土工94700个，石工18900个。1943年6月21日边区《解放日报》刊发专题报道《子长渠落成　八百亩川地变水田》，当地农民高兴地说：“原来一垧（当地一垧地约合3亩）川地平常年景能打七八斗粮，变成了水地能打三四石哩”。

1941年，丁仲文到靖边县杨桥畔调查引水拉沙造田，在《解放日报》发表了《沙漠变成肥田——记杨桥畔的水利》，深入总结了杨桥畔从1917年到1941年引水拉沙造田的经验教训，指出在边区政府领导下兴修水利的光明前景。几年里，杨桥畔修成上万亩水地，解决了百姓温饱，支援了抗战救国。

此外，边区绥德绥惠渠、志丹麻地坪、富县葫芦河等重点水利工程都洒下了丁仲文辛勤的汗水。他对于边区水利工作始终抱有坚定的信念。1940年夏季，延安及周边地区突发暴雨洪水，包括裴庄渠在内的不少水利工程遭受损失，他在《新中华报》发表了文章《继续发展水利》，实事求是地检讨了问题，提出虽然工程受损，“但我们绝不能因此气馁，相反，更要加倍努力去发展水利工作”“只要我们继续努力去做，一定能得到预期的成功”。最后，在建设厅领导下按期完成了工程重建任务，保证了不误农时。他还发挥专业特长，圆满完成了陕甘宁边区参议会大礼堂的施工任务。这座边区人民政权的标志性建筑，如今和“幸福渠”一样，成为珍贵的革命历史文物。

1944年7月，丁仲文被评为优秀干部，受到边区政府嘉奖。在延安期间，他先后担任边区建设厅三科科长、农业厅副厅长等职。

丁仲文和当年许多奔赴延安的热血青年一样，在中国共产党的教育培养下，为边区水利事业艰苦奋斗不遗余力，同时，他为边区利用科学技术开展水利建设进行了开创性的实践，是今天我们水利人践行初心使命的光辉榜样，我也为能“认识”这位红色水利前辈倍感荣幸。

江河穿越的接力坚守

高德刚

南水北调工程是党中央、国务院决策实施的事关国计民生的战略性基础设施，在新中国水利发展史上具有划时代意义。我有幸参加了南水北调东线山东段工程的建设管理和重大活动宣传工作，见证了一代代共产党人为南水北调建设接续奋斗的英勇故事。在这些英勇的故事中，最让我感动的还是几代参加穿黄河工程建设的共产党员在黄河岸边的十年接力坚守。

早在 1973 年，针对南水北调东线工程如何穿越黄河提出了三条线路，并进行了大量勘测和设计比选工作。经比选后确定在解山和位山之间黄河河底约 70 米深的地方开挖隧洞的立交方案。南岸的解山在山东省泰安市东平县，北岸的位山在山东省聊城市东阿县，这两座隔河相望的本不知名的小山因南水北调而名闻天下，黄河岸边可歌可泣的坚守故事便发生在这里。

在黄河底下穿河而过，人类历史上前所未有，没有成功的经验和数据可以参考借鉴，尽管已考察论证多次，但仍需慎重。最终决定通过打探洞，为将来开挖真正的穿黄隧洞作技术性尝试。有着铁军之称的中国水利水电第五工程局有限公司（以下简称中国水电五局）被选中，中国水电五局党委决定组建穿黄公司进行施工建设，当时第一批参加穿黄隧洞建设的 300 多人，都是在党员中挑选的精兵强将。

参与过第一批穿黄工程建设的王金亭，曾经历过邯郸岳城水库、甘肃碧口水电站、引滦入唐等水利工程建设。作为共产党员，他主动请战，1984 年到穿黄工地，担任公司水电队工段长。王金亭回忆道：“黄河河底 70 米以下的地质结构适不适宜打钻挖洞？黄河水会不会往下渗漏？这些都充满未知。但组织交给的任务必须完成!”为此，王金亭和他的战友们精心准备了两年多。1986 年 4 月，穿黄勘探实验洞正式钻灌开挖。但现实的状况并不那么顺利，黄河下面的岩石情况错综复杂，他们在黄河 70 米地层深处一点一点往前探索掘进。

王金亭经历最惊险的一次，在掘进一个难度较大的斜洞时，由于机械故障，他的左脸被打破，鲜血迸溅，工友马上把他送往医院，缝合了十多针。这些困难没有吓倒他们，也没能阻挡工程建设者前进的脚步。1986 年初夏，当时探洞钻进到情况最复杂的地方，他接到“父病，速归!”电报。作为工段长的他，肩负着生产和安全的双重责任，他把电报折叠好，放进口袋，又返回探洞继续施工。险工完成的两天后，他急匆匆赶回老家，但还是没能见上父亲最后一面。

1988年穿黄勘探试验洞完工，他们真正查明了河底基岩构造和岩溶发育情况，清楚了水文地质条件，并在勘探过程中进行了多项科学实验，为后期的爆破挖掘和整个南水北调穿黄工程的设计与施工提供了极有价值的科学依据和丰富经验。

然而，主体工程却未能马上开工建设，队伍不能撤，全面进入看管维护状态。组织征求王金亭的意见，他义无反顾选择坚守，选择坚守就意味着忍受清贫，主体工程不上马，零星下达的项目投资少，工资就低；选择坚守，也就选择了另一种责任，探洞内地表黄河水、地下裂隙水与溶岩渗透水，形成“三水连通”的潜在涌流，要确保黄河安然流去，大堤分毫不损，在漫长的坚守中，日日夜夜、年年月月，不得有一丝懈怠，不能有半点闪失。

1997年，王金亭到了退休年龄，他动员儿子王永胜接过自己手中的接力棒。王永胜毫不犹豫地答应父亲，带上行李来到位山这个偏僻的小山村。王金亭临别工地返回老家那天，专门带儿子到探洞里巡查，巡查的路上告诉儿子：“南水北调是国家重点工程，你要耐得住寂寞，要相信南水北调工程一定会迎来开工的历史时刻。”

还有很多家庭像王金亭父子一样坚守在黄河岸边。这条隧洞，不仅承载了众人的寄托与期待，更饱含共产党人的人生价值和理想追求。

20年的责任和守候，20年的执着和坚持，20年的期盼和希望，2007年12月28日，南水北调东线一期穿黄隧洞工程正式开工。2010年3月25日隧洞全线贯通，2013年南水北调工程建成通水，南来的长江水首次实现了穿越黄河，一路向北流进广袤的华北平原。

通水后，王金亭来到穿黄河隧洞工地，他静静地坐在黄河岸边，望着滚滚东去的黄河水，想着脚下隧洞中奔涌的长江水，一种自豪感油然而生：“南水北调这个世界上最大的调水工程在我们手上变为现实，坚守这几十年我死而无憾。”

盛开在世界水电之都的“格桑花”

谢晓东　任红　吴冠军　魏瑶

2021年4月24日，在三峡工程首次举行的公众开放日活动中，中央电视台记者采访了三峡大学西藏班大一学生旦增曲措，这是继2015年《西藏学子在三峡》微电影和《中国三峡》特刊杂志后，西藏班再一次走进大众视野。

三峡大学西藏班是全国首个由政企校三方合作实施的少数民族水利类专业人才订单式培养项目，它将三峡与西藏紧紧地联系在一起，迈开了探索造血式教育援藏的脚步。

2014年，西藏自治区人民政府与中国长江三峡集团公司开展教育合作，通过全日制定向培养模式，由三峡大学每年为西藏定向招收培养约30名水利、电力等相关专业学生。三峡集团承担每名学生的管理费、学费、医疗保险费、住宿费、教材费、生活补助以及交通补贴等费用。

2014年到2017年，108名西藏班学生走进三峡大学，开启了他们在世界水电之都的新生活。从西藏到宜昌，跨越几千公里的距离，气候、饮食、语言、文化都有着不小的差异，这些西藏学子是如何度过他们的大学时光的呢？我在三峡大学校园见到了他们。

西藏班的很多学生都是第一次离开家，只身来到异乡学习生活。在提及刚到三峡大学的情景时，拉巴次仁回忆说：“刚到学校，感到天气很闷热，仿佛随时会下雨，完全不像我们西藏那样晴空万里。心情也总是闷闷的。我还有了醉氧反应，经常感到困倦。”

他告诉我，三峡大学为了帮助他们度过适应期，融入大学生活，特意安排西藏班学生与汉语学生混住，日常也将他们编入录取专业的班级，并给他们配备了年级辅导员、藏族老师担任班主任、藏族学生担任的助理班主任；还为他们开展了爱国主义教育、民族团结教育、公民道德教育、人文素质教育；组织他们参加大禹讲坛、阳光体育运动月等文体活动；就连学校的民族餐厅都暖心地为他们提供了民族特色饮食服务。

除此之外，三峡大学还成立了由校领导任组长的工作协调小组，专题研究部署西藏班相关工作，通过摸索，三峡大学逐渐总结出一套“交叉住宿、混合编班、分散管理、促进融合”的行之有效的管理模式。

就这样在三峡大学的帮助下，拉巴次仁和他的同学们很快适应了大学生活。他们不仅口语能力提高了，交到了新朋友，还经常参加迎新晚会、学校跨年晚会、藏历新年和“桃花文化节”等活动，为其他同学们展示藏族文化、歌舞。

德庆卓嘎告诉我：“在这里我拥有了一个尽情挥洒的舞台，我的社交能力、组织能力、处理问题的能力都得到了提高。”

在回忆大一学习情况时，次仁措姆说她当时有很多课程跟不上进度。她还告诉我，这种情况在西藏班学生中普遍存在，尤其是高等数学、大学英语、大学物理等基础理论课，学起来比较吃力。

针对西藏班学生在文化基础和汉语水平上与同年级非定向学生有较大差距这一情况，三峡大学个性化制定了人才培养方案，优化了课程设置。对部分较难的专业课，如水力学、工程水文学、水工建筑物及水电站、水利工程施工，专门安排了教师个别辅导。同时，在课余时间开展“一对一”学习帮扶活动，由一个研究生为一个寝室的西藏班学生集中补习。此外，三峡集团利用寒暑假组织西藏班学生到工程一线实习实践，培养其实践动手能力和工程意识。

在西藏班的培养目标上，三峡大学坚持“立德树人”“企业需求”“以生为本”有机统一，着重培养适应三峡集团战略发展的具有较扎实理论知识，较强实践动手能力、民族团结意识，能研究和解决实际问题的工程技术和管理人才，并坚持“因材施教”，既严格要求又关心关爱，促进学生全面发展。

次仁措姆说：“在这里，我不仅收获了丰富的专业知识，也结交了许多良师益友，开阔了视野，提升了能力。大学生活更多的感受就是感恩，感恩每一次的机会和挑战，感恩这四年带给我的成长和改变。”

2018 年 6 月，首届西藏班学生迎来了他们的毕业季，四年前他们怀揣梦想离开西藏，如今又带着知识回到西藏，用双手建设美丽高原。

西藏班学生的培养效果如何？用人单位对西藏班学生的评价如何？我询问了三峡大学西藏班班主任徐梦累老师。他告诉我，2018 年至 2020 年，三峡大学实施了毕业生跟踪调查和用人单位评价调查。从三峡集团西藏能源投资有限公司评价调查结果看，对毕业生职业道德、责任意识、敬业精神、工作态度、团队意识、表达能力等方面满意度高，对毕业生专业水平、大工程观、创新能力、组织能力、领导能力满意度较高。2020 年，这项基于政府、企业、高校三方合作培养西藏少数民族水利类专业人才的成果获得了中国水利教育协会高等学校水利类专业教学成果一等奖。

这些盛开在世界水电之都的“格桑花”正带着专业知识、责任和使命，以自信的姿态回到家乡，在雪域高原的沃土上怒放。

潍水“网”事

周德宝

半生精力倾注潍水文化，走出家乡河的视野，才知道潍水的格局有多大。

我说的潍水，就是虞舜陶于河滨、大禹潍淄其道、楚汉潍水之战的潍河。潍河，也因中共一大代表王尽美“贫富阶级见疆场，尽善尽美唯解放。潍水泥沙统入海，乔有麓下看沧桑”的诗意境界和革命真谛，从此有了红色基因的原点。

潍河是山东第二大河，却孕育了山东第一大水库。地处潍河中游的峡山水库，烟波浩渺。这哪里是一条河？分明是一库连江河的大水网，“人”字形框架镶嵌在山东半岛上。潍河水、黄河水、长江水三水汇聚分流，托起了山东半岛水旱从人。缺水的半岛不再喊“渴”。

给潍河一个空间维度，新中国结束了有河无治历史，大批水利工程迭代升级，由星罗棋布发展成串珠成链，已不再是防洪线、风景带、生态圈那么“单纯”。给潍河一个时间刻度，旱涝无定、水逼人走的“坏河”千年骂名，“跳进黄河水”才彻底洗清，也不再是一方水土养育一方人那么“抠门”。

是黄河水、长江水成全了潍河水？还是潍河水补充了黄河水、长江水？在山东胶东调水这个大棋盘上，“互补”回答一切。因为，无论哪条干线、哪个工程，都仅仅是作为一个节点存在，唯有联动互通组网，才能体现出力量与价值。

2015 年，这个令潍坊人焦渴如焚又梦想成真的年份，刻在了时代的坐标轴上。

那年，潍河断流，引黄入峡，旧梦重拾。1989 年，引黄济青干线落成，引黄入峡一度上马，但终在耗资巨大与用水不迫切的纠结中，成为“半拉子”工程。断档的土渠，凌乱的基础，空洞的泵房，寂寞地在风中绝唱。一等，就是 24 年。

引黄梦重新起飞，新建的引黄入峡干线与引黄济青牵手，站站呼应，节节连通，低水高输，2015 年 11 月 5 日 10 点 18 分，黄河水历史上首次流入峡山水库。这是一个双向互联互通的调水通道，逆流可进，顺流可出。

潍河水里有了黄河水，峡山水库不再孤立无“源”，蓄水复苏，生机重现，忧虑走远。那年，我荣获水利精彩瞬间年度大奖的摄影作品《穿越时空的“渴”望》，表达的就是这份盼水情感。

引黄入峡，只是引黄济青的一个分支，追根溯源，也受益于“春天的故事”。1979 年邓小平视察青岛，“要赶快解决水的问题”。如果没有引黄济青干线依托，难以想象峡山水库如何解决这库底朝天的缺水梦魇。现实没有如果，多年来建起的一个个水利工程，已搭起筑梦的阶梯，剩下的是如何去优化，去整合，去盘活。

水安了，心安了，潍河水网的故事本该就此结束，然而潍河水网延伸得太快，跟着潍河水走的脚步也越走越远。

用水的阵营在扩大，调水的战线也在拉长。2019 年，以潍坊市为主战场的黄水东调工程、峡山水库胶东地区调蓄战略水源地工程相继建成，黄河水汇流引黄济青干线，通过潍河河道逆向输水调入峡山水库调蓄，再顺流外调输送胶东调水干线，“兵分两路”下胶东，一路青岛，一路烟台、威海，相当于每天送往胶东一个大明湖。

河还是那条河，但水不再是那方水。黄河水、长江水进入峡山水库，缘于抗旱的一时急需，而潍河水、黄河水、长江水走出峡山水库，却是为了千秋大计。外源输入蓄积、内源输出“反哺”，峡山水库里的潍河水已有更大的胸襟和格局，水的吞吐之间更显水资源集约安全利用治水理念的成熟。

一条河成为一部史需要几千年的沉淀，一条河成为一条生命线却只需几年的跨越。站在建党百年的历史节点上，山东省持续发力，在完成潍河全线防洪治理后，又铺开峡山水库水源地水质提升工程，一条管线串五县（市），开辟潍河流域中水输送新出路，为潍河水松绑减压瘦身，一网清水润四方。潍河，已成为“节水优先、空间均衡、系统治理、两手发力”治水思路的生动实践。

潍水悠悠，一个个水网连成了沧桑巨变、璀璨年华的故事，一代代水利人站成了初心传承、使命接力的风景。无论看得见、看不见，幸福都在水一方。

我与江堤情未了

董文虎

1961 年，19 岁的我从江苏省扬州水利电力学校农田水利专业毕业，分到靖江县（现属泰州市）水利局工作。不久，我就随县局唯一的工程师张德智沿江检查堤防。

出发前，近 60 岁的张工吩咐我带上半高筒雨靴和塑料雨衣，并交给我一幅靖江江堤港口图和一根竹杖。他说，图纸用作标记查出的问题，竹杖用以拨草、探路、驱蛇，穿半高筒雨靴以防蛇咬。经过长途跋涉，我们终于到达与泰兴县交界的西界河口江堤脚下。慎言的张工突然来了精神，向我讲起了靖江江岸的情况。历史上靖江的江岸涨坍无定，直至清光绪初年，靖江才开始全面修筑沙上近似现在这条位置的江堤。民国政府也曾组织民力加修堤防，但所修堤身太矮小单薄，几乎每年破堤。新中国刚成立，县委县政府就组织了 1 万多民工，加修全县江堤外子堰 56.4 公里。1954 年全县堤防决口 169 处，淹了农田 45 万多亩。冬天，全县组织了 6 万多干群，将子堰和堤防复合加固，成了现在这道堤防，这才结束“住江边，吃江鲜，大水一来屋朝天，外出要饭宿路边，苦等水退再种田”的历史。讲到这里，张工又特别加重语气对我讲：“小董啊！这道堤的堤顶虽然只比 1954 年最高水位高出了不到 1 米，但来之不易，只有中国共产党领导下的政府才能组织这么多老百姓，齐心协力筑起这条用以保命的堤防！我们不能怕苦，要认真查仔细哦！”

1974 年农历七月初，靖江沿江受灾严重。灾后虽然加固培修了江港堤防，但标准仍然偏低，不能确保沿江乡镇的安全。1981 年 10 月，时任县水利局副局长的翟浩辉主张提高江堤建设标准。他让我画了 3 米长的示意图向县里汇报。县委县政府领导接受了他的建议，用两年的冬春，组织民工 16 万人次，按堤顶高 7～7.5 米，顶宽 6.5 米做足标准，共完成土方 549 万立方米，堤顶防汛道路全线土路通车。堤坡、青坎全面绿化，植树 29.4 万株。搬迁民房 2400 多间，取土区修成鱼塘 771 个，水面积 2444.52 亩。建成后，人们称靖江江堤是防洪的阵地、绿化的园地、多种经营的基地，引来江苏沿江各地纷纷前来参观。

1984 年 6 月，我任县水利局副局长，分管工程建设管理。1986 年 9 月，华东电力设计研究院为设计江阴利港电厂，派员到靖江查找水文资料。我意识到电厂设计如采用江滩灰场方案，必将形成江水“挑流”，会影响江对岸我县的江岸安全（后经“长委”物理模型证实了这一分析是正确的）。我向对方提出电厂灰场的设计必须考虑靖江江岸的保护，后经该电厂可研报告评估会专家们认同，安排了我县江岸保护工程经费，由我县实施了护岸工程，巩固了该段江岸。

1996年8月，我调任泰州市水利局局长。9月14日，我在靖江检查防汛工作时，深夜接到泰兴市水利局局长吕炳生报警电话，称高港（其时属泰兴）永长圩长江段发生特大险情。我星夜急驰高港，与泰兴先到现场的领导、技术人员共同研究确定具体措施。泰州市主要领导听到险情如此之大，派副市长丁士宏赶到现场问我："此事，责任重大，要不要请扬州一直抓这项工作的同志过来处理?"我稍作思考后回答："止坍是关乎人民生命财产的大事，扬、泰既分，责任在我！等不得，也依赖不得。"接着我报告了处置方案，丁士宏同意了我的看法，说："好！现在就按你和泰兴的同志商量的方案办。"白天，省水利厅也派员到达现场会商，同意在原方案基础上再筑一道退堤。工程实施后，终止了坍情。

1997年8月，11号超强台风和特大潮汐袭击泰州市，江堤毁坏计长31.2公里，损毁涵闸、桥梁25座……我身处一线指挥抗洪抢险，3天2夜仅睡了不到3小时。一边抗灾，我一边思考灾后如何重建大堤。后来，泰州市委书记陈宝田认同了我提出的"六个一点"筹资办法。9月4日，靖江出台《关于长江堤防修复建设专项资金筹集、使用和管理的办法》。接着，泰州市、江苏省也向各地转发了这一文件。此后，全省掀起江海堤防达标建设热潮。我为筹资修筑江堤，将自己所书、所画的书画进行了义卖，得资8万元，悉数捐赠靖江修筑江堤。时任市长丁解民题诗："一身心血纸上描，义卖墨宝风格高。造福桑梓真情在，长城再固锁狂涛。"

进一步发挥江堤的"双重功能"，一直是我的心愿。这些日子，我又重新踏勘了泰州江堤全程，拟赶在党的百年华诞前写出《沿江水利工程应融入"大江风光带"建设之中的建议》提交泰州市委市政府。我期盼，在确保防洪安全功能的前提下，通过提档升级、融入文化、拆墙透绿，让泰州江堤能为"大江风光带""黄金经济带"的建设作出贡献。

劈山大渠铸奇迹　万亩悠悠粮稻香

张凯然

20 世纪 80 年代，记得有一次老家放电影时，银幕放映着勤劳勇敢的林县人民建设红旗渠的故事。红旗渠于 1960 年 2 月动工，是河南林县人民历时近十年在极其艰苦的条件下，从太行山腰修建总干渠全长 70.6 公里的引漳入林工程，由此也孕育形成了红旗渠精神，成为全国人民学习的榜样。

我的家乡涿鹿，位于北京市西北部，一条发源于山西宁武管涔山麓直达天津渤海的桑干河（下游称永定河）穿境而过。在 20 世纪 50 年代，这里曾有过一段波澜壮阔的修渠史，它在建设规模上稍逊于红旗渠，建设于 1958 年，比红旗渠的建设还早了两年，这就是劈山大渠引桑工程。

这一工程同样是劳动人民为改造自身生存环境，在异常艰苦的条件下所实施的伟大工程。劈山大渠于 1974 年全面竣工，干渠长 42 公里。在中国大跃进时期主要建设成就的农田水利建设篇中，涿鹿的劈山大渠同北京十三陵水库建设、黄河三门峡截流工程等在全国具有影响力的水利工程一起载入史册，排在第 29 位。让人赞颂的不止是工程的伟大，由工程建设而生发出“遇困难而不退缩，劳筋骨而无怨悔，历艰辛而胆气豪，众成城可金石镂”的奋斗精神，更积蓄着人民前行的力量。

修渠引水得所愿

20 世纪五六十年代的京西桑干河畔涿鹿段，河道宽阔，水量丰沛，河谷地带庄稼长势茂盛，年年丰裕。而与之毗邻的西山坡由于地势较高，无法引水灌溉，且坡地向阳，水土流失严重，全成了黄沙板地。一般年景，亩产粮食不足百斤，遭旱年时，几乎颗粒无收。这种河上河下“两重天”的局面，共产党同苦难的农民群众一样焦灼不已。

当党心和民心连在一起的时候，修渠终于成为可能。在民国时期就提议修渠的郭全举老人得知共产党要来给百姓修渠，激动地将自己十多年琢磨出来的渠道路线再次绘成草图献给政府。县委和政府根据群众的要求，经过反复研究，认为“劈山大渠是改变涿鹿面貌，为子孙后代造福的一项重要工程”。于是，经过紧张的察勘、部署，1958 年 3 月 16 日，工程正式开工。从此，桑干河畔炮声如雷，夯声阵阵。

一场声势浩大的修渠工程至此全面拉开帷幕。

撼动山岳铸奇迹

这是一项艰苦卓绝的工程。整个沿线共有45个生产大队、67个村投入施工，工程建设进入高潮时，上渠总人数达到了1.5万人。在当时工程建筑材料短缺的情况下，没有白灰、砖，他们就自己烧；没有炸药，他们就自己制作。所有建设者以愚公移山般的坚定信心和顽强毅力，开凿出隧洞69个，长度近3.5公里。

劈山大渠是一项群众智慧得到充分开掘和运用的工程。按照原工程设计规划，大渠全部是开明渠，并不凿隧道。民工张兴降大胆提出建议，将浩大的劈山工程改凿隧道。经试验，隧道工程比开明渠省了一半的人工，第一期工程凿出39处隧道，共节省人工8万个。同时，“随弯就曲，逢沟就绕，逢梁即钻”的施工方针，也是工程指挥部在广泛征求意见，集中民智并总结经验后最终确定下来的。

武家沟大渡槽，长106米，高22米。这样大的渡槽，一般采用钢筋混凝土结构，或用琢石砌造，但没有这样的条件。指挥部发动群众深入讨论，大胆采用了砖石结构，以砖代替拱石，以粗石代替琢石，不用钢筋，只用少量水泥。

王学增是一个木工，虽然半哑却头脑灵活，善研究爱琢磨。在同别人无法正常交流的情况下，他独自一人冥思苦想，利用两昼夜的时间，创造出了设计精巧的高空单轨运料车。在当时的情况下，这种车每隔三四分钟向高处送一斗料，每斗载重约150斤，提高了3倍的工作效率。经过3个月备料和挖基工作，1960年3月，干部群众大干50天，工程胜利竣工。

“锲而不舍，金石可镂。”坚韧铸就了奇迹！从1958年3月到1974年4月，历时两个阶段的劈山大渠引水工程全部竣工，英雄的水利大军共开通干渠42公里，使5万余亩山坡地得到灌溉，涿鹿桑干河以北6个乡的三角盆地，从此变成了三面环水，粮食丰产的“塞上水乡”。

且吟长诗颂新天

劈山大渠的建设声势浩大，为那个时代所瞩目，中国文联曾经两次组团参观这一伟大工程。1958年5月，时任全国人大常委会副委员长、全国文联主席的郭沫若率领参观团一行抵达涿鹿。1960年涿鹿劈山大渠一期工程结束举行竣工典礼时，中国文联再次派出以田汉、叶圣陶、萧三、冰心、蒋兆和、侯宝林为主要成员的代表团，同广大劳动人民一道，庆祝这一伟大的胜利！

在两次参观考察中，这些名家巨匠被涿鹿人开天辟地的英雄壮举所深深震撼着，纷纷写下诗作，倾情歌颂。叶圣陶的《劈山大渠》这样写道：“来访涿鹿不怀古，劈山大渠自古无。将见桑干上山腰，也走社会主义路”；田汉在《劈山大渠颂》中写道：“从今晴雨由人定，万亩悠悠粮稻香。锦旗腰鼓粉脂红，儿女如云庆大功”；冰心说：“英雄名字有万千，妇女更比朝霞鲜，众志化成千尺雨，一肩顶住半边天。”

郭沫若更是饱含深情地写道：“劈开黄羊山，抬高桑干河，抛山下河岸，引水上山坡。翻江倒海寻常事，今日愚公天下多。”

是啊！一个百废待兴的国家，一个青春搏动的涿鹿，一群红心向党的农民，一批深深扎根于人民中间的基层党员领导干部！他们是应该大大方方地接受这些礼赞哟！正是他们，在一无资金，二无设备的情况下，依靠勤劳的双手和最原始的工具，创造出了“敢叫日月换新天”的人间奇迹！

再次站在三峡大坝上

陈思杰

当我再次站在三峡大坝上，眺望翻滚浩荡的长江和输送清洁能源的高大输电线塔，心中不由感慨万分。

回望一路走过的八十载人生，最让我感到骄傲的有两件事。其一，1961 年我加入了中国共产党，今年是建党百年华诞，我是一名拥有 60 年党龄的老党员，不忘初心，牢记使命，这让我倍感荣幸。其二，我为祖国的水利水电事业健康地工作了 50 多年，特别是在三峡工程重大技术装备科研攻关工作和机组国际招标中作出了突出贡献。我为三峡工程的国之重器——“心脏”——水轮机，提供的科学论证和精心组织实施所做的工作，使这颗极具活力与动力的“心脏”将永远跳动在长江江畔，为我国水利事业画下了浓墨重彩的一笔。

1967 年，我从清华大学水利系水电站动力装置专业毕业后，被分配到广西壮族自治区水电厅及所属单位，交给我的第一个任务就是在拉浪水电站当一名开挖工。艰苦的劳动与生活，磨练了意志。经过一年年滚打，我在拔贡水电站、恶滩水电站（现乐滩水电站）、下桥水电站、岩滩水电站等多个工程中不断得到历练。1978 年，全国恢复高考，我重返清华大学攻读研究生。这一政策的出台改变了我的人生。

渴望继续深造的我凭借多年来在水利水电一线工作的经验和原来的学业基础，考取了清华大学水利系水力机械专业的研究生，我的导师是梅祖彦教授（梅贻琦校长之子），用他学成归国、报效人民的亲身经历，激励着我们这一批学生。“聚似一团火，散是满天星”，当年我们这批恢复高考后的第一批水利系研究生，都在自己的岗位上为水利水电事业发热发光。

研究生毕业后，我被分配到水电部水电总局工作，具体从事全国水利水电规划设计的归口管理工作，得以参与了全国大中小型、数以百计的水利水电工程建设项目，包括 1984 年开始、长达 10 多年的对三峡水利枢纽工程的重大技术设备科研攻关，成为行业内比较知名的专家。

发电是水利水电工程的重要功能之一，水力发电是清洁能源，能产生的巨大的经济效益和社会效益，也是维持工程后期运行的重要支撑。而发电的关键设备是水轮发电机组，水流经过蜗壳和导水机构推动水轮机转轮旋转，带动发电机发出强大的电力。

在三峡水利枢纽工程中安装的 26 台 700 兆瓦水轮发电机组（左岸电站 14 台，右岸电站 12 台），总装机容量达 18200 兆瓦。目前，它已成为世界上最大的水力发电站和清洁能源生产基地，同时它的水轮机也是世界上最大、运行条件最为复杂的机组。正在为华中、华东等地区源源不断地输送清洁能源。

当时，三峡水利枢纽的工程量与技术难度，在全世界都是前所未有的，对水轮机的运行稳定性、效率、空蚀、泥沙磨损等方面的技术要求之高，可想而知。

三峡机组通过国际招标采购。在论证阶段，各方专家意见涌现。因三峡工程水头变幅大，建设周期长，例如对这样的巨型机组要不要采用临时转轮的问题是一重大决策，成为当时争论的焦点。我在一次决定三峡水轮机要不要采用临时转轮的重要会议上的书面发言，对此进行了较全面的论述，为决策提供了参考，最后舍弃了临时转轮方案，收到了很好的效果：集中精力将永久转轮机组方案研究得更透彻一些，将设备采购全过程各个环节的事情办好，以实现三峡工程机组在技术上、经济上综合最优的方案，同时具有最好的质量和最高的益本比。

通过三峡机组国际招标引进的混流式水轮发电机组的成功投运，显示了我国在特大型混流式水轮发电机组引进、消化和吸收国外先进技术方面的重要成就，是国产化的重大技术进步和创新。从三峡工程之后，我国 70 万千瓦及以上的溪洛渡、向家坝、乌东德等水电站机组，均已实现了巨型机组国产化。三峡机组国际招标巨型机组的经验为我国水利水电事业的发展起到了划时代的作用和意义。我们要不断创新，继续提高国产特大型水轮发电机组的设计制造水平，将国之重器掌握在自己手中。

如今，不仅是三峡水利枢纽工程等为中国水利水电事业以及清洁能源发展贡献着力量，还有许许多多水利水电工程的可再生能源成为实现“双碳”目标的主力军。

这一个个工程背后，是一颗颗强劲的“心脏”在跳动着，不论斗转星移，它们的“心跳”将永远伴着党的事业发光发热。

如诗如画“二黄河”

梁勇

在黄河“几”字弯顶端，有一片水系纵横的平原，这就是内蒙古河套灌区。河套灌区有一条美丽的河，与黄河并肩而行，浩浩汤汤 230 多公里，那就是河套灌区输水大动脉——总干渠，父老乡亲称它为“二黄河”。它是内蒙古自治区巴彦淖尔市的“母亲河”。

我是生长在“二黄河”河畔的孩子，和父亲一样，都是河套灌区的水利职工，作为河套水利人，我倍感荣幸和自豪。

二黄河，像是一部波澜壮阔的史诗。河套地区引黄灌溉历史悠久。早在秦汉时期，这里就“凿通河渠数十条，灌溉良田上万亩”；此后历朝历代，都有开河、治水的记载。新中国成立后，河套地区更是掀起了兴修水利的热潮。特别是二黄河的开挖建设，书写了一部万众一心、艰苦创业的英雄史诗。

我父亲常说，20 世纪五六十年代，巴彦淖尔人民响应毛主席“要把黄河的事情办好”的伟大号召，全民总动员，依靠锹挖肩挑小车推，小断面开挖，引黄河水大流量冲刷，从而形成了这条自然与人工完美结合的生态河。它西起三盛公水利枢纽，引黄河水自流入套，一路东奔，横贯整个后套平原，通过大大小小、纵横交错的渠系网络，浇灌着河套灌区千万亩良田，使之成为亚洲最大的一首制自流灌区、中国三个特大型灌区之一、黄河流域最大的引黄灌区。2019 年，河套灌区成为世界灌溉工程遗产。

二黄河，像是一幅五谷丰登的画卷。二黄河自 1958 年动工开挖之后，一直在建设中。仅 1998 年以来，中央和内蒙古自治区就累计对总干渠工程投资达 8.88 亿元，其中，节水改造工程 8.17 亿元，综合效益显著。这一引水输水大动脉的建成，彻底改变了河套地区自古以来落后的无坝、多口引水、旱涝丰枯全凭自然的被动局面。黄河水通过二黄河实现了全灌域可控调节，河套人民旱涝保收的梦想终于变为现实，灌区整体面貌发生了翻天覆地的变化。如今，河套灌区五谷丰登、瓜果飘香，成为国家重要的商品粮油生产基地、名副其实的“塞外粮仓”。

二黄河，像是一曲人水和谐的欢歌。河套灌区地处蒙古高原，干旱少雨，且处在库布齐和乌兰布和两大沙漠的包围之中。二黄河不仅每年为灌区引入 48 亿多立方米黄河水，而且还可在黄河凌汛期分流洪水，既确保黄河凌汛安全通过，使两岸人民无洪涝之忧，又可给当地大小湖泊、海子、湿地进行生态补水，从而使整个河套灌区气候湿润、植被茂盛，成为地球干旱荒漠化地带一片稀有的绿洲、我国三北防护林的重要基地、京津地区的重要生态屏障。近年来，按照习近平总书记对乌梁素海综合治理作出的重要指示，二黄河又承担起了为乌梁素海进行生态补水的任务，每年补水 6 亿立方米左右，使黄河流域最大的淡水湖的乌梁素海水生态明显改善。

二黄河，是致富河、安澜河，也是一条幸福河。在中国共产党的领导下，经过几十年的精心保护、大力建设，几代水利人艰苦奋斗、辛勤付出，尤其是连续十年造林绿化，二黄河两岸已成为绿树成荫、环境优美的生态长廊，成为百姓观光散步、运动健身的休闲娱乐场地。近年来，巴彦淖尔市在二黄河水利风景区陆续主办、承办龙舟赛、马拉松赛、自行车赛等国内国际比赛，经常举办梨花节、放河灯、冰雪节、迎春灯会等各种文艺节庆活动，这让巴彦淖尔声名远扬，各族人民群众幸福指数不断提高。

当前，巴彦淖尔深入贯彻落实习近平总书记关于“河套灌区、汾渭平原等粮食主产区要发展现代农业，把农产品质量提上去，为保障国家粮食安全作出贡献”的重要指示，坚持生态优先、绿色发展，依托灌区丰富的水资源，大力建设全域绿色有机高端农畜产品生产、加工、服务、输出基地，“天赋河套，世界共享”这一宏伟事业正披荆斩棘，高歌猛进！

作为支撑巴彦淖尔高质量发展的重要资源，目前，二黄河也进入了信息化、智能化管理建设的新时代。河套灌区正在按照水利部的工作部署，切实加强水利基础设施建设，加快补齐工程设施、信息化应用、量测水设施等短板，落实最严格水资源管理制度，下大力气研究深度节水工作，尽快建设现代化灌区。让二黄河真正成为助力一方发展、造福一方百姓的幸福河！

回忆小浪底移民

侯全亮

1991年夏末。黄河流经的最后一段峡谷内，彩旗猎猎，锣鼓声声。200响开山炮过后，往日沉寂的山谷间顿时变得繁闹起来。

人们企盼已久的小浪底工程开工了！

让我们拂去开山炮的飞尘，走近设计蓝图，看看这是一座怎样的工程。

一座154米高坝，一手牵定王屋山，一手扯住北邙，将黄河拦腰斩断，峡谷平湖，豁然呈现；坝下“地壳心脏”里，80多米深的混凝土截渗墙，一夫当关，拦截着河床深处的潜流；左岸山体中，108条巨型隧洞和大小竖井，构成一套导流、泄洪、排沙的“梦幻组合”；高60多米的大跨度地下发电厂，装有6台30万千瓦机组，将发出强大电流……

1991年，我挂职交流到河南省孟津县任副县长，分工负责黄河小浪底工程征地移民，亲历了小浪底工程建设的一段历程。

1992年10月，我陪同世界银行官员一行来到小浪底移民新村，对该村移民试点进行评估。

一道苍莽的黄土坡前，街道宽敞顺直，排排瓷砖贴面的两层小楼，鲜艳入目。家家户户的高头门楼上，门对火红吉祥，横匾文辞独韵，到处散发着乔迁新居的清爽气息。

一阵喜庆明快的唢呐声悠然飘来。“新郎新娘对拜，一鞠躬！二鞠躬……”在婚礼司仪主持下，世界银行官员一行走上婚礼席，向新郎新娘表示祝福，脸上露出了鲜见的笑容。

小浪底村原居黄河岸边，是小浪底工程坝址所在地。290多户人家，1100口居民，零星散居在六七个山坳里，窑洞遍布，袅袅炊烟，世代皆然。几十年来，对于兴建小浪底工程，他们曾经望穿秋水，期盼工程早日上马。但是，随着开工日近，当他们得知自己必须移离故土时，对日后生活的种种疑虑与困惑便成为全村村民的共同心态。

不过，当上级政府提出让他们村作为整个工程的第一个移民试点时，村委会尽管感到压力很大，但考虑再三，还是把试点任务接了下来。

这的确是个极不寻常的决定。对全村乡亲们来说，放弃祖祖辈辈生养聚息的这块热土外迁他乡，前景到底如何？面前有一大堆看不清说不明的问号，这怎能不让人感到忧虑忡忡。

然而，小浪底村民们再次体现出了他们的家国情怀和大局意识。改革开放以来，国家法规建设日益健全，各项惠民政策不断出台落实到位，老百姓都深有感受。相信党，相信政府！

动员会一结束，移民试点便立刻行动起来。在当地政府组织协调下，全面核查原址淹没实物，落实征地移民补偿资金，编制新村建设规划，调剂新村生产生活用地，勘探地下水源，突击“三通一平”，日夜兼程，全力推进住房、道路、学校、幼儿园等新村基础设施施工。

10 个月后，一座移民新村拔地而立，第一批移民按预定计划迁入新居，提前完成了世界银行的试点要求。

小浪底移民新村的成功经验，打动了素以严谨挑剔著称的世行官员。1992 年 10 月 24 日，在郑州举行的小浪底工程评估总结会议上，世行官员们庄重宣称：“小浪底移民新村建设和搬迁，时间虽短，工作却令人满意。这一试点经验可以推广到全中国以至整个亚洲。”

小浪底村移民试点首战告捷，为整个工程移民树立了标杆，增强了信心。在国家有关方面大力支持下，经过河南、山西两省上下努力工作，全面完成了小浪底工程移民安置任务。

1997 年 10 月 28 日，小浪底工程截流成功；1999 年 10 月，小浪底水利枢纽下闸蓄水，开始防洪运用；2000 年 1 月，首台机组并网发电；2000 年 12 月，小浪底工程拦河大坝提前告竣，主体工程三大国际标全部完成。工程建成投入运用后，在下游防洪、减淤、供水、发电、调水调沙、黄河防断流等方面发挥了显著的综合效益。

黄河小浪底工程的兴建，一步步走来，几乎是和中国加入世界关贸总协定同步进行。因此有人说，小浪底工程建设，不仅是一部中国水利建设的鸿篇巨制，也是我国改革开放伟大进程中的一篇成功杰作。

见证梦想成真

刘铁军

1970 年，我 12 岁，随父亲支援三线建设，全家从云南搬到了湖北丹江口。时光飞逝，如今已过去整整 51 年。

好在这里有一座水坝，坐守汉江，怀抱碧水，这也让我与水结下了一生的情缘，见证了南水北调从梦想走向现实，见证了小城的发展与变化，见证了新中国的成长与壮大。

习惯了四季如春的云南，我一度难以适应四季分明的湖北。记得 1970 年的春节，一场大雪把全家人都关进了屋里，没穿过冬装的我，第一次从父亲的口中，听到了一个铿锵有力的词语：南水北调。父亲说："这座大坝可了不得，不仅是调蓄防洪，将来还要给华北调水。"我好奇地问："1000 多公里，怎么调呢?"父亲笑笑说："这是毛主席的梦想，也是一个泽被千秋的伟大工程。"就这样，南水北调这个概念深深印入我的脑海，当时只感到这是一个神话，或者说是一个梦想。

1991 年，我开始从事记者工作，这让我有了更多的机会了解南水北调工程。生活的积累也让我渐渐意识到，我所生活的这片河川不再简单。原来早在 1952 年，毛主席就提出了南水北调的宏伟蓝图："南方水多，北方水少，如有可能，借点水来也是可以的!"次年 2 月 19 日，毛主席从武汉登船去南京，在船上，他再次提到这个话题。从此，中原腹地便有了构建"亚洲天池"的伟大梦想。

梦想从凤凰山上的一声炮响开始。这一天，丹江口水库建设开工，来自湖北、河南、安徽等省的 10 万建设者，云集而来。面对荒山秃岭、荆棘丛生，建设者没有畏惧。他们住在油毡草棚，吃着腌菜杂粮，依靠一条条扁担、一个个箩筐，用人海战术建成了中线水源一期工程。

一个梦想，开启了一场伟大的壮举，亚洲最大的"天池"从此诞生。

我曾多次从空中俯瞰丹江口水库，它如天上银河撒落人间。经过汉江水库和丹江口水库的 2 次沉淀，江水变得更加清澈宁静，宛如一颗闪亮透绿的宝石，镶嵌在秦巴山脉丘陵与平原的过渡地带。我不由感叹，眼前的风景就是一幅人与自然和谐共生的奇妙杰作。

从 20 世纪 90 年代至 21 世纪初，南水北调中线水源工程开始成为人们关注的焦点。从中央到地方，从国家领导人到省部级干部，从专家学者到工程院院士，人们纷至沓来，我参加了百余次的重大考察，用镜头定格永恒。

面对一江碧水，我听见过不同人发出的不同心声。一次，我随中国科学院的考察团走进丹江口水库，一位院士由衷地感叹：“像这样洁净的大容量水源，在中国已经为数不多了”；一位来自国家环保总局的领导说：“有了水，就拿到了生命的许可证”；一位北京人激动地说：“这就是咱家门口的‘大水缸’啦”。

2002 年 5 月 8 日，时任国务院副总理的温家宝考察丹江口工程，当他乘船进入丹江口水库看见一湖碧水时，一双深情的眼睛久久地凝视着清澈的湖面，由衷地赞叹：“这水真好”。看着温总理脸上欣慰的表情，我用长焦按下快门，记录了这难忘的瞬间。五月风，吹皱一江碧水。当年 12 月，全国人民期盼了半个世纪的南水北调工程终于拉开序幕。

2005 年 9 月 26 日，中线水源的控制性工程丹江口大坝加高正式开工建设。坝顶高程由原来的 162 米增加到 177.6 米，水库面积将达到 1050 平方公里，库容量由过去的 209 亿增加到 339.1 亿立方米，相当于全国 14 亿人口平均每人都有 24 吨水存放在这里。2014 年 12 月 12 日，南水北调中线工程全面竣工，开始向北方供水。工程成为大国重器，举世瞩目。一个梦想，托起了一条世界上最大的“人工天河”。

不仅如此，1432 公里长的南水北调中线输水干线，还隐藏着一系列的“创新密码”，创造了多个中国之最、世界之最。穿黄工程、湍河渡槽、沙河渡槽，集结了输水干线最为复杂的工程建筑和地形地貌，无论是内径尺寸还是单跨跨度都创造了世界之最，最大流量可达到 420 立方米每秒。诸多的节制闸，倒虹吸，分水口，以及与干渠交叉的大型建筑物，构成了纵横交错的立体运行体系，可谓目前世界调水工程过水建筑物的“巅峰之作”。

我已看见梦想成为现实，这是一条流动的生命动脉。2020 年 12 月 12 日，南水北调中线工程通水 6 周年。中线工程实现向北方调水 345.27 亿立方米，成为华北平原 40 多座城市的不可或缺的重要水源，6900 万人受益。我生活的这座小城，也因南水北调而扬名，被冠以“中国水都”的美誉。400 多公里长的环库路，被列入中国最美的山水公路之一。丹江口这个过去被称为“山旮旯”的小城，伴随着南水北调成长的脚步，变成了一座名扬四方的生态城市。

2021 年 5 月 13 日，习近平总书记亲临陶岔渠首枢纽工程考察时提到，我们党的百年奋斗史就是为人民谋幸福的历史。人民就是江山。我们共产党打江山、守江山，都是为了人民幸福，守的是人民的心。在党的领导下，一个梦想，筑起了中国水利史上一座伟大丰碑。这座丰碑体现了领导人的高瞻远瞩，以及水利人一往无前的精神。

这条“天河”就像一条腾起的龙头，舞动着雄伟的身躯，携带着一渠碧水，饱含水源地人民的情怀，流向华北平原，流向首都北京，助力实现新时代的中国梦。

治水为民　千秋伟业

——献礼中国共产党百年华诞全国楹联大赛获奖作品

治水为民　千秋伟业

——献礼中国共产党百年华诞全国楹联大赛获奖作品

（2021 年 6 月 29 日）

编者按：百年征途波澜壮阔，百年初心历久弥坚。2021 年，奋进的中国迈上新的征程，奋斗的中国共产党迎来百年华诞。

在党的坚强领导下，水利人奋楫前行，一个个辉煌壮丽的水利发展剪影，映射出奋进征程中的波澜壮阔，诉说着一代代水利人的励精图治。

为献礼中国共产党百年华诞，致敬伟大信仰，在水利部办公厅、水利部直属机关党委、中国楹联学会的指导下，中国水利报社举办了以“治水为民　千秋伟业——献礼中国共产党百年华诞”为主题的全国楹联大赛。

本次楹联大赛评审由中国楹联学会领导专家负责。

本期专题集中展示获奖楹联作品，以飨读者。

一等奖（2 名）

十六字为定海神针，治水无偏，敢教激流成上善；
一颗心系兴邦大计，惠民有道，长施化雨渥中华。

——安徽　张家安

题赞农村自来水工程暨机灌工程
龙头开处，眼笑眉舒，村村父老饮甘冽；
水阀拧时，欢天喜地，垄垄禾苗汲碧澄。

——江苏　徐向忠

二等奖（8 名）

纬地经天百岁功，梦圆盛景蓝图，乘风当谢领头雁；
泽田沃土千秋利，坝揽惊涛巨浪，吃水常思挖井人。

——河北　郭达

题红旗渠
大禹作先驱，忘劳忘我，教恢宏奇迹，在太行山上铺开，绵延百里；

干渠成命脉，利国利民，让涓滴清流，从赤子心头淌过，润泽千秋。

——浙江　应绿霞

题万里黄河第一坝

一坝耸巍峨，任他骇浪，任尔惊涛，到此俱收狂野气；

千畴凭润泽，看稻禾香，看鱼鸟跃，于今共醉太平图。

——山东　张文静

题《中华人民共和国长江保护法》

法治长江，大国不留心腹患；

事关命脉，中华善待母亲河。

——湖南　文会鹏

题赞水利人

情系绿家园，早有撼天志，何惧万峰，筑坝浚河凭信仰，破壁腾龙，言不尽恢宏气概，看蓝图一卷标青史；

梦圆红日子，更怀报国心，已连四海，开源溉涸赖精神，为民造福，共陶然秀丽风光，听碧水百年唱赞歌。

——天津　李金娥

斑斓五彩蕴奇观，丹江口，黄河坝，红旗渠，碧水盈盈流赤县；

砥砺百年酬壮志，千岛湖，九寨沟，三门峡，青山隐隐卧苍龙。

——安徽　赵美新

一百年治水弄潮，追云赶月，立时代标杆，领九宇风流，犹叹鹏程耀日，看深峪铺金、长河泛玉；

十四五擎旗引梦，聚力凝心，肩民生使命，兴万家福祉，正凭牛劲冲天，彰中华气象、大国精神。

——广东　毛秀艳

伟业千秋，望大坝入云，黄河易色；

清波万里，喜初心萦梦，热血盈怀。

——湖南　唐永华

三等奖（20 名）

再振禹王风，壮万里涛声，筑坝排洪，挥玉带，荡银波，豁晴襟，稻花香处游龙颂；

高昂时代曲，利千秋福泽，扬清激浊，乐小康，圆大梦，吟胜慨，水调歌头引凤鸣。

——广东　林锦城

题南水北调工程

此帜堪奇，千民引福音，创许多调水华章，惊天绝唱；

何人当赞？一路歌春曲，抖不尽开怀浩气，动地誓言。

——上海　刘喜成

可从治水鉴丹怀，建国以来，疏理江河多少回，真是无双壮举；

喜把安澜呈赤县，平心而论，绵延福泽万千里，堪称第一丰功。

——安徽　钱继和

题引漳入林

战天斗地，赤脚汉名扬世界；

隧洞渡槽，红旗渠气壮山河。

——江苏　章熙秋

题白鹤滩水电站

金沙江畔，筑高峡平湖，洪涛化作万家灯火；

白鹤滩前，立青山绿水，碧浪翻成千里春光。

——湖南　石佳峰

恤民情，纾民瘼，惠民生，千秋画卷千秋业；

除水患，护水源，兴水利，一寸山河一寸金。

——安徽　夏环宝

举神州之万里雄风，作水利文章，笔蘸江河湖海，字字千钧，力透霞笺铭大地；

庆我党之百年华诞，绘鹏程画卷，图融壮美新奇，张张多彩，情燃梦境映长天。

——河北　董汝河

龙得水而欢，珠得水而辉，上下五千年，人重水利兮，必兴社稷；

业争春以盛，物争春以茂，纵横八万里，我织春图也，不负山川。

——广西　林小然

站起来、富起来、强起来，德政兴邦民作本；

堤修好、坝修好、库修好，春风化雨水为魂。

——湖南　易武兴

十秩行来，不改初心扬赤帜

千江望去，更教活水润苍生。

——浙江　朱飕飕

为何中国水常美；
因是南湖源最清。

——安徽　陈自如

谁秉初心怀万里，以润苍生，为民甘作裁春手；
功存当代利千秋，但凭活水，济世更成追梦人。

——江苏　徐琳

使命常怀，壮哉：巍巍大坝屹如山，得以辉生福地，爱洒仙源，民于心里乐；
深情永驻，妙矣：浩浩平湖明似镜，引来鱼跃蓝天，鹰翔碧水，舫在画中游。

——湖南　钟胜

民心所向载舟稳；
水利不争滋物荣。

——江苏　蒋东永

观五千年历史，自夏禹疏洪，治理鉴兴衰，水脉由来关国脉；
俯九万里舆图，有党旗筑梦，青山辉碧浪，初心不变得民心。

——广东　车飞雄

题为乡村生态饮水工程点赞

一百年筑梦夯基，沐雨露阳光，看万木争荣，万家欢乐，树下享清凉，乘凉长记拓荒者；

十四五谋篇布局，重环保生态，循两山理念，两个文明，源头来活水，吃水不忘挖井人。

——湖南　吴建华

题黄河治理

大决心锁住黄龙，沉浊扬清，任百回千转，终不负源头活水始天上；
新画面飞来白鹤，照波梳影，欣七省两区，但能将浪底深情定岸前。

——山东　刘成卓

题黄河枢纽工程

水从天上来，不畏千重阻，经九省以迂回，力挽狂澜奔大海；
人自涛头立，频掀九曲潮，逐千帆而浩荡，勇担使命践初心。

——河南　吴继强

常思治水千秋业；
不改为民一颗心。

——湖北　殷德胜

劈三门以嵌明珠，看巨坝安澜，凭述说黄河故事；
掀九曲而追远梦，喜初心映日，任歌吟赤子情怀。

——河南　吴德秀

优秀奖（50 名）

筑坝镇洪流、开渠通活水，济千秋岁稔民安，奋发偏教春信早；
规模惊大禹、物象壮中华，看万里诗情画意，升平更觉党恩深。

——安徽　潘可玉

黄河九曲，长江九派，神州九域，国运攸关，中华崛起，复兴水利千秋业；
群众一心，科技一流，面貌一新，清风所向，大地繁荣，恩泽民生万代歌。

——辽宁　肖德安

百年砥砺，治水引龙腾，赫赫功勋追大禹；
万里斑斓，兴邦呈豹变，汤汤德泽溉中华。

——广东　黄清平

不忘初心，兴水利，治江河，修工程，多少画图收眼底；
敢肩使命，保安全，改环境，护生态，万千感慨涌胸间。

——湖南　朱海清

治水为民，造福为民，喜万里神州，伟绩丰功兴伟业；
放歌献党，捧花献党，庆百年华诞，鸿图特色展鸿猷。

——江西　过媛欣

题山西运城尊村引黄灌区

输水干渠九级提，远送福泉三百里，无雨也丰收，尊村立大功，为民情注禾苗上；

浇田面积四旬扩，高扬云际十多塬，沿途皆快富，农业开新局，抗旱绩铭史册中。

——山西　马淑芳

题三峡大坝

不逊愚公志，遥承禹帝风，筑梦于一万里长江，潮经大坝兼天涌；
恒燃电力情，渐息洪峰怒，续篇向五千年青史，礼赞中华倚水兴。

——河北　王天明

长河大坝，高峡平湖，笑看治水工程，万里神州添壮色；
情系子孙，事关社稷，喜赞利民国策，千秋伟业颂丰功。

——江苏　叶炳如

启碇南湖一百年，冒雨迎风，何惧波涛汹涌；
导航北斗三千里，除淤通障，但求江海澄清。

——辽宁　黄宝钧

治水为民，传承大禹精神，造林种草，筑坝防洪，千年黄患变成水利；
凝心驭浪，领略长河气势，激浊扬清，放歌献党，万里银涛唱出心声。

——甘肃　苏纪利

高峡出平湖，伟人指点宏图现，控千里波涛，看万舸争流日月；
初心为使命，大国经纶美梦圆，奋百年砥砺，听九州击壤歌讴。

——海南　黄远飞

浩浩哉淮河雪浪，沿水道奔来，亦疏亦导，大国方略；
悠悠矣史海文澜，向禹碑涌去，且颂且扬，凡庶情怀。

——北京　赵久生

知水故能治水，人扬十六字方针，令汩汩清波，流进民心流入户；
谋福继而造福，党庆一百年华诞，看殷殷大地，拓圆国梦拓开春。

——北京　吕文孝

华夏泱泱矣，因水振兴，百年换地改天，无限风光舒望眼；
山川漫漫兮，从头沾溉，一脉传情润物，万家灯火惬芳襟。

——江苏　胡启山

党心，民心，军心，不忘初心辉日月；
水脉，命脉，国脉，永联血脉治江河。

——江西　黄璇

题长江三峡工程
长江横巨坝，高峡出平湖，改天换地，继大禹精神，圆伟人梦想；
白鹭掠青波，银帆掀碧浪，溅玉飞珠，润千村畴野，泽万户城乡。

——浙江　邹立坚

邀山河，绘宏图，百载镰锤圆使命；
兴水电，歌盛世，九州日月证初心。

——河南　张克刚

题三峡大坝
大坝锁长江，让月色波光，化作百年龙气势；
平湖开盛象，将民声国梦，书成万卷水文章。

——江西　彭木芬

题南水北调工程

水运从来连国运，忆夏禹李冰范相，五千年图治励精，何惧艰辛，誓令江河归大海；

涛声此去载民声，看涉川越岭跋山，一万里自南向北，不辞昼夜，长流福泽润中华。

——山东　刘葆华

题南水北调工程

调水登程援北土，震古烁今，肇开盛世千秋业；

为民谋利守初心，治污保质，不负长江半尺波。

——辽宁　笪德民

水脉、命脉、国脉，一脉相通，谨记千秋同理；

昨天、今天、明天，普天咸庆，喜看几代惠民。

——江西　雷银喜

百载砺初心，安澜自可安民，海晏河清昭上善；

千秋担使命，治水犹如治国，日新月异展宏遒。

——湖南　刘友良

题大运河

大运滔滔，小康步步，三千里棹舞轻舟，名驰水埠；

商流荡荡，倦客匆匆，数百年帆扬古道，惠泽今朝。

——山西　王永金

承大禹精神，为民治水，移山填海，筑坝修渠，但看荒滩铺秀色；

秉东方智慧，伏虎降龙，疏塞排洪，倾涛叠浪，犹闻高峡出平湖。

——广西　黄云光

锁万里长龙，能蓄能排，焕彩百年，渺渺平湖开胜景；

建千秋伟业，可圈可赞，拦洪九曲，巍巍水利展雄姿。

——黑龙江　林国斌

驯江河以导以疏，仗禹志不疲，万水安澜，善济九州黄土沃；

战天地兴航兴电，愿民心长润，千帆追梦，福绵百世碧流清。

——山东　马瑞新

题致水利建设者

思大禹功，凭铁骨铮铮，振兴水利千秋业；

抱中华爱，播清流汩汩，滋润民心一片情。

——重庆　吴洪美

题赞水利人

水利系家邦命脉，自发奋图强，功开大业；

党恩是幸福源头，将河清海晏，礼献芳辰。

——江苏　卜用可

四千年禹斧未闲，遑论李冰筑堰，郑国修渠，只当代七旬兴治，或黄淮疏蓄，或江汉截围，克患久为功，人民自是缚龙手；

九万里尧疆愈美，休夸滇月澄明，漓云素净，最宜看百丈波光，譬高峡平湖，譬太行玉带，凭栏须纵意，华夏铺开多彩图。

——山西　杨怀胜

题三峡大坝

坝拱长虹，大气壮中华，屈指五洲谁第一；

帆追绮梦，洪波臻上善，造福百代誉无双。

——安徽　解云凤

铺春色满堤，原野织河网，托起绿洲倾大爱；

为党辰献礼，浪花逐禹门，捧来碧水润初心。

——四川　马弘

题黄河小浪底水利枢纽

大坝横南北，威震黄龙，从教千里风波静；

奇观泣鬼神，功标青史，喜看万家仓廪丰。

——广西　刘红波

题沅水十年禁渔

觅世外桃源，自古常来寻梦者；

居武陵仙境，如今不做捕鱼人。

——湖南　文会鹏

立愚公志，让山清水秀，江海安澜，堤坝筑牢强盛梦；

追大禹功，期物阜民丰，田园焕彩，波涛唱响复兴歌。

——河南　方刚

题颂黄河治理工程联

滋绿野而腾紫气，锁黄龙以济苍生，九曲布风华，挽住春晖骄子梦；

驭红船永抱丹心，挥赤帜犹凝碧血，百年兴水利，流传史韵母亲河。

——广西　周继勇

献礼百年华诞，治水人禹路何辞，三过家门而不入；

描图万里新程，驾舟者长风笑借，一帆春梦直朝前。

——湖南　黄建中

党帜高擎，水唯今世清，河唯今世畅；
国徽闪耀，岸数此时绿，堤数此时安。

——湖北　张圣东

伟业如山，看三江低首，群岭退身，茫茫峡谷横千坝；
党恩似水，喜都市灯红，乡村田绿，汩汩清泉润万家。

——山东　高孟勇

水取南湖一勺，波鉴丹心，旌扬九域先锋彩；
航瞻北斗七星，情倾碧浪，梦筑千秋大禹功。

——山东　张树路

通南北贯东西，循上善以利民生，水可载舟，大党百年承使命；
治江淮疏河汉，砥中流而兴国运，人能弘道，红旗一面鉴初心。

——安徽　孔军

一水何如？看浩浩工程，兴善治，启宏猷，通南通北，犹自誉扬中外；
千秋势必，肇煌煌伟业，构和谐，谋发展，利国利民，果然功盖古今。

——湖南　龙健

题三门峡水利枢纽

大河天上来，籍三门截之，蓄之，引之，排之，荡气回肠，润得民心为上善；
雄坝峡中矗，解一路涝者，旱者，凌者，淤者，扬清激浊，生成砥柱是中坚。

——四川　杨旭东

看一百年改天换地，南江北引，西电东输，高峡出平湖，大展龙人壮志；
寻八万里冰迹禹踪，国计为先，民生至上，神工挥巨斧，再雕水利丰碑。

——安徽　汪金锁

筑高坝，拓长渠，引万水以朝东海流，九州总是绿生色；
润小康，滋大美，溯一源而自南湖起，百载依然清到心。

——安徽　陈自如

题水利工程

圣人有开凿之功，贤者有浚疏之德，溯本思源，试看尧之域，舜之疆，禹之甸；
上古以安邦为便，历朝以利民为先，循经论道，乃知国为魂，天为鉴，党为纲。

——江苏　谢良喜

五千年国事，应推水利当先，大禹安澜曾震古；
一百载党恩，贵以民生为重，鸿猷造福已超前。

——安徽　鲁传霞

一百年改地换天，情如碧水奔腾，滴滴总系中国梦；
九万里浮金溅玉，爱把苍生利济，件件不输大禹功。

——河南　曹文献

志士不余力，兴大堤发电，巨斧导流，党旗扬起丹心聚；
禹王当展颜，看田沃物丰，河清海晏，伟业铺开赤子欣。

——湖北　宋万里

治理忆当年，赞坝拦三峡，水调北南，烈烈轰轰，九域同心书壮史；
江河看此日，喜波静四时，民滋甘碧，和和畅畅，千秋伟业铸丰碑。

——湖北　杜小波

题黄河三门峡水利枢纽工程
千年禹迹何寻，看巨浪飞舟，中流砥柱；
万里长河不歇，正民生出卷，环保答题。

——河南　吴德秀

总责任编辑 隋彩虹
执 行 编 辑 李潇培
封 面 设 计 李竹音

CWRN
中国水利报社

ISBN 978-7-5226-0514-2

9 787522 605142 >

总定价: 498.00 元（全四册）

中国水利报社
2021年
新闻作品集②

CWRN

三对标一规划

2021年
专项行动
新闻作品集

中国水利报社 编

中国水利水电出版社
www.waterpub.com.cn
·北京·

图书在版编目（CIP）数据

中国水利报社2021年新闻作品集 ： 全四册 / 中国水利报社编. -- 北京 ： 中国水利水电出版社，2022.2
ISBN 978-7-5226-0514-2

Ⅰ. ①中… Ⅱ. ①中… Ⅲ. ①新闻报道—作品集—中国—当代 Ⅳ. ①I253

中国版本图书馆CIP数据核字(2022)第034111号

书　　名	**中国水利报社 2021 年新闻作品集 ②** **——“三对标、一规划”专项行动** ZHONGGUO SHUILI BAOSHE 2021 NIAN XINWEN ZUOPIN JI ② ——“SANDUIBIAO，YIGUIHUA”ZHUANXIANG XINGDONG
作　　者	中国水利报社　编
出版发行	中国水利水电出版社 （北京市海淀区玉渊潭南路 1 号 D 座　100038） 网址：www.waterpub.com.cn E-mail：sales@mwr.gov.cn 电话：（010）68545888（营销中心）
经　　售	北京科水图书销售有限公司 电话：（010）68545874、63202643 全国各地新华书店和相关出版物销售网点
排　　版	中国水利水电出版社微机排版中心
印　　刷	天津嘉恒印务有限公司
规　　格	184mm×260mm　16 开本　85.25 印张（总）　1719 千字（总）
版　　次	2022 年 2 月第 1 版　2022 年 2 月第 1 次印刷
总 定 价	**498.00** 元（全四册）

前言

从2021年2月开始，水利部党组在部机关和直属单位集中开展巡视整改“政治对标、思路对标、任务对标，科学编制‘十四五’水利发展规划体系”（简称“三对标、一规划”）专项行动。历时4个月的专项行动中，水利系统上下集中精力、步调一致，全体干部职工自觉对标对表、学思践悟，以务实的态度和扎实的作风完成了四个阶段工作任务，实现了预期目标，取得了明显成效，为谋划和推动新阶段水利高质量发展奠定了坚实基础。2021年水利高质量发展全新开局。

“三对标、一规划”专项行动开展以来，中国水利报社高度重视，迅速行动，派出骨干记者及时宣传报道会议精神，报、刊、网、新媒体等平台全面发力，紧跟行动进展，以专项行动的不同阶段为重要节点，及时推出5篇社论和18篇系列评论，及时正面有效引导舆论。同时，开设“‘三对标、一规划’在行动”“推动新阶段水利高质量发展·思考谋划　布局推进”“巩固‘三对标、一规划’专项行动丰硕成果　推动高质量发展”等专栏专题，整版摘登各司局发言，推出总结性深度特稿《把准政治方向之舵》《对准航标逐浪高》，制作图文、视频等新媒体作品，不断掀起专项行动的宣传热潮，为行动顺利开展营造了良好舆论氛围。

本书精选发表在《中国水利报》、《中国水利》杂志、中国水利网站及新媒体上的部分作品，共计96篇，章节设置以专项行动进展为序。

时间所限，本书辑录过程中难免错漏，敬请读者指正。

编者

2022年2月

目录

NEWS

前言

《中国水利报》

思路对标阶段

《中国水利》杂志

中国水利网站及新媒体

推动新阶段水利高质量发展 为全面建设社会主义现代化 国家提供水安全保障

——在水利部"三对标、一规划"专项行动总结大会上的讲话

水利部党组书记、部长　李国英

（2021 年 6 月 28 日）

水利部党组决定，从 2 月 22 日开始，在部机关和直属单位集中开展"政治对标、思路对标、任务对标，科学编制'十四五'水利发展规划体系"（以下简称"三对标、一规划"）专项行动。四个多月来，通过对表对标、学思践悟，大家进一步提高了把握新发展阶段、贯彻新发展理念、构建新发展格局、推动高质量发展的政治判断力、政治领悟力、政治执行力，进一步找准了落实"节水优先、空间均衡、系统治理、两手发力"治水思路的方向、路径、举措，进一步明确了新阶段水利工作的路线图、时间表、任务书，初步形成了一套定位准确、边界清晰、功能互补、统一衔接的"十四五"水利发展规划体系。

"三对标、一规划"专项行动即将结束，这不是终点，而是新阶段水利工作重整行装再出发的新起点。今天，我们召开大会，就是要把四个多月对表对标的成果总结凝练出来，科学谋划新阶段水利发展蓝图，确保"十四五"水利发展始终沿着习近平总书记和党中央指引的方向前进。下面，我讲三点意见。

一、推动新阶段水利高质量发展

习近平总书记指出，全面建成小康社会、实现第一个百年奋斗目标之后，我们要乘势而上开启全面建设社会主义现代化国家新征程、向第二个百年奋斗目标进军，这标志着我国进入了一个新发展阶段。经过新中国成立以来特别是改革开放 40 多年的不懈奋斗，我们已经拥有开启新征程、实现新的更高目标的雄厚物质基础。新中国成立不久，我们党就提出建设社会主义现代化国家目标，未来 30 年是我们完成这个历史宏愿的新发展阶段。水利是经济社会发展的基础性行业，是党和国家事业发展大局的重要组成。对表对标习近平总书记重要讲话精神，水利发展所处的历史方

位亦进入新发展阶段。

党的十九届五中全会在“十四五”时期经济社会发展指导思想中确立了“以推动高质量发展为主题”。习近平总书记指出，当前我国社会主要矛盾已经转化为人民日益增长的美好生活需要和不平衡不充分的发展之间的矛盾，发展中的矛盾和问题集中体现在发展质量上。这就要求我们必须把发展质量问题摆在更为突出的位置，着力提升发展质量和效益。经济、社会、文化、生态等各领域都要体现高质量发展的要求。对表对标习近平总书记重要讲话精神，新阶段水利工作的主题为推动高质量发展。

第一，推动新阶段水利高质量发展的历史使命。

从发展阶段看，我国发展进入了全面建设社会主义现代化国家的新阶段，社会主要矛盾发生了历史性变化。习近平总书记指出，推动高质量发展，是适应我国社会主要矛盾变化和全面建成小康社会、全面建设社会主义现代化国家的必然要求。水利与生活、生产、生态密切相关。当前，与人民群众对水安全、水资源、水生态、水环境的需求相比，水利发展不平衡不充分问题依然突出，包括区域、城乡、建设与管理、开发利用与节约保护等发展不平衡的问题，也包括水利基础设施网络覆盖、水旱灾害防御能力、水资源优化配置、治理体系和治理能力现代化等发展不充分的问题。水利发展中的矛盾和问题集中体现在发展质量上。这就要求我们把发展质量问题摆在更为突出位置，全面提高水安全、水资源、水生态、水环境治理和管理能力，实现从“有没有”到“好不好”的发展，更好支撑我国社会主义现代化建设，更好满足人民日益增长的美好生活需要。

从发展环境看，我国经济社会发展发生深刻变化，新发展格局正在加快构建，对水利发展布局产生了重大影响。一方面，我国经济实力、科技实力、综合国力跃上了新的台阶，加快推动全面绿色转型已经形成高度共识，产业数字化、网络化、智能化转型升级加速，区域重大战略、区域协调发展战略深入推进，统筹发展和安全意识更加强烈，对水利发展提出了更高要求。另一方面，我国旧的生产函数组合方式已经难以持续，生产要素相对优势出现变化，水资源水环境承载能力达到瓶颈，河湖生态环境问题长期积累凸显，流域和区域水资源情势动态演变，水旱灾害、病险水库等风险隐患依然突出，新阶段水利发展直面严峻挑战。这就要求我们准确识变、科学应变、主动求变，完整、准确、全面贯彻新发展理念，抓住机遇，应对挑战，有效化解矛盾，努力实现供给与需求在更高水平的动态平衡。

从发展条件看，在党中央、国务院的坚强领导下，新中国成立 70 多年来水利发展取得了重大历史性成就。大规模建设了江河防洪、农田灌溉、城乡供水等水利基础设施，具备了由点向网、由分散向系统转变的工程基础；构建了水法规制度和水资源管理、河湖管理、工程管理的体制机制，具备了从粗放式管理向精细化、规范化、法治化管理转变的制度基础；水利科技创新能力和信息化水平持续提升，具备了由传统向数字化、网络化、智能化转变的科技基础。我国水利发展已经站到了新的起点，这就要求我们把发展着力点转向提升发展质量，推动水利向形态更高级、基础更牢固、保障更有力、功能更优化的阶段演进。

总之，推动新阶段水利高质量发展，是对表对标习近平总书记重要讲话精神，把握党和国家事业发展大势大局和水利行业发展规律，研判水利发展历史方位，分析水利发展客观要求，综合深入判断作出的战略选择。

第二，推动新阶段水利高质量发展的体系构造。推动新阶段水利高质量发展，其根本目的是满足人民日益增长的美好生活需要，其根本要求是完整、准确、全面贯彻新发展理念。

一是以创新为第一动力。科技自立自强成为水利高质量发展的战略支撑，科技创新的引领和支撑作用充分发挥，理论创新、实践创新、体制机制创新、管理创新活力竞相迸发，为水利发展质量变革、效率变革、动力变革提供源源不断的牵引力和驱动力。

二是以协调为内生特点。在水利规划编制、项目布设、政策制度制定、体制机制设计等各项工作中，更加注重统筹协调，水利基础设施布局、水生态产品供给、水资源配置更加均衡，水利发展整体效能进一步提升。

三是以绿色为普遍形态。生态优先、绿色发展理念贯穿水利高质量发展始终，水资源刚性约束制度效能充分发挥，用水方式向集约节约转变，水生态水环境持续改善，河湖健康生命得以维护，绿色发展方式和生活方式加快形成，实现人水和谐共生。

四是以开放为必由之路。主动融入全球水治理体系，充分借鉴国际先进科技成果和有益管理经验，一方面办好自己的事，另一方面为解决人类共同面对的水问题提供中国智慧和中国方案。

五是以共享为根本目的。坚持以人民为中心的发展思想，始终把人民对美好生活的向往作为发展目标，在发展中解决人民群众最关心最直接最现实的涉水利益问题，实现发展为了人民、发展依靠人民、发展成果由人民共享，人民群众获得感、幸福感、安全感进一步增强。

六是以安全为底线要求。统筹发展和安全，坚持人民至上、生命至上，把保护人民生命安全摆在首位，全面提升水安全保障能力。强化底线思维、增强忧患意识，努力提高预报、预警、预演、预案能力，从被动应对水安全风险转向主动防控。

第三，推动新阶段水利高质量发展的目标任务。发展的主题决定发展的目标和方向。新阶段水利高质量发展的总体目标是全面提升国家水安全保障能力，为全面建设社会主义现代化国家提供有力的水安全保障。

围绕实现这一总体目标，设定以下四个次级目标。

一是提升水旱灾害防御能力。进一步完善流域防洪减灾工程体系，固底板、补短板、锻长板，水旱灾害防御能力大幅提升，水旱灾害损失率大幅降低。

二是提升水资源集约节约利用能力。建立水资源刚性约束制度，节水型生产方式和生活方式基本形成，全国用水总量得到有效控制，水资源集约节约利用效率和效益大幅提高。

三是提升水资源优化配置能力。加快构建国家水网主骨架和大动脉，水资源配置体系更加完善，水资源要素与经济社会生态要素适配性明显提升。

四是提升大江大河大湖生态保护治理能力。建立健全涉水空间管控制度，重点河湖基本生态流量达标率大幅提升，人为水土流失得到控制，重点地区地下水超采状况有效遏制。

展望2035年，要按照党中央确定的远景目标和总体战略安排，实现水旱灾害防御能力、水资源集约节约利用能力、水资源优化配置能力、大江大河大湖生态保护治理能力的显著提升，建成与基本实现社会主义现代化国家相适应的水安全保障体系。

二、推动新阶段水利高质量发展要坚持以“十六字”治水思路为指导

习近平总书记站在战略和全局的高度，深刻洞察我国国情水情，深刻分析经济社会发展大势，提出“节水优先、空间均衡、系统治理、两手发力”的治水思路，指导治水工作实现了历史性转变，彰显出巨大的思想伟力。推动新阶段水利高质量发展，必须坚持以“十六字”治水思路为指导，把“十六字”治水思路不折不扣落实到水利高质量发展各环节全过程。

第一，完整、准确、全面理解和贯彻“十六字”治水思路。习近平总书记高度重视治水工作。党的十八大以来，习近平总书记专门就保障国家水安全发表重要讲话并提出“十六字”治水思路，先后主持召开会议研究部署推动长江经济带发展、黄河流域生态保护与高质量发展、推进南水北调后续工程高质量发展以及防汛抗旱、河湖长制、饮水安全等工作并发表一系列重要讲话，作出一系列重要指示批示，都始终贯穿了“十六字”治水思路这条主线。比如，习近平总书记强调，要长期深入做好节水工作，根据水资源承载能力优化城市空间布局、产业结构、人口规模；要立足流域整体和水资源空间均衡配置，科学推进工程规划建设，提高水资源集约节约利用水平；要从生态系统整体性和流域系统性出发，追根溯源、系统治疗；要加快建立生态产品价值实现机制，让保护修复生态环境获得合理回报，等等。这些重要论述都充分体现了“十六字”治水思路的内涵要义。我们要融会贯通地学习习近平总书记关于治水的重要讲话指示批示精神，深入领会其中一以贯之、一脉相承的精神实质，

完整、准确、全面抓好贯彻落实。

第二，“十六字”治水思路是逻辑严密的治水理论体系。“十六字”治水思路内涵丰富而深邃，贯穿辩证唯物主义和历史唯物主义，把握人与自然关系的统一性，深化对自然规律、经济规律、社会规律的认识，明确了新时代治水的方针、原则、方法、路径，科学回答了如何处理好水资源开发利用增量与存量的关系、水资源与经济社会发展的关系、治水要素之间的关系、治水中政府与市场的关系等重大问题，各个方面主旨相通、目标一致，既各有侧重，又相互支撑，具有鲜明的思想性、理论性、战略性、指导性、实践性。从理论逻辑来看，“十六字”治水思路坚持人与自然和谐共生，更加注重尊重自然、顺应自然、保护自然，更加突出节约优先、保护优先、生态优先，是习近平生态文明思想的重要组成，深刻阐释了人与水、人与自然辩证统一的关系。从历史逻辑来看，“十六字”治水思路深刻论述了治水与治国的内在关系，鲜明指出了治水对我国的特殊重要性，明确水安全是涉及国家长治久安的大事，是在纵览中华民族五千年治水史基础上对治水规律的科学把握。从实践逻辑来看，“十六字”治水思路针对新老水问题相互交织的国情水情，面向经济社会发展对水利的实践需求，为统筹解决新老水问题，为全面建设社会主义现代化国家提供有力支撑和保障提供了科学指南。“十六字”治水思路是科学严谨、逻辑严密的治水理论体系。我们要完整地而不是零碎地、准确地而不是模糊地、全面地而不是片面地理解和掌握，更加自觉地用“十六字”治水思路指导推动新阶段水利高质量发展。

第三，“十六字”治水思路是新发展理念在治水领域的集中体现。“十六字”治水思路贯穿了创新、协调、绿色、开放、共享的发展理念，集中体现了新发展理念在治水领域的精准要求。从根本宗旨看，“十六字”治水思路根植于对人民美好生活向往和对中华民族伟大复兴要求的准确把握，指导推进治水为民、兴水惠民的水利实践；从问题导向看，“十六字”治水思路产生于对水灾害、水资源、水生态、水环境问题的深刻认识和剖析，指导解决水利发展不平衡不充分问题；从忧患意识看，“十六字”治水思路来源于对河川之危、水源之危的深沉忧患意识，指导保障国家水安全。这些都充分体现了新发展理念的内涵和要求，贯彻落实“十六字”治水思路是对贯彻新发展理念的具体检验。我们要从贯彻新发展理念的高度理解和把握“十六字”治水思路，不断增强贯彻落实“十六字”治水思路的自觉性和坚定性，做到学思用贯通、知信行统一。

三、推动新阶段水利高质量发展的实施路径

推动新阶段水利高质量发展是一项复杂的系统工程。我们要锚定目标，加强前瞻性思考、全局性谋划、战略性布局、整体性推进。重点抓好六条实施路径。

第一，完善流域防洪工程体系。洪水产流－汇流－演进以流域为单元，防洪工

程体系必须按照流域单元来规划建设和调度运用。要从流域整体着眼，把握洪水发生和演进规律，进一步优化流域防洪工程布局，以流域为单元构建现代化防洪工程体系，该工程体系主要由水库、河道及堤防、分蓄滞洪区组成。

一是提高河道泄洪能力。以河道堤防达标建设和河道整治为重点，加快大江大河大湖治理，保持河道畅通，提高其泄洪能力。

二是增强洪水调蓄能力。加快实施一批流域控制性水库工程建设，提高江河洪水调蓄能力，努力争取流域洪水防控的主动权。

三是确保分蓄洪区分蓄洪功能。从流域洪水整体考虑，当上游水库调蓄洪水作用充分发挥后，仍有洪水不能通过下游河道安全排泄，此时就必须使用分蓄洪区。因此，要坚定地推进分蓄洪区建设，使之在关键时刻能发挥关键作用。

第二，实施国家水网重大工程。水资源是经济社会发展的基础性、先导性、控制性要素，水的承载空间决定了经济社会的发展空间。我国人多水少，水资源时空分布不均、与生产力布局不相匹配，破解水资源配置与经济社会发展需求不相适应的矛盾，是新阶段我国发展面临的重大战略问题。要立足流域整体和水资源空间配置，遵循确有需要、生态安全、可以持续的重大水利工程论证原则，以重大引调水工程和骨干输配水通道为纲、以区域河湖水系连通工程和供水渠道为目、以控制性调蓄工程为结，构建“系统完备、安全可靠，集约高效、绿色智能，循环通畅、调控有序”的国家水网，全面增强我国水资源统筹调配能力、供水保障能力、战略储备能力。

一是做好“纲”的文章。统筹存量和增量，加强互联互通，加快构建国家水网主骨架和大动脉。准确把握南水北调东线、中线、西线三条线路的各自特点，抓紧做好南水北调后续工程规划设计，推进南水北调后续工程高质量发展。

二是做好“目”的文章。结合国家、省区市水安全保障需求，加强国家重大水资源配置工程与区域重要水资源配置工程的互联互通，开展水源工程间、不同水资源配置工程间水系连通，提升水资源调配保障能力。

三是做好“结”的文章。加快推进列入流域及区域规划，符合国家区域发展战略的重点水源工程建设，提升水资源调蓄能力。

第三，复苏河湖生态环境。良好的生态环境是最公平的公共产品，是最普惠的民生福祉。进入新发展阶段，人民群众对优美生态环境的需求日益增长。要以提升水生态系统质量和稳定性为核心，树立尊重自然、顺应自然、保护自然的生态文明理念，坚持山水林田湖草沙系统治理，维护河湖健康生命，实现河湖功能永续利用，实现人水和谐共生。

一是加强河湖生态保护治理。河流生命的核心是水，命脉在于流动。要按照重塑和保持河流健康生命形态的要求，分区分类确定河湖生态流量目标，复苏河湖生态环境。加快划定落实河湖空间保护范围，加强河湖水域岸线空间分区分类管控，实施河湖空间带修复，打造沿江沿河沿湖绿色生态廊道。

二是加快地下水超采综合治理。在确定地下水取用水量水位控制指标的基础上，严控地下水开发强度，压减地下水超采量，多渠道增加水源补给，实施超采区地下水回补，逐步实现采补平衡。

三是科学推进水土流失综合治理。以长江和黄河上中游、东北黑土区、西南岩溶区为重点，因地制宜推进坡耕地、淤地坝、侵蚀沟治理等工程，提升治理效益。以流域为单元，以山青、水净、村美、民富为目标，统筹配置沟道治理、生物过滤带、水源涵养、封育保护、生态修复等措施，打造生态清洁小流域。

第四，推进智慧水利建设。按照"需求牵引、应用至上、数字赋能、提升能力"要求，以数字化、网络化、智能化为主线，以数字化场景、智慧化模拟、精准化决策为路径，全面推进算据、算法、算力建设，加快构建具有预报、预警、预演、预案功能的智慧水利体系。

一是构建数字孪生流域。以自然地理、干支流水系、水利工程、经济社会信息为主要内容，对物理流域进行全要素数字化映射，并实现物理流域与数字流域之间的动态实时信息交互和深度融合，保持两者的同步性、孪生性。

二是开展智慧化模拟。在数字孪生流域的基础上，集成耦合多维多时空尺度高保真数学模型，构建数字孪生流域模拟仿真平台，支撑水安全全要素预报、预警、预演、预案的模拟分析。

三是支撑精准化决策。构建水利智能业务应用体系，在流域防洪调度、水资源管理与调配、水生态过程调节等预演基础上，生成决策建议方案。

第五，建立健全节水制度政策。节约用水涉及各行业各部门，涉及生产、生活、生态各领域。要坚持量水而行、节水为重，从观念、意识、措施等各方面把节水摆在优先位置，建立健全水量分配、监督、考核的节水制度政策，全面提升水资源集约节约安全利用水平。

一是建立健全初始水权分配和交易制度。合理确定重要河湖主要控制断面基本生态流量（水量），加快江河流域水量分配、地下水管控指标确定，健全区域用水总量管控指标体系，规范明晰区域、取用水户的初始水权，控制水资源开发利用总量。建立完善水权市场化交易平台和相关制度，培育和发展用水权交易市场，引导推进流域间、地区间、行业间、用水户间开展多种形式的用水权交易。创新完善用水价格形成机制，深入推进水资源税改革、农业水价综合改革、水利工程供水价格改革。

二是建立水资源刚性约束制度。建立水资源刚性约束指标体系，强化规划和建设项目水资源论证，完善取水许可制度，规范取水许可管理，严格水资源用途管制，暂停水资源超载地区新增取水许可。严格用水强度控制，完善水资源监督考核，推动将节水主要指标纳入经济社会发展综合评价体系。

三是建立健全全社会节水制度。深入实施国家节水行动，大力推进农业节水增效、工业节水减排、城镇节水降损，推动形成节水型生产生活方式和消费模式。研究建立节水激励机制，加强节水基础研究和应用技术研究，健全节水技术转化推广机制。加强节水宣传教育、知识普及、信息公开和政策解读，鼓励引导社会公众自觉参与爱水、惜水、节水行动。

第六，强化体制机制法治管理。推动水利高质量发展需要以健全的体制机制法治管理为保障。要深入推进水利重点领域和关键环节改革，加快破解制约水利发展的体制机制障碍，进一步完善水法规体系，促进各方面制度更加成熟更加定型，不断提升水利治理能力和水平。

一是强化河湖长制。充分发挥全面推行河湖长制工作部际联席会议制度作用，统筹协调全国河湖长制工作。完善流域管理机构与省级河长办协作机制，推进联防联控联治。按照河湖长履职规范，强化监督检查和评价考核，压实各级河湖长责任，建立河湖健康档案，科学编制"一河一策"，因地制宜设立巡（护）河员公益性岗位，完善河湖巡查管护体系，推动解决河湖管理保护"最后一公里"问题。

二是完善管理机制。建立健全多元化水利投融资机制，优化项目安排和投资结构，用好水利中长期贷款等金融信贷资金，推进水利领域不动产投资信托基金（REITs）试点。支持社会资本采取股权合作、特许经营、PPP等方式参与水利工程建设运营。探索建立水生态产品价值实现机制和水流生态保护补偿机制。健全水利工程安全保护制度，建立风险查找、研判、预警、防范、处置、责任等全链条管控机制，确保水利工程安全。

三是夯实法治基础。积极推动黄河保护立法，抓好长江保护法配套法规建设，推进节约用水、地下水管理、河道采砂管理等重点领域立法进程，做好立法储备，提高立法质量，进一步完善水利法律法规体系。坚持严格规范公正文明执法，全面推行行政执法"三项制度"，开展重点领域、敏感水域常态化滚动排查整治，完善行政执法与刑事司法衔接机制，依法严厉打击重大水事违法行为。

同志们，推动新阶段水利高质量发展，责任重大、使命光荣。让我们更加紧密团结在以习近平同志为核心的党中央周围，以永不懈怠的精神状态和一往无前的奋斗姿态，积极推动新阶段水利高质量发展，为全面建设社会主义现代化国家提供有力的水安全保障。

《中国水利报》

动员阶段

以巡视整改实际成效推动新阶段水利高质量发展

水利部党组部署中央巡视反馈意见整改工作

召开巡视整改工作领导小组第一次全体会议

（2021 年 2 月 23 日）

本报记者　席晶　马晓媛　王曼玉

2 月 20 日，水利部党组召开中央巡视反馈意见整改工作动员部署会议。水利部党组书记李国英强调，要深入学习贯彻习近平总书记在听取中央巡视综合情况汇报时的重要讲话精神和中央巡视工作领导小组关于巡视整改的工作要求，把巡视整改作为当前最重要的政治任务，提高认识，统一思想，把力量调动起来，把责任落实下来，以巡视整改实际成效推动新阶段水利高质量发展。

中国水利报
China Water Resources News
http://www.chinawater.com.cn
中华人民共和国水利部主管　中国水利报社主办
23　星期二　2021 年 2 月　第 4788 期
每周二、三、四、五、六出版　今日 8 版

习近平在党史学习教育动员大会上强调
学党史悟思想办实事开新局
以优异成绩迎接建党一百周年
李克强栗战书汪洋赵乐际韩正王岐山出席　王沪宁主持

二〇二一年中央一号文件决定
实施水系连通及农村水系综合整治
强化河湖长制实施农村供水保障工程

以巡视整改实际成效推动新阶段水利高质量发展
水利部党组部署中央巡视反馈意见整改工作
召开巡视整改工作领导小组第一次全体会议

长渠送暖　南水迎春

“停不下来”的水利工地

瞄准重大水利项目　提升水利保障能力

江西全力抗旱保供水

李国英指出，要从政治上认识抓好整改的紧迫性，深刻认识到能不能立即行动抓整改体现的是政治态度，能不能主动认领整改任务体现的是政治站位，能不能真正改到位、解决问题是对政治立场、政治能力、政治品格的检验。要迅速行动起来，确保所有问题在规定时限内整改到位、见底清零。要从全局上认识抓好整改的重要性，充分认识巡视

整改对推动水利改革发展的重要意义，强化工作举措，完善制度机制，深化贯通融合，统筹推进巡视整改和成果运用，推动巡视监督、整改、治理有机贯通。要从效果上认识抓好整改的全员性，全系统、全方位、全要素、全链条组织落实，把整改任务分解到岗、落实到人、延伸到“最后一公里”。

李国英强调，要坚持问题导向，严格对表对标，逐项逐条抓好整改落实。落实任务要全覆盖，对巡视反馈的问题要照单全收、全面整改，一项都不能少，量化整改目标，细化整改措施，实化整改任务，明确整改时限。解决问题要动真格，透过巡视反馈问题深挖根源，真正找准病因，精准用药，科学制定措施，敢于迎难而上、较真碰硬，以踏石留印、抓铁有痕的作风抓紧抓实整改工作。举一反三要扩成效，不能“就事论事”、只解决眼前问题，要按照“基本＋”的方式，由点及面，由表及里，在全面对照整改面上“基本”问题的基础上，着力推动各类问题解决。长效整改要建机制，着眼管长远、见长效，把解决共性问题、突出问题与完善制度机制结合起来，从体制机制等根源上堵塞漏洞。

李国英强调，巡视整改要与习近平总书记关于学习贯彻党的十九届五中全会精神、“十六字”治水思路和治水工作重要讲话指示批示精神，与党中央决策部署对水利工作的要求进行政治对标、思路对标、任务对标，把巡视整改与编制实施“十四五”水利规划体系、全面深化改革、全面从严治党有机结合起来，真正做到通过巡视整改推动深化改革、促进高质量发展。

李国英要求，要强化组织领导，压紧压实责任。部党组将认真履行巡视整改主体责任，党组书记切实担负起第一责任人职责，领导班子成员全面担负起分管领域整改责任。各司局各单位主要负责同志要承担起直接责任，对整改事项逐项验收把关。要建立健全整改调度、评估、验收等工作机制，倒序去想，正序去干，建立台账，挂图作战，动态管理，严格验收销号，加强跟踪问效，确保改一件成一件、不走回头路。要加强督查考核，对整改不作为、慢作为、乱作为以及敷衍整改、整改不力、虚假整改的，严肃追责问责。

会上，李国英代表部党组签领了中央巡视反馈问题整改责任清单，驻部纪检监察组负责同志和部机关各司局、部直属各单位党政主要负责同志签领了各自巡视反馈问题整改责任清单。

会议以电视电话会议形式召开。部领导班子成员、各总师、机关各司局主要负责同志、在京各直属单位党政主要负责同志在主会场参加会议。部机关各司局负责同志、各直属单位班子成员在分会场参加会议。

政治对标 思路对标 任务对标 科学编制“十四五”水利发展规划体系

水利部党组召开巡视整改“三对标、一规划”专项行动动员部署会议

（2021 年 2 月 24 日）

本报记者 赵洪涛 席晶 李海川

2 月 22 日，水利部党组召开巡视整改“三对标、一规划”专项行动动员部署会议。水利部党组书记李国英强调，开展巡视整改要自觉与习近平总书记关于学习贯彻党的十九届五中全会精神的重要讲话精神，与习近平总书记“十六字”治水思路和治水工作重要讲话指示批示精神，与党的十九届五中全会通过的“十四五”规划建议进行政治对标、思路对标、任务对标，科学编制“十四五”水利发展规划体系，确保巡视整改政治任务落到实处、取得实效，确保新阶段水利高质量发展开好局、起好步。

中国水利報
China Water Resources News
24 星期三 2021年2月 第4789期
政治对标 思路对标 任务对标 科学编制“十四五”水利发展规划体系
水利部党组召开巡视整改“三对标、一规划”专项行动动员部署会议
统一思想 迅速行动 坚决打好巡视整改攻坚战
“大宁”之宁
南水进京“守门人”
一江碧水 情满潇湘
——湖南唱好新时代“长江之歌”

李国英指出，开展“三对标、一规划”专项行动，是提高政治站位、提升政治能力，以实际行动走好“第一方阵”的重要举措；是深入学习贯彻习近平总书记治水重要讲话指示批示精神，找准水利改革发展方向的必然要求；是全面落实党的十九届五中全会精神，科学谋划“十四五”水利改革发展蓝图的

迫切需要；是标本兼治推进巡视整改、把整改成效转化为水利改革发展强大动力的关键抓手。水利部是贯彻落实党中央有关决策部署的“最初一公里”，必须牢记政治机关属性，把政治建设摆在首位，主动向以习近平同志为核心的党中央看齐，向党的理论和路线方针政策看齐，向党中央决策部署看齐，自觉做到在大局下谋划新阶段水利工作，不断提高准确把握新发展阶段、深入贯彻新发展理念、加快构建新发展格局、推动高质量发展的政治能力、战略眼光、专业水平，进一步增强“四个意识”、坚定“四个自信”、做到“两个维护”。

李国英强调，政治对标、思路对标、任务对标三个阶段，既是逻辑递进的，又是相互贯通的。政治对标，要深学细研领悟习近平总书记在省部级主要领导干部学习贯彻党的十九届五中全会精神专题研讨班开班式上的重要讲话精神、在中央政治局第二十七次集体学习时的重要讲话精神，不断提高政治判断力、政治领悟力、政治执行力，增强在大局下谋划推进新阶段水利工作的思想自觉和能力水平。思路对标，要深学细研领悟习近平总书记“十六字”治水思路和治水重要讲话指示批示精神，准确把握党中央对水利工作的部署要求，进一步找准推动新阶段水利高质量发展的方向和路径，推动“十六字”治水思路在新阶段水利高质量发展实践中落地生根、开花结果。任务对标，要深学细研领悟习近平总书记在党的十九届五中全会上的重要讲话精神、《中共中央关于制定国民经济和社会发展第十四个五年规划和二〇三五年远景目标的建议》和即将出台的“十四五”规划纲要，准确领会中央编制“十四五”规划的战略意图、重点任务和具体要求，做到知其然、知其所以然、知其所以必然，找准水利工作的关键点和着力点，确保中央各项决策部署不折不扣落到实处。

李国英强调，要坚持学思用贯通、知信行统一，各司局各单位在“三对标”的基础上，分别编制落实国家“十四五”规划纲要的各专项规划和具体工作计划，明确未来五年本领域本专业本单位本部门工作的时间表、路线图、任务书。通过科学统筹融合，集智研究论证，形成一套定位准确、边界清晰、功能互补、统一衔接的“十四五”水利发展规划体系。

李国英要求，要切实加强对“三对标、一规划”专项行动的组织领导，各司局各单位主要负责同志是本司局本单位专项行动的第一责任人，对本司局本单位的专项行动负总责、负首责。要做到全员覆盖，每个党组织、每名党员、每名干部职工都要深度参与，做到上下联动、层层落实、整体推动。要强化督导评估，开展专项行动情况要列为重点督办事项，开展专项行动各阶段成效要作为年度考核、党建考核的重要参考，对作风漂浮、敷衍行事、搞形式走过场的严肃问责。

会议由部党组成员、副部长田学斌主持。部党组成员、驻部纪检监察组组长田野宣读《水利部党组巡视整改“三对标、一规划”专项行动实施方案》。部领导陆桂华、魏山忠出席会议。

会议以视频会议形式召开。部各总师、驻部纪检监察组负责同志、部机关司局主要负责同志、在京直属单位党政主要负责同志在主会场参加会议。驻部纪检监察组局级领导干部，部机关司局和在京直属单位领导班子成员，京外直属单位司局级以上领导干部在分会场参加会议。

社论：

统一思想　迅速行动 坚决打好巡视整改攻坚战

（2021 年 2 月 24 日）

本报记者　王曼玉

水利部党组近日相继召开中央巡视反馈意见整改工作动员部署会议和巡视整改“三对标、一规划”专项行动动员部署会议，是用实际行动高标准按照中央巡视整改要求，进行政治对标、思路对标、任务对标，科学编制“十四五”水利发展规划体系。巡视整改是严肃的政治任务，是水利部党组在“十四五”开局之年，进一步增强“四个意识”、坚定“四个自信”、做到“两个维护”，不折不扣坚决贯彻落实习近平总书记关于巡视整改指示批示精神和党中央决策部署的实际行动。水利系统全体干部职工须进一步提高政治判断力、政治领悟力、政治执行力，统一思想，迅速行动，落实责任，扎实开展“三对标、一规划”专项行动，坚决打好巡视整改攻坚战，确保新阶段水利高质量发展开好局、起好步。

坚决打好巡视整改攻坚战，要提高认识，把巡视整改作为当前最重要的政治任务。巡视发现问题的目的是解决问题。我们应切实提高政治站位，深刻反思，坚决整改，以高度的政治自觉全力以赴把这项重要政治任务落实好。应从政治上认识抓好整改的紧迫性，迅速行动起来，对能够立即解决的问题，马上整改；对需要一段时间解决的问题，积极推进；对需要长期整改的问题，锲而不舍，确保所有问题在规定时限内整改到位、清零见效。我们还需要从全局上认识抓好整改的重要性，充分认识巡视整改对推动水利改革发展的重要意义，强化工作举措，完善制度机制，深化贯通融合，统筹推进巡视整改和成果运用，推动巡视监督、整改、治理有机贯通；要从效果上认识抓好整改的全员性，把巡视整改作为自我净化、自我革命、自我完善、自我提高的过程，严肃认真、扎实有效地进行整改。

坚决打好巡视整改攻坚战，要抓好落实，做到真正改、彻底改。巡视整改不仅要看态度，更要看行动、看效果。我们要坚持问题导向，严格对表对标，全覆盖落实整改任务，确保巡视反馈意见件件有着落、事事有结果。我们要动真格解决问题，对违规违纪的具体问题，要依规依纪处理到位；对错综复杂的问题和长期积累的痼疾，要解放思想、创新思路举措机制，与推进改革结合起来，与推进国家治理体系和治理能力现代化结合起来；对涉及局部利益的问题，要敢于迎难而上、较真碰硬，制定有效措施，不折不扣落实整改。我们还需要举一反三，按照"基本＋"的方式，由点及面、由表及里，在全面对照整改面上"基本"问题的基础上，着力推动各类问题解决。

坚决打好巡视整改攻坚战，要以开展"三对标、一规划"巡视整改专项行动为关键抓手，以改促干，以改促建，推动巡视整改与制定实施"十四五"规划、深化水利改革、全面从严治党等深度融合。开展巡视整改"三对标、一规划"专项行动，是"十四五"开局之年水利系统的一件大事。我们要以习近平新时代中国特色社会主义思想为指导，分阶段分专题学思践悟，明确工作责任，细化具体安排，抓好组织实施，做到全员覆盖，引导部属系统全体党员干部职工，自觉与习近平总书记关于学习贯彻党的十九届五中全会精神的重要讲话精神、"节水优先、空间均衡、系统治理、两手发力"的治水思路以及关于治水工作的重要讲话指示批示精神和党的十九届五中全会通过的"十四五"规划建议进行政治对标、思路对标、任务对标，并在此基础上编制形成"十四五"水利发展规划体系，引领水利高质量发展。

巡视整改是一次严肃的政治大考，"三对标、一规划"专项行动是关键抓手，水利系统要进一步增强抓好巡视整改的思想自觉、政治自觉、行动自觉，每个党组织、每名党员、每位干部职工都要深度参与，做到上下联动、层层落实、整体推动。让我们以坚决的态度、务实的作风、果断的行动，不折不扣做好巡视整改工作，把专项行动方案部署的每一项规定动作落实到位，在自觉、主动、全面对标中提高准确把握新发展阶段、深入贯彻新发展理念、加快构建新发展格局的政治能力、战略眼光、专业水平，自觉在大局下推动巡视整改，科学谋划和扎实推进水利高质量发展，以优异成绩庆祝建党100周年。

"三对标、一规划"专项行动系列评论之一

政治对标就是始终同党中央保持高度一致

（2021 年 2 月 25 日）

本报评论员（李海川）

水利部党组集中开展巡视整改"三对标、一规划"专项行动，第一阶段即为政治对标。我们要将思想和行动统一到部党组的部署安排上来，深入领会政治对标的深刻内涵、重要意义、具体要求，自觉从政治上对标对表，在政治立场、政治方向、政治原则、政治道路上始终同党中央保持高度一致。

政治对标，就是要教育引导广大党员干部职工自觉主动向以习近平同志为核心的党中央看齐，向党的理论和路线方针政策看齐，向党中央决策部署看齐；就是要引导广大党员干部职工提高政治站位、把准政治方向，正确处理政治与水利业务的关系；就是要准确把握进入新发展阶段、贯彻新发展理念、构建新发展格局、推动高质量发展的本质意义和内涵要求，完整、准确、全面贯彻新发展理念，进一步增强"四个意识"、坚定"四个自信"、做到"两个维护"，增强在大局下谋划推进新阶段水利工作的思想自觉和能力水平。

政治对标，既是水利部政治机关属性的根本要求，也是巡视整改的现实要求，更是新阶段找准水利改革发展方向的必然要求。我们应当看到，旗帜鲜明讲政治是马克思主义政党的鲜明特征，也是我们党一以贯之的政治优势。水利部作为国家机关，具有鲜明的政治机关属性，是贯彻落实党中央有关决策部署的"最初一公里"，理应时时刻刻对标对表，始终把政治建设摆在首位，确保切实走好"第一方阵"。我们还应当看到，这次中央巡视，是对水利部工作的一次全面政治体检。从中央巡视组反馈的问题来看，水利部党组明确提出政治对标是具有很强的现实针对性的。中央巡视组在反馈意见中也明确要求持续深入学习贯彻习近平新时代中国特色社会主义思想和党中央关于水利工作重大决策部署，要从讲政治的高度认识水利工作的重要地位，在大局下谋划推进新时代水利工作，编制好"十四五"水利发展规划。

切实做到政治对标，把准方向，是巡视整改的要求，也是解决水利系统当前存在问题的现实要求。我们还应当看到，党的十八大以来，习近平总书记明确提出“节水优先、空间均衡、系统治理、两手发力”的十六字治水思路，就保障国家水安全、推动长江经济带发展、黄河流域生态保护和高质量发展、防洪抗旱等发表了一系列重要讲话，作出了一系列重要指示批示，是做好新阶段水利工作的科学指南和根本遵循。对标，才能不折不扣地落实中央治水思路；对标，才能确保水利改革发展的正确方向；对标，才能更好地为经济社会发展提供有力有效的支持和保障。政治对标是找准水利改革发展方向、科学谋划“十四五”水利改革发展蓝图的迫切需要和必然要求。

政治对标就需要加强全面系统深入学习，切实提高政治判断力、政治领悟力、政治执行力。以习近平总书记在省部级主要领导干部学习贯彻党的十九届五中全会精神专题研讨班开班式上的重要讲话精神、在中央政治局第二十七次集体学习时的重要讲话精神为重点，深学细研领悟习近平总书记关于学习贯彻党的十九届五中全会精神的重要讲话精神，自觉对标对表，确保把准方向，真正做到与以习近平同志为核心的党中央看齐，与党的理论和路线方针政策看齐，与党中央决策部署看齐。政治对标就需要准确理解新发展阶段的战略任务和发展目标，从根本宗旨、问题导向、忧患意识把握新发展理念，从全局高度准确把握和积极推进构建新发展格局，准确把握高质量发展的深刻内涵和核心要义，不断提高准确把握新发展阶段、深入贯彻新发展理念、加快构建新发展格局、推动高质量发展的政治能力、战略眼光、专业水平，处理好政治与业务的关系，做到跳出水利看水利。政治对标就需要对“国之大者”心中有数，要时刻关注党中央在关心什么、强调什么，深刻领会什么是党和国家最重要的利益、什么是最需要坚定维护的立场，切实把对水利各项业务工作的认识、价值判断和工作的开展统一到党中央决策部署上来，善于把水利工作融入党和国家事业大棋局，在大局下谋划推进新时代水利工作。

面向新征程，我们必须把讲政治作为根本要求，始终在思想上政治上行动上同以习近平同志为核心的党中央保持高度一致，立足中华民族伟大复兴战略全局与世界百年未有之大变局，心怀“国之大者”，坚持政治立场不移、政治方向不偏，推动水利事业发展沿着正确方向行稳致远，为确保全面建设社会主义现代化新征程开好局、起好步提供坚实的水利支撑。

"三对标、一规划"专项行动系列评论之二

思路对标就是确保新阶段水利高质量发展方向

（2021年2月27日）

本报评论员（赵建平）

"三对标、一规划"专项行动第二阶段工作是做好思路对标。我们要深刻领会思路对标的重要意义和明确要求，坚持用习近平总书记"十六字"治水思路和治水重要讲话指示批示精神引领指导水利改革发展，找准水利改革发展的方向和路径，在自觉、主动、全面对标中推动水利改革再深入、认识再深化、实践再创新，确保新阶段水利高质量发展方向。

思路对标，就是要向党的理论和路线方针政策看齐，深学细研领悟"节水优先、空间均衡、系统治理、两手发力"的治水思路和习近平总书记治水重要讲话指示批示精神，准确把握党中央对水利工作的部署要求。思路对标，就是要坚持问题导向，深入研究水利改革发展思路，提高贯彻党中央要求、推动构建新发展格局的能力和水平，进一步找准推动新阶段水利高质量发展的方向和路径。思路对标，最终目的就是要推动"十六字"治水思路在新阶段水利高质量发展实践中落地生根、开花结果，发挥水利更大作用，实现水利更大作为。

思想是行动的先导，认识是行动的动力。做好思路对标，是深入学习贯彻习近平总书记治水重要讲话指示批示精神、找准水利改革发展方向的必然要求。党的十八大以来，习近平总书记对水利工作高度重视，多次发表重要讲话、作出重要指示，明确提出了"十六字"治水思路，就保障国家水安全、推动长江经济带发展、黄河流域生态保护和高质量发展、防洪抗旱等发表了一系列重要讲话，指明了破解重大水问题、推动水利事业高质量发展的方向和着力点。只有做到思路对标，把习近平总书记的治水思路和治水重要讲话指示批示精神作为水利各方面各领域工作的根本遵循，作为我们认识、分析、解决我国复杂水问题的强大思想武器，才能确保水利事业始终沿着正确的轨道前行，才能回答好党中央对水利提出的新命题，才能完成好党中央赋予我们的职责使命。

思路对标需要全面深化学习。学深悟透，才能明确方向。要学好用好习近平总书记关于治水工作的重要论述，坚决贯彻习近平总书记治水重要指示批示精神，全面准确领会习近平总书记关于水利工作的重要论述中蕴含的立场观点方法，自觉对标对表，切实运用习近平总书记关于水利工作的重要论述指导实践、推动工作。思路对标需要坚持问题导向。要对照巡视要求，系统梳理新阶段水利面临的新形势、新情况、新问题，坚持以问题为导向，聚焦突出问题和明显短板，深入剖析原因、研究对策、制定措施，切实把贯彻“十六字”治水思路面临的形势任务、需要的方法路径、肩负的使命职责理清楚、弄明白，把解决问题作为追求的奋斗目标，推动贯彻“十六字”治水思路在新阶段水利工作中落到实处，取得实效。

思路对标更要胸怀全局把握大势。我们要用战略思维，把水利改革发展摆到经济社会发展全局和构建新发展格局中，牢牢把握水利改革发展新形势新机遇新要求，抢抓水利事业转型升级的重大战略机遇，胸怀大局，着眼长远，深入思考，科学谋划发展措施，努力推进水利改革与发展，确保党的十九届五中全会对水利工作的各项部署要求不折不扣落到实处。

处在“两个一百年”奋斗目标的历史交汇期和构建新发展格局的历史起点，我们要始终保持清醒的头脑，始终坚持思路对标，找准水利改革发展的方向和路径，使水利工作思路始终与中央要求紧密对接，确保水利改革发展始终沿着正确的方向，确保新阶段水利高质量发展方向，确保水利始终与时代同行，为经济社会高质量发展提供强有力的水利支撑和保障。

“三对标、一规划”专项行动系列评论之三

任务对标就是确保中央决策部署不折不扣落到实处

（2021 年 3 月 2 日）

本报评论员（杨文杰）

任务对标是水利部巡视整改“三对标、一规划”专项行动的第三阶段工作，也是见行动、出实效的关键阶段。我们要深学细研领悟习近平总书记在党的十九届五中全会上的重要讲话精神，准确领会中央编制“十四五”规划的战略意图、重点任务和具体要求，找准水利工作的关键点和着力点，切实增强责任感、紧迫感，以更加饱满的精神、更加积极的行动、更加过硬的作风对标新阶段各项任务，确保中央各项决策部署不折不扣落到实处。

任务对标就是向党中央决策部署看齐，学深悟透党的十九届五中全会精神、“节水优先、空间均衡、系统治理、两手发力”的治水思路和习近平总书记关于治水工作的重要讲话指示批示精神，准确领会中央编制“十四五”规划的战略意图、重点任务和具体要求，科学编制好“十四五”水利发展规划。任务对标就是要着眼全面贯彻落实巡视反馈意见，与水利系统谋划重大战略、制定重大政策、部署重大任务、推进重大工作结合起来，瞄准目标，找准任务，将中央的各项决策部署不折不扣落到实处。任务对标就是要进一步明确关键点和着力点，任务明确、标准清楚、措施得当，为科学编制“十四五”水利发展规划提供有力支撑。

任务对标是全面落实党的十九届五中全会精神，科学谋划“十四五”水利改革发展蓝图的迫切需要。党的十九届五中全会通过的“十四五”规划，明确提出加强水利基础设施建设，提升水资源优化配置和水旱灾害防御能力，实施国家水网重大工程，推进重大引调水、防洪减灾重大项目；实施国家节水行动，建立水资源刚性约束制度；提高水资源集约安全利用水平；强化河长制湖长制，加强大江大河和重要湖泊生态保护治理；科学推进水土流失综合治理；提升洪涝干旱等自然灾害防御工程标准，加快江河控制性工程建设、病险水库除险加固，全面推进堤防和蓄滞洪区建设。水利肩负重要使命，只有做好任务对标，才能自觉在大局下推进巡视整改，才能科学谋划和扎实推进新阶段水利高质量发展。

任务对标，需要深刻领会、准确把握党中央对水利工作的任务和要求。我们要以习近平总书记在党的十九届五中全会上的重要讲话精神、《中共中央关于制定国民经济和社会发展第十四个五年规划和二〇三五年远景目标的建议》和即将出台的“十四五”规划纲要为重点，全面系统学、深入思考学、及时跟进学、联系实际学，弄清楚新阶段水利要实现什么样的发展、怎样实现发展这个重大问题，做到知其然、知其所以然、知其所以必然。任务对标，需要坚持结果导向、目标牵引。我们要找准自身位置，对标对表五中全会精神，既要按照自身职责抓好水利重点工作，也要综合考虑各项工作对编制“十四五”水利发展规划的作用和影响，结合水利实际重点推进，明确时间表、路线图和任务书，在更高起点、更高目标上推进水利高质量发展。对标对表，更要压实责任，狠抓任务落实。“落实”二字，分量尤重。我们要与中央对水利工作的部署要求再对标对表，切实加强组织领导，压紧压实责任，实现全员覆盖；充分发挥全面从严治党引领保障作用，强化督导评估考核，履行好职责，发挥好作用，确保中央各项决策部署不折不扣落到实处。

今年是“十四五”开局之年，面对新任务、新目标，我们要坚决把思想和行动统一到以习近平同志为核心的党中央的各项决策部署上来，按照水利部党组的工作安排，理清思路，明确重点，狠抓落实，发扬钉钉子精神，以最严格的标准、最坚决的态度抓好巡视整改工作，以更大的力度、更实的举措，高标准高质量完成各项任务，为全面建设社会主义现代化国家筑牢水利基石。

“三对标、一规划”专项行动系列评论之四

“一规划”就是要求在大局下谋划水利改革发展蓝图

（2021 年 3 月 3 日）

本报评论员（王曼玉）

“三对标、一规划”专项行动第四阶段工作是科学编制“十四五”水利发展规划体系，这是推动党中央重大决策部署落地落实的重要阶段。我们要以“政治对标、思路对标、任务对标”为基础，准确领会中央编制“十四五”规划的战略意图、重点任务和具体要求，自觉在大局下谋划水利改革发展蓝图，科学编制“十四五”水利发展规划，确保新阶段水利高质量发展。

编制“十四五”水利发展规划，就是要全方位对标对表党的十九届五中全会精神，立足自身职责，编制落实国家“十四五”规划纲要的各专项规划和具体工作计划，明确未来五年本领域工作的时间表、路线图、任务书。最终目标是在“三对标”的基础上，通过科学统筹融合，集智研究论证，形成一套定位准确、边界清晰、功能互补、统一衔接的“十四五”水利发展规划体系，为全面建设社会主义现代化国家提供坚实支撑。

“十四五”规划是开启全面建设社会主义现代化国家新征程的第一个五年规划，编制实施好“十四五”水利发展规划，是全面贯彻落实党的十九届五中全会精神、为“十四五”时期经济社会发展提供坚实水安全保障的必然要求，对我国社会主义现代化建设具有重大意义。“十四五”时期是我国发展的重要战略机遇期，也是加快水利改革发展的关键期。编制好“十四五”水利发展规划是当前一段时期水利工作的重中之重，是水利系统用实际行动坚决做到“两个维护”的重要体现，也是精准定位新阶段水利高质量发展方向，标本兼治推进巡视整改、把整改成效转化为水利改革发展强大动力的关键抓手。

科学编制“十四五”水利发展规划，要以“三个对标”为基础，在对标过程中同步谋划、同步开展。要自觉与习近平总书记关于学习贯彻党的十九届五中全会精神的重要讲话精神、“十六字”治水思路和治水工作重要讲话指示批示精神，与党的十九届五中全会通过的"十四五"规划建议进行政治对标、思路对标、任务对标，从政治和全局高度思考、谋划、推动水利工作，在此基础上编制形成"十四五"水利改革发展规划体系，真抓实干把习近平总书记和党中央决策部署贯彻好、落实好。科学编制"十四五"水利发展规划，要求我们必须自觉在大局中定位、主动在大局中作为。要自觉立足党和国家工作大局，充分认识"十四五"规划产生的重大国际国内背景，认清"国之大者"对水利工作的使命要求，把水利放在国家现代化建设的全局中谋划，准确把握新阶段水利改革发展的新任务、新要求，加快建设现代水利基础设施网络，解决发展不平衡不充分问题，全面提升水安全保障能力，努力实现水利治理体系和治理能力现代化。

科学编制"十四五"水利发展规划，要处理好问题导向与目标导向的关系。要坚持问题导向和目标导向相统一，加强水利改革发展顶层设计，树牢底线思维，增强风险意识，集中力量补短板、强弱项，不断防范化解各种风险挑战，在解决问题中推动水利事业不断向前发展。同时，要科学确定目标任务，充分发挥规划在理念引领、战略导向和目标约束方面的作用，更好解决水旱灾害问题，下大气力解决水资源短缺、水生态损害、水环境污染等问题，更好地满足人民群众对美好生活的向往。

展望未来，谋定于心，成事于行。"十四五"时期，是在全面建设社会主义现代化国家新征程中展现作为、创造新辉煌的第一个五年。我们要不断提高把握新发展阶段、贯彻新发展理念、构建新发展格局的政治能力、战略眼光、专业水平，敢于担当，善于作为，自觉在大局下扎实推进巡视整改，科学谋划"十四五"水利改革发展蓝图，推动实现新阶段水利高质量发展，以优异成绩庆祝建党100周年。

政治对标阶段

水利部举办“三对标、一规划”专项行动首场专题辅导讲座

（2021 年 3 月 4 日）

本报记者　王曼玉　马晓媛

3 月 2 日，水利部党组举行中心组（扩大）学习会，切实抓好巡视整改“三对标、一规划”专项行动“政治对标”阶段的学习研讨，邀请中央党校（国家行政学院）经济学教研部主任韩保江教授围绕“深入贯彻新发展理念，加快构建新发展格局”作辅导讲座。水利部党组书记、部长李国英出席。

韩保江教授围绕学习贯彻党的十九届五中全会精神，从加快构建新发展格局是进入新发展阶段实现“第二个百年”奋斗目标的战略抉择、新发展格局的本质及其内在结构、加快构建新发展格局的战略路径和政策选择等方面，深入解读了把握新发展阶段、贯彻新发展理念、构建新发展格局的理论逻辑、历史逻辑和实践逻辑。

部党组成员、副部长田学斌主持学习会时强调，各单位要以本次专题讲座为契机，深入学习贯彻习近平总书记在省部级主要领导干部学习贯彻党的十九届五中全会精神专题研讨班开班式上的重要讲话精神、习近平总书记在中央政治局第二十七次集体学习时的重要讲话精神，按照“三对标、一规划”专项行动实施方案工作安排，扎实开展学习研讨，不断增强在大局下谋划推进新阶段水利工作的思想自觉和能力水平。

部党组成员、驻部纪检监察组组长田野参加学习。

部总师，驻部纪检监察组负责同志、部机关司局主要负责同志、在京直属单位党政主要负责同志在主会场参加学习；驻部纪检监察组、部机关司局级领导干部在分会场参加学习；部机关司局、直属各单位干部职工通过水利蓝信视频会议系统同步参加学习。

水利部举办“三对标、一规划”专项行动第二场专题辅导讲座

（2021年3月12日）

政务报道组

3月10日，水利部党组举行中心组（扩大）学习会，邀请国务院发展研究中心党组书记马建堂围绕“完整、准确、全面贯彻新发展理念”作专题辅导讲座，深入推进“三对标、一规划”专项行动“政治对标”阶段的学习研讨。

水利部党组成员、副部长田学斌主持学习会，部党组成员、驻部纪检监察组组长田野，部党组成员、副部长魏山忠参加学习。

马建堂围绕学习贯彻习近平新时代中国特色社会主义思想，准确把握党的十九届五中全会精神，系统回顾了党和国家经历的历史时期与社会主义现代化建设的不同阶段，深刻分析了新发展阶段的新方位和新特点，深入阐述了新发展理念的形成过程和核心要义，精辟解读了加快构建新发展格局的重大意义和关键举措，对于引导干部职工准确把握新发展阶段、深入贯彻新发展理念，进一步深刻认识水利事业在构建新发展格局中的地位作用和努力方向，具有十分重要的指导作用。

田学斌要求，各司局各单位要结合学习贯彻两会精神，在“三对标、一规划”专项行动学习研讨中，完整、准确、全面贯彻新发展理念，进一步提高政治站位，更加注重从全局谋划一域、以一域服务全局，推动“十四五”水利改革发展开好局、起好步。

部总师，驻部纪检监察组负责同志、部机关司局主要负责同志、在京直属单位党政主要负责同志在主会场参加学习；驻部纪检监察组、部机关司局级领导干部在分会场参加学习；部机关司局、直属各单位干部职工通过水利蓝信视频会议系统同步参加学习。

水利部党组举办巡视整改“三对标、一规划”专项行动“政治对标”阶段专题学习会

（2021 年 3 月 19 日）

本报记者　李海川　马晓媛

3 月 17 日，水利部党组举办中心组（扩大）学习会，交流研讨巡视整改“三对标、一规划”专项行动“政治对标”阶段学习成果，检验学习成效。水利部党组书记、部长李国英主持会议并讲话，部领导田学斌、田野、陆桂华、魏山忠出席会议并作交流发言。

中国水利報
China Water Resources News
19　星期五　2021年3月　第4806期
水利部党组举办巡视整改“三对标、一规划”专项行动“政治对标”阶段专题学习会
水利部安排部署旱灾防御工作
切实增强“政治三力” 着力推进“思路对标”
为乡村振兴注入强劲“水动能”
张百新应邀到中国水利报社作专题讲座
山西八部门联手服务保障黄河流域生态保护和高质量发展
“政治对标”阶段专题学习会 水利部机关司局交流发言摘登
打通灌区“最后一公里”

李国英指出，通过“政治对标”阶段的学习，各司局各单位围绕习近平总书记在省部级主要领导干部学习贯彻党的十九届五中全会精神专题研讨班开班式上的重要讲话精神、在中央政治局第二十七次集体学习时的重要讲话精神进行深学细研，对如何准确把握新发展阶段、深入贯彻新发展理念、加快构建新发展格局、推动高质量发展有了新的认识，对心怀“国之大者”“跳出水利看水利”尤其对水利在建设社会主义现代化国家大局中的战略地位有了新的认识，对新发展阶段水利历史使命和任务以及如何推动新阶段水利高质量发展有了新的认识，实现了阶段学习研讨的预期目标。

李国英强调，要不断提高政治

判断力，自觉在大局下思考水利工作，加强对水利工作的前瞻性思考、全局性谋划、战略性布局、整体性推进，以正确的政治判断牢牢把握工作上的主动，在重大问题和关键环节上做到头脑特别清醒、眼睛特别明亮，始终坚持政治立场不移、政治方向不偏。要不断提高政治领悟力，在学懂弄通做实习近平新时代中国特色社会主义思想上下功夫，时刻关注党中央在关心什么、强调什么，紧扣民心这个最大的政治，紧密结合水利工作实际，弄清楚该干什么、该怎么干，以新阶段水利高质量发展服务"国之大者"。要不断提高政治执行力，强化责任担当，坚持底线思维，狠抓工作落实，把党中央关于水利工作的决策部署体现到谋划水利重大战略、制定水利重大政策、部署水利重大任务、推进水利重大工作的实践中。

李国英指出，在专项行动下一步的"思路对标"阶段，要坚持问题导向，着眼中央巡视反馈意见指出的问题，对照习近平总书记"节水优先、空间均衡、系统治理、两手发力"治水思路，对照需要深入研究的重大问题和重大方案，查找差距、剖析原因，研究提出解决办法和路径。要做到全员覆盖，确保每个党组织、每名党员、每位干部职工都深度参与，不让一名干部职工漏学掉队。要坚持以上率下，各级领导干部带头学习、带头研讨，谋划、推动、组织实施好本单位的专项行动，确保取得实实在在的效果。

会议分两个阶段进行。第一阶段为分组学习，部领导、各总师组织全部 22 个司局、31 家直属单位分 8 个组开展研讨交流，并进行学习成效评估；第二阶段为集中学习，部领导、各总师参加学习并作交流发言。

驻部纪检监察组负责同志、机关各司局主要负责同志、在京直属单位党政主要负责同志在主会场参加会议，京外直属单位党政主要负责同志在视频分会场参加会议。

水利部机关司局迅速开展“三对标、一规划”专项行动

（2021 年 3 月 3 日）

办　公　厅

办公厅要求全厅党员干部立即行动起来，从政治和全局上深刻认识开展“三对标、一规划”专项行动的重要意义，自觉在专项行动中走在前、做表率。要高质量高标准开展专项行动，对表对标、真学力行，保证质量深度，把专项行动成果体现在履职尽责、做好本职工作的实效上。要建立健全接受指令、过滤信息、提炼任务、台账管理等多项工作机制，科学编制办公厅“十四五”工作安排，为新时代新阶段水利事业高质量发展提供坚实政务保障。

规划计划司

规划计划司要求全司干部职工进一步提高政治判断力、政治领悟力、政治执行力；深刻认识开展“三对标、一规划”专项行动是有期限的，但运用“三对标、一规划”科学方法指导水利规划计划工作实践是永久的；进一步找准推动新阶段水利高质量发展的方向和路径，推动中央各项决策部署不折不扣落到实处。同时研讨了“三对标、一规划”专项行动工作方案，明确要准确把握阶段任务，高标准实施、高效率推进、高质量完成。

人　事　司

人事司要求全司党员干部，从增强“四个意识”、坚定“四个自信”、做到“两个维护”的政治高度，自觉对表对标，准确把握专项行动的阶段任务，制定落实具体工作计划，组织开展好相关学习研讨活动，尽快制订出台“十四五”全国水利人才队伍建设实施方案。同时努力提高专项行动的实际效果，以建设水利干部队伍和专业人才队伍为重点，进一步找准推动新阶段水利人事工作改革发展的方向和路径，做好

顺体制、理机制，选干部、配班子，抓教育、聚人才等工作。

水利工程建设司

水利工程建设司成立工作领导小组，要求各分管司领导和各处室按照职责分工压实责任，做到全员覆盖。同时制定“三对标、一规划”专项行动工作方案，明确各阶段可量化、可考核的具体行动目标和任务：2 月 26 日前做好筹备动员阶段各项工作；5 月 14 日前，学习机关党委（党组巡视办）编印的专题资料，按照部党组确定的学习研讨重点题目，深入开展专题研讨；6 月底前，开展系统学习和研讨交流，编制“十四五”水利工程建设工作计划安排。

三峡工程管理司

三峡工程管理司要求全司干部职工进一步提高政治站位，把巡视整改作为最重要的政治任务，深入系统学习新发展理念，做好三峡移民信访稳定工作，抓好三峡工程安全运行监督管理职责落实，谋划好三峡后续工作思路。同时，认真研究制定落实中央巡视反馈问题责任整改任务清单和巡视整改“三对标、一规划”专项行动工作方案，量化整改目标，细化整改措施，实化整改任务，明确整改时限，确保巡视整改任务取得实效。

调水管理司

调水管理司对“三对标、一规划”专项行动“政治对标”专题进行了第一次集中学习，要求全司干部职工继续深入学习习近平总书记系列重要讲话精神，切实提高政治判断力、政治领悟力、政治执行力，从讲政治的高度认识水利工作的重要地位，增强在大局下谋划推进新发展阶段水利工作，特别是调水管理工作的思想自觉和能力水平。

水利部各流域管理机构认真开展“三对标、一规划”专项行动

（2021 年 3 月 4 日）

连日来，水利部各流域管理机构深入学习贯彻水利部党组巡视整改“三对标、一规划”专项行动动员部署会议精神，按照《水利部党组巡视整改“三对标、一规划”专项行动实施方案》，认真安排部署本单位“三对标、一规划”专项行动相关工作。

长 江 委

长江委坚决落实水利部党组“三对标、一规划”专项行动工作部署，迅速将部署要求传达至各部门各单位，制定长江委专项行动工作安排，专题学习研讨“政治对标”重要内容。长江委要求全体党员干部职工按照政治对标、思路对标、任务对标的各项要求，与委党组开展的制度执行自查自纠相结合，及时整改“三对标、一规划”专项行动中发现的问题；全面实施长江保护法，广泛开展普法宣传；积极推动流域防洪减灾、水资源综合利用、水资源与水生态环境保护、流域综合管理提档升级；科学编制好长江流域和长江委“十四五”规划，有力推动治江事业高质量发展。

黄 委

黄委细化落实“三对标、一规划”专项行动方案，要求各级单位和部门全面把握阶段任务，把各项要求和任务落到实处。做好政治对标，引导广大党员干部职工不断提高政治判断力、政治领悟力、政治执行力。做好思路对标，进一步找准推动新阶段黄河保护治理高质量发展的方向和路径，推动“十六字”治水思路在黄河保护治理实践中落地生根。做好任务对标，准确领会“十四五”规划战略意图、重点任务和具体要求，找准新阶段黄河保护治理工作的关键点、着力点和结合点。做好规划编制，形成一套定位准确、边界清晰、功能互补、统一衔接、系统集成的“十四五”黄河保护治理高质量发展规划体系。

淮　委

淮委要求加强组织领导，明确各部门各单位主要负责人对落实巡视整改任务、开展专项行动负总责、负首责；落实巡视整改任务要按照时间要求报账，每个党组织、每名党员、每位干部职工要深度参与；要将落实巡视整改任务和开展专项行动与党史学习教育、谋划制定实施“十四五”规划、扎实做好当前各项工作相结合；要建立督办评估和通报机制，把落实巡视整改任务和专项行动开展情况作为年度考核、党建考核的重要参考。

海　委

海委要求系统各部门各单位主要负责人切实扛起政治责任，作为第一负责人组织、推动“三对标、一规划”专项行动，全体党员干部职工深度参与，做到专项行动全员覆盖。要对照工作方案细化具体工作，认真组织开展各阶段学习研讨和座谈交流。要结合海河流域特点和海委职能定位，胸怀“国之大者”，编制好各专项规划，形成海河流域“十四五”水利发展规划体系，确保高质量完成专项行动各阶段任务。

珠 江 委

珠江委要求系统各部门各单位准确把握、全面落实“三对标、一规划”专项行动部署要求，在深入学习中央对水利工作部署要求的基础上，结合珠江委职责和珠江流域特点，提出贯彻落实“十四五”规划纲要的具体工作计划，科学编制“十四五”流域水安全保障规划。专项行动要做到全员覆盖，每个党组织、每名党员、每名干部职工都要深度参与，做到上下联动、层层落实、整体推动，确保巡视整改取得实效。

松 辽 委

松辽委成立“三对标、一规划”专项行动工作领导小组，确定了巡视整改任务清单和专项行动工作方案，要求全委各级党组织和党员干部突出对标提升，逐项深研，全面落实，切实提高思想自觉和能力水平；突出规划落实，以规划引领流域水网建设和管理水平提升；突出问题整改，以改促干，以改促建。同时要求各部门各单位加强组织领导，明确职责分工；注重示范领学，做到全员覆盖；强化督促指导，确保理论学习有深度、思想认识有高度、工作推进有力度。

太 湖 局

太湖局迅速制定了“三对标、一规划”专项行动细化方案，要求系统各部门各单位学深悟透习近平总书记治水重要讲话指示批示精神，深入贯彻“十六字”治水思路，找准新阶段流域水利改革发展定位，形成科学系统的太湖流域片“十四五”水利发展规划体系。压实主体责任，高标准完成巡视整改任务。加强组织领导，推动专项行动工作往心里走、往深里走、往实里走，确保取得实效。

太湖局：精心谋划“十四五”推进流域水利高质量发展

（2021年3月5日）

本报记者 尤珍 李攀

“深刻认识水利部党组开展‘三对标、一规划’专项行动的重要意义，着眼高质量完成专项行动和巡视整改任务、推进新阶段太湖流域水利工作高质量发展的总体目标，形成科学系统的太湖流域‘十四五’水利发展规划体系。”2021年3月4日上午，水利部太湖流域管理局召开2021年工作会议，系统总结2020年及“十三五”时期流域水利工作，对2021年深入开展“三对标、一规划”专项行动、加快推进太湖流域水利高质量发展进行全面部署。

立足新发展阶段 把握流域水利改革发展新形势

“十四五”时期是我国全面建成小康社会、实现第一个百年奋斗目标之后，乘势而上开启全面建设社会主义现代化国家新征程、向第二个百年奋斗目标进军的第一个五年。

善弈者谋势，善治者谋全局。站在“两个一百年”奋斗目标的历史交汇点上，谋划未来5年和更长时期流域水利发展工作，必须正确认识所处的历史方位和发展阶段，深刻洞察发展环境发生的变化。

作为流域管理机构，太湖局在新阶段推动流域水利高质量发展，首要任务就是以习近平总书记治水重要讲话和指示批示精神为根本遵循，在学深悟透、融会贯通上持续发力，不断深化对新发展理念和“节水优先、空间均衡、系统治理、两手发力”治水思路的认识，经常对表对标，精准确认流域水利改革发展方位，完善流域治水管水工作思路，为探索开启流域水利现代化新征程把准方向。

当前，“三对标、一规划”专项行动正在水利系统深入开展。

结合流域水利实际，太湖局将按照李国英部长近期重要讲话、水利部党组工作部署，在保质保量完成水利部统一部署各项任务的基础上，主动拓展理论学习内容，积极创新交流研讨形式，凝心聚力形成支撑“十四五”时期太湖流域水利高质量发展的思路目标和务实举措。在高质量开展“三对标”专题研讨的基础上，深刻总结流域片“十三五”水利改革发展成效、经验与不足，立足发展新阶段新需求，突出理念引导、战略导向和目标约束，做好与国家、区域发展战略的衔接，进一步明确“十四五”时期流域片水利改革发展目标、工作思路、重点任务等，编制完成流域片“十四五”水安全保障规划。同步开展新一轮太湖流域水环境综合治理总体方案、水利基础设施空间布局规划等编制工作，做好国家水网工程规划纲要编制太湖流域片相关工作，加快形成定位准确、边界清晰、功能互补、统一衔接的流域水利规划体系。

贯彻新发展理念　精心谋划“十四五”水利发展

“谋划‘十四五’时期水利发展，要立足新发展阶段，贯彻新发展理念，坚持发展为了人民、发展成果由人民共享。聚焦人民群众普遍关心关注的民生问题，采取更有针对性的水利措施，为新阶段经济社会发展提供水利支撑，让人民群众的获得感、幸福感、安全感更加充实、更有保障、更可持续。”这是太湖局编制规划遵循的重要原则。

太湖流域在国家经济建设和社会发展中具有十分重要的地位，肩负着创建高质量发展样板区、率先形成新发展格局、打造改革开放新高地的重大使命。这也就要求在谋划太湖流域“十四五”水利发展时，要立足发展全局，不断提高把握新发展阶段、贯彻新发展理念、构建新发展格局的政治能力、战略眼光、专业水平，锚定目标，把准任务，推动“十六字”治水思路在太湖流域落地落实。

经过“十三五”时期的发展，太湖流域水利事业跃上新的台阶，长江经济带、长三角一体化发展两大国家战略交汇叠加，流域各省市水利建设投资规模空前，流域区域协同治水氛围愈发浓厚，全社会水法治观念不断增强，水生态文明理念深入人心。这些具有里程碑意义的成就，为太湖流域进入新发展阶段、朝着第二个百年奋斗目标进军奠定了坚实基础。

近年来，太湖局高度重视顶层设计工作，取得了丰硕成果。2020 年，太湖局会同苏浙沪皖三省一市制定印发《太湖流域支撑保障长三角一体化发展协同治水行动方案》；会同相关流域管理机构和省市编制完成《长江三角洲区域一体化发展水安全保障规划》《长三角生态绿色一体化发展示范区水利规划》，并报送水利部；认真履行示范区理事会成员单位职责，联合长三办、示范区执委会等单位，制定印发示范区重点跨界水体联保专项方案；持续深化太湖流域水环境综合治理信息共享工作机制，促进共享数据得到更好应用，基于共享平台打造的“突破‘数据孤岛’瓶颈，构建水环境共保联治新格局”案例成功入选《长三角区域合作创新案例集》……

针对流域水利工作在防洪保安全、水环境综合治理、治水管水智慧化、水利改革攻坚等方面存在的新老问题，围绕更好地编制完成“十四五”规划、精心谋划“十四五”发展，太湖局一次次赴流域内各省市开展调研，用心倾听地方需求，组织一场场专家咨询会和座谈会，邀请相关领域专家为太湖流域水利工作建言献策，研究解决太湖水问题。同时，利用各种渠道将加强顶层设计和坚持问计于民统一起来，鼓励社会各界以各种方式为流域“十四五”规划出谋划策。

构建新发展格局　扎实做好流域水利各项工作

“十四五”起步之年，恰逢中国共产党百年华诞。当前，太湖局正在扎实开展“政治对标”阶段的学习研讨，坚持学思用贯通、知信行统一，着眼高质量落实整改任务、完善“十四五”水利发展规划体系、推进新阶段太湖流域水利工作高质量发展的总体目标，抓紧形成科学系统的太湖流域“十四五”水利发展规划体系。

在高质量抓好“三对标、一规划”专项行动、中央巡视反馈意见整改等重点任务的同时，太湖局将统筹做好2021年各项工作。以科学规划为引领，加快推进流域骨干工程建设；以防洪保安为底线，扎实做好水旱灾害防御；以资源承载力为约束，提高水资源集约安全利用水平；以河长制湖长制为抓手，加大水生态保护修复和水环境治理力度；以改革创新为驱动，进一步赋能流域水利发展。以水利科技为支撑，推进流域综合管理能力现代化；以基础能力建设为依托，着力强化流域水利发展支撑保障。

凡属过往，皆为序章。“十四五”已经起步，新征程已经开启。太湖局将心怀“国之大者”，不断提高政治站位，乘势而上，再接再厉，接续奋斗，以优异成绩向中国共产党百年华诞献礼。

水利部机关司局直属事业单位积极开展“三对标、一规划”专项行动

（2021年3月5日）

连日来，水利部机关各司局、直属事业单位深入学习贯彻部党组巡视整改“三对标、一规划”专项行动动员部署会议精神，按照《水利部党组巡视整改“三对标、一规划”专项行动实施方案》要求，积极部署开展“三对标、一规划”专项行动。

政策法规司

政策法规司要求立即细化专项行动组织工作机制，抓紧制定专项行动具体工作安排。要求全体党员干部深刻认识水利法治工作的鲜明政治属性，积极主动与习近平总书记系列重要讲话指示批示精神、与中央各项决策部署对表对标，深学细研，超前谋划；善于把党言党语转化为法言法语，加大关系群众切身利益的重点领域执法力度，发挥政策研究对新阶段水利高质量发展的支撑作用；积极投身专项行动，以改促干，以改促建，把巡视整改成效转化为工作实绩。

预算执行中心

预算执行中心要求全体干部职工准确把握专项行动的目标任务，主动提高政治站位，做到全员深度参与、上下联动、层层落实、整体推动。严肃认真抓好认领的巡视意见整改落实，按照实施战役的流程压茬推进。深入学思践悟，坚决做到政治对标，要知行合一，坚决做到思路对标，认真编制“十四五”水利预算执行工作发展计划，坚决做到任务对标，安排谋划好2021年重点工作，实现“十四五”水利预算执行工作的良好平稳开局。

河湖保护中心

河湖保护中心要求全体党员深刻认识巡视整改的政治紧迫性、全局重要性、效

果全员性，做到落实任务全覆盖、解决问题动真格、举一反三扩成效、长效整改建机制，在强化政治担当中体现对党忠诚。要从提高政治站位、增强责任使命感、敢于担当作为、立足全员系统、严肃纪律作风等5个方面抓落实。要提高工作的创新性，高质量编制河湖保护中心“十四五”规划。河湖保护中心将成立落实中央巡视整改暨“三对标、一规划”专项行动领导小组，制定落实方案，开展专项督查，并纳入党建考核和年度考核。

南京水利科学研究院

南京水利科学研究院要求准确把握专项行动的目标要求和阶段任务，高质量落实巡视整改任务，分阶段、分专题压茬推进，做到上下联动、层层落实，加强监督检查。要对照整改清单，抓紧抓实整改责任，对账销号，动态管理，以整改实际成效推动南京水科院高质量发展。要全面加强党的建设，深入开展党史学习教育，认真落实“五聚焦五覆盖”行动计划，推动基层党支部标准化规范化建设，实施“三个先锋”工程，创建特色党建工作法，推进党建业务深度融合。

小浪底水利枢纽管理中心

小浪底水利枢纽管理中心成立落实中央巡视整改暨“三对标、一规划”专项行动领导小组，坚持一把手负总责、党政同责，压实责任，细化具体安排，提出针对性措施，制定整改台账，确保件件有着落、事事有回音；开展督查督办、成效评估，并记录存档，作为年度考核、党建考核的重要参照，要求纪检监察部门对作风漂浮、敷衍行事、走过场搞形式等，严肃追责问责；推动巡视巡察上下联动，定期分析研判落实情况，将整改成效融入日常管理、深化改革、全面从严治党、班子建设等。

水利部机关司局直属事业单位深入开展“三对标、一规划”专项行动

（2021 年 3 月 9 日）

水利部机关各司局、直属事业单位近期深入开展“三对标、一规划”专项行动，明确各阶段学习研讨任务和时间表、路线图，确保专项行动任务落到实处、取得实效。

农村水利水电司

农村水利水电司要求党员干部提高政治站位，深刻认识开展专项行动的重大意义。成立专项行动工作领导小组，制定工作方案，明确各阶段学习研讨任务和时间表、路线图。要求党员干部坚持学习与业务有机融合、个人自学和集体交流分享相结合，以党小组为单元组织学习，以支部为平台集中交流分享。在 3 月 2 日召开的农村水利水电工作会议上，部署要求农水水电系统进一步提高政治站位，全力推进农村水利水电高质量发展，同时部署巡视反馈相关问题的整改工作。

综合事业局

综合事业局认真开展“三对标、一规划”专项行动，坚持一把手负主责、党政同责，班子成员履行一岗双责，全体干部职工参与。党群办牵头成立专项行动工作专班，加强协调，挂图作战，动态管理。组织编制好综合事业局“十四五”规划纲要，明确未来 5 年发展方向和思路举措，切实推动综合事业局高质量发展。把专项行动开展情况列入年度考核和党建考核单。把开展专项行动和党史学习教育结合起来，做好统筹，切实增强落实中央巡视整改的思想自觉、政治自觉和行动自觉。

宣传教育中心

宣传教育中心多次专题研究专项行动，并结合单位主责主业，制定工作方案。

要求专项行动全员覆盖，上下联动，整体推进，按时高质完成各阶段目标任务；建立专项行动督办评估和通报机制，将专项行动开展情况纳入督办重点；统筹完成“三项成果”，在规定时间节点前完成全国水情教育规划（2021—2025年）、“十四五”水利规划水文化建设实施方案和宣教中心“十四五”工作计划等三项文件的编制。

水利部机关司局直属单位深入开展“三对标、一规划”专项行动

（2021 年 3 月 10 日）

水利部机关各司局、直属事业单位近日持续部署开展“三对标、一规划”专项行动，落细落实专项行动要求，积极谋划、开展各阶段工作，确保巡视整改取得实际成效，推动新阶段水利事业高质量发展。

水　文　司

水文司要求全司干部职工统一思想，提高认识，心怀“国之大者”，切实提升政治判断力、政治领悟力和政治执行力，把开展好“三对标、一规划”专项行动作为当前和今后一个时期的重大政治任务。加紧制定工作方案，切实组织开展好专题学习研讨活动，运用党的创新理论指导新时期水文工作。按照制定的《水文司落实中央巡视反馈问题整改任务清单》同步做好巡视问题整改，立足水文长远发展，科学编制水文规划，指导水文事业高质量发展，切实推动专项行动落地见效。

信　息　中　心

信息中心有序推进“三对标、一规划”专项行动，对标习近平总书记“十六字”治水思路和治水工作重要讲话指示批示精神、习近平网络强国战略思想等重要精神，落细落实专项行动要求。明确每个党组织、每名党员、每名干部职工要扎实开展学习研讨，时刻把自己摆进去，把工作摆进去；学思用贯通，如期完成好《“十四五”水利网信建设实施方案》和信息中心“十四五”发展规划的科学编制，推动新阶段水利网信和水文水资源监测预报事业高质量发展。

中国水利水电出版传媒集团有限公司

中国水利水电出版传媒集团有限公司要求干部职工以专项行动为契机，紧紧围

绕水利中心工作，以高质量发展为主题，以深化改革为主线，立足实际，遵循规律，科学编制集团“十四五”发展规划；要做好结合文章，把专项行动同党史学习教育结合起来，同落实巡视整改任务结合起来，确保相互促进、相得益彰，为集团“十四五”开好局、起好步提供坚强保障。

水利部机关司局直属单位深入开展“三对标、一规划”专项行动

（2021 年 3 月 11 日）

财 务 司

财务司要求党员干部在自觉、主动、全面对标中，提高把握新发展阶段、贯彻新发展理念、构建新发展格局的能力和水平，结合部党组书记李国英同志在听取财务工作情况汇报时的要求，重点围绕强化资金保障、严守安全底线、积极争取政策支持、扎实推进重点领域改革等方面，认真谋划“十四五”财务工作，为新阶段水利高质量发展提供有力的财务支撑。

水 资 源 管 理 司

水资源管理司要求干部职工坚持深学细研、学用结合，把党的十九届五中全会精神、习近平总书记关于治水工作的重要讲话指示批示精神和“十六字”治水思路等，与水资源管理实际紧密联系起来，结合建立水资源刚性约束制度、取用水监督管理、地下水保护与超采治理等进行深入思考，找准今后一个时期水资源管理工作的方向、路径和着力点；围绕生态流量管理、江河流域水量分配、地下水管控指标确定、取用水管理专项整治行动等，科学谋划“十四五”水资源管理工作。

中国水利博物馆

中国水利博物馆安排部署中央巡视反馈问题整改有关工作，明确责任部门、责任人和整改时限，要求全体干部职工把巡视整改作为当前最重要的政治任务。准确把握中国水利博物馆在新发展阶段、新发展格局中所处的方位，完整、准确、全面贯彻新发展理念。坚持“研究立馆、生态建馆、科技强馆、开放办馆”理念，打造水利特色鲜明、文史科技兼备、社会效益显著的研究型场馆，形成有国际影响力的水文化品牌。

水利部机关司局直属单位深入开展“三对标、一规划”专项行动

（2021 年 3 月 12 日）

河湖管理司

河湖管理司要求党员干部通过“政治对标”，进一步提高政治判断力、政治领悟力、政治执行力，增强在大局下谋划推进新阶段水利高质量发展的思想自觉和能力水平；通过“思路对标”，进一步找准贯彻落实“十六字”治水思路的方向和路径，推动新阶段河湖管理工作高质量发展；通过“任务对标”，进一步精准领会中央编制“十四五”规划的战略意图、重点任务和具体要求，找准下阶段河湖管理工作的关键点；在“三对标”基础上，编制好“十四五”河湖管理规划。

水利水电规划设计总院

水利水电规划设计总院要求全院干部职工自觉进行政治对标、思路对标、任务对标。结合工作实际和总院职能，围绕大局下推进新阶段总院服务水利发展改革任务，增强思想觉悟，提升能力水平；把握党中央对水利工作的部署要求，找准总院服务水利高质量发展的方向和路径；明确总院服务水利工作的关键点、着力点和结合点。同时结合工作实际，编制“十四五”总院发展规划。

南水北调中线干线工程建设管理局

南水北调中线干线工程建设管理局要求全局上下在“政治对标、思路对标、任务对标”中，充分认识南水北调在党和国家事业发展全局中的战略地位，进一步增强做好新时期南水北调工作的自豪感、使命感和紧迫感。同时把专项行动与巡视整改工作结合起来，与研究谋划南水北调中线工程中长期改革发展结合起来，凝聚思想共识，分析难点问题，研究思路举措，推动南水北调中线事业高质量发展。

移民管理咨询中心

移民管理咨询中心要求全体干部职工提高政治站位，统一思想认识，把思想和行动统一到水利部党组的部署要求上来，用心谋划中心未来发展；采取集中学习、参加督导讲座、研讨交流等具体举措，同步谋划、开展各阶段工作，明确未来 5 年事业发展的时间表、路线图和任务书，推动“十六字”治水思路落地生根。领导班子做好示范带动，各处负责人带头学习研讨，共同推动中心“管理有序、支撑有力、服务有效、人人有为”。

水利部机关司局直属单位深入开展"三对标、一规划"专项行动

（2021 年 3 月 13 日）

运行管理司

运行管理司要求党员干部以专项行动为契机，深入学习贯彻习近平总书记治水重要讲话指示批示精神，全面落实党的十九届五中全会精神，着眼"十四五"水利发展规划总体部署，从根本宗旨、问题导向、忧患意识的高度，科学谋划"十四五"水利工程运行管理工作，切实把整改成效转化为新阶段水利高质量发展的强大动力。

水土保持司

水土保持司要求党员干部始终胸怀"国之大者"，通过高标准开展专项行动，不断提高政治判断力、政治领悟力、政治执行力，准确把握党中央对水土保持工作的部署要求，进一步找准推动新发展阶段水土保持高质量发展的方向和路径，找准水土保持工作的薄弱环节、关键领域和着力点，科学编制"十四五"水土保持规划，全面谋划"十四五"水土保持改革发展，确保不折不扣落实各项决策部署。

监督司

监督司要求党员干部深学细研、自觉对表对标习近平总书记系列重要讲话指示批示精神，提升把握新发展阶段、贯彻新发展理念、构建新发展格局的政治能力、战略眼光、专业水平，聚焦监督目标再明确、监督方式方法再完善、监督能力手段和现代化水平再提升、监督结果运用再加强，科学谋划水利监督"十四五"工作计划。

水旱灾害防御司

水旱灾害防御司要求党员干部按照专项行动部署，深学细研习近平总书记系列

重要讲话指示批示精神，把握好完整准确全面贯彻新发展理念对水旱灾害防御提出的新要求，锚定党的十九届五中全会部署的水旱灾害防御重点任务，科学谋划好“十四五”水旱灾害防御体系建设，自觉做到在大局下推动新阶段水旱灾害防御工作。

国际合作与科技司

国际合作与科技司要求全体干部职工积极参与，把专项行动作为加强党的政治建设、推动巡视整改落地见效和深入贯彻党的十九届五中全会精神的重要抓手，科学编制国际合作与科技工作有关规划和工作计划，有力推动新阶段水利高质量发展。

直属机关党委

直属机关党委要求党员干部切实把思想和行动统一到部党组决策部署上来，以高度的政治责任感和历史使命感推进专项行动，既集智聚力统筹推进部属系统专项行动，又高标准抓好机关党委（党组巡视办）专项行动各阶段工作落实，努力在专项行动中走在前、作表率，以扎实成效迎接中国共产党成立 100 周年。

中国水利水电科学研究院

中国水利水电科学研究院要求干部职工立足新发展阶段、贯彻新发展理念、构建新发展格局，组织开展水利水电科技需求专题调研，优化调整学科布局，加强前瞻性、战略性水利重大科学问题和关键技术研究，提高基础研究和自主创新能力，进一步明确水利水电科技发展总体思路、战略布局、重点创新领域及发展对策，谋划好水科院“十四五”发展蓝图，为新阶段水利高质量发展提供坚实的科技支撑。

中国水利报社

中国水利报社第一时间成立巡视整改工作领导小组，成立“三对标、一规划”工作专班，制定问题整改任务清单和专项行动工作方案，明确各阶段具体任务、完成时限、参加人员和责任部门等，确保事事有人抓、件件有人管、事事有结果。发挥舆论主阵地作用，充分利用融媒体集群优势，全力做好水利系统专项行动宣传报道工作，引导全体水利干部职工做到学思用贯通、知信行统一，扎实推动新阶段水利事业高质量发展。

水利部机关司局直属单位相关企业深入开展“三对标、一规划”专项行动

（2021年3月16日）

全国节约用水办公室

全国节约用水办公室在认真学习研讨基础上，研究制定落实中央巡视整改任务清单；要求全体干部职工深入学习领会习近平总书记系列重要讲话重要论述精神，将专项行动与党史学习教育结合起来，并联系节水工作实际，科学谋划、扎实推进筹备召开2021年水利系统节约用水工作视频会、研讨修改黄河流域深度节水控水指导意见等重点工作。

机关服务局

机关服务局要求全体干部职工站在讲政治的高度，把开展专项行动与提高后勤服务保障能力紧密结合、有效融合，深入研究“十四五”规划对机关事务管理提出的新要求新课题，找准新阶段提升后勤服务保障水平的切入点、发力点，推动节约型机关建设，加强机关服务保障标准化、信息化建设，更好服务水利中心工作。

发展研究中心

发展研究中心要求干部职工心怀“国之大者”，从讲政治的高度，进一步明确中心发展定位，理清发展思路，大力开展战略性、前瞻性、针对性重大政策研究，科学谋划支持国家水网建设的政策措施，梳理研究涉水法制体制机制，绘制好“十四五”发展研究中心改革发展蓝图，支撑好“十四五”水安全保障规划编制，为新阶段水利高质量发展提供有力的智库支撑。

中国灌溉排水发展中心

中国灌溉排水发展中心要求中心和所属单位把专项行动的具体安排、主要内容、

完成节点以及责任分工落实到每个党支部，传达到每一位干部职工，确保各项任务落地见效；立足单位职能责任，不断提高推动农村水利水电高质量发展的政治能力、战略眼光、专业水平，全方位做好对“十四五”农村水利水电专项规划的技术支撑与服务工作。

南水北调东线总公司

南水北调东线总公司要求全体干部职工增强开展好专项行动的思想自觉、政治自觉、行动自觉，高标准推进，加强统筹协调，与党史学习教育结合起来，与巡视整改结合起来，与“我为群众办实事”实践活动结合起来，抓好“政治对标”“思路对标”“任务对标”的研讨学习，将学习成效体现在增强工作动力和取得工作业绩上。

中国水利学会

中国水利学会扎实开展“三对标、一规划”专项行动工作，成立专项行动工作小组，认真编制工作方案，确保行动落实到位。水利学会要求干部职工统一思想认识，提高政治站位，强化政治引领；结合日常工作，对标任务清单，把握总体要求，强化自身建设；调动职工积极性，深入思考涉及学会长远发展的问题。

万家寨公司

黄河万家寨水利枢纽有限公司要求全体干部职工统一思想，提高认识，在自觉、主动、全面对标中提高准确把握新发展阶段、深入贯彻新发展理念、加快构建新发展格局的政治能力、战略眼光、专业水平。公司成立专项行动工作领导小组，研究制定工作方案，要求结合开展党史学习教育和全面完成今年工作任务，把行动成效转化为推动公司高质量发展的工作成果。

大藤峡公司

广西大藤峡水利枢纽开发有限责任公司要求全体干部职工提高政治站位，深学细研专项行动部署要求，将落实专项行动转化为加快推动公司发展和工程建设的行动自觉，把落实专项行动同党史学习教育及民主生活会整改有机结合，科学谋划公司“十四五”发展规划，扎实做好 2021 年各项工作。

水利部机关司局直属单位相关企业深入开展“三对标、一规划”专项行动

（2021年3月17日）

水 库 移 民 司

水库移民司要求全体干部职工按照部党组的要求，提高政治站位，强化政治担当，突出整改效果，严格按照规定的时间节点完成专项行动各阶段任务，做到全员政治对标、思路对标、任务对标，科学编制移民司“十四五”水库移民和水利扶贫工作计划安排及相关规划方案。司主要负责人开展了领学，要求全体干部职工通过学习研讨，增强对新发展阶段、新发展理念和新发展格局本质意义和内涵要求的把握，提高政治判断力、政治领悟力和政治执行力。

南水北调工程管理司

南水北调工程管理司要求干部职工提高政治站位，高度重视巡视整改工作，把巡视整改工作作为当前各项工作的重中之重，严肃对待，全面对照，举一反三，坚决把巡视整改落到实处；加强组织领导，切实履行巡视整改政治责任；细化工作措施，明确巡视整改工作目标方向，根据时间节点挂表督战，确保各项工作按期、保质、保量顺利完成；强化过程监督，将专项行动列为司督办事项重点推进，全员参与，全程参与，全方位参与，确保整改工作取得实效。

离 退 休 干 部 局

离退休干部局成立巡视整改工作小组，要求干部职工进一步提高认识、提高站位，切实把巡视整改作为重要政治任务；准确把握目标意义和阶段要求，在落实落细上下功夫；乘势而为，进一步理清职责、理顺机制，不断推进离退休干部工作高质量发展；把握机遇，认真研究离退局的工作职能和内部工作机制，编制好“十四五”工作计划，更好地服务于水利改革发展大局。

南水北调规划设计管理局

南水北调规划设计管理局高度重视“三对标、一规划”专项行动，着力开好头、起好步，党委书记带头讲党课，党委委员领读领学，主动到支部参加研讨并进行指导，就学习情况研究印发 2 份专项行动工作提醒。各党支部及时跟进对标，组织党员干部围绕“政治对标”题目开展全员集体学习，联系党外人士研讨交流共同对表对标。党员干部认真撰写发言材料，一些在云南、西藏挂职的党员，也通过远程视频、书面发言的形式参与学习研讨。

建设管理与质量安全中心

建设管理与质量安全中心制定专项行动方案，组建领导小组及“三对标、一规划”专项工作、“十四五”发展规划工作专班，明确工作职责、人员分工。中心领导班子成员、各处负责人切实担负政治责任，带头学习交流发言，把中央、部党组有关要求及时传达给每名干部职工。同时中心将专项行动与党建工作深度融合起来，与高质量开展各项监督检查工作结合起来，认真履职尽责，以实际工作成效践行“两个维护”。

水资源管理中心

水资源管理中心将专项行动作为当前首要政治任务，组织开展了“政治对标”全员集中交流研讨和中心党支部（扩大）深入研讨，各党小组、处室也积极开展学习交流，深刻领会了“三新一高”“政治三力”要义，进一步提高了推动水利高质量发展的思想自觉和行动自觉。中心明确要加快建立和实施水资源刚性约束制度，促进水资源集约安全利用水平提升，为建设绿色水利、智慧水利、安全水利、法治水利等作出新的更大贡献。

节约用水促进中心

节约用水促进中心要求全体党员干部职工，认真学习领会习近平总书记“十六字”治水思路和治水工作重要讲话指示批示精神，把统筹考虑经济社会发展、生态环境保护和满足人民日益增长的美好生活需要作为开展节约用水工作的先决条件。明确以开展党史学习教育和抓好“三对标、一规划”专项行动为契机，推进节水中心党支部标准化规范化建设，抓好“节水中心党支部党建质量提升年”各项工作，发挥党建引领作用，促进节约用水工作，支撑水利高质量发展。

国际小水电中心

国际小水电中心及时传达学习水利部党组巡视整改工作动员部署会议精神，专题部署“三对标、一规划”专项行动。要求干部职工牢记习近平总书记关于“发现问题不解决，比不巡视的效果还坏”的指示精神，提高政治站位，强化政治担当，把巡视整改工作贯穿于党的建设和中心各项工作中，自觉进行政治对标、思路对标、任务对标，确保整改任务高质量完成，确保专项行动取得实效，推动小水电绿色可持续发展。

三门峡温泉疗养院

三门峡温泉疗养院要求院全体干部职工按照水利部党组巡视整改工作动员部署会议要求，统一思想，提高认识，心怀“国之大者”，切实提高政治判断力、政治领悟力和政治执行力，不断增强“四个意识”、坚定“四个自信”、做到“两个维护”，把开展好这次专项行动作为当前和今后一个时期的重大政治任务，准确把握新发展阶段，贯彻新发展理念，服务新发展格局，奋力推动疗养院高质量发展。

右江水利公司

广西右江水利开发有限责任公司要求干部职工提高政治站位，充分认识专项行动的重要意义，以专项行动为契机，找准新阶段推动水利国有企业高质量发展的方向和路径；聚焦任务要求，扎实开展专项行动各阶段工作，进一步明确公司“十四五”时期发展规划路线图、任务书；加强组织领导，确保专项行动取得实效。同时将专项行动与业务工作深度融合，强化全过程监督检查，对形式主义严肃追责问责。

水利部机关司局直属单位深入开展“政治对标”集中学习研讨

（2021 年 3 月 18 日）

水利部党组部署开展巡视整改“三对标、一规划”专项行动以来，水利部机关司局、直属单位认真学习贯彻会议精神，认真组织开展“政治对标”阶段各项工作，多次集中学习研讨，切实增强广大干部职工在大局下谋划推进新阶段水利工作的思想自觉和能力水平。

小浪底水利枢纽管理中心

小浪底水利枢纽管理中心多次开展“政治对标”集中学习研讨，干部职工表示将着力提高政治判断力，做好枢纽安全运行和度汛准备，为黄河安澜、长治久安提供支撑；着力提高政治领悟力，把小浪底改革发展置于党和国家战略全局、水利工作大局中进行定位和谋划，用新发展理念指导小浪底改革发展；着力提高政治执行力，把安全生产工作摆在更加突出的位置，夯实安全根基。

移民管理咨询中心

移民管理咨询中心全体干部职工围绕“政治对标”主题，积极参加辅导讲座，认真学习专题学习材料，联系自身实际深入思考。全体干部职工表示要进一步提高政治站位，增强政治机关意识，树牢政治思想，把握政治方向，站稳政治立场，深刻领会高质量发展核心要义，准确把握“国之大者”丰富内涵，不断提高政治判断力、政治领悟力、政治执行力，推动专项行动取得实效。

太湖流域管理局

太湖流域管理局组织全局干部职工全面系统学习，广泛研讨交流。干部职工认识到，做好政治对标，必须不断提高政治站位，始终做到“两个维护”，心怀“国之大者”，“跳出水利看水利”，努力探索支撑保障国家战略的途径抓手，积极呼应流域人民对幸福河湖的愿景期盼，科学谋划太湖流域“十四五”水利规划体系，以担当负责的精神加快推进新阶段太湖流域水利高质量发展。

机关服务局

机关服务局多次开展“政治对标”集体学习研讨，干部职工表示要突破思维定式，做到“跳出水利看水利”，心怀“国之大者”，不断提高政治判断力、政治领悟力、政治执行力，不断提高把握新发展阶段、贯彻新发展理念、构建新发展格局的政治能力、战略眼光、专业水平，把党中央决策部署贯彻落实好，为水利事业高质量发展提供坚强的后勤支撑。

南京水利科学研究院

南京水利科学研究院开展“政治对标”学习研讨，干部职工表示要提高政治站位，在推进水利科技创新、推动新阶段水利高质量发展中奋勇争先；坚持问题导向，做好顶层设计，为“国家水网”建设、水资源优化配置、水资源保护与水生态修复三大攻坚战提供科技支撑；要强化基础研究和关键核心技术攻关，优化学科布局和研发布局，加快学科转型升级和新学科拓展。

中国水利报社

中国水利报社认真组织开展“政治对标”阶段的集中学习和专题研讨，党员干部结合水利事业及水利新闻宣传工作，紧密围绕六个学习研讨重点题目作交流发言。大家表示，要坚持党对水利新闻舆论工作的领导，坚持政治家办报要求，坚持高标准高质量推进水利新闻宣传工作，做大做强水利行业主流舆论阵地，为服务党和国家事业全局作出更大贡献。

宣传教育中心

宣传教育中心党委组织5个学习小组扎实开展“政治对标”阶段学习研讨工作。通过学习研讨，干部职工深化了对“国之大者”以及中央决策部署的认识，进一步强化了战略思考、全局分析、统筹谋划的能力，深入思考水利的发展路径和发展方式。大家认为，要坚守初心使命，明确历史方位，心怀“国之大者”，做好“水之要者”，增强做好主责主业的能力。

预 算 执 行 中 心

预算执行中心印发“政治对标”专题学习研讨方案，对学习内容、研讨重点题目等作出明确安排。全体干部职工参加集中学习研讨，认真开展自学，增强推进新阶段水利工作高质量发展的思想自觉和能力水平。各党支部组织学习相关材料，总结提炼研讨成果。干部职工表示，要对“国之大者”心中有数，做好水利预算执行工作对接和服务新阶段水利高质量发展的文章。

节约用水促进中心

节约用水促进中心多次组织开展“政治对标”集中学习研讨，党员干部职工畅谈学习心得，表示要按照专项行动方案要求，严格对表对标，时刻胸怀“国之大者”，切实提高政治判断力、政治领悟力、政治执行力，积极谋划新发展阶段节约用水工作。通过学习研讨，广大党员干部职工强化了推进新时代水利高质量改革发展的政治忠诚、政治定力、政治担当、政治自律。

中国灌溉排水发展中心

中国灌溉排水发展中心通过组织全员学习专题资料、开展集中研讨等方式，深入开展“政治对标”阶段各项工作。干部职工围绕如何把握“国之大者”“跳出水利看水利”“如何提高政治判断力、政治领悟力、政治执行力”等方面做了重点研讨，表示将充分发挥中心的技术优势，立足新发展阶段、贯彻新发展理念、构建新发展格局，全力推动农村水利水电高质量发展。

综 合 事 业 局

综合事业局开展“政治对标”专题学习研讨，干部职工阐述对新发展阶段、新发展理念、新发展格局的认识，结合实际对如何在党的建设、纪检监察、干部队伍建设、国有资产监管等工作中贯彻新发展理念、心怀“国之大者”等内容进行交流。大家认真与党中央要求对表对标，就新阶段水利工作定位、如何“跳出水利看水利”、构建新发展格局中水利人如何作为等进行研讨。

南水北调规划设计管理局

南水北调规划设计管理局开展“政治对标”专题党课，向全体干部职工讲解了“政治对标的内涵”“政治对标的目的意义”“如何进行政治对标”。干部职工表示，今后将进一步深化学习，做到准确把握“国之大者”，准确理解战略意图，深入思考如何破解发展桎梏，认真谋划发展规划，边对标边整改边提高，切实把成果转化为推进调水工作高质量发展的实际行动。

河湖保护中心

河湖保护中心采用专题辅导听、专心全面学、专门集中讲等方式，认真开展“政治对标”阶段各项工作。全体干部职工表示，对“国之大者”要心中有数，从讲政治的高度认识河湖保护工作的重要地位，增强全面推进河湖长制的政治自觉和行动自觉；突出工作重点，加快法制建设，完善监督体制机制，补齐河湖生态修复短板，强化依法行政，促进人与自然和谐共生。

珠江水利委员会

珠江水利委员会深入开展“政治对标”主题学习研讨，坚定政治立场，凝聚发展共识。干部职工一致认为，要以开展“三对标、一规划”专项行动为契机，不断增强大局意识、担当意识、忧患意识，从全局角度准确把握新发展阶段战略任务和目标要求，理清贯彻新发展理念的具体思路，主动担当作为，做好衔接支撑，为促进流域经济社会高质量发展作出更大的水利贡献。

松辽水利委员会

松辽水利委员会聚焦“政治对标”开展专题交流研讨。干部职工认为，要从讲政治的高度认识流域水利工作的重要地位，增强在大局下谋划推进新阶段流域水利工作的思想自觉和能力水平。要学思践悟，抓好学习成果运用，站在全局的高度谋划，着眼于把握大局，结合流域工作特点，科学推进流域“十四五”规划目标任务的完成，持续推动专项行动有效落实。

国际合作与科技司

国际合作与科技司通过个人自学、专题辅导讲座、集中学习研讨等多种形式，开展“政治对标”专题学习。干部职工一致认为，要提高政治站位，把准政治方向，正确处理政治与水利业务的关系；把思想和行动统一到党中央决策部署上来，制定具体的规划、政策和措施；把开展专项行动、落实中央巡视整改任务、党史学习教育和全司业务工作有机结合、统筹推进。

调水管理司

调水管理司多次开展“政治对标”专题集中学习，全司干部职工表示要继续深入学习习近平总书记系列重要讲话精神，深入学习领会“三新一高”的深刻内涵，从根本宗旨、问题导向、忧患意识等方面落实新发展理念；努力提高专业水平，既要懂水利，更要做到“跳出水利看水利”，心怀“国之大者”；努力提升调水管理工作水平，保障经济社会高质量发展。

长江水利委员会

长江水利委员会党组专题学习研讨“政治对标”重要内容，干部职工表示要科学编制好长江流域（片）“十四五”水安全保障规划和长江水利委员会改革发展“十四五”规划；将创新理念全面运用于水行政管理、内部管理、科学技术支撑等领域；围绕增强科技创新能力、推动治江平衡发展、改善流域生态环境、提高国际合作水平等重点领域和关键环节，继续深化改革。

监督司

监督司党支部组织全体党员干部多次开展“政治对标”专题集体学习研讨，党员干部紧密围绕六个学习研讨重点题目，结合水利事业及水利监督工作阐述了各自的思考，进一步统一了思想，提高了认识，更加理解和领会部党组开展“三对标、一规划”专项行动的重要意义和必要性。大家表示，下一步将把学习研讨的相关成果转化为思想动力，努力做好水利监督工作。

三峡工程管理司

三峡工程管理司组织全司人员围绕如何理解新发展阶段，从根本宗旨、问题导向、忧患意识把握新发展理念，“跳出水利看水利”等方面谈认识谈体会，并结合水利工作、三峡工程管理工作实际，分析了新阶段谋划水利工作的思路和想法。全司同志进一步统一了思想，提高了站位，增强了在大局下谋划和推动水利事业、三峡工程管理工作高质量发展的思想自觉和行动自觉。

黄河水利委员会

黄河水利委员党组中心组开展“政治对标”集中学习研讨，干部职工表示要深刻领会习近平总书记关于政治判断力、政治领悟力、政治执行力的重要论述；完善顶层设计，推进黄河治理体系与治理能力现代化；深入贯彻全面从严治党各项要求，为黄河保护治理提供坚强保证；紧密结合黄河保护治理实际，深入把握“国之大者”深刻内涵，推动新阶段黄河流域生态保护和高质量发展。

水土保持司

水土保持司全体干部职工围绕“政治对标”阶段重点题目进行集中学习研讨，表示要不折不扣把党中央各项决策部署落到实处，全面谋划“十四五”水土保持改革发展；对党和国家事业发展全局、“国之大者”要心中有数、了然于胸，知其然、知其所以然、知其所以必然，找准水土保持工作在把握新发展阶段、贯彻新发展理念、构建新发展格局中的定位和方向。

农村水利水电司

农村水利水电司采用个人自学、专题辅导、党小组学习、全司研讨等方式，开展“政治对标”专题学习交流。干部职工表示，要把农村水利水电工作融入经济社会发展大局中谋划，从践行根本宗旨上坚定服务群众的决心，从问题导向上推动农村水利水电高质量发展，从忧患意识上守住农村水利水电底线任务的思想防线，把党中央决策部署贯彻落实好，把群众关心关注的问题解决好。

离退休干部局

离退休干部局开展“政治对标”集中学习研讨，干部职工围绕理解新发展阶段，把握新发展理念，构建新发展格局，推进水利高质量发展，提高政治判断力、政治领悟力、政治执行力等方面进行深入交流。大家表示，通过学习，进一步加深了对水利工作和离退休干部工作使命要求的认识，要进一步完成“政治对标”阶段各项任务。

淮河水利委员会

淮河水利委员会认真组织开展“政治对标”专题学习研讨，各级党组织和党员干部聚焦政治对标基准和阶段目标，表示要准确把握加快推进新阶段淮河保护治理事业发展的新形势新要求；坚持以人民为中心的发展思想，加快建设“幸福淮河”；对表对标“十四五”规划和 2035 年远景目标，深入查找淮河保护治理短板弱项；积极谋划新阶段淮河保护治理工作的顶层设计。

海河水利委员会

海河水利委员会扎实开展“政治对标”专题学习，及时向全体干部职工发放专题学习资料，党组成员带头研学。委机关各部门、委直属各单位细化工作方案，制定学习计划，通过个人学习、集中学习、网络学习等多种形式，迅速开展学习。广大干部职工表示，通过学习，对把握新发展阶段、贯彻新发展理念、构建新发展格局的理论逻辑、历史逻辑和实践逻辑有了更加深入的了解。

水利工程建设司

水利工程建设司采取个人自学、小组研讨、专题辅导、集体研讨相结合的方式，结合有序推进水利工程建设、规范水利建设市场秩序等职责，开展“政治对标”集中研讨。全体干部职工表示要把旗帜鲜明讲政治作为第一要求，从根本宗旨、问题导向、忧患意识等方面准确把握进入新发展阶段、贯彻新发展理念、构建新发展格局的内涵要求，切实推动水利建设高质量发展。

人事司

人事司深入开展“政治对标”集中学习研讨，干部职工表示要在对标过程中同步谋划、同步开展，尽快制订出台“十四五”全国水利人才队伍建设实施方案；提高专项行动效果，统筹推进业务工作，以建设水利干部队伍和专业人才队伍为重点，系统梳理新阶段水利人事工作面临的新形势、新情况、新问题，做好顺体制、理机制，选干部、配班子，抓教育、聚人才等工作。

水资源管理司

水资源管理司组织开展“政治对标”集体研讨，做到学习研讨内容全覆盖。干部职工表示，要分析当前和今后一个时期水资源面临的现实状况，从根本宗旨、问题导向、忧患意识上把握水资源管理的工作原则；努力提高政治判断力、政治领悟力、政治执行力，做到对"国之大者"心中有数；在水资源管理工作中担当作为，促进生态文明建设和高质量发展。

政策法规司

政策法规司多次开展"政治对标"集中学习研讨，要求干部职工统筹规划"十四五"水利立法、执法、普法和依法治理各项工作。全体干部职工表示，要坚持系统观点，增强水利发展的整体性协调性；聚焦水利高质量发展，完善水利制度机制；切实提高政治判断力、政治领悟力、政治执行力，心怀"国之大者"，为推动新阶段水利高质量发展建功立业。

财务司

财务司以党小组学习、集中学习等形式开展"政治对标"学习研讨，干部职工表示要提高准确把握新发展阶段、深入贯彻新发展理念、加快构建新发展格局的政治能力、战略眼光、专业水平；要结合巡视整改扎实做好新时期水利资金保障，严守资金安全底线，积极争取政策支持，努力推动"十四五"时期水利财务工作高质量发展，为水利事业改革发展提供有力的财务支撑。

规划计划司

规划计划司多次开展"政治对标"集体学习，党员干部结合工作实际分享体会，提出贯彻落实的思路举措。党员干部表示，将深刻领会习近平总书记的重要讲话精神，胸怀"两个大局"，心系"国之大者"，把新发展理念贯彻到谋划发展、制定政策、部署任务、推进工作的各环节；聚焦问题短板，突出民生导向，科学谋划"十四五"水利规划，全力完成年度目标任务。

强化政治意识　对表对标看齐

——长江水利委员会“政治对标”阶段学习纪实

（2021 年 3 月 27 日）

本报通讯员　王玮博

长江水利委员会党组在“三对标、一规划”专项行动“政治对标”阶段以问题、目标为导向，加强组织领导，实行“挂图作战”，认真开展研学，加强监督检查，取得良好成效。

高度重视　加强组织领导

长江委迅速召开委党组会议，贯彻落实水利部党组动员部署会议精神，研究部署长江委专项行动。

制定工作安排，组建工作专班。及时印发《长江水利委员会“三对标、一规划”专项行动工作安排》，成立巡视整改工作领导小组，并抽调得力干部组建工作专班，集中办公，协调承办专项行动具体工作。

细化工作任务，实行“挂图作战”。将专项行动工作安排中的各阶段任务进行梳理分解，以时间为序，细分为 32 项工作任务，明确时间节点、工作任务、工作要求和委内分工、工作专班责任人，确保每一项任务都按工作安排要求落实。

严格落实责任，开展监督检查。逐步建立专项行动督办评估机制，一是将各部门各单位开展专项行动情况作为督办重点事项，制定了监督实施方案，对开展情况进行政治监督；二是派员列席旁听，对各部门各单位的集中学习、研讨交流等工作进行现场督导；三是采用抽查的形式，对各部门各单位组织全体干部职工参加水利部举办的辅导讲座、部署推进本部门本单位专项行动各项任务等情况进行跟进监督；四是拟对照水利部党组专项行动成效评估的做法，建立长江委有关评估制度，对各部门各单位专项行动各阶段成效进行评估，并记录存档，作为年度考核、党建考核的重要参照。

对表对标　认真开展研学

长江委采取中心组集中学、支部主题党日交流学等方式，做到学习全员覆盖。

长江委党组发挥示范带动作用，先学一步。2月26日，围绕“政治对标”专题学习研讨重点题目开展了第一次集中学习研讨，委领导依次交流发言。3月18日，长江委党组中心组召开“政治对标”专题（扩大）学习会暨委党组“政治对标”第二次集体学习会。会上，与会委领导对照水利部党组确定的“政治对标”6个专题学习研讨重点题目分别进行了交流研讨。委机关11个部门围绕“政治对标”重点讨论题目谈学习心得，结合部门工作谈思路举措。

各部门各单位及时跟进学。通过召开专题会议，将水利部专项行动动员部署会议精神、长江委专项行动工作安排等传达到每个党组织、每名党员、每位干部职工，并细化本部门本单位专项行动工作方案（安排）报工作专班备案。委机关19个部门和委属18家企事业单位均开展了集中学习研讨。

工作专班做好服务促进学。及时下发学习材料，研究制定工作计划，组织全委干部职工通过水利蓝信视频会议系统及指定网页参加水利部专项行动“政治对标”阶段两场专题辅导讲座。

通过“政治对标”学习，全委上下切实把思想统一到习近平总书记重要讲话精神上，对新发展阶段、新发展理念和新发展格局有了更深入的理解认识，忧患意识进一步增强，对编制好规划有了更明确的科学指引。

学以致用　推动规划修编

前期，长江委组织拟定了《长江流域（片）“十四五”水安全保障规划》（初稿）和《长江水利委员会改革发展“十四五”规划》（初稿），专项行动开展不久，就将两个规划发给各部门各单位，边学习、边思考、边对照、边完善。

委党组要求两个规划的编制修订要自觉与习近平总书记“节水优先、空间均衡、系统治理、两手发力”的治水思路和治水工作重要讲话指示批示精神，尤其是在推动长江经济带发展三次座谈会上的重要讲话精神，与党的十九届五中全会通过的规划建议进行对表对标，强化理论武装，理清工作思路，科学编修规划。两个规划要将长江放在全国经济社会发展大局、构建新发展格局、建设五“新”三“主”长江经济带高质量发展大局中去思考、谋划、推动，做到“跳出长江看长江”；要将水利放在长江经济带经济社会发展各方面、各要素之中去分析、研究、推进，做到“跳出水利看水利”；要系统整体推动流域水生态环境保护修复，加快推进现代化流域综合管理，做到“跳出重点看全局”。

把讲政治真正融入工作实际

——珠江水利委员会全面完成“政治对标”阶段学习研讨

（2021 年 3 月 27 日）

本报记者　吴怡蓉　　通讯员　董鑫华

“三对标、一规划”专项行动开展以来，珠江水利委员会认真贯彻落实水利部党组决策部署，加强组织领导，压实工作责任，及时成立工作专班，全员动员部署，扎实开展“政治对标”专题研讨，全委步调一致、举措有力，迈出了坚实的第一步，形成了专项行动“四个有”的工作特点。

领导带头有表率

委党组以上率下，在“政治对标”阶段，组织学习活动 6 次，开展专题研讨 3 次，党组成员主动认领重点学习题目，坚持主动学习，整理撰写学习材料，充分发挥示范引领作用，不断提高干部职工参与学习研讨的积极性。

委党组成员带头以普通党员身份参加所在支部学习研讨会，与支部党员围绕“如何提高政治判断力、政治领悟力、政治执行力”等 6 个重点题目展开学习研讨，交流学习体会，把讲政治真正融入工作实际，推动各项工作取得实效。

学习研讨有创新

珠江委不断丰富创新学习方式，将专题学习与青年理论学习相结合，引导青年干部职工就“如何准确把握高质量发展的深刻内涵和核心要义，水利高质量发展应从哪些方面把握”等内容开展学习研讨。

在学习导师的指导下，青年干部职工利用中国水利教育培训网、学习强国等平台，积极开展政治理论学习，深刻领会习近平总书记关于治水工作的重要讲话精神。青年干部纷纷表示，水利部党组开展“政治对标”具有重大深远的意义，通过学习研讨大大提高了自身的政治素养，培养了从政治上看待问题、思考问题的习惯和能力。青年干部将不断加强政治理论学习，心怀“国之大者”，为推进珠江水利事业高质量发展作出应有的贡献。

工作推进有监督

珠江委细化分解工作内容，及时下发每周专项工作提醒，对筹备部署阶段到第一阶段“政治对标”学习研讨的全过程进行认真检查督导，确保“政治对标”阶段学习研讨工作按时高质量完成。

在委党组统一安排下，珠江委机关党委（机关纪委）、纪检组对各部门各单位专项行动开展情况进行督导检查，跟踪掌握学习研讨进展情况，按照时间节点及时督办，确保每项工作不走过场，按时保质保量完成。

工作成效有保障

在专项行动推进过程中，委党组充分发挥总指挥作用，全面统筹指导专项行动，专班成员分工明确、各尽其责，组织全员参加专题辅导讲座，全面开展大讨论深学习，大力营造浓厚的学习氛围。

“政治对标”阶段珠江委共开展各类学习活动 234 次，各级党组织开展党委（党组）中心组学习研讨 36 次，总计 7237 人次参与学习研讨，做到了人人参与、全员覆盖。

学习研讨结束后，认真开展成果汇编整理，切实提高专项行动工作质量。“政治对标”阶段共汇编全委厅局级领导干部学习交流材料 24 篇，各级党组织集中学习研讨总结（记录）25 篇，委属各单位汇编本单位学习研讨交流材料近 100 篇。目前，珠江委“政治对标”阶段各项学习研讨任务全部完成，专项行动取得阶段性成效。

黄委扎实推进专项行动

压实责任强化联动　健全机制开展督查

（2021 年 4 月 1 日）

本报通讯员　赵何冰

“三对标、一规划”专项行动开展以来，黄河水利委员会党组立足层级多、战线长、人员分布广的实际，精心谋划，压茬推进，取得扎实成效。

黄委逐级压实主体责任，制定细化落实方案，建立全河联络机制；37 个部门（单位）均结合实际制定方案。突出强化上下联动，黄委党组中心组以上率下，参加辅导讲座，组织两次集体学习研讨；各部门各单位按要求抓细抓实各项工作。“政治对标”阶段，各级领导班子组织学习研讨 2217 次，汇编发言材料 23003 篇。此外，黄委积极健全完善长效机制，成立专班并每周召开专班工作会，编发工作动态，推广各单位特色经验；编制专项行动应知应会 50 题，组派 4 个督导组对各单位开展督查，推动各项工作开展。

水利部机关司局交流研讨专项行动“政治对标”阶段学习成果

（2021年3月19日）

3月17日，水利部党组举办中心组（扩大）学习会，交流研讨巡视整改“三对标、一规划”专项行动“政治对标”阶段学习成果，检验学习成效。第一阶段为分组学习，部领导、各总师组织全部22个司局、31家直属单位分8个组开展研讨交流，并进行学习成效评估。

本期刊登22个司局主要负责同志研讨交流发言材料摘编（内容由相关司局提供）。

办　公　厅

进入新发展阶段，水利工作要立足新的历史方位，围绕全面建设社会主义现代化国家，推动水利高质量发展。要完整、准确、全面贯彻新发展理念，坚持以人民为中心的发展思想，着力解决人民群众“急难愁盼”的水问题；坚持问题导向，把制约经济社会发展和影响习近平总书记“十六字”治水思路贯彻落实的问题根源找准，精准务实予以解决；增强忧患意识，全方位全链条动态监管各类风险隐患，有针对性地做好建、防、抢、救准备，坚决守好水安全底线。

要在构建新发展格局这个主战场中找准位置，提供水利支撑和保障。围绕经济循环畅通无阻这个关键，加快建设国家水网，完善水资源价格形成机制，增强水资源要素与区域重大战略和其他经济要素的适配性。围绕高水平自立自强这个本质特征，推进智慧水利建设，集中力量攻克水安全领域的“卡脖子”问题，不断提高水利对粮食安全、能源安全、生态安全等的支撑保障能力。围绕扩大内需这个战略基点，充分发挥水利建设投资拉动作用，加大优质安全的水利公共产品供给。

办公厅担负着信息枢纽、参谋机构、协调平台、督导落实、底线防守等功能作用，必须提高政治站位，心怀“国之大者”，不断提高政治判断力、政治领悟力、政治执行力，为新阶段水利高质量发展提供坚实保障。

规划计划司

进入新发展阶段明确了我国发展的历史方位，支撑实现新发展阶段战略任务和发展目标，水利规划计划工作必须从根本宗旨、问题导向、忧患意识完整准确全面贯彻新发展理念，高质量编制并实施好“十四五”水安全保障规划，夯实新发展阶段水安全保障基础。

构建新发展格局明确了我国经济现代化的路径选择，准确把握和加快构建新发展格局，水利规划计划工作必须统筹发展和安全，抓住扩大内需的机遇，推进实施一批强基础、增功能、利长远的重大水利项目，加快江河控制性工程建设和病险水库除险加固，全面推进堤防和蓄滞洪区建设。

推动高质量发展是“十四五”时期经济社会发展的主题，实施国家水网工程是实现水利高质量发展的根本措施和重要抓手，必须坚持系统观念，统筹全局与局部，“跳出水利看水利”，立足保障国家水安全，做好国家水网顶层设计。

“十四五”水利规划计划工作任务艰巨、责任重大，必须心怀“国之大者”，不断增强政治判断力、政治领悟力、政治执行力，提高把握新发展阶段、贯彻新发展理念、构建新发展格局的政治能力、战略眼光、专业水平，敢于担当、善于作为，确保党中央决策部署落实落地。

政法司

立足新发展阶段，贯彻新发展理念，构建新发展格局，推动高质量发展，是政治必答卷。我们要深入贯彻习近平总书记重要讲话精神，切实提高政治判断力、政治领悟力、政治执行力，心怀“国之大者”，从战略全局看水利，从水利大局看政策法规工作，以强烈政治担当推动新阶段水利高质量发展，做好水利政策法规工作。

要建设标准更高的水旱灾害防御体系、供给能力更强更有效率的水资源配置网络、水清岸绿景美的水生态空间、更加完善的水利治理体系，满足人民群众对水利工作的新期盼，夯实现代化经济体系的水安全基础。要畅通经济循环水的生命线，提升水资源配置与生产力布局的适配性，促进水资源供给与需求更高水平的动态平衡；加快重大水利基础设施建设，发挥水利投资对稳增长的拉动作用；加强水生态保护修复，将良好水生态转化为发展优势，打通绿水青山向金山银山的转化途径。

要加快水利制度建设。一是加快节水立法，建立水资源刚性约束制度，推进地下水、水量调度、供水、水旱灾害防治等方面的制度建设，提升水资源集约安全利用、水旱灾害防御的管理能力。二是推进河湖管理保护立法，加强综合执法，守护河湖自然空间，维护河湖功能完整性和健康生命，履行好河湖"监护人"和"代言人"职责。三是按照深化"放管服"改革要求，进一步提高"服"的能力，落实"管"的责任，不断提高公共服务水平，推进水利依法行政向纵深发展。

财务司

新发展阶段是党中央作出的重大判断，明确了我国发展的历史方位，是我们党制定路线方针政策的根本依据。水利部作为中央国家机关，是贯彻落实党中央决策部署的"最初一公里"，尤其要讲政治，要从政治上看问题，把握政治大局，提高政治判断力、政治领悟力、政治执行力，将水利工作融入党和国家事业大局，为全面建设社会主义现代化国家提供有力的水利支撑。

深入落实"十六字"治水思路。"十六字"治水思路是习近平总书记提出的水安全治本之策，为水利各方面工作提供了根本遵循。我们要将"十六字"治水思路与贯彻党的十九届五中全会精神结合起来，与学习贯彻"9·18""1·03"等系列重要讲话结合起来，积极推进水利事业高质量发展。深化水利重点领域改革。立足新发展阶段，完整、准确、全面贯彻新发展理念，水利工作要服务于党中央确定的战略目标，统筹两个大局，科学谋划水利改革重大举措，更好地发挥水利的基础作用。加快推进新时代水利现代化建设。按照全面建设社会主义现代化国家的要求，积极推进国家水网建设，强化乡村振兴水利支撑，大力实施水利科技创新，不断提升水安全保障能力，切实把中央治水兴水决策部署落到实处。

人事司

在"政治对标"阶段，人事司全员覆盖、深度参与，第一时间制定学习方案，深入开展3次集中研讨和1次青年讲堂活动。通过学习研讨，全司党员干部对把握新发展阶段、贯彻新发展理念、构建新发展格局、推动水利高质量发展有了新的理解和认识，进一步强化了政治意识。水利部是政治机关，人事司是其政治部门，必须经常对表对标，及时校正偏差，真正做到胸怀"两个大局"，心怀"国之大者"。

一是把牢政治方向，带头提高政治判断力、政治领悟力和政治执行力。全司将牢固树立政治机关意识，坚持以习近平新时代中国特色社会主义思想为指导，深入贯彻新时代党的组织路线，严格执行《水利部领导干部政治素质考察办法》，以正确的选人用人导向强化政治引领。二是坚持系统观念，统筹干部队伍和人才队伍建设。坚持战略长远、系统思维、预案在先，加强顶层设计和整体谋划，不断增强工作的前瞻性、整体性、协同性，努力打造政治坚定、能力过硬、作风优良、奋发有为的干部队伍。着眼于满足“十四五”时期专业人才需求，全方位培养、引进、用好人才，努力打造本领过硬、专业过硬、指挥有效的人才队伍。三是强化底线思维，严格执行法规制度和政策规定。坚持用制度管人管事，完善干部人事制度体系，带头维护制度权威，不断提高各项工作质量，确保经得起法规、历史、群众、巡视和各方监督的检验。

水资源管理司

进入新发展阶段，水资源面临严峻挑战。随着人口增长、城镇化率提高、产业结构调整和布局优化等，供水的质量、保证率和可靠性面临更高要求。对照这些新变化、新特点、新要求，可以得出一个基本判断，当前和今后一个时期，在我国全面建设社会主义现代化国家的进程中，将始终伴随着水资源短缺的严峻挑战和重大制约。

贯彻新发展理念，准确把握水资源管理工作原则。从根本宗旨把握，确保生活用水需求，保障基本生态用水、合理生产用水需求，满足人民日益增长的美好生活、优美生态环境需要；从问题导向把握，划定水资源开发利用上限，守住生态保护红线，以水而定、量水而行，将经济活动限定在水资源承载能力范围之内；从忧患意识把握，对出现的问题加快治理与修复，对潜在的问题做好预报预警预演预案。

构建新发展格局，水资源管理要作出积极贡献。一要做生态文明的建设者，按照系统治理的思路，保障河湖生态流量，保护地下水，推动解决水资源过度开发利用问题，还水于河，还水于地下。二要做高质量发展的促进者，强化水资源的刚性约束作用，以水资源条件合理确定经济社会发展的布局、结构和规模，倒逼经济社会发展更节水、更环保、更安全、更可持续。

全国节约用水办公室

根据水利部党组部署安排，全国节水办精心组织、全员参与，扎实开展政治对标，通过专题学习、集中研讨、撰写发言提纲等，不断增强在大局下谋划推进节水工作思想自觉和能力水平。

一是准确把握“三新”对节水工作要求。立足新发展阶段、贯彻新发展理念、构建新发展格局，对节水工作提出新的更高要求和标准。节水工作要完整准确全面贯彻新发展理念，科学谋划“十四五”时期节水工作，全面推进新阶段节水工作迈上新台阶，为构建新发展格局和现代化建设提供有力支撑。

二是按照高质量发展要求推进节水工作。高质量发展是对经济社会发展的总要求，节水既是高质量发展的重要方面，又是高质量发展的重要保障。节水工作要以推动高质量发展为主题，推进质量效率动力三个变革，全方位推进节水型社会建设，以自身高质量发展支撑各方面、各地区高质量发展。

三是心怀"国之大者"提高节水落实能力。把握"国之大者"和提高政治判断力、政治领悟力、政治执行力，核心是讲政治。节水工作要时刻关注党中央在关心什么、强调什么，跳出节水看节水，不断加强政治能力建设，不折不扣落实中央重大决策部署，坚决贯彻节水优先方针，大力实施国家节水行动。

水利工程建设司

水安全是涉及国家长治久安和中华民族永续发展的大事。进入新发展阶段明确了我国发展的历史方位，水利在全面建设社会主义现代化国家全局中要准确锚定发展定位，进行全局性谋划、战略性布局、整体性推进，建设现代化、高标准的工程体系，始终把工程质量放在工程建设的核心位置，进一步提升水利工程质量总体水平，实现水安全保障从较安全水平迈向更高水平。

贯彻新发展理念明确了我国现代化建设的指导原则，要从根本宗旨、问题导向、忧患意识来把握，建设造福人民的幸福河湖，更好地提高水安全、水资源、水生态、水环境、水文化等领域公共产品的供给质量，实现从"有"向"好"的目标转变。以务实有效的举措，解决水灾害、水资源短缺、水生态损害、水环境污染等问题，解决影响工程建设质量的突出问题；强化风险意识，增强底线思维，加快现有病险水库除险加固，确保水库健康持续运行。

构建新发展格局明确了我国经济现代化的路径选择，水利建设在构建新发展格局中大有作为，要精心组织、严格监管，加快推进水利工程建设，保障项目如期建成、发挥投资效益，为扩大内需、畅通经济循环作贡献。

运行管理司

准确把握新发展阶段水利工程运行管理的新要求。进入新发展阶段，人民群众对水利工程安全有更高标准的期盼，对生态环境质量有更高层次的需求，高质量发展需要水利工程功能效益更全面的发挥。"十四五"期间要适应新形势新要求，基本消除重大安全隐患，提高安全标准，建立常态化管护机制，实现管理规范化，提升信息化、标准化管理水平。

提高政治判断力、政治领悟力、政治执行力。增强政治敏锐性和鉴别力，在大是大非面前保持清醒头脑，提高政治定力。增强学习领会贯彻党中央决策部署、部党组要求的能力，领悟其思想精髓，联系运管实际，提出对策措施。增强调查研究、创新思维和督导落实的能力，以抓铁有痕、踏石留印的作风，细化实化，抓好贯彻落实。

把握“国之大者”，做到“跳出水利看水利”。把水利工程安全放在首位，自觉强化根本宗旨、问题导向和忧患意识，时刻铭记工程安全责任，如履薄冰，须臾不能放松。加快推进病险水库、水闸除险加固，做好预报预警预演预案，关口前移、快速处置，确保工程安全。加强水利部门和相关部门的沟通协调，形成整体合力，落实地方政府管理责任，发挥水利部门行业监管职责，创新投融资机制，吸引社会资本参与工程管护。

河 湖 司

心怀“国之大者”，“跳出水利看水利”。心怀“国之大者”，就是要讲政治、顾大局、抓落实。切实强化政治机关意识，时刻关注党中央在关心什么、强调什么，深刻领会什么是党和国家最重要的利益，什么是最需要维护的立场。“跳出水利看水利”，想问题、作决策，多打大算盘，算大账，把水利工作放到党和人民事业的大局、大势和大事中去思考、定位、谋划，做到正确认识大局、自觉服从大局、坚决维护大局。

不断提高政治判断力、政治领悟力、政治执行力。始终把握正确的政治方向，掌握政治判断的标尺，知对错、明是非、辨真伪。用党的创新理论武装头脑指导实践推动工作，知信行统一，学思用贯通。不折不扣贯彻落实习近平总书记重要讲话指示批示精神和党中央决策部署，始终做习近平新时代中国特色社会主义思想的忠诚信仰者和坚定实践者。

完整准确全面贯彻新发展理念，推进新阶段河湖管理工作高质量发展。坚持以人民为中心，把人民对美好生活、美丽河湖的向往作为奋斗目标，努力建设造福人民的幸福河。坚持以问题为导向，善于发现问题，长于解决问题，勇于破解难题，既立竿见影解决河湖“四乱”个性问题，又研究解决普遍性、规律性的问题。增强忧患意识、坚持底线思维，河湖问题积弊深重，有可能影响防洪和生态安全。要统筹发展和安全，从体制机制法制和具体举措上及时防范化解潜在的各种风险矛盾。

水 保 司

进入新发展阶段，要找准水利工作的定位和方向。重点聚焦“为推动经济社会高质量发展和满足人民群众高品质生活提供更为可靠的水安全保障、更加协调可持续的水资源支撑、更高质量的水生态环境”这一定位，科学谋划发展目标。水土保持工作要锚定“十四五”生态文明建设实现新进步、2035 年生态环境根本好转、美丽中国建设目标基本实现的目标，科学确定全国、不同区域的目标任务。

深入贯彻新发展理念，要找准水利工作的着力点和落脚点。新发展理念和高质量发展是内在统一的。推动水利高质量发展，可考虑构建四个体系：流域尺度的防洪体系；以国家水网为骨干的水资源配置体系；以水源涵养、河湖保护和水土保持为重点的水生态体系；包括水法律法规、规划、政策、标准和信息化、数字化在内的水治理支撑体系。水土保持工作要围绕守住自然生态安全边界、提升生态系统质量和稳定性，服务乡村振兴战略等，科学推进水土流失综合治理，依法有效强化生产建设项目水土保持监管。

加快构建新发展格局，要找准水利工作的切入点和发力点。围绕扩大内需这个战略基点，发挥水利工程建设吸纳投资多、产业链条长的优势。研究谋划一批水利科技创新的关键项目与技术，提升现代化水平。发挥好水利部门的社会管理职能，通过国家节水行动、水资源刚性约束、水土保持监督管理等，为促进经济社会发展全面绿色转型作出贡献。

农村水利水电司

农村水利水电是全面推进乡村振兴的基础支撑，十九届五中全会赋予了新使命，必须强化“政治对标”，找准新定位，作出新贡献。

一要提升政治判断力、政治领悟力、政治执行力，保持政治本色。增强政治意识，坚持从政治上看问题、从大局上把握问题，始终做到政治立场不移、政治方向不偏，坚决落实“两个维护”。经常同党中央精神对表对标，做政治上的明白人、重大决策的执行者、服务群众的实践者，走好“第一方阵”。二要准确把握新发展阶段的新定位。立足农村水利水电主要矛盾已从“有没有”向“好不好”转变，着力推进农村饮水安全向农村供水保障转变，加快大中型灌区续建配套与现代化改造，推动农村水电规范发展、科学发展、绿色发展，提升农村水利水电信息化水平。三要在贯彻新发展理念中有新作为。坚决践行根本宗旨，把事关农村亿万群众生存发展的农村水利水电工作，作为首要政治任务；坚持问题导向，增强忧患意识，树立底线思维，精准务实解决农村群众烦心事、操心事。四要在新发展格局中作出新贡献。要充分发挥农村水利水电投资拉动作用，加快提升服务“三农”的能力和水平，解放农村劳动力、增加消费力，释放广大农村地区巨大的内需市场和消费潜力，为加快构建以国内大循环为主体、国内国际双循环相互促进的新发展格局提供水利支撑。

水库移民司

水库移民司扎实开展“政治对标”阶段学习研讨活动。组织全司党员干部深学细研习近平总书记重要讲话精神，深刻领会进入新发展阶段、贯彻新发展理念、构建新发展格局、实现高质量发展对水利工作的要求。自觉把巩固拓展水利扶贫成果和乡村振兴的衔接工作、水库移民工作放在“国之大者”中考虑，服从服务于“十四五”经济社会发展需要，适应建设社会主义现代化国家的要求。

通过“政治对标”，进一步增强担责勇气和履责能力。不断提高政治判断力、政治领悟力、政治执行力。以人民利益为标准，对表对标，校正偏差；把中央的普遍要求同水库移民司工作实际结合，化为指导实践的政策制度，提高工作标准，改进工作措施；坚决执行党中央决策部署，防止搞变通、打折扣、抄近道、做表面文章。

水库移民司将深入贯彻以人民为中心的发展思想，全面落实新发展理念，牢牢把握为人民谋幸福、为民族谋复兴这个“根”和“魂”，瞄准发展不平衡不充分问题集中发力，守住安全发展底线，聚焦保证工程建设、维护移民群众利益和社会稳定，着力解决水库移民工作中与新发展阶段不相适应的体制机制、法规制度、规程规范问题，聚焦巩固拓展水利扶贫成果与乡村振兴有效衔接，推进有关政策衔接意见和“十四五”相关规划的制定和出台，抓好落实年度工作任务。

监 督 司

坚定正确政治方向是做好监督工作的前提。一是把准政治方向，旗帜鲜明讲政治，忠诚履行“治水兴国、治水为民”的神圣使命。二是站稳政治立场，强化政治机关意识，把站稳政治立场作为工作的核心要义。三是强化政治担当，引导党员干部认清强化政治担当是抓业务的保障，做到政治上明白。

全面贯彻新发展理念是做好监督工作的重要基础。一是从根本宗旨把握新发展理念，以满足人民幸福美好生活的新需求为出发点。二是从问题导向把握新发展理念，从供给侧、需求侧双向发力，加强监督，推动问题解决。三是从忧患意识把握新发展理念，将人民群众的问题需求转化为内部压力和前进动力，不断提高管理水平。

心怀“国之大者”是做好监督工作的前进动力。一是正确理解“国之大者”，归根到底都是为了人民。二是强化责任担当，明确水利监督工作的首要目标、首要责任。三是树立大局观，学会从系统工程和全局角度寻求新的工作之道。

提高“政治三力”是做好监督工作的坚强保证。一是政治上要坚定坚决，通过深学细研，做到以不变应万变。二是业务上要精益求精，做到从根本性、全局性、长远性思考问题，把实干作为责任，把苦干作为追求。三是作风上要自律自省，对标党章党规，做到时刻谨慎、慎终如始。

水旱灾害防御司

要深刻认清形势，准确全面把握“三新一高”。一是充分认清新发展阶段提出的新需求。全面提升防洪工程建设和管护标准，提高综合防治减灾能力，满足人民群众和经济社会健康发展对持久水安全的新期待新需要。二是把握贯彻新发展理念提出的新要求。增强风险意识，摸清风险底数，超前谋划部署，夯实高质量发展的水安全基础。三是践行构建新发展格局带来的新思路。牢牢把握水利工程建设的重大发展机遇，加快完善流域防洪减灾工程体系，为抵御洪涝灾害提供坚实基础。四是紧盯推进高质量发展明确的新目标。把水旱灾害防御工作放到党和国家全局中思考、定位，充分运用现代科技，提高水旱灾害防御智能化、现代化水平，推动水旱灾害防御工作高质量发展。

要科学厘清方向，全面提升水旱灾害防御能力。一是坚持党建引领，锤炼过硬作风。作风过硬是党员干部的基本素养，努力打造一支招之能来、来之能战、战之能胜的防洪抗旱队伍。二是坚持系统观念，统筹谋划布局。强化科技引领，构建适应新阶段需求的实际版流域防洪体系和智能化、数字化流域防洪场景，两者互补互强，持续推进水旱灾害防御高质量发展。三是坚持底线思维，筑牢安全屏障。坚持问题导向，树牢底线思维，强化风险意识，以防为主、防控结合，提前做好应对最不利局面的完全准备。

水　文　司

“政治对标”是“三对标、一规划”专项行动的首要内容，水文司先后开展了集中学习、听取专题辅导讲座、与信息中心和水利水电规划设计总院联学、分党小组专题研讨等活动，全体党员干部对“政治对标”有了更深刻的认识和理解。

进入新发展阶段，水文要加快建设完善与国家水网相匹配的现代化国家水文站网，特别是中西部地区、中小河流等区域，以及行政区界、水量调度和生态流量控制断面等方面要尽快补充完善水文站点，满足新阶段高质量发展的需求。

从根本宗旨、问题导向、忧患意识方面把握新发展理念，要求水文围绕提升水旱灾害防御能力、提高水资源集约安全利用水平、加强大江大河和重要湖泊湿地生态保护治理等方面，加快补齐短板，提升水旱灾害防御等方面水文标准，加强监测预报预警，强化流域区域水资源监测分析评价。

构建新发展格局最本质的特征是实现高水平的自立自强，要求水文加快自主创新应用，紧密围绕水利现代化和智慧水利建设，紧跟现代科技发展和监测对象需求变化，加大水文规律研究，努力推进开展河湖水文映射及模拟预演等工作，争取在水文预报预警等关键技术上取得较大突破。

水文司将进一步加强对党中央精神的深入学习、融会贯通，坚持用党中央精神分析形势、推动工作，明确水文工作目标和重点任务，采取有力措施推动各项工作落实到位。

三峡工程管理司

在开启全面建设社会主义现代化国家新征程和“十四五”开局之年，开展“三对标、一规划”专项行动意义十分重大。在“政治对标”阶段，三峡工程管理司通过学习研讨，对准确把握新发展阶段、全面贯彻新发展理念、加快构建新发展格局、推动高质量发展融合到本职工作的理解和认识更加深入，增强了政治自觉、思想自觉和行动自觉。

一是从讲政治的高度认识做好三峡工程管理工作的责任与使命。深刻认识三峡工程是国之重器，是改革开放以来我国发展的重要标志，是具有国家意义的符号，要从国家战略层面和水利工作全局看待三峡工程，承担好国家使命，确保三峡工程长期安全可持续运行、充分发挥巨大综合效益。二是心怀“国之大者”，认准三峡工程管理工作的职能定位。把新发展理念贯穿到谋划和做好三峡工程管理工作的全过程和各方面，坚持宗旨意识、问题导向，增强忧患意识，推进建立保障三峡工程运行安全长效机制，强化三峡工程运行安全监督管理，促进三峡库区和移民安置区高质量发展。三是从全局高度，积极促进三峡工程为构建新发展格局不断作出新贡献。着眼我国国民经济和社会发展、畅通国内大循环和国内国际双循环、长江经济带发展战略和水利事业改革发展的全局，将三峡工作融入加快构建新发展格局之中，充分发挥三峡工程在惠民生、保安全、促发展中的巨大作用。

南水北调工程管理司

通过深入学思践悟，南水北调工程管理司党员干部切实体会到习近平新时代中国特色社会主义思想的博大精深，深刻领悟到必须要把政治建设摆在首位，清醒认识到必须要准确把握“国之大者”深刻内涵及其对水利改革发展的要求，不断提高政治判断力、政治领悟力、政治执行力，做水利事业和南水北调工作高质量发展的有力推动者和模范践行者。

要提高“政治三力”，做政治上的明白人。习近平总书记强调，南水北调“功在当代、利在千秋”，南水北调也是“国之大者”，建好管好这项工程是我们的政治使命。作为南水北调工作者，就是要把政治执行力落实到建设南水北调“四条生命线”上。

要围绕“三新”，谋划推动全局工作。进入新发展阶段，社会矛盾与内外部环境发生新变化，迫切需要明确新的定位和目标，要完整准确贯彻落实新发展理念，始终坚持“三先三后”原则，以新历史视野谋划推进南水北调后续工作，助力加快构建新发展格局。

要做到“三实”，努力开创新局面。要谋实招，积极对接国家水网建设，发挥工程骨干支撑作用；要干实事，保障工程安全运行，推进信息化智能化建设，加快推进后续工程，坚持调水和节水两手抓；要求实效，充分发挥工程综合效益，不断提高群众获得感、幸福感和安全感。

调水管理司

通过“政治对标”阶段研讨交流，调水管理司党员干部对新发展阶段、新发展理念、新发展格局和高质量发展的内涵有了更深刻的认识，进一步增强了政治判断力、政治领悟力、政治执行力。

一是水利工作要从政治站位、工作思路、任务制定、专业水平、工作作风上全面衔接支持新发展阶段。要在自觉、主动、全面对标中提高准确把握新发展阶段的政治能力、战略眼光；要提升专业能力，强化工作作风，以实现水利现代化为目标做好水利工作。二是新发展理念具有战略性、纲领性、引领性。水利工作在根本宗旨上，要突出以人民为中心的发展思想，打造造福人民的幸福河；在问题导向上，要面对水资源短缺、水生态损害、水环境污染三大新问题和水旱灾害这个老问题，找到破解的措施；从忧患意识上，要深刻认识水资源分布与经济社会发展布局不匹配对高质量发展的影响，加快构建国家水网。三是努力推动水利高质量发展。要从理念到措施落实节水优先；要统筹推进山水林田湖草沙综合治理，不能就水论水；要协调解决“四水”问题，不能将水多水少割裂开分别对待；要创新水利体制机制、提高科技水平；要坚持两手发力，推进市场机制对水资源的配置作用。

国际合作与科技司

我国进入新发展阶段的重要论述，是以习近平同志为核心的党中央审时度势、顺时应势作出的重大战略判断，具有十分深远的时代意义、理论意义、实践意义和世界意义。完整准确全面贯彻新发展理念，是科学实施“十四五”规划、顺利开启全面建设社会主义现代化国家新征程的科学指引和重要保证，要从根本宗旨、问题导向、忧患意识三个方面把握新发展理念。要从全局战略高度准确把握加快构建新发展格局的战略构想，找准水利国际合作与科技工作在国内大循环和国内国际双循环中的位置和比较优势。要善于从政治上看问题，善于把握政治大局，不断提高政治判断力、政治领悟力、政治执行力，不断提高把握新发展阶段、贯彻新发展理念、构建新发展格局的政治能力、战略眼光、专业水平，把水利国际合作与科技工作抓好抓实。

在水利科技方面，深入学习贯彻习近平总书记关于科技创新的重要论述，瞄准“四个面向”，强化科技创新引领，夯实标准基础支撑，为实现科技自立自强与水治理体系和治理能力现代化提供有力支撑和保障。在国际合作方面，深入学习贯彻习近平外交思想，统筹开展水利多双边交流合作，打造周边命运共同体和全球水伙伴关系，为全球水治理提供中国智慧、中国经验、中国方案。

直属机关党委

实现新阶段的新目标，全面从严治党既是政治保障，也是政治引领。机关党委（党组巡视办）将坚决落实部党组决策部署，不断提高政治站位，强化政治担当，按照倒序去想、正序去干的工作思路和方法，持续深入学习习近平新时代中国特色社会主义思想，协助部党组充分发挥全面从严治党的引领保障作用，保障“十四五”时期水利改革发展各项目标任务落到实处。

一要在引导党员干部提高政治能力上发力，聚焦落实“两个维护”，树立以结果导向看政治站位的评判标准，深入开展党史学习教育，引导党员干部提升政治判断力、政治领悟力、政治执行力，为推动高质量发展筑牢政治根基。二要在引导党员干部“跳出水利看水利”上发力，不断提高把握新发展阶段、贯彻新发展理念、构建新发展格局的政治能力、战略眼光、专业水平，为推动高质量发展把准前进方向。三要在引导党员干部持续改进作风上发力，按照中央要求深入整治“四风”，特别是形式主义、官僚主义，持续为基层减负，用“严”的主基调推动作风不断向好，为推动高质量发展提供有力保障。四要在引导党员干部模范践行社会主义核心价值观上发力，抓好行业系统精神文明创建工作，推动物质文明和精神文明相协调的现代化要求在水利系统落地生根。

离退休干部局

新发展理念是做好新阶段水利工作的根本遵循，把握“国之大者”是贯彻新发展理念的方向标、指南针。要在站位上胸怀“全局”，把水利放到经济社会发展大局上谋划；要在谋划上突出“民生”，以解决人民群众最关心、最直接、最现实的水问题为重点；要在履职中优化“统筹”，坚持系统观念，一体推进山水林田湖草沙建设。

坚持问题导向是贯彻新发展理念的根本工作方法。要从正确认识新阶段水利工作的主要矛盾着手，要从五大发展理念的本源寻找矛盾的主要方面，在创新发展特别是在水利科技支撑上、在协调发展特别是系统观念上、在绿色发展特别是人水和谐上、在开放发展特别是双循环格局构建上、在共享发展特别是保障水安全上，找问题、找短板、找弱项，在不断解决问题中推动水利事业高质量发展。

推动高质量发展是贯彻新发展理念的目标导向。要不断提高“政治三力”，对标“十四五”规划中人口老龄化国家战略，在建设银发智库、引领“老有所为”上实践探索。要增强忧患意识，正确处理安全与发展的关系，摸清涉水风险底数，牢牢把握工作主动权。要把握特点规律，持续不断治短破难，密切关注双高人群、独居空巢、失能半失能等特殊群体。以信息化建设为突破口，带动精准化、规范化建设，推动离退休干部工作提质增效，为实现水利高质量发展作出更大贡献。

“政治对标”阶段专题学习会水利部直属单位交流发言摘登

（2021 年 3 月 20 日）

长江水利委员会

长江委认真落实水利部党组专项行动安排，加强组织领导，深入学习研讨，坚持“挂图作战”、专班推进、全员参与，对新发展阶段、新发展理念和新发展格局有了更深入的理解认识，增强了忧患意识，对编制好规划有了更明确的科学指引。

推动治江事业和长江委高质量发展，要始终坚持以人民为中心，切实担负起为长江经济带发展提供水利支撑保障的政治责任，永远润泽华夏、造福人民。

推动治江事业高质量发展，要将“创新”作为强大支撑，全面提升长江治理与保护的能力和水平；将“协调”作为目标和手段，统筹发展与安全、治理与保护，协调部门与区域，凝聚长江治理与保护的合力；将“绿色”作为基本遵循，统筹推进水资源集约安全利用，有效保护水生态环境；将“开放”作为新动能，不断推进澜湄水资源合作和国际水技术交流；将“共享”作为出发点和落脚点，建设“安澜长江”“绿色长江”“和谐长江”和“美丽长江”，为流域人民提供持久水安全、优质水资源、健康水生态和宜居水环境。

推进长江委高质量发展，要全面实施“政治建委、经济兴委、科技立委、人才强委、文化塑委”新时期发展战略。坚持政治建委，全面加强党的领导；坚持经济兴委，稳固发展基础支撑；坚持科技立委，增强创新发展优势；坚持人才强委，打造强劲的智力引擎；坚持文化塑委，为治江事业提供强大的思想保障和精神支持。

黄河水利委员会

“三对标、一规划”专项行动开展以来，黄委党组坚决贯彻落实水利部党组决策部署和专项行动实施方案，及时传达学习、动员部署，推动专项行动在全河范围铺开，坚持高标准高质量完成“政治对标”阶段任务。

通过学习研讨，更加深刻地认识到，心怀“国之大者”就是要把推动黄河流域生态保护和高质量发展作为黄委当前最大的政治。进入新发展阶段，黄河流域更加"淹不起"也"旱不得"，治黄首要任务是确保发展安全，必须牢固树立国家总体安全观，完善水沙调控模式，优化调整"八七"分水方案，加强水资源统一调度，统筹谋划保障防洪和供水安全的应急之策和长远之计。对标新发展理念看，黄河流域生态保护与发展矛盾突出，必须以严格的水资源管理倒逼流域经济转型升级，并加强黄土高原水土流失综合治理和河湖管理，推动欠发达的上中游省、自治区不以牺牲水资源水环境为代价发展经济。从构建新发展格局看，黄河流域水利基础设施历史欠账多，水沙调控和水资源配置缺乏有力抓手，必须抓住构建新发展格局的历史机遇，进一步完善"上拦下排、两岸分滞"工程体系，加快古贤、黑山峡等重大工程建设，实施下游"十四五"防洪工程建设、下游河道和滩区综合治理提升工程，补齐工程体系短板。推进南水北调西线工程尽快开工建设，从根本上解决黄河水资源短缺问题。

淮河水利委员会

政治对标是第一位的对标，是旗帜鲜明讲政治的必然要求，是提高"政治三力"的必由之路。淮委要在对表对标中提高政治站位，增强政治意识，准确把握新发展阶段，深入贯彻新发展理念，加快构建新发展格局，推动淮河保护治理事业高质量发展，让淮河更好地造福人民。

要立足新发展阶段，进一步找准淮河保护治理工作的坐标与定位，提高在大局下谋划推进工作的能力水平。要坚持宗旨意识、问题导向和忧患意识，完整准确全面理解新发展理念，聚焦新老水问题，盯紧淮河流域广大人民群众对美好生活的向往，打造淮河流域水安全保障升级版。要融入新发展格局，谋划推动一批重大项目实施，深化流域水利改革发展，发挥水利畅通经济循环、促进协调发展的重要作用。

政治对标必须不断提高"政治三力"，做到对"国之大者"心中有数。提高政治判断力，关键在于旗帜鲜明讲政治，推动淮河保护治理事业发展沿着正确方向行稳致远。提高政治领悟力，关键在于学思践悟习近平新时代中国特色社会主义思想，坚定不移践行"十六字"治水思路，遵循"重在保护、要在治理"原则，走好"生态优先、绿色发展"之路。提高政治执行力，关键在于敢于担当尽责、直面矛盾问题、勇于攻坚克难，努力实现新阶段淮河保护治理事业高质量发展。

海河水利委员会

开展"三对标、一规划"专项行动是水利部党组作出的重大决策部署。开展"政治对标"阶段学习以来，海委坚持高位推动，精心组织实施，认真研学了习近平总书记系列重要讲话精神和李国英部长有关讲话要求，积极参加辅导讲座，组织学习研讨全覆盖，思想找差距、对标找问题、工作找短板，不断提高政治判断力、政治领悟力、政治执行力，跳出水利看水利，准确把握新发展阶段对水利工作赋予的新使命，以推进水利高质量发展的实际行动，增强“四个意识”，坚定“四个自信”，做到“两个维护”。

当前，海河流域水安全保障能力与地处京畿要地的战略地位不相适应，与支撑京津冀协同发展等重大战略实施不相适应，与新发展阶段的战略任务和发展目标不相适应。海委要深入贯彻党的十九届五中全会精神，深刻领会“十六字”治水思路，持续学懂弄通做实习近平总书记治水重要讲话指示批示精神，准确把握新发展阶段、深入贯彻新发展理念、加快构建新发展格局，胸怀“国之大者”，坚决贯彻党中央、国务院重大决策，按照水利部部署，统筹谋划好海河流域“十四五”水利工作，以更加有力的水利支撑与保障服务京津冀协同发展、雄安新区、北京城市副中心建设等重大战略实施，助力流域经济社会高质量发展。

珠江水利委员会

珠江委扎实开展“政治对标”专题研讨，通过学习研讨，干部职工深入学习领会准确把握新发展阶段、深入贯彻新发展理念、加快构建新发展格局、推动高质量发展的重要意义和丰富内涵。一是立足新发展阶段，找准珠江水利改革发展新定位。珠江委要把高质量的水利支撑与保障摆在更加突出的位置，实现更高质量、更可持续、更加安全的发展。二是以新发展理念为先导，锚定珠江水利改革发展新方向。针对珠江水利改革发展不平衡不充分问题，坚持以人民为中心，坚持问题导向和底线思维，切实解决好反映强烈的民生问题。以提升洪涝灾害防御水平为目标，按照“防住为王”的理念，加快完善防洪体系建设；以国家水网建设为纲，推进珠江三角洲水资源配置、环北部湾水资源配置等重大引调水工程建设，加快《珠江水量调度条例》的立法，强化水资源统一调度；以河湖长制为抓手，推动形成流域上下联动、同频共振的监督管理格局，全面提升流域河湖健康水平。三是以构建新发展格局为机遇，增添珠江水利改革发展新动能。继续加快大藤峡水利枢纽等骨干工程建设，抓好《粤港澳大湾区水安全保障规划》实施，加快智慧珠江建设，为流域高质量发展提供新动能、注入新活力。

松辽水利委员会

新发展阶段是我国社会主义进程中的一个重要阶段，只有正确理解新发展阶段、贯彻新发展理念、构建新发展格局，才能充分发挥流域机构统揽全局、协调四方的作用，实现流域管理工作任务目标。

松辽委积极践行"十六字"治水思路，以推动流域水利高质量发展为根本出路，加强水利规划引领、行业监督手段、科技创新保障、数字流域基础，提高服务经济社会高质量发展能力，助推东北全面振兴。以贯彻新发展理念为行动先导，聚焦辽宁沿海经济带等东北振兴战略实施重点区域，推动地方畅通经济循环。以服务人民为宗旨，解决水旱灾害防御、水资源管理、水生态治理问题，切实提高人民群众的获得感、幸福感、安全感。以问题导向为方法，针对薄弱环节，深入全面调研、精准施策发力，科学制定整改措施，有效推动质量提高。以坚持安全发展为基本底线，严把水安全风险防控守护底线、水资源承载力刚性约束上线、水生态环境保护控制红线，推动流域经济社会健康、持续、安全发展。以加强党的全面领导为坚强政治保障，胸怀"国之大者"，提高"政治三力"，把讲政治的要求落实到流域工作全过程和各方面，推动党建工作成果转化为完成党中央、水利部党组兴水惠民决策部署的实际成效。

太湖流域管理局

太湖流域管理局自开展"政治对标"专题学习以来，围绕重点研讨题目，全员参与专题学习研讨，形成了科学谋划太湖流域"十四五"水利规划体系、加快推进新阶段太湖流域水利高质量发展的广泛共识。

做到政治对标，就必须提高政治站位，着力在提高"政治三力"上下功夫。经常同党中央对表对标，准确把握党中央重大决策部署，以真抓实干的精气神和高质量推进工作的真本领，把党中央决策部署和部党组工作要求不折不扣落实在流域水利工作中。

做到政治对标，就必须做到"两个维护"，在准确把握"三新"上求实效。自觉立足党和国家事业大局，找准把握新发展阶段、贯彻新发展理念、构建新发展格局、推动高质量发展的着力点，明确流域水利改革发展方位，完善流域治水管水工作思路，持续强化流域水利支撑供给。

做到政治对标，就必须心怀"国之大者"，在推进新阶段流域水利高质量发展上勇担当。贯彻落实总体国家安全观，全面提升流域水安全保障能力。坚决落实党中央重大战略部署，全力支撑长三角一体化发展战略。积极践行"两山"理论，着力提升流域水资源水环境承载能力。充分发挥河湖长制关键作用，努力在太湖流域率先建成造福人民的幸福河湖。

综合事业局

全面落实"三对标、一规划"专项行动的政治要求是谋划推动新阶段水利工作的根本遵循。干部职工要不断学习领会习近平总书记系列重要论述和讲话精神，在政治能力提升上作表率，以绝对忠诚提高政治判断力，以思想敏锐提高政治领悟力，以行动自觉提高政治执行力，自觉对“国之大者”了然于胸，积极主动保障国家水安全，以水资源可持续发展努力服务构建新发展格局。

准确把握“三新”内涵和本质特征，积极推动新阶段水利高质量发展。要紧密围绕质的提升和量的增长，推动经济发展质量、效率、动力变革，全面促进水资源节约集约安全利用。通过科学合理优化布局，打通水资源在生产、流通、分配、消费各环节与各领域的堵点，增强水资源要素为供给侧结构性改革的支撑保障能力。

深化思维方式、行为方式、工作方式变革，切实增强综合局服从服务新阶段水利高质量发展目标任务的自觉性。要提高政治站位，主动谋划综合局服务支撑的着力点和落脚点。夯实发展基础，不断增强职工的幸福感、获得感、安全感。坚持创新引领，在推广节水技术和产品、合同节水模式、深化用水权市场化交易、水务水电、服务制造业等领域实现绿色可持续发展。

信 息 中 心

“十四五”规划和 2035 年远景目标纲要中，专篇布局加快数字化发展、建设数字中国，在营造良好数字生态的数字化应用场景中明确提出“构建智慧水利体系”。因此，要把智慧水利作为显著标志和重要抓手，在新发展阶段推动水利高质量发展。

一是要以进入新发展阶段为坐标找准定位。新阶段主要任务是建设社会主义现代化国家，信息化是必由之路。规划纲要明确提出坚定不移建设网络强国、数字中国，也表明新发展阶段网信工作的重要地位。二是要以贯彻新发展理念为指导理清思路。水利网信工作要理清如何发挥信息技术普惠性、渗透性、扩散效应等特点，驱动和支撑水利高质量发展的思路。三是以构建新发展格局为契机明确路径。水利作为经济工作的重要组成和扩大内需的重要手段，责无旁贷要通过信息技术和水利业务深度融合、创新发展，明确水利数字化转型和智能化升级实现路径。四是以高质量发展为引领落实措施。高质量发展要求发展质量变革、效率变革、动力变革，要充分发挥信息化对社会经济的引领作用，以信息化培育新动能，用新动能推动新发展。信息中心将通过“政治对标”正确认识智慧水利在推动新阶段水利高质量发展中的重要意义和深刻内涵，全面推进智慧水利建设。

南水北调规划设计管理局

对于把握新发展理念，从根本宗旨上，水利工作应始终坚持以人民为中心的发展思想，通过贯彻五大发展理念满足人民日益增长的美好生活需求。从问题导向上，找准破解制约水利行业发展的关键。从忧患意识上，坚持底线思维，把握水安全底线，如防洪，供水，三峡、南水北调等重大水利设施良性运行等。

对于水利高质量发展，应对照“十四五”规划纲要中对水利的部署，找准水利高质量发展的切入点，把建设国家水网作为谋划水利高质量发展的着力点，编制好水利“十四五”发展规划体系，结合5G、物联网等技术，以科技创新驱动水利高质量发展，着力破解新老水问题。

对于“跳出水利看水利”，从政治维度看，就是要讲政治，深刻领会党中央精神，明白党中央关心的问题、强调的大事。从空间维度看，应从全局角度谋划水利工作，统筹行业内外协调发展，寻求新的治水之道，从全球视野审视水利发展方向，以开放促提升。从时间维度看，就是创新思维，与时俱进谋发展，跳出传统模式寻求新的治水理念。从思想维度看，就是解放思想，跳出行业利益，以天下为公的胸怀寻求治水策略。

机关服务局

“三对标、一规划”专项行动开展以来，机关服务局认真落实部党组决策部署，主动对表对标，不断强化政治自觉、思想自觉和行动自觉。

一要坚决贯彻新发展理念。贯彻落实新发展理念，需要始终从政治高度看待水利工作，努力做到“跳出水利看水利”，坚决贯彻习近平总书记“十六字”治水思路，始终把满足人民美好生活需要作为根本出发点，把每个水利工程建成民心工程，将保障人民生命财产安全作为不可逾越的底线。

二要积极推进构建新发展格局。着眼新发展格局，必须坚持把发展作为第一要务，更加强调自立自强。要坚守初心、锐意创新，在水利关键领域继续下大力、下真功，突出强调更高质量、更高水平，通过不断创新，在新阶段中开创新局面、做出新贡献。

三要切实强化政治能力建设。提升政治判断力、政治领悟力、政治执行力是讲政治的现实要求。加强政治能力建设必须胸怀大局、加强理论学习、强化实践历练、时时对表对标，始终对“国之大者”心中有数，坚持把水利工作放到党和国家大局中去谋划、去落实，始终做到围绕大局、服从大局、服务大局。

水利水电规划设计总院

做到政治对标，是提高政治站位、胸怀全局眼光、牢固树立政治机关意识、全力做好技术支撑的基础。

一是提高政治站位，毫不动摇贯彻落实党中央治水兴水决策部署。做到政治对标，核心在做到增强“四个意识”、坚定“四个自信”、做到“两个维护”，毫不动摇贯彻落实好党中央治水兴水决策部署，坚持治水兴水、为国为民。

二是提高“政治三力”，为部党组中心工作全力做好支撑保障。始终把老百姓最关心最直接最现实的水问题作为技术服务工作的出发点和落脚点，坚持人民至上、生命至上。全力做好技术服务，在现有业务基础上，瞄准绿色发展、智慧中国、发展安全等。

三是心怀“国之大者”，立足全局加快推动水利高质量发展技术支撑。水利人要对“国之大者”做到心中有数。突出创新引领，以水利信息化、智能化为杠杆培育新动能，以创新水利技术标准体系制定为基础树立新标杆，以实现现代水利工程关键核心技术自主可控为核心打磨新技术。加快推进重大国家水网规划和战略研究，重大水利工程项目论证和技术审查，围绕水利供给侧结构性改革推进投融资机制等重大体制机制改革。

中国水利水电科学研究院

牢固树立“国之大者”理念，就是要时刻关注党中央在关心什么、强调什么，深刻领会什么是党和国家最重要的利益、什么是最需要坚定维护的立场，为做好当前和今后一个时期水利科技工作提供了遵循。

一是从认识论的角度看，“国之大者”要摆脱传统的“就水论水”的思维惯性，不断提高政治判断力、政治领悟力和政治执行力，善于从中央的高度、全局的角度和国际化的视野登高望远、思考问题、把握方向、守正创新。

二是从方法论的角度看，“国之大者”要跳出“水利看水利”，坚持“四个面向”，把科技创新与支撑党中央宏观战略布局、重大决策部署和部党组中心工作更加紧密地结合起来，胸怀全局、找准方位、创新体制、完善制度，为推动国家水治理体系和治理能力现代化提供科技支撑。

三是从实践的角度看，“国之大者”要坚持系统观念，统筹水的资源、生态、经济、社会与文化属性，一体化研究山水林田湖草沙综合治理，不断加强前瞻性思考、全局性谋划、战略性布局和整体性推进。

四是从发展的角度看，“国之大者”要用全局、动态和发展的眼光探索水利科技未来发展方向，把水利科技创新与人水相适、内生发展，均衡配置、系统治理，社会协同、智慧监管等系统性融合起来，为水利高质量发展提供科技支撑和引领。

宣传教育中心

进入新发展阶段，水利工作应秉持新发展理念，从“国之大者”看水利能不能满足国家高质量发展要求，从构建新发展格局的高度，深度审视水资源在自然资源、经济资源、生态环境中的基础性、战略性、控制性作用，重点把握三个方面。

坚持以人民为中心。把保障人的安全摆在最高位置，保持强烈忧患意识；服务人的发展，提高水利公共服务均等化水平；解决广大群众急难愁盼的现实突出水问题，满足人民高品质生活需要，以有限水资源实现动态平衡、相对均衡。

尊重顺应保护自然。正确处理人和自然的关系，在我国水资源禀赋框架内建设人与自然和谐共生的现代化；正确处理兴利和避害的关系，顺应自然“循环”规律；正确处理开发和保护的关系，强本节用。

促进解放和发展生产力。锚定国家发展战略，以国家水网建设匹配新发展格局。既服务经济社会发展水需求，又为“绿水青山”提供水保障。尊重水的经济属性和生产要素地位，发挥水价“牛鼻子”作用。

在水利工作中提高“政治三力”，要对标并落实“十六字”治水思路，从强盛中国、平安中国、法治中国、美丽中国、数字中国的视角看水利，找问题、查原因、补短板，提高水资源供给质量和能力，保障经济社会安全，推进水治理体系和治理能力现代化。

中国水利报社

通过学习，深刻认识到新一届水利部党组组织开展专项行动以及政治对标的现实紧迫性和必要性；深刻认识到政治对标就是始终同党中央保持高度一致；深刻认识到政治对标就是要求从讲政治的高度切实强化新闻宣传使命担当。因此，全面准确完整把握“政治对标”，在水利新闻宣传工作实践中要扎实做到三个“不折不扣”。

政治对标，就必须心怀“国之大者”，把中央各项决策部署全面准确完整、不折不扣宣传到位。要把体现党的意志、反映党的主张作为首要任务；要把宣传好习近平新时代中国特色社会主义思想作为水利新闻宣传工作的重要任务；要把宣传习近平总书记“十六字”治水思路和治水重要讲话指示批示精神作为水利新闻宣传主线。

政治对标，就必须提高“政治三力”，把水利部党组贯彻落实中央治水兴水决策的重大部署、重大安排全面准确完整、不折不扣宣传到位。要紧紧围绕水利中心工作，宣传好部党组坚决落实党中央各项决策部署；要主动引导行业主流舆论；要构建水利行业话语体系。

政治对标，就必须增强新闻“四力”，把各地治水实践创新和基层职工群众呼声全面准确完整、不折不扣宣传到位。要坚持眼睛向下、重心下移，提升水利新闻宣传的亲和力、吸引力和感染力；要坚持“以小见大”，讲好水利故事；要坚持成风化人，规范涉水行为。

中国水利水电出版传媒集团有限公司

坚持政治对标，就是要自觉向以习近平同志为核心的党中央看齐，向党的理论和路线方针政策看齐，准确把握高质量发展的深刻内涵和核心要义，从讲政治的高度认识水利工作的重要地位，对“国之大者”了然于胸，主动把水利工作融入党和国家事业大局，在大局下谋划推进水利高质量发展。

首先，政治执行力是政治判断力、政治领悟力的最终体现。作为国有文化企业，提高政治执行力首先要对表对标中央要求和部署，树牢“四个意识”，坚定“四个自信”，做到“两个维护”。在出版业务实践中强化政治意识和政治敏感，深入贯彻中央《关于加强和改进出版工作的意见》精神，始终坚持正确的出版传媒导向，对中央确定的大政方针、党组明确的工作部署坚决贯彻执行，不打折扣，令行禁止。

其次，要强化使命意识、责任意识，知责于心、担责于身、履责于行。未来五年，出版传媒集团必须紧抓高质量发展这一主题，贯彻新发展理念这一主线，把融合发展放在重要战略位置，在“一纵两横”产业格局下，不断强化市场主体意识和地位，全面推动集团创业、动能创造、机制创新，建设高效、良性运行的现代文化企业集团，打造行业最具规模、最具权威的知识资源中心和知识服务中心。

发展研究中心

“三新一高”是贯穿十九届五中全会关于规划建议的逻辑主线，是一个有机整体。贯彻落实“三新一高”，必须深刻把握水利高质量发展的内涵和要求。

一是更加公平更有效率的发展。要坚持以人民为中心，统筹区域水利协调发展，着力提升欠发达地区水利发展的质量和数量。

二是更高标准更为安全的发展。要树牢底线思维，统筹发展和安全，不断提升水安全保障标准，完善水利基础设施网络体系，提高风险防控水平。

三是更加绿色更可持续的发展。要牢固树立生态红线的观念，加大水生态保护和修复力度，持续提升生态系统的质量和稳定性，把水资源作为最大刚性约束，着力提高水资源集约安全利用水平。

四是更为先进更高智慧的发展。要以创新为驱动，以数字化、网络化、智能化为主线，推动水利基础设施数字转型、智能升级，水利智慧化引领带动水利现代化。

五是更重法治更加规范的发展。要按照依法治水管水的要求，强化法规制度和标准规范建设，严格水行政执法，加快构建水利法治体系，推进水利治理体系和治理能力现代化。

发展研究中心将心怀"国之大者"，扎实做好水利重大战略、重大政策法规、重大改革、重大调研和重大业务支撑研究，为推进水利高质量发展提供决策参考和智力支持。

中国灌溉排水发展中心

按照部党组部署要求，灌排发展中心组织全员集中参加"三对标、一规划"专项行动，深化学思践悟，进行政治对标。

一是对表对标习近平总书记关于学习贯彻党的十九届五中全会精神的重要讲话精神，习近平总书记"十六字"治水思路和治水工作重要论述精神，不断提高政治判断力、政治领悟力、政治执行力，自觉从讲政治的高度认识水利工作的重要地位，增强谋划服务支撑农村水利水电高质量发展的能力水平。

二是深刻理解、全面准确贯彻新发展理念。新发展理念为推动新阶段水利事业高质量发展提供了重要指引。全面贯彻新发展理念，要求在服务农村供水保障工程实施、支撑灌区现代化改造、推进农村水电绿色发展等重点工作中，真正做到崇尚创新、注重协调、倡导绿色、厚植开放、推动共享。

三是认清"国之大者"对水利工作的使命要求。通过深入调查研究，精准掌握农民群众对水利工作的需求，真正了解新时期农业生产、农村生活、农村基础设施和生态环境建设的新特征，为编制"十四五"农村水利水电发展规划提供有力支撑，把中央惠民强农的政策精准落实到村组、农户，真正践行"国之大者"。

建设管理与质量安全中心

高质量发展是新时代新发展阶段的必然选择和战略安排。水利肩负着保障中华民族永续发展和社会健康和谐的重要使命，要解决新老水问题、持续改善水生态、保证长期水安全，必须走高质量发展之路。

把握"国之大者"，提高政治判断力、政治领悟力、政治执行力，做到"跳出水利看水利"。要更新治水理念，树立"保护优先、保护第一"的价值理念，突出对水的全面保护职责，增强全社会水保护意识和行动，促进经济社会发展的转型，实现绿色高效发展。

用新理念引领治水方式的转变，在扩大供给的同时注重全面保护优先和刚性约束管理；在加强水行政管理的同时注重通过法治途径、政策措施、社会管理以及市场机制作用实现全面综合管理，形成社会各部门各地区相互协调配合共同参与的共治格局；在支撑经济社会可持续发展的同时注重水资源在地区、行业和用户以及代际间的合理平等和高效分配，促进生态系统的持续改善。

要加强基础研究，为精准规划经济社会与水利发展提供可靠依据。做好顶层设计，将新发展理念和高质量发展要求落实到水法规体系、水利规划体系、高质量发展指标体系和技术标准体系中。加强管理创新、制度创新、科技创新、人才创新，为推动水利高质量发展提供持续动力。

预算执行中心

新阶段水利高质量发展首先要适应经济发展新常态，强化发展的系统性和协调性；编制好“十四五”水利发展规划，对接国家规划中水利工作任务，并主动与国家战略任务相衔接。

要坚持以人民为中心，树牢根本宗旨意识，以问题为导向，树牢忧患意识和底线思维；要找准水利短板，解决突出问题，强化公共服务职能；要筑牢水利安全屏障，不断提高水旱灾害防御能力。要集约安全利用水资源，发挥水资源支撑和约束作用。要提升水利科技创新能力，不断完善和改进水利技术标准，积极提升国产设备的质量并加大推广使用力度；要保持水利投资强度，形成水利投资有效拉动效应；要深化重点领域改革，打通体制机制障碍，提高水利全要素生产效率。

水利预算执行工作将更加自觉地贯彻新发展理念。一是坚决做到政治忠诚，认真贯彻落实“十六字”治水思路和习近平治水重要论述。二是提高政治站位，牢固树立大局意识、服务意识和配合意识，做好顶层设计，深挖职能潜力，着力改革创新，不断推进水利预算执行核心业务高质量发展。三是强化政治担当，进一步树立“水利预算执行工作有政治”的理念，突出风险意识，把水利资金安全放在首位，着力在提升基础能力和技术水平、优化工作方法上下功夫。

水资源管理中心

水资源管理中心认真贯彻部党组巡视整改“三对标一规划”专项行动部署，组织全员参加集中学习，覆盖所有研讨问题，深入开展研讨交流，全面政治对标，促进水利高质量发展。

一是进入新发展阶段是中华民族伟大复兴历史进程的大跨越，水利工作要增强紧迫感和使命感，跟上时代步伐，全面建设民生水利、绿色水利、智慧水利、安全水利、法治水利，实现高质量发展。

二是新发展理念是引领中国特色社会主义事业发展的思想先导和行动指南，水利工作要从根本宗旨、问题导向、忧患意识等方面，满足人民对水的美好需求，解决水资源空间失衡及短缺等问题，避免发生影响全局的水危机事件，完整、准确、全面贯彻新发展理念。

三是新发展格局是关系我国发展全局的重大战略任务，水利工作要坚持创新引领，加快水利基础设施建设，扩大内需，促进供给侧改革，打通丰水地区水资源利用堵点，增强水资源要素与其他经济要素的适配性。

四是高质量发展是经济社会发展方方面面的长期要求，水利服务高质量发展，既要发挥保障作用，支撑合理用水需求和安全需求；又要发挥促进作用，发挥水资源刚性约束，同时水利自身也应当高质量发展。

节约用水促进中心

深刻领悟“国之大者”，找准工作的定位和方向，悉大局、明大势，全面提高政治判断力、政治领悟力、政治执行力，“跳出水利看水利”，研究推进水利高质量发展。

心怀“国之大者”，准确认识新发展阶段战略形势，找准水利工作的定位和方向。推进新发展阶段节约用水工作，要处理好发展与安全、当前与长远、政府与市场、激励与约束的关系，推进水资源集约安全利用。

心怀“国之大者”，精准把握新发展理念。始终坚持以人民为中心的发展思想，让水利发展成果更多更公平惠及全体人民；精准认识水利工作与高质量发展需求的差距，推动发展方式转变；常怀忧患意识、坚持底线思维，确保用水安全。

心怀“国之大者”，瞄准构建新发展格局。深刻把握党中央在关心什么、强调什么。着力拓展投资空间，发挥水利拉动内需的引领作用；着力推动水资源供给侧改革，确保水资源要素在国民经济社会发展的有机衔接和循环流转；着力推动水利重点领域改革，激发市场活力，释放内需潜力，推动转型升级。

对“国之大者”了然于胸，旗帜鲜明讲政治，增强“四个意识”、坚定“四个自信”、坚决做到“两个维护”，推动节水工作经得起实践、人民和历史检验。

河湖保护中心

做到政治对标，就要着力提高“政治三力”。要胸怀“两个大局”，心怀“国之大者”，在谋划水利及河湖保护工作中，切实增强“四个意识”，坚定“四个自信”，做到“两个维护”，把提高“政治三力”作为检验政治对标的重要标尺。

做到政治对标，就要不断精确校准靶心靶向。自觉对标党的创新理论的政治要求，对标以人民为中心的发展思想，对标进入新发展阶段的历史方位，对标新发展理念的指导原则，对标构建新发展格局的战略抉择，把人民对水利的需求和期盼作为行动方向，在新阶段推动水利高质量发展、建设幸福河湖、促进人与自然和谐共生、建设美丽中国中做到“惟进取也，故日新”。

做到政治对标，就要锚定目标任务抓执行。在贯彻执行党中央决策部署走好“最初一公里”、在坚决执行部党组部署要求走好“第一方阵”上狠抓落实，以制订“十四五”规划为契机，聚焦河湖长制顶层设计，强化河湖监督管理体系、河湖治理技术集成、数字河湖智慧河湖建设等方面，为完善体制机制和法治提供强有力支撑，推进河湖保护与高质量发展、创造高品质生活相协调。要发扬为民服务孺子牛、创新发展拓荒牛、艰苦奋斗老黄牛的精神，不折不扣地将部党组各项决策部署落地落实。

南水北调中线干线工程建设管理局

水利部党组巡视整改“三对标、一规划”专项行动开展以来，中线建管局高度重视，精心组织，周密安排，在1432公里长渠上迅速掀起学习习近平总书记讲话、对标总书记要求、谋划新阶段发展的热潮。

一是通过“政治对标”，把准新定位。南水北调工程通水以来，习近平总书记先后对工程定位作出重要指示，从“战略性基础设施”到“重大战略性基础设施”，再到“优化水资源配置、保障群众饮水安全、复苏河湖生态环境、畅通南北经济循环的生命线”，凸显南水北调工程在党和国家事业发展全局中的地位愈加重要。它不仅是一项利国利民的民生工程，更是一项“国之大者”的政治工程。

二是通过“政治对标”，扛起新使命。中线建管局将全面对标进入新发展阶段、贯彻新发展理念、构建新发展格局的使命要求，不断促进工程提质增效，统筹发展与安全，加快推进后续工程建设，提高水资源与经济社会发展的适配性。

三是通过自身高质量发展，书写水利人的使命担当。中线建管局将切实提高政治判断力、政治领悟力、政治执行力，进一步提升管理水平，使工程安全更稳固、水质更放心、管理更高效，为推动水利高质量发展贡献力量。

南水北调东线总公司

从习近平总书记“3·14”重要讲话到推动长江经济带座谈会、黄河流域生态保护和高质量发展座谈会重要讲话，从视察江都水利枢纽到“十四五”规划纲要中对“国家水网骨干工程建设”作出战略部署，彰显了水利在新发展阶段中的重要地位和作用。

心怀“国之大者”，就要跳出水利看水利。解决好怎么看的问题，就要站在以人民为中心的角度、站在国民经济发展的角度、站在落实习近平生态文明思想的角度看水利；解决好干什么的问题，就要立足新发展阶段，贯彻新发展理念，融入新发展格局；解决好怎么干的问题，就要提高政治判断力、政治领悟力、政治执行力。

胸怀大局才能高屋建瓴，把握大势才能明辨方向，着眼大事才能切中要害。找准南水北调东线发展定位，明确“两个一百年”奋斗目标中水利目标任务，从全局谋划一域、以一域服务全局，畅通南北经济循环，拉动内需、增加有效供给，推进“一带一路”中水利基础设施建设，融入国内大循环为主体、国内国际双循环相互促进的新发展格局，努力将南水北调东线工程打造成优化水资源配置、保障群众饮水安全、复苏河湖生态环境、畅通南北经济循环的生命线。

中国水利学会

一要注重从政治上看水利。正确对待政治与业务的关系、“国之大者”与治水事业的关系，要透过现象看本质、借助局部窥全局、立足当前度未来，才能跳出水利看水利、胸怀全局办水利。

二要滋养政治判断力，立足新发展阶段思考水利。治水面临的主要矛盾已从人与水之间的矛盾演变为人与人之间的矛盾；在人与人的矛盾中，矛盾的主要方面已从供给不足转向需求失范；在人与水的矛盾中，矛盾的主要方面已从水对人的伤害演变成人对水的伤害。

三要砥砺政治领悟力，本着新发展理念谋划水利。突出“节水优先、以水定需”的理念，着力运用法律、经济、行政、科技的手段，强化水的社会管理，坚决调整人的行为、纠正人的错误行为。

四要强化政治执行力，面向新发展格局推进水利。重新梳理贯彻“十六字”治水思路的对策措施；对症下药，举一反三，真抓实干，勇于担当。

五要胸怀“国之大者”，实现水利高质量发展。胸怀“国之大者”，把水安全风险防控作为守护底线，把水资源承载力作为刚性约束上限，把水生态环境保护作为控制红线，加快建设国家水网工程，不断完善江河湖泊保护监管体系，全面提升水安全保障能力。

南京水利科学研究院

一要把提高“政治三力”作为水利科研工作的重要前提。要学精悟透习近平总书记关于治水系列重要讲话精神，始终把“十六字”治水思路作为科研工作者认识、分析、解决我国复杂水问题的强大思想武器，坚持科技先行、超前研究，着力解决好水安全保障、水治理体系与能力现代化建设中的突出问题，服务水利高质量发展。

二要把新发展理念作为水利科研工作的重要遵循。要坚持创新引领，贯彻新发展理念，实现“三个转变”：从工程建设关键技术研究向工程建设和安全保障关键技术研究转变；从具体科技问题研究向更加注重支撑国家战略和行业中心工作的重大科技问题研究转变；从水科学与水工程自然规律研究向水工程对经济社会发展影响的研究并重转变，提升服务国家重大战略和行业改革发展的支撑能力。

三要把推进高质量发展作为科研工作的重要目标。围绕国家战略和重大水利国际前沿问题组织攻关，强化基础研究和关键核心技术攻关，强化传统优势学科与现代信息技术融合，加大科技体制机制创新，建立健全人才与成果评价体系，力争多出成果、多出人才，以高质量科技供给支撑水利高质量发展。

国际小水电中心

根据水利部党组“三对标、一规划”专项行动“政治对标”阶段部署，国际小水电中心召开两次中心组（扩大）理论学习会，紧扣6个重点题目展开交流研讨。

“政治对标”阶段学习和领悟的关键就是要自觉地在政治立场、政治方向、政治原则、政治道路上同以习近平同志为核心的党中央看齐，向党的理论和路线方针政策看齐，向党中央决策部署看齐；进一步增强“四个意识”、坚定“四个自信”、做到“两个维护”，提高政治站位，把准政治方向。

一要深刻认识新发展阶段，切实落实习近平总书记“十六字”治水思路和重要讲话精神，对标使命担当开拓新局面；二要深入贯彻新发展理念，推动小水电绿色可持续发展，对标绿色发展谋划新篇章；三要准确把握新发展格局，统筹推进国内和国外两方面工作，对标重大战略落实新作为；四要紧盯高质量发展主题，更好服务“一带一路”绿色外交，对标描绘水利规划新蓝图；五要切实强化政治意识，不断提高政治判断力、政治领悟力、政治执行力，及时对表对标，提高政治站位；六要深刻领会“国之大者”，对标做到“跳出水利看水利”，讲好中国故事、讲好水利故事，建设好水利国际合作的重要窗口。

中国水利博物馆

深入学习习近平总书记关于“三新一高”重要论述，就是要从政治上提高站位，从全局谋划工作，努力实现“政治能力强、业务水平高”。

一是在新发展阶段中谋划水博发展。要从开启社会主义现代化建设新征程的高度找准定位，从习近平总书记关于文化发展特别是水文化保护传承发展的重要指示中增强历史使命感和责任感，编制好“十四五”发展规划，突出研究立馆、生态建馆、科技强馆、开放办馆，努力打造具有国际影响力的研究型博物馆。

二是在落实新发展理念中发展水博。创新“党建+展览”服务模式，推动党建工作取得新突破。围绕全方位多层次人才建设目标，促进职工与水博协调发展。以“生态建馆”理念推进园区生态保护，打造满足人民群众需求的绿色水生态乐园。围绕数字水博建设“十四五”规划，建设开放协同的数字博物馆。适应常态化疫情管控，强化智慧传播，打造共享交互式线上服务平台。

三是在构建新发展格局中壮大水博。作为水文化传承和弘扬的重要阵地，必须心怀“国之大者”，坚持正确政治方向，充分发挥全国水利博物馆联盟和全球水博物馆联盟两大平台作用，共建水与人类命运共同体，在世界舞台讲好中国水利故事。

移民管理咨询中心

一要深入贯彻新发展理念。要坚持以人民为中心，尊重自然、顺应自然、保护自然，实现人水和谐，打造幸福河湖。要坚持问题导向，用发展观念和系统思维正确认识水灾害频发、水资源短缺、水生态损害、水环境污染问题。要增强忧患意识，从战略全局的高度，从时间空间的维度，主动应对、统筹布局，科学谋划水利改革发展规划。

二要努力提高“政治三力”。提高政治判断力，心怀“国之大者”，善于从政治高度、角度、广度观察、分析和判断问题，牢牢把握“三新一高”核心要义。提高政治领悟力，深入学习、深刻领会党中央精神，始终同党中央保持高度一致，认真贯彻“十六字”治水思路。提高政治执行力，经常同党中央精神对表对标，经常同水利部党组部署要求对表对标，科学谋划发展计划并抓好落实。

三要实现水利高质量发展。水利高质量发展体现在生活、生产、生态三个层面，高品质生活需要高质量水保障，高质量生产需要高质量水供给，美丽生态需要高质量水支撑。要“跳出水利看水利”，从国家总体战略布局高度、从各行业发展需求角度、从人民对美好生活的满意度看水利，积极主动对接，上下左右衔接，使水利高质量发展融入经济社会发展大局，融入生活生产生态各方面。

把准政治方向之舵

——水利部巡视整改“三对标、一规划”专项行动“政治对标”阶段学习纪实

（2021 年 4 月 8 日）

本报记者 马晓媛

习近平总书记强调，巡视发现问题的目的是解决问题，做好巡视“后半篇文章”关键要在整改上发力。今年 2 月底，对照巡视发现的问题，水利部迅速部署开展“政治对标、思路对标、任务对标，科学编制‘十四五’水利发展规划体系”专项行动。开展“三对标、一规划”专项行动是水利系统的一件大事，是水利部高标准按照中央巡视整改要求，增强“四个意识”、坚定“四个自信”、做到“两个维护”，不折不扣坚决贯彻落实习近平总书记关于巡视整改指示批示精神和党中央决策部署的实际行动。

“本阶段学习实现了全面覆盖、全员参与，大家发言主题聚焦、联系实际、研讨深入、认识深刻，达到了学习研讨的预期目标。”3 月 17 日，在水利部巡视整改“三对标、一规划”专项行动“政治对标”阶段学习成果交流研讨会上，水利部部长李国英总结道。

水利部开展“三对标、一规划”专项行动，目的是完整、准确、全面把握和贯彻党中央和习近平总书记有关重要要求，推动巡视整改与制定实施“十四五”规划、深化水利改革、全面从严治党等深度融合，确保巡视整改政治任务落到实处、取得实效，确保新阶段水利高质量发展开好局、起好步。

成立专项行动领导小组，制定行动实施方案，印发学习资料，制定考核评估标准，督促水利系统各司局、各单位进行全员全覆盖深入学习……经过 20 多天紧张有序推进，专项行动第一阶段“政治对标”学习交流研讨会如期举行。会上，大家深刻阐述了对把握新发展阶段、贯彻新发展理念、构建新发展格局、推动高质量发展的理解，心怀“国之大者”，“跳出水利看水利”，结合自身工作，畅谈了如何推进“十四五”水利高质量发展，如何为建设现代化强国提供强大的水利支撑。

集中深入的学习、交流、讨论，进一步帮助全系统党员干部提高了政治站位、把牢了政治方向、强化了政治责任，更为水利高质量发展打牢了政治“根基”。

严肃对待强意识

“下面请评估小组成员进行现场评分。”

在“政治对标”阶段学习交流研讨会上，各单位完成交流发言后，评估小组现场立即进行打分，这样的评估方式，不由得让人心生紧张。

总分5分、包含4项评估内容、打分后需签名，每一项规定、每一个说明、每一道流程，都让人感受到水利部开展“政治对标”学习的严肃认真。

“政治对标”是“三对标、一规划”专项行动的第一阶段。政治对标，既是水利部政治机关属性的根本要求，也是巡视整改的现实要求，更是新阶段找准水利改革发展方向的必然要求。做好“政治对标”，是确保“十四五”乃至今后一段时期水利发展行稳致远的根本。

针对如何做好“政治对标”，专项领导小组迅速制定学习方案，细化学习目标任务，积极按期组织推进，强化督导考核，以确保学习取得实效。

学习领会习近平总书记在省部级主要领导干部学习贯彻党的十九届五中全会精神专题研讨班开班式上的重要讲话精神，习近平总书记在中央政治局第二十七次集体学习时的重要讲话精神，习近平总书记关于提高政治判断力、政治领悟力、政治执行力的重要论述精神，习近平总书记关于“国之大者”的重要讲话精神，习近平总书记关于全面从严治党的重要讲话精神——全面清晰的学习题目，旨在教育引导广大党员干部职工自觉主动向以习近平同志为核心的党中央看齐，向党的理论和路线方针政策看齐，向党中央决策部署看齐。

为进一步突出重点，提升学习研讨效果，部党组书记、部长李国英亲自拟定了6个重点研讨题目。

同时，还特别邀请了两位专家进行两场辅导讲座，详细分析了准确把握进入新发展阶段、贯彻新发展理念、构建新发展格局、推动高质量发展的本质意义和内涵要求，为大家准确领会好中央精神和决策部署，提供了帮助和参考。

经过紧张集中的“政治对标”学习和研讨交流，大家一致认为，必须把讲政治作为根本要求，自觉向以习近平同志为核心的党中央看齐，提高政治站位，把准政治方向，正确处理政治与水利业务的关系，完整、准确、全面贯彻新发展理念，构建新发展格局，增强在大局下谋划推动新阶段水利高质量发展的思想自觉和能力水平。

学深悟透稳立场

“加快构建新发展格局，是进入新发展阶段实现‘第二个百年’奋斗目标的战略抉择。”3 月 2 日，在“政治对标”阶段第一场辅导讲座上，中央党校（国家行政学院）经济学教研部主任韩保江教授深入解读了把握新发展阶段、贯彻新发展理念、构建新发展格局的理论逻辑、历史逻辑和实践逻辑。会场内，全员聚精会神，认真记录。

增强政治意识，把握好政治大局，不断提高政治“三力”，需要学懂弄通悟透中央精神。为了达到这个目标，除了邀请专家通过现场和视频方式进行全员集中辅导讲座外，各司局各单位还结合自身工作实际，以多种形式多次开展“政治对标”学习。

水利部办公厅全厅发动、全员覆盖，紧紧围绕“政治对标”阶段 6 个重点题目，分党小组、支委（扩大）会两个层面开展学习研讨，确保专项行动起好步、有实效；

人事司开展 3 次集中研讨，各党小组分别组织研讨交流，青年党员在青年讲堂分享心得体会；

水利工程建设司采取个人自学、小组研讨、专题辅导、集体研讨相结合的方式，并结合有序推进水利工程建设、规范水利建设市场秩序等职责，开展“政治对标”集中研讨；

海河水利委员会及时向全体干部职工发放专题学习资料，党组成员带头研学，委机关各部门、委直属各单位细化工作方案，制定学习计划，通过个人学习、集中学习、网络学习等多种形式，迅速开展学习；

预算执行中心印发“政治对标”专题学习研讨方案，对学习内容、研讨重点题目等作出明确安排，全体干部职工参加集中学习研讨，认真开展自学。

…………

通过深入学习、充分研讨、严格对照，水利系统全体干部职工进一步提高了政治站位，增强了主动看齐意识和在大局下谋划工作的思想自觉、政治自觉、行动自觉，政治判断力、政治领悟力、政治执行力进一步提高。

联系实际谋发展

“政治对标”阶段学习的最终落脚点，是引导广大水利干部职工坚持政治立场不移、政治方向不偏，推动水利事业发展沿着正确方向行稳致远。确保“政治对标”见实效、出战果，水利系统各司局各单位将学习与自身工作实际紧密结合，谈感想、谈体会、谈打算。

针对“十四五”水利规划的制定，规划计划司干部职工表示，将深刻学习领会习近平总书记的重要讲话精神，统筹“两个大局”，心怀“国之大者”，把新发展理念贯彻到谋划发展、制定政策、部署任务、推进工作的各环节，聚焦问题短板，突出民生导向，科学谋划“十四五”水利规划。

水利水电规划设计总院干部职工表示，一定要坚决落实习近平总书记“十六字”治水思路，坚持治水兴水、为国为民，始终从讲政治的高度，以水利规划、战略研究和前期技术审查为立院根本，支撑水利行业顶层设计。

推动长江经济带高质量发展是党中央作出的重大决策，长江水利委员会干部职工表示，要科学编制好长江流域（片）“十四五”水安全保障规划和长江水利委员会改革发展“十四五”规划，将创新理念全面运用于水行政管理、内部管理、科学技术支撑等领域，围绕增强科技创新能力、推动治江平衡发展、改善流域生态环境、提高国际合作水平等重点领域和关键环节，继续深化改革。

“让黄河成为造福人民的幸福河”是习近平总书记发出的伟大号召。黄河水利委员会干部职工表示，要深刻领会习近平总书记关于提高政治判断力、政治领悟力、政治执行力的重要论述，完善顶层设计，推进黄河治理体系与治理能力现代化，深入贯彻全面从严治党各项要求，紧密结合黄河保护治理实际，深入把握“国之大者”深刻内涵，推动新阶段黄河流域生态保护和高质量发展。

今年是中国共产党成立100周年，结合党建工作，水利部机关党委干部职工表示，面对新阶段艰巨而繁重的任务，机关党委要抓好全面从严治党责任和任务的落实，引导党员干部持续改进作风，在落实“三新一高”中发挥引领保障作用。

…………

旗帜鲜明讲政治，凝心聚力谋发展。通过“政治对标”阶段学习，水利系统全体干部职工更加自觉地在思想上政治上行动上，同以习近平同志为核心的党中央保持高度一致，全行业上下拧成一股绳，心往一处想，劲往一处使，奋楫扬帆，启航新阶段水利高质量发展新征程。

思路对标阶段

水利部举办“三对标、一规划”专项行动第三场专题辅导讲座

（2021 年 3 月 20 日）

本报记者　王曼玉　马晓媛

3 月 19 日，水利部党组举行中心组（扩大）学习会，邀请十三届全国政协常委、全国政协经济委员会副主任杨伟民围绕“习近平生态文明思想和治水方针”作专题辅导讲座。

水利部党组成员、副部长田学斌主持学习会，部党组成员、驻部纪检监察组组长田野，副部长陆桂华，部党组成员、副部长魏山忠参加学习。

杨伟民对习近平生态文明思想的精髓要义和“节水优先、空间均衡、系统治理、两手发力”治水思路内涵要求进行了深入阐释、系统解读，对引导干部职工全面领会习近平总书记对治水工作的一系列指示要求，深刻把握贯彻“十六字”治水思路面临的形势任务、需要的方法路径、肩负的使命责任具有重要指导作用。

田学斌要求，各司局各单位要以本次专题辅导讲座为契机，在“三对标、一规划”专项行动“思路对标”阶段，深入思考如何完整、准确、全面理解和把握“十六字”治水思路的内涵要求，对照“需要深入研究的重大问题和重大方案”查找水利系统广大干部职工的差距有哪些、原因在哪里，提出解决办法和路径，努力推动新阶段水利高质量发展。

部总师，驻部纪检监察组负责同志、部机关司局主要负责同志、在京直属单位党政主要负责同志在主会场参加学习；驻部纪检监察组、部机关司局级领导干部在分会场参加学习；驻部纪检监察组、部机关司局、直属各单位干部职工通过水利蓝信视频会议系统同步参加学习。

水利部举办"三对标、一规划"专项行动第四场专题辅导讲座

（2021年3月25日）

本报记者　王曼玉　杨文杰

3月23日，水利部党组举行中心组（扩大）学习会，长江水利委员会主任马建华、黄河水利委员会主任岳中明分别围绕学习贯彻习近平总书记关于推动长江经济带高质量发展、黄河流域生态保护和高质量发展重要讲话精神作专题辅导讲座。水利部党组书记、部长李国英出席。

水利部党组成员、副部长田学斌主持学习会，部党组成员、驻部纪检监察组组长田野，副部长陆桂华，部党组成员、副部长魏山忠参加学习。

马建华、岳中明分别围绕准确理解和把握习近平总书记重要讲话指示批示精神，贯彻落实推动长江经济带高质量发展、黄河流域生态保护和高质量发展国家重大战略，全面推动流域提升水安全保障能力作了全面深入的阐释解读。参加辅导讲座的干部职工表示，讲座对于深入领会习近平总书记"节水优先、空间均衡、系统治理、两手发力"治水思路的核心要义和丰富内涵，准确把握推动长江经济带高质量发展、黄河流域生态保护和高质量发展的根本要求和重大部署，进一步找准新阶段水利高质量发展的正确方向具有重要意义。

部总师，驻部纪检监察组负责同志，部机关司局主要负责同志，京内、外直属单位党政主要负责同志，各流域管理机构纪检组组长在主会场参加学习；驻部纪检监察组、部机关司局级领导干部在分会场参加学习；驻部纪检监察组、部机关司局、直属各单位干部职工通过水利蓝信视频会议系统同步参加学习。

水利部党组举办巡视整改“三对标、一规划”专项行动“思路对标”阶段专题学习会

（2021 年 4 月 20 日）

本报记者　李海川　马晓媛

4 月 19 日，水利部党组举办中心组（扩大）学习会，开展巡视整改“三对标、一规划”专项行动“思路对标”阶段交流研讨，检验学习成效。水利部党组书记、部长李国英主持会议并讲话，部领导田学斌、田野、陆桂华、魏山忠出席会议并作交流发言。

中国水利報
China Water Resources News

水利部党组举办巡视整改“三对标、一规划”专项行动“思路对标”阶段专题学习会

水利部党组召开会议研究黄河保护立法工作

扎实推进“任务对标” 边学边干善作善成

田学斌调研山东引黄灌区现代化改造

除险加固

党建引领促业务 双向交流强队伍

全国楹联大赛活动启事

真情铺就扶贫路

李国英指出，在“思路对标”阶段，各司局各单位联系工作实际对表对标、深入研讨，提升了完整、准确、全面理解贯彻习近平总书记“节水优先、空间均衡、系统治理、两手发力”治水思路的能力，增强了将习近平总书记治水重要讲话指示批示精神在新阶段水利高质量发展实践中落地落实的动能，深化了对新阶段水利高质量发展面临的新形势新任务新要求的认识，思考了本领域新阶段高质量发展对表对标下的路径选择和工作举措，实现了阶段学习研讨的预期目标。

李国英强调，强化“思路对标”，深入贯彻落实习近平总书记治水重要讲话指示批示精神，要始终坚持人民立场，精准把握人民群众

日益增长的涉水需求，下大气力解决好人民群众最关心最直接最现实的涉水问题，不断增强人民群众的获得感、幸福感、安全感。要始终坚持问题导向，着眼预期结果，倒序查问题，正序抓落实，以高度负责的态度和担当精神正视和面对问题，在解决问题中推动新阶段水利高质量发展。要始终坚持忧患意识，加强对水利风险源的排查研判，提高动态监测、实时预警能力，完善风险防控机制，不断推进水利风险防控工作科学化、精细化，夯实新阶段高质量发展的水安全基础。要始终坚持系统观念，加强前瞻性思考、全局性谋划、战略性布局、整体性推进，加强与国家重大战略的对接，把近期、中期、远期目标统筹起来，把水安全、水资源、水生态、水环境、水文化统筹起来，在统筹兼顾中实现协同发展、提升整体效能。

李国英要求，下一步的“任务对标”阶段，要深学细研习近平总书记在党的十九届五中全会上的重要讲话精神、《中共中央关于制定国民经济和社会发展第十四个五年规划和二〇三五年远景目标的建议》以及“十四五”规划纲要，准确领会中央关于编制“十四五”规划的战略意图、具体要求，把水利工作担负的工作任务领会准、工作目标掌握清、落实措施搞具体，为科学编制“十四五”水利发展规划体系提供有力支撑。要走深走实、边学边干、善作善成，确保习近平总书记治水重要讲话指示批示精神和党中央、国务院各项决策部署不折不扣落到实处，以专项行动的扎实成效庆祝建党100周年。

会议分两个阶段进行。第一阶段为分组学习，部领导、各总师组织全部22个司局、31家直属单位分组开展研讨交流，并进行学习成效评估；第二阶段为集中学习，部领导、各总师参加学习并作交流发言。

社论：

切实增强“政治三力”着力推进“思路对标”

（2021 年 3 月 19 日）

本报记者　赵建平

3 月 17 日，水利部党组举办中心组（扩大）学习会，交流研讨巡视整改“三对标、一规划”专项行动“政治对标”阶段学习成果，根据统一安排，专项行动由此转入“思路对标”阶段。此次研讨交流，部属系统全员深度参与，是一场思想认识的总结会，也是一次思想认识的动员会。我们要将思想和行动切实统一到水利部党组的决策部署上来，充分运用好“政治对标”阶段成果，切实增强政治意识，进一步提升政治判断力、政治领悟力、政治执行力，着力推进“思路对标”，确保专项行动取得实实在在的效果。

“三对标、一规划”专项行动第一阶段“政治对标”阶段，持续将近一个月的时间，总体看达到了本阶段学习研讨的预期目标。广大党员干部职工对如何准确把握新发展阶段、深入贯彻新发展理念、加快构建新发展格局，推动高质量发展有了新的认识，对心怀“国之大者”“跳出水利看水利”，尤其是对水利在建设社会主义现代化国家大局中的战略地位、支撑和保障作用有了新的认识。第一阶段的学习成果值得充分肯定，最为重要的就是通过“政治对标”，对增强政治判断力、政治领悟力、政治执行力有了更深刻的理解和把握。不断提高政治判断力，就要自觉在大局下思考水利工作，加强对水利工作的前瞻性思考、全局性谋划、战略性布局、整体性推进，在重大问题和关键环节上始终坚持正确的政治方向。不断提高政治领悟力，就要时刻关注党中央在关心什么、强调什么，紧扣民心这个最大的政治，紧密结合水利工作实际，弄清楚该干什么、该怎么干，以新阶段水利高质量发展服务“国之大者”。不断提高政治执行力，就要把党中央关于水利工作的决策部署体现到谋划水利重大战略、制定水利重大政策、部署水利重大任务、推进水利重大工作的实践中去，锻造干事创业的真本领真担当。

按照水利部党组的统一部署和“三对标、一规划”专项行动方案，第一阶段的任务已经完成，从现在起已经转入第二阶段——“思路对标”。第一阶段是第二阶段的基础，第二阶段是第一阶段的深化，这是人类认识事物的规律，也符合事物自身发展的规律。“政治对标”是“思路对标”的基础，“思路对标”是“政治对标”的应用、落实和升华，也是“政治对标”的必然要求。“思路对标”首先要从政治上自觉对表对标，向党的理论和路线方针政策看齐，要深学细研领悟习近平总书记关于学习贯彻党的十九届五中全会精神的重要讲话精神，深入学习贯彻习近平总书记治水重要讲话指示批示精神，确保把准方向。“思路对标”，就要提高贯彻党中央要求、推动构建新发展格局的能力和水平，进一步找准推动新阶段水利高质量发展的方向和路径。“思路对标”，就是要提高政治站位，把习近平总书记的治水思路和治水重要讲话指示批示精神作为水利各方面各领域工作的根本遵循，作为我们认识、分析、解决我国复杂水问题的强大思想武器，确保水利事业始终沿着正确的轨道前行，推动“十六字”治水思路在新阶段水利高质量发展实践中落地生根、开花结果，确保完成好党中央赋予我们的水利使命。

做好“思路对标”，我们需要准确把握好这一阶段的要求。“思路对标”要全面深化学习。要根据水利部党组关于“思路对标”阶段的学习安排，学好用好习近平总书记关于治水工作的重要论述，坚决贯彻习近平总书记治水重要指示批示精神，全面准确领会习近平总书记关于水利工作的重要论述中蕴含的立场观点方法，切实运用习近平总书记关于水利工作的重要论述指导实践、推动工作。“思路对标”要坚持问题导向。要着眼中央巡视反馈意见指出的问题，对照习近平总书记“节水优先、空间均衡、系统治理、两手发力”治水思路，对照需要深入研究的重大问题和重大方案，查找差距、剖析原因，研究提出解决办法和路径，把解决问题作为追求的奋斗目标，推动贯彻“十六字”治水思路在新阶段水利工作中落到实处，取得实效。“思路对标”要做到全员覆盖、以上率下。这是一次部属系统全员参与的大兵团作战，每个党组织、每名党员、每位干部职工要深度参与，做到全员覆盖。各级领导干部要带头学习、带头研讨，谋划、推动、组织实施好本单位的专项行动，一层做给一层看、一级带着一级干，确保取得实实在在的效果。

对表对标，持续推进，善作善成。“三对标、一规划”专项行动第二阶段的任务已经启动，我们要始终在思想上政治上行动上同以习近平同志为核心的党中央保持高度一致，始终保持清醒的头脑，切实增强政治判断力、政治领悟力、政治执行力，着力推进“思路对标”，深入思考，科学谋划，找准水利改革发展的方向和路径，使水利工作思路始终与党中央要求紧密对接，在自觉、主动、全面对标中推动水利改革再深入、认识再深化、实践再创新。

松辽委：“五重工作法”推进专项行动走深走实

（2021 年 4 月 8 日）

本报记者　王勇

松辽水利委员会根据自身实际，采用“五重工作法”，推进“三对标、一规划”专项行动走深走实。

一是召开会议重部署。各部门（单位）一把手及时部署，成立领导小组，召开专题会议，印发实施方案，明确目标任务。二是成立专班重保障。多次召开碰头会，建立沟通机制，明确分工，作出保密和专项工作提醒 3 次，做到小事沟通解决、大事研究讨论。三是学习研讨重覆盖，参加辅导讲座 3400 余人次，撰写研讨材料 847 份，做到学习全参与、研讨全覆盖、回应全达标。四是督导检查重实效。印制监督方案和督导清单，成立督查组，联合工作专班分批进行督导，及时反馈督导结果。五是成效评估重成果。制定实施方案，确定评估工作组和评分细则，客观评估成效，注重成果运用。

水库移民司：坚持统筹推进　深入学习研讨

（2021 年 4 月 8 日）

本报通讯员　张栩铭

水利部水库移民司坚持统筹推进巡视整改、“三对标、一规划”专项行动、党史学习教育和业务工作，“思路对标”阶段启动以来，各处、青年理论学习小组、各党小组积极开展学习交流研讨，取得了较好效果。

通过深入学习研讨，移民司干部职工普遍认为，要切实提高政治站位，使水利工作的思路始终和党中央要求紧密对接；要坚持问题导向，着眼中央巡视反馈意见指出的问题，对照“十六字”治水思路，查找差距，分析原因，严格按照时间节点将整改措施落实到位；要坚持人民至上，扎实做好移民司承担完成的“我为群众办实事”实践活动，巩固拓展水利扶贫成果同乡村振兴有效衔接，发扬密切联系群众的优良作风，广泛听取意见，让水库移民工作为人民群众带来更多获得感、幸福感。

监督司：理思路　谋发展

（2021 年 4 月 9 日）

本报通讯员　成鹿铭

在“思路对标”专题学习阶段，水利部监督司全体党员干部，紧密围绕习近平总书记“十六字”治水思路，立足水利监督工作实际，认真开展个人自学和党小组集体学习，形成抓学习、理思路、谋发展的浓厚氛围。

监督司组织开展“思路对标”专题学习，全体干部职工结合年度工作和对“十四五”水利监督工作的思考，深入交流学习体会，表示要从宏观方面把握治水思路，深刻领会习近平总书记“十六字”治水思路和治水工作重要讲话指示批示精神的深刻内涵；从履职角度明确监督思路，继续从法制、体制、机制三方面构建横向到边纵向到底的监督体系。同时，着力研究解决问题，强化成果运用；从提质方面找准工作思路，不断推进监督工作的常态化、规范化和法治化，坚定不移推动监督体系向市县延伸。

太湖局：发挥“关键少数”领学作用强化处室单位学习主导

（2021年4月10日）

本报通讯员　代子阳

太湖流域管理局自转入“思路对标”阶段起，坚持全员覆盖，共同学习探讨，碰撞思想，谋划思路，持续保持“政治对标”专题学习研讨形成的比学赶超氛围。

太湖局干部职工深入学习习近平总书记“节水优先、空间均衡、系统治理、两手发力”的治水思路和系列治水重要讲话精神，深学细研，与党中央决策部署、部党组工作要求对表对标。坚持发挥“关键少数”领学作用，举办党组理论中心组（扩大）学习会，组织部门、单位主要负责人围绕“思路对标”开展重点问题专题研讨，谋划“十四五”流域水利规划体系。强化处室单位学习主导作用，组织干部职工围绕实际工作畅所欲言、碰撞思想，做到学有所思、思有所悟，以学习成果指导工作实践。

兵团作战　对标补短

——海河水利委员会全力推进“三对标、一规划”专项行动

（2021 年 4 月 10 日）

本报记者　杨婧

初春时节，寒意未尽。海河水利委员会上下 3000 多名干部职工投身“三对标、一规划”专项行动，开展一场“大兵团作战”。

“这是一次全员覆盖、深度参与、上下联动、整体推进的重要行动，全委系统必须迅速行动起来。”2 月 24 日，海委党组书记、主任王文生强调。

专项行动启动以来，海委党组统筹谋划、专题部署，海委系统各部门各单位分阶段、多专题压茬推进，真正让每一个动作、每一项措施落实在“三对标、一规划”专项行动中，落实在推动新时代海河流域治水事业高质量发展上来。

以上率下　领导干部负总责

专项行动开展以来，海委党组严格按照水利部党组部署要求，快速行动，发挥“头雁”效应，党组成员带头深学细研“政治对标”“思路对标”专题学习资料，坚持解放思想、实事求是，围绕流域新老水问题，深入谋划流域治水事业和海委改革发展，引领全委干部职工学深走实。各部门、各单位主要负责同志作为第一责任人切实担负起政治责任，细化实化工作方案，制定学习研讨计划，带头查找问题短板，精准务实开展整改……确保专项行动取得实实在在的成果。

全员参与　党员群众齐研讨

海委深刻认识“专项行动是全员参与的大兵团作战”的行动要求，按照横向覆盖、纵向深入的原则，每个党组织、每名党员、每名职工均参与其中，决不漏学一人、掉队一人。学习研讨会上，人人结合实际分享学习感悟，深刻领悟进入新发展阶段、贯彻新发展理念、构建新发展格局的理论逻辑、历史逻辑和实践逻辑，在一次次的思想碰撞中提高政治站位，不断增强政治判断力、政治领悟力、政治执行力。

"学习研讨告别了枯燥的一人说、众人听的模式，增强了我们每个人的参与感和成就感，扩宽了我们的思路，促使大家从多个角度获得学习成果，增强了学习的系统性、针对性和深入性。"一位职工说。

强化督导　确保行动见实效

海委成立督导检查组，对委系统"三对标、一规划"专项行动阶段性工作开展情况进行督导检查，确保各项工作任务步调一致、扎实开展。督导组通过电话问询、发放统计表等形式对海委系统各层级单位专项行动组织开展情况和干部职工参与情况进行随机抽查，并将督导检查结果在全委系统进行通报。

结果显示，"政治对标"阶段，海委系统线上同步收看水利部"三对标、一规划"专项行动专题辅导讲座达5400余人次，集中学习研讨260余次，撰写学习研讨材料1600余份，成效显著。

紧扣实际　科学务实谋大局

思路上找差距，问题上齐对标，工作上补短板。结合"三对标"要求，海委党组把准政治方向，从政治高度全力推进海河流域水利高质量发展。专题研究规划计划，抓矛盾、找差距，科学部署编制流域"十四五"水安全保障规划；深入研究防汛形势，加紧落实"四预"要求，以高度的政治责任护佑流域安澜；以推动机关党的建设高质量发展为主题，以党的政治建设为统领，主动担当作为，狠抓工作落实；密集研究流域水利信息化工作，深入学习数字流场、数字孪生等概念和新技术，加快推进数字流域、智慧海河框架设计……

同时，海委各部门、单位创新学习形式，将专项行动与实际工作相融合，做到以学促行、以行践学。海委审计处将党小组建在审计组上，专项行动学习与审计项目开展同推进、同落实。海委漳卫南局德州河务局创新建立"组内交流一组间交流"的"支干流"学习体系，思想火花不断碰撞，工作思路不断拓展。

目前，"思路对标"阶段的学习讨论正如火如荼进行着。通过这场全方位的理论大学习、深刻的思想大解放，海委系统全体干部职工将以更加饱满的热情投入到新时代海河流域水利高质量发展实践当中。

思想解放开新局

——太湖流域管理局“三对标、一规划”专项行动侧记

（2021 年 4 月 10 日）

本报通讯员　代子阳

两个月以来，在水利部党组的坚强领导下，太湖流域管理局坚持把“三对标、一规划”专项行动作为引领流域发展的关键抓手。通过全局干部职工全员广泛参与，组织 70 多次的专题集中学习研讨，形成 500 多份学习体会材料，共学习、同讨论，谋思路、谈举措的专项行动已经成为凝聚干部职工思想、推进“十四五”流域水利高质量发展的强大武器，专项行动在太湖局已取得明显成效。

提高认识　突出专项行动在全局工作的引领作用

部党组专项行动动员部署后，太湖局第一时间把“三对标、一规划”专项行动列为落实部党组工作要求的重点督办事项。在太湖局工作会议上，党组书记、局长吴文庆作了题为《深入开展“三对标、一规划”专项行动　着力推进太湖流域水利高质量发展》的工作报告，进一步强调以专项行动为引领，统筹做好 2021 年全局各项工作。

党组领学　重点抓好“关键少数”的集中学习研讨

专项行动开展以来，始终抓住“关键少数”，太湖局党组领导班子坚持率先学、示范学，利用周例会学习制度举办 4 次党组集体学习，深入研讨交流。着眼拓展工作思路，回应流域水利突出问题，举办 3 期党组理论中心组（扩大）学习班，部门、单位主要负责人及各位局领导围绕学习专题开展研讨交流。

提前布局　做好“十四五”流域片规划编制前期准备

在充分学习研讨、广泛思想碰撞下，紧扣专项行动要求，太湖局召开由各部门、

单位主要负责人参加的专项行动规划体系和工作思路报告座谈会，着眼流域新形势、新需求、新任务，围绕解决太湖流域防洪标准偏低、水资源承载能力与经济社会发展不匹配、水生态环境脆弱、治水管水智慧化水平不高等问题，持续深入研究太湖流域片“十四五”水利规划体系。

落实要求　切实抓好巡视整改各项工作

太湖局认真落实水利部党组巡视反馈意见整改落实工作安排，严格对表对标中央巡视反馈问题，透过问题深挖根源、找准病因，针对签领的18个巡视反馈问题提出37项具体整改任务，将每一项整改任务落实到党组成员、职能部门、责任单位，并明确整改时限，确保整改任务可操作、可执行，做到巡视反馈问题条条改到位，件件有着落。截至目前，已完成1项，19项达到阶段性目标，17项稳步推进，巡视整改工作取得初步成效。

中国水利报社：深化学习开展“思路对标”以改促干发挥融媒集群优势

（2021 年 4 月 13 日）

本报记者　周妍　滕红真

中国水利报社坚持统筹推进，把开展党史学习教育与“三对标、一规划”专项行动结合起来，通过召开动员会、开展支部学习、组织集中研讨、积极对标实践、提供舆论支撑等，扎实推进“思路对标”。

中国水利报社通过召开动员会，部署学习重点，要求全体干部职工在“思路对标”阶段全面深化学习，深入贯彻落实习近平总书记“十六字”治水思路和关于治水重要指示批示精神，系统梳理水利新闻宣传和媒体融合发展面临的新形势、新情况、新问题，找差距、剖原因、提措施，科学调整新阶段水利新闻宣传思路。同时，在组织全体干部职工参加水利部辅导讲座的基础上，明确以支部为单位，围绕“思路对标”阶段研讨题目进行深入思考，并将“思路对标”成果在党委中心组扩大学习会上进行集中交流。

报社以改促干，发挥舆论主阵地作用，充分利用融媒体集群优势，全力做好水利系统专项行动宣传报道工作，并积极开展对标实践。

全国节约用水办公室：理清思路　明确措施

（2021年4月14日）

本报通讯员　陈勇

全国节约用水办公室全体党员干部深入学习领会习近平总书记治水系列重要讲话精神，认真对照"思路对标"专题学习研讨题目，重点围绕"节水优先方针的内涵要求是什么，我们做了什么、做到了什么程度，还有什么困难和不足，需要从哪些方面再发力"等内容，深入开展研讨交流，切实把坚持和落实节水优先方针面临的形势任务、需要的方法路径、肩负的使命责任等理清楚、搞明白。

全国节水办干部职工表示，要坚持用习近平总书记治水系列重要讲话精神来武装头脑、指导实践、推动工作，确保节水工作始终沿着正确方向前进；坚持问题导向，以"三对标、一规划"专项行动为契机，进一步认清形势，查找不足，理清思路，明确措施；切实抓好落实，不折不扣地贯彻落实中央和部党组关于节水工作的决策部署，以《国家节水行动方案》为统领，以重点督办事项为抓手，认真抓好年度节水重点工作任务落实。

珠江委：激发青年职工“思路对标”学习热情

（2021 年 4 月 15 日）

本报通讯员　董鑫华

在“思路对标”专题学习阶段，珠江水利委员会以青年理论学习小组为载体，营造“抓对标、立思想，深研讨、创事业”的学习研讨氛围，激发青年干部职工学习热情。

珠江委以青年党员带头学、业务尖兵示范学的方式，组织广大青年职工结合水利业务、立足流域实际，深入学习领会习近平总书记关于治水工作重要论述、重要指示要求中蕴含的立场观点方法，重点将本职工作与习近平总书记“节水优先、空间均衡、系统治理、两手发力”治水思路进行对照，查找差距，剖析原因，研究提出改进的办法和路径，把解决问题、提高工作质量作为学习研讨目标，推动贯彻“十六字”治水思路在新阶段流域水利工作中落到实处、取得实效。

财务司：专题研究落实“两手发力”路径

（2021年4月16日）

本报通讯员　田枞

水利部财务司日前开展“思路对标”阶段的集中学习研讨，深入研究落实“两手发力”的路径办法，深化水利投融资体制改革。

财务司要求，继续在学懂弄通做实习近平总书记“3·14”重要讲话上下功夫，完整、准确、全面理解和把握“十六字”治水思路的内涵要求，对照“需要深入研究的重大问题和重大方案”查找差距，理清工作思路。同时坚持问题导向，深入研究落实“两手发力”的路径办法，加快推动水利价格税费改革，积极培育水权水市场，从政策上引导社会资本进入，深化水利投融资体制改革。

财务司明确，把“三对标、一规划”专项行动和党史学习教育有机结合起来，从党的辉煌历史中汲取营养，用党的最新理论成果武装头脑、指导实践，推动“十四五”时期水利财务工作高质量发展。

水利部水土保持监测中心：推进智慧水土保持建设

（2021 年 4 月 16 日）

本报通讯员　苏莹

水利部水土保持监测中心近日将践行“三对标、一规划”行动同业务工作紧密结合，专题研究了水土保持信息化推进工作。

经过专题研讨，大家一致认为，智慧水利建设是水土保持工作的重大机遇，水土保持信息化应以智慧水土保持建设为主线，按照需求牵引、应用至上、分步推进的原则，深入推进水土流失动态监测与监管、综合治理规划、淤地坝安全度汛等方面的智慧化建设，驱动水土保持治理体系和治理能力现代化。

据悉，水保中心成立工作专班，制定工作方案，压实责任，明确时间节点。同时借智引智，开展辅导讲座，全面梳理水保工作职责，提出符合新时代水利高质量发展要求的智慧水土保持思路。

水利部南水北调规划设计管理局：积极研讨温故知新

（2021年4月17日）

本报通讯员　赵源

水利部南水北调规划设计管理局继续运用“3＋2”工作法，积极学习研讨，扎实推进“思路对标”。

在“思路对标”期间，调水局继续运用“3＋2”工作法，“3”即做到党委带头学习研讨、支部跟进学习研讨、党员干部积极学习研讨，“2”即学习时紧跟习近平总书记重要讲话精神及中央精神，紧贴部党组最新要求。同时，注重温故知新，全体干部职工把“政治对标”的成果运用到“思路对标”阶段，准确理解把握总书记讲话的精神实质和深邃内涵。此外，围绕习近平总书记在江苏省考察时对南水北调工程的有关指示以及水利部部长李国英在《人民日报》的署名文章，进一步加强学习，深化对“十六字”治水思路的认识。

“思路对标”阶段专题学习会水利部机关司局交流发言摘登

（2021 年 4 月 22 日）

4 月 19 日，水利部党组举办中心组（扩大）学习会，开展巡视整改“三对标、一规划”专项行动“思路对标”阶段交流研讨，检验学习成效。会议分两个阶段进行，第一阶段为分组学习，部领导、各总师组织 22 个司局、31 家直属单位分组开展研讨交流，并进行学习成效评估；第二阶段为集中学习，部领导、各总师参加学习并作交流发言。

本期摘登各司局、直属单位主要负责同志研讨交流发言。

办 公 厅

党的十八大以来，习近平总书记多次就治水发表重要论述，明确提出了“十六字”治水思路，标志着我党对水安全问题的认识达到了新的高度。

对推动新阶段水利高质量发展而言，贯彻“十六字”治水思路与贯彻新发展理念是内在一致的，贯彻新发展理念必须贯彻“十六字”治水思路。与新发展理念一样，“十六字”治水思路也是一个系统的理论体系，需要我们完整、准确、全面理解把握并落实到治水实践全过程。

要牢牢把握党的初心使命这个“根”与“魂”，把人民对美好生活的向往作为奋斗目标，把人民满意不满意、赞成不赞成、答应不答应作为评判水利工作成效的最高标准，切实做到治水为民、兴水惠民；要准确把握国情水情发展变化，辩证分析水利发展的阶段性特征，以问题导向规划发展、制定政策、推动工作；要统筹发展和安全，牢固树立忧患意识和底线思维，为子孙后代计、为民族未来谋，坚决守好水安全底线；要坚持系统治理、综合治理，统筹山水林田湖草等自然生态要素，统筹水环境、水生态、水资源、水安全、水文化和岸线等多方面，推动“五水同治”进法律、进规划、进标准、进监管，推动水利工作思维方式、工作方式实现革命性变革。

规划计划司

进入新发展阶段、贯彻新发展理念、构建新发展格局，推动水利高质量发展，必须深入贯彻落实“十六字”治水思路。

落实“节水优先”，应在各方面把节水放在优先位置。优先树立节水观念，使爱护水、节约水成为全社会的良好风尚和自觉行动；优先强化节水意识，水资源开发利用必须坚持先“节流”后“开源”；优先安排节水措施，强化农业节水增效、工业节水减排、城镇节水降损。

落实“空间均衡”，应坚持问题导向和需求导向。加强需求管理，把水资源承载力作为开发利用上限；在深度节水前提下，通过水资源跨流域、跨区域配置，实现与生产力布局的平衡。

落实“系统治理”，应把握好理念上的统一性，解决水问题必须从生态系统整体出发，不能就水论水；措施上的综合性，用系统论的思想方法看问题，统筹治水和治山、治林、治田、治草；体制上的协同性，生态系统各要素管理部门要形成合力。

落实“两手发力”，关键是正确处理政府与市场的关系，区分项目类型，明确政府干什么、市场干什么，做到“两只手”协同发力。

下一步，规计司将以实施国家水网工程为抓手，按照“确有需要、生态安全、可以持续”的原则，统筹推进重大水利工程建设，进一步完善水利基础设施体系，不断提升水资源优化配置和水旱灾害防御能力。

政策法规司

习近平总书记强调，治水要良治，要用系统论的方法看待问题，拿出更多时间和精力去研究制度建设。

要深刻把握“十六字”治水思路要求，加强水法治建设。坚持“节水优先”，需加快细化以水定需等制度措施，上升为法律法规；坚持“空间均衡”，需健全规划水资源论证制度，健全水资源超载地区实施暂停取水许可制度，坚决抑制不合理用水需求；坚持“系统治理”，需统筹考虑水与其他生态要素的关系，将有效提供优美水生态作为法规制度建设的重点，细化生态流量、河湖管控等制度；坚持“两手发力”，需加快推进制度治水管水，深入推进放管服改革，激发市场活力。

围绕湖泊湿地保护修复、华北平原地下水超采治理等重大问题，采取硬措施强抓河湖执法，制止围垦占用湖泊湿地的行为；开展京津冀水资源专项执法行动，推动《地下水管理条例》尽早出台，保障华北地下水超采区治理成果。

按照习近平总书记共抓大保护指示要求，落实长江保护法涉及水利各项制度措施，制定规划水资源论证等配套制度，加强水行政执法。要以习近平总书记关于黄河流域生态保护和高质量发展重要讲话精神为根本遵循，突出重在保护、要在治理的战略要求，深入贯彻新发展理念，做好黄河立法起草工作，为打造幸福河提供制度保障。

财　务　司

要深学细研领悟习近平总书记“十六字”治水思路和重要讲话指示批示精神，切实把当前面临的形势任务、肩负的使命责任、需要的方法路径理清楚、搞明白，推动“十六字”治水思路在新阶段水利工作中落地生根、开花结果。

一是深刻把握“十六字”治水思路的内涵要求。“十六字”治水思路是一个不可分割的有机整体，要从观念、意识、措施上把节水放在优先位置；以自然规律为准则，以可持续发展为目标，调整规范生产生活方式，实现人口、经济与水资源环境相均衡；把握山水林田湖草等各要素的相互依存关系，统筹兼顾、整体施策，全方位、全地域、全过程解决水问题；把政府和市场两只手的关系处理好、把边界划清楚，努力形成相互补充、相互促进的格局。

二是加快研究推进重大问题和重大方案。对照总书记的要求找差距，坚持问题导向，对标对表“十四五”规划纲要，全面推动水资源税改革，着力完善水价制度，积极培育水权水市场。

三是建设造福人民的幸福河。准确把握总书记关于长江和黄河重要讲话的核心要义和重点要求，坚持生态优先、绿色发展的战略定位，守好一江清水，推动长江流域绿色发展；坚持重在保护、要在治理的原则，谱写好新时代“黄河大合唱”。

人　事　司

人事司围绕重点研讨题目，结合习近平总书记关于组织人事工作的重要论述，开展了 2 次支部集中研讨和 1 次青年讲堂活动。大家一致认为，“十六字”治水思路贯穿了唯物辩证法思想，为强化水治理、保障水安全指明了方向，是实现新阶段水利高质量发展的科学指南和根本遵循。

“节水优先”是解决复杂水问题的关键环节，必须严格遵循这一根本方针，贯穿到水利工作的方方面面，在观念、意识、措施等各方面实现优先；“空间均衡”是实现高质量发展的必然选择，必须全面坚守这一重大原则，强化水资源刚性约束，坚持人口、经济、资源环境相均衡，实现经济社会协调、可持续发展；“系统治理”是推进水生态文明建设的客观要求，必须始终坚持这一系统方法，运用系统论的思想方法谋划破解水问题，统筹自然生态各要素，加强水利与自然资源、环保、城建、交通、农业农村等部门的协同配合，实现科学治水管水；"两手发力"是深化水利改革的有力抓手，必须牢牢把握这一正确方向，在水治理上更好发挥政府作用的同时，充分发挥市场在水利发展、水资源配置中的作用。

此外，人事司还将深化水利体制机制改革，加强前瞻性研究，配合做好相关法律法规制定修订工作。

水资源管理司

通过深入学习习近平总书记系列重要讲话，进一步增强了做好水资源管理工作的使命感、责任感和紧迫感，进一步提高了思想认识：必须从中华民族永续发展的高度认识生态用水保障问题，必须强化水资源刚性约束作用，必须抓紧治理水资源过度开发利用问题，必须充分发挥市场配置水资源的作用。当前，水资源管理工作还存在不少差距，包括水资源管理目标指标亟待健全，水资源监管措施亟待强化，水资源过度开发利用问题亟待加快治理等。

"十四五"水资源管理工作的主要思路是深入学习贯彻习近平总书记系列重要讲话精神，着力建立水资源刚性约束制度。一是加快制定重要江河湖泊的生态流量保障目标和地下水位管控目标，把保障基本生态用水作为前提，严控水资源开发利用总量；二是推动落实"四定"，通过严格的总量控制，倒逼各地优化经济结构和产业布局；三是加快水资源过度开发利用问题治理，在水资源超载地区暂停超载水源的新增取水许可，进一步推进地下水超采区综合治理；四是推动用水权交易，深化水价改革，推进水资源税试点改革等，推进水资源管理重点领域改革；五是健全监测体系和考核体系，严格取水许可管理等，强化监督管理。

全国节约用水办公室

根据部党组部署要求，全国节水办坚持问题导向、全员覆盖、以上率下，扎实开展思路对标，深入学习研讨重点题目，进一步用习近平总书记"十六字"治水思路和重要精神指引节水工作。

一是进一步完善贯彻治水思路的节水举措。对标"十六字"治水思路，节水领域落实力度不断加大，但与更高要求相比还存在差距。下一步，要完整、准确、全面理解和把握治水思路，深入落实"节水优先"方针，大力实施国家节水行动，严格用水全过程管理，系统推进节水型社会建设，更好发挥政府和市场作用。

二是深入研究重大问题和重大方案中的节水内容。10 个重大问题和重大方案中，与节水工作密切相关的有 3 个，目前主要差距是配套措施还不够完善。下一步，要着力完善节水考核方案，加大节水技术征集推广力度，严格落实节水评价机制。

三是认真落实区域重大战略对节水工作的要求。习近平总书记在关于长江经济带发展、黄河流域生态保护和高质量发展的重要讲话中，对节水工作提出了明确要求。下一步，要深入领会指示精神，按照区域重大战略要求，落实好长江保护法、黄河流域生态保护和高质量发展规划纲要，全面实施深度节水控水行动。

水利工程建设司

党的十八大以来，以习近平同志为核心的党中央从国家长治久安和中华民族永续发展的战略高度擘画治水工作。面对水安全的严峻形势，习近平总书记放眼人类文明，审视当代中国，胸怀民族复兴，从我国国情、水情出发，明确提出“十六字”治水思路，充分体现了习近平生态文明思想，充分体现了党中央对新时代治水规律的深刻把握，指明了新时代治水兴水的方向，是我们做好新时代水利工作的强大思想武器和根本遵循。再次学习，深化了对新时代水利工作的新理念、新思路、新任务、新要求的认识，思考了推动水利建设高质量发展的举措，增强了做好水利工作的责任感、使命感和紧迫感。

系统学习领会贯彻“十六字”治水思路和习近平总书记新时代治水兴水系列重要讲话精神，我们必须做到融会贯通，牢牢把握正确方向，坚持问题导向，强化系统思维，推动改革创新，坚持两手发力，狠抓工作落实，紧密联系水利发展改革的实际，持续在深化、消化、转化方面下功夫，推动新时代水利建设工作高质量发展，建设造福人民的幸福河，为国民经济社会发展提供强有力的水安全保障。

运行管理司

习近平总书记“十六字”治水思路和治水工作重要讲话指示批示精神是推动水利事业高质量发展的根本遵循，对运行管理工作提出了新的要求，一要把安全放在首位，为人民群众提供更高标准安全保障；二要管好盛水的“盆”，充分发挥水利工程功能效益；三要提高运行管理水平，为水利高质量发展提供工程支撑。

要深入查摆运管工作存在的差距。对照“思路对标”要求，当前重建轻管、管理薄弱的局面仍然没有改变，管理责任不落地，运行管理制度不落实，管护资金投入不足，严重影响安全运行和效益发挥。一是消除工程隐患、补齐管理短板的工作任务十分繁重；二是精细化管理水平不高，数字化、智能化水平较低；三是用改革创新手段推进运行管理还不够，运行管护长效机制有待健全。

要进一步理清运行管理工作。通过"思路对标"阶段学习研讨、对表对标，一是全面贯彻落实《国务院办公厅关于切实加强水库除险加固和运行管护工作的通知》，加快病险水库除险加固；二是进一步增强忧患意识、底线思维，加强水利工程运行维护；三是提升运行管理信息化水平，促进运行管理规范化信息化；四是坚持两手发力，发挥政府和市场两方面作用。

河湖管理司

要全面准确完整地理解和把握"十六字"治水思路。解决重大问题，要用"快思维"做加法，系统学习、准确领悟、统筹规划，能立即实施的迅速落实；对一时看不透、认识不统一的，要用"慢思维"，未雨绸缪；条件不成熟、不能马上实施的，先开展研究论证工作。

要对照习近平总书记重要讲话精神，找差距找原因。强化河湖长制方面，部门合力尚未形成，部分河湖长履职尽责不到位，考核制度不健全；水域岸线管理方面，一些地方岸线保护利用规划尚未编制完成或约束不到位；河道采砂管理方面，一些中小河流非法采砂时有发生，砂石供需矛盾突出，非法采砂反弹压力较大。

要用党的创新理论武装头脑，指导实践，推动工作。以建设幸福河湖为总目标，强化河湖长制，发挥部际联席会议机制作用，强化流域统筹、区域协调、部门联动；强化落实责任制，推进河湖长履职尽责，推动设立巡河员护河员；以长江、黄河为重点，坚持"清四乱"常态化规范化，坚决遏增量清存量，强化制度建设，加强水域岸线管控；出台配套制度，推进采砂管理综合整治，加大执法力度遏制非法采砂反弹；加快智慧河湖建设，提高河湖信息化智能化监管水平；科学编制"一河（湖）一策"，努力建设健康河湖、美丽河湖、幸福河湖。

水土保持司

"十六字"治水思路是习近平新时代中国特色社会主义思想在治水领域的具体体现，与习近平生态文明思想一脉相承。贯彻落实"十六字"治水思路，必须坚持用忧患意识看待水问题，用生态理念认识水问题，用系统观念治理水问题，用改革创新解决水问题，在顶层设计和改革创新等方面再发力。

贯彻落实习近平总书记关于长江经济带发展、黄河流域生态保护和高质量发展的重要讲话指示批示精神，要发挥好水利流域管理的优势，坚持问题导向，统筹考虑水环境、水生态、水资源、水安全、水文化和岸线等多方面的有机联系，维护江河健康生命，促进流域区域绿色发展，实现坚持生态优先、推动高质量发展、创造高品质生活的有机统一。

水土保持是生态文明建设的重要内容、乡村振兴的基础工程、江河治理的根本措施。贯彻习近平总书记“十六字”治水思路和治水工作重要讲话指示批示精神，水土保持工作要更加注重发挥在提升生态系统质量和稳定性、优化国土空间开发保护、促进资源节约循环高效利用、推动经济社会发展全面绿色转型中的作用；推动监督管理向有实有效转变、综合治理向提质增效转变、监测评价向精准全面转变、管理机制向协同高效转变、治理能力向智慧现代转变。

农村水利水电司

农水水电司在“政治对标”基础上，以问题为导向，深入梳理新发展阶段的工作思路。

一是准确把握治水思路，推动农水水电高质量发展。对标总书记“3·14”讲话、中央巡视反馈的问题，农水水电行业在落实节水优先、两手发力还有短板。下一步，节水优先方面，要把农业节水作为优先推进的主战场，强化工程节水、管理节水、观念节水，北方要落实深度节水控水要求，南方要落实节水洁水理念。两手发力方面，要盘活工程资产，建立稳定的财政补贴机制，加快推进水价改革，把水价提上来，解决市场不想进、不愿进、不敢进的问题。

二是坚持生态优先、绿色发展，巩固提升长江经济带小水电清理整改成效。要管住存量，持续开展小水电突出生态环境问题整治；要严控增量，严格新建小水电站审批、核准；要转型升级，以河流或县域为单元开展小水电绿色改造和现代化提升。

三是坚持高质量发展，推进黄河流域大中型灌区深度节水控水和过度的小水电开发清理整治。以灌区为重点推进农业深度节水控水，严格落实农业用水总量控制和定额管理，开展现代化改造，落实水价综合改革各项举措。对过度的小水电开发进行靶向整治，逐站明确修复措施，落实生态流量，推进绿色小水电示范电站创建，健全生态流量监测预警和监管体系。

水库移民司

“十六字”治水思路既是理论指导，也是实践要求，更是目标任务，且相互联系又相互作用，是解决我国新老水问题的系统的方法论。“节水优先”就是要从观念、意识、措施等各方面都要把节水放在优先位置，“空间均衡”就是要坚持人口经济与资源环境相均衡的原则，"系统治理"就是坚持用系统的观点解决水问题，"两手发力"就是要坚持政府作用和市场机制两只手协同发力。

我们要按照总书记关于"让黄河成为造福人民的幸福河""把水资源作为最大的刚性约束"的要求，推动建设"幸福河"。要从人民群众主观感受的角度解决好水的问题，实现有水能用、水清岸美、水安全有保障。要通过限制无序发展、推动水资源条件一票否决、建立区域产业准入制度、加强用水效果考评等措施，让水资源的刚性约束落地落实。

我们要把"十六字"治水思路蕴涵的思想方法、工作要求贯彻到业务工作中，胸怀"国之大者"，把新发展理念落实到新阶段水库移民和水利扶贫工作的始终。要紧紧围绕保障水利工程建设、维护移民切身利益和社会和谐稳定，组织做好水利工程移民安置和水库移民后期扶持工作，巩固拓展水利扶贫成果，全面推进乡村振兴水利保障工作，不断增加人民群众的获得感、幸福感、安全感。

监 督 司

深刻理解治水思路丰富内涵。"节水优先"要把节水放在治水各环节的首要位置、作为前提条件；"空间均衡"要坚持以水而定，坚持人口经济与资源环境相均衡；"系统治理"要统筹治水和治山治林治田，统筹水利与经济社会发展；"两手发力"要加快转变政府职能加强涉水监督，要发挥市场配置作用和竞争机制。

深入领会治水思路引领作用。实施长江、黄河两大国家重大战略，是治水思路在江河治理和经济社会发展中的理论运用，是治河理水支撑保障治国理政的实践展开。新实践既丰富了治水思路的理论内涵，又拓展了治水工作的现实维度。

积极落实治水思路必须加强行业监督。必须清醒认识治水主要矛盾的深刻变化，从改变自然、征服自然转向调整人的行为、纠正人的错误行为，把工作重心转移到纠偏扶正、调整社会关系上来，强化水利行业监督，保障水利事业高质量发展。

对标治水思路做好水利监督工作。要锁定监督目标，紧盯总书记重要指示批示、中央决策部署、法定职责履行和水利安全生产开展监督。要完善监督体系，巩固部级、提升省级、延伸市县级，促进形成横向到边、纵向到底、上下贯通的行业监督体系。要提升能力水平，强化能力手段建设，加强监督结果运用，开展"回头看"和再监督。

水旱灾害防御司

自觉对标"十六字"治水思路，全面提升水旱灾害防御能力。牢牢把握"节水是解决我国干旱缺水问题最根本、最有效的战略举措”的科学研判，坚持节水优先，合理配置抗旱水源，从发生严重干旱时被动压减供水向主动节水转变。牢牢把握“国家水网建设的主要任务之一”的战略机遇，坚持空间均衡，加快推进国家水网建设，进一步提升国家水安全保障能力，保障粮食安全和供水安全。牢牢把握“建重于防、防重于抢、抢重于救”的基本逻辑，坚持系统治理，不断完善流域防洪体系，实施现代化调度指挥。牢牢把握“建设智慧水利先从水旱灾害防御领域开始”的突破口，坚持两手发力，共同解决制约水旱灾害防御现代化的瓶颈难题。

深入研判新阶段新要求，防范化解水旱灾害突出风险。切实强化“预报、预警、预演、预案”措施，有效加固底板。

积极应用成熟适用技术，抓紧补齐短板。建设数字流域，实现流域水工程联合智慧调度和旱情综合智能研判。不断提升水工程调度水平，着力锻造长板。规范大中型水库汛期调度运用，充分发挥水库防洪抗旱综合效益。

水 文 司

习近平总书记高度重视水利工作，就保障国家水安全、推动长江经济带发展、黄河流域生态保护和高质量发展等发表一系列重要讲话，作出一系列重要指示批示，站位高远，为做好水利工作指明了方向，明确了思路，提供了根本遵循。

当前水文发展不平衡不充分、支撑能力不足的问题非常突出。围绕提升水旱灾害防御能力、强化把水资源作为最大刚性约束制度的实施、提高水资源节约集约利用水平、加强生态流量管控和生态保护治理等方面，要建设完善国家水文监测站网，加快推进水文现代化建设，全面提升水文自动监测预报能力，加强水文基础分析研究，推进河湖水文映射工程建设，强化水文预报预警预演预案能力，强化流域区域水资源分析评价等。

我们要进一步提高政治站位，坚持以习近平新时代中国特色社会主义思想为指导，深入贯彻“十六字”治水思路，按照水利改革发展总体部署和要求，进一步明确水文工作思路、目标和重点任务，补短板，强支撑，以推进水文现代化为抓手，以完善站网布局和提升自动监测水平为主线，以强化水文科技创新为重点，以深化体制机制改革为保障，全面做好水文各项任务，以优质的水文服务为水利和经济社会发展提供可靠的支撑。

三峡工程管理司

习近平总书记站在中华民族永续发展、保持国家长治久安的战略高度，基于对新时期水安全特征的准确把握和为民情怀，提出的“节水优先、空间均衡、系统治理、两手发力”治水思路，是新时期推动水利工作高质量发展的行动指南和根本遵循。完整、准确、全面理解和把握“十六字”治水思路，要从观念、意识、措施上把节水放在优先位置，不断加强水资源刚性约束，统筹山水林田湖草保障水安全，发挥政府和市场“两只手”协同作用。

三峡工程是国之重器，应成为高质量发展的国家品牌。新时期三峡工程管理工作将深入贯彻落实“十六字”治水思路，统筹考虑水环境、水生态、水资源、水安全、水文化和岸线的有机联系，坚持生态优先，绿色发展，共抓大保护、不搞大开发，助力长江经济带成为我国生态优先绿色发展主战场、畅通国内国际双循环主动脉、引领经济高质量发展主力军。以“防洪保安全、优质水资源、健康水生态、宜居水环境、先进水文化”作为建设幸福三峡水库的内在要求，通过依法保护和系统治理，兴利除害，让三峡水库自然生命生生不息，让人民群众洪水无忧、饮水放心、用水便捷、亲水宜居、人水和谐，满足人民群众对水资源、水生态、水环境的需求，实现江河健康、人民幸福。

南水北调工程管理司

思路决定出路。要在深研任务的基础上更加坚定不移地执行；要在融会贯通的基础上更加自觉地贯彻落实；要在把握规律的基础上更富创造性地开展工作。

深刻认识“十六字”治水思路蕴含的重要思想和方法论。把“节水优先”作为重要前提，做到顶层设计与实操层面的有机衔接；把“空间均衡”作为目标路径，以“控”为先，以“疏”为本，以“调”为辅；把“系统治理”作为根本方法，统筹山水林田湖草沙生命共同体；把“两手发力”作为有效手段，更好发挥市场作用。

准确把握“9·18”重要讲话精神实质，以“幸福渠”建设推动“幸福河”建设。建设“幸福河”要从全局来把握，加强黄河治理保护，推动黄河流域高质量发展。建设“幸福河”要抓重点抓要害，突出生态文明建设，坚持系统治理和综合治理，做到“跳出黄河看黄河”。建设“幸福河”要与建设“幸福渠”有机结合，充分发挥工程效益。

全面推进南水北调各项工作，为国家重大战略实施提供服务保障。守住安全底线，确保供水安全、水质安全和工程安全。聚焦信息化建设，构建立体信息化监测预警系统，实现管理现代化。健全工程功能，在保障“源头活水”基础上完善工程调蓄系统和功能。提高管理水平，推进依法管理，强化水权管理。注重形象塑造，树立一流意识，建设世界一流工程。

调水管理司

通过"政治对标"学习研讨交流，调水司全体同志对学习贯彻习近平总书记治水重要讲话指示批示精神、切实贯彻落实"十六字"治水思路等有了新的认识，对表对标进一步理清工作思路。

"十六字"治水思路是新发展理念在水利工作上的具体指导，是水利工作的根本遵循。应站在生态文明建设全局的高度，以新发展理念促高质量发展来落实"空间均衡"，促进经济社会发展布局与水资源条件相匹配。要把握好"确有需要、生态安全、可以持续"原则，在"节水优先"前提下深化跨流域跨区域调水工程论证，构建骨干调水工程规划布局，支撑国家水网实施。贯彻落实生态优先、绿色发展的理念，在调水管理工作中重点谋划提供优质水资源、改善水环境、维护健康水生态，注重流域调度的系统性、整体性与协同性。要将调水管理工作进一步对表对标党中央决策部署和部党组要求。推进科学调水，开展调水工程"十四五"专项规划编制，着力推进调水工程水资源供需分析和利弊分析研究；加强有序调水，继续加强相关制度建设，推动加快水资源统一调度工作；夯实基础工作，全面准确掌握调水工程和水量动态变化情况，尽快建立有序、科学的管理体系。

国际合作与科技司

"3·14"重要讲话站在党和国家事业发展全局的战略高度，精辟论述了治水对民族发展和国家兴盛的重要意义，深刻分析了当前我国水安全严峻形势，系统阐释了保障国家水安全的基本思路，明确提出了事关国家水安全的一系列重大问题。

国科司要继续深研"十六字"治水思路，聚焦重大问题，统筹推进国际合作与科技工作。在运用、推广节水和水生态修复领域成熟适用技术方面，以"十四五"水利科技创新规划为抓手，坚持需求牵引、问题导向，强化顶层设计。加强制度建设和政策配套，统筹做好科技成果的研发、追踪、推广、运用及后评估。丰富推广手段，提升信息化服务能力，搭建科技成果供需平台。夯实基础工作，围绕重点领域需求，组织科研院所和高等院校开展研发攻关。在做好跨界河流涉外工作方面，强化顶层设计和基础支撑，进一步加强与外交部等相关部门的协同，配合好雅鲁藏布江下游水电开发等国家重大战略实施，为边疆地区经济社会发展提供坚实水安全保障。打造跨界河流利益共同体，深入开展防洪减灾、水文信息共享、联合工程建设、人员能力建设等互利共赢合作，共同促进跨界河流水资源可持续发展和保护利用，彰显我上游负责任大国形象。

直属机关党委

习近平总书记"十六字"治水思路赋予新时期治水新内涵、新要求、新任务，必须完整、准确、全面理解和把握。要从国家安全的底线思维看。随着经济社会发展，水资源短缺、水生态损害、水环境污染等问题不断给我们敲响警钟，必须从保障国家水安全、实现国家长治久安的高度和对历史负责的态度谋划好、推进好新时代治水工作。要从永续发展的战略思维看。河川之危、水源之危是生存环境之危、民族存续之危，水已经成为经济社会发展面临的严重安全问题，必须增强危机意识、强化使命担当，着眼民族永续发展大计，跑好新时代水利人的历史接力棒。要从造福人民的民本思维看。必须坚持以人民为中心，把治水安民、兴水富民作为根本责任，自觉践行全心全意为人民服务的宗旨，使水利发展成果更多惠及人民群众。要从均衡系统的科学思维看。治水思路坚持人口经济与资源环境相均衡，坚持生命共同体的系统思想，坚持政府市场两手协同发力，是关于水安全的科学世界观和方法论，必须把新理念新思路贯彻好，把新任务新举措落实好，把新老水问题解决好。

机关党委（党组巡视办）将把保障治水思路的落实作为重大政治责任，明确和实化党建引领保障和巡视政治监督的具体措施，为新阶段水利高质量发展提供支撑保障。

离退休干部局

准确把握"十六字"治水思路。坚持"节水优先"的根本方针，通过建立科学的节水标准、定额指标体系和完备的节水评价制度，使节水真正成为水资源开发、利用、保护、配置、调度的前提条件；坚持"空间均衡"的重大原则，关键要研究空间区域的环境承载力，把握空间区域的均衡标准；坚持"系统治理"的思想方法，深刻认识系统治理是立足山水林田湖草生命共同体、统筹自然生态各要素、解决我国复杂水问题的根本出路，是新阶段治水工作必须始终坚持的思想方法；坚持"两手发力"的基本要求，充分发挥政府作用和市场机制，提高水治理能力的重要保障。

聚焦重大问题强化两种思维。强化底线思维能力，摸清水利风险底数，从事后处置向事前预防转变，从减少损失向降低风险转变，以防为主、防控结合，注重从源头上压缩风险发生空间，牢牢守住国家水安全底线。强化创新思维能力，依靠创新不断完善水治理体制，研究提出实施水资源税、原水水费、自来水费、污水处理费的方案，继续优化节水政策、技术、制度、机制等。

坚持人民立场建设幸福河湖。要坚持一切为了人民，一切依靠人民。建设造福人民的幸福河，努力实现防洪保安全、优质水资源、健康水生态、宜居水环境和先进水文化。

长江水利委员会

深刻领会重要论述。习近平总书记关于治水兴水系列重要论述，是治江工作的科学指南和根本遵循。“节水优先”是长江流域提升用水效率、保障供水安全和减少污水排放的必然选择；“空间均衡”是长江流域实现人与自然和谐共生的必由之路；“系统治理”是统筹解决长江流域水问题的有效方法；“两手发力”是推进治江事业高质量发展的有效途径。

科学谋划治江工作。在治江思路上，始终坚持共抓大保护、不搞大开发，把修复长江生态环境摆在压倒性位置；始终坚持生态优先、绿色发展，贯穿到治江工作各方面、全过程；始终将保护好修复好长江流域水生态环境作为治江工作的出发点和落脚点；始终贯彻新发展理念，坚持在保护中发展，推动以保护为前提的高质量发展；始终坚持系统治理，统筹“四水共治”，推进“水岸共治”；始终以建设“四个长江”为目标，以高质量的治江工作支撑长江经济带高质量发展。在治江举措上，不断完善防洪减灾、水生态环境保护、水资源利用、流域综合管理“四大体系”，科学编制和积极实施长江流域“十四五”水安全保障规划，全面提升流域治理与保护能力和水平，为流域经济社会高质量发展提供坚实的水利支撑。

黄河水利委员会

在“思路对标”阶段，黄委党组坚持以上率下、全河覆盖，强化学习研讨、开展巡回督导，推动习近平总书记治水重要论述精神学习贯彻走心走实。通过对表对标，我们进一步认识到，融会贯通理解习近平总书记重要讲话精神，才能把握精髓要义，不折不扣抓好落实。

必须把节水作为解决水资源短缺问题的优先措施，全面实施深度节水控水行动，以大中型灌区为重点，充分挖掘农业节水潜力，控制农业用水占比与总量，提升用水效率。坚持以水而定、量水而行，合理优化调整“八七”分水方案，强化规划水资源论证和取水许可管理，落实超载地区取水限批措施，在全面节水的基础上适度开源，推进南水北调西线工程尽快开工建设。坚持山水林田湖草沙综合治理、系统治理、源头治理，抓好顶层设计，全面完成重大规划编制审批，强化规划引领作用。实施上中下游分类治理，上游以河源区保护修复为重点提高水源涵养能力，中游突出抓好黄土高原水土流失治理，下游加强河口三角洲湿地保护与修复。推进政府作用和市场机制两只手协同发力，要当好黄河代言人，加强协调组织。用好农业水价改革、水权转让等市场手段，促进水资源节约集约利用。

淮河水利委员会

坚持“节水优先”。全面推进流域节水型社会建设，认真做好规划和建设项目节水评价；全面完成流域重要河湖水量分配，科学确定用水总量控制指标，加强用水定额管理；加强节水监督考核，加大重点用水单位监督管理力度。

坚持“空间均衡”。落实水资源最大刚性约束制度，扎实抓好规划和项目水资源论证；加快推进调水、雨洪资源利用等工程，优化流域水资源配置格局；建立健全多目标协调调度机制，制定重要跨省河流水量调度方案和计划。

坚持“系统治理”。抓紧编制完成新阶段淮河治理方案，科学谋划提升流域水旱灾害防御标准和水利工程建设标准；以国家水网为纲，加强流域各级水网建设，加快推进南水北调东线二期等工程建设；充分利用河湖长制平台，持续加强河湖空间管控；科学确定河湖生态流量，强化取水口监管和水质监测，加快推进数字淮河和智慧流域防洪体系建设。

坚持“两手发力”。努力把流域机构建设成为高层次综合决策平台，持续强化流域机构在防洪、节水、河湖保护等方面的监督作用；运用市场机制吸引社会资本参与流域治理；探索建立流域源头区、河湖岸线保护补偿机制；积极推动水价改革，建立健全水权交易机制，促进节约集约用水。

海河水利委员会

我们要切实提高政治站位，从保障国家安全的高度去理解、从助力经济社会高质量发展去认识、从推进水利治理体系和治理能力现代化去把握“十六字”治水思路，持续学懂弄通做实，统筹解决好新老水问题，为流域经济社会高质量发展提供坚实水安全保障。

当前，海河流域防洪工程体系尚不完善，预测预报能力不足；最严格水资源管理制度考核的指标设置、结果运用仍偏软；水资源严重超载，地下水超采尚未得到根本遏制；水利信息化支撑保障能力不足；水价、水资源税的杠杆作用不明显。我们要在水利部党组坚强领导下，坚持问题导向、统筹发力、综合施策。一要依托国家水网建设，统筹推进骨干堤防、蓄滞洪区、病险水库（闸）除险加固。二要深化最严格水资源管理制度考核并强化考核结果运用，推进水资源集约安全利用。三要加强水土流失治理，强化跨省河湖上下游、左右岸、干支流协同治理和保护。四要加大华北地区地下水超采综合治理力度，逐步实现采补平衡。五要开展重大战略和重大技术联合攻关，特别是要优先开展数字海河建设。六要完善水法规和规划体系，深化水权、水价、水资源税等改革，推进水利治理体系与治理能力现代化。

珠江水利委员会

珠江委深刻领会习近平总书记治水重要讲话指示批示精神的丰富内涵，高起点谋划、高标准推进新阶段流域水利高质量发展。

坚持“节水优先”，深入实施国家节水行动。强化节水指标约束管理，严控用水总量和消耗强度，推进粤港澳大湾区、北部湾等重点区域节水控水，推动用水方式向节约集约转变。

坚持“空间均衡”，落实水资源刚性约束制度。加快推进珠三角、环北部湾水资源配置工程，加强流域重点水源工程建设和灌区改造，联合调配西江、北江和东江水资源，提高水资源优化配置能力。

坚持“系统治理”，加强流域综合管理。全面落实“防住为王”理念，重点加快大藤峡、湛江蓄滞洪区等建设，推进西江、韩江、柳江等干支流治理。以河湖长制为抓手，抓好河湖清四乱常态化、规范化，维护水清岸绿的生态体系。

坚持“两手发力”，大力推进《珠江水量调度条例》立法，建立健全水资源、河湖、工程管理等领域的制度和标准。充分利用好政府的“有形之手”和市场的“无形之手”。

坚持科技引领和数字赋能，充分运用数字映射、数字孪生、仿真模拟等信息技术，加快建设珠江天空地一体化水利智能监控网，全面提高珠江智慧管理水平。

松辽水利委员会

深研习近平总书记治水重要讲话精神，夯实思想根基和理论基础。坚持以人民为中心，让治水成果更好惠及人民；坚持生态优先，在可开发利用的水量内发展经济；坚持系统观念，自觉从全局看问题，做到综合施策；坚持问题导向，将发现和解决问题作为关键和重点；坚持统筹发展和安全，增强风险意识，守住安全底线。

紧跟国家战略和区域经济社会发展对水利的需求，增强全局视角和长远眼光。从推动国家战略实施上谋水利，服务东北振兴、“藏粮于地、藏粮于技”等国家战略；从推动经济发展布局优化上兴水利，加强对哈大齐等城市群、松嫩平原等商品粮基地水安全保障，加大对生态功能区和用水矛盾突出地区的管控；从推动水问题有效解决上干水利，持续提升防洪保安能力，抓好农业节水，推进湖泊湿地保护修复、地下水超采治理、生态水量保障等工作。

落实水利部决策部署和工作要求，完善工作思路和对策措施。要树立全局意识，按照不同区域特点分类施策，抓好顶层设计；要瞄准短板弱项，筑牢工程建设、红线划定、依法治水、基础数据四个工作基础；要聚焦自身建设，提升监测预警、信息处理、风险防控、改革创新四个治水能力。

太湖流域管理局

坚持学深悟透，深入领会学习习近平总书记治水重要讲话指示批示精神内涵，坚持人民立场，心怀"国之大者"，统筹发展和安全，把水安全放在新时代中国特色社会主义现代化建设的全局中深刻理解其重大意义，进一步增强保障流域水安全的责任意识和使命担当。

坚持问题导向，对表对标习近平总书记"十六字"治水思路，以习近平总书记治水重要讲话指示批示精神为根本遵循，以服务保障长三角区域一体化高质量发展为总体目标，以确保水灾害、水资源、水生态、水环境"四水"安全为基本要求，力争率先建成水利高质量发展示范区、协同保护治理先行区、幸福河湖建设样板区。

坚持知行合一，把习近平总书记治水工作重要指示批示精神落到实处。加快"十四五"顶层设计，尽早完善流域骨干工程体系。推动实施更严格的控源截污措施，逐年削减入湖污染物总量。进一步健全河湖长制体系，促使支流保干流、干流保湖体，以网状责任制保证太湖水质持续好转。推动建立太湖流域调度协调新机制，进一步提高多目标统筹协调水平。全面建设智慧太湖，建成数字孪生流域，实现流域治理管理信息化、数字化、智能化。

综合事业局

"十六字"治水思路是习近平新时代中国特色社会主义思想在治水领域的集中体现。理解和把握"十六字"治水思路，要深刻认识水资源的紧缺性，提高节水优先的思想和行动自觉，强化科技创新，切实提高水资源利用效率；要将水资源作为经济社会发展的刚性约束，加强水权管理，明确水权归属，合理分解初始水权；要打通水循环体系，建立跨区域流域干支流、江河湖库之间水体连通；要发挥政府和市场作用，建立健全管理体制机制，构建公平、开放、透明的价格、供求和竞争关系。

综合事业局将积极推动合同节水管理，努力在农业、高耗水行业、公共管网、水环境治理等重点领域取得突破；强化水权管理，积极推进区域取水权交易和用水户水权交易；多措并举推进城乡供水一体化，全力保障农村饮水安全。同时，将持续加强水利风景区建设管理，开展水利机电产品安全管理和产品质量监督，推动传统机电水文装备制造业转型升级，深化水土保持监测和沙棘生态建设，参与城市水系黑臭水体治理，切实为建设造福人民的幸福河发挥技术支撑作用。

信　息　中　心

在“思路对标”阶段，信息中心深入研究、科学分析水利网信和水文水资源监测预报事业面临的重大问题和重大方案，着力提升水利网信支撑保障能力。

一是围绕中心积极开展专题研讨。组织流域管理机构学习李国英部长关于智慧水利建设的讲话精神，研究推进智慧水利建设的业务需求分析、规划编制等任务措施。对数字孪生流域等科学概念和新技术的水利应用问题积极开展专题研究。

二是聚焦主业进行广泛调研。为加快推进智慧水利建设步伐，信息中心已着手成立专班工作组，启动“十四五”水利网信建设实施方案编制等工作。组织开展业务调研，加深对智慧水利建设新概念、新技术的认识和理解，借鉴先进建设和应用经验。邀请高新技术单位参与技术论证，聚焦问题研究对策。

三是对表对标提升保障能力。认真对表对标李国英部长关于推进智慧水利建设的重要讲话要求，进一步理清工作思路，按照“需求牵引、应用至上”的总要求，切实提升水旱灾害防御能力、水资源集约安全利用能力、水资源优化配置能力、江河湖库生态保护治理能力，以前瞻性的战略思路引领智慧水利建设开新局、谋新篇。

南水北调规划设计管理局

“十六字”治水思路是习近平总书记深刻洞察我国国情水情，科学把握自然规律、经济规律、社会发展规律提出的治水之策，是做好新时期水利工作的科学指南和根本遵循，更是践行新发展理念的治水实践。

“节水优先”应是水资源开发、利用、保护、配置、调度的前提，做好节水工作的关键需推动用水方式向节约集约转变，着力减少水资源消耗和提升用水效率。

“空间均衡”应是通过水资源的开发、利用、配置、调度，实现人口规模、产业结构、增长速度与水资源、水生态、水环境承载能力相适应，核心需从水资源供需两端进行双向调节，需求侧明确刚性需求的评价指标，供给侧构建好国家水网，动态实现“有多少汤泡多少馍”。

“系统治理”应从山水林田湖草相互作用中认清水的作用，运用系统思维开展治水工作，重点是做好顶层设计，推进山水林田湖草综合治理，统筹水与经济社会发展的关系。

"两手发力"应充分发挥好市场配置资源的作用，更好发挥政府的作用。一方面通过税收和价格手段，引导用水主体改变用水行为；另一方面通过行政执法、监督检查等手段，规范和约束各类用水行为，维护水市场秩序。

机关服务局

开展"思路对标"，是"政治对标"的进一步深化。要深刻领会习近平总书记关于水利工作重要讲话和指示批示精神的重大意义和丰富内涵，学习习近平总书记一切为民的百姓情怀、强烈深远的历史担当、统筹兼顾的系统思维、一抓到底的务实作风，增强做好水利工作的使命感责任感。

水利工作要立足新发展阶段，贯彻新发展理念，构建新发展格局，对表对标习近平总书记讲话指示精神，按照部党组要求，逐项查不足，逐条找差距，剖析原因症结，制定方略措施。水利机关后勤工作要进一步加强政治建设，充分认识机关后勤工作的政治属性，把政治建设摆在首位，按照"围绕服务抓党建、抓好党建促服务"的总体思路，实现党建与业务双融双促；进一步贯彻新发展理念，在创新上下功夫、作文章，推进机制创新、制度创新、技术创新以及服务方式创新，推动服务工作向高品质和多样化升级，努力实现机关后勤的高质量发展；进一步提升后勤服务保障水平，把服务保障干部职工美好生活需要作为奋斗目标，牢固树立"没有最好，只有更好"的后勤服务理念，努力通过精准周到的后勤服务，增强干部职工的获得感、幸福感、安全感，为服务保障水利高质量发展作出新贡献。

水利水电规划设计总院

立足新发展阶段，贯彻新发展理念，构建新发展格局，推进高质量发展，必须牢牢把握"十六字"治水思路的内涵要义，找出差距，做好新阶段水利高质量发展技术支撑工作。

要深刻把握内涵要求。"十六字"治水思路既相互联系，又层层递进，相互贯通形成一套系统完整的治水思路。节水优先是基础、空间均衡是目标、系统治理是方法和路径、两手发力是手段和措施。

要准确识别主要差距。"节水优先"方面主要是意识、设施和机制、内生动力等差距；"空间均衡"方面主要是发展布局和水资源承载能力不协调；"系统治理"方面主要是治理观念、治理任务、治理要素等统筹不够；"两手发力"方面主要是水利公共服务能力、水价、水权水市场方面的差距。

要科学制定对策措施。"节水优先"方面，严格用水过程的节水管控与节水监督考核，建立全社会节水机制。“空间均衡”方面，建立水资源承载能力监测预警机制和水资源刚性约束制度，增强水资源统筹调配能力，加强水资源超载地区综合治理。“系统治理”方面，强化新时代水利发展顶层设计，推进以流域为单元的系统治理。“两手发力”方面，提升政府涉水管理水平和公共服务能力，推进水价形成新机制，促进水市场形成。

中国水利水电科学研究院

一方面，要坚持从系统论和治理论入手，深刻把握习近平总书记“十六字”治水思路和治水工作重要讲话指示批示精神的理论内涵与条理脉络。在“节水优先”上，要重点在研发先进节水技术、推广节水洁水理念，尤其是在构建信息对称的用水监测体系等方面下功夫。在“空间均衡”上，要重点开展水生态承载能力及刚性约束条件的计算方法等方面研究。在“系统治理”上，要遵从水及其治理的自然、经济和社会规律，开展多领域联合、多学科交叉、多要素组合的系统研究。在“两手发力”上，应加强水权、水价确定方法的研究。

另一方面，要对标习近平总书记“十六字”治水思路和新阶段水利高质量发展的要求，坚持六个转变，为水利高质量发展提供科技保障。一是从重视水利水电建设技术研发向更加注重工程安全保障技术转变；二是从重视水资源开发利用技术研发向更加注重水资源节约保护技术研发转变；三是从重视自然水科学研究向更加注重社会水科学研究转变；四是从重视单一学科研究向更加注重系统融合、多学科交叉研究转变；五是从重视研究解决国内水利水电科技问题向更加注重参与全球水治理转变；六是从重视研究具体的科技问题向更加注重支撑国家战略决策转变。

宣传教育中心

坚持“节水优先”。在观念上，普及水既不是无限资源也不是无偿资源理念；在意识上，分类宣传施教，提高不同群体的节水自觉和能力；在措施上，精细夯实水权分配、标准规范等基础工作，抓严监督管理。

坚持“空间均衡”。把握五个字：“量”，量水而行，搞清楚水资源底数；“宜”，统筹考虑区域功能，发挥比较优势；“定”，算清楚合理的“需”，按高效标准把水权分下去；“预”，评价资源环境承载能力，强化监测预警；“限”，超载区域实行限制措施，调整发展规划、速度和人口规模。

坚持“系统治理”。把水资源既作为生态系统的控制性要素，又作为系统中的一份子。坚持唯物论，实事求是解决水资源问题；坚持整体论，统筹兼顾水环境、水生态、水资源、水安全、水文化；坚持控制论，强化顶层设计和衔接协调，以高质量空间规划为治水管水提供法定根据。

坚持"两手发力"。政府方面，以水资源的集约安全利用支撑国家战略和区域发展，以河流湖泊的"安、量、质、美"保障人民的幸福感、获得感、安全感。市场方面，在满足公众基本用水权益和生态安全前提下突出"效益"。在实现路径上，政府要实现更加高效的制度供给、安全供给和秩序供给。

中国水利报社

"思路对标"就是通过向党的理论和路线方针政策对标看齐，确保新阶段水利高质量发展方向。找出水利新闻宣传工作在媒体融合发展等方面的差距，准确聚焦确保水利高质量发展方向路径和采取的战略举措，提供有力的舆论支撑和保障。

一是提高政治站位，进一步提高对支撑水利新阶段高质量发展舆论工作重要性的认识。要坚定政治家办报的意识，高标准及时对表对标习近平总书记关于治水重要讲话指示批示精神，学深悟透"十六字"治水思路，始终把宣传工作的视角对准聚焦新阶段水利高质量发展的方向和路径。

二是深入挖掘代表新阶段水利高质量发展方向的典型。把具有引领和示范价值的新阶段水利高质量发展实践新典型及时挖掘出来，在全行业、全社会及时总结推广。加强舆论监督，及时纠正偏离新阶段水利高质量发展方向的问题，提出有建设性、可操作性的意见建议。

三是推进媒体深度融合，讲好新阶段水利高质量发展的新故事，书写新阶段水利高质量发展新篇章。加快构建水利全媒体融合传播格局，加强"水利业务＋新闻业务＋融媒体业务"复合能力建设，推进采编业务队伍向全媒体方向发展，做大做强水利行业主流舆论，不断提升讲好新阶段水利高质量发展故事的本领和水平。

中国水利水电出版传媒集团有限公司

按照部党组的部署，通过深学细研、对标思路、统一思想，进一步提高贯彻落实"十六字"治水思路和习近平总书记关于水利工作系列重要指示批示精神的思想自觉和行动自觉。

"让黄河成为造福人民的幸福河"的伟大号召，体现了党的根本宗旨和以人民为中心的思想，为新阶段水利改革发展工作提供了根本遵循。水利出版传媒工作者应在完整、系统、全面领会"十六字"治水思路深刻内涵基础上，准确把握习近平总书记治水系列重要讲话的核心要义，深刻领会江河治理保护的使命就是为人民谋幸福，把实现“幸福河”的目标作为贯穿新时代黄河治理保护的主线，找准发力的重点和方向。

出版是文化建设的重要力量，承担着传播真理、传承文明、固化知识、服务社会的重任。集团公司将以系统思维抓好贯彻落实，统筹考虑治水工作与生态文明建设中的各个要素，并以此为方向做好选题策划，从历史挖掘、技术总结、知识普及三个层面入手，围绕保护、传承、弘扬江河文化推出一批相关出版物及文化产品，为建设人民满意的幸福河、为新阶段水利高质量发展贡献力量。

发展研究中心

“十六字”治水思路是纵观全局、总结经验提出的大国治水方略，是新发展理念下治水专业领域的指导思想，为新时代水利改革发展提供了根本遵循和行动指南。

“节水优先”明确了新时代治水的主要矛盾和关键环节。要把节水作为水资源开发、利用、保护、配置、调度的前提，强化考核，建立健全节水激励约束机制，让爱护水节约水成为全社会的良好风尚和自觉行动。

“空间均衡”揭示了新时代治水的根本路径。一方面要发挥水资源刚性约束作用，将经济社会发展限定在水资源承载能力范围之内；另一方面要按照“确有需要、生态安全、可以持续”原则，加快推进国家水网工程建设，提高水资源优化配置能力。

“系统治理”确定了新时代治水的方法措施。要从生态文明建设大局谋划水利改革发展，在水资源开发利用和节约保护中统筹考虑生态系统各要素，持续提升生态系统质量和稳定性。

“两手发力”明确了新时代治水必须把握的基本要求。要在战略、规划、标准、政策、监管、服务等方面强化政府职能；要在水权水价水市场、水利投融资、水利工程建设和管理等方面加大改革创新力度，促进建立现代化的水利管理体系。

中国灌溉排水发展中心

按照部党组“思路对标”阶段部署要求，通过认真对表对标，大家一致认为，习近平总书记“十六字”治水思路、长江经济带高质量发展、黄河流域生态保护和高质量发展战略，具有鲜明的时代特征，赋予了新时期治水的新内涵、新要求、新任务，是引领和指导水利事业高质量发展的科学指南。灌排中心要立足职能职责，坚定生态保护、绿色发展的理念，紧紧围绕水利部党组提出的新任务新要求，积极践行“十六字”治水思路。

一是坚持节水优先。推进大中型灌区节水改造和农村生活节水，强化水资源刚性约束，以水资源节约集约利用推动绿色发展。

二是坚持空间均衡。畅通渠系，提升输水能力，完善灌区供水格局，提高水资源优化配置能力。

三是坚持系统治理。全面推进水生态保护和修复，建设清洁型、生态型河道和灌排沟渠，加强农业面源污染治理，创造优质生态环境；推动农村水电绿色改造，确保生态流量。

四是坚持管理改革。加强基层水利服务体系建设，全面推进农业水价综合改革，落实灌区取水许可制度，严格执行总量控制和定额管理制度。

建设管理与质量安全中心

“十六字”治水思路是新时期标本兼治、解决水问题和持续推进水利高质量发展的根本遵循和行动指南，是全面落实保护优先、集约利用资源、实现绿色发展的必由之路，是实现人与自然和谐共生的生态文明发展之路。习近平总书记关于长江经济带发展、黄河流域生态保护和高质量发展重要讲话精神，深刻阐述了经济社会发展与自然资源保护、合理开发利用之间的关系，是对治水思路的丰富和发展，蕴含其中的科学思维和方法对水利工作具有普遍的指导意义。

新发展阶段，水利工作必须深入践行治水思路，一是充分调动全社会力量，全面推进水生态系统保护和修复，维护水生态系统平衡、完整与安全。二是在经济社会快速发展过程中，正确处理好人口、经济、资源、环境的关系，实现水资源的科学合理配置。三是更加重视水利工程建设与生态系统保护之间的协调关系，实现工程设施建设、运行管理与生态文明建设的和谐发展。四是加强水生态文明制度和指标体系建设，强化监管、宣传及教育等非工程措施。五是深入开展水生态文明建设重大基础问题和应用技术研究，全面提升水生态文明建设的科技创新水平和支撑能力。

预算执行中心

按照“思路对标”的要求，通过组织全体党员干部认真学习，进行深入广泛的交流研讨，进一步理清做好新阶段水利预算执行工作思路。

以更高的政治站位，更强的大局意识、服务意识和配合意识，坚持底线思维，强化风险意识，以防为主、防控结合，全力保障水利预算执行安全；坚持改革创新，继续提升预算执行技术手段信息化能力水平；聚焦主业主责，以贯彻落实水利预算管理“三项机制”为抓手，进一步巩固国库集中支付改革成果，进一步完善稳定预算执行动态监控系统功能，扩展监控数据源，提高研判能力水平，推动落实采购人主体责任，积极构建更加有效的政府采购监管体系，探索建立主业监管与政策制度服务咨询并重且互为支撑的工作体系，深化预算项目储备机制和验收管理，着力推动项目储备管理提质增效，推进建立“全方位、全过程、全覆盖和硬约束”的水利预算绩效管理体系，继续为水利部机关平稳运行提供财务资产管理服务，继续强化审计监督职能，防范化解风险隐患，着力为新阶段水利高质量发展提供更加安全高效的预算执行服务支撑。

水资源管理中心

一是学懂、弄通“十六字”治水思路，在全面、系统贯彻落实上下功夫。全面落实节水优先，无论缺水地区还是丰水地区，无论供用水还是调水，无论政策制定还是方案论证，都要将节水放在优先位置；要发挥水资源刚性约束作用，促进水资源空间均衡；坚持系统思维，发挥水资源多种功能，发挥政府和市场作用，促进水资源问题解决。

二是深学细研总书记关于长江经济带发展、黄河流域生态保护和高质量发展的重要讲话，因地制宜做好水资源工作。针对长江流域等丰水地区，探索绿水青山转换成金山银山的路径方法，重点抓好水资源保护，控制水环境污染；针对黄河流域等缺水地区，探索推进水资源节约集约利用的路径方法，发挥水资源最大刚性约束，控制水生态损害。

三是紧紧围绕水资源管理节约等工作目标和任务，坚持人民立场、问题导向、系统思维、底线思维，突出水资源刚性约束制度建立、取用水管理、饮用水水源和地下水保护、水资源利用效率提高、考核与监管等业务的技术支撑，不断提升工作规范化、精细化和信息化水平。

节约用水促进中心

深入理解“十六字”治水思路，围绕水资源节约集约安全利用，突出“节水优先”，不断推进长江黄河高质量发展。

准确把握“节水优先”，加快完善节水法规，完善定额标准，改进用水计量，强化监督检查，优化激励机制，建立完善刚性约束；准确把握“空间均衡”，严格落实“以水四定”，严守水资源开发红线，完善承载能力评估，抓好区域水资源论证和评价；准确把握“系统治理”，在思想认识、体制机制、政策制度设计等方面，协调统一保护生态环境与经济社会发展；准确把握“两手发力”，强化水价杠杆，推进初始水权分配，抓好政府监管。

加强规范用水方式，推进长江经济带生态优先、绿色发展。要突出重点，加快完善沿江重点城市群用水安全保障；要善用系统思维，统筹上下游生态保护绿色发展；要坚持统一标准，以节水减排推进长江经济带生态保护与恢复。

全面提升用水效率，推进黄河流域生态保护和高质量发展。要恢复改善黄河上游水资源涵养能力；要严格落实“以水四定”，合理规划；要强化创新引领，推动产业转型升级，推进人水和谐发展；要强化刚性约束，全面提升黄河流域水资源管理。

河湖保护中心

“十六字”治水思路是破解新老水问题、推进河湖保护治理的科学指南和根本遵循。

“节水优先”要聚焦水资源保护、水域岸线管理保护、水污染防治、水环境治理、水生态修复、水文化弘扬等六大任务。

“空间均衡”要提升水资源的涵养修复能力，实现空间均衡和河湖功能的永续利用。

“系统治理”要统筹自然生态体系、人与自然和谐共生的生态文明体系一体化保护及协同治理，维护自然生态系统的质量和稳定性，实现人与自然和谐共生。

“两手发力”要强化河湖政策制度供给，发挥河湖长制的制度优势，并通过水价形成、生态补偿、水权交易、水生态价值溢价转换等市场方式，探索河湖生态的价值实现机制。

要处理好黄河滩区避险与生存，统筹好堤内与堤外，协调好节水调水与优化产业结构和转变发展方式等重大关系，建设造福人民的幸福河。

坚持长江“共抓大保护，不搞大开发”，在保护治理中实现高质量发展，统筹农村中小河湖保护治理与人居环境整治，助力乡村振兴战略，把河湖治理同发展的需求牵引和供给创造有机结合起来，不断探索生态优先和绿色发展的新路子。

南水北调中线干线工程建设管理局

通过“思路对标”，进一步对标工作要求，明晰新形势新任务，科学谋划中线建管局新时期发展思路。

一是深刻领会“十六字”治水思路，对标南水北调工作的根本遵循。要把“节水优先”作为首要前提，把“空间均衡”作为核心任务，把“系统治理”作为工作理念，把“两手发力”作为重要手段，着力提升水资源供给质量和效率，提高水资源与经济社会发展的适配性。

二是学习习近平总书记长江、黄河系列讲话，深化新发展阶段、新发展理念对南水北调工作的新要求。始终坚持以人民为中心的发展思想，牢牢坚持生态优先、绿色发展的战略定位，始终将安全放在各项工作的首位，强化“生命线”战略定位，聚焦人与自然和谐共生，统筹发展与安全，确保供水安全、水质安全、工程安全，为解决水生态损害、水环境污染等问题提供更好的水资源保障。

三是落实习近平总书记考察江都水利枢纽时的重要指示，谋划中线高质量发展的工作思路。进入新发展阶段，将着力打造安全中线、民生中线、生态中线、智慧中线、活力中线，补齐短板、提升能力，履行好“生命线”的职责使命。

南水北调东线总公司

“十六字”治水思路贯穿着马克思辩证唯物主义和历史唯物主义的世界观和方法论，体现了习近平总书记对我国水安全阶段性特征的准确把握，是解决水安全问题、做好水利工作的科学指南，涵盖了“五位一体”总体布局的建设思想，增强了做好东线后续工程、打造畅通南北经济循环生命线的使命感和紧迫感。

新阶段，要准确把握南水北调的形势和任务，统筹对待节水与调水工作，把节水纳入缺水地区，特别是严重缺水地区的政绩考核；把水资源、水生态、水环境承载力作为刚性约束，科学规划利用好时空条件；坚持山水林田湖草是一个生命共同体的系统思想，将水治理融入到系统治理中；要兼顾市场和政府，让价值规律、竞争和供求等市场经济规律在资源配置中起决定性作用。

结合实际工作，要贯彻新发展理念，做到“四聚焦”再发力，即聚焦东线统一管理体制落地到位再发力，聚焦加快推进综合水价改革再发力，聚焦完善东线二期工程规划和建设方案再发力，聚焦水质提升再发力，高质量推动南水北调“四条生命线”建设。

中国水利学会

一要准确把握贯彻“十六字”治水思路。“节水优先”突出抓好科学普及，不断提高节水优先理念、技术、措施、标准等的科技水平，推进智库咨询，为落实节水优先理念建言献策。“空间均衡”准确把握人口、经济、资源、环境等方面在空间上的平衡点。“系统治理”善用系统思维统筹治水各方面的全过程。“两手发力”政府要统筹发展与安全，市场要通过价格、税收和竞争机制使各种涉水资源流动起来。

二要积极提出解决重大水利问题的对策。推介国内外成熟实用治水技术，广泛征集事关水利的基础性、战略性和前瞻性问题，提出初步对策。

三要做好治水文章，更好地助推长江经济带高质量发展。统筹流域上下游各方的经济及生态关系，建立有效均衡的利益机制。

四要水沙共治，促进黄河流域生态保护和高质量发展。促进科普推广，加强能力建设，落实智慧水利，建设幸福河湖，统筹生态保护与经济社会发展。

五要创造性发挥平台作用。发挥社团的独特作用，重点在学术交流、智库咨询、科学普及、人才托举、产学融合、国际合作等方面改进提高。

南京水利科学研究院

对标“十六字”治水思路、长江经济带发展、黄河流域生态保护和高质量发展重要讲话精神，强化问题导向、目标导向和结果导向，把准新时代水利科技创新方向。

一要坚持问题导向。以深入贯彻落实新发展理念、国家重大战略实施、水利高质量发展面临的重大科技问题为导向，布局建设一批优势学科和专业，培养一批高层次人才和创新团队，不断增强科技创新和支撑保障能力。

二要坚持重点突破。汇聚优势资源和条件，强化学科交叉融合，在重点领域和关键环节明确主攻方向和重点突破口，力争在河湖保护治理、智慧水利、高端人才队伍和国家级科研平台建设等方面实现新突破。

三要坚持改革创新。深入推进“放管服”改革，破除制约创新发展的体制机制障碍。坚持开放办院，主动融入全球创新发展体系，扩大国际交流合作领域和范围。大力弘扬科学家精神，强化科研作风学风和科研诚信建设。

四要坚持协同发展。强化高质量发展顶层设计和整体布局，坚持巩固传统和培育新兴学科相结合，创新人才培养与引进相兼顾，科技创新与成果转化应用相协调，以科技创新提升水利高质量发展的能力和水平。

国际小水电中心

通过“思路对标”阶段的学习研讨，进一步查找差距、剖析原因、提出对策，谋划推进中心各项工作，探索助力水利高质量发展的思路和举措。

一是完整、准确、全面理解和把握“十六字”治水思路。这是新时期治水工作必须始终遵循的根本方针和重大原则，深刻把握了事物发展演变规律，赋予了新时期治水的新内涵、新要求、新任务，为强化水治理、保障水安全指明了方向。

二是对标重大问题重大方案，找准差距锚定目标。进一步发挥在技术转移、信息交流、标准制定等国际组织平台优势，促进“一带一路”沿线国家绿色小水电发展，不断提升中国在全球小水电行业的影响力。

三是深刻领会和贯彻落实长江经济带发展新要求。积极配合做好长江经济带小水电清理整改与安全管理核查工作，进一步巩固长江经济带小水电清理整改成果，在工作方法、机制、路径、手段等方面积极探索、强化创新。

四是深刻领会和贯彻落实黄河流域生态保护和高质量发展新要求。总结服务长江经济带小水电清理整改的成功经验和好做法，配合开展黄河流域小水电清理整治，持续做好全国绿色小水电创建的技术支撑和咨询服务。

小浪底水利枢纽管理中心

深入学习领会习近平总书记重要讲话精神的核心要义，清醒认识在践行“十六字”治水思路、服务黄河流域生态保护和高质量发展大局中的地位和作用，立足自身为水利高质量发展多作贡献。

坚持底线思维，保障枢纽安全稳定运行。坚决把枢纽安全作为最大的政治任务、政治责任和最核心的工作，锚定目标，守住安全底线，筑牢安全基石。

坚持“节水优先”，优化水库调度运用方式促进汛期洪水资源化利用，通过市场调节、有偿使用的方式推动小浪底水库水资源节约利用。

坚持“空间均衡”，发挥小浪底水库的时空调节功能和调水调沙龙头作用，保障黄河中下游防洪安全，为引黄济京、津、冀、鲁、豫提供条件。集中优势资源融入国家水网建设，让小浪底水库成为国家水网的“支撑点”“储备库”。

坚持“系统治理”，站位流域生态保护大局，研究小浪底水库的生态调度规律，纳入调度规程。提高库区监管能力水平，依法保护好小浪底“一库清水”。

坚持“两手发力”，发挥市场作用，利用工程建设、运行管理积累的宝贵经验和丰厚资源，主动参与黄河流域水利水电工程建设和生态环境保护。

中国水利博物馆

作为研究水文化的专门机构，必须强化责任担当，校准思路、查找差距、细化任务，确保完整准确全面学习好宣传好贯彻好“十六字”治水思路和习近平总书记关于治水的重要论述。

一是围绕节水主题，开展广泛深入宣传。充分发挥展示优秀传统文化、弘扬先进水文化的重要窗口作用。依托国家水情教育基地平台，强化节水宣传教育，推动全社会形成节水良好风尚。

二是统筹兼顾，实现馆园均衡发展。坚持博物馆和水博园联动发展方向，进一步深化规划设计方案，实现生态、生产、生活空间的科学布局和可持续利用，建成功能完善、宜学宜游、湿地水韵的中国水博览园。

三是运用系统思维，推进标本兼治。对标国家级大馆的定位，从纵向上传承好水博建设以来勇立潮头、团结拼搏的光荣传统；从横向上学习部属单位和其他博物馆的先进经验和优秀做法，推动高质量发展。

四是立足职责职能，做到两手发力。充分发挥部省共管资源优势，加大文物征集特别是水利红色文化资源调查、保护和征集力度，丰富馆藏体系。合理运用市场化手段开发水文化产品和服务，满足群众多元化需求。

移民管理咨询中心

“十六字”治水思路立足我国基本国情水情，是指导我国现阶段治水实践的最新理论成果。

“节水优先”要求全社会、各地区、各行业牢固树立水是不可再生资源的意识，在一切活动中体现水的基础性、前置性、制约性，从增加供给转向需求管理。

“空间均衡”要求全局谋划、科学论证、系统实施，实现水资源整体时空协调。规划发展战略目标要优先考虑各地区水的自然禀赋，以水定城、以水定地、以水定人、以水定产。

“系统治理”要求树立山水林田湖草是生命共同体的观念，科学分析水与各生态系统要素之间的关系，从社会和自然两个层面及其相互联系系统考量，转变观念，实现高质量发展。

“两手发力”要求水治理要厘清政府和市场的权责边界，发挥好政府把方向、管大局和统筹协调作用。

同时，牢固树立绿水青山就是金山银山的理念。长江流域要在“保护”上下功夫，要调整和规范人的行为，纠正人的错误行为，在发展中保护，在保护中发展；黄河流域要在“养护”上下功夫，以自然恢复和人工修复同时发力，探索富有地域特色的高质量发展新路子，建设造福人民的幸福河。

任务对标阶段

水利部党组举办巡视整改“三对标、一规划”专项行动“任务对标”阶段专题学习会

（2021 年 5 月 19 日）

本报记者　李海川　马晓媛

5 月 17 日，水利部党组举办中心组（扩大）学习会，开展巡视整改“三对标、一规划”专项行动“任务对标”阶段交流研讨。水利部党组书记、部长李国英主持会议并讲话，部领导田学斌、田野出席会议并作交流发言。

中国水利报

China Water Resources News

19 2021年5月 第4843期

水利部党组专题传达学习贯彻习近平总书记关于南水北调重要讲话精神

水利部党组举办巡视整改“三对标、一规划”专项行动“任务对标”阶段专题学习会

水利部召开水利风景区建设与管理工作视频会议

水利部会同发展改革委调研水资源刚性约束制度

吃透精神 精准对接 科学规划

水文测验

自来水“上岗” 老水井“退休”

河北 51 处大中型灌区灌溉农田 560 万亩

层层带动抓学习 突出重点明职责

李国英指出，在“任务对标”阶段，各司局各单位联系实际学习、对标任务研讨，更加深刻理解了党中央“十四五”规划建议的战略意图和重大部署，更加准确把握了水利工作的重点任务和具体要求，更加深入思考了水利高质量发展的目标思路和实现路径，实现了阶段学习研讨的预期目标。

李国英强调，做好“十四五”水利工作，要完整、准确、全面贯彻新发展理念，坚决把新发展理念贯彻落实到水利规划设计、水利工程建设、水利政策制定、水利投资方向、水利工作安排等各方面。要紧紧抓住高质量发展这个主题，重点提高水旱灾害防御能力、水资源集约安全利用能力、水资源优化配置能力、大江大河大湖生态保护治理能力。

要坚持系统观念，加强前瞻性思考、全局性谋划、战略性布局、整体性推进，统筹发展和安全，着力完善流域防洪工程体系、实施国家水网重大工程、推进智慧水利系统建设、建立健全节水制度政策、强化体制机制法治管理。

李国英要求，在“规划编制”阶段，要吃透中央精神，紧贴水利实际，精准对接习近平总书记关于治水工作重要讲话指示批示精神，精准对接“十四五”规划建议和规划纲要，不折不扣抓好贯彻落实。要充分发扬民主，集智研究论证，把广大干部职工智慧、专家意见、基层经验充分吸收到规划编制中来。要加强顶层设计，推动全领域覆盖，以“十四五”水安全保障规划为核心、各专项规划和具体工作计划为支撑，形成定位准确、边界清晰、功能互补、统一衔接的“十四五”水利发展规划体系。

会议分两个阶段进行。第一阶段为分组学习，部领导、各总师组织全部 22 个司局、31 家直属单位分组开展研讨交流，并进行学习成效评估；第二阶段为集中学习，部领导、各总师作交流发言。

社论：

扎实推进"任务对标"边学边干善作善成

（2021 年 4 月 20 日）

本报记者　李海川

4 月 19 日，水利部党组举办中心组（扩大）学习会，交流研讨巡视整改"三对标、一规划"专项行动"思路对标"阶段学习成果，李国英部长主持并讲话。根据统一安排，专项行动由此转入第三阶段——"任务对标"阶段。"任务对标"阶段是见行动、出实效的关键阶段，我们要将思想和行动切实统一到水利部党组的决策部署上来，在前两个阶段深入学习、对标、研讨的基础上，扎实推进"任务对标"，边学边干，找准水利工作的关键点和着力点，力求善作善成，为科学编制"十四五"水利发展规划体系提供有力支撑，确保党中央各项决策部署不折不扣落到实处。

在"思路对标"阶段，各司局各单位通过将近一个月的集中学习、深入研讨，不断理清思路、查找差距，提升了完整、准确、全面理解习近平总书记"节水优先、空间均衡、系统治理、两手发力"治水思路的能力，增强了将习近平总书记治水重要讲话指示批示精神在新阶段水利高质量发展实践中落地落实的动能，深化了对新阶段水利高质量发展面临的新形势、新任务、新要求的认识，思考了本领域新阶段高质量发展对表对标下的路径选择和工作举措，实现了阶段目标。

接下来，我们要继续强化"思路对标"，始终深入贯彻落实习近平总书记治水重要讲话指示批示精神，始终站稳人民立场，将为人民谋幸福、为民族谋复兴，作为一切水利工作的出发点和落脚点，把人民群众对江河安澜、河清湖晏的向往一步步变为现实；要始终坚持问题导向，奔着问题去、追着问题走、对着问题干，在解决问题中推动新阶段水利高质量发展；要始终坚持忧患意识和风险意识，树牢底线思维，加强对水利风险源的调查研判，不断推进水利风险防控工作科学化、精细化，夯实新阶段经济社会高质量发展的水安全基础；要始终坚持系统观念，实施系统治理，加强与国家重大战略中重要目标、重大举措的对接、融合，在统筹兼顾中实现协同发展、提升整体效能。

当前，专项行动已转入第三阶段——“任务对标”。“任务对标”就是要将“对标”实打实落到具体工作成果上。进一步说，“任务对标”就是要在“政治对标”“思路对标”的基础上，准确领会中央关于编制“十四五”规划的战略意图、具体要求，把学深悟透党的十九届五中全会精神，与水利系统谋划重大战略、制定重大政策、部署重大任务、推进重大工作结合起来，把水利工作担负的工作任务领会准、工作目标掌握清、落实措施搞具体，做到知其然、知其所以然、知其所以必然。这是全面落实党的十九届五中全会精神的必然要求，也是科学谋划“十四五”水利改革发展蓝图的迫切需要。

完成“任务对标”阶段目标，要求我们把“政治对标”“思路对标”阶段学习对标的成果体现在重点工作任务的推进中，坚持学思用贯通、知信行统一，深刻领会、准确把握党中央对水利工作的要求，瞄准目标，找准任务，抓准重点，科学谋划和系统推进“十四五”水利改革发展工作。我们要深学细研习近平总书记在党的十九届五中全会上的重要讲话精神、《中共中央关于制定国民经济和社会发展第十四个五年规划和二〇三五年远景目标的建议》以及“十四五”规划纲要，全面系统学，深入思考学，及时跟进学，联系实际学，自觉对表对标，确保把准方向，在大局下谋划推进新阶段水利工作。要立足自身职责，找准自身位置，弄清楚新阶段水利要实现什么样的发展、怎样实现发展这个重大问题，对各项工作举措进行再梳理、再细化、再完善，进一步明确关键点和着力点，推动形成一套定位准确、边界清晰、功能互补、统一衔接的“十四五”水利发展规划体系。要进一步压实责任，加强组织实施，紧盯“把事干成”这一目标，在学中干，以学促干，把学习的成果、对标的成果体现在重点工作任务的推进中，体现在科学编制“十四五”水利发展规划体系中，确保“任务对标”阶段各项工作走深走实。

行动是最有力的宣言，落实是最有效的担当。让我们以更加饱满的精神、更加积极的行动、更加过硬的作风，在对表对标中边学边干，狠抓落实，善作善成，不折不扣落实好党中央各项决策部署，为水利改革发展和科学编制“十四五”水利发展规划体系打下坚实的基础，以专项行动的扎实成效庆祝建党100周年。

编印要点索引　印发工作计划

珠江委积极落实“十四五”规划纲要

（2021 年 4 月 30 日）

本报记者　吴怡蓉　通讯员　董鑫华

近日，水利部珠江水利委员会积极开展“任务对标”专题学习，编印水利工作要点索引，制定印发了落实国家“十四五”发展规划纲要具体工作计划。

珠江委坚持结果导向、目标牵引，切实把“政治对标”“思路对标”学习研讨成果转化为谋划工作的新思路、助推发展的新举措、改进工作的新本领。委党组根据《中华人民共和国国民经济和社会发展第十四个五年规划和 2035 年远景目标纲要》对水利工作的要求，编印水利工作要点索引，制定印发珠江委落实国家“十四五”发展规划纲要具体工作计划。

广大党员干部认真学习领会中央关于编制“十四五”规划的战略意图和具体要求，准确把握“十四五”时期水利工作任务，深入思考落实国家节水行动、提升水资源配置和水旱灾害防御能力、加快智慧珠江建设等工作要求，按照“可量化、可考核、可追溯”原则制定落实工作措施，为推进新阶段流域高质量发展提供有力支撑。

松辽委：以监督促进落实

（2021 年 4 月 30 日）

本报记者 种立博 通讯员 赵可

“三对标、一规划”专项行动开展以来，水利部松辽水利委员会制定专项行动监督方案，不断加大监督力度，并积极开展“我为群众办实事”实践活动，促进学习研讨提质提效、专项行动走深走实。

松辽委确定现场督导清单，机关纪委与工作专班组成联合督导组，对被督导部门、单位专项行动组织情况、交流研讨材料撰写情况、研讨发言情况等实施清单化精准督导，目前已完成对 15 个党组织集中学习研讨的现场督导。据悉，松辽委各部门、单位开展集中研讨交流 140 余次，参加专题辅导讲座干部职工达 4250 余人次。

同时，松辽委组织青年深入基层社区开展“节水护水爱环境、我为群众办实事”志愿服务活动，通过清理公共场所环境卫生、宣传生活节水小妙招等方式，弘扬珍惜水资源爱护水环境的良好风尚，倡导绿色健康生活方式。

太湖局：确保流域水安全

（2021 年 5 月 15 日）

本报通讯员　代子阳

转入“任务对标”阶段后，太湖流域管理局找准新阶段流域水利工作的关键点和着力点，坚持边学边干、善作善成，确保水灾害、水资源、水生态、水环境安全，支撑保障长三角一体化高质量发展。

太湖局举办党组中心组（扩大）学习会、全局青年理论学习交流会、处室学习研讨会，组织全体干部职工围绕实际工作开展学习研讨，以学习成果推进全年工作任务开展。在学习基础上，集中力量完善太湖治理协调机制并扎实做好后续工作，全力以赴做好水旱灾害防御工作，加快推进流域骨干工程建设，着力提升水资源集约安全利用水平，持续提升流域综合管理现代化水平。

太湖局积极协助相关部委编制《太湖流域水环境综合治理总体方案（2021—2035）》；组织召开太湖流域水文化工作座谈会，成立由太湖流域管理局牵头、两省一市及流域各地市水利部门共同组成的太湖水文化建设协作委员会；联合江苏、浙江、上海、福建、安徽等省（直辖市）水行政主管部门，共同印发《太湖流域片水行政执法协同机制》，研究制定《太湖流域管理局与苏浙沪闽皖省级河长制办公室协作机制工作规则》，确立了联席会议、信息共享、联合会商、联合巡查与执法、工作交流等五方面具体工作机制。

中国水利报社：聚焦水利重点任务讲好新阶段水利故事

（2021 年 5 月 15 日）

本报记者　洪安娜　滕红真

“三对标、一规划”专项行动开展以来，中国水利报社聚焦“十四五”规划中的水利重点任务，创新表达形式，深入基层采访，推动媒体融合，讲好新阶段水利故事。

报社要求全体党员干部职工科学谋划和系统推进“十四五”水利改革发展工作。水利新闻宣传工作应始终聚焦“十四五”规划中部署的水利重点任务，围绕提升水旱灾害防御能力、水资源集约安全利用能力、水资源优化配置能力、大江大河大湖生态保护治理能力等，不折不扣宣传好落实好中央决策部署和水利部党组中心组工作安排，报道好新阶段水利高质量发展相关政策、任务、工作，服务好为经济社会发展、为人民幸福生活、为民族复兴大业提供水利支撑和保障这个大局。

报社将自觉承担起举旗帜、聚民心、育新人、兴文化、展形象的使命任务，坚持内容为王，创新表达形式，提高讲好新阶段水利故事的能力；注重深入基层，扎实采访，对水利重点任务有关专题进行深入报道；加强理想信念宣传，促进在全行业形成共同的价值观念、精神追求和行为规范；大力推动水文化建设，建立水文化宣传专家库，培养一批熟悉水文化的编辑记者；推进媒体深度融合，逐步引入人工智能、5G、大数据等技术，打造中国水利行业新型主流媒体。

南水北调规划设计管理局：层层带动抓学习

（2021 年 5 月 19 日）

本报通讯员　赵源

水利部南水北调规划设计管理局党委紧跟部党组“三对标、一规划”专项行动安排，“任务对标”阶段结合本职业务组织学习研讨，开展监督检查，确保专项行动走深走实。

南水北调规划设计管理局采取党委带头学、支部跟进学、党员干部积极学的方式，层层带动，实现对标全覆盖。突出对南水北调工程的学习，补充学习中央广播电视总台拍摄的南水北调纪录片《话说南水北调》，将学习研讨聚焦到如何发挥好自身职责、为水利高质量发展提供更好支撑这一任务上来。同时，通过“查、考、改”，局党委对各党支部专项行动落实情况开展监督检查，促进党员干部始终心怀“国之大者”，始终以“十六字”治水思路指导实践。

“任务对标”阶段专题学习会水利部机关司局交流发言摘登

5月17日，水利部党组举办中心组（扩大）学习会，开展巡视整改“三对标、一规划”专项行动“任务对标”阶段交流研讨。会议分两个阶段进行。第一阶段为分组学习，部领导、各总师组织全部22个司局、31家直属单位分组开展研讨交流，并进行学习成效评估；第二阶段为集中学习，部领导、各总师作交流发言。

本期摘登各司局、直属单位主要负责同志研讨交流发言。

办　公　厅

“十四五”规划《建议》和《纲要》绘就了开启全面建设社会主义现代化国家新征程的宏伟蓝图，是全国各族人民共同的行动纲领。贯彻落实好《建议》和《纲要》，首先，要把总的指导思想和五条原则学深悟透，完整准确全面领会中央战略意图和总体要求；其次，要聚焦高质量发展主题，统筹发展和安全两件大事，立足新发展阶段，找准水利发展的历史方位，坚持从根本宗旨、问题导向、忧患意识上来把握新发展理念，主动服务和融入构建新发展格局，实现水利更高质量、更有效率、更加公平、更可持续、更为安全的发展。

《建议》和《纲要》对水利工作提出了明确要求，涵盖了水利改革发展各个领域，概括起来主要集中在提升水旱灾害防御、水资源集约安全利用、水资源优化配置、大江大河大湖生态保护治理四个能力上。

落实好《建议》和《纲要》部署要求，必须用好系统观念这个基础性的思想和工作方法，统筹多重目标、多项任务、多个要素和多方力量，加强前瞻性思考、全局性谋划、战略性布局、整体性推进。同时，要完整准确全面贯彻新发展理念，从数字中国建设、法治政府建设、文化强国建设等各个领域对标中央要求，全面落实“十四五”规划任务。

规 划 计 划 司

“十四五”规划《纲要》为我国开启全面建设社会主义现代化国家新征程擘画了

宏伟蓝图，为水利高质量发展指明了方向。落实《纲要》明确的水利目标任务，必须以习近平新时代中国特色社会主义思想为指导，完整准确全面贯彻新发展理念，坚持“十六字”治水思路，遵循“确有需要、生态安全、可以持续”的重大水利工程论证原则，立足流域整体和水资源空间均衡配置，系统谋划、科学推进重大水利工程建设，进一步提升国家水安全保障能力。

一是完善水利规划体系。加强水利改革发展顶层设计，编制“十四五”水安全保障规划、国家水网工程规划纲要；推进黄河流域生态保护和高质量发展等国家重大战略水利保障规划编制与实施；适时启动七大流域防洪规划修编。

二是加快重大水利工程前期工作。加快推进《纲要》中明确提出的重大水利工程前期工作，做好开工项目储备，着力推进南水北调东中线后续、黄河古贤水利枢纽等前期工作。

三是全面强化水生态治理修复。结合党史学习教育“我为群众办实事”实践活动，推进农村水系综合整治，建设水美乡村；统筹“一减、一增”措施，持续推进华北地区地下水超采综合治理。

政策法规司

习近平总书记在党的十九届五中全会上关于《建议》的说明，为科学谋划“十四五”水利法治建设提供了根本遵循和科学指引。一是贯彻新发展理念是法治建设的内在要求，法治是新发展理念落地生根的重要保障，要将新发展理念贯穿于“十四五”水利法治建设全过程和各方面；二是统筹发展与安全，依法防范水利重大风险；三是坚持系统观念，强化制度创新，注重解决治水管水体制性、机制性、政策性问题。

《纲要》对水利提出了许多新任务新要求。政法司将围绕提升水旱灾害防御能力，加快推进水法、防洪法等水利基础性法律修订前期工作；深入研究黄河水沙统一调度系统等制度措施；加快长江水工程联合调度管理办法出台。围绕水资源集约安全利用能力，加快研究建立水资源刚性约束制度，将规划水资源论证、节水评价、水资源超载区新增取水限批等制度规定加以固化。围绕水资源优化配置能力，完善水资源合理配置、统一调度等制度体系，以及推进水资源配置工程建设的财政、金融、水价等政策支持等制度措施。围绕大江大河大湖生态保护治理能力，加快推进《河道采砂管理条例》《河道管理条例（修订）》等河湖管理保护立法进度；加强河湖保护执法力度，按照新的规定对违法采砂行为加重处罚，增强震慑作用。

财务司

通过深学细研领悟“任务对标”材料，准确领会中央编制“十四五”规划的战略意图、重点任务和具体要求，找准水利工作的关键点和着力点，确保中央决策部署不折不扣落到实处。

一是对于落实"十四五"规划纲要提出的水利重点任务，积极争取财政支持，加大资金投入，不断提高水旱灾害防御能力、大江大湖生态保护治理能力；协调金融支持水利，加大信贷资金投入规模，推动重大水利工程融资，提高国家水安全保障能力。

二是对于落实用水权市场化交易，健全自然资源有偿使用制度，创新用水领域价格形成机制等任务，积极推动价税改革，扎实做好水资源税改革试点全面推开工作；深入推进水价改革，充分发挥市场机制作用，提高水资源优化配置能力；积极培育水权水市场，从国家、省、市、县层面逐级完善水权管理体系，积极推进长江、黄河等重点流域以及南水北调工程沿线省市水权交易。

三是对于落实建立现代财税金融体制，深化预算管理制度改革，严格执行预算管理"三项机制"，不断强化预算约束和绩效管理，完善内控制度建设，严守资金资产安全底线；持续深化国有企业改革和国有资产监管，认真贯彻落实国企改革三年行动方案，健全企业法人治理体系，提升企业活力竞争力，逐步完善以管资本为主的水利企业现代化管理体系。

人 事 司

"任务对标"就是对标党中央关于水利行业发展的要求和战略性部署，把干部队伍和人才队伍建设好，为新阶段水利高质量发展提供坚强的组织保障和人才支撑。

必须对标习近平总书记阐明的重点问题，领会核心要义，切实把五中全会精神贯彻到位；对标规划《建议》提出的方针目标，准确理解把握，切实把中央对水利工作要求掌握清楚；对标规划《纲要》明确的具体工作，梳理内容要求，切实把水利人事任务措施落实落细。

一是立足当前实际加强两支队伍建设。坚持正确用人导向，把政治标准摆在首位，加强对敢担当、善作为的干部激励保护，着力打造一支政治坚定、能力过硬、作风优良、奋发有为的水利干部队伍；坚持引进来和走出去相结合，完善人才工作体系，努力打造一支本领过硬、专业过硬的水利专业人才队伍。

二是聚焦五年任务编制人才发展规划。组建人才规划工作专班，在《"十四五"水利人才队伍建设实施方案》初稿并专题调研的基础上，扎实做好方案的编制工作。

三是着眼长远发展研究水利体制机制。结合国家"十四五"规划和 2035 年远景目标要求，进一步加强水治理体制改革的前瞻性、战略性研判应对，不断强化水利部的相关职责定位，完善优化协同高效的水治理体制。

水资源管理司

水资源管理应从四个方面深刻领会党中央“十四五”规划建议的要求。一是坚持以人民为中心的发展思想，满足人民群众日益增长的需要；二是坚持人与自然和谐共生，做生态文明的建设者；三是坚持以水定需，做高质量发展的促进者；四是坚持底线思维，为全面建设社会主义现代化国家提供坚强安全保障。

贯彻落实“十四五”规划《建议》和《纲要》，扎实做好“十四五”水资源管理工作，一是制定建立水资源刚性约束制度文件，做好水资源刚性约束制度的顶层设计；二是加快制订重要江河湖泊的生态流量保障目标、地下水位管控目标，明确各地区经济社会发展可用水量，建立水资源刚性约束管理目标体系；三是健全水资源监测体系，严格实施取用水管理，强化监督检查考核；四是推进水资源超载地区暂停新增取水许可和地下水超采综合治理，加快水资源过度开发利用问题治理；五是推动用水权市场化交易，完善水资源有偿使用制度，深化取水许可管理改革，推进水资源管理重点领域改革；六是积极配合做好重大引调水工程建设、国家水网工程建设、水资源智慧化管理等重点任务。

全国节约用水办公室

根据水利部党组部署要求，全国节水办认真开展“任务对标”，围绕重点题目深入研讨，针对牵头落实的任务逐项制定措施，确保中央各项决策部署落到实处。

一是准确领会中央战略意图和具体要求。《建议》提出“十四五”指导方针和主要目标，为我国发展提供了科学指南和基本遵循，节水工作要坚持以习近平新时代中国特色社会主义思想为指导，锚定“十四五”大方向、大战略，紧紧围绕水利高质量发展，努力开创新局面。

二是认真制定“十四五”节水任务落实措施。《纲要》明确了一系列水利任务，多处涉及节水，相关任务有22项。其中，节水办牵头10项，包括实施国家节水行动、黄河流域实施深度节水控水行动、推广合同节水管理、完善节水器具推广机制、强化高耗水行业用水定额管理等；相关司局和部门牵头8项；宏观理念和制度涉及4项。全国节水办针对牵头任务进一步细化了落实措施，包括制定实施好规划、建好用好节水部际协调机制、围绕具体任务逐项制订指导意见、办法规定等。

三是促进提升水资源集约安全和优化配置能力。围绕与节水工作联系密切的两方面能力，重点通过完善节水法律、行政、经济、技术等手段，认真落实节水评价制度，不断促进有效提升。

水利工程建设司

“十四五”时期是我国在全面建成小康社会、实现第一个百年奋斗目标之后，乘势而上开启全面建设社会主义现代化国家新征程、向第二个百年奋斗目标进军的第一个五年。《建议》和《纲要》对水利作出一系列重要部署，从推动经济体系优化升级、构建新发展格局、建设平安中国的战略高度，明确了“十四五”时期水利工程建设的目标任务。要加强水利基础设施建设，提升水资源优化配置和水旱灾害防御能力；实施国家水网工程，推进重大引调水、防洪减灾等一批重大项目建设；加快江河控制性工程建设，加快病险水库除险加固等，同时提出了对水利建设工作的新要求。

水利建设工作必须紧扣“三新一高”的新要求，深入贯彻落实“十六字”治水思路，坚持系统观念，统筹发展与安全，找准水利建设工作定位和方向；统筹抓好水利工程建设，着力提高水利工程质量和水利建设市场监管水平，助推水利事业高质量发展；加快实现防洪保安全、优质水资源、健康水生态、宜居水环境的目标，更好满足人民群众对美好生活的向往。一是强化工程建设管理，保质量；二是加快推进工程建设进度，保效益；三是不断完善建设管理体制机制，增效能；四是严格水利建设市场监管，稳秩序；五是打造一流建设管理队伍，强力量。

运行管理司

在“任务对标”阶段，运管司明确水库除险加固目标任务，细化年度目标，编制“十四五”除险加固实施方案；做好水库安全鉴定及成果核查，抓紧开展水库除险加固，确保按期完成；出台《小型病险水库除险加固管理办法》，强化日常监督检查和考核。

创新水利工程运行管护机制。出台《关于创新小型水库管护机制的意见》，推广政府购买服务、区域集中管护、“以大带小”等管护模式；加强中央补助资金使用管理，引导各地加快制定定额标准、落实管护经费；坚持“两手发力”，培育水利工程运行管理市场。

加强水利工程规范化管理。制定国有水利工程“十四五”划界工作方案，实行销号管理；落实水库大坝安全管理责任制、小型水库防汛“三个责任人”；健全管理制度和标准体系，推进运行管理规范化。

推进水利工程运行管理信息化。编制“十四五”实施方案，加快推进小型水库雨水情测报和安全监测设施建设；完善全国水库运行管理信息系统，加强堤防水闸基础信息数据库建设；探索新科技应用，提高运行管理信息化、智能化水平。

加快推进工程运行管理标准化建设。出台指导意见，制定“十四五”工作计划，充分发挥考核、中国水利工程优质（大禹）奖对运行管理规范化、标准化的引领作用。

河湖管理司

根据部党组统一部署，河湖司认真开展“任务对标”，一是完整准确全面贯彻新发展理念。要坚持以人民为中心的发展思想；坚持统筹发展与安全；坚持系统理念，加强宏观思考和顶层设计，努力做到全局和局部相配套、治本和治标相结合、渐进和突破相促进；坚持党的全面领导，为改革发展提供强大动力和可靠保障。

二是把贯彻新发展理念同习近平总书记关于治水重要论述和“十六字”治水思路贯通起来。树立绿水青山就是金山银山理念，守住自然生态安全边界；坚持人与自然和谐共生，持续提升生态系统质量和稳定性。坚持生态优先、绿色发展，完善河湖管理保护机制，共同推进大保护、协同推进大治理，建设造福人民的幸福河。

三是全面落实强化河湖长制。用好国务院河湖长制部际联席会议制度，加强流域统筹、区域协同、部门联动，推动形成党政主导、水利牵头、部门联动、社会参与的河湖管护格局；明确河湖管控边界，强化规划约束，加强日常监管，探索建立责任追究和损害赔偿机制；制定河长湖长履职规范、河湖长制绩效评价考核办法、流域管理机构涉河建设项目审批权限有关规定等，推动出台河道采砂管理条例；完善全国河长制管理信息系统，运用好“水利一张图”，丰富完善监管手段。

水土保持司

“十四五”规划《纲要》关于全面推进乡村振兴、优化国土空间开发保护格局、提升政府经济治理能力、提高数字政府建设水平等多个章节都与水土保持工作密切相关，特别是对“科学推进水土流失综合治理”提出明确要求，为做好“十四五”水土保持工作提供了根本遵循。

“十四五”时期，水土保持工作要坚持问题导向、系统观念和科学思维，重点围绕五方面重点任务抓好落实。一是创新水土保持重大政策机制。按照“建机制、破障碍、激活力”的思路，深化水土保持改革创新，持续增强发展动能和活力。二是依法严格人为水土流失监管。聚焦守住自然生态安全边界要求，按照“防风险、严管控、优服务”的思路，着力推动严格监管常态化。三是加快推进重点地区水土流失治理。围绕提升生态系统质量和稳定性、区域重大战略、乡村振兴等要求，按照“抓重点、提质量、促发展”的思路，着力推动综合治理精细化。四是强化水土保持监测评价支撑。对照开展生态系统保护成效监测评估要求，按照“建体系、重评价、强支撑”的思路，着力推动监测评价精准化。五是着力推进智慧水保建设。按照“增智慧、强应用、提效能”的思路，加快推进智慧水保建设，不断提升水土保持管理能力现代化水平。

农村水利水电司

围绕“任务对标”要求，农水司系统学习了习近平总书记重要讲话和“十四五”《建议》《纲要》，深入梳理相关目标任务，提出下一步工作举措。

“十四五”期间要狠抓农村供水保障工程、大中型灌区节水改造和精细化管理、小水电绿色发展。农村供水方面，要固底板，盯紧脱贫地区农村供水薄弱环节，密切跟踪、动态监测、动态清零；要补短板，建设一批中小水库水源工程，更新改造一批老旧供水工程和管网，实施小型供水工程标准化建设和改造；要锻长板，推进城乡供水一体化和农村供水规模化，打造一批农村规范化水厂；要强管理，进一步压实农村饮水安全管理责任，落实运行管护主体。

灌区改造方面，推进大中型灌区续建配套与现代化改造，统筹好田间配套设施建设；深化灌区管理体制改革、农业水价综合改革，强化灌区信息化建设和标准化规范化管理；推进产权制度改革，盘活农村水利工程资产，健全农田水利设施管护评估体系，纳入粮食安全省长责任制等考核。

小水电方面，要规范发展，巩固提升长江经济带小水电清理整改成果，实施黄河流域过度的小水电开发整治，制定生态流量监管办法；要科学发展，制定规范小水电建设管理的意见，合理布局；要绿色发展，以河流、县域为单元，整体推进绿色转型发展，打造示范典型。

监 督 司

“十四五”时期，人民对优质水资源、健康水生态、宜居水环境的迫切需求对水利工作提出了更高的要求。在水利工作中统筹发展和安全，既要树立系统理念，大力建设国家水网和智慧水利，将保护和治理对象放大到流域，统筹考虑，科学施策；也要加强行业监督，查找水利风险隐患，发现并弥补制度和管理上的漏洞，扭转水利行业重立项、重建设、事中事后监管不足的现象，着力解决水利发展不平衡不充分的问题。

在新发展阶段加强水利行业监督，一要锁定目标，始终将党中央最关心、人民群众最期盼的问题作为监督的首要任务；二要选准路径，完善监督体制机制，优化监督方式方法，营造良好的监督生态；三要提升监督能力，提高监督效率，努力实现监督手段现代化；四要用好监督成果，加强结果分析运用，做好监督“后半篇文章”，消除问题隐患，保障长治久安。

对标国家“十四五”规划《纲要》和水安全保障“十四五”规划，水利监督工作将在今明两年建立全覆盖水利行业监督体系，到“十四五”末实现行业监督常态化、规范化、法治化，到 2035 年实现行业监督体系和监督能力现代化。监督司将紧跟重大决策部署，聚焦水利风险隐患，努力实现水利工作推进到哪里，监督就跟进到哪里，加强过程控制，用监督传导压力，用压力推动水利工作各项任务落到实处。

水库移民司

习近平总书记对“十四五”规划《建议》所作的说明，提出了七大重点问题，这是制订“十四五”规划和 2035 年远景目标规划要着重考虑的问题，也是水库移民司（振兴办）贯彻落实好“十四五”规划需要把握的重点。“十四五”规划《纲要》至少在十个方面对水利提出明确任务，涉及水利改革发展的方方面面，必须认真落实、全面完成。

水库移民司（振兴办）要紧紧盯住两个方面的工作。一是紧盯服务大型水利工程建设。把移民工作放在“国之大者”中考虑谋划，积极适应新阶段、新任务、新要求。加强工程建设涉及移民的前期工作指导、移民安置实施的监督检查指导、后期扶持工作措施的落实等。认真组织各地做好“十四五”水库移民后期扶持规划的编制工作，打牢“十四五”水库移民发展的工作基础。二是落实巩固拓展水利脱贫攻坚成果，做好乡村振兴水利帮扶政策的衔接工作。落实中央“四个不摘”要求，继续组织做好定点帮扶工作。组织协调对口帮扶各组长单位，切实落实帮扶责任，完成年度帮扶工作任务，抓好“我为群众办实事”实践活动，把实事办实。认真落实水利部乡村振兴领导小组工作部署，谋划好“十四五”期间乡村振兴水利工作，全面推进乡村振兴水利保障工作，切实增强人民群众的获得感、幸福感、安全感。

水旱灾害防御司

习近平总书记在关于“十四五”规划《建议》的说明中对统筹发展和安全作出重要部署。经过多年的建设，我国水旱灾害防御工程和非工程措施体系已较为完善，但还存在一些短板，必须着力补齐，下好风险防控先手棋。

《纲要》在第 11、14、17、54 等章节对水旱灾害防御作出部署，明确要实施防洪提升工程，解决防汛薄弱环节；加快补齐防灾减灾领域短板，推进防洪减灾重大项目建设；强化数字技术在自然灾害应对中的应用，全面提升预警和应急处置能力；实施自然灾害防治能力提升工程，提升洪涝干旱灾害防御工程标准。

水利部党组对做好"十四五"时期的水旱灾害防御工作提出"四个坚决"的奋斗目标，要求加快完善流域防洪减灾工程体系，全面提升水旱灾害防御现代化调度指挥能力。要坚持"建重于防、防重于抢、抢重于救"的工作思路，强化预报、预警、预演、预案"四预"措施，夯实水工程调度防御基础，提升防御工作信息化水平，强化水旱灾害防御责任担当，探索水旱灾害风险社会化管理机制。

水旱灾害防御司将立足监测预报预警、水工程调度、抢险技术支撑的重要职责，有力防范和应对水旱灾害，确保人民生命安全，以优异成绩迎接中国共产党成立 100 周年。

水 文 司

《建议》和《纲要》阐述了"十四五"时期经济社会发展指导方针、主要目标和到 2035 年实现的远景目标。《纲要》中涉及水利的内容很多，与水文密切相关的内容也很多。这充分反映了国家对水利工作的高度重视，对水利工作提出了更高的要求，也为水利发展提供了良好的机遇。《纲要》内容直接与水利相关的有 30 多处，与水文工作有关的内容有 16 处。

我们要增强忧患意识、坚持底线思维，把水安全风险防控作为守护底线，把水资源承载力作为刚性约束上限，把水生态环境保护作为控制红线，提升洪涝干旱灾害防御、水资源利用和节水等方面标准，要完善水利基础设施，加快国家水网工程建设，加强水利行业监督，加快构建智慧水利体系，强化预报、预警、预演和预案措施，提升水资源优化配置和水旱灾害防御能力，为经济社会发展取得新成效、生态文明建设实现新进步提供有力支撑。

按照《建议》和《纲要》以及水利部党组对水文工作的有关要求，水文要围绕提升水旱灾害防御能力、水资源集约安全利用能力、水资源优化配置能力和大江大河大湖生态保护治理能力等，加快推进水文现代化建设，以流域为单元，尽快提升水文测报能力。

三峡工程管理司

《建议》和《纲要》明确提出了"十四五"时期经济社会发展指导思想、必须遵循的原则和主要目标，分领域阐述了重点任务。这是党中央在全面总结中国特色社会主义发展实践经验、准确把握当前和今后一个时期国内外发展大势、深入分析我国发展环境面临的深刻复杂变化、统筹考虑未来五年发展目标和 2035 年远景目标的基础上提出来的，是指导国民经济和社会发展的纲领性文件，要认真学习理解其精神实质、核心要义、创新观点、实践要求，掌握内在逻辑和相互关系。

要将学习成果转化为指导做好水利工作和三峡工程管理工作的能力。坚持把水安全风险防控作为守护底线，把水资源承载力作为刚性约束上限，把水生态环境保护作为控制红线，大力实施国家水网重大工程，加快构建智慧水利体系，推进水利改革创新发展；按照“大时空、大系统、大担当、大安全”要求，加强三峡水库优化调度运用，不断提升水旱灾害防御能力；强化三峡库区水资源管理，不断提升水资源集约安全利用能力；充分发挥三峡水库综合作用，不断提升水资源优化配置能力；加强三峡工程运行安全管理，提升大江大河大湖生态保护治理能力，扎实做好三峡工程运行管理这篇“大文章”，确保三峡工程长期安全可持续运行和发挥巨大综合效益。

南水北调工程管理司

通过全面深刻对标习近平总书记关于水利和南水北调工作重要论述指示批示精神、对标党中央国务院重要决策部署、对标部党组各项具体安排，明确工作关键点和着力点，压实责任、严格落实。

全面落实“十四五”时期经济社会发展方针和主要目标。聚焦民生，着力解决人民群众的痛点、难点、堵点问题；聚焦生态，持续改善生态环境；聚焦安全，统筹好发展和安全两件大事；聚焦信息化，提出课题、推动研究、加快部署；聚焦治理能力，不断提升现代化水平。

准确把握当前在提高水资源优化配置能力上面临的形势。提高水资源优化配置能力是基于我国水资源基本配置格局、保障国家安全、支撑重大国家战略实施等综合因素决定的。要处理好“以水四定”与实施水资源优化配置之间的矛盾、生态环境修复与工程建设之间的矛盾、高成本优质水与低效用水之间的矛盾、现有调水线路与建设国家水网之间的矛盾。

布局提升水资源优化配置能力，推进南水北调高质量发展。强化工程管理，确保工程安全、供水安全和水质安全。统筹推进后续工程建设和节水工作。加快数字化建设。健全工程管理制度体系，加快推进工程管理体制落实。深化对口协作，推动南北经济畅通循环。加快构建国家水网主骨架和大动脉，为全面建设社会主义现代化国家提供有力的水安全保障。

调 水 管 理 司

通过“任务对标”学习研讨交流，对水利工作的思路、方向、重点任务和具体要求有了更清晰更准确的认识。一是紧紧抓住高质量发展主题，贯彻好党中央“十四五”规划建议的战略意图和重大部署。调水管理工作要坚持节水优先，强化水资源刚性约束；落实“空间均衡”，发挥水资源对经济社会发展的支撑保障作用；坚持底线思维，增强风险意识，确保安全调水；提高信息化智能化水平，有效实行精细精准调水；坚持系统观念，统筹“四水”问题开展调度。

二是以推进有序调水科学调水为目标，细化实化工作任务。深入论证调水工程的必要性、可行性和经济性，编制调水工程“十四五”专项规划；建立“空间均衡”评价标准，提出调水工程利弊影响论证技术指南，落实“确有需要、生态安全、可以持续”要求；制定水资源调度管理、调水工程管理等制度，建立健全调水管理制度体系，推进江河统一调度，强化调度监管；摸清已建调水工程基础信息，准确掌握调水动态，智慧高效分析调度情况，更好地衔接嵌入国家水网。

三是持续对表对标，提升调水管理工作能力。将“三对标、一规划”专项行动继续走深走实、边学边干、善作善成。按照“基础扎实、创新引领、管理规范、空间均衡”要求，有序推进调水管理各项工作。

国际合作与科技司

习近平总书记在关于《建议》的说明中阐明了“推动以高质量发展为主题”“构建新发展格局”等重点问题，体现了这些问题的特殊重要性。以高质量发展为主题，要坚持创新在我国现代化建设全局中的核心地位，把科技自立自强作为国家发展的战略支撑，在开放条件下促进科技能力提升。构建新发展格局，要集中力量打好关键核心技术攻坚战，锻造产业链供应链长板，加强基础研究人才培养，推动更高水平的对外开放。统筹发展与安全，要做好“卡脖子”技术的攻关，组织开展一些超前的研究，在积极发展全球水伙伴关系的同时，把风险防控作为推进水利国际合作特别是水利“一带一路”建设的重要任务。

《纲要》对水利作出一系列重要部署，体现了经济社会发展对水利行业的要求，涉及饮水安全、粮食安全、防洪安全、生态安全等方方面面。国科司要围绕《纲要》中的涉水任务，理清思路，加强顶层设计，抓好落实《纲要》任务的具体措施。在科技方面，重点做好水利科技创新顶层设计，加强水利重大科技问题研究，创新基地建设，提升标准化工作水平。在国际合作方面，重点做好跨界河流涉外工作，营造良好外部环境，推进“一带一路”建设水利合作，积极参与全球水治理。

直属机关党委

通过深入学习领会《建议》和习近平总书记所作的说明感到，“办好自己的事情”

是制定规划建议的重要立足点。要实现发展蓝图，必须准确把握历史发展规律和社会主要矛盾，始终坚持把“办好自己的事情”放在首要位置，以自身发展的确定性应对外部环境的不确定性。

落实规划纲要任务，办好自己的事情，水利系统可以从五个维度进行对标。一是对标高质量发展要求，全面落实习近平总书记“十六字”治水思路，着力提升水旱灾害防御能力、水资源集约安全利用能力、水资源优化配置能力、大江大河大湖生态保护治理能力，更好满足人民对美好生活的向往。二是对标发展成果更好惠及全体人民的要求，着力解决人民群众急难愁盼的涉水问题，建设造福人民的幸福河湖。三是对标促进全体人民共同富裕的要求，持续加大农村水利基础设施建设投入力度，按照巩固拓展脱贫攻坚成果同乡村振兴有效衔接的要求，推进重点地区水利改革发展。四是对标筑牢国家安全屏障的要求，提升防洪工程建设和管护标准，强化预报、预警、预演、预案措施，加强科技引领和数字流域建设。五是对标坚持系统观念的要求，统筹水安全、水资源、水生态、水环境、水文化，衔接国家重大区域发展战略，促进经济社会发展更加协调。

离退休干部局

通过深刻理解《建议》说明，进一步推动各项任务在水利离退休干部工作中贯彻落实。一是在理解以推动高质量发展为主题上，着力端正根本态度，提升为老服务质量水平。二是在理解“十四五”和 2035 年经济社会发展目标上，坚持问题导向和需求导向，处理好眼前与长远、添花与送炭的关系，多做末端落实、润物无声的“潜功”，多练直面问题、纾难解困的“实招”。三是在理解促进全体人民共同富裕和全面建成小康社会上，既要注重落实普惠型待遇，也要关注生活困难群体。四是在理解统筹发展和安全上，牢固树立底线思维，坚持不懈抓好意识形态安全和生命健康安全。突出离休、独居空巢、失能半失能三类群体，提升服务管理精准化程度。五是在理解坚持系统观念上，主动适应养老服务体系建设要求，建立完善富有行业特色的为老服务机制。

对标“十四五”规划要求，谋划离退休干部工作高质量发展新蓝图。一是坚持以用为本，推进信息化建设。二是突出因地制宜，推进精准化建设。三是注重建章立制，推进规范化建设。四是围绕水利中心任务搭建平台，坚持量力而行，切实推进老有所为。

"任务对标"阶段专题学习会水利部直属单位交流发言摘登

长江水利委员会

深刻认识新要求。习近平总书记阐明的推动高质量发展等七个重点问题是"十四五"时期我国经济社会发展的重点和关键，也是全面协调推进各领域工作的基本方法。我们要深刻理解、准确把握、积极践行。

准确把握新目标。"十四五"末期治江工作努力实现防洪抗旱减灾能力全面提升、水资源集约利用水平大幅提高、水资源优化配置更加科学、河湖水生态环境明显改善、涉水事务管理效能持续增强五个目标。

谋划新举措。一要修订长江流域防洪规划，加强堤防、水库、蓄滞洪区建设，完善站网布局、健全防御方案体系等。二要推进流域节水减污型社会建设，严格实行水资源消耗总量和强度双控，推进主要江河水量分配方案制定，提升农村饮水安全保障能力，加强城市应急备用水源建设。三要推动南水北调东中线后续工程、引汉济渭、李家岩、长江中下游崩岸治理等国家水网骨干工程建设，深化西线工程前期论证。四要加强南水北调等重点水源地保护，加强河湖生态流量调度和监管，加强重点河湖保护和综合治理，推进金沙江下游等水土流失治理。五要全面贯彻落实长江保护法，加快建设长江流域全覆盖水监控系统，构建数字孪生长江，加强重大问题研究，开展长江水文化保护和发掘。

黄河水利委员会

在"任务对标"阶段，黄委党组深入学习研讨十九届五中全会精神及"十四五"规划部署要求，同步推进黄委"十四五"发展规划编制及水安全保障规划修订，确保专项行动取得实效。

下一步，黄委将对标防灾减灾任务，着眼洪水风险最大威胁，不断完善防洪工程体系，推进古贤水利枢纽尽早开工，实施下游河道和滩区综合提升治理，强化预报、预警、预演及预案措施，着力保障流域人民生命财产安全。对标水资源集约安全利用任务，着眼水资源短缺最大矛盾，落实水资源刚性约束制度，实施深度节水控水行动，暂停超载地区新增取水许可，倒逼流域经济转型、绿色发展。推进南水北调西线等水资源配置工程建设，增强流域水资源统筹调配能力和供水保障能力。对标水生态保护修复任务，着眼流域生态脆弱最大问题，统筹做好河源区生态修复、中游水土流失综合治理及下游河口湿地保护，继续开展全河生态调度，完成岸线利用、河道采砂等专项整治，打造健康美丽黄河。对标水治理体制机制建设任务，全力配合做好黄河保护立法工作，加快建设“智慧黄河”，推动建立省级河长联席会议机制和流域生态补偿机制，不断提升黄河治理体系和治理能力现代化水平。

淮河水利委员会

准确把握对淮河保护治理的总体要求。一是积极推动国家水网建设，强化大中小微水利设施协调配套。二是谋划推进一批重大水利项目建设，推动水利投融资体制改革，建立健全流域水生态补偿机制和水权交易机制。三是确保防洪安全、供水安全、水生态安全和生产安全。四是统筹山水林田湖草，兼顾上下游、左右岸、干支流，做到系统治理、源头治理和综合治理。五是坚持加强党的建设，不断提高“政治三力”。

完善防洪工程和水资源配置体系。一是加快推进治淮重大工程建设，完善流域防洪减灾体系。二是加快引江济淮等工程建设，实施重点水资源配置工程，增强湖泊洼地雨洪径流滞蓄调能力，优化水资源配置体系。三是加大江河源头区、水源涵养区等综合治理力度，推进重点河湖退圩还湖和水域岸线综合整治，抓好示范河湖建设。

推动水治理体系与治理能力现代化。一是落实水资源刚性约束制度，全面完成主要跨省河湖水量分配，完善用水定额标准体系，严格节水评价。二是充分发挥河湖长制平台的作用，加强监督，开展“四乱”问题整治。三是推进数字淮河和智慧流域建设，强化“四预”措施，抓好洪水预报调度，逐步推进水资源统一调度和河湖水域岸线空间管控。

海河水利委员会

习近平总书记在党的十九届五中全会上阐述的一系列重大问题，为我们在党和国家大局下谋划水利工作提供了根本遵循。我们必须心怀“国之大者”，立足新发展阶段、贯彻新发展理念、构建新发展格局，以全面提升流域水安全保障能力为目标，以服务京津冀协同发展、雄安新区建设和乡村振兴等重大战略为重点，完善“分区防守、分流入海”防洪减灾格局，构建“二纵六横”水资源配置格局，形成“六河五湖"水生态保护绿色发展格局。

对标《纲要》提出的涉及海河流域的一系列重大任务，我们要提高"政治三力"，锚定目标，不折不扣抓好落实。一是树牢风险意识，落实"四预"措施，全面提高水旱灾害防御能力，坚决防止"黑天鹅"和"灰犀牛"事件发生。二是坚持节水优先，实施国家节水行动，落实"以水四定"，建立水资源刚性约束制度，抓好节水型社会建设，提高水资源集约安全利用水平。三是落实好习近平总书记在推进南水北调后续工程高质量发展座谈会上的重要讲话精神，依托国家水网建设，全力推进东线二期工程、中线配套工程等前期工作，提高水资源优化配置能力。四是全力推进华北地下水超采综合治理，深化"六河五湖"综合治理与生态修复，强化河湖长制，抓好重要饮用水水源地保护，大力推进大江大河保护治理。

珠江水利委员会

珠江委通过编印水利工作要点索引学习材料等形式，全面准确把握《建议》《纲要》对水利工作的总体要求，科学制定"十四五"珠江水利改革发展主要目标，提出落实水利重点任务措施。

水旱灾害防御方面，重点加快大藤峡等控制性枢纽建设，加快病险水库除险加固，推进西江干流堤防和湛江蓄滞洪区建设，完善西北江中下游等5大防洪工程体系建设。在"四预"上下功夫，强化洪水预测预报预警，提升流域洪水应对防范能力。水资源优化配置方面，以合理配置水资源、提高水资源利用效率为目标，以粤港澳大湾区、北部湾、海南自由贸易港等区域为重点，完善区域供水基础设施网络。全面落实国家节水行动方案，强化流域与区域水资源统一调度，落实水资源刚性约束要求。河湖生态保护修复方面，以持续改善生态环境为目标，强化河湖长制为抓手，建立"珠江委+省级河长制办公室"协作机制，统筹推进岸线利用、河湖"清四乱"等涉水各项工作，推进河湖面貌持续向好。流域综合管理方面，以信息化和制度建设为切入点，着力提升水旱灾害防御、水资源集约安全利用、水资源优化配置和重要河湖生态保护治理能力。

松辽水利委员会

领会《建议》战略导向，笃定水利前进方向。深入落实"十六字"治水思路，守好水安全风险防控底线，把牢水资源承载能力刚性约束上限，严控水生态保护红线，以筑牢高质量发展水利根基为主线，加快完善流域水利基础设施网络，全力建设造福人民的幸福河，为东北振兴取得新突破、保障国家粮食安全提供水安全保障。

理清《纲要》重大举措，实化流域重点任务。蓄泄统筹，助推防汛减灾工程提速提质，进一步完善流域防洪体系布局；谋建兼顾，加快水资源配置工程提档升级，提高城乡水资源保障能力；系统施治，促进水生态保护工程科学有效，逐步修复并维系河流、湖泊自然生态廊道功能；数字驱动，推进高新技术与流域业务工作深度融合，打造数字化、网络化、智能化的流域智慧水利体系；上下联动，强化涉水事务监督管理，加快形成权责清晰、信息共享、部门协同的监管格局；多措并举，推动水利重点领域和关键环节改革创新。

擘画流域发展蓝图，助推《建议》《纲要》落地见效。以“三对标”为基础，在对标中同步开展、同步推进，加快构建流域“十四五”水利改革发展规划体系，以水利高质量发展助力流域经济社会高质量发展。

太湖流域管理局

坚持深学细研，准确把握“十四五”时期国家重大战略部署。加快推动以国家水网骨干工程为重点的水利基础设施建设等重点任务，为实现高质量发展提供坚实的水利支撑。

坚持对表对标，把流域水利工作摆到国家“十四五”改革发展大局中谋划。深刻认识流域治理管理工作面临的战略机遇和挑战，流域水利要以服务保障长三角区域一体化高质量发展为总体目标，率先建成水利一体化协同治理先行区、高质量发展样板区、水利改革创新新高地，助力新发展格局在长三角区域率先落地生根。

坚持狠抓落实，推动新阶段流域水利改革发展再上新台阶。加快完善流域防洪工程体系，提升洪涝灾害防御能力。充分发挥望虞河、新孟河引江入湖能力，进一步优化水资源配置。落实国家节水行动，提高水资源集约安全利用水平。以河湖长制为抓手，强化污染物浓度和总量双控考核制度，努力推动流域水环境综合治理向纵深发展。积极做好太湖流域管理调度协调新机制建立有关工作，进一步提高多目标统筹协调调度水平。全面推进智慧太湖建设，构建多维度、多尺度时空高保真数字孪生流域，实现流域治理管理信息化、数字化、智能化。

综合事业局

对标《纲要》任务，综合事业局将从以下方面积极做好支撑保障服务。

一是强化综合管理，代部对所属单位行使政务、党务、纪检监察、人事、外事、财务、审计、计划、技术、安全生产应急处置等管理职能，加强信息化建设，实现信息化与业务管理有机融合，推动部署要求落地“变现”。

二是强化技术支撑，服务水利主业。主要包括配合推动节水型高校建设；建设一批优质水利风景区，开展水土保持监测和重点区域水土流失综合治理，加强沙棘生态种植及高效水土保持植物的开发研究，助推生态文明建设；推动制造业水工金属结构产业升级与创新融合；有序推动科技推广、人才培养等工作，加强国际河流信息化建设，切实发挥技术支撑保障作用。

三是强化经济保障，积极服务和融入"三新一高"。主要是：加强水权交易系统建设，扩大丰富交易品种范围，不断培育和壮大水市场；通过合同节水模式，吸引社会资本参与农业节水增效、工业节水减排、城镇节水降损等工作，积极投入长江、黄河流域沿线城乡供水、污水垃圾处理等基础设施建设；支持有条件企业建立研究院，开展节水、再生水利用、污水处理回用、水污染治理、水生态修复保护技术研发应用研究。

信息中心

党的十九届五中全会全面总结了决胜全面建成小康社会取得的决定性成就，深入分析了我国发展环境面临的深刻复杂变化，清晰展望了到2035年基本实现社会主义现代化的远景目标，明确提出了"十四五"时期我国经济社会发展的指导方针、主要目标、重点任务、重大举措，是我们全力做好水利网信工作的科学指南和根本遵循。

贯彻落实党的十九届五中全会精神，我们必须完整准确全面把握新发展理念，深入贯彻习近平总书记"十六字"治水思路和网络强国战略思想，自觉应用系统思维和创新方式谋划"十四五"时期水利网信和水资源监测预报工作的任务和措施。要深刻认识智慧水利是水利高质量发展的显著标志，落实李国英部长关于推进智慧水利建设的要求，全力推进智慧水利建设，积极践行"需求牵引、应用至上"的总要求，面向水利"2＋N"业务系统，以流域为单元、以数字孪生流域为基础、以物理流域与数字流域同步仿真运行为驱动，最终实现流域防洪的"四预"覆盖、水资源管理与调配的动态掌控、水利基础设施网络运行的联调联控、水生态环境状况监控的闭环监管，引领水利治理管理方式变革，以数字化、网络化、智能化的智慧水利体系推进水利高质量发展。

南水北调规划设计管理局

在南水北调东中线一期工程收尾及运行工作方面，一是做好工程验收，开展设计单元工程技术性初步验收、完工验收，以及档案专项验收，积极谋划东、中线一期主体工程竣工验收准备工作，推动遗留问题彻底解决。二是开展运行监管，围绕工程安全等方面加大技术研发，推动水量调度计划编制、运行监督检查等工作上台阶。三是扎实开展工程后评价，对东中线一期工程的目的、执行过程等方面开展系统分析，为后续工程规划建设提供借鉴。四是挖掘工程衍生功能，放宽水费使用范围，大力开发水产品，实现国有资产保值增值。在南水北调后续工程前期论证方面，重点做好南水北调东中线后续工程领导小组办公室有关工作及西线工程规划论证。

在强化水资源调度监管方面，积极参与国家水网建设，系统编制全国调水工程规划，指导跨省重要江河及重大调水工程的水资源调度工作并实施监督检查，提升水资源集约节约利用水平。

在深入开展地下水保护与超采区治理方面，参与南水北调水源区和受水区水资源评估、节约用水等有关工作，加强以华北地区为重点的地下水保护和超采区治理，逐步实现地下水采补平衡，提高地下水战略储备。

机关服务局

开展“任务对标”，是部党组巡视整改“三对标、一规划”专项行动的关键环节，任务对标全面、清晰、准确，才能够确保规划编制不缺、不偏、不错，才能真正指导推动水利“十四五”期间的发展。

通过学习深刻感受到，“十四五”规划既把握了世界大势，又紧密结合中国实际，并突出强化科学性、前瞻性和引领性。对水利工作而言，规划中既有相关任务的专题论述，也有明确要求，还确定了重大工程，可以说是责任重大、任务艰巨。这就需要在点、线、面上有更大突破：既要在重点工程方面做“点”上的突破；也要做“线”上的探索，强化系统性、整体性；还要做“面”上的扩展，主动扩展水利的工作面，努力做到跳出水利看水利，把水利放到高质量发展的大局中去考量、去谋划，发挥水利更大的作用。

具体到机关后勤工作来说，要主动融入经济社会发展大局，坚决贯彻新发展理念，把发展质量问题摆在更加突出的位置，紧抓不松，久久为功，始终围绕干部职工最关心最直接最现实的问题，持续不断加大力度，努力在关键点上出实招、出新招、求突破，切实推动创新发展，进一步增强保障能力，更好地履行后勤服务职能，为推进“十四五”时期水利高质量发展打下坚实基础。

水利水电规划设计总院

贯彻落实《建议》《纲要》对新阶段水利高质量发展要求，要建立在尊重自然规律、经济规律、生态规律的基础上，全面提升水旱灾害防御、水资源集约安全利用、水资源优化配置、水资源战略储备、河湖生态保护治理、水安全风险应对"六个能力"。重要举措主要包括：一是以国家水网为抓手，聚焦江河防洪治理、控制性调蓄工程建设、重大引调水工程建设，供水和灌溉工程建设，推动水利基础设施高质量发展。二是以建立水资源刚性约束制度为重点，加强河湖保护，完善水利工程现代化运行管理体系，加强水安全风险管控，提升水治理现代化水平。三是推进以感知体系建设、水利数字化建设、水利仿真模拟计算、水利智能化调度决策应用等为主要内容的智慧水利建设，实现精准治水管水。

根据推动新阶段水利高质量发展的要求，我院重点做好以下工作。一是要深入研究水利发展规律，为科学决策做好技术支撑；二是加强顶层设计，制定好重大水利战略与规划；三是推进重大工程技术论证，推动水利基础设施建设；四是做好水资源水生态水环境水风险管控方案设计，为建立现代水管理体系提供技术支撑；五是做好水利工程智能化总体设计，推进智慧水利建设。

中国水利水电科学研究院

一是提升水旱灾害防御能力。创新推进水旱灾害风险管理技术体系，构建流域水旱灾害"空天地"一体化监测体系，构建融预报、预警、预演、预案为一体的流域防灾减灾数字技术支撑体系及其标准，拓展山洪灾害监测预报预警社会化服务平台，持续开展水旱灾害防御装备开发，完善水库、大坝等安全鉴定标准体系。

二是提升水资源集约安全利用能力。强化不同流域、不同地区、不同用水行业以及不同耗水单元的用水定额与信息化立体化监控标准体系建设，探索建立科学合理的融水资源、水环境和水生态承载能力为一体的技术评价体系，构建水资源刚性约束制度，推进水资源多元立体化开发利用，深化用水权、初始水权等产权界定与分配制度研究。

三是提升水资源优化配置能力。深化水网体系综合模拟与调控技术研究，开展机理过程、综合模拟和决策调控综合技术攻关，统筹区域经济社会可持续发展与水资源合理配置，探索建立"以水定需"水资源规划配置技术体系，持续开展国家水网建设基础技术支撑体系研究，构建重大跨流域调水工程准入体系及其配置调度体系研究。

四是提升大江大河大湖生态保护治理能力。深化健康评估理论和方法研究，加强变化环境下水生态环境过程及演变规律研究等。

宣 传 教 育 中 心

"十四五"时期经济社会发展主要目标"六个新"，每个"新"都赋予了水利工作新任务。水情教育和水利科普大有可为，水利宣传和水文化建设都要与时俱进。宣教中心将心怀“国之大者”“水之要者”，努力为新阶段水利高质量发展提供良好舆论支持。

一体落实好《建议》《纲要》中关于水利和宣传思想工作的要求，把“十四五”水利发展的重点亮点作为水利宣传教育的着力点：大力宣传水利工作的战略地位、国家水网骨干工程建设、水资源刚性约束与水生态文明建设、水旱灾害防御工作、水利助力全面推进乡村振兴、国家治理体系与治理能力现代化的水利实践等，加强水文化建设与传播。

适应传播格局变化，准确识变、科学应变、主动求变，系统谋划、统筹抓好政治建设、业务建设和能力建设。突出政治引领，唱响水利主旋律；提升履职能力，强化对水利部宣传工作的支撑；做好创新驱动，提升信息化、智慧化水平，提升信息供给和需求之间的适配度；坚持统筹推进，做好中心内外、行业内外不同圈层工作，做强水利“大”宣传；加强组织策划，强化水利宣传的前瞻性、计划性和主动性，准确把握时度效；实施全天候舆情监测，对突发热点舆情及时感知、研判、报告，并做好舆论引导的支撑服务。

中国水利报社

水利新闻宣传工作应通过“任务对标”的扎实举措，在不折不扣完成好党中央决策部署、完成好“十四五”规划中水利重点任务和关于先进文化建设等工作上狠下功夫。

在水利工作层面，应精准对接规划中的水利重点任务，深入基层，深入实际，进行扎实深度的主题采访，推出专题专栏对水利重点任务进行集中宣传报道；推动传统媒体与新媒体深度融合，坚持移动优先，充分依托报、刊、网、新媒体等融媒集群，进一步加强报社媒体深度融合和能力建设，为不折不扣宣传好落实好党中央决策部署、将“十四五”规划中水利重点任务落到实处营造良好的舆论氛围。

在思想文化层面，要坚持内容为王，以传播优质内容为核心竞争力，立足水利行业，弘扬水利行业正能量。要加强理想信念宣传，强化教育引导，进一步学习好宣传好先进典型，促进在全行业形成共同的价值观念、精神追求和行为规范。要精准对接长江、黄河、大运河文化等，大力推动水文化建设，建立水文化宣传专家库，培养一批熟悉水文化的编辑记者，生产出高质量的水文化宣传内容。要补齐水利行业媒体融合短板，早日建成“中国水利融媒体智慧平台”，打造水利行业新型主流媒体，构建水利全媒体融合传播格局，做强做大行业主流舆论，不断加强立足行业面向社会的传播能力建设。

中国水利水电出版传媒集团有限公司

进入“任务对标”阶段学习以来，集团公司干部职工通过认真学习，进一步梳理了“十四五”水利出版传媒高质量发展的思路和举措，深刻理解和把握《建议》《纲要》本质内涵，对于深化“十四五”国家层面一些重大问题的认识，找出水利服务国家战略和全局工作的重点及措施。

落实《建议》《纲要》，集团公司未来五年发展的总体思路是以习近平新时代中国特色社会主义思想为指导，按照中央文化体制改革和产业发展的要求，坚持正确的政治方向和出版导向，秉持“立足水电、传播科技、弘扬文化、服务社会”的企业宗旨和“开放、共享、务实、守信”的经营理念；明确高质量发展这一主题，把融合发展放在更加重要的位置；持续深化企业改革创新，主动服务水利中心工作，按照“一纵两横”的产业格局；更加注重创业创造创新，努力建设产业结构合理、内生动力充足、高效良性运行的现代文化企业集团，打造行业最具规模、最具权威的知识资源中心和知识服务中心；持续强化出版传媒功能与作用，积极助力新阶段水利高质量发展。

发展研究中心

水利是经济社会高质量发展不可替代的基础支撑，对表对标《建议》《纲要》目标任务，亟需加快推进新阶段水利高质量发展。

推进水利高质量发展，在定位上，要坚持以人民为中心、更好地满足人民日益增长的涉水需求，要体现新发展理念、深入践行“十六字”治水思路，要统筹发展和安全、实现更高程度的水安全保障。在方向上，要更加注重节约集约和保护、提供高标准的水利设施和高品质的产品和服务、科技引领和改革创新、制度建设和法治保障。落实《建议》《纲要》提出的水利工作任务，需要着力提升水旱灾害防御能力、水资源集约安全利用能力、水资源优化配置能力、大江大河大湖生态保护治理能力。

《建议》《纲要》提出的一系列新思路、新理念、新目标、新任务、新举措，迫切需要深入开展政策研究来推动落实。我们将按照李国英部长对发展研究中心提出的紧盯“思路、战略、超前、有效”四个方面要求，履职尽责，主动作为，充分发挥水利政策研究的引领作用，努力提出实用管用的研究成果，为水利高质量发展作出应有贡献。

中国灌溉排水发展中心

在全员覆盖、深度参与中，围绕重点题目集中学习研讨的基础上，灌排发展中心组织干部职工对表对标《建议》《纲要》的战略意图、具体要求，立足职能职责，开展“任务对标”，梳理重点任务。

一是做好基础工作，为科学决策提供技术支撑。重点抓好大中型灌区续建配套、灌溉排水泵站改造、农村供水、农业用水管理等方面的政策研究；配合完成全国大型灌区续建配套与现代化改造实施方案、中型灌区续建配套与节水改造实施方案、农村供水保障规划等规划的编制工作；做好大中型灌区改造项目实施效果评估和农业水价综合改革相关工作。

二是加强技术管理，为行业发展提供全面技术保障。配合有关司局加强对我国现行农村水利水电相关标准的研究分析，对标准体系和标准修订提出建议，完成17项标准的修订编制工作；加强农村水利新技术新材料推广应用，重点推广大中型灌区渠道防渗衬砌技术、大型灌区耗水监测技术等14项新技术应用；加强农村水利信息化建设，配合做好行业管理信息化建设统筹和系统整合工作，做好行业管理信息系统业务支撑工作。

建设管理与质量安全中心

习近平总书记在《建议》说明中深刻揭示了关系我国发展的一系列方向性、根本性、战略性问题，为做好“十四五”时期水利工作提供了根本原则和行动指南。“十四五”时期，建安中心将坚持问题导向、聚焦主责主业，以提升水利工程建设质量和安全为核心，在三个方面提升监督检查工作。

一是围绕贯彻落实新发展理念，研究新发展阶段水利工程质量的新内涵、新特征，适时提出将水利高质量发展指标纳入法规制度、技术标准以及各类检查考核评价体系的意见建议，推动新发展理念在工程建设与管理领域的贯彻落实。二是围绕防范和化解工程质量安全风险，扎实开展各项监督检查工作，规范监督检查行为，持续改进方式方法，不断提升监督检查效能，有效保障大规模水利建设顺利实施。三是围绕提高行业质量安全管理能力，综合运用监督检查成果，深入查找问题根源，提出加强工程建设管理、健全相关制度办法等建议举措；积极参与水利行业人才队伍建设，帮助基层建设管理人员提升业务能力，充分发挥技术服务和指导帮助作用。

预算执行中心

《建议》《纲要》对“十四五”时期水利工作提出了新的要求。要贯彻落实好这些任务要求，首先要编制好水利“十四五”规划，承接好国家“十四五”规划中涉及的水利工作。其次要落实《纲要》任务，推进水利高质量发展。再次要解决水利发展动力问题，深化水利重点领域改革。对涉及水利发展的重要环节，加大改革力度，打通体制机制中的障碍，提高全要素生产效率。最后要在构建新发展格局中保持水利投资的强度，继续为经济社会发展做贡献。

通过“任务对标”，谋划“十四五”期间预算执行高质量发展工作，计划将聚焦以下三个方面。一是不断推进水利预算执行工作高质量发展。继续深入贯彻落实预算管理“三项机制”，做到履职到位，各项职能管理基础工作得到全面加强，着力挖掘履职潜力、创新拓展业务领域。二是建设高素质的预算执行干部队伍。认真贯彻党的组织路线，坚持正确的选人用人标准，加强培训和岗位练兵，着力打造高素质的水利预算执行干部人才队伍，服务支撑新阶段水利预算执行工作。三是继续深入开展模范单位创建，不断推动全面从严治党继续向纵深发展。

水资源管理中心

水资源管理中心围绕《建议》《纲要》中明确的目标任务开展深入学习研讨，进一步把握“十四五”工作原则要求，明确目标任务和措施。

一是始终坚持水资源工作的原则要求。科学谋划“十四五”时期水资源事业发展，做好水资源管理中心的各项工作，需要牢牢把握推动高质量发展的主题，始终坚持以人民为中心的根本宗旨，突出抓好节水优先、生态优先的重点，全面把握问题导向和底线思维的工作要求。

二是科学确定水资源工作的主要目标。中心“十四五”工作要达到以下目标：取用水管理支撑体系不断健全，用水效率提升支撑体系不断完善，水资源保护支撑体系不断加强，地下水管理支撑体系不断强化，水资源考核与监管支撑体系更加有力，水资源管理信息化支撑体系全面提升。

三是全面完成水资源工作任务。紧紧围绕《纲要》明确的“十四五”建立水资源刚性约束制度、提高水资源优化配置能力、提高水资源集约安全利用水平等水资源工作重点，中心将扎实做好水资源刚性约束制度建立与实施、水资源考核与监督管理等方面工作的管理与技术支撑，全力推进水资源信息化、法治化能力提升。

节约用水促进中心

《建议》《纲要》体现了党中央对于把握新发展阶段、贯彻新发展理念、构建新发展格局的重大决策部署。做好节约用水技术支撑工作，需要从根本宗旨、问题导向和底线思维三个方面把握好新发展理念。

从根本宗旨把握新发展理念，强化水资源集约安全利用。坚持民生为本，加快节水型社会建设，满足全体人民日益增长美好生活需要。坚持绿水青山就是金山银山，推动实现绿色发展。坚持推进高质量发展，抓好长江经济带、黄河流域、雄安新区建设等国家重大战略支撑。

从问题导向把握新发展理念，补齐节约用水工作短板。完善法规政策，推动建立水资源刚性约束。健全定额标准体系，完善定额制定执行工作机制。强化科技支撑，发挥水效领跑者、节水企业等标杆引领作用。改进宣传方式，抓好机关、学校等重点区域宣传，加快培育全社会节水意识。

从忧患意识把握新发展理念，提升用水保障水平。抓好工业节水，挖掘水资源承载潜力，持续扩大经济社会发展空间。强化农业节水，抓好大中型灌区等农业节水研究。推进生活服务业节水，培育壮大节水产业，推进合同节水管理，发挥节水产业在扩内需、稳增长方面的作用。

河湖保护中心

“十四五”时期河湖保护治理工作，要以习近平新时代中国特色社会主义思想为指导，全面贯彻党的十九大精神，完整、准确、全面贯彻新发展理念，深入践行“十六字”治水思路，以河湖长制为抓手，统筹生态保护治理和高质量发展，围绕保障水安全，保护水资源，防治水污染，修复水生态，治理水环境，弘扬水文化，不断提升人民群众获得感、幸福感、安全感，建设健康美丽幸福河湖。

河湖保护治理将服务国家重大战略和区域协调发展，积极助推建立完善流域河湖长协作机制，推动形成流域统筹、区域协同、部门联动的河湖管理保护格局；助力乡村振兴战略，积极参与农村中小河湖综合整治研究，促进乡村河湖面貌持续好转；引导全体人民共同参与、共享成果，强化幸福河湖示范引领，探索建立幸福河湖；围绕重点领域推进大江大河大湖生态保护治理，聚焦河湖长制强化河湖保护治理体系，突出河湖岸线清理整治提升河湖保护治理能力，加大河湖监管技术应用打牢河湖保护治理基础，探索数字河湖建设，推进河湖保护治理创新。

南水北调中线干线工程建设管理局

中线建管局通过全面对接“十四五”规划部署要求，特别是深入学习贯彻习近平总书记在南水北调后续工程高质量发展座谈会上的重要讲话，进一步明确了中线工程新时期高质量发展的方向路径，提出了推进高质量发展的任务举措。

一是落实“十四五”规划，锚定中线发展目标。高质量发展是全面建设社会主义现代化国家的核心要义，是习近平总书记对南水北调工作以及后续工程的根本要求，也是中线工程谋划各项工作的总原则、总目标。贯彻新发展理念，推动高质量发展，必须坚持人民至上，坚持安全第一，坚持绿色发展，坚持遵循规律，坚持系统观念。

二是践行"生命线"使命，明确中线发展思路。对照"十四五"规划的部署要求，对标"生命线"的职责使命，中线工程将打造安全中线、民生中线、生态中线、智慧中线、活力中线。

三是找准工作落脚点，推动高质量发展。进入新发展阶段，中线建管局将加快后续建设，筑牢安全屏障，增强民生保障，建设高标准样板，增强发展活力，为全面建设社会主义现代化国家提供有力的水安全保障。

南水北调东线总公司

南水北调在"十四五"期间被列入国家重大基础设施建设的清单，为新时代推动南水北调东线工程建设指明了方向，进一步坚定了东线人把南水北调东线工程建设成为优化水资源配置、保障群众饮水安全、复苏河湖生态环境、畅通南北经济循环的生命线的信心和决心。

深入贯彻落实习近平总书记关于南水北调东线工程的重要指示精神和"十四五"规划对东线后续工程建设提出的有关要求，就是要强化战略思维和全局眼光，加快推进东线二期工程建设步伐，坚定不移推进水资源优化配置，建设形成"四横三纵"国家骨干水网，为更好服务京津冀协同发展、雄安新区建设等国家重大战略实施提供水资源支撑和保障；就是要秉持系统观念，处理好开源和节流、存量和增量、时间和空间的关系，在坚持"三先三后"原则基础上，多调水、长调水、调好水，充分发挥已建东线一期工程、北延应急工程的作用，充分发挥东线工程复苏河湖生态、畅通南北经济循环的作用。

作为东线工程管理单位要勇于担当，与南水北调中线工程形成合力，确保为国家和人民送上一渠放心水，持续扎实建设"四条生命线"，打造"人民幸福渠"。

中国水利学会

一要准确把握习近平总书记阐明的几个问题：以新阶段水利高质量发展保障经济社会的高质量发展；积极构建立足国内面向国外、合理利用两种资源两个市场的水利改革发展格局；着力提高水利发展的质量和效益，尤其是社会效益和生态效益；为贯彻总体国家安全观提供水利支撑，确保水利工程建管安全等水利自身的安全。

二要全力抓好《建议》《纲要》确定的水利工作。实施国家水网重大工程，提升水安全保障水平。落实水资源刚性约束制度，促进水资源合理配置。强化河湖长制落地见效，建设造福人民的幸福河湖。

三要着力提升水利工作的四个能力。即水旱灾害防御能力、水资源集约安全利用能力、水资源优化配置能力、大江大河大湖生态保护治理能力。

四要找准学会历史方位。强化党建引领，准确把握学会发展方向；强化学术引领，推动水利科技创新发展；创新智库建设，打造权威科技智库品牌；强化人才托举，助力水利科技人才成长；创新合作模式，推动科技经济深度融合；深化国际合作，积极参与全球水利治理；加强自身建设，增强学会永续发展能力。

南京水利科学研究院

一是积极培育建设国家战略科技力量。对标新发展理念，按照“四个面向”要求，扎实推进“水文水资源与水利工程”国家重点实验室的重组，积极参与国家大坝安全科技创新中心建设，加快组建“太湖流域水治理”水利部重点实验室，不断增强原始创新和自主创新能力。

二是着力提升水旱灾害防御的科技支撑能力。统筹研究院在基础信息感知、洪水调度等专业领域的优势资源，强化与现代信息技术融合，加大水旱灾害防御基础研究和关键核心技术攻关力度，不断增强支撑服务水旱灾害防御的能力和水平。

三是着力提升水资源优化配置的科技支撑能力。发挥南科院在重大水利工程建设和安全保障领域的传统优势，加快推动领域内基础和应用基础理论、关键核心技术从“有”到“优”、从“0”到“1”的提升和突破，为国家水网骨干工程建设和安全保障提供坚实科技支撑。

四是着力提升水资源集约安全利用和大江大河大湖生态保护治理的科技支撑能力。大力推动不同学科的交叉融合，做大做强长江保护与绿色发展研究院、节水研究中心等平台，努力将研究院建设成为水资源集约安全利用、河湖保护治理的区域创新中心和人才聚集高地。

国际小水电中心

国际小水电中心通过“任务对标”阶段学习研讨交流，进一步深化对《建议》《纲要》的理解和落实，围绕如何融入国家战略、服务水利行业发展、做好国际国内小水电业务拓展等重点工作，提出对策和措施，为编制好中心“十四五”工作计划奠定基础。

一是认真学习理解《建议》《纲要》对水利工作的新要求，对标国家“十四五”规划和二〇三五年远景目标，结合工作实际切实贯彻落实，科学谋划中心工作计划和主要目标。

二是牢牢把握高质量发展主题，聚焦“十四五”我国经济社会发展和水利高质量发展主要目标，将中心事业发展融入国家新发展格局部署，对接水利“十四五”改革发展重点任务。

三是对标水利重点工作，积极配合水利部有关司局实施小水电绿色改造和现代化提升工程、巩固长江经济带小水电清理整改成果、开展黄河流域小水电清理整治三项重点任务。

四是大力推动小水电技术创新及推广应用，重视和强化河流生态保护理念，推进绿色改造示范电站建设，补齐在保障国家能源安全及河流生态保护方面的短板，堵漏洞、强弱项，下好先手棋、打好主动仗，促进小水电行业可持续高质量发展。

小浪底水利枢纽管理中心

深刻领会、准确把握党中央关于“十四五”时期经济社会发展的指导方针和对水利工作的重大决策部署，结合实际，统筹谋划小浪底管理中心今后一个时期的目标任务。

深刻理解经济发展新要求。自觉对表对标，把准方向，把以高质量发展为主题作为必须坚持的基本路径，把坚持系统观念作为必须坚持的重要方法，把统筹发展和安全作为必须坚持的重大原则，谋划小浪底改革发展重大任务。

准确把握水利工作新任务。落实提高水旱灾害防御能力要求，不断提升枢纽运行管理能力和水平。落实提高水资源优化配置能力要求，主动参与国家水网建设重大工程。落实提高水资源集约安全利用能力要求。落实提高大江大河大湖生态保护治理能力要求，服务黄河中下游地区生态环境保护治理。

统筹谋划改革发展新举措。做好“大安全”文章，确保工程安全、信息系统安全、供水安全等。做好“大时空”文章，统筹协调发电用水、两岸调水、下游人民生活和工农业用水。做好“大系统”文章，长期保持黄河调水调沙水源动力。做好“大担当”文章，主动参与黄河流域生态保护、水土保持、水利文化建设，服务高质量发展。

中国水利博物馆

一是边学边干，凝聚力量共识。坚持把学习贯彻《建议》《纲要》与学习贯彻“十六字”治水思路结合起来，引导干部职工把思想和行动统一到党中央的决策部署上来，把力量凝聚到水利改革发展各项目标任务上来，为奋进“十四五”贡献智慧和力量。

二是以“三新”为指引，推动水博事业高质量发展。坚持贯彻新发展理念，把水博融入水利改革发展新格局，以争创国家一级博物馆为重要抓手，紧盯问题导向，补短板强弱项，实现水博事业发展迭代升级。

三是统筹安全与发展，推进数字水博建设。积极应对疫情防控新形势新要求，以数字化改革赋能水博安全发展，不断提高数字展厅、公共文化服务等工作的数字化、智能化水平，实现水博核心业务领域的物理空间与数字空间孪生生长、交互融合，为新时代水博更好履职提供支持。

四是坚持系统观念，加强顶层设计。充分把握水利事业、文博事业发展新特征新要求，以满足人民日益增长的美好生活需要为出发点和落脚点，紧紧围绕水利改革发展中心任务，主动靠前，系统谋划，编制好实施好中国水利博物馆“十四五”发展规划，确保各项工作任务落实落地。

移民管理咨询中心

移民管理咨询中心立足单位职能和实际，将围绕水利移民管理和三峡水库安全运行全力做好技术支撑，狠抓各项工作要求和任务措施落实。

在水库移民管理方面：一是情况掌握准，全面准确掌握移民生活、生产、发展等情况，动态更新，为制定政策和发展规划提供依据；二是问题发现早，及时预判、发现、分析、掌握问题，提出政策设计或者调整的建议意见；三是研究要超前，面对未来的新形势新发展新要求，超前研究移民新政策、新机制、新举措；四是提高政治站位，要将水利移民工作融入国家发展大局，围绕实现巩固拓展脱贫攻坚成果与乡村振兴有效衔接，全力做好移民特殊群体的迁移安置、后期扶持和对口帮扶等工作，为实现共同富裕做出贡献。

在三峡水库管理方面：一是立足三峡水库已经转入正常运用的现状，贯彻“大时空、大系统、大担当、大安全”理念，积极参与三峡工程安全运行长效机制和相关规程制度研究，实现三峡工程长期安全可持续运行；二是积极参与三峡工程运行相关重大问题技术研究，如库区、库岸、河湖关系等重大问题研究；三是做好支撑保障三峡移民群体安稳致富，如外迁移民安置状况调查等，为上级部门提供决策参考；四是全力做好三峡水库日常综合管理相关基础工作。

规划编制阶段

李国英主持召开“三对标、一规划”专项行动重点规划编制质量评估会

（2021 年 6 月 26 日）

本报记者　马晓媛

6 月 24 日，水利部党组书记、部长李国英主持召开“三对标、一规划”专项行动重点规划编制质量评估会，对《“十四五”水安全保障规划》《“十四五”节水型社会建设规划》《全国“十四五”农村供水保障规划》《全国对口支援三峡库区合作规划（2021—2025 年）》《全国水文基础设施建设“十四五”规划》《“十四五”水利科技创新规划》《“十四五”水利网信建设实施方案》等 7 项重点规划编制质量进行评估。部领导田学斌、田野、陆桂华、魏山忠、刘伟平出席会议。

李国英指出，规划编制阶段是检验政治对标、思路对标、任务对标成果，推动习近平总书记和党中央重大决策部署落地实施的重要阶段。各司局各单位在深入开展政治对标、思路对标、任务对标的基础上，立足自身职责，分别编制了落实“十四五”规划纲要的各专项规划，明确了未来五年本领域本司局本单位工作的任务书、路线图、时间表。总的看，各司局各单位更加深刻理解了党中央关于“十四五”规划建议的战略意图和重大部署，更加准确把握了水利工作的新形势新任务新要求，更加科学谋划了水利工作的目标思路和实现路径，体现了坚持问题导向、突出工作重点的要求，为做好下一步水利工作奠定了坚实基础。

李国英强调，要锚定新阶段水利高质量发展的总体目标，聚焦突出问题和短板，把握关键点和着力点，加强系统集成、精准施策，优化完善规划中的重大举措。要针对规划中的重大目标和关键任务，深入开展评估论证，广泛征求意见，确保编制的规划经得起历史和实践检验。要加强规划之间的衔接配套，既要考虑推动水利高质量发展涉及本领域本司局本单位的工作，也要考虑本领域本司局本单位工作对全系统推动水利高质量发展的作用和影响，以“十四五”水安全保障规划为核心，形成一套定位准确、边界清晰、功能互补、统一衔接的“十四五”水利发展规划体系。

除本次会议评估的 7 项重点规划外，各司局各单位还编制形成了 62 项规划，已按照“三对标、一规划”专项行动方案议定程序，进行了质量评估。

社论：

吃透精神　精准对接　科学规划

（2021 年 5 月 19 日）

本报记者　马晓媛

水利部党组举办中心组（扩大）学习会，交流研讨巡视整改“三对标、一规划”专项行动“任务对标”阶段学习成果，根据统一安排，专项行动由此转入“规划编制”阶段。我们要在“三对标”的基础上，吃透中央精神，紧贴水利实际，精准对接国家“十四五”规划《建议》和《纲要》要求，科学编制“十四五”水利发展规划，为新阶段水利高质量发展提供有力支撑。

在“任务对标”阶段，各司局各单位联系实际学习、对标任务研讨，进一步加深了对中央关于编制“十四五”规划《建议》的战略意图、系统谋划、战略部署的理解，更加准确把握了“十四五”规划《建议》和《纲要》提出的关于水利工作的目标任务、具体要求，对“十四五”水利高质量发展的目标、思路及其实现路径和工作举措有了更深刻认识，为科学编制“十四五”水利发展规划打牢了基础，实现了预期目标。

当前，专项行动已转入“规划编制”阶段，这一阶段是将中央精神和决策部署落地落实的重要阶段。“规划编制”就是在做好“三对标”的基础上，立足水利行业自身职责，编制好落实《纲要》的各专项规划和具体工作计划，明确未来五年水利工作的时间表、路线图、任务书，最终编制形成一套定位准确、边界清晰、功能互补、统一衔接的“十四五”水利发展规划体系。编制好“十四五”水利规划，是在大局下推进巡视整改、科学谋划和扎实推进新阶段水利高质量发展的重要基础支撑，更是水利系统深入吃透中央精神、切实把“三对标”学习成果落实到水利方方面面工作实际的具体体现。

科学编制“十四五”水利发展规划至关重要，要求我们始终将新发展理念切实贯彻落实到水利规划设计、水利工程建设、水利制度政策法规制定、水利投资方向、工作安排等各方面；紧紧抓住高质量发展这个主题，重点提升水旱灾害防御、水资源集约安全利用、水资源优化配置、大江大河大湖生态保护治理能力和水平；始终坚持系统观念，加强前瞻性思考、全局性谋划、战略性布局、整体性推进，统筹安全与发展，着力固根基、扬优势、补短板、强弱项，在完善流域防洪工程体系、实施国家水网重大工程、推进智慧水利系统建设、建立健全节水制度政策、强化体制机制法制管理等五个方面重点考虑、系统谋划。同时，各司局单位要科学确定目标任务，依据各自职能，分别编制落实《纲要》的各专项规划或本领域本司局本单位具体工作计划安排，通过科学统筹融合、集智研究论证，最终编制形成“十四五”水利发展规划体系。

对表对标、唯实惟先，整体智治、善作善成。我们要把党中央决策部署不折不扣贯彻好、落实好，在“三对标”成果的基础上不断提高把握新发展阶段、贯彻新发展理念、构建新发展格局的政治能力、战略眼光、专业水平，科学谋划好“十四五”水利改革发展蓝图，推动实现新阶段水利高质量发展，为全面建设社会主义现代化国家提供强有力的水安全保障。

松辽委研究论证流域“十四五”水安全保障规划

（2021年6月18日）

本报记者　种立博　　通讯员　王维

水利部松辽水利委员会近日召开流域“十四五”水安全保障规划研究论证会，对规划成果进行深入讨论，集思广益，群策群力，确保高质量完成规划编制工作。

松辽委要求，规划要不折不扣贯彻好总书记关于治水重要讲话指示批示精神，落实好党中央“十四五”规划建议和国家“十四五”规划纲要部署要求，对接好国家重大发展战略中水利建设任务，完整、准确、全面贯彻新发展理念，牢牢抓住高质量发展主题，着眼国家关于东北振兴取得新突破的战略部署，聚焦流域实际情况，重点从完善流域防洪减灾体系、构建流域水网格局、加强智慧水利建设、推进黑土区水土流失综合治理、强化流域涉水事务管理等方面进行梳理和完善，进一步提升规划的针对性和指导性。同时，凝聚各方智慧，认真整理汇总各部门、单位提出的意见和建议，深入研究，积极对接，统筹落实，按时高质量完成规划修改完善工作。

行动总结及后续报道

水利部召开“三对标、一规划”专项行动总结大会

部署推动新阶段水利高质量发展

（2021年6月29日）

本报记者　马晓媛　赵建平

6月28日，水利部召开“三对标、一规划”专项行动总结大会。部党组书记、部长李国英强调，要坚持以习近平总书记“十六字”治水思路为指导，以永不懈怠的精神状态和一往无前的奋斗姿态，推动新阶段水利高质量发展，确保“十四五”水利发展始终沿着习近平总书记和党中央指引的方向前进，为全面建设社会主义现代化国家提供有力的水安全保障。部党组成员、副部长田学斌主持会议，部领导田野、陆桂华、魏山忠出席会议。

中国水利報
China Water Resources News
29 星期二 2021年6月 第4870期
水利部召开“三对标、一规划”专项行动总结大会
部署推动新阶段水利高质量发展
习近平致信祝贺金沙江白鹤滩水电站首批机组投产发电
李克强作出批示 韩正出席投产发电仪式
水利部部署细化实化东北洪水防御措施
提高站位统一思想 全力推动新阶段水利高质量发展
庆祝中国共产党成立100周年活动首场新闻发布会在京举办
“治水为民 千秋伟业——献礼中国共产党百年华诞”全国楹联大赛圆满结束
水润沃野 穰穰满家

李国英指出，新阶段水利工作的主题为推动高质量发展，这是对表对标习近平总书记重要讲话精神、准确把握党和国家事业发展大势大局、科学分析水利发展历史方位和客观要求，综合深入判断作出的战略选择。推动新阶段水利高质量发展，根本目的是满足人民日益增长的美好生活需要，根本要求是完整、准确、全面贯彻新发展理念，要坚持以创新为第一动力、以协调为内生特点、以绿色为普遍形态、以开放为必由之路、以共享为根本目的、以安全为底线要求。要围绕全面提升国家水安全保障能力这一总体目标，全面提升水旱灾害防御能力、

水资源集约节约利用能力、水资源优化配置能力、大江大河大湖生态保护治理能力，为全面建设社会主义现代化国家提供有力的水安全保障。

李国英强调，习近平总书记“节水优先、空间均衡、系统治理、两手发力”的治水思路，指导治水工作实现了历史性转变，彰显出巨大的思想伟力。习近平总书记关于治水发表的一系列重要讲话，作出的一系列重要指示批示，都始终贯穿了“十六字”治水思路这条主线。“十六字”治水思路具有深刻的理论逻辑、历史逻辑、实践逻辑，是科学严谨、逻辑严密的治水理论体系。“十六字”治水思路贯穿了创新、协调、绿色、开放、共享的发展理念，集中体现了新发展理念在治水领域的精准要求，贯彻落实“十六字”治水思路是对贯彻新发展理念的具体检验。推动新阶段水利高质量发展，必须深入领会习近平总书记关于治水重要讲话指示批示的精神实质，完整、准确、全面理解和贯彻“十六字”治水思路，不断增强贯彻落实的自觉性和坚定性，做到学思用贯通、知信行统一。

李国英要求，推动新阶段水利高质量发展，要重点抓好六条实施路径。一要完善流域防洪工程体系，从流域整体着眼，把握洪水发生和演进规律，进一步优化流域防洪工程布局，以流域为单元构建主要由水库、河道及堤防、分蓄滞洪区组成的现代化防洪工程体系，提高河道泄洪能力，增强洪水调蓄能力，确保分蓄洪区分蓄洪功能。二要实施国家水网重大工程，立足流域整体和水资源空间配置，遵循确有需要、生态安全、可以持续的重大水利工程论证原则，以重大引调水工程和骨干输配水通道为纲、以区域河湖水系连通工程和供水渠道为目、以控制性调蓄工程为结，构建“系统完备、安全可靠，集约高效、绿色智能，循环通畅、调控有序”的国家水网。三要复苏河湖生态环境，以提升水生态系统质量和稳定性为核心，树立尊重自然、顺应自然、保护自然的生态文明理念，坚持山水林田湖草沙系统治理，加强河湖生态保护治理，加快地下水超采综合治理，科学推进水土流失综合治理，维护河湖健康生命，实现河湖功能永续利用，实现人水和谐共生。四要推进智慧水利建设，按照“需求牵引、应用至上、数字赋能、提升能力”要求，以数字化、网络化、智能化为主线，构建数字孪生流域，开展智慧化模拟，支撑精准化决策，全面推进算据、算法、算力建设，加快构建具有预报、预警、预演、预案功能的智慧水利体系。五要建立健全节水制度政策，坚持量水而行、节水为重，建立健全初始水权分配和交易制度、水资源刚性约束制度、全社会节水制度，建立健全水量分配、监督、考核的节水制度政策，全面提升水资源集约节约安全利用水平。六要强化体制机制法治管理，深入推进水利重点领域和关键环节改革，加快破解制约水利发展的体制机制障碍，强化河湖长制，完善水利投融资、水生态产品价值实现、水流生态保护补偿、水利工程安全管控等机制，进一步完善水法规体系，不断提升水利治理能力和水平。

田学斌要求，各司局、直属单位广大干部职工要深刻认识把握推动新阶段水利高质量发展的重要意义、内涵要求、目标任务，结合各自职责和实际，把会议确定的发展思路贯彻好，把实施路径落实好。对会议确定的目标任务，要逐一细化措施，制定工作方案，建立工作台账，明确责任分工，以求真务实的作风、攻坚克难的勇气、开拓创新的精神，把推动新阶段水利高质量发展的各项任务落到实处。

会议以视频会议形式召开。部各总师，驻部纪检监察组，各司局、直属单位全体干部职工参加会议。

社论：

提高站位　统一思想
全力推动新阶段水利高质量发展

（2021 年 6 月 29 日）

本报记者　李先明

6 月 28 日，水利部召开“三对标、一规划”专项行动总结大会，部党组书记、部长李国英发表讲话。至此，水利部党组在机关司局和直属单位集中开展的“政治对标、思路对标、任务对标，科学编制‘十四五’水利发展规划体系”巡视整改专项行动圆满落下帷幕。

4 个多月时间里，部领导、总师、各司局单位主要负责同志全体参加讨论；53 家司局和直属单位精心组织，深度参与；69 项落实“十四五”规划纲要的各专项规划和具体工作计划出炉。可以说，水利系统上下集中精力、步调一致，对表对标、学思践悟，共同经历了一场讨论学习、解放思想、统一思想的过程。

这次总结大会，是对“三对标、一规划”专项行动的全面总结，是对表对标的成果总结凝练，也是对新阶段水利发展蓝图的科学谋划，更是对新阶段推动水利高质量发展的全面部署。水利系统广大干部职工需要提高政治站位，把思想和认识统一到水利部党组的决策部署上来，深刻认识、准确把握推动水利高质量发展的重要意义、内涵要求、目标任务，正确认识大局、坚决维护大局、自觉服从大局，确保“十四五”水利发展始终沿着习近平总书记和党中央指引的方向前进，全力推动新阶段水利高质量发展。

这次“三对标、一规划”专项行动凝练的一个重要成果就是明确了新阶段水利发展所处的历史方位和水利工作的主题。对表对标习近平总书记重要讲话精神，我国进入新发展阶段，水利发展亦进入新发展阶段，而新阶段水利工作的主题就是推动高质量发展。

这是水利部党组把握党和国家事业发展大势大局和水利行业发展规律，研判水利发展历史方位，分析水利发展客观要求，综合判断作出的战略决策。

推动新阶段水利高质量发展是我们这一辈水利人的历史使命。水利与生活、生产、生态密切相关。我们必须看到，当前，与人民群众对水安全、水资源、水生态、水环境的需求相比，水利发展不平衡不充分问题依然突出，这就要求我们把水利发展质量问题摆在更为突出位置，从过去的“有没有”转变到“好不好”上来。我们必须看到，我国经济社会发展发生深刻变化，新发展格局对水利发展提出了更高要求，而且水资源水环境承载能力达到瓶颈，河湖生态环境问题长期积累凸显，流域和区域水资源情势动态演变，水旱灾害、病险水库等风险隐患依然突出，这就要求我们准确识变、科学应变、有效化解矛盾，努力实现供给与需求在更高水平的动态平衡。我们必须看到，新中国成立 70 多年来水利发展取得了重大历史性成就，水利基础设施具备了由点向网、由分散向系统转变的工程基础，水利管理体制机制具备了从粗放式管理向精细化、规范化、法治化管理转变的制度基础，体现现代水利特征的手段具备了由传统向数字化、网络化、智能化转变的科技基础。

这次“三对标、一规划”专项行动凝练的另一个重要成果，就是推动新阶段水利高质量发展要坚持以“十六字”治水思路为指导。习近平总书记站在战略和全局的高度，深刻洞察我国国情水情，深刻分析经济社会发展大势，提出“节水优先、空间均衡、系统治理、两手发力”的治水思路，指导治水工作实现了历史性转变，彰显出巨大的思想伟力。“十六字”治水思路是科学严谨、逻辑严密的治水理论体系，我们必须完整地而不是零碎地、准确地而不是模糊地、全面地而不是片面地理解和掌握，更加自觉地用“十六字”治水思路指导推动新阶段水利高质量发展。“十六字”治水思路是新发展理念在治水领域的集中体现，贯穿了创新、协调、绿色、开放、共享的发展理念，集中体现了新发展理念在治水领域的精准要求。我们要从贯彻新发展理念的高度理解和把握“十六字”治水思路，不断增强贯彻落实“十六字”治水思路的自觉性和坚定性，做到学思用贯通、知信行统一，把“十六字”治水思路不折不扣落实到水利高质量发展的各环节和全过程。

李国英部长代表水利部党组提出了推动新阶段水利高质量发展的目标任务，提出了推动新阶段水利高质量发展的体系构造，同时还给出了推动新阶段水利高质量发展的实施路径。新阶段水利高质量发展的总体目标是全面提升国家水安全保障能力，为全面建设社会主义现代化国家提供有力的水安全保障。这包括四个次级目标：提升水旱灾害防御能力、提升水资源集约节约利用能力、提升水资源优化配置能力、提升大江大河大湖生态保护治理能力。推动新阶段水利高质量发展的体系构造包括以创新为第一动力、以协调为内生特点、以绿色为普遍形态、以开放为必由之路、以共享为根本目的、以安全为底线要求。推动新阶段水利高质量发展的实施路径包括完善流域防洪工程体系、实施国家水网重大工程、复苏河湖生态环境、推进智慧水利建设、建立健全节水制度政策、强化体制机制法治管理等 6 个方面。这既是路径也是任务，既是水利改革发展的重要方面，也是关乎水利高质量发展的关键因素。这里有我们熟悉的老问题，但有新视角、新视野、新思路，比如完善防洪工程体系，突出强调了流域的整体性、河道泄洪能力、洪水调蓄能力等；有我们接触时间不长的新课题，但有新要求、新标准、新办法，比如，建立健全节水制度政策，突出强调了建立健全初始水权分配和交易制度、建立水资源刚性约束制度、建立健全全社会节水制度；也有我们比较陌生的新任务，需要新探索、新智慧、新方案，比如实施国家水网重大工程，再比如水利领域不动产投资信托基金（REITs）。这 6 个方面的路径，体现的是水利高质量发展的新要求、新视野、新思路、新标准、新目标。推动新阶段水利高质量发展是一项复杂的系统工程，需要广大水利干部职工加强研究性学习、前瞻性思考和探索性实践。

对标已经确定方向，规划且欲描绘蓝图。“三对标、一规划”专项行动已经结束，新阶段水利高质量发展的大幕同时已经拉开。广大水利干部职工，务必提高政治站位，把思想和行动统一到水利部党组的决策和部署上来，深入落实习近平总书记“十六字”治水思路，以永不懈怠的精神状态和一往无前的奋斗姿态，推动新阶段水利高质量发展，确保“十四五”水利发展始终沿着习近平总书记和党中央指引的方向前进，为全面建设社会主义现代化国家提供有力的水安全保障。

贯彻"三对标、一规划"专项行动总结大会精神系列评论之一

推动水利高质量发展是战略选择

（2021 年 6 月 30 日）

本报评论员（赵建平）

在 6 月 28 日召开的"三对标、一规划"专项行动总结大会上，水利部部长李国英指出，推动新阶段水利高质量发展，是对表对标习近平总书记重要讲话精神、把握党和国家事业发展大势大局和水利行业发展规律、研判水利发展历史方位、分析水利发展客观要求，综合深入判断作出的战略选择。我们务必要理清这一重大决策的深刻内涵和重大意义，知其然，知其所以然，知其所以必然，才能真正树立战略思维，坚定完成好新阶段水利高质量发展的历史使命，为全面建设社会主义现代化国家提供有力的水安全保障。

新发展阶段水利所处的历史方位要求我们必须推动水利高质量发展。当前，随着我国社会主要矛盾的转化，人民对美好生活的向往更加强烈，对水安全、水资源、水生态、水环境的需求进一步增加。同时，水利发展不平衡不充分问题依然突出，隐患、弱项、短板依然存在，既包括区域、城乡、建设与管理、开发利用与节约保护等发展不平衡的问题，也包括水利基础设施网络覆盖、水旱灾害防御能力、水资源优化配置、治理体系和治理能力现代化等发展不充分的问题。我们要坚持问题导向，充分认识到新发展阶段对水利提出的新需求，把握好从"有没有"转向"好不好"这个关键，把发展质量问题摆在更为突出位置，全面提高水安全、水资源、水生态、水环境治理和管理能力，更好地满足人民对美好生活的向往，支撑社会主义现代化国家建设，实现从站起来、富起来到强起来的历史性跨越。

新发展阶段水利面临的发展环境要求我们必须准确识变、科学应变、主动求变，抓住机遇推动水利高质量发展。我国发展的内部条件和外部环境正在发生深刻复杂变化，新发展理念深入人心，新发展格局正在加快构建，各类矛盾和风险易发多发，统筹发展和安全意识更加强烈，对水利发展布局影响深远，对水利发展提出了更高要求。同时，随着经济社会的发展，水的问题越来越突出，水利发展直面严峻挑战。比如，我国水资源水环境承载能力达到极限，水生态问题凸显，水旱灾害、病险水库等风险隐患依然突出。破解突出矛盾和问题，防范化解各类风险隐患，归根到底要

靠发展。我们必须明晰发展环境，准确识变、科学应变、主动求变，进一步树牢底线思维，增强风险意识，全力防范和化解影响我国现代化进程的各种水安全风险，有效化解矛盾，努力实现供给与需求在更高水平的动态平衡，为全面建设社会主义现代化国家提供可靠支撑。

新发展阶段已经具备了推动高质量发展的良好基础和条件。水利是经济社会发展的基础性行业，是党和国家事业发展大局的重要组成。经过70多年来的发展，水利事业取得了重大历史性成就。我国大规模建设了江河防洪、农田灌溉、城乡供水等水利基础设施，构建了水法规制度和水资源管理、河湖管理、工程管理的体制机制，水利科技创新能力和信息化水平持续提升，我们有条件有能力进一步提升水旱灾害防御能力、水资源集约节约利用能力、水资源优化配置能力、大江大河大湖生态保护治理能力，有条件有能力推动水利向形态更高级、基础更牢固、保障更有力、功能更优化的阶段演进。可以说，我国水利发展已经具备了实现高质量发展的工程基础、制度基础、科技基础，水利事业已经站到了新的起点。

科学应变才能奋进新时代，乘势而上志在开启新征程。经过开展4个多月的“三对标、一规划”专项行动，水利部党组审时度势，顺势而为，明确提出对表对标习近平总书记重要讲话精神，我国进入新发展阶段，水利发展亦进入新发展阶段，新阶段水利工作的主题就是推动高质量发展。这是水利工作重整行装再出发的新起点。广大水利干部职工要提高站位，认清形势，把思想和行动统一到水利部党组的决策和部署上来，切实增强责任感、使命感，全力推动水利更高质量、更有效率、更加公平、更可持续、更为安全的发展，在全面建设社会主义现代化国家的新征程上贡献更多的水利力量。

贯彻“三对标、一规划”专项行动总结大会精神系列评论之二

准确把握水利高质量发展的根本要求

（2021 年 7 月 1 日）

本报评论员（陈萌）

水利部日前召开“三对标、一规划”专项行动总结大会，部党组书记、部长李国英代表部党组对推动新阶段水利高质量发展的体系构造作出部署，指出新阶段水利高质量发展的根本要求是完整、准确、全面贯彻新发展理念。我们要深刻认识、深入领会这一部署的重大意义、丰富内涵，准确把握水利高质量发展的根本要求，将这一要求不折不扣落实到推动水利高质量发展的全过程和各环节。

理念是行动的先导，发展理念是否对头，从根本上决定着发展成效乃至成败。党的十八大以来，我们党对经济社会发展提出了许多重大理论和理念，其中新发展理念是最重要、最主要的。创新、协调、绿色、开放、共享这五大发展理念，深刻揭示了实现更高质量、更有效率、更加公平、更可持续发展的必由之路，是实现高质量发展的“金钥匙”。党中央明确，“十四五”时期经济社会发展要“以推动高质量发展为主题”。习近平总书记指出，高质量发展，就是能够很好满足人民日益增长的美好生活需要的发展，是体现新发展理念的发展。对表对标总书记重要讲话精神及中央部署要求，新阶段水利高质量发展，亦必须是体现新发展理念的发展，要求我们立足新阶段新主题，从管全局、管根本、管长远的政治高度出发，完整、准确、全面贯彻新发展理念。这既是推动新阶段水利高质量发展的根本要求，也是确保“十四五”水利发展始终沿着正确方向前进的重要保障。

完整、准确、全面贯彻新发展理念，推动新阶段水利高质量发展，就是要推动实现创新成为第一动力、协调成为内生特点、绿色成为普遍形态、开放成为必由之路、共享成为根本目的、安全成为底线要求的发展。

“抓创新就是抓发展，谋创新就是谋未来”，我们要以创新为第一动力，坚持让科技自立自强成为水利高质量发展的战略支撑，为水利发展质量变革、效率变革、动力变革提供源源不断的牵引力和驱动力。协调发展是制胜要诀，我们要以协调为内生特点，善于“弹钢琴”，处理好局部和全局、当前和长远、重点和非重点的关系，在水利规划编制、政策制度制定、体制机制设计、重大项目安排等各项工作中更加

注重统筹协调，进一步提升水利发展整体效能。保护环境就是保护生产力，改善环境就是发展生产力，我们要以绿色为普遍形态，将生态优先、绿色发展理念贯穿水利高质量发展始终，充分发挥水资源刚性约束制度效能，推进用水方式向集约节约转变，持续改善水生态水环境，有效维护河湖健康生命，加快形成绿色发展方式和生活方式，实现人水和谐共生。实现发展壮大必须主动顺应经济全球化潮流，我们要以开放为必由之路，主动融入全球水治理体系，充分借鉴国际先进科技成果和有益管理经验，一方面办好自己的事，另一方面为解决人类共同面对的水问题提供中国智慧和中国方案。“治国有常，而利民为本”，我们要以共享为根本目的，坚持以人民为中心的发展思想，始终把人民对美好生活的向往作为发展目标，在发展中解决人民群众最关心最直接最现实的涉水利益问题，进一步增强人民群众获得感、幸福感、安全感。发展和安全合则兴、离则弱、悖则亡，我们要以安全为底线要求，统筹发展和安全，坚持人民至上、生命至上，强化底线思维、增强忧患意识，努力提高预报、预警、预演、预案能力，全面提升水安全保障能力。

高质量发展的时代命题，考验着我们统筹贯彻新发展理念的能力和水平。让我们把思想和行动统一到中央精神上来，统一到水利部党组部署要求上来，提高站位、凝聚共识，开拓进取、真抓实干，以新发展理念引领新阶段水利高质量发展，不断夯实经济社会可持续发展的水安全基石！

贯彻"三对标、一规划"专项行动总结大会精神系列评论之三

坚持以"十六字"治水思路为指导

（2021年7月3日）

本报评论员（李海川）

在日前召开的"三对标、一规划"专项行动总结大会上，水利部部长李国英强调，推动新阶段水利高质量发展，要坚持以"十六字"治水思路为指导。我们必须完整、准确、全面理解和贯彻"十六字"治水思路，把"十六字"治水思路不折不扣落实到水利高质量发展各环节全过程，确保"十四五"水利发展始终沿着习近平总书记和党中央指引的方向前进。

"十六字"治水思路是符合我国国情水情的科学严谨、逻辑严密的治水理论体系，具有鲜明的思想性、理论性、战略性、指导性、实践性。民生为上，治水为要。党的十八大以来，习近平总书记多次就治水发表重要讲话，明确提出"节水优先、空间均衡、系统治理、两手发力"的治水思路，为推进新时代治水提供了科学指南和根本遵循。"十六字"治水思路科学回答了如何处理好水资源开发利用增量与存量的关系、水资源与经济社会发展的关系、治水要素之间的关系、治水中政府与市场的关系等重大问题，是习近平生态文明思想的重要组成，是在纵览中华民族五千年治水史基础上对治水规律的科学把握，是统筹解决我国新老水问题的治本之策。党的十八大以来水利改革发展取得的显著成就，充分彰显了这一治水思路的科学之光和实践伟力。

习近平总书记指出，"新时代新阶段的发展必须贯彻新发展理念，必须是高质量发展"。"十六字"治水思路贯穿了创新、协调、绿色、开放、共享的发展理念，集中体现了新发展理念在治水领域的精准要求。"十六字"治水思路从根本宗旨看根植于对人民美好生活向往和对中华民族伟大复兴要求的准确把握，从问题导向看产生于对水灾害、水资源、水生态、水环境问题的深刻认识和剖析，从忧患意识看来源于对河川之危、水源之危的深沉忧患意识。可以说，贯彻落实"十六字"治水思路是对贯彻新发展理念的具体检验。我们要从贯彻新发展理念的高度理解和把握"十六字"治水思路，坚持以创新为第一动力、以协调为内生特点、以绿色为普遍形态、以开放为必由之路、以共享为根本目的、以安全为底线要求，推进治水为民、兴水惠民，解

决水利发展不平衡不充分问题，夯实高质量发展的水安全基础。

高质量发展是新阶段水利工作的主题，推动新阶段水利高质量发展，必须完整、准确、全面理解和贯彻“十六字”治水思路。习近平总书记先后主持召开会议研究部署推动长江经济带发展、黄河流域生态保护与高质量发展、推进南水北调后续工程高质量发展以及防汛抗旱、河湖长制、饮水安全等工作并发表一系列重要讲话，作出一系列重要指示批示，无一不充分体现了“十六字”治水思路的内涵要义。我们一方面要全面深入学习领会习近平总书记关于治水工作的重要讲话和指示批示精神，完整地而不是零碎地、准确地而不是模糊地、全面地而不是片面地理解和掌握“十六字”治水思路。另一方面要融会贯通，深入领会习近平总书记关于治水的重要讲话指示批示精神中一以贯之、一脉相承的精神实质，坚定而自觉地用“十六字”治水思路指导推动新阶段水利高质量发展，完整、准确、全面抓好贯彻落实，做到学思用贯通、知信行统一。

征程漫漫，唯有奋斗。在推动新时代水利改革发展的道路上，我们要更加完整、准确、全面理解和贯彻“十六字”治水思路，推动“十六字”治水思路在新阶段水利高质量发展实践中落地生根、开花结果，确保水利改革发展始终沿着正确的方向前进，推进新阶段水利高质量发展，为全面建设社会主义现代化国家提供更加有力的水安全保障！

贯彻"三对标、一规划"专项行动总结大会精神系列评论之四

加快完善流域防洪工程体系

（2021年7年6日）

本报评论员（陈君）

在6月28日召开的"三对标、一规划"专项行动总结大会上，水利部部长李国英指出，推动新阶段水利高质量发展，要重点抓好六条实施路径，其中第一项就是完善流域防洪工程体系。水利部党组要求从流域整体着眼，把握洪水发生和演进规律，进一步优化流域防洪工程布局，以流域为单元构建主要由水库、河道及堤防、分蓄滞洪区组成的现代化防洪工程体系，提高河道泄洪能力，增强洪水调蓄能力，确保分蓄洪区分蓄洪功能。这为新阶段我国如何进一步提升水旱灾害防御能力明确了方向、路径、目标，我们要认真贯彻，扎实落实。

经过多年不懈努力，我国水利工程规模和数量居世界前列。如今全国建成各类水库9.8万多座，堤防长度43万公里，七大江河流域基本形成以堤防、控制性枢纽、蓄滞洪区为骨干的防洪工程体系，预警监测体系更加健全，基本具备防御新中国成立以来最大洪水的能力。2020年，我国六大流域主要江河一共发生了21次编号洪水，部分江河的洪水量级甚至超过了1998年，各地用好堤防、水库、蓄滞洪区"三张牌"，科学调度水利工程，交出了全国大江大河干流和重要圩垸堤防无一决口、大中型和小（1）型水库无一垮坝的亮眼成绩单。毫无疑问，不断完善的防洪工程体系已成为我国防洪减灾的硬核力量。

看到成绩的同时，也要审视不足。与人民群众对水安全、水资源、水生态、水环境的需求相比，当前水利发展不平衡不充分问题依然突出，其中就包括水旱灾害防御能力发展不充分的问题，超标洪水、山洪灾害、中小型及病险水库等风险隐患依然突出。进入新阶段，需要我们把发展质量问题摆在更为突出位置，积极应对风险隐患挑战，有效化解发展不充分矛盾，推动流域防洪工程体系向形态更高级、基础更牢固、保障更有力、功能更优化的阶段演进。

加快完善流域防洪工程体系，要着眼于提高河道泄洪能力。以河道堤防达标建设和河道整治为重点，加快大江大河大湖治理，保持河道畅通，提高其泄洪能力。对北方河流，恢复河道行洪能力，减轻河道淤积萎缩，确保行洪畅通；对南方河流，维

护河势稳定，协调好干支流关系，减轻干流防洪压力。新建一批骨干排洪通道，解决平原河网地区外排通道不足、淮河洪水出路不畅等问题。实施河口综合治理，稳定入海流路，保持河口稳定畅通。

加快完善流域防洪工程体系，要着眼于增强洪水调蓄能力。加快实施一批流域控制性枢纽工程建设，提高江河洪水调蓄能力，努力争取流域洪水防控的主动权。加快消除存量病险水库风险，恢复和提高防洪库容，提升水库群防洪联合调度水平。目前，国家 150 项重大水利工程建设正在加紧推进，其中包括 56 项防洪减灾工程，建成后可新增防洪库容 90 亿立方米。相信随着一大批水利骨干工程和控制性枢纽的陆续建成，我国将构筑起抵御流域性大洪水的坚强屏障，积蓄起应对水患灾害的更强力量。

加快完善流域防洪工程体系，要着眼于有效发挥分蓄洪区分蓄洪功能。从流域洪水整体考虑，当上游水库调蓄洪水作用充分发挥后，仍有洪水不能通过下游河道安全排泄，此时就必须使用分蓄洪区。要坚定地推进分蓄洪区建设，使之在关键时刻发挥关键作用。优化调整长江、淮河、海河蓄滞洪区布局，推进蓄滞洪区安全建设，保证正常分洪运用。在有条件的地方，推进退田退圩还湖，提升湖泊调蓄洪水能力。通过洲滩民垸和滩区治理，恢复行洪滞洪功能和生态保护功能。

加快完善流域防洪工程体系，任重道远。我们要加强系统谋划，凝聚各方智慧，做好顶层设计，把实施路径落实好，尽快完善流域防洪减灾工程体系，固底板、补短板、锻长板，大幅提升水旱灾害防御能力、降低水旱灾害损失率，为新发展阶段全面提升国家水安全保障能力提供更强大的流域防洪工程体系力量。

贯彻"三对标、一规划"专项行动总结大会精神系列评论之五

加快实施国家水网重大工程

（2021年7月7日）

本报评论员（马晓媛）

水利部部长李国英在"三对标、一规划"专项行动总结大会上强调，推动新阶段水利高质量发展，要加快实施国家水网重大工程，构建"系统完备、安全可靠，集约高效、绿色智能，循环通畅、调控有序"的国家水网，全面增强我国水资源统筹调配能力、供水保障能力、战略储备能力。

水资源是经济社会发展的基础性、先导性、控制性要素，水的承载空间决定了经济社会的发展空间。我国人多水少，是一个缺水严重的国家，人均水资源量仅为世界平均水平的1/4，却是世界上用水量最多的国家。此外，我国水资源时空分布不均，夏秋多、春冬少，南方多、北方少，东部多、西部少，山区多、平原少，水资源分布与土地、矿产资源分布和生产力布局不相匹配，北方地区面积大、人口多、耕地多，而水资源占有量却很少，水资源问题制约着经济社会的发展。实施国家水网重大工程，强化水资源支撑保障能力，是立足我国水情作出的科学决定。

加快实施国家重大水网工程，是把握新发展阶段、贯彻新发展理念、构建新发展格局的必然要求，是推动水利高质量发展的重要实施路径。当前，我国社会主要矛盾已经转化为人民日益增长的美好生活需要和不平衡不充分的发展之间的矛盾，一系列国家重大战略相继实施，对加强和优化水资源供给提出了新要求。破解水资源配置与经济社会发展需求不相适应的矛盾，是新阶段我国经济发展面临的重大战略问题。党的十九届五中全会明确提出要实施国家水网等重大工程，进入新发展阶段，对标推动高质量发展的要求，推动形成全国统一大市场和畅通的国内大循环，促进南北方协调发展，需要水资源的有力支撑，需要加快实施国家水网重大工程。

加快实施国家水网重大工程，要深入贯彻落实习近平总书记关于治水工作重要讲话指示批示精神和党的十九届五中全会精神，精准对接党中央"十四五"规划建议及国家"十四五"规划纲要，围绕进一步优化水资源配置格局，做好推动新阶段水利高质量发展的顶层设计。要立足流域整体和水资源空间配置，遵循确有需要、生态安全、可以持续的重大水利工程论证原则，以重大引调水工程和骨干输配水通道

为“纲”，统筹存量和增量，加强互连互通，加快构建国家水网主骨架和大动脉，尤其要准确把握南水北调东线、中线、西线三条线路的各自特点，抓紧做好南水北调后续工程规划设计，推进南水北调后续工程高质量发展。要以区域河湖水系连通工程和供水渠道为“目”，结合国家、省区市水安全保障需求，加强国家重大水资源配置工程与区域重要水资源配置工程的互连互通，开展水源工程间、不同水资源配置工程间水系连通，提升水资源调配保障能力。要以控制性调蓄工程为“结”，加快推进列入流域及区域规划，符合国家区域发展战略的重点水源工程建设，提升水资源调蓄能力。

新阶段水利高质量发展的总体目标是全面提升国家水安全保障能力。我们要锚定目标，加强前瞻性思考、全局性谋划、战略性布局、整体性推进，加快实施国家水网重大工程，构建“系统完备、功能协同，集约高效、绿色智能，调控有序、安全可靠”的国家水网，解决发展中不平衡不充分的问题，夯实高质量发展的水安全基础，为全面建设社会主义现代化国家提供更加有力的水安全保障。

贯彻“三对标、一规划”专项行动总结大会精神系列评论之六

加快复苏河湖生态环境

（2021 年 7 月 8 日）

本报评论员（滕红真）

推动新阶段水利高质量发展，复苏河湖生态环境是重要实施路径之一。在 6 月 28 日水利部召开的“三对标、一规划”专项行动总结大会上，李国英部长明确要求，以提升水生态系统质量和稳定性为核心，坚持山水林田湖草沙系统治理，维护河湖健康生命。这是在准确把握水利发展历史方位和客观要求的基础上，为实现河湖功能永续利用做出的重要选择；这是积极践行尊重自然、顺应自然、保护自然的生态文明理念，为实现人水和谐共生采取的重要举措。各级水利部门要加快复苏河湖生态环境，全面提升大江大河大湖生态保护治理能力，以绿色为普遍形态，奏响水利高质量发展“流动的旋律”。

河流生命的核心是水，命脉在于流动。作为自然生态系统中的关键要素，河湖生态环境的建设，关系人民福祉，关乎民族未来。新时代我国社会主要矛盾发生了变化，干净、整洁、优美的河湖生态环境成为群众更强烈的诉求和更美好的期盼。面对河湖生态环境问题长期积累凸显的现实，我们必须把生态领域发展质量问题摆在更为突出的位置，着力提升水生态、水环境治理和管理能力，从生态系统整体性和流域系统性出发，追根溯源，系统治疗，加快复苏河湖生态环境，推动水利向形态更高级、基础更牢固、保障更有力、功能更优化的阶段演进，助力水利高质量发展，更好支撑我国社会主义现代化建设。

加快复苏河湖生态环境，需要加强河湖生态保护治理。需要坚持“重在保护、要在治理”的工作方略，按照重塑和保持河流健康生命形态的要求，分区分类确定河湖生态流量目标。加快划定落实河湖空间保护范围，加强河湖水域岸线空间分区分类管控，实施河湖空间带修复，打造沿江沿河沿湖绿色生态廊道。严格控制河湖排污行为，核定河湖水体对污染物的承载能力，倒逼岸上各类污染源治理，加大“清四乱”等专项行动整治力度，解决一批损害河湖健康的突出问题。

加快复苏河湖生态环境，需要加快地下水超采综合治理。需要利用“一减、一增”综合统筹、系统治理地下水超采，持续提高区域水资源承载能力、涵养修复能

力，加快形成绿色发展方式和生活方式，从根本上解决水生态损害等问题。在确定地下水取用水量水位控制指标的基础上，严控地下水开发强度，通过节水、农业结构调整等措施压减地下水超采量，多渠道增加水源补给，实施超采区地下水回补，逐步实现采补平衡，实现河湖面貌根本改观。

加快复苏河湖生态环境，需要科学推进水土流失综合治理。绿水青山就是金山银山，需要下大决心、花大力气实施生态修复工程，增加河湖和地下含水层对雨水径流的“吐纳”和“储存”能力。需要以长江和黄河上中游、东北黑土区、西南岩溶区为重点，因地制宜推进坡耕地、淤地坝、侵蚀沟治理等工程，提升治理效益；以流域为单元，以山青、水净、村美、民富为目标，统筹配置沟道治理、生物过滤带、水源涵养、封育保护、生态修复等措施，打造生态清洁小流域，维护水清岸绿的水生态体系。

站在“两个一百年”的历史交汇点上展望未来，复苏河湖生态环境刻不容缓。我们要完整、准确、全面贯彻新发展理念，树立大局观、长远观、整体观，坚持生态优先、绿色发展，把实施路径落实好，持续改善水生态水环境，维护河湖健康生命，为全面实现高质量发展提供有力的水安全保障。

贯彻“三对标、一规划”专项行动总结大会精神系列评论之七

大力推进智慧水利建设

（2021年7月10日）

本报评论员（邓婉颖）

6月28日，水利部召开“三对标、一规划”专项行动总结大会，部党组书记、部长李国英在会上强调，要按照“需求牵引、应用至上、数字赋能、提升能力”的要求，以数字化、网络化、智能化为主线，以数字化场景、智慧化模拟、精准化决策为路径，全面推进算据、算法、算力建设，加快构建具有预报、预警、预演、预案功能的智慧水利体系。加快推进智慧水利建设不仅是对表对标习近平总书记重要讲话精神的集中体现，也是推动新阶段水利高质量发展的必然要求。

习近平总书记指出：“没有网络安全就没有国家安全，没有信息化就没有现代化。”近几年，迅猛发展的互联网、大数据、人工智能等技术，已经迅速融入经济社会和国家治理中。数字化逐步成为推进国家治理体系和治理能力现代化建设的必然趋势。党的十九届五中全会明确提出要加强数字社会、数字政府建设，提升公共服务、社会治理等数字化智能化水平。这为我们加快推进智慧水利建设指明了方向。

当前，我国已经进入新发展阶段，智慧化已成为行业发展水平的重要指标。新发展格局正在加快构建，产业数字化、网络化、智能化转型升级加速，智慧水利作为水利高质量发展的显著标志，已经成为实现水利数字化、网络化、智能化的重要抓手和平台。我们必须坚定不移推进智慧水利系统建设，综合运用物联网、大数据、云计算、数字孪生、仿真模拟等现代化信息技术，大力提升水利数字化、网络化、智能化水平，实现预报、预警、预演、预案功能，提高水安全保障能力。

加快推进智慧水利建设，要构建数字孪生流域。按照“需求牵引、应用至上”的要求，以自然地理、干支流水系、水利工程、经济社会信息为主要内容，对照物理水利及其影响区域建立全要素的数字化映射。同时要进一步实现物理流域与数字流域之间的动态实时信息交互和深度融合，保持两者的同步性、孪生性。

加快推进智慧水利建设，要开展智慧化模拟。以能够在数字化映射中实现预报、预警、预演、预案为目的，在数字孪生流域的基础上，集成耦合多维多时空尺度高保真数学模型，构建数字孪生流域模拟仿真平台，将物理参数实时映射到数字流域，

全力支撑水安全全要素“四预”的模拟分析。

加快推进智慧水利建设，要支撑精准化决策。构建水利智能业务应用体系，在流域防洪调度、水资源管理与调配、水生态过程调节等预演基础上，提前规避风险、制定预案，生成决策建议方案，为水利工程实时监控、优化调度和水资源优化配置等提供超前、快速、精准的决策支持。

面对百年未有之大变局，我们必须深刻认识推进数字化建设的重要性，统筹发展和安全，进一步加快智慧水利建设，用数据说话、用数据决策、用数据服务、用数据创新，为推进水利治理体系和治理能力现代化，推动新阶段水利高质量发展提供有力保障。

贯彻“三对标、一规划”专项行动总结大会精神系列评论之八

加快建立健全节水制度政策

（2021 年 7 月 10 日）

本报评论员（陈思杰）

在水利部“三对标、一规划”专项行动总结大会上，李国英部长特别强调，要加快建立健全节水制度政策。

习近平总书记明确提出“节水优先、空间均衡、系统治理、两手发力”的治水思路，把节水摆在各项水利工作的首位。节约用水涉及各行业各部门，涉及生产、生活、生态各领域，我们必须坚持量水而行、节水为重，从观念、措施、行为等各方面把节水摆在优先位置。建立健全水量交易、刚性约束、全社会节水的节水制度政策，是全面提升水资源集约节约安全利用水平的必然选择。

没有规矩不成方圆。制度就是规矩，政策就是导向。建立健全制度政策，是纠正人的错误行为、推进高质量发展的重要保障、关键环节。面对我国严峻的水资源现状，水行政主管部门从顶层设计着手，通过制定节水制度政策，综合运用总量控制和定额管理等措施，依托规模化运营模式，促进水与其他生产要素的优化组合，改变水资源粗放利用方式，抑制不合理用水需求，大幅度提高水资源利用效率和效益，有力支撑经济社会高质量发展。

“十三五”期间，我国在建立健全节水制度政策方面取得了长足的进展。在深入贯彻落实“十六字”治水思路的实践中，我们实行水资源消耗总量和强度控制，节水基础设施持续完善，节水监管能力持续提升，节水政策、技术、制度、机制创新持续加强，全社会节水意识明显增强，节水型社会建设取得了新进展，圆满完成了“十三五”规划确定的主要目标和任务。立足“十四五”，新发展阶段对节水制度政策提出了更高的要求，我们需要从全方位、多维度进行更为深刻的理解和把握。

加快建立健全节水制度政策，需要建立健全初始水权分配和交易制度。合理确定重要河湖主要控制断面基本生态流量（水量），加快江河流域水量分配、地下水管控指标确定，健全区域用水总量管控指标体系，规范明晰区域、取用水户的初始水权，控制水资源开发利用总量。建立完善水权市场化交易平台和相关制度，培育和发展用水权交易市场，引导推进流域间、地区间、行业间、用水户间开展多种形式的

用水权交易。创新完善用水价格形成机制，深入推进水资源税改革、农业水价综合改革、水利工程供水价格改革等。

加快建立健全节水制度政策，需要建立水资源刚性约束制度。建立水资源刚性约束指标体系，强化规划和建设项目水资源论证，完善取水许可制度，规范取水许可管理，严格水资源用途管制，暂停水资源超载地区新增取水许可。严格用水强度控制，完善水资源监督考核，推动将节水主要指标纳入经济社会发展综合评价体系。

加快建立健全节水制度政策，需要建立健全全社会节水制度。深入实施国家节水行动，大力推进农业节水增效、工业节水减排、城镇节水降损，推动形成节水型生产生活方式和消费模式。研究建立节水激励机制，加强节水基础研究和应用技术研究，健全节水技术转化推广机制。加强节水宣传教育、知识普及、信息公开和政策解读，鼓励引导社会公众自觉参与爱水、惜水、节水行动。

节水是一切用水行为的前置条件，是支撑经济社会可持续发展的根本举措。当前，我国用水效率总体达到世界平均水平，个别地区达到国际先进水平，全国用水总量连续五年控制在 6100 亿立方米以内。加快建立健全节水制度政策，为经济社会高质量发展提供有力的水安全保障，是我们回应时代新要求、满足人民新期待的光荣使命、庄严担当。

贯彻“三对标、一规划”专项行动总结大会精神系列评论之九

加快强化体制机制法治管理

（2021年7月13日）

本报评论员（王曼玉）

水利部部长李国英在“三对标、一规划”专项行动总结大会上强调，推动水利高质量发展要以健全的体制机制法治管理为保障，要深入推进水利重点领域和关键环节改革，加快破解制约水利发展的体制机制障碍，进一步完善水法规体系，不断提升水利治理能力和水平。这是水利部党组完整准确全面贯彻新发展理念、准确把握新形势新任务、全面贯彻落实依法治国战略的新判断新要求，我们要深刻领会，确保贯彻落实。

小智治事，大智治制。建章立制，不仅是压实工作责任的重要做法，也是巩固工作成效的有力抓手，推动新阶段水利高质量发展，既要有一时一事的具体举措，还应注重施之长远的体制机制建设。只有深入践行“节水优先、空间均衡、系统治理、两手发力”治水思路，将水利工作同习近平总书记重要讲话、重要指示批示精神紧密结合起来，把解决问题和建章立制统筹起来，构建水法规制度和水资源管理、河湖管理、工程管理的体制机制，促进各方面制度更加成熟更加定型，才能实现水利精细化、规范化、法治化管理，做到以制度促规范、以制度管长远，更好回应群众期盼、彰显为民情怀。

加快强化体制机制法治管理，需要统筹管好“盆”和“水”，加快推动河湖长制“有名”“有实”“有能”。近年来，各地积极探索，深入落实河湖长制，出台政策条例，全面开展河湖治理及保护工作，河湖治理初见成效。强化河湖长制，既要充分发挥全面推行河湖长制工作部级联席会议制度作用，也要完善流域管理机构与省级河长办协作机制，推动形成共建共治共享的治水格局。实践证明，抓好责任落实是推进河湖长制的关键。要按照河湖长履职规范，强化监督检查和评价考核，压实各级河湖长责任，建立河湖健康档案，科学编制“一河一策”，因地制宜设立巡（护）河员公益性岗位，完善河湖巡查管护体系，推动解决河湖管理保护“最后一公里”问题。

加快强化体制机制法治管理，需要完善资金运营、生态保护、工程安全等管理

机制。资金投入是推动水利高质量发展的重要保障，提升水利建设运营管理水平和服务效率，既要建立健全多元化水利投融资机制，优化项目安排和投资结构，用好水利中长期贷款等金融信贷资金，推进水利领域不动产投资信托基金（REITs）试点，也要支持社会资本采取股权合作、特许经营、PPP 等方式参与水利工程建设运营。推动水利事业更可持续发展，需要探索建立水生态产品价值实现机制和水流生态保护补偿机制，走出一条生态优先、绿色发展的新路子。要健全水利工程安全保护制度，建立风险查找、研判、预警、防范、处置、责任等全链条管控机制，确保工程安全平稳运行。

加快强化体制机制法治管理，需要紧盯重点领域、关键环节，不断夯实法治基础，提高治水管水水平。我们要在水利重点领域建立更加完善、成熟和定型的法规制度，推动黄河保护立法，抓好长江保护法配套法规建设，推进节约用水、地下水管理、河道采砂管理等立法进程。要坚持严格规范公正文明执法，推动专项执法行动与常态执法、联合执法、协同执法相结合，强化对河湖岸线、水资源、水生态等社会关注、群众关心领域的巡查和执法监督，加大对安全生产、河道采砂、涉河建设项目、取水许可、水土保持等重点领域监管力度，敏感水域常态化滚动排查整治，完善行政执法与刑事司法衔接机制，健全水事纠纷预防调处化解机制，增强人民群众的获得感、幸福感、安全感。

经国序民，正其制度。通过“三对标、一规划”专项行动，我们更要准确识变、科学应变、主动求变，主动对表对标习近平总书记重要讲话精神，把握党和国家事业发展大势大局和水利行业发展规律，不断提升运用法治思维和法治方式推动新阶段水利高质量发展的能力水平，保障各项工作落地见效，为水利高质量发展提供强有力的制度保障。

对表对标“三新一高”战略要求 扎实做好水利规划计划各项工作

——访水利部规划计划司司长石春先

（2021年7月6日）

本报记者　王鹏翔

“李国英部长在水利部‘三对标、一规划’专项行动总结大会上的重要讲话，深刻分析了水利发展形势，科学谋划了新阶段水利发展蓝图，主题鲜明，路径清晰。”日前，水利部规划计划司司长石春先在接受本报记者采访时说。

石春先表示，通过学习李国英部长的讲话，有三点体会：一是明确了新主题。对表对标习近平总书记重要讲话精神，从发展阶段、发展环境、发展条件三个方面，研判水利发展历史方位，分析水利发展客观要求，明确新阶段水利工作的主题是推动高质量发展。二是确立了新目标。新阶段水利高质量发展的总体目标——全面提升国家水安全保障能力，为全面建设社会主义现代化国家提供有力的水安全保障，并确定了提升水旱灾害防御能力、水资源集约节约利用能力、水资源优化配置能力、大江大河大湖生态保护治理能力等4个次级目标。三是部署了新路径。提出了推动新阶段水利高质量发展的6条实施路径，既提纲挈领，又明确了具体路径方法。

“三对标、一规划”专项行动的结束不是终点，而是新阶段水利工作重整行装再出发的新起点。石春先说，规计司将深入贯彻李国英部长讲话精神，扎实做好水利规划计划各项工作。一是加强学习、提升本领，不断提高推动水利高质量发展的政治能力、战略眼光、专业水平。坚持从政治上看问题，提高政治判断力、政治领悟力、政治执行力，持续强化政治对标、思路对标、任务对标，不折不扣贯彻落实党中央治水决策部署。二是把准水利高质量发展实施路径，尽快编制完成国家水网工程规划纲要。认真贯彻落实习近平总书记重要讲话和胡春华副总理指示批示精神，做好国家水网“纲”“目”“结”的文章，以全面提升水安全保障能力为目标，以优化水资源配置体系、完善流域防洪减灾体系为重点，统筹存量和增量，加强互联互通，加快构建国家水网主骨架和大动脉，构建“系统完备、安全可靠，集约高效、绿色智能，循环通畅、调控有序”的国家水网。三是聚焦水利高质量发展的总目标，组织实施好“十四五”水安全保障规划。深入贯彻习近平总书记在推进南水北调后续工程高质量发展座谈会上的重要讲话精神，全面落实“十六字”治水思路，遵循“确有需要、生态安全、可以持续”的论证原则，加快推进重大水利工程建设，全面提升水安全保障能力，推动新阶段水利高质量发展。

建设忠诚干净担当的干部人才队伍

——访水利部人事司司长侯京民

（2021 年 7 月 7 日）

本报记者　陈晓磊

水利部人事司司长侯京民日前接受本报记者采访时说，推动新阶段水利高质量发展，是部党组对表对标习近平总书记重要讲话精神、综合深入判断作出的战略选择，是解决新时代水利发展不平衡、不充分问题的客观需要，也是把握新发展阶段、贯彻新发展理念、构建新发展格局的必然要求，需要水利系统全体干部职工凝心聚力、真抓实干，以求真务实的作风、攻坚克难的勇气、开拓创新的精神，推动各项任务落到实处。

“作为水利人事部门，我们必须结合自身岗位职责，找准关键点、切入点、着力点，紧密围绕水利中心工作选干部、聚人才、顺机制，努力打造一支忠诚干净担当的高素质专业化水利干部队伍和人才队伍，为推动新阶段水利高质量发展提供坚强的组织保障和人才支撑。”侯京民说。一是以中央选人用人巡视整改为新起点，坚持正确用人导向，坚持事业为上、任人唯贤，始终把政治标准摆在首位，贯彻落实好《水利部领导干部政治素质考察办法》，选拔符合推动新阶段水利高质量发展事业需要的优秀干部，激励干部担当作为，努力营造风清气正的选人用人环境，着力打造一支政治坚定、能力过硬、作风优良、奋发有为的水利干部队伍。二是认真研究制定并组织实施《“十四五”水利人才队伍建设实施方案》，坚持“引进来”和“走出去”相结合，以领军人才助推工程等重点人才工程为抓手，加强高层次人才、水利发展重点领域人才和基层水利人才的培养与队伍建设，强化人才队伍的素质能力建设，完善人才培养平台建设，创新人才发展工作体制机制，完善人才工作体系，全方位培养、引进、用好人才，努力打造一支数量充足、结构优化、布局合理、勇于创新的水利专业人才队伍。三是进一步加强水治理体制变革的前瞻性、战略性研判应对，完善优化协同高效的水治理体制，进一步优化部机关内部机构编制资源配置，梳理部机关有关司局的编制和人员力量情况，保证与各司局推动新阶段水利高质量发展履职需要相匹配。此外，进一步梳理干部人事各项制度，强化制度的刚性约束，加强制度执行情况的监督检查。

夯实新阶段水利高质量发展法治基础

——访水利部政策法规司司长张祥伟

（2021 年 7 月 7 日）

本报记者　王鹏翔

“水利部党组部署开展‘三对标、一规划’专项行动，让我们加深了对习近平总书记治水重要讲话指示批示精神和‘三新一高’要求的理解和把握。”日前，水利部政策法规司司长张祥伟在接受本报记者采访时说。

张祥伟表示，李国英部长在“三对标、一规划”专项行动总结大会上的讲话，政治站位高，战略思考深，全面系统阐述了推动新阶段水利高质量发展的历史使命、体系构造、目标任务和实施路径，特别是对完善管理机制、夯实法治基础提出了新要求、新任务，具有很强的思想性、针对性和指导性。

“政策法规司将认真贯彻落实李国英部长的讲话要求，强化体制机制法治建设，为新阶段水利高质量发展提供法治保障。”张祥伟说。一是推动水利重点领域法规制度更加完善、成熟和定型。围绕水旱灾害防御能力、水资源集约安全利用能力、水资源优化配置能力、大江大河大湖生态保护治理能力的提高，加快水法规制度制定修订工作，提高立法质量和效率。二是提升水行政执法质量和效能。推动专项执法行动与常态执法、联合执法、协同执法相结合，加大对河湖岸线、水资源、水生态等社会关注、群众关心领域的巡查和执法力度，强化执法监督。三是纵深推进水利“放管服”改革。全面推行清单管理制度，深化“证照分离”改革，推动审批更简、服务更优；加强“双随机、一公开”监管、“互联网＋监管”、信用风险分类监管，加大安全生产、河道采砂、涉河建设项目、取水许可、水土保持等重点领域监管力度，用法治力量守护好河湖，增强群众的获得感、幸福感、安全感。四是提高依法行政能力和水平。完善水利重大决策和规范性文件合法性审查审核，加大普法宣传力度，健全水事纠纷预防调处化解机制，加强战略性、全局性、前瞻性法规制度和政策举措研究，不断提升运用法治思维和法治方式推动新阶段水利高质量发展的能力水平。

张祥伟表示，专项行动的成果最终要体现在干部职工政治素质、工作业绩的提升上，政策法规司将进一步加强党的建设，强化组织推动，切实转变工作作风，凝聚各方力量，把推动新阶段水利高质量发展的要求落实好，推动学习贯彻走深走实，保障各项工作落地见效。

强化六条实施路径的财务支撑

——访水利部财务司司长杨昕宇

（2021年7月8日）

本报记者　张佳鑫

“财务司把学习贯彻‘三对标、一规划’专项行动总结大会精神作为重要任务，认真学习，深入讨论。”水利部财务司司长杨昕宇日前接受本报记者采访时说，李国英部长提出了推动水利高质量发展的目标任务、根本要求，作出了水利“进入新发展阶段”的科学判断，强调水利高质量发展的总体目标是全面提升国家水安全保障能力，并围绕这一总体目标设定了四个次级目标，明确了六条实施路径。

杨昕宇表示，财务司将以“三对标、一规划”专项行动总结大会为契机，找准水利财务工作的关键点和着力点，为新阶段水利高质量发展提供更加有力的财务支撑。一是聚焦中心工作，着力强化资金保障。心怀“国之大者”，按照中央和部党组决策部署，从部门预算、专项资金、金融支持和兴水惠民政策等方面争取资金，努力做大资金盘子，全力以赴做好六条实施路径的支撑保障工作。二是全面严格财务收支管理，严守安全底线。深入贯彻预算管理“三项机制”，严格财务管理，着力推动内控体系建设，坚守资金资产安全底线，全方位筑牢资金资产安全防火墙，把安全发展贯穿到水利财务工作各领域、全过程。三是凝心聚力攻坚克难，扎实推进重点领域改革。牵好水价这个“牛鼻子”，加快健全水资源价格形成机制。做好全面推开水资源税改革试点的准备工作，提高水资源集约节约利用能力。积极推进用水权市场化交易，持续深化资产监管和国企改革，切实做好强基础、利长远的工作，促进水利高质量发展。

加快建立水资源刚性约束制度

——访水利部水资源管理司司长杨得瑞

（2021 年 7 月 8 日）

本报记者　陈晓磊

"'三对标、一规划'专项行动总结大会指出了推动新阶段水利高质量发展的重要意义、内涵要求、目标任务和实施路径，为做好今后一个时期的水利工作提供了任务书、路线图、时间表。"水利部水资源管理司司长杨得瑞日前接受本报记者采访时说。

杨得瑞认为，水资源管理要完整、准确、全面贯彻新发展理念，坚持"十六字"治水思路，以建立水资源刚性约束制度为主线，在保障基本生态用水的前提下，推动以可用水量确定经济社会发展的布局、结构和规模，提高水资源集约节约安全利用水平，推进解决水资源过度开发利用问题，切实将经济活动限定在水资源承载能力范围之内，促进生态文明建设和高质量发展。

杨得瑞表示，把推动新阶段水利高质量发展的任务落到实处，要重点抓好六项工作。一是细化管理目标。加快确定生态流量目标、水量分配指标、地下水管控指标，明确各地可用水量，将其既作为水资源管理的控制目标，也作为初始水权分配的重要依据。二是实化管理措施。按照管理目标严格水资源论证，强化事中事后监管，加快水资源监测体系建设，完善符合水资源刚性约束要求的发展政策，促进以水而定、量水而行。三是强化保护治理。开展水资源承载能力评价，严格地下水保护监管，推进地下水超采治理，实施华北河湖生态复苏行动，还水于河，还水于地下。四是深化改革创新。坚持政府和市场两手发力，推进用水权改革，推进取水许可"放管服"改革，抓实抓细用水统计调查制度实施，配合推进水资源税改革。五是严格监督考核。完善考核内容，优化考核指标，改进考核机制，更加注重工作实绩、注重解决问题、注重务实管用，更好发挥考核的激励鞭策作用。六是推进智慧管理。按照"需求牵引、应用至上、数字赋能、提升能力"要求，整合信息系统，加强分析应用，进行决策预演，提高水资源管理的数字化、智能化、精细化水平。

以改革创新精神完善节水制度体系

——访全国节约用水办公室主任许文海

（2021年7月9日）

本报记者　张佳鑫

"'三对标、一规划'专项行动总结大会，确立了新阶段水利工作的主题为推动高质量发展，提出了'1+4'的目标任务和6条实施路径。"全国节约用水办公室主任许文海日前接受本报记者采访时说，要深刻认识把握推动新阶段水利高质量发展的重要意义、内涵要求、目标任务，结合节水工作职责和实际，提出贯彻落实举措，把推动新阶段水利高质量发展的节水目标任务落到实处。

许文海表示，推动新阶段水利高质量发展以提升国家水安全保障能力为目标。其中，提升水资源集约节约利用能力、提升水资源优化配置能力是重要内容。提升水资源集约节约利用能力，核心是提高水资源利用效率和效益，重点要完善节水方面的法律、行政、经济、技术等手段，进一步加强节水领域制度建设，抓好节水监督和管理，保障节水措施落地见效和各阶段目标任务顺利实现；提升水资源优化配置能力，核心是制定科学管用的标准定额，依据标准定额合理分配水资源。节水是优化配置的前提要求、关键手段，节水评价制度的完善有利于从源头上践行节水优先。

习近平总书记在"3·14"重要讲话中指出，水治理是政府的主要职责，首先要做好的是通过改革创新，建立健全一系列制度。许文海说："节水是治水的优先举措，完善节水制度体系十分必要且迫切。对表对标习近平总书记重要讲话精神，分析把握节水工作的理论逻辑、推进新阶段节水高质量发展，应当把制度建设摆在核心位置，作为提升水资源集约节约利用能力和水资源优化配置能力的根本路径。"

"适应新发展阶段、贯彻新发展理念、构建新发展格局都对节水工作提出新的更高要求。我们必须坚持以习近平总书记'十六字'治水思路为指导，全面贯彻'三对标、一规划'专项行动总结大会确定的发展思路，扎实深入地落实李国英部长指出的实施路径，以永不懈怠的精神状态和一往无前的奋斗姿态，推动新阶段节水高质量发展。"许文海表示，抓好"十四五"节水工作，要在国家节水行动统领下，大力创新节水制度政策，构建起以刚性约束、经济激励、考核评价为骨干的制度政策体系，进一步完善市场调节机制和技术转化推广机制，推进节水管理的法治化、智慧化进程，通过持久深入的宣传增强全社会节水意识，形成节水型生产生活方式和消费模式，以节约用水扩大发展空间，保障人民日益增长的美好生活需要。

提升质量加快水利基础设施建设

——访水利部水利工程建设司司长王胜万

（2021 年 7 月 9 日）

本报记者　黄一为

在 6 月 28 日水利部召开的“三对标、一规划”专项行动总结大会上，部党组部署推动新阶段水利高质量发展，确保“十四五”水利发展始终沿着习近平总书记和党中央指引的方向前进，为全面建设社会主义现代化国家提供有力的水安全保障。针对“十四五”时期水利工程建设工作的重点任务，水利部水利工程建设司司长王胜万日前接受本报记者采访时说：“我们要完整、准确、全面贯彻新发展理念，紧紧抓住高质量发展这个主题，深入践行‘十六字’治水思路，以提升水利工程建设质量为核心，着力提高水利建设管理水平，推动水利工程建设市场健康发展，加快国家水网骨干工程建设，强化大中小微水利设施协调配套建设，为国民经济和社会发展提供强有力的水利支撑。”

“加快建设水利基础设施体系。”王胜万介绍，“十四五”时期，水利工程建设司按照加快构建国家水网的要求，有序推进已开工的 172 项节水供水重大水利工程和 150 项重大水利工程建设。积极推动新开工一批重大水利工程，加快已完工程验收工作，保障工程全面发挥效益。全部完成 2020 年前已鉴定的 256 座大中型水库和 2020 年已到安全鉴定期限、经鉴定后新增大中型病险水库的除险加固任务。组织实施中小河流治理，实现“治理一条、见效一条”。

“在保障工程建设质量以及构建统一开放的水利建设市场上，我们也将继续发力。”王胜万说，水利工程建设司将进一步健全质量管理体系，强化工程建设质量全过程管控，防范重、特大质量事故发生，确保水利工程建设质量。深化“放管服”改革，强化水利建设市场准入管理；完善水利建设信用体系；健全以“双随机、一公开”监管和“互联网＋监管”为基本手段、以信用监管为基础、以重点监管为补充的新型监管机制，进一步改善营商环境，培育和激发市场主体活力。

此外，水利工程建设司将制修订质量管理、招标投标管理、造价管理等一批规章制度和技术标准，为工程建设管理打好基础；推动落实项目法人管理指导意见，提升项目法人管理水平；因地制宜推行代建制、设计施工总承包等建设管理模式，推动工程建设管理专业化和集约化；加快建设高素质、职业化的建设管理队伍。同时，积极引导先进科技成果与水利工程建设的深度融合，推动水利设计、施工、管理等各个环节新科技、新技术的研究与创新，以信息化技术手段提升水利建设管理效能和水平。

全面推进新阶段长江水利高质量发展

——访水利部长江水利委员会主任马建华

（2021年8月17日）

本报记者　王鹏翔

“李国英部长在‘三对标、一规划’专项行动总结大会上，阐明了推动新阶段水利高质量发展的内涵要义，明确了水利高质量发展的根本目的、根本要求、总体目标、实施路径等，为我们做好新时期水利工作厘清了思路。”水利部长江水利委员会党组书记、主任马建华，日前在接受本报记者采访时说。

“我们对照李国英部长提出的推动水利高质量发展要求，结合流域特点，提出‘十四五’长江流域（片）水利高质量发展目标。”马建华说。一是防洪抗旱减灾能力全面提升，5级及以上江河堤防达标率提高到76%，全面消除现有病险水库安全隐患。二是水资源集约利用水平大幅度提高，万元国内生产总值用水量、万元工业增加值用水量较2020年年均下降20%，农田灌溉水利用系数提高到0.56。三是水资源优化配置更加科学，水利工程新增年供水能力150亿立方米，农村自来水普及率达90%以上。四是河湖水生态环境明显改善，重要饮用水水源地水质合格率达100%，流域主要控制断面生态流量满足程度超90%，水生生物多样性有效恢复，水土保持率提高到82%以上。五是涉水事务管理效能持续增强，水行政管理能力全面提高，水灾害风险管理、水资源刚性约束和河湖严格保护制度基本建立。

马建华表示，对照李国英部长提出的新阶段水利高质量发展实施路径，长江委将着重抓好六项工作。一是完善防洪减灾体系。修订长江流域防洪规划，加快推进大江大河堤防、河道治理、防洪水库、蓄滞洪区等建设。二是完善水资源综合利用体系。加快推进引江补汉工程前期工作，配合做好南水北调东线工程前期工作和西线工程方案论证工作。推进水源和重大引调水及配套工程建设。三是加强水生态环境保护修复。加强南水北调等重点水源地保护，保障河湖生态流量，推动长江干流和主要支流河湖水系连通修复，推进金沙江下游等重点区域水土流失治理、水生态保护修复。四是推进智慧水利建设。加快建设长江流域全覆盖水监控系统，构建数字孪生长江，强化“四预”措施。五是推进流域节水减污型社会建设。严格实行水资源消耗总量和强度双控，推进主要江河水量分配方案制定，加强水资源统一调度管理。

六是强化体制机制法治建设。全面贯彻落实长江保护法，提升水行政执法能力，加快建立流域河湖长制协作机制，健全跨部门协调合作机制，推进流域涉水信息资源整合与共享。坚持全委一盘棋，深化政、事、企分类改革，强化科技创新，加强长江水文化建设。

对标高质量　建设幸福河

——访水利部黄河水利委员会党组书记、主任汪安南

（2021年8月20日）

本报记者　王鹏翔

"'三对标、一规划'专项行动总结大会明确了新阶段水利工作的主题是推动高质量发展，部署了六条具体实施路径，为贯彻黄河流域生态保护和高质量发展战略、推进新阶段黄河流域水利高质量发展、全面提升黄河流域水安全保障能力，确定了目标方向，明晰了重点任务。"近日，水利部黄河水利委员会党组书记、主任汪安南接受本报记者采访时说。

"我们要准确把握新阶段水利发展新的历史方位，深入贯彻落实习近平总书记关于治水工作的重要讲话指示批示精神和'十六字'治水思路，扛起黄河水安全政治责任，积极承接'十四五'水利发展规划体系各项任务，锚定建设造福人民的幸福河目标，努力推动黄河流域生态保护和高质量发展重大国家战略落地落实。"汪安南说。一是全面提升水旱灾害防御能力。进一步完善"上拦下排、两岸分滞"处理洪水的防洪工程体系，推进下游河道和滩区综合提升治理，强化预报、预警、预演、预案措施，努力确保防洪安全。二是全面提升黄河水资源集约节约利用和优化配置能力。坚持量水而行、节水为重，把水资源作为最大的刚性约束，全面推进国家节水行动。抓住国家水网重大工程建设机遇，加快推进南水北调西线、古贤水利枢纽等重大工程前期工作，优化完善流域水资源配置工程体系，进一步实施好水资源集中统一管理与调度，确保黄河不断流。三是全面提升河湖生态保护治理能力。加大河源区生态系统保护修复力度，科学推进黄土高原水土流失综合治理，强化水土保持监管。继续开展全河生态调度，促进河口三角洲生态持续向好，积极推进乌梁素海、引黄入冀生态补水。完成岸线利用项目专项整治，巩固"清四乱"成果。四是全面提升黄河流域水利高质量发展水平。全力做好黄河保护立法工作，推进实施智慧黄河建设。加快重点领域和关键环节改革，推动流域区域联防联治，共同抓好大保护，协同推进大治理。

江西实施“新 365 行动计划”

（2021 年 8 月 25 日）

本报记者　万菁

“三对标、一规划”专项行动总结大会，对新阶段推动水利高质量发展作出全面部署，为江西水利改革发展指明了方向。江西将以实际行动深入贯彻落实会议精神，推动实施“新 365 行动计划”，为全省高质量发展和人民幸福作出新的更大贡献。

江西以《新时代水生态文明建设五年行动计划（2021—2025 年）》为今后 5 年水生态文明建设的行动纲领，推动实施“新 365 行动计划”，以水生态文明建设统领水利高质量发展，实现防洪安全、供水安全、生态安全三大安全保障目标，加强水资源管理、河湖管理、水土保持管理、水利建设管理、水利工程管理、水利风险管理六大管理，提升水利基础设施保障、水利创新发展、水利科技引领、水利人才支撑和水文化发展五大能力。同时，科学组织编制现代水网规划，着力构建现代水网，建设幸福河湖，为建设美丽中国“江西样板”和长江经济带“共抓大保护”发挥积极作用。

当前，江西认真抓好防汛抗旱、水利工程建设等工作。一方面，加强监测预报预警，科学调度工程，确保夺取今年防汛抗旱工作的全面胜利，并强化水资源节约集约利用，探索一条南方丰水区节水新路。另一方面，聚焦年度目标任务，重点谋划推动鄱阳湖水利枢纽、鄱湖安澜百姓安居、长江干流江西段崩岸治理等一批重大水利项目建设，加快花桥水利枢纽等重大水利项目建设进度。

调水补水，破解“水窝子”用水难

——湖南加快推进洞庭湖北部地区分片补水

（2021年8月31日）

本报特约记者　陈诗芹

8月26日，洞庭湖北部地区分片补水二期工程在湖南省常德市安乡县全面启动实施，副省长隋忠诚宣布开工。

省政府为何如此重视这个水利工程？工程为何建，又将如何建？

“水窝子”为何喊“渴”？

“长江之肾”洞庭湖，上游来水主要包括两部分：从南边注入的湘资沅澧“四水”，以及从松滋、太平、藕池等“四口”注入的长江水。

据水文部门对长期实测资料的分析，四水多年平均来水没有大的变化，水量在1650亿立方米左右，而四口的来水则从20世纪的950亿立方米左右，减少到近20年的500亿立方米左右，足足减少了约450亿立方米。

以四口水系为主要水源的洞庭湖北部地区近年来出现明显“肾虚弱”现象，每年枯水期由长江分流进入四口的水量减少，并且枯水期提前、延长。除松滋河西支外，四口水系其他河道年均断流137～272天，这一区域的岳阳、常德、益阳等3个市8个县市区受影响明显，区域内268万人、300万亩耕地取用水困难。

如何守好湖区百姓的“水缸子”？聚焦这一急迫的民生大事、生态大事，洞庭湖北部地区分片补水工程应运而生。

二期工程为何而建？

湖南省委省政府高度重视洞庭湖北部地区缺水问题，要求把改善民生亟须放在首位，调动市县积极性，各方共同努力，挤出资金来推动分片补水工作。

2017年年底，省政府召集湖区三市政府及省直相关部门共同商议，研究提出“澧水东调，北连长江，南引草尾，分区配置，分散补水”的分片补水总体方案，确定一期实施岳阳市华洪运河补水工程、益阳市大通湖垸五七运河补水工程等 8 个应急补水项目。

今年年初以来，省委书记许达哲、省长毛伟明、省委副书记乌兰、副省长隋忠诚等省领导北上长江四口、南至四水尾闾，辗转长江干堤，深入洞庭腹地，闭环调研，全面把脉，系统谋划洞庭湖保护与治理工作。

民之所盼，政之所向。洞庭湖北部地区分片补水一期工程于 2018 年启动建设，2019 年完成主体工程，按照“省级奖补、市县主体”模式实施，完成投资 15.7 亿元，总引水流量 192 立方米每秒，有效改善了 168 万人、200 万亩耕地的水源条件，有力提升了大通湖、珊珀湖、三仙湖水库等水域水质。

一期工程实施后，以长江干流、松澧水、草尾河为水源的 3 条补水动脉初步打通，但安造垸、安昌垸和安化垸北部地区、大通湖垸中南部地区等地缺水问题仍然突出，需新建补水通道解决。

2020 年 1 月，省领导要求尽快谋划二期工程，适时启动后续项目。

令出如山。聚焦这一民生急需，省水利厅加快推进洞庭湖北部补水工作。经市县申报，统筹四口水系综合整治、北部补水一期工程、三峡后续项目建设，同省直有关部门商议，提出了二期工程建设方案，并经省政府常务会议审议通过。

据省洞庭湖水利事务中心相关负责人介绍，二期工程补水受益范围将扩大至腹地的虎渡河、藕池河、华容河沿岸以及涔水左岸地区，巩固和放大一期补水工程效益。

二期工程怎样建设?

“二期工程将充分借鉴一期工程的经验和做法，工程仍采用‘省级主导、市县主体’的模式推进，争取两年建成。”省水利厅厅长颜学毛说。

二期工程将按照“加固、扩容、疏浚、拦蓄”洞庭湖水系统治理基本思路，立足北部地区现有水源基础条件，巩固放大已建工程补水效益，避免重复建设，系统解决区域水安全问题。工程拟实施安乡县安造安昌安化垸补水工程、益阳市大通湖垸明山补水工程、华容县护城垸补水工程等 6 个项目。主要建设内容包括新（改）建提水泵站 76 处、节制闸 27 处，新建供水管道 6.4 公里，加固内湖堤 44.2 公里等，工程投资约 10 亿元。

钱从哪里来？湖南明确，省里承担 40%，受益区市、县分别承担 30%。

当下开工的安乡县安造安昌安化垸补水工程，建成后将从松滋河东支将水通过新建黄土堤补水泵站，提送至黄土堤总干渠，然后输送至最东端的三五渠，输水主干渠沿岸通过水闸分配相应的流量辐射至垸内现状各支渠。

益阳市大通湖垸明山补水工程，将在明山电排西侧附近新建引排水闸，结合提水泵站，通过引水、提水、排水，提高灌溉、排水保证率，促进大通湖水体南北方向的流动。

华容县护城垸补水工程将华容河水位抬高后，利用现有的3处涵闸向垸内补水，结合内湖堤防加固工程，提升塌西湖、蔡田湖、牛氏湖的蓄水能力和水质条件，保障垸内农田灌溉。

二期工程实施后，可改善超过30万人、100万亩耕地水源条件，进一步提升大通湖、濠河、塌西湖、蔡田湖、牛氏湖等水体水质，增强周边居民的幸福感获得感，助推乡村宜居宜业。

四川积极构建水网体系
提升水安全保障能力

（2021 年 9 月 10 日）

本报记者　蒋文

强化工程水网与天然水网互连互通，构建功能完备的水网体系……四川省近日提出了“十四五”水安全保障重点任务、保障措施，明确到 2025 年，全省用水总量控制在 330 亿立方米以内，灌溉水利用系数提高到 0.5 以上。

四川省要求，做好天然水资源与工程配置水资源的合理调配。统筹流域和区域，构建以引大济岷和长征渠引水两个特大型工程为骨干、“五横六纵”为骨架、大中小微协调配套、省市县乡村水网充分衔接、“蓄、引、提、供、泄、排”功能完备的水网体系，确保城乡居民用水安全，保障工农业生产用水，为粮食安全和经济社会发展提供坚实保障。

四川省明确，到 2025 年，全省城乡供水保障程度明显增强，建成一批生态水利工程，水网体系进一步完善，城乡供水一体化和乡村水务取得重要进展，城乡供水保障和抗旱应急能力明显增强，规模化供水覆盖程度明显提高，全省新增生活、生产、生态供水能力 20 亿立方米，农村自来水普及率达 88%以上。

全面对表对标　科学谋划"十四五"
广东省水利高质量发展大会召开

（2021年10月14日）

本报记者　黄一为

10月12日，广东省水利高质量发展大会在广州召开。会议认真贯彻落实习近平总书记关于治水工作的重要论述和对广东系列重要讲话、重要指示批示精神，对新发展阶段推动广东水利高质量发展进行全面动员部署、推动落实。中共中央政治局委员、广东省委书记李希出席会议并讲话，广东省省长马兴瑞主持会议，水利部副部长魏山忠出席会议并讲话。

李希充分肯定了近年来全省水利事业发展的显著成效。他指出，迈上新征程，全省上下要深入学习贯彻习近平总书记关于治水工作的重要论述精神，切实增强责任感使命感紧迫感，乘势而上、担当作为，以水利高质量发展支撑和推动广东高质量发展行稳致远。

李希强调，要坚定践行"节水优先、空间均衡、系统治理、两手发力"治水思路，聚力实施"851"广东水利高质量发展蓝图，以8大工程为具体抓手，以5张网为施工大纲，以迈进全国第一梯队为前行目标和标杆，奋力开创全省水利工作新局面。要以构建"五纵五横"水资源配置骨干网为牵引，基本解决长期以来困扰广东的水资源时空分布不均衡问题；以织牢织密防洪安全网为牵引，切实守护江河安澜、人民安宁；以建设万里碧道网为牵引，打造生态美丽的幸福河湖；以建设优质普惠的农村水利保障网为牵引，夯实乡村振兴发展基础；以打造协同高效的智慧水利网为牵引，切实提高水利治理现代化水平。要加强组织领导、凝聚各方力量，为水利高质量发展提供有力保障。

马兴瑞要求，全省各地各部门要按照此次会议部署要求，科学谋划"十四五"水利工作，加快推进水资源优化配置，织牢织密防洪安全网，加强河湖生态保护治理，强化农村水利保障，扎实做好抗旱保供水工作，推进水资源节约集约高效利用，进一步提高水治理现代化水平，推动水利事业更高质量更可持续更为安全发展，为广东在全面建设社会主义现代化国家新征程中走在全国前列、创造新的辉煌提供有力水利支撑。

魏山忠指出，当前和今后一段时期，广东水利发展已经站到了新的起点，要全面对表对标习近平总书记关于治水工作的重要论述和重要指示批示精神，完整准确全面贯彻新发展理念，深入践行“节水优先、空间均衡、系统治理、两手发力”治水思路，科学谋划“十四五”水安全保障工作。要在加快补短板、强弱项的基础上，把提升水利发展质量摆在更为突出位置，完善流域防洪减灾体系，实施区域水网重大工程，复苏河湖生态环境，推进智慧水利建设，建立健全节水制度政策，强化体制机制法治管理，全面提高水资源、水生态、水环境、水灾害统筹治理和管理能力，实现从“有没有”到“好不好”的发展，更好支撑我国社会主义现代化建设，更好满足人民日益增长的美好生活需要，为广东在新征程中走在前列、创造新的辉煌提供有力的水安全保障。

会议以电视电话会议形式开至广东各地级以上市。

激发水利高质量发展新动能

——安徽智慧水利建设显成效

（2021年11月4日）

本报记者　王春夏

采集接收雨水情信息3243万条，发送预警6.5万条，监测信息15分钟到达水利部信息中心……2021年汛期，安徽省小型水库雨水情自动测报系统在保障水库安全、防御暴雨洪水中发挥了显著作用。这一去年年底上线运行的自动测报系统，在全国率先实现了所有在册小型水库雨水情自动监测全覆盖，有效提升了水库防汛信息时效性，为保障水库度汛安全提供了强有力的信息支撑。

近年来，安徽全面加快智慧水利建设，建成了小型水库雨水情自动测报系统等一批重大水利信息化工程项目，多项应用走在全国先进行列，为新阶段水利高质量发展提供了强大动能和保障。其中，"安徽山洪及洪涝灾害调查评价信息平台""安徽省水资源取用水智能化监管平台"两个项目，被水利部列入智慧水利优秀应用案例和典型解决方案推荐目录，并参展第四届数字中国建设峰会。

数字水利建设不断发力

在2020年应对全省性大洪水时，安徽省水利部门及相关人员通过水旱灾害防御平台，一图掌握全省水雨情趋势，第一时间发布河湖警情，一键生成洪水预报成果，一屏总览河湖现场状况。与此同时，水利信息化平台发起洪水预警近3万次，向各级防汛责任人发送预警短信37万条，启动山洪预警广播和信息展播5万次，平台日访问量最高达50万人次。

水旱灾害防御平台、水利信息化平台等水利数字化建设，为水旱灾害防御提供了强大技术支撑，有效减轻了灾害损失。2020年，安徽全省无一人因山洪灾害、行蓄洪区运用、水库泄洪死亡，防洪减灾效益达2679亿元。

数字化建设是智慧水利建设的重要内容之一。近年来，安徽不断补齐数字化建设短板，加大水利设施前端信息采集，全省共建成雨量自动监测站点8999处、水位监测站点6714处、地下水水位和水质监测站点480处，基本实现了对重要防洪工程和防汛现场的实时监视。同时，加快提升高科技手段采集能力，配置无人机用于抗洪抢险、旱灾防御、河湖监管等，申请设立高分辨率对地观测系统安徽水利中心，推动“通信—导航—遥感”一体化应用和发展；强化数据整合和共享，建成全省水利大数据中心和水利云计算平台，建立省级水利信息资源目录和数据资源池，数据资源共享服务惠及省直、市县等 20 多个单位；建成水利“一张图”，汇集河流湖泊、堤防、水库等重要水工程数据，建立多尺度、多分辨率的水利专题空间数据库。

水利智能应用不断扩大

“当某地区出现强降雨，触发了系统预警条件，语音外呼系统将自动拨打相应区域责任人电话，确认预警信息，并进行多轮交互问答，可在短时间内高效收集防汛有关的重要第一手信息，再经过后台数据分析生成报告，为防汛决策提供依据。”安徽省水利厅相关负责人介绍。目前，这套应用了语音识别、语音合成等人工智能核心技术的语音外呼系统已经完成了开发工作，即将进入测试阶段。

近年来，安徽不断加快水利网络化建设，建成了省市县三级水利专网，并不断推广水利智能化应用，工作效率大大提高。

目前，安徽水利专网已覆盖厅直单位、16 个市及 105 个县（市、区）水利（水务）局，实现了延伸至乡镇的多级异地视频会商。水利专网与水利部、流域机构等互联互通，并建立卫星应急指挥系统，提升应急通信保障能力。

在水利工程建设方面，安徽采用 BIM（建筑信息模型）技术，以单元工程或分项工程为精细化管控对象，进行可视化、集成化、协同化建设管理，实现工程全生命周期可视化数据展现。在工程监测方面，运用地理信息、遥感、可视化等技术，多媒体手段直观表现河道地形地质、崩岸治理工程稳定性等综合信息，实现对河道监测分析、岸坡安全监测分析和崩岸预警。在水资源管理方面，构建了基于大数据的水资源取水预警模型，实现对超许可、超计划、超定额取用水以及取水许可证过期等智能预警，预警信息可短信自动发送至相关责任人，有效提升监管水平。在河长制管理方面，采用视频云台控制算法，实现远程视频巡河，可自动生成巡河轨迹并填报巡河情况记录，对接上传至省河长制决策支持系统。

智慧水利成效不断提升

在智慧水利建设过程中，安徽以小型水库雨水情自动测报系统、山洪灾害调查评价信息平台、水资源管理系统等一批重大项目为抓手，全面推动智慧水利体系建设。

山洪灾害调查评价信息平台，是安徽针对皖南山区、大别山区暴雨洪水频发实际构建的精准预警平台。平台围绕“掌握山洪影响范围与频次、知晓现状防御能力、确定预警指标体系”的核心需求，秉持“以人为中心、以户籍为单元、以村落为对象、以预警为目标”的解决思路，沿着“调查—评价—预警”的链路，构建了山洪灾害调查评价及预警阈值分析技术路线，可全面掌握安徽山洪影响范围、频次及影响程度，确定预警阈值体系。

在水资源智慧监管方面，安徽建成了水资源管理系统，构建了集非农取水、农业取水、重要水源地水质、地下水水位、生态流量等在线监测以及取水许可、取水计划、电子证照、水资源论证、水资源考核等业务管理于一体的水资源管理信息化体系。水资源管理平台可与政务平台无缝连接，在全国率先实现取水许可电子证照统一应用以及取水许可办理、取水计划审批等线上一站式自助服务。系统的全面应用，有力支撑了全省水资源管理各项工作，大大提升了水资源管理现代化水平。

安徽还积极开展水利信息化省级共享平台建设，按照“整合已建、集成在建、规范新建”的原则，运用云计算、大数据等技术整合数据资源，建设统一的数据整合与交换平台，开展大数据分析试点和可视化应用，建立全省水利“一张图”空间数据资源体系和网络安全体系。系统建成后，明确了数据责任主体，厘清了水利对象关系，实现数据精准共享，大大提升智慧水利数字化、网络化水平。

黑龙江提高农村供水建设和管理水平

（2021 年 11 月 24 日）

本报记者　李刚

黑龙江省水利厅等九部门近日联合印发关于做好农村供水保障工作的指导意见，提高全省农村供水建设和管理水平。提出到 2025 年，全省农村集中供水覆盖率和自来水普及率达 95％以上；到 2035 年，基本实现农村供水现代化。

黑龙江明确，以实施规模化供水工程建设和小型工程标准化改造，建立科学、合理、高效的农村供水管理体制和运行机制为目标，加强农村供水建设和管理。到 2035 年，以联网、并网和新建规模化供水工程为主导，小型集中式供水工程维修改造和提质增效为辅助的农村供水工程体系基本形成，以城乡共享优质供水服务的供水保障模式基本建立，高效运行和高质量服务与管理的总体目标基本达到，基本实现农村供水现代化。

黑龙江要求，稳步推进农村供水工程建设，明确本级农村供水建设和管理部门相关职责，科学编制规划，规范建设标准；建立健全农村供水保障管护机制，健全运管体系，推行标准化管理，加强水费计收，强化水质保障，健全完善农村供水管水员制度；加强农村供水保障监督考核，创新融资渠道，落实配套政策，注重示范和宣传引导。

锚定目标推动新阶段水利高质量发展

——水利系统干部职工热议水利部"三对标、一规划"专项行动总结大会精神

（2021年7月8日）

从整体着眼，怎样优化流域防洪工作布局！

上游拦蓄涵养
中游固堤分拓
河口提升重构

李起福（浙江台州市水利局）

优化流域防洪工程布局，要坚持流域"一盘棋"，根据自然水情和下垫面条件对保护对象分级设防，构建综合立体、功能完备的防洪工程体系。

上游治理既要"拦蓄"，也要"涵养"。一方面，加快实施建设条件成熟的大中型水库工程，推进水库联网和泄洪设施改造，提高流域内人均防洪库容和单位面积防洪库容；另一方面，统筹山水林田湖草各要素，通过中小河流治理、滩林湿地修复、水土保持等措施优化山区汇流过程，达到削减洪峰的目的。

中游治理重在"固堤"，要在"分拓"。我国东南沿海独流入海中小流域中游段防洪体系的主体是高标准堤防，但由于上承接山洪来水，下受到外潮顶托，堤防由于排涝、亲水等因素不能无限制加高，因此必须对骨干行洪通道进行适当拓浚，扩大行洪断面，同时因地制宜采用措施将部分上游洪水分截至下游，减轻中游防洪压力。

河口治理要加快"提升"，谋划"重构"。针对极端天气特别是强风暴潮多发频发趋势，加快对河口两岸堤塘进行分步加固提升，严守防汛防台安全底线；同步深入谋划、科学推进河口挡潮闸工程，以此重构河口及流域下游防洪（潮）工程体系，构建高标准御潮闭合圈，并可提高区域水资源保障能力和水生态环境，实现"江海安澜"。

找准关键一"发"
巧解洪水风险

李乐水（海委漳卫南运河岳城水库管理局）

就流域洪水而言，要统筹管理，依托卫星观测、气象站点、各地河道流量数据，

建立大数据空间降水模型，合理利用 AI 手段对洪水汛情进行预报。

一要实现统一管理、统一调度、统一动作，合理利用全流域的水利工程和水利设施。在易发生小洪水的区域建设小型的储水设施，在流域节点位置加强水利设施的防洪标准，做到小雨小洪不慌乱，中雨中洪有方案，大雨大洪大家管。

二要利用信息技术，更加快速准确有效地调度流域内所有水利资源。硬件工程是防洪的主力军，同时也要加强软件工程的建设，在设施联网互通、水情水量联网分析、物料人力科学调度等方面，提高决策指挥智能程度，使决策结果精细化、数据化，提高防洪动作的可操作性，确保各地按要求实施防洪措施。

防洪是牵一发动全身的系统工程，要在未来的流域防洪工程中更快的找到那根关键的一“发”，用“巧劲”化解洪水风险，保护人民群众的生命财产安全。

增强调蓄能力
提升防御水平

党九社（陕西省桃曲坡水库灌溉中心）

完善流域防洪工程体系要从流域整体着眼，进一步优化流域防洪工程布局，以流域为单元构建现代化防洪工程体系，增强洪水调蓄能力，全面提升水旱灾害防御水平。

一是提升水库工程防洪能力。采取加坝加闸、清淤除险等工程措施，大力提升水库工程防洪能力。建立流域洪水预警预报系统、建设防汛指挥系统和水文基础设施等非工程措施，实现由洪水控制向洪水管理的转变。

二是统筹调度流域内水资源。统筹流域清、洪、库、渠、井等多种水源，最大限度统调统配，充分发挥水资源最大效益。按照分段施策、分级防控、全局协同的原则，制定流域防洪工程联合调度方案，加强联合统一调度，充分发挥流域防洪工程联合减灾效益。

三是提升河道堤防工程建设标准。加固、拓宽、增高堤防工程，提高建设档次，畅通泄洪通道，提升河道泄洪能力。加大蓄洪区、滞洪区建设，提升蓄洪功能，形成蓄泄兼筹、攻守兼备的防洪工程布局。

四是推行海绵城市建设。借鉴海绵城市建设成功经验，在全流域、全区域广泛推广并实施，减轻防洪保安压力。

加强协同意识
统一调度管理

张志强（山西晋中市潇河流域管理中心）

优化流域防洪工程布局是推动水利高质量发展的一项基础性、综合性、系统性工程，是确保河湖安澜、促进经济社会持续健康发展的重要支撑。

作为治水、管水、护水工作的直接承担者和具体执行者，水利部门要充分发挥牵头主导作用，切实履行好规划、管理、监督、协调、指导的主要职责职能，做好顶层设计规划；在深入调查研究的基础上，详实掌握流域每一条河流的防洪形势及洪水特性，科学分析综合数据，抓好防洪体系现状及防洪标准复核，有针对性地提出防洪体系布局及防洪补短板举措；加强流域之间、河流之间、河湖之间的协同治水意识，建立完善流域之间、河流之间、河湖之间互联互通的水利工程体系；加强防汛抗旱的统一调度管理，加快推进防汛指挥调度系统建设，协同研究制订防洪骨干水库联合调度的综合运用方案，切实提升洪涝灾害防御、协同调度防洪的能力和水平。

把握洪水规律
提高资源化利用

钮清海（山西侯马市水务局）

完善流域防洪工程体系，除了构建以水库、河道及堤防、分蓄滞洪区组成的现代化防洪工程体系，做好工程建设外的工作同样重要。

以海绵城市和海绵乡村建设助力流域防洪工作。通过部级协调等方式，大力推进海绵城市和海绵乡村建设，提高大片城乡区域的雨水集蓄能力和雨洪资源化水平，减轻流域内防洪压力，缓解"十年九旱"地区的水资源短缺问题。

随着水库、河道堤防以及分蓄滞洪区建设逐渐到位，流域内洪水发生和演进规律还会随着防洪工程的布设而发生新的变化。因此，优化流域防洪工程布局，应组织强有力的队伍把握流域内洪水发生和演进规律的最新变化，并对未来的发展趋势作出科学预判，为决策层布局防洪工程提供科学依据。

坚持问题导向
科学长远规划

袁保林（陕西岚皋县水利局）

新中国成立以来，水利基础设施建设全面加快，我国防洪减灾能力明显提升。但从整体来看，流域内防洪工程总体布局尚不平衡，防洪工程规划和建设中各自为政的现象依然存在，要优化流域防洪工程布局，应做到以下几点。

要坚持问题导向，找准短板弱项。对流域内现有防洪工程及布局进行全面调查，把握洪水发生和演进规律，找准流域防洪工程布局中的短板和弱项，并在今后规划和建设中加以合理解决。

要科学布局，长远规划。按照系统科学合理的布局原则，树立全国“一盘棋”、流域“一盘棋”的思想，以流域为单元统筹规划防洪工程布局。

要坚持统一规划，分级实施。实行工程布局由流域管理机构统一规划、统一布局，形成布局合理、系统完善、防洪工程效益最大化的防洪工程体系。

实现水利工程
联合调度运用

王旭（安徽裕安区水利局）

优化流域防洪布局，必须从流域整体着眼，健全完善流域防洪减灾体系，提升流域防洪标准。要统筹安排，实现多种水利工程联合调度运用，最大限度保障流域持久水安全。

一是在流域上中游修建大中型水库或水库群，拦蓄流域部分洪水，达到削峰错峰目的，减轻下游洪水压力。二是加固河流中下游堤防，疏浚河道，保持洪水通畅。三是在流域中下游规划建设一批蓄洪区、滞洪区、分洪区，根据雨情水情进行蓄洪分洪，保障重点城市重要堤防安全度汛。

锚定目标推动新阶段水利高质量发展

——水利系统干部职工热议水利部“三对标、一规划”专项行动总结大会重要讲话

（2021 年 7 月 15 日）

如何构建具有“四预”功能的智慧水利体系？

致力实现“预”“防”无缝衔接

孙亚杰（山东菏泽黄河河务局）

李国英部长在“三对标、一规划”专项行动总结大会的重要讲话为打造“智慧黄河”指明了方向，要坚持“预”字当先、关口前移，强化“预警、预报、预演、预案”措施，致力补齐工作能力短板，丰富防洪抗灾手段，努力为化解水旱灾害防御风险提供有力支撑。现阶段，山东菏泽的黄河防汛已经实现在线监测和视频信号实时传输，但智慧水利的建设还要持续发力，需从以下两个方面完善加强。

一要完善水情自动测报设施建设，加强与水文、气象等单位的沟通协调，利用气象预报成果和实时降雨信息，共享雨水情监测数据，以超前的情报预报，统一管理、综合运用已建的各个视频监控资源信息，为打造智慧水利提供强力驱动。

二要根据雨水情预报情况，及时对河道蓄泄情况进行模拟预演，细化应对堤防决口的措施，编制滩区运用方案，完善超标洪水防御预案，增强预案的针对性、时效性和可操作性，实现“预”与“防”的无缝衔接。

统筹“三条黄河”建设
打造“四预”智慧体系

晏洋（河南黄河河务局郑州黄河河务局）

党的十九届五中全会开启了全面建设社会主义现代化国家新征程。水利是推动高质量发展的引擎，在黄河流域，要以“三条黄河”建设为突破，全力打造以完善“四预”工程为主体的智慧水利体系。

一是升级“数字黄河”，构建数字孪生流域。“数字黄河”可以称为虚拟黄河，它是对“原型黄河”进行全要素数字化映射，实现物理流域与数字流域信息全天候交互融合，确保两者同步性、孪生性。

二是升级“模型黄河”，开展智慧化模拟。在数字孪生流域的基础上，以现有“模型黄河”为基础，进一步提档升级，集成耦合多维度多时空高保真数学模型，构建数字孪生流域模拟仿真平台，打造升级版“模型黄河”。

三是升级“原型黄河”，支撑精准化决策。统筹发展和安全，注重科技引领，以调水调沙为主抓手，加强防洪抢险、滩区迁安等实战演练，推进建立流域洪水“空天地”一体化检测系统，在预演基础上，高质量生成专业性决策建议方案。

打造流域区域协同的智慧黄河

夏润亮（黄河水利科学研究院信息工程中心）

构建具有“四预”功能的智慧水利体系，需要依托大数据、人工智能、模型耦合和数字孪生等技术，在流域数字化映射场景下，建设黄河大脑与流域区域协同决策科学中心；针对黄河保护和治理的关键业务，形成感知、模拟、预知和决策的闭环系统，初步建成黄河模拟器；结合互联网、云平台和高性能计算等技术手段，构建黄河智慧防汛系统等平台，实现面向流域区域协同智慧化管理和决策。

对准航标逐浪高

——水利部开展巡视整改“三对标、一规划”专项行动纪实

（2021 年 7 月 6 日）

本报记者　马晓媛

6 月 28 日，庆祝建党百年之际，一场对于水利发展意义重大的“三对标、一规划”专项行动，在水利部落下帷幕。

“要坚持以习近平总书记‘十六字’治水思路为指导，以永不懈怠的精神状态和一往无前的奋斗姿态，推动新阶段水利高质量发展。”在专项行动总结大会上，水利部党组书记、部长李国英话语铿锵。

历时 4 个月、涉及整个水利部属系统，“三对标、一规划”专项行动将推动巡视整改与制定实施“十四五”水利规划、深化水利改革、全面从严治党等深度融合，更加深入贯彻落实了习近平总书记重要讲话指示批示精神和党的十九届五中全会精神，科学谋划了水利工作的未来。

这是一次推进巡视整改落到实处的重要举措，是一次在关键时刻的领航定向，是一次部属系统全员参与的“兵团作战”。4 个月来，水利系统上下集中精力、步调一致，全体干部职工自觉对表对标、学思践悟，以务实的态度和扎实的作风完成了各阶段工作任务，实现了预期目标，取得了明显成效，为谋划和推动新阶段水利高质量发展奠定了坚实基础。

定向——
心怀大局，对表对标

把好方向，方能行稳致远。编制好“十四五”水利规划，确保水利改革发展始终沿着正确方向前进，做好政治对标、思路对标、任务对标“三对标”，是前提和基础。

“我们要心怀‘国之大者’，不断提高准确把握新发展阶段、深入贯彻新发展理念、加快构建新发展格局、推动高质量发展的政治能力、战略眼光、专业水平。”在专项行动动员大会上，李国英强调。

沧海横流方显砥柱，万山磅礴须看主峰。作为专项行动的第一阶段，“政治对标”

既是水利部政治机关属性的根本要求，也是巡视整改的现实要求，更是新阶段找准水利改革发展方向的必然要求。

针对如何做好“政治对标”，专项领导小组以深学细研领悟习近平总书记在省部级主要领导干部学习贯彻党的十九届五中全会精神专题研讨班开班式上的重要讲话精神、在中央政治局第二十七次集体学习时的重要讲话精神为重点，邀请专家进行辅导讲座。部长李国英亲自拟定重点研讨题目，进行深入学习交流研讨，引导广大党员干部职工提高政治站位，校正政治偏差，正确处理政治与业务的关系，跳出水利看水利，更加准确理解推动高质量发展的本质意义和内涵要求。

“船的力量在帆上，人的力量在思想”。新阶段水利高质量发展，离不开党的理论、路线方针政策指引。

深学细研领悟习近平总书记“十六字”治水思路和治水重要讲话指示批示精神，做好“思路对标”，系统梳理新阶段水利高质量发展面临的新形势、新情况、新问题，是找准推动新阶段水利高质量发展方向和路径的必然要求。

在“思路对标”学习阶段，各司局各单位结合自身工作实际，着眼中央巡视反馈意见指出的问题，对照习近平总书记“节水优先、空间均衡、系统治理、两手发力”治水思路，对照需要深入研究的重大问题和重大方案，查找差距、剖析原因，研究提出解决办法和路径，推动贯彻“十六字”治水思路在新阶段水利工作中落到实处，取得实效。

对表对标，次第推进，善作善成。

“任务对标”阶段是见行动、出实效的关键阶段。扎实推进“任务对标”，找准水利工作的关键点和着力点，才能为科学编制“十四五”水利发展规划体系提供有力支撑，才能确保党中央各项决策部署不折不扣落到实处。

在“任务对标”学习阶段，各司局各单位把“政治对标”“思路对标”阶段学习对标的成果体现在重点工作任务的推进中，坚持学思用贯通、知信行统一，针对新阶段水利要实现什么样的发展、怎样实现发展这个重大问题，对各项工作进行再梳理、再细化、再完善，为科学谋划和系统推进“十四五”水利改革发展提供了有力依据。

一场场深入浅出的专题辅导、一次次凝聚共识的交流研讨，每个党组织、每名党员、每位干部职工都深度参与、全员覆盖，各级领导干部带头学习、带头研讨，一层做给一层看，一级带着一级干……通过深入的学习交流，进一步明晰了方向、凝聚了思想、坚定了发展信心，取得了实实在在的成效。

笃实——
唯实惟先，一以贯之

无谋不行，无行不达。知行合一，愿景方能成风景。

2月22日专项行动开展以来，水利部迅速制定行动实施方案，印发学习资料，制定考核评估标准，同时督促水利系统各司局各单位进行全员全覆盖深入学习，专项行动落到实处、取得实效。

“下面请评估小组成员进行现场评分。”

在专项行动每个阶段交流研讨会上，评估小组都会现场立即打分，总分5分、包含4项评估内容、打分后需签名确认。

每一项规定、每一个说明、每一道流程，都让人深刻感受到水利部开展专项行动的坚决与认真。

4个月来，共开展3次党组理论学习中心组学习会，部领导、总师、各司局单位主要负责同志全覆盖作交流发言；举办6场专题辅导讲座，超过20万人次参加学习；印发学习材料5本、15万余字，汇编研讨交流材料3本、80余万字；编发《工作提醒》10期、《党建通讯·“三对标、一规划”专项行动专刊》22期；制定专项行动工作成效评估方案，组织3次阶段学习成效评估、1次规划质量评估；采取“四不两直”方式，分3次对各司局单位进行全覆盖阶段成效抽查；对15家在京直属单位党委（党组）理论学习中心组开展专项行动集体学习研讨列席旁听……

统一部署、强力推动下，各司局各单位对照阶段目标，逐一细化措施，制定工作方案，建立工作台账，明确责任分工，力戒形式主义官僚主义。同时，坚持“四个融入”，把抓整改与抓业务、抓党建、抓队伍结合起来，与补短板、强弱项、防风险结合起来，以改促建、以改促干，以整改成效推动新阶段水利改革发展。

4个月来，水利系统上下齐心协力、唯实惟先，一以贯之推动专项行动深入开展，以务实与坚持、认真与严谨完成了各阶段工作任务，为深入贯彻落实习近平总书记重要讲话指示批示精神、贯彻落实十九届五中全会精神，谋划和推动新阶段水利高质量发展打牢根基。

谋远——
绘好蓝图，久久为功

“我们要从讲政治的高度认识水利工作的重要地位，在大局下谋划推进新时代水利工作，编制好‘十四五’水利发展规划。”李国英强调。

殷殷嘱托，立足长远。

编制好“十四五”水利规划，是在大局下推进巡视整改、科学谋划和扎实推进新阶段水利高质量发展的重要基础支撑，更是水利系统深入吃透中央精神、切实把“三对标”学习成果落实到水利方方面面工作实际的具体体现。

新时代，新机遇，新使命。以满足人民日益增长的美好生活需要为最终目标，完

整、准确、全面贯彻新发展理念，各司局各单位立足水利行业职责，在做好“三对标”基础上，深入思考，反复论证，科学谋划“十四五”各项水利工作。

规划计划司干部职工表示，将深刻学习领会习近平总书记重要讲话精神，统筹“两个大局”，聚焦问题短板，突出民生导向，科学谋划“十四五”水利规划。

推动长江经济带高质量发展是党中央作出的重大决策，长江水利委员会干部职工表示，要将创新理念全面运用于水行政管理、内部管理、科学技术支撑等领域，围绕增强科技创新能力、推动治江平衡发展、改善流域生态环境、提高国际合作水平等重点领域和关键环节，继续深化改革。

“让黄河成为造福人民的幸福河”是习近平总书记发出的伟大号召。黄河水利委员会干部职工表示，将完善顶层设计，推进黄河治理体系与治理能力现代化，紧密结合黄河保护治理实际，推动新阶段黄河流域生态保护和高质量发展。

凡属过往，皆为序章。

“专项行动结束不是终点，而是新阶段水利工作重整行装再出发的新起点。要把四个多月对表对标的成果总结凝练出来，科学谋划新阶段水利发展蓝图，确保‘十四五’水利发展始终沿着习近平总书记和党中央指引的方向前进。”李国英说。

风劲帆扬拔锚起，对准航标逐浪高。新的伟大征程即将开启，围绕实现高质量发展这一新目标，水利人将担负起新的历史使命，继往开来、对表对标，绘好蓝图、谋好新篇，全面提升国家水安全保障能力，为全面建设社会主义现代化国家提供有力的水安全保障。

专项行动成果

水利部印发关于建立健全节水制度政策的指导意见和实施方案

（2021年12月30日）

政务报道组

水利部近日印发《关于建立健全节水制度政策的指导意见》（以下简称《指导意见》），水利部办公厅印发《“十四五”时期建立健全节水制度政策实施方案》（以下简称《实施方案》），明确了建立健全节水制度政策的主要目标，系统部署各项任务措施。此举旨在深入贯彻党的十九大和十九届历次全会精神，完整、准确、全面贯彻新发展理念，落实“节水优先、空间均衡、系统治理、两手发力”治水思路，全方位贯彻“四水四定”原则，全面提升水资源集约节约安全利用水平，推动新阶段水利高质量发展。

《指导意见》指出，在全面建设社会主义现代化国家进程中，统筹发展和安全面临着水资源短缺瓶颈制约，必须坚持量水而行、节水为重，从观念、意识、措施等各方面把节水摆在优先位置，强化水资源刚性约束，全面提升水资源集约节约利用能力，为全面建设社会主义现代化国家提供水安全支撑。

《指导意见》明确了建立健全节水制度政策的指导思想、基本原则和工作目标。要求到2025年，初始水权分配和交易制度基本建立，水资源刚性约束“硬指标”基本建立，水资源监管“硬措施”得到有效落实，推动落实“四水四定”的“硬约束”基本形成，面向全社会的节水制度与约束激励机制基本形成，水资源开发利用得到严格管控，用水效率效益明显提升，全国经济社会用水总量控制在6400亿立方米以内。全国万元GDP（国内生产总值）用水量下降16%左右，北方60%以上、南方40%以上县（区）级行政区达到节水型社会建设标准；万元工业增加值用水量下降16%，农田灌溉水有效利用系数提高到0.58，新增高效节水灌溉面积0.6亿亩，城市公共供水管网漏损率低于9%，全国非常规水源利用量超过170亿立方米。

《指导意见》提出了建立健全节水制度政策的主要任务：一是建立健全初始水权分配和交易制度，包括科学确定河湖基本生态流量保障目标和地下水水位控制目标、逐步明晰区域初始水权、逐步明晰取用水户的用水权、引导推进水权交易；二是严格水资源监管，包括严格生态流量监管与地下水水位管控、严控水资源开发利用总量、实行水资源用途管制、全面开展规划水资源论证、严格建设项目水资源论证和取水许可监管、实行水资源超载地区暂停新增取水许可、健全水资源监测系统；三是建立健全全社会节水制度政策，包括建立健全节水指标与标准、做好国家节水行动实施的组织推动、建立健全节水监督管理制度、强化重点区域领域节水、健全节水激励机制；四是强化法制、科技和宣传支撑，包括强化法制支撑、强化科技支撑、加强水资源节约保护宣传与科普；五是组织保障，包括加强组织领导、加强与有关部门的沟通协作、切实加大投入、健全考核制度。

与《指导意见》相配套，水利部办公厅面向相关司局和直属单位印发了《实施方案》，将《指导意见》提出的目标与任务进一步细化实化为 67 项具体措施，明确了每项具体措施的责任单位和完成时限。

水利部印发关于实施国家水网重大工程的指导意见和实施方案

（2022 年 1 月 1 日）

政务报道组

水利部近日印发《关于实施国家水网重大工程的指导意见》（以下简称《指导意见》），水利部办公厅印发《"十四五"时期实施国家水网重大工程实施方案》（以下简称《实施方案》），贯彻党的十九届五中全会关于实施国家水网重大工程的决策部署，认真落实习近平总书记在推进南水北调后续工程高质量发展座谈会上的重要讲话精神，明确了加快推进国家水网重大工程建设的主要目标，重点围绕完善水资源优化配置体系，系统部署各项任务措施。

《指导意见》要求，到 2025 年，建设一批国家水网骨干工程，有序实施省市县水网建设，着力补齐水资源配置、城乡供水、防洪排涝、水生态保护、水网智慧化等短板和薄弱环节，水安全保障能力进一步提升。在完善水资源优化配置体系方面，建成一批重大引调水和重点水源工程，新增供水能力 290 亿立方米，水资源承载能力与经济社会发展适应性明显增强；城乡供水保障水平进一步提高，农村自来水普及率达到 88%；大中型灌区灌排骨干工程体系逐步完善，新增、恢复有效灌溉面积 1500 万亩；数字化、网络化、智能化和精细化调度水平有效提升。《指导意见》还展望了到本世纪中叶的目标。

《指导意见》提出了实施国家水网重大工程的主要任务：一是加强统筹谋划，做好顶层设计，包括科学谋划国家水网总体布局、协同推进四级水网建设。二是推进水网主骨架大动脉建设，构建国家水网之"纲"，包括推进南水北调后续工程高质量发展、加快实施重大引调水工程。三是完善区域水网工程布局，织密国家水网之"目"，包括加快构建配套衔接的区域水资源配置工程体系、因地制宜完善农村供水工程网络、加强现有大中型灌区续建配套和改造、积极新建一批现代化灌区。四是加强重点调蓄工程挖潜和建设，打牢国家水网之"结"，包括充分挖掘现有调蓄工程供水潜力、加快重点水源工程建设、加强战略储备水源建设。五是提高工程建设和运行管理水平，充分发挥工程效益，包括加强工程建设管理、推进工程智慧化建设、增强科技支撑能力、提高运行调度水平、健全运行管理机制。《指导意见》还提出了加强组织领导、加快前期工作、强化资金保障、开展监督考核等四项保障措施。

与《指导意见》相配套，《实施方案》同时印发，将《指导意见》提出的任务进一步细化实化为 59 项具体措施，并分别明确责任单位和完成时限。

水利部印发关于复苏河湖生态环境的指导意见和实施方案

（2022年1月1日）

政务报道组

水利部近日印发《关于复苏河湖生态环境的指导意见》（以下简称《指导意见》），水利部办公厅印发《“十四五”时期复苏河湖生态环境实施方案》（以下简称《实施方案》），明确了复苏河湖生态环境的主要目标，系统部署各项任务措施。

《指导意见》明确了复苏河湖生态环境的指导思想、基本原则和工作目标。要求到2025年，海河、辽河、西北内陆河被挤占的河湖生态用水得到一定退还，大运河、滹沱河、永定河等重点河流力争实现全线过流，萎缩干涸的重点湖泊水面得到一定恢复。长江、珠江、东南诸河生态流量得到有效保障，太湖生态水位得到有效维持，黄河、淮河、松花江干流及主要支流生态流量保障程度显著提升。河湖空间管控得到加强，岸线保护利用规划体系基本建立，规划约束机制较为完善；涉河建设项目和活动管理制度建立健全，河湖管理范围全面划定，存量“四乱”（乱占、乱采、乱堆、乱建）问题不断减少，涉河违建、围垦等重大问题得到有效遏制；河道采砂秩序稳定向好。地下水超采状况有效遏制，正常来水情况下年压减地下水超采量力争达到55.5亿立方米，全国地下水取用水总量控制在960亿立方米以内；京津冀地区约2/3以上地下水超采区实现采补平衡，超采区城镇力争全部实现采补平衡；重点区域地下水超采问题得到控制。全国新增水土流失治理面积31万平方公里，其中黄河重点生态区2万平方公里，长江重点生态区5万平方公里；全国水土保持率提高到73%以上。

《指导意见》提出了复苏河湖生态环境的主要任务：一是推进解决河道断流、湖泊萎缩问题，包括明确范围与目标，实施华北地区河湖生态环境复苏行动，推进大运河生态保护与修复，推进西辽河流域治理，强化补水河湖水量、水质、水生态监测与分析。二是保障河湖生态流量，包括强化重要河湖生态流量目标确定，加强江河流域及重大调水工程水资源调度，加强生态流量日常监管，加强小水电生态流量监督管理，推进河湖重要控制断面的监测预警能力建设。三是加强河湖保护，包括完善河湖管理范围划界成果，强化岸线规划约束，规范河道采砂管理，严格涉河建设项目和活动管理，推进水美乡村建设，强化河湖日常监管，提升河湖监管信息化水平。四是加快地下水超采综合治理，包括实行地下水取水总量、水位控制，建立地下水储备制度，开展地下水超采区划定，推进华北及其他地区地下水超采综合治理，强化地下水监管，加强地下水监测与分析评价。五是科学推进水土流失综合治理，包括全面强化人为水土流失监管，加快推进水土流失重点治理，提升水土保持监测评价能力，健全水土保持政策体制机制，强化水土保持基础支撑。六是保障措施，包括加强组织领导，加大投入力度，提升能力保障，强化监督落实，严格考核评估。

与《指导意见》相配套，水利部办公厅同时印发了《实施方案》，将《指导意见》提出的目标与任务进一步细化实化为 73 项具体措施，明确了每项具体措施的责任单位和完成时限。

水利部印发关于完善流域防洪工程体系的指导意见和实施方案

（2022年1月1日）

政务报道组

水利部近日印发《关于完善流域防洪工程体系的指导意见》（以下简称《指导意见》），水利部办公厅印发《"十四五"时期完善流域防洪工程体系重点工作实施方案》（以下简称《实施方案》），深入贯彻落实习近平总书记关于防洪减灾工作的重要指示批示精神，明确完善流域防洪工程体系的总体要求，统筹部署各项任务措施。

《指导意见》指出，流域防洪工程体系是抵御洪涝灾害威胁、保障防洪安全的第一道防线，关乎国家安全发展和人民群众生命财产安全。要统筹发展和安全，深入落实"两个坚持、三个转变"的防灾减灾救灾新理念，始终把保障人民群众生命财产安全放在第一位，坚持系统观念，强化底线思维，以流域为单元，通过固底板、补短板、锻长板，加快完善由河道及堤防、水库、分蓄洪区等组成的现代化防洪工程体系，大幅提升洪涝灾害防御能力，为全面建设社会主义现代化国家提供有力的防洪安全保障。

《指导意见》明确了完善流域防洪工程体系的指导思想、基本原则和工作目标，要求突出流域单元，从流域整体着眼把握洪水发生和演进规律，科学规划、合理布局、有序推进河道及堤防、水库、分蓄洪区建设，统筹安排洪水出路，加快补齐短板弱项，着力提升防御能力。到2025年，防洪突出薄弱环节得到有效解决，流域防洪工程布局进一步优化，流域防洪工程体系进一步完善，流域防洪工程调度水平进一步提高，洪涝灾害防御能力进一步提升，洪涝灾害损失率有效降低。

《指导意见》提出了完善流域防洪工程体系的主要任务：一是加强顶层设计，包括切实加强规划引领，合理确定防洪标准，科学安排洪涝水出路，优化流域防洪区划和工程布局。二是提高河道泄洪能力，包括加快大江大河大湖治理，实施主要支流和中小河流治理，加强河湖行洪空间管控。三是增强洪水调蓄能力，包括加快流域控制性枢纽工程建设，实施病险水库水闸除险加固，加强流域水库群联合调度。四是确保分蓄洪区分蓄洪功能，包括加快蓄滞洪区布局优化调整与建设，加强分蓄洪区管理，开展洲滩民垸分类整治。五是补齐防洪短板弱项，包括加强山洪灾害防治，加强城市防洪能力建设，加强重点涝区排涝能力建设，加强沿海防台防潮能力建设。六是加强洪水风险管理，包括加强流域防洪智慧化调度，强化防洪隐患排查和应急管理，加强洪涝灾害社会风险管控。《指导意见》还从加强组织领导、加快前期工作、加大投入力度、强化监督考核等四方面提出保障措施要求。

与《指导意见》相配套，《实施方案》同时印发，将《指导意见》提出的目标与任务进一步细化实化为 66 项具体措施，并分别明确责任单位和完成时限。

水利部印发强化水利体制机制法治管理的指导意见和实施方案

（2022年1月1日）

政务报道组

水利部近日印发《关于强化水利体制机制法治管理的指导意见》（以下简称《指导意见》），水利部办公厅印发《"十四五"时期强化水利体制机制法治管理重点工作实施方案》（以下简称《实施方案》），明确了强化水利体制机制法治建设的主要目标，系统部署各项任务措施。

《指导意见》明确了强化水利体制机制法治管理的指导思想、基本原则和工作目标，要求到2025年，河湖长责任体系更加完善，流域治理管理体制更加健全，水行政管理职能充分发挥。水权、水价、水资源税、水利投融资、水生态产品价值实现和生态补偿等重点领域机制建设取得重要进展，政府与市场"两手发力"作用更加明显；水利建设和运行安全机制更加完善。水法、防洪法、黄河保护法等重要法律法规及时制修订，水资源刚性约束制度有效落实，水行政执法质量效能明显提升，依法行政制度体系更加健全，系统完备、科学规范、运行有效的水利高质量发展制度体系基本建立，依法治水管水能力显著提高。

《指导意见》提出了强化水利体制机制法治管理的主要任务：一是注重协同高效，不断完善水利管理体制，包括完善河湖长制体系、强化流域治理管理、完善水行政管理职能体系。二是坚持"两手发力"，充分发挥市场配置资源决定性作用和更好发挥政府作用，包括推进水权改革、完善水价形成机制、深入推进水资源税改革、健全多元化水利投融资机制、积极探索水生态产品价值实现机制和水流生态保护补偿机制。三是强化风险防控，完善水利安全管理体系，包括完善水利工程建设管理机制、健全水利工程运行管理机制、完善水利安全生产保障机制。四是坚持依法治水，夯实水利法治基础，包括健全水法律法规制度体系、健全水行政执法工作体系、深化水利"放管服"改革、健全依法行政制度体系。此外，还明确了加强组织领导、完善工作机制、强化监督考核等实施保障措施。

与《指导意见》相配套，水利部办公厅同时印发了《实施方案》，将《指导意见》提出的目标与任务进一步细化实化为57项具体措施，明确了每项具体措施的责任单位和完成时限。

《中国水利》杂志

卷首语

心怀“国之大者”书写水利担当

（2021 年 8 期）

本刊记者　安天杭　李博远

“十四五”开局之年的春天，水利部党组深入贯彻落实习近平总书记治水重要讲话指示批示精神和党中央重大决策部署，以“三对标、一规划”专项行动，吹响了进军号角，明确要求水利职工要心怀“国之大者”，扎实推进新阶段水利高质量发展。

近期，水利部党组书记、部长李国英带队进行多次大跨度、高密度的调研，从南水北调中线工程的“全力守护‘生命线’”，到环太湖地区的“确保太湖流域防洪安全、供水安全、水生态安全、水环境安全”，再到三峡工程的“深入研究做好‘大时空、大系统、大担当、大安全’文章”，彰显统筹水利服务发展与安全、做好重要基础设施支撑、实现高质量发展的使命与担当。

放眼全球，当今世界正经历百年未有之大变局；凝视当下，中国人民正迎来从站起来、富起来到强起来的历史性跨越，迎来凝心聚力全面建设社会主义现代化国家的新发展阶段。摆在我们面前的，是一份必须做好的新时代水利答卷。每一位水利人要心怀“国之大者”，书写水利担当，为推进水利事业蓬勃发展凝聚涓滴力量。

心怀“国之大者”，要始终把准政治方向。只有站在讲政治的高度，才能在工作中更有预见性和主动性。我们要深入学习贯彻习近平新时代中国特色社会主义思想和党中央关于水利工作重大决策部署，从讲政治的高度认识水利工作的重要地位，在水利改革发展实践中完整、准确、全面贯彻新发展理念，在构建新发展格局中作出水利贡献，把贯彻党中央精神体现到在大局下谋划水利发展重大战略、制定水利重大政策、部署水利重大任务、推进水利重大工作的实践中去，不断提高政治判断力、政治领悟力、政治执行力。

心怀“国之大者”，要始终树立系统观念。准确把握水利发展的历史方位和工作重点，把习近平总书记“节水优先、空间均衡、系统治理、两手发力”治水思路和关于治水重要讲话精神作为一条主线贯穿水利工作始终，不折不扣贯彻落实中央治水兴水决策的重大部署和重大安排，科学谋划和系统推进“十四五”水利改革发展工作，以问题为导向，加强前瞻性思考，加强全局性谋划，加强战略性布局，加强整体性推进，做到既为一域争光、更为全局添彩。

心怀“国之大者”，要始终坚持人民立场。与天下同利者，天下持之。我们要充分认识高质量发展就是很好满足人民日益增长的美好生活需要的发展，人民是一切事业最深厚基础和最大底气，这是一切工作的出发点和落脚点。不论是水旱灾害防御还是农村饮水安全，不论是重大水利工程建设还是水生态保护修复，水利人的初心，都是为了提升人民群众的获得感、幸福感、安全感。

江河竞秀，润泽中华。让我们以习近平新时代中国特色社会主义思想为指导，在心怀“国之大者”中书写责任担当，坚定信心、凝聚共识，为水利高质量发展汇聚合力，为社会主义现代化建设筑牢保障。

卷首语

锚定高质量发展　凝心聚力开新局

（2021 年 14 期）

本刊记者　轩玮

6 月 28 日，水利部召开"三对标、一规划"专项行动总结大会。部党组书记、部长李国英发表重要讲话，明确新阶段水利工作的主题为推动高质量发展，对推动新阶段水利高质量发展作出全面部署。关键时点的科学研判、举旗定向的路径引领，水利迈向现代化的新征程迎来新的出发。

推动新阶段水利高质量发展，是关键历史时刻对水利发展方向作出的战略指引

常思大局，其去有向；常观大势，其为有力。2017 年，党的十九大报告提出，"我国经济已由高速增长阶段转向高质量发展阶段"。2020 年，党的十九届五中全会指出，"我国已转向高质量发展阶段"。"高质量发展"的主语从"我国经济"变成"我国"，细微表述变化背后，意味着高质量发展不局限于经济领域，更涉及经济社会发展的方方面面。

水利是经济社会发展的基础性行业，是党和国家事业发展大局的重要组成。推动水利高质量发展，是把握党和国家事业发展大局大势和水利行业发展规律，研判水利发展方位，分析水利发展客观要求综合判断作出的战略选择。

我国进入新发展阶段，水利发展所处的历史方位亦进入新发展阶段，面临前所未有的机遇和挑战。一方面，综合国力大幅跃升，绿色发展凝聚广泛共识，产业数字化、网络化、智能化转型升级加速，区域发展战略深入推进，统筹发展和安全意识更加强烈，对水利发展提出了更高要求。另一方面，水资源承载能力逼近红线，河湖生态环境问题积累凸显，水旱灾害及病险水库等风险隐患突出，水利发展不平衡不充分问题依然存在，新阶段水利发展直面严峻挑战。

也要看到，经过新中国成立 70 多年来的不懈奋斗，水利发展已具备从点向网、从分散向系统转变的工程基础，从粗放式管理向精细化、规范化、法治化管理转变

的制度基础，以及从传统向数字化、网络化、智能化转变的科技基础。

发展中的矛盾和问题还要靠发展来解决。站在新起点上，发展的着力点转向提升发展质量，推动水利向形态更高级、基础更牢固、保障更有力、功能更优化的阶段演进，水利高质量发展正当其时。

“十六字”治水思路，是新发展理念在治水领域的集中体现，是贯穿水利高质量发展始终的一条主线

水利高质量发展要实现什么样的发展、怎样实现发展？

理念是行动的先导，管全局，管根本，管方向，管长远。以创新为第一动力、以协调为内生特点、以绿色为普遍形态、以开放为必由之路、以共享为根本目的、以安全为底线要求，要深刻理解把握水利高质量发展的内涵和要求。

“十六字”治水思路是习近平总书记站在战略和全局高度，深刻洞察我国国情水情，深刻分析经济社会发展大势所提出的，科学回答了如何处理好水资源开发利用增量与存量的关系、水资源与经济社会发展的关系、治水要素之间的关系、治水中政府与市场的关系等重大问题，是一套逻辑严密的治水理论体系。

根植于人民对美好生活向往和中华民族伟大复兴要求，产生于对新老水问题的深刻认识和剖析，以及对河川之危、水源之危的深沉忧患意识，“十六字”治水思路贯穿了创新、协调、绿色、开放、共享的发展理念，是新发展理念在治水领域的集中体现。

推动新阶段水利高质量发展，要从贯彻新发展理念的高度，完整、准确、全面理解和贯彻“十六字”治水思路，坚持以“十六字”治水思路为指导，把“十六字”治水思路不折不扣落实到水利高质量发展各环节全过程，不断增强贯彻落实“十六字”治水思路的自觉性和坚定性，做到学思用贯通、知信行统一。

推进新阶段水利高质量发展的实施路径，是统筹解决复杂交织新老水问题的现实任务和关键突破

发展的主题决定发展的目标和方向。

新阶段水利高质量发展的总体目标是全面提升国家水安全保障能力。围绕这一总体目标，要着力提升“四个能力”：水旱灾害防御能力、水资源集约节约利用能力、水资源优化配置能力、大江大河大湖生态保护治理能力；抓好六条实施路径：完善流域防洪工程体系，实施国家水网重大工程，复苏河湖生态环境，推进智慧水利建

设，建立健全节水制度政策，强化体制机制法治管理。

不难看出，六条实施路径既对应“四个能力”的提升，又专门针对智慧水利建设和体制机制法治管理两个方面作出部署。新阶段水利高质量发展以洞察大势引领全盘布局，兼顾谋当下与图长远，固根本与扬优势，驭变局与开新局，既着眼解决现实新老水问题，也注重手段创新、能力建设；既依靠工程体系，也注重制度力量、法治保障。

水资源作为解决新老水问题的关键核心，在水利高质量发展的目标任务与实施路径中，分量更重、更凸显。既从供给侧着手，通过实施国家水网重大工程，优化配置水资源，增强水资源与经济社会生态的适配性，提升水资源保障能力；也重需求侧发力，坚持量水而行、节水为重，通过节水制度政策的建立健全，提升水资源集约节约安全利用水平。

综观实施路径，有新思路新视角，也有新提法新要求。比如流域视角更加凸显，在完善流域防洪工程体系、科学推进水土流失治理中，多次提到“以流域为单元”“着眼流域整体”等。再比如“构建数字孪生流域”“推进水利领域不动产投资信托基金（REITs）”“探索建立水生态产品价值实现机制和水流生态保护补偿机制”“健全水利工程安全保护制度”等新提法。下步还需深刻学习领悟，不断探索创新。

江河澎湃，滚滚向前。站在重大历史关口，肩负着党和国家的重托、人民的期待、时代赋予的使命，水利发展将向前迈出更大步伐，以国家水安全保障能力全面提升，为实现中华民族伟大复兴的中国梦作出水利贡献。

中国水利网站及新媒体

NEWS

新媒体中心“三一”稿件汇总

序号	标　　题	链　　接	二维码
1	重磅！推动新阶段水利高质量发展的实施路径来了！	https：//mp. weixin. qq. com/s/sShU43qGoCT8N8IZRTRuhQ	
2	“三对标、一规划”专项行动掠影｜对准航标逐浪高	https：//mp. weixin. qq. com/s/tgCNgzbEHWtO9cNxc2Azsw	

总责任编辑 隋彩虹
执 行 编 辑 曾 佳
封 面 设 计 李竹音

CWRN
中国水利报社

ISBN 978-7-5226-0514-2
9 787522 605142 >
总定价: 498.00 元（全四册）

中国水利报社
2021年
新闻作品集③

水旱灾害防御

2021年

新闻作品集

中国水利报社 编

中国水利水电出版社
www.waterpub.com.cn
·北京·

图书在版编目（CIP）数据

中国水利报社2021年新闻作品集 : 全四册 / 中国水利报社编. -- 北京 : 中国水利水电出版社, 2022.2
ISBN 978-7-5226-0514-2

Ⅰ. ①中… Ⅱ. ①中… Ⅲ. ①新闻报道—作品集—中国—当代 Ⅳ. ①I253

中国版本图书馆CIP数据核字(2022)第034111号

书　　名	**中国水利报社 2021 年新闻作品集③** **——水旱灾害防御** ZHONGGUO SHUILI BAOSHE 2021 NIAN XINWEN ZUOPIN JI ③ ——SHUIHAN ZAIHAI FANGYU
作　　者	中国水利报社　编
出版发行	中国水利水电出版社 （北京市海淀区玉渊潭南路 1 号 D 座　100038） 网址：www. waterpub. com. cn E-mail：sales@mwr. gov. cn 电话：（010）68545888（营销中心）
经　　售	北京科水图书销售有限公司 电话：（010）68545874、63202643 全国各地新华书店和相关出版物销售网点
排　　版	中国水利水电出版社微机排版中心
印　　刷	天津嘉恒印务有限公司
规　　格	184mm×260mm　16 开本　85.25 印张（总）　1719 千字（总）
版　　次	2022 年 2 月第 1 版　2022 年 2 月第 1 次印刷
总 定 价	**498.00** 元（全四册）

凡购买我社图书，如有缺页、倒页、脱页的，本社营销中心负责调换

编　委　会

编　辑　人　员

前言

NEWS

水旱灾害多发频发重发，自古以来是中国的基本水情。2021 年，长江、黄河、海河流域漳卫河、嫩江、松花江、黑龙江、太湖等大江大河大湖相继发生洪水，特别是进入秋季，黄河中下游发生了新中国成立以来最严重的秋汛，海河流域漳卫河发生了有实测资料以来最大的秋季洪水，汉江发生了 7 次超过 1 万立方米每秒的秋季大洪水。

水利部党组深入贯彻落实党中央、国务院决策部署，尤其是贯彻落实习近平总书记“两个坚持、三个转变”防灾减灾救灾理念，切实做好防汛抗洪各项工作。李国英部长多次主持召开防汛会商会，要求坚决贯彻落实习近平总书记关于防汛救灾工作的重要指示，坚持人民至上、生命至上，下足“绣花”功夫，做好“四预”文章，坚决守住安全底线。水利系统全力以赴做好防汛救灾各项工作，为全面防御水旱灾害提供重要保障和有力支撑。

一年来，中国水利报社认真贯彻落实中央防灾减灾精神，按照水利部党组决策部署，充分发挥水利新闻宣传主阵地、主渠道、主平台、主窗口作用，用好报、刊、网、新媒体等融媒体矩阵，围绕坚定新时代防汛理念，水利工程发挥的重要作用，水利人勇于作为、履职尽责等内容，全面深入宣传报道大汛之年的水利担当。

从水利部水工程调度中心会商现场，到防汛抢险救灾一线，从团结协作的水利人群体，到每一个默默奉献的基层水利职工，一年来，报社克服疫情影响，排除万难，抵达现场，采访水利部防汛会商 217 人次，奔赴防汛一线累计 71 人次，用笔和镜头，记录、见证每一个调度指令、每一次逆行出征、每一个抗洪现场……

一年来，报社超前策划，精心组织，强化应急响应，全力提高宣传报道时效，适时推出“水旱灾害防御进行时”“防汛备汛问工程”“本报记者防汛抗洪一线直击”“本报记者防汛防台风一线直击”“在抗洪一线践初心担使命”等栏目，提前组织、深耕细作制作专题，在关键节点推出社论和系列评论，强化正面舆论引导。这一年，报社全力推进媒体深度融合，加强视频报道，用镜头真实呈现新闻现场，并创新采用图文、手绘、互动H5等多种形式，构建起立体化融媒体报道格局，实现了总阅读播放量1.4亿次的重大突破。

本书精选发表在《中国水利报》、《中国水利》杂志、中国水利网站及新媒体上的部分本报记者一线原创作品，作品排列以发表时间为序，部分作品还配发了新闻图片。

由于时间仓促，本书编辑过程中难免错漏，敬请读者指正。

编者

2022年2月

目录

NEWS

前言

《中 国 水 利 报》

防汛备汛

一线直击

特稿

系列评论

《中国水利》杂志

中国水利网站及新媒体

《中国水利报》

NEWS

防 汛 备 汛

太湖流域骨干工程：严阵以待　迎战汛期

（2021 年 5 月 20 日）

本报采访组

位于长江经济带和长三角一体化两大国家战略交汇点的太湖流域，是我国经济社会发展的重要“引擎”。太湖水位每一厘米的涨落变化，都牵动着人们的神经。

当前，太湖流域已陆续进入汛期。据预测，今年夏季太湖流域降雨量偏多零到两成，影响台风偏多，不排除流域发生较大洪水的可能，防汛形势引人注目。

去年刚刚遭遇流域性大洪水的太湖流域，今年是否做好了准备？流域重点工程设施防汛备汛情况如何？本报记者日前来到江苏常州、苏州和上海等地水利工程现场，实地探访太湖流域防汛备汛情况。

未雨绸缪　骨干工程严阵以待

太湖流域是典型的平原水网地区，地形中间低、周边高，且相对平缓，宛如一个巨大的碟子。对于“大而浅”的太湖来说，如何将体量巨大的洪水通过排洪通道有效排出，历来是防汛难点和关键点，也是影响太湖流域防洪标准提升的关键因素。

“要按照区域服从流域、局部服从整体的要求，秉承风险共担、适度承担风险的原则，科学做好全流域水利工程统一调度，充分发挥太浦河、望虞河以及环太湖、沿长江、沿杭州湾等重要水利工程排水作用，努力降低防洪风险，全力确保防洪安全。”在 4 月 28 日召开的太湖防总指挥长视频会议上，水利部副部长陆桂华强调要加强骨干工程防洪调度，确保防洪安全。

位于太湖东北侧的望虞河，是太湖重要的排洪河道之一，可将太湖洪水北排进入长江。望亭水利枢纽，正是望虞河排洪通道上的控制性骨干工程。

“2020 年，望亭水利枢纽全年排水运行 96 天，排水 15.40 亿立方米，位列历史第 3 位。”望亭水利枢纽管理所副所长史益鲜说。在去年太湖超标洪水阻击战中，太湖流域管理局在保证工程安全的前提下，不断加大太浦河、望虞河工程排水力度，充分发挥了太湖洪水外排“主力军”的作用。

今年汛期未至，望亭水利枢纽全体职工就早早行动起来。“我们从 2 月 18 日起开展汛前维修养护工作，包括修复河道堤防、维护水工建筑物、检修闸门启闭机系统等，大家连续坚守岗位，各项准备工作已经全部完成。”史益鲜说。迎战汛期，他们已经做足了准备。

和望亭水利枢纽一样，同为太湖防洪主要控制工程的太浦闸，坐落在太湖东南侧的太浦河进口段上。太浦河一头连着太湖，一头连着黄浦江，是太湖主要排洪通道。

据太浦河枢纽管理所所长连振荣介绍，太浦闸去年全年排水运行 117 天，排水 29.34 亿立方米。太浦闸闸墩上留下的水痕依然清晰，它记录了超标洪水的凶猛来势，也提醒着人们切不可掉以轻心。

“目前工程检查维护、防汛责任细化分解和防汛抢险机制、抢险物资、备品备件、制度预案落实等均已按计划完成，度汛准备已经就绪。”太湖局苏州管理局副局长郑春锋说。

4 月 14—15 日，苏州管理局还分别联合无锡市新吴区、苏州市吴江区相关部门，召开了 2021 年望亭水利枢纽和太浦闸工程防汛抢险协调机制座谈会，协商落实了应急抢险队伍、抢险物资等，做好充足准备迎战汛期。

骨干工程已经做好准备，太湖防总常务副总指挥、太湖局局长吴文庆说，要统筹流域与区域、防洪与除涝，以及水资源、水环境、水生态的需求，加强流域水利工程综合调度，促使各级水利工程科学联动、调度有序，充分发挥工程综合作用和减灾效益。

补强短板　加快完善排洪格局

笔直的河道绵延伸向天际，微风轻拂水面泛起碧波，两侧生态护坡绿意盎然，不远处交通桥上人来车往……眼前这条新开挖的宽阔河道是新孟河延伸拓浚工程常州金坛区段，已于去年 6 月正式通水，湖西地区涝水可以通过这里顺利北排长江。

“金坛区段全长 12.6 公里，包括新开挖河道、疏浚河道、新建加固桥梁等，目前已经进入扫尾阶段。”金坛区新孟河延伸疏浚工程建设管理处主任张静说。

新孟河延伸拓浚工程是新中国成立以来江苏投资最大的在建水利工程，北起长江右岸的大夹江，途经镇江、常州和无锡，连接起京杭运河、北干河、洮湖、滆湖、太滆运河、漕桥河等，最终到达太湖。

“目前新孟河延伸拓浚工程常州市境内工程已全部通水，工程整体建成后，将大大促进太湖与长江的水体交换，整个太湖流域都将受益。”常州市水利局局长是峰说。作为太湖流域北排长江的骨干防洪工程之一，新孟河延伸疏浚工程完工后，将联合已建的新沟河、走马塘、望虞河、太浦河等工程，形成“两引三排”调水新格局，进一步扩大太湖流域排水出路。

近年来，太湖流域全面实施包括新孟河延伸拓浚工程在内的太湖治理21项骨干工程，进一步畅通完善“北排入长江、东出黄浦江、南排杭州湾”的排洪通道与格局。目前，21项骨干工程中，17项竣工验收、两项在建、两项正加快前期工作。

“现在这里是两孔节制闸、一孔船闸，未来随着吴淞江行洪工程推进，瓜泾口水利枢纽计划扩建至6孔，到时候设计流量可以提高4倍。”在太湖东侧瓜泾港太湖入口处的瓜泾口水利枢纽，苏州市吴江区水利工程运行中心副主任吴家玮指着眼前的闸门说。

瓜泾口水利枢纽是太湖水东出黄浦江的关键闸口，太湖水从这里经吴淞江一路向东奔涌，最终在上海市汇入黄浦江。去年汛期，瓜泾口枢纽一直保持最大设计流量96立方米每秒流量分洪，整个汛期累计分洪4.8亿立方米。根据瓜泾口水利枢纽可行性研究方案，拓宽深挖后枢纽设计流量可达410立方米每秒，吴淞江泄洪能力将显著提升，太湖洪水出路不畅难题也将得到有效缓解。瓜泾口已经成为太湖提升排洪能力、破解防洪难题的关键所在，流域有识之士表示期盼工程早日开工建设，早日造福环湖人民群众。

加快补齐防洪工程短板，是当前太湖防汛工作重中之重。太湖防总总指挥、江苏省省长吴政隆指出，要加快推进环湖大堤后续工程建设，抓紧开展堤防应急加固和消险除险，扎实推进吴淞江、太浦河后续、望虞河拓浚等工程建设，深入推进水库

位于江苏苏州境内的太浦闸工程，承担着太湖排洪和供水的主要任务

本报记者　李先明　摄

除险加固、堤防达标加固等工程，进一步提升防汛抗旱工程能力。

进入新发展阶段，太湖流域正朝着高质量发展的目标奋进，加快构建与高质量发展相匹配的现代水利基础设施网络意义重大。流域各地各有关部门正进一步强化责任担当，固底板、补短板、锻长板，加快完善太湖流域防洪工程体系，以更高标准、更严要求、更实作风筑牢水安全屏障，为流域经济社会高质量发展提供坚实保障。

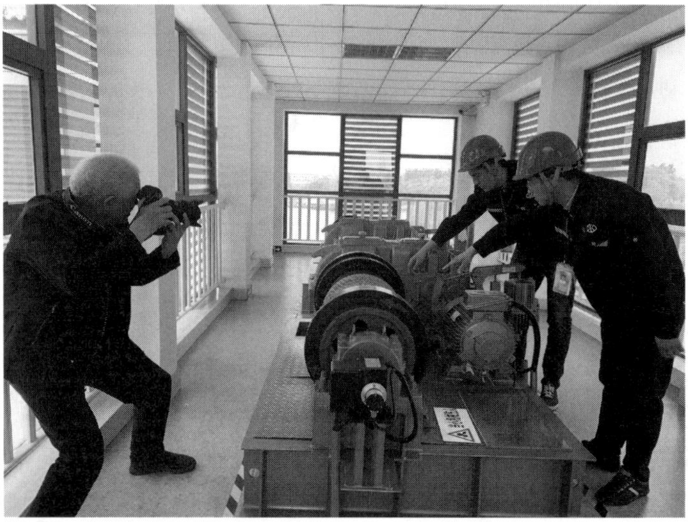

2021 年 4 月 29 日，本报记者在太浦闸采访报道

（本报采访组成员　李先明　石珊珊　尤珍　吴卿凤　程瀛）

坚守闽江防汛关口

——福建水口水库备汛见闻

（2021年5月22日）

本报记者　杨晶　张智杰　　通讯员　陈布泽

艳阳高照，天朗气清。站在福建省水口水库大坝坝顶向下游眺望，原本宽阔的闽江“消瘦”了不少，大面积河床裸露在外。

今年以来，福建省受气温明显偏高、降水持续偏少等影响，气象干旱较严重。早在今年1月份，福建省防汛抗旱指挥部就下发通知，要求各级各部门扎实做好防汛抗旱工作，福建省水利厅就水库安全管理工作作出详细部署。

又是一年备汛时。全省上下在积极抗旱的同时备汛情况如何？水利工程是否做好了迎汛准备？带着疑问，记者近日前往福建防汛重点之一的闽江流域，一探究竟。

超前部署　备汛抗旱两手抓

福建水口发电集团有限公司福州集控水调中心内，工作人员正盯着电脑屏幕忙碌着，远处的集控中心水调系统和可视化报警管理平台电子屏上，清晰显示着水口流域水雨情图和库区、水电站各点位的实时画面。

“公司负责管理水口等4座水库和5座水电站，水情测报、防洪调度、发电调度都是在这里完成的。”水口集团公司副总工程师张世钦指着大屏幕说，“4月1日入汛后，我们就增加了人手。”集控水调中心值班排班表上显示，当天张世钦负责防汛调度值班。

福建防汛看闽江，闽江防汛看水口。水口水库关系上游南平和下游福州的百姓安全，被喻为“福州头顶上的一盆水”。“水库自建成以来，公司充分发挥了水库调蓄作用，成功调度洪峰284个，平均削峰19.3%。”张世钦自豪地说。

如何在防汛中赢得主动？水口集团公司给出的答案是立足防早汛、防大汛，超前部署，压实责任。1月6日，公司就组织召开防汛工作会议，周密部署全年的防汛工作；组建防汛和应急抢险组织机构，制订年度防汛工作计划及度汛措施，确保防汛各级岗位责任层层落实到位。

从雨水情信息报送到汛期巡视检查，从水库防洪调度运行计划到防汛工作奖惩规定……翻看水口集团公司的防汛工作手册，一项项内容清晰详实。张世钦介绍，公司夯实防汛工作基础，及时修编了《台风灾害应急预案》《水电站大坝垮塌事故应急预案》等，印发了《福建水口发电集团有限公司防汛工作管理实施细则》等制度。

一手抓防汛备汛，一手抓抗旱。水调中心墙上，写有“践行双满意　用心保民生”的锦旗十分醒目。张世钦说，自 2020 年 11 月以来，在水口水库来水特枯的情况下，公司科学调度，牺牲发电效益，保障了下游福州等市县正常生产生活用水需求。“省水利厅领导对我们抗旱工作给予了充分肯定，福州市自来水有限公司为表示感谢专门送来了锦旗。”

细查实改　全面排查除隐患

沿着闽江逆流而上，距离福州 70 多公里的水口坝下枢纽工程建设现场。建设工人正忙得火热。

“这个工程主要任务是抬高水口水电站下游水位，改善通航条件。目前正在拆除一期围堰。”水口坝下枢纽工程项目部主任程俊华边走边说，“我们组织开展了 2 次防汛检查，对发现的问题已督促施工单位全部整改闭环。”

“一直以来，公司把‘保枢纽安全、保上下游防汛安全’摆在工作的重中之重。”水口集团公司副总经理黄光斌说。作为公司的防汛负责人之一，他已经多次带队进行防汛检查。

2 月份，水口集团公司组织专业人员巡查水口、街面、水东、雍口电站库区及下游行洪河道，及时发现并处理安全隐患，确保洪水来临时河道行洪安全。同时，还组织了共产党员突击队、团员志愿服务队，走访电站库区周边村庄开展防汛宣传活动，增强库区周边群众防汛意识。

公司全面检查、维护所管辖的大坝溢洪道闸门、泄水底孔工作闸门、启闭设备和备用柴油发电机电源，及时处理存在缺陷的设备。技术人员驱车多次往返，全面巡查和维护分布在南平、三明、福州、宁德、泉州的 2 个中心站、14 个中继站、78 个遥测站的水情测报系统，确保闽江流域上游野外水情遥测站点设备稳定安全运行。

立足实战　厉兵秣马迎大汛

在蓝天白云映照下，横亘在闽江之上的水口水库大坝更显高大雄伟。水工闸门运行室内，黄丹健跟同事刚刚巡检归来。“入汛后，我们就加强了值班值守，24 小时有人在岗。”

黄丹健是闸门运行班班长，他带领的团队经验丰富，多年来在洪水面前快速响应、精细操作，用心守护着大坝防洪度汛安全。

从 1 月开始，水口集团公司所属各单位先后组织开展了“水库防洪抢险应急预案应急演练”“水电站防水淹厂房应急预案应急演练”“泄洪闸门损坏的设备故障应急演练”等防汛防台应急演练。

“我们通过强化各级防汛人员的应急抢险能力，提高各单位处理应急事故的能力。”黄光斌说，“公司将继续加强各级人员对应急预案和现场处置方案的学习培训，由专业部门指导具体应急处置措施，提高大家的险情处置能力。”

防汛备汛同样离不开充足的物资储备。在工作人员的带领下，记者来到水口水电站防汛物资仓库。仓库内整齐存放着编织袋、救生圈、铁锹等防汛物资。墙上的防汛物资平面布置图清晰显示各种物资的具体位置。“公司要求我们立足实战，拎起来就能走。”防汛物资仓库负责人刘枨说。

在谈到下一步的工作打算时，黄光斌表示，公司将密切关注闽江流域雨水情，加强与上下游各级政府和相关部门的沟通联系，全力以赴做好防汛抗洪各项工作，保障闽江流域防汛安全。

从健全防汛体系到完善规章制度，从开展水库巡查到强化设备运维……水口集团公司坚持“预”字当先，牢牢把握水旱灾害防御主动权。这正是福建坚持安全预防为先，早动员、早部署、早落实，抓好抗旱备汛工作的生动体现。

5 月 16 日以来，福建闽江流域出现连续大面积强降雨。20 日上午，水口水库开闸泄洪，减轻闽江上、下游防汛压力，打响了防汛首场战役。

河北张家口市：筑牢防线保冬奥

（2021 年 5 月 26 日）

本报采访组

对于 2022 年北京冬奥会举办地之一的河北省张家口市来说，水旱灾害防御工作受到社会广泛关注。根据预测，受北方汛期降雨偏多影响，今年汛期海河流域可能发生较大洪水，张家口水利人防汛备汛压力倍增。

5 月中旬，记者一行来到张家口市，实地探访这个冬奥会举办城市的防汛备汛情况。

兜住底线不出事，安全为上保冬奥

国家跳台滑雪中心场馆门口倒计时的数字十分醒目，工人们正在紧张施工，一派忙碌的景象。随着 2022 年北京冬奥会一天天临近，保安全守底线成为当前头等大事，一刻不容松懈。

张家口市崇礼区是 2022 年北京冬奥会张家口赛区所在地。沿着蜿蜒的山路驱车行驶，深刻感受到“山连山，连绵不断，沟套沟，难以计数”这句俗语对崇礼地貌的描述。张家口市水务局副局长周继文说，由于山区容易发生短历时局部暴雨，河道源短流急，洪水汇流快，往往是雨下水到，极易突发致灾性极强的山洪灾害。

崇礼区农业农村局局长闫秉国介绍，2020 年 7 月，崇礼区开始修建太子城冰雪小镇防洪工程，承担赛事核心区的防洪排水任务。其中 2、3、5 号沟部分防洪工程全长 4.66 千米，采用明渠、暗涵的设计方案，满足周边生态与景观的需要。截至目前，太子城遗址周边暗涵全部施工完成，3 号沟明渠正在施工中。2 号沟中段防洪工程于今年 4 月开始实施，预计疏挖排洪沟 2509.72 米，进一步筑牢防洪安全屏障，保障太子城区域和崇礼城区的防洪安全。

“山洪灾害防御一直是我们防汛工作的重点。”闫秉国说。除却修挖排洪沟这类工程措施，崇礼在汛前检查、预案修订等非工程性措施上也毫不含糊。“去年我们一个村一个村地走，实地确认山洪转移路线和安置点，按照现行的人口分布，确定新的防汛预案，确保万无一失。”闫秉国简单朴实的话语中透出崇礼防汛工作的扎实。

“兜住底线不出事、聚焦赛事出成果、各项工作全规范”是崇礼筹办冬奥会的工作要求，其中兜住底线被摆在第一位。肩负着冬奥防汛备汛的重任，张家口水利人严阵以待，不允许出一点差池。

既是防汛“军需官”，也是河道“医生”

走进张家口市防汛物资储备库大院，只见路面干净整洁，树木青翠繁盛，几栋白墙红瓦库房围着院子排列，可以听到微风吹过树叶发出的细碎声响。

“别看这里表面一派悠然闲适的样子，其实，有一群‘军需官’正在背后默默忙碌。”周继文说，“他们负责清点防汛物资，检查物资种类是否齐全、数量是否准确、有无损坏变质等，还要做好维修养护，确保防汛物资在关键时刻拿得出、用得上。”

张家口市防汛物资储备库承担着全市和部分省级防汛物资储存调配的任务，日常由清水河河务管理处负责管理。这里储存的防汛物资包括抢险物料、救生器材、小型抢险器具三大类 70 多个品种。入汛后，防汛“军需官”执行 24 小时值班制度和定期通报制度，严格按照相关规程强化防汛物资储备管理，保证安全度汛。

“最近省里还要往储备库调配一批总价值 131 万元的防汛物资，专门用于保障冬奥会安全度汛，防汛‘军需官’更忙了。”周继文说。

“忙是我们单位职工的常态。”清水河河务管理处主任王占平笑着说，“职工们除了负责防汛物资储备库管理外，还承担着河道内 31 座橡胶坝群的调度运行和管理、河道保洁等工作，他们既是防汛‘军需官’，也是河道‘医生’。”

离开防汛物资储备库，沿河而下，没走多远，记者就见到了一名正在打捞水草的河道“医生”。“我们日常开展巡河，检查水草长势和淤积情况，一旦发现影响行洪，就立即进行清理，还要检查河道堤防、橡胶坝坝袋和电气控制设备、水雨情监测设备等，及时排除隐患。”河道“医生”岳成钢说，“处里会开展橡胶坝操作技能培训，确保我们在洪水来临时能按照调度预案独立完成充塌坝，保障河道安全。”

每年汛期，正是他们的的默默坚守与付出，保护着清水河两岸百姓平安。

水库放水，一举两得

“大坝连绝塞，高峡出平湖，石刻留青史，盛誉满京西。”有人用这样的诗句形容云州水库。

“云州水库承担着向北京市输水的任务，每年春秋两季开闸放水，保障首都人民饮水安全。”赤城县水务局局长冯俊说，“输水的同时，有效降低了水库水位，使水库一直在汛限水位以下运行，保证了防汛安全，一举两得。”

除了向首都输水，云州水库还担负着向冬奥会供水的重任。据冯俊介绍，调水工程自云州水库取水，由东向西至崇礼区长城岭山顶末端水池，工程设计调水能力达 484 万立方米每年，主要供崇礼区滑雪场造雪和生活用水。

关系着冬奥供水，确保云州水库安全度汛在今年显得尤为重要。云州水库管理处开展的工作不仅仅是让水库低水位运行，查隐患、抓责任、紧预案、备物资等举措全部到位，才能筑牢防汛“安全墙”。

“今年的汛前检查工作开展得比往年早，我们已经对堤防、输水洞、坝体等进行了隐患排查，对闸门启闭系统、水雨量监测系统等进行了调试，对发现的问题建立了台账，现已全部整改到位。”云州水库管理处主任康耀辉介绍。

在进行汛前检查的同时，云州水库管理处严格落实“三个责任人”，狠抓“三个重点环节”，加强与气象等部门间的协调联动，编制防汛预案，开展调度演练，备足防汛物资，做到事前有准备、事中有措施、事后有保障，确保人民生命财产安全。

今年年初以来，在河北省水利厅“克服新冠肺炎疫情不利影响，全力做好水旱灾害防御各项准备工作”的要求下，张家口市水务局立足于防大汛、抗大旱、抢大险、救大灾，紧盯风险隐患和关键环节，提早部署，加快推进，强化“四预”措施，加大防汛备汛工作力度。

对全市水旱灾害防御汛前大检查开展督导检查，共排查风险隐患 132 处，并全部完成整改；进一步落实了山洪灾害防御县、乡（镇）行政责任人和村级责任人；对 95 个自动雨量站、260 个简易雨量站进行了升级改造；邀请专家对市县两级水旱灾害防御部门责任人及业务工作人员进行了培训……张家口将各项防汛备汛工作做实、做细、做到位。

我国北方即将全面进入汛期，张家口市已经做好准备。

2021 年 5 月 13 日，本报记者在河北省张家口市采访报道

（本报采访组　董自刚　赵建平　马晓媛　李海川　王曼玉　杨文杰　吕培）

汇聚淮河防汛的智慧和力量

（2021年5月27日）

本报记者　王慧　　通讯员　张雪洁　梁似愚

“千里淮河第一闸”王家坝闸下，淮河水静静流淌，水鸟觅食嬉戏。站在闸桥上远眺，农田一望无际，庄稼长势正好。

作为长江经济带、长三角一体化等区域重大战略实施的高度重叠区，淮河流域防洪安全至关重要。淮河流域气候复杂，水系特殊，治理难度大，极易发生洪涝灾害。自1950年至今，新中国治淮已走过71个年头，尽管淮河治理今非昔比，但防汛依然是头等大事。

在淮河防总2021年工作会议上，淮河防总常务副总指挥、淮河水利委员会主任刘冬顺指出今年淮河流域防汛抗旱工作的目标：坚决避免发生重大人员伤亡事件，坚决避免标准内洪水防洪工程失事事件，坚决保障国家重要基础设施安全，坚决保障流域经济社会发展重点工作安全。

淮河备汛情况如何？水利工程做了哪些准备？记者在安徽、河南进行了实地探访。

修复养护　扎实筑牢工程基础

来到安徽省凤台县的淮北大堤，两侧堤身草皮修剪整齐，远处防浪林郁郁葱葱，河道水位尚低。

汛期当前，水工程是坚实的底气。在去年超保证水位、持续高水位压力下，以淮北大堤为代表的重要堤防成功挡下洪水。

“当时闸门外的水位是25米，闸门内是20米。”凤台淮河河道管理局局长张成久回忆。去年汛期，淮北大堤上的焦岗闸面对超5米的内外水头差，出现闸门漏水险情，历时9天完成抢险；位于淮北大堤饶荆段的禹山坝受淮河高水位浸泡影响，出现散浸险情，经及时抢险，险情得到妥善处置。

焦岗闸，浸没闸顶以上5米的高水位痕迹在闸室内壁上清晰可见；禹山坝堤坡上，数条导渗沟以盲沟的形式保留，延伸至坝脚下的排水沟。

“汛期过后，我们更换了焦岗闸闸门上老化的止水橡皮，对闸门门板进行了防腐处理；给禹山坝堤坡上做了导渗盲沟，填筑土方，铺设草皮，恢复了坡面。”查看水毁工程修复现场的张成久说，“修复过后，防御力量进一步加强，应对去年那样的汛情就更加从容。”

淮河流域各地加快隐患薄弱环节检查整改，下大力气夯实水工程基础，加快推进水毁工程修复，确保工程防洪功能完备。

据了解，2020年汛后至2021年4月，中央和地方共投入水毁修复资金40.89亿元，其中中央财政水利救灾资金补助4.02亿元，修复河南、安徽、江苏、山东四省和淮委直管的水利工程2507处。

在水毁工程修复基础上，淮河流域各地结合水工程维修养护，全面排查工程隐患。除传统方法外，运用探地雷达、水下声呐、水下机器人等多重手段，筑牢淮河防汛工程基础。

“软”“硬”兼施　科技引领智护安澜

面对汛情，河道泄洪是“第一张牌”，水库削峰是“王牌”，蓄滞洪区是“底牌”。要发挥好蒙洼蓄洪区这张“底牌”的作用，王家坝闸成为关键。

王家坝闸桥墩的水位尺上，29.75米处醒目标示着“2020年开闸水位”的红色字样。

2020年，应对淮河大水，王家坝闸于7月20日开闸泄洪。滔滔洪水奔涌进蒙洼蓄洪区，有效降低了淮河干流水位，减轻了淮北大堤、蚌埠和淮南城市圈堤的防洪压力。

新一年汛期在即，王家坝闸准备情况如何？

去年关闸当日，管理处就开始了对工程的养护检修工作。13名职工绷紧责任弦，让“第一闸”始终处于良好状态。“今年汛前，我们对工程的电气、机械、动力等所有设备，以及主体工程、上下游连接段进行了全面检查，确认工程是安全的。”安徽省淮河河道管理局王家坝闸管理处主任张家颖说。

让张家颖心里有底的，除了“硬件”检修，更有“软件”提升。2020 年 11 月，王家坝闸自动化系统升级改造工程开工，今年汛期能派上大用场。

“劳动强度下去了，监测精度上来了。”张家颖用一句话概括了“软件”提升带来的好处，“比如测水下压力，之前需要每天人工测量记录，现在自动监控系统每几秒钟就能回传一次信息。”

在闸站主控室，即将上线的王家坝闸全新自动化监控系统大屏幕上，实时展现着监控影像、13 孔闸门状态、上下游水位流量信息等。

“系统自动监测所有机械设备的状态，一旦部件出现问题，会立即报警。”张家颖说。

此外，王家坝闸管理处完善防汛抢险、物资运输等各类预案，并积极开展叠梁安装、闸门启闭远程操作、现地操作等演练，确保闸门运行安全。

拦、泄、蓄、行、分、排，淮河防汛“组合牌”众多。汛期当前，用好每一张“牌”，最大限度保障人民群众生命财产安全，淮河流域有决心、有信心。

紧抓“四预”　重磅工程全面提升

位于河南省信阳市的出山店水库大坝 5 号闸门正在开闸放水。轰鸣声中，淮河水从提起的闸门下奔流而出，激起白色浪花。

“当前水位是 87.5 米。”出山店水库建设管理局党支部书记刘吉胜在泄水的巨大声响中提高了音量，“汛期前，要尽快将水位降至汛限水位 86 米以下。”

预泄腾库，是汛前水工程调度中的常见环节。但对出山店水库来说，这仍是个新鲜事——自 2019 年 5 月 23 日下闸蓄水以来，出山店水库在 2020 年淮河大水中首次拦蓄洪水，面对先后两次较大洪水过程考验，分别削峰 64.9%、滞洪 90 小时，削峰 79.2%、滞洪 183 小时，交出优秀答卷。

作为淮河上游的控制性水利枢纽工程，出山店水库的拦洪削峰作用可以有效减少王家坝以下行蓄滞洪区的启用几率，有效减轻淮河中游防洪压力；此外，还可使淮河干流王家坝以上的防洪标准从不足 10 年一遇提升至 20 年一遇，有效保护 220 万亩耕地和 170 万群众的安全。

今年汛期，出山店水库认真做好预报、预警、预演、预案“四预”工作，为精细调度做好准备。

出山店水库建设管理局认真梳理度汛重点和薄弱环节，修订完善度汛方案，联合水文站提前谋划、超前准备，制定汛期雨水情预报方案，完善遥测测流船、ADCP

等测流设备。

“比起去年，预测、预警、预报能力强了不少——气象站也建了，水文站也完善了，信息化、自动化系统也全部接入了。”刘吉胜欣慰地说，“防汛系统全部准备完善，水库度汛将比去年更安全。”

专为出山店水库防洪服务的水文站顺利建成，水库流域范围内还建有雨量站 72 个，包括人工观测站 26 个、自动遥测站 46 个、遥测水位站 3 个。汛期水情值班人员坚持 24 小时值班，密切监测雨水情，为工程精细调度提供坚实保障。

据介绍，今年淮河流域改进防汛措施主要体现在两个方面：一方面，突出预报、预警、预演、预案“四预”措施，在全国率先开展了流域防洪“四预”试点工作，并采集了一系列高精度地形数据，构建相关模拟模型，初步建成“四预”模拟系统；另一方面，自主研发了淮河正阳关以上流域洪水预报调度一体化系统，实现洪水监视、预报、调度、会商业务的全链条在线协同。

早筹谋　督责任　强演练

——四川防汛备汛严阵以待

（2021 年 6 月 3 日）

本报记者　张凯　杨勤　杨东　何骐　蒋文　　通讯员　宦开蓉

又是一年汛期至。

不能忘却 2020 年，四川省面对严重暴雨洪涝灾害，首次启动Ⅰ级防汛应急响应，打赢了一场抗击特大暴雨洪涝灾害的硬仗。

今年，面对新的防汛形势，四川准备是否充分？如何进一步筑牢防灾减灾防线？记者赶赴四川成都、都江堰等地，实地探访防汛备汛情况。

临战——研判形势　“早”字当头

早筹谋方能有备无患。四川全省上下立足实际开展的一系列汛前准备工作，处处体现出一个“早”字。

三合堰是都江堰外江灌区西河干渠上的重要引水枢纽，在 2020 年暴雨洪灾中，进水口右岸堤防护坡发生一定程度的损坏。去年汛后，省防汛抗旱指挥部迅速安排水毁修复等工作。

近日，记者在三河堰管理点看到，汛前水毁工程修复正在热火朝天进行中，大部分施工作业工段已完工。

据悉，2021 年四川省防灾减灾年景偏差，极端气象水文事件可能多发，四川盆地西部和川西高原西部可能出现中偏高洪水，部分中小河流可能出现中偏高及以上洪水。

“我们坚持抓早抓主动，提前安排部署，全力推进防汛抗旱准备工作。”四川省防汛抗旱指挥部常务副指挥长、水利厅厅长郭亨孝说。

今年 2 月，在总结 2020 年防汛减灾全面胜利过程中积累的成功经验和暴露出的问题基础上，四川省启动防汛抗旱应急预案的修订工作。4 月 30 日，《四川省防汛抗旱应急预案（修订）》以省政府办公厅名义印发实施。

四川加快水毁修复和病险水库除险，各地建立病险水库安全度汛“一库一策”

台账，全省 2172 座灾后薄弱环节小型病险水库除险加固项目建设稳步推进，水毁修复项目 5 月底前基本完工。

防汛备汛，要对隐患点心中有数。四川省组织专业技术力量，广泛发动基层群众，深入开展拉网式隐患大排查，对登记在册的 2.7 万余个山洪灾害危险区以及潜在隐患点，逐项整改，消除度汛隐患。

督战——压实责任　传导压力

记者跟随都江堰管理局防汛检查组，到都江堰渠首工程了解防汛备汛情况。正在有序开展隐患排查的工作人员说：“备汛检查是非常管用的抓手，通过排查隐患、发现问题，再有针对性地找准方法、落实措施，目前我们已严格执行 24 小时值班巡查制度。”

依靠多年形成的防洪工程和非工程体系，四川防汛基础不断夯实。

省水利厅结合实际，强化责任落实，深化督导检查，创新工作机制建设。采取“四不两直”方式，扎实开展汛前督导、汛期督查，不定期突访暗访；全面梳理建立领导干部责任清单、部门职责清单、隐患风险清单和一项承诺书，实行责任落实“三单一书”机制；建立责任督促“两书一函”机制，省防指及时向有关责任人发出约谈通知书、整改通知书和提醒敦促函，形成高位推动、群防群治、末端发力、终端见效的工作局面。

近期，水利部汛前检查组和暗访组到四川检查，四川的防洪工程设施水毁修复工作较去年有了明显提升，每个项目平均发现问题数由去年的 0.73 个降到 0.5 个。

一次次汛前检查，一个个监控屏幕，一项项创新机制……这是一场自上而下的总动员，四川没有丝毫懈怠，把防汛抗旱主动权牢牢掌握在手中。

备战——强化演练　贴近实战

汛期将至，厉兵秣马，严阵以待。

“防汛抢险应急演练是检验预案、优化机制、锻炼队伍、发现不足、完善准备的重要途径，是提升洪涝灾害应对能力最重要的手段之一。”郭亨孝说。

受特殊地形地貌和气候条件影响，四川省是全国山洪灾害最多、防御任务最重的省份之一，灾害易发频发多发，防灾形势十分严峻。

汛前，四川省在汶川县举行了 2021 年山洪灾害防范应对演练。按照“贴近实战、突出重点、注重实效”原则，演练模拟汶川县境内突发强降雨，引发山洪泥石流等灾害，省、州、县三级防汛抗旱指挥部积极防范应对，完整模拟一次山洪灾害防范应对过程。

演练中，水利、应急、交通等10余个部门协同配合，消防、企业、志愿者组织等社会力量广泛参与，17支队伍26个单位180名镇村干部600余名群众参加演练。

据介绍，全省各地汛前和汛期计划开展2万余场次各类演练，以确保物资、队伍、工程、设施等全面做好准备。

四川还有针对性地开展防汛宣传培训。5月，举办了全省山洪灾害防治业务培训会议，230余名水旱灾害防御工作者参加了培训，提升了应急处突能力。

攻必克，战必胜。全员防汛的号角已吹响，凝聚起打好四川2021年水旱灾害防御硬仗的强大合力。

入夜，都江堰离堆公园三三两两的行人身边，日夜奔流不息的岷江水，在李冰石像的注视下，汩汩流向成都平原，滋润着天府之国。

“水旱从人，不知饥馑”，《华阳国志》中描写的“天府”，在四川水利人的全力守护下，成为幸福宜居之地。

2021年4月29日，本报记者一行赴四川开展汛前调研采访

大汛未至　备汛不止

——海委漳卫南运河管理局扎实推进防汛备汛工作

（2021 年 6 月 10 日）

本报记者　果天廓　周妍　张元一　通讯员　王颖

5 月 21 日，山东省德州市四女寺耿李杨测验断面，一场水文技术较量难分高下。海河水利委员会水文局、漳卫南运河管理局工作人员正在通过电波流速仪、无人机、遥控船和视频测流系统等，联合开展水文应急监测演练。

大汛未至，备汛先行。根据预测预报，今年汛期海河流域降水偏多，部分水系可能发生超标洪水，水旱灾害防御形势不容乐观。漳卫南运河是海河流域南部的骨干河系，也是流域南系主要排洪入海河道，地位特殊且重要。本报记者近日赴水利工程一线，深入了解漳卫南运河管理局防汛备汛情况。

抓重点　控制性工程严阵以待

去年年底，四女寺枢纽北进洪闸除险加固工程完成全部建设任务，防洪能力恢复到原设计标准 50 年一遇，将在今年汛期全面发挥作用。

四女寺枢纽工程位于冀鲁边界，山东省武城县、德州市德城区及河北省故城县两省三县（区）交界处，承接上游卫运河来水，下游为漳卫新河和南运河，是漳卫河干流承上启下的关键节点工程，更是下游地区人民群众的防洪安全屏障。

从 3 月下旬开始，四女寺枢纽工程管理局按照“早动手、早准备、争主动”的原则，全面排查北进洪闸、南进洪闸、节制闸、船闸、水文站的关键部位、重要设备，尽最大可能消除隐患。4 月上旬，对启闭机、闸门、备用电源等设备进行了试运行。5 月 20 日，组织开展了启用备用发电机启闭闸门演练，应对汛期动力电源可能出现的突发性故障。

“枢纽水闸的管理工作重点是保证机电设备的供电和机械正常运转。试运行和演练的目的就是强化‘四预’措施，检验工程防洪抢险预案的可行性，提高应急处置能力，确保工程安全度汛。”四女寺枢纽工程管理局工管科科长李洪德说。

漳卫河系的另一座重要控制工程——岳城水库，是漳河上游一座以防洪为主，兼顾灌溉、城市供水、发电等功能的大型水利枢纽，对控制漳河洪水起着关键性作用。

汛前，岳城水库管理局对所属工程及非工程措施进行逐项检查，对主体工程、供配电设施、闸门及启闭设施、水文设施、通信网络、大坝监测设施、安全度汛措施等进行重点检查梳理，对6000余米长的坝体进行拉网式排查，全力做好防汛备汛工作。

岳城水库管理局以水库“三个责任人”为重点，严格落实安全责任，确保“有名”“有实”“有能”。5月6日，管理局委托专业机构对高压设备进行了高压预防性试验，排除了高压设备的安全隐患，为安全度汛提供了可靠的供电保障。

“汛前我们已做好了一切准备。汛期，我们将密切关注流域水雨情和汛情变化，按照水利部和海河防总指示精神，确保岳城水库安全运行，有力有序推进今年水旱灾害防御工作。”岳城水库管理局局长倪文战说。

强弱项　巡查排险全力以赴

漳卫南运河山区到平原过渡带短，源短流急，洪水来势猛，预见期短。由于多年没有大水，且下垫面变化大，洪水预报模型得不到有效检验，“报不准”成为流域水文测报亟需解决的难点之一。

漳卫南运河管理局水文处汛前对河系水利工程、蓄滞洪区及漳河上游下垫面情况进行调查梳理，调整完善洪水预报方案。同时，检查维护实时水情报汛、水情信息交换、水雨情信息、洪水预报等应用系统以及水情数据库；调整漳卫南运河气象信息系统信息传输方式，确保汛期水文情报预报快速、高效、准确。

海河流域洪水具有局地性强的特点，防守重点在平原堤防。由于漳卫南运河管理局所辖的1500多公里河道堤防长期未经受大洪水考验，穿堤建筑物众多，险工险段也较多，排查堤防隐患成为每年防汛工作的重点。

“目前，各单位共检查险工200余处，查看穿堤建筑物500余处，各类生产桥百余处，汇总堤防隐患60余条，我们正在针对问题迅速制定应急度汛措施，确保安全度汛。”漳卫南运河管理局防御处处长张晓杰说。

补短板　卫河干流治理加快推进

卫河是漳卫河水系的南支流。此前，卫河河道只能承担不足5年一遇的洪水，淇门以下卫河干流河道安全行洪能力仅为原设计标准的70%左右、局部仅为40%，排涝能力仅为原设计标准的60%左右，若发生设计标准洪水，将直接威胁两岸人民生命财产安全。卫河已成为漳卫河水系防洪安全的短板。

2019 年，作为海委迄今为止投资规模最大的项目，卫河干流（淇门—徐万仓）治理工程批准立项，卫河干流治理工程建设管理局也于今年 2 月成立。经过建章立制、建设征地、工程招标等前期工作，工程 6 月开工建设。治理后卫河干流防洪标准将达到 50 年一遇，共产主义渠排涝标准为 20 年一遇。

漳卫南运河管理局局长张永明说，卫河干流（淇门—徐万仓）治理工程建成后，漳卫河防洪体系将更趋完善，为沿河两岸广大人民群众的生命财产安全和经济发展提供有力的防洪安全保障。

汛期将至，漳卫南运河管理局整装备战，用实际行动践行责任与担当，力争在防汛大考中交出满意答卷。

黑龙江黑河市：严阵以待防大汛

（2021 年 6 月 25 日）

本报记者　韦应魁　李刚　　通讯员　葛强

6 月 25 日，受近期连续涨水影响，黑龙江黑河段水面异常宽阔，部分堤下设施被淹没。“洪水”成了这几天黑河百姓常挂在嘴边上的事。“这个水可比 2013 年的洪水大多喽，现在已经把堤下的小路都淹没了，2013 年可没淹到这儿。”江堤公园里，居民们望着江水感慨。

根据黑龙江省水文水资源中心预报，6 月 24 日至 27 日，黑龙江干流欧浦至黑河段将出现洪峰，超警戒水位 3.22 米～4.80 米，洪水量级约 30 年～50 年一遇。

烈日炙烤下的江堤上，工人们正在紧张清理地槽，为安装移动式防洪墙做准备。“移动式防洪墙高度约 1.5 米，安装范围在 1.4 公里内。全部安装完成后，能进一步保障主城区的防汛安全。”黑河市水务局工作人员在安装现场介绍。

2021 年 6 月 26 日，本报记者在黑龙江省黑河市孙吴县堤防段采访报道

江堤码头地势低，直通江道，对面就是主城区街道，相当于整个大堤的一个缺口，位置十分险要。

张赛龙是黑河市热电厂的职工，也是一名共产党员。按照市委市政府的号召，他们单位抽调了一批年轻的共产党员来这里参加抗洪。“我们的任务主要是检护江堤、封堵下江口，一旦发现有险情，就用小红旗作上标记，同时上报进行处理。”张赛龙边擦汗边说。此时的码头下江口，已经被好几层高高的沙袋死死堵住，靠里处还有一堆码放齐整的沙袋备用。沙堤外，江水滔滔；沙堤内，地面干爽。

6 月 24 日，水利部增派专家组协助黑龙江省做好水文预报工作。与此同时，省防指增派 10 个专家组赴黑龙江干流沿线县市协助防汛抗洪抢险，调遣黑龙江干流周边地区 15 家施工企业的 1107 名员工、628 台机械设备，支援沿江县市抗洪抢险。黑河市委组织部也发出通知，号召全市基层党组织和广大党员全力以赴打赢防汛抗洪攻坚战。黑河全市上下已经全面进入应急状态，严阵以待防大汛。

靠前一步保万家安澜

——黑龙江把防汛工作落到实处

（2021 年 6 月 25 日）

本报记者　韦应魁　李刚　　通讯员　葛强

6 月 23 日傍晚，在黑龙江省黑河市城区堤防带状公园内，三五成群的游人或自弹自唱，或信步在平整的江堤上享受着晚霞的惬意。江堤外，连日暴涨的洪水来势汹汹，浊浪滚滚，似乎想冲破这防洪能力达到百年一遇标准的现代化堤防，却又无可奈何，最终只能悻悻而去。

“今年黑龙江来汛来得早，与凌汛、春汛相连。我们已经一个多月没有休息了，在汛情面前，水利人就是要靠前一步，保障老百姓的安全。”黑河市水务局同志介绍。

据悉，受前期降雨影响，黑龙江省大兴安岭地区多条河流发生超警戒水位洪水，防汛形势非常严峻。

6 月 23 日，国家防总副总指挥、水利部部长李国英主持召开专题会商会，传达贯彻李克强总理重要批示和胡春华副总理、王勇国务委员批示要求，研究部署黑龙江、嫩江洪水防御和防汛隐患、薄弱环节整改工作，要求切实提高政治站位，牢记防汛抗旱职责，坚持人民至上、生命至上，全力做好防汛工作。水利部迅速启动水旱灾害防御Ⅲ级应急响应，派工作组第一时间奔赴防汛一线指导工作。

同时，黑龙江省政府召开常务会议，部署防汛工作，强调要全力以赴做好防大汛准备。省水利厅也迅速派出多个专家组分别赴加格达奇、漠河、塔河、呼玛等地指导当地防汛抢险工作。省防指增派 4 个专家组赴黑河市爱辉区、孙吴县、逊克县，伊春市嘉荫县协助指导防汛抗洪抢险。目前，省防指共有 3 个工作组、8 个专家组协助指导地方防汛抗洪抢险。

6 月 23 日的夜注定是漫长的。黑河市防汛抗旱指挥部依然一派紧张有序的景象。据预测，黑龙江干流欧浦至黑河段将于 27 日前出现洪峰，洪峰水位超警戒水位 3.22 米～4.80 米。黑河最高水位 99.60 米，洪水量级约 60 年一遇。如果出现预测值洪峰水位，黑河各站都将刷新历史最高洪水位。

“我们全局大部分人员已经下沉到了市内各乡镇节点上。按照市里的要求，各项工作要突出一个‘早’字，提前做好‘防、抗、救’相应准备，真正做到未雨绸缪，

2021 年 6 月 27 日，本报记者在黑龙江省黑河市逊克县采访报道

高一级设防。”黑河市水务局工作人员说。

6 月 24 日 8 时，黑河市防汛抗旱指挥部决定将防汛应急响应由Ⅱ级升级到Ⅰ级。

当天黑河市堤防公园，依然如往常一样祥和。绿化工人正在为迎接建党百年搭建花木造型。沿江堤段上，每隔二三十米就有一排摆放整齐的金属防浪桩。“一旦汛情紧急，这些金属防浪桩可以迅速安装到位，形成高 1 米左右、长 3 公里的防浪屏障，进一步保障主城区人民生命财产安全。”黑河市水务局工作人员说。

江堤上，居民张大姐正如往常一样休闲散步，她好奇地打量着金属防浪桩。当记者跟她聊起现在的汛情，问她紧不紧张时，她说：“看着水越来越大，心里确实有些担心，但党和政府一直为老百姓着想，看着这些防浪桩都准备好了，我心里更有信心了，相信我们一定会打赢这场抗洪战的。”

雄起之城谋安澜

（2021年7月3日）

本报记者　董自刚　李平　张灯林　陈晓磊　　通讯员　任树春　赵群

建设雄安新区是千年大计。这座由习近平总书记亲自决策、亲自部署、亲自推动的未来之城，正向着高质量、高标准建设目标日夜迈进。

仲夏时节，1770平方公里的“超级工地”上草木葱茏。项目现场，塔吊林立，卡车穿梭，建设者昼夜施工，一栋栋建筑如雨后春笋“长”出地面。“新区一天一个样儿!”来自海河水利委员会的年轻挂职干部易杭，见证了新区的变化。

4年多的时间，从规划到实施、从地下到地上、从基础设施到服务配套，雄安新区正逐渐从蓝图变为现实，为有序承接北京非首都功能做好准备。

作为支撑和保障千年大计顺利实施的基础性工程，新区防洪工程建设进展如何?防汛备汛“四预”工作做得怎样?记者近日来到雄安新区实地探访。

打造一个“防洪圈”

抵达雄安新区，已近中午。沿城内公路继续行驶约二十分钟，转入施工道路，约一刻钟，来到南拒马河右堤堤顶。加高培厚的大堤给人安全感，堤顶平坦坚实，不远处多台大型机械正加紧作业，工人们在两侧栽植树木。

南拒马河右堤是雄安新区起步区北部重要的洪水防线，工程建设包括加高加固堤防19.2公里、新建两座引水闸、拆除重建东马营倒虹吸、治理7处险工和物联网建设等。

“工程2019年4月开工建设，主体已经完工，具备200年一遇防洪能力，正在实施景观提升工程，预计2021年年底前完成生态堤建设。”项目负责人田洪说。

按照雄安新区防洪专项规划，起步区防洪标准为200年一遇，5个外围组团防洪标准为100年一遇，其他特色小城镇防洪标准为50年一遇。

南拒马河右堤正是环起步区高标准“防洪圈”的一部分。北部的南拒马河右堤、东部的白沟引河右堤、南部的新安北堤、西部的萍河左堤，加上西北围堤，这些堤防首尾相连，将在起步区周围形成一个长约100公里的闭环生态“防洪圈”，全线防洪标准达200年一遇，将起步区“揽入怀中”。

起步区南部的“洪水防线”进度如何？记者随后赶到新安北堤防洪治理工程（一期）先期示范段白洋淀码头段。

“新安北堤全长35.6公里，这4公里是白洋淀码头段，现在堤顶道路建设和绿化工作都完成了。”项目工作人员张海涛在规划图上指出工程位置，“剩余段在3月份进场施工，到5月30日防洪断面填筑全部完成，具备200年一遇防洪能力。”

在新安北堤建设中，新区采取加高培厚老堤、构建新老双堤、新堤线后移、设置防汛挡墙等4种形式，因地制宜打造生态公园、手划船线、漫步道等，让工程集防洪、生态、休闲等多功能于一身。不仅是新安北堤，整个环起步区“防洪圈”都是按照这个理念建设的。

在“防洪圈”中，城市排涝工程也在加快建设。容东片区的截洪渠二期工程建设现场，工人们正冒雨赶工。考虑到容东片区安置房汛期排涝安全，工程加紧施工，5月底已经具备了排涝能力。项目负责人刘文勇说：“工程是按规划建成区30年一遇、农村片区20年一遇排涝标准设计的，全长约10公里。现在正进行生态边坡护砌工作，预计到2022年6月工程全部完工。”

一路探访，“加紧实施”成为建设常态。对新区而言，这既是必须，也是必然。

当前，新区已进入大规模建设和承接北京非首都功能疏解并重时期，迫切需要与之匹配的防洪保障能力。另据预测，今年汛期包括雄安新区在内的海河流域部分水系降雨偏多，发生洪水的可能性较大。

加快推进工程建设，不仅是民生大事，更是一项必须扛起的重大政治责任。6月4日，国家防总副总指挥、水利部部长李国英赴雄安新区，强调要加快完善防洪工程体系、做细做实汛前准备工作，全力保障雄安新区防洪安全。此前，水利部副部长魏山忠调研时也对加快工程建设提出了明确要求。

主汛期在即，各参建单位抢抓时间，加快工程建设。目前，南拒马河右堤、白沟引河右堤、新安北堤、萍河左堤等工程主体均已完工，西北围堤工程加快启动，“防洪圈”主骨架基本成型。

练就一套“软内功”

高标准、成体系的防洪工程，是汛期过关的“硬实力”。做好预报、预警、预演以及应急抢险的预案、队伍、技术、物资准备，则是应对汛期大考的“软内功”。

新区立足全局，制订了2021年防汛抗旱应急预案，编制了起步区、雄县、容城县、安新县和白洋淀蓄滞洪区超标准洪水防御预案，完善了其他防汛应急预案、抢险预案、蓄滞洪区转移安置预案等，形成了一套预案体系。

环起步区生态防洪堤基础工程建成不久，尚未经过洪水检验，尤其需要落实应急抢险措施。

“李部长在6月初的检查中指出了这个问题，新区针对南拒马河右堤、新安北堤等环起步区防洪工程，组织建设单位编制了施工期安全度汛方案、应急预案等。同时，委托第三方机构，汛期对重点堤防和险工开展不间断的专业巡查。”易杭说，对新盖房枢纽等关键区域，新区也组织编制了相应的调度运用预案、应急措施方案等。

此外，抢险队伍和物资均已准备到位。新区将参建企业281支、7932人的防汛抢险队伍纳入新区防汛抢险体系，并与周边驻军和武警部队建立了联动机制。同时，落实安全度汛财政资金3000余万元，在新区及三县设置了5个应急物资储备库，超标准储备抢险物料、救生器材、抢险设备等防汛救灾物资。

位于雄县的雄安新区应急物资储备库，总面积约1370平方米。区别于其他4个储备库，这里更像是一个大型仓储式超市，空间宽敞，灯光明亮。高大的蓝色货架整齐排列，四层置物板上分类摆放着防汛物资。

货架外侧蓝色标牌上字母与数字组合的编码，是它的“身份证号码”。据工作人员介绍，仓库统一安装了管理系统和视频监控系统，物资信息全部录入系统，既可以通过编码快速锁定物资位置，又能实时在线查询物资数量，极大提高了管理效率，方便防汛物资第一时间运达抗洪抢险一线。

除了管理上的创新，高科技的“抗洪神器”也纷纷亮相。大型应急排涝车每小时排水能力达3000立方米，插接式防洪子堤组坝灵活、适应性强、便于储存、可回收复用，前端感知设备可实现灾害事故现场视频监控图像的“动中通”。

技术支撑同样不可或缺。新区加快推进应急指挥平台、水旱灾害防御调度系统和气象大脑开发建设，将雨情、水情以及在建项目监控信息接入新区防指，并与河北省气象、水文等部门建立起预报、预警等沟通联动机制。此外，省水利厅等多家单位，分别选派技术骨干人员汛期常驻新区工作，并为新区组建了5个专业30余人的洪水防御专家组。

下好流域“一盘棋”

雄安新区地处水系复杂的大清河流域，加之起步区“防洪圈”尚未全面完工，如何全面保障新区防洪安全?

坚持“一盘棋”思想，开展联合调度运用，充分发挥现有防洪工程体系作用，无疑是解题“法宝”。

海河水利委员会组织编制的《2021年雄安新区起步区安全度汛方案》近日获水利部批复。方案结合新区防洪工程现状，突出了联合调度，对直接涉及新区防洪安全的大清河中游防洪工程调度方案进行了调整，保障起步区安全度汛。自2017年起，海委已连续 5 年组织有关部门、单位开展起步区安全度汛方案编制工作，持续优化大清河防洪工程调度。

“之前我们对大清河流域及雄安新区周边白洋淀、兰沟洼、文安洼等蓄滞洪区进行了多轮次、全覆盖的现场调研，全面掌握蓄滞洪区防洪情况，为调度提供了有效支撑。”海委水旱灾害防御处处长徐和龙说。

此外，海委有针对性地组织了大清河洪水调度和抗洪抢险演练，实现上下游、左右岸联动防御，重点保障雄安新区防洪安全。

今年，河北省水利厅修订印发了全省主要行洪河道洪水调度方案，其中专章明确了大清河系洪水调度方案，规定了水库、河道堤防、水闸枢纽、蓄滞洪区等防洪工程的调度原则。

立足流域单元，流域各方加强统筹协调，有效攻克薄弱环节，扎实推进重点工程建设，做好上游水库调蓄和中下游蓄滞洪区运用准备。

大汛当前，雨情汛情瞬息万变，防洪保安不容丝毫差池。有“软内功”的加持，有流域单元的协作，新区防洪工程能否在今年防汛工作中发挥预期作用？这一切都将在主汛期迎来检验。

“十四五”规划纲要将建设雄安新区防洪工程列入国家水网骨干工程建设。肩负事关国家安全和发展全局的“国之大者”，工程建设面临更高要求。

按照规划进度，新区 2022 年基本建成起步区防洪骨干工程，2025 年基本建成外围组团防洪骨干工程，2035 年起步区、外围组团、特色小城镇分别全面达到规划确定的防洪标准。届时各项工程能否如期建成发挥效益？可否御洪水“于城门之外”？我们期待雄安答案，一如期待这座未来之城的雄姿。

2021 年 6 月 16 日，本报记者在雄安新区采访报道

千年之城打造坚实防洪屏障

——北京城市副中心防汛备汛工作见闻

（2021 年 7 月 7 日）

本报记者　田慧莹　见习记者　王世继

“尹各庄闸管理所按照调度令，请立即回落尹各庄拦河闸，控泄流量 900 立方米每秒。”6 月 26 日，2021 年北京市流域洪水防御综合演练现场，随着一声令下，尹各庄拦河闸液压启闭控制设备将闸门缓缓放下，闸上水位持续上涨，尹各庄分洪闸随即开启，宋庄蓄滞洪区启用。

今年汛期，作为“通州堰”防洪体系的重要组成部分，宋庄蓄滞洪区工程将正式发挥作用。当洪峰来临时，可通过尹各庄分洪闸、尹各庄拦河闸联合调度，把从温榆河上游下泄的洪水分蓄到宋庄蓄滞洪区，从而减少北运河下游的排洪压力。

宋庄蓄滞洪区工程不仅承载着保障北京城市副中心防洪安全的重要使命，还为市民提供了一座以漕运文化为主题的水景公园。随着部分主体工程顺利完成，“通州堰”防洪体系将得到进一步完善，千年之城将迎来更高标准的守护。

“2＋2＋2”防洪体系　守护城市副中心

北京市地势西北高东南低，位于东南部的通州区自古就有“九河下梢”之称，区内水网密布，温榆河、通惠河、凉水河等多条河流在此汇聚，历史上洪涝灾害频繁。从 2017 年开始，“通州堰”防洪体系这一构想已具雏形。

“‘通州堰’在城市副中心外围形成‘2＋2＋2’防洪体系，即尹各庄闸和北关闸两大分洪枢纽、宋庄蓄滞洪区和温榆河湿地公园两个滞洪区、运潮减河和在建的温潮减河两大分洪通道。”北京市水务局副局长张世清说。

“通州堰”借鉴古人“堰”的分水原理，运用现代工程技术手段，通过分、蓄、排等措施，构建上蓄、中疏、下排的防洪体系，使城市副中心防洪标准从 50 年一遇提高到 100 年一遇。

“‘上蓄’除上游山区水库发挥滞洪功能外，还新建有蓄洪容量达 900 万立方米的宋庄蓄滞洪区一期、二期工程，实现错峰控泄洪水的目标；‘中疏’发挥分洪功能，利用两条减河使北运河的洪水在通过副中心前分流到潮白河；‘下排’实施温榆河、北运河综合治理，通过清淤、疏挖、堤防加高等措施，提高河流自身的排洪能力，确保标准内洪水安全通过副中心。”北运河管理处水资源与调度科科长李凤霞说。

目前，宋庄蓄滞洪区一二期工程能够存蓄约 1 个昆明湖的水量；温榆河综合治理项目已全部完工；北运河（通州段）综合治理工程已完工，满足度汛需求；温潮减河项目正在开展深入研究。

“通州堰”4 项综合治理工程完成后，北京市水务局还将陆续实施北运河通州段上游其他规划蓄滞洪区、潮白河治理等工程，到 2035 年全面达到规划防洪标准。

防汛备汛　打好“组合拳”

据气象部门预测，今年海河流域降雨偏多，京津冀地区雨量预计比往年偏多两至五成，防洪压力较大。

“‘通州堰’是一个系统的防洪工程体系，需要统筹部署形成合力。”北京市水务局水旱灾防御处副处长霍风霖说。

李凤霞表示，北运河管理处将联合调度北关分洪枢纽、宋庄蓄滞洪区、北运河（通州段）综合治理等工程，强化“测、防、报、调”能力建设，确保工程不决堤、不垮坝、不倒闸，确保超标准洪水有序调度，全力实现水利工程设施运行安全和城市防洪排涝安全。

面对超标准洪水发生的可能性，北京市水务局不断强化预报、预警、预演、预案“四预”措施，“一项目一对策”制定度汛方案，落实三个责任人制度，实行责任人应急值守，做实做细抢险物料、设备机械等物资准备，加强巡堤查险、信息报送和抢险队伍建设。

“相较往年，今年抢险物资准备工作根据重点部位、重点环节进一步细化，具体到抢险人员、取用物资所用车辆和行动路线规划等。此外，增加了砂石料、土方、巡堤查险设备等应急物资。”李凤霞说，“汛前，我们已完成 3 次应急演练，提高险情处突能力，遇到重大险情，将‘分蓄、控泄、扒口、堵口’多措并举，打好‘组合拳’。”

数字升级　织密智能防汛网

北运河管理处调度室内，实时监控影像、雷达回波图传输到大屏幕上，雨量、水位、流量、流速、闸门开度……一项项数据清晰显示。

在运用数字化技术提高防汛备汛能力方面，“通州堰”走在了前面。仅北运河管理处就安装有 115 个监控点位和 8 个水情自动监测设备，实时记录数据，并通过传感系统传送回平台进行数据存档和多维比对，为防洪调度和应急处置提供决策支撑。

智能化设备在日常水量调节中也发挥着重要作用。根据今年北运河全线通航的用水需求，各闸启闭次数较多，远程操控大大降低了人力和物力成本，安全性大大提升。

技术队伍同样是防汛备汛的主力军。北京市水务局为各水管单位选聘“一站两院”技术专家，为预案方案制定、监测预报预警、洪水调度、险情处置等提供技术指导，细化风险预警指标、优化防汛情景库等。截至目前，北运河管理处已完成 4 次共 280 人次的技术培训工作，自主研发的北运河业务管理系统、水位警戒程序等极大提高了各闸的调度和监测效率。

防汛备战，永远都是进行时。如今，“通州堰”防洪体系将秉承自然生态理念，打造全面、多方位智能防汛系统，重构水与城、水与人的和谐关系，为北京城市副中心构筑起坚实防洪屏障。

2021 年 6 月 18 日，本报记者在宋庄蓄滞洪区采访报道

重庆：超前部署　防洪抗旱“两线作战”

（2021 年 7 月 14 日）

本报记者　王慧　刘占波　　通讯员　刘堂林

7 月 5 日 17 时 50 分，重庆市綦江区，綦江河今年首个洪峰通过城区；6 日 14 时，綦江洪水橙色预警解除。洪峰过境，沿岸两万余名群众安全转移，无一人伤亡。

“鉴于今年洪旱并存、旱涝交替、伏旱明显的严峻形势，重庆牢固树立底线思维，时刻绷紧水旱灾害防御这根弦，最大程度减轻水旱灾害风险和损失。”重庆市水利局副局长谢飞说，4 月 1 日，市水利局就开始汛期备班值班，比正式入汛的 5 月 1 日提早了整一个月。

针对今年可能出现的水旱灾情，重庆提早预测，超前部署，全力以赴做好迎战准备。

责任压实　细分层次抓重点

对于防汛工作的责任落实情况，谢飞用了“非常实在”四个字来形容。

去年起，重庆市政府领导包片负责各区的水旱灾害防御工作；今年责任继续下压，水利局负责人包片、处室包区县，加上更加扎实的“五包”责任制——县包乡、乡包村、村包组、组包户、党员干部包群众，责任细分向下，落到每一名群众。

1.75 万余名河长，让河长制成为防汛强大着力点。水旱灾害防御任务自去年纳入重庆市河长制工作，同时建立了河流雨情水情告知机制和河长调度防汛抗旱机制，取得良好成效。今年的推进力度进一步加大，河长制将在防汛大考中进一步“有实”“有能”，充分发挥作用。

在綦江城区的綦江主河道旁，在新建成的大（2）型水库观景口水库边，记者都见到了防汛抗旱责任人公示牌，责任人姓名、单位、职务、电话清晰明确呈现。据了解，全市防洪薄弱点、大中小型水库、山洪危险点、流域面积 50 平方公里以上河流，都已挂牌公示了责任人。7800 余处灾害风险点被重点盯防。

扎实监测　保信息通畅到位

距离綦江城区 40 公里的东溪水文站是綦江由贵州进入重庆后的首个水文站，也是重庆綦江流域汛情的第一“把脉人”。

“3 个小时涨了 9 米的水。”东溪水文站站长尹章文回忆起去年綦江遭遇的历史最强洪水时仍心有余悸，“测流仪副缆被冲垮，水几乎要淹到测井房，差点就要把设备都撤出来了。”

现代化设备失灵，就改用传统浮标测流；支援力量被大水拦截，就由值守的两人连轴转……扛过了去年超历史洪水的巨大压力，尹章文面对今年汛情仍没有一丝松懈：“责任这根弦是一定要绷紧的。”

7 月 5 日，年度首个洪峰来临，尹章文与同事吴静同去年一样，以半小时一测的频率，将关键测流数据源源不断传回重庆市水文监测总站，为发布预警与工程调度提供重要决策依据。

当前，重庆市流域面积 200 平方公里以上的河流实现了水文站全覆盖，共建成了 201 座中小河流水文站。“把脉人”的增多，让江河的“身体状况”越发清晰起来。

同时，重庆与四川、贵州、湖南、湖北等周边省通过签订备忘录等方式，达成信息共享，更加精准地发挥“尖兵”“耳目”作用，保障精细化调度。重庆各区县实现信息互通，与外省相邻市县亦建立信息共享机制，统筹兼顾上下游、干支流、左右岸情况。

“预警、预报、预案像是高中生学习的过程，而演练就是模拟考试。”谢飞打了个比方。

2019 年起，重庆市所有水库、山洪灾害易发区、城镇内涝薄弱区实现演练全覆盖。今年汛前，重庆市各地的水工程调度、超标洪水防御演练持续开展，3884 个山洪灾害危险区已实现山洪灾害防御演练全覆盖。

智慧升级　防御能力再提升

输入流量，点击鼠标，未来几小时的洪水演进过程在綦江城区的 3D 模型中动态呈现，水怎么涨、淹到哪儿，一目了然。

这是重庆市綦江区洪旱灾害防御预警系统试运行的情景。

綦江干流上没有调节控制性的水利工程，加之受地理条件限制，城区街镇的堤防护岸工程大部分达不到标准要求，这使得加强监测、提前预警、疏散转移等非工程措施，成为綦江区降低洪涝损失的最重要途径。

信息化手段为科学决策提供了更多空间。

“利用已有监测数据，这套系统可以推演预判 4～6 小时后城区街镇的水位情况，直观显示风险范围，为决策提供参考。”綦江区水文与水旱灾害防御中心主任杜娜介绍，“整个綦江干流上的重要街镇，我们都利用无人机建立了模型，力求让风险范围显示得更加精确，决策更有把握。”

除了洪水推演，从河道实时监控到预警短信的发送，都能在这一系统上完成。智慧水平的提升，为綦江区今年继续打赢防汛战增加了底气。

非工程措施充分到位，工程措施也在加速完善。綦江河上游藻渡河上的藻渡水库可行性研究报告已通过复审，建成后将有 5000 万立方米的防洪库容可用于调节控制綦江洪水；渝南水资源配置规划将在綦江上游的羊渡河、松坎河、蒲河分别建设水库，3 座水库建成后，綦江城区防洪问题将得到有效解决。

重庆市加快防洪水库和防洪护岸工程建设，今年将抓好续建的 49 座大中型水库、6 处江河治理工程建设，分批推进 550 座水库大坝安全鉴定和 119 座病险水库除险加固，有序提高全市防洪能力。

一 线 直 击

石景山区：暴雨如期而至　京城有序无恙

（2021 年 7 月 13 日）

本报记者　滕红真

“虽然下大雨，但一切正常、秩序井然。”在石景山区衙门口东公交车站，引导员一边引导乘客上车一边说。

7 月 12 日上午 8 点 30 分，石景山区鲁谷路，大雨瓢泼，“噼里啪啦”声响不断。走在路上，可见地面低洼处有少量积水，车辆正常行驶，市民或打伞、或穿雨衣出行。

“昨天工作群里就发了暴雨通知，电视上看到防汛部门做了很多工作，心理很踏实。”两名云海肴餐饮管理有限公司工作人员说，“今天出行没感觉有太大变化，水多的地方就蹚蹚水。”

据鲁谷街道工作人员介绍，街道防汛应急队提前在辖区内巡查，坚持 24 小时值班值守，做好道路保洁与白色垃圾拣拾工作，防止排水设施淤塞，确保雨篦子排水畅通、重点部位无明显积水。

石景山区防汛指挥办公室发布消息，目前全区各级各类防汛值班值守在岗人员 240 人、防汛专业抢险人员 3493 人，准备了抽水泵 29 台、膨胀麻袋超 1.6 万条、编织袋超 6.2 万条等各类防汛物资。全区转移 54 户 130 人，209 处工地全面停工。

此外，石景山区已有 8 处景区关闭，保证游客安全；多处内涝易发平房区、地质灾害隐患点、易积水道路，已提前发出预警，备齐防汛物资，启动应急排水措施。

“我们正常送快递，都带着雨具呢，地面水还行，影响不大。”一名快递小哥淡然地说着，迅即骑车驶向风雨中……

粤西追风记

——记广东省有力防御台风“查帕卡”

（2021 年 7 月 23 日）

本报记者 李海川 邹锦华 通讯员 曾文凡

今年第 7 号台风“查帕卡”来势汹汹，自 7 月 19 日 8 时生成后，强度在 15 个小时内实现三级跳，从热带风暴级快速升至台风级。20 日 21 时 50 分，“查帕卡”在广东省阳江市江城区沿海登陆，成为今年首个登陆我国的台风，给广东沿海带来疾风骤雨。

7 月 20 日晚，记者一行从广州出发，驱车一路向西，追赶台风“查帕卡”。

与此同时，广东省水利厅召开视频会议部署防御工作，于 20 日 8 时启动水利防汛Ⅳ级应急响应，派出 2 个工作组赴江门、阳江、茂名、湛江等地督导防御工作。一场防汛防台风的战斗吹响了“集结号”。

“我们早就习惯了”

20 日 21 时，江门市水利局灯火通明。墙上挂着一周防汛值班安排表，桌上摆着每日防汛值班登记表，从日期、时段、带班领导、值班人员到值班情况，无一不详细记录在册。

江门市水利局副局长李志介绍，防汛值班安排表严格按照值班值守制度，用他们自己开发的软件自动智能安排值班人员，十分方便。

江门市汛情发布系统大屏长约 10 米，屏幕上可以清晰看到“查帕卡”台风路径以及辐射范围、江门市最近 24 小时汛情等信息，屏幕右下角还有各个水利工程的实时监控画面，实现了水雨工情可视化。据介绍，这也是江门市水旱灾害防御工作标准化建设的一个重要内容。

近年来，江门市按照水利部、省水利厅的部署要求，在不断健全水旱灾害防御工作机构、完善工作机制的同时，持续加强水利信息化建设，初步建成了覆盖全市各级水利部门和工程管理单位的水利工程监控、山洪灾害防治、防汛指挥视频会商以及河长制综合信息平台等系统。

李志的黑眼圈很明显，吸引了记者的注意。当日凌晨3点，他还发了一份关于进一步做好防台风的通知，凌晨5点才睡，睡了1个半小时就起来工作了。李志笑道："这就是水利人防台风的日常，我们早就习惯了。"

工作抓在平常

在台风来临前，阳江市水利局已发布暴雨和台风双红色预警。7月20日21时50分，"查帕卡"在阳江市江城区沿海登陆，登陆时中心附近最大风力12级。此时，记者正在前往阳江的高速公路上，看到警示牌提示多个入口双向封闭，需绕行。

21日凌晨1点，台风过境，阳江市街头地面上随处可见断裂的树枝。

阳江市水利局水旱灾害防御科科长吴泰孟正在值班室值守，密切关注着水雨情。他介绍，阳江市水利局前段时间全面排查了全市水利工程，整治了排查出来的安全隐患或作出应急处置。同时，各地加密水利工程巡查，加强江河水库防汛工程调度，确保工程安全。

"工作要做在平常，临时抱佛脚可不行。"吴泰孟说。抓住重点环节，做好汛前隐患排查；加强值班值守，严格执行24小时值班制度，实行领导带班；做好防汛抢险物资保障工作，及时补充防汛抢险物资；在建工程做好安全措施；强化"三个责任人"上岗到位履职；做足防汛预案准备……台风来临之前，阳江早已准备就绪。

宁可十防九空，不可失防万一。在思想上不松懈不麻痹，在行动上做早做实做细工作，才能在防汛防台风中抢得先机。

严防旱涝急转

7月21日8时，据预测，"查帕卡"将以每小时5～10公里的速度向西偏北方向移动，强度逐渐减弱。

记者一行于21日上午与水利部珠江水利委员会副主任李春贤带队的水利部工作组会合，跟随工作组前往受影响地区了解降雨防御工作。

据了解，去年10月以来，由于持续的高温少雨天气，广东多地出现了不同程度的干旱。台风带来的强降雨，易造成水库水位暴涨，引发山洪灾害等，提高警惕严防旱涝急转尤为重要。

中午驱车经过茂名市路段时，雨势较强，雨刷器不停地刷着车窗上的雨水。茂名市是易受山洪灾害影响的地区，在山洪灾害防御中全面落实了县、镇、村、组、户五级责任体系，发现问题及时报告、及时处置。

记者来到廉江市塘蓬镇上山村，放眼望去，只见村民房子大多搭建在山脚。上山村地处山区，每年的山洪灾害防治都是防汛重要环节，演练必不可少。村委常备手摇报警器和铜锣，用于向村民发送警报信号。早在今年 2 月，上山村就编制了山洪灾害防御预案。

沿着蜿蜒山路行驶，路旁倒伏的树木不时刮擦着车窗。廉江市武陵水库是一座以灌溉为主，兼顾防洪发电的重点中型水利工程。管理处的墙上，台风暴雨气象灾害预警信号含义及防御指南醒目明确，水库防洪应急预案、汛期调度运用计划等文件有序展示，公示牌上三个责任人的职务和电话清晰明了。经检查，启闭机的应急发电设备也一切正常，防汛物资均已备好。

连日来，广东省水利厅认真贯彻落实习近平总书记关于防灾救灾工作重要指示，全力以赴做好防汛防台风工作，加强值班值守，工情和山洪灾害防御专班 24 小时值守，紧盯山洪灾害、中小河流洪水、水库电站等重点防御环节，抽查 58 宗接近汛限水位的小型水库有关责任人到岗履职情况，全省水利系统累计派出 602 个工作组 8026 人次开展督导。

21 日上午，“查帕卡”减弱为热带低压，并于 21 日 17 时移入广西壮族自治区玉林市境内。

7 月 22 日 16 时，广东省水利厅结束水利防汛Ⅳ级应急响应，全省大中型水库均在超汛限水位以下运行，无江河水位超警，无人员伤亡。

面对今年登陆的第一个台风，广东省严阵以待，全力应战，经受住了严峻考验。

2021 年 7 月 21 日，本报记者在广东省阳江市采访报道

雨夜探访河北暴雨防御指挥中枢

（2021 年 7 月 23 日）

本报采访组

7 月 22 日零点三十分，河北省石家庄市。

雨丝细密，雨中的街道像镜子一样映着街灯。走进位于裕华区富强大街 3 号的河北省水利厅，还没看清楚院落的轮廓，等候在传达室的省水利厅防御处处长李树槐就疾步迎了出来。

根据水利部最新会商消息，刚刚在郑州市造成严重灾害的降水云团北移至河北省南部，影响邯郸、邢台、石家庄等地。

记者乘坐电梯到达 19 楼。楼道里灯火通明，一派繁忙有序的景象。这里是河北迎战暴雨洪水的指挥中枢。3 个半小时前，河北省气象局发布暴雨红色预警信号，邯郸、邢台中西部、石家庄南部和西部、保定中南部的强降雨仍将继续，过程累计雨量可达 200 到 300 毫米，个别地点达 300 毫米以上。

雨情汛情牵动着每个人的神经。

“今年以来，全省平均降水量达到 370 毫米，比去年同期多 55%，比往年同期多 48%，入汛以来全省平均降水量达到 307 毫米。”李树槐在预测预报组办公室介绍，“目前的形势比较严峻，厅领导、厅里各个处室的处长（主任）都是 24 小时在岗值守。”

铺满整面墙的大屏幕上，河北省水旱灾害防御数据信息平台正实时更新全省水雨情信息。“这是我们响应‘水利一张图’搭建的全省水利信息资源整合共享平台，通过整合防汛、河湖、水资源、水文等信息，可以对降水情况作出比较准确的分析研判。”

最新的指挥调度指令正从这里发出——“根据天气形势变化，经会商研究决定，自 2021 年 7 月 22 日 1 时起，石家庄、邢台、邯郸等 3 市水旱灾害防御应急响应等级由Ⅳ级提升至Ⅲ级”。

现场有工作人员通过视频监控系统实时查看工程运行情况，掌握防洪工程安全状况。

会议室里，迎面碰上刚主持完会商的省水利厅厅长位铁强，他告诉记者，本轮强降雨防御中，河北省主要采取了强化预报预警预演预案、科学调度洪水、配强工作力量、严格值班值守等措施。下一步，将突出问题导向，从最不利情况出发，做最充分的应急准备，盯紧每次强降雨过程，特别是重点区域、重点部位，密切协同配合，全力保障全省度汛安全。

暴雨就是信号，汛情就是命令。保障群众生活如常，是水利人日夜坚守的初心和使命。入汛以来，河北省水利厅专门成立洪水调度工作专班，持续、滚动提供调度方案，为科学精准调度水利工程提供技术保障。

凌晨 1 点 30 分，记者走进省水利厅洪水调度工作专班工作现场。灯火通明的会议室里，6 位防洪调度专家围坐在会议桌前忙碌，紧张有序，前面的屏幕实时显示着各水文测站的实测数据和变化趋势，专家们不时交流着调度方案情况。

“目前，河北水库尚有一定的防洪库容应对下次洪水。”在调度专班工作现场，防洪调度专家郭建平告诉记者。

“我们对上游水库、河道和洼淀的运用提供联合优化调度方案，在保证安全的前提下优先蓄水，减少洪水下泄，有效实现削峰、错峰，保障下游人民群众生命安全，尽量避免启用蓄滞洪区。”调度工作专班专家、河北省水利规划设计研究院规划院副院长王志军介绍，“根据实时水情、雨情、工情，每两个小时滚动修正、优化洪水调度方案。结合先进的信息化技术，洪水调度的准确率和科学性会更高、更强。”

凌晨 1 点 52 分，会商室里又传来研究讨论的声音。省水利厅正与石家庄市水利局连线，根据最新水情汛情落实责任，强化防御措施。

截至凌晨两点记者离开时，水利大楼里的人们仍在紧张忙碌着。屋外暴雨倾盆，瞬间浇透衣衫，内心却笃定而踏实。

2021 年 7 月 22 日凌晨，本报记者在河北省水利厅采访报道

（本报采访组成员　席晶　吕彩霞　李博远　温婷婷　杨东　祝丽敏　吕培）

践行水文初心　勇担测报使命

（2021年7月24日）

本报采访组

受低涡外围低空急流影响，7月22日凌晨1点，河北省石家庄市遭遇暴雨。

在河北省水利厅防御处的水旱灾害防御值班日志上，一个个实时动态数据被清晰记录。

“截至目前，石家庄市最大降雨点为冷泉站，累积降雨量406.5毫米，平均面降雨量为130毫米！”

“7月20日至现在，石家庄市降雨量超过300毫米的站点有17站，超过200毫米的有151站，超过100毫米的有330站！”

…………

“进入汛期，我们24小时值守，根据雨水情况和气象部门的预测情况，辖区内大型水库3个小时一发报、中小型水库1个小时一发报、河道起涨过程随时发报。”石家庄水文勘测研究中心相关责任人王立存说，仅20日晚，在石家庄防汛工作微信群里逐小时发布的雨水情信息有58条。

“21日上午9点，我们就启动了水文测报Ⅳ级应急响应。”石家庄水文中心副主任周辉说。7月21日17时，河北省升级暴雨橙色预警，水文中心全体党员干部提前进入防汛应急状态，召开防汛调度会，分析研判雨水情，部署重点工作，布控重点断面，党员充分发挥战斗堡垒和先锋模范作用，积极投身防汛第一线。

7月21日，滹沱河小觉水文站、柳林河刘家坪水文站、绵河地都水文站、洨河南赵水文站、太平河北新城水文站先后出现不同程度涨水过程。

哪里有水情，哪里就有水文人。勘测队、应急监测队出动应急队员720人次，实测流量240余站次，向省中心转发雨水情信息1.9万条，为防汛决策部署提供了科学依据。

中心值班人员反复校对核实降水信息，滚动修订预报方案，审查方案依据，研判水情发展趋势，齐心协力打好水文“情报战”。

分秒必争是水文测报一以贯之的行动标准。7月22日上午10点，记者一行来到平山水文站。此时雨刚停，天还是阴沉的，时不时飘下几点雨星，浊黄的冶河流速也缓慢了下来。在河道上空的缆道上，平山水文站站长郑刚正在专注地进行断面取沙。

平山水文站是冶河的出口，同时也是大（1）型水库黄壁庄水库的控制站。7 月 21 日夜里，这里最大实测洪峰为 540 立方米每秒。

郑刚完成取沙工作，随缓缓移动的缆道吊篮回到岸上。“昨天夜里雨太大，我们水文站停电了，不过有备好的发电机，停电不停测报。”郑刚说，从 21 日 16 时至 22 日 10 时，水文站利用电波流速仪、ADCP 等先进设备，密切监测水面变化，测报 16 站次，测到了整个洪峰过程。截至目前已经完成洪峰过程中取沙、观测水位 5 次。

降水、水位、流量、泥沙……连续奋战，每一天都是不一样的记录，每一个水文数据资料都凝聚着基层水文人的汗水，他们用无眠守护着百姓安眠。汛情监测“测得到、测得准、报得出、报得及时”，为科学调度工程提供了第一时间的数据支撑。

一天一夜没合眼的郑刚转身又去准备观测水位了。记者结束采访时，降雨已经停止，水文站工作人员的仪器设备检查和测洪资料核对工作却仍在继续……

2021 年 7 月 22 日，本报记者在平山水文站采访报道

（本报采访组成员　杨东　席晶　温婷婷　吕彩霞　李博远　祝丽敏　吕培）

河南平顶山市　全力迎战暴雨洪水

（2021 年 7 月 24 日）

本报通讯员　李盾　　记者　温婷婷

7 月 20 日夜，大雨依旧。河南省平顶山市水利局灯火通明。8 楼灾害防御会商室 24 小时进行不间断会商，建设管理科人员时刻关注各水库汛限水位……

“从今天开始，全市水利系统干部职工进入防汛临战状态。”7 月 12 日上午，平顶山市水利局党组书记、局长赵庆民主持召开防汛专题会议，8 个专业组组长、副组长及市水旱灾害防御中心全体人员参加，提前做好应对准备。

“根据要求，请上述文件涉及的 8 个水旱灾害防御专业组的所有同志本周六、日正常上班。收到请回复。”7 月 16 日晚，一条紧急通知在平顶山市水利局内部微信群中发出。

“收到”“收到”“收到”……一串的“收到”意味着任务的领取、责任的履行。

“别人下大雨往家里跑，水利人下大雨往单位跑”，这是水利职工的生动写照。7 月 19 日，平顶山市开始普降大到暴雨，局部出现大暴雨和特大暴雨。当日，6 名局领导班子成员带领技术人员，分赴汝州市、舞钢市、鲁山县等地进行防汛督导检查，现场查看值班情况、物资储备、防汛责任人到岗情况等，顶风冒雨到水利工程一线实地检查。

“我这里是北汝河紫罗山水文站，这里已经形成超过 1000 立方米每秒的洪峰。”7 月 20 日 8 时，平顶山市水利局值班室接到电话报告。

“汝州市已经知道该情况，迅速通知郏县、宝丰县做好应对，北汝河境内的橡胶坝要塌坝运行，确保洪水安全过境。”防汛值班主任立即安排值班员发出通知。

市水利局预测预警预报组及时分析，统筹考虑防洪与供水形势，20 日凌晨、20 日下午进行两轮会商，调度舞钢市田岗水库、汝州市涧山口水库开闸泄洪，主动迎汛；安排昭平台水库、白龟山水库、石漫滩水库、田岗水库严格执行省水利厅联合调度指令，及时开闸泄洪，并密切关注下游河道沿线情况，确保泄洪安全。

“昭平台水库目前开闸泄洪，已安排人员加密频次对水库进行安全监测。”昭平台水库管理局值班室向市水利局值班报告。昭平台水库 20 日 8 时达到最大洪峰 6359 立方米每秒，20 日 6 时 30 分下泄流量 500 立方米每秒，削峰率 91%。

应急响应启动及时，各项工作有条不紊，居民生活秩序正常。目前，水利干部职工仍坚守岗位，保障群众生活如常。

据统计，强降雨期间，平顶山市共出动 7.2 万人，调派应急排涝车、挖掘机、压路机、船艇等 6320 多辆，清理水毁路段、落石滑坡、险桥塌方、积水等汛情隐患 762 处，劝阻非机动车 1800 多辆，疏散群众 3400 多人，紧急转移安置群众 1.256 万人，营救群众 286 人。

“预”字当头　冲锋在前

——上海抓好台风“烟花”防御

（2021 年 7 月 27 日）

本报记者　邱月明　叶晓峰

7 月 24 日傍晚，上海小风疏雨。25 日 12 时 30 分，第 6 号台风“烟花”登陆浙江舟山，中心距离上海人民广场东南方向约 189 公里。

台风“烟花”移动慢、水汽足、块头大，将给上海带来强降雨，黄浦江上游、杭州湾可能出现接近历史记录的高潮位，还可能出现风、暴、潮、洪“四碰头”情况，形势十分严峻！

宁可十防九空，不可失防万一。上海市水务局提前部署防汛工作，抓好“四预”措施，把保障人民群众生命财产安全放在第一位、落到实处。

快速响应　及时部署

上海市水务局依托市防汛指挥系统，汇集全市防汛情况，实现值班值守、综合汛情、热线灾报、视频监控等信息实时滚动更新，充分发挥“耳目”作用，为下一步研判决策提供支撑。

同时，市水务局连续召开视频会商会，了解指导全市台风防御工作，还通过多种渠道、多种方式及时向社会发布预测预报预警信息，建立多方协作、运转高效的防汛联动工作机制，确保一旦出现险情，能够快速反应、迅速处置。

自 22 日启动应急响应行动以来，全市已有 20 万名防汛人员进岗到位、值班值守。市水务局要求全市水闸于 22 日上午 10 时起停止引水，全力排水，腾出内河库容 4.7 亿立方米。

党员担当　迅速行动

走进市水务局水旱和海洋灾害防御处办公室，记者首先看到的就是一摞摞文件，听到的是敲击键盘的咔哒声以及此起彼伏的讨论声。书柜中摆放着醒目的奖牌——

“先进党支部”。

防御处现有党员 11 名。进入战时状态的这段时间里，他们坚守岗位、冲锋在前、奋战一线，不松懈不松劲。“很多同志都几天没回家了。”防御处副处长沙治银说。

处内的年轻党员张宁腾，已经连续 3 天没有回家。熬红了双眼的他正紧盯电脑，在为下一次会商准备材料。张宁腾说：“家里还有两个小孩，这段时间也顾不上，很感谢家人的理解和支持。”

防御处处长张友伟说：“我们第一时间行动，88 辆移动泵车和 100 余支排水突击队提前预置到位，2000 余支抢险队伍集结待命，300 余个防汛物资仓库实行 24 小时值守。”

据悉，国家防总和水利部联合上海市防汛办派出 5 个工作组赴 8 个区，协助开展台风防御工作。各部门各单位持续检查排险，消除风险隐患；滚动联合会商研判，持续开展汛情灾情处置，迅速恢复城市正常运行。截至目前，全市累计检查堤防海塘 2564 公里、泵闸 3722 座、易积水小区 5921 个，全市无人员伤亡。

“我们将坚守岗位，履职尽责，确保人民群众生命财产安全，最大限度减少灾害损失。”市水务局局长史家明坚定地说。

风雨中的黄河力量

——河南新乡黄河河务局抗击特大暴雨洪水纪实

（2021 年 7 月 27 日）

本报记者　吕彩霞　　通讯员　李留刚

7 月 17 日 8 时到 23 日 7 时，河南省新乡市普降大暴雨到特大暴雨。风雨中，新乡黄河人坚持以人民为中心，团结一致，众志成城，为新乡抗洪救灾贡献了黄河力量。

紧急驰援保安全

新乡市河湖众多，经过连日强降雨袭击，牧野湖、定国湖湖水暴涨，人民胜利渠、共产主义渠、卫河河水漫堤，城市部分道路积水严重。河南黄河河务局新乡黄河河务局在确保黄河安全的前提下，紧急调用抢险队员和机械设备，支援地方抗洪抢险。

7 月 21 日至 25 日，原阳河务局陈彦来作为抢险现场技术总指挥，先后转战卫辉东孟姜女河和卫河，处置了滑坡、渗水和管涌等 50 余个险情；封丘河务局齐永进带领 7 名队员和一台装载机，运送 1000 条编织袋、200 张铅丝网片等物资，调运 443 张铅丝网片支援卫河抢险；7 月 25 日，新乡河务局副局长董强带领原阳、封丘 23 名抢险队员支援鹤壁浚县新镇卫河，加入决口堵复战……多方协调人力、物资、技术支持，新乡黄河人全力以赴抗大洪。

大爱无疆黄河情

洪水肆虐，连片的房屋积水严重，大量群众受灾。前方抢险队员积极参加一线抢险的同时，后方的新乡黄河人也在做好后勤保障工作，随时志愿参加抢险。

在凤泉区共产主义渠与卫河交汇处的决口堵复抢险现场，寇志勇在连续 3 天做好后勤保障的同时，参加抢险和料物运送等工作；在严重积水的新飞大道和平原路交叉路口，封丘河务局挖掘机驾驶员刘祖辉一天用挖掘机运送受灾群众 300 余人次；身在外地的吕志华心系灾情，多方联系，为受灾群众协调了 2000 多条编织袋……在牧野湖决溢抢险、彩虹桥漫溢抢险、黄河口抢险等多地，都有新乡黄河人的身影。他们蹚着过膝的积水搬运沙袋，任汗水浸透衣服，依然干劲十足。他们用实际行动诠释着黄河力量！

抢先抓早争主动　精细调度迎大考

——河北邯郸市有力有序应对强降雨

（2021 年 7 月 27 日）

本报记者　杨东　　通讯员　乔鑫

7 月 24 日下午，河北省邯郸市永年区莲花口水文站，滏阳河正在紧张有序下泄洪水。

邯郸市水利局认真贯彻国家防总副总指挥、水利部部长李国英调研指导邯郸市防汛工作时的要求，抓紧对岳城水库、东武仕水库等 7 座大中型水库库容分洪泄洪，确保全市水库在 7 月底前降至汛限水位以下。

7 月 21 日 20 时，河北发布暴雨红色预警信号，邯郸普降暴雨到大暴雨。自 7 月 22 日 1 时起，邯郸市水旱灾害防御应急响应由Ⅳ级提升至Ⅲ级。截至 22 日 10 时，全市除岳城水库和青塔水库外，其它 5 座大中型水库均超汛限水位运行，63 座小型水库有 36 座溢流堰少量溢流；滏阳河、支漳河分洪道出现较大洪水过程，滏阳河莲花口下游防洪压力较大。

在经历 7 月 11 日—14 日、17 日—19 日 2 次强降雨过程后，邯郸市西部山区土壤含水量已饱和或接近饱和。此次强降雨来势猛，降水急，极易引发山洪和地质灾害。如何把坚持“人民至上、生命至上”落到实处，最大程度保护人民群众生命财产安全？

邯郸市水利局及早部署，周密防范，科学调度，抢抓汛期大考的主动权。据介绍，7 月 16 日，市水利局就在永年洼的分洪区，组织民兵提前准备重型设备装备、防汛料物，加强河道堤防、闸战、水库的巡查防守，赶在暴雨前转移危险地区人员，确保人民生命安全。

针对山洪和地质灾害，市水利局密切关注雨水情，组织专家会商，派驻职能组靠前指挥。提前调度滏阳河城区段和支漳河上游各水闸，将支漳河北堡闸、王安堡闸、东湖闸以及柳林闸全部提起，将张庄桥节制闸、电厂闸调节至兼顾工业供水的极限水位，确保“拒洪入市”；平原组联合调度高级渠和民有渠系各闸，做好迎汛备战准备；滏阳河组充分发挥东武仕水库拦洪削峰作用；洺河组加强上下游、左右岸巡查巡护，确保行洪畅通和堤防稳固……

7 月 22 日上午，邯郸市平稳、安全度过强降雨过程。共转移 1340 个村 31486 人，其中，受山洪和地质灾害威胁的 982 个村 20668 人。截至目前，无山洪灾害人员伤亡报告。

暴雨暂停，保障人民生命安全这根弦始终绷紧。“汛期关键期刚刚开始，我们会坚决贯彻习近平总书记的重要指示精神，按照李国英部长要求，时刻保持备战状态，科学调度洪水，在水库下泄过程中，盯紧每个水库，严格排查风险隐患，重视蓄滞洪区的安全问题，抓紧抢修水毁工程，全力以赴打好接下来的防汛硬仗。”邯郸市水利局党组书记、局长侯有民说。

河南：党旗在防汛抢险一线高高飘扬

（2021 年 7 月 27 日）

本报记者　温婷婷　国立杰　李乐乐

“出发！”7 月 23 日凌晨 4 时，随着领队一声令下，河南省豫北水利工程管理局党委 2 个工作组 13 名技术人员组成突击队，连夜奔赴安阳、鹤壁两地。

他们赴一线开展启用蓄滞洪区情况的全程调查，以及重要汛情、灾情、工情等信息资料收集工作，目前已连续奋战 80 多个小时。

7 月 17 日以来，河南出现大范围强降雨，多地降水量打破历史纪录，省内已发生区域性严重洪涝灾害，水库堤防工程出险多，防汛形势十分严峻。7 月 21 日 2 时 30 分起，省水利厅将水旱灾害防御应急响应提升至Ⅰ级。当天，省水利厅机关党委发出倡议：让党旗在防汛抢险一线高高飘扬！倡议设立党员先锋岗、党员示范岗、党员责任区，成立党员志愿服务队、党员抢险突击队。

省水利厅党组召开专题会议安排部署，要求各地立即进入战时状态，加强值班值守。同时，派出水利专家组赶往郭家嘴、五星水库指导抢险。7 月 20 日以来，累计从省级防汛物资郑州仓库、漯河仓库、新乡仓库，兄弟省市及社会企业调运 38 万条编织袋、53 台次排水泵、2 万平方米土工布、3638 片铅丝笼网片等防汛物资，支援郑州、新乡、鹤壁等地抢险救灾。

在常庄水库、卫河堤防出现险情后，省水利厅党组书记刘正才、厅长孙运锋第一时间带领水利专家赶赴现场，紧急会商分析，制定抢险方案，并现场指导实施。6 名水利厅相关负责人带队在全省高风险部位开展防汛专项督导检查。各级责任人全部上岗到位，24 小时值守。

“始终保持守土担责、尽锐出战、严阵以待的昂扬斗志，做到哪里有危险、哪里最艰苦、哪里灾情最严重、哪里群众最需要，哪里就有共产党员在发挥作用。”省水利厅党组成员、副厅长、机关党委书记武建新说。

开展监测预报预警、水工程调度，提供抢险技术支撑，确保水库大坝和堤防工程安全，水利人责无旁贷。省水利厅党组成员申季维说：“要严格落实‘测、防、报’各环节责任，时刻绷紧防汛救灾这根弦，坚决完成组织交付的各项任务。”

省水利厅防御处党支部连续组织 30 多次会商，在卫河、颍河、沙河等下游河道堤防出现险情时，发出63次调令，果断调度盘石头水库、白沙水库、白龟山水库、燕山水库压减下泄流量；精细调度宿鸭湖、出山店等20座大中型水库，蓄泄结合、拦洪削峰；根据汛情启用7座蓄滞洪区，全力分滞洪水；在郑州常庄水库出现险情时，果断调度水库尽可能降低水位，同时立即组织抢险，按照预案组织转移下游群众。

省水文局党委利用全省4000多处观测站点，时刻监测雨水情，随时做好重要水情实时预报；新乡水文局党支部防汛突击队兵分两路分别前往卫辉水文站、合河水文站支援，冒着大雨到现场河道测流基本断面涨水情况，实时预报重要水情；鹤壁水文局党支部派出16名技术人员分赴4个水文站帮助开展水文测报，4个应急突击队奋战防汛一线。

哪里有最紧急的汛情就冲到哪里，省水利宣传中心党支部组织4路记者分赴抗洪抢险一线，在白沙水库泄洪现场、在郑州和新乡暴雨灾区、在鹤壁市卫河堤防决口段……实时采访报道，拍摄第一手视频、图片。

结合正在开展的党史学习教育，省水利厅57个直属党组织和5000多名党员学史力行、冲锋在前、勇于担当，当好“主心骨”，投入防汛救灾工作中。

“要充分发挥各级党组战斗堡垒和党员先锋模范作用，抓住降雨间隙的黄金时段，尽快除险加固、修复水毁，以利再战。”刘正才说。河南省水利部门下一步将突出水库、闸坝、堤防、蓄滞洪区、泄洪道等重点部位，对险工险段险情再排查，建立日报制度，早发现、早处置，尽快消除隐患，尽快修复水毁项目、病险水库和已出险部位，同时扎实做好队伍配备、物资补充、方案落实等工作，为应对新的汛情险情做足准备。

预字当先　科学调度

——太湖流域齐心协力共御台风“烟花”

（2021 年 7 月 28 日）

本报记者　尤珍　邱月明

今年第 6 号台风“烟花”来势凶猛！风、暴、潮、洪“四碰头”，影响叠加，雨情紧，水情急，太湖流域防汛防台风形势骤然紧张。

面对不利形势，太湖流域管理局会同流域各地坚决贯彻习近平总书记重要指示，按照党中央国务院和水利部决策部署，立足“人员不伤亡、水库不垮坝、重要堤防不决口、重大基础设施不受冲击”的目标，坚持预字当先，科学调度流域水利工程，全力以赴预降太湖及周边河网水位，为迎战台风腾出调蓄库容，尽最大努力确保流域汛情平稳和人民群众生命财产安全。

用好“四预”　提前部署

从台风一生成，太湖局就予以高度关注，持续加强与气象部门的沟通，滚动开展太湖及地区河网水位预报。考虑到台风可能形成风暴潮洪相互叠加的恶劣局面，太湖局按照水利部要求连夜编制《太湖流域防御“烟花”台风暴雨洪水方案》，提前系统安排各项防御措施。

7 月 21 日，国家防总副总指挥、水利部部长李国英主持召开防汛会商会研究部署防汛工作。太湖局立即部署落实，提前开展防台风预演，以台风“烟花”当前预报的强降雨过程为背景，预演流域骨干工程不同调度方式下的太湖和地区河网水位变化过程及地区淹涝情况，为流域骨干工程调度调整提供了决策支撑，并将预报成果向相关省市发送。

随着台风“烟花”逐渐靠近，太湖局于 7 月 22 日启动防汛Ⅲ级应急响应，并于 24 日将响应级别提升至Ⅱ级。7 月 21 日以来，太湖局主要负责人每天滚动主持防汛会商，对台风防御工作进行全面部署。太湖局全局总动员，将台风防御作为压倒一切的中心工作，全体职工取消周末休息，全部到岗到位，全力以赴做好台风防御各项工作。

同时，太湖局多次发出通知，对水库运行安全、山洪灾害防御、城市内涝防范等提出明确要求，并在第一时间发出预警工作提示，最大程度地减少台风“烟花”及减弱后的残余环流带来的极端降雨的影响。同时，3 个由局领导带队的工作组赶赴浙江、上海、江苏一线协助地方开展防台风工作，并依托太湖流域水科学研究院科研力量，组织专家组队伍随时准备奔赴防汛一线。

太湖流域及东南诸河水库较多，太湖局每日开展水库超汛限情况线上监管，详细梳理台风影响区域水库情况，制定流域病险水库清单并在电子地图上显示，督促病险水库空库迎汛。

“双圈”调度　预降水位

太湖流域实施外圈、内圈统筹的“双圈”调度思路，提前调度水利工程，预降太湖及周边河网水位，预留出较大的调蓄空间承接台风暴雨洪水，以应对台风“烟花”可能带来的强降雨。

台风登陆前，“外圈”即流域周边沿江、沿海、沿杭州湾地区水利工程全力排水；“内圈”即环太湖地区主要利用太浦河、望虞河排水。太湖局统筹考虑太湖和区域河网水位预降要求，7 月 22 日—23 日，太浦河太浦闸、望虞河望亭水利枢纽分别按 100、150 立方米每秒的流量排水，望虞河常熟水利枢纽节制闸全力排水，利用台风到来前的关键时间抢降太湖和区域河网水位。7 月 24 日，考虑到太浦河下游地区陆续出现强降雨过程，太浦闸排水流量压减至 50 立方米每秒，以支持太浦河下游河网加快排水，同时启动望虞河常熟枢纽泵站参加排水，进一步加大望虞河排水力度。7 月 26 日，因下游地区强降雨过程持续，嘉善、青阳汇、米市渡等 14 个站点超历史，杭嘉湖地区及黄浦江上游地区防汛形势进一步吃紧，太湖局关闭太浦闸，减轻下游防汛压力。因预报望虞河下游有大雨到暴雨，26 日晚 21 时，太湖局关闭望亭水利枢纽。

台风登陆太湖流域后，太湖局充分发挥太湖的调蓄作用，一方面承蓄上游地区洪水，流域骨干工程及太湖下游河网继续全力外排区域涝水，同时流域周边沿江、沿海、沿杭州湾口门水闸泵站全部投入、全力排水。下阶段，太湖流域将在区域水位回落后抓紧抢排太湖洪水，力争高水位早日回落，确保流域防洪和区域排涝安全。

在这一场与台风“烟花”争分夺秒的赛场上，太湖流域上下打破常规，齐心协力，共同打好防汛防台风硬仗。江苏省启动防台风Ⅱ级应急响应，沿长江口门在前期开闸全力排水基础上，提前启用沿江泵站参与排水；主动商请太湖局调度刚刚完成启动试运行的新孟河界牌水利枢纽闸泵联合投入排水。浙江省把防汛防台风作为当前最紧迫的任务，启动防台风Ⅰ级应急响应，沿杭州湾口门在前期开闸全力排水基础上，提前启用长山河、南台头泵站参与排水；及时调整东苕溪导流东岸水利工程运用，提前部署东苕溪南湖、北湖蓄滞洪区分洪运用各项准备工作。上海市严阵以待，启动防汛防台风Ⅱ级应急响应，提前调度全市各水闸全力排水，按照内河堤防设计最低水位控制，全力降低河网水位，腾出调蓄库容；对轨道交通、越江隧道、城市下立交、地下商场等地下空间等进行防汛安全检查，全力保障城市安全运行，并为防御流域洪水作出积极贡献。

再接再厉　打赢战役

7月25日下午，李国英部长主持召开防御第6号台风“烟花”专题视频会商会，对下阶段台风防御工作进行再部署、再动员、再落实。会后，太湖局立即主持召开会议，贯彻落实李国英部长重要讲话精神，分析研判当前台风发展态势和流域水雨情形势，进一步细化部署下阶段台风防御工作。

目前，台风“烟花”两次登陆后虽然强度逐渐减弱，但浙、沪、苏等地累计雨量大，杭嘉湖地区河道水位普遍超警，部分站点超保，流域防汛防台风压力依然较大。下阶段，太湖局将继续做好滚动预测预报，密切会商研判，及时将预报和会商成果共享给有关地方。强降雨过程中，水库、湖泊充分发挥了拦蓄作用，降雨间隙太湖局将继续预泄腾出库容，为后续降雨洪水留足调蓄空间，继续调度河道工程全力排水，并在调度过程中密切关注江南运河水位情况，统筹上下游、左右岸，及时调整工程调度，确保运河安全。同时，根据防台风形势发展，进一步完善台风洪水防御方案，继续紧盯水库运行情况，持续做好水库汛限水位监管，督促“三个责任人”全部到岗到位，病险水库原则上一律空库运行并落实人员转移方案；继续统筹做好中小河流、山洪灾害防治和城市内涝防御工作的督促指导；关注工程安全，指导地方有针对性地对在建工地、重点堤防等预置抢险力量、物资和设备，同时水库大坝和堤防抢险专家组随时做好赶赴一线参加抢险救援的准备。

风犹狂，雨亦急，太湖局将会同流域各省市一起，始终把保障人民群众生命财产安全放在第一位，用扎实充分的准备工作应对台风暴雨洪水大考，坚决打赢这场硬仗。

亲 历 卫 河 堵 口

（2021 年 7 月 28 日）

本报记者　席晶

“去鹤壁，到卫河决口封堵现场去！”

收到报社指令时，我正在河北邯郸防汛一线采访。

7 月 24 日上午，乘高铁抵达鹤壁东站。没有想象中被洪水围困的景象，天是晴的，路面是干的。据鹤壁市水利局办公室主任郑建光介绍，海绵城市建设让这个城市可以在雨停后积水很快“消失”。

来不及安顿，直奔大堤。

途经长虹渠蓄滞洪区。远处房屋半淹水中，拔节期的玉米仅见顶端露出水面。行至水深处，坐在车上有种船行水中的感觉。河南省综合考量降雨和来水情况，紧急启用蓄滞洪区分蓄洪水，保障重点保护对象安全，减轻可能造成的更大灾害。

11 时多，抵达了此次抢险救灾的核心区域——浚县新镇镇彭村。现场一片繁忙景象：排着长队运送石料的工程车，送水送饭的小货车、面包车，志愿者的救援车，各地驰援运送救援物资的皮卡车、拖着皮划艇的小拖车……现场设有补给站，可以免费领取食物和水。

我背着相机，沿河堤步行进入决口封堵现场。除必要的工作人员外，这条路是禁止通行的。修固后的河堤约有两辆车宽，一辆辆渣土车往来运料，带起大量尘土。穿着印有“中国安能救援”字样的红色工作服的工作人员指挥车辆运转、卸料。渣土车、推土机、挖机隆隆作响，穿梭运转，密切配合，一边向决口处进占，一边拓宽、平整堤路。决口处水流湍急，卫河水不断从决口处涌进村庄和农田，形势危急。

据了解，受特大暴雨影响，卫河发生超保证河水，7 月 22 日，卫河左堤河南浚县彭村段发现漫决，严重威胁人民群众生命财产安全。

险情发生后，按照习近平总书记对河南防汛救灾工作的重要指示，河南省委省政府相关负责人一线指挥，当地全力组织受困群众安全转移，解放军、武警官兵、消防救援队员、鹤壁干部群众及来自各地的志愿者相继投入抢险战斗。

抗洪抢险少不了水利人的身影，水利部工作组现场指导，海河水利委员会主任王文生现场会商，河南省水利厅厅长孙运锋全程参与，鹤壁市水利局干部职工日夜坚守，水文尖兵在上下游、左右岸、决口处等地开展应急监测，及时测报水文数据，水利专家提供抢险方案、开展技术指导，为现场决策指挥提供坚实支撑。

各方力量迅速集结，救援物资火速调配，齐心协力、专业高效、各司其职，一场决战在这里打响。

村民们自发地给救援人员送来水和食物："你们是来救我们的，谢谢你们!"

我扛着相机，寻找着更好的记录角度。决口现场禁止通行，就绕过桥头，到河对岸去。那里聚集着很多村民。

一位年近 80 岁的村民告诉记者："和 1963 年的大水差不多，但那时候到处都决口，差距太大了。"村民罗东兴说，"雨太厉害了，一夜没停，我们穿着雨衣巡堤，都睁不开眼。"

24 日晚，决口处施工进展顺利，合龙在望。我守在堤防旁用帐篷搭建的卫河彭村抗洪救灾指挥部，等待着决口封堵的消息。

"再等一小时""还要两小时"……

水利专家岳利军、陈辉接到通知，赶往堵口处。抢险关键期，水利专家是现场决策的重要支撑。

夜色下，一辆辆渣土车列队轰隆驶过。月色皎洁，繁星满天。这一个不眠之夜，救援现场各项工作仍在高速运转。

桥头交警指挥重型卡车依序入场，供给站成箱摆放着面包、泡面、火腿肠和水。换班的工作人员坐在路边吃着食物补充体力。不知道战斗什么时候结束，要保留随时冲锋的力量。

等不到合龙的消息，我又背起相机绕去河对岸。夜深了，河堤上没有灯，也不见人。走到缺口对岸，遥望灯光下的施工现场，繁忙依旧。脚下的岸边堆着沙袋，值守的警察、几位记者同行和难眠的村民静静地站在那，注视着堵口的动态。

从暗夜到晨曦，施工现场，持续奋战，无眠无休。

天渐渐亮了，从堵口前方传来消息：下游岸裹头垮塌，已经缩小的龙口，被强劲的水流再次冲开。

方案再度调整。7 月 25 日上午，一辆公交车和两辆满载石料的重型卡车被推入龙口，以降低水流速度。

与此同时，堵口重点从龙口上游面转到下游面，通过抛填铅丝笼和打钢板桩等方式锁定好缺口裹头，防止继续垮塌。

25 日下午，我跟随水利专家乘船抵达缺口下游，现场堆放着铅丝笼、圆木和石料，挖机在加固平整地面，指挥部人员现场研讨细化方案，部队官兵集结完毕，一切都在为最后的决战做着准备。

封堵决战是在深夜进行的，机器声、欢呼声响彻夜空。26 日 2 时 27 分，卫河决口成功封堵！持续奋战了 70 多个小时的将士们兴奋地挥舞着红旗，现场的记者纷纷按下快门。

26 日上午，再一次来到决口封堵现场。曾经的缺口处，已经建成宽约 20 米的堤防，堤下仍有少量渗流现象。四五辆工程车往来穿梭。运送砂石、平整路面、拓宽堤防、清理杂物、加高加固……烈日下，一切秩序井然，有序推进。

重新回归河槽的卫河水静静流淌，倒在河中的树木和露出水面的卡车一角，记录着这里曾经是一个抗洪战场。被洪水浸泡多日的田地和庄稼，已经有局部露了出来。

“当前的主要任务是抓紧时间对堤防加宽、加固、加高，做好防渗处理。”正在现场指挥抢险施工的刘其森说。

推土机司机牛勇来自郑州。“第一天来的时候，老百姓房子、庄稼都淹在水里，看着怪心疼人，老百姓受了这么大的灾，还给我们送饭送水，支持我们工作。”牛勇的家也遭受了水灾，但他和许许多多的逆行者一样，伸出援助之手，也被质朴的百姓感动着。

一方有难，八方支援。一路行来，我被激励着、感动着，看见可爱的人民、可爱的子弟兵，看见逆行的勇气、质朴的情怀，看见专业的态度、勇敢的力量。我不知道他们都是谁，叫什么名字，但我知道，每当我们的家园遭受暴雨洪水威胁，总有水利人的身影，总有平凡的英雄可以依靠。

人民有信仰，国家有力量。伟大的抗洪精神，在这个夏天，又谱写了新的篇章。

2021 年 7 月 25 日，本报记者在卫河决口封堵现场采访报道

科学御雨洪　水利显担当

——河南省抗击暴雨洪水纪实

（2021年7月28日）

本报记者　李乐乐　国立杰　温婷婷　彭可

7月26日，刚刚经历了暴雨洪水的河南省，接连传来两则好消息：凌晨2时27分，鹤壁市浚县新镇镇卫河决堤成功合龙！8时58分，新乡市共产主义渠牧野大桥上游1.1公里处，右堤倒虹吸围堰漫溢堵复成功合龙！经过几昼夜连续奋战，卫河、共产主义渠抗洪抢险取得阶段性成果。

面对流域性大洪水的严峻形势，河南省水利系统紧急动员、全面进入战时状态，坚持人民至上、生命至上，牢记防汛抗旱是水利部门的天职，全力做好防汛抗洪抢险工作，密切配合地方党委政府的统一指挥，在抗洪抢险一线彰显了水利人的担当。

汛情：高度重视　全力应对

仲夏时节，一场突如其来的暴雨向中原大地袭来。

河南省水利厅资料显示，今年入汛以来，全省已发生11次较强降水过程，全省平均降雨量415.2毫米，较多年同期均值多七成。7月17日8时至24日，全省7天平均降雨量201毫米，超全年总量771毫米的1/4，累积最大点雨量高达1074毫米，郑州遭遇暴雨，卫河淇门段以上出现了大洪水过程。

“两次比较大的降雨过程，一次是20日8时至21日8时，主要降雨区位于郑州，一次是21日8时至22日6时，主雨带北抬至黄河以北，最大点雨量鹤壁市山城区寺望台雨量站达到568毫米。”省水文水资源局局长王鸿杰说。

入汛以来，全省累计共有83座大中型水库超汛限水位，目前仍有13座大型、41座中型水库超汛限水位，淇河、大沙河、卫河、安阳河、共产主义渠等5条河流出现超保洪水，颍河、洪河、沁河、惠济河等4条河流出现超警洪水。

汛情灾情，牵动着社会各界的心。7月21日，习近平总书记对防汛救灾工作作出重要指示，强调要始终把保障人民群众生命财产安全放在第一位，最大限度减少人员伤亡和财产损失。7月20日晚，河南省委书记楼阳生召开紧急会议，要求各级党委、政府和各有关部门一定要迎难而上、勇于担当，全力做好防汛抗洪救灾工作，主要领导干部要靠前指挥、站在一线，切实发挥主心骨作用。河南省省长王凯指出，各地各部门要高度重视、严防死守，按照省委省政府部署要求，上岗到位，全力以赴，坚决打赢防汛救灾硬仗。

强降雨发生前，河南省水利厅党组召开专题会议安排部署，提前下发关于做好强降雨防范工作的通知，要求各地立即进入战时状态，加强值班值守。在常庄水库、卫河堤防出现险情后，党组书记刘正才、厅长孙运锋第一时间分别带领水利专家赶赴现场，紧急会商分析，制定抢险方案，并现场指导实施，6 名厅领导带队在全省高风险部位开展防汛专项督导检查。

7 月 19 日 12 时，河南省水利厅启动水旱灾害防御Ⅳ级应急响应，并根据汛情发展相继将应急响应提升至Ⅲ、Ⅱ、Ⅰ级，各级水利部门均加强了防汛力量，各级责任人全部上岗到位，24 小时值守，全面迎战大雨大汛。

“全省 4000 多处观测站点已全部启动，水文部门加派巡测力量，做好应急测报，时刻监测雨水情，每 3 个小时预报一次，重要水情实时预报。入汛以来，利用监测预警平台累计向防汛责任人发布 32 万余条山洪灾害预警，通过三大运营商累计发送 1.05 亿条预警短信。”省水利厅党组成员申季维说，“根据预警信息转移 17212 人，在如此大量级强降雨下，没有人员因山洪灾害伤亡。”

水情：精准调度　科学抢险

突如其来的特大暴雨考验着水库，也考验着水利人的智慧。

降雨期间，河南省水利厅连续组织 30 多次会商，在卫河、颍河、沙河等下游河道堤防出现险情时，发出 63 次调令，果断调度盘石头水库、白沙水库、白龟山水库、燕山水库压减下泄流量。同时，精细调度宿鸭湖、出山店等 20 座大中型水库，蓄泄结合，拦洪削峰。

以刚刚于 2020 年 10 月主体工程完工的前坪水库为例。“本次降雨，最大入库洪峰流量约为 800 立方米每秒，水库拦洪、滞洪、蓄洪约 0.74 亿立方米，拦洪、滞洪率 100%，滞洪时间长达 130 个小时，避免了与下游洪水叠加，减轻了下游防洪压力，发挥了防洪作用和社会效益。”前坪水库管理局局长张兆省说。

根据汛情，河南省水利厅按照《河南省蓄滞洪区运用预案》《河南防汛抗旱指挥部工作规则》要求，打破常规、特事特办，及时启用蓄滞洪区。截至 27 日，河南省启用了崔家桥、广润坡、良相坡、共渠西、长虹渠、柳围坡、白寺坡等 7 座海河流域蓄滞洪区，预估蓄滞洪量 4.63 亿立方米。

“既要保下游安全，又要保水库安全，调度难度极大，非常惊险。我们就是要错峰，成功避免洪峰叠加。”回忆起此次抗击洪水的过程，省水利厅水害灾害防御处处长冯林松说。

通过科学调度、精准应对，河南在洪水面前赢得了主动。而在险情面前，河南水利人义无反顾，冲锋在前，用无畏的精神与专业的技术打赢了防汛抢险的战役。

郑州市常庄水库 20 日出现一次特大洪水过程，最高水位 131.31 米，距离设计水位仅 0.03 米。水库坝体出现 13 处管涌，经全力调度水库下泄保坝，通过铺设土工布、砌筑导渗井、填反滤料等方式进行了应急处置，险情得到控制……

郑州市郭家嘴水库大坝 20 日晚出现漫坝险情，通过在大坝两侧临时开挖导流沟，全力泄流，水位降至汛限水位以下，险情解除……

郑州市五星水库 19 日大坝背水坡出现两处松动滑坡，坝顶出现长 30 米、宽 0.01 米的横向裂缝。通过对松动滑坡采取分层堆载的措施进行压固、对坝顶裂缝进行灌浆处理，险情得到控制……

鹤壁市浚县新镇镇彭村卫河左岸大堤 22 日出现塌方，决口延伸至宽约 40 米、深约 16 米，决口时河道流量为 410 立方米每秒，超过保证流量 400 立方米每秒。省水利厅厅长孙运锋赶往一线，与鹤壁市联合成立了现场抗洪抢险指挥部，全程指导，全力抢险……

风虽停雨虽歇，抗洪战斗仍在进行。“各级各部门要抓住近期天气良好形势，抓紧开展查险除险工作，尤其对水毁项目和病险水库要尽快完成修复，为应对下一场汛情奠定基础。”孙运锋说，“要超前研判下一次降雨过程，加强雨、水、汛情预报，扩大预报范围，为工程调度提供支撑，分析总结本次强降雨过程中防汛工作的经验和不足之处，检验预案的实用性，不断完善各类防御预案。”

冲锋：跑赢时间　八方支援

24 日，记者来到贾鲁河开封市祥符区段漫堤处，解放军战士们刚刚结束了辛勤的工作。一条长约 1500 米、高 1.2 米的沙袋组成的挡水坝，确保了西姜寨乡刘庄村 1900 多人的安全。

刘庄村支部书记刘慧光回忆，抢险那天，部队官兵和民兵装沙袋、填料，渴了舔舔嘴唇，累了坐在泥水里歇几分钟，个个与时间赛跑。

在卫河浚县新镇镇彭村段决口现场，795 名官兵参与封堵实施工作，在近千名基干民兵的帮助下，累计推填土石 2.8 万余立方米，最终封堵成功，无一人伤亡。

沧海横流方显英雄本色。大汛面前，作为水利战线“尖兵”、防汛“参谋”“助手”的河南水文人，义无反顾地冲在防汛最前沿。

河南省水文局启动跨区域联动应急测报预案，共跨区域调动水文监测突击队 21

队次，组织水文测报突击队，分赴郑州、新乡、鹤壁等重点地区重点水文站，开展异地应急测报驰援。各地水文水资源勘测局的党员干部、业务骨干、水文测报突击队前往重要站点，加强水文一线测报工作。

“河南是我们的兄弟省，我们当然义不容辞要过来援助。在接到厅里的指令后，我们迅速从济南、莱芜、莱阳三地走了 10 多个小时到达郑州，开始 24 小时不间断在几个社区地下车库进行抽水排涝作业。”正在郑州市郑东新区白沙镇象湖苑小区帮助排涝的山东省防汛抗旱物资储备中心主任郑金刚说，“山东省水利厅非常重视这次的援助工作，共派出 8 辆大流量排水车、19 名技术人员。”

一方有难，八方支援。在河南各地的防洪抢险现场，随处可见来自全国各地的器械、车辆、人员，大家全力以赴，共同帮助河南渡过难关。

“7 月 20 日以来，我们累计从省级防汛物资郑州仓库、漯河仓库、新乡仓库，以及协调兄弟省市及社会企业调运编织袋 38 万条、排水泵站 53 台次、土工布 2 万平方米等共计 8 个品种防汛物资，支援郑州、新乡、鹤壁等地抢险救灾。”冯林松说。

目前，河南省仍旧处于“七下八上”主汛期，极端天气、强降雨发生的可能性依然存在，水旱灾害防御任务仍旧繁重，河南水利人将枕戈待旦、全力以赴直面新的考验，防御洪水，力保安全。

“要充分发挥各级党组织战斗堡垒和党员先锋模范作用，抓住降雨间隙的黄金时段，尽快除险加固、修复水毁、以利再战；要突出水库、闸坝、堤防等重点部位，对险工险段险情再排查，建立日报制度，早发现，早处置，尽快消除隐患，尤其对水毁项目、病险水库和已出险部位要尽快完成修复；要扎实做好队伍配备、物资补充、方案落实等工作，为应对新的汛情险情做好充足准备。”刘正才说。

2021 年 7 月 26 日，本报记者在郑州市郑东新区白沙镇象湖苑小区采访报道

“关键时刻不讲条件”

——河南新乡市抗洪排险工作侧记

（2021 年 7 月 28 日）

本报记者　吕彩霞　彭可　　特约记者　张璐　赵秀民　　通讯员　曲帅超

7 月 17 日—22 日，河南省新乡市，一场特大暴雨倾盆而至。

“最强降水时段为 7 月 20 日 5 时到 22 日 5 时，降水量 812 毫米，这是新乡市有气象记录以来的最强极端降水过程。”7 月 24 日晚，新乡市水利局防御科电话不断，科长易军民说，从 16 日接到会商信息以来，我们一直是 24 小时在岗。

持续强降雨导致部分河段出现漫堤等险情。新乡市水利局迅速行动，协调技术专家研究抢险方案，调配人员、机械、物料。同时，安排加强共产主义渠大堤巡查，确保重点部位有专人值守。在各方全力合作下，河段漫堤等险情已排除。

“出现险情，水利局全员上堤防守，关键时刻不讲条件。”新乡市水利局副局长罗德敬说。强降雨发生以来，新乡市水利局无论是领导干部、技术骨干、行政管理人员还是后勤人员，每天睡眠时间均不足 3 个小时。

水利信息平台集成了全市水文、气象、卫星云图等数据，可以查看水文站点、水库等点位的实时水文数据。“水文数据两小时更新一次，重要站点一小时更新一次。”易军民介绍，水利局通过关注重要站点数据，研判水情趋势，为指挥决策提供支撑。

疾驰而过的救援车提醒人们，这个城市还在遭遇困难。记者在新乡市水利局看到，来自全国各地的救援和应急物资源源不断地送达。据了解，当地小冀镇西街村一位老党员捐赠了满满三车的救援物资。

新乡市当前处于晴朗无雨的排险黄金期，市水利局对水利工程开展摸底排查，加紧修复水毁工程。目前，新乡市城区大部分路段已无积水，群众生产生活秩序正在逐步恢复。

鏖 战 卫 河

（2021 年 7 月 28 日）

本报记者　田慧莹

7 月 26 日凌晨 2 时 27 分，随着最后一车石料投入河道，卫河河南省鹤壁市浚县彭村段决口成功合龙。

70 多个小时艰苦鏖战，一曲同舟共济、抢险救灾的壮歌，在中原大地奏响。

快 速 响 应

日前，河南遭遇持续强降雨，多地雨量超历史极值。

7 月 17 日至 22 日，河南省新乡市、鹤壁市的水库、河道水位暴涨，多条河流超过保证水位。

22 日，海河水系重要支流卫河告急！鹤壁市浚县彭村卫河左堤新镇桥下游堤防漫溢。由于洪水水位高，加之连续降雨，堤防土壤水分饱和，抗冲刷能力变差，漫溢最终转化为决口。

22 日晚，正在鹤壁市检查防汛工作的海河水利委员会防汛工作组组长、漳卫南运河管理局副局长杨士坤听闻堤防出险，立即赶赴现场。到达现场时，洪水水位已经和堤顶齐平，多处通过修筑子埝挡水。

漳卫南局卫河河系组组长陈继东和漳卫南运河卫河河务局局长张如旭，此时也都抵达决口处。大家立刻检查情况，同现场指挥人员进行会商，分析洪水和决口处特点，研究确定抢险方案。

自卫河发生险情后，水利部、海委、漳卫南局迅速行动。7 月 21 日至 22 日，国家防总副总指挥、水利部部长李国英连续多次主持召开会商会，研判海河流域暴雨洪水防御工作。23 日，李国英部长赴海河流域南系漳河、子牙河指导防汛抗洪工作。海委主任王文生、漳卫南局局长张永明也第一时间赶赴彭村检查指导。

多方力量迅速集结。22 日，由杨士坤带队的海委防汛工作组率先抵达现场，协助做好中小水库、病险水库安全度汛及蓄滞洪区预警转移等工作；23 日 9 时，由海委总工梁凤刚带队的水利部防汛工作组赶往现场，协助做好河道堤防抢险、蓄滞洪区分洪运用等工作；23 日 22 时，海委另一支力量——应急水文监测队连夜赶往险情发生地；25 日，海委和漳卫南局又分别派出专家组赶赴现场指导。

“险情发生后，我们第一时间赶赴现场抢险调度，派驻抢险技术工作人员提供技术支撑。同时，组织调运储备物资，强化水文应急监测力量，保障抢险工作有序开展。”张永明说。

群策群力之下，方案很快出炉，抢险有序开展。“广润坡、崔家桥、良相坡、共渠西、长虹渠、柳围坡、白寺坡等 7 个蓄滞洪区先后启用，以缓解卫河干流洪水压力。”梁凤刚介绍。

有 效 应 对

离决口处 100 多米，有一家不起眼的小饭馆，这里是抢险救灾人员的临时安置点和办公点。外面机器昼夜施工，室内会商连轴开展。

室内的角落中，一张桌子，几把椅子，桌子上铺着一张卫河流域地图，水利部、海委防汛工作组会同海委、漳卫南局专家会商研讨抢堵方案。“请大家根据我们的经验，讨论一下目前的封堵方案是否可行，并提出建议、作出评判。”梁凤刚说。

“有没有可能通过水库调度来降低水位?”“菱形块封堵效果最好，有没有可能运来?”专家们集思广益。“目前现场指挥部确定的钢板桩、铅丝笼和柳石枕三种搭建下游裹头的方案，基本可行。”梁凤刚说完，大家一致同意。

21 时 49 分，会商结束。水利部防汛工作组成员孙康说，这是这几天来会商结束时间最早的一次。7 月 25 日之前，小饭馆内电源和手机信号不稳定，屋里十分闷热，大家拿纸板当扇子，工作到凌晨 2 点多才回去，好像在“孤岛”上度过每日每夜。

“卫河堤防险情抢护要积极配合有关部门开展应急抢险工作，做好技术指导和水文监测，确保工程尽快除险。”王文生在现场会商时强调。

24 日 6 时 40 分，清晨的第一抹朝霞刚刚染红天空。连夜赶到现场、顾不上休息的海委应急水文队 4 位队员站在离决口最近处开始应急监测。

缺口长度、中泓流速、平均水深、流量……队长林超开始上传汇报实测的第一手水文数据。

8 时 40 分，第二组水文数据测出。“经过和卫河彭村抗洪救灾指挥部协商，每 3 个小时监测一次。”梁凤刚对林超说。

12 时 50 分、16 时……一组组水文监测数据报送至卫河彭村抗洪救灾指挥部、河南省水利厅，为抢险工作科学决策提供了精准的数据参考。

自险情发生以来，现场查看、随时会商、分析洪水和决口处工程特点、研究确定方案……专家们根据实测水文数据、多年的实战经验和专业知识，为现场应急抢险工作提出多条优化建议，为成功封堵决口提供了技术支撑。

受暴雨影响，卫河多处存在险情隐患。陈继东早早就驻扎在滑县。

“有一处涵闸闸门漏水……”听到汇报，顾不上吃早饭，陈继东便匆匆赶往现场。驱车行驶了 1 个多小时。“涵闸已进行抢护，原因为挡墙漏水”“浚县有堤防汛情紧张”……放下电话，陈继东调头前往。

每天巡堤，直奔险情，这是陈继东的工作日常。此外，他还要负责发现险情后上传下达、组织地方会商、指导处置险情等工作。虽没到达决口现场指导抢险，但陈继东同样是两天两夜没怎么合眼，双眼布满了血丝。

挑 起 重 担

7 月 26 日，浚县新镇镇彭村决口合龙。6 时 40 分，应急水文监测数据显示卫河左堤两侧水位差 1.27 米，坝体有少量渗流，安能集团救援人员继续填料施工。

此刻，梁凤刚、杨士坤的神经依然紧绷，迅速赶往白寺坡蓄滞洪区进洪口。“这里分洪缓慢，长虹渠蓄滞洪区退水流量大于白寺坡蓄滞洪区分洪流量，卫河干流的压力很大。同时彭村决口已封堵，但上游来水没有明显减缓，这样干流的压力会越来越大，下游还涉及两个县城。”杨士坤说。

海委、漳卫南局专家组、河南省水利厅专家组都赶来现场进行会商，一致建议尽快加大白寺坡蓄滞洪区口门的分洪流量。“你们驻守彭村决口处，继续跟踪决口封堵工作。”梁凤刚为刚从决口合龙现场返回的水文应急监测队，安排了新的工作任务。

“下游清障等工作还需要进一步展开，让水尽快退下去，任务艰巨。现在Ⅰ级响应还未解除，我们不能放松警惕。”陈继东说。

2021 年 7 月 25 日，本报记者在卫河河南鹤壁市浚县彭村段决口现场采访报道

接下来，漳卫南局将按照水利部和海委洪水防御的各项部署，全力以赴做好险情处置和河系洪水防御工作，确保沿河人民群众生命财产安全。

“七下八上”，防汛仍是进行时。面临新一轮降雨和台风“烟花”，这条古老的运河卫河，还可能迎来严峻考验，期待着掀开新的治理篇章。

抢先抓早　谋定快动

（2021 年 7 月 29 日）

本报记者　杨东　李博远　祝丽敏　吕培　　特约记者　赵佳林

2021 年主汛期，暴雨侵袭多地。7 月 11 日—13 日、17 日—19 日、20 日—22 日，地处海河流域的河北省，遭遇三轮强降雨，海河流域南系漳河、子牙河水系河流发生超警以上洪水。截至 26 日 8 时，河北省大中型水库总蓄水量 34.68 亿立方米，比常年同期多蓄水 14.50 亿立方米；永年洼蓄滞洪区启用，分洪滞洪 936 万立方米；大陆泽蓄滞洪区启用，分洪滞洪 10253 万立方米；宁晋泊蓄滞洪区启用，分洪滞洪 8242 万立方米……

严峻的防汛形势下，河北平稳度过三轮强降雨过程，有成绩更有压力。在一年年的防汛过程中，河北防汛管理、技术手段不断完善，抢先抓早，多措并举，上下一心，众志成城，积累了有效应对强降雨的河北经验。

抢先抓早　积极应对

河北省委省政府坚决贯彻落实习近平总书记关于防灾救灾的重要指示精神，多次召开会议安排部署防汛工作。省委书记、省人大常委会主任王东峰，海河防总总指挥、省长许勤赴基层一线检查指导，提前部署防汛备汛工作。水文气象部门提前发出预警，提前转移危险地带人员，提前配备防汛物资，提前预置抢险力量。雨虽未至，防御工作早已有序开展。5 月初，河北修订完善防汛抗旱应急预案，细化防、抢、撤、救等各项应对措施，构建组织有力、协调有序的防汛抗旱指挥体系。

“汛前我们按照省水利厅要求，完成了大中型水库汛期调度运用方案编制工作，为汛期水库调度运用提供了依据。”邯郸市水利局党组书记、局长侯有民说。

联动备汛，上下一盘棋。河北省开展防汛风险隐患排查整治，采取县级自查、市级抽查、省级重点核查的方式，组织力量对重要防洪工程、重要基础设施进行全方位、多层次、拉网式的风险隐患排查。

汛前，河北省还进一步加强物资储备管理，落实救援队伍，开展防汛应急演练，提升应急保障能力。据统计，河北省共储备价值 4.5 亿元的防汛抗旱物资、1.45 亿元的救灾物资，落实专业抢险队伍 530 支 3.14 万人、行业抢险队伍 683 支 1.88 万人。

人民至上、生命至上，河北及早部署、周密防范，最大程度保护人民群众生命财产安全。

全面部署　加强防御

及时发挥上游水库拦蓄作用，启用中游蓄滞洪区，清除下游河道行洪障碍……水工程联合调度，防洪减灾效益显著。“115 米是黄壁庄水库的汛限水位，现在的水位已经超出汛限水位 13 厘米，按照省水利厅会商部署，我们正常溢洪道底孔泄水流量从 50 立方米每秒增加到 100 立方米每秒，总泄水流量增加至 180 立方米每秒，确保水位在 7 月底前降至汛限水位以下。”7 月 23 日，黄壁庄水库事务中心综合处副处长李甲子说。

黄壁庄水库是石家庄周边的重要大型水库之一，担负着石家庄及周边多个县市的供水及防汛任务。7 月 11 日暴雨前，根据研判，省市水利部门提前部署，水库开启正常溢洪道，以 50 立方米每秒的流量进行预泄腾库，同时加强值守巡查。工作人员时刻关注水情雨情，根据上游入库流量变化情况，对泄水流量进行适当调整，预判重点坝段可能出现的险情，制定抢险方案。“我们要保京津冀地区，保铁路，保油田，责任重大。”李甲子说。

在多轮强降雨防御中，河北省防汛应急响应体系不断健全。各部门之间协力配合，迅速反应。从省、市、县到镇、村各级，从水利、应急管理、气象到交通、住建等各防指成员单位，从防汛抢险救灾到物资补充配置，从工程措施到非工程措施……各项应对工作紧张有序，忙而不乱。

7 月，西倚太行山的邯郸市遭遇三次特大暴雨，西部山区土壤含水量已经饱和。河北省水利厅和省气象局 7 月 21 日 9 时联合发布邯郸山洪灾害红色预警。

“暴雨来临前，我们转移了 1=340 个村 31486 人，其中，受山洪和地质灾害威胁的有 982 个村 20668 人。”侯有民说。

雨骤洪急，及时预警，及时转移，调动全社会力量参与强降雨防御，有力保障了群众生命安全。河北在实战中不断健全应急响应体系，提高应急处置水平，增强抢险救灾能力。

科技赋能　高效保护

作为防汛的“尖兵”“耳目”，水情预测预报早一点、准一点，就能为防汛抗洪赢得更多主动权。

“过去，收齐全省雨水情信息要两个小时。现在，可以实时监测各个报汛站点的雨水情信息。”河北省水利厅防御处处长李树槐指着全省水文信息资源整合共享平台向记者介绍。

今年汛期，河北省健全预报预警工作机制，成立了预测预报专班，首次实施 3 天预报、3 天预测、3 天展望“三个 3 天”洪水预报模式，利用气象精细化数值预报，分河系对河道产流、水库来水、河道洪峰等进行超前预测、滚动预报、实时修正。当地充分发挥县级山洪灾害预警平台作用，共发布洪水预报 2100 多站次，向防汛责任人发送预警短信 20.35 万条，提前转移受山洪威胁群众 11.8 万人。

科技支撑，让防汛抗洪的效率和安全性更上一个台阶。“暴雨来之前，手机上都是暴雨预警信息。”记者乘车出行时，出租车司机肖师傅说。

7 月 23 日—24 日，国家防总副总指挥、水利部部长李国英赴漳河、子牙河防汛抗洪一线现场指导时，充分肯定了河北前一阶段的防汛工作，并要求超汛限水位水库加紧下泄，启用的蓄滞洪区有序安排退水，加快修复河道水毁工程，提前在重点地段和薄弱环节有针对性预置抢险力量、物资、设备，细化人员避险转移方案等，为应对下一场洪水做好超前准备。

秣马厉兵，有备无患。海河防总总指挥、河北省省长许勤在邯郸市与李国英部长一同检查指导防汛工作时表示，要把确保安全度汛作为当前压倒一切的政治任务，时刻保持高度戒备，发扬连续作战作风，以扎扎实实的防汛备汛工作，保人民群众生命财产安全、保南水北调等重大工程安全、保京广铁路等重要基础设施安全、保下游重点城市安全，同时强化预报、预警、预演、预案“四预”措施，层层压实责任，坚决打赢防汛抗洪抢险救灾硬仗。

2021 年 7 月 22 日凌晨，本报记者参加河北省水利厅防汛会商

对人民负责　对历史负责

——水利部开展内蒙古两座水库溃坝原因调查工作侧记

（2021年7月29日）

本报记者　杨晶

大雨、暴雨、大暴雨……

7月18日下午，受持续强降雨影响，内蒙古自治区呼伦贝尔市莫力达瓦旗境内的永安水库和下游的新发水库相继发生溃坝。水利部高度重视，迅速开展应急处置工作，对水库溃坝原因进行调查。

高度重视　迅速部署
水利部成立调查组第一时间赶赴现场

7月18日23时45分，国家水工程调度指挥中心灯火通明。由国家防总副总指挥、水利部部长李国英主持召开的当日第三次会商会刚刚开始……

永安水库和新发水库溃坝后，水利部迅速召开会商研判会，第一时间传达贯彻李克强总理和胡春华副总理、王勇国务委员重要批示精神，启动水旱灾害防御Ⅲ级应急响应，迅速开展应急处置工作。

针对溃坝险情，李国英部长专门组织松辽水利委员会、内蒙古自治区水利厅进行会商，明确要求把人民生命安全放在第一位，迅速组织力量实施人员转移、逐户逐人核对、全域搜救，确保不漏一人。精准预报垮坝洪水演进过程，科学调控尼尔基水库出流，提前做好洪水演进影响区域人员避险转移。此外，他要求举一反三全面检视其他水库运行状况，确保水库运行安全。

应对突发事件，采取非常举措。水利部迅速成立了由副部长刘伟平任组长的指导调查组，来自水利部监督司、水文司、运管司、水规总院、长江委、松辽委等单位的专家第一时间乘飞机奔赴一线，指导应急处置和原因调查。

飞机降落后，调查组马不停蹄，驱车3个多小时近200公里，于7月19日傍晚6时赶到新发水库现场进行查勘。刘伟平副部长带领调查组蹚泥水、爬山坡，在新安水库现场询问了解溃坝前后运行管理及灾情处置、群众避险安置情况。

据现场了解，永安水库和新发水库距离13公里，分别属于小（1）型水库和中型水库，上游的永安水库库容800万立方米，新发水库库容3800万立方米，两座水库的功能均为防洪和灌溉。

据调查组介绍，两座水库溃坝后，为减轻下游嫩江干流防汛压力，嫩江干流尼尔基水库关闭闸门超过27个小时，与诺敏河溃坝洪水错峰，共拦蓄嫩江干流洪水约2.84亿立方米。

7月19日10时30分，调查组召开的会议严肃有序进行中。在听取内蒙古自治区水利厅，呼伦贝尔市、莫力达瓦旗政府及水利部门关于溃坝发生情况及应急处置情况的汇报后，刘伟平明确提出，后续处置工作要确保群众生命安全、确保防汛救灾人员安全，举一反三开展水库和水利工程排查整改，加强预报预警预演，科学调度水库，强化堤防巡查防护等，同时要落实防汛行政首长责任制，全力做好“七下八上”关键期防汛工作。

调查工作时间紧、任务重。如何充分发挥专家优势，齐心协力打好配合战？明确制度及分工显得尤为重要。

7月19日23时，调查组召开内部会议，刘伟平对组内设置及分工提出明确要求。调查组实行“双线作战”，一路为调查工作组，一路为处置指导工作组。调查工作组负责溃坝调查工作，下设水文、技术和管理3个小组；处置指导工作组负责指导后续处置工作，下设水文测报、水库调度和前方处置指导3个小组。

夜已深，时针指向零时。明确小组分工，制定工作方案，确定第二天工作安排……调查组的工作仍在继续。

严谨科学　实事求是
以高度负责态度争分夺秒开展调查

“现场一定要去，你们想想办法看怎么能到永安水库，道路受损段我们可以走过去。”得知永安水库现场因道路受损不能第一时间到达现场，刘伟平态度坚决地说。

7月20日8时，调查组从驻地出发，在穿越多处积水区、跨过险工路段后，赶到永安水库现场查勘。

“两座水库枢纽工程都是常规的三大件：土坝、溢洪道和灌溉洞。暴雨之前这三大件运行正常，最近的一次安全鉴定也显示安全。但是这次遇到了突发特大暴雨，导致水库水位猛涨。”莫力达瓦旗水利局副局长郭永全说。

经现场查勘，水利部调查组确定两座水库均处于空库运行状态，不存在次生危险。

与此同时，水库溃坝如何做到人员零伤亡，同样是水利部调查组关注的重点。

莫力达瓦旗副旗长李晓东表示，首先得益于国家防总、水利部门完善的运行机制，从中央到自治区到呼伦贝尔市到地方，都有完善的应急方案。同时，依靠气象水文部门的精准预测、政府部门撤离预案的精准落实，在两座水库溃坝前，全部村民都及时到达安置点，得到妥善安置。

克服困难，开展现场查勘只是调查组开展工作的手段之一。查阅资料、调查分析、技术论证……调查组还需加班加点利用多种手段开展调查。

7 月 22 日 0 时 15 分，由调查组副组长、水文司司长林祚顶组织召开的水文小组碰头会还在进行。大家围绕暴雨频率、设计洪水分析计算复核等内容展开热烈讨论。林祚顶说："下结论的基础，就是要靠数据说话。这就要求我们做到准确。"

水文小组忙碌的场景正是调查组开展工作的缩影。几天来，调查组各小组按照责任分工，抓细抓实每个环节，确保调查工作科学严谨。

——管理小组调查水库运行管理单位机构设置、人员编制和履职情况，查阅巡查、值班、安全监测、操作规程等规章制度，核查汛期调度运用方案、大坝安全管理（防汛）应急预案，以及值班记录、巡查记录等资料。同时，走访群众，收集大量事件发生前后的影像资料，复原溃坝过程。

——技术小组查阅水库除险加固设计、审批、验收、竣工等资料，查看水库影像、水位监测等资料，与设计单位、运行管理单位、当地水利部门等座谈，对水库溢洪道过流能力、坝顶高程、设计洪水和调洪演算等进行复核分析。

——水文小组收集雨量站、水文站实测资料，实地走访部分群众，通过分析诺敏河流域雨量站实测资料、暴雨统计参数图集，推算不同历时的暴雨设计频率值，估算坝址以上流域暴雨重现期。

——处置指导工作组持续开展溃坝洪水演进计算，每 6 个小时提供洪峰到达位置；现场查看嫩江齐齐哈尔江段堤防临水情况。

…………

"目前各小组正按照刘伟平副部长提出的严谨科学、实事求是要求有序开展调查工作，我们会尽快提出一个科学准确的调查结论。"水利部调查组副组长、监督司司长王松春说。

如何做到心怀"国之大者"，以对人民负责、对历史负责的态度和有力有效的举措开展水库溃坝原因调查？记者在调查组专家的忘我工作中找到了答案。

河南新乡水文局合河水文站

风雨无阻抢测预报

（2021年7月29日）

本报记者　吕彩霞　　通讯员　穆玉珠　张凤华

7月19日至22日，河南省新乡市出现超强降雨，河道水位持续上涨，防汛形势严峻。

合河水文站，地处太行山脚下，13条河流在这里汇入卫河，卫河和共产主义渠在这里分流后进入新乡市区。因此，对新乡而言，合河水文站是监测上游来水情况、研判下游水势的关键所在。

7月19日起，共产主义渠河道水位迅速上涨，至20日，洪水已越出主河槽，漫向河滩。水位涨得越快，测报必须越频繁。

7月20日22时，暴雨仍在继续，急需上河测流。可当时测报的基本条件都不具备了——停电且没有船工。

怎么办？拿上应急灯！水文站副站长曹睿喆主动要求开船！

漆黑的雨夜中，4位水文人，一艘橡皮艇，顶风冒雨出发。

合河站共产主义渠断面宽1500米，设有20根标志桩，每个标志桩处测流需要开动测流仪100秒。

雨大浪急，橡皮船极易漂移，需要两个人紧紧抱住标志桩才能固定船位。此外，还需一人抓紧操作流速仪，另一人记录。平时1个多小时就能完成的工作，这次持续了近3个小时。

"第二天早上出发时橡皮艇不停漏水，才发现是夜里测流时被划破了。回想当时的情形，后背阵阵冒冷汗。"合河水文站站长齐凯彬说。

作为直面洪水的一线"尖兵"，水文人常常直面危险。7月23日早上，齐凯彬带队测流返回途中，橡皮艇的发动机突然发生故障熄火。急流推动橡皮艇向前冲，千钧一发之际，齐凯彬抓住了一棵几乎被淹没的树，最终脱离了危险。"当时几米之外就是主河槽，主河槽里洪浪翻飞，如果没有抓住这棵树，后果不堪设想。"齐凯彬说。

水文测报，风雨无阻。"王新华坚守测量，长期泡在水里，得了肠炎，忍着疼痛一直坚持""降雨量最大的时候，李兰兰一小时一次报送水文信息，两天一夜没休息"

“衣服来不及换，总是湿了干，干了又淋湿”……

“7 月 23 日凌晨 3 点，测到了最大洪峰，水位超过建站以来最高值 0.87 米。”齐凯彬说。7 月 17 日强降雨以来，合河水文站全力以赴保测报，成功报送水文数据近 300 次，为新乡地区及下游的防汛抗洪提供了强有力支撑。

2021 年 7 月 25 日，本报记者在河南新乡水文局合河水文站采访报道

周密部署　有效应对

——安徽宣城市全力防御台风“烟花”

（2021 年 7 月 31 日）

本报记者　王振东　　通讯员　徐宏　朱自强

受今年第 6 号台风“烟花”影响，7 月 23 日以来，安徽省宣城市出现明显降雨过程，水阳江水位快速上涨，新河庄站、水阳站全面超警。宣城市超前周密部署，加强重点防范，落细落实防御措施，全力做好防汛防台风工作。

精心准备　周密部署

23 日 17 时，宣城市防指启动防汛防台风Ⅳ级应急响应。市水利局第一时间督促各县市区加强监测预警预报，密切关注台风动向，科学调度水利工程，强化巡堤查险力度，突出抓好山洪灾害防御、水库安全度汛、中小河流洪水防御、在建水利工程安全防范等工作，充分发挥水利工程减灾抗灾效益，尽可能降低台风带来的损失。同时，及时下发紧急通知，超前周密部署，压紧压实责任，牢牢把握防汛防台风工作的主动权。

巡堤排险　沉着应对

面对严峻汛情，宣州区按照超警戒水位堤防每公里巡堤查险人员不得少于 30 人的要求，共组织了 5200 余人参与超警堤防巡堤查险。

在水阳镇金宝圩沙湾村防汛埂段，防汛中队长杨国兵带着 4 名巡查抢险队员每半小时巡堤一次。巡查队员们手持铁锨、记录本、小红旗等，对堤顶、堤坡、堤脚等重点部位仔细巡查并做好记录，确保险情及时发现、及时处置。

在朱桥联圩浑水段，一支支巡堤查险小分队忙碌穿梭在各责任埂段。25 日起，宣州区水利局 30 余名技术干部深入包保重点水利工程，加强技术指导，并紧急处置狸桥镇姜家圩管涌、沈村镇杨星圩塌方等 11 处险情，为堤防安全度汛提供了坚实技术支撑。

科学调度　力保安澜

在南漪湖治理控制工程建设管理处值班室，桌子上整齐摆放着值班日志和制度汇编。从 5 月 1 日进入汛期后，管理处的 9 名工作人员就开始在马山埠闸和双桥闸坚持 24 小时值守。

管理处主任杨英武说："汛前，我们制定了《南漪湖治理控制工程控制运用办法》，在这次防御台风过程中，我们按照批准的工程调度方案，精准调度马山埠节制闸，向南漪湖分洪，以减轻水阳江干流沿线乡镇防洪压力。"据了解，宣城市水利局通过提前调度马山埠闸，腾空南漪湖防洪湖容 1.71 亿立方米，并调度港口湾水库开启泄洪隧洞及溢洪道加大下泄流量。在这之前，位于宣州区双桥联圩的宋墩排涝站已开机排出涝水 91.63 万立方米。

29 日，台风"烟花"已进入江苏省徐州市境内，但宣城市水阳江中下游、南漪湖周边圩口仍处于警戒水位以上，防汛形势依然严峻。截至 29 日 9 时，宣城市共转移山洪灾害威胁区、低洼易涝区等危险区域群众 9284 人，并全部安置妥善。

"要坚决克服松懈麻痹思想，重点抓好高水位堤防的技术指导和抢险救援工作，确保人民群众生命安全。"宣城市水利局党组副书记、副局长梅长春坚定地说。

2021 年 7 月 28 日，本报记者在安徽宣城市南漪湖控制工程采访报道

山东全员全天候重点盯防“烟花”

（2021 年 7 月 31 日）

本报记者　布方坤　赵新　　通讯员　郭宗鑫

第 6 号台风“烟花”近日携风带雨影响山东，山东省水利厅及时启动水旱灾害防御应急响应，全省各级水利干部全员在岗值班值守，24 小时密切盯守，全力防范应对突发状况。

山东各级水利部门坚持“人民至上、生命至上”，抓实抓细抓早各项措施，从小从细从早做起，最大程度保障人民生命财产安全。一是强化监测预警。实时监视雨水情发展变化，加密测报频次，累计发出预警短信 4.25 万余条，对山洪预警区域内 53 个重点村预警发布人员进行电话抽查。二是强化隐患排查。下发紧急通知，组织各市对水库、水闸等水利工程开展隐患排查，确保发现问题及时处置。三是强化工程调度。施行“一库一策”，组织 59 座大中型水库提前预泄水量 8200 万立方米，93 座大中型水库累计调洪近 3 亿立方米。重点盯守 660 座蓄满溢洪小水库，加密堤防巡查。及时调度超汛限水位大中型水库，督促精细研判，根据上游来水和降水情况，适时调洪错峰。督促指导病险水库空库运行、超警河道拦河闸敞泄、橡胶坝塌坝运行。四是强化转移避险。紧盯山洪重点防御区和强降雨重叠区，提前发布预警信息，提请基层政府组织镇村干部进村待命，及时果断组织好群众转移。五是强化支撑保障。组织水文、工程设计、防洪调度等首席专家入驻省水利调度中心，不间断会商研判。

洪水拦在坝前　人民护在身后

——岳城水库闭闸错峰纪实

（2021 年 7 月 31 日）

本报记者　周妍　王超　魏晓雯　薛程　　通讯员　王颖　李博

暴雨倾盆，警报拉响！

海河流域漳卫河 2021 年 1 号洪水滚滚而来，漳卫河水系卫河等河流超警、超保，部分河流发生超历史洪水。

23 日 15 时，水利部海河水利委员会建委以来首次启动水旱灾害防御Ⅰ级应急响应！

处于暴雨中心的漳河上游控制性枢纽工程——岳城水库，面临一场极端严峻的大考。4860 立方米每秒！22 日 9 时，自 1970 年建成以来的第三大洪峰抵达岳城水库。“防洪重器”全力出击，截至 28 日 23 时，岳城水库已拦蓄 1 号洪水 2.43 亿立方米，削峰率接近 100%。

1 号洪水“余温”未消，台风“烟花”再次携风裹雨一路北上，双重考验叠加。7 月 28 日 23 时，根据水利部、海委的调度指令，岳城水库关闭闸门全力拦洪，最大程度保障豫冀鲁等地人民群众生命财产安全。

把洪水拦在坝前，把人民护在身后。岳城水库闭闸错峰的背后，是水利部坚守安全底线、海委科学预测预报、漳卫南运河管理局扛起责任担当，水利人以闻“汛”而动的快速反应、“人民至上，生命至上”的坚定信念筑起了守护百姓安全的坚实屏障。

抓准时机　科学调度

防汛令急。卫河、共产主义渠、淇河发生超警以上洪水，多个水文站超保证水位，卫河左堤浚县段决口……

“七下八上”主汛期以来，在水利部的有力领导下，海委密集会商 22 次，传出调令 10 余条，腾库、拦蓄……洪水来势汹汹，毫厘间的博弈更显艰难。

“台风‘烟花’路径较之前预测偏东，海河流域卫运河、漳卫新河区域降雨强度可能偏大，要加强水库、河道、蓄滞洪区等水工程的调度运用，统筹考虑来水蓄水泄水、雨情汛情工情，即日起关闭岳城水库泄洪闸，大幅度减轻下游防洪压力。”7月28日晚，国家防总副总指挥、水利部部长李国英与海委紧急视频连线会商，科学调度、周密部署海河流域防御台风暴雨洪水工作。

海委主任王文生说：“水库调度是防汛抗洪的‘王牌’，打出岳城水库这张‘王牌’，及时关闭闸门纳洪调蓄，可为下游防汛争取主动权。”

若岳城水库不采取控泄措施，漳河、卫河、卫运河、漳卫新河和南运河的防洪压力将急剧增大。

想要充分发挥水库削峰错峰的效果，还要看水库能“吃下”多少水。海委水文局情报预报处副处长杨邦表示，截至29日17时，岳城水库还有7.73亿立方米拦洪库容可以防御未来漳河上游的来水。

未雨绸缪，方能有备无患。对岳城水库拦洪能力做到心中有数，海委防御处和水文局抓紧在台风“烟花”到来前研判水库调度方案。结合工程情况和未来雨情发展态势，海委进行模拟推演，分析不同降雨落区对水库调度、蓄滞洪区启用、洪水演进等方面产生的影响，彻夜未眠，反复计算，细算水账，拿出方案：28日23时关闭岳城水库闸门，停止下泄洪水。

28日晚，岳城水库闸门缓缓落下。“漳河洪水下泄后会对卫河形成顶托，对本已长时间高水位运行的卫河洪水的下泄产生不利影响；对卫运河和漳卫新河来说，河道行洪流量加大更易引发险情，加之入海口的淤积造成漳卫新河入海流量比预期要小，因此，岳城水库闭闸错峰，对整个漳卫河行洪将产生积极的影响。”海委防御处处长徐和龙层层剖析。

于无声中搏击风浪，捏方寸间送洪入海。随着调令的发出，岳城水库将力挽狂澜，为漳卫河下游防洪安全提供更强有力的保障。

迅速响应　加密巡测

“按照水利部、海委要求，通知管理局全体人员严格按照相应工作规程，23时关闭闸门，夜深了要注意工程安全和人员安全。”正在电脑前查看水文气象预报的漳卫南运河管理局副局长裴杰峰下达了28日最后一道调度令。

22时53分，岳城水库工管科蔡秀峰接到电话通知后，立即向工管科科长和局领导汇报情况。“一组立即安排巡查人员再次对溢洪道周边和工程进行检查，二组再次检查机电设施设备运行是否正常，随时做好闭闸的准备，一定要注意安全。”岳城水库管理局局长倪文战迅速安排工作分工，做足闭闸的各项准备。

23时，岳城水库最后一孔泄洪闸门关闭，一切有序高效运行。

“岳城水库由低水位到高水位急剧变化，工程容易出险，要按照水利部、海委的指示精神，加强工程巡查力度，保障水库安全运行。”漳卫南运河管理局局长张永明说。如今，要吞纳全部上游来水的岳城水库，更少不了 24 小时不间断的巡测。

艰苦更要坚守。深夜的束束强光照亮了岳城水库大坝，坚实有力的脚步声打破了夏夜雨后的宁静。岳城水库指导组和岳城局工程技术人员拿着强光手电，穿着救生衣、雨靴、雨衣对大坝进行全方位检查，确保工程运行正常后，大家才放心离开。

同工程巡检人员一样，奋战在前线的水文观测人员，立在风雨中，浸在洪水里。他们与时间赛跑，准时准点到达大坝标尺杆处采集库水位数据，水文报汛人员比对水位自记和遥测信息，确保数据准确性。在发报室，白天紧张有序，夜晚灯火通明，所有人员严格执行夜班值守任务，即使没有夜班任务的职工，也自发地坚守到凌晨，以便及时应对突发情况。从 23 日 17 时水库开闸泄洪至 28 日 23 时闭闸，岳城水库水文站共测流 10 次，取含沙量水样 18 次，拍发雨水情电报 88 份。

一组组水文数据、一份份水情报文及时准确地报送到国家水工程调度指挥中心。全天 24 小时不间断的测报为防汛部门的科学调度提供了可靠数据支撑和决策依据。

惊涛骇浪从容度，越是艰险越向前。防汛救灾是一场没有硝烟的战争，面对极端性强降雨，在水利部、海委的有力指导下，岳城水库正全力拦蓄洪水，有力确保人民生命财产安全。

2021 年 7 月 29 日，本报记者在海河水利委员会采访报道

主动出击　护江淮安澜

——安徽积极打好台风防御战

（2021 年 8 月 3 日）

本报记者　王振东　　通讯员　徐宏　　特约记者　吴晓珺

7 月 24 日至 29 日，受今年第 6 号台风“烟花”影响，安徽省东部地区大范围降雨，14 条河湖发生超警戒水位洪水，水阳江新河庄站超保证水位，全省防汛防台风形势骤然紧张。

面对台风“烟花”，安徽省水利厅始终坚持人民至上、生命至上，按照省委省政府工作部署，提前研判，周密部署，有力落实，坚决打好台风“烟花”防御战和人民生命财产安全保卫战，中小河流、中小水库和水利工程运行安全，没有一人因山洪灾害伤亡，取得了防汛防台风阶段性胜利。

坚持人民至上

确保人民群众生命财产安全是水旱灾害防御工作的出发点和落脚点。

省委省政府高度重视第 6 号台风“烟花”的防御工作。省委书记李锦斌、省长王清宪多次作出批示，召开调度会，要求坚持人民至上、生命至上，坚持以防为主，综合减灾，科学动态监测预警，全面排查风险隐患，组织高风险区域群众转移避险，抓细抓实各项防汛救灾工作。

面对台风“烟花”，全省水利系统迅速行动，变被动应急为主动防御，积极迎战台风暴雨。安徽省水利厅密切关注台风动向和雨情水情，滚动会商研判。7 月 23 日上午召开全省水利系统视频会议，分析研判台风防御形势，全面部署防范工作。

安徽省水利厅 7 月 24 日派出 10 个工作组分赴 11 个市督查检查山洪灾害防御和中小河流、中小水库防守。提前组建了 50 个专家组，明确 150 名省级专家，随时待命奔赴一线。7 月 24 日 16 时启动水旱灾害防御Ⅳ级应急响应，7 月 25 日 18 时将应急响应级别提升至Ⅲ级。

台风暴雨影响期间，厅负责人或坐镇值班室或赴一线检查督导，每日主持会商，加强调度指挥，各相关处室单位 24 小时值班值守，确保各项工作高效有序开展。

精确预报预警

如何发挥气象、水文的“耳目”作用，做到科学精准预警预报，是打好这场防汛防台风硬仗的基础和关键。

“烟花”逼近，安徽省水文局迅速进入实战状态，部署水文监测、情报预报、应急处置、隐患排查、后勤保障等工作。根据台风路径和可能影响的范围，密切监视雨水情变化，提前预判流域及区域洪水，做好台风期水文测报预报工作。

安徽省水文局派出工作组分赴宣城、安庆、滁州等水文局指导水文测报，确保实时监测、精准预报、及时预警。派出应急抢测队赶赴郎川河白茅岭、东溪桥、马山埠闸等应急监测断面，实时监控水位趋势，为防汛决策提供水文基础资料。

7 月 24 日至 29 日，安徽省水文局共采集各类雨水情信息 1048 万条，滚动发布实时洪水预报 15 期 84 站次、数值模拟预报 8 期 448 站次，发布社会公众洪水预警 34 次。同时结合实时降雨和气象预报，分区精准研判山洪灾害防御形势，发布山洪灾害气象预警 3 期，提醒相关地区做好人员转移等工作。动态跟踪强降雨落区和河道水位变化，向滁河、水阳江、牛屯河等沿线各地对点发布水旱灾害防御预警 6 期，督促做好强降雨防范和超警河湖、超汛限水位水库巡查防守。

“今年，我们向进入山洪灾害危险区内的游客、外来务工人员等发送山洪预警短信，利用基层防汛预警平台向他们以及强降雨区责任人发送山洪预警短信 171 次 4.4 万条。”安徽省水利厅水旱灾害防御处副处长陈祥拿起手机向记者展示。

整体科学调度

面对台风和暴雨，安徽各地按照省委省政府决策部署，迅速行动，积极应对。

合肥市采取涵闸自排、泵站抽排等方式，全力降低巢湖水位；宣城市调度郎溪县中斗闸分洪 600 立方米每秒，避免老郎川河超保证水位；池州市提前开启城区排涝站，预降清溪河水位；铜陵市调度陈瑶湖流域沙池站、北埂站，持续开机外排水量 860 万立方米……全省 16 个市的水利部门都及时启动水旱灾害应急响应，落实落细响应措施。

在精准调度水利工程的同时，安徽省水利厅建立山洪灾害防御和小水库防守 2 个工作专班，跟踪强降雨落区，紧盯山洪灾害和小水库安全度汛两大风险点，每日对相关责任人在岗履职、值班值守和工程运行等情况抽查督查。

受台风影响，水阳江流域降雨强度大，水位迅速上涨，成为安徽省防汛压力最大的区域之一。安徽省水利厅统筹流域全局，采取预泄、上拦、中分、下排的综合调度措施，降低水阳江干流水位，最大程度发挥水利工程防洪减灾作用。

省水利厅调度水阳江上游港口湾水库，将库水位降至汛限水位 3 米以下，多腾出防洪库容约 9600 万立方米。强降雨发生后，控制港口湾水库下泄，将大量洪水拦蓄在库内，削峰率达 90%，降低下游宣城站最高水位约 1 米。针对上游水库拦蓄后水阳江干流水位仍持续上涨的情况，7 月 27 日分别调度开启双桥闸、马山埠闸分泄水阳江干流洪水约 1.5 亿立方米入南漪湖，降低新河庄站水位约 0.4 米。同时，联合调度水阳江与南漪湖，精准控制新河庄站水位仅超保证水位 0.01 米、超保时间约 5 分钟。

据初步测算，全省大中型水库累计拦蓄洪水近 10 亿立方米，防洪减灾效益显著。

安徽省水利厅将继续监视天气形势和雨情水情工情发展变化，抓好超警戒水位河流、超汛限水位水库以及退水期堤坝巡查防守、险情处置，强化抢险技术支撑，加强水利工程调度，严防局地山洪灾害，全力做好水旱灾害防御工作。

不断档的水情测报

——河南新乡水文局防汛抗洪侧记

（2021 年 8 月 3 日）

本报记者　吕彩霞

“7 月 17 日—23 日，新乡遭遇了一场历史罕见的强降雨过程，全市平均降水量 550.4 毫米，最大点位于辉县龙水梯村，1158.5 毫米。”河南省新乡水文水资源勘测局工作人员穆玉珠说。

降雨强度大，持续时间长，水利部门如何应对？

新乡市防汛部门紧急会商，强调实时水文数据是关键。“强降雨以来，我们每小时报送一次数据。汛情严重期间，水文数据直接报送给市委、市防汛指挥部主要领导。”新乡水文测报中心副主任王燕鹏说。

面临暴雨洪水，新乡水文局超前部署，积极应对，克服困难，坚守职责，锻造出一批“测得到，测得准，报得出”的水文精锐，为新乡防汛抗洪工作提供重要支撑。

全　面　出　动

汛前，新乡水文局迅速成立以局长冯卫为组长的新乡水文防汛指挥领导小组，制定应急预案。局主要领导分工明确，确保各项工作有方向、能落实。

“7 月 18 日晚上，我们参加市政府紧急会商，一直持续到天亮。”新乡水文局副局长张春芳说。

暴雨来袭，新乡河道水位快速上涨，上游来水情况，关乎对后续水情的研判。7 月 19 日，张春芳带领应急突击队赶往位于太行山区的宝泉水文站实施应急监测。“上游河道水位涨得很快，多条道路被淹，多亏附近的村民带路才到达测站。我们立即调整测量方案，快测快撤，在保证安全的同时，快速完成测量工作。”张春芳说。

受洪水影响，卫辉市积水持续上涨。7 月 21—25 日，新乡水文局工作人员李光柯带领应急突击队紧急支援卫辉水文局。“测站被水围困，大家克服各种不利因素，没有一个人要求撤离。”李光柯说。

7月22日，新乡市共产主义渠牧野大桥段发生险情。23日，新乡市紧急启用柳围坡滞洪区，急需水文资料研判应对方案。冯卫带领应急突击队奔赴现场实施监测，提供险情处置、滞洪区分洪情况研判必需的水文资料。

风 雨 坚 守

7月25日深夜，卫辉水文局门前积水已经齐腰深，屋内积水超过30厘米且水位还在上涨。此时，附近的居民已经完全撤离，提前准备的食物所剩无几，但局长赵元保和卜晓倩夫妻还坚守在岗。

“人在，阵地在。一定要保护好电脑和雨量计等报汛设备。”卜晓倩说。最终，积水严重导致停电，卜晓倩才开始撤离。

“到整点报汛时间了，快做准备!”凌晨1点47分，赵元保和卜晓倩刚撤离到其他房间，来不及换下蹚水时打湿的衣服，就立即投入报汛工作。

卫辉水文局测验站房所在处，是卫河和共产主义渠共用的河堤，宽约3米，通过不远处的公路桥与外连通。

7月23日凌晨3点，共产主义渠水位接近公路桥桥面。一旦漫桥，共产主义渠和卫河的水面就会连成一片，测验站房将成为孤岛。撤还是不撤?

“只要还没漫桥就不撤!”卫辉水文局无一人退缩。

宝泉水库水文站位于卫河上游山区，暴雨倾注极易引发山洪。7月21日测站右挡墙发生塌方，22日后挡墙又发生塌方，发生泥石流风险极大。按照预案，大家紧急密封水文资料，随时准备撤离。即使在这样的情况下，水情报送也没有一次断档。

一 字 千 金

“水位数据误差1厘米就有可能影响到滞洪区的启用，危及老百姓的生命财产安全，是真正的‘一字千金’。”赵元保说。

“每次水文数据上报前，都是两个人反复测算，然后互相校核。”“每个数字都不敢大意，特别疲劳的时候就闭上眼睛休息一下。”卜晓倩和赵元保轮流介绍。卫辉水文局人员有限，无法轮岗，一小时一次的报汛对每个人都是考验。

“冒着暴雨测流的时候，狂风一下子卷走了手上的雨伞。负责记录的同志顾不上被淋湿，用身体紧紧护着水情记录纸。大家把数据看得比啥都重要。”新乡水文局工作人员张凤华说。

“水文信息一小时一报，无一次错报、漏报、迟报。”赵元保简单的一句话，背后是水文人克服艰难险阻完成测报的艰辛。

截至目前，新乡水文局共向各级政府和防汛机构报送强降雨预警 400 余站次、水情简报 30 余份、雨水情快报 40 余份、洪水预报 4 站次、水情短信 570 余份，为新乡防汛抢险工作提供了有力的数据支撑。

山东德州市："四预"抢先机 合力御"烟花"

（2021 年 8 月 3 日）

本报记者　布方坤　　通讯员　李耐振　叶真真

7 月 30 日晨，今年第 6 号台风"烟花"离开山东。尽管受台风暴雨和漳卫南运河上游 25 年来最大量级洪水叠加影响，德州全市各级河道、水库仍安全平稳，均在汛限水位以下运行。这是德州近年来持续推进水利工程建设、加强人员物资保障成效的突出体现，也是山东省水利部门坚持"人民至上、生命至上"理念、全力做好水旱灾害防御工作的缩影。

排兵布阵——"四预"措施抢先机

台风"烟花"影响德州期间，全市平均降水量超过 124.9 毫米。在河道大堤上，总能见到水文监测工作车快速移动施测。据了解，启动预警响应以来，强降雨区水文情况报送已由每 24 小时一次加密到每 2 小时一次。市水利局联合水文、气象等部门会商研判 30 余次，发布水情信息 40 余次，做到超前预报、精准预报。

7 月 27 日，按照省委、市委要求，德州市水利局迅速安排部署，及时启动水旱灾害防御Ⅲ级应急响应，连夜部署防汛防台风工作。28 日 18 时，水旱灾害防御应急响应提升至Ⅱ级。市水利局根据漳卫南运河行洪情况，科学分析研判台风路径、强度变化、影响范围，督导沿漳 8 个县（市、区）采取措施确保堤防安全。

防台风就要让"防"的工作跑赢台风移动速度。27 日下午，山东省水利厅专题部署会议结束后，德州市水利局迅速下发通知，要求干支流河道拦河闸全部提启，橡胶坝全部塌坝，恩县洼滞洪区做好启用准备，同时加强隐患巡查，严肃工作纪律，确保万无一失。

汛前，德州市水利局开展了黄河防汛、闸门控制、物资调运应急演练。目前，全市流域面积 300 平方公里以上河道全部编制防洪方案和超标准洪水防御预案。

厉兵秣马——水利工程显神威

在查看工程的路上，德州市河道管理服务中心水情科副科长薛翼的电话不断。据预测，8 月 1 日，上游漳卫南运河排洪的洪峰将到达辖区河道，他根据实时信息及时指挥值班人员调整闸站状态。

在防汛综合信息化平台上，市县骨干河道防汛调度已经实现“一键通”。指令下达后，工作人员远程即可对徒骇河、马颊河、德惠新河等 3 条干流河道采取防御措施，为水旱灾害防御预留空间、赢得时间。

近年来，德州市聚焦“根治水患、防治干旱”，持续掀起现代水网工程建设热潮。2018 年以来，累计完成投资 160 亿元，超过之前 10 年的总和，治理了马颊河、徒骇河、德惠新河三大干流以及全部 130 条中小河流，实施了灾后重点防洪减灾等七大类 270 项重点水利工程建设。骨干水网防洪能力全面达到 50 年一遇，恩县洼滞洪区防洪能力提升至 100 年一遇，在多次成功防御台风、强降雨过程中发挥了重要作用。

“烟花”到来前，德州市进一步抓好隐患排查，累计派出 280 余人次，排查隐患 520 个，问题全部整改到位；清理河湖岸线 1 万余公里，消除行洪障碍；全面开展工程安全鉴定，建立“一闸（库）一档”，落实管护机制，避免发生工程运行事故。

“南运河顶住了压力，农田、市区没有出现明显积水。”市水利局工作人员说。

兵多将广——党员群众齐上阵

“我志愿加入防汛抗洪先锋队，服从党的领导，严格执行命令，到最需要的地方去，到最危险的一线去，冲锋在前，做好表率……”这是德州市水利局防汛抗洪先锋队的誓言。

7 月 29 日，德州市水利局 700 余名干部职工集体递交请战书，申请加入防汛抗洪先锋队，旋即投入防御“烟花”的战斗。

驻守在七里庄闸的研究员杨书仓带着 6 人的队伍吃住在闸站，监测数据，调整机械，清理河道杂物，关键时刻还要拆除临时设施，以保障闸门安全运行。队伍还邀请了两位退休专家作为顾问。

四女寺枢纽是漳卫南运河中下游重要的防洪控制枢纽，近日刚刚通过一次关闸操作保障德州西北部行洪顺畅。德州市各级河湖长上岗到位、密集出动，台风“烟花”防御期间共巡河 2100 余次，距离超过 3000 公里；市水利局派出 12 个督导组，盯守 13 个县（市、区），查隐患，除险情，协助地方做好防汛防台风工作。

夏津县成立防汛抗旱指挥部临时党委，在河道关键河段、防汛重要位置成立 17 个一线临时党支部，组建 57 支党员突击队、抢险队，400 余名党员干部闻令而动、冲锋在前，各险工险段备足值守人员，24 小时不间断巡查。夏津县防指临时党支部书记王磊说，临时党支部的成立，进一步增强了防大汛、抗大洪的能力，做到了“让党旗在一线飘扬”。

截至目前，德州市、县两级水利部门全员在岗值班，全市 9800 名各类巡堤查险人员、14 支共 2000 人的水利专业抢险队伍 24 小时不间断巡查，60 名水库“三个责任人”均在岗在位。

粮草先行——防御物资保胜利

在岔河河堤上，一个庞然大物——5000 立方米每秒的大功率排水车，正利用 4 条树干般粗壮的软管，将河水源源不断排向七里庄闸方向。这是经市水利局积极协调，省水利厅于 7 月 29 日连夜抽调的 3 辆大功率排水车之一，目前正支援德州城区排涝，累计排水 7 万立方米。

在德州市水旱灾害防御调度中心，记者看到一本《德州市水旱灾害防御物资手册》，市县水利部门防汛物资储备仓库中的各类物资全部登记在册，数量、位置清晰记录。

德州已建成的省、市、县三级防汛物资储备仓库，储备各类物资总价值 2600 万元，13 个县（市、区）各有 1 座防汛物资储备仓库。同时，各县（市、区）均与辖

德州市丁东水库工作人员冒雨监测水情　　本报通讯员　李巍仑　摄

区内砂石料供应企业签订了预购协议，一旦出现险情，可第一时间从企业仓库中调拨砂石料。

市水利局提前储备了 7.8 万平方米复合土工膜、20 万条编织袋等物资，落实调运措施，确保第一时间运输到位。海河第四支队抢险队（德州市水利局水利工程施工与维修中心）备齐发电机、挖掘机、推土机，50 名抢险人员及大型排涝设备随时待命。

养兵千日，出战必胜。通过上下联动、科学决策，德州成功打赢了“烟花”防御战，实现了“人员不伤亡、水库不垮坝、重要堤防不决口、重大基础设施不受冲击”的目标。

2021 年 7 月 30 日，本报记者在德州采访报道

尼尔基水库的抗洪力量

（2021年8月4日）

本报记者　黄一为　李应硕　　特约记者　张培　　通讯员　王开丽

尼尔基水库是嫩江干流唯一一座骨干控制性工程，对于调蓄流域洪水具有举足轻重、不可替代的作用。

8月3日10时，嫩江3号洪水形成后的第4天，在水利部松辽水利委员会防御处值班室，每日的滚动会商正在进行，会商人员根据当前水雨情及预测预报、洪水分析，研讨尼尔基水库等流域骨干工程调度意见及流域防汛建议。4个小时后，尼尔基水利枢纽工程现场，巡坝查险人员冒雨检查，确保工程安全运行。相距六七百公里的两群人，为保障下游人民群众生命财产安全这一共同目标而努力。

使命在肩　“重器”亮剑
水库防洪骨干作用显著

今年入汛以来，松辽流域天气形势异常，汛情发生早，洪水量级大，仅6月中上旬，嫩江中上游面雨量达常年同期的2.6倍，导致嫩江流域多条支流发生超警、超保以上洪水。

“嫩江下游支流多且缺少控制性工程，而尼尔基水库的控制面积仅占嫩江流域的22%，这增加了调度水库完成流域防洪任务的难度。”松辽委防御处处长宁方贵说。

作用越大，责任越大。6月21日14时，嫩江2021年第1号洪水发生后，6月21日、23日尼尔基水库出库流量接连压减至2300、1800立方米每秒，有效发挥拦洪削峰错峰作用。削峰率达61.6%，为下游错峰138小时，有效降低嫩江干流水位0.55米～1.27米，嫩江干流全线汛情平稳。

降雨密集，洪流滚滚，7月17日至20日，嫩江中上游再次普降大到暴雨，局地大暴雨。受强降雨影响，7月18日，嫩江发生2021年第2号洪水，当天下午，嫩江支流诺敏河发生特大洪水。

抗洪“重器”，闻汛而动。尼尔基水库自7月18日16时45分起出库流量由1300立方米每秒减小至零出流，为诺敏河洪水错峰。7月19日20时，第2次错峰任务圆满完成。持续27小时的零出流，拦蓄洪水2.84亿立方米，降低了嫩江干流同盟以下江段水位0.37米～0.60米，避免了嫩江同盟至富拉尔基江段超警、大赉江段超保，最大限度减轻了洪水对嫩江干流的影响。

近日，台风“烟花”残留云系北上影响松辽流域，受降水影响，7月31日14时，尼尔基水库入库流量达3560立方米每秒，编号为“嫩江2021年第3号洪水”。31日15时起，尼尔基水库加大出库流量至3000立方米每秒，以腾出库容，迎战新的防洪挑战。

预字当先　科学筹谋
打有准备之仗

防汛是一场持久战，只有做足做实做好“预”文章，科学调度关键水工程，打有准备之仗，才能充分发挥这一制胜“法宝”的关键作用。

水利部党组高度重视，多次会商研判松辽流域汛情，安排部署洪水防御相关工作。入汛以来，仅针对加强尼尔基水库等骨干工程的科学调度，充分发挥防洪作用就做出十多次的明确部署。

松辽委坚持以流域为单元，统筹上下游、左右岸、干支流，与各相关省区及时协调防洪需求，树立一盘棋思维，加密监测预报、及时发布预警、滚动会商研判，用不分昼夜的计算分析、比对优化，为水库实时调度提供最佳方案，牢牢掌握流域防洪保安的主动权。

想要水库有效拦洪削峰错峰，就得留出地方装水，也就是要有足够的防洪库容。如何做到看准时机，精确决策？6月以来，松辽委已向嫩江尼尔基水利水电有限责任公司发出15次调度令，从一道道精细科学的调度令中，可以窥见松辽委今年汛期一以贯之的调度策略——洪水来前预泄、洪水来时削峰、保护下游错峰。

比如，6月27日，尼尔基水库为1号洪水错峰后，松辽委考虑到流域还可能发生较大洪水，同时统筹水库来水和下游河道水情，发出调令及时加大水库出库流量至2800立方米每秒，利用降雨间歇期迅速降低水库水位，在汛限水位以下腾出7.8亿立方米库容，最终为完成诺敏河特大洪水错峰任务创造了条件。

在嫩江3号洪水生成的同一天，加大骨干水库出流又是处于何种考虑？宁方贵解释：“此次调度令是基于预测预报结果，统筹了下游支流洪水情况去考虑的。进行预演的结果显示加大出流不会引起嫩江下游干流各断面水位明显上涨，同时综合考虑到中下旬降雨较多，尽快降低库水位到汛限水位213.37米以下，为后期防洪留出空间是必要手段。”

8月3日，尼尔基库区突发强降雨，入库流量猛涨至4880立方米每秒，由于提前加大了出库流量，截至 3 日 20 时，水库水位控制在 213.73 米。

守土尽责　迎战洪水
把住水库安全度汛底线

8 月 2 日一早，记者走进尼尔基公司水库调度处，工作人员正围坐在一起开会商会。副处长胡宝军说，目前全员参与预报工作，会商时再一起分析计算结果，为公司防汛负责人会商提供建议，重要场次降雨径流预报调度会商材料则同步上报至松辽委防御处，为提高调度精确度提供支撑。

此外，水库调度处还严格执行松辽委调度命令，及时形成闸门启闭方案，并在操作后形成报告向松辽委反馈；在汛期落实 24 小时值班值守，保证水库报汛的时效性和准确性。

枢纽管理与工程技术处处长、防办主任林运东介绍，目前枢纽现场加大对工情、险情隐患排查力度，频次增至每天 1 次，尤其对枢纽重点部位和薄弱环节仔细检查，确保枢纽安全稳定运行。现场值班的公司领导也由 1 名增加到 2 名，进一步强化指挥力量。同时，公司发出通知，要求全体干部职工防汛期一律取消休假，坚守岗位，迎战洪水。

下一步，尼尔基公司将继续密切关注流域天气形势变化，贯彻落实水利部和松辽委决策部署，坚持底线思维，增强忧患意识，切实扛起防汛减灾政治责任，坚决打好水库安全度汛这场硬仗。

又是一个不眠夜

——海委Ⅰ级应急响应下的防汛值守见闻

（2021 年 8 月 5 日）

本报记者　魏晓雯　薛程

7 月 29 日，晨曦微露，乘着高铁一路由西向东，抵达津门。

8 时，记者走到水利部海河水利委员会防汛值班室门口，一阵急促的电话铃声传来。“加强卫河围堤防守！”“紧盯已蓄水的病险水库！”……

前一天晚上，与水利部连线视频会商后，彻夜未眠的海委防御处处长徐和龙抬眼看了下座机记录，通话次数又刷新了单日“纪录”。

在海委防汛抗旱综合信息服务系统中，不停闪烁的河流预警信息、流量流速曲线牵动着每个人的神经。自 7 月 17 日海河南系发生今年入汛以来最强降雨过程，海委先后向流域相关省市及委属各局下发文件 44 份，对流域内四省两市洪水防御工作进行全面指导协调。

拟定预案、统计险情、发出调令——一项项工作正按照部署要求陆续开展，然而海委防御处副处长李琛亮的心始终悬着，因为他们守护的是流域内千千万万的百姓和他们世代生活的家园。

“小张，洪峰到了没?”“杨处长，根据水位自记、经验分析判断，洪峰预计还要半小时才到，我一直在操作室里密切监测着。”“我也在情报预报处与你一起守洪峰!”……海委水文局情报预报处副处长杨邦正在值班室里与基层水文站点工作人员通话。

在海委防御处和水文局，防汛调度和技术支撑人员，正在与洪水赛跑，争分夺秒推演预判，为下游防洪赢得主动。

9 时，第一场防汛会商召开。自海委启动建委以来首次水旱灾害防御Ⅰ级应急响应后，一天 3 次会商是基本配备。

防汛会商室内，紧张的气息扑面而来。“预计截至 8 月 10 日，岳城水库总来水约 5.39 亿立方米；目前，卫河全线各水文站点都在退水，但蓄滞洪区退水较慢……”杨邦汇报着预判的第一手数据。

“密切关注漳卫河系雨情水情工情，紧盯河道水位，确保周边百姓安全；科学调度工程枢纽，控制河道安全泄量；加强巡查防守，确保河道堤坝、蓄滞洪区围堤安全!”海委总工梁凤刚就重点工作提出意见。“安全”这个关键词，在会商中一次次被提及。

每一次会商都是一场与洪水的博弈。“为科学应对本次漳卫河1号洪水，海委7月17日以来组织会商34次，滚动研判汛情，制定应对措施。”防御处副处长杨志刚说。

力量跟着汛情走，预案抢在洪水前。会商结束后，大家开始针对卫河退水较慢的情况制定紧急预案。“卫河流域内9个蓄滞洪区中仅剩两个未启用，小滩坡蓄滞洪区就是其中之一，我们能守则守，但也要随时做好启用的准备!”防御处二级调研员董继英拿出随身携带的漳卫河系地图，在小滩坡蓄滞洪区处画了一个又一个圈。7月30日零时，为减轻上游的防洪压力，小滩坡蓄滞洪区紧急启用。

讨论一直延续到14时，徐和龙刚刚准备吃午饭，一线又传来消息，卫河堤防发生一处险情。铺上编织布、用编织袋装土压载——一套驾轻就熟的除险措施传往前线，这位“老水利”凭借丰富的经验当即做出判断。

“措施到位了，心里就踏实了，安全最重要。”徐和龙喃喃自语，快速吃完碗里的面条。

“今天的汤这么咸!”“徐处，您喝完的是给面条配的卤啊!”看着忘我工作的徐处长，大家的笑声中带着苦涩。

为了及时报送信息连续起早贪黑工作，为了不错过险情最佳处理时间忘记吃饭，此时此刻，战斗在防汛前线的水利人用行动诠释什么是废寝忘食、什么是夜以继日。

暴雨至，夜未眠……

7月30日，天刚擦亮，值班室电脑前，值班人员正在抓紧整理海委水旱灾害防御工作信息。“防汛累不累，当然累；值班苦不苦，也很苦。但我的坚守能换来更多百姓的平安，再苦也值得。”一名值班人员在微信朋友圈中写道。

人民至上，生命至上；责任如山，苦也甘甜。海委防御处和水文局的每名工作人员，用智慧和汗水守护大坝、守护堤防、守护人民。

雨过天晴，天边挂起了罕见的双彩虹。任凭风雨袭来，有了水利人的坚守，流域安澜就更多了一份保障。

8月3日12时，海委将水旱灾害防御应急响应级别由Ⅰ级调整至Ⅱ级。尽管响应级别下调，但流域内仍有22座大中型水库超汛限水位，仍有6处堤防在紧急抢护中……汛期的考验从未停止，战斗还在继续!

浙江开化县：病库限蓄　险库放空

（2021 年 8 月 7 日）

本报记者　王慧　　通讯员　李岳洲　张惠平

近日，浙江省遭遇一轮持续性较强降雨，防汛形势严峻。8 月 15 日下午，记者到达衢州市开化县时，仍有零星小雨。

在马金镇的塘坞水库，记者看到，水库水位较低，距溢洪道口尚有一段距离，整体运行平稳。县水利局局长程军华说："病险水库安全是重点。我们几天前就将启闭机全部打开，提前泄水，把水位控制在溢流口以下 1.5 米，来预防这一轮强降雨可能造成的影响。"

据了解，塘坞水库是一座总库容为 116.7 万立方米的小（1）型水库。今年 6 月，塘坞水库大坝被鉴定为三类坝，大坝坝体、坝基存在渗漏隐患，两侧坝肩渗透系数较大，存在绕坝渗漏现象。

"通过对水库进行渗漏隐患探测，并采取帷幕灌浆封闭、隧洞内部衬砌及化学灌浆处理，安全隐患得到及时处置。"县水利局副局长余雷介绍，这座水库于 20 世纪 70 年代建成，是附近 7 个村 6000 人的唯一饮用水水源地，运行时间较长，目前暂时采取限制蓄水措施运行，在保证居民供水安全的前提下，将于 10 月进一步开展除险加固工作。

塘坞水库现有专业巡查员驻库巡查，视频监控系统完善，水雨情监测系统随时在线，水情、雨情、工情能够动态掌握，护航水库安全运行。

今年汛期，开化县水利局把水库、山塘安全度汛作为防汛的重中之重，进一步督促落实"三个责任人""三个方案"，督促各乡镇严格执行批复的控制运用计划和"病库限蓄、险库放空"制度，针对水位偏高的水库山塘逐一电话通知，提前开启启闭机放水，确保水库山塘安全度汛。

精准调蓄　赢得主动

——太浦河枢纽管理所全力防御台风“烟花”

（2021年8月7日）

本报记者　邱月明　尤珍

受台风“烟花”影响，太湖流域遭遇强风暴雨袭击。针对严峻的防汛防台风形势，太湖流域管理局太浦河枢纽管理所闻“汛”而动，打赢一场上下同心、团结协作台风防御硬仗。

提前部署　精准调蓄

太浦闸位于江苏省苏州市吴江区七都镇境内的太浦河进口处，是环太湖大堤重要节制闸之一。

入汛前，管理所认真排查水闸工程的水工建筑物、闸门、启闭机、机电设备、自动控制设施、附属设施等，探查堤防工程的堤顶、堤坡、河道等，共查出24项问题，于汛期前全部完成维修养护。今年5月，太浦闸还针对工程突发情况进行了专项预演，对预演中发现的问题进行研讨改进，做好防汛防台风准备。

7月21日12时，太湖局启动水旱灾害防御Ⅳ级应急响应，太浦闸按照100立方米每秒排水，预降水位，做好防御台风强降雨准备。同时，依托太浦闸工程调度智能分析系统，将调度流量浮动精确控制在5%以内，并通过实测流量与神经网络对比图实时监测，为排水泄洪提供精确信息，做好太湖防汛的“耳目尖兵”。

24日10时，太湖水位上涨至3.47米，太湖局调度太浦闸开启全部闸门全力排水；12时，因平望站水位达3.43米，根据《太湖流域洪水与水量调度方案》，太浦闸排水流量压减至50立方米每秒。26日，因预报太浦河下游将有强降雨过程，太湖局下发调令关闭太浦闸。截至29日，太浦闸已累计供水4.87亿立方米，累计排水10.12亿立方米。31日，随着太湖流域河网水位逐步回落，太湖局调度开启太浦闸排泄太湖洪水。

上下齐心　强化责任

台风“烟花”登陆以来，太湖局统筹考虑降低太湖水位和区域河网水位，及时调整闸门运行。26 日，连日的降雨使太浦河下游水位快速上升，下游侧水位高于上游侧，太浦闸关闭。

太湖流域中间低、周边高且相对平缓，水位易涨难消。受台风影响，太浦闸开闸后存在顶托、倒流等情况，需要随时调整闸门以确保调度的精确性。

据了解，今年年初管理所成立了检查小组，每天派出 3 人一组的检查人员，由党员带头巡查辖区内河道、堤防、水利工程等，台风暴雨来临之际也不间断。管理所还第一时间组建党员突击队，充分发挥党员引领作用，全所 18 名干部职工全员出动巡查排险。

非常时期，非常对策。所里 12 名运行人员四班三倒，24 小时值班值守。从防台风预警发布起，他们就没顾过家。“共产党员就是要冲在前面。”年轻党员李超说。

盯防“卢碧” 科学调控

——广东省韩江流域管理局全力防御台风

（2021 年 8 月 7 日）

本报通讯员 林小丽 辛彦博 记者 吴頔 邹锦华

“我们主要是加强与水文、水务部门的联合会商和分析研判，提高水情预测精准度，延长预见期，科学调度水工程；派出工作组到流域各地市指导检查防台风工作；对潮州供水枢纽拦河闸、船闸、连接土坝、古树庙泵站等重点部位加密检查频次；对流域内在建涉水地下工程全面开展安全生产检查，确保安全。”8 月 6 日，正在广东省韩江流域管理局防汛值班室值班的二级主任科员陈鸿雁，指着广东省水利厅汛情发布系统上的台风路径图，详细介绍了几天来第 9 号台风“卢碧”的防御工作。

8 月 5 日 11 时 20 分前后，台风“卢碧”在汕头市南澳县沿海登陆，带来了强降雨，粤东地区中小河流出现明显涨水过程，涨幅 1 米～1.5 米。在一系列措施保障下，韩江流域水库山塘、重要堤防等水利工程经受住了台风考验，充分发挥了防灾减灾作用。

科学预判 做足防御准备

自 8 月 4 日 8 时台风“卢碧”生成以来，韩江局在省水利厅指导下，紧急动员，全体行动，密切关注台风发展，有序开展各项防御工作。

从 8 月 4 日起，韩江局坚持 24 小时值班制度，增加值守力量，安排 15 人轮班值守，并通过流域信息化监控系统，密切监视水雨情、工情，每小时发布一次水雨情、工情信息。

8 月 4 日—5 日，韩江局与各地水利、水文部门电话会商 24 次、视频会商 4 次，联合会商、分析研判，监视台风“卢碧”发展动向。

根据欧洲中期预报雨量模型，台风“卢碧”带来的流域降雨集中区域和洪水暴发河段，将发生在汕头市、揭阳市、潮州市、汕尾市等地及其中小河流区段。根据预报信息，韩江局提前向有关地方发出预警，商定应对方案，为防御台风做足准备。

重点盯防　确保水工程安全

“派出工作组到梅州、揭阳、汕尾三市开展防台风督导工作。”这是防汛值班室里的《汛期值班日志》上 8 月 5 日记录的内容。韩江局发挥流域管理机构统筹协调作用，迅速派出工作组检查指导地方防汛防台风工作。

在揭阳，工作组督导检查龙颈下、青年上等 36 宗病险水库是否提前排空或降低库水位，其中虎坑、石峡仔等 21 座水库已腾空库容，有供水任务的北龙潭、东坑等 15 座水库降低水位运行。在梅州，工作组协调对蓄水位较高的长潭、双溪、梅西等 3 座大中型水库适当腾出库容增加调蓄能力。在潮州，工作组检查流域重点危险区域和薄弱环节，提前预置抢险救援力量和物资。

8 月 4 日 15 时，省韩江局将潮州供水枢纽防台风应急响应升级为Ⅲ级，组织技术力量分组开展台风前安全巡查，重点对机电设备、水工建筑物、大坝安全监测系统、水土保持措施及应急物资储备情况进行了检查，并按照预案和规范规程要求逐一落实防台风应急措施。同时，加强与广东粤海飞来峡水力发电有限公司潮州枢纽分公司沟通，共享信息，落实人员撤离避险工作，确保人员安全、水工程安全。

统筹调度　防汛抗旱两手抓

“根据以往经验，梅江较大洪水的暴雨中心多发生在石窟河蕉岭一带。我们及时对石窟河流域降雨防洪情况进行会商研判，避免石窟河长潭水库下游重要防洪对象蕉岭县新铺镇受淹。”韩江局防汛科科长余先旭说。

8 月 5 日 11 时，韩江局沟通协调梅州市水务局对长潭水库实施提前预泄，逐步降低水位至 143 米左右运行，计划预留库容 1000 多万立方米以应对台风带来的强降雨。

台风路径变幻莫测。“卢碧”登陆后，仿佛“路过”广东一般转去了福建方向。“根据这一变化，我们预计后续降雨来水情况变少，迅速调整了长潭水库的下泄流量，再次进行调度。”余先旭说。5 日 13 时，省韩江局协调梅州市水务局减少长潭水库泄量，开展水库回蓄工作，将库水位回蓄到汛限水位 144 米。在确保安全的前提下，把握有利时机科学蓄水保水。

根据预报，未来几天粤东局部地区还将迎来强对流天气。“我们将继续抓好工程调度和安全管理工作，组织开展防洪督查，全面排查风险隐患，及时督查修复水毁工程，同时坚持防汛抗旱两手抓，扎实做好‘四预’工作。”余先旭说。

潮州供水枢纽

防御“卢碧”的50个小时

（2021年8月10日）

本报记者　吴頔　邹锦华　　通讯员　林小丽　辛彦博

8月3日，南海热带低压强度逐步增强，并向广东方向移动。19时，根据省水利厅批复的防汛防台风应急预案，广东省韩江流域管理局启动了潮州供水枢纽防台风Ⅳ级应急响应。

在第9号台风“卢碧”命名前的13个小时，粤东这座重要水利工程已经打响了台风防御战。

落实预案准备足

“8月2日下午热带低压产生后，我们就时刻关注它的动向，通过各种渠道收集风情信息，同时与潮州市三防办密切联系，加强信息共享。”韩江局调度运行科副科长卢学桂说。

8月3日19时，潮州供水枢纽工程巡查责任人赵国清在工作群中要求，防台风工作必须再细化再落实：“锁定拦河闸移动启闭机行车轮，把检修闸门放入门槽；对拦河闸、船闸、古树庙泵站等责任区域的门窗进行加固；做好树木支撑、加固工作……”这是今年4月发布的潮州供水枢纽2021年防汛防风应急预案中，启动台风Ⅳ级应急响应后，潮州供水枢纽需采取的防御措施。随后，各防风工作小组按照分工要求迅速行动，确保各项措施落实到位。

加固办公楼大门、停车场雨棚等易受台风影响的设施；安排枢纽坝区清漂的船只转移到安全码头避风；应急电源车检查和试车、燃油准备；通知所有工作人员停止高空作业，除参加应急值班、抢险人员外，其他人员全部撤离……抢抓时间，做好防御，防台风Ⅳ级应急响应启动后，多项工作同步开展，确保安全。

8月4日上午8时，位于南海的热带低压增强为今年第9号台风“卢碧”（热带风暴级）。

8时30分，抢险技术小组分成两组对工程进行全面检查，特别是东西溪拦河闸、船闸、古树庙泵站等重点部位，确保移动启闭机、户外配电箱的加固措施完好，应急电源处于待运行状态，大坝安全监测系统运行正常，应急抢险队伍及物资到位等。按照最不利情况，分析台风登陆容易造成破坏的薄弱环节，各小组有针对性地采取应急措施，确保工程设备设施在最不利情况下也能正常运行。

“目前防台风应急响应已经启动，而且台风已经生成，响应级别可能提高。为确保船只安全，请先在韩江丰顺段停靠，等应急响应解除后再下行。”4日上午9时，韩江局工作人员耐心解释，保障人员和船只安全。

调度运行科一级主任科员林凯忠说：“我们全力做好船只调度工作，一方面保证需要过闸船只的安全，另一方面我们自己的工作船也都提前开到安全区域停靠避风。”

加强值守不松懈

8月4日15时，潮州供水枢纽防台风应急响应由Ⅳ级提升为Ⅲ级。

“应急响应升级后，我们增加了值班人员，抢险技术组安排一名组长及两名成员值班，并再次检查确认水工机电重点部位及重点环节。”赵国清说。

根据预案要求，启动防台风Ⅲ级应急响应时，要安排至少两名小组成员24小时驻守枢纽值班。各工作小组严格落实，加强值守力量。

“必须坚决克服麻痹思想，高度重视、毫不松懈抓好防汛防风工作!”8月5日上午，韩江局党委书记、局长陈图钧来到潮州供水枢纽，实地检查了两座拦河闸及船闸、趸船码头等重点部位，对加强会商研判、重点部位巡查、值班值守、巡查船只避险、有关人员撤离等工作提出明确要求。

8月5日11时20分前后，“卢碧”登陆汕头市南澳县。调度运行科值班室内，值班员丘铖忠、蔡跃紧盯大屏幕，通过广东省水利厅汛情发布系统、枢纽水情测报系统，实时查看韩江流域、枢纽上下游的降雨及水位情况，随时准备采取应对措施。“一般情况下，我们远程控制闸门启闭；如果通信中断，我们会赶到现场；如果停电，我们就启用应急电源车。”丘铖忠说。

“14时，东山水利枢纽下泄流量为566立方米每秒；19时，高陂水利枢纽下泄流量为874立方米每秒，东山水利枢纽下泄流量为948立方米每秒”……在“高陂一东山一潮州供水枢纽联合调度”微信工作群里，大家共享调度信息，密切配合，协同作战。同时，抢险技术小组组织广东省三防机动抢险四队做好抢险准备，一旦出险，立即行动。

……

随着台风影响减小，5日21时，潮州供水枢纽防台风Ⅲ级应急响应结束。“拦河闸运行无异常!”调度运行室当值主班陈焕庭在值班日志上写下这句话。至此，应急响应启动以来，持续 50 小时的“卢碧”防御工作告一段落。

防汛抗旱两手抓

“卢碧”影响结束，后续工作迅即展开。

曾于 5 日上午短时泄水的潮州供水枢纽，迅速开展回蓄工作，应急响应结束 9 小时后回蓄到 10.5 米的正常水位，确保韩江下游及三角洲地区供水安全。

赵国清带队排查工程建筑物、设备设施、水土保持措施、安全警示设施状况等。他们还来到拦河闸室里，对启闭机设备、应急物资等情况进行例行检查。“对生产运行场所建筑物和设备设施，由运行班值每 8 小时巡查一次。”赵国清说。

船闸集控室里，值班员张德招正关注着“九宫格”监控画面中，船闸各个位置的实时情况。枢纽的 3 艘工作船已从避风区域返回亲水平台码头停靠。

7 日中午，潮州市烈日当空。“下一步，我们将继续做好防汛防台风工作，提前谋划，每日对韩江下游及三角洲地区 39 个重要水闸、取水和调水工程调度情况进行监管，督促其做好蓄水保水，为保障今冬明春枯水期供水安全打好基础。”韩江局调度运行科科长管友锐说。

喇叭“浪打浪” 群众“十传百”

——广东梅州市“四预”工作见闻

（2021 年 8 月 11 日）

本报记者 吴頔 邹锦华 通讯员 林小丽 辛彦博 黄燕恋

“强化‘预报预警预演预案’措施，是防范流域水旱灾害风险的关键抓手。”广东省韩江流域管理局防汛科科长余先旭说，“依托流域各地市水文部门落实‘四预’措施，是今年流域水旱灾害防御工作的重点。”

与百姓生命安全息息相关的水情数据和洪水预警信息，能否精准地发送给每位相关群众，在防灾减灾中的作用是否充分发挥？日前，记者来到韩江流域的广东省梅州市寻找答案。

“一传十，十传百”

“市水文局、洪水风险预警：受第 9 号台风‘卢碧’影响，8 月 5 日下午到 7 日，预计梅州市梅江区有暴雨到大暴雨，总降雨量 100 毫米～150 毫米……请沿河村镇、各相关单位和社会公众及时做好防御及避险减灾工作。需防范强降水引发的山区地质灾害和城市内涝。”大埔县茶阳镇万川居委村民组长饶长兴拿出手机，向记者展示 8 月 5 日 11 时 28 分、12 时 27 分收到的两条防汛预警信息。

一旁的广东省水文局梅州分局水情科科长江平做着解读：“我们局的水雨情报服务系统目前有 6800 多个用户。系统会根据水文测报数据和设置好的条件，把预警信息发送给市、县、乡的防汛责任人以及村干部，由村组负责人传达给每位村民。”

“收到这样的信息后，我会通知大家提前做好防范准备。”饶长兴负责的街道有居民和商户 100 多户，挨个通知需要较长时间，“邻居对门互相喊一下，一传十，十传百，这样就快了。家里有老人的，大家也都相互帮扶一下。”

饶长兴介绍，结合村民住的较为集中、彼此熟悉的特点，传递预警信息时，他们会采取相互叫喊提醒的方法。以他为中心点，将消息迅速扩散至每家每户。“水大的时候就用广播，告诉大家往高的地方转移。”饶长兴指向旁边一栋楼的楼顶，那里安装着两个喇叭。

“8 月 5 日那天就来通知我了。”刘燕苏经营的理发店离饶长兴家不远，她说，台风“卢碧”到来之前，组长就把预警信息传递到她家，“我们随时准备撤离。”

梅州水文部门在村组醒目位置的墙壁上设置了一根水尺，分别标注着警戒水位、蓝色预警、黄色预警、红色预警的高度，旁边有 1998 年 3 月 10 日、2006 年 6 月 1 日等时间标记。最高的“1996 年 8 月 8 日”接近 3 层楼的楼顶。“这是历史洪水淹没过的位置。”广东省水文局梅州分局工程师吕福水看向标牌，“在这里设立水尺，就是要村民增强避险意识，收到预警信息赶紧采取措施，按照预案预演的方式及时转移。”

“洪湖水，浪打浪”

8 月 8 日晚 7 点多，吃过晚饭的钟鑫正在自家饭店大厅喝茶看电视，屋外下起了雨，“不用担心，如果水涨得快，会放歌的”。钟鑫经营的饭店位于梅县区松口镇，对面就是梅江。

“‘洪湖水，浪打浪’在我们镇有特别的意义。”钟鑫说。

据了解，松口镇政府在收到水文、三防等部门的超预警水位的预报信息后，会利用镇上的大喇叭播放《洪湖水，浪打浪》，及时向镇里的居民、商户发出转移信号，播放的频率越高，意味着来水越大。这首人们耳熟能详的民歌，成了松口镇的预警歌曲。钟鑫说：“听到这个音乐，大家就知道该怎么做了。”

有 1200 年历史的松口镇是“岭南四大古镇”之一。除了古老的建筑外，水文设施如今成了镇里的新标志。在码头迎宾广场，竖立着一个 10 多米高的“四色柱”，自下而上分别为蓝、黄、橙、红色。“设在这里是因为平时有很多百姓来广场散步休闲，大家容易看到。”江平说，“比如我们发布蓝色预警，村民就知道水位会到达哪个高度。有了这个概念，就会采取相应的避险措施。”

在梅江边一座古宅的外墙上，也有一高一矮两把水尺，分别标注着预警水位和警戒水位，与茶阳镇的类似，有历年洪水高度的记录。“我对这些数字都有深刻印象。”钟鑫说，“看到预报信息，我就知道水位大概会到房子的哪个位置，按照演练过的方式往上跑就行了。”

在梅州，这样的“科普水尺”还有很多。在蕉岭县新铺水文站墙外的水尺旁边，是石窟河洪水预警标志牌，不同高度上写着相应的文字：“红色预警，及时避险，转移至安全地带；橙色预警，减少外出，视情况及时避险；黄色预警，远离江河水域……”水文站副站长陈远奎说：“现在村民都有防汛避险意识，比如低洼处的村民，收到预警信息后会暂时住到高处的亲戚家去，镇上的车辆也都会停到县里地势较高的位置。”

利用水尺等设施进行防汛知识科普，让百姓知道怎么做；结合各镇村的“土办法”快速传播预警信息，让群众知道什么时候做。这已成为梅州市探索出的打通防汛预警预报“最后一公里”的特色路径。

“更快更准更周到”

“这次台风‘卢碧’防御，依据《梅州市防汛防旱防风防冻应急预案》预警信息发布要求，一共发了 4.5 万条短信。”在梅州市水文情报预报中心，江平边演示韩江流域水雨情预报预警系统，边向我们介绍预报预警信息发布的情况。

2021 年 8 月 8 日，本报记者在广东省大埔县茶阳镇采访报道

在系统“短信人员管理”界面可以看到，除了人员的姓名和电话号码外，还有“组别”一栏，标示着不同单位和地点。“这是为了让服务更精准。比如系统根据相关水文站的提示信息，预测局部地区将出现洪水过程，那么我们只会向该区域受影响的用户发送预警信息，提高精准度的同时，避免引发不必要的恐慌。”江平说。

依托梅州水文情报预报中心精准的预报，广东省韩江流域管理局开展流域洪水预演工作，利用实时降雨数据和预报洪水结果，采用三维动画仿真技术，模拟流域重要防洪重镇的洪水动画，预演洪水淹浸过程和影响范围，确定受影响区域和需迁移人员，以便有针对性地发出预警。

“预警信息直达每个相关群众，让他们既知道什么时候该避险，又清楚应当怎么做才能保证安全。”广东省水文局梅州分局党委书记、局长余华章说，“在省水文局统一部署和指导下，今年我们启动了水文测报一体化服务体系建设，力争到 2023 年，实现市县级水文测报能力和服务水平的全面提升，以社会需求为导向，提供更快更准更周到的水情预警预报服务，保障群众的生命财产安全。”

超强暴雨突袭，襄阳小型水库何以安全脱险？

（2021 年 8 月 15 日）

本报记者　李海川　孟梦　　通讯员　梁艳　华平

暴雨如注，不眠之夜。

8 月 11 日至 12 日，湖北省襄阳市的水利人度过了一个惊心动魄的夜晚。

襄阳市遭遇入汛以来最强降雨，全市高峰期有 555 座水库超汛限水位，襄城区彭沟、三桐、龙岗和襄州区郭水湾、泉水庙 5 座小（2）型水库出现水位超坝顶险情。

第一时间紧急转移下游群众，当机立断科学处置水库险情。各地果断采取扩挖溢洪道、筑子堤、铺设彩条布防冲等措施，加快泄水，保护大坝主体安全。

目前，出险的 5 座水库水位已全部降至正常蓄水位以下，大坝主体完好，没有出现一座水库垮坝，没有导致一个人员伤亡。受灾地区正加快水毁修复，确保水毁工程尽早恢复、发挥作用，不造成新的损失。

在这次防汛救灾中，襄阳水利系统上下勠力同心，打了一场漂亮仗。那么，这些小型水库是如何在一次次强降雨过程中经受住了严峻的汛情考验？

绷紧思想弦，高位推动，超前研判

“防汛是天大的事。”这是全体襄阳水利人的共识。

众所周知，小型水库历来是防洪体系中的薄弱环节和安全隐患。襄阳境内有各类水库 1200 座，其中小型水库 1134 座，点多面广，防汛压力不言而喻。

每年汛期，襄阳都把小型水库度汛安全摆在第一位，从领导干部到水库周边的群众，都绷紧了水库安全这根弦。在转移群众的时候，每个人都积极配合，这与襄阳一直以来的宣传教育培训是分不开的。

宁可十防九空，不可一日放松。8 月 7 号，在收到降雨预报信息、接到湖北省水利厅下发的《关于进一步做好水库安全度汛工作的紧急通知》后，襄阳市水利和湖泊局及时转发、及时预警、及时启动应急响应。各区县水利局也立即转发给乡镇，提醒做好近期强降雨防范。

超前研判，滚动会商。8 月 9 日起，襄阳市水利和湖泊局启动应急机制，全员坚守岗位，局主要领导、分管领导每天会商调度，密切关注雨情、水情、汛情变化。

11 日 15 时，中央气象台发布预报，襄阳地区夜间将可能遭遇极端降雨，市水利和湖泊局主要领导第一时间组织会商，16 时向各地发出预警，督促各级责任人到岗到位、上坝巡查、驻坝值守，并根据水雨情变化，实时向宜城、襄城、南漳、襄州等重点地区发布预警信息。各地迅速行动，及时转移群众 1.9 万余人，减少受灾人口 40 万人，为保证保护范围内人民生命安全赢得主动。

当晚，襄阳市、相关县（市、区）党委、政府负责人全部靠前指挥、及时研判、果断处置，并及时赶赴出险水库现场进行调度指挥。

“水利工作没有侥幸，我们必须坚决克服麻痹思想、厌战情绪、侥幸心理、松劲心态，把好每一道关口，确保不因工作履职不到位导致人民生命财产安全受到威胁。”襄阳市水利和湖泊局局长陈启合说。

与时间赛跑，果断决策处置险情

汛情就是命令，时间就是生命。

险情必须“抢早、抢小”。小型水库一般承雨面积小、汇流时间短、险情发展快。面对超标准洪水，只有早发现、早抢护、抢险方法得当，才有可能使工程转危为安、化险为夷。

受强降雨和上游水库泄洪影响，位于襄城区欧庙镇的彭沟水库险情最为严峻紧急。

“水位快速上涨，必须当机立断，容不得丝毫犹豫，险情处理方案要得当，实施更要果断，往往几分钟内就要拿出决策方案，前期准备充分的预演、预案发挥了巨大作用。”襄城区水利局局长曹华清说。她在 11 日晚第一时间赶赴彭沟水库，和应急部门、欧庙镇防汛指挥部联合会商，现场指挥抢险。

12 日凌晨 0 时 55 分，彭沟水库水位升至 71.93 米，达到水库设计水位，欧庙镇防汛指挥部立即启动应急预案，组织抢险队伍上坝待命，随时投入防洪抢险。

2 时，库水位达到 72.2 米，超过水库校核水位，防汛指挥部立即通知组织抢险物资、设备等准备加高子堤，同时通知下游相关村开始组织转移群众；

5 时，决定在坝顶左坝端低处加筑子堤等防洪抢险措施，此时水位已经上坝，开始超过左坝端的坝顶高程；

5 时 30 分，按照应急预案已将 160 名群众转移完毕；

5 时 50 分，库水位 73.8 米已超过左坝肩 10 厘米，决定组织人员对大坝左坝肩水田处进行开口，加大水库下泄量；

6 时 20 分，决定启用挖机拓宽泄洪通道；

6 时 35 分，库水位达到最高值 73.91 米，超过左坝肩 21 厘米，随着一条 15 米宽的泄洪通道打通，泄洪量加大，水库水位开始回落；

……

在湍急水流的持续冲刷下，泄洪通道最终扩至 25 米，至 12 日下午 18 时，库水位已降至 69.5 米。

瓢泼大雨下，嘈杂的人群、闪烁的照明灯、湿透了的头发和衣服、被雨水泡得发白的皮肤、喊得嘶哑的嗓子构成了曹华清那夜难忘的记忆。

“现在想来还十分后怕。”曹华清心有余悸。她怕的是，如果不能及时转移群众、采取有效措施、保障百姓生命安全和水库大坝安全，后果不堪设想……

筑牢“责任坝”，强化水库日常管理

襄州区峪山镇武马岗村村支书刘光玉是郭水湾水库巡查责任人。11 日接到降雨预警后，她一直在郭水湾水库巡查值守。“按要求，凡是下雨必须每天都要上堤巡查，万一雨下大了再上堤就来不及了。”刘光玉说。

当晚，郭水湾水库行政责任人、主管部门责任人、技术责任人、巡查责任人四个责任人全部上岗到位，并随车带来照明灯、编织袋、彩条布等防汛物资。刘光玉介绍，每座水库都会就近备足防汛物资，及时更新、替换和补充，确保关键时刻拉得出、用得上，不打乱仗。

刘光玉还在现场打电话紧急联系就近调用反铲式挖掘机，用来增挖泄洪通道。做了 8 年村支书的她每年都会参加水库责任人培训，对水库巡查各项工作职责已十分熟悉。

据襄阳市水利和湖泊局水库河道科科长于小虎介绍，近年来，襄阳通过集中培训、以会代训、组织各水库责任人利用互联网和手机 App 参与培训、印发《襄阳市小型水库防汛履职手册》等方式，进一步提升小型水库防汛“三个责任人”履职能力，推动各类责任人从“有实”到“有能”。

除了落实“三个责任人”，襄阳还全面实施小型水库标准化规范化建设，加强小型水库坝容坝貌改善和持续开展查险除患白蚁防治，这也是出现水位超坝顶险情的水库能在强降雨中坚持较久的原因之一。

汛前，襄阳组织多轮次隐患排查，实行“拉网式”动态排查+“销号式”限期整改工作机制，354 处安全隐患在进入主汛期前全部整改销号。入汛后，实行动态常态化排查，对新排查出的隐患，排查一处，处置一处，强化工程的日常管理，有力保证了水库、堤防安全运行。

防汛信息化，助力科学精准指挥

12 日凌晨，襄阳市水利和湖泊局总工程师张峰一直在会商室与曹华清连线，远程指导彭沟水库险情处置。

通过水旱灾害防御决策系统，工作人员坐在办公室便可实时监控查询各水库雨量、水位的变化情况，并根据预案报告相关领导、联系水库责任人。

整合了现有的水文、气象和水利工程主要信息化成果，襄阳市水旱灾害防御决策系统链接了有关主要的网络信息源和网址，可以为水旱灾害防御工作提供所有水库、主要河流、山洪站点的水位、库容、雨量、信息技术参数等实时关键数据，并具有实时预警提示等功能。

“以前出现险情需要通过电话传真从下往上一级一级汇报，现在通过信息系统可以迅速判断工作重点，精准对接县区乡镇的相关同志，节省了大量的信息传递时间。此外，系统辅助 24 小时人工值班值守，把人从大量机械重复的劳动中解放出来。”张峰介绍。

今年入汛以来，襄阳市水旱灾害防御系统发挥了“千里眼”“顺风耳”作用，共收发水雨情信息 80 余万条，发送水雨工情短信 7000 余条，发布洪水预报预警 10 次，提供了科学、超前、精准的信息支撑，为人员转移、水库河道安全提供了有力保障。

应对极端降雨事件，“防”的工作必须做得更快更细更准。加强事前准备，强化风险意识，扎实做好防汛物资储备、防洪调度演练、防汛预案编制等工作，才能赢得更多的主动权。

汛期的考验还远远没有结束。居安思危，严阵以待，襄阳做好了继续打大仗、打硬仗的充分准备。

哈尔滨市：增加防守力量　强化巡堤查险

（2021 年 8 月 19 日）

本报记者　王振东　马晓媛　李刚

“现在局里将险工险段、超警幅度较大堤段以及历史溃口段、历史出险堤段、近期出险堤段、穿堤建筑物堤段、保护重要城镇设施堤段等作为重点防守对象，增加值守人员，加大巡查力度，第一时间处置堤防险情，防止隐患变险情、小险变大险。”黑龙江省哈尔滨市水务局副局长宋怀兴日前接受记者采访时说。

经水文部门综合分析预测，松花江将迎来一次流域性较大洪水，其中，哈尔滨站将于 8 月 24 日前后出现洪峰，洪峰水位预计达 118.50 米，超警戒水位 0.20 米。省水文水资源中心于 8 月 18 日 6 时发布松花江哈尔滨段洪水蓝色预警。

哈尔滨市水务局持续关注当前水情汛情发展，特别是针对堤防防守提出明确要求，严格落实堤段巡查防守责任，进一步细化分解堤防巡查防守任务，逐堤、逐段、逐隐患点、逐薄弱环节落实责任和巡堤查险力量，做到巡堤查险全覆盖、责任无空当、防守无盲区。同时，做好退水期堤防巡查检查，密切关注堤顶、迎水坡变化，严防退水期脱坡、崩岸等险情，坚决杜绝退水溃堤现象发生。

“围绕做好堤防巡查工作，我们组织了 30 人的巡查队伍，每天上午下午各巡查一次。”在哈尔滨外滩湿地的堤防上，道里区河长制办公室主任张慧宇正带领队伍巡查。

目前，水利部向黑龙江省加派的工作组已经抵达，协助地方做好防汛抗洪工作。

强 化 巡 查

（2021 年 8 月 21 日）

8 月 19 日，湖北省襄阳市襄州区峪山镇郭水湾水库责任人进行日常巡查，确保工程正常运行。湖北省襄阳市近日遭遇强降雨，部分地区出现特大暴雨。围绕防御强降雨，襄阳市襄州区压实水库“三个责任人”责任，强化巡查值守，保障灾后工程运行安全。

本报记者　李海川　摄

加 固 大 堤

（2021 年 8 月 20 日）

8 月 20 日，在河南省鹤壁市浚县长虹渠蓄滞洪区淇门分洪口施工现场，工作人员正加紧对卫河大堤加高培厚，防御新一轮强降雨。据了解，在应对 7 月份超强降雨中，河南省启用了长虹渠蓄滞洪区，在该分洪口扒口分洪，浚县水利局已在 8 月初组织抢修人员和机械对该分洪口进行了封堵和初步加固。

本报记者 陈晓磊 摄

黑龙江“七个到位”全力应对流域性洪水

（2021 年 8 月 25 日）

本报记者　王振东　马晓媛　李刚

8 月 19 日，黑龙江省委副书记、省长、省防指总指挥长胡昌升主持召开松花江流域和黑龙江流域防汛工作视频会议，分析研判近期黑龙江省防汛形势，安排部署全省防汛工作。

进入主汛期以来，黑龙江省大兴安岭、黑河、齐齐哈尔等地降雨比历史同期多 47%。截至 19 日 8 时，黑龙江、嫩江、松花江、乌云河、乌苏里江等 5 条河流 19 个站点超过警戒水位，黑龙江干流洪峰正在通过抚远，松花江洪峰正在通过肇源，预计哈尔滨站将于 8 月 21 日超警、24 日达到峰值。

胡昌升强调，要做到思想认识到位、会商调度到位、巡堤查险处置到位、重点突出防范到位、应急保障到位、压实落靠责任到位、信息畅通到位，做好安全防汛度汛充分准备，打赢防汛抗洪硬仗，确保人民群众生命财产安全。

河南全力再战强降雨

（2021年8月24日）

本报记者　陈晓磊　国立杰　彭可　李乐乐

“截至8月23日，降雨已基本结束，全省河道均不超警，没有接到水库、河道以及山洪灾害的险情报告，汛情总体稳定。”河南省水利厅水旱灾害防御处处长冯林松说。8月21日至23日，河南迎来新一轮强降雨天气过程，省水利厅超前做好各项防御措施，并于21日12时启动水旱灾害防御Ⅱ级应急响应，全力以赴再战强降雨。

河南省水利厅强化监测预警，降雨期间每3个小时滚动预报一次，重要水情实时预报。同时，及时发布预警信息，转移受山洪灾害威胁的群众。截至8月23日，共发送山洪预警信息63643条，三大运营商发送预警短信12391万条。

针对降雨强度较大的沙颍河流域，省水利厅科学调度昭平台、白龟山、燕山等水库拦蓄洪水，截至8月23日8时，流域内大中型水库共拦蓄洪水1.1亿立方米。强降雨开始前，省水利厅分析研判强降雨对水库、河道、蓄滞洪区等水工程的影响，提前调度大中型水库进行预泄，水库水位全部降到汛限水位以下。针对上次洪水过程中出现的水毁工程，省水利厅组织各相关部门加紧修复，降雨前共修复6231处。

此外，省水利厅强化抽查南水北调工程、病险水库、淤地坝、河道险工险段、蓄滞洪区、山洪易发区等防汛重点部位责任人值班值守情况，推进责任落实。同时，发挥技术优势，提前组织水利系统368名专家、2706名抢险队员24小时待命，根据需要第一时间赶赴现场。目前，共有128名专家及抢险队员坚守防汛一线提供技术指导。

“豫”战愈勇

——河南防御新一轮强降雨侧记

（2021 年 8 月 26 日）

本报记者 陈晓磊 国立杰 彭可 李乐乐 通讯员 李盾

8 月 23 日一早，河南省郑州市金水区政六街一家干果零食店已开始营业，老板麻利地把堆放在货架高处的商品放回原位，“前两天收到好多条预警信息，怕店里再进水，提前把东西都放高处了。这次还好，担心的情况都没发生。”

时隔一个月，河南省再遭强降雨袭击。8 月 21 日 8 时至 23 日 8 时，全省降雨超过 200 毫米的站点有 4 处，超过 100 毫米的站点有 387 处，其中郑州市最大点雨量 140 毫米。

尽管降雨强度不及此前，河南仍做了充分准备：提前发布预警信息，封闭地下涵洞，预置救援队伍，备足抢险物料，加快重点河道堤防除险加固，强化堤防、水库等部位防御……

在艰难中努力恢复的河南，给了人们期待的答案——没有发生险情，没有人员伤亡，汛情总体稳定。

“抢在降雨前完成任务”

8 月 20 日 19 点，记者来到鹤壁市浚县长虹渠蓄滞洪区淇门分洪口施工现场，运输车、铲车正在交替作业，对卫河大堤进行加高培厚。

河南省 7 月底启用长虹渠蓄滞洪区，就是在这里扒口分洪，县水利局在 8 月初已经组织人员和机械对分洪口进行了封堵和初步加固。浚县水利局工程规划计划与建设股副股长、专业抢险队队长张建民说：“预报新一轮强降雨要来了，得抢在降雨前完成任务。”

天色渐暗，施工仍在继续。“晚上你们住哪？”记者问。“就这！”张建民指了指卡车后座上的单人床垫。“打地铺？”“有个地方睡觉就不错了！7 月下大雨那会儿连一处干的地方都找不到。”说完，张建民爽朗一笑。

在 7 月的强降雨中，鹤壁市浚县、淇县受灾尤为严重，防汛任务也更加艰巨。张建民和同事已经在一线连续奋战一个月。

鹤壁市共有 4 处蓄滞洪区分洪口，强降雨到来前已进行了封堵加固。25 处应急度汛水毁工程全部抢修完毕，暂不能修复的也采取了临时防御措施。

不止鹤壁市，河南省各地抓住强降雨的“空档期”，加紧修复上次洪水过程中出现的水毁工程。“我们组织各地对病险水库、已出险河道、农村饮水安全工程进行重点修复，为应对下一场汛情做好准备。”省水利厅党组书记刘正才说。截至 8 月 21 日，全省共修复 6231 处水毁工程，其他水毁项目均采取了应急措施。这些得到及时修复的水毁设施，构筑起河南防御强降雨的基础屏障。

“各行各业都做足了准备”

8 月 21 日 12 时，河南省水利厅将水旱灾害防御应急响应从Ⅳ级提升至Ⅱ级，密切关注雨情、水情、汛情变化，每 3 个小时滚动预报一次，重要水情实时预报。同时，及时向有关地区发布预警信息，提前转移受山洪灾害威胁的群众。

根据预报情况，省水利厅分析计算了以海河流域为重点的各水文断面以上面雨量，研判了对水库、河道、蓄滞洪区等水工程的影响，提前调度盘石头、小南海、彰武等大中型水库进行预泄，降雨前水库水位将全部降至汛限水位以下，腾出库容最大限度拦蓄洪水，尽力避免有关蓄滞洪区再次启用。不止是漳卫河水系，对贾鲁河、沙颍河等六大水系的水工程，省水利厅也提前作了相应调度，确保防洪安全。

此外，省水利厅提前组织 368 名专家、2706 名抢险队员以及 216 座防汛仓库物资 24 小时待命，根据需要第一时间赶赴现场。不止水利系统，河南各行各业都做足了准备。

作为上一轮的“暴雨中心”，郑州市无疑是人们关注的焦点。8 月 21 日 12 时，郑州启动防汛Ⅱ级应急响应，要求各地及时采取停工、停业、停学、停运等措施，关闭地下空间、桥涵、隧道、下凹式立交。事实上，早在 8 月 18 日，郑州就进入了“预警”状态。在持续的预警中，市民提前储备了生活物资，小区备好了抽水泵和防汛沙袋，地下车库安装了防洪挡板……

8 月 22 日，郑州沿街店铺停业，打车平台暂停服务，公交车停运……这座拥有千万人口的特大城市，被按下了“暂停键”。当天 10 点左右，预报的雨来了。这一次，人们可以安心等雨停。

“认真检查重点部位”

“水库马上接近汛限水位了，组织人员认真检查水库大坝等重点部位。”8 月 23

日上午，降雨刚过，平顶山市孤石滩水库管理局局长冯自海立即安排人员巡坝。

工程管理科负责人韩斌带着 5 名技术人员对大坝溢洪道、迎水坡、背水坡、坝顶及坝脚等工程部位进行了全面巡查。强化巡查是保障水库安全的关键措施，在当前形势下，河南的水库安全已不容有失。

新一轮强降雨防御期间，省水利厅科学调度昭平台、白龟山、孤石滩等水库拦蓄洪水，最大限度发挥防洪减灾效益。“8 月 22 日 16 点左右，鲁山县沙河上游昭平台水库入库洪峰流量 1400 立方米每秒，下泄流量 20 立方米每秒，削峰率达 98%。”河南省水利厅水旱灾害防御处处长冯林松说，到 8 月 23 日 8 点，全省 132 座大中型水库蓄水总量 63.61 亿立方米，较多年同期均值多蓄 22.42 亿立方米。

针对病险水库，河南要求一律空库运行，避免发生垮坝等灾情。8 月 22 日 14 点，空库运行的常庄水库 5 孔泄洪闸全部打开。“上游来多少洪水就走多少洪水，现在距离汛限水位的库容还有将近 600 万立方米。”郑州市常庄水库管理处副主任李中有说。

常庄水库还对之前出险部位进行了除险加固，人员 24 小时不间断巡查，防汛抢险队伍及车辆工具也随时待命。据了解，此前出险的郭家嘴水库也处于空库运行状态。

除此，省水利厅强化抽查南水北调工程、病险水库、淤地坝、河道险工险段、蓄滞洪区、山洪易发区等防汛重点部位责任人值班值守情况，细化责任落实，切实保障人民群众生命财产安全。

汛期仍未结束，河南各地能否持续“稳住”？能否确保安全度汛？这一次，河南人底气很足：“中!”

2021 年 8 月 20 日，本报记者在河南省鹤壁市采访报道

枕戈待旦等“峰”来

——2021年松花江流域1号洪水防御纪实

（2021年8月27日）

本报记者　马晓媛　李刚　王振东

8月21日2时，松花江上游干流控制站哈尔滨水文站，水位118.30米，达到警戒水位。松花江2021年第1号洪水已经形成。

这是今年松花江发生的流域性较大洪水。

洪水来势汹汹，松花江水位连续多日持续偏高，如后续降雨或将加剧汛情。

防汛关键时期，国家防总、水利部、黑龙江省和各地各级防汛相关部门认真贯彻落实“人民至上、生命至上”理念，统筹协调、各负其责，打主动仗、下先手棋，枕戈待旦、迎战洪峰，坚决打赢松花江洪水防御战。

预——
精准分析预判下好“先手棋”

据此前预测，受吉林省松花江丰满水库以下区段降雨和嫩江来水影响，松花江干流哈尔滨江段将于8月21日超警，超警幅度最大0.2米左右，松花江将发生流域性较大洪水。

8月16日，基于对松花江流域雨情、水情的预测预报分析，国家防总副总指挥、水利部部长李国英立即主持召开防汛会商会，视频连线黑龙江省人民政府和水利部松辽水利委员会，安排部署防御工作。

与此同时，水利部将水旱灾害防御应急响应提升至Ⅲ级，增派工作组即日出发，分赴防汛一线，指导协助地方防汛抗洪。

“要滚动雨水情预测预报，将洪水演进预报细化到具体河段，及时通报相关地区和部门。”李国英强调，“突出抓好预报、预警、预演、预案，是跑赢洪水的关键。”

根据会商要求，黑龙江省水利厅迅速做出有针对性部署，增设临时水文站点，加密水情监测预报频次，每小时监测水位流量变化，每日滚动分析预报，并将预报成果及时通报各级防指和有关部门。

“现在我们每天加测两次，雨水情数据每五分钟自动上传一次，每天还会对上传的数据进行核校，确保数据的准确性。”在黑龙江水文水资源中心哈尔滨分中心监测站，站长宋连彬介绍。

这些采集到的雨水情信息，将会及时传递到千里之外的水利部信息中心。连日来，这里的工作人员根据监测点上传的雨水情信息，分析研判洪水发展趋势，不断进行模拟预演，为有效防御洪水、降低灾害损失提供技术支持。

经过预演、分析，8 月 16 日 19 时，按照水利部要求，松辽委连续发出调度令：自 20 时起，尼尔基和察尔森水库出库流量分别由 2500、200 立方米每秒减小至 1300、150 立方米每秒；丰满水库出库流量由 1800 立方米每秒减小至 500 立方米每秒。

而早在这轮洪水之前，松辽委在水利部指导下，通过多次科学精细调度尼尔基水库，充分发挥骨干水库拦洪削峰错峰作用，有效为下游河道减轻防洪压力。据统计，今年汛期尼尔基水库共拦蓄洪水 26 亿立方米。

精准预报预测、多轮分析预演、科学有效调度，一系列组合拳，有效减轻了松花江沿江两岸堤防防守压力，为迎战洪水抢得了先机。

备——
以“一万”之准备防“万一”之风险

“即使现在工程和堤防防御标准提高了，我们也一点都不能掉以轻心。一定要以高度的政治责任感，本着对人民对生命负责的态度，做好万无一失的准备迎战洪水，宁可十防九空，不可失防万一。”水利部工作组组长、水利部总经济师程殿龙在协助指导松花江洪水防御过程中，反复强调。

自入汛以来，受上游来水和降雨影响，松花江出现多轮洪水，汛情叠加，加之防汛工作人员长期连续作战，防汛形势严峻。

针对当前情况，8 月 19 日，黑龙江省委副书记、省长、省防指总指挥长、松花江防总总指挥胡昌升主持召开松花江流域和黑龙江流域防汛工作视频会议，分析研判近期黑龙江省防汛形势，安排部署全省防汛工作。

“要做到思想认识到位、会商调度到位、巡堤查险处置到位、重点突出防范到位、应急保障到位、压实落靠责任到位、信息畅通到位七个‘到位’，做好防汛度汛充分准备，确保人民群众生命财产安全。”胡昌升强调。

汛情就是命令，防控就是责任。黑龙江省各地、各有关部门保持高度警惕，严阵以待，迎战洪峰。

“我们建立完善了会商、视频调度、值班、专家组派驻、防汛业务例会、微信群沟通、移动指挥系统保障、信息报告、挂图作战、防汛物资快速调拨等十项工作机制，全力保障全市水旱灾害防御工作。”哈尔滨市水务局党组书记刘志成介绍。

在木兰县红光堤防，每隔百米，便会看到码放好的防汛物资物料，每隔一公里，就搭建有巡堤查险值守帐篷。木兰县水务局局长赵文忠介绍，今年县里一直坚持有汛无汛按有汛准备、大汛小汛按大汛安排，积极储备防汛物资，把人力、财力、物力向防汛工作上倾斜，进一步落实抢险队伍，加强汛期值班联络，盯紧重点薄弱环节，压实各级责任，确保防范到位、安然度汛。

在佳木斯市莲望堤防莲江口抽水站，针对去年高水位时期发生渗水险情的情况，管理处汛前实施了边墙加固、渗点填堵等除险措施，同时安排专业巡逻队开展巡查，并组建了 200 人的抢险队伍，预置抢险设备、物料，强化预案演练，确保防汛应急抢险需求。

高度警惕、周密部署、充足准备，为防御松花江流域洪水，增加了胜利的砝码。

查——
强化巡查值守确保堤防不决口

“你们多久巡查一次堤防？都查哪些问题？发现问题怎么办？”8 月 17 日一抵达黑龙江省，水利部工作组便沿松花江沿岸，持续指导检查巡堤查险工作。

自 8 月初以来，松花江长时间行洪，堤防长时间浸泡，极易出现险情，防守压力大。

守好堤防、确保重要堤防不决口，是防洪重中之重。对此，黑龙江省按照水利部《关于加强黑龙江嫩江松花江堤防巡查防守的通知》要求，对长期高水位浸泡堤段、险工险段等薄弱环节再排查，及时处置各类安全隐患，督促沿岸各地扎实做好巡堤查险，上足巡查防守人员，配备抢险技术专家，特别是加密超警超保江段、有重要保护对象的堤段、薄弱堤段和险工险段巡查频次，全力保障重要堤防安全，坚决确保标准内洪水堤防不出任何问题。

“为了做好堤防巡查工作，我们 30 人的巡查队伍，每天上午下午各巡查 1 次。”在哈尔滨外滩湿地堤防上，哈尔滨市道里区河湖长制办公室主任张慧宇带领着巡查队伍介绍着连日来的工作情况。

在肇东市涝洲镇松花江干堤王六屯段，约 600 米堤防出现散浸险情，当地在水利局技术人员指导下，在迎水面铺设彩条布截渗，在背水面采取下面铺无纺布、上面码放砂石袋压渗的方式，及时进行了处置。

在仔细查看险情处置情况后，水利部工作组要求继续关注背水坡，24 小时监视险情变化，并请省水利厅派出专家加强技术指导，进一步研判险情形势，完善除险方案，确保万无一失。

两小时后，省水利厅技术专家赶到出险点，查看完情况后，对险情处置提出意见。很快，当地迅速组织人员队伍，扩大险情处置区域，以绝后患。

“有的堤防草很高，巡堤人员要配备手电、铁锹等工具，把堤脚和延伸段作为巡查的重点，消除盲点。”工作组成员、水利部监督司副司长曹纪文反复叮嘱。

加强堤防巡查、迅速发现险情、专业处置险情，有效确保了堤防安全、人民生命安全。

截至目前，松花江干流洪峰已顺利通过哈尔滨站，水位平稳回落，未出现重大险情灾情。

洪峰过后，江河无虞，百姓平安。

2021 年 8 月 19 日，本报记者在肇东市涝洲镇松花江干堤王六屯段采访报道

浙江龙游县："技防＋人防"高效联动防御山洪

（2021 年 8 月 27 日）

本报记者　王慧　　通讯员　李岳洲　张惠平　吴宗阳

"雨量蓝色预警：祝家测站 15 日 15 时 00 分—16 时 00 分累计雨量 30.0 毫米。"

8 月 15 日 16 时 7 分，一条来自水雨情遥测系统的短信，让浙江省衢州市龙游县水文与水旱灾害防御中心主任徐晓军绷紧神经。

这场在浙江已经持续了数天的降雨，被当地称为"非典型梅雨"。就在前一天夜里，浙江省水利厅厅长马林云要求各地高度警惕本轮强降雨，充分发挥水利系统的专业优势、技术优势，加强上下联动，共同应对强降雨。

"河道水位如继续上涨，必须尽快转移危险区群众!"徐晓军迅速拨通沐尘畲族乡数名山洪预警员的电话。沐尘畲族乡处于群山环绕之中，降雨极易引发山洪。

衢州市水利部门全力做好水雨情监测和山洪灾害防御工作，持续对 1 小时雨强大于 30 毫米区域的山洪灾害预警员和责任人进行点对点预警和抽查，确保及时进岗到位、认真规范履职。

17 时 9 分，沐尘畲族乡双戴村的预警员吴永生在工作群中发出自家雨量警报器上的数据，汇报 2 小时累计雨量达 108 毫米的信息。与此同时，水雨情遥测系统显示，部分雨量站数值超过了沐尘畲族乡沿河村落小流域山洪黄色预警指标值。

降雨持续，形势危急。水利部门及时发出预警通知，提醒尽快转移危险区群众。"我们接到消息 5 分钟内即发出第一道指令，全乡干部回乡抗洪。半小时内，干部全部到位、入户到村。"沐尘畲族乡党委书记吕燕说。

衢州市近年来扎实推进的网格化服务管理，为防汛工作的开展注入了强大人力。网格员迅速组织低洼地群众转移，龙游县领导和水利部门负责人赶赴一线指导抗灾。

龙游县副县长徐仲利说："除了物防、技防，终究还是要跟进人防。我们的网格基层治理抓得很扎实，信息能迅速传达，人员能快速到位。"

在 8 月 15 日特大暴雨中，沐尘畲族乡发生短时强降雨山洪灾害，全乡河道堤坝多处被冲毁，多座房屋进水。但由于及时有效的监测预警和处置措施，沐尘畲族乡 2 小时内共转移安置群众 71 户 95 人，未发生人员伤亡。

踏浪冲锋见担当

（2021 年 8 月 27 日）

本报记者　席晶　　通讯员　郭安强

8 月 21 日至 23 日，新一轮强降雨来袭。深受“21·7”暴雨重创的豫北地区，又进入紧张状态。

岳利军和同事们密切监视雨情汛情发展，一支支机动灵活的“硬核战队”——水文突击队整装待发，随时做好应急监测及跨区支援准备。

半个月前，他们刚从豫北地区驰援归来。“艰难困苦而又卓有成效！”河南省水利厅厅长孙运锋如是评价。

“我们为历史留下珍贵的水文资料，为防汛指挥部门科学研判水情、精准决策调度提供了坚实的技术支撑。”作为亲历者和见证者，复盘“21·7”洪水防御过程，河南省水文水资源局副局长岳利军认为，水文应急测报在减少灾害损失、保障人民生命财产安全方面起到不可替代的作用。

星夜驰援

2021 年 7 月 17 日，一场大范围、高强度、连续性暴雨席卷中原大地，一条条紧急汛情打破安宁。

江河水位猛涨，村庄农田被淹，公路桥梁损毁，电力通信中断……海河水利委员会、河南省水利厅启动水旱灾害防御Ⅰ级应急响应。河南海河流域卫河水系 8 大蓄滞洪区相继启用，累计转移 40 余万人。

“兵”临城下，局面复杂，形势危急！如何抢险，是否转移，堤防能否承受压力，何时启用蓄滞洪区？每一道决策，紧迫而慎重。决策的背后，离不开及时可靠的水文数据支撑。

时不我待，兵贵神速。“零时 20 分接到指令，1 时 30 分集合装车，2 时 50 分出发。”李穆天回忆起 7 月 22 日的情景，深夜里，他所在的水文工作群发布了异地支援的指令，“许多人抢着报名。”综合考虑距离远近、技术能力、身体素质等多种因素，李穆天和其他 5 位同事组成了驻马店水文突击队，驰援豫北灾区，支援一线测报工作。

几乎是同一时段，濮阳水文局、信阳水文局接到指令，向着同样的方向火速集结。

根据防汛应急抢险、水量过程控制的实际需求，需要增加蓄滞洪区出入口分水断面等关键部位、关键节点的水文应急监测力量，为应急指挥提供直观监视水情变化的第一手信息。

这已超出任何一地水文系统的承受能力，需要跨区增援。

事实上，自7月18日起，河南省水文水资源局就启动了应急测报跨区域增援预案，集中优势技术力量，分期分批次组织出动水文应急测报突击队17个、队员106人次，分赴郑州、新乡、安阳、鹤壁等地区，开展异地应急测报驰援。

指令总是在夜里下达。“每天晚上8点会商当天防汛情况，再根据形势和进度布置第二天的测报任务。不管多晚，他们总能及时回复，并按要求赶到指定地点，保证完成任务。”岳利军说。

浪尖测流

大汛当前，水文应急测报队伍如何分布，水文数据又有怎样的价值？

7月22日，卫河彭村段发生决口险情。问题棘手，刚推下去堵口的石块和沙袋，瞬间被洪水冲走。濮阳水文局代表的“省队”和海河水利委员会代表的“国家队”急赴现场测报一手数据。

决口处的流量、流速、水深和口门宽度，决定着堵口的时机、土方量和工程量。“我们监测到最大流速是3.5米到4米每秒，这样的流速碎石倒进去一冲就跑，需要堵口的石块越大越好。”岳利军说。

浚县、滑县是千年古城，按照“人员不伤亡，水库不垮坝，重要堤防不决口，重大基础设施不受冲击”的防汛目标，县城段需要严防死守，水文数据更需要排除万难、严密监测。

道路被阻断，驰援的洛阳水文局突击队员就在台辉高速断面旁支起帐篷，日日夜夜艰苦值守。严密监测水位和流量，确保县城水位变化趋势保持在安全范围。

此前，这支由6名党员、1名入党积极分子组成的水文铁军星夜兼程，在广润坡滞洪区7处进退水闸间往返巡测，横跨两个乡镇，巡测一遍就是三四个小时。车辆多次在遍布泥浆的堤坝上抛锚，狭窄的道路两侧是淹没树梢的汪洋，队员们车拉手推，克服一次又一次险情，完成巡测任务。

每一个启用的蓄滞洪区都在分洪口、退水口布设了这样的监测队伍。“蓄滞洪区进多少水，要从分洪口门进行监测。退水口门主要是监测流量，用于计算滞洪区内的洪水，多久能退完。”岳利军说。

险情随时会发生，卫河水位超保，8 处蓄滞洪区相继启用、联调联动，这意味着水文测报力量得不断加强，水文突击队需不断变换测报场地。“最多的时候，同时有 12 支队伍接受调度。”岳利军说。

截至 8 月 8 日 18 时，卫河暴雨洪水应急监测共实测流量 326 次，为上级决策提供了及时可靠的数据。

河南省水利厅党组书记刘正才给予高度评价：“水文测报、预报和应急监测工作准确科学，经受住了考验和检验。水文尖兵靠得住，关键时刻显身手!”

破 除 万 难

暴雨突发，高速封闭，道路冲毁，交通受阻……驰援路上困难重重；断水断电，信号中断，物资缺乏，险象环生……极端条件下，应急测报面临着非同寻常的考验。

白寺坡滞洪区王湾分洪口门宽度约 400 米，流速快，水流湍急、水下情况不明，上游水流流向复杂，下游又有被淹没的树木、房屋等危险障碍物。漯河水文突击队乘着大型冲锋舟一次次向断面冲去，历经数次被洪水冲进滞洪区、冲到下游大桥的惊险后，终于开辟出测流路线，首次全面测得王湾分洪口门流量。河南省副省长武国定专门前往看望慰问。

柳围坡蓄滞洪区退水处水位差异大、水流湍急，道路被洪水冲垮形成决口，周围无合适桥梁、断面可进行测报。济源水文突击队设立临时观测水尺，并通过遥控船搭载 ADCP 开展测流任务。在水、电、移动信号均不畅通的情况下，连续完成 21 个小时的高强度工作。7 月 30 日，白寺坡滞洪区台辉高速公路桥告急，突击队又兵分两路，在保持原有监测任务的同时，分出半数队员前往增援。

7 月 28 日，浚县天气情况恶劣，监测断面随时有发生塌陷的危险。安阳水文突击队队长刘华勇决定坚守岗位继续监测，他组织队员把车辆集中停靠在桥头高地，携带仪器蹚水步行到共渠测验断面，按时开展测验。完成当日最后一次测流后，四周已被洪水包围，无路可退。队员们轮流值班，在风雨中坚守了 28 个小时，直到 29 日 9 时，冒雨完成监测任务后才乘推土机撤离。

淇门、刘庄水文站分别是卫河、共渠上的重要站点，测报任务异常艰巨。淇门水文站站长李得保年近退休，身先士卒，洪水紧张时坚持完成每半小时一次的测报任务，不分日夜，连轴运转；刘庄水文站站长李金亮带领站上同志徒步涉水测流，3 天 3 夜没休息，测出刘庄站历史最大流量 486 立方米每秒。

突击队员执行任务竭尽全力，却把生活标准降到最低。吃饭没保障，就顿顿面包，或用冷水泡面；休息无场所，就在吊床、板凳、汽车上打个盹……烈日灼烤、蚊虫叮咬，狂风暴雨、洪水围困，什么也不能阻挡水文测报的脚步。

暴雨洪浪面前，水文应急测报稳妥应对、有序调度的秘诀是什么？河南省水文水资源局局长、党委书记王鸿杰一语中的："关键是我们有一支忠诚可靠的应急队伍，一套行之有效的应急机制，持续开展的水文勘测工技能竞赛活动以及每年汛前的预案制订、设备检修、应急演练等，为应急测报奠定了扎实基础。"

天空放晴，水势平稳。新一轮暴雨没有给豫北地区带来更大的灾害。鹤壁本地的水文突击队员们，还持续奋战在蓄滞洪区退水口等处，扎实完成每一次测报任务。

"21·7"暴雨洪水给豫北地区带来的损伤终会被时间抚平，但灾难中闪现的互助光辉，困境中激发的坚韧力量，会成为这个夏天许多人共同的记忆，并在下一次风雨来临时，成为战胜困难的盔甲和武器。

筑牢太湖水文一线红色屏障

（2021 年 8 月 28 日）

本报记者　邱月明　尤珍

今年汛期，太湖流域连续遭遇暴雨、台风，防汛防台风任务繁重。越是艰险越向前，水利部太湖流域管理局水文局的职工们战斗在防汛最前沿，坚守在浪尖上，交出了太湖大考满意答卷。

“我是水情预报员，更是共产党员”

“您好，我这边是太湖局，现在需要会商今天的天气情况。”与华东区域气象中心会商、开展模型分析计算、预报太湖及河网水位……早上 7 点，水文局水情处值班的预报员已经开始了忙碌的一天。太湖局启动水旱灾害防御Ⅳ级应急响应以来，7 名预报员密切关注天气动态，滚动预报会商，及时发布预警。

7 月 27 日晚 21 点，太浦河沿线江苏省苏州市吴江区平望镇水位居高不下，形势十分严峻。刘敏和当天的预报员薛涛经过紧张计算分析，最终给出平望镇水位 28 日会再超历史的预报结论；22 点，太湖水位已达警戒水位 3.80 米，刘敏顾不得休息，主动留下来加班，一面紧盯太湖水位变化过程，一面着手准备太湖洪水预警及编号的相关事宜；23 点，太湖水位已超警戒水位，她立即向上汇报，发布洪水蓝色预警和太湖 2021 年 1 号洪水汛情；28 日 2 点，刘敏刚想松一口气，来自地方水文部门的电话突然响起，她又开始研判最新水雨情，滚动更新平望、陈墓、枫桥站的水位预报，按下发送键的时候已接近 4 点；7 点，她开始为当天的会商忙碌起来。全力做好台风“烟花”的防御工作，这个“90 后”情报预报科科长已经在值班室连续值守了 8 天。

“我是水情预报员，更是共产党员，这些都是应该做的。”刘敏说。

“我该站出来”

胡雪娇穿着宽松略显肥大的上衣进门，见到记者时，她下意识地整理一下衣服。

作为高龄产妇的她在生产后还没完全恢复，走起路来有些缓慢，但这并不影响她保持饱满的工作状态。在今年的防汛防台风中，胡雪娇所在的信息管理处发挥了重要作用。

水文局信息管理处负责太湖局的信息化项目建设管理与运行维护工作，全处共 9 人。在人员少、任务重的情况下，还在哺乳期的胡雪娇毅然站出来，主动要求承担工作。“现在正是最要紧的时候，我该站出来。”胡雪娇说。

7 月以来，信息管理处全面排查应用系统、数据库、软硬件环境等运行情况，应急处置突发事件、网络安全威胁事件，在汛期全力提供了信息化支撑和各项工作保障。

把支部建在一线

受台风、连续强降雨和农历天文大潮的共同影响，太湖流域汛情一度吃紧。太湖流域水文水资源监测中心提前部署，成立超标洪水测报应急监测组，人工应急监测和自动站监测相辅相成，提供了全面、可靠、及时的决策依据。

台风“烟花”影响太湖流域期间，位于金山和平湖交界的黄姑塘闸水文站测站水位快速上涨，7 月 26 日 18 时水位涨至 4.35 米，超历史最高水位 0.08 米，此时强降雨还在持续。

紧急关头，水文局监测中心的党员干部积极发挥模范带头作用。周旭东主动支援一线，及时获取现场信息，为防洪调度提供决策依据；平时主要从事内业分析的程公德，也加入了应急监测队伍，赶赴千灯浦桥水文站，检查设施设备运行状况，抢测洪峰，同时协助淀山湖水利站防汛工作；朱建平在交通中断的情况下，涉水步行 3 公里赶赴水文测站，检查监测设施设备，开展洪水应急监测，获取了宝贵的资料，并应地方水利部门请求，共享监测成果，为省际边界地区洪水防御提供了有力支撑……

监测预报，毫厘必争。当前仍处于防汛关键期，太湖局水文局将继续上下齐心，筑牢太湖水文一线“红色屏障”，守护一方百姓平安。

防为主　抢在先

——陕西全力做好淤地坝防汛工作

（2021 年 9 月 3 日）

本报记者　刘艳芹　王曼玉

陕西省是黄土高原地区淤地坝建设的重点省份之一，截至 2020 年年底，全省累计建成淤地坝 3.4 万座，占全国总数的 58%。今年陕西水旱灾害防御形势严峻，截至 9 月中旬，已接连发生 6 次强降雨天气，部分地区遭受洪灾。

据预报，后期陕西还可能发生区域性暴雨洪水。陕西全省立足防大汛、抗大洪、抢大险、救大灾，抓紧动快，防抢在先，全力以赴做好淤地坝安全度汛各项工作。

提前部署　把隐患消灭在汛前

“淤地坝工程与当地人民群众生命财产安全密切相关，淤地坝防汛不能有一丝一毫的侥幸和马虎大意，必须筑牢每一道防线。”每到汛期，从事多年水保工作的省水利厅水保处高级工程师吴冠宇，对肩上的重任就更有感触。

未雨绸缪，有备无患。今年 4 月初，陕西省水利厅及早行动，从责任落实、预案修编等方面，对全省淤地坝运用和安全度汛进行全面部署。同时组织开展安全隐患排查，检查范围涵盖全省淤地坝建设的 8 个市，现场指出问题，提出整改要求。对淤地坝工程关键部位和运行中薄弱环节，建立问题清单和整改治理台账，逐坝消除度汛安全隐患。组织各市县完善大型和下游有重要设施的中型淤地坝“一坝一预案”，进一步明确预警信号、撤离路线、地点和组织方式等。5 月底前，陕西已落实 1.08 万座中型以上淤地坝“三个责任人”，并在当地媒体公示。

“延安市目前共建成并保存淤地坝超 1.15 万座，其中骨干坝 649 座、中型坝 1855 座。每一座坝都要确保安全。”延安市水保队队长韩宗军深知责任重大。

6 月才进入主汛期的延安市，从 3 月初就开始提前进入防汛战备状态。完善预案修编，加强淤地坝防汛预案的针对性、实用性、可操作性；开展“百人督导”活动，针对检查中发现的问题，市防汛抗旱指挥部以“一县一单”的方式通报至县（市、区）人民政府，限期整改；利用现场技术指导培训、发放淤地坝防汛指南、查阅防汛资料、召开座谈会议等方式，对13个县（市、区）淤地坝防汛工作进行检查，确保全市淤地坝安全度汛。

压实责任　做好战前应急准备

“这是我们的淤地坝防汛‘三个责任人’公示名单，宝塔区429座中型以上淤地坝全部落实了责任人。”延安市宝塔区水保队副队长刘雨，指着区政府网上公布的信息说。

在宝塔区临镇镇老牛沟淤地坝，坝边防汛责任人公示牌上，清晰可见各责任人的姓名、职务、手机号，宝塔区防汛值班电话等信息。令人印象深刻的是，上面还有发生险情时人员撤离的各种预警信号。铜锣快速敲击，表示准备转移；急速敲击和手摇报警器响，则表示险情加重，要立即转移。

“遇到险情一定要让群众明白何时撤、怎么撤、往哪儿撤，做到心中有数并及时有序撤离，做到撤离时不落一户、不漏一人，确保人民群众生命安全。”韩宗军说。

今年，延安市进一步落实“3113”工作方法，即3个责任人、1张明白卡、1本预案以及汛前、汛中、汛后3轮检查督查。其中淤地坝防汛明白卡，既公示在坝上，又发放到群众手中。榆林市组织召开了2021年全市淤地坝工程安全运用管理视频培训会议，市、县、乡、村各级3300余人参加培训会，多个县区还组织开展了库坝应急演练和防汛知识培训。

“通过培训和演练，让新换届的‘三个责任人’思想认识更加到位，责任更加明确，抢险队伍实战水平进一步提高。”榆林市淤地坝建设中心安全运行科科长云杰说。

及时预警　跑在战斗打响前

“预计9月2日20时至9月3日20时，陕西中部局地可能发生暴雨洪水，请宝塔区及延长、延川等相关县区淤地坝责任人保持警惕，加强巡查巡检，发现险情时做好预警发布、险情抢护及上报等工作。”9月2日，陕西省淤地坝防汛工作微信群里，省水利厅水保处工作人员发了这样一条预警信息，紧接着，一连串“收到”跳出。

吴冠宇说：“利用工作群发送信息，方便迅速，各县（市、区）水行政主管部门负责人都在群里，可及时快捷、有针对性地提醒地方做好强降雨防范。”

致力于促进黄河流域水土保持高质量发展，提高预警预报前瞻性和准确性，给淤地坝防汛抢险工作争取足够时间，今年6月，延安市水务局与江苏如是地球空间信息科技有限公司互助合作，在安塞区招安镇杨圪堵淤地坝开展了监测预警试点工作，利用四维时空智慧监测系统，对淤地坝区域降水量、水位变化、入库水量等情况进行 24 小时实时监控。同时通过自动识别、定位和记录发生在坝体及周边人为活动等，实时研判安全影响，提前预警或实时报警溃坝风险，有效破解淤地坝防汛难题。

“好些坝体离村子较远，没有科学预警设施，每次下雨，巡查责任人跑一趟得用近一个小时，如今依靠科技手段，改人防为技防，不仅大大减轻了巡查人员工作量，还能及时监控上游来水量、坝体渗漏等，对提前有效处置淤地坝险情有很大帮助。”韩宗军说。

9 月 12 日后，连续几天，陕西都是秋高气爽的好天气。吴冠宇表示，要杜绝松懈麻痹心理，做好打持久战的准备，不到防汛结束，绝不放松各项措施，为陕西淤地坝防汛安全筑牢一道安全壁垒，确保人民群众生命财产安全。

丹江口水库加大流量泄洪

（2021 年 9 月 4 日）

本报记者　吴涛/文　　通讯员　刘铁军/图

连日来，汉江流域出现大到暴雨，流域内多条河流发生洪水，丹江口水库出现今年最大入库洪水，最大入库洪峰流量 2.34 万立方米每秒。截至 9 月 3 日 18 时，本轮洪水过程中，丹江口水库削峰率达 63%，拦蓄洪水 18.47 亿立方米，有效减轻下游防洪压力。

根据水雨情预报分析，9 月 3 日—6 日汉江上游仍有强降雨过程，丹江口水库 9 月 7 日前后将再次发生较大洪水过程。9 月 2 日 18 时，按照长江委调度指令，汉江集团公司将丹江口水库向汉江中下游下泄流量由 7200 立方米每秒增加至 8100 立方米每秒，控制库水位上涨幅度，有效防御后续洪水。目前，丹江口大坝共开启 6 个深孔闸门、2 个堰孔闸门全力泄洪。

战风雨　守安宁

——陕西水利部门有力应对强降雨

（2021 年 9 月 7 日）

本报记者　王曼玉　刘艳芹

“据预报，今日延安、咸阳、汉中等地将有大到暴雨，请通知相关地区做好防御工作。”接到水利部防御司值班室的电话后，陕西省水利厅水旱灾害防御处值班员张秀侠将需要提醒的地区记录在笔记本上。挂断电话，她立即将信息发布到全省水旱灾害防御工作群中。

9 月 3 日，新一轮暴雨来袭。这是 7 月 21 日以来，陕西省出现的第六轮强降雨。

面对一轮又一轮强降雨，陕西水利人枕戈待旦，开启“战时”模式，时刻绷紧防汛弦，用责任与担当守护着人民群众的生命财产安全。

连　续　值　守

打好防汛“主动仗”，预测预报容不得半点马虎。

水旱灾害防御值班室内，值班人员紧盯电脑屏幕，气象云图、雨水情、山洪覆盖区等信息在不同的屏幕上闪动着。

“我们的主要工作就是实时监控雨水情的发展，及时报送雨水情、工情和防御动态等信息，通知并提醒有关地区采取相关措施，避免人员伤亡。”陕西省水文水资源勘测中心水情处高级工程师文宏亮介绍。入汛以来，他几乎一直在水利厅值班，一旦预报有雨，便立即实行“双值双带”。上一轮暴雨刚刚结束，新一轮暴雨即将到来，文宏亮略显疲惫。

“工作 24 年，我早已习惯了这种节奏，就是家里的事情我总帮不上忙……”说完，文宏亮又继续手中的工作。

今年汛期，陕西省水利厅会同应急、气象、水文等单位密切协作，加强会商研判，加密测报频次，建立“分级预报、联合会商、滚动修订”洪水预报机制。自 7 月 21 日以来，先后发布洪水预测、预警、预报 244 期，省、市、县山洪灾害平台 24 小时监控，累计发出预警信息 8067 次、95 万余条，启动预警广播 8 万余次，利用“三大运营商”向社会公众发布预警短信超1241万条，为人员撤离避险争取了时间。

开闸泄洪

“开闸!”8月31日15时，随着一声令下，滚滚洪水从黑河金盆水库的泄洪闸涌出，泄洪流量为200立方米每秒。

黑河金盆水库是黑河流域上的一座大型水库，具有重要的蓄洪、削峰作用，同时肩负着向西安市供水的使命。水库工作人员必须及时根据雨情做出研判。

强降雨仍在持续，水库水位不断上涨。考虑到本次降雨前水库蓄水位较高，后期强降雨形成洪水入库后，库水位很有可能超过汛限水位，水库决定泄洪，确保大坝安全。

200立方米每秒到400立方米每秒，最大时达到600立方米每秒……水库工作人员根据降雨量和入库流量，不断调整泄洪量。截至9月2日关闸，黑河金盆水库下泄洪水约5700万立方米。

入汛以来，黑河金盆水库管理处严格执行防汛值班制度，坚持领导带班，实行24小时值班，确保做到一声令下，随时开启闸门，随时增减泄洪量。相关科室紧密配合，发现问题及时沟通，确保防汛任务落到实处。

“这些天，娃一个人在家，有一天晚上雨特别大，娃害怕，我就打电话安慰她。”黑河金盆水库管理公司原水调度科科员赵娱乐的丈夫在外地工作，汛期值班加密，她只能让读高三的女儿独自在家学习。

传递水雨情信息、调度水工程、巡查设备运行情况、河道清障……这些就是汛期水库工作人员的日常。他们默默无闻值守付出，为水库下游人民带来了安宁。

跑赢山洪

“7月23日发生在渭南市高塘镇黄家村的那场山洪，多亏预警发布早、转移速度快，否则后果不堪设想!”省水利厅水旱灾害防御处高级工程师黄喜峰回忆起当天的情景，仍心有余悸。

7月22日，陕西省部分地区有暴雨到大暴雨，省水利厅水旱灾害防御值班室进入紧急备战状态。

“盯紧山洪灾害易发区的降雨过程，及时发布山洪灾害风险预警!”带班负责人一边盯着大屏幕上显示的云图，一边提醒一同值班的同事。

黄家村的雨越下越大，当天晚上10点多，村主任黄彦军的手机收到黄色预警信息。按照预演时的程序，这是转移人员的信号，黄彦军赶紧组织，将村民转移至村子最高处。不到 1 个小时，黄彦军的手机又响了。橙色预警！黄彦军赶紧清点转移人数，52 人，一个都不少。

23 日凌晨，“轰”地一声，全村人的心都揪了起来，山洪来了！公路冲垮，房屋倒塌，村子沿河处一片狼藉。这次快而有效的转移，救了全村人的命。

陕西山区众多，山洪灾害防御是防汛工作的重中之重。今年陕西部分地区降雨量较常年同期偏多一到两倍，受持续降雨影响，土壤含水量增加，短时间内强降雨极有可能导致山洪灾害发生。全省各级水利部门连续作战，做好雨水情监测、水工程调度、抢险技术支撑等各项措施，最大程度减轻灾害损失。

秋汛当前，防汛形势依然复杂严峻，陕西水利人时刻准备着投入下一场战斗。

水利专家全力支援鄂坪水库抢险 水库溢洪道重启泄洪

（2021年9月7日）

本报记者　吕彩霞　见习记者　李卢祎

9月5日，湖北省十堰市鄂坪乡，细雨蒙蒙。

站在鄂坪水电站（水库）大坝附近，数台大型机械正在紧张作业，轰鸣声不断传来。由于抢险现场需要安全维护，记者已无法进入施工现场。

鄂坪水利水电枢纽是一座以发电为主，兼有防洪、灌溉、供水等综合功能的工程，总库容量约3亿立方米。在泄洪过程中，溢洪道泄槽段末端与挑流鼻坎反弧段的连接段被冲毁，影响溢洪道及水库坝体安全，当日水库停止泄洪。

湖北省水利厅有关负责人介绍，9月1号晚接到险情报告，省水利厅研究险情后当即组成由厅级领导带队的专家组奔赴现场。水利部派出的专家组几乎同时出发，相继到达抢险现场。“水利厅接到报告后，专家组就连夜赶来了，2号早晨到达现场。”正在现场参与抢险的湖北省水利厅总工袁俊光语速很快，记者不由得也跟着紧张起来。抵达现场后，来不及停歇，专家组随即与当地工作人员研究险情处置措施。

时值中午，在鄂坪乡政府楼下的走廊上，几位参加抢险的工作人员正蹲坐在几个红色塑料凳子前，吃着简餐。记者寄希望于能在这里“偶遇”专家组成员，却听到工作人员说：“专家组都在现场，我们正往现场送饭呢。他们中午不出来！”不多一会儿，沾满泥巴的越野车就快速朝着大坝的方向奔去。

至9月5日下午，溢洪道共回填混凝土9000立方米，紧急修复工程基本完工。由于上游强降雨影响，库水位持续上升，为了确保大坝安全，9月5日20点30分，鄂坪水库以30立方米每秒的下泄流量开始应急泄洪，并逐渐加大流量。

9月6日零点，记者联系仍在现场工作的水利部专家组组长长江设计集团副总工熊泽斌。他说：“现场正在会商，关于应对马上来临的洪水调度。”

9月6日9点，鄂坪水库溢洪道下泄流量已加大至300立方米每秒，后期将视雨水情和水库大坝安全状况适时增大下泄流量。

迎战秋汛　守卫汉江

——湖北十堰市积极防御秋汛

（2021 年 9 月 8 日）

本报记者　吕彩霞　　见习记者　李卢祎

9 月 5 日 22 时，湖北省十堰市，秋雨绵绵。

持续多日的降雨，依然没有停歇的意思。暮色深沉，十堰市水利和湖泊局值班室却是灯光明亮。电话铃声不时响起，不停有工作人员来往报送文件，间或传来讨论工作的声音。

“今年的秋汛，给汉江流域带来了不小的防洪压力。”记者来到防汛值班室，工作人员认真地介绍起今年的防汛情况。

不打无准备之仗

“今年 3 月份我们的防汛准备工作就已经全面开始了。”工作人员说。今年，十堰市围绕全力保障群众生命财产安全“一个中心”，发挥工程措施减灾和非工程措施防灾“两项功能”，采取人防、物防、技防“三项手段”，落实预报、预警、预演、预案“四预”措施，全面提升水旱灾害防御能力。

“我们在重要河流、小型水库建设了水文监测站点与小型水库雨水情监测预报系统，实时掌握河流涨水信息与水库降水、蓄水情况。”工作人员说。十堰水利局还与气象、水文部门实现雨量站、水位站数据共享，并与陕西省安康市防汛指挥部办公室建立信息互通机制，汉江上下游的降雨、水情等信息实现实时共享，预报能力进一步提升，汉江流域整体防洪安全保障能力进一步增强。

防汛抗洪绝不能打无准备之仗。汛前，十堰市针对各类工程和危险点位，制定操作简单、切实有效的应急抢险预案，确保紧急时刻拿来就能用。“我们制定了‘一点一预案’，对于易涝点，专门建立清单，保障城市排水防涝安全。”工作人员介绍，预案制定后，还重点组织开展培训演练，保证相关人员熟练掌握，真正发挥作用。

据了解，十堰市实行“双防办”机制，市委决定由市水利局承担防汛日常工作。汛期的值班值守对于水利部门已是常态，更高的要求意味着更多的责任。

“现在我们正面临又一次紧张的防御战。从8月28号到9月3号连续5天，每天最多休息3小时，最长的一次连续48小时没有休息。”工作人员说。

联调的智慧

十堰市域内河流密布，有大小河流2489条。这意味着丰沛的水资源，也意味着巨大的防洪压力。十堰市直管重点水库有19个，如何有效发挥这些水库的防洪作用？

以流域为单元进行水利工程调度，才能更好地实现上下游和干支流的合力互济。流经十堰市的堵河是汉江最大支流，做好堵河防洪工程调度至关重要。2019年，十堰水利局组织5家业主单位、11个电厂，以“防洪安全、河流健康、电站增效”为目标，委托长江委长江设计院开发了堵河流域水库梯级联合调度系统。“系统的建成，消除了上下游数据共享壁垒，在湖北省首次实现以流域为单元实施防洪联合调度。”工作人员说。经过2020年试运行，堵河流域水库联合调度发挥了显著的防洪和兴利效益。

8月22日—23日，受上游强降雨影响，汉江水位出现明显上涨。十堰水利局提前调度郧西县陡岭子水库预泄腾库，实现金钱河与汉江洪水错峰，缓解汉江防洪压力。根据长江委预测，丹江口水库9月7日前后发生入库流量2万立方米每秒的洪峰过程，十堰水利局调度潘口水库、黄龙滩水库提前腾库3亿多立方米，成功实现堵河与汉江洪峰错峰，减轻丹江口水库防洪压力。

关键时刻显担当。据统计，进入汛期以来，十堰水利局累计发出调度令68份、电报96份，精细调度水利工程，守护一方安澜。

立体防御山洪灾害

“今年十堰市发生了几次较强山洪，还有几次是夜间发生的。得益于山洪预警发布及时，没有因山洪造成人员伤亡。”工作人员介绍。

山洪灾害防治难度大。十堰水利人将工作做在前，依托山洪灾害监测预警平台，构建起保障群众生命安全的“立体防护网”。

数据是基础，首先要确保雨情、水情数据“测得到”。汛前，十堰水利局对区内所有的野外雨量站、水位站开展排查、维护，野外观测站的到报率从原来的不足90%提高到现在的97%，为山洪灾害预警平台提供可靠数据基础。

雨水情数据不仅要“测得到”，还要“报得出”。野外观测站的数据测出后，会汇总至各县市区的数据汇集中心。汛前，十堰水利局下发通知，要求各县市区为数据汇集中心的服务器机房配置应急备用电源，确保信息数据持续报送。

山洪灾害突发性强，提前做好预案是关键。十堰水利局在要求各县市区做好预案的同时，特别强调村镇一级的预案编制。村村“有预案”，才能做到应对山洪灾害“有实招”。同时，预案不但要有，还要突出实用性、可操作性，做到预案“实用、管用”。

十堰市强化县级山洪监测预警信息发布责任，确保责任到人。同时利用山洪灾害预警平台，将水库运行信息和山洪灾害预警平台进行融合，提高山洪灾害预警的安全性和有效性。根据实时雨水情况，预警平台会及时发出预警信息。需要转移群众时，预警信息会直接发到村、组长及网格员手机上，确保转移人员不落一人。“8 月 13 日郧西县、8 月 19 日竹山县发生了山洪，山洪灾害预警平台及时发出预警，为当地群众转移争取到宝贵时间，受威胁群众全部安全转移。”工作人员说。

截至 8 月 27 日，十堰市对外发布预警 17 次、发送山洪灾害预警短信 5844 条，确保当地群众免受山洪袭击。

记者离开值班室时，已是凌晨。雨水冲刷过的路面反射着点点灯光，行人稀少。值班室的窗户，格外明亮。秋汛形势严峻，十堰水利人正以加倍的努力，全力保障人民群众的生命财产安全。

警报声声保平安

——陕西渭南市高塘镇黄家村跑赢山洪侧记

（2021 年 9 月 8 日）

本报记者　刘艳芹　王曼玉

“这是水利部门 8 月 27 日给我们新配的设备，上一套设备在 7 月 22 日晚上那次洪水中被冲毁了。”陕西省渭南市华州区高塘镇荷塘社区黄家村的村干部黄彦军，指着新安装的雨量监测仪、报警器等山洪灾害预警设备说。

坍塌的道路、破损的房屋、拦腰折断的大树、冲毁淤堵后的河道、被成堆巨石挡住改变了走向的河流……7 月 22 日那一晚黄家村发生的一切，村民们回想起来依然心有余悸。好在大家及时转移到了安全区域，全村无一人伤亡。

“多亏了咱们的雨量监测仪和预警警报器。”黄彦军说。

7 月 22 日，黑云低垂。晚上 7 点左右，黄彦军的手机响了，是陕西气象台发布的暴雨蓝色预警信号。他赶忙到河边查看，河道里的水位简易报警器显示正常。

晚上 9 点，“滴滴滴”，手机收到黄色预警信号，警报升级！紧接着，华州区水务局的一条信息发送到他的手机上：“23 日凌晨 1 点以后，我区将有 50 毫米以上降水，局部地方将有大到暴雨，要求南部山区各镇政府，组织山洪灾害危险区群众及时撤离，确保安全。”

“赶快组织群众进行撤离！”高塘镇镇政府防汛值班室打电话发出指令。

黄彦军看了一眼家中安装的山洪灾害雨量监测信息显示屏，上面的数字不断增大。他不敢大意，立即叫上儿子，给每一位地处低洼地带的村民打电话，通知转移。

雨势愈来愈大，一阵紧似一阵。接到电话的村民陆续赶来，在村子的最高处集合。

大约 11 时，手机又响了，此时已升级为暴雨橙色预警！黄彦军心里一惊，赶紧清点转移人数。52 人全部到齐，他长舒一口气。

漆黑的夜晚，村民们聚在一起。23 日凌晨 2 时左右，一个霹雳，震耳欲聋，一霎间雨点连成了线，大雨铺天盖地倾泻而来。

“我还是头一次见这么大的雨！”82 岁的老支书黄耀财说。

雨越下越大，河中水位迅速上涨，黄彦军家的雨量警报器不断发出报警提示。

突然，警报声中断了。黄彦军等了一会，警报器依然没有响声，他心中有了不祥的预感，急忙打着手电筒去河边查看。在手电筒白色的光束下，除了茫茫的雨幕和上涨的河水，什么都看不到了。

早上 6 时左右，雨势终于弱了。屋外一片狼藉，河道里依然洪浪翻滚，河边宽阔的水泥路垮塌了好几处，自动雨量监测器和河道边的水位报警器都被冲走了……

无一人受伤，黄彦军带领全村人跑赢了山洪！

"8 月 30 日至 9 月 1 日，我们这又发生了一次降雨，新的预警设备已经投入运行。"黄彦军介绍，"多亏了水务局给咱村安装的雨量监测仪和报警器，提前 6 个多小时收到了暴雨预警信息，给我们撤离转移赢得了时间！"

"预警信息'最后一公里'是否畅通，事关山洪灾害易发区村民的生命安全。"陕西省水旱灾害防御处高级工程师黄喜峰说。

2021 年，陕西省加大山洪灾害防御工作力度，投资 1411 万元构建省市县一体化应用平台，改造升级 267 个自动雨量站、154 个自动水文站、69 个自动站卫星通信，在汛期先后发布洪水预测、预警、预报 244 期，联合气象部门发布 18 期山洪灾害预警，为人员转移避险争取了时间。

人民至上，生命至上。陕西水利人用智慧和辛劳，筑起了一道守护百姓生命财产安全的牢固防线。

丹江口水库库水位突破历史最高

长江委科学调度确保防洪供水安全

（2021 年 9 月 8 日）

本报记者　罗崇书　谭凤华　吴涛

9 月 7 日 1 时，丹江口水库水位涨至 167.01 米，突破 2017 年 10 月 29 日的历史最高水位 167.0 米。长江水利委员会科学调度丹江口水库削峰错峰，全力保障防洪安全和供水安全。

9 月 7 日 8 时，丹江口水库入库流量 1.63 万立方米每秒、出库流量 1 万立方米每秒，库水位涨至 167.18 米，超汛限水位 3.68 米，距正常高水位 170.0 米还有 2.82 米。当前，汉江中下游皇庄以下河段水位仍在警戒水位以上，上游水库群仍在继续拦蓄洪水减轻中下游防洪压力，丹江口水库水位仍将进一步上涨。长江委将继续密切关注汛情发展，统筹考虑上下游防洪形势，适时调整调度方案，全力保障防洪供水安全。

今年 8 月下旬以来，汉江发生秋汛，丹江口水库连续发生 4 次入库洪峰流量超过 1.4 万立方米每秒的洪水过程，其中 8 月 30 日入库洪峰流量达 2.34 万立方米每秒，为 2012 年丹江口大坝加高以来最大入库流量。在水利部指导下，长江委联合调度丹江口、安康、石泉、潘口、黄龙滩等干支流控制性水库拦洪削峰错峰，同时加大南水北调中线一期工程供水流量。据悉，8 月下旬以来，汉江上游干支流控制性水库群拦蓄洪水总量约 70 亿立方米，其中丹江口水库拦蓄洪水 46 亿立方米，最大削峰率达 67%，有效降低了汉江中下游干流河道水位 1.5 米至 3.5 米，避免了皇庄以下河段水位超保证水位和杜家台蓄滞洪区分蓄洪运用，极大减轻了汉江中下游防洪压力。

据悉，8 月下旬以来，汉江上游干支流控制性水库群拦蓄洪水总量约 70 亿立方米，其中丹江口水库拦蓄洪水 46 亿立方米，最大削峰率达 67%，有效降低了汉江中下游干流河道水位 1.5 米至 3.5 米，避免了皇庄以下河段水位超保证水位和杜家台蓄滞洪区分蓄洪运用，极大减轻了汉江中下游防洪压力。

精准调度保安澜

——丹江口水利枢纽科学应对近 10 年最大入库洪水

（2021 年 9 月 11 日）

本报记者 吴涛 李聪 通讯员 董付强 张丽麟

暴雨、强降雨……雨情紧急。今年入汛以来，汉江流域遭遇多轮洪水。

蓝色预警、黄色预警……汛情凶猛。短时间内，丹江口水库水位持续上涨。

2.34 万立方米每秒！8 月 30 日 0 时，丹江口水库迎来 2012 年以来最大入库洪水。9 月 7 日 1 时许，丹江口水库水位突破 167 米，创历史新高。坝上，水库敞怀吞纳，碧波万顷；坝下，开闸泄洪，巨浪滔天。

丹江口水库的涨水速度牵动着水利人的心，与洪水的博弈更为艰巨。水利部高度重视汉江秋汛防御工作，国家防总副总指挥、水利部部长李国英多次主持召开防汛会商会，对丹江口水库精细调度作出部署，派出工作组赴一线协助指导。长江水利委员会快速启动防汛应急响应，强化精细预报和科学调度，派出工作组深入丹江口水利枢纽现场指导。负责管理丹江口水利枢纽的汉江水利水电（集团）有限公司主要负责人坚守一线、靠前指挥，枢纽防汛各相关单位团结协作，预报调度、工程监测、闸门操作人员各负其责，切实保障丹江口水利枢纽和汉江中下游沿线人民群众生命财产安全。

精准精细调度　确保防洪安全

丹江口水利枢纽工程是汉江中下游防洪控制性骨干工程，也是南水北调中线一期工程的水源工程。人们形象地把它比喻为汉江流域防洪工程的“定海神针”。精准调度丹江口水库，是有效应对此轮秋汛的利器。

自丹江口水库 7 月 26 日开闸泄洪以来，水利部、长江委和汉江集团公司强化精细预报和科学调度，确保枢纽安全。

受 8 月 11 日到 13 日强降雨影响，汉江发生明显涨水过程。经丹江口水库拦蓄，8 月 15 日，洪峰顺利通过汉江中下游皇庄段。通过精细调度，降低汉江中下游皇庄、仙桃等主要控制站洪峰水位约 1 米～1.7 米。

特别是8月30日0时，丹江口水库入库洪峰流量达2.34万立方米每秒，同时汉江中下游也发生较大洪水，上游来水与中下游洪水叠加，增加了水库调度的难度。

汉江集团水调中心副主任董付强说："这一天，长江委十几次发布调度指令，我们既要保证指令及时传达，又要确保下泄流量达到指令要求，还要考虑开深孔还是堰孔，整个过程十分紧张。"

经过精准调度，丹江口水库最大下泄流量仅7300立方米每秒，削峰率达67%，精准控制汉江中下游皇庄断面不超安全泄量，有效缓解了汉江中下游防洪压力。

据分析，如果没有丹江口水库拦蓄洪水，汉江上游来水将与丹江口至皇庄区间来水叠加，皇庄站洪峰流量将远超1.2万立方米每秒的安全泄量，汉江中下游干流河道水位也将远超保证水位，需要启用杜家台分蓄洪区及汉江中下游民垸。

通过控制下泄流量，多次实现与汉江中下游洪水错峰，有力保障了防洪安全。8月下旬以来，丹江口水库累计拦蓄洪水46亿立方米。

在全力做好丹江口水利枢纽各项防汛工作、精准控制水库拦洪削峰的同时，丹江口水利枢纽抓住秋汛期有利时机储备水资源，保障了南水北调中线工程供水安全。

坚守防汛一线　加强值守巡查

汛情就是命令，防汛就是责任！

水利人闻汛而动，关键时刻豁得出，紧要关头顶得上，急难险重拼得赢。丹江口水利枢纽各防汛单位全员坚守防汛第一线，加强巡查值守，全力应对汉江汛情。

汉江集团公司负责人带班值守、靠前指挥，领导班子成员按分工分赴集团所属枢纽水库防汛一线，督促落实落细各项防汛措施。汉江集团公司党委副书记、总经理、丹江口水利枢纽防汛指挥部常务副指挥长何晓东坚守在丹江口，连续带班值守46天。中层管理人员和有关技术人员24小时值班值守，滚动会商预测。

丹江电厂汛前制定了2021年防汛值班安排表等，汛期严格实行厂领导带班、同时配备中层管理人员48小时值守，起运分场实行全员24小时值班，节假日无休。

在丹江口大坝18坝段值班室，两位值班人员全神贯注地盯着电脑屏幕，监控着闸门控制系统。他们严格执行调度指令，远程操作深孔闸门，做到启闭闸门及时、准确、安全。

从今年第一次开启闸门到9月9日8时，他们已经执行上级防汛调度指令25次，精准启闭闸门45次。

丹江电厂副厂长汪术明说："进入汛期后，我们要求防汛设施设备完好率达到100%。起运分场每一班都对防汛设备进行检查维护，坚持启闭设备试车制度。丹江口水库水位上升到164米后，大坝安全监测方面，人工巡查频次由每天1次加密到2次。监测人员现场实时监测，自动仪监测也同时开展，从每天1次加密到4次，做到混凝土坝、左右岸土石坝和大坝廊道等全覆盖，每日上报汉江集团公司。”

在丹江口大坝上，丹江电厂监测人员正加密监测大坝的各部位。监测班班长钟超说：“我们每天早出晚归，提供准确的监测数据，确保枢纽度汛安全。”

迎风战雨见精神，抗洪抢险显担当。面对惊涛骇浪，丹江口水利枢纽各防汛单位筑起了应对汛情的“铜墙铁壁”。

运用先进科技　防汛如虎添翼

在丹江口大坝安全自动化监测中心站，显示屏上清晰显示着大坝各监测点的运行状态，工作人员正在对监测数据进行对比分析。

“这是丹江口大坝‘空天地内’一体化智能监测检测及预警系统，可以实现大坝应力、应变、裂缝、渗压、渗流等安全监测数据的自动化采集，并将数据实时自动传输至信息管理平台，平台对数据可实现智能分析、趋势预测及安全预警。”汪术明说，系统利用BIM、空间移动网络等信息新技术，实现丹江口大坝“空天地内”全方位安全信息三维可视化展示与智能化管理，每日自动采集监测数据4000余个，为防汛提供了有力的技术支撑。

汉江集团公司通过水情信息交换系统，将信息实时交换至长江委水文局及水利部信息中心，汛期根据实时水雨情加密报送段次，目前是逐小时报送。

汉江集团公司已在武汉建设了高速互联网，武汉、丹江口两地能与水利部、长江委等上级部门专网互联，还配备了卫星应急通道。

基于长江委防汛抗旱异地视频会商平台，汉江集团公司搭建了视频会议系统，实现与上级部门的视频联合会商，在武汉已建固定式会场5个、移动式会议设备12台，在丹江口已建固定式会场10余个，实现了多部门跨区域视频会商，满足信息实时交互需要。目前，枢纽封闭区内安装探头75个，安排专职工作人员全天候监视。

稳定的水库调度系统，能及时全面掌握上游水库、水文测站的水雨情和调度信息，并上报汛情，实现信息共享，为水库洪水预报、调度会商等工作提供了坚实的信息技术支持。

从水情预报到防汛预警，从“上天入地”的科技设备到大数据、人工智能等前沿技术，一项项创新、一个个技改让防汛抗洪如虎添翼。

落实责任，精细调度，强化值守，科技助力……丹江口水利枢纽科学应对近10年最大入库洪水，全力保障汉江安澜，保障人民群众生命财产安全。

2021年9月2日，本报记者在湖北省丹江口市汉江集团公司水库调度中心防汛值班室采访报道

浙江全力防御台风“灿都”

紧盯薄弱环节　加密工程检查

（2021 年 9 月 14 日）

本报记者　邱月明　葛芳妙

受台风“灿都”影响，浙江东部近日迎来大暴雨。浙江省水利厅强化防御薄弱环节的动态分析研判，加密水利工程抽查检查，全力部署台风防御工作。9 月 12 日，浙江省水利厅启动水旱灾害防御Ⅰ级应急响应，目前水利部工作组与水利厅 6 个工作组在宁波等地指导防御。

浙江省水利厅把防御台风“灿都”作为当前工作的重中之重，加强病险水库、海塘、山塘、在建工程和小流域山洪等薄弱环节的动态分析研判，累计向有关县（市、区）发送风险提示单 39 份。同时，加强部门联动，强化联合会商，密切监视雨情、水情、工情，及时发布预警信息，并根据实时更新的预报信息做好大中型水库和沿海地区平原河网预排预泄，为应对特大降雨留出空间和时间。

浙江省水利厅全面加强水利工程抽查检查，筑牢病险水库安全防线。截至 9 月 13 日 12 时，全省累计出动 2224 组次 2 万余人次，检查 1 万余处水利工程。全省 291 座病险水库严格限蓄或空库运行，其中未加固和正在加固的 210 座三类坝水库已全部空库运行或打开放水设施，已完成加固的 81 座三类坝也全部打开放水设施。

周密部署　主动防御

——浙江防御首个秋台风“灿都”侧记

（2021年9月18日）

本报记者　邱月明　　特约记者　徐志刚

今年影响浙江的首个秋台风“灿都”，从裹风携雨正面袭击，到外海回旋放弃登陆，“灿都”路径的多动突变，给浙江防御工作增加了很多不确定性。

跟随水利部工作组在浙的脚步，记者亲历了一个个城市的应急响应，感受一套套有序应对的防御“组合拳”。坚持人民至上、生命至上，从最坏处着想、做最充分的准备、争取最好的结果，这是浙江在与台风的无数次“交手”中得出的经验，也成为他们应对不确定性的最大确定。

嘉兴：练就“组合拳”为科学防御赢得主动

面对善变台风“灿都”，做好“四预”是关键。

9月13日晚，嘉兴市水利局灯火通明。局会商室的智慧水利平台前，一双双眼睛紧盯风云动向，一个个雨水情信息向这里汇集，一条条泄洪调度指令从这里发出。这场台风防御背后，有这样一套“组合拳”——迅速精准的测报、准确的模型推演、快捷的指挥调度。

“最新雨情，嘉兴市降雨量达20.9毫米。”

“‘嘉水在线’App数据有没有实时更新？试运行阶段也要保障数据的准确性和及时性。”嘉兴市水文站副站长毛鸿鹏说。

9月7日以来，毛鸿鹏和同事们一直坚守在水文预报一线，预报测算从各个水文站点实时传送回来的数据。

嘉兴市南湖区凤桥镇陈良村地势较低，最容易遭受洪涝灾害。受台风“灿都”影响，这里连降暴雨。9月13日，记者见到正在村民家走访的陈良村副主任宋懂华。这段时间，宋懂华每天到各家走访，提醒台风防范事项，查看生活物资是否到位。

村民说：“宋主任是我们的定心丸。”“我的定心丸是水利部门的精准预报。”宋懂华接过话说，“水文部门提前6小时作出预警预报，我们一收到消息，就立刻转移前期排查出问题的 9 户 16 名村民。因为有前期的预演经验，不到 3 小时，就完成了全部人员和财产的转移。”

凤桥镇陈良村、新篁社区，新丰镇净相村、栖凰埭村等地都在陈良圩区的保护范围里。9 月 10 日 11 时起，南湖区突降暴雨，3 小时内降雨量达 100 毫米，陈良圩区立刻启动应急预案，启动两台水泵进行预排。截至 14 日 8 时，陈良圩区共启动水泵 20 余次，累计排涝 63.35 万立方米。

正是一次次及时准确的预报预警，让科学防御台风“运筹帷幄、决胜千里”，最大程度较少损失。

宁波：工作组防汛检查严谨细致

9 月 13 日，暴雨如注。水利部工作组乘车从积水中碾过，溅起近 1 米高的水花，迎着风雨驶向台风“灿都”影响最核心的地段——宁波余姚。

13 日 14 时，余姚城区内，身着“防汛巡查”字样工作服的工作人员，正在紧张有序地检查最良江北岸兰江广场的防汛工作。

胡卫飞家住菱新村，村子紧临兰江广场。如今，胡卫飞终于可以把心放肚子里了。“经过堤防加固，兰江广场生态气囊支撑坝从容应对今年两次强台风，未发生险情。接下来，还要继续加强管护，确保工程设施的防洪安全，保障其正常发挥效益。”宁波市水利局水政支队队长徐长流说。

水利部工作组组长张长青和组员赵璞一下车就接过现场工作人员递来的安全帽，赶到姚江上游余姚西分工程Ⅰ标瑶街弄调控枢纽工程现场。询问水利专家，了解工程概况；联系工地负责人，询问工程进展；与当地群众攀谈，了解所思所盼……现场察看并搜集整理材料后，工作组又冒雨赶往下一个查验点。“车下调研跟着跑、车上研讨整材料”成为常态。

途中，张长青不断提出问题，碰到模糊的情况一再追问；赵璞认真聆听，抓住漏洞紧盯不放。陪同人员私下开玩笑说：“这两位是行家里手，哪里是来听我们汇报工作的，根本就是来‘找茬’的。”

结束一天的调研，工作组立即与宁波市水利局党组成员、二级巡视员翁瑞华等进行座谈，就当天实地查看的重点工程或重要点位、可能存在的薄弱环节等，提出意见建议。

杭州：全线部署周密管控

9 月 12 日 8 时，杭州市普降大雨，市林业水利局于 22 时启动水旱灾害防御Ⅱ级应急响应，全体水利干部职工放弃周末休息时间，第一时间到岗到位。

“巡防队伍要24小时全天候管控。”据了解，杭州市累计出动214组2094人次，检查1701处水利工程，共检查出问题111个，并监督立整立改。

管网不漏，供水不停。在杭州市，全市600人奋战在农村饮水安全工作一线，排查水源地、供水工程运行情况，截至目前，市区两级水利部门均未接到农饮工程险情灾情报告。

钱塘江边，江面风浪不小。杭州市、上城区防潮办和市公安局联动部署，周密管控，自启动防汛Ⅱ级应急响应以来，出动防潮巡防人员855人次、车辆68车次，检查重点区域20处。截至目前，未出现潮水伤人事件。

在上城区巡防过程中，发现江堤聚集了10多人，走近一看，原来他们在钓鱼。工作人员上前劝阻疏散，大家都表示理解并积极配合。“我们收到短信了，知道有台风，我们全力配合工作。”杭州市市民张烨说。

信息汇聚一张网，全市调度一盘棋。截至目前，全市水利系统累计发出调度指令32份，累计下泄流量0.93亿立方米，平原河网累计排水总量1.28亿立方米。当前，全市主要江河水位低于警戒，大中型水库除青山略超汛限外，其余均在汛限以下。

“人员没有伤亡就好。”这是本次调研检查中，最常听到的一句话。台风“灿都”转向离开，工作组的调研也告一段落。“这次调研确实严格，浙江工作一直都不错，对于发现的问题，返京后我们还会督促浙江整改到位。”赵璞说。人走“查”未凉，防汛工作仍在路上。下一步，浙江省水利厅将继续做好预报预警、科学调度、工程安全管理、山洪灾害防御等工作，全力保障人民生命安全。

陕西应急联动迎战洪水

（2021 年 9 月 30 日）

本报记者　刘艳芹　　见习记者　燕乃一

受持续降雨影响，陕西省 66 条河流 91 站出现洪峰 220 次，渭河形成今年 2 号洪水。陕西省水利厅积极应对，26 日 23 时将水旱灾害防御应急响应提升为Ⅰ级，点对点督导超汛限水库安全有序泄洪。

陕西省水利厅迅速部署渭河汉江洪水防御，会商研判渭河、汉江防汛形势，派出 3 个工作组、2 个专家组，协同水利部 2 个工作组在一线督导检查，统筹指导黑河金盆水库、石头河水库、冯家山水库等水利工程削峰泄洪科学调度。陕西各级水利部门进一步压实防御责任，加密监测预警，强化 24 小时值班值守，提醒受威胁人员及时撤离转移避险，确保江河行洪安全和群众生命安全。

省江河水库工作中心防汛指挥部派出 4 个技术工作组和 4 个督导组深人防汛一线。自 9 月 28 日凌晨开始，省江河水库工作中心科学调度挡水闸运行，发挥挡水闸和支流堤防的联合抗洪功能，增加巡堤查险力量，提前储备抢险物料。渭河咸阳水文站出现有实测记录以来第三大洪水。咸阳市水利局工作人员深人渭河沿线巡查指导，6 个工作组赴渭河沿线和淳化、旬邑等县市区持续开展督导检查，科学调度水利工程，提前撤离危险区域人员，全力防范暴雨洪水。

2021 年 9 月 29 日，本报记者在陕西省渭南市采访报道

防汛关键时期用得上顶得住

——小浪底水利枢纽防汛一线见闻

（2021 年 10 月 8 日）

本报记者　邱月明　刘孝祥

入汛以来，河南经历了多轮强降雨，部分地区受灾严重。据中国气象局最新预测，直至 10 月上旬，降雨仍会持续，防汛形势依然严峻。水利部小浪底水利枢纽管理中心紧抓“四预”措施，统筹科学调度，坚决打赢防御黄河洪水这场硬仗。

做好“四预”　铸就“生命屏障”

“大坝安全监测管理平台，实时更新监测数据并汇总，为每天会商提供数据支撑。”黄河水利水电开发集团有限公司水工部副部长李立刚说。目前，水工部 54 人全部到岗到位，为泄洪做好充足准备。

大坝安全监测管理平台是智慧小浪底建设中的一个重要组成部分，通过平台自动汇集各类监测数据、定制报告模板、绘制监测过程线、一键高效生成报告，不仅提高了工作效率，还提升了数据分析水平和成果报告质量。

今年入汛前，小浪底管理中心组织成立防汛领导小组，制定防汛工作预案，于 4 月 12 日、6 月 18 日组织开展防汛抢险综合演练，全面检验防汛抢险实战能力。7 月 8 日调水调沙结束时，库水位保持在 220 米，为小浪底水库 270 米水位以下预留防洪库容 78.59 亿立方米。

每当调水调沙前，小浪底管理中心都会将下泄流量和库水位下降情况报告给河南、山西两省防指，协调做好库区滑坡体及塌岸影响区域的提示和预警工作，保障人民群众生命财产安全。

防御措施周密　筑牢“水上长城”

新一轮降雨刚刚结束，位于黄河中游最后一段峡谷出口处的小浪底水库水位持续上涨。巡查人员抓紧雨停的日子，仔细排查每一处隐患。

这座目前黄河中下游唯一能进行水沙综合调节运用的水利枢纽，其库容直接影响黄河下游防洪、生态和供水安全。

黄河水利委员会防御局统计数据显示，截至 2020 年 9 月，黄河小浪底水库排沙量超 3.3 亿吨，近 3 年排沙出库已达 13 亿吨，大大延长了水库拦沙库容使用年限。

宁可十防九空，不可失防万一。在今年汛前排检中，针对小浪底水利枢纽和西霞院反调节水库进行检查时，共发现 14 处隐患，均在汛前完成维修维护。同时在枢纽管理区设置防汛物资专用仓库，准备挖掘机、铲车、自卸车等抢险设备 15 台（套），储备块石 1 万立方米、钢丝笼 800 个，以及其他防汛物资及设备等 1 万多件（套），同时与周边物资供应单位和协作队伍建立联系。不仅如此，小浪底管理中心还组建 11 支共计 203 人的防汛抢险队伍，满足防汛抢险的需要，同时与驻小浪底武警部队建立军民联防机制、与河南省应急管理厅建立联系，如若发生较大险情时可快速调集更多抢险物资装备。

科学高效调度　确保水库安全度汛

落日的余晖洒在小浪底水库平静的水面上，粼粼波光泛出暖意。但这看似平静的一汪碧水在水利人眼中，却暗藏“玄机”。

黄河水利水电开发集团有限公司运行部副值长郑炜眉头紧锁，紧盯电脑屏幕。29 日 10 时，接到黄委的调令，要求小浪底水利枢纽控制运用，而这不只是简单调蓄就可以的。小浪底水利枢纽不仅背负黄河防汛重任，同时还承担着河南电网调峰调频的任务，在频繁的水调电调指令变化背后，是严谨的科学调度在支撑。

“水库及时拦洪削峰错峰，可为下游防汛争取时间、空间等多层面的主动权。”运维部汤建军说。截至 30 日 13 时，不考虑三门峡预泄，在 30 日 9 时 36 分三门峡达到最大出库流量 6660 立方米每秒，对应小浪底出库 2900 立方米每秒，削峰率 56.5％。25 日 16 时到 30 日 13 时，共拦洪 7.5 亿立方米。

面对连续多变的水调指令，小浪底管理中心积极协调河南省电力公司，申请 5 台机组减出力运行（共 6 台机组），并结合当前防汛流量要求，对小浪底电量计划进行重新计算调整，在保障防洪安全的同时将对河南电网的影响降至最低。

“机组减出力并不意味着工作任务减轻，对安全生产工作的要求反而更高了。”郑炜说。9 月 25 日—28 日，运行部共执行操作 200 余项、许可各类工作票据 60 多张，确保正在运行的 5 台机组在防汛关键时期用得上、顶得住。

当前，黄河已发生两次编号洪水，量级大、时间长，防汛形式严峻。小浪底管理中心严阵以待，立足最不利情况，做最充分准备，全力保障人民安全，守护黄河安澜。

小浪底："把脉问诊"确保运行安全

（2021 年 10 月 9 日）

本报记者　王鹏翔　　通讯员　史帅斌

10 月 5 日 23 时，黄河出现今年第 3 号编号洪水，小浪底水库泄洪压力加大，水位回涨。在高水位运行下，小浪底水库关键部位的监测情况如何？监测设施是否完善？6 日，记者来到水利部小浪底水利枢纽管理中心所属的黄河水利水电开发集团有限公司监测维修分公司，探求这支监测队伍如何为小浪底"把脉问诊"。

水库安全监测是掌握工程安全形态的重要手段，是水库科学调度、安全运行的前提。10 月 6 日，国家防总副总指挥、水利部部长李国英在防汛会商会上强调，要精准控制小浪底水库蓄水位，密切监测高水位下的工程运行和库区安全情况。9 月 24 日，水利部副部长刘伟平到小浪底水利枢纽管理区调研指导小浪底大坝安全监测工作。

自黄河发生编号洪水以来，水利部派出指导组赴小浪底指导检查水库安全运行情况。

"水库高水位运行期间，我们重点做好大坝安全监测、泥沙淤积监测、防汛应急抢险准备等工作，及时提供各项监测数据。"监测维修分公司监测室主任王琳熟练地介绍起汛期里负责的工作。

"监测设施是否完善？能满足当前防汛要求吗？"

"当然能！"面对记者的疑问，王琳肯定地回答，"我们去年刚完成了小浪底水利枢纽和西霞院反调节水库安全监测系统的完备性评价，黄河勘测规划设计研究院对我们的监测仪器可靠性、自动化监测系统以及监测系统完备性进行评定，结果都能满足工程安全鉴定需要。"

完善的监测设施，让小浪底管理中心面对上游洪水底气更足。"为及时掌握各水工建筑物的安全工况，我们加密关键重要部位的监测频次，比如对于大坝渗流渗压的自动化监测，由原来的 1 天 3 次加密为现在的 1 小时 1 次，对于大坝变形的人工监测，由原来的 1 周 1 次变成现在的 1 周 2 次。"监测维修分公司监测室副主任魏立巍说。密集的动态监测确保库区蓄水安全保障到位。

走进监测维修分公司监测室，六七名工作人员正紧张伏案工作。面对陡然加密的监测频率，每个人汇总分析的数据量也急剧增加。这时，智慧化监测平台的作用更加凸显。

“大坝安全监测管理平台是智慧小浪底建设的一个重要组成部分，目前已完成智能化现场巡查和数据汇集、监测信息管理、图形绘制等功能，同时也能自动向水利部大坝安全监测监督平台报送数据。”王琳一边演示平台如何汇总监测数据，一边向记者介绍。平台不仅提高了工作效率、提升了数据分析水平，还能完整记录所有过程的监测数据。

“我们虽然不是防汛期间工程调度的主要职能部门，但我们会站好自己的岗位，为各级部门及时提供可靠的监测分析成果，为枢纽的安全稳定运行提供数据支撑。”王琳语气坚定地说。

2021 年 10 月 7 日，本报记者在小浪底采访报道

夜访渭河守护人

（2021 年 10 月 9 日）

本报记者　燕乃一　刘艳芹

9 月 22 日以来，三秦大地大雨不断、暴雨侵袭，渭河承受着巨大的洪水压力。截至 27 日，持续强降雨造成了陕西省境内 66 条河流 91 站出现洪峰 220 次，其中有 24 条河流 34 站出现超警戒洪峰 63 次，渭河形成今年 2 号洪水。

面对洪水突袭，陕西省各级水利部门以汛为令，全面打响洪水防御攻坚战，力保母亲河安澜，人民安全。9 月 26 日 23 时，陕西省水利厅将省级水旱灾害防御应急响应提升为Ⅱ级应急响应，召开渭河汉江洪水防御会商会，就全力做好洪水防御各项工作进行安排部署。

9 月 28 日 21 时许，入夜人不静。陕西省江河水库工作工作中心防汛指挥部依旧灯火通明。

“在应对渭河 2 号洪水的工作中，各个防汛责任人按照防汛应急预案全部上岗到位，在洪水演进过程中，随着量级不断加大，我们提前预制各项应对方案，一切都是为了给后续工作留出充分的准备时间。我们要求全员上岗、全线作战、全力抢洪，一共派出了 3 个技术组、1 个纪律督查组、2 个督导组、2 个检查组，每组 4 人共 32 人下到一线进行防汛指导工作，要求是洪水不退不能回来。基层河务局 200 多人全部在一线防守，每个单位实时安排带班领导和值班人员。”江河中心防汛办副主任、工程建设与管理处副处长李建华介绍。

22 点 30 分，渭河岸边的临潼水文站工作人员正在测量实时流量，在河边校对起点距的工作人员从对讲机传来指令后，操作室内的工作人员操控铅鱼下到河中进行测量。河务中心的灯光照亮了河堤，机械声、脚步声、对话声为原本寂静的河岸增添了些许热闹。“这次渭河 2021 年 2 号洪水是今年以来最大的一场，临潼水文站洪峰水位达到 358.05 米，是 1961 年建站以来历史最高洪水位，洪峰流量达到了 5830 立方米每秒。9 月份以来，我们实测流量 60 次，2 号洪水过程中实测 12 次，许多同志昼夜战斗，累了就穿着衣服打个盹。”陕西省三门峡库区水文水资源中心副主任张增钊说。

9 月 29 日 0 时，驱车赶往华州河务中心遇仙河挡水闸工程管理站的路途中，亮眼的橘红色救生衣不时映入眼帘，他们是正在巡查排险的水利人。在防汛过程中，陕西省各级水利部门联合地方政府及各地群众，严格执行巡查排险工作。截至 10 月 1 日，陕西省在渭河流域共派出巡堤防守查险人员 26000 余人次。

来到遇仙河挡水闸工程管理站，门口摆放着防汛技术服务站关于巡查排险的一系列技术指导方法的指示牌，方便基层工作人员开展日常巡防工作。遇仙河挡水闸站长胡艺龙介绍："这次防汛中，我们负责的是华州区詹刘到石堤河之间的防汛工作，包含詹刘险工、台台控导工程、魏三庄控导工程、遇仙河挡水闸工程。我们站一共 6 个人，3 人一组，一人一岗，记录组负责测报数据，操作组负责挡水闸的操控运行。"正在值班的王红豆和同事来到闸口旁，记录遇仙河挡水闸实时水位，她说，值班工作 24 小时轮一次，每隔 30 分钟进行一次水位记录。这段时间同事们吃住都在站里，累了就和衣而眠。乘车离开时，随着距离越来越远，挡水闸办公室的灯慢慢凝聚成点点微光，恰似此刻渭河上空闪烁的星光。

身在一线，无私奉献。作为保卫渭河安澜的第一道防线，沿渭水利人在大水面前不退缩，大事面前有担当，共同组成了一支坚韧不拔、勇于冲锋的队伍。目前，渭河洪水还未退去，陕西各级水利部门将持续落实各项防汛抗险任务，全力保障渭河堤防安全，用智慧与坚守迎接此次洪水防御攻坚战的胜利。

工作人员正在巡查堤防　　本报通讯员　李纳　摄

丹江口：守护大坝尽职尽责

（2021 年 10 月 9 日）

本报记者　吴涛　谭凤华

10 月 7 日 12 时、18 时、22 时，在新一轮洪峰入库后，丹江口水利枢纽按照水利部长江委调度指令，先后关闭 3 个闸门，将向汉江中下游下泄流量（含发电流量）调减至 3500 立方米每秒。在这个国庆长假期间，像这样的闸门启闭操作，汉江集团公司丹江电厂起运分场一共开展了 14 次。和他们一样坚守在防汛一线确保大坝安全的，还有预报调度、安全监测、库区巡查等各个岗位的汉江水利人。

今年以来，汉江流域遭遇多次持续降雨，丹江口水库共发生 10 场入库洪峰大于 5000 立方米每秒的洪水。进入秋汛以后，丹江口水库水位不断刷新历史最高水位纪录，9 月 29 日，迎来 2.49 万立方米每秒的近十年来最大入库洪峰，水库水位突破 169 米，距离历史首次蓄水至大坝加高后正常蓄水位 170 米已十分接近，防汛形势异常严峻，给大坝的安全运行带来了极大考验。

水利部高度重视汉江秋汛防御及丹江口水库蓄水工作，国家防总副总指挥、水利部部长李国英多次主持召开防汛会商会，对丹江口水库精细调度作出重要部署，派出工作组赴一线协助指导。9 月 30 日上午，水利部副部长魏山忠带队来到丹江口水库，检查指导水库防汛蓄水各项工作。10 月 6 日，李国英主持防汛会商，视频连线水利部长江、黄河、海河水利委员会及部分水库管理单位和水文站点，进一步分析研判秋汛洪水形势，深入部署防御工作。

10 月 1 日至 5 日，长江委继续维持水旱灾害防御Ⅳ级应急响应，马建华主任等委领导每日主持召开防汛会商会，共发出调度令 9 条，发布汛情通报 3 期，滚动调整三峡、丹江口等水库调度方案，统筹防洪安全和汛末蓄水，坚决打赢秋汛防御这场硬仗。5 日，马建华来到丹江口水利枢纽，检查指导汉江秋汛防御工作并看望慰问一线干部职工。

汉江集团公司、中线水源公司两家单位主要领导坚守一线、靠前指挥，防汛各相关部门、单位负责人及相关技术人员在现场 24 小时值守。各防汛单位团结协作，预报调度人员密切关注雨水情变化，工程监测人员加密测量频次，闸门操作人员及时精准启闭闸门，多措并举，切实保障丹江口水利枢纽和汉江中下游沿线人民群众生命财产安全。

汉江集团公司、中线水源公司制定了《丹江口水库蓄水170米监测巡查工作方案》《2021年汛期及汛后蓄水加强大坝工况监测实施方案》《2021年汛期及汛后蓄水加密库区水质监测实施方案》《2021年汛期及汛后蓄水加增库区巡查监测实施方案》，继续做好丹江口水库安全运行管理，加强丹江口大坝和水库安全监测巡查，每日采集监测数据4000余个，全力做好今年丹江口水库170米蓄水工作，确保工程运行安全和水库蓄水安全。

10月6日晚，在丹江口大坝持续处于高水位工况下，丹江电厂组织18名工作人员分成3个巡查组继续开展夜间加密巡查。从8月14日起的“一日一巡”，到8月25日起的“一日两巡”，再到9月28日起的“一日三巡”，不仅加密了夜间巡查的频次，同时在巡检全部结束后的当日形成巡检报表并上报。伴随着水库水位的上涨，丹江电厂监测人员的工作量在一个多月内翻了三倍，早已没有了休息日；丹江电厂起运分场值班人员严格执行调度指令，精准操作闸门启闭，做到了及时、准确、安全。截至10月7日，这个汛期，忙碌的起运人已安全启闭闸门88次。

在丹江口水利枢纽的各个防汛现场，都能看到汉江水利人忙碌的身影。他们牢记责任大如天，秉承“守护大坝我担当，履职尽责保安澜”的精神，全力以赴做好防汛工作。防汛会商、加密监测、现场巡查、闸门启闭、信息报送、24小时值守……在水利部、长江委科学统筹下，“十一”长假期间，防汛一线的汉江水利人取消休假，坚守岗位、履职尽责，风雨逆行、连续作战，战洪峰、护大坝、保安澜，全力做好汉江流域近十年来最强秋汛防御工作。

群策群力　精益求精

——小浪底水利枢纽精细调度保障防洪安全

（2021 年 10 月 9 日）

本报记者　王鹏翔

水流喷涌，峡谷轰鸣。10 月 5 日，小浪底水库正全力下泄洪水。

受近期降雨影响，小浪底水库水位逐步抬升，10 月 2 日 9 时 18 分达到建库以来最高水位 271.18 米。国家防总副总指挥、水利部部长李国英高度重视，多次对小浪底水库调度运用提出要求，4 日在防汛会商会上明确强调，要调度小浪底水库利用洪水间歇期尽量降低水位，腾出防洪库容，同时确保实现黄河下游河道不漫滩的目标。

既要降低水库水位，保障水库安全，也要腾出防洪库容，应对未来的来水，更要确保下游河道不漫滩，保障防洪安全。这中间，需要精细调度小浪底水库来平衡，使洪水防御更具针对性、可操作性，从根本上控制洪水威胁，有效保障黄河下游人民群众生命财产安全。

“精细调度是我们现在的重点和难点。”小浪底水利枢纽管理中心水量调度处处长李鹏说，“我们在收到黄河水利委员会水旱灾害防御局的调度指令后，需要把水量调度指令转化为闸门调度指令，再将指令下发给所属黄河水利水电开发集团有限公司水工部的工作人员，由他们进行具体闸门操作。”

李鹏介绍，按照要求，实际下泄流量与调度指令流量的误差需控制在 5%以内，自 9 月 27 日黄河发生两次编号洪水以来，他们尽力将误差控制在 1%左右。如何做到误差如此小的精准控制？

“这需要我们时刻守在操作系统旁，一旦下泄流量有明显的变化趋势，立即回调，控制闸门开度。”水量调度处调度值班员安静泊说。水量调度误差就这样在精心调试和经验积累中不断降低。目前，水量调度处 8 名工作人员 24 小时轮班坚守在工作岗位，以及时应对突发情况。

对精度的高要求，也对工作人员的预判能力、业务素质提出了更高要求。“我们部门内部有每日的调度会商机制，每天早上汇总上下游雨水情，预估流量变化并提前预判操作哪个闸门、如何操作，这样在指令到来时就能做到心中有数。”李鹏说。

“不仅如此，这还提高了操作效率呢！”水量调度处调度值班员刘岂补充说，“10

月 1 号和 2 号，黄委一天下达了 6 次调度指令，3 号和 4 号都下达了 5 次。我们每天做预估，才能适应高速的工作节奏。”

“叮——”正说着，水量调度处接到了新的调度指令：10 月 5 日 18 时，小浪底水库按照 3800 立方米每秒下泄。与最近的 10 月 4 日 21 时 3750 立方米每秒下泄的调度指令相比，仅差 50 立方米每秒。

安静泊从容地计算调整电脑上操作系统的闸门数据，并将转化后的指令传给水工部的工作人员。从接收到调度指令到水工部工作人员反馈闸门操作完毕，前后不到半小时就完成了全链条工作。

快捷高效的操作流程得益于科学智慧的调度自动化系统。这个系统看似简单，内部却“别有洞天”。据介绍，系统不仅能显示小浪底和西霞院水利枢纽各闸门及发电机组的信息、发布调度指令，还能连接黄委水文网，实时查看黄河全流域重要水文站点的水情信息，方便工作人员随时掌握全流域情况，预判下一步的调度安排。

“界面更友好，信息更全面，操作更流畅。”安静泊用 3 个词概括了小浪底调度自动化系统的优点。

小浪底管理中心利用调度自动化系统，在严格执行黄河水利委员会水调指令的基础上，统筹考虑泄洪孔洞长时间运用情况，轮换运用泄洪孔洞，尽量减少闸门启闭次数，确保枢纽运行安全。

坚守岗位实时监控，每日会商预判分析，统筹考虑精益求精……一项项科学扎实的应对举措为精细调度小浪底水库提供了强大支撑，也为保障黄河下游防洪安全和经济社会稳定发展筑牢了坚实基础。

国庆假期迎战罕见秋汛的水利担当

（2021年10月9日）

本报记者　樊弋滋

“黄河本次秋汛形势非常严峻，水利部防汛相关部门单位人员取消‘十一’休假，集中力量投入黄河防汛大考！”

9月27日晚，国家水工程指挥调度中心，国家防总副总指挥、水利部部长李国英发出的这项指令，让现场和所有一线水利人再次拧紧了“发条”：即将到来的“十一”假期注定是一场与洪水的竞速。

是，这是一场抢抓时间的竞速！

加密会商，加大频次，精准预报，让一切防御工作跑在洪水之前……

10月1日，黄河干流洪水正向下游演进，黄河中游、汉江上游、海河南系预报仍有强降雨，防汛形势依然严峻。水利部会商部署黄河、汉江、海河等流域秋汛洪水防御工作。

10月4日，水利部专题滚动会商，对黄河秋汛洪水防御工作进行再部署。

10月6日，水利部进一步会商部署秋汛洪水防御工作。

“黄河编号洪水预计什么时间形成？”

“本次强降雨过程实况为何会比前两天预报的强？”

“我们必须算清洪水账，利用窗口期抓紧腾库容，跑在下一场洪水来临之前。”

为了形势把握更为准确、决策更为精准，李国英部长细致入微的询问和要求成为每次会商的常态。

同时，由水利部副部长刘伟平主持的会商，水利部水旱灾害防御司联合信息中心、黄河水利委员会等相关流域机构的会商会议每日不曾间断。

面对历史罕见的秋汛，从黄河到长江再到海河，各流域机构及相关水利部门争分夺秒，滚动会商，加强值守，抢抓时间先机。

是，这是一场抢占空间的竞速！

“要以黄河下游不漫滩为目标，我们必须下足‘绣花’功夫，一方一方库容算，一厘米一厘米水位算，一个流量一个流量来水算，动态控制进入下游河道的洪水流量。”

在假期召开的几次会商会上，李国英部长不断强调要加强“四预”，实现精准预报、精准调度、精准防御。

“在花园口水文站流量控制在 4800 立方米每秒左右，小浪底水库水位控制在 274 米以下的目标下，黄河中游陆浑、故县、河口村水库究竟需要怎么控制出库流量？”

“丹江口水库精准拦蓄到 170 米，上下游水库应当如何联合调度、精准控制？”

水工程调度是本次秋汛洪水防御中的“硬核”担当。如何跨地域联控联调，确保流域防洪安全？

水利部机关防汛部门不断强化洪水预报与调度预演，为流域水库防洪调度提供决策支撑。

黄河水利委员会成立工作专班，每两小时滚动制定水库调度方案，联合调度中游干支流水库群，尽最大能力拦洪削洪错峰。

长江水利委员会及时跟踪分析水雨情变化趋势，滚动研讨优化丹江口水库调度方案。

海河水利委员会滚动会商、精准预报，加密动态调整并精细调度岳城水库下泄流量。

一个个跨越空间的调度方案在不断修正，一场场保障江河安澜的精准调度在不断上演……

是，这更是一场抢护生命的竞速！

“这次应对黄河秋汛，下游是我们的主战场。黄河下游如果出问题不堪设想，百姓生命安全将面临巨大威胁。我们必须控制进入黄河下游的洪水流量，坚决确保黄河下游群众生命财产安全！”

“渭河近些年没有经过这样大的考验，我们必须严防死守渭河干支流堤防。尤其要注意的是，一定要做好受威胁地区群众的撤离预案，确保人员不伤亡，这是铁的命令！”

“今年秋汛已经持续较长时间，黄河、汉江、漳卫河等河流下游河道大流量行洪时间长，各地防汛责任人和一线人员难免人困马乏，我们必须高度重视、高度警惕，毫不松懈、毫不轻视，强化岗位、强化责任，精准调度、精准防御，确保实现‘人员不伤亡、水库不垮坝、重要堤防不决口、重要基础设施不受冲击’的防御目标。”

在会商现场，李国英部长一项项要求掷地有声。一句句“坚决”、一个个“确保”，成为水利人坚持生命至上、人民至上的庄严承诺。

在防汛一线，水利部已派出 9 个工作组在陕西、山西、河南、山东、重庆、四川协助指导做好秋汛洪水防御工作。

在黄河下游，目前已有近 2.5 万人在一线巡查防守。

在丹江口水库，大坝和水库安全监测巡查未曾停歇，每日采集监测数据 4000

余个。

在漳卫河畔，沿河各地组织巡堤查险近8万人次。

…………

为了岁月静好，有人在负重前行。在这个假期，他们舍小家，为大家；他们栉风沐雨，追峰逐浪；他们逆行而上，无悔坚守。他们的使命只有一个：确保人民群众生命安全！

汛情就是命令。国庆假期虽然已经画上了句号，但罕见秋汛洪水防御这场硬仗还未结束，水利人的“发条”仍不能放松。他们将继续披坚执锐，心怀“国之大者”，勇于担当，扛起防汛重任，共护江河安澜。

巡查路上找“不寻常”

（2021 年 10 月 12 日）

本报记者　王鹏翔　　通讯员　史帅斌

“我都在这儿开船 20 多年了，头一次见到这么高的水位!”10 月 8 日，小浪底水政执法船船员苗荣亮感叹。

随着黄河中游洪峰持续逼近，小浪底水库水位不断突破历史新高。10 月 8 日 16 时，水库水位已经达到 272.22 米。8 日上午，记者跟随小浪底水利枢纽管理中心库区管理中心水政监察专员张建峰，开始半天的水上巡查。

阴雨蒙蒙，水雾缭绕。执法船隆隆驶出码头，翻滚的叠浪直逼船面，两旁树木的树干已被水淹没，独留一团团树冠“漂浮”在水面上。

“水位持续上升，保障周边库区安全更为重要。我们加密巡查频次，每天分水面、陆地南岸和北岸三路巡查。”张建峰说。

据介绍，库区管理中心陆上巡查重点深入库区开展隐患排查工作，全面摸排库岸沿线、地质灾害影响点等重点区域，同时开展临库村镇的安全防范宣传；水面巡查关注库周塌岸滑坡情况及码头渡口、景区设施等安全，并及时劝离库岸边游玩、钓鱼的群众。

“现在船左边经过的是 2 号滑坡体，这几天我们重点关注这里，主要观察水库水位变化对这里山体冲刷的影响。”张建峰娴熟地介绍岸边地质滑坡情况，“之前，这周围还有几户人家，现在我们已经配合地方政府组织他们转移了。”

“前面过了这个山头就是 1 号滑坡体了!”说着，张建峰拿起手机拍了几张照片，并上传到“小浪底美丽库区”微信群中。

“北岸去往库区的路上有一处山体滑坡，已经联系地方政府”“已将最新地质灾害排查的通知发送给新安县河长办”“已完成严禁涉水活动通告张贴”……张建峰向记者展示群里的信息。381 人的群里包含库区管理中心的工作人员、各级河长以及部分渔政管理人员，大家及时将最新的工作情况转发到工作群中。

“嘀嘀——”苗荣亮连续按下船上的汽笛。原来，远处水面上有几艘捕鱼船，鸣笛是提醒他们尽快撤离库区。

执法船缓慢驶过水面，防止速度过快激起水浪冲撞小型渔船。“鸣笛提醒后，我们还会与渔政管理人员联系，告知他们发现渔船的时间及地理位置，请他们再来查看，做到双重保险。”张建峰说。

转眼间，船已开出了40多分钟，却只行驶了不到20公里。“最近一段时间，水上行驶的时间都是比较长的，平均每天5～6个小时，最长的时候早上8点出发，晚上5点才能返回。”驾驶船的工作人员杜合理说。

“主要也是想趁着水库高水位运行期间把每个能走的支流、沟渠都走一遍，看看高水位下的码头及山体情况。”张建峰补充说，“虽然来回几个小时的水路会有些枯燥，但这是为了保障大家的安全，都是值得的!”

船只返程，屏幕上亮起的高程数字吸引了记者注意。“这是探深仪，能实时显示船底水面的深度，防止船在一些水下情况复杂的地段搁浅。”苗荣亮介绍。

除了运用探深仪，库区管理中心还充分应用卫星遥感图片，帮助监察员初期排查库区水面及岸线变化，让人工巡查工作更具针对性。

对张建峰来说，这条水上巡查路已经走过了上百遍。“虽然很熟悉，但我们的工作就是要从熟悉的路线中找到不寻常的变化。找到一处，就少一处安全隐患。”张建峰说。

2021年10月8日，本报记者在小浪底采访报道

风雨无定　防御有方

——在防御黄河秋汛中展现水利担当

（2021 年 10 月 12 日）

本报记者　张元一　黄峰　　通讯员　全欣

黄河滔滔，浊浪掀天，牵动国人心。

8 月下旬以来，黄河中下游出现多年罕见华西秋雨，伊洛河来水为多年均值 5.7 倍，沁河为多年均值 5.9 倍，渭河为多年均值 2 倍。

9 月 27 日 15 时，黄河发生今年第 1 号洪水；当晚 21 时，第 2 号洪水紧跟而至；10 月 5 日 23 时，黄河潼关水文站流量涨至 5090 立方米每秒，第 3 号洪水强势袭来。

随着防汛形势日益严峻，黄河水利委员会启动水旱灾害防御Ⅲ级应急响应，全体干部职工放弃国庆休假，按照防御大洪水运行工作机制到岗到位，全力以赴打赢秋汛洪水防御这场硬仗。

细之又细　做实“四预”文章

预报黄河潼关水文站 27 日 16 时流量 5000 立方米每秒，27 日 15 时 48 分流量达到 5020 立方米每秒。

提前 2 天预报黄河潼关水文站 29 日洪峰流量 7500 立方米每秒，29 日 23 时洪峰流量达到 7480 立方米每秒……

一组组误差极小的数据，一次次经受住实践的检验，依靠的是黄委水文测报工作者过硬的业务素质和以岗为家的默默付出。

“我们依托自行研发的降雨径流预报模型，充分运用水文测验信息和气象预报信息，每隔两小时进行一次滚动分析预测，并加强与水利部信息中心和省区、基层单位的沟通协作、信息共享和滚动会商，尽最大可能做到精准。”一直坚守岗位的黄委水文局水文水资源信息中心总工刘吉峰介绍。

面对这次罕见的秋汛，水利部加密会商、提高频次，并数次视频连线黄委，围绕黄河流域防秋汛工作进行深入会商研判，作出细致部署。水利部部长李国英强调要加强“四预”，实现精准预报、精准调度、精准防御。

启动水旱灾害防御Ⅲ级应急响应以来，黄委水文局持续强化监测预报，密切关注黄河中游雨水情发展趋势。通过各水文站提供的河道行洪影像资料和预报模型，在洪水间隙复盘分析降雨、产流、河道情况，为水文站合理布设测次、科学开展测报打出提前量。

位于郑州市北郊的花园口水文站，是黄河干流重要的控制站，也是黄河下游防汛、水量决策的标准站，实测数据直接影响中游水库联合调度和下游防汛抗洪的决策部署。

“控制洪水变化过程，为防汛提供精准测报结果是我们的首要职责，按照上级要求，我们从9月27日开始每小时进行一次报讯，单次流量测验精度达97%以上。”刚刚巡河回来的水文站站长吴幸华说。

尽管水文站已配备自动测流控制系统，但为确保水文数据的准确性，工作人员每天仍要至少2次通过测船或走航式ADCP进行人工测流，与自动测流数据比对校正，确保数据精度。

不仅在预报预警上做足功课，黄委还运用数字化、智慧化手段，根据雨水情预报情况，对水库、河道、滩区等情况进行模拟预演，为工程调度提供科学决策支持。

“小浪底以下的铁谢村到高村，是游荡性河道；高村到陶城铺是过渡性河道。这两个河段都是二级悬河最突出的‘豆腐腰’河道，历来是下游防洪的重中之重。”黄河水利科学研究院副院长江恩慧介绍。

每年汛前，黄委通过小浪底至陶城铺河段大型动床河工模型，模拟不同洪水下的河势演变情况、滩区进水情况，并根据试验过程中的定点定量观测，预报这一河段工程靠溜偎水状态，确定重点防守工程和坝段，为河南河务局、山东河务局提前做好预防和抢险预案提供技术支撑。

算准水账　精确调度水库

4800，黄委上下紧紧盯着这个数字，在水库调度上精打细算，精确到1个流量、1立方米库容、1厘米水位。

此次黄河中游干支流水库联合调度的主要目标就是把花园口水文站流量控制在4800立方米每秒。

“花园口水文断面是黄河下游的控制断面，流量如果超过4800立方米每秒，下游孙口河段发生漫滩的风险就会增大。”江恩慧介绍。

据了解，黄河下游滩区面积3154平方千米，总人口189万人。一旦发生漫滩，势必危及人民群众的生命财产安全。

“我们的调度思路是联合调控黄河中游干支流水库，在确保防洪安全前提下，最大限度挖掘伊河陆浑、洛河故县、沁河河口村水库防洪运用潜力，以移民水位或蓄洪限制水位为最高运用水位，及时调整小浪底水库下泄流量，凑泄花园口站流量4800 立方米每秒，尽最大努力缩短小浪底水库高水位运用时间，必要时启用三门峡水库拦洪。”刚刚参加完会商的黄委防御局方案技术处副处长任伟说。

围绕精确调度，黄委扎实开展洪水和水工程调度预演，每 2 个小时滚动修订水库调度方案，加密调度频次，下泄流量增减幅度精细至 50 立方米每秒，控制水库平稳下泄，在保证下游防洪安全的前提下，尽可能降低小浪底水库水位。

据统计，仅 9 月 27 日至 10 月 4 日，小浪底以上来水 33 亿立方米，花园口站下泄洪量 31 亿立方米，其间小浪底最大下泄流量 3840 立方米每秒，花园口站平均流量4540 立方米每秒。

众志成城　保障工程安全

国庆期间的黄河大堤上，河风夹杂着细雨，格外阴冷。然而，一面面迎风飘扬的红旗，一顶顶防汛值班帐篷，一个个不惧风雨、坚守岗位的身影，让人感受到了万众一心、保卫家园的坚定信念和家国情怀。

在马渡险工 23 号坝附近，工程车辆正在进行除险加固。施工人员利用预备好的铅丝网片将石块束缚在一起，每一组重达 3 吨左右，堤岸一旦发生根石脱落，就用长臂挖掘机将铅丝笼推入河中。

“我们惠金河务局目前在南裹头、花园口以及马渡等 5 个重点防守段预置了装载机和自卸车等大型抢险设备，并配备了充足的防汛物资。”河南惠金河务局办公室主任孙金丽说，“所有人员都是 24 小时在岗巡查，吃饭都是在岗位上就地解决。”

在郑州黄河马渡险工，金水区防汛抗旱指挥部正在组织金水区应急管理局、惠金河务局等单位开展防汛应急抢险演练。随着一声令下，在马渡险工 24 小时值守的惠金河务局专业防汛队伍、金水区群防队伍及预置在现场的机械抢险设备迅速出动，仅用 2 分钟便赶到出险地点，快速投入防汛抢险救援。县级负责人包乡包点常驻一线，乡镇主要负责人全部上堤；群防队伍上岗到位，24 小时不间断巡查，及时发布预警信息，开展防洪避险宣传，警示群众远离危险区域。

连日来，全河各级各部门严阵以待，逐河段落实责任单位和每道坝巡查防守责任人，紧盯河道工程防汛安全，24 小时不间断巡查、摸排，力争险情早发现、早处置。对紧靠主流和根石短缺的坝岸，提前抛石预加固，预置抢险机械设备 2722 台(套)，14 支黄河机动抢险队 960 名队员集结待命，3.18 万巡坝查险人员按 1∶3 专群比例到岗到位，遇突发险情立即抢护。

风雨无定，防御有方。面对新一轮的洪水防御战，黄委每名干部职工守土有责，奋战不止，力保黄河安澜。

2021 年 10 月 5 日，本报记者在惠金河务局采访报道

实现今年汉江防秋汛和蓄水双胜利

丹江口水库首次实现 170 米满蓄目标

（2021 年 10 月 12 日）

本报记者　张佳鑫　吴涛

10 月 10 日 14 时，丹江口水库蓄至 170 米正常蓄水位，这是水库大坝自 2013 年加高后第一次蓄满。在设计条件下，丹江口水库多年平均蓄满率约为 11%，这意味着大约平均每 10 年左右丹江口水库才能蓄满一次。此次蓄至 170 米，标志着今年汉江秋汛防御与汛后蓄水取得双胜利，为南水北调中线工程和汉江中下游供水打下了坚实的基础，也为丹江口枢纽工程整体竣工验收创造了有利条件。

今年 8 月下旬以来，汉江发生超过 20 年一遇的秋季大洪水。据统计，秋汛以来，汉江上游降水量 520 毫米，较常年偏多 1.5 倍，为 1960 年以来历史同期第 1 位。丹江口水库发生 7 次超过 1 万立方米每秒的入库洪水过程，其中 3 次洪水洪峰超过 2 万立方米每秒，9 月 29 日最大洪峰达 2.49 万立方米每秒（为 2011 年以来最大）；丹江口水库秋汛累计来水量约 340 亿立方米，较常年同期偏多约 4 倍，为 1969 年建库以来历史同期第 1 位。

水利部深入贯彻习近平总书记关于防汛救灾重要指示精神和推进南水北调后续工程高质量发展重要讲话精神，认真落实李克强总理重要批示和胡春华副总理、王勇国务委员要求，国家防总副总指挥、水利部部长李国英多次主持会商，分析研判汉江流域水雨情、丹江口水库蓄水形势，强化丹江口等干支流水库群联合调度，统筹安排部署秋汛洪水防御和汛末蓄水工作。长江水利委员会科学精细调度以丹江口水库为核心的汉江上中游干支流控制性水库群，在确保防洪安全的前提下，充分利用洪水资源，实现了丹江口水库首次蓄水至正常蓄水位的调度目标。

一是加强会商研判，全面部署防御工作。坚持每日滚动会商研判，强化监测预报预警，及时启动水旱灾害防御Ⅲ级应急响应，派出 5 个工作组赴陕西、湖北、河南省协助指导洪水防御工作。

二是联合调度丹江口等控制性水库，有效应对汉江罕见秋汛。水利部、长江委先后发出 46 道调度令精细调度丹江口等水库，会同陕西、湖北、河南省水利厅科学精细联合调度丹江口、安康、石泉、潘口、黄龙滩、鸭河口等干支流控制性水库拦洪削峰错峰，合理增加南水北调中线一期工程供水流量；通过联合调度，汉江上游干支流控制性水库群拦蓄洪水总量约 145 亿立方米，其中丹江口水库累计拦洪约 98.6 亿立方米。通过水库拦洪，平均降低汉江中下游洪峰水位 1.5～3.5 米，缩短超警天数 8～14 天，避免了丹江口以下河段超保证水位和杜家台蓄滞洪区分洪运用，极大减轻了汉江中下游防洪压力。

三是统筹防洪和蓄水需求，提前谋划丹江口水库汛末蓄水工作。水利部组织长江委批复了丹江口水库 2021 年汛末提前蓄水计划，根据来水情况逐日动态优化调整，特别是 10 月 1 日以来，发出了 11 道调度令，精准控制泄洪流量和蓄水进程，精细合理控制库水位，确保防洪安全和水库满蓄双目标圆满实现。

当前，各项安全监测数据表明，丹江口水库大坝运行状态正常。水利部和长江委将继续密切监视汉江流域雨水情，强化水库大坝及库区安全监测，继续做好丹江口水库调度，充分发挥丹江口水库综合效益。

10 月 10 日，丹江口水库蓄至 170 米正常蓄水位

本报记者　吴涛　摄

2021 年 10 月 10 日，本报记者在湖北省丹江口水库采访报道

馆陶的出水点管住了！

（2021 年 10 月 12 日）

本报记者　刘艳飞

位于河北省邯郸市馆陶县中心城区的东盛购物广场，是孙阿姨和她的老伙伴们跳舞的地方。

“只要没雨，每天晚上我们都在这里跳，锻炼身体嘛！”孙阿姨说，“10 月 3 日以来馆陶连着几天的降雨，这里晚上已经冷清四五天了。”

10 公里外的漳河大堤馆陶段却十分忙碌。“因漳河、卫河洪水持续时间长，馆陶县境内漳河 4.2 公里的堤防堤角全部浸水。”海河水利委员会漳卫南运河管理局邯郸河务局馆陶段负责人李学明说，“10 月 2 日到 4 日，我们巡堤时发现漳河左堤馆陶段约 1200 米的长度内出现了几处出水点，有的是微小的管涌，有的是渗水。”

如果不能及时发现和妥善处理，出水点形成管涌将会造成建筑物沉陷、倾倒，甚至酿成溃堤决口的严重后果。

险情就是命令，防治就是责任，必须全力以赴保障安全！

用“眼”管　了解每一米堤防的情况

“老李又来巡堤了，还吃得消吗?”漳河大堤上，巡堤的村民与李学明热情地打招呼。

漳河大堤馆陶段出现险情后，当地政府安排了不少于 200 人的堤防巡查人员，100 米左右设置一个巡查点，3 个人 24 小时值守巡查。

“你好啊，没有出现别的情况吧？记得多穿点，这天越来越冷了……”

经过几天的“合作”，李学明几乎和这里的每个人都熟络了。

但是，作为这段堤防的责任人，李学明深知肩上担子沉重：“我们巡堤跟老百姓巡堤有很大不同，作为水利专业人员，不但要用脚巡堤，走遍堤防的每一寸土，更要用眼睛巡堤。”

老李所说的用眼睛巡堤，就是及时发现情况并作出有效判断，分清楚堤外的积水到底是雨水聚集还是出现的渗水或管涌。

“水质较清的可能是积水，但如果在没有降雨的情况下，水面继续扩大就要赶紧分析是否出现渗水了。”李学明说，“如果水面继续扩大且又出现了水质浑浊的情况，可能就是出现管涌了。”

“我要再去4号险工看看，昨天的石子铺得不是很平整，让我们刘局长继续介绍情况吧，他已经到这里一周了。”说完，老李急匆匆地走了。

“出水点形成渗水和管涌，是汛期堤防较为常见的险情。”邯郸河务局副局长刘长功说，“水利部的工作组及时下来指导，再加上我们和邯郸市、馆陶县水利局共同研究抢险和应急方案，及时应对了可能出现的险情。目前，险情都已得到有效处置。”

用“心”管　明晓每一个险情的状况

这几天在漳河大堤馆陶段上，人们经常看到拿着文件夹的一个年轻人，时而翻开看看，做好记录，时而蹲下身去，翻抠泥土……

“10月10日，8时，星期日，阴，8点到9点20，巡查了1—7号抢险点，1、2、4、6号无水，无异常现象，3、5、7号有清水，5号的水位较昨天明显提升，3、4号险点外有明显渗水，均为滴水……”

在这张“漳河徐万仓险点驻守巡查记录表格”上，每天的巡查内容清晰可见。

这个表格的填写者——邯郸河务局馆陶段的技术员闫东东，在险情刚出现时，曾有过连续38个小时在岗的记录。

“作为土生土长的馆陶人，我热爱这片土地。”研究生毕业、参加工作刚两年的闫东东对这里非常熟悉，“漳卫河汇合口就在徐万仓村南500米处。1942年漳河在魏县南尚村决口，在此地汇入卫河至今，形成了现在漳河、卫河的态势。”

这位馆陶段学历最高的技术员继续说：“当年决口是限于条件有限，现在面对洪水我们有预报、预警、预演、预案等各项措施。我要做好自己的本职工作，除了用眼巡查之外，更要用心巡查。”

“漳河大堤出现险情后，邯郸河务局除了日常工作的人员外，都扑上来了，馆陶段所有人都在堤上。”刘长功说，“作为这段堤防的责任者，我们要明晓每一处险情的状况，随时掌握其动态发展，及时做好预案、采取措施。”

用“脑”管　保障每一个渗点的安全

截至10月11日，漳河大堤馆陶段的几处险情没有出现异常情况。

常规处理出水点的措施是先找出出水点的位置，划分出管涌的面积，然后采取相关措施进行整治。

“5 号渗点由于范围比较大，最初我们想采取构筑 150 厘米乘 30 厘米的月牙堤围住渗水处，减少临河背河水位落差，防止渗点进一步扩大。”闫东东说，“但因施工难度太大，进度缓慢，在专家建议下改为先抽水，然后人员进入铺设无纺土工布加 30 厘米以上的砂石反滤层、土袋围井。”

“无纺土工布和 30 厘米以上砂石反滤层，以及土袋围井的设置，主要作用是压制住泥土的外渗，并使土袋围井内产生的压力大过河道水位的压力。”闫东东指着 5 号险工说，“这样就能大大减少管涌的危害性。”

“处理出水点，除加强巡查和排查等非工程措施外，还要针对每个管涌的情况，开动脑筋，既要做到及时有效，又要兼顾设备条件。”李学明说，在这个过程中，水利部工作组和海委工作组的专家们提出了很多宝贵的意见。

从 10 月 9 日开始，孙阿姨又在东盛购物广场跳起了广场舞。

守　　住！

——黄河下游河务部门全力应对秋汛大考

（2021 年 10 月 12 日）

本报记者　李海川　燕乃一　　通讯员　纪红云　兰智辉

秋汛洪水接踵而至，黄河下游河道长时间大流量行洪，堤防、河势控导工程面临严峻考验……黄河防汛形势到了最关键的时刻。

面对这场历史罕见的秋汛大考，黄河下游地区河务部门围绕“不死人、不漫滩、不跑坝”的防御目标，全力以赴统筹安排，千方百计严防死守，全力打赢黄河秋汛攻坚战。

下足“绣花”功夫

10 月 10 日，东平湖八里湾泄洪闸正开闸向南四湖排水，水从闸口喷涌而出，经过下游渠道一路向南奔去。

据东平湖管理局东平管理局副局长岳善平介绍，10 月 4 日是东平湖八里湾泄洪闸建成后首次泄洪，实现了东平湖水向南四湖分洪的创新，开辟了南排新通道，有力减轻东平湖北排压力。

东平湖是黄河下游最重要的蓄滞洪区。受黄河洪水和大汶河流域洪水两面夹击，已连续多日超警戒水位，且持续高水位运行，防洪压力巨大。

“我参加治黄工作三十多年了，很少见到这么高的水位。”东平河务局总工程师刘树军感慨。

既要保证黄河下游不漫滩，又要确保高水位下的水利工程安全，黄河有关部门下足“绣花”功夫，调度精准到每一个流量、每一立方米库容、每一厘米水位，通过“拦、蓄、送、排”多种措施综合处理东平湖洪水。

“我们一方面利用好两次大流量之间的‘窗口期’，调整东平湖向黄河干流泄水流量；另一方面，利用大汶河琵琶山引汶闸向南四湖分泄大汶河洪水，利用南水北调济平干渠、南水北调穿黄工程出湖闸、南水北调工程八里湾船闸和东平湖八里湾泄洪闸分别向小清河、徒骇河、南四湖分泄东平湖洪水，实现东平湖水位有序回落，有效减轻东平湖和阳谷陶城铺以下黄河干流河段的防洪压力。”山东黄河河务局防汛办公室主任刘洪才介绍。

干群同心守大堤

“严防死守，确保大堤万无一失”，驱车在黄河大堤上行驶，随处可见这样的红色横幅，随风招展。

来到位于黄河滨开段的纸坊控导工程，远远望去，整齐排列的白色土袋筑成的子堤沿着坝岸线延伸，和浑黄的河水一同消失在远处的地平线。河里，水位几乎与岸齐平，湍急的水流不停冲击着堤岸；岸上，挖掘机正在泥泞中进行抛石护坡作业。

滨开黄河河务局局长董连旺介绍，纸坊控导工程是滨开河务局防守重点区域之一，保护着滩区内 4 个村庄共 1200 人。区域内设置临时帐篷，驻扎人员保持 24 小时不间断巡查值守。

当前黄河中下游干支流河道大流量行洪时间长且仍将持续，受大流量过程连续冲击，黄河下游堤防、险工和河势控导工程面临严峻考验，出险几率增加。巡堤查险成为眼下最重要的工作之一。

滨开河务局兰家管理段段长崔全刚，向记者展示了黄河工程防汛巡查观测记录表，上面详细记录了每一天工程靠河靠溜、上下首滩岸变化情况，有无雨毁、水毁情况，有无坝体及根坦石裂缝、蛰动、坍塌、根石走失情况等。十几天来，崔全刚和他的同事始终坚守在抗洪一线，不分日夜巡堤查险、根石探摸、测量水位，将险情抓早抓小，消除于萌芽。

除了专业的黄河职工，群防队伍也是巡查值守的重要力量。黄河下游以 1：3 的比例配备巡查人员，即 1 名黄河职工带领 3 名群防人员，共同守护家园平安，坚决打赢秋汛这场硬仗。

山东黄河河务局建管处主任赵洪玉介绍，河务局每天投入黄河抢险专业人员 4000 余人、群防队伍近 1.6 万人，参与防洪调度、工程巡查、抢险等。所有险情做到及时发现、及时报告、及时抢护，没有发生大的险情。

“这是战斗的底色”

来到位于东平湖与黄河交界处的庞口防倒灌闸，迎面走来一位穿着迷彩服、皮肤黝黑的小伙子，旁边有人打趣道：“嘿，小白不白了呀。”小伙子咧嘴一笑露出两排白牙：“这是战斗的底色!”说完，又匆匆跑去协调工作。他是东平黄河河务局防办副主任白世玉，黝黑的皮肤是他坚守的印记。

面对严峻的防汛形势，黄河职工全员取消国庆假日休息，在防汛一线顶风冒雨，抱着“洪水不退我不退”的坚定信念冲锋在前。

自防汛抗洪以来，东平管理局二道坡管理段段长黄新军的运动步数每天都在刷新纪录，五万步、六万步……踏霜踩露而出，披星戴月而归，黄新军每天带领职工巡查 17.731 千米的二级湖堤，确保八里湾泄洪闸、刘口闸等防汛工程无险，一天仅能断断续续休息几个小时。

孙德宝是滨开河务局到黑河黄藏寺水利枢纽工程建管中心交流的援青干部，国庆假期休假回家探望父母妻女。得知目前黄河防汛形势异常严峻，基层一线防汛任务重、人员不足的情况后，他立刻申请加入防汛队伍，放弃一年中难得的与家人团聚的机会，与一线巡查职工同吃同住，共护河安。“作为一名黄河人，现在形势严峻，让我在家休息我也坐不住啊，这是责任也是义务！”孙德宝说。

关键时刻拉得出、冲得上、打得赢的黄河铁军，并肩冲锋上阵的“父子兵”，重返一线的离退休老职工，不让须眉的铿锵玫瑰，奋勇当先的青年党员……每一个忙碌奋战的黄河人用实际行动诠释着新时代的水利担当，汇聚起防汛抢险的强大合力。

当前，严峻汛情仍在持续，黄河水利人将继续严防死守，毫不松懈，做好长期作战的准备，用初心和担当践行“我在，河安”的铮铮誓言。

2021 年 10 月 9 日，本报记者在山东省滨州市采访报道

蓄水至 170 米

丹江口水库综合效益充分发挥

（2021 年 10 月 13 日）

本报记者 张佳鑫 吴涛 杨莹

记者日前从汉江集团公司、南水北调中线工程水源公司获悉，丹江口水库蓄至正常蓄水位 170 米将为南水北调中线工程提供重要的供水保障，给丹江口水库带来显著的发电效益，使汉江中下游和南水北调中线工程受水区产生巨大的生态效益，有力改善汉江中下游航运条件，为南水北调中线一期工程总体竣工验收创造有利条件。

防洪方面，可检验大坝新老坝体结合部的安全性态及高水位条件下库岸稳定性，为未来遭遇汉江中下游防洪标准 1935 年同大洪水水库调洪至 171.7 米，提供重要实践基础。蓄水方面，兴利库容首次达到规划设计的 161.22 亿立方米，将为南水北调中线工程 2021—2022 年度及后续年度的供水提供最大水量保障，有力提高京津冀豫地区供水保证率，为南水北调中线供水首次实现多年平均调水 95 亿立方米的规模提供坚实的基础。发电方面，可改善丹江口水电站机组的水头运行条件，维持高水位运行时段增加，提高水力发电的水资源利用效率。生态方面，可有效增加下年度向汉江中下游补水量和南水北调中线工程生态补水量，提高河湖水域水生态环境容量，缓解华北地区地下水水位下降趋势，改善汉江中下游和北方受水区水生态环境。航运方面，可有效增加枯水期向汉江中下游的下泄流量，有力改善下游航道的水流条件。同时，可通过大坝安全监测和库区巡查、库岸监测，获取宝贵的监测巡查数据资料，为丹江口水利枢纽大坝加高工程和南水北调中线一期工程总体竣工验收创造有利条件，并为丹江口水利枢纽持续安全运行奠定坚实基础。

决战毫厘之间

——海委全力迎战罕见秋汛纪实

（2021 年 10 月 13 日）

本报记者　田慧莹　王超

今年秋汛，水量大、范围广、时间长。黄河、汉江、海河多条河流发生超警超保洪水，这几场发生在传统主汛期之外的罕见秋季洪水，打破了人们对洪水周期的常规认知。

往年 9 月中旬左右，海河流域即下汛，然而今年 9 月下旬以来，流域遭遇连续强降雨袭击，特别是流域南部的漳卫河、子牙河等普降大到暴雨，漳河、卫河分别发生 1952 年、1951 年有实测记录以来同期最大洪水。

10 月 1 日 6 时，随着上游入库下泄水量持续增多，位于漳河出山口处的关键防汛“王牌”岳城水库水位升至 149.59 米，这座建成 50 余载的大型土石坝迎来了建库以来的库水位历史极值。

6 日 18 时，海委将水旱灾害防御应急响应升至Ⅱ级，一场决战于毫厘之间的洪水博弈战全面打响。

强化“四预”　科学研判

7 日 12 时，漳河上游大面积降雨持续，河道涨水过程持续，海委漳河上游局直属的浊漳河侯壁、清漳河麻田、粟城水文站水位突破建站以来极值。海委水文人在风雨中逆行，抢测到宝贵的高水位洪峰资料。

同一时间，海委防汛调度楼内紧张忙碌的身影随处可见，预测预报、调度分析、制发文件、传递信息……一切工作都在高速运转。

“秋汛以来，我们紧盯雨水情变化，采取‘3 个 3 天’（3 天预报，3～6 天预测，6～9 天展望）的预报模式，加密滚动预报，综合考虑未来雨水形势和上游水库下泄情况，预测秋汛水情变化。同时，实时滚动修正，做好‘绣花’功夫，为水库调度提供数据支撑。”海委水文局情报预报处副处长杨邦说。

海委水文局成功预报 10 月 1 日 0～3 时，岳城水库最高水位达 149.6 米，实际 1

日 6 时库水位达 149.59 米；预报 5 日 18 时库水位降至 148.36 米，实际 5 日 22 时库水位为 148.36 米……

7 日 8 时，根据海委水文局预测预报结果，岳城水库入库流量将超过 2000 立方米每秒，海委第一时间发布洪水蓝色预警，提请有关地区单位及社会公众加强防范、及时避险。

海委水文派出 5 支工作队奔赴一线，实施“以测补报”，进一步提高预报精准度，为精准调度、防洪决策提供第一手数据资料。

此轮秋汛过程，海河流域漳河上游地区降雨落区与前期落区高度重叠，水库库水位持续抬升，河道长时间大流量行洪，如何确保大坝堤防安全？

“科学调度岳城水库是打赢流域秋汛攻坚战的重中之重。要加强大坝的安全监测、巡查、维护等工作，加密巡查频次，发现隐患及时处置，确保工程安全。”10 月 6 日，海河防总常务副总指挥、海委主任王文生在岳城水库检查指导防汛工作时强调。

自 9 月 15 日起，岳城水库管理局加密大坝坝基及坝体渗流监测、测压管监测频次，加大巡视检查力度。及时上报渗流数据，保证观测不中断，确保大坝安全。

“我们不间断开展河道堤防巡查，针对薄弱环节、险工险段等加大巡查防守力度，完善应急抢护措施；岳城水库管理局全员驻守一线，24 小时分组分批对大坝和库区开展无死角拉网式巡查，确保及时发现和有效处置险情。”海委漳卫南运河管理局局长张永明说。

精细调度　精准控制

汛情愈紧急，防控愈精细。面对上游水库下泄量加大、漳卫河系骨干水库库容余量不多、干流河道水量不少的情况，既要保证水库蓄水安全，又要考虑河道行洪安全，这无疑给漳卫河防洪调度提出了更高要求。

从 10 月 6 日开始，在海委防汛调度楼内，每小时一次的滚动会商研判调度接连不断。

7 日 11 时，岳城水库入库流量达 2010 立方米每秒，漳卫河形成 2021 年第 2 号洪水。

“不同泄量之下，岳城水库最高库水位何时到达？”王文生问。

“7 日 12 时，入库流量达到峰值 2150 立方米每秒，但流量回落十分缓慢，水位持续快速上涨，若继续维持 750 立方米每秒下泄，水库的峰值水位将持续抬升，峰现滞后。”海委副主任韩瑞光说。

不同方案之下，海委与相关省市密集沟通会商，反复推演，连续实施预泄、控泄、缓泄，在狭小的调度空间内连续实施精细化调度，力求做到“流量控制到1立方米每秒、水位控制到1厘米”。连日来，海委共17次调整岳城水库下泄流量，保证上下游防洪安全。

7日当天，海委先后向河北、河南、山东省防指及流域各省相关部门和漳卫南局下发通知，强调要做好水库库区及下游漳河滩区人员安全转移准备，全力巡查防守，提前预置力量，坚决做好漳卫河洪水防御各项工作。

流域同心　聚力抗洪

深秋的夜晚，寒意瑟瑟。深夜，新一轮的会商又开始了。

7日21时30分，根据最新预报结论和水库调洪演算结果，海委将岳城水库下泄流量逐步加大至850立方米每秒。但入库流量始终保持在1900立方米每秒左右居高不下，留给调度的空间和时间也在快速缩小。

面对复杂严峻形势，王文生、韩瑞光坐镇指挥，两手备战，双线出击。

“目前山西境内水库出入库流量和水位怎么样？哪几座水库还有调度空间?”

海委防御处、水文局等多部门经过快速整理和预报分析，确定在确保水库安全运行的前提下，关河水库和泽城西安电站还有调蓄空间，若能科学调度，能够为岳城水库错峰创造有利条件。

“关河水库已开始闭闸错峰。”21时20分，海委防御处处长徐和龙传来好消息。

“马上测量新的数据，把关河水库关闸后的上涨水位、具体到达岳城水库的时间、岳城水库的峰值等全部算出来研判。”韩瑞光说。

22时，王文生连线山西省防指，要求山西省坚持流域单元，控制漳河上游山西水库下泄流量，为岳城水库错峰泄洪赢得时间。

根据河北、河南传回的文件信息和会商漳卫南局的情况，确定152.1米至153米水位线目前已无居民，河北、河南省都是农田，农作物已基本收割。152.1米以下的144人已全部转移。

经过滚动预报和精细计算，权衡各方利弊，海委把152.1米至153米作为预备库容，把岳城水库的最高控制水位由152.10米提升至152.35米，主动担当水库大坝抗洪风险压力，将计划1000立方米每秒的下泄流量调整至维持在850立方米每秒。

王文生作出决定：“对漳河堤防一定要严防死守，引滦局、海河下游局、漳河上游局调派人员迅速赶赴漳河，支援堤防巡查防守等工作。要做好和流域各省市防指的协调，举全流域之力打好漳卫河洪水防御攻坚战!”

时针指向8日1时，一场持续了6个小时的会商结束。海委会商室依旧灯火通明，又是一个不眠之夜。

8 日 2 时至 8 时，海委继续滚动会商，密切关注漳河上游水库拦蓄情况，统筹考虑上下游防洪压力，力保水库联合调度最优化。

8 日晚，漳河堤岸上，委属各局支援人员已全部到位。顾不得一路劳顿，大家各司其职，一队队身影消失在夜幕中。

10 日 5 时，岳城水库水位达到 152.30 米的历史峰值，后续平稳缓退，但这场迎战罕见秋汛的攻坚战仍在持续。

防御秋汛，海委人夙夜在公，护佑江河安澜。

2021 年 10 月 7 日，本报记者在海河水利委员会采访报道

大名“出水点”处置记

（2021 年 10 月 13 日）

本报记者　刘艳飞

“看看，都过来看看。这里已经开始冒小水泡了。”10 月 11 日上午，蹲在漳河大堤河北省大名县周庄段堤脚的漳卫南运河管理局副总工程师李怀森，随手捡起散落在庄稼地的玉米秆，指着“出水点”继续说，“渗出来的水都有些浑浊了，这个得注意，相关措施必须马上跟上。”

在前一天下午，接到“出水点”的报告后，李怀森已和海河水利委员会总工程师梁凤刚等专家，到现场查看并初步制定了抢险方案。在水利部工作组、海委工作组专家的共议下，李怀森和海委防汛机动抢险队队长刘守金于 10 日晚 12 点前，完成了《漳河右堤大名县周庄段防汛抢险技术方案（建议稿）》，并及时传递给大名县防汛抗旱指挥部组织实施。

受连续强降雨影响，海河流域遭遇了罕见的秋汛，漳河、卫河形成 2021 年第 2 号洪水，岳城水库持续大流量下泄使堤防面临严峻考验。水利部、海河水利委员会、漳卫南运河管理局分别派出专家组，赴漳河、卫河指导防汛抢险工作。同时，海委还迅速组成了 50 人的“支援漳河护安澜工作队”，赴漳河、卫河支援地方做好巡查防守等工作。

针对“出水点”要铺设透水无纺布及压盖粒径 15 毫米～20 毫米的石子或石屑，李怀森在漳河大堤大名县周庄段的抢险技术方案中对具体施工提出了 4 点建议：“一是透水无纺布的填充克重在每平方米 300～400 之间；二是透水无纺布铺地要平整，铺设前应清底、检查无尖状物，如玉米根（茬）、树枝等，防止刺穿透水无纺布；三是透水无纺布铺设至护堤地外 10 米，两幅间搭接不少于 1 米；四是透水无纺布外沿用袋装砂或石屑压载。”

“张处，这个无纺布的透水性行吗？”看到 10 月 11 日上午一部分已经铺设完的无纺布，李怀森一边用手摸着，一边和身边的漳卫南运河管理局建管处副处长张润昌，拿着用矿泉水瓶灌的水，检验无纺布的透水性。

“这些沙袋摆的位置和昨天晚上图上画的不一样啊！”张润昌说着，让同事再次打开手机，翻出昨天晚上绘制的“漳河右堤渗水处理示意图”，仔细地对照沙袋摆放位置。

“是不一样，我们建议是摆在无纺布边缘，并留出 1 米的打接点位置。现在怎么都摆在无纺布中间了?”检查完无纺布透水性，李怀森立刻打电话给相关领导协调重新摆设沙袋位置，然后耐心地与大名县分管防汛的许县长解释铺设无纺布并在其上面铺设 15 毫米～20 毫米的石子或石屑是为了反滤导渗，在无纺布周边摆设沙袋是为了压载。“昨天夜里大家干到 3 点，大家干得太累了。”许县长一边解释，一边把相关负责人招呼过来，要求“将水利专家的建议和施工图都打出来，大家必须严格按照图纸来施工作业，马虎不得!”

听到这些，李怀森、张润昌才放下心来，继续在泥泞的庄稼地里，蹚着水，深一脚、浅一脚，费力地往前走，手中的玉米秆不时探试着周边的土地。

“李总、张处，请几位专家过来给我们看看，这片水面的深度相比昨天又增加了两厘米。”周庄村的负责人听说水利专家来了，赶紧过来“求助”。

“这里离漳河大堤比较远，水质也比较清，加上连续降雨也有可能是地下水水位升高，应该没什么问题。”李怀森和张润昌嘱咐，“要时刻有人巡查，加大对这片区域水质和水量的监测力度。”周庄村的负责人连忙应声道谢。

“每一个‘出水点’的处置都要严格按照方案来实施，巡查时需要特别注意是否有‘气泡’或‘浑水’冒出，如有应立即报告并处置。”已到中午 12 点 35 分，站在漳河大堤上看着正在施工的场景，李怀森仍不忘建议当地人员：“可以将每一处险情做好标记，注明负责人、技术员，以及联系方式等，这样更利于开展接下来的工作。”

截至 10 月 12 日晚，漳河右堤大名县周庄段出水点的抢护工程已经接近完成。

有老李在，我们踏实！

（2021 年 10 月 14 日）

本报记者　刘艳飞

10 月 12 日，老李刚巡堤归来，鞋又沾满新泥。

“5 号渗水点的水量好像又有增加，得有人盯着。一旦水质有浑浊，立刻报告！”老李边走边跟同事闫东东交待。

“老李，这里的渗水点没什么大问题吧？”不远处，漳河大堤馆陶段的包段干部问。

“还得坚持啊！目前上游岳城水库的下泄流量已经在减少了，如果没有降雨，只要我们盯紧了，就不会出问题。”说这话时，老李的目光也没“舍得”离开眼前的漳河。

从今年汛期开始到现在，或者说从参加工作起，老李就保持着这“要让人放心”的心思。

做好“参谋”

人称“老李”的李学明，现在是水利部海河水利委员会漳卫南运河管理局馆陶河务局的局长，也是漳河、卫河在馆陶区域堤防的主要责任人。

10 月 2 日以来，受强降雨影响，漳卫河系发生自 1951 年有实测记录以来的罕见秋汛，且降雨落区与前期落区高度重叠，防汛形势极为严峻。

漳河大堤馆陶段徐万仓区域约 1200 米的长度内，在 10 月 2—4 日间连续发现几处渗水点。

老李指着被标注为 1 号的地方说：“我们巡查时发现渗水点后，立即向上级单位汇报，同时也向县防汛抗旱指挥部发送了 2021 年第 6 号汛情报告。”

同一天，河务局又报送了第 7 号汛情报告——《关于漳河左堤徐万仓村南堤防渗水处理建议》。

“时间不等人啊，渗水情况更不等人，我们需要快速做出有效控制方案。”老李说，“方案不能教条，必须根据现实条件来做出。”

心 怀 热 爱

一直在基层工作的老李已经快60岁了，但他还是像老黄牛一样辛勤耕耘，要留下点什么。“他就是干不动了，心里肯定也想着这里。”同事苏伟强说，“老李热爱漳卫河，从魏县河务局到馆陶河务局，漳卫河的土地他都走过。”

馆陶河务局管辖范围内的漳卫河大堤约45公里，开车巡查一次大概需要3个小时。“巡查不是散步，有些地方必须重点察看。”老李说，“1963年漳河大水后，限于当时条件，有些加高培厚碾压不实，筑堤土方含水量高，干缩后堤内形成裂缝和空隙。1996年漳河行洪时堤防出现了多处情况。另外，一处穿堤涵闸就是一个隐患点，漳河、卫运河涵闸大部分没有经过洪水考验，这些都是我们巡查的重点。”

说完，老李从手机翻出了河务局整理的“漳河、卫运河薄弱堤段统计”“穿堤涵闸统计表”“险工统计表”，上面有清晰的记载。这些都是用腿走出来的，用心记下来的，用脑分析出来的。

老李对水利的爱是发自内心的。他将熟悉的漳卫河情况都记在地图上，并形成文字材料。方便自己的同时，也给后人留下参考资料。老李说：“退休后，我想将我熟悉的漳河、卫河、卫运河的材料再进一步整理，让更多的人了解并关注，这样我们的工作会越来越好做。”

7 小时，陈村筑成丁字坝

（2021 年 10 月 15 日）

本报记者　刘艳飞

10 月 9 日 21 时，在漳河临漳大堤陈村段，抢护人员仅用 7 个小时就抢修出一个长 26 米、宽 5 米的土石丁坝，陈村段的险情得到基本控制。

站在土石丁坝上，看着逐渐回落的洪水，海河水利委员会漳卫南运河管理局临漳河务局局长李曙光感慨："当时，十几辆铲车、挖掘机来回几百趟抛石，水利人分秒必争守护漳河安澜。"

临漳河务局管辖的漳河临漳段 80 余公里大堤，是承接岳城水库下泄洪水的"第一站"，巡查值守责任重大。

10 月 8 日 16 时，巡河人员发现陈村险工 3 号至 4 号坝间，树木倒伏被水冲走，岸坡冲刷严重。

"当时已有十多棵树被冲走了，如果不及时采取措施，后果不堪设想。我们一边向上级单位汇报，一边组织相关单位组成联合检查组赶赴现场查看，并协调人员 24 小时巡查盯守。""老河务"白连印说，"我们还协调了抢险人员、机械、防汛物料等随时待命。"

9 日 14 时，十几辆铲车、挖掘机，200 多名抢险人员集结陈村，开干了！

"今年漳河秋汛形势严峻，这种抢险场景我们第一次遇到。"在海河下游管理局 20 人组成的"支援漳河护安澜工作队"中，很多年轻人感慨："参与陈村险情处置，是对我们专业技术的考验，更给我们上了人生成长中的重要一课。"

10 日 17 时，陈村护岸抢险工作基本完成。据统计，27 个小时里，抢护人员抢修抛石坝长约 30 米、宽约 6 米，抢险过程中抛石、铅丝笼共用石料 1000 余立方米。

目前，由临漳河务局和海河下游管理局"支援漳河护安澜工作队"组成的巡堤队，仍值守在漳河大堤上。

水库联调下足“绣花功夫”

——探秘今秋黄河中下游水库群调度

（2021 年 10 月 16 日）

本报记者　王鹏翔　陈晓磊　黄峰

“花园口站流量稳定在 4800 立方米每秒左右，小浪底水库水位降至 272.82 米，故县水库水位也在稳定下降。”10 月 13 日，在黄河水利委员会水文局水文水资源信息中心，水情室副主任范国庆打开黄河水情会商系统，逐一介绍水库实时水位信息及河道流量变化情况。

数据显示，目前，黄河干支流各水库平稳运行，黄河逐渐进入落水期。作为防御洪水的“王牌”，小浪底、陆浑、故县、河口村等黄河中下游水库群联合调度发挥了极其重要的作用。

黄河干流的三门峡、小浪底水库，右岸支流伊河的陆浑水库、洛河的故县水库，左岸支流沁河的河口村水库，构成了黄河下游“上拦”防洪工程体系。其中，三门峡、小浪底水库能“吃下”约 100 亿立方米的洪水，陆浑、故县、河口村水库有约 10 亿立方米的“肚子”。三门峡水库受潼关高程控制影响，洪水期一般敞泄运用。可以说，小浪底水库是当之无愧的“主力军”，是控制中下游来水的“总开关”。其余 3 座支流水库配合小浪底水库，拦蓄伊河、洛河、沁河洪水。

9 月 22 日以来，渭河、伊洛河、沁河以及小浪底至花园口水文站不受水库控制的区间洪水并发，黄河中下游 9 天内形成 3 次编号洪水。短时间内，洪水“四面来犯”，给水库调度留出的窗口期极短。

加大调度难度的远不止于此。黄河中下游水库群除了拦洪削峰，还承担着供水任务。通常在九、十月“后汛期”，水库会根据来水情况逐步蓄水。因此，从水库防洪库容来说，同样规模的洪水，发生时间越晚威胁就越大。

更重要的是，黄河下游滩区生活着 190 余万群众。一旦用滩区行洪，不仅黄河大堤安全难以保障，更会对滩区工农业生产、群众生命财产安全构成极大威胁。“防洪调度并不是表面上规则的条条框框，编写、执行调度方案的背后是 190 多万群众的安全，我们在调度中更多的是自我加压。”黄委防御局方案处处长任伟说，“花园口作为重要参考断面，流量一旦超过 5000 立方米每秒，下游就会漫滩。”

紧要关头，防洪调度更需要用足“绣花功夫”，精准、精细、精确利用好每一立方米的防洪库容，运用好每一秒钟的泄洪时机，最大限度挖掘水库调度潜力。这离不开准确的水雨情预报、专家团队的精细演算和详尽的模型方案分析。

在黄委水文水资源信息中心水情室，十几名水情预报员紧张忙碌着。“我们利用黄河洪水预报系统，根据前期的降雨及流量等数据，就能对未来一定时期内洪水变化情况作出预测。”范国庆说，“这段时期我们加大预报频率，最快每两小时滚动预报一次，实时更新数据，最大程度降低了水雨情多变造成的预报误差。”

根据预报结果，调度方案也是两小时更新一次。黄委“防御大洪水方案组”就是制定调度方案的“智囊团”。方案组于每年汛前成立，由黄委防御局、水文局和黄河设计院、黄科院等单位的精兵强将组成。

紧挨黄委防汛调度中心，一个不足 30 平方米的房间就是方案组的办公地点。正中间的办公桌上，摆满了各种图纸、文件。团队成员紧张讨论，人员来回穿梭，反复催促、确认。

“我们实时跟踪雨水情，每两小时滚动商议一次方案，按 50 立方米每秒精度误差，给出水库调度建议，提交黄委领导决策。”黄河设计研究院水文泥沙所副所长李荣容说。

水库联调，更需要团队的紧密配合。由水文局预测未来 7 天内几个水库的流量过程，提交给防御局及设计院进行水库调洪、河道洪水演进演算。防御局及设计院将演算的水库出库流量等信息反馈给水文局，水文局根据演算结果及区间降雨等信息核算花园口站的流量是否超过漫滩流量，再反馈给防御局、设计院进行调整。多次数据交互，才能最终形成调度方案。多方核算、互相验证、精细调整，确保了水库联调的精准性。

面对复杂的调度验算过程、高频的更新修订机制，如何快速高效地完成一次调度方案设计？

黄委研发了黄河中下游五库（三门峡、小浪底、陆浑、故县、河口村水库）联合防洪调度系统，可与预报数据耦合进行实时调度计算。此外，小禹防汛系统 App 也可以实时跟踪雨水情势、分析不同量级洪水河道演进时间等。技术加持，让整个调度方案的形成更加便捷、高效。

“但是，纯靠机器计算难免有误差，我们需要根据工作人员的经验及判断，考虑更多的实际因素，最终经过会商讨论才能初步形成调度方案。”李荣容说。

黄委通过精准联合调度，避免了黄河干流和支流洪峰叠加，成功将花园口站的流量控制在了 4800 立方米每秒左右。黄委防御局局长魏向阳说，如果没有中游水库群的拦洪削峰滞洪，根据复盘推演，花园口水文站将出现两次 1 万立方米每秒以上量级洪水。

水库联合调度，为跑赢洪水赢得了更多时间。每一次有效防御背后，是精准庞大的数据支撑，是反复推演的智慧决策，更是“人民至上、生命至上”的责任当担。

洪水尚未退去，精细做好干支流水库联合调度，算清算准“洪水账”，依然是此次秋汛防御的重中之重。

厘米级调度显“丹”当

——直击高水位运行下的丹江口水利枢纽

（2021 年 10 月 16 日）

本报记者　张佳鑫　谭凤华　杨莹　吴涛

“水位刚到 170 米，咋又开始泄洪了呢?”10 月 11 日下午 5 时，丹江口大坝坝前，大喇叭响彻着“特别通知：丹江口大坝将开孔泄洪，请沿江群众注意安全。”此时，距丹江口水利枢纽蓄水水位历史上第一次达到 170 米不足 30 个小时，马路上一些行人一脸疑惑。

“根据水利部、长江委指示，丹江口水库库水位需要在 169.9 米至 170 米之间波动，我们根据上游来水情况，精确启闭闸门，厘米级精准调控库水位。”回想到 10 日 14 时在库水位刚到 170 米时，汉江集团公司水库调度中心主任丁洪亮的这番话，记者豁然开朗。

厘米级调度的底气来自于先进科技手段的助力，也来自于出色应对了多场严峻战斗的能力锻炼和经验积累——仅今年 8 月下旬以来，丹江口水库累计来水量约 340 亿立方米，为 1969 年建库以来历史同期第 1 位，先后发生 7 场 1 万立方米每秒以上量级的入库洪水过程。

目前，丹江口水利枢纽处于高水位运行状态。如此高的蓄水位，对水库大坝本身的安全会有何影响？对此，南水北调中线水源公司副总经理付建军表示：“目前，大坝整体稳定，坝体应力及变形在设计范围内，新老混凝土结合良好，左右岸土石坝工作状态正常，库区地质灾害监测未发现重大异常情况。”

高水位运行状态下，丹江口水利枢纽只有通过启闭泄洪闸门和协调电网调整发电负荷等措施，来维持水库水位。尽可能延长预见期，提高洪水预报的精准性显得尤为重要，这是实施水库精细调度的前提，也是水库调度工作难攀的“高峰”。

在汉江集团公司水库调度中心，防汛值班人员正紧张有序忙碌着。“值班人员必须 24 小时时刻关注丹江口大坝以上流域的雨水情变化和丹江口水库水位变动，滚动预测预报。”工作人员穆青青说，“我们坚持每日会商，并及时了解水库上游电站的调度信息，做到知己知彼，及时调整调度方案，让库水位始终保持在 169.9 米至 170 米之间。”

水情预报工作者“把脉”汉江，获得瞬息变化的信息，做出精准预测，为调度决策及时提供了应对方案。8 月下旬以来，他们已制作水情滚动预报 300 余次。蓄水至 170 米后，仅 10 月 10 日至 14 日短短 5 天里，他们已经制作了 20 余次水情滚动预报和调度方案。汛期，他们已记不清熬过了多少个“最深的夜”、度过了多少通宵工作的难忘日子。凌晨时分，接调令、发指令、报信息在汛期已成为常态。

预测预报和调度执行是工作环节的“上下游”，一鼓一板、相互配合，才能形成强大防御合力。

“大家放弃许多个休息日，付出了辛勤的汗水，但我们很自豪能见证水库蓄水水位到 170 米的重要历史时刻。”在可以遥望水位标尺的位置，丹江电厂起运分场检修电工班技师陈会明，正和同事们兴奋地“打卡”。

“我们要求防汛设施设备完好率达 100%。从 7 月 24 日开始，实行防汛 3 人 24 小时倒班制。截至 10 月 15 日 8 时，丹江口水库累计泄洪 64 天，启闭闸门 112 次，弃水量达 207 亿立方米。”丹江电厂副厂长汪术明用一组数字概括了近期执行调度的情况。

每次及时、准确启闭闸门，背后是“无微不至”的技术保障。“这里湿度较大，常用部件都真空包装好后放在机器附近，做到小故障马上处理、大故障不过夜。”丹江电厂起运分场主任张光林说。在最近一次检查中，工作人员发现闸门控制信号故障，立即进行处理，没有影响闸门操作。

在丹江口大坝 18 坝段值班室，记者看到值班人员正全神贯注盯着电脑屏幕，操作闸门控制系统。“我们要确保能及时执行调度令，而且精准执行到位。”值班人员陈会明语气坚定。厘米级的精准调度，就是在他们手下严格精准执行到位的。

打铁还须自身硬。汉江集团公司与地方政府建立了协同联动机制，同步开展大坝安全监测巡查、库区巡查监测。正是一丝不苟的及时巡查与除险，才使得大坝始终以“健康”的状态，保护下游人民群众生命财产安全。

“监测人的朋友圈步数，每天都遥遥领先。因为要将坝区全部巡查一遍，约 20 公里的路程全部要靠脚步来丈量。”丹江电厂监测分场党支部书记齐伟边巡查边介绍。每天上午、下午、晚上各巡查一次，从巡查开始到成果报送，一次下来大概就需要近 4 个小时。

跟随着他们，记者来到右岸量水堰、右联坝段、枢纽廊道等地。他们一边巡视检查，一边用手机将相关数据、图片视频资料传送回 44 坝段自动化监测中心站。从 8 月 14 日起的“一日一巡”到 8 月 25 日“一日两巡”，再到 9 月 28 日开始的“一日三巡”，尽管工作量翻了三倍，但工作人员始终一丝不苟。

着眼于未来，丹江口水利人还为未来优化调度做着前瞻性探索。“9 月末入库洪峰流量达 2.49 万立方米每秒，为近 10 年来最大，是难得的实验机会。职工们顾不上吃饭，配合长江科学院做水力学实验，通过倒孔实现下泄流量不变，为未来应对大洪水时各闸门精准调节获得宝贵数据。”张光林指着大坝下的泄洪孔说。

据悉，根据预测的气象条件，在精准预报和精细调度的加持下，丹江口水库库水位将在 169.9 米至 170 米之间维持 10 天左右，将全面检验大坝和库区在设计水位下运行的安全性态。通过大坝安全监测和库区巡查、库岸监测等，获取的宝贵监测巡查数据资料，将为丹江口水利枢纽大坝加高工程和南水北调中线一期工程总体竣工验收创造有利条件，并为丹江口水利枢纽持续安全运行奠定坚实基础。

“快，到漳河大堤上去！”

（2021 年 10 月 19 日）

本报记者　刘艳飞　　通讯员　苏伟强

今年秋季，漳河、卫河分别发生了有实测记录以来同期最大洪水。随着海河流域漳河上游地区降雨落区与前期落区高度重叠，岳城水库水位持续抬升。

贯彻水利部防汛会商精神，实现“四不”防御目标，落实总体要求，必须畅通漳卫河的泄洪通道，及时清除阻水障碍，进一步加强堤防、险工和河势控导工程的巡查防守等工作。

“快，到漳河大堤上去！”

10 月 7 日，水利部派出了由水利部建设司副司长刘远新等四人组成的“水利部协助漳卫河洪水防御工作组”，协助指导漳卫河防御工作。

“针对漳河持续高水位的情况，李部长指示要保持高度警惕，加强监测预报和堤防、河势控导工程巡查防守，确保河道及堤防行洪安全。”站在漳河大堤河北省邯郸市馆陶段的刘远新说。

“我们此次主要任务是协助指导河北省漳卫河洪水防御工作，并第一时间将工作情况报水利部调度指挥中心。”部工作组成员翟媛说。

“部工作组到达后，首先详细了解了漳河本次秋汛洪水情况，和海委工作组、漳卫南局专家组一起，全程协助指导抢险方案的制定与险情处置工作。”漳卫南局纪委书记王鹏说，“工作组每天巡河查堤，深入重点控导工程、险情抢护现场和漳河险工险段实地查看汛情工情。”

漳卫河系邯郸段的河道堤防多为砂土，导致两岸堤防出现了不同程度的险情，尤其是在漳河和卫河汇合口区域。其中，馆陶县左堤徐万仓段出现多处渗水点，大名县部分河滩出现地上水，漳河右堤出现横缝及渗水点，临漳县陈村段滩地冲刷……

对此，水利部工作组对地方政府和河务局提出了“加大抢险物资保障力度，加密巡查频次，加强防汛值班值守以及防汛道路管控”等要求。

除了部工作组，10 月 2 日，由海委总工程师梁凤刚带领的海委工作组也赶到漳河大堤。

针对漳河左堤馆陶段发现的渗水险情，梁凤刚指出：“险情不等人，我们要跑在前面。”作为水利部工作组成员，漳卫南局副总工程师李怀森的技术优势得到了充分发挥。

“处置渗水点，要考虑现场环境以及物资、机械等情况。”李怀森说，“漳河左堤馆陶段和漳河右堤大名段的渗水，采取无纺布加小石子压载的方式，既要让坝体排气，又要留住泥土。”

被同事称为“漳卫河邯郸段活地图”的漳卫南局馆陶河务局局长李学明的经验优势也得到了充分发挥。

“1963年漳河大水后限于当时条件，有些加高培厚碾压不实，筑堤土方含水量高，干缩后堤内形成大量裂缝和空隙。1996年漳河行洪时就出现了多处堤防裂缝、漏洞（塌陷）和受洪水浸泡堤段、背河有坑塘段等情况。”李学明说，“一处穿堤涵闸就是一个隐患点，漳河、卫运河涵闸大部分没有经过洪水考验，都是我们巡查的重点。”

漳卫南局临漳河务局局长李曙光，针对漳河左堤临漳陈村段出现的树木倒伏被水冲走和岸坡冲刷严重等情况，迅速组织并协调相关单位和专家，采取“抛石进占筑坝，铅丝笼护基”的措施，让陈村段的险情得到了基本控制。

馆陶的渗水控制住了，大名的渗水控制住了，临漳的险情控制住了……水利人，成为漳河大堤上最亮丽的一道风景。10月8日凌晨，引滦局张华东的手机响了。“作为‘海委援漳护安澜工作队’成员，请迅速赶到邯郸，支援堤防巡查防守等工作。”张华东接到指令后于当天18时赶到馆陶并迅速上堤。

这是10月7日深夜海委主任王文生在密集滚动会商后作出的一项决定：紧急抽调引滦局、海河下游局、漳河上游局50名防汛技术人员支援漳河堤防巡查工作。

“支援人员及时赶到，切实解决了漳河防汛人员不足的难题，有效保障了巡堤查险频次和质量。”王鹏说，“这是海委落实水利部防汛会商会议精神和李国英部长提出的举全海委之力打赢这场防秋汛硬仗要求的具体体现。”

海河下游局在“援漳护安澜工作队手册”的工作要求中写道：“巡查时注意观察堤身或护坡有无渗漏，值守时保持两人一组每小时换班一次，值守人员与巡查人员必须穿戴救生衣……”

类似的内容也出现在引滦局工作队的“工作指南”和漳河上游局工作队的“巡堤查险明白纸”上。

“我们的原则是尽最大力量提供帮助。来到漳河大堤，我们都上了重要一课。”海河下游局“援漳护安澜工作队”队长、局机关党委专职副书记王永献讲出了所有“海委援漳护安澜工作队”队员的心声。

由50名防汛骨干组成的援漳工作队以“汛”为令、闻“汛”而动，踏浪逆行、昼夜奋战，与时间赛跑、与洪水较量，巡堤查险、险情抢护、技术指导……

10月16日，漳河水位逐渐回落，防汛形势趋缓，援漳工作队已陆续返程。

巡坝查险记

（2021 年 10 月 19 日）

本报记者　席晶

2021 年 10 月 17 日，星期日，开封黄河黑岗口下延控导工程。

0 时 3 分，我郑重地在《开封市黄河防汛巡堤查险登记表》上签下名字。码放好应急照明灯和救生绳，走出由彩钢房组成的"迎战黄河秋汛巡查防汛集结点"。一天的工作结束了。

皓月当空，夜色如水。不远处的 10 号丁坝刚刚完成抢险工作，喧闹消散，四周又安静下来。抢险车辆满载石料列阵以待，巡坝和蹲坝的值守人员在各自的岗位上坚守，指挥和抢险人员枕戈待旦，后勤保障温暖有力。险情随时可能发生，战斗随时可能打响。经历过出险、抢险过程，每一刻的平静都弥足珍贵。

刚刚过去的 3 个小时，我跟随水利部派驻河南协助指导黄河秋汛防御的工作组，在黄河下游最危险的防洪工程之一——黑岗口下延控导工程，参加了 10 号至 13 号丁坝的夜间巡坝查险工作。

黑岗口下延控导工程位于河南省开封市，始建于 1998 年，现有丁坝 13 道，工程长度 1200 米，是黄河下游重要的节点工程。工程所处河段为典型的游荡性河道，主溜摆动频繁。9 月 27 日以来，黄河下游持续大流量洪水过程，黑岗口河段河势下挫，出现了上宽下窄的喇叭"卡口"河段。河面窄、流速大，工程 7 号坝至 13 号坝受大溜顶冲及回溜淘刷影响，坝前冲刷坑深达 15 米左右，根坦石滑塌险情交替出现。

"找到最危险的断面，务必亲自查看，一定要督导到位！"按照部党组要求，这个由水利部监督司负责的工作组，自 10 月 2 日赶赴河南以来，发挥协调指导帮助作用，及时将隐患反馈给地方政府和河务部门，推动立查立改。

晚上 9 点，经过短暂的现场培训，我们跟随原班组的巡查人员上岗了。按照规定，4 人一组同步行动，每小时对 4 座丁坝全覆盖巡查 1 次。

丁坝上很安静，只有河水翻滚奔腾的声音。冷风从水面吹来，我穿着薄羽绒服，套着工地发的棉衣，还是有点打颤。天凉了，雨天和夜里值守的巡查人员，要克服更多困难。

4 个人排成一列，拎着救生绳、铁锹，人手一支照明灯。工作组里都是防汛专家，我也把几日来采访中学到的知识全部用上，慢慢走，细细看，既要确保自身安全，更要在黑暗中及时发现险情隐患。

应急照明灯可以照射很远的距离，但照亮的范围有限，我照着脚下的路，照水面看河势，照迎水面看根石、坦石是否滑塌，照背水面看回溜淘刷情况，看坝体是否有裂缝，看坝脚的铅丝笼是否走失……

突然，对讲机里传来响动：9 号坝出现险情，需要马上处置。

此时，我们正在 10 号坝巡查，抑制住想要立即冲过去查看的冲动，决定先执行好既定任务。不多时，临坝的灯火亮了起来，红旗飘扬，人头攒动，机械轰鸣，除险加固作业迅速启动。

我们的巡查也陆续有了发现：10 号丁坝坝头根石台滑塌，11 号、13 号丁坝迎水面新加固的坦石与土基结合面出现裂缝。第一次巡查结束，用时约 40 分钟。每座坝上都有两位蹲守人员，他们两小时换岗一次，和巡查人员交叉组成了更为严密的首道防线。

向指挥部报告问题后，我们快步赶往正在实施除险加固的 9 号丁坝。刚刚发现的险情是坝头坦石下蛰，就是丁坝面向水面的最前端坝体斜坡上的石块，受水流冲击、淘刷等影响坍塌入水，属于一般险情。处置方法是抛笼固根。

几车石料抛下仍未见效。坝前冲刷情况如何，深度多少，还需多少石料？立即开展根石探摸。

现场抢险高级技师韩书峰系上救生绳，顺着 6 米左右的坡面爬下坝底，用 10 米长的竹竿探查水下情况。岸上的人紧紧拉住绳子确保他的安全，做好数据观测记录。

2021 年 10 月 15 日，本报记者在河南黄河黑岗口下延控导工程采访报道

摸清楚水下情况，险情处置起来就高效得多。抢险人员喊着号子铺上铅丝网，待挖掘机装满石料后，再把网子扎紧。装载机缓缓将铅丝笼沿坝坡推下。3 分钟即完成一次石笼加固作业。夜色下，一切井然有序，顺畅运转。

10 点 15 分，第二轮巡查时间到了，我们又回到岗位上。正在 10 号丁坝的坝头观察根石台走失情况，开封第一河务局抗洪抢险突击队队长张飞，已经处理完 9 号坝的险情赶了过来，还进一步发现了坝前坦石出现的裂缝。多年的抢险经验让他迅速作出判断：需要马上开展抢险作业。

我们的巡查还未结束，10 号坝已经迅速开始除险加固。抢早、抢小、抢住，这是黑岗口下延控导工程防御今年黄河罕见秋汛的有效经验。预置的抢险力量、料物、设备，为抢护加固跑赢工程出险速度赢得了宝贵时间。

以坝护弯，以弯导流，黄河上的一座座控导工程正是在不断出险抢险过程中，走向更加稳定和安全。

远处，又一队穿着橙色救生衣的巡查人员鱼贯而行，他们手中的应急照明灯，闪亮着让人心安的光。“不伤亡、不漫滩、不跑坝”，为了这个防御目标，许许多多的普通人披挂上阵，用无声的行动表明心意，用平凡的力量守护家园。

一闸一坝画心间

——记山东黄河河务局“老防办”何同溪

（2021年10月19日）

本报记者　李海川　燕乃一

山东黄河的一闸一坝都画在“老防办”何同溪心里。虽年近花甲，但面对汛情，他的思想、行动比年轻人更加敏捷。

作为山东黄河河务局防汛办公室主任，何同溪每天上班后的第一件事，就是打开山东黄河水雨情查询及会商系统，查看当日黄河水情和7日天气预报。当看到黄河中下游地区深蓝色暴雨区时，不由得忧心忡忡。“秋汛洪水与主汛期洪水相比，洪峰更‘胖’，必须要高度警惕，防御部署要更加紧密。”何同溪说。

受持续降雨影响，黄河中下游相继发生3场编号洪水，加之大汶河、金堤河同时来水，东平湖持续超警戒水位运行，下游河道持续大流量行洪，给黄河最下游山东段带来极大防守压力。山东黄河河务局紧张有序开展洪水防御工作，何同溪坚守在指挥协调第一线，筹措各方力量迎战洪水。

在“三线”吃紧、“三面”作战的紧张局面下，如何平衡各方面防洪压力、寻找最优解决方案，成为何同溪心头大事。

“东平湖除向黄河北排外，从未使用过其他流路。当前防汛压力这么大，是不是可以考虑启用……”一个想法涌上何同溪心头。

何同溪建设性地提出，利用南水北调干渠、八里湾泄洪闸、八里湾船闸分流洪水。东平湖首次实现多方向排洪，分水流量超过200立方米每秒，有效减轻了东平湖防洪压力。

如何进一步减轻黄河干流艾山以下的防洪压力？防汛会商会上，何同溪和其他处室负责人共同商议：“利用引黄涵闸开展应急分水，进一步增加调度空间。”

经充分论证分析，得出高水位下涵闸的安全性可靠的论证意见。10月5日，下游河段逐步开启了12座引黄涵闸应急分洪，有效缓解了滨州、东营河段防御压力。

自9月20日至今，何同溪一直坚守在防汛最关键的调度岗位，忙碌着紧张的防洪调度。他稍微闭目休息片刻，又伏案苦思如何挤出更多的调度空间、怎样进一步强化防守力量。

“汛情就是命令，防办人员要作出表率，全力做好秋汛防御工作。”这是何同溪最常说的话。

分秒必争，鼓足干劲。和何同溪一样，千千万万黄河职工直面挑战，恪尽职守，用实际行动践行初心使命，全力护佑黄河安澜。

特　　稿

主汛期系列特稿之一

风雨无定 “四预”抢先

本报记者　陈晓磊

7 月 31 日晚，海河水利委员会会商室内，参会人员紧盯电子显示屏，漳卫河洪水预演正在进行。

漳卫河处于退水状态，但总体水位较高，岳城水库泄洪闸已完全关闭，后续如何调度？海委根据水雨情和水工程动态情况，预演不同调度方案下，河道水位未来变化过程，评估不同调度方案的可行性。

“在预报、预警、预演、预案上大做文章、做大文章。”水利部党组书记、部长李国英反复强调，要突出抓好“四预”，牢牢把握水旱灾害防御工作的主动权。

今年入汛以来，黑龙江上游发生特大洪水，松花江流域嫩江发生三次编号洪水，渠江发生一次编号洪水，海河流域滦河和漳卫河各发生一次编号洪水，太湖发生一次编号洪水，台风“烟花”风暴潮洪“四碰头”，给“七下八上”水旱灾害防御带来严峻考验。

水利部始终把保障人民群众生命财产安全放在第一位，坚决贯彻习近平总书记关于防汛救灾工作的重要指示精神，深入落实党中央、国务院决策部署要求，以“人员不伤亡、水库不垮坝、重要堤防不决口、重大基础设施不受冲击”为目标，持续密集会商，强化“四预”措施，坚持预字当先、关口前移，以更严的措施、更充分的准备，全力打好暴雨洪水防御战。

精准预报　赢得决策时间

从 7 月 18 日开始，围绕防御第 6 号台风“烟花”，水利部连续会商，部署强降雨防范等工作，要求各地加强雨情水情的监测预报和水工程科学调度。

7 月 26 日傍晚，台风“烟花”进入江苏省苏州市。27 日凌晨，吴溇水位站遥测水位计数据异常。平望水文站职工王一清收到消息后，火速赶往 30 公里外的吴溇水位站检查调试，确保遥测数据准确。

苏州水文分局27日8时预报："28日8时平望站水位将达峰值4.45米。"28日8时55分，太浦河平望站水位4.45米，与预报结果完全一致。精准预报，为重点区域人员转移、平望镇北麻漾堤坝除险加固，赢得了宝贵的24小时。

水利部以流域为单元，成立七大流域预报专班，健全完善了"专班预报、联合会商、滚动订正"机制，强化上下联动协作，及时修正预报成果，力求精准预报。

在精准基础上，如何延长预见期？水利部建立了3天短期预报、10天中期预测、20天长期展望的雨水情预测预报模式。同时，通过加强对接，利用气象水文耦合技术，有效延长洪水预报的预见期。入汛以来，水利部提前预报嫩江、漳卫河、太湖等编号洪水。精准、超前的预报，为防汛抢险提供了重要决策依据。

7月9日至7月13日，渠江发生流域性大洪水。四川省水文局滚动预报，分别提前12小时、14小时、25小时和27小时发布双滩、风滩、三汇和广安洪水预报，预报精度均达90%以上。

不断上涨的水位线，不断冲击老百姓的生命线。巴中市通江县新场镇3名野钓者被困小通江江心岛！市水文局紧急分析研判，准确推算洪峰抵达时间，提出人员解救方案，成功营救被困人员。

6月底，针对防御黑龙江上游特大洪水，水利部派出水文预报专家组现场指导开展洪水预报工作。利用"水利一张图"和高分卫星遥感信息，实时分析黑龙江上游干流开库康段堤防等漫溢水量，为当地洪水防御和应急抢险救援工作提供了有力支撑。

这场与暴雨洪水的比赛，拼的就是水旱灾害防御中国速度。

进入"七下八上"防汛关键期，水利部强化24小时应急值守，落实每日会商机制，准确掌握雨情水情汛情工情，用精准不间断的预报，守牢水旱灾害防御底线，守护江河安澜。截至目前，水利部组织全国水文部门发布1233条河流1979个断面作业预报30.3万站次。

当好"前哨"　提供决策指引

早一分钟预警，就多争取一分钟防御时间，人民群众生命财产安全就多一分保障。

8月2日16时，松辽水利委员会水文局发布黑龙江干流嘉荫段洪水黄色预警，提请各级防汛部门、沿岸相关单位及社会公众加强防范。不久前刚刚经历过洪水考验，松辽流域又迎来新一轮挑战。

预报和预警，就是在跟洪水赛跑，就是要赢得群众及时转移的宝贵时间。

响应要快，覆盖要全。一方面，水利部会同中国气象局联合发布预警，把更准确的预警信息发给相应的责任人和受威胁群众。另一方面，水利部会同工信部，协调“三大运营商”，将预警信息发给所有受威胁地区的群众。

今年入汛以来，水利部共计发布水情预警944次，为相关地方、部门智慧决策和社会公众防灾避险提供了及时指导。

郑州雨情牵动全国人民的心。7月17日至24日，河南省遭遇极端强降雨，特别是7月20日郑州市遭受特大暴雨灾害，当日郑州最大小时降雨量达201.9毫米，突破我国大陆小时降雨量历史极值198毫米。

“我们利用监测预警平台累计向防汛责任人发布32万余条山洪灾害预警信息，通过三大运营商发送1.05亿条预警短信。”河南省水利厅党组成员申季维说，“根据预警信息转移1.7212万人。”

目前，我国已经实现山洪灾害防治区监测网络基本覆盖，并且国家、流域、省、市、县及重点乡镇的山洪灾害监测预警平台也基本实现了互联互通与信息共享。

打开山洪灾害防御数字化应用系统，浙江省1.4万多个山洪灾害防御重点村落，星星点点地散落在地图上。得益于气象、自然资源、应急管理等部门数据的汇入，山洪预警的精准度不断提升。

7月22日至26日，浙江省水利厅发布未来24小时预警单9期277县次，结合台风路径、降水预报、监测雨量等信息，预警的范围从浙东沿海城市逐步扩大至浙中北山区，代表发生概率的五色图也由蓝黄色为主变成大片的橙红色。

收到预警单的基层水利部门，根据进一步的分析研判，点对点通知到镇村负责人，并通过应急管理部门的“安全码”人员转移机制形成闭环。

预警到位，转移及时，工作闭环，守土有责，在暴雨洪水和山洪灾害防御中，打出了一张制胜“王牌”。

预演模拟　当好决策“参谋”

以流域为单元，提前精准预报预警，在数字流场中进行预演，从危险区划定、人员转移、中小水库安全、重要堤防防守、城市防洪排涝和重要基础设施防护等方面完善防御预案。这是水利部“四预”工作的流程链。这其中，预演就是承上启下的关键环节。

在黄河水利科学研究院研发的黄河智慧防汛平台展示界面上，黄色对应滩区，蓝色对应水面。“通过模拟大洪水场景，可以看到洪水在黄河流域生成以及衰退的过程，客观反映出洪水对整个区域影响的趋势。”研发人员指着界面上的动画说。

通过智慧防汛平台，利用二维演进模型，黄河下游河道的13个防汛设计洪水方案都可以得到模拟呈现。通过大数据比对分析，洪水到达时间、水深流速、淹没范围等预测信息及各流域避洪转移、抢险路径，通过电子图直观、准确地展示出来，有效提升了各水域监测预警的精准度、决策的科学性和抢险救灾的及时性。

李国英部长指出，智慧水利建设要从水旱灾害防御开始。3 月，李国英部长主持召开工作会议，专题研究部署智慧水利建设。当前，水利部和流域机构、地方水利部门正在加速构建“数字化、网络化、智能化”的智慧水利体系，推进水利场景数字化、模拟精准化、决策智慧化，发挥预报、预警、预演、预案功能，从而实现流域防洪的智能高效。

按照水利部要求，7 月 22 日上午，太湖局以台风“烟花”实时预报的强降雨过程为背景，预演流域骨干工程不同调度方式下，太湖和地区河网水位变化过程及地区淹涝情况，为流域骨干工程调度调整提供了决策支撑，并将预报成果向相关省市发送。

当日 12 时起，太湖局将水旱灾害防御应急响应提升至Ⅲ级。同时，常熟水利枢纽全力排水，望亭水利枢纽按 150 立方米每秒排水，太浦闸加大排水量至 100 立方米每秒。

7 月 19 日，一场以沂沭泗“1957 型”全流域大洪水为背景的调度专项预演，在淮河水利委员会沂沭泗局展开。预演“以练为战”，检验了各环节的工作成效。预演结束不久，台风“烟花”挟带狂风暴雨由南向北横扫沂沭泗流域，直管河湖水位快速上涨。淮委沂沭泗局有力有序应对，有效保障了流域人民群众生命财产安全。

作为现代化技术与洪水防御工作融合的重中之重，预演过程未来将会更直观、更高效，调度决策也会更精准、更优化。“在构建数字流场的基础上，我们正在推进数字孪生流域建设。将来预演时，大屏幕上看到的将是全息精准化模拟，水利工程实施同步智能监控，洪水调度结果可以高保真模拟展现。”水利部信息中心副主任刘志雨说。

科学预案　提供决策智慧

预案强调的是“预”字当先，决策比选。

受降雨影响，7 月 22 日漳卫河发生 2021 年第一号洪水，漳河岳城水库 22 日 9 时入库洪峰流量达 4860 立方米每秒。

“统筹考虑来水蓄水泄水、雨情汛情工情，即日起关闭岳城水库泄洪闸，大幅度减轻下游防洪压力。”7 月 28 日晚，李国英部长与海委紧急视频连线会商，部署防洪工作。

能否充分发挥水库拦洪削峰作用，取决于水库还能“吃下”多少水。

按照水利部部署，海委抓紧研判水库调度方案，结合工程情况和未来雨情发展态势，模拟推演，分析不同降雨落区对水库调度、蓄滞洪区启用、洪水演进等产生的影响，反复计算，拿出方案：28 日 23 时关闭岳城水库闸门，停止下泄洪水。截至 7 月 31 日 14 时，卫运河、漳卫新河水位缓涨，均位于警戒水位以下。岳城水库调度，成为检验“四预”措施成效的典型案例。

洪水防御预案是依托现在的流域下垫面条件，对历史典型或设计洪水进行预演制定的；实时洪水调度方案是在洪水防御预案指导下，对实时洪水进行预演，制定具体的洪水调度方案。

预案最终的落脚点是“实”。既要好操作，又要可行，更要逼近实战，才能确保预案到位。

7 月 31 日，嫩江形成 2021 年第 3 号洪水。同时，嫩江干流底水偏高，尼尔基水库蓄水偏多，流域防汛形势依然十分严峻。松辽委综合考虑水库来水和下游河道水情，及时调整水库调度方案，决定自 7 月 31 日 15 时起，尼尔基水库总出库流量由 2500 立方米每秒加大至 3000 立方米每秒，为迎战后续可能发生的洪水做好准备。

汛情瞬息变化，调度预案没有最好只有更好。在经历洪水检验后，要及时总结评估，继续调整优化，在保障人民群众生命财产安全这个基本前提下优中选优。

“‘四预’措施与整个防汛流程是一脉相承的，各环节环环相扣、层层递进、有机统一，其中预报是基础、预警是前哨、预演是手段、预案是目的。”刘志雨说。

面对严峻的防汛形势，通过智慧水利建设发挥“四预”这个核心功能和关键作用，就是在争取防汛抗洪的最大主动。

主汛期系列特稿之二

科学调度　力挽狂澜

本报记者　陈君

从松花江嫩江流域强降雨，到海河漳卫河流域暴雨洪水，再到台风“烟花”的两次登陆、风暴潮洪“四碰头”，2021年夏天，江河超警，汛情告急。面对防汛大考，水利部及流域、地方用好水库、河道、蓄滞洪区“三张牌”，科学调度水工程，各项防御措施更具精准性、针对性、可操作性，水工程发挥了巨大的防洪减灾效益。

超前部署　运筹帷幄

4月1日入汛以来，全国降水总体呈现“北多南少”分布，先后发生24次强降水过程，共有26个省区市372条河流发生超警以上洪水。随后，6号台风“烟花”从浙江登陆，影响范围广，携带水量大，滞留时间长。

严重汛情引起了中央领导的高度重视，每一轮强降雨和台风都牵动着他们的心。7月21日，习近平总书记对防汛救灾工作作出重要指示，要求始终把保障人民群众生命财产安全放在第一位，抓细抓实各项防汛救灾措施。7月21日，李克强主持召开国务院常务会议，部署抓紧抓实防汛救灾工作，确保人民生命财产安全。7月26日，李克强在国家防汛抗旱总指挥部主持召开视频会议，研究做好当前和下一步抗洪抢险救灾和防汛工作。

运筹帷幄，决胜千里。可以说，什么时候出现重大汛情，什么时候就有党中央、国务院领导的周密部署和明确指示；哪里有灾情，哪里就有他们情系民生的关切。

水利部认真贯彻习近平总书记关于防汛救灾工作重要指示和李克强总理等国务院领导重要批示，国家防总副总指挥、水利部部长李国英等部领导持续主持会商，按照国务院常务会议和国家防总专题会议部署，水利部全力做好各项防范应对工作。4月27日召开水库安全度汛视频会议，超前部署2021年水库安全度汛工作，要求把预报、预警、预演、预案作为水库安全度汛的关键抓手，逐一落实到位。同时组织汛期检查，李国英率队赴天津市、雄安新区等地检查防汛准备工作。各流域各地方乃至各项防汛工程，汛前都做好充足的防汛准备，组织了大规模的汛前检查。

在防汛抗洪关键时期，7 月 23 日至 24 日，李国英赴漳河、子牙河防汛抗洪一线，现场指导防汛抗洪工作，要求密切滚动预测预报洪水过程，强化水库、河道、蓄滞洪区的联合科学调度，上游水库充分发挥拦蓄作用，中游蓄滞洪区及时投入运用，下游河道畅通泄流，确保堤防安全。台风“烟花”7 月 25 日、26 日在浙江沿海地区两次登陆，受其影响，浙江部分江河发生超警超保洪水。7 月 26 日至 27 日，李国英先后来到钱塘江大堤、杭州三堡排涝泵站、杭嘉湖南排工程长山河枢纽等，深入了解雨情水情形势和防洪排涝情况，连夜主持召开会商会，研究部署防汛防台风工作。

使命在心，责任在肩，敢于担当，主动作为，水利部的坚强领导凝聚起“人民至上、生命至上”的拳拳为民之心，是打赢防汛抗洪保卫战的保证。

打赢防汛抗洪保卫战，我们心中有底。这个底，来自水利工程体系“硬牌”在握。在党中央国务院的坚强领导下，经过 70 多年持续大规模投入，我国建成了一大批水利骨干工程，形成了较为完备的防洪工程和非工程体系，大江大河基本具备了防御新中国成立以来实际发生的最大洪水能力。长江流域基本形成以堤防为基础，三峡水库为骨干，其他干支流水库、蓄滞洪区、河道整治工程相配套的防汛抗旱体系。黄河流域，龙羊峡、刘家峡、小浪底等水利枢纽基本形成“上拦下排、两岸分滞”体系。淮河流域行洪不畅、出海无路的局面逐步改变，海河流域形成了各河系分区防守、分流入海的防洪格局。太湖流域，北向长江、东出黄浦江、南排杭州湾并利用太湖调蓄的防洪与水资源调控工程体系初步形成。

水库拦洪削峰，河道畅通泄流，蓄滞洪区为防汛减灾再加“安全阀”，这些分布在我国水系之上的水工程，成为防汛减灾的硬核力量，守护江河安澜。

科学调度　防洪减灾

面对严重汛情，水利部及各流域管理机构和地方水利部门科学精细调度水工程，力求把洪水影响降到最低。

7 月 17 日至 18 日，嫩江上中游普降中到大雨，局地为暴雨到大暴雨。受强降雨影响，18 日 8 时，尼尔基水库入库流量为 4110 立方米每秒，嫩江 2021 年第 2 号洪水形成；18 日 13 时至 16 时，诺敏河支流上的永安水库、新发水库相继发生垮坝。面对突发汛情险情，松辽委立即召开会商会议，分析研判诺敏河垮坝洪水险情和尼尔基水库防洪调度工作。为与垮坝水库洪水错峰，最大减轻嫩干压力，会商决定，尼尔基水库立即关闭全部泄洪设施。由于尼尔基水库的及时调控，洪水削峰错峰效果明显，实现了嫩江齐齐哈尔以上江段全线不超警，截至 7 月 19 日，洪峰顺利汇入嫩江并通过同盟江段。

岳城水库是海河流域漳河上游的控制性枢纽工程。7 月 20 日至 23 日 4 天内，海河流域子牙河支流、卫河干流及部分支流发生超警以上洪水，漳卫河发生 2021 年第 1 号洪水。22 日 9 时，4860 立方米每秒、自 1970 年建成以来的第三大洪峰抵达水库。关键时刻，岳城水库发挥出极大的拦洪削峰作用，截至 28 日 23 时，水库拦蓄 1 号洪水 2.43 亿立方米，削峰率接近 100%，避免了漳河、卫河洪水叠加。1 号洪水浪涛未平，台风“烟花”挟风裹雨一路北上，漳卫河下游经受双重考验。7 月 28 日 23 时，根据水利部、海委的调度指令，岳城水库关闭闸门全力拦洪，最大程度保障豫冀鲁等地人民群众生命财产安全。在岳城水库作用下，漳卫汇合后的卫运河洪峰平缓过流，行洪流量保持在主槽最大过流能力内，全力避免了滩地淹没损失，有效减小了下游防洪风险。在这次海河流域水工程调度中，共有 57 座大中型水库拦洪约 22.6 亿立方米，平均削峰率达 80%以上，其中岳城、岗南水库拦蓄漳河、滹沱河洪水，有效拦洪超 99%。

蓄滞洪区一般是指位于河堤外用于临时贮存洪水的低洼地区及湖泊等。蓄滞洪区是防洪工程体系的重要组成部分，是保障重点部位防洪安全、减轻灾害的有效措施。当水库调度等手段不足以减轻堤防防守压力，水位上涨可能突破防线、无法控制时，蓄滞洪区就成为最后的“底牌”。卫河蓄滞洪区共 9 处，均为自然洼地，是漳卫河防洪体系的重要组成部分。本次洪水过程中，河南省先后启用 8 处蓄滞洪区，通过蓄滞洪区调蓄，降低了卫河干流水位，缓解了下游防洪压力。

在应对嘉陵江岷江洪水过程中，四川省水利厅科学精准开展水库群联合调度，提前 48 小时调度紫坪铺、瀑布沟等水库，及时预泄腾库，预留防洪库容 46.4 亿立方米；调度亭子口、宝珠寺、武都等水库充分发挥拦洪、削峰、错峰作用，拦蓄洪水 8 亿立方米，确保了嘉陵江、涪江、岷江干流不超警，最大程度减轻了灾害损失。

来自水利部水旱灾害防御司的数据显示，截至 7 月 31 日，全国 2718 座（次）大中型水库共拦洪 709 亿立方米，初步统计减淹城镇 862 个（次）、减淹耕地 1049 万亩、避免人员转移 572 万人。

流域一盘棋，共御大洪水。把水库、河道、蓄滞洪区置于一个平台，运用信息化手段实现预报调度一体化，再通过精细分析，统筹考虑，寻求最优解，从而收获防洪减灾效益最大化。防御理念的转变和防御能力的提高，成为夺取防汛减灾保卫战胜利的信心、底气和力量。

加强管理　安全运行

7 月 17 日以来，南水北调中线工程河南段沿线大部分地区，以及河北段部分地区遭遇入汛以来范围最广、强度最大的极端强降雨。中线河南河北段工程迎来了通水后最大的考验。危险来临的一刻，没有一个人退缩。在中线工程沿线，南水北调人第一时间奔赴防汛一线，坚守在工程急难险重部位，筑起了一道道钢铁防线，有效应对了极端强降雨影响。截至目前，中线工程汛情和险情可控，防汛抢险各项工作紧张有序开展，工程总体运行安全平稳，供水总体有序，水质稳定达标。

南水北调工程完善防汛管理体系的事实证明，提升防御灾害的整体能力，离不开对水利工程的管理和维护，离不开各级防汛责任人的坚守。

水利部切实加强水利工程运行管理，尤其是病险水库安全度汛，全力保障水利工程度汛安全。压实水库安全管理责任，严格落实水库大坝安全责任制，向社会公布710座大型水库大坝安全责任人名单，督促各地全面落实9.1万座小型水库行政、技术、巡查防汛“三个责任人”，加强线上、线下多种培训，提高责任人履职能力。强化巡查值守，督促地方以中小型病险水库、重要堤防险工险段为重点，落实专门人员，加密巡查频次，严防死守，做到险情早发现、早报送、早处置，提前转移下游受威胁人员，保障人民群众生命安全。督促各地压实属地责任，将水库安全运行纳入河湖长制考核体系，做到防汛责任人到岗到位、落到实处。

强化病险水库安全度汛至关重要。水利部多次印发加强水库安全度汛专项通知，督促各地突出抓好中小水库尤其是病险水库安全度汛，病险水库原则上主汛期一律空库运行。建立病险水库安全度汛管理台账，实现精细化管理。对一些泄洪能力不足的中小型水库，当预测预报有强降雨、严重汛情发生时，提前预泄，腾库迎汛。要求6号台风“烟花”影响范围内水库，科学调度，抓住降雨间歇和洪水消退期，尽快将水位降低至汛限水位以下。加快推进病险水库除险加固，安排2021年度小型水库除险加固4295座，落实在建项目安全度汛措施，保障汛期施工安全。

加强水库安全度汛监督检查必不可少。水利部已派出69个指导组，督促指导做好防汛抗洪工作。通过暗访检查、电话抽查等形式，组织开展对大中型水库汛限水位控制、防汛“三个责任人”履职、病险水库安全度汛措施落实等情况的强化监督检查，对落实不力的，督促地方严肃问责。

当前，我国正处于“七下八上”防汛关键时期，预计松辽、海河等流域部分江河可能发生超警洪水，太湖维持超警。水利部将毫不松懈地抓好各项工作，牢牢守住水旱灾害防御底线，科学调度水库、行洪河道和蓄滞洪区，充分发挥水工程防洪减灾作用，努力实现“人员不伤亡、水库不垮坝、重要堤防不决口、重要基础设施不受冲击”的目标。

主汛期系列特稿之三

技术救险　水利担当

本报记者　石珊珊

风急雨骤，洪高浪大，险象环生！

入汛以来，全国 26 个省份 402 条江河发生超警以上洪水，河南省出现历史罕见的极端强降雨，台风“烟花”两次登陆并先后影响浙江、上海、江苏、安徽、山东等 14 个省份……水旱灾害防御形势异常复杂严峻。

“要加强指导、靠前指挥，成立抢险专家组，提前向预报洪水影响区、及时向抗洪抢险一线派出专家指导组，协助地方做好防汛抗洪各项工作。”国家防总副总指挥、水利部部长李国英明确强调。

紧要关头，总能看到一支“逆行”队伍的身影——水利防汛工作组专家组。他们第一时间赶赴汛情最紧急的地方，日夜鏖战、倾尽全力，发挥专业技术优势，提供除险建议方案，指导调度水利工程，力保江河安澜。

入汛以来，水利部已陆续派出 59 个工作组专家组奔赴防汛一线。从水利部到流域机构再到各级水利部门，这些有备而来的“智囊团”“急行军”，用专业知识、丰富经验、无畏精神和主动作为，化解一个个难题，排除一个个危险，为捍卫生命堤坝、护佑人民安全提供了有力支撑。

逆行出征，到汛情最紧急的地方去

7 月中旬，一场突如其来的暴雨向中原大地袭来。

5 天降了一年的雨！从 7 月 17 日到 22 日，河南省 10 个市县降雨量超过了当地常年全年降水量，郑州、鹤壁、安阳、新乡等 19 个市县日降雨量更是突破了历史极值！

极端天气频发，雨情汛情紧急，紧紧牵动着全国人民的心！

人民至上，生命至上。习近平总书记对防汛救灾工作作出重要指示，要求始终把保障人民群众生命财产安全放在第一位，身先士卒、靠前指挥，迅速组织力量防汛救灾。李克强总理主持召开国务院常务会议、抗洪抢险救灾和防汛工作视频会议，对组织相关专业力量、支持重点地区防汛救灾等提出明确要求。

7月21日下午4点，国家水工程调度指挥中心，刚刚从出差行程中紧急赶回的李国英部长正在主持召开水利部当日的第二场防汛会商会。听气象、水情、值班汇报，了解重点地区动态，研判发展趋势，向一线增派工作组，有针对性地部署防御措施……会商结束时，已接近晚上9点。

汛情愈紧急，调度愈密集，防御系统运转愈紧张。水利部滚动分析研判雨情汛情，安排部署防范应对工作，及时派出工作组赶赴重点地区，指导做好防汛和台风强降雨防御工作。

7月20日，在接到水利部指令后，水利部淮河水利委员会迅速成立由副总工程师王强带队的水利部河南工作组。但此时，前往郑州的航班、列车纷纷取消。

排除万难，直奔目的地！工作组一行四人从安徽蚌埠驱车近500公里，终于抵达郑州。

《水利部水旱灾害防御应急响应工作规程》对不同应急响应级别下，专家组的派出时间、人员构成等作出明确要求。如启动水旱灾害Ⅳ级应急响应后，水利部将根据需要在12小时内派出工作组或专家组赴一线。若是启动Ⅰ级应急响应，专家组派出时间则缩短至6小时内，部级领导也将带队赴一线指导防御。

哪里汛情紧急，就到哪里去。水利部工作组专家组的足迹，标注着今夏台风、暴雨影响的重点地区。7月下旬以来，多个由司局长带队的工作组专家组领命出征——

7月19日，由水利部副部长刘伟平率领的指导调查组紧急赶赴内蒙古，指导永安水库、新发水库应急处置工作。

7月20日，由珠江委副主任李春贤带队的水利部广东工作组赴阳江、茂名、廉江等地指导台风“查帕卡”防御工作。

7月23日，由海委总工程师梁凤刚带队的水利部河南工作组赴鹤壁，指导处置卫河浚县彭村段决口险情。

7月24日，由水利部运行管理司副司长徐元明带队的浙江工作组前往宁波、舟山等地，指导台风“烟花”防御工作。

7月30日，由水利部水旱灾害防御司督察专员顾斌杰带队的工作组赴河南，指导做好卫河沿岸防汛工作。

8月1日，由水利部河湖司副司长刘六宴带队的工作组赴河北、山东，督导落实卫运河、漳卫新河河道清障工作。

…………

在大坝上，在堤防旁，在渠道边，哪里有危险，哪里就有他们。

来自水利部、各流域机构、省市县各级水利部门的工作组专家组冲锋在前，驻守一线。正是有他们这些“主心骨”在，抢险人员知道应对险情要做什么、怎么做，各项抢险工作紧张有序开展，危险得以顺利解除。

把脉问诊，当好抗洪抢险“智囊团”

洪水是一场大考，考验着承担防洪减灾任务的水库堤防，更考验着奋战在防汛一线的工作组专家组。

受极端持续强降雨影响，位于郑州市二七区的郭家嘴水库水位快速上涨，7 月 20 日晚发生漫坝险情。这座库容 487 万立方米的小型小（1）型水库，是“顶在”郑州市城区头上的一盆水，直接受威胁群众就达 9.8 万人，一旦发生溃坝，后果不堪设想。

险情发生后，当地政府按照省市水利专家组的意见，先后在左右岸各开挖一条导洪沟泄洪，全力排放水库蓄水，并迅速转移下游受威胁群众。

“险情处置比较及时，水库水位下降得比较快，我们到达现场后，指导开挖人员根据水位情况调整施工，确保施工安全。同时督促当地按照水利部要求尽快将水库放空，确保大坝安全。”水利部工作组组长王强说。工作组还仔细查看水库左右岸导流沟、溢洪道，并与省、市、区相关负责人进一步沟通，指导督促泄洪工作。

23 日，淮委二级巡视员徐英三赶赴郑州，增强工作组力量。当天晚上，水利部工作组参加国家防总前方工作组碰头会，提出尽快将郭家嘴水库放空、抓紧制定水库汛期临时处置方案等建议。

“后续我们又提出了继续扩挖导流沟、清除卡脖子的阻水土体、加固处理被破坏的坝体、加强下游沿河巡堤防守等建议。”徐英三说。

险情不解除，人员不撤回。工作组每天都前往郭家嘴水库抢险现场，与当地同行共商抗洪抢险对策。26 日 8 时，水库水位低于死水位 1.55 米，实现空库运行。

超强降雨，超难考验。极端强降雨导致郑州市常庄水库、五星水库先后出现不同程度的险情。工作组克服交通不便等困难，连日奔波在不同的抢险现场。

在出现疑似管涌险情的常庄水库，工作组检查指导现场出水点使用砂料反滤、坝坡冲刷段使用土工布覆盖处理。在新密市五星水库，工作组检查指导水库大坝坝坡下游滑坡险情处置，逐点检查指导编织袋防护情况。水库险情得到有效处置后，工作组又紧盯病险水库空库运行这一关键环节，确保水库安全。

“据目前掌握的信息，今年汛期没有因为水库出现险情造成人员伤亡。”7 月 28 日，在国新办防汛救灾工作情况发布会上，水利部水旱灾害防御司司长姚文广说。

非常时期，水利专家展现突出作为。他们是应急抢险的行家里手，更是科学决策的参谋助手。面临汛期极端天气带来的重重挑战，奋战在查险除险最前线的水利专家充分发挥自身优势，凭借丰富的防洪经验和精湛的专业技能做出准确的判断，提供有效的抢险方案，倾囊相授、化险为夷，发挥了不可替代的重要作用。

力保安澜，科学治水的专业担当

7月26日凌晨2时27分，随着最后一车石料投入龙口，卫河河南省鹤壁市浚县彭村段决口成功合龙！

此时，一线水利专家们紧揪着的心终于暂时放下。过去的70多个小时里，来自水利部河南工作组、海委工作组、海委专家组、河南省水利厅专家组、漳卫南局专家组的工作人员，不分昼夜地忙碌着，为成功封堵决口提供了技术支撑。

22日，受持续强降雨影响，卫河彭村段出现漫决，严重威胁人民群众生命财产安全。

向着同一个地点，水利专家迅速集结！

当天，海委工作组率先抵达现场；23日9时，由海委总工程师梁凤刚带队的水利部工作组赶往现场；23日22时，海委应急水文监测队赶到现场；25日，海委和漳卫南局又分别派出专家组赶赴现场，加强技术指导。

必须尽快封堵决口！

工作组专家组现场查看险情，随时会商研判，研究确定方案，常常忙碌至半夜；连夜赶到的应急水文监测队员，站在离决口最近处开始监测，将一组组第一手水文监测数据报送至卫河彭村抗洪救灾指挥部、河南省水利厅……大家各司其职、齐心协力，为抢险提供了精准的数据参考、有效的决策支撑。

25日清晨，一度合龙在望的决口，下游岸裹头垮塌，已经缩小的龙口被强劲的水流再次冲开。水利部工作组召集海委、漳卫南局专家组以及省水利厅专家，召开现场研讨会。专家们结合现场查看情况，以及未来几天雨水情预测及流域蓄滞洪区运用情况，经综合分析研判，一致认为现场指挥部再次确定的钢板桩、铅丝笼和柳石枕三种搭建下游裹头的方案基本可行。

“事实证明，修正后的抢险方案是比较有效的，方案实施后6小时内决口就成功封堵，超出预期。”水利部工作组成员孙康说。卫河决口成功合龙后，水利部工作组和海委工作组又立即赶往白寺坡蓄滞洪区进洪口。专家们建议尽快加大蓄滞洪区口门的分洪流量，缓解卫河干流的防汛压力。

工作组专家组带去的不仅是专业建议和一手数据，还有严谨认真的态度和务实详尽的指导。

7月24日晚11点，在台风“烟花”登陆浙江前，由水利部运行管理司副司长徐元明带队的浙江工作组抵达宁波，连夜向宁波市水利局了解防御情况。第二天，工作组深入甬新闸泵站、澥浦闸站、三溪浦水库等地，检查防汛关键部位，对水库泄洪留容、泵站防洪预排、防汛应急抢险设施安排、小流域山洪预测预报和人员转移等风险点逐一督导落实防御措施，不放过任何一处隐患。26 日，工作组又赶赴余姚、舟山等地，仔细检查水库安全、防汛物资储备等，为防御“烟花”做好做足准备。

到最危险的地方去，了解最真实的汛情险情，督导解决一线的突出问题——水利防汛工作组专家组不负重托，不辱使命，在防汛一线践行着水利人的使命担当。

把脉问诊终需专业力量，技术救险凸显水利担当。当前，正值“七下八上”防汛关键期，防汛形势依旧严峻复杂、挑战重重。这支勇敢“逆行”的精锐队伍，仍在枕戈待旦、迎难而上，继续为打好防汛救灾硬仗提供坚实技术支撑，守护江河安澜，护卫人民安宁。

主汛期系列特稿之四

行业同心　众志成城

本报记者　杨晶

这是一次充满挑战的战役——

移动速度慢、覆盖范围广、水汽充足……今年第6号台风“烟花”强势来袭，给太湖、淮河、黄河、海河等多个流域带来强降雨。

这是一场惊心动魄的大考——

气候异常，极端天气事件多发频发，防汛形势十分严峻……全国26个省份402条河流发生超警以上洪水，其中100条河流超保，33条河流超历史。

战洪魔，保安澜。入汛以来，在党中央、国务院坚强领导下，水利部抓细抓实各项防御措施，广大水利干部职工众志成城，团结协作，密切配合，始终把保障人民群众生命财产安全放在第一位，全力以赴做好各项暴雨洪水防御支撑保障工作。

人民至上　众志成城

“要始终把保障人民群众生命财产安全放在第一位，抓细抓实各项防汛救灾措施。”7月21日，在防汛关键期，习近平总书记作出重要指示。

同一天，李克强总理主持召开国务院常务会议，明确要求加大对重点地区防汛抗灾的支持，增派人力，备足物料，加强对大江大河、小型病险水库等水利工程堤防严密巡查和除险。7月26日，李克强总理再次主持召开抗洪抢险救灾和防汛工作视频会议，进一步部署资金保障等各项工作。

国务委员、国家防总总指挥王勇7月21日以来数次召开国家防总会议，要求全力采取措施开展抢险救灾，确保人民群众生命财产安全，并先后赴河北、河南检查指导防汛救灾工作。

“要加强卫运河堤防的巡查防守，上足人员，预置物资和设备，抢早抢小，坚决避免堤防决口。要科学调度工程枢纽，控制南运河、漳卫新河等不超过河道安全泄量……”

7月28日19时，刚从浙江防台风一线检查指导工作回来的国家防总副总指挥、水利部部长李国英准时主持防汛会商会。在这场持续近 4 个小时的会商中，李国英部长对海河流域防御台风“烟花”暴雨洪水工作进行专题会商部署。

此前，按照党中央、国务院的决策部署，水利部早已强化值班值守，持续多轮滚动会商，逐流域逐条河流细化实化调度应对方案，立足“预报、预警、预演、预案”措施，科学精细调度水工程。

汛情就是命令，防汛就是责任。从中央到部委再到流域和地方水利部门，一次次部署、一项项举措、一条条指令，共同筑起了防御台风暴雨洪水的安全屏障。

在应对黑龙江上游特大洪水、松花江流域嫩江 3 次编号洪水中，松辽水利委员会全面落实“四预”措施，启动水旱灾害防御应急响应 4 次，组织会商会议 47 次，累计完成洪水预报 1870 余站次，发布洪水预警 35 次；科学精细调度尼尔基水库，成功应对嫩江洪水，极大减轻了下游防守压力。

同时，加强与相关省区的沟通联系，及时通报水雨情信息，派出 10 个工作组，赴内蒙古自治区和黑龙江省指导堤防巡查防守、水库防洪调度、险情处置等工作。流域各地压实防汛责任，全力保障人民群众生命财产安全。

在台风“烟花”的防御中，长江、黄河、淮河、海河、珠江等流域管理机构紧盯台风动向，及时启动应急响应，滚动会商部署流域台风暴雨洪水防范应对工作。这其中，在台风影响最大的流域，面临风、暴、潮、洪“四碰头”的极为不利局面，太湖流域管理局会同流域省市坚持底线思维、系统思维，统筹洪与涝、上下游、圩内外等关系，强化预测预报、模型预演，科学精细调度水利工程，全力打赢台风暴雨防御战。

在 7 月两次强降雨过程中，海河水利委员会加强统筹协调，有力有序开展防汛抗洪工作，相继发布洪水蓝色、黄色预警，先后启动Ⅳ级、Ⅲ级、Ⅰ级应急响应。有关部门全员 24 小时在岗，加密会商研判，强化巡查防守，及时派出工作组赶赴一线指导工作，有效应对暴雨洪水过程。

从松嫩平原到淮河两岸，从中原大地到太湖之畔……在防御台风暴雨洪水的战役中，各级水利部门积极作为、勇于担当、团结协作，奋力保障度汛安全。

行业同心　其利断金

郑州告急！新乡告急！卫辉告急！

7 月 20 日以来，河南遭遇特大暴雨侵袭，多地出现严重灾情，内涝严重。这牵动着全国人民的心。

大灾当前，上下同心，八方支援。

7 月 21 日，财政部、水利部紧急下达 2000 万元水利救灾资金，支持河南省做好防汛救灾工作。此后，财政部、水利部再次拨付水利救灾资金4.8亿元，支持河南等12个省（自治区、直辖市）做好当前水利救灾有关工作。

7月23日，水利部及时协调山东、安徽等水利厅组织专业设备和技术人员赶赴河南支援郑州城市排涝。

“为完成好这次支援任务，我们从参与过2016年和2020年大洪水应急抢险实战的职工中抽调了10名精锐组建队伍。”安徽省机电排灌总站机械排灌队队长刘春说。

7月23日晚，接到支援应急排涝任务后，安徽省机电排灌总站机械排灌队按照省水利厅部署要求，迅速调运3台泵车，派出10名技术人员，第一时间赶往郑州支援。

队员高明接到通知时正在外地出差，他迅速与他人做好工作交接，连夜赶回合肥。队员刁明磊当晚正在准备孩子2周岁的生日庆典，接到任务后立刻放下手头事务，直奔集合地点。

7月24日12时，应急抢险队出发赶往河南郑州支援防汛抢险工作。20时许，车队到达郑州后迅速与当地取得联系，火速赶往高庄社区进行排涝。25日凌晨1时左右，第一台泵车出水。上午10时，3台泵车全部开机抽排涝水……抢险队员来不及休息，昼夜奋战，抢排渍水。

驰援！驰援！各方力量不断向中原大地汇聚——

山东省防汛抗旱物资储备中心（省水旱灾害防御总队）接到通知后，组织19名技术骨干、8台大流量排水车连夜赶到郑州，迅即分多个组展开排水作业。

湖北省水利厅紧急动员，派出省防汛抗旱机动抢险总队、漳河抗洪排涝服务队、枣阳防汛抗旱应急中心、荆江防汛机动抢险队4只队伍共56名精干力量组成湖北省水利系统抢险队前往河南支援。

重庆市水利局紧急组织4名防汛抗洪高级工程师组成专家组，并组织物资和车辆，千里驰援河南防汛救灾。

武汉市水务局首批集结了来自市水务系统的防洪、堤防、排水专家和专业技术人员共计85人，带着“龙吸水”、排水抢险车等16台抽排设备，1台供水车及相应保障车辆，紧急前往郑州参与抗洪抢险救援。

…………

驰援！驰援！一句句话语振奋人心——

“作为水利人，我们义不容辞！作为兄弟省份，我们义不容辞！作为党员，我们义不容辞！”

“去年疫情期间来自全国各地的医护人员逆行援汉，这次我们带着感恩的心，主动请缨驰援河南，解郑州危难！”

“洪水不退，我们不退！”

…………

驰援！驰援！一幕幕画面令人感动——

齐腰深的污水里，抢险队员正在将杂物从水泵进水管网中一点一点抠出来；高温下作业，抢险队员们的脸被晒伤脱皮，嗓子变得沙哑；高强度奋战中，抢险队员身体出现不适，仍坚持奋战在一线，争分夺秒抢排渍水。

当地老百姓自发地给抢险队伍送来早餐和水果，主动帮忙疏导车辆，抬运水带；细心的居民为避免抢险队员夜间被蚊子叮咬，送来防蚊花露水和蒲扇；车辆出动，当地交警挥手致敬。

…………

胸怀全局，行业同心。7 月 24 日，根据南水北调中线工程应急抢险需要，水利部紧急协调北京市水务局支援了 1000 个四面体。25 日下午，四面体全部到位用于工程防汛抢险，有力保证了重要基础设施不受冲击。

面对特大暴雨灾害，各地水利人用忠诚和担当谱写了一曲抗洪救灾的英雄壮歌，他们与武警战士、消防救援人员、志愿者忙碌的身影，成为暴雨过后中原大地上最美丽的彩虹。

全力以赴　合力抗洪

7 月 20 日晚，郑州市常庄水库大坝背水坡出现 13 处管涌；

7 月 20 日夜，郑州市郭家嘴水库大坝出现漫坝重大险情；

7 月 22 日 13 时，卫河左堤河南浚县彭村段漫决。

灾情就是命令，险情就是召唤。水利部第一时间派出工作组赶赴一线指导工作。与此同时，紧急部署南水北调中线工程建管局做好各项应对准备，并向京津冀豫 4 省市通报险情，提请做好断水和水源切换准备。

7 月 21 日 2 时，中线建管局启动河南段Ⅰ级防汛应急响应。中线建管局党组全面部署，主要领导带头督战、靠前指挥、明确分工，带领广大党员干部与职工共同奋战一线，全力保障南水北调中线工程安全、供水安全、水质安全。

在常庄水库、郭家嘴水库、卫河堤防出现险情后，河南省水利厅主要负责人第一时间带领水利专家赶赴现场，紧急会商分析，制定抢险方案，并现场指导实施。省厅先后从省级防汛物资仓库调运编织袋、排水车、移动泵站、土工布等各类防汛物资用于郑州、新乡、鹤壁等地抢险救灾。

与此同时，根据强降雨汇集和洪水演进情况，为保障人民群众生命财产安全，缓解卫河、共渠的防洪压力，河南省先后启用蓄滞洪区 8 处。

据河南省水利厅提供数据，截至 8 月 5 日，已启用的 8 个蓄滞洪区最高时蓄滞洪水 8.02 亿立方米，目前蓄洪 4.12 亿立方米。省水利厅 140 余名水利专家仍在现场指导堤防查险、排险和流量监测。

险情一一化解，洪水渐渐消退，这期间加强河道堤防和蓄滞洪区围堤的巡查防守十分重要。水利部在会商中多次部署，提出明确要求。海河水利委员会各基层河道管理单位除值班人员外已全员上堤，会同地方群防人员 4.9 万余人巡查防守，进行拉网式排查，发现险情第一时间处置并上报，确保河道行洪安全。

洪水冲不垮责任担当。当前，仍处于“七下八上”防汛关键期。水利部近日下发通知，要求水利系统全员取消休假，投身防汛抗洪大战大考，全力确保人员不伤亡、水库不垮坝、重要堤防不决口、重大基础设施不受冲击，坚决打赢今年防汛抗洪这场硬仗。

行业上下，团结一心，合力制胜。

目前，今年第 9 号台风“卢碧”来势汹汹，水利部 8 月 3 日向有关省区和流域管理机构发出通知，对台风“卢碧”暴雨洪水防御工作提出要求，并派出工作组赴广东，指导台风降雨防范工作。台风降雨影响范围内的水利部门，及时会商，紧锣密鼓地准备各项工作。

新一轮的台风暴雨洪水防御战正式打响，水利人继续不休不眠，枕戈待旦！

主汛期系列特稿之五

先锋使命　抗洪建功

本报记者　张元一

有一群人守望江河，以国家安全为根本；有一群人逆水而行，以人民安全为宗旨；有一群人风雨兼程，以行业担当为己任。这群人有着一个共同身份——水利人。

7 月 28 日，水利部办公厅发出通知，取消防汛期间休假，要求机关和直属单位干部职工以迎接大战大考的状态，坚守岗位、迎难而上，全力确保人员不伤亡、水库不垮坝、重要堤防不决口、重大基础设施不受冲击。

越是在关键时刻，越能体现责任担当。水利系统各级党组织和广大干部职工克服新冠肺炎疫情的叠加影响，把打赢防汛抗洪这场硬仗作为当前的重大政治任务，凝心聚力、主动作为，用忠诚担当践行“人民至上、生命至上”的铮铮誓言，用专业知识和科学调度为人民群众筑起安全防线。

全国大江大河的“守夜人”

7 月 20 日，郑州最大小时降雨量达 201.9 毫米，突破我国大陆小时降雨量历史极值，“河南大雨”“郑州地铁 4 号线成水帘洞”等多个话题登上微博热搜，引起全国人民的关注。

当天晚上，坚守在值班岗位上的水利部水旱灾害防御司防汛四处处长李俊凯一夜没合眼。他和一起值班的同事们针对郭家嘴水库和常庄水库险情，不断向河南省水利厅、南水北调中线管理局等相关单位了解情况，持续跟进水库险情处置的最新进展，将各方面情况整理汇总后，及时向水利部领导报送信息，向有关流域管理机构和省级水利部门传达水利部关于防汛工作的最新部署和要求，并为第二天的防汛会商做好准备工作。

“我们的工作关系到防洪安全，关系到人民群众生命和财产的安全，工作性质和岗位要求决定了我们必须踏踏实实地干好。”刚刚参加完防汛会商的李俊凯说。

入汛以来，全国 26 个省份 402 条江河发生超警以上洪水，局部地区发生强降雨，一些水库、堤防出现险情。面对严峻的防汛形势，水利系统干部职工枕戈待旦，坚决贯彻习近平总书记关于防汛救灾工作的重要指示精神，全力以赴做好水旱灾害防御工作。

7 月 23 日 15 时，海河水利委员会建委以来首次启动水旱灾害防御Ⅰ级应急响应后，一天 3 次会商成为常态。

每一次会商都是一场与洪水的博弈。“为应对本次漳卫河 1 号洪水，海委 7 月 17 日以来组织会商 34 次，滚动研判汛情，制定应对措施。”海委防御处副处长杨志刚介绍。

不仅是防御部门，水文、运管、监督等相关职能部门的同志也在各自岗位坚守，工作“白+黑”“5+2”是“家常便饭”，常常通宵达旦、废寝忘食。

水利部水文司强化“四预”措施，今年以来组织完成 3172 处水文站超标洪水测报预案的编制工作，修编洪水预报方案 3236 套，新制定洪水预报方案 922 套，开展了有针对性的水文应急监测和洪水预报模拟演练共 1648 场，并构建数字流域模型，开展实时洪水、历史洪水和频率洪水演进三维模拟，着力实现洪水过程的数字流场映射和模拟推演。

水利部水文情报预报中心的同志始终保持“战时状态”和昂扬奋进的优良作风，入汛以来累计制作发布降雨预报图 1380 张、洪水预报 2550 站次、雨水情材料 860 期、水情预警 820 次。同时，攻坚克难，建立了以流域为单元的 3 天短期预报、10 天中期预测、20 天长期展望的预报新模式，在防御海河流域漳卫河洪水、黑龙江嫩江洪水、台风“烟花”暴雨洪水中发挥了重要作用。

…………

进入“七下八上”防汛关键期，面对频次不断加密的防汛会商，压力倍增的防汛值班，全体水利人义无反顾舍小家、为大家，身体力行当好江河的“守夜人”。截至目前，水利部组织会商 80 余次，指导长江、黄河、淮河、海河、珠江、松辽、太湖等 7 大流域 2718 座（次）大中型水库共拦蓄洪水 709 亿立方米，初步统计减淹城镇 862 个（次）、减淹耕地面积 1049 万亩、避免人员转移 571.82 万人。

察风知雨、踏浪测洪的“耳目尖兵”

在与洪水、台风的搏斗中，提前准确预计洪量，精确测量实时水位，对防灾减灾和应急救援等各项工作顺利开展起着至关重要的作用。入汛以来，广大水文工作者闻“汛”而动，全力当好察风知雨、踏浪测洪的“耳目尖兵”，为防汛抗洪科学决策提供有力依据，为打赢防汛抗洪硬仗赢得先机。

“这次战役终于胜利了！”7 月 24 日晚 11 点多，第 7 号台风“查帕卡”停止编号，珠江水利委员会水文局珠江水情预报中心的苏明珍非常激动，她在工作群发出这条消息。

作为一名有着 8 个月身孕的“准妈妈”，尽管单位没有给她安排汛期 24 小时值班任务，但苏明珍觉得在汛情紧急的时候应该出一份力。

防御台风“查帕卡”期间，她在做好流域雨水情中长期预测预报常规工作的同时，连续一周负责会商材料准备工作，参加会商并作汇报。

汛期，苏明珍和她的战友们克服疫情影响，在一个又一个不眠夜里密切跟踪流域雨水情变化，实时开展洪水滚动预测预报，跟踪监视台风移动路径和可能的影响范围，第一时间报送雨水情监测和预报预警信息。

同一时段，地处淮河流域、太湖流域的水文尖兵也在全力以赴迎战台风“烟花”。

淮河水利委员会水文局全体人员 24 小时值班值守，吃住在办公室，密切监视流域雨水情变化。仅防台风期间，就与水利部信息中心、流域五省水文机构交换处理雨水情信息约 1839 万条，发送雨水情短信 2905 人次，发布气象长中短期预报 29 期、水情预测预报 15 期。

太湖流域管理局水文局派出应急监测组 14 组，携带走航式 ADCP、测流无人机等应急设备，开展环太湖、苏浙沪省际边界及新安江流域共 20 余个测站洪峰流量监测工作，为流域防台风提供及时有效的基础数据支撑。

风雨无定，奋战不休。8 月 4 日 8 时，第 9 号台风“卢碧”在南海北部近海海面上生成，以每小时 10 公里～15 公里左右的速度向东北偏北方向移动。全体水文人严阵以待，紧盯雨情水情变化，继续做好防汛水文预报预警服务。

防汛一线彰显党员力量

“到最危险的地方去，了解最真实的汛情险情，督导解决一线的突出问题。”

在台风肆虐之处、在水库发生险情的现场、在堤防决口成功合拢的瞬间，都留下了水利部工作组、专家组的身影。他们以对党和人民负责的工作态度、务实忘我的工作作风向一线的抢险救援人员传递着水利部全力保障人民群众切身利益的决心和信心，用专业的知识、丰富的经验、指导各级水利部门排除万难，争取胜利。

7 月 20 日，黄河水利委员会直属机关党委发出倡议书，号召各级党组织和全体党员充分发挥战斗堡垒作用和先锋模范作用，以实际行动在黄河防汛抢险中干在实处、走在前列、作出表率。

一时间，黄河河南河务局济源河务局、惠金河务局、原阳河务局等基层单位纷纷成立党员防汛先锋队，带领干部职工在黄河两岸堤坝沿线昼夜巡查，顶烈日、冒酷暑，迎高温、斗炎热，用心丈量每一寸黄河大堤。

“关键时刻冲得上去、危难关头豁得出来，才是真正的共产党人。”这是黄委博爱河务局抢险技能首席专家许发文面对险情的抉择。

7 月 23 日，沁河水位持续上涨，武陟水文站出现 1510 立方米每秒的最大流量。白马沟险工 17 坝受洪水持续冲刷，发生根石走失险情。

许发文立即组织现场人员进行抢护。在封装铅丝笼时，他的左手虎口被网片上伸出的铅丝刺出一条长长的伤口，顿时血流不止。他匆匆包扎完伤口后又投入防汛抢险一线，继续指挥抢险，指导夜间巡堤查险。

在艰难时刻，江苏省水利系统 200 多个党支部 2000 多名党员也全力以赴，迎战台风“烟花”。

7 月 25 日，泰州引江河高港枢纽下游水位急剧攀升，最高水位突破 5 米。管理处青年党员突击队主动请缨，承担巡堤任务。

夜间，他们顶着风雨，拿着铁钎，握着手电筒，仔细检查每一处水面、每一个草丛。“巡堤并不是简单地走一走看一看，要做到眼到、手到、耳到、脚到、工具物料随人到。看堤坝有无管涌险情，泉孔流出来的水是否清澈……”有过江堤抢险经验的队长朱增伟说。

同一天，江都管理处运行值班人员发现，万福闸 58 号孔闸门上卡着一截巨大的树干。越是紧急时刻，越要争分夺秒，副所长王德俊带领党员在第一时间顶着风雨赶到现场，水利部模范工人吕鹏、老党员马建国迅速穿起救生衣，系好安全带，越过便桥栏杆，爬上闸门。站在闸门上被风刮的左右摇摆，两人协作用铁棒翘起树干，其他同志配合，“哗啦”一声，树干被清除了。大家浑身上下全部湿透，分不清是汗水还是雨水。

一名党员就是一面旗帜，一个支部就是一座堡垒。水利部 4.5 万名党员、2800 多个基层党组织以及各省水利系统党员在洪水面前逆行不退，在风雨之中勇挑重担，用默默无闻的付出践行着入党时的誓言，让党旗在防汛一线高高飘扬！

先锋使命，风雨守望。当前，正值防汛关键期，防汛抗洪的战斗还在进行，水利人在中国共产党的坚强领导下，用专业和坚守，在风暴潮洪中保护人民群众生命财产安全，传承、弘扬和践行水利精神。

2021 年水旱灾害防御系列特稿之一

在历史罕见大汛中扛起水利担当

本报记者　陈晓磊

“马上给巡查责任人打电话！”

8 月 21 日上午，在水利部防汛会商会现场，水利部党组书记、部长李国英突击检查病险水库责任人落实情况。毫无征兆的电话查岗，亮出了“一竿子插到底”、狠抓责任落实的鲜明态度。

责任扛肩上，人民放心上。郑州等地局部极端强降雨频发，黑龙江松花江洪流汹涌，华西秋雨几十年来少有，黄河下游秋汛洪水场次之多、过程之长、量级之大历史罕见，多个台风侵扰影响……面对今年极不寻常、挑战重重的洪水，水利人始终坚持人民至上、生命至上，始终把保障人民生命安全放在第一位。

“人员不伤亡、水库不垮坝、重要堤防不决口、重要基础设施不受冲击。”面对罕见汛情，水利部坚决贯彻习近平总书记关于防汛救灾工作的重要指示精神，深入落实党中央、国务院决策部署要求，紧盯目标，压实责任，强化部署，及时督导，切实把确保人民生命安全放在第一位落到实处。

从水利部到流域机构再到地方水利部门，水利系统广大干部职工一次次闻汛而动，一次次向险而行，一次次全力防御，一次次化险为夷，在滔滔洪浪中筑起坚不可摧的生命防线。

理念引领　人民至上
——“保护人民生命安全，可以不惜一切代价”

6 月，强降雨袭扰松辽流域，黑龙江上游发生特大洪水，嫩江发生编号洪水。7 月下旬，河南等地部分地区遭遇极端暴雨，淮河流域贾鲁河、黄河流域洛河、海河流域共产主义渠等多条北方河流发生有实测记录以来最大洪水；台风“烟花”影响太湖、长江、淮河、黄河、海河、松辽等六大流域 14 个省份，太湖发生编号洪水，险情频发！

8 月下旬，松花江发生流域性较大洪水。随即，长江、黄河、海河流域严重秋汛接踵而至——9 月 6 日，长江发生 2021 年第 1 号洪水；9 月 27 日开始，黄河中下游 9 天内先后形成 3 场编号洪水；10 月 7 日，漳卫河发生 2021 年第 2 号洪水，防御形势异常严峻！

暴雨洪水面前，坚持人民至上、生命至上，是中国共产党一以贯之的执政理念，更是共产党人矢志不渝的使命担当。

在防汛救灾最关键、最吃劲的时候，正在西藏考察的习近平总书记第一时间作出重要指示："各级领导干部要始终把保障人民群众生命财产安全放在第一位，身先士卒、靠前指挥，迅速组织力量防汛救灾，妥善安置受灾群众，严防次生灾害，最大限度减少人员伤亡和财产损失。"

"人民"二字，在习近平总书记心里分量最重。人民生命高于一切，保护人民生命安全，可以不惜一切代价。这是"以人民为中心"发展思想的必然要求，更是从未动摇的价值追求。

李克强总理多次作出重要批示，主持召开国务院常务会议、抗洪抢险救灾和防汛工作视频会议研究部署，并赴河南看望慰问受灾群众。国家防总总指挥、国务委员王勇深入河南、江西、四川、河北、吉林、黑龙江、山东等多地检查指导，要求毫不松懈做好防汛减灾各项工作。

水利部党组书记、部长李国英第一时间传达贯彻习近平总书记关于防汛救灾工作的重要指示和李克强总理等国务院领导重要批示精神，要求各级水利部门以实现"人员不伤亡、水库不垮坝、重要堤防不决口、重要基础设施不受冲击"为工作目标和判别标准，并将此作为贯彻落实的具体行动，细化实化各项防御措施，坚决打赢防汛救灾这场硬仗。

"四不"目标明确了防御工作的重点内容和关键环节，其出发点和落脚点都是保障人民生命安全，是践行人民至上、生命至上理念的直观体现，也是水利人的职责所在。

进入主汛期以来，水利部国家水工程调度中心每天灯火通明，李国英部长坐镇指挥，精细研判，密集连线重点流域和地区，逐个流域逐条河流细化实化工作部署，指导督促相关流域机构和省级水行政主管部门锚定"四不"目标，压紧压实责任，切实把确保人民生命安全放在第一位落到实处。

哪里汛情最紧急就到哪里，就把"四不"目标要求带到哪里。在漳卫河、子牙河防汛抗洪一线，在浙江防台风一线，在黄河河南省、山东省等险工险段……李国英实地查看雨情水情工情，连夜主持召开现场会商会，研究部署洪水防御工作。

面对严峻考验，水利人拿出更坚决的态度，做出更周密的准备。防汛最为吃紧的时期，水利部机关、直属单位干部职工一律取消休假，甚至国庆假期防汛相关单位职工也一律取消休假，以迎接大战大考的状态，坚守岗位，全力防御。

防汛人员加强值班值守，坚持逐日会商机制，滚动分析研判雨水情信息，强化预报、预警、预演、预案措施，科学精细调度水工程，让防御准备跑赢洪水，用连续作战的精神争取这场防御硬仗的最终胜利。

压实责任 使命担当
——“确保每一个环节尽到责、管到位、兜住底”

“黄河本次秋汛形势非常严峻，水利部防汛相关部门单位人员取消‘十一’休假，集中力量投入黄河防汛大考！”正值“十一”假期，历史罕见的秋汛考验，让水利人再次拧紧了“发条”。

黄河中下游干支流河道长时间大流量行洪，下游堤防、险工和河势控导工程极易出险。10 月 1 日，水利部增派两个工作组分赴山东、河南两省，指导做好黄河下游河道的巡查防守工作。

“找到最危险的断面，务必亲自查看，一定要督导到位！”李国英对工作组提出具体要求。黑岗口下延控导工程是黄河下游最危险的防洪工程之一，工作组参加夜间巡坝查险，发挥协调指导帮助作用，及时将隐患反馈给地方政府和河务部门，推动立查立改。

紧盯“不伤亡、不漫滩、不跑坝”目标，黄委按照 1∶3 专群比例落实巡坝查险人员，约 3.3 万名党员干部群众日夜坚守防汛一线。“十一”期间，黄委全体干部职工放弃休假，严防死守，用责任与担当保障人民群众生命财产安全。

坚守岗位，忠诚担当，为的是百姓的生命安全、生活安稳和岁月静好。“俺村是滩区村，以前来洪水生怕把家冲没了，现在这么多人在黄河边上日夜守护，加上村台改造后加固到 5 米半高，天天都能睡个安稳觉。”山东省东营市利津县北宋镇高家村村民高淑兰说。

高度警惕、毫不松懈、压实责任的不只是黄河流域。“草丛挡着的地方就用手扒一扒，一定要仔细看清楚才行！”10 月 5 日夜，漳河左堤上几处微弱的灯光忽隐忽现，馆陶河务局的巡堤小组正冒雨巡堤。面对严峻防御形势，漳卫河系沿河各地组织近 4 万人巡堤查险。

针对不同区域、不同流域、不同河段，水利部精准部署，将防御措施细化到最小防御单元，将防御责任具体落实到人，层层督导，一抓到底，确保每一个环节都尽到责、管到位、兜住底。

迎战罕见秋汛中，小浪底、丹江口、岳城等骨干水库全力拦洪，均出现建库以来最高水位，工程安全经受严峻考验！

水利部高度重视水库运行安全。小浪底水库达到历史最高水位时，李国英叮嘱：

"一定要监测并记录好关键数据，督促岗位值守落实到位，确保大坝安全。"

小浪底水库高水位运行期间，黄河水利水电开发集团有限公司监测维修分公司重点做好大坝安全监测、泥沙淤积监测、防汛应急抢险准备等工作，加密关键重要部位监测频次，为枢纽的安全稳定运行提供数据支撑。同时，围绕保障周边库区安全，加密巡查频次，每天分水面、陆地南岸和北岸三路巡查。

在丹江口水库，大坝和水库安全监测巡查未曾停歇，每日采集监测数据4000余个；在岳城水库，70余人组成的7个巡查小组，采取多种方式，对各个工程部位24小时不间断巡查……

聚焦安全的监督检查贯穿防御全过程。汛前，水利部落实了9.8万座水库的安全责任人，并向社会公布，同时，明确职责要求，加强监督检查。汛期，对受到暴雨威胁的地区，水利部每天随机抽查不少于100座水库，特别是检查小型水库"三个责任人"到位履职情况。

8月7日21时，四川省营山县明德乡降大雨，河水迅速上涨！接到山洪灾害预警信息后，乡村干部、危险区责任人利用手摇报警器、铜锣、口哨、喊话器等，逐户通知群众紧急转移，不到1小时，1802名群众全部转移至安全地点。

山洪灾害严重威胁人民群众生命安全，也是防御的难点和重点。有关地区发布30万次县级山洪灾害预警，向防汛责任人、受洪水威胁地区的民众发布预警短信12.7亿条，指导基层政府有效组织群众避险。水利部门指导地方政府压紧压实防御责任，充分发挥山洪灾害监测预警系统和群测群防体系的作用，确保所有受威胁地区的群众及时转移。

从水库调度到安全监测，从堤防巡查到险情处理，从预报预警到及时转移……各地水库、山洪灾害防御、巡堤查险等责任人履职尽责，夯实水旱灾害防御的"责任堤坝"，筑牢了保障人民群众生命财产的安全底线。

强化"四预"抢占先机
——"做足'预'的准备，做好'防'的工作"

习近平总书记要求把保障人民群众生命财产安全放在第一位，科学确立了"两个坚持、三个转变"防灾减灾救灾理念，为各地各部门做好防汛抗洪工作提供了根本遵循。

以防为主，抢占先机，赢得主动，才能为保障人民生命安全增添砝码。李国英部长反复强调，要突出抓好预报、预警、预演、预案"四预"措施，牢牢把握水旱灾害防御工作的主动权。

强化"四预"措施，就是立足最不利情况，研判在先、部署在前、关口前移，用更快速的反应、更有效的举措、更精准的调度，跑赢暴雨洪水，实现防汛抗洪的战略主动。

以流域为单元，提前精准预报，及时发布预警，实时进行洪水演进预演和水库工程的模拟调度，不断完善防范应对预案，这是“四预”措施的流程链。“四预”措施与整个防汛流程一脉相承，预报是基础，预警是前哨，预演是手段，预案是目的，各环节环环相扣、层层递进、有机统一。精准作为核心，贯穿始终。

9月下旬，黄河干支流洪水并发，骨干水库防洪库容余量不多，下游河道大流量行洪，一旦漫滩，190余万滩区群众的生命财产安全将受到威胁。

“要以黄河下游不漫滩为目标，我们必须下足‘绣花’功夫，一方一方库容算，一厘米一厘米水位算，一个流量一个流量来水算，动态控制进入下游河道的洪水流量。”在“十一”假期召开的几次会商会上，李国英部长反复强调要加强“四预”，实现精准预报、精准调度、精准防御。

黄河水利委员会强化“四预”措施，算清算准洪水账，精准联合调度中游水库群，成功将花园口站的流量控制在了4800立方米每秒左右。根据复盘推演，如果没有中游水库群的拦洪削峰滞洪，花园口水文站将出现两次1万立方米每秒以上量级洪水。

做足“预”的准备，做好“防”的工作，“四预”措施在应对漳卫河、太湖、嫩江、松花江等编号洪水中得到了多次检验。从水利部到各流域机构到各级水利部门，遵循降雨、产流、汇流、演进规律，突出抓好“四预”措施，在与洪水的竞速中，争取了更多宝贵时间。同时，水利部加快构建智慧水利体系，发挥“四预”核心功能，让数据跑在洪水到来前。

丹江口水库首次蓄至170米正常蓄水位，调度不仅涉及大坝安全、中下游防洪安全，还关乎蓄水进程、库区安全等，如何实现多目标综合调度？

长江水利委员会长江水文情报预报中心利用数字孪生、人工智能等新技术，升级发布了长江防洪预报调度系统，实现高精度、长预见期的洪水预报，为科学调度决策提供技术支撑。长江委通过精细调度汉江流域水库群，精准控制皇庄站流量不超过1.2万立方米每秒，极大减轻了汉江中下游防洪压力。

数字赋能，让预报预警更精准。安徽雨水情自动测报系统完成了全省5468座小水库雨水情“全要素、全量程”自动测报全覆盖，系统每5分钟可完成一次自动测报，各项水库指标可通过终端实时查看，提高预报、预警的准确性；浙江依托钱塘江防洪减灾数字化平台，提升山洪预警的精准度，形成数字化管控闭环，在防御台风“烟花”中底气更足。

技术加持，让预演预案更智慧。在淮河水利委员会数字地图上，不同强度的降雨、各种水利工程联合调度方案可以在预演中得到模拟呈现，预演过程更直观、更高效，调度决策更精准、更优化；珠江水利委员会采用信息化调度平台、无人机等科技手段，开展水工程调度模拟预演，全方位检验防洪调度和工程应急抢险处置能力。

随着智慧水利建设推开，新技术在水旱灾害防御等领域运用越来越广泛、越来越深入，从拼体力到拼算力，“四预”更精准，调度更主动，防御更高效，为保障人民群众生命财产安全持续赋能。

风雨中淬炼拳拳初心，洪浪中兑现铮铮诺言。为保障人民群众生命财产安全尽最大努力，争取最大主动，赢得更多时间，水利人始终坚定扛起人民至上、生命至上理念和全力守护江河安澜、百姓安全的使命担当。

2021 年水旱灾害防御系列特稿之二

技术“软实力”激活水工程“硬力量”

本报记者 陈君

“9 月 27 日—10 月 21 日，黄河下游花园口站流量一直稳定在 4000～5000 立方米每秒之间，保证了下游黄河滩区人民的安全。沁河河口村水库、伊河陆浑水库、洛河故县水库削峰率分别达 20%、64%、45%。”来自黄河中下游洪水预报调度一体化平台的这组数据显示，作为防御洪水的“王牌”，小浪底、陆浑、故县、河口村等黄河中下游水库群组成的“最强防洪军团”联合调度，在应对黄河 3 次编号洪水中发挥了极其重要的作用。

2021 年防汛抗洪非同寻常。夏季，我国局地极端强降雨多发频发、影响范围广、致灾性强；秋季，华西秋雨一场接一场，汉江洪水一浪更比一浪高，黄河洪水场次之多、过程之长、量级之大历史罕见。越是大汛越是彰显水库防汛工程不可替代的作用，越是一场连一场大汛越是凸显科学调度水工程的强大“软实力”。水利部、有关流域机构和地方水利厅局坚持人民至上、生命至上，坚持会商研判、跟进演算，科学调度水工程，全力实现“人员不伤亡、水库不垮坝、重要堤防不决口、重要基础设施不受冲击”的目标。

“硬牌”在手“出牌”在心

8 月 29 日晚，长江委行政楼 15 层会商室内气氛紧张。会商的重点是，是否加大丹江口水库的下泄流量。此时，丹江口水库水位已达 164.4 米，入库流量为 2.1 万立方米每秒。

长江设计集团防洪调度技术支撑小组利用自主开发的水工程联合防洪调度平台，提出了合理利用下游河道的过流能力，逐渐加大丹江口水库下泄流量的调度建议。经过紧张激烈的会商讨论，长江委下发调度令，于当晚 10 时，将丹江口水库下泄流量从 6400 立方米每秒（含发电流量）增加到 7200 立方米每秒（含发电流量），控制丹江口水库向汉江中下游下泄。调度效果表明，在确保下游防洪安全的前提下，丹江口水库快速上涨的水位得到了合理控制。

8月21日，继7月之后，强降雨再次降临河南。根据预报，河南省水利厅在分析计算和研判后，提前调度盘石头、小南海、彰武等大中型水库进行预泄，降雨前水库水位全部降至汛限水位以下，腾出库容，最大限度拦蓄洪水，尽力避免有关蓄滞洪区再次启用。强降雨防御期间，省水利厅调度昭平台、白龟山、孤石滩等水库拦蓄洪水，其中昭平台水库削峰率达98%。至8月23日8点，河南省132座大中型水库蓄水总量63.61亿立方米，较多年同期均值多蓄22.42亿立方米，水利工程发挥了显著的防洪减灾效益。

临危不惧，从容应对，因为心中有底。这个底，来自以人民为中心、尊重规律的防洪理念，来自防洪工程体系“硬牌”在握。

当洪水发生时，堤防首先发挥作用，尽量利用河道的过水能力宣泄洪水；当洪水将超过安全泄量时，宜先使用水库调蓄，水库仍不能控制时再启用蓄滞洪区等分洪工程。原则上，要将确保工程安全置于首位，最大程度减小洪灾损失；要妥善处理防洪与兴利的矛盾，汛期电调服从水调，防洪兼顾兴利；要严格执行汛限水位，病险水库主汛期一律空库运行。

通过多年坚持不懈的建设，目前我国已基本建成流域防洪工程体系。截至目前，全国已经建成9.8万多座水库，总库容8983亿立方米；修建了各类河流堤防43万公里；开辟了98处国家蓄滞洪区，总容积达1067亿立方米。这些水库、河道及堤防、蓄滞洪区，共同组成了流域防洪工程体系。依靠这些工程体系，同时运用拦、分、蓄、滞、排等综合措施，抵御了新中国成立以来发生的最大洪水。

防御理念的转变和防御能力的提高，成为夺取防汛减灾保卫战胜利的信心、底气和力量。水库拦洪削峰，河道畅通泄流，蓄滞洪区为防汛减灾再加“安全阀”，这些分布在我国各个水系之上的水工程，成为防汛减灾的硬核力量，守护江河安澜。

算精细账　打组合拳

水库、闸坝等水工程是防汛抗洪的“王牌”，而依靠水利技术支撑的洪水演算，洪峰量级、抗洪能力判断，以及开闸时间选择等，更是在防洪理念指导下最能体现水利专业水平的风险决策。

水工程调度需要精细分析，统筹考虑，寻求最优解决方案，以获得防洪减灾效益最大化。复盘今夏防洪，可以感受到水工程科学调度、联合调度、精准调度的专业水平。

今年汛期，尼尔基水库“出镜率”极高。入汛以来，松辽流域天气形势异常，汛情发生早，洪水量级大。面对严峻的防汛形势，松辽委在水利部的指导下，精细调度尼尔基水库，充分发挥骨干水利工程拦洪削峰错峰作用。在应对3次编号洪水调度中，尼尔基水库共拦蓄洪水 26 亿立方米，最大削峰率分别达 61.6%、100% 和 39.5%，有效降低嫩江干流水位 0.37 米～1.27 米。

岳城水库是海河流域漳河上游的控制性枢纽工程。7 月 22 日 9 时，4860 立方米每秒、自 1970 年建成以来的第三大洪峰抵达水库。关键时刻，岳城水库发挥出极大的拦洪削峰作用，截至 7 月 28 日 23 时，水库拦蓄 1 号洪水 2.43 亿立方米，削峰率接近 100%，避免了漳河、卫河洪水叠加。在这次海河流域水工程调度中，共有 57 座大中型水库拦洪约 22.6 亿立方米，平均削峰率超 80%，其中岳城、岗南水库拦蓄漳河、滹沱河洪水，有效拦洪超 99%。同时，启用 11 个国家蓄滞洪区，分蓄洪水，把下游的防洪压力减到最小。

秋汛洪水接踵而至。8 月下旬以来，黄河中下游出现多年罕见秋汛。黄河下游滩区总人口 189 万人，一旦发生漫滩，势必危及人民群众的生命财产安全。面对罕见秋汛，水利部加密会商、提高频次，并数次视频连线黄委，深入会商研判，作出细致部署。

“我们的调度思路是联合调控黄河中游干支流水库，在确保防洪安全前提下，最大限度挖掘伊河陆浑、洛河故县、沁河河口村水库防洪运用潜力，及时调整小浪底水库下泄流量，凑泄花园口站流量 4800 立方米每秒，尽最大努力缩短小浪底水库高水位运用时间。”黄委防御局方案技术处负责人说。

水利部水旱灾害防御司的数据显示，截至 10 月 15 日，今年汛期全国 4334 座（次）大中型水库共拦洪 1387 亿立方米，初步统计减淹城镇 1492 个（次）、减淹耕地 2534 万亩、避免人员转移 1516 万人。

流域一盘棋，共御大洪水。算精细账，利用好每一立方米的防洪库容、每一秒钟的泄洪时机，打出水工程科学调度、联合调度、精准调度“组合拳”，各项防御措施更具精准性、针对性、可操作性，发挥了巨大的防洪减灾效益。

科学统筹　蓄泄有方

统筹考虑防洪安全和水资源利用，更加科学精细，力争取得双赢，成为今年汛期水工程调度的一大亮点。

8 月下旬以来，汉江发生罕见秋季大洪水。水利部、长江委先后发出 46 道调度令，会同陕西、湖北、河南省水利厅科学精细联合调度丹江口、安康、石泉、潘口、黄龙滩、鸭河口等干支流控制性水库拦洪削峰错峰，合理增加南水北调中线一期工程供水流量；通过联合调度，汉江上游干支流控制性水库群拦蓄洪水总量约 145 亿立方米，其中丹江口水库累计拦洪约 98.6 亿立方米。通过水库拦洪，平均降低汉江中下游洪峰水位 1.5 米～3.5 米，缩短超警天数 8～14 天，避免了丹江口以下河段超保证水位和杜家台蓄滞洪区分洪运用，极大减轻了汉江中下游防洪压力。

水利部统筹防洪和蓄水需求，10 月 1 日以来发出 11 道调度令，精准控制泄洪流量和蓄水进程，精细合理控制丹江口水库水位。10 月 10 日 14 时，丹江口水库水位蓄至 170 米正常蓄水位，这是水库大坝自 2013 年加高后第一次蓄满。在设计条件下，丹江口水库多年平均蓄满率约为 11%，这意味着平均每十年左右丹江口水库才能蓄满一次。此次蓄至 170 米，标志着今年汉江秋汛防御与汛后蓄水取得双胜利，为南水北调中线工程和汉江中下游供水打下了坚实基础，也为丹江口枢纽工程整体竣工验收创造了有利条件。

10 月 10 日，岳城水库水位最高涨至 152.3 米，创建库以来最高值。在确保工程安全的前提下，充分发挥了水库拦蓄上游洪水、减轻下游防洪压力、科学利用洪水资源的作用，实现了防汛和蓄水双赢。

这是一个不同寻常的汛期，水工程调度完成了一次不容有失的大考，最终令人满意的成绩着实来之不易。

江河安澜，人民幸福，需要水工程“硬力量”，也需要水利技术“软实力”。水工程“硬力量”是党领导人民取得的巨大水利建设成就，水利技术“软实力”是建设水工程“硬力量”的保障，是科学调度水工程“硬力量”的支撑，二者都是专业水平的体现，也都是综合国力的一部分。当然，我们也还有“硬力量”不“硬”的地方。“十四五”期间，我国将推进实施国家水网重大工程建设，遵循洪水发生和演进的规律，以流域为单元，构建由水库、河道及堤防、蓄滞洪区为主要组成的流域防洪工程体系。随着一大批水利骨干工程和控制性枢纽的陆续建成，我国将构筑起抵御流域性大洪水的坚强屏障，积蓄起应对水旱灾害的更强力量。

2021 年水旱灾害防御系列特稿之三

在暴雨洪水中书写忠诚

本报记者　李海川

江河湖库告急，堤防大坝出险，山洪灾害频发……今年汛期气候复杂多变，局地性短历时强降雨天气多发频发，台风挟风裹雨接踵而至，秋汛洪水来势凶猛历史罕见，严峻的汛情牵动着全国上下每个人的心弦。

在这场旷日持久的水旱灾害防御战中，水利人不畏艰险、冲锋在前，忠于职守、勇斗狂澜，在疾风骤雨中逆行，与洪峰急流较量，全力打好这场没有硝烟的战役，彰显了防御洪水的强大能力和守护人民的坚强决心，书写着无愧于党、无愧于国家、无愧于人民的安澜答卷。

哪里有洪水，哪里就有执着坚守

战时状态是非常状态，意味着要有非常决心、非常速度、非常作风。

8 月 21 日上午，国家防总副总指挥、水利部部长李国英在国家水工程调度指挥中心主持防汛会商，现场电话突击查岗：马上给巡查责任人打电话，必须确认责任人落实情况！

突然接到查岗电话的是三河水库巡查责任人卢东方。当时，他正在塌七河河道上游进行河道整治工作，确保河道在暴雨来临之时能够安全行洪是他的职责之一。

电话一头是向全国水利系统发出决策指令的水利部指挥员，另一头是全天候守护水利工程的基层一线职工，水利系统从上到下务实的工作作风在这次毫无征兆的电话查岗中得到彰显。

在“七下八上”防汛最关键阶段，水利部果断决策，要求机关和直属单位干部职工防汛期一律取消休假。水利系统全员响应号召，不计得失，不舍昼夜，以迎接大战大考的状态，坚守岗位，迎难而上，加强监测预报，科学调度水利工程，全力以赴做好防汛抗洪工作，确保人员不伤亡、水库不垮坝、重要堤防不决口、重要基础设施不受冲击。

李国英部长坐镇指挥，第一时间传达中央领导关于防汛救灾工作重要指示精神，多次到防汛抗洪一线现场指导，多次视频连线重点流域和地区，部署防御工作。刘伟平副部长逐日主持会商，将工作部署细化实化到逐个流域逐条河流逐座水库。水利部水旱灾害防御司联合信息中心等部门密集滚动会商，精细研判雨情水情工情，用专业和坚守，确保江河安澜。

洪水就是信号，汛情就是命令。防汛一线，有并肩冲锋上阵的“父子兵”，有重返一线的离退休老职工，有不让须眉的铿锵玫瑰，还有奋勇当先的青年党员……各级防汛人员紧盯工程安全，开展24小时不间断巡查值守，全力保障险情早发现、早处置，践行“洪水不来，排查不止”“洪水不退，力量不撤”的铮铮誓言。

国庆前夕，黄河出现罕见秋汛，水利系统防汛相关部门单位人员取消“十一”休假，再次拧紧了发条，集中力量投入黄河防汛大考。

在黄河济南章丘段岸边，章丘黄河河务局黄河管理段副段长李忠鹏已经快一个月没回过家，每天的睡眠时间只有四五个小时。

同样，53岁的河南长垣河务局榆林控导工程运行观测班班长邢少杰连续一个多月坚守在一线。

郑州河务局几乎全体职工下沉一线，坚持每天巡堤查险，及时制定抢护方案，将未雨绸缪做到极致。

黄河水利委员会职工全线压上，到岗到位，并按1：3专群比例落实巡坝查险人员，3万多名党员干部群众日夜坚守防汛一线……

会商室的指挥决策者殚精竭虑，值班室的工作人员起早贪黑报送水雨情信息，战斗在前方的水利职工废寝忘食昼夜巡查值守，全体水利人心往一处想、劲往一处使，用忠诚和担当打赢今年汛期一轮又一轮的暴雨洪水防御战。

“防汛累不累，当然累；值班苦不苦，也很苦。但我的坚守能换来更多百姓的平安，再苦也值得。”一名水利值班人员在微信朋友圈中写下了这样的文字。

哪里有洪峰，哪里就有耳目尖兵

作为防汛抗洪的耳目尖兵，水文责任重大，为防汛抗洪决策提供及时有效、科学准确的技术支撑。广大水文观测人员在风雨中逆行，在浪尖上抢测，不畏艰险，冲锋一线，用一次次精准的测报，上演与洪水赛跑的“生死时速”。

今年主汛期，河南多地遭遇历史罕见的连续强降雨，险情频发，汛情紧急，“尖兵”出战。

“人在，阵地在。”门前积水齐腰深，测站被水围困，卫辉水文局局长赵元保和卜晓倩夫妻仍坚守在岗。整点报汛时间到，他们来不及换下湿透的衣服，旋即投入报汛工作。

漯河水文突击队乘着大型冲锋舟，历经数次被洪水冲进滞洪区、冲到下游大桥的惊险后，开辟出测流路线，首次全面测得白寺坡滞洪区王湾分洪口门流量。

天气情况恶劣，监测断面随时可能发生塌陷，安阳水文突击队队员携带仪器蹚水步行到共产主义渠测验断面开展测验……

8 月下旬以来，黄河、汉江、海河等流域多条河流发生超警超保洪水，迎来水量大、范围广、时间长的罕见秋汛。

风雨越大，他们越冲锋在前；汛情越急，他们越逆流而上。

渭河汇入黄河后的几天，泥沙条件复杂，出现沙峰，潼关水文人每两个小时就要出船取一次沙，以控制沙峰过程。“测一次单沙，5 条垂线，加上来回路上的时间，就得将近一个小时。那几天我们不是在测验，就是在去测验的路上。”潼关水文站副站长姚毓洲说。每一次测流，他们都要经过一条近 400 米长的泥泞道路，肩扛手提测验设备，顶风冒雨艰难跋涉，往往一脚踩下去，淤泥就没到了小腿。

对水文人来说，没有测不到的水情。耳目尖兵冲在第一线、守在第一线、干在第一线，追风逐雨，把脉江河，以精准监测预报，为防汛抗洪精准调度赢得先机。

哪里有险情，哪里就有水利专家

到汛情最紧急、抢险最困难的地方去！

在防汛紧要关头，一支支来自水利部、各流域机构、省市县各级水利部门的防汛专家队伍，总是在第一时间赶赴汛情最紧急的地方，发挥专业技术优势，提供除险建议方案，指导调度水利工程，为护佑江河安澜、守护人民安宁提供了有力支撑。

台风“烟花”来袭，带来狂风暴雨，适逢天文大潮，形成风、暴、潮、洪“四碰头”的不利局面。由水利部建设与管理司副司长徐元明带队的浙江工作组在“烟花”登陆浙江前就抵达了宁波，又先后赶赴余姚、舟山等地，对水库安全等风险点逐一督导落实防御措施，不放过任何一处隐患。浙江、江苏等多地水利系统派出了数量庞大、业务精干的专家阵容，发挥专业优势，形成防汛防台风强大合力。

10 月 12 日 17 时 36 分，经过三天三夜奋战、加班加点抢堵，陕西省大荔县北洛河朝邑生产围堤紫阳段决口成功合龙。险情发生后，水利部、陕西省水利厅第一时间派专家组赶赴现场进行技术指导。经多方缜密查勘、科学研判、确定方案，水利专家不分昼夜、风雨兼程地忙碌，及时有效控制住险情，保障了人民生命财产安全。

第一时间赶赴现场，快速科学研判险情，果断制定抢险方案，现场指导险情处置……这群有备而来的“智囊团”“急行军”，与时间赛跑，和洪水作战，以对党和人民高度负责的工作态度、务实忘我的工作作风，日夜鏖战，倾尽全力，排除万难，争取胜利，为防汛抢险提供了强有力的技术支撑。

哪里有需要，哪里就有党员干部

“我是党员我先上!”堤坝上，党旗下，先锋战士的属性在彰显，保护人民的精神在闪光。

水利系统各级党组织和广大党员干部勇于担当、冲锋在前、连续作战，带头到汛情最严重、抢险最困难、群众最需要的地方，让党旗在防汛救灾第一线高高飘扬，为人民群众生命财产安全筑起一道道坚不可摧的“红色堤坝”。

河南省水利厅在水旱灾害防御应急响应提升至Ⅰ级当天发出倡议，设立党员先锋岗、党员示范岗、党员责任区，成立党员志愿服务队、党员抢险突击队；江苏省水利厅向厅系统广大党员干部发出号召，要求将党旗插到防汛防台风第一线，以坚强的战斗堡垒筑起坚固的红色防线；黄河防汛一线成立防汛抗洪临时党支部，发挥党员先锋模范作用，冲锋在前，紧张有序地开展抗洪抢险工作……

“到最艰苦的地方去！到最危险的地方去!”黄委信息中心防汛抢险支援队总领队赵明上交请战书，带领黄委信息中心第二党小组义无反顾地冲到了条件最差、最为艰苦的河口孤岛河务段守险阵地。

“别人下雨都往家跑，咱们下雨往大堤跑。”沂沭泗局巡堤查险的党员们一手拿着铁钎，一手握着手电筒，奋战在暴风雨夜，仔细检查着堤防迎水坡的每一处水面和背水坡的每一片草丛。

听党指挥，向“汛”而行。水利部党员干部、各级党组织以及各省水利系统党员顶着疾风骤雨，冲在险情一线，主动担当，敢打头阵，用实际行动诠释了党员的先锋性质和担当精神。

风雨可能无定，江河最好得安。水利人全力以赴，不辱使命，在紧要关头彰显本色，在风雨面前书写忠诚，用实际行动筑起了守卫生命堤坝、捍卫生存家园、守护百姓安全的坚实屏障。

系列评论

主汛期水旱灾害防御系列评论之一

人民至上 生命至上

本报评论员（李海川）

时值“七下八上”，极端天气多发，风急雨骤，洪浪滔天，险情频发，形势严峻。习近平总书记日前对防汛救灾工作作出重要指示，要求始终把保障人民群众生命财产安全放在第一位，最大限度减少人员伤亡和财产损失。在危急关头、关键时期，各级水利部门要始终把保障人民群众生命财产安全放在第一位作为防汛工作的根本目标和判别标准，尽职尽责尽力做好应对的各项防御措施，把对党和人民的忠诚与热爱落实在水旱灾害防御的具体行动上，尽最大努力守护人民群众生命财产安全。

“人民至上、生命至上”，就是要视人民群众的生命安全高于一切，就是要在极端恶劣的台风、暴雨和洪水之中首先想到人民群众的生命安全，就是要在防御暴雨洪水时千方百计确保人民群众生命安全。这是我们党坚持以人民为中心、将人民利益放在首位的治国理政核心理念和使命担当，也是防汛救灾工作的最高价值选择。各级各部门必须充分认识今年防汛的严峻形势，从最不利情况出发，始终绷紧防范安全风险这根弦，把人民生命安全放在第一位，把人民利益放在第一位，做到一切部署、措施都以保护人民生命安全为中心，全力确保“人员不伤亡、水库不垮坝、重要堤防不决口、重大基础设施不受冲击”这一目标的实现。

生命高于一切，责任重于泰山。坚持“人民至上、生命至上”，必须压紧压实各方防御责任，做到对象明确、目标明确，责任到岗、责任到人。环环相扣的“防汛链”离不开层层压实的“责任链”，测、报、防、救，任何一项“技防”都离不开“人防”。只有责任落实到位，工作才能到位，才能打好水旱灾害防御主动战。今年汛前，水利部公布了全国 710 座大型水库大坝安全责任人名单，落实了小型水库安全度汛和山洪灾害防御责任人。各地各级水库安全、山洪灾害防御、巡堤查险等责任人要及时上岗到位、履职尽责，切实加强组织领导，在其位、谋其政、行其权、负其责，确保各项防御措施落实到位、发挥实效，筑起水旱灾害防御的责任堤坝。

天有不测风云，台风“烟花”刚刚登陆，多地暴雨仍将持续，防汛形势不容乐观。我们要立足于最不利情况，坚持底线思维，强化风险意识，坚决克服麻痹思想和侥幸心理，以对人民高度负责的态度，把责任压实到水旱灾害防御工作的各个层级和环节，从思想和行动上都始终坚持“人民至上、生命至上”，采取切实可行的防御措施，最大程度减少人员伤亡和财产损失，全力应对汛情大考。

主汛期水旱灾害防御系列评论之二

扎扎实实做好“四预”

本报评论员（赵建平）

当前，我国正值“七下八上”防汛关键期，水旱灾害防御形势异常严峻复杂。李国英部长在近日的防汛会商会上反复强调要突出抓好“四预”措施，牢牢把握好防御工作的主动权。各地要以高度的责任感使命感，立足“防住为王”，落实落细各项防御措施，牢牢守住水旱灾害防御底线，坚决打赢水旱灾害防御这场硬仗。

凡事预则立，不预则废。防汛抗洪更是如此。李国英部长基于长年水旱灾害防御的经验提出做好“四预”的要求，即预报、预警、预演、预案，这是水旱灾害防御的重要手段和措施。强化“四预”措施，要求我们从最不利情况出发，研判在先、部署在前、关口前移，以确定的防御措施和处置方案有效应对不确定的汛情发展变化，实现战略主动。强化“四预”措施，要求我们要以对党和人民高度负责的态度，细化落实监测预报预警、风险隐患排查、人员转移避险、工程调度、蓄滞洪区运用准备等各项工作，在时间上争分夺秒，在行动上快马加鞭，践行人民至上、生命至上，切实保障人民群众生命财产安全。

预报要“准”。预报要立足极端天气条件，在精准、超前上下功夫。要以流域为单元提前精准预报预警，与气象、水文部门密切协作、联动配合，加强实时雨水情信息的监测报送和分析研判，利用水文气象耦合、大数据、人工智能等技术，努力提高预报精准度、延长预见期。每次预报的结果要落到最小单元，直达雨区覆盖的部门，及时告知当地做好防汛救灾准备工作。预警要“快”。要及时启动应急响应，确保应急响应机制各方面有机有效联动。一旦水库、堤防出现险情时，及时向可能受影响的相关部门和地区发布预警，提醒提前做好避险防范。

当前，特别要做好山洪灾害防御预警，确保预警信息传递到人、防御责任到人，提前做好转移避险。宁可听骂声，不可听哭声。预演要“真”。预演要往实里做、细里做。要加强历史雨水情信息的分析研判，按照历史最大洪水进行推演，在数字流场中进行预演，标准内洪水怎么调度，发生超标准洪水如何防，洪水往哪去，人往哪转移，都要安排好、落实好，为防汛提供科学决策支持。预案要“实”。要立足极端强降雨、超标准洪水等最不利情况，从危险区划定、人员转移、中小水库安全、重要堤防防守、城市防洪排涝和重要基础设施防护等方面完善防御预案，要逼近实战，强化预案的指导性和可操作性，确保预案到位，牢牢把握防御工作的主动权。

面对依然严峻的防汛形势，我们宁可把形势估计得更严峻一些、把方案想得更周全一些、把措施制定得更细致一些，在前期工作的基础上，再检视、再细化、再落实，进一步明晰和压实各项防御责任，做到对“四预”认识真到位、让“四预”措施真管用，以更有力的举措、更完善的方案、更快速的反应、更科学的调度应对台风暴雨洪水大考。

主汛期水旱灾害防御系列评论之三

应急响应务必联动落实

本报评论员（石珊珊）

当前，我国正值“七下八上”防汛关键期，防汛形势异常严峻复杂。水利部部长李国英日前在部署防御工作时强调，要及时启动应急响应、发布预警信息，确保应急响应机制各方面有机有效联动。面对突发灾害，紧急关头，各级党委政府和有关部门不仅要及时启动应急响应，更要根据响应级别落实各项防御措施，各司其职、各负其责、通力合作、主动协调，确保应急响应有机有效联动落实，全力保障人民群众生命财产安全。

非常时期必需非常之策，应急响应机制正是针对突发灾害制定的应对方案。及时启动应急响应，根据不同级别有针对性地做好防范应对，才能保证抗洪抢险、抗旱救灾工作高效有序进行，最大程度减少人员伤亡和财产损失。以北京市 7 月 11 日至 12 日强降雨防御过程为例，市水务局启动防洪Ⅲ级应急响应后，各部门立即行动：市防办广泛宣传，提示市民远离危险地带，并建议机关、企事业单位弹性或错峰上下班；各区及时关景区、封沟道、封危险道路，提前转移危险地带人员；水务部门加强值班值守，提前降低城市河湖河道水位，各水库水位降至汛限水位以下；气象、水文等部门 24 小时滚动监测和预报预警……各方有效联动、紧密配合，落实落细各项防御措施，筑起坚固的防汛救灾堡垒。

防汛事关经济社会发展大局，涉及各级党委政府和水利、应急管理、气象、住房和城乡建设、交通运输、城市管理等多个部门。《国家防汛抗旱应急预案》对不同等级应急响应下，主持会商人员的级别、应急值守力量、监测预报频次、物资调拨程序、汛情发布、信息报送时效等都做出了明确详细的规定，为提升防汛救灾工作效率和水平提供了科学依据。各级各部门务必严格按照应急响应机制要求，协同配合、有效落实，确保应急响应机制真正发挥作用。

领导干部要响应到位。防汛抗旱工作实行各级人民政府行政首长负责制，各级领导干部要根据响应级别的要求，及时上岗到位，该坐镇指挥就要坐镇指挥到位，该现场指挥就要深入一线、现场到位，决不可应急缺阵、临危脱岗、推诿扯皮。领导干部要根据应急响应范围认真研判形势，部署应对措施，坚决靠前指挥，当好危机状况下的当家人、主心骨、指挥员，确保防汛救灾体系有力有序高效运转。

防御措施要落实到位。要根据响应级别的要求，该储备的物资、设备、材料等，要足额储备落实到位；该加密监测会商的，要及时监测并分析研究到位；该加强通信、宣传的，要及时动用一切可以动用的力量，确保信息畅通、传递到位；该预泄放空水库的，要及时做好水利工程调度，坚决落实到位；该对低洼地区和保护目标采取防淹措施的，要落实各项保护措施，坚决防护到位；该落实抢险队伍的，要确保抢险队伍拉得出、顶得上、打得赢。决不可对应急响应玩数字游戏，仍然按照自己的理解各行其是，或者自己看着办，打折扣，搞变通。

配套举措要执行到位。应急响应，就是紧急情况的应对，要坚决采取保障群众安全的“硬”举措，如学校停课、错峰上班、弹性办公等，比如地铁停运、高速公路关闭、景点关闭、商店停业，再比如加强治安保障、强化宣传教育、完善生活保障等。各有关方面，都应对应急响应作出相应的判断，以确保人民群众的生命财产安全为目标，宁可要求严一些、目标高一点，坚决杜绝侥幸心理，千万克服麻痹思想，宁可事前听骂声，绝不事后听哭声。

“宁可十防九空，不可失防万一”。我们要坚决贯彻落实中央对防汛救灾工作的各项部署要求，及时预警、及时反应，确保应急响应有机有效联动落实，提高防范和应对重大突发事件能力，风雨同担，同舟共济，凝聚抵御灾害、护佑民生的强大力量，全力以赴打好防汛救灾硬仗！

主汛期水旱灾害防御系列评论之四

防御台风必须跑赢台风

本报评论员（赵建平）

今年第6号台风“烟花”7月25日、26日在浙江沿海地区两次登陆，破坏力强，影响范围大，部分江河发生超警超保超历史洪水。水利部持续滚动会商研判，李国英部长在会商会上强调，要把握准水情、雨情、工情，跑赢台风，把各项工作部署安排在台风到来之前，以更严的措施，严密防范，做到万无一失，奋力夺取台风暴雨洪水防御的全面胜利。我们要根据水利部的安排部署，扛起担当，发扬连续作战精神，用扎实充分的准备工作应对台风暴雨洪水大考，坚决打赢这场防御战。

连日来，水利系统上下快速反应，各级党员干部群众迅速行动，加强值守，担起责任，践行“人民至上、生命至上”理念，台风防御工作取得明显的阶段性成效。跑赢台风，需要万全之准备，台风的路线可能摆动，破坏力可能变幻，但我们必须严阵以待，提前防范。跑赢台风，就是要求我们以最短时间、最快速度，付诸更有力的举措、更完善的方案、更快速的反应、更科学的调度、更具体的行动，立足“防住为王”，把防御关口前移，把各项防御措施做在前头，强化台风防御全过程管理，坚决守住安全底线，尽最大努力守护人民群众生命财产安全。

跑赢台风，要突出做好精准预测预报。科学精准预测预报是防御台风、跑赢台风的制胜法宝，是开展防汛调度的重要依据和有效支撑。要加强实时雨水情信息的监测报送和分析研判，提前预报降雨覆盖范围和流域洪水，针对中小河流特别是北方河流，千方百计提高监测预报能力，毫不松懈抓好监测预报预警工作，下实功、出实招、见实效，努力提高预报精准度、延长预见期，为防汛抢险救灾提供有利条件，赢得宝贵时间。

跑赢台风，要做足做实做细预案。进入“七下八上”防汛关键期以来，一些地区已遭遇多轮暴雨侵袭，江河底水较高，土壤含水量接近饱和，安全度汛压力大，风险隐患进一步加大。要立足极端强降雨、超标准洪水等最不利情况，从危险区划定、人员转移、中小水库安全、重要堤防防守、城市防洪排涝和重要基础设施防护等方面进一步完善防御预案，强化预案的指导性和可操作性。当前，尤其要做好山洪灾害防御预案，要充分考虑广大山区前期降雨土壤饱和度高的特征，及时发布预警信息，提前做好危险区人员转移。前期洪水过程中已蓄水的水库，特别是病险水库，“三个责任人”必须到岗到位，病险水库原则上一律空库运行，要加强日夜巡查，强化风险管控，发现险情立即处置并及时转移下游影响区人员。

跑赢台风，要突出抓好水工程调度和巡查排险。要严格落实水利部决策部署，以流域为基本单元，逐流域研究台风防御措施，加强水库、河道、蓄滞洪区等水工程的调度运用，统筹考虑来水蓄水泄水、雨情汛情工情，突出措施的精准性、可操作性。要提前研判，适时启用蓄滞洪区分滞洪水，要充分考虑台风暴雨发生洪水的滞后效应，逐流域加密监测，逐流域算清水账，逐流域落实水库、蓄滞洪区、河道泄流的组合调度方案，做好防御洪水的开卷考试。要加强已启用蓄滞洪区围堤的巡查防守，确保蓄滞洪区围堤安全，避免因分洪运用造成次生灾害。要加强堤防巡查防守，上足人员，预置物资和设备，抢早抢小，确保堤防安全。

下一阶段的防汛形势依然不容乐观，我们必须要有高度的责任感和使命感，不能有丝毫懈怠，时刻盯紧可能出现的风险隐患点，周密安排，提前防范，确保认识到位、责任到位、措施到位，牢牢掌握防灾减灾主动权，坚决实现“人员不伤亡、水库不垮坝、重要堤防不决口、重大基础设施不受冲击”的工作目标，最大限度确保人民群众生命财产安全。

主汛期水旱灾害防御系列评论之五

“三个责任人”必须上岗到位

本报评论员（王曼玉）

当前正值“七下八上”防汛关键期，极端天气事件多发频发，汛情形势异常严峻，水库安全风险进一步凸显。李国英部长在防汛会商会上多次强调，水库安全“三个责任人”必须逐一落实并上岗到位，认真履行职责，确保安全度汛。各地各部门要充分认识水库安全度汛工作面临的严峻形势，加强水库特别是中小水库的安全运行管理，严格落实“三个责任人”，及时做好隐患排查除险工作，守住防汛安全底线。

思则有备，有备无患。我国水库数量多、分布广，特别是很多小型水库地处偏僻，交通不便，通信不畅，工程老化失修，水库安全度汛风险隐患突出，稍有懈怠就极易出现问题。确保水库安全运行的关键就是要将责任落实到位。近几年，水利部加强防汛责任制落实，重点落实行政、技术、巡查“三个责任人”，加大堤库查险排险力度等，做到险情早发现、早报告、早处置，严防水库垮坝，病险水库空库运行，充分发挥水库防洪减灾功能，保障人民群众生命财产安全。历史经验表明，责任到位才能使工作到位，才能打好防汛主动战。责任不到位，就容易造成难以估量、无法挽回的严重后果。

锚定水库安全度汛目标，“三个责任人”必须到岗到位、尽职尽责。各地各部门要正视水库安全度汛工作存在的问题、风险和隐患。按照分级负责、属地管理的原则，逐库落实水库安全度汛“三个责任人”，明确各类责任人的主要职责和基本要求，并在媒体上进行公示，确保责任落到实处。行政责任人要履行好水库防汛安全组织领导的职责，协调落实防汛安全保障措施，组织开展防汛检查和重大突发事件应急处置工作。技术责任人要做好水库防汛工作的技术保障，指导水库调度运用、安全监测、维修养护、应急抢险等日常安全运行管理。巡查值守责任人要按照规定，定期开展大坝巡视检查工作，做好水库安全巡视检查记录、值班记录，第一时间报告工程险情。当前，要着力解决部分责任人职责内容不明、履职标准不清等问题，“三个责任人”既要挂名更要担责，责任人要清楚“干什么、怎么干”，切实提升履责能力，做到不仅“有名”“有实”，更要“有能”。特别是要强化病险水库的风险管控，针对已经暴露出来的问题，从最不利情况出发，逐一排查，逐一整改，逐一落实，切实做好水库安全度汛各项工作。

眼下，汛情仍在发展，更严峻的考验或许还在后面。越是到关键时刻，我们越要从不利因素出发，宁可十防九空，绝不一次放松。要确保水库安全“三个责任人”逐一落实并上岗到位，有针对性地落实防洪保安措施，坚决避免垮坝事件发生，充分发挥水库拦洪错峰削峰作用，确保江河安澜、城乡安全，让老百姓放心。

主汛期水旱灾害防御系列评论之六

严防退水溃堤！

本报评论员（李海川）

受今年第 6 号台风“烟花”影响，我国部分江河发生超警超保洪水。当前，海河等流域江河处于退水阶段，但总体水位较高，退水持续时间较长，防汛形势依然严峻。水利部部长李国英在会商会上强调，要时刻把确保人民群众生命安全放在首位，强化忧患意识和底线思维，加强堤防巡查防守，严防退水溃堤，确保防洪安全。

退水期不是安全期，反而是险情多发期。由于退水期河道堤防和前期分洪运用的蓄滞洪区围堤长时间高水位浸泡，土壤含水量大大增加，自重增大，土质变松软，江河水位骤降极易引起临水侧坡面向下滑动，发生坍塌、滑坡、跌窝、崩岸等险情，抢护不及时就可能导致堤防溃口。历史上退水期间溃堤的教训不少，各地各级水利部门对此要高度警惕，时刻保持戒备状态，坚决克服麻痹侥幸思想、盲目乐观心理、松懈厌战情绪，切不可因退水而放松警惕。

退水期堤防防守的重中之重是做好巡堤查险工作。巡堤查险是发现事故苗头、揪出安全隐患的第一道防线。各地各级水利部门要压实巡查防守责任，做好队伍组织和人员落实，加强巡查力量，加大巡查范围，加密巡查频次，不仅要查堤防背水面，还要检查堤顶、迎水坡和水流状态，尤其要加大薄弱堤段、险工险段等巡查力度，对于曾经出险、重复出险的薄弱堤段要制定并完善抢险预案。同时，要继续增派水利专家作为巡堤查险和应急抢险的技术支撑，备足抢险物资，落实抢险措施，有的放矢，抢早抢小，做好险情跟踪闭环，使各类大大小小的险情能够及时发现、及时报告、及时处置，全力以赴将险情控制在萌芽状态，确保堤防安全，避免发生人员伤亡。

当前正值“七下八上”防汛关键期，防汛人员连续高强度作战，人困马乏，容易出现麻痹和厌战心理。越是在这个时候，越要绷紧思想之弦，保持高度警惕，毫不松懈加强巡堤查险，做到水退人不退，打好退水期堤防防守攻坚战，夺取防汛抗洪的最终胜利。

主汛期水旱灾害防御系列评论之七

确保重大基础设施不受冲击

本报评论员（马晓媛）

7月以来，全国各地遭遇强降雨、台风等极端天气，防汛形势十分严峻。李国英部长在防汛会商时多次强调，要尽职尽责，确保人员不伤亡、水库不垮坝、重要堤防不决口、重大基础设施不受冲击。这是防汛抗洪工作的基本职责和目标。各地各部门要始终坚持“人民至上、生命至上”理念，提高站位，增强意识，压实岗位责任，全力确保重大基础设施不受冲击。

重大基础设施是为社会生产和居民生活提供公共服务的物质工程设施，是用于保证国家或地区社会经济活动正常进行的公共服务系统，是社会赖以生存发展的一般物质条件。重大基础设施涉及交通、邮电、供水供电等市政公用工程设施和公共生活服务设施等，是国民经济各项事业发展的基础，是百姓衣、食、住、行的可靠保障。

重大基础设施建设具有“乘数效应”，既是保障社会运行和人民基本生活的物质基础，又能带来几倍于投资额的社会总需求和国民收入。因此，确保重大基础设施不受冲击，是保障百姓正常生产生活秩序和经济社会正常运行的重要方面，意义极其重大。近日，持续强降雨导致河南郑州发生严重内涝，地铁等公共基础设施一度受到严重冲击，人民生命财产安全受到严重威胁。习近平总书记对防汛救灾作出重要指示，要求始终把保障人民群众生命财产安全放在第一位，加强重要基础设施安全防护。我们要坚决贯彻落实习近平总书记关于防汛救灾工作重要指示，充分认识今年汛情形势，吸取经验教训，始终把人民利益放在第一位，全力以赴做好防汛抗洪抢险工作，确保重大基础设施不受冲击。

确保重大基础设施不受冲击，各地各部门要提高政治站位、强化底线思维、增强风险意识，做到一切部署、措施都以保护人民生命安全为中心，切实做好重大基础设施防汛排涝和应急工作。要坚持做好“四预”，密切雨情汛情和台风监测预报，按照最严酷的极端天气情况，完善超强暴雨洪水等灾害应急预案，备足防汛抢险救灾物料，做好应对各类灾害性天气的周密准备。要严格落实责任，加强关键时期涉及重大基础设施等重点地段的巡查值守，加强灾害隐患排查，发生险情立即上报，第一时间组织人力物力抢险。要建立内外部协同联动机制，强化应急值守和会商研判，加强信息沟通，确保各项防御措施落实到位、发挥实效。

目前正值主汛期，汛情依然严峻，考验仍在继续。保护重大基础设施不受冲击，就是保护人民群众的生命财产安全，就是防汛抗洪的重要目标。我们要站在人民的立场上，提高认识，强化责任，完善措施，加强防范应对，超前做好应对可能发生的下一场台风、暴雨、洪水的各项准备，全力以赴确保重大基础设施安全，确保人民群众生命财产安全。

主汛期水旱灾害防御系列评论之八

依法科学精细调度水工程

本报评论员（李海川）

在防御台风“烟花”暴雨洪水过程中，水利部调度岳城、尼尔基水库等关键水工程，充分发挥了拦洪削峰错峰作用。水利部部长李国英多次强调防汛抗洪中水库、河道、蓄滞洪区等水工程调度的重要性。各地各级水利部门要继续强化“四预”措施，依法科学精细调度水工程，充分发挥水工程体系联合防灾减灾作用，全力实现“人员不伤亡、水库不垮坝、重要堤防不决口、重大基础设施不受冲击”的目标，坚决打赢洪水防御战。

水工程调度是防御洪水的根本措施。依法科学精细调度水工程，就是依照《中华人民共和国防洪法》等有关法律法规，严格按照防洪调度方案，科学用好水库、河道、蓄滞洪区“三张牌”，有计划地实时安排洪水以达到防洪最优效果。当洪水发生时，首先充分发挥堤防的作用，尽量利用河道的过水能力宣泄洪水，当洪水将超过安全泄量时，宜先使用水库调蓄洪水，如运用水库后仍不能控制洪水，再启用蓄滞洪区等分洪工程。原则上，要将确保工程安全置于首位，最大程度减小洪灾总损失；要妥善处理防洪与兴利的矛盾，汛期电调服从水调，防洪兼顾兴利；要严格执行汛限水位，病险水库主汛期一律空库运行。

依法科学精细调度水工程是科学防洪的重要体现，是防洪减灾的主要手段，是减轻防洪压力乃至抗洪决胜的关键举措。科学调度水工程，可以使洪水防御更具精准性、针对性、可操作性，从根本上控制洪水威胁，有效保障人民群众生命财产安全。

依法科学精细调度水工程，要坚持“预”字当先。做好雨水情预报，是科学精细调度水工程的前提。要加强与气象等有关部门的密切协作、联动配合，认真研判每一场降雨过程和水量分析，加强对强降雨重点区域、重点时段的监测监控，努力提高预报精准度、延长预见期，为防洪调度赢得宝贵时间。要加强洪水演进规律研究，在算清算准水账的基础上，根据预报情况对水库、河道、蓄滞洪区蓄泄情况进行模拟预演，特别是发生超标准洪水的情况下如何调度，为工程调度提供科学决策支持。要根据防洪工程、经济社会发展现状和防洪预演中暴露出的问题，细化完善江河洪水调度方案，编制流域、区域水工程联合调度方案，尤其要进一步完善超标洪水防御预案，科学合理安排超标洪水出路，确保最终的方案是可行的、安全的。

依法科学精细调度水工程，从长远看，要以流域为单元下功夫推进数字流域建设，打造数字孪生流域。数字流域可对物理流域进行同步仿真模拟运行，实现物理流域与数字流域全要素动态实时畅通信息交互和深度融合，从而大力提升信息化、数字化、智能化水平。要强化科技引领，建立完善流域防洪体系，加快推进数字流域建设，对重要水工程建立数字映像，强化水工程预报信息与调度运行信息的集成耦合，在数字流场中实现“四预”，为物理流域水利工程安全运行和优化调度提供超前、快速、精准的决策支持，努力实现智慧调度。

时值“七下八上”防汛关键期，形势依然严峻，水利部门务必依法科学精细调度水工程，最大程度发挥水工程防汛抗洪的作用，有效确保防洪安全，坚决打赢全年防汛抗洪硬仗。

主汛期水旱灾害防御系列评论之九

跑赢山洪，敲响铜锣就管用！

本报评论员（赵建平）

主汛期也是山洪灾害多发期，山洪灾害造成的人员伤亡占整个洪涝灾害人员伤亡的比例高，一直是防御工作的重点、难点。近年来各地在防御山洪灾害上积累了很多经验，比如说关键时刻敲响铜锣，抢在山洪到来之前让群众得到预警信息，就能够跑赢山洪！

有效预警是减少山洪灾害损失的前提，及时转移避险是减少人员伤亡的关键。如何在短时间内实现大量人员的转移，这是山洪灾害防御需要突破的障碍和难题。目前，全国已经广泛建立起山洪灾害监测预警平台，现代化的监测预警手段不断完善，为基层山洪灾害防御工作提供了有力支撑和保障。但是现代化的预警手段也有不足之处，停电了怎么办？很多老人不使用手机，无法第一时间接收到预警信息怎么办？所以，通过人工敲打铜锣、摇响报警器、吹口哨等“土办法”，想方设法打通预警信息“最后一公里”，及时将预警信息传达进村到组、入户到人，尤其关键。

比如，福建省所有自然村全面配置了防汛预警铜锣，并建立锣长制，专人鸣锣，进一步完善了群测群防体系。这些手段看似很“土”，但能在最关键的时刻，以最纯朴的乡音、最接地气的方式，及时有效通知到每一位需要转移的群众，可以有效减少人员伤亡。

防御山洪灾害，生命高于一切，责任重于泰山。躲避山洪必须争分夺秒，必须把功夫下在防御上。不管是什么防御方法，只要实践证明真管用，只要能保障老百姓生命安全，那就是好方法。

主汛期水旱灾害防御系列评论之十

宁可事前听骂声，不要事后听哭声！

本报评论员（马晓媛）

正值主汛期，台风、暴雨轮番来袭，山洪灾害等各类险情灾情多发频发，严重威胁人民群众生命安全。李国英部长在防汛会商时多次强调，要始终坚持人民至上、生命至上，及时发布预警信息，及时转移山洪易发区、低洼易淹地段等危险区域人员，确保不漏一户、不落一人，宁可事前听骂声，不要事后听哭声！

风雨无定，洪水无情。近年，面对极端气候条件导致的各类灾害，我们不断提高预测预报水平，积极采取各种防御措施，努力将灾害威胁和损失降到最低。但是，人类始终无法完全战胜自然，在大灾大难情况下确保不死人，是人民至上、生命至上理念的根本目标。面对极端洪涝灾害造成的威胁，提前转移人员，是实现“不死人”目标的有效手段。

当前，在人员转移撤离过程中，一些地区由于长期没有洪水发生，个别群众认识不到位、防范意识低、怕麻烦，不愿配合转移撤离。面对这种情况，各地各部门该果断采取措施，就要下决心果断采取措施，宁可事前听骂声，不要事后听哭声，尽全力实现受威胁区人员全部转移。灾难发生前，一些百姓可能会对转移措施产生误解和抵触情绪，但当灾难真正发生后，及时的转移撤离，必定会得到百姓的肯定和支持。

确保人员能够及时得到转移，各地各部门还需要提高警惕不松懈，严格落实责任，密切监视天气变化和雨水情信息，及时发布预警信息。部分山区前期降雨土壤饱和度高，台风带来短历时强降雨极易导致山洪暴发，要充分发挥好山洪灾害监测预警系统、群测群防体系以及三大电信运营商、敲打铜锣等预警渠道手段的作用，将责任落实到人，确保预警到位。此外，疫情防控形势下，我们还要做好撤离人员安置与管理，保障好被转移人员的衣食住行，统筹好防汛抗洪和新冠肺炎疫情防控工作。

我们要始终守牢保障人民群众生命安全这条底线，做最坏打算、尽最大努力，坚决扎牢保护人民生命安全的防护网。

主汛期水旱灾害防御系列评论之十一

做好蓄滞洪区运用管理

本报评论员（赵建平）

当前，海河流域卫河水系正处于退水阶段，已启用的蓄滞洪区正在加快排水，蓄滞洪区围堤长时间经受洪水浸泡，极易发生险情，有关各地正在加紧巡查排险除险。各地各部门要始终坚持人民至上、生命至上，发扬连续作战精神，层层压实责任，全力以赴做好蓄滞洪区运行管理各项工作，为恢复生活生产秩序积极创造条件。

蓄滞洪区主要是指河堤外临时贮存洪水的低洼地区及湖泊等，其中多数历史上就是江河洪水淹没和蓄洪的场所。蓄滞洪区是防洪工程体系中的重要组成部分，运用蓄滞洪区是保障防洪安全、减轻灾害的有效措施。防汛抗洪和洪水调度的实践证明，在河道堤防防洪能力不足的情况下，及时启用蓄滞洪区是确保防汛抗洪安全的重要手段。科学合理地运用蓄滞洪区，可有效降低江河洪峰水位，保障重点地区、大中城市和重要交通干线防洪安全，最大程度减少灾害损失，对于提升防洪减灾水平、保障人民群众生命财产安全、促进地区经济社会发展意义重大。

蓄滞洪区运用管理是一个系统工程，要抓实抓好事前事中事后各个环节。蓄滞洪区运用之前，要密切监测雨情水情，科学精准研判，做好预案、队伍、物资等准备，根据条件依法启用。要充分做好思想准备、人员撤离准备，必须做到人员全部转移。要把人民生命安全放在首位，加强宣传引导，做好思想工作，按照蓄滞洪区运用预案，逐户落实转移路线、安置地点、责任人、联系人、转移交通工具等，确保在规定时间内全部撤离，不落一户，不漏一人。蓄滞洪区运用之中，要充分做好生活安置准备，严防人员擅自返回。要加强蓄滞洪区围堤的巡查防守，谨防退水溃堤。要确保转移群众有饭吃、有干净水喝、有衣穿、有地方住、有病能及时治疗、有卫生防疫，让他们生活得安全踏实。蓄滞洪区运用之后，要充分做好后续保障，必须进行防疫处置和房屋安全鉴定并组织有序返回，按政策合理补偿蓄滞洪区内居民因蓄滞洪遭受的损失，兜牢兜实群众民生底线。大疫当前，还要将常态化疫情防控措施落实到每一个环节，确保人民群众生命安全。

百姓安，比天大。做好蓄滞洪区运用管理，我们责无旁贷，要进一步抓紧抓细抓实各个环节工作，坚决落实好责任，精心组织，不留死角，全力守护好老百姓生命财产安全。

主汛期水旱灾害防御系列评论之十二

病险水库主汛期必须空库运行

本报评论员（王曼玉）

时值“七下八上”防汛关键期，我国多地接连遭遇强降雨袭击，防汛形势严峻。病险水库是防洪体系中的薄弱环节和安全隐患，一旦出现险情，将严重威胁人民生命财产安全。我们要坚守“人民至上、生命至上”理念，严格落实病险水库原则上主汛期一律空库运行要求，全面落实“三个责任人”，加强运行管理，确保病险水库度汛安全。

我国现有 9.8 万多座水库，其中一部分已接近或达到设计使用年限，3.1 万多座水库尚未进行安全鉴定。近年来，我国已对部分病险水库进行了除险加固，但由于存量大、点多面广，仍有一些水库带病运行。这些病险水库犹如悬在百姓头上的“达摩克利斯之剑”，一旦遇到较大洪水，容易导致严重灾害。病险水库，指的是水库大坝、泄洪等主要设施存在问题，不能够正常发挥作用的水库。这些水库如果蓄水运行，特别是在突然遭遇洪水的情况下，极易发生垮坝等灾情，给人民生命财产造成巨大损失。就像生重病的人无法再工作一样，病险水库也无法承担拦洪、错峰、削峰等防汛抗洪任务。对于病险水库，特别是问题比较严重的病险水库，在汛期要严格限制蓄水，实施空库运行，避免水库垮坝，是确保人民群众生命安全的有效办法。今年汛期，受强降雨影响，内蒙古境内永安水库和新发水库相继发生溃坝，但并无人员伤亡。据调查，两座水库均处于空库运行状态，溃坝前当地政府及时组织村民撤离。一系列措施结合，有效减少灾害损失。但是有些人往往心存侥幸，明知是病险水库，仍然在汛期不执行空库运行的指令，埋下巨大隐患。

针对今年汛情，水利部办公厅近日印发《关于切实做好水库安全度汛工作的紧急通知》，明确要求主汛期病险水库原则上一律空库运行。各地各部门要严格按照水利部安排部署，坚决克服侥幸心理，务必认真组织逐库排查水库泄洪设施、放空设施情况，对泄洪能力不足和不具备有效放空条件的水库及时采取针对性措施，使病险水库空库运行，全力确保汛期水库安全和人民生命安全。

主汛期水旱灾害防御系列评论之十三

再提水库安全“三个责任人”

本报评论员（李海川）

当前仍然是主汛期，水库安全度汛绝不可以放松警惕，要坚决落实水库安全“三个责任人”履职到位，全力确保水库安全度汛，守护人民群众生命财产安全。

水库在防洪保安中发挥着重要作用，一旦出事，就会造成更大的灾害损失，严重威胁人民生命财产安全。入汛以来，多地遭遇持续强降雨，各地水库面临巨大的防汛压力，风险隐患进一步凸显。作为防汛工作的底线，确保水库安全绝不允许有任何含糊，我们务必充分认识当前防汛形势的严峻性复杂性，对此保持高度警惕。

各地各级水利部门要牢固树立“人民至上、生命至上”的思想认识，始终把保障人民群众生命财产安全放在首位，逐一落实水库安全行政、技术、巡查“三个责任人”，从讲政治的高度进一步抓实抓牢责任落实。水库安全“三个责任人”必须按照履职要求，全部到岗到位、履职尽责，增强责任意识，强化工作纪律，做到既“有实”又“有能”，确保水库不因责任不到位造成垮坝失事。对因责任人落实不到位造成严重后果的，必须严肃问责追责。

主汛期已近尾声，坚持就是胜利。我们对“三个责任人”再提醒，就是为了将责任和措施进一步做实做好做到位，以对党和人民高度负责的态度，全力以赴守护水库安全，努力夺取全年水旱灾害防御的胜利。

主汛期水旱灾害防御系列评论之十四

严防局部超强降雨

本报评论员（赵建平）

8 月 11 日晚，湖北省襄阳市遭遇超强降雨，不到一天时间降雨量超 350 毫米，给防汛抗洪带来巨大压力。近段时间以来，我国多地频繁遭遇分散性、局地性、短历时强降雨天气，造成局部地区洪水超保，防汛形势严峻。会商预测，从现在起到 8 月底，全局性的暴雨洪水可能性很小，局部地区发生超强暴雨将是常态。各地各部门要把确保人民生命财产安全放在第一位，把防范局部超强降雨当成一场大考，强化风险意识，加强组织领导，压实防汛责任，以最高警戒、最强战备应对，把各项工作抓早抓实抓细，切实做好局部强降雨防范。

局部地区发生超强暴雨，这里的局部是相对全局而言，然而任何局部，对当地而言，就是地方的全局。局部地区的超强暴雨，往往就是一个地方的全局性暴雨，首当其冲的主要是中小河流、中小水库，而且极易发生山洪灾害。分散性、突发性、局地性的超强降雨预报难度大，覆盖往往是一两个市县，降雨强度大，危险性高、危害性大，防御难度增加，极易造成人员伤亡等重大损失。汛期天气形势复杂多变，每一个地方都要高度警惕，切不可心存侥幸，切不可掉以轻心、疏于防范。

严防局部超强降雨，就要求我们把“防”的工作做得更快更细更准。要确保重点部位安全，强化雨水情监测，盯紧强降雨过程，高度关注水库、中小河流度汛安全，严格执行水库调度运用计划，严控汛限水位。蓄水位较高的水库要采取预泄措施，腾出库容，水库泄洪或蓄满溢流时，要提前通知下游沿河村庄，加强巡查，避免造成人员伤亡。要迅速组织巡查力量查险排险，对江河险工险段、水库、山洪沟、城镇易涝区等重点部位重点盯防，对小型水库、闸坝、水塘等水利工程巡查防守也千万不能放松，发现风险隐患要及时处置。要特别防范山洪灾害。各地各部门要采取风险提示、预报预警等多种手段，前移预警关口，有效发挥山洪地质灾害监测预警系统和群测群防体系及“三大运营商”作用，关键时刻敲铜锣也管用，及时把预警信息传递到每一个责任人和危险区群众。当前要特别紧盯农村留守人员、暑期放假回家学生、外来人员、旅游农家乐工作人员、涉水捞物捕鱼人员等重点人群，及时转移安置，确保预警早、方向对、跑得快，坚决避免群死群伤事件发生。要进一步压实压紧防汛责任。各地要坚决落实以行政首长负责制为核心的各项责任制，将责任压实到岗位到人头、到乡村到一线。要及时掌握并报送雨水情、险情，遇重大突发情况第一时间报告、妥善处置。要做好转移人员的安全管控和疫情防控，确保人民群众生命安全。

变化的是汛情，不变的是责任担当。防汛事关重大，来不得丝毫松懈，容不得半点闪失。应对变化多端的局部超强降雨，就要把这些防御措施和防汛责任逐一落到实处，在时间上争分夺秒，在行动上快马加鞭，才能做到以不变应万变，才能最终确保“人员不伤亡、水库不垮坝、重要堤防不决口、重大基础设施不受冲击”这一目标的实现。

主汛期水旱灾害防御系列评论之十五

巡查守堤，毫不放松

本报评论员（马晓媛）

受前期连续降雨影响，江河底水高、客水量大，河道长时间行洪，堤防长时间浸泡，极易出现险情。当前仍处于防汛关键期，我们一定要始终绷紧防汛责任弦，加强堤防特别是重要堤防和薄弱堤段巡查防守，绝不放过一处险情隐患，确保堤防安全，有效保护人民群众生命财产安全。

堤防是世界上最早被广为采用的一种重要防洪工程，是防御洪水泛滥、保护居民和工农业生产的主要工程措施。堤防一旦出现险情，将严重威胁周围人民群众生命安全，也极易造成巨大人员伤亡和经济损失。我们务必要始终紧绷防大汛、抗大灾、抢大险这根弦，做到思想到位、责任到位、指挥到位、巡查防守到位，将安全隐患扼杀在萌芽状态，坚决践行人民至上、生命至上理念。

巡堤查险是确保江河堤防安全的最关键环节，各地要严格落实堤段巡查防守责任，做到责任无空当、防守无盲区。要进一步细化分解江河堤防巡查防守任务，逐堤、逐段、逐隐患点、逐薄弱环节落实责任和巡堤查险力量，做到巡堤查险全覆盖。要把险工险段，特别是历史溃口段、历史重大险情段、堤后有坑塘堤段、穿堤建筑物堤段、保护重要城镇设施堤段等作为重点防范对象，加强巡查力量，扩大巡查范围，尤其对超警戒水位时间长的堤段进行昼夜不间断拉网式查险，对重要堤防严防死守，坚决确保不决口。要再检验抢险物料预备情况，保证抢险需要时快速到位。在紧急情况下，做到早预警、早转移受威胁区群众，对堤防险情第一时间科学果断处置，防止隐患变险情，小险变大险。

查在前头，防微杜渐。主汛期还未结束，特别是在退水时期，我们一定要在前期工作基础上，水退人不退，不松劲、不懈怠，高标准持续开展河道堤防巡查，守牢每一寸堤防，确保河道行洪安全，确保人民群众生命财产安全。

主汛期水旱灾害防御系列评论之十六

强预警必须强响应

本报评论员（马晓媛）

今年入汛以来，我国局地极端强降雨多发、频发，致灾性强，危害严重。面对突发性强降雨导致的严重洪水灾害，各地各部门务必要高度重视，在想方设法继续提升短时灾害性天气预报预警水平的同时，更要严格按照防汛抗旱应急响应机制要求，扎实有效落实响应措施，迅速有针对性地开展防范，让预警信息的防灾减灾作用得以真正发挥，确保人员无伤亡。

近年，我国建立并不断完善了防汛抗旱应急响应机制，明确了不同降雨强度下可能引发的灾害，以及与之相对应的应急响应级别。各地结合实际情况，也分别建立了符合自身雨水情特点的防汛预警和响应机制，并在多年来的防汛工作中发挥了关键作用。但个别地区由于常年没有发生较大洪水，心存侥幸，防范意识差，对降雨量级缺乏具体真实感受等，导致洪水发生时，防汛应急响应机制没有充分发挥出应有作用。个别地方虽然提前发布了雨情预警信息，但并未及时落实相应响应措施，也并未及时按照预案指导实施百姓转移避险，导致百姓虽然收到预警，但没有引起高度重视，直至洪水发生，才措手不及。

做好局部突发性强降雨防御，提前做好预报预警，提前部署应对措施，是关系防御成败的关键。其中，精准预报预警的目的，就是为了更好落实响应措施，进行有针对性防御。如果只有预警，响应措施衔接或落实不到位，也就无法有效防御，更无法保障人民生命安全。局部性强降雨具有突发性和不确定性，防御难度大，我们必须做到防汛预警和响应“两手抓”，进一步完善预警响应机制，在提前做出精准预测预报的基础上，及时部署有针对性防御措施。要扎实落实 24 小时防汛值班制，密切跟踪强降雨区水情、工情、汛情，根据情况及时做好应对。要落实好预案，预制力量下沉一线，指导百姓做好防范工作，该撤离就及时撤离，确保人员应转必转，应转尽转。

预警已经做出，行动必须跟上；预警级别越高，响应应当越强。宁可十防九空，不可失防万一。宁可事前听骂声，不要事后听哭声。据预报，接下来我国将再迎来一轮降雨，有关各方一定要以高度的责任感，在做好强降雨预报预警的同时，着力解决好响应不联动、不落实问题，坚决做到有什么样的预警，就迅速将相对应的各项响应措施落实到位，全力确保人民生命财产安全。

主汛期水旱灾害防御系列评论之十七

全力迎战松花江流域较大洪水

本报评论员（李海川）

据预测，受吉林省松花江丰满水库以下区段降雨和嫩江来水影响，松花江将于 8 月下旬发生流域性较大洪水。水利部部长李国英迅速主持召开防汛会商会，视频连线黑龙江省人民政府和水利部松辽水利委员会，分析研判雨情、水情、汛情、工情，安排部署防御工作，强调要认真落实党中央、国务院的决策部署，统筹各方，各负其责，形成合力，打主动仗，下先手棋，坚决打赢松花江、嫩江、黑龙江洪水防御战。

进入主汛期以来，松花江、嫩江、黑龙江长期处于高水位，当前仍有部分河段超警或超保，并预计将持续至 9 月。由于水库、堤防长时间高水位浸泡，险情很可能增多，加上防汛人员连续高强度作战，人困马乏，容易出现疲劳厌战情绪，相关部门务必保持高度警惕，始终将“人民至上、生命至上”的理念牢记于心，扎扎实实做好“四预”，加强干支流堤防巡查防守，以万无一失的充分准备迎战松花江流域较大洪水，全力实现“人员不伤亡、水库不垮坝、重要堤防不决口、重大基础设施不受冲击”的目标。

洪水当前，有关各地各方必须不折不扣地落实水利部的部署，牢牢掌握松花江洪水防御主动权。务必做到“防”字当头、“预”字为先。要密切监视雨水情发展，加强分析研判和预测预报，努力提高预报精度、延长预见期，将洪水演进预报细化到具体河段，及时通报相关地区和部门，确保落到最小单元；要做好江河洪水等预警发布，一旦水库、堤防出现险情，及时发布预警，提醒提前做好避险防范；要科学调度嫩江干流尼尔基水库、支流察尔森水库和吉林省松花江丰满水库、白山水库等流域骨干水库，压减下泄流量，尽最大努力减轻下游防洪压力。此外要细化制定险情应急处置预案，提前预置抢险力量、物资和设备，做好险情处置准备，及时组织受洪水威胁地区群众转移避险，确保人民群众生命安全。务必做到“防”字当头、“责”字为重。要层层压紧压实“责任链”，各级防汛责任人要在岗在位、靠前指挥，做到对象明确、目标明确、责任到岗、责任到人；有关地方要上足巡查防守人员，配好抢险技术专家，特别要加密超警超保江段、有重要保护对象的堤段、薄弱堤段和险工险段巡查频次，全力保障重要堤防安全，做到汛期不过、排查不停，隐患不除、整改不止，筑牢防汛责任“堤坝”。

大水尚未退去，新洪又将来袭。尽管已经进入8月中下旬，但汛期的考验远远没有结束，松花江沿线各地务必充分认识底水很高、大堤浸泡很久的情况下，再来暴雨洪水的巨大威胁，切不可有麻痹侥幸心理，务必研判在先、部署在前，充分做好迎战松花江流域较大洪水的各项准备工作，以确定的防御措施和处置方案有效应对不确定的流域汛情发展变化，全力保障人民群众生命财产安全。

主汛期水旱灾害防御系列评论之十八

再提确保水库不垮坝

本报评论员（王曼玉）

最近一段时间，我国局地频繁出现超强降雨，造成部分地区河流超警、超保，一些中小水库出现险情。根据当前的天气形势，分散性超强降雨仍将频繁发生，各地各部门要在前期工作的基础上，进一步增强风险意识，牢固树立底线思维，时刻绷紧水库安全这根弦，逐一落实水库安全“三个责任人”，针对发现的问题制定“一库一策”，坚决避免水库垮坝事件，确保人民群众生命安全。

水库是确保江河安澜的重要工程，具有拦洪、削峰、错峰等重要功能，在防洪保安中发挥着无可替代的巨大作用。然而，如果遭遇超强暴雨洪水，超过自身的防御能力，水库就面临安全问题。一旦发生垮坝，极短时间内巨量水体倾盆而下，必定严重威胁下游人民群众生命财产安全，往往造成不可估量的损失。更让人担心的是，还有不少水库一直带病运行，这些病险水库一旦遇到较大洪水，更容易垮坝。因此，对水库安全问题绝不能心存侥幸，必须时刻保持高度戒备状态，切不可放松警惕，放任危险发生。

确保水库不垮坝，要坚持预防为主，立足于抢早抢小，一旦发生险情，迅速采取有效措施进行处置，全力确保水库安全。在做好预防的前提下，也需要针对水库实际情况，开展工作部署。要切实落实水库安全巡查制度，加强防守力量，对于超汛限水位和病险水库，要驻坝值守，加密日夜巡查，确保险情早发现、早处置。对于近期经历高水位运行的水库，水位退后也不能放松巡查防守，认真排查大坝、溢洪道、输水建筑物等设施运行情况。要完善应急抢险技术专家库，组织专家重点对经历高水位运行水库开展隐患排查，避免对险情“视而不见”，对排查发现的安全隐患和险情，尽快完成应急处置。当前仍有部分病险水库存在空库运行措施落实不到位、防汛“三个责任人”履职不到位、隐患处置不及时等薄弱环节，为水库安全度汛埋下隐患，水利部明确要求，要进一步落实防汛责任，细化工作措施，病险水库原则上空库运行，确保水库不垮坝。

确保水库不垮坝，就是确保人民生命财产安全，就是科学调度水利工程，就是争取防洪减灾最大效益。如果遭遇超强暴雨、超保洪水，该启用蓄滞洪区的，应当果断启用蓄滞洪区；该对大坝或泄洪设施等采取必要处置措施的，应当果断采取措施，坚决避免垮坝，造成更大损失。

汛期还未结束，新一轮降雨又为防汛工作拉响警报。各地水利部门要把确保水库安全作为一项重大政治任务抓紧抓好，持之以恒开展水库安全隐患排查，逐一检视水库运行状况尤其是病险水库控制运用措施落实情况，制定预案，强化值守，科学调度，全力筑牢水库安全防线，确保人民群众生命财产安全。

主汛期水旱灾害防御系列评论之十九

加快堤坝水库等水利设施修复和加固

本报评论员（赵建平）

李克强总理8月18日下午考察卫河决口堤段修复进展情况时强调，要吸取这次特大洪涝灾害的教训，把堤坝水库等水利设施的修复和加固作为重中之重，确保今后遇到特大洪涝灾害时守得牢、扛得住。当前，我们要按照李克强总理的指示要求，提高认识，迅速行动，把堤坝水库等水利设施的修复和加固作为保障人民生活和生命财产安全、消除心腹之患的战略问题来对待。

堤坝等水利工程是守护人民群众生命财产安全的无可替代的基础设施，在今年汛期发挥了巨大的防洪减灾效益，有力保障了人民群众生命财产安全。同时，受汛情影响，多地水利工程设施受损，特别是一些中小河流的堤坝由于工程等级较低，在发生持续性、高强度降水情况下隐患重重、损毁严重，不能完全满足防汛抗灾的要求。吸取这次特大洪涝灾害的教训，总结暴露出的突出薄弱环节，加快堤坝水库等水利设施的修复和加固，提升防汛抗洪和减灾救灾能力，是立足眼前、着眼长远的重要布局，对于做好当前和今后的防汛工作意义重大。

水利设施的修复和加固，要不等不靠，立即行动。各地要迅速开展安全隐患排查，及时提出修复方案和指导意见，逐一制订长效整改方案和当前应急方案，并持续跟踪监督落实情况。要采取坚决措施，集中人力财力物力，抓紧处理各类隐患，要千方百计、多措并举，尽快修复已出现险情的堤防，筑牢薄弱环节。凡是标准低、质量差的，要及时采取补救措施进行整治。对确实难以完成的，加强巡查值守，务必备足防守力量，制定切实可行的应急措施，保障安全度汛。

修复加固堤坝水库等水利设施任务艰巨、时间紧迫，各地各部门务必提高政治站位，增强责任感、警惕性，采取有效措施，认真抓好落实，确保水利工程的防汛安全，奋力夺取防汛抗洪的最后胜利。

主汛期水旱灾害防御系列评论之二十

强化检查指导督导

本报评论员（王曼玉）

入汛以来，针对严峻汛情，水利部门迅速行动，贯彻落实中央和部党组部署，派出多个工作组前往防汛一线检查指导督导，指导各地发现问题、解决问题，为地方防汛抗洪工作提供了强有力支持。

在防汛抗洪救灾过程中，有些地区显露出经验不足、技术不过关、履职不到位等明显问题和短板，为安全度汛埋下隐患。加强检查指导督导，就是要以问题为导向，主动了解工作进展，及时发现问题，协助当地找出薄弱环节，采取针对性措施，化解难题、排除危险、落实责任。加强检查指导督导，既是一个传导外部压力的过程，也是一种激发内生动力的过程，是压实防汛责任的一把“利剑”，其目的在于推动防汛责任有效落实，捍卫生命堤坝，护佑人民安全。

要充分发挥检查指导督导“指挥棒”的作用，做到“快而准”“全而强”“智而勇”。要着力提升工作组专业水平，加强水文监测、水库调度、蓄滞洪区启用等判断指挥指导能力，针对风险点逐一督导落实防御措施，不放过任何一处隐患，为抢险提供精准的数据参考和有效的决策支撑。要加大工作组现场检查指导频次和督导力度，组织开展对大中型水库汛限水位控制、防汛“三个责任人”履职、病险水库安全度汛措施落实等情况的强化监督检查，对因责任人职责落实不到位造成严重后果的，必须严肃问责追责。

越是关键期，越要绷紧弦。检查指导督导，只能强化，不能放松，要将责任和措施进一步落实、到位，提前做好应对可能发生的下一场台风、暴雨、洪水的各项准备，打好化险为夷的防汛主动战。

主汛期水旱灾害防御系列评论之二十一

全力迎战新一轮强降雨

本报评论员（滕红真）

8月21日上午，水利部部长李国英主持召开防汛会商会，部署全力迎战自西向东强降雨天气过程。据预测，四川、陕西、山西、河南、湖北、安徽、山东、江苏等地部分地区将出现大到暴雨，其中，刚刚经历“7·20”特大暴雨的河南中北部局部将再次遭遇特大暴雨。形势严峻，任务艰巨！我们要全力迎战新一轮强降雨，认真分析降雨特点，因地制宜，对症下药，把各项责任和防御措施迅速落实到位，确保人员不伤亡、水库不垮坝、重要堤防不决口、重大基础设施不受冲击。

此次强降雨影响范围广，局地降雨强，系统移速快。同时，在黄淮地区伴有大风，产汇流快，致灾性强。加之降雨叠加河南等地前期受灾区域，需要引起高度重视。黄河、淮河、海河等相关流域及有关地区，必须严阵以待，全力做好防汛值守、调度预演、巡堤查险、抗洪排涝和抢险处置等各项准备工作。

全力迎战新一轮强降雨，需要强化“四预”措施，加密、滚动进行降雨洪水预报预演，将洪水演进预报细化到具体河段，第一时间传达至防御一线；需要加强堤防特别是重要堤防和薄弱堤段巡查防守，备足人员力量，绝不放过一处险情隐患；需要加强水库科学调度，发挥水库拦洪削峰作用，暴雨区内病险水库必须空库运行，检查并畅通小型水库、病险水库溢洪道；需要做好蓄滞洪区运用准备工作，密切监测上游来水情况，科学精准研判，及早做好预案；需要做好山洪灾害防御应对工作，及时组织受威胁地区群众转移避险；需要做好城市内涝防范工作，提前检查，充分利用排涝泵站，特别关注地下室、下穿立交桥等易积水区域；需要做好南水北调中线工程的防守，确保工程安全、供水安全；需要水库安全“三个责任人”真正上岗到位，认真履行职责。

大汛当前不退缩，越是艰难越向前！面对来势凶猛的新一轮强降雨，各地必须始终把保障人民群众生命财产安全放在第一位，坚决克服麻痹大意、侥幸心理，在前期连续作战的基础上，再动员，再部署，再鼓干劲，重振精神，高标准持续开展各项防汛工作，全力以赴打赢防汛抗洪这场硬仗。

主汛期水旱灾害防御系列评论之二十二

再提防汛“四不”目标

本报评论员（陈萌）

当前，松花江干流发生今年第 1 号洪水，新一轮强降雨自西向东影响我国多个省份，其中河南强降雨落区与“7·20”洪涝地区重叠，防汛形势异常严峻。8 月 21 日，李国英部长主持召开防汛会商会，再次强调要始终把保障人民群众生命财产安全放在第一位，全力实现“人员不伤亡、水库不垮坝、重要堤防不决口、重大基础设施不受冲击”的目标。各地各部门务必保持高度警惕，杜绝懈怠心理、松劲思想，牢记防汛“四不”目标，守住底线，扛实责任，有针对性地部署落实各项防御措施。

“四不”目标是防汛抗洪的职责所在，涉及防御工作的重点部位和关键环节。人民是防汛工作的出发点和落脚点，水库是防洪保安的“王牌”和利器，堤防是守护人民群众生命财产安全的重要防线，重大基础设施是经济社会运行和百姓生活的基础保障。大汛当前，考验叠加，再提防汛“四不”目标，就是为了进一步明确强调工作重点，督促各级责任人牢记职责使命，抓好关键环节，全力以赴保障人民群众生命财产安全，尽最大努力减轻灾害损失。

各地各级水利部门要聚焦“人员不伤亡”细化防范措施，制定各项预案，及时组织受威胁地区群众转移避险，始终把人民生命安全放在第一位、把人民利益放在第一位，始终做到一切部署都以保护人民生命安全为中心。要聚焦“水库不垮坝”强化安全运行管理，严格落实“三个责任人”，加强巡查值守，及时做好隐患排查除险工作，病险水库空库运行，发现问题时务必果断采取措施。要聚焦“重要堤防不决口”做好巡查防守，预置力量、物资、设备，不放过任何一处险情，不留下任何一个隐患，同时强化水库、河道、蓄滞洪区联合调度，有效发挥各自应有的作用，全力确保堤防安全。要聚焦“重大基础设施不受冲击”压实岗位职责，加强安全防护，按照最不利情况完善预案、备足物料，做好重大基础设施防汛排涝和应急抢险等各项工作。

局部超强降雨频发、降雨落区重叠、江河底水高、疫情影响叠加等带来多重考验，此时更是需要绷紧弦、全力冲的关键时刻。各级各部门务必牢记防汛“四不”目标，以更强的责任感和使命感，毫不松懈地抓好抓实各项防御工作，全力以赴确保江河安澜、百姓安全。

主汛期水旱灾害防御系列评论之二十三

再提病险水库务必空库运行

本报评论员（赵建平）

从 8 月 21 日起，黄河、海河、淮河流域及河南等地又迎来一轮强降雨过程，局地将有大暴雨，水库安全度汛再次面临巨大压力。8 月 21 日，李国英部长主持召开防汛会商会，研判汛情，做出安排，再次强调暴雨区内病险水库必须空库运行。各级水利部门务必从思想上引起高度重视，清醒认识到当前水库安全度汛所面临的严峻形势，严格落实病险水库主汛期一律空库运行这一要求。

水库安全事关人民群众生命财产安全和经济社会发展稳定的大局。让人担忧的是，一些水库在汛期长时间带病运行，存在严重风险隐患，成为置于头顶的“雷”，如突然遭遇强降雨，这些病险水库极易发生垮坝等灾情，给人民生命财产造成巨大损失，后果不堪设想。今年汛期，已有水库发生溃坝，虽无人员伤亡，但教训极其深刻，我们务必保持高度警醒。主汛期病险水库实施空库运行，是避免水库垮坝、确保人民群众生命安全的有效办法。

锚定水库不垮坝目标，各地各部门需要进一步提高思想认识，严格执行水库调度运用指令，把病险水库安全度汛作为防汛工作的重中之重抓好。水库安全“三个责任人”要确保全部到岗到位，强化责任意识，严格工作纪律，切实履职尽责。病险水库风险管控要再强化，要迅速组织巡查力量查险排险，特别要检查溢洪道等泄洪设施，确保泄洪设施运行正常、过流畅通。针对已经暴露出来的问题，要从最不利情况出发，逐一排查，逐一整改，逐一落实。对因责任人落实不到位造成严重后果的，要严肃问责追责。

暴雨来袭，大汛将至，我们再一次提醒各级水利部门，切勿在病险水库度汛上心存侥幸、麻痹大意、玩忽职守，要始终绷紧防范安全风险这根弦，始终把人民生命安全放在第一位，尽职尽责尽力落实水库防汛措施，确保水库不垮坝，让中央放心百姓安心。

主汛期水旱灾害防御系列评论之二十四

处置小水库洪水漫坝险情的好办法

本报评论员（李海川）

在 8 月 11 日至 12 日的极端强降雨过程中，湖北省襄阳市紧急转移下游群众，同时积极采取扩挖溢洪道、筑子堤、铺设彩条布防冲等措施保护大坝安全，及时有效处置了 5 座小型水库洪水漫过坝顶的险情。可以说，这是有力保障小型水库安全度汛的一个成功案例。

小型水库，因为大坝比较低，库容比较小，抗洪标准比较低，在遭遇超强降雨时，极易出现洪水漫过坝顶的情况，给大坝自身安全和下游人民群众生命财产安全带来严重威胁。如何及时采取有效措施确保大坝安全，是防汛抗洪过程很直接、很现实的棘手问题。特别是在风雨交加、洪急浪大的紧急时刻，如何采取正确的措施，一直是一个严峻的考验。襄阳市在今年防御强降雨过程中，根据应急预案和汛前预演，运用平时积累的经验和摸索出来的比较有效的办法，成功处置了洪水漫过坝顶的险情，值得我们完善推广。

扩挖临时溢洪道，可以加大水库泄洪流量，有效降低水位；在坝顶抢筑子堤，可以有效阻挡洪水，防止漫堤溃口；在溢流部位铺设彩条布等防水材料，同时用沙袋压实，可以有效防止洪水冲刷土坝背水面、掏空泥沙而造成垮坝险情……襄阳市在处置小型水库洪水漫坝险情时，方法虽然简单，但妙在可以根据水库的地理条件、水雨情发展研判，因地制宜，果断处置，达到管用的目的。抢险时，物资设备要备齐，决策要果断，处置要迅速，而且必须打好“组合拳”“配合战”，用一切管用的办法将险情尽快控制住，有效确保小型水库不出事。

面对频次增多且突发性强、破坏力大的极端暴雨洪水，襄阳市的经验告诉我们，不管“土办法”还是“洋办法”，只要管用就是好办法。只要事前准备更充分些，责任落实更到位些，现场决策更果断些，险情处置更得当些，就可以转危为安、化险为夷，确保水库不垮坝，有力保障人民群众生命财产安全。

主汛期水旱灾害防御系列评论之二十五

全力做好山洪灾害防御

本报评论员（李海川）

今年入汛以来，受极端天气影响，分散性局地强降雨多发、频发，特别是中西部山区尤其突出，山洪灾害防御形势十分严峻。汛情的考验还远没有结束，近期多地接连发布山洪灾害预警，各地各部门务必始终保持高度警惕，扎实做好责任落实、监测预报预警、人员转移避险等工作，从最不利情况出发，做最充分准备，全力做好山洪灾害防御工作，最大限度减少人员伤亡。

一般来说，雨借山势，汇流极快，洪水流速极大，冲刷破坏力极强，水流中挟带泥沙甚至石块等，防御难度大，极易造成群死群伤。山洪往往具有突发性，严重威胁人民群众生命财产安全。据多年统计，因山洪灾害死亡人数占洪涝灾害总死亡人数70％左右。山洪灾害防御一直是防汛工作重点、难点之一。

做好山洪灾害防御，必须认识到位，始终把人民群众生命安全放在首位，必须对山洪灾害的威胁有足够的认识，保持高度警惕，切不可存在任何麻痹思想和侥幸心理。必须责任到位，压紧压实县、乡、村、组、户五级山洪灾害防御责任人责任，严格落实山洪“测防报”各项措施，切实把山洪灾害防御各环节职责落到实处。必须预警到位，充分发挥山洪灾害监测预警系统、群测群防体系、敲打铜锣等预警渠道手段的作用，同时依托三大电信运营商，精准有效把预警信息传递到每一个责任人和危险区群众。必须避险到位，逐条河流、逐个村庄、逐户逐人落实山洪灾害防御措施，按照“方向对、跑得快”的要领，做到撤人优先、应撤必撤、应撤尽撤，及时组织做好转移避险，确保所有受威胁区域的群众真正避开山洪危险。

“人民至上、生命至上”，这是山洪灾害防御工作的根本要求，也是水利人的使命。唯有下好先手棋，打好主动仗，才能把各项防御措施“跑”在山洪到来之前，确保人民群众生命财产安全，在防汛救灾大考中交出让党和人民满意的答卷。

主汛期水旱灾害防御系列评论之二十六

人民至上　避险为要

本报评论员（赵建平）

当前，极端暴雨洪水频发，加之江河湖库底水高，防汛工作依然面临巨大考验，人民群众生命安全依然面临威胁。全国各地都要认真吸取郑州“7·20”特大暴雨灾害教训，坚决落实人民至上、生命至上理念，果断组织好极端天气条件下避险转移的防汛救灾工作部署，全力保障人民群众生命财产安全。

极端气候条件下的暴雨洪水等自然灾害，极有可能带来巨大的风险，直接影响到人民群众的生命财产安全。避险是一种主动防范策略，就是在灾害来临之前提前转移人员，让人民群众的生命安全免受威胁。人民至上、避险为要，彰显的是以人为本、生命至上的科学理念，体现的是对人民极端负责、对生命精心呵护的态度，印证的是防汛救灾各项工作的使命、是筑牢人民群众生命安全的防护网。

坚持人民至上、避险为要，关键是要把各项避险措施落实到位。要强化预警和应急响应机制，密切监视雨情水情汛情，及时滚动发布预警信息，打好防范应对主动仗。要把确保群众生命安全作为第一要务，切实尊重洪水规律，根据防洪预案，该停工要果断停工，该错峰上班就错峰上班，该停学就停学，提前做好转移避险。特别对于居住在山洪地质灾害区、病险水库、低洼易涝区等危险区域的群众，坚决做到应转必转、应撤必撤，宁可十防九空、不可失防万一。要加强城市内涝和立交桥、涵洞、地下空间管控，紧急情况下地铁、隧道等该停就停、该封就封，必须当机立断，重要部位、薄弱环节务必提前备足防汛物资，确保发生险情能高效处置，坚决保护好人民群众生命财产安全。

特别提醒的是，现在依然在主汛期，应对暴雨洪水灾害，前段时间所暴露出来的隐患、盲点在短时间内可能无法完全消除，这就需要在新一轮暴雨洪水来临之前做好应对准备，防止悲剧重演。各级防汛部门要充分考虑汛情变量，把问题、风险、隐患想得更严重一些，把预防工作做得更周密细致一些，做到应转早转、应转尽转，尽最大努力守护好人民群众生命财产安全。

主汛期水旱灾害防御系列评论之二十七

再提堤防安全

本报评论员（王曼玉）

当前我国仍有部分河流超警戒水位，其中黑龙江、松花江等部分江段长时间超警，并呈高位缓退状态，海河南系、渭河、四川中部一些中小河流等底水仍然居高不下，强降雨仍时有发生，极易出现险情。各级防汛部门务必时刻绷紧风险意识之弦，高标准持续开展河道堤防巡查，绝不放过每一处险情和隐患，全力确保重要堤防不决口。

堤防具有防御洪水、保护居民和保障工农业生产等重要作用，守好堤防是防洪工作的重中之重。然而，当河道来水量增加，水位剧增漫过堤顶时，就有可能出现决口。一旦出现决口，若封堵不及时，洪水的冲刷会将决口逐渐扩大，导致堤坝被冲毁，巨量水体倾盆而下，必将严重威胁下游人民群众生命财产安全。进入主汛期以来，一些堤防已经暴露出不少安全问题，为防洪安全埋下极大隐患。因此，必须要加强堤防巡查防守，切不可放松警惕，放任危险发生。

守好重要堤防既是考验，也是责任担当。当前，不少堤防处于退水期，对于可能出现的风险隐患，各地要严格压实巡查防守责任，落实巡查队伍人员配置，加大巡查范围和频次，确保退水期堤防安全。面对极端天气，要提前逐堤、逐段、逐隐患点、逐薄弱环节落实责任和巡堤查险力量，尤其要加密超警超保江段、有重要保护对象的堤段、薄弱堤段和险工险段巡查力度。对于曾经出险、重复出险的薄弱堤段要制定并完善抢险预案，对于已经出现险情的堤段要尽快修复，防止隐患变险情，小险变大险。要适时向防汛一线派出工作组，既可以为巡堤查险和应急抢险提供专业指导、技术支撑，也可以督促巡堤查险责任进一步落实到位。

古人对于防灾早就提出“防之于未萌，治之于未乱”，汛期还未结束，我们要坚决克服麻痹思想、厌战情绪、侥幸心理，扎扎实实做好河道堤防巡查防守工作，发现险情及时处置，筑牢抵御洪水的“钢铁长城”，守护好人民群众生命安全。

主汛期水旱灾害防御系列评论之二十八

谨　防　秋　汛！

本报评论员（马晓媛）

水利部日前发布通报，预报近期和秋季“华西秋雨”明显，长江流域嘉陵江、岷江、沱江、汉江和黄河流域渭河等江河可能发生秋汛。虽然当前“七下八上”关键期已过，但秋汛形势依然严峻，我们绝不可小视或有丝毫懈怠，务必持续绷紧防灾之弦，严格履行防汛责任，做好秋汛防范工作，全力确保人民群众生命安全。

秋汛是秋季江河水位急剧上涨的现象，多因暴雨或连续淫雨而引起。秋汛的洪峰流量一般不及伏汛大，但有时洪水总量大，持续时间长，且受前期降雨影响，江河底水比较高，堤防浸水时间久，易发生险情。历史上我国曾发生比较大的秋汛，一度给人民群众生命财产安全造成较大损失。

应对秋汛，我们需要提高警惕，克服麻痹大意思想，树立底线思维，时刻注意防范可能发生的秋汛。要做好重点流域秋汛防御工作，紧紧盯住重点部位，坚持风险排查不放松、应急准备不放松，确保不死人、少伤人、少损失。要加强预报预警、应急指挥、排涝救援等能力建设，及时组织受威胁民众转移避险，宁可“十防九空”，不能失防万一。此外，还要分析研判当前和秋季汛情旱情形势，逐流域逐座水库进行研究分析，在科学拦洪、保障防洪安全的同时，抓住汛末有利时机储备水资源，为保障今年秋冬乃至明年春季城乡供水安全创造条件。

汛情风险尚未解除，我们要坚决克服侥幸心理、麻痹思想、松劲心态，继续保持高度警惕，坚持做好“四预”，落实落细各项防御措施，打好秋汛防御战，争取全年水旱灾害防御的全面胜利。

主汛期水旱灾害防御系列评论之二十九

毫不松懈防范秋台风

本报评论员（王曼玉）

当前，今年第 13 号台风“康森”和第 14 号台风“灿都”正逼近我国东南沿海，可能会对我国造成影响。各级水利部门务必保持高度警惕，继续绷紧防汛之弦，认真细致做好秋台风防御各项工作，坚决打赢这场战役。

秋台风是指 9 至 11 月生成的台风，与夏季生成的台风相比，秋台风具有路径偏南、势力强大、造成损失更严重等特点。虽然秋台风发生的频率比夏台风低，但受前期降雨影响，部分地区江河水库水位较高，且土壤含水量增加，台风带来的强降雨极可能引发更严重的灾害。因此做好秋台风的防御，切不可心存侥幸、麻痹大意。

防御秋台风，要做好精准预测预报，做足做实做细预案，抓好水工程调度和巡查排险。对于大江大河，要做好监测预报，做到心里有数；对于山区地区，要注意防范山洪暴发和山体滑坡；对于水库地区，要提前对水库进行再“体检”，将留出蓄洪“余量”作为当务之急，并在保障防洪安全的前提下，科学调度水工程，合理利用雨洪资源，统筹做好蓄水工作；对于小河小渠，要做好疏浚清淤，确保泄洪需要……因地制宜才能有的放矢，准备越充分，方案越周全，才越能在关键时刻发挥作用，化被动为主动，最大程度减少损失。

这次秋台风来袭，表明水旱灾害防御任务依然艰巨，因此防汛各项工作绝不能放松，要从思想上、行动上做好充分准备，延续好主汛期工作机制，将各项防御措施落实到位，切实守护好广大人民群众生命财产安全。

主汛期水旱灾害防御系列评论之三十

全力做好城市防洪排涝

本报评论员（马晓媛）

当前，第14号台风“灿都”来袭，我国长三角城市群防洪再次迎来考验。城市防洪排涝，事关百姓生产生活，事关城市稳定发展，必须以高度的责任感和强烈的使命感，周密扎实做好城市防洪排涝工作，在防范江河洪水的同时，防止地下空间、低洼地区、下穿立交桥、隧道涵洞受淹致灾，尽全力确保城市防洪安全、人民群众生命财产安全。

城市是各地政治、经济、文化和交通的中心，人口密集、产业众多，一旦发生洪水内涝，造成的损失更加严重。做好城市防洪排涝工作，对发展城市经济、推进城市稳定发展、保障人民生命财产安全，具有重大而深远的意义。近年，通过持续不断建设，城市堤防、城市防洪排涝设施体系逐步建立和完善，为保障城市安全发挥了积极作用。但很多城市防洪排涝能力和管理体系依然存在诸多不足，部分城市出现了“逢雨必淹”的现象，一到汛期就面临巨大的防洪排涝压力。

城市防洪排涝工作是一项系统工程。做好城市防洪排涝工作，需要多方协同、多措并举、合力推进。在加强城市防洪排涝与城市建设的同时，应高度重视部门统筹协作，充分发挥好本级防汛抗旱指挥部的统筹协调作用，加强预警、应急处置和调度管理，以促进防洪排涝工作高效、有序推进。各部门应以人民为中心，心怀大局，扛实责任，分清防汛轻重缓急，作出妥善安排，认真抓好落实，有力有序保障汛期城市防洪安全。各级河道管理机构，必须对城市河道、滩地、堤防管理负起全部责任，做到统一管理，有职、有权、有责，确保城市河道行洪安全。此外，还应强化河湖调度部门与道路排水部门的联动工作机制，对城市河湖水位实施精准控制，最大程度实现排洪和蓄水双赢。

面对备受关注的城市洪涝问题，我们应始终本着对人民负责的态度，为人民生命财产安全和城市安全筑起坚固屏障。

主汛期水旱灾害防御系列评论之三十一

坚决克服麻痹侥幸思想

本报评论员（黄一为）

入秋以来，我国主雨带较常年明显偏北，且降雨过程多、降水总量大，预计延续至国庆长假期间，雨区仍与前期高度重合。防汛有关各方务必清醒认识秋汛严峻形势，坚决克服麻痹侥幸思想，继续绷紧安全这根弦，做到责任不松、干劲不减，全力确保人民群众生命财产安全。

今年汛期，水利部门有力有序应对了多轮强降雨，水旱灾害防御工作取得阶段性成果。然而汛情的考验还未结束，各地干部群众经历了长时间繁重的防汛抗洪工作，很容易产生放松懈怠、疲劳厌倦等心理，加之今年秋汛历时长、雨区重叠，部分水库连续迎洪，调度难度大，有的堤防主汛期水毁工程尚未修复，存在诸多薄弱环节，需引起高度警惕。若此时粗心大意、掉以轻心，就会功亏一篑、前功尽弃。

坚决克服麻痹侥幸思想，打好秋汛防御战，就要求我们把秋汛当成夏汛来防，时刻绷紧“防大汛、抢大险、救大灾”这根弦，树牢底线思维、风险意识，做到未雨绸缪，防患未然。我们决不能因为传统主汛期已过，就滋生麻痹大意思想；决不能因为连续作战，就产生疲劳厌战情绪；决不能因为国庆节长假将至，就滋生放松的念头。各级领导干部要始终以对党和人民高度负责的态度，坚守岗位、靠前指挥，各相关单位要继续紧盯重点地区、重要设施、关键环节，严格落实值班值守，及时排除风险隐患，进一步强化“四预”措施，优化水工程调度，在保障防洪安全的同时为今冬明春储备抗旱水源，严密防范山洪灾害和中小河流洪水，抓紧完成水毁工程修复、险工险段除险加固任务。

行百里者半九十，虽已进入后汛期，防汛形势依然复杂严峻。我们要发扬连续作战的精神，打起十二分精神，把各种风险估计得更严重一些，把各项措施准备得更充分一些，坚决克服麻痹侥幸思想，全力打好今年防汛“收官战”。

主汛期水旱灾害防御系列评论之三十二

全力防御黄河秋汛

本报评论员（赵建平　王曼玉）

受近期持续强降雨影响，9月27日黄河先后出现2021年第1号、第2号洪水，水利部启动水旱灾害防御Ⅲ级应急响应，防汛形势十分严峻。27日晚，李国英部长主持召开防汛会商会，对黄河流域秋汛防御工作作出安排部署。国庆假期临近，各有关部门要坚决克服麻痹侥幸思想，务必持续绷紧防汛之弦，坚持底线思维，扎实做好秋汛防范工作，坚决扛牢保护黄河安澜的重大责任，确保人民群众生命财产安全。

最近一段时间，黄河中下游，特别是渭河流域强降雨接连不断，渭河中下游、伊洛河、沁河等支流普遍涨水，先后形成两次编号洪水。据预报预测，黄河流域秋汛将延续到10月份，暴雨洪水并行，加之国庆假期临近，黄河流域防汛形势严峻。这要求既要做好黄河干支流洪水防御，同时又要做好暴雨区防御。

全力确保黄河防洪安全，要提高认识，压实责任，做好“四预”，进一步实化细化秋汛防御措施，确保防得住。各级水利部门要切实落实防汛责任，领导干部要坚守岗位，靠前指挥，拧紧秋汛“责任链”；要密切滚动预测、预报、预演、预警，24小时值班值守；要坚持系统、统筹、科学、安全调度，并将调度做在洪水到来之前；病险水库一律空库运行，严防病险水库垮坝；密切关注拦蓄水库坝体安全，做好巡库查险，逐坝、逐岗位落实好责任人；做好黄河滩区可能受威胁群众转移预案，确保人员安全；严格落实坝段防守责任，预置抢险力量、物料、设备，做到各类险情早发现、早抢护；要特别加强黄河中游淤地坝防守，做好局地强降雨区域山洪灾害防御，认真落实好人员撤离预案。

越是紧要关头，越要顶得上去。我们要从思想上、行动上做好充分准备，继续延续主汛期各项工作机制，落实落细各项防御措施，打好秋汛防御战，确保黄河安澜，全力夺取全年水旱灾害防御的全面胜利。

主汛期水旱灾害防御系列评论之三十三

洪水不止　防御不息

本报评论员（马晓媛　赵建平）

当前，秋汛仍在持续，防汛形势依然复杂严峻。国庆节当天，李国英部长主持召开防汛会商会，对秋汛防御工作进一步作出安排部署。我们一定要继续保持高度戒备，千万不能松懈、千万不能大意、千万不能轻视，以高度的责任感和使命感，全力以赴做好秋汛防御。

今年秋汛实属罕见。8 月下旬以来，长江发生了第 1 号洪水，黄河发生了第 1 号、第 2 号、第 3 号洪水。汉江发生了 10 年以来同期最大洪水，卫河发生了 1951 年以来同期最大洪水，渭河则发生了 1935 年以来同期最大洪水，整个汛期的关键期“七下八上”都没有发生这么严重的汛情。前期降雨导致堤防水毁多、工程尚未修复，各地干部群众连续奋战多月，容易麻痹松懈，秋汛防范面临极大考验。

汛情远未结束，各级防汛部门务必要提高警惕、充分准备、全力应对。当前，要坚持系统、统筹、科学、安全的调度原则，特别要抓好水工程调度，密切、滚动、连续做好“四预”工作。黄河流域要做好本场次洪水的后半程防御，并做好迎接下一场次洪水的准备。黄河下游防御力量要进一步加强，确保控导工程不跑坝、河势不改变；要加强库区巡查，防范水位下降期间出现塌坡；对于超警河段、险工险段，要上足巡查防守力量，加强巡查值守，强化退水阶段的堤防防守；要摸清、摸准降雨区淤地坝、病险水库、山洪沟分布和数量，逐坝、逐库、逐村、逐沟落实好防御措施；要切实做好中小河流洪水防范和中小水库安全度汛工作，加强城市内涝防范，强化山洪地质灾害预警，提前果断转移危险区群众，全力避免人员伤亡。

洪水不止，防御不息。我们一定要牢固树立“人民至上、生命至上”理念，始终绷紧防汛抗洪这根弦，落实落细各项防御措施，以顽强的意志、坚决的态度，全力打赢今年防汛抗洪硬仗。

主汛期水旱灾害防御系列评论之三十四

毫不松懈　精准防御

本报评论员（李平　吴镝）

10 月 4 日，李国英部长主持防汛专题滚动会商，进一步分析研判黄河秋汛洪水形势，对防御工作进行再部署。有关防汛部门、单位正日夜奋战在防御秋汛洪水一线，我们要迅速将防御决策部署落实到位，不怕疲劳、不怕困难，坚持绷紧洪水防御这根弦，毫不松懈、精准防御，坚决打赢秋汛洪水防御这场硬仗。

继 9 月 27 日黄河形成今年第 1 号、第 2 号洪水后，10 月 5 日黄河形成今年第 3 号洪水。目前黄河下游河道大流量行洪已持续较长时间，出险机率升高，防守压力增大，各地干部群众连续作战容易出现疲劳状态、松懈思想，秋汛防御工作面临更大考验。

黄河流域秋汛防御已到最关键时刻，各级防汛部门要坚持做到不松懈、不麻痹、不大意。要连续滚动做好“四预”工作，同时盯紧每场洪水下垫面变化和洪水过程，提取洪水演进的水文参数，确保参谋预判到位；要加密水库动态调度，加强水库高水位运行安全监管，确保安全跟踪到位；要加强大堤临水段、坝裆段以及河势控导工程的防守，特别是防墩蛰、防跑坝及防坝裆段“撕口子”等险情，确保堤防防守到位；要做到对可能出险的部位进行预加固，充分使用科技手段，确保除险措施到位；要联系地方政府和各相关单位，反复检查强调防汛责任人制度，做到相关人员全部上岗，确保责任落实到位；要严格执行调度指令，做到防汛面前无条件服从，确保指令落实到位。

面对当前黄河秋汛严峻态势，各级防汛部门必须下足“绣花”功夫，进一步做到精准预报、精准调度、精准防御。要把洪水账算准算精，把流量、库容计算精确到个位数；要把每场洪水都当作参照样本，做好“回头看”工作，通过不断分析、总结洪水过程的相关数据，提升预测预报的精准度；要精准控制水库的下泄流量，做到与上下游的精准对接，通过精准控制洪峰流量及过程，以及水库群的联合调度，确保实现黄河下游不漫滩的目标。

行百里者半九十。黄河流域的秋汛防御，关乎今年防汛抗洪工作的成败。我们一定要做到毫不松懈、精准防御，强化“四预”措施，加强水库科学调度，落实落细各项工作，全力打赢这场关键战役。

主汛期水旱灾害防御系列评论之三十五

高度警惕　毫不松懈
扎实做好罕见秋汛防御

本报评论员（李平　吴镝）

今年的秋汛，水量大，范围广，时间长，历史罕见，防秋汛形势异常严峻。10月6日，李国英部长主持防汛会商，视频连线，进一步分析研判秋汛洪水形势，深入部署防御工作。我们要坚决贯彻习近平总书记关于防汛救灾工作的重要指示精神，认真落实李克强总理重要批示要求，做到高度重视、高度警惕，毫不松懈、毫不轻视，强化岗位、强化责任，精准调度、精准防御，扎实做好这场罕见秋汛防御的各项工作。

当前黄河已经形成今年第3号洪水，黄河、汉江、海河多条河流超警超保，小浪底、丹江口、岳城水库将迎来大流量洪水入库，出现建库以来最高运用水位。这场发生在传统主汛期概念之外的罕见秋季洪水，打破了我们对洪水周期的常规认识，要求我们在思想上必须高度重视、高度警惕，下足“绣花”功夫，把洪水防御这根弦绷得再紧一些，把防汛形势估计得再严峻一些，把水库调度设计得更精准一些，把防御工作抓得更实一些。

同时我们还应该看到，经过前段时间拦蓄，水库蓄水位普遍偏高，黄河下游河道大流量行洪时间长且仍将持续，堤防、河势控导工程将长时间经受考验，各级防汛部门务必要提高警惕、充分准备、全力应对。特别要按照“四预”要求，找到未来几天洪水防御的关键点，找准最关键的短板，赢得防御主动；要检查完善所有检测设施，把水库安全检测和险情防范提前做到位，保障蓄水安全；要畅通下游河道，确保及时清除阻水障碍，保障行洪安全；要严格落实责任人制度，切实做到现场检查指导到位，保障堤防安全。用高度警惕、毫不松懈的严谨过硬作风，守护一方平安。

入汛以来，尤其在“十一”长假，各地各级防汛责任人和工作人员长时间奋战在防汛抗洪一线，极易人困马乏，给秋汛防御工作带来更大考验。面对持续且愈发严峻的汛情，我们要坚决避免出现麻痹思想、厌战情绪、侥幸心理、松劲心态，进一步强化岗位管理，强化责任落实，确保人员不伤亡、水库不垮坝、重要堤防不决口、重要基础设施不受冲击目标最终实现。

人不解甲，马不卸鞍。今年的防汛工作到了最紧要时刻，我们一定要做到高度警惕、毫不松懈，加强“四预”，科学调度，强化巡查，落实责任，全力打赢秋汛防御这场硬仗。

主汛期水旱灾害防御系列评论之三十六

坚决打赢罕见秋汛防御持久战

本报评论员（李顺卿）

目前，历史罕见秋汛防御正处于关键阶段，并将持续较长时间。我们必须时刻保持清醒：秋汛防御是一场持久战，各级防汛部门要严阵以待，严防死守，坚决打赢罕见秋汛防御持久战。

10 月 10 日，李国英部长主持防汛会商，连线水利部派出的山东、河南、小浪底、河北、山西、陕西等工作组负责同志，研判秋汛形势，全面部署防御工作，要求坚决贯彻习近平总书记关于防汛救灾工作的重要指示精神，认真落实李克强总理重要批示要求。此时此刻我们绝不能有“刀枪入库、马放南山”的念头，要以决战决胜的状态，敢于打硬仗、打胜仗，确保实现“人员不伤亡、水库不垮坝、重要堤防不决口、重要基础设施不受冲击”的防御目标，全力打赢这场罕见秋汛防御持久战。

毫无疑问，我们当前面临种种挑战。黄河、汉江、漳河等河流下游河道大流量行洪过程仍将持续，小浪底水库大流量下泄预计还将持续 10 天左右才能降至 270 米，黄河堤防控导工程出险几率明显增加。小浪底、丹江口、岳城等重要控制性水库蓄水均达到建库以来最高运用水位，接受着强度极高的检验，后期水位下降过程也是库区滑坡等安全事故多发期。连续多日的枕戈待旦严防死守，各级防汛人员经受着体力和意志的严峻考验……面对挑战，我们必须高度重视、高度警惕，毫不松懈、毫不轻视，强化岗位、强化责任，精准调度、精准防御，持续压实各级责任、落实各项措施，持续保持人员到位、物料到位、设备到位，持续保持严密监测、精准研判、及时预警，加大对地方防汛救灾工作的支持和指导力度，同时做好洪水演进参数提取，统筹考虑防洪安全和水资源利用。

应对挑战，坚决打赢这场持久战，要求我们严密监测，严防死守，突出防御重点，做好预案，监测好洪水演进过程，下足洪水调度“绣花”功夫，对险情早研判、早发现、早部署、早处置，确保水库安全、堤防安全、行洪安全。

行百里者半九十。我们正处在决战决胜阶段，要切记洪水还在河道里、在水库里，潜在危险没有解除。我们比以往任何时候更需要保持坚韧的耐心和定力，更需要严阵以待驰而不息，把保障人民群众生命财产安全放在第一位，把秋汛当作夏汛防，确保黄河下游防洪安全，确保漳河堤防安全，确保小浪底、岳城、丹江口水库高水位运行安全，坚决打赢这场历史罕见秋汛防御持久战。

主汛期水旱灾害防御系列评论之三十七

坚决打赢抗旱保供水硬仗

本报评论员（李海川）

今年以来，珠江流域发生严重旱情，供水安全面临严峻考验。10 月 16 日，水利部部长李国英主持会商并视频连线，安排部署珠江流域旱情防御和供水保障工作。各有关部门务必立足“抗大旱、抗长旱”准备，坚持流域区域统筹、开源节流并重、短期长期兼顾，做到“预”字当先、“实”字托底，坚决打赢抗旱保供水这场硬仗。

面对当前和今后一段时间的严峻旱情，我们要从讲政治、讲大局的高度，充分认识做好当前抗旱工作的极端重要性，做好预报、预警、预演、预案工作，全力以赴保障珠江流域供水安全。要密切跟踪流域降水和江河来水的变化情况，抓住后续降雨的有利时机，抢蓄雨洪资源，努力增加抗旱水量；要科学调度流域水库群，发挥现有水源的最大效益，提前做好水资源储备；要算清“水账”，编制抗旱保供水方案，做细做实抗旱保供水预案；要高度重视重点地区、关键节点保供水，尤其是香港、澳门、深圳等重点城市的供水安全；要防范规模性、系统性、碰底线的农村供水风险，确保农村群众饮水安全；要强化用水管理，分类制定节水措施，做好节水宣传，增强群众节水意识。从长远来看，针对干旱长时间持续、供水能力严重不足的地区，还要加快推进水库和水资源配置工程建设，提升抗旱供水工程保障能力。

宜未雨而绸缪，毋临渴而掘井。防旱抗旱，宁可把情况想得更严重、复杂些，工作再仔细、扎实些。唯有立足当前，着眼长远，提前筹划，及早准备，压实抗旱责任，扎实做好各项抗旱措施，才能在抗旱保供水这场硬仗中化被动为主动，赢得先机。

《中国水利》杂志

卷首语

“预”字当先　人民至上

（2021 年 9 期）

本刊记者　张瑜洪

4 月 1 日起，我国由南向北陆续入汛；进入 5 月，南方部分地区强降雨持续“上线”。据预测，2021 年我国气候年景总体为一般到偏差，水旱灾害防御形势不容乐观。

水旱灾害防御工作关系人民生命财产安全，关系粮食安全、经济安全、社会安全、国家安全。党中央、国务院高度重视水旱灾害防御工作，习近平总书记多次就防灾减灾救灾发表重要讲话作出重要指示，李克强总理近日对防汛抗旱工作作出重要批示。十三届人大四次会议通过的“十四五”规划和 2035 年远景目标纲要，对统筹发展和安全作出重要部署，明确提出提升水旱灾害防御能力，体现了新时代高质量发展的必然要求。

图之于未萌，虑之于未有。水利部认真落实党中央、国务院的决策部署，入汛前一个月，召开水旱灾害防御工作视频会议，安排部署“十四五”时期和 2021 年水旱灾害防御重点工作。李国英部长强调，要聚焦保障人民生命财产安全，锻长板、补短板、固底板，不断提高水旱灾害防御能力和水平。立足当前，放眼长远，我们必须坚持“预”字当先，从最不利情况出发，做最充分的准备，下好先手棋、打好主动仗，为人民生命财产安全提供坚实的水旱灾害防御保障。

坚持高点站位，常立思想之“预”。人民至上、生命至上是贯穿水旱灾害防御全过程的价值导向，是水旱灾害防御工作的出发点和落脚点。我们必须提高政治站位，立足全面建设社会主义现代化国家全局，从政治高度认识和把握水旱灾害防御工作的极端重要性，以强烈的政治责任感和使命感，不断提高水旱灾害防御能力和水平，给人民带来更多实实在在的安全感，用水旱灾害防御工作的实际行动切实做到“两个维护”。

树立底线思维，夯实责任之“预”。底线即“雷池”。历年汛情警示我们，坚持底线思维要一以贯之，来不得半点麻痹大意。水旱灾害防御部门须立足防大汛、抗大洪、救大灾，压紧压实水旱灾害防御责任。要知危图安，强化风险意识，警惕水旱灾害防御领域的“黑天鹅”“灰犀牛”事件，以有效的防范应对为人民群众筑起生命的

"防护墙"。

提升防御能力，化解风险之"预"。坚持问题导向和目标导向，关口前移，突出强化预报、预警、预演、预案"四预"措施。抓住防御重点，做好蓄滞洪区运用准备、水库安全度汛和山洪灾害防御等工作，全面排查消除隐患，依法防控、科学防控。强化科技引领，推进建设数字流域，全面提升监测预报预警和水旱灾害防御现代化调度指挥能力。

备豫不虞，为国常道。我们要秉承"两个坚持、三个转变"防灾减灾救灾理念，未雨绸缪、防微杜渐，以"坚决避免发生重大人员伤亡事件、坚决避免标准内洪水防洪工程失事事件、坚决保障国家重要基础设施安全、坚决保障经济社会发展重点工作安全"为目标，牢牢守住水旱灾害风险防控底线，为经济社会高质量发展筑牢水安全屏障。

卷首语

强化“四预” 坚决打赢水旱灾害防御战

（2021年15期）

本刊记者 吕彩霞

2021年的汛期极不平静。入汛以来，暴雨轮番侵袭，台风接踵而至，风暴潮洪“四碰头”，26个省份400多条河流发生超警以上洪水，水旱灾害防御形势异常复杂严峻。7月21日，习近平总书记作出重要指示，要求始终把保障人民群众生命财产安全放在第一位，抓细抓实各项防汛救灾措施。

人民至上，生命至上。水利部坚决贯彻落实习近平总书记重要指示及党中央、国务院决策部署，把防汛作为重大政治责任，心怀“国之大者”，以“人员不伤亡、水库不垮坝、重要堤防不决口、重大基础设施不受冲击”为目标，坚持“防”字当头，“预”字当先，超前部署、科学决策，在暴雨狂风中汇聚水利力量，在惊涛骇浪中书写使命担当，为人民群众筑牢生命安全屏障。

为之于未有，治之于未乱。打赢水旱灾害防御战，要强化“四预”，不断提升防御能力和水平。在科技飞速发展的今天，数字赋能的智慧水利已成为护佑江河安澜的重要手段。李国英部长强调，智慧水利建设，要先从水旱灾害防御开始。以信息化驱动水旱灾害防御能力提升，突出强化预报、预警、预演、预案四项措施，努力以超前的情报预报、实时的全覆盖预警、精准的数字模拟预演、科学的调度指挥预案，为防洪调度赢得宝贵时间，为群众安全避险提供及时指导。以科技为引领，确保既有防范灾害风险的先手，又有应对和化解风险挑战的实招，牢牢把握防汛抗洪主动权，打好有准备之战和战略主动战。

把握关键方能行稳致远。打赢水旱灾害防御战，要“软”“硬”兼施，打好用好水工程“牌”。洪水来袭时，水库削峰是防汛“王牌”，蓄滞洪区是防汛“底牌”。以水库为例，截至7月31日，全国有2718座次大中型水库共拦蓄洪水709亿m^3，减淹城镇862个（次），减淹耕地1049万亩，避免人员转移572万人，有效保障了人民生命财产安全。水工程的精细科学调度是防洪制胜的关键，要突出抓好水库安全度汛等重点难点和薄弱环节，确保水工程自身安全；要依法科学精细调度水工程，科学实施水工程联调，统筹好“弃”和“守”的关系，提前做好蓄滞洪区运用准备，确保关键时刻水工程切实发挥防灾减灾效益。

防汛抗洪责任重于泰山。打赢水旱灾害防御战，要牵住责任制“牛鼻子”，切实压紧压实责任。当前仍处在防汛关键期，要坚决杜绝麻痹松懈思想，“三个责任人”必须到岗到位、尽职尽责，继续严密防范工程安全风险和人员生命安全风险，对水库、退水期堤防、已启用蓄滞洪区围堤等的安全风险压实责任、做细措施，全力防范山洪灾害和中小河流洪水，宁可十防九空，绝不一次放松。防汛事关经济社会发展大局，需要强化协作意识，流域各地要树牢“一盘棋”思想，统筹协作、顾全大局、步调一致。防汛抗洪涉及多个部门，面对突发灾害，要确保应急响应机制各方面的有机有效联动，做到有“响”即“应”，凝聚防灾抗灾的广泛力量，齐心协力打好防汛抗洪这场硬仗。

我们要深刻认识做好水旱灾害防御工作的重要意义，坚决扛起责任重担，以迎接大战大考的状态，枕戈待旦，全力以赴打赢水旱灾害防御战，为推动新阶段水利高质量发展开好局、起好步。

卷首语

固本谋远　再接再厉

（2021 年 16 期）

本刊记者　王慧

8 月下旬，虽然时间已步出“七下八上”防汛关键期，2021 年水旱灾害防御形势依旧严峻。

面对防汛战线长、极端降雨多发的汛情，水利部党组始终把保障人民群众生命财产安全放在第一位，坚决贯彻习近平总书记关于防汛救灾工作的重要指示精神，认真落实李克强总理的重要讲话要求，锚定人员不伤亡、水库不垮坝、重要堤防不决口、重大基础设施不受冲击的目标，持续密集会商，强化“四预”措施，严格做好迎战洪水准备，宁可十防九空、不可失防万一，以实际行动担当起防汛抗洪的职责使命。

今年汛期的雨情、水情、汛情、灾情警示我们，全球气候变化加剧叠加经济社会快速发展，未来水旱灾害防御形势将更加复杂，防御任务会更加艰巨。不管从单年还是多年的时间尺度来看，水旱灾害防御短期的“遭遇战”与长期的“攻坚战”“持久战”将呈交错态势。水利部门应始终心怀“国之大者”，坚守责任、勇于担当，坚持不懈做好水旱灾害防御工作。

“图之于未萌，虑之于未有”。面对近远期不断变化的水旱灾害防御形势，唯有常备不懈，才能有效应对。要“预”字当先、关口前移，坚持“建重于防、防重于抢、抢重于救”的工作思路，进一步落实“四预”手段，以更准的预报、更快的预警、更实的预演、更细的预案科学下好水旱灾害防御“先手棋”。思路到位、手段到位，意识更要到位，一方面时刻警醒、严阵以待，另一方面加强教育科普、做好舆论宣传，让公众清楚为何防、如何防，知道主动防、积极防，群策群力、群防群治，在全社会形成水旱灾害防御共识，筑起水旱灾害防御意识基础。

“谋长远之策，行固本之举”。汛前，要始终严抓防汛薄弱环节和问题隐患，确保水利工程安全运行、发挥作用；汛后，要深入排查水毁灾损，加快河流堤坝水库整治，补强薄弱环节，科学统筹规划，开展灾后重建，保障群众安全。要坚持固底板、补短板、锻长板，针对洪涝灾害中暴露出的突出问题，推进谋划水利建设，进一步完善水旱灾害防御工程体系。要“抓大不放小”，既完善工程体系、保障大江大河安澜，也增强中小水利设施抗灾能力、降低减轻局地灾害损失；要加强对防洪工程体系的规划建设与调度运用，既从流域整体着眼、按流域单元进行，又注意补齐中小河流防汛工程短板，增强中小河流应对超标洪水的能力。

做好水旱灾害防御工作，最关键是打通“最后一公里”，激活水旱灾害防御“神经末梢”。落深、落实、落细防汛责任与措施，既要关注各个环节、各项工程，更要关注万千社会“细胞”。要着力加强防御工作的针对性与指导性，因库施策、因河施策；要提高防御措施的可操性与普及性，因村施策、因户施策，让决策部署直达基层、直达一线、直白易懂。

“建久安之势，成长治之业”。水旱灾害防御关乎民生福祉，关乎国家安全。肩负重任，水利人必将以对国家和人民高度负责的精神，以更务实的态度、更科学的能力、更有力的举措，坚决打好打赢水旱灾害防御战，筑牢保障人民群众生命财产安全防线，为国家经济和社会的高质量发展提供坚实支撑。

中国水利网站及新媒体

NEWS

新乡水文人测报间隙忙救援

（2021 年 7 月 28 日）

中国水利网站讯（记者　吕彩霞）受洪水影响，河南省新乡市卫辉市积水严重，有群众被围困，新乡水文局工作人员在测报间隙参与救援。7 月 27 日，新乡水文人参与救援下园村被困群众。

牛平新　摄

牛平新　摄

牛平新　摄

鄂坪水库溢洪道重启泄洪

（2021 年 9 月 6 日）

中国水利网站讯（记者　吕彩霞　李卢祎（见习））9 月 5 日 20 点 30 分，湖北十堰市竹溪县鄂坪水库以 30 立方米每秒的下泄流量开始泄洪。9 月 6 日上午 9 点，鄂坪水库溢洪道下泄流量已加大至 300 立方米每秒，后期将视雨水情和水库大坝安全状况适时增大下泄流量。

鄂坪水利水电枢纽是一座以发电为主，兼有防洪、灌溉、供水等综合功能的工程，总库容量约 3 亿立方米。在泄洪过程中，溢洪道泄槽段末端与挑流鼻坎反弧段的连接段被冲毁，影响溢洪道及水库坝体安全，当日水库停止泄洪。

9 月 2 号早晨，水利部和湖北省水利厅派出的两个专家组到达抢险现场，迅即指导开展抢险。至 9 月 5 日下午，共回填混凝土 9000 立方米，紧急修复工程基本完工。

据湖北省水利厅信息，6—7 日，十堰市鄂坪乡将有一次明显降雨过程。

汛期，黄土高原上的淤地坝为何要高度关注?

汛期，黄土高原上的淤地坝为何要高度关注？

原创 中国水利报社 **中国水事** 2021-08-18 17:00

点击蓝字 ▲ 关注我们

日前

国家防总副总指挥、水利部部长李国英

在会商部署8月中下旬防汛重点工作中提到

黄河中游要高度关注淤地坝安全

淤地坝在黄河中游防汛工作中为何如此重要？

要搞懂这个问题

我们首先需要清楚什么是淤地坝

让我们带着疑问

开始今天的科普时间

这几天，我不忍心看他们的朋友圈

这几天，我不忍心看他们的朋友圈

原创 中国水利报社 中国水事 2021-10-10 16:42

点击蓝字 关注我们

"十一"假期已经过去
据统计，这期间
全国国内旅游出游达5.15亿人次
但有一群人必然不在这份名单内

9月27日
黄河先后发生两次编号洪水
当晚，水利部部长李国英发出指示：
"黄河本次秋汛形势非常严峻
水利部防汛相关部门单位人员取消'十一'休假
集中力量投入黄河防汛大考！"
10月5日
黄河发生2021年第3号洪水
这几天
黄河守护者究竟是如何度过的？

连日降雨，导致黄河洪水持续演进
临近"十一"国庆假期
我们都盼望着早日与家人团聚

退水期就安全了？错！

退水期就安全了？错！

原创 中国水利报社 中国水事 2021-07-30 08:00

点击蓝字 关注我们

7月26日
河南省水利厅发布消息
卫河、共产主义渠抗洪抢险夺取阶段性成果
决堤堵口堵复成功
卫河、共产主义渠水位下降

日前
海河流域卫河等河流水位缓退
水利部多次会商部署
加强海河流域卫河
及其支流超警河段、子牙河等河流
退水期堤防巡查防守

退水期为何不能放松警惕？
这是因为
退水期往往是危险期
如果稍有不慎
将造成严重的后果

应对黄河此次洪水
水利工程如何排兵布阵?

应对黄河此次洪水 水利工程如何排兵布阵?

原创 中国水利报社 中国水事 2021-10-03 10:00

收录于话题
#科普 21个 >

点击蓝字 △ 关注我们

近日，我国北方大部持续降雨，黄河中游支流渭河发生1935年有实测资料以来同期最大洪水，伊洛河、沁河发生1950年有实测资料以来同期最大洪水。

为了保证上游平稳过水、下游滩区安全，水利部多次会商部署，明确加强水工程调度是黄河中下游秋汛防御的关键举措。

在这次防御过程中，有哪些水库“战士”冲锋上阵，又是如何保障黄河防洪安全的呢?

“超长待机”的华西秋雨是什么来头？

“超长待机”的华西秋雨是什么来头？

中国水利报社　中国水事　2021-09-02 16:59

点击蓝字 △ 关注我们

秋雨一来

人们的心情都容易低落

“原来真的有悲秋综合征”词条

都在8月的最后一天赶上了热搜

但关于秋天的记忆似乎也并不一致

“自古逢秋悲寂寥，我言秋日胜春朝”的

刘禹锡

一定跟

“君问归期未有期，巴山夜雨涨秋池”

的李商隐

不生活在同一片地区

毕竟“晴空一鹤排云上”的景象

在秋季的四川盆地实属罕见

堤防出险?! 抢护手册拿来吧你!

堤防出险？！抢护手册拿来吧你！

中国水事 2021-08-23 17:00

点击蓝字 △ 关注我们

《2019年全国水利发展统计公报》
数据显示
截至2019年年底
全国已建成5级及以上
江河堤防
长度达32.0万公里
保护着6.4亿人口
和4.2万公顷的耕地

筑堤可以抵御洪水泛滥
保护堤内居民和工农业生产的安全
是最早、最广泛使用的防洪工程措施

御洪有道：启用蓄滞洪区并非一个简单的决定

御洪有道：启用蓄滞洪区并非一个简单的决定

原创 中国水利报社 中国水事 2021-08-04 19:00

点击蓝字 △ 关注我们

2021年7月29日
受上游及当地普降大到暴雨影响
卫河、共产主义渠来水量猛增
防汛抗洪压力极大
河南鹤壁、安阳市
700余万人的生命财产安全
随时可能受到威胁

如何尽全力保证
两座城市人民群众生命财产安全
保障河南浚县县城以及卫河河道安全

这个难题交给蓄滞洪区
7月30日零点
河南省紧急启用小滩坡蓄滞洪区
5米左右宽的泄洪口被人为扒开
河水找到了宣泄口
一拥而入
紧张的河道得到了喘息的机会

中国水事
保河南鹤壁、安阳！卫河第八个…
视频号

100 秒带你看尼尔基水库的“硬核担当”

100秒带你看尼尔基水库的“硬核担当”

中国水事 2021-08-27 20:52

面对今年严峻的防汛形势，在水利部指导下，松辽委加强预演分析、科学精准调度尼尔基水库，充分发挥骨干水库拦洪削峰错峰作用。在应对3次编号洪水调度中，尼尔基水库共拦蓄洪水26亿立方米。

审核 | 陈锐
监制 | 樊弋滋
编导 | 杨晶 李应硕
制作 | 齐京泽
文案 | 杨晶
编辑 | 杨晶
校对 | 李旸
素材来源 | 松辽委、尼尔基公司

水旱灾害防御应急响应Ⅰ级到底意味着什么？

水旱灾害防御应急响应Ⅰ级到底意味着什么？

原创 中国水利报社 **中国水事** 2021-07-21 10:23

点击蓝字 △ 关注我们

7月18日8时至21日2时
河南省部分地区
普降暴雨、特大暴雨
重现期均超5000年一遇
据气象预测
强降雨过程仍将持续
2时30分
河南省水利厅将
水旱灾害防御
Ⅱ级应急响应
提升至Ⅰ级

7月21日
1时30分
贾鲁河等河流发生超历史洪水
2时
淮委将
水旱灾害防御
Ⅳ级应急响应
提升至Ⅲ级

水旱灾害防御应急响应
意味着什么？
今天小编就跟大家聊聊

行业同心　众志成城

2021主汛期系列特稿之四：行业同心 众志成城

原创　中国水利报社　中国水事
2021-08-06 14:23

点击蓝字 △ 关注我们

2021主汛期系列特稿之四

□记者 **杨晶**

这是一次充满挑战的战役——

移动速度慢、覆盖范围广、水汽充足……今年第6号台风“烟花”强势来袭，给太湖、淮河、黄河、海河等多个流域带来强降雨。

这是一场惊心动魄的大考——

气候异常，极端天气事件多发频发，防汛形势十分严峻……全国26个省份402条河流发生超警以上洪水，其中100条河流超保，33条河流超历史。

战洪魔，保安澜。入汛以来，在党中央、国务院坚强领导下，水利部抓细抓实各项防御措施，广大水利干部职工众志成城，团结协作，密切配合，始终把保障人民群众生命财产安全放在第一位，全力以赴做好各项暴雨洪水防御支撑保障工作。

人民至上 众志成城

“要始终把保障人民群众生命财产安全放在

敲黑板！8 月中下旬我国这些流域防汛很重要

敲黑板！8月中下旬我国这些流域防汛很重要

中国水利报社 中国水事 2021-08-13 16:32

为什么在黄河防汛中要严加防守河势控导工程？

为什么在黄河防汛中要严加防守河势控导工程？

中国水利报社 中国水事 2021-10-02 10:00

收录于话题

#科普

21个 >

点击蓝字 关注我们

9月27日

黄河先后发生2次编号洪水

李国英部长要求

严加防守 黄河河势控导工程

确保河势控导工程不跑坝、河势不改变

在汛情紧张的当下

李国英部长着重强调的

河势控导工程是个什么工程？

为什么要严加防守？

要解释清楚这个问题

让我们先来了解一个概念

跑坝

黄河下游河道宽浅、溜势散乱

是游荡性最强、冲淤变化最为剧烈的河段

这个秋天，他们全力以赴的样子，真美！

这个秋天，他们全力以赴的样子，真美！

中国水利报社 中国水事 2021-10-21 15:00

点击蓝字 △ 关注我们

2021年的秋天
黄河连续发生编号洪水
秋汛洪水场次之多、过程之长、量级之大
历史罕见

面对严峻汛情
黄河水利人逆行而上
全力以赴、齐心抗洪

他们舍小家、为大家
日夜坚守在抗洪一线
他们是孩子眼中的"超人"
用尽全力守护着家园的美好

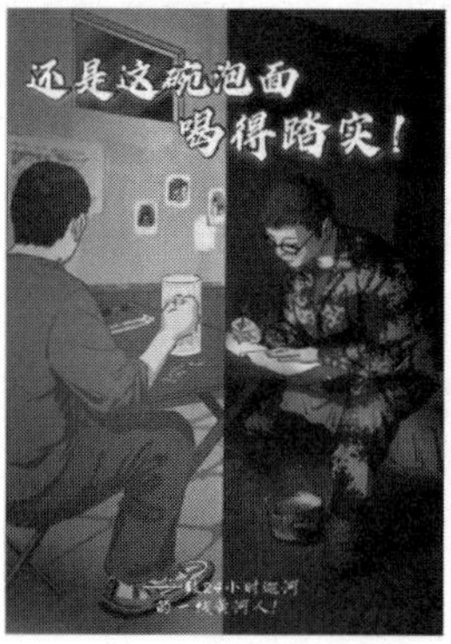

开闸泄洪！福建水口水库打响今年防汛首场战役

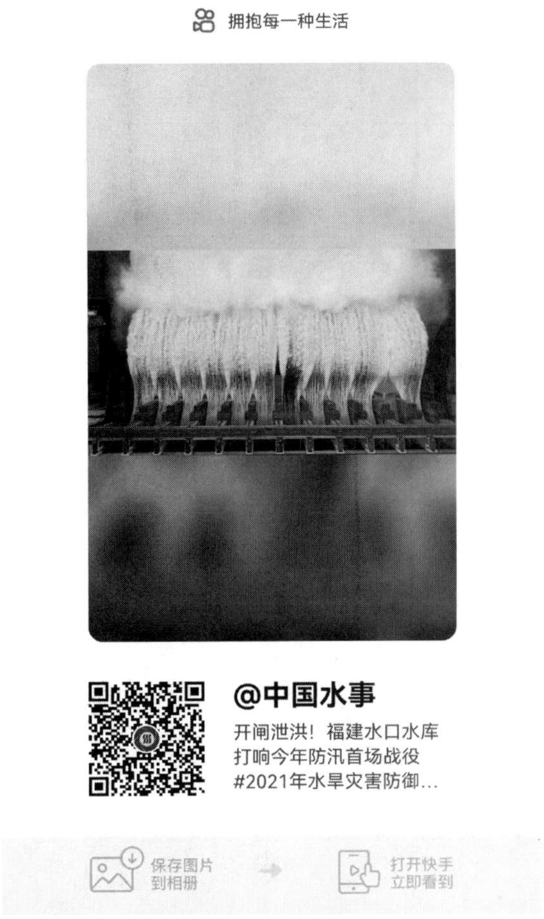

水事微剧场｜车被困城市内涝中，怎么自救？

水事微剧场｜水利老铁保安澜！

2021 年主汛期最闪亮的星

开练！四川 2021 年防汛减灾集结号角吹响！

拥抱每一种生活

@中国水事

开练！四川2021年防汛减灾集结号角吹响！ #四川 # 防汛

保存图片到相册

打开快手立即看到

走进水利部｜国庆假期看“四预”如何精准防御秋汛洪水！

全国防灾减灾日｜让我们一起向水灾 Say No

走进水利部丨看“四预”如何在松花江流域洪水应对中发挥作用

走进水利部｜探访 8 月雨水情

拥抱每一种生活

@中国水事

走进水利部｜探访8月雨水情 #2021年水旱灾害防御在行动

保存图片到相册 → 打开快手立即看到

陕西全力迎战渭河 3 号洪水

以汛为令　全线出击
——陕西省各级水利部门有序应对渭河洪水

再看袁庄村 !!!

拥抱每一种生活
再看袁庄
@中国水事
再看袁庄村！！！一周前，李克强总理刚刚到访过这里，看望受灾的村...
保存图片到相册
打开快手立即看到

暴雨当前，京津冀豫同“州”共济

拥抱每一种生活

@中国水事

暴雨当前，京津冀豫同“州”共济 #强降雨

保存图片到相册 → 打开快手立即看到

守住！黄河下游水利部门严防死守全力应对秋汛大考！

170 米！丹江口水库再创历史新高！

历史新高 273.50 米！小浪底水库全力投入防洪运用

海委精细化调度岳城水库力保流域安澜

拥抱每一种生活

@中国水事

海委精细化调度岳城水库力保流域安澜。10月7日11时，漳河岳城水库入库...

保存图片到相册 → 打开快手立即看到

丹江口水利枢纽全力“赶考”保安澜！

迎战黄河秋汛，他们这样算准水账！

巡查！盯防！小浪底加密巡检设备保障安全

现场报道 | 岳城水库关闸究竟如何减轻下游压力？

拥抱每一种生活

@中国水事

岳城水库关闸究竟如何减轻下游压力？7月28日晚，国家防总副总指挥、水...

保存图片到相册

打开快手立即看到

迎战漳卫河 2 号洪水，海委紧急部署调度！

应对黄河罕见秋汛洪水，他们严防死守保安澜！

三门峡敞泄　有效缓解黄河涨水

保河南鹤壁、安阳！
卫河第八个蓄滞洪区启用

拥抱每一种生活

@中国水事

保河南鹤壁、安阳！卫河第八个蓄滞洪区启用 #2021年水旱灾害防御...

保存图片到相册 → 打开快手立即看到

给力！水文应急监测助力卫河决口成功封堵

拥抱每一种生活

@中国水事

给力！水文应急监测助力卫河决口成功封堵 #2021年水旱灾害防御在行动

保存图片到相册

打开快手立即看到

防汛演练练些啥？来，带你看现场！

拥抱每一种生活

@中国水事

防汛演练练些啥？来，带你看现场！

保存图片到相册 → 打开快手立即看到

江江江！松花江开江！

100 秒带你看尼尔基水库的“硬核担当”!

拥抱每一种生活

@中国水事

100秒带你看尼尔基水库的“硬核担当”！面对今年严峻的防汛形势，在水利...

保存图片到相册 → 打开快手立即看到

火速支援！水利部协调的 11 辆排水车和 29 名专业技术人员正赶往郑州

削峰率接近100%！河南卫辉防洪中这座水库发挥重要作用

坚胜小康 攻决奔

2021 年

新闻作品集

中国水利报社　编

中国水利水电出版社
www.waterpub.com.cn
·北京·

图书在版编目（CIP）数据

中国水利报社2021年新闻作品集 ：全四册 / 中国水利报社编. -- 北京 ：中国水利水电出版社, 2022.2
ISBN 978-7-5226-0514-2

Ⅰ. ①中… Ⅱ. ①中… Ⅲ. ①新闻报道－作品集－中国－当代 Ⅳ. ①I253

中国版本图书馆CIP数据核字(2022)第034111号

书　　名	**中国水利报社 2021 年新闻作品集 ④** **——攻坚决胜奔小康** ZHONGGUO SHUILI BAOSHE 2021 NIAN XINWEN ZUOPIN JI ④ ——GONGJIAN JUESHENG BEN XIAOKANG
作　　者	中国水利报社　编
出版发行	中国水利水电出版社 （北京市海淀区玉渊潭南路 1 号 D 座　100038） 网址：www. waterpub. com. cn E - mail：sales@mwr. gov. cn 电话：（010）68545888（营销中心）
经　　售	北京科水图书销售有限公司 电话：（010）68545874、63202643 全国各地新华书店和相关出版物销售网点
排　　版	中国水利水电出版社微机排版中心
印　　刷	天津嘉恒印务有限公司
规　　格	184mm×260mm　16 开本　85.25 印张（总）　1719 千字（总）
版　　次	2022 年 2 月第 1 版　2022 年 2 月第 1 次印刷
总 定 价	**498.00** 元（全四册）

前言

2021 年 2 月 25 日，习近平总书记在全国脱贫攻坚总结表彰大会上，向全世界庄严宣告：我国脱贫攻坚战取得了全面胜利，创造了又一个彪炳史册的人间奇迹！同年 7 月 1 日，习近平总书记在庆祝中国共产党成立 100 周年大会上再次庄严宣告：中华大地上全面建成了小康社会！

在脱贫攻坚这场艰难大考中，水利系统举全行业之力，全力打好水利脱贫攻坚战，全面解决贫困人口饮水安全问题，加快贫困地区水利基础设施建设，为贫困地区破除发展掣肘难题、激活内生动力、走向脱贫致富提供了有力的水利支撑和保障。

2021 年是中华民族全面建成小康社会的关键一年，中国水利报社在报道各级水利部门保障农村饮水安全、实现全面小康生活等方面继续深耕，开设了“奋斗百年路　启航新征程·全面小康的水利保障”“巩固扶贫成果　助力乡村振兴”“水利支撑全面建成小康社会”“决战决胜脱贫攻坚·第一书记”“践行水利精神　建功新时代”“决胜脱贫攻坚”“一线手记·全国脱贫攻坚先进个人”等栏目。在全国脱贫攻坚表彰大会后，深入报道受到表彰的全国脱贫攻坚先进个人；紧紧围绕巩固拓展脱贫攻坚成果，充分展现各地压紧压实责任、巩固成果防止返贫的具体实践，深入报道逐步实现由集中资源支持脱贫攻坚向全面推进乡村振兴平稳过渡的创新做法……全年刊发稿件 1000 余篇，为水利支撑全面建成小康社会营造了良好的舆论氛围。

我们遴选一年来发表在《中国水利报》、《中国水利》杂志、中国水利网站及新媒体平台上的部分原创作品，共计 90 篇，结集成册，以此见证和记录广大水利干部职工在推进巩固拓展脱贫攻坚成果与乡村振兴有效衔接工作中展现出的智慧与力量。

时间所限，本书辑录过程中难免错漏，敬请读者指正。

编者

2022 年 2 月

目录

前言

《中国水利报》

《中国水利》杂志

中国水利网站及新媒体

《中国水利报》

春灌蜀地粮满仓

（2021年5月25日）

本报记者　罗景月　杨桦　蒋文

“粮猪安天下，天府实名归”。作为农业大省，“天府之国”四川粮食产量位居全国前十，排名西南地区第一。

眼下，四川春耕生产如火如荼，灌溉用水需求逐渐增大，保供水成为当务之急。四川省水利厅按照“春灌早动员、计划早落实、制度早健全、设施早维修”的要求，严密组织，周密部署，做好保供水各项工作，确保大春生产“满栽满插”。

抢抓水毁修复　以水保灌

加快重大水毁修复、病险水库整治是保障春灌各项工作顺利推进的重要前提。

早在今年3月，四川省水利厅就召开全省农村水利暨春灌工作会议，厅党组书记、厅长郭亨孝要求春灌工作“早部署、早安排，有动作、有声音，抓细抓实抓落地”。此后，在全省水库安全度汛及水毁修复、春灌用水工作等会议上，郭亨孝要求充分利用冬春修时机，抢抓重大水毁修复以及病险水库整治、维修养护等项目建设，充分挖掘水利工程的蓄水输水保水能力。

在都江堰外江灌区泗江堰工段，记者看到现场水毁修复工作已进入收尾阶段。据四川省都江堰外江管理处第三管理站站长陈浩介绍，2020年汛期，都江堰外江灌区发生多次强降雨，灌区多处枢纽建筑物及河道堤防遭到不同程度的洪水冲毁。灌区投资2166万元，防冲加固处理味江河人民堰枢纽、西河三合堰枢纽、石头堰枢纽、泗江堰枢纽下游等工程损毁地段，保障2021年灌溉供水和安全度汛。

据了解，四川大春期间计划栽插水稻面积2800多万亩，用水量约57亿立方米。目前各类工程运行正常、水量囤蓄充分，能够保证今年春耕生产用水需求。

自动化计水　以水定量

“以前开关闸速度都很慢，现在只用一键操作，效率高多了！”说罢，周启国就打开手机 App 操作了起来。伴着轰隆的水声，渠道中的水顺着地下铺设的管道流入田间地头。周启国是四川省都江堰东风渠管理处龙泉管理站的一名职工，他对这套智慧水利集成阀井系统的操作流程十分熟悉。

去冬以来，东风渠灌区投入 578 万元，打造了东风渠管理处用水计量平台，完成封闭式集成阀井项目，建设包括新南干渠进口在内的 8 座水文测站，为春灌期间灌区水资源调配提供了技术支撑。截至 2020 年年底，东风渠在各个干渠重要断面和支渠以上制口安装集成阀井系统，全面实现用水计量，其中 130 处断面制口可实现自动监测、计量。

“通过实施计量设施改造，可有效解决渠系末端分水设施调水的及时性、计量准确性等问题，破除了上游灌区大水漫灌、浪费严重，而下游无水可灌的局面。”东风渠管理处供水科科长周伍光介绍。

运用信息化计量设施，不仅实现了对用水环节的实时监控和及时调节，还为区域用水统筹管理提供了支撑，让量水的“秤”更精准。

科学化管水　以水促产

百丈水库，一座承接玉溪河引水工程主干渠尾水的中型水库，坐落在雅安市名山区百丈镇上游的临溪河上。玉溪河和临溪河的水在这里相遇，滋养着这片长征史上荡气回肠的大地。

在这里，水稻生长，茶园飘香，百姓过上了依山傍水、靠水安居的生活。玉溪河灌区管理用水工作服务队为当地用水保驾护航。

“自从实行水资源定额管理，再也没见到农民出门不关水龙头或者漫灌的现象了。因为如果平时浪费了，春灌期间地里用水就不够了。”这是玉溪河灌区供水服务中心主任何凤萍工作 28 年来感受到的最大变化。

何凤萍介绍，长期以来，玉溪河灌区始终坚持科学管水，严格落实“总量控制、定额管理”要求，根据灌区种植结构、用水需求等特点，实行分渠系、分地点、分时段配水，统筹协调，保障灌区水资源利用。灌区推行合同供水、计量用水、计量收费，让供用水双方分类签订供用水合同，按时收取水费，实现“把每一滴水用到刀刃上”。

订单式用水　以水稳粮

“以前育一亩的秧只能插八亩地，现在至少能插 120 亩了。”站在水田边，看着眼前绿油油的秧苗，成都市新津绿川农耕技术专业合作社社长涂成圆很是高兴。由于机械化培育的秧苗质量好、产量高，现在涂成圆每年都会收到大量的秧苗订单。

大订单供水有保障，是因为合作社早早就给都江堰外江管理处递上了“用水报告”。

合作社育秧基地所需栽秧泡田的水引自都江堰外江灌区的羊头堰。春耕时节，外江灌区管理处提前收集汇总灌区水情、雨情、工情，做好用水预判分析，安排栽秧泡田用水顺序，做好保栽措施，确保水能供到每座枢纽、每段渠道、每个用户。

“面对育秧基地这样的用水大户，除了合作社根据当年秧苗订单数向我们打‘用水报告’，我们也专门成立了领导小组和用水服务队，主动了解合作社的年度用水需求，确保真正实现‘订单式用水’。”都江堰外江管理处供水管理科副科长张旭介绍，当前外江灌区已全面完成11万亩育秧用水，栽秧泡田进度达30%，灌区春灌用水工作井然有序。

“订单式用水”不仅让水资源集约利用在外江灌区成为了现实，也进一步提升了灌区粮食综合生产能力，保障了当地粮食生产安全。

保春灌就是保粮食安全，就是保民生。当前，川蜀大地上，春灌工作仍有序进行，一幅农业丰收、农民增收的美好年景图在辛勤的耕耘中渐渐铺展开……

水润老田园　福到新东张

——河南省水利厅帮扶东张村纪实

（2021 年 6 月 3 日）

本报记者　李乐乐　国立杰　　通讯员　周利娟

初夏时节，走进河南省范县王楼镇东张村，一片碧绿的湖水映入眼帘，有人在岸边垂钓，有人在水上划船……

眼前的美丽小镇，是河南省水利厅与范县王楼镇共同打造的田园综合体项目，以东张村为中心，涵盖附近 7 个村庄。溪水蜿蜒 6.7 公里，与范水河连为一体。因水而美，因水而变，曾经的废弃坑塘，如今换了模样。

建设水美幸福村庄

“从 2015 年开始，按照‘干部当代表、单位做后盾、领导负总责’的要求，我们先后选派了 4 名驻村第一书记，定点帮扶东张村，为打赢脱贫攻坚战提供了组织保障。”省水利厅厅长孙运锋说。

6 年来，在省水利厅的指导下，几任第一书记带领村民硬化路面、美化坑塘、修渠架桥，将东张村建设成了一个涝能排、旱能灌的亲水村，远近闻名的幸福村，村民人均年收入达 1.1 万元。2020 年 10 月，东张村建档立卡贫困户全部脱贫。

每年儿童节，省水利厅都会组织干部职工，向村小学捐赠设备，改善办学条件，已先后向学校捐助了价值 50 余万元的教学设施、体育器材、图书等。

围绕改善村民生活条件，省水利厅为东张村和邻近赵海村的 270 余户村民实施污水管网入户改造，生活污水实现了统一排放；在厕所水管上加装恒温加热带，解决了冬天农村厕所不能正常使用的问题；实施天然气入户改造，让村民做饭告别“烟熏火燎”。

硬件设施提升了，还要改善人居环境。从 2018 年开始，省水利厅驻东张村工作队组织群众在村子周边植树种花，共栽种月季、柿子树、海棠树等 1000 余棵。村民都说：“如今俺村是村在水中央，车在树下行，人在花中坐!”

东张村产业发展势头强劲。村里的黄河生态农业合作社种植了 600 亩有机水稻，收购了5000亩地的长粒香品种水稻，2020年新建成可日加工100吨稻谷的自动化生产线，打造的“洁田”牌有机大米畅销全国。

东张村这几年的变化，老支书张存胜看在眼里、喜在心里。他说：“俺村现在这样的变化，以前想都不敢想！”

“追梦小镇”扬帆起航

脱贫不是终点。省水利厅在东张村建立范县农民职业技能培训中心，可同时容纳200余人开展技能培训。培训中心运营以来，已培训厨艺、家政、养殖、编织等专业学员700余人，年增加村集体纯收入20万元以上。

根据东张村区位优势和市场需求，2019—2020年，省水利厅又筹集资金260万元，在东张村建设了营业面积达1500平方米的特色餐饮街，正式运营后预计每年村集体纯收入可增加50万元以上。

“集体经济项目的建设，在为村集体和群众带来收益的同时，也改变了基层组织和村民的思想，撬开了求发展的思路，引出了搞发展的热情，发挥了‘筑巢引凤’的作用。”省水利厅副厅长武建新说。

自省水利厅改造坑塘沟渠开始，农业、林业、扶贫部门及乡镇政府持续投入约1.5亿元，先后在东张村建成了码头、森林公园、玻璃栈道、果蔬大棚等，特色乡村旅游品牌“追梦小镇”呼之欲出。

不仅如此，省水利厅在东张村多次开展“树立良好家风、倡导优良家训、弘扬家庭美德、传承文明新风”主题文明户评选表彰活动。通过投票产生“最美家庭”“五好文明家庭”等，倡导真善美，传播正能量，推动全村营造家庭和睦相爱、邻里和谐互助的氛围。

2021年，省水利厅驻东张村工作队被党中央、国务院授予“脱贫攻坚先进集体”荣誉称号，东张村也先后被评为“河南省文明村镇”“国家级文明村镇”“河南省乡村旅游特色村”等。

“我们将以乡村振兴战略为指引，结合东张村实际，在细微处下功夫，做实做细帮扶工作。”省水利厅党组书记刘正才说。

红井映初心　碧水润红都

——看江西瑞金市农村饮水安全变迁

（2021 年 6 月 18 日）

本报记者　石珊珊　　通讯员　盛晓晓　欧阳兴

“吃水不忘挖井人，时刻想念毛主席”，这块写进小学课本的石碑，就立在江西省瑞金市沙洲坝村。

中央苏区时期，毛泽东主席发现沙洲坝村群众喝的是又脏又臭的池塘水，便带领军民选址挖井，奋战十几天，挖出一口直径 0.85 米、深约 5 米的水井。毛主席还亲自下井底铺沙石、垫木炭，让井水更加清澈。

一口朴实无华的水井，承载着共产党人与百姓之间的鱼水深情，也因此被老百姓亲切地称为“红井”。2019 年 5 月 20 日，习近平总书记专程来到赣州看望中央苏区父老乡亲，指出要着力解决好“两不愁三保障”突出问题，让老区人民过上幸福生活。

“我们早就用上自来水了，现在水费也用手机交。”家住“红井”附近的吴大娘说。吴大娘今年 63 岁，缺水喝的记忆虽然遥远却印象深刻：“那时候没水喝就去别人家借水，后面再还回去。”如今，家里热水器、洗衣机等电器一应俱全，开在家门口的小超市也依靠红色旅游生意红火。

2018 年 7 月，瑞金成为赣南革命老区首个实现脱贫摘帽的县市，贫困人口全部实现“两不愁三保障”。“2018 年上半年，我们全面解决了贫困人口的饮水安全问题。目前全市农村自来水覆盖率达 91.66%，脱贫攻坚普查数据显示贫困户集中供水入户率达 99.61%。”市水利局农饮办主任罗剑林说。

瑞金是罗霄山集中连片特困地区扶贫攻坚重点县市，农村饮水安全工程建设任务重、难度大。如何在短短两年多时间里解决所有贫困人口饮水安全问题？又如何破解管护难题、巩固好脱贫攻坚成果？

瑞金不断创新工作思路，进行了一场城乡供水一体化建设的“瑞金实践”。“我们采用 PPP 模式和江西省水利投资集团有限公司合作，组建了瑞金润泉供水有限公司，建立了责任主体在政府、建管主体在企业、筹资渠道在市场的新型管理机制。”罗剑林说。

市场化运作为工程建设提供了充足的资金。

有了资金保障，瑞金市因地制宜打出一套“组合拳”——挖掘南华水厂和陈石湖水厂两座万吨级城市水厂的供水潜力，通过管网延伸工程解决了8个乡镇的饮水问题；全面修缮改造7个千吨万人水厂，新建1个千吨万人水厂；新建村级小水厂，解决地势较高、管网覆盖难度大的乡镇村落饮水安全问题；通过引山泉水、打机井和安装净水器等，解决偏远山区和独户居住的贫困户饮水安全问题。

位于市区东北郊的陈石湖水厂，是瑞金市供水能力最大的一座现代化水厂，由润泉供水公司负责运行管理。“现在水厂的日供水能力为5万吨，可保障25万人的生产生活用水。今年二期项目即将开工，完工后日供水能力可达10万吨。”水厂生产运行部负责人杨荣来介绍。

水厂里，滤水池、送水泵房掩映在一片翠绿之中。中控室的电脑屏幕上，设备运行情况实时可见，出厂水pH值、浊度、总管出水余氯等指标一一显示。“这是13公里外的取水泵站。”杨荣来指着屏幕说，“泵站无人值守，可以通过自控系统远程控制。”有了这套自控系统助力，只需几名工作人员就可以管理一座大型水厂。

目前，润泉供水公司负责为瑞金市农村饮水安全工程提供养护服务。专业化养护，彻底破解了建管分离、水价过高、水质不能保障等问题。去年11月24日，瑞金市又和省水务集团签订协议书，进一步明确由润泉供水公司统一规划、统筹建设、统一服务，打造城乡共享的优质供水服务。罗剑林感慨：“瑞金市在供水能力、供水水质、技术装备、企业管理等方面，发生了质的飞跃。”

八十多年前，老百姓在水井边认识了红军，也记住了中国共产党。时光荏苒，井水依旧清澈甘甜，中国共产党千方百计让老百姓过上好日子的初心从未改变。从井水到“放心水”，汩汩清泉，滋润了老百姓的心田，也映照着共产党人始终与人民同呼吸、共命运、心连心的的初心和恒心。

脱贫圆梦　治水惠民

（2021 年 7 月 1 日）

本报记者　张佳鑫　陈萌

“我国脱贫攻坚战取得了全面胜利！”今年 2 月 25 日，习近平总书记庄严宣告！

永远把人民放在最高位置！中国共产党，兑现了向历史向人民作出的庄严承诺，创造了人类减贫史上的中国奇迹，镌刻了彪炳史册的辉煌篇章。

建党百年之际，恰是脱贫攻坚交卷之时，时间的巧合，却也是历史的必然。中国共产党 100 年的发展历程，既是一部薪火相传、砥砺前行的奋斗史诗，也是一首攻克贫穷堡垒、昂首奔向小康的英雄壮歌。

当世代从山下人扛马驮取水的贵州喀斯特山区村民在家喝上甘甜自来水，当湖北郧阳区在水利扶贫干部带领下发展起带动数千人就业的制袜产业，当受新冠肺炎疫情影响无法外出务工的青海格尔木贫困牧民就近参加水利工程复工复产每天获得 200 多元收入……一项项心系冷暖、务实有效的政策措施落地，一个个扑到田间、甩开膀子的身影接续奋斗，一幅幅村美民富的新图景涌现，一张张吃上甘甜水的幸福笑脸感动世界。

百年大党初心如磐，执政为民使命在肩。在脱贫攻坚宏伟蓝图上，水利人写下了浓墨重彩的一笔，为高质量完成脱贫攻坚任务提供了坚实的水利支撑和保障。

初心不改担使命
——以人民为中心　为人民谋幸福

谁能想到，百年前，独龙族还处在原始社会末期，民众过着刀耕火种、结绳计日的生活。如今，云南独龙族整族脱贫，村里通车、通电，也通了安全水，一跃千年奔小康。

在半封建、半殖民地的旧中国，贫困如影随形。中国共产党人最初看到的就是积贫积弱的中华民族，首先思考的就是如何能够摆脱贫困，改变命运，救亡图存。面对饥寒交迫、民不聊生、江河泛滥和战火纷飞的状况，中国共产党从成立伊始，就将消除贫困、改善民生、逐步实现共同富裕作为自己的使命。无论在土地革命时期，还是在抗日战争、解放战争时期，中国共产党人都始终注意解决吃饱穿暖的问题，团结带领广大人民以坚定不移、顽强不屈的信念和意志与贫困做斗争。旧中国水利基础设施脆弱，想从根本上改变人民群众吃饭问题，只能是一种美好的愿望。但中国共产党人一旦有条件就积极建设水利设施，改善灌溉条件，发展农业生产，就是为了解决贫困问题。中国共产党领导下成立的中华苏维埃共和国，专门设立山林水利局，组织广大军民开渠筑坝，打井抗旱，车水润田，留下了治水改变贫困的一段佳话。

通过开展土地改革、农田水利基础设施建设等，解决农民的温饱问题；推进农村经济体制改革推动减贫战略，实施区域开发式扶贫等战略，逐步建立常态化减贫工作机制……立足国情、遵循规律，中国共产党带领人民在不同历史时期实施不同战略政策，不断实践探索中国特色的减贫道路。

党的十八大以来，以习近平同志为核心的党中央从全面建成小康社会要求出发，把扶贫开发作为实现第一个百年奋斗目标的重点任务，作出一系列重大部署。习近平总书记创造性地提出精准扶贫精准脱贫基本方略，推动了扶贫减贫理论创新和实践创新。

在这场看不见硝烟的反贫困“战场”上，水利是重要基础和保障。在中国共产党的领导下，一代又一代治水人只争朝夕，除水害、兴水利，提升水旱灾害防御能力，改善农业生产条件，恢复和发展社会生产力，不断改善人民群众的生活。

1986 年，国务院成立贫困地区经济开发领导小组，我国开始实施有组织、有计划、大规模的开发式扶贫，并确定原水电部等 10 个部委作为首批开展定点扶贫任务的单位。

随着《国家八七扶贫攻坚计划》开始实施，1995 年，水利部成立了由副部长担任组长的扶贫领导小组。至此，水利部开始发挥行业优势，从解决水的问题入手，以老、少、边、穷地区及水库移民为重点，加强贫困地区水利建设。

在《中国农村扶贫开发纲要（2001—2010 年）》指导下，水利部印发了《关于加强水利扶贫工作的意见》《水利部定点扶贫规划（2001—2010 年）》等一系列文件和规划，在行业内部署开展水利扶贫工作。

从中央到地方，在党的领导下，扶贫的水利印记越来越清晰。水利行业举全行业之力，充分发挥行业优势，做好水利扶贫各项工作，为我国各个阶段扶贫目标任务的顺利完成提供了坚实水利支撑。特别是党的十八大以来，水利扶贫责任更加明确，政策举措要求更加精准，形成了以行业扶贫、定点扶贫、片区联系、对口支援、重点区域扶贫等为主的扶贫体系，贫困地区水利基础设施建设不断完善，因水致贫的突出问题加快解决。

一件一件抓落实，一年接着一年干，长久封冻的贫困“冰山”逐渐融化，水利扶贫奏响最强音！

攻坚克难拔穷根
——喜迎安全水　点亮致富梦

在乌蒙山区壁立千仞般的一些村庄，一桶水过去曾被当做珍贵的礼品。随着农村饮水安全工程的实施，昔日长征路上“乌蒙磅礴走泥丸”的地方，又响彻着喝上安全水的喜悦声。

水利部把全面解决贫困人口饮水安全问题作为全面建成小康社会的底线任务和标志性指标，继“十二五”末基本解决农村饮水安全问题后，“十三五”时期继续实施巩固提升工程。

“无论这块硬骨头有多硬都必须啃下，无论这场攻坚战有多难打都必须打赢。”各级水利部门牢记习近平总书记的嘱托，凝心聚力，攻克最后的“堡垒”。2020 年 8 月，我国贫困人口饮水安全问题全面解决！

水利作为重要基础设施和公共服务领域，在决胜全面小康、打赢脱贫攻坚战中具有重要地位。水利系统积极行动，用好“六个精准”“五个一批”等“锦囊”，让贫困群众感受因水浸润的幸福。

全力推进保障饮水安全这一水利扶贫头号工程，持续改善农田水利灌排设施，不断提升防洪抗旱减灾能力，加快治理水土流失，抓好重大水利工程建设，发挥农村水电扶贫效益……啃下硬骨头，打赢攻坚战，支撑贫困地区长远发展的水安全保障能力得到较大提升。

“十三五”时期是水利扶贫开发投入资金最多、建设成果最多、群众得实惠最多的五年。水利部安排贫困地区中央水利建设投资 3687.2 亿元；农村水电扶贫工程精准帮扶 9.8 万多户建档立卡贫困户；水利工程建设管理岗位吸纳贫困家庭劳动力 108 万人次，人均年增收 1 万元；646 个贫困县每年超过 100 万群众从水土流失治理中受益……水利行业扶贫使贫困群众不断收获大礼包，实现脱贫致富。

“八大工程”拔穷根。锁定地区，锚定目标，水利部调动各方力量，整合扶贫资源，创造性地实施水利行业倾斜支持、贫困户产业帮扶等“八大工程”，积极争取有利于增强地方经济发展的项目和资金支持，激活产业来“造血”，智力帮扶去“授渔”。在 2017—2020 年中央单位定点扶贫年度考核中，水利部连续 4 年获得“好”的等次。

在行业扶贫多角度发力和精准扶贫纵深开展的同时，以对口支援为经、片区联系为纬、重点区域扶贫为聚焦点的扶贫行动全面铺开，一股“暖流”在华夏大地缓缓流淌。

打攻坚战的关键是人。党的十八大以来，水利部择优选派209名优秀干部到脱贫攻坚一线挂职扶贫，组织2600多名专家开展扶贫专项咨询服务，连续4年选派业务骨干到西藏阿里、那曲工作，累计培训贫困地区水利干部9300多人次，“组团式”“菜单式”“订单式”开展干部人才、教育培训、人才培养、能力提升等立体式帮扶，成为培育基层水利人才成长的沃土。“订单式”水利人才培养案例荣获“全球减贫案例有奖征集活动”最佳减贫案例。

在党的坚强领导下，在国家大扶贫格局中，水利扶贫经过30多年的探索实践，形成了一套行之有效的扶贫模式，为我国各阶段扶贫任务顺利完成和脱贫攻坚战全面胜利，谱写下一页页恢宏壮美的诗篇。

用情帮扶结硕果
——责任扛在肩上　群众放在心上

“能让伽师人民早日喝上甜水，一切付出都是值得的……”今年2月25日，新疆伽师县水利局党组副书记、局长刘虎获全国脱贫攻坚楷模荣誉称号。他带领团队翻沙包，找水源，定方案，划标段，患病后仍奋战在工程一线。2020年5月，伽师县47万各族群众喝上了期盼已久的甘甜自来水。

把责任扛在肩上，把群众放在心上，刘虎用行动与坚守诠释着共产党员和水利工作者的初心与本色，是脱贫攻坚水利楷模的典型代表。

一个个水利扶贫干部以“功成不必在我”的精神境界和“功成必定有我”的历史担当，迎难而上，精准施策，倾力奉献，苦干实干，同贫困群众想在一起、过在一起、干在一起，将最美的年华奉献给了党的脱贫事业。

扶技、扶智更扶志。举办党支部书记、创业致富带头人培训班，实施贫困学生勤工俭学帮扶、水利建设技术帮扶、贫困村党建促脱贫帮扶等工程……水利部在扶知识、扶技术、扶思路的同时，扶思想、扶观念、扶信心，使贫困群众盼富懂富、能富长富。

在祁连山脚下，高标准水渠引来祁连山雪水，昔日干旱的荒滩被滋润成甘肃临泽县明泉村1200多名移民的新家园；在丰都，“一头猪”“一头牛”“一颗红心柚”等产业纷纷落地，构建起“1＋6＋X”的扶贫产业体系；在少数民族聚居的贵州黄平县，以青山绿水和原生态美食为亮点的农家乐项目，帮助贫困户在家门口实现脱贫……水利扶贫实打实地促就业、稳增收，帮贫困群众过上富裕新生活。

脱贫攻坚壮丽画卷中的水利篇章蔚为壮观！

党的十八大以来，累计解决2889万贫困人口的饮水安全问题；“十三五”期间，贫困地区累计新增、改善和恢复农田有效灌溉面积8029万亩，贫困地区累计治理水土流失面积 6.35 万平方公里……水利行业扶贫成效显著。

“十三五”期间，水利部向 6 个定点扶贫县（区）投入引进帮扶资金 4.13 亿元，选派 36 名优秀干部挂职扶贫，帮助 1 万多户贫困户发展产业……湖北郧阳和重庆万州、武隆、丰都、城口、巫溪在 2020 年年底前全部脱贫摘帽。

在滇桂黔石漠化片区建立健全部际联系会议制度，选派 3 个工作组驻广西、贵州、云南开展帮扶工作，“十三五”期间安排片区中央水利建设投资 250.65 亿元……水利部与滇桂黔石漠化片区紧密的联系，为通往致富路搭建了“桥梁”，80 个贫困县如期实现脱贫。

安排河北阜平、安徽金寨、江西宁都等 5 个对口支援地区中央水利建设投资 74.34 亿元……水利部的对口帮扶按下建设“快进键”，当地水利面貌焕然一新。

脱贫摘帽不是终点，而是新生活、新奋斗的起点。筑牢产业根基、激活内生动力，让百姓以水为媒搭上幸福快车，实现巩固拓展脱贫攻坚成果同乡村振兴有效衔接，新的征程已经开启。

脱贫攻坚取得伟大胜利，充分证明中国共产党是团结带领人民攻坚克难、开拓前进最可靠的领导力量，充分证明只要始终不渝坚持党的领导，就一定能够战胜前进道路上的任何艰难险阻，不断满足人民对美好生活的向往！

浩渺行无极，扬帆但信风。站在“两个一百年”奋斗目标的历史交汇点上，在党的坚强领导下，水利人将严格落实“四个不摘”要求，把脱贫“完成时”变致富“进行时”，全力推进脱贫地区水利高质量发展，共同见证伟大复兴历史征程上新的奇迹！

“海上长城”，何以安澜？

——浙江决心全面加固千里标准海塘

（2021 年 7 月 10 日）

本报记者　徐鹤群　　通讯员　金梁

“就是砸锅卖铁，也要把标准海塘建好！”1997 年 11 号台风过后，浙江省委省政府作出了“建千里海塘、保千万生灵”的重大决策，全省人民齐心协力筑起了千里标准海塘，一道长 2014 公里的“海上长城”屹立在了东海之滨。

20 多年后，浙江沿海地区人口日益集聚、产业持续发展，现有海塘工程出现了防御标准与经济发展不适应、与生态保护不协调等状况。瞄准防范化解重大风险隐患、加快补齐水利基础设施短板，浙江日前正式印发《浙江省海塘安澜千亿工程建设规划》，决心全面加固“海上长城”。

千里海塘为何重塑

依海而生的浙江，海岸线长达 6486 公里，饱受台风风暴潮侵袭。修建海塘是浙江沿海应对灾害最有效的防御手段。

站在三门县六敖北塘的坝顶步道上，眼前浪花形状的挡浪墙蜿蜒至远处，塘体加固工程正在加紧进行。

“受当时设计水平、建设能力、财力状况等因素制约，加之已投入运行 20 多年，六敖北塘出现了不同程度的沉降，防御能力已不适应发展实际。”三门县水利重点工程建设指挥部相关负责人介绍，作为三门县防洪御潮的安全屏障，六敖北塘在去年率先启动加固提升工程，主要提升挡浪墙、外镇压层、外护坡、内外坝顶道路等，加固长度达 10.3 公里。

六敖北塘的现状，是当前浙江千里标准海塘的一个缩影。

“随着浙江省经济社会快速发展，20 多年来，海塘保护区内人口翻番、GDP 增长了 10 余倍，而且这种趋势还会持续，确定海塘防御标准的主要因素发生了根本性变化。”浙江省水利厅海塘专班成员涂成杰说，根据前期排查，全省与标准不匹配的海塘长度占比 70%，已低于现行国家规范要求，有的海塘出现塘身沉降、结构破损等问题。

提标加固迫在眉睫，实施计划已经明确：到 2022 年，已查明存在安全隐患的 485 公里海塘将全部开工建设。到 2025 年，海塘安澜千亿工程开工建设 1000 公里，消除海塘病险。到 2030 年，海塘安澜千亿工程开工建设 2000 公里，海塘安澜工程体系全面形成，富有生机活力的海塘岸线全面呈现，海塘岸带不断聚合新产业、新业态。

防御标准怎么定

“八月十八钱塘时，潮头搅海雷怒飞。”独一无二的海宁潮，已成为海宁以潮兴旅、以潮会友的优势资源。然而，随着时间的推移，这里的海塘沿岸同样达不到防御标准。

“21 世纪初，钱塘江河口两岸省管塘已达到 100 年一遇的防御标准，地方塘也在 50 年及以上标准。经过 20 多年运行，这一带海塘的防御能力已偏低，与一些发达国家以及广州、深圳等地区的海堤防御标准相比，差距大，需要提高防御标准。”浙江省钱塘江流域中心高级工程师任火良说。

实施海塘安全提标，筑牢沿海“生命线”！根据对全省 359 个海塘保护区人口、经济要素逐一进行预测分析，对照现行规范要求，最终确定了各保护区海塘防御标准。根据规划，镇区和千人以上村庄确定为 50 年一遇；舟山市和其他沿海城市中心城区为 100 年一遇；台州、温州市中心城区为 200 年一遇；钱塘江河口南、北两岸保护区海塘规划防潮标准为 300 年一遇。

钱塘江河口的防御标准，为何如此之高？规划编制组教授级高级工程师胡晓明解释说：“杭州湾的南北两岸海塘分别保护着 628 万、1054 万人口，经综合考虑和仔细论证，其建设标准与上海、东京湾的防御水平保持一致。”

以宽度换高度，在不明显加高海塘的基础上，实现海塘安全提标，是本轮海塘安澜千亿工程所坚持的理念。海宁盐仓海塘项目提前进行了探索。

“我们全线提升防御标准至 300 年一遇，但塘顶加高控制在 0.6 米以内。”盐仓江堤管理所所长钱盛杰介绍，通过与消浪平台、沿江道路、公园结合，设计潮位塘身宽度从 12 米增加到 30 米以上，成功解决在较少加高甚至不加高的情况下，有效提高防御标准和安全性能的难题。

浙江还将实施海塘管护提效，加快推进海塘工程不动产登记、集约管理和管养分离等，不断提升海塘建设和管理的一体化、智慧化、标准化水平。

融合提升怎么做

安全提标是基础，融合提升是趋势。漫步在温州市鹿城区七都环岛海塘，芦苇荡漾，野鸟纷飞，两岸自然风光一览无余。

七都环岛海塘通过保护修复自然淤积生长的本土植物，实现了生态修复，塘后护坡还因地制宜地种植了乡野植被护面，与堤后田园风光和谐相融，同时大大降低了养护成本。

在实施海塘安澜千亿工程中，浙江将保护塘前塘后滩地水域，重点加强杭州湾、三门湾、乐清湾等的滩涂湿地和龙湾树排沙、苍南沿浦红树林、嵊泗基湖等生态资源的保护，结合海塘提标加固，同步实施海塘结构生态化改造，对塘前滩涂和塘后陆域进行生态修复，为近海域生物提供更多更好的栖息、繁衍环境，在海塘沿线打造一条人与自然和谐共生的美丽生态廊道。

融合提升并非千篇一律。夜晚下的瓯江两岸，灯光璀璨夺目。谁也不曾想到，这个颜值爆表的“网红”地标，竟是一座抵御潮水的海塘！

“这个工程设计之初就树立了‘融塘于城’的创新理念，不仅考虑将其作为一道安全屏障，还同步谋划了海塘提升工程在带动城市开发、人居环境改善等方面的特殊作用。”温州市水利规划发展中心主任林统介绍，瓯江城区防洪堤融合了交通、休闲、文旅等综合功能，设置了观景平台、运动场、停车场、公厕、休闲廊亭、驿站等惠民设施，漫步道、跑步道和骑行道全线贯通，俨然是一座高品质的带状滨江公园。

据了解，浙江省沿海海塘将与现有交通网络充分连接，从平湖金丝娘桥至苍南沿浦沿塘车行、骑行、步行道路将全线贯通。比肩世界级大湾区的活力海岸线，指日可待。

“守护一江碧水”的湖湘行动

（2021年7月21日）

本报特约记者　陈诗芹　　通讯员　谢胜虎　向往

一湖四水，波涛浩渺。牢记嘱托，坚定前行。

2013年11月，习近平总书记在湘考察期间，要求湖南牢固树立尊重自然、顺应自然、保护自然的生态文明理念，推进绿色发展、循环发展、低碳发展，真正把生态系统的一山一水、一草一木保护好。2018年4月，在长江岳阳段考察长江经济带生态环境保护情况时，总书记又叮嘱湖南坚持共抓大保护、不搞大开发，守护好一江碧水。2020年9月，习近平总书记再次来到湖南，强调要牢固树立绿水青山就是金山银山的理念，在生态文明建设上展现新作为。

湖湘儿女始终牢记习近平总书记的殷切嘱托，咬定青山不放松，一棒接一棒，在“生态优先，绿色发展”的赛道上奋力奔跑。

生命至上　江河安澜

湖南省97.6%的国土面积属于长江流域，拥有163公里的长江岸线，河湖水系复杂，水利工程众多，降水时空分布不均，山洪灾害易发多发。

保护母亲河，护好一江碧水，夯实水旱灾害防御基础是前提，也是重中之重。历年来，面对汛期“大考”，湖南各级水利部门始终坚持生命至上，确保江河安澜。2020年湖南成功应对本世纪以来最严峻洪涝汛情，取得了全省“未垮一库一坝、未溃一堤一垸”的重大胜利。

2013年以来，湖南加快推进中小河流治理、水库除险加固等项目建设，夯实防灾减灾工程基础。洞庭湖22个蓄洪垸近1100公里堤防防洪标准提高，洞庭湖北部补水工程8个项目主体工程基本完成，全省285个防洪保护圈已闭合176个，长沙湘江东岸、麻阳城市防洪等基本完工，“一湖四水”水安全保障能力有效提升。

2020年汛期之后，湖南迅即推动水毁工程修复和防洪薄弱环节整改。截至今年4月底，累计完成水利建设投资108亿元，基本完成了2020年度2669处水毁工程修复。针对不能在汛前完成施工的水利工程，省水利厅要求各参建单位编制在建工程度汛预案，并按预案要求做好制度、人员、物资等方面准备，确保工程安全度汛。

河床修复　碧水长流

长江经济带共有小水电站2.5万多座，受开发理念和技术条件限制等诸多因素影响，一些地区小水电存在开发过度的情况。自2018年年底国家四部委联合部署开展长江经济带小水电清理整改工作以来，湖南迅速行动，推进小水电清理整改。如今，绿色小水电如约而至——全省457座立即退出类电站完成退出，4284座整改类电站完成整改，有效保护和修复了河流生态。

清理整改过程中，湖南牢牢抓住生态流量这一“牛鼻子”，逐站明确全省小水电的生态流量阈值。同时，落实了生态流量泄放设施，增设生态泄流孔阀闸3089处、生态机组195处；开展了河流生态修复，清淤河床758处，增设生态堰坝、跌坎265处。

浏阳河全流域95座小水电站，完成整改79座，退出16座，干流通过枯水期生态流量联合调度，保证了全年生态流量达标率100%；怀化市巫水流域6座小水电站通过采取制定生态流量调度运行方案、轮流提升大坝闸门泄水、保障发电时长等措施，实现碧水长流，生态效益和经济效益共赢……下泄生态流量，滋润裸露的河床，2957公里减脱水河段，重现碧水长流。

以水入景　点水成金

浏阳市文家市镇的南川河边，绿意盎然，河清水畅，沿河风光带充斥着小朋友们的欢声笑语。

保靖县的金落河，上游流泉飞瀑，中下游地形豁然开朗，河水清澈见底。

…………

这一幅幅水美画卷，是湖南纵深推进生态文明、守护一江碧水的成绩单。自2017年起，湖南开始全面推行河长制。从城市到乡村，从大江大河到山间小溪，省河长办组织开展“美丽河湖”评选，全省打造了近2000个乡镇样板河段。

4年来，湖南全面构建和推动河湖长制落地，首创发布省级总河长令，一大批河湖顽疾得以消除；建立省市县水资源管理“三条红线”指标体系，全省万元GDP用水量较“十二五”末下降31%，治理水土流失面积8178平方公里，展现“守护好一江碧水”的政治担当。

2020年，湖南与周边5个省市建立河湖管护协作机制，855个河湖“四乱”问题全部销号，破解了沅水、酉水网箱养殖及欧阳海水库围库等历史性难题。浏阳河成功创建为国家首批 18 条示范河湖之一，长沙市河长制湖长制工作获得国务院督查激励。

因水而变，因水而美，群众获得实实在在的幸福感。省水利厅厅长颜学毛说："我们将再接再厉，瞄准河湖治理领域的突出问题和薄弱环节，推动河湖长制从全面建立走向全面见效。"

真心解民忧　甘泉润民心

——水利部调研组赴重庆解决群众饮水难题

（2021年8月5日）

本报记者　王曼玉

“您好，请问是曾女士么？现在您家里有人吗？”重庆市渝东北山区，越野车正奋力盘旋，这通电话是拨往下一户村民的。

打电话的是水利部农村水利水电司调研组工作人员，在接到反映农村供水问题的电话后，他们从北京赶赴重庆现场调研。

党史学习教育开展以来，水利部门牢牢把握“我为群众办实事”这个基本着力点，紧盯基层的困难事、群众的烦心事，用心用情用力排水忧、解水难，切实把好事办好、把实事办实，让“幸福水”滋润百姓心田。

找问题——摸清群众所急所难

重庆东北部地处秦巴山区和三峡库区，山大坡陡，沟壑纵横，人们依山而居，人水分布矛盾突出，一直是水利部定点帮扶的重点区域。有的农村引水主管道长度超过45公里、抽水扬程超过1000米，工程建设成本高，管护难度大。近年来，通过接续实施农村饮水安全及巩固提升工程，农村供水设施实现全覆盖，供水保障水平总体达到国家规定的现行标准，但高山地区工程小而散，局部供水不稳定的现象仍然存在。

“今年5月初，由于管网漏损，我家在山上的位置高，家里自来水就停了。我们只能从附近的水井接一根抽水管，用家里净化器过滤后再喝。”万州区谭绍村八组村民谭邦杰说。水厂在山下，水管从山下一路铺上来，中间若出现管道漏损或用水量过大情况，高处的水压往往不够，水就供不上来。

调研组的工作人员认真记录着谭邦杰讲述的问题，提出要去取水的水井看看水质。和老乡一起翻过一片玉米地，走了约7分钟山路，工作人员来到水井附近。他们用双手将水捧起，在阳光下认真鉴别水质情况。

没水了，村民该找谁？农村供水“三个责任人”是解决农村饮水问题的有效渠道，八组村民遇到供水问题可以向水厂反映，如果没得到解决，可以及时向当地镇街或水利部门责任人反映，确保饮水问题迅速得到解决。

除了确保水源稳定和管道完好无损，还要规范工程运行管理，才能稳定解决农村饮水安全问题。

“遇到大雨天，水中总是有泥沙沉淀物，颜色发黄。”巫溪县红岭村四组村民李有德向调研组反映家中自来水水质问题。

核实问题后，调研组分组抽查附近供水工程，找到了根源所在。露天蓄水池内，山泉水和雨水均汇集于此，唯一的处理措施就是管水员凭借经验加入一定量的消毒剂，对蓄水池内的水进行简单消毒。

“这种粗放的供水方式需要不断改进，我们要持续提升农村供水硬件设施和运行管护专业化水平，为老百姓提供放心水。”中国灌溉排水中心饮水安全处处长张汉松说。

调研期间，张汉松带着当地镇村干部和管水人员跋山涉水，不放过沿途每一处供水工程，仔细查看工程设施，分析制水工艺，讲解操作要领，介绍新的适用技术和管护经验，询问运行管护成本和管护人员年龄结构、学历层次和专业水平，听取用水户意见和愿望，了解实际困难，指出解决办法，为基层管水人员“传经送宝”，为巩固工程建设成果、提升供水保障水平“把脉问诊”。

6 月的重庆多雨，车子开不上山，调研组成员冒雨前行。他们走过泥泞的山路，挨家挨户询问供水情况，在笔记本上详细记录每个问题。

抓落实——解决群众所思所盼

“今天看的两个村子供水设施均符合脱贫攻坚要求，但是距离村民满意还有一定差距。”会议室里，水利部农村水利水电司副司长许德志在与镇村干部交换当天调研情况意见，“随着农村社会经济发展和农民生活水平的提高，村民用水方式不断变化，对饮用水的要求也在逐渐提高，我们要把群众的期盼和要求记在心上、扛在肩上、落实在行动上，在发展中加快补齐西南山区农村供水短板弱项。”

经过多天的走村入户调查，偏远山区农村供水短板逐步清晰：春节用水人数增加时，水压不足或者间歇性停水的现象时有发生；下暴雨时，山洪暴发，早期建设的简易供水工程解决不了水质浑浊问题；山区地势起伏大，管内水压不足时，居住在山坡高处的农户会发生缺水情况，但水压过高又会导致坡脚管道爆裂；传统的净化消毒工艺不能完全适应山区小微型供水工程，管水人员老龄化，传统净化消毒设施不愿用、不会用……调研组立即行动，同当地政府和水利部门现场制定改进措施，以最快的速度、最有力的行动解决供水不稳定问题。

“万州区将立即重新调整谭绍村八组主管道走向，加强对当地用水情况的巡视检查，及时解决坡顶住户供不上水的问题。”万州区水利局副局长邓小华说。截至6月29日，谭绍村已完成供水管道改造工作，停水村民家中恢复正常供水。

“开州区应天村将按照‘先建机制，后建工程’的原则，组织在家群众进一步明确工程运行管护机制和水价标准，确保工程建成后可以正常运行。”开州区水利局副局长周军介绍。

“巫溪县将完善水厂功能分区，改造水厂净化消毒设施，加强对水厂管护人员的业务培训，为村民喝上放心水提供保障。”巫溪县水利局局长谭仁和说。

“我们将采取捐赠设备等方式，在巫溪县推广超滤膜净水处理和智能电解食盐法次氯酸钠消毒技术设备，探索适用小型集中供水工程的净水技术和专业化管理模式，为解决山区农村供水提供技术思路和工程示范。”张汉松说。

每一次交换意见时，会议室里都坐满了人。加强水源保护、完善供水设施、优化管网布局、规范水厂管护、落实主体责任、落实有偿供水、推广先进适用技术、培训村级水管员、公开供水服务电话……一项一项讨论落实。

谋长远——不断提升群众获得感幸福感

渝东北地区水资源分布不均，虽然农村供水入户比例达97.5%，但仍有少部分居住在偏远高山或喀斯特地区的农村居民在干旱季节或者特殊季节面临供水不稳定的问题，巩固拓展农村饮水安全脱贫攻坚成果的任务仍较繁重。

“我们将紧盯农村供水保障薄弱地区和薄弱环节，逐月动态监测，确保饮水问题有效解决，办好群众身边的事。同时，重庆将继续因地制宜推进城乡供水一体化、农村供水规模化发展和小型工程标准化改造，进一步完善农村供水水源保障体系、工程设施体系和长效管护机制，推动农村供水保障水平显著提升。”重庆市水利局农村水利水电处副处长田勇说。

聚焦让群众喝好水，“十四五”开局之年，水利部指导督促各地实施稳定水源工程，加快农村供水工程设施建设，配套完善水质净化消毒设施设备，建立健全水价形成和水费计收机制，强化水源保护和水质保障，进一步提升工程管护水平，全力推进农村供水保障工作，增强群众获得感、幸福感和安全感。

2021年以来，水利部通过各种渠道反馈信息，推动解决农村饮水问题600余件，中西部地区农村集中供水工程维修养护水平、农村居民供水保障水平显著提升。

“农村饮水安全还处在初级阶段，我们将继续努力，坚持问题导向、需求导向和目标导向，持续实施农村供水保障工程，力争到2025年，全国农村自来水普及率达到88%，农村供水对乡村振兴的支撑保障作用将得到充分发挥。”谈到“十四五”期间农村供水目标，许德志信心满满。

饮水关乎民生，真心凝聚民心。一座座供水工程，解决了山区取水难题；一根根自来水管，把清水送入百姓家中。水利部门想群众之所想、急群众之所急、解群众之所困，让“幸福水”流进千家万户。

青　阜　问　水

（2021 年 8 月 12 日）

本报记者　赵新　　特约记者　李杰
通讯员　周德宝　张效庆　王元坤

莱州湾，潍河滩，无人机俯瞰下，麦田收割后沃野留白，一座座湾塘棋布，一条条沟渠交织，一排排喷头林立，水利设施露出田野、走进视野。

这里是山东省昌邑市柳疃镇青阜农业公社，潍北盐碱地上成长的希望田野。

“藏粮于地，藏粮于技，最要紧的是藏水。”青阜村村主任、青阜农业公社负责人孙德东说。在这里，水是盐碱地变吨粮田、“北大荒”变“北大仓”的“钥匙”。仅打通水脉这一项，青阜 7 年投资了 1.7 亿多元。

水从哪里来？
“双龙”输水格局破水荒

“夏天水汪汪，冬春白茫茫，只长盐蓬草，不长棉和粮。”盐碱地与缺水并存是潍北百姓困苦的根子。

“青阜十年九旱，靠天吃饭，以前没有水啥也种不成，种了也没收成。如今，这片土地变成了年年丰收的吨粮田。”昌邑市水利局局长郝炳伟说，“带头人孙德东发挥了大作用。”

2014 年山东大旱，青阜土地返碱，大片农田被撂荒。

“看着荒芜的土地觉得心疼。”当时还是盐化工厂老板的孙德东提议引水“拾”荒，他认准了一个理：要破解家家户户浇水难，必须走大搞水利、规模经营的路子。

水从哪里来？首先要解决钱从哪里来的问题。

青阜村党支部书记孙广洲依然记得孙德东的话——“手续你来办，钱由我来出。”

2015 年大旱，孙德东个人投资 2100 万元，在 30 多公里外的潍河配套建设扬水站 1 座、铺设管道 36 公里。群井汇流，东水西输，把潍河水引到了盐碱滩。

民间资本变成了水，故乡情怀留住了人。2017 年夏天，孙德东当选新一届村主任，也成了青阜农业公社的“当家人”。

孙广洲说，缺水的问题解决了，乡亲们对农业公社的顾虑也打消了。土地流转、土地托管逐步扩大到周边3个镇17个村庄，规模由最初的2500亩扩展到10万亩。

2020年，孙德东又投资2200万元，沿原来调水管路，并排铺设了一条地下管道，形成“双龙”输水格局。

水在哪里蓄？
湾塘沟渠连成“海绵农田”

水从潍河来，又在哪里蓄？

受“海绵城市”的启发，青阜农业公社做起了蓄水保水文章。

从2016年自行投资建成的红旗蓄水池，到国家扶持建设的丰瑞蓄水池，青阜农业公社先后投资6000多万元，通过围坝土方填筑、土预制连锁块护坡等工程措施，把几近废弃的33座农村湾塘，改造成具有防渗功能的平原蓄水池，通过泵站提水和地下管网连通实现集约蓄用，总蓄水能力达到500万立方米。

在青阜村西部的田间生产路上，记者看到一群工人正在用砖铺设防渗渠。昌邑市水利局工作人员胡阳说：“打个比方，这就是建在农田里的‘条状水库’，蓄水、排涝、生态、景观‘四合一’。”

水是命脉。青阜农业综合体依托湾塘、蓄水池，种植了荷花，放置了小船，养起了淡水鱼和螃蟹，办起了捕鱼、捉蟹农家体验场地。

水该怎么用？
节水设备与大数据联网

农业是用水大户，“用之不觉、失之难存”。

“看见浪费水心里难受。恨不能用一碗水的力量办成一缸水的事。”经历过盼水之切、蓄水之难的孙德东，对于节水十分坚持。

青阜农业公社用50%的水量，实现了亩产翻一番。“这得益于投资5100多万元建设的昌北沿海农田引淡水灌溉系统。”孙德东介绍，全域内节水灌溉面积4万亩，其中高效节水灌溉、水肥一体化应用占了一半。此外，按成方连片和易于大型机械耕作的要求，进一步平整土地，修葺道路。

在智慧生态农业指挥控制中心，记者了解到，浇水、施肥已由田间劳作变为室内作业，只需根据农作物需水量随时调节水源供应，一键启动即可完成，依托大数据技术，用水定额可由土壤墒情、温湿度检测等实时数据确定。

“无人机看水、开着车管水，成了青阜的农业新特色。”孙广洲说，集中灌溉浇地时，20 多人的水利设施管护队伍分片巡查。“主要任务就是开关阀门、调整喷头，每人每天工资 200 元。”

水兴，百业兴。一幅农业强、农村美、农民富的乡村振兴时代画卷在潍北徐徐展开。

洪患村变水美乡村

——江西水利部门有效推进村镇洪涝整治工程

（2021 年 8 月 12 日）

本报记者　万菁

“治理之前，潼津河就是一条水沟。去年发大水时，村里 59 栋房屋进水 1 米多。现在河道深了，下大雨水也不往两边漫了。”江西省鄱阳县莲花山乡中档村党支部书记王胜军说。

记者近期前往中档村、乐安县招携镇港田村、修水县上杭乡上杭村等地，实地探访洪患村镇洪涝整治工程带来的变化。

落实落细工作举措

江西境内水系分布复杂，河网密集。随着鄱阳湖防洪治理、中小河流治理以及万亩圩堤加固整治等工程相继实施，县级以上城市和大部分中小河流重点乡镇防洪能力得到有效提升。但是，较小河流特别是乡村洪涝问题仍缺乏系统治理。

山区较小河流存在管理主体缺失、侵占河道、河道淤塞等诸多问题，再叠加区域性、连续性暴雨，容易造成洪涝灾害。洪患村镇治理成为全省防洪治理的突出短板和薄弱环节。

省水利厅把保障群众生命安全摆在首位，落实落细工作举措，组织编制完成《江西省洪患村镇河流综合整治规划》。规划总投资超过 82 亿元，共有 2021 个洪患村镇河流综合治理项目纳入规划，并列入全省水利项目建设提速年实施方案。

据悉，2020 年江西安排省级资金 2000 万元，分别补助鄱阳县、修水县、于都县试点项目 600 万元、780 万元、620 万元。目前，鄱阳县和修水县项目已完工，于都县项目完成超九成。

各地洪患村治理需求迫切，群众呼声强烈。2021 年，省水利厅继续扩大试点范围，安排省补资金 2000 万元，开展试点项目 14 个。当前，试点项目前期工作已全部完成。

村民从无助到安心

港田村内，恩江干流、花园水、王泥汗水三水汇流。当地通过疏浚河道，使恩江干流行洪断面由28米拓宽到50米，防洪标准达到10年一遇；三水交汇处河道由6米拓宽到17米，减少了恩将干流对花园水支流的顶托，同时两座阻水桥梁被拆除，洪水可直接排入恩江干流；通过建设撇洪沟工程，拦截汇入花园水约5平方公里集雨面积洪水。

举措扎实，成效初显。5月27日至29日，乐安县招携镇58小时降雨量106毫米，返步桥水库同时泄洪，而恩江招携镇水位站最高水位为147.7米，该水位较招携新街农田低1.2米，较港田村路面低2.5米，洪水安全过境。

发生可喜变化的不止港田村。通过实施鄱阳县潼津河莲花山乡集镇段洪患治理工程和修水县上杭水上杭村、杭口村段洪患治理工程，曾经饱受洪水袭扰的中档村、上杭村迎来了新生。

“我在村里开了豆腐坊，去年暴雨把家具、千余斤黄豆和水稻都淹了，真是急得跳脚！今年5月强降雨，水面离路面还有1米多呢，别提有多好啦！”谈起治理效果，64岁的中档村村民王致富很满意。

同样发出感慨的，还有港田村招携希望小学门口开玩具店的小董：“以前下暴雨，我一天之内楼上楼下搬了三四次东西。现在河道宽了，下了3天暴雨，水也没漫到路面上。”

洪患村镇洪涝整治工程让村民从无助到安心，带给老百姓踏踏实实的获得感、幸福感和安全感。

河流治理带动村庄发展

治理一条河流，不仅改善河道面貌，还能带动村庄发展，提高村民生活品质。

上杭村在实施整治过程中，加大房前屋后、河道沿线、卫生死角的清理力度，美化村庄环境，助力乡村振兴。

“过去水底下厚厚一层污泥，夏天蚊子多，吃饭时都能闻到臭味。”74岁的村民张敦富说到眼下的上杭村直竖大拇指，“垃圾全都清理了，环境好了，饭后散散步很舒服。”沿上杭水，当地还修建了红色游步道。村民作为工程的受益者，自愿成为项目的义务管护者。

河道整治好了，经济发展就有了基础。莲花山乡将洪患村镇整治与集镇功能规划结合起来，打造村民休闲娱乐的亲水空间，建设全民健身中心，发展乡村旅游，促进产业融合发展，壮大村集体经济，带动村民增收致富。

港田村、中档村、上杭村 3 个洪患村镇整治的背后，是从规划到落地的精准施策，是水利人“不为不办找理由，只为办好想办法”的担当精神，是江西始终把人民对美好生活的向往作为奋斗目标的民生情怀。

保一方水　护一脉情

——广东精细调度东江三大水库保障对港供水安全

（2021 年 8 月 13 日）

本报记者　邹锦华

今年上半年，在北方多地遭受严重洪涝灾害之际，广东部分地区却遭遇严重旱情，出现罕见的“北涝南旱”现象。

记者从广东省水利厅了解到，自去年秋天以来，东江流域遭遇秋冬春夏连旱的特枯水情，发生 1963 年以来最严重旱情，流域内新丰江、枫树坝和白盆珠三大水库出现建库以来最小总入库流量。面对特枯水情，如何保障供水安全？

在省委省政府领导、水利部指导和有关地区部门的支持配合下，广东省水利部门科学调度流域内三大水库及其他蓄水工程设施，精细控制东江流量，有效保障东江受水区包括香港近 5000 万人的供水安全，全面履行了新签订的粤港供水协议。

精细调度　最大限度利用水资源

据广东省东江流域管理局局长廖征红介绍，自去年 10 月以来，东江流域进入枯水期，持续干旱少雨。2021 年 1 月—7 月流域降雨量 691.1 毫米，创下 1963 年以来同期最少记录，也是东深供水工程建成以来东江流域遭遇的最严重旱情。

面对严重旱情和严峻的供水形势，省水利厅认真贯彻落实省委省政府部署要求，从最不利情况出发，统筹协调指导东江流域水量统一调度工作。“这是自东江流域实施水资源分配方案以来，水量调度动用手段最多、调度难度最大最复杂的一次。”广东省水利厅调度处石教智博士说。

作为水量调度的前线指挥，东江局把保供水促蓄水作为今年首要任务，会同流域各地市及有关单位，采取一系列举措，精细精准调度流域水量。

——精细调度东江流域三大水库。据介绍，东江局每天收集东江最下游的广州、东莞自来水厂取水口氯化物日最大值，动态掌握东江三角洲取水口的咸潮监测情况，实时会商惠州水文分局，根据短时降雨、咸潮上溯规律、取水口含氯度等情况，在保障自来水厂取水安全的前提下，协调新丰江、枫树坝水库动态调整日均出库水量，以电调服从水调，并在降雨期间停止发电用水，最大限度利用雨洪资源。截至 8 月 1 日，今年共发出调度函 22 个、调度指令 123 次。

——动态调整东江流量管控目标。在特枯水雨情形势下，动态管控东江重要控制断面——博罗断面水量调度目标。自 2020 年 12 月以来，东江局根据流域水雨情形势发展变化，及时分析研判，在保证供水安全的前提下，按照动态管控要求逐级降低博罗断面管控目标，减少水库放水，有序保障三大水库供水、蓄水。据统计，2021 年 1 月—6 月累计节约水量近 12 亿立方米。

——派专人驻现场督查落实调度指令。据东江局水资源科科长吴文娇介绍，东江局派专人驻守新丰江、枫树坝水库，每日定时查看电力调度中心下达的负荷曲线，与水库上报的调度指令进行对比，并不定时查看水库发电机组运行情况，确保实际出库流量与调度指令一致。同时，开展现场调研督导，落实各项调度措施。自 2020 年 10 月以来，共开展调研督导 10 次，现场巡查 19 次。

——优化水利工程运行方式。东江局下发通知要求东江干流梯级电站严格控制水位变幅，严禁私自调蓄，并要求东江剑潭水利枢纽自 4 月下旬起尽可能保持 24 小时均匀下泄，进一步保障博罗断面流量平稳，更好地发挥压咸效果。同时督促流域内取水单位严格执行取水计划，指导自来水厂等有关企业实施错峰取水，有效应对咸潮上溯影响。

统筹协调　多方发力保障对港供水

据香港水务署通报，今年上半年香港降雨量以及本地集水量均比常年偏少，香港水塘的总存水量也比去年减少，这为东深供水工程带来更严峻的挑战。

东深供水工程的取水口在东江，只有保证东江有足够的水资源量，才能保障对港供水安全。“面对极端旱情，我们通过全流域统一调度，统筹协调东江水资源，保证东深供水工程持续正常取水。”广东粤港供水有限公司调度中心总经理周竹说。

粤港供水公司根据东江流域水量调度计划，加强与东江局及工程沿线用水户的沟通协调，每日制定工程沿线供水计划，实时动态调整系统运行方式，适当提高东深供水工程深圳水库和雁田水库蓄水量，以备应急水量调度。此外，公司加大投入，提升智慧调度生产管控水平，完成工程全线自动控制升级改造，提高工程调度统筹协调和应急指挥效率，确保工程全线大流量、满负荷安全稳定运行。

保障香港供水安全，广东全省在发力。广东先后颁布 13 项法规和规章制度，成立东深供水工程管理机构和公安部门，划定饮用水水源保护区和东深供水工程管理保护范围。河源关停收入高的库区旅游项目，保护新丰江水库，投入几十亿元用于生态林建设和截污管网建设。深圳、惠州、东莞等地也主动放弃投资项目，放缓发展步伐。

据统计，今年上半年东深供水工程累计对港供水 4.7 亿立方米，比去年同期明显增加，有效满足了香港同胞的生产生活用水需求。

完善体系　水利工程发挥重要作用

抗击此次旱情，完善的工程体系是重要基础。

随着近期台风带来的雨水增加，东江流域三大水库回蓄水量开始增多，持续近一年的旱情稍有缓解，东江流域史上罕见的旱情取得阶段性胜利。这主要得益于广东多年来构建的水利防灾减灾体系，其中水利工程发挥了不可替代的作用，为科学调度提供了有力支撑。

据东江局介绍，目前东江流域已建成的大、中、小型水库群近 1400 座，这些水库群，特别是东江三大水库对成功抗击这次旱情至关重要。

在抗旱的最关键时期，流域调度所用的水量，基本都是这些大型水库特别是新丰江这个具备多年调节性能的水库之前所存蓄的水量。去年 10 月至今年 7 月，三大水库累计调度出库水量 61.5 亿立方米。

目前，广东省水利厅正在指导组织东江局逐步回蓄东江三大水库水量，为应对后续可能出现的旱情做好准备，全力保障流域供水安全。

汇聚合力　倾情帮扶

——水利部定点帮扶重庆丰都县工作进展顺利

（2021 年 8 月 14 日）

本报通讯员　胡越

加强组织领导，选派干部帮扶，加大资金投入，开展人才培训……自今年年初开启对重庆市丰都县新一轮定点帮扶工作以来，水利部落实多项举措，推动水利技术帮扶、职业技能培训等“八大任务”，各项工作进展顺利。

成立帮扶小组　推进乡村振兴

今年年初以来，水利部各帮扶成员单位派出 3 批次 12 人次赴丰都县开展考察调研，深入了解丰都县巩固脱贫攻坚暨乡村振兴工作，提出指导性意见，与当地干部共商丰都乡村振兴发展之计。规计司与丰都县龙河镇金子庙村、双路镇花园社区开展了主题为“党支部共建、促进乡村振兴”的支部共建活动，全力助推帮扶工作。

水利部严格落实“四个不摘”要求，发挥自身优势，精准施策，结合调研成果，制定印发了《水利部定点帮扶重庆市丰都县 2021 年度工作计划》。6 月 24 日，水利部乡村振兴办专题召开水利部定点帮扶工作座谈（视频）会议，对定点帮扶工作进行再安排、再部署，强调各级各部门要充分发挥自身优势，着力抓好水利定点帮扶各项工作。以规计司为组长，水资源司、河湖司为副组长，水利部发展研究中心、水利部水资源管理中心、中国水利报社、长江委等 13 个成员单位组成的帮扶工作小组，继续帮扶丰都县强化水利支撑保障作用，督促指导丰都县巩固拓展脱贫攻坚成果，全面推进乡村振兴。

在帮扶工作中，水利部以“人才振兴”为支撑，在脱贫攻坚期间原有挂职干部的基础上，适当调整补充，充分发挥基层干部工作创新力。长江水电集团扬子江工程咨询公司经营管理部主任龙志军，挂职担任丰都县水利局副局长，发挥专业优势，助推丰都县巩固拓展脱贫攻坚成果，为乡村振兴贡献力量。目前，水利部各帮扶成员单位已组织 6 批次 10 人次的水利干部人才培训。

精准对接需求　推进“八大任务”

水利部定点帮扶丰都县包括水利行业倾斜支持、水利技术帮扶、开展水利人才培训、实施职业技能培训、实施党建促乡村振兴、开展消费帮扶、以工代赈促进稳岗就业、实施内引外联帮扶等“八大任务”，目前各项工作正在有序推进。

长江委、长江设计院、长江水利水电开发集团（湖北）有限公司等单位就2022—2024年三峡后续工作项目库编制工作，库岸整治初设编制以及新湾、英武水库除险加固，龙河示范河湖建设，三峡库区丰都县城岸线环境综合整治工程等方面开展了7批次30人次的技术帮扶工作。河湖司联合丰都县水利局编制完成了人才培训工作计划（方案）。

截至7月底，水利部与丰都县两个村的支部共建活动圆满完成。部帮扶成员单位已划拨10万元，用于丰都县基层组织活动场所和教育设施维修更新，目前已完成建设内容的80%。

今年6月，丰都县印发在农业农村基础设施建设领域积极推广以工代赈方式的工作方案，将都督乡河道治理工程、农村饮水安全借水引水工程、构树产业配套项目、仙女湖镇乡村振兴以工代赈集中示范工程等4个项目纳入工作方案，明确了将政府补助资金的10%作为农民工工资，切实解决农民工返乡就业问题。目前已开工建设两个项目，完成投资160万元，吸纳稳岗就业人数33人。

围绕内引外联帮扶工程，水利部重点推进3个方面工作。栗子湾抽水蓄能电站已完成实物指标调查细则、工程安全预评价等7个专题报告的编制和审查；长江设计院工程安全设计研究院相关负责人带领专家和技术人员，现场指导丰龙河生态调节堰前期工作，提出了初步思路；中国水利报社与丰都县农委积极沟通协调，完成了丰都特色农产品推广方案编制工作。

下一步，水利部帮扶小组将继续做好与丰都县的对接，进一步了解定点帮扶工作需求，解决好突出问题，扎实推进“八大工程”，确保顺利完成年度目标。

“咱水库移民过上了好日子！”

——吉林全力助推水库移民村发展

（2021 年 8 月 14 日）

本报记者　边境　郭吉丽　　通讯员　任胜章

休渔期即将结束，吉林省白山市浑江区滴台村移民张建国正在赶建一艘新船，焊接工作已接近尾声。“现在村里环境干净整洁，基础设施越来越好，我们一边种地一边捕鱼，收入多了，日子好了！”张建国说。

滴台村是水库移民村，当地近年持续改善村容村貌，完善基础设施，发展致富产业，移民的腰包鼓了，群众的幸福感和获得感不断增强。

以滴台村为代表的水库移民村的可喜变化，得益于吉林省持续有效的扶持举措。“十三五”以来，吉林省不断加强水库移民后期扶持力度，加快基础设施建设，助力移民实现增产增收。

村庄建设内外兼修

“党的政策好，让咱水库移民过上了好日子！”抚松县兴参镇丰收村移民张淑霞谈起如今的幸福生活感慨万千。40 年前，白龙湾水域 8000 名居民迁移到兴参镇丰收村、二道沟村、头道沟村和兴顺村。

几十年间，在水库移民后期扶持政策的帮扶下，兴参镇 4 个水库移民村发生了翻天覆地的变化：渔民变农民，草房变新居，泥水路变成柏油路……

村容村貌发生可喜变化的不止是兴参镇。通化县快大茂镇新安村将资源节约、生态宜居、功能完善作为美丽乡村建设的设计理念，沿新安河建设了 4000 平方米的休闲广场和两座亲水凉亭，并建起了一座新桥，让村民彻底告别春播秋收涉水作业的历史。“新安河过去是杂草丛生的臭水沟，现在河水清澈，两岸绿树成阴，休闲广场成了村民茶余饭后休闲娱乐的好去处。”新安村党支部书记王玉财说。

二道沟村和滴台村，是白山市浑江区极具代表性的美丽水库移民村。在建设美丽乡村中，二道沟村和滴台村通过设立移民小组，民主决定乡村基础设施建设方向和内容。几年来，两村公共基础设施不断完善，垃圾污水得到治理，村容村貌有效改善。

近年来，吉林省聚焦推进乡村振兴战略，累计投入美丽水库移民村建设资金 21 亿余元，落实扶持项目 5413 个。各地加强农村基础设施建设，强化农村公共卫生服务，持续开展农村人居环境整治行动，水库移民村在基础设施、村容村貌、公共服务配套等方面都有了质的提升。

水库移民村建设，既要有“面子”，还要有“里子”。从基础设施改造到乡风民风涵养，吉林省持续加大对各地水库移民村的关注和投入，从农村环境整治到制定村规民约等多方面细化落实帮扶举措，使村容村貌和乡风文明实现了“两翼齐飞”。

产业发展增收富民

集安市钱湾村排排果树挂满果子，栋栋木屋掩映山间，游客纷至沓来。“原来山路不好走，经过一路颠簸，果子运下山后损伤大半，现在路平了，果子品相好供不应求，每年能收入 5 万元。”村民杨安强说。

集安市钱湾村也是水库移民村。近年来，钱湾村不断完善基础设施建设，并结合村庄环境整治、河道修复和农房改造等美丽乡村建设，发展特色村庄旅游，带动了休闲农业、文创农业、特色民宿和手工坊观光体验等新模式、新业态蓬勃发展。谈到产业，村民任艳敏的喜悦溢于言表：“现在环境好了，游客多了，单日收入就有上千元！”

依托发展特色产业，吉林省各地越来越多的移民村走上了致富路。在抚松县兴参镇头道沟村的玫瑰基地，50 多亩四季玫瑰初长成，朵朵玫瑰俏立枝头。围绕壮大村集体经济，抚松县利用水库移民后期扶持基金，在玫瑰基地修建了一条数百米纵深的栈道，将生态与经济巧妙融合。“看今年的长势，每亩玫瑰鲜花产量预计能达到几百公斤！”头道沟村党支部书记徐永成自信满满地说。

来到通化县光华镇同心村的蓝莓种植基地，远观千亩蓝莓蔚为壮观，近看串串蓝紫色的果实挂在枝头、浆汁饱满。水库移民在基地进行日常田间管理和采摘，人年均纯收入达 1.56 万元，蓝莓果成了当地水库移民增收的“致富果”。

通化县因地制宜，创新扶持机制，转变扶持思路，在改善水库移民生产生活条件的基础上，拓宽群众增收渠道。同心村以党建为引领，通过村企联建，推动蓝莓产业发展动能实现转换提升，蓝莓精深加工逐渐发展成为区域特色经济。同时，依托绿色产业链条，同心村集体经济不断壮大。

近年来，吉林省累计投入产业扶持建设资金 3 亿余元，落实 929 个扶持项目，建成特色产业村 40 个，扶持特色产业 24 个，成立新型经营合作组织 12 个。2020 年，全省水库移民人均可支配收入达到 1.37 余万元，收入实现稳步增长。

如何确保水库移民持续增收？吉林省把产业发展作为根本途径，将项目扶持重心转移到产业发展上来。近年来，吉林省通过落实高效扶持机制，实施水库移民增收项目，推进产业扶持转型升级，水库移民的收入水平大幅度提升，生活质量全面改善。

“订单式”人才上岗显现多重效益

（2021 年 8 月 20 日）

本报记者　贾克文　　通讯员　王利

“自 2019 年上岗以来，他们在各自岗位上发挥专业特长，在水利项目规划、河湖管理保护、水土保持建设等工作中主动作为，为全州各项水利工作贡献了积极力量，极大提高了基层水利单位的工作效率。”青海省玉树藏族自治州水利局局长才多杰介绍，“订单式”水利人才这股新鲜血液的补充，极大地改善了玉树水利工作的诸多实际问题。

才多杰所说的“订单式”水利人才，指的是为解决三江源地区水利专业人才长期存在“总量不足、结构失衡、分布不均”的难题，在水利部大力支持下，青海省水利厅自 2016 年起与杨凌职业技术学院深度合作，精准培养专业化、本土化、民族化的“永久牌”人才。

这一模式受到中央领导及青海省委省政府主要领导的批示肯定。2020 年，玉树“订单式”水利人才培养案例在世界银行等 7 家国际组织开展的“全球减贫案例有奖征集活动”中荣获最佳减贫案例。

因地制宜、因需施教，是订单班人才培养的鲜明特色。杨凌职业技术学院玉树水利订单班班主任韩宏亮说：“学院精心选派教学经验丰富、业务能力强的教师担任玉树班教学工作，要求任课教师针对学生实际实施教学，在教学内容、方法和手段上进行了改革。”同时，杨凌职业技术学校为玉树订单班增设了水土保持土壤与生态系统、水土保持的原理与技术等 5 门核心课程，还增加了实践、制图、计算机等实际操作课程。通过严格的教学和管理，2019 年玉树水利订单班 40 名学生如期毕业，并走上了工作岗位。

在订单班人才培养中，地方政府、水利院校特事特办、好事实办，结合扶贫攻坚工作，出台相关政策措施，保障了这一人才培养模式取得实效。考虑到订单班多数学生来自贫困家庭，地方政府、水利院校分别为学生承担一年学费，减轻学生家庭负担，避免出现因学致贫、因贫退学。

阳泽是玉树水利订单班中的一员。“多亏了水利‘订单式’人才培养这个好政策，为我们免去了大部分学费不说，还安排好了工作。今后我一定要好好工作，为三江源地区水利事业发展做出自己的一点贡献。”阳泽说。

“‘订单式’培养模式不仅为当地培养水利专业人才，而且还有效推动民族地区脱贫攻坚和安定团结。通过专业化的培养，少数民族学生有了专业技能，能够稳定就业，参与地方经济社会建设，对促进当地社会稳定发挥了重要作用。订单班不仅培养了一批少数民族专业人才，而且加深了内地院校与民族地区的合作交流融合，成为促进民族团结的桥梁纽带，为新青海建设和水利事业健康发展提供了有力的人才支撑。”青海省水利厅副厅长刘泽军说。

玉树州以“同工同酬”方式落实订单人才薪资待遇，促使“订单式”人才安心工作，最大限度防止人才流失。目前，这一模式已经在青海省果洛藏族自治州、黄南藏族自治州得到推广应用，并为中西部省区提供了可复制、可借鉴的经验做法。

清泉入户　幸福“加码”

——山西农村饮水安全巩固提升工程显成效

（2021 年 9 月 4 日）

本报记者　魏永平　　通讯员　范珍

对家住山西省朔州市平鲁区屯军沟村的冯珍来说，吃水难曾是她的心病。现在，她不再为水发愁，只需拧开水龙头，就能用上干净水。

这样的变化，发生在山西千千万万老百姓的生活中。党的十八大以来，山西大力实施农村饮水安全巩固提升工程，累计投入 60.02 亿元，巩固提升了 1250.1 万农村群众饮水安全水平，农村集中供水率达 96%，自来水普及率达 94%，有力支撑全面建成小康社会。

幸福指数因水提升

“现在的生活真是好啊，再也不用为吃水发愁了!”说起水，宁武县朱家岩村村民弓栓桃打开了话匣子。曾经，村民吃水要去村外 80 多米深的山沟里挑水，后来家家户户修了集雨蓄水池，夏天收集雨水，冬天收集雪水，吃水前还要用筛子把水过滤一遍。

“2019 年，县水利局给我们村修了水塔，从以前挑水的深沟里用水泵把水提到水塔上去，再通过输水管道送到我们家里，现在一拧开水龙头就有水。”弓栓桃说。吃水从“挑”到“筛”再到“拧”，弓栓桃的幸福指数因水提升。

近年来，山西连续组织实施了饮水解困、饮水安全全覆盖、饮水安全巩固提升等多阶段、高强度的农村饮水安全工程建设，水质、水量、用水方便程度和供水保证率全面提升，广大农村群众有了更多的获得感、幸福感。

一场大雨过后，隰县古县村村民曹新生院子里的蔬菜愈发精神。“雨下得再及时，平时也得有水浇地，蔬菜才能长得好。”71 岁的曹新生说。2020 年 6 月，县水利局给村里重新安装了供水管道，不仅水够用了，水质也得到提升。“咱种的菜都长得鲜亮了，盛水的瓮底也不见沉淀的杂质了。”一边说着，曹新生将两根“退休”的扁担放回墙根，“还得留着它们，以后给娃娃们讲故事用。”

饮水安全提质增效

从“有水喝”到“喝好水”，水质安全至关重要。

受地理环境和地质条件等因素影响，“十三五”期间，山西仍有部分农村群众存在饮水型氟超标问题。山西因地制宜引导各地推动氟改水工作，有合适替代水源的优先采取更换水源措施改水；没有合适水源的地区，采取集中安装水质净化处理设备或安装家用净水装置等措施；对人口少、居住分散、改水成本高的村庄，实施易地搬迁。

“以前我们祖祖辈辈喝的都是高氟水，从今以后我们喝的就是安全达标水、放心水。”永和县德城村党支部书记刘秋林高兴地说。半夜起来等水、早上起来抢水、开上三轮“蹦蹦”拉水、扛上担子挑水……这是过去永和县农村的真实场景。如今，饱受“吃水难”困扰的永和县，306 个村 5.8 万人全部吃上了安全放心的自来水。

2016 年—2019 年，山西累计投资 6.4 亿元开展饮水型氟超标改水工作，在全省合力攻坚下，2019 年年底，累计解决 89 万农村人口饮水型氟超标问题，提前一年完成饮水型氟超标改水任务。

水兴百业旺

“吕梁山上鱼米乡，不信你来前青塘；要问青塘啥最好，芦苇海眼粽飘香。”走进临县前青塘村，满眼粽叶翠绿，处处粽香浓郁，得天独厚的地理条件和优质丰沛的水源造就了前青塘村历史悠久、别具特色的粽子产业。

伴随粽子产业大规模发展，前青塘村供水紧张现象日益突显。临县水利部门帮村里新打了 1 眼深井、建了 1 座蓄水池和 1 座管理站，并安装了净化设备和自动化供水系统，彻底解决了用水紧张问题，助力前青塘村产业发展。粽子作坊老板王乐勤说：“以前生产粽子用水就靠自己院子里的那眼浅井，产量一大，水就不够，抽一会儿水就得停一会儿泵。自从通了自来水，再也不用为水发愁了，粽子的产量和销量噌噌往上涨!”

如今，前青塘村粽子作坊遍地开花，村民还注册了公司，每年数百万个青塘粽子远销北京、上海等 20 多个城市，村民们的腰包越来越鼓。

涓涓清流滋润三晋大地。一座座村庄因水而兴，产业因水而旺，村民们的生活因水而幸福“加码”。

河南：移民新村的幸福新生活

（2021 年 9 月 7 日）

本报记者　李乐乐　国立杰　　通讯员　李修乐　李鑫

一排排小楼典雅亮丽，一片片绿地生机盎然，柏油路从村口通到每家每户，文化广场、百姓大舞台、学校超市一应俱全……记者近日来到河南省宝丰县马川新村，一幅美丽图景呈现在眼前。

“以前我家是瓦房，出远门得先坐渡船，交通很不方便。后来搬到了新村，环境好，交通方便，就像生活在公园里。我们还在宝丰的新家喝上了老家的丹江水，心里特别美!”47 岁的马川新村移民刘玉芬脸上洋溢着笑容。

2009 年 8 月 25 日，以南水北调中线工程建设大局为重，马川村村民从淅川县丹江口水库南岸的盛湾镇一次性完成整体搬迁。12 年来，在各项移民帮扶政策和各级党委政府的帮助下，马川新村以珍稀食用菌产业为龙头，发展移民特色产业，拓宽移民增收渠道，成为“飞地置业”的“带富村”、乡村振兴的“龙头村”。

南水北调，造福人民，也依靠人民。2011 年年底，河南省分三批、累计搬迁丹江口库区移民 16.54 万人，实现了“四年任务、两年完成”，做到了“不伤、不亡、不漏、不掉”一人，创造了水利工程移民奇迹。

“移民群众的福祉，始终是河南省委省政府的牵挂。省水利厅围绕‘搬得出，稳得住，能发展，可致富’的目标，加大移民后期帮扶力度，促进移民就业创业，帮助移民增收致富，确保移民群众安居乐业。”河南省水利厅副厅长、省移民办公室主任吕国范说。

以马川新村为例，河南省水利厅对表对标习近平总书记重要讲话精神，尤其是推进南水北调后续工程高质量发展座谈会讲话精神，聚焦乡村振兴、移民幸福，推动新阶段水利高质量发展。

“我们注重示范引领，分两个批次开展 153 个‘美好移民村’示范村建设，并实施了一大批生产发展项目，部分示范村成为当地乡村振兴的典范。”河南省水利厅移民安置处处长朱明献介绍。河南坚持“一村一品”和产业化经营，全省移民增收致富成效显著。

在许昌市襄城县库庄镇黄桥社区，荷池荡起层层涟漪，扑鼻的荷香沁人心脾。

作为南水北调丹江口库区第二批移民村，2011 年 6 月，黄桥村由淅川县滔河乡迁到襄城县库庄镇，开启了新的发展之路。

“近年来，我们整合各类资源，建设农家乐、智能化温室大棚、苗木种植等项目，不仅带来了经济效益，还提供了栽培苗木、日常护理等岗位，能安排 100 余名移民群众就业。”黄桥社区党支部书记金明涛一边介绍，一边展示身上的搬迁十周年纪念 T 恤。

发展教育，也是黄桥社区的主要目标。设立 10 个教学班的黄桥小学，现有在校生 453 人，其中移民学生 183 人。“我们学校的教育质量连续 9 年在库庄镇公办小学中遥遥领先，也吸引了周边学子前来就读。”黄桥小学校长高树兵说。

2015 年，黄桥社区被评为河南省“强村富民”示范村、生态文明示范村、“美好移民村”建设示范村等。2020 年，该村集体经济收入达到 30 万元。

据介绍，2012 年，河南省人民政府印发丹江口库区移民后期帮扶工作意见，累计向库区和移民安置区安排帮扶资金 70 余亿元。通过实施“强村富民”战略、创新开展移民乡村旅游、设立金融扶持“移民贷”等举措，实行扶持资金项目化、项目资产集体化、集体收益全民化的“三化式”帮扶，实现移民增收和集体经济壮大双赢。

2021 年河南省征地移民工作会议工作报告显示，“十三五”期间，河南省持续创新举措，共下达各类移民扶持资金 110 亿元，实施产业项目近 5000 个，全省农村移民人均可支配收入达 2015 年的 1.95 倍，南水北调移民人均可支配收入达搬迁前的 3.6 倍。

“‘十四五’期间，我们将深入学习贯彻习近平总书记在推进南水北调后续工程高质量发展座谈会上的重要讲话精神，抢抓乡村振兴战略机遇，持续落实移民后期扶持政策，加快‘美好移民村’建设，为实现水利治理体系和治理能力现代化提供坚实的征地移民保障。”河南省水利厅党组书记刘正才说。

打造“一张网”　同饮“舒心水”

——福建全力推进城乡供水一体化建设

（2021 年 9 月 9 日）

本报通讯员　苏海森　　记者　张智杰

“现在我们也和城里人一样，家家户户都能用上放心水、舒心水了。”福建省宁德市寿宁县下党乡杨溪头村党支部书记杨奕禄拧开水龙头，清澈的自来水汩汩流出。

下党乡四周高山环绕，海拔落差大。早前村民每逢旱季经常遇到断水、缺水的情况。如今随着下党乡全面实现城乡供水一体化，清泉沿着一条条供水“动脉”流入村村户户，彻底解决了群众的用水问题。

福建近年着力破除城乡二元供水格局，大力推进城乡供水一体化建设，越来越多的农村群众用上了与城市同质同服务的优质水。

莆田市荔城区北高镇栏山村过去由于管网老化严重，自来水水质差，水压低，三楼以上基本无水可用。

2019 年 6 月，栏山村完成了全村供水管网“一户一表”改造工程。“改造工程不仅改善了水质，解决了水压问题，也让水价从每吨 3.8 元降到了每吨 1.8 元，缓解了村民因水费分摊等引发的各种矛盾。”栏山村村民翁德清说。

莆田市作为福建首个城乡供水一体化试点市，立足全域优化配置水资源。在先行先试过程中，由莆田市水务集团与当地政府共同注册成立莆田市城乡供水有限公司，负责城乡供水一体化工程建设管理和运营维护，构建起三水源服务三湾区、三纵三横的新体系，新增日供水能力 15 万吨，可扩大服务人口 26 万人。

在福建，全力推进城乡供水一体化建设，破解乡村“用水困局”的探索还有很多。2020 年福建首个采取全市一盘棋、省市县三级共同推进的龙岩市城乡供水一体化项目签约并落地推进。项目规划总投资 80 亿元，通过打造以大水源、大水厂、大管网为主，大中小结合、县乡村并举，安全可靠、保质保量的城乡一体化供水体系，解决城乡供水不均衡、不充分问题。

一个个分散的水源通过区域优化配置和管网联通，逐步变成了一张张水网，初步形成了“一网多县”“一县一网”供水新格局。宁德市福鼎市以“四库两线、环网互补”供水新格局，打破“一地一水”供水模式，在落实“一户一表”服务收费到户的基础上，形成城镇反哺农村机制，受益人口约 30 万人；福州市福清市打通“最后一公里”，彻底解决了龙高半岛 141 个村 51.3 万人用水问题；漳州市芗城区城乡供水一体化项目覆盖主城区 70 多个村（居），惠及 14 万人。

通过以城带乡、以大带小等举措，福建城乡居民实现了同用“一缸水”、同饮“一网水”。截至目前，福建有任务的 73 个县（市、区）均编制完成城乡供水一体化规划，46 个县（市、区）明确了实施主体，38 个县（市、区）开工建设，452 万农村群众迎来了用“舒心水”的新生活。

福建省水利厅相关负责人表示，打破部门界限和地域壁垒，推进城乡供水一体化建设，不仅能够促进解决城乡供水不平衡不充分的问题，而且有利于推动城乡融合发展和乡村振兴。

2018 年以来，福建打破原有城乡供水体制，实行统建统管——以市域或县域为单元，由国有企业牵头组建集工程建设、投资融资、管护维养“三位一体”的城乡供水一体化实施主体；通过有效整合区域城乡水务资产、资源和资金，建立健全原水、引调水、制水、配水的供水全产业链，在全国率先构建“建管一体、全域覆盖，以城带乡、城乡融合”的城乡供水体制。

针对建设标准参差不齐的问题，福建在全国首创了规划标准体系，出台了《福建省城乡供水一体化建设试点规划导则》，建立了自来水普及率指标、规模化供水工程覆盖比例、分区供水布局和企业化运作、专业化管护、数字化监管等城乡一体化供水建设管理标准体系。

此外，福建首创债贷融合的资金保障机制，建立投资项目资本金制度，形成了“项目资本金 30%、专项债券和银行贷款 70%”的融资机制，政府实行分类分档补助，有效破解公益性供水项目的融资难题，保障城乡供水一体化规划目标如期实现。

“十四五”期间，福建将全面加快城乡供水一体化建设步伐，力争到 2025 年，新建、改扩建水源 3847 处，新建规模化水厂 387 处，新建、改建管网 6.77 万公里。“届时，我们通过建设高标准供水工程体系、规范化运营管理体系，基本形成城乡供水融合发展格局，全省 2700 万农村群众将逐步实现喝上‘舒心水’的目标。”福建省水利厅有关负责人表示。

既有“安乐窝”也有“铁饭碗”

——广东东莞市做好水库移民后期扶持

（2021 年 9 月 9 日）

本报通讯员　周桂清

“这是生活区、村史馆，那是工业区、办公区。”在广东省东莞市大朗镇佛新社区航拍地图前，今年 82 岁的叶树坤谈起两次整体搬迁的经历仍然感慨万千，“我们水库移民村，能记得住乡愁，留得住乡音。”

70 年间，佛新为东莞加快城市化进程两次腾空间——从低洼地迁往山岭高处、从乡村搬进城里。搭上时代快车的佛新发生了翻天覆地的变化，乡亲“洗脚上楼”成居民，日子过得幸福味儿十足。

佛新蝶变的背后，是东莞全面落实水库移民后期扶持政策，加快水库移民与当地居民同步进入小康的不懈努力，也是东莞推进乡村振兴战略的生动缩影。

让　路

“举家搬迁，确实不舍。”叶树坤毫不掩饰当初的顾虑，1988 年至 1994 年他担任原佛新村党支部书记，见证了佛新两次整体搬迁过程。

时间回拨至 1958 年，大朗镇水利设施薄弱，旱涝时节农田难以保收。当时，国家大兴水利，东莞规划建设松木山水库，佛新村正好处于库底位置，由此成为水库移民村、扶贫村。

40 多年后，佛新再次迎来搬迁。2001 年，东莞决定建设松山湖科技产业园，佛新需要整体搬迁。

叶耀钦摊开双手说，举村搬迁，大家顾虑很多。市镇村各级干部都来做工作，东莞还派出工作队，帮助村民分析搬迁得失，谋划发展出路。最终，全村人同意搬迁。2004 年 7 月 11 日，佛新 238 户 855 人搬进公寓，自从更名“佛新社区”。

佛新是东莞水库移民的缩影。东莞市水务局财务审计和水库移民科梁惠婷说：“东莞水库移民超过 2 万人，涉及 20 个镇街 134 个村（社区），大家为东莞高质量发展做出了巨大的牺牲和贡献。”

探　　路

走进佛新社区，15 栋住宅楼依次排列，300 多套住房，300 多个停车位，干净整洁。这是东莞第一个建成并入住的高层农民公寓群，也是东莞第一批完成“村改居”的社区。

政府为佛新规划了生活区、工业区，让大家既有“安乐窝”，也有“铁饭碗”。近年来，在水库移民资金的扶持下，借助建设美丽幸福村居的东风，佛新对篮球场、儿童游乐场进行升级改造，增建停车位，铺设天然气管道，还建设了村史馆，收集水车、犁耙等老物件，记录变化，留住乡愁。而在工业区，佛新积极打造商业区域，建成厂房或者直接出租给企业，增加集体经济收入。

从农村到社区，叶耀钦连声称好。他今年 62 岁，从辅警岗位退休后，又被社区返聘。“你想想，若还住农村里，不可能有这么好的工作，也不可能有这么好的居住环境，更不可能有现在这么好的生活。”叶耀钦说。

筑　　路

安居、乐业、小康生活，一个都不少。

尽管住上了宽敞的住房，但部分居民经济收入不稳定。2006 年，社区集中向银行贷款，在划拨的土地上规划建设联建楼。如今，这批联建楼全部出租，每个家庭年租金收入可达 3 万元。2014 年，佛新居民强烈反映“刚需居住和养老居住”不匹配，社区在宜居社区规划中将这些问题一并考虑。2016 年建成社区“创意中心”，2019 年建成“人才公寓”，满足居民实际需求。

叶耀钦掰着手指告诉记者，社区年过六旬的老人，至少有 3 份收入。“有社保退休金，有物业出租，社区每年还有分红。”而他自己，还有社区返聘的收入。

在水库移民后期扶持政策的支持下，佛新规划的员工生活区配套综合体 9 月动工，社区集体投资建设的工业大厦也将在明年竣工。这两栋物业楼投入使用后，预计每年可以增收 1500 万元，成为社区居民福利分红的“奶牛”。

“不漏一户，不落一人。”佛新社区党总支书记叶汉标说，佛新要把扶持资金用到刀刃上，让“洗脚上楼”的乡亲过上好日子。

“长藤结瓜”水兴业旺

——重庆丰都县巩固拓展水利扶贫成果

（2021 年 11 月 4 日）

本报记者　邱月明

“今年收入会增加，我还能再赚一万多块钱。”望着眼前的苗圃基地，重庆市丰都县三建乡村民老罗笑容满面，对老罗来说，现在“不离土不离乡，在家也能奔小康”。

眼前一片片生机勃勃的产业园区，谁能想像两年前，三建乡还是一幅“水在山下流，人在山上愁”的衰败景象。

三建乡曾是重庆市 18 个深度贫困乡之一，山高坡陡，海拔从 230 米急剧提升到 1200 米。虽然全乡水资源丰富，但大都深藏河谷。自水利部定点帮扶以来，通过建设茶钩子水库、配套山平塘、实施管网渠系互连互通等措施，实现“长藤结瓜”，彻底扭转了三建乡“靠天吃饭”的局面。

彻底解决工程性缺水难题

2019 年 9 月，重庆市水利局通过了丰都县茶钩子水库枢纽工程建设批复。新建库容 140 万立方米的茶钩子水库，可向三建乡高程 750 米以下的山平塘输水。7 座山平塘借助渠系互连互通，在产业地块共建蓄水池 233 口，形成以水库为“心脏”、山平塘为“主动脉”、蓄水池为“毛细血管”的水系网络。

同时，茶钩子水库左右干渠建设 36 公里引水管道以及 18 座小微型水源工程（山平塘）作为备用水源，可将水引入蔡森坝、夜力坪、双鹰坝等 7 座水厂，新增受益人口约 1.27 万人，全乡饮水安全保障率、集中供水率均达 100％。水库左右岸实施自流引水管网 36 公里，改扩建山平塘 70 口，新建取水点 39 处、借水堰 58 公里，实现水资源“应收尽收”；安装灌溉管网，建设灌溉渠，全乡 123 口山平塘、233 口蓄水池实现互连互通；对管网无法覆盖的龙河右岸鱼泉子村，新建 200 立方米的人饮灌溉提灌工程。通过“长藤结瓜”，三建乡产业水系配套率由 2017 年的不足 10％提高至现在的 100％。

茶钩子水库的修建，还推进了乡镇基础设施建设，真正打通了贫困村用水的

“最后一公里”。在实施产业水系配套工程的过程中，三建乡通过以工代赈的方式，解决乡镇部分贫困劳动力就业难题。

全方位支撑脱贫产业

“解决了水的问题，发展更有底气。”三建乡乡长任正义说，三建乡实施“三变”政策以来，村均集体经济收入从 2015 年的 0 元增长到 2020 年的 16.17 万元。

针对“农民有资源无资产、农村有资源无市场、农业有空间无效益”的发展困境，三建乡探索推行“政府主导、企业主体、农民主角”的全域“三变”改革，组建了 8 个村（社区）股份合作社，建立“保底收益＋持股分红”机制，盘活贫瘠低效土地林地，带动户均增收 9200 元以上。

全乡 1.87 万亩产业地块全部按照农村“三变”改革模式推进，从传统的土豆、红苕、玉米“老三样”变为笋竹、青脆李、柠檬等“新三样”高附加值产业，单位面积产能实现 10 倍以上增长。

截至目前，已有红旗寨花卉基地、蔡森坝苗木基地等进行了初产利益分配，绿春坝 800 亩雷竹每亩产值近 4000 元，2020 年初产竹笋 4 万斤，增收 20 万元。

在保家楼古村，民宿老板罗洪彪正在为客人介绍他设计的园林。近年来，三建乡绿春坝村将水文化与旅游相结合，探索出一条集观光、科教、度假等功能为一体的旅游产业发展路径。借力自然风光与人文特色，以龙河丰都段全国示范河湖创建为契机，三建乡通过区域综合整治、生态修复治理等措施改善环境，通过盘活闲置土地、林地和房屋等资源参与农村“三变”改革发展，打造宜居宜业宜游的美丽乡村。

巩固脱贫成果推进乡村振兴

今年以来，水利部在定点帮扶工作中更加主动激发内生动力，结合开展基层党支部共建活动，努力为基层为群众办实事，让党的旗帜在基层一线高高飘扬。来到双路镇花园社区，记者看到便民服务中心和村级卫生所正在整修，主体工程施工已完成，这是水利部规划计划司与当地党建联合推进的成效。“水利部下拨党费 5 万元，并协调广西右江水利开发有限责任公司筹集资金 30 万元，共 35 万元投入便民服务中心建设，这是给我们打了一剂强心针。”双路镇组织委员熊春燕介绍。

自脱贫以来，社区立足自身实际，因地制宜发展集体经济，累计投入 20 万元入股肉鸡产业养殖项目，同时，以中央财政资金扶持的 50 万元为基础，与九重天旅游开发公司合作，在莲花洞村九重天景区发展旅游避暑休闲产业。截至 2020 年，集体经济累计入账 5.4 万元，给 86 户贫困户分红共计 2580 元。

2019 年 11 月，龙河丰都段被水利部遴选为全国首批示范河湖建设对象。两年来，在水利部支持指导下，丰都县开展的龙河丰都段示范河湖成效显著，如今，龙河丰都段已变成生态景观廊道，带动了当地乡村旅游发展，成为人们休闲的好去处。

双路镇也抓住今年水利部开展基层党建的契机，指导建立村级河长制，持续开展龙河丰都段示范河湖巩固提升，进一步强化龙河丰都段管护。熊春燕介绍："今年花园社区将建立村级河长制办公室，结合龙河管护进一步做好水文章、搞活水资源，将龙河打造成造福花园社区百姓的幸福河。"

摆脱贫困不卸甲，乡村振兴再出发。丰都县水利局局长李勇表示，"十四五"期间，丰都县水利局将继续发挥"领头雁"作用，助力三建乡人水和谐、产业兴旺。

水润深山小康家

——重庆丰都县巩固水利脱贫成效

（2021 年 11 月 13 日）

本报记者　邱月明

蔚蓝的天空下山川巍峨，水流盘曲，重庆市丰都县三建乡就被环抱其中。大山养育了这里的人们，但也阻断了他们通往外界脱贫致富的路。随着 2020 年年底脱贫工作圆满完成，山还是那座山，水还是那泓水，人们的生活却变了样。

今年年初以来，水利部、重庆市委市政府持续巩固水利脱贫成效，重庆市水利局全面推进水源保护、水厂提升、管网连通、水质净化、智慧供水“五大工程”，实现“社社通自来水，户户喝干净水”，三建乡积极对外招商引资，巩固脱贫成果。

持续投入，推动水利工程建设

龙兴坝中型水库已下闸蓄水；王家山、沱沱坝、三岔溪小型水库基本完工；小月坝水库已完成征地公告；观音岩水库大坝供水管道安装已完成 5.5 公里……在丰都县，重点水源工程建设正持续推进。

其中，茶沟子水库工程是水利部水利扶贫专项规划项目，也是三建乡重要的民生工程。“建成后，将解决廖家坝、绿春坝、夜力坪等 7 个村（社区）海拔 750 米以下九成人口及牲畜的用水问题和 1.09 万亩农田灌溉用水问题。”工程安全员袁雄说。截至目前，茶沟子水库工程已累计完成水利投资 2.35 亿元。

通过“多渠道进水、多池子蓄水、多龙头用水”的“长藤结瓜”式供水网，当地的水系配套率提高至 100%。“现在不仅用得上水，还能用上好水。”丰都县水利局副局长龙志军说。根据最新的《丰都县水质监测中心水质监测报告》，茶沟子水库水质达Ⅲ类水标准。

“茶沟子水库的建成和使用，不仅解决了当地百姓饮水问题，还为经济发展提供了保障，提高了人民群众幸福指数。”龙志军说。

今年年初以来，丰都县水利局累计完成水利投资 7.83 亿元（其中三峡后续资金 5.05 亿元）。梨子坪中型水库工程申报大禹奖通过专家现场复核；龙河北岸首座中型水库龙兴坝水库成功下闸蓄水；重大投资项目栗子湾抽水蓄能电站完成可研报告审查，拟于年内开工。

探索创新，深化脱贫模式改革

金黄的稻谷、硕大的柚子、满山的花椒树……这一切构成三建乡秋收的美丽图画。

2021年，丰都县继续探索政府主导、企业主体、农民主角“三主”模式，并在三建乡实施让农村资源变资产、资金变股金、农民变股东“三变”改革，初步构建起农村产业兴旺、企业资本增值、集体经济壮大、农民群众增收、全域经济提升的多赢局面。

此外，三建乡建立“保底收益＋分红”机制，入股土地前三年按每亩240～800元保底，同时按各方投资持股比例分红。50岁的王凤平成为实施“三变”改革后的直接受益人，“不仅土地有保底，每个月还有工资，而且年底能分红近1万元，生活（质量）明显提高了。”

生活质量提高的不止王凤平，“三变”改革带来稳定就业岗位300余个、季节性务工岗位4000个，回引近1000余人返乡创业就业。据统计，三建乡种植产业栽植管护期间在家农户参与度达80%以上，群众务工收入达900余万元，人均可增收2200元以上。

当前，三建乡落实产业发展项目资金1.31亿元，交通、水利等基础设施建设资金2.06亿元，为“三变”改革提供强有力资金支持。配套建设蓄水池268口、管网245公里以及灌溉渠、沉沙凼等其他水系配套项目，全乡产业水系配套率100%。同时，出台《三建乡农村集体经济组织及成员管理办法（试行）》，防范产业风险和法律风险，确保土地公有制性质不改变、农村基本经营制度不改变、耕地红线不突破、农民利益不受损。

强化管理，推进城乡供水一体化

供水跟得上，产业发展好，服务更健全。饮水安全工程要长期发挥作用，持久发挥效益，三分靠“建”，七分靠“管”。丰都县三建乡两级全面建立饮水安全保障行政首长负责制，坚决落实地方人民政府的主体责任、水行政主管等部门的行业监管责任、供水单位的运行管理责任。同时，推进城乡供水融合发展，组建丰都水务集团有限公司，加强规模集中供水工程的日常运营管理，实现城乡供水一体化。据悉，日供水500立方米以下的集中式供水工程由乡镇、街道负责运行管理；分散式供水工程由村民自行管理。

近年来，丰都水务集团有限公司督促乡镇水厂定期清洗滤池、沉淀池、清水池，及时整改不合规范现象；监测水源地情况，及时修复原水取水点损坏；检查乡镇水厂建设项目推进情况，督促建设施工单位做好施工安全、保证施工进度，最大限度发挥集中式供水工程效益，推动乡镇供水工程规范化、标准化运行。

此外，围绕县委县政府提出的城乡一体化、厂网一体化目标，丰都水务集团有限公司将乡镇水厂经营管理从一企一策逐步过渡到片区制管理，做到供水管理标准、质量和服务一体化，确保乡镇供水安全和供水质量。

“集团正发挥集中式供水工程效益，积极推动乡镇供水工程规范化、标准化运行，确保城乡供水一体化‘建得成，管得好，受益长’。”丰都水务集团有限公司副总经理夏真军说。

丰都县水利局局长李勇说：“丰都县将进一步巩固精准脱贫成果，持续做好水利扶贫扶志，促进精准脱贫攻坚战与乡村振兴战略有机衔接，绝不让一户困难家庭、一个困难群众在全面小康路上掉队。”

“生活好了，日子有盼头了。”王凤平一家每月收入近 4000 元，甩掉“贫困帽”，走上致富路。“咱穷了一辈子，没想到还能过上好日子。”对未来的生活，一家人充满期待……

乌蒙苗寨的饮水变迁

（2021 年 11 月 27 日）

本报特约记者　杨琼

记者近日来到地处乌蒙山区的贵州省威宁彝族回族苗族自治县云贵乡仙水村，蜿蜒盘旋的进村道路两旁，成片的魔芋叶子在风中摇曳，一栋栋楼房错落有致。

60 岁的村民王平方拧开水龙头，接满一杯水一饮而尽："从水厂出来的水，我们放心！"

威宁县平均海拔 2200 米，日照时间长，降水偏少，属喀斯特地貌，水资源时空分布不均，是典型的工程性缺水地区。王平方从 9 岁起，便从母亲手里接过背水的坛子，每天步行到 8 公里外的地方背山泉水。一个坛子 10 多斤，加上水有 50 多斤，一趟下来常常累得不行。

20 世纪 90 年代初，王平方进入当地水管所工作，参与了大规模的饮水工程建设。王平方所在的村寨通了自来水，结束了肩背马驮山泉水的日子。但由于水源不稳定，一到枯水季节，自来水断断续续，群众用水还是难以保障。

2008 年，乡政府给王平方家里修建了 20 立方米的水窖，夏季雨水丰润时将水蓄起来，缓解入冬后没水用的困境。虽然有了自来水，但原水直接输送到各家各户，没有经过加工处理，水窖水存放时间一长，便容易滋生细菌或微生物。2017 年，王平方咬咬牙，花了 2880 元买来一台家用净水器。

多年来，仙水村农村饮水安全留下许多历史欠账。无论是集中供水还是分散供水，对照饮水安全的政策和标准，水质、水量都存在一定差距。

去年，由贵州水投水务集团威宁乡镇供水有限公司实施的城乡供水巩固提升工程覆盖到王平方所在的村组。水厂采用目前国际上较为先进的陶瓷平板膜处理工艺，出水水质优于普通自来水，达到直饮水标准。

尝到新水厂稳定、甘甜的自来水后，王平方决定将用了多年的净水器收起来，与当年背水的坛子一起，作为纪念存放进老屋。

据村支书严富说，得益于稳定的自来水，仙水村近年大力发展种养殖业，种植魔芋 500 多亩，养殖生猪 1000 多头，村民人均纯收入提高到 7900 元。

红心映照红旗村

——记安徽岳西县红旗村第一书记李和伟

（2021 年 1 月 14 日）

本报通讯员 王森 胡戴平 储方彬

一大早，安徽省岳西县毛尖山乡红旗村 69 岁的村民胡桂兰来到村部，要求村支书带他去看望因突发性心肌梗塞住院的村第一书记李和伟，牵挂之情化为两行热泪挂在胡桂兰脸颊上。

作为红旗村党支部第一书记、驻村扶贫工作队长，李和伟在岳西县水利局的大力支持下，带领全村人民一起提升基础设施建设、搞活产业发展、解决农村饮水安全，把昔日的贫穷落后村建成了如今的富裕红旗村。

补齐短板 夯实“双基”基础

发源于岳西中部分水岭的鹭鸶河穿过红旗村，冬日的鹭鸶河透过薄薄的雾气，宛如薄纱中的珍珠缎带，清澈的河水潺潺流动。但是由于上游支流多、来水面大，一遇洪水，鹭鸶河时常汹涌狰狞，破坝毁田。

作为岳西县水利局水政水资源股负责人，李和伟有着丰富的水利水保工作经验。2018 年，他到村任职后意识到，如果不除去鹭鸶河水患，两岸产业难以保障。在县水利局的支持下，争取到鹭鸶河小流域治理项目。

河道治理工程设计好了，可是一看设计方案，村干部们心里打起鼓来。“我们以为是钢筋混凝土的堤坝，哪知道还是石头坝，洪水来了怎么顶得住呢?”刘和炉首先提出意见。

李和伟耐心地向大家解释:“这是通过测算设计，采用新工艺的生态石笼堤坝和框格挡土墙。你们放心，经受得住大洪水。”在半信半疑中，一公里长的小流域治理工程建成，石笼坝旁种上了绿植，框格挡土墙的缝隙里长出鲜花野草，美丽又芬芳。

2020 年夏天，红旗村遭遇 60 年来最大洪水，曾经桀骜不驯的鹭鸶河安澜无恙。

实践出真知，李和伟把自己的业务专长发挥得淋漓尽致，村民们相信他，村干部也紧跟着他。李和伟摸村情、定项目、出点子、想法子、谋出路，只要是群众需要，村里想解决的事情，他都尽心尽力而为。

李和伟驻村三年来，红旗村围绕水、灯、路、网、电实行大建设，建成了新的党群服务中心，提升了为民服务功能；胡湾、中榜两个中心村庄环境治理得到改善；鹭鸶河新大桥建成通行，完成农村道路畅通工程30公里、路灯亮化工程4.5公里；实施了饮水安全工程入户管网改造……争取到的各类基础设施建设项目总投入超过2000万元。

生态定位　发展适宜产业

入冬后，地处深山的红旗村山峦斑斓、云雾缭绕。境内山高岭大，河谷纵横。“我们村人均5亩山场，却不足7分耕地，曾有句俗语‘进村就爬岭、出村一条路、养儿难娶媳、养女快嫁出’说的是我们红旗村当年的贫困状况。”村民储诚高说。

红旗村共有675户2276人，贫困户256户790人，2016年村出列，2017年贫困户全部脱贫。如何实现高质量发展，保护青山绿水，推进生态扶贫，发展适宜产业，李和伟又陷入了新的思考。

红旗村是县城水源保护地，却有不少村民从事有污染排放的养殖业。村民刘同德曾是村里养猪能手，最多时候年存栏500多头。前年年底，李和伟找到他，让他转产搞种植。

李和伟一次次找刘同德谈心，告诉他保护水源不是一个人的事，是大家的利益，红旗村的地貌不搞养殖搞种植也是出路，并详细和他谈起发展种植业的前景，还带他到外地参观学习。

2019年年底，经过思想斗争，刘同德终于主动关闭了养猪场。2020年租赁了20亩荒地、投资6万多元种植红心猕猴桃。李和伟也兴奋不已，第一时间调来优质种苗，请农业技术人员来指导技术，还帮刘同德完善租赁合同文本。“你看，现在我的猕猴桃长得多好，明年可以挂果，后年就是丰产期了。”刘同德高兴地说。

如今全村5户养殖大户全部关闭养殖场，转产种植和其他行业。

不仅如此，李和伟和村两委一班人根据农户意愿，以村集体流转土地、合作社参与经营、农户土地入股的形式，积极推行“三变改革”，种植了100亩冬桃和樱桃。

2020年春天，鹭鸶河畔樱花盛开，10月初冬桃开园采摘，喜获丰收。李和伟邀请新闻媒体和网络红人进村宣传，红旗村的果园成为县城市民“打卡”之地。

倾心帮扶　情系百姓解民忧

在县水利局的指导下，李和伟结合村情，创新帮扶形式，设立了县水利局帮扶干群连心室，让村民有事到连心室里说，有困难到连心室找人帮。

贫困户刘会来家是自引山泉水，水量不稳，水管使用多年，不时破裂，影响用水。饮水安全是大事，李和伟记在心上。回到单位，争取了以奖代补帮扶政策改善村民饮水。李和伟同刘会来所在的湾树组村民一起进山寻找水源，在一里地外的大山上找到了稳定的山泉水。

刘会来家花了 1000 多元重新接通了新水源，政策奖补了他家 800 元。“哪有这样的干部啊，找水源时候钻树林，一头大汗，下山时候裤脚都是鲜红的，拉开一看，好几只山蚂蟥都吸饱了。”刘会来回忆李书记进山找水的情景时激动地说。

像刘会来家一样，全村有 100 多户通过以奖代补政策实施了管网改造，实现了饮水安全。

储诚高说：“连心室就是直通车，问题解决就有了快车道，村民有时候更愿意和帮扶干部说说话，方便我们听取民意。”如今，通过连心室，红旗村接待群众近 100 人次，针对性拟定帮扶计划 10 多条。

现在，李和伟已经转危为安。躺在病床上，他说：“我生在农村长在农村，知道农村生活，历经七八个工作岗位，一直服务三农，驻村扶贫，看到我的一颗红心能给红旗村带来变化，很是欣慰。”

洪水后，李和伟帮贫困户挑塌方淤泥　本报通讯员　刘同汉　摄

用生命守护“一碗水”

——追忆贵州脱贫攻坚农村饮水安全督战队队员王培贤

（2021年1月21日）

本报特约记者　杨琼

再见到他时，已是一幅定格在挽联上的相片：浓黑的眉毛，坚毅的目光，憨厚的笑容，年轻的面孔。

这是一位在贵州省“9＋3”脱贫攻坚重点县——晴隆县沙子镇负责督战农村饮水安全工作的排头兵，一位水利工程建设的得力干将，一位挂钩帮扶村群众眼里的热心人。

2020年11月7日，贵州水投水务集团贞丰公司副总经理王培贤，在长期连续高负荷工作并加班熬夜后，在他为之付出大量心血的晴隆县沙子镇脱贫摘帽后的第三天，积劳成疾，引发脑出血，生命永久定格在47岁。

总有一种使命义无反顾

据贞丰公司工程管理部宋海沦回忆，王培贤离世前那周的工作行程十分紧凑，从周一一直忙到周六清晨5点多。天还没亮，王培贤揉了揉肿胀的双眼，和宋海沦打了个招呼便回家休息了，这一睡，就再没有醒过来。

2020年2月，王培贤加入贵州省脱贫攻坚农村饮水安全挂牌督战第十一战队，到“9＋3”深度贫困县之一的晴隆县开展省级督战工作。作为第八小组组长，他和另一名同事负责督战沙子镇6个村68个组3789户（其中建档立卡贫困户1084户）的饮水安全工作。

在督战一线，他带领的第八小组成员以“全覆盖、督死角、查问题、抓整改”为工作准则，这是王培贤对每一名督战成员的要求，也是他对自己的要求。2020年11月初，在省级脱贫攻坚第三方评估中，由王培贤带队负责的沙子镇农村饮水安全实现“零问题、零反馈、零整改”的突出业绩，务实的作风得到大家一致肯定。

水利人，一旦入了这个行就意味着有一种不回头的使命；选择做一名水利人，就选择了为人民服务义无反顾。15年的水利生涯是王培贤“激情燃烧的岁月”，让他倾注了一名水利人的“忠诚、干净、担当，科学、求实、创新”，也让他奉献出了真情大爱乃至宝贵的生命。

总有一种感动泪如泉涌

47 岁，正是上有老、下有小的年龄。因为在家中排行老二，熟悉王培贤的人亲切唤他小名“小二”或是“二叔”，这个个子不高大、把老百姓当亲人的王培贤，无论在晴隆县脱贫攻坚最前沿还是在贞丰城乡供排水一线，都留下了太多感人的故事。

晴隆县沙子镇小寨社区脱贫攻坚指挥所所长李萍，怎么都不相信他们可敬的大哥已离她而去。因为这位大哥曾帮助社区五组张全新家协调到隔壁社区的水源，解决了他家修起水窖却找不到合适水源的苦恼。社区六组的布依寨村民们更不会忘记，因为集中供水点水源较小，用水高峰期更是时有时无。王培贤到来后，根据水量大小为他们制定了科学的分时段供水方案并宣传到家家户户，如今村民们天天有水喝。

晴隆县山高、坡陡、谷深、水低、土薄。王培贤负责的沙子镇位于半山腰上，受自然环境限制，农村饮水安全问题未得到彻底解决。王培贤围绕水量、水质、用水方便程度、供水保证率及管护等 5 项标准，逐村逐组逐户逐工程开展督战。

王培贤（左）在沙子镇查看高位水池蓄水情况

本报通讯员　张伟　摄

在晴隆县安装消毒设备的过程中，因水位压差问题导致消毒设备无法正常运行。他手绘改进安装图纸，通过抬高进水、降低出水、增设转接头的“土办法”，让所有消毒设备正常使用……他带领工作人员实地走访 1806 人，现场踏勘农村饮水集中供水工程 51 处，解决沙子镇农村饮水短板问题 9 个，全部整改完成了督查出的问题，沙子镇 6 个村 3789 户 1.6 万人饮水安全达标。

不仅如此，贞丰县小屯乡水银洞村是贞丰公司的帮扶村，村里有三户王培贤结对帮扶的贫困户，他就像对待亲人一样倾尽真心。为了让亲人早点过上好日子，他多方联络对接，帮助他们开汽车修理厂，推荐他们到浙江务工，逢年过节还自掏腰包送去慰问品。这一组组鲜活的镜头里，是他奔忙不息的身影。

生命的最后时刻，王培贤依旧忘我工作。进村入户访贫问苦，一趟趟跑工程施工现场，奔波在供排水一线，全力以赴解决群众饮水安全问题。

王培贤走了，尽管他的生命如闪电流星，但他挚爱的水利事业如江河长流，他竭尽全力守护的“一碗水”如今正源源不断地流入千家万户。

挂职更挂心　挂心更安心

——记广西来宾市扶贫挂职干部孙明

（2021 年 2 月 4 日）

本报通讯员　何彩威　　记者　尤珍

2020 年 4 月，在一阵喜庆的鞭炮声中，广西壮族自治区来宾市忻城县毛洞村下加庭屯蚕房项目正式建成启动。这是毛洞村历史上第一个标准化集中蚕房，翻开了桑蚕产业规模养殖、省力化改造的崭新一页。如今的下加庭屯蚕房，带起了周边村 2 个同规模蚕房项目建设，带富效益日渐扩大，产业化让村民有了新盼头。

2019 年冬，孙明成为水利部太湖流域管理局选派到来宾市的扶贫挂职干部。从上海到来宾，跨越了 1700 公里，他捧着一颗初心来，把来宾当成第二故乡。“挂职不是‘挂历’，是换一个地方去更好地磨炼成长。”这是孙明常说的一句话。带着水乡温润柔和的男子气质，一副黑框眼镜后面，闪烁着明亮而又坚毅的眼神。通过精准帮扶“三方”见面座谈会，孙明协调落实了 10 万元扶持经费，也种下了产业致富的种子。

全力治理江河湖库

挂职就要挂心，挂心就要安心。从一踏上来宾这片桂中大地的那一刻起，孙明就一直这样要求自己。

角色的融入带来了视角的改变，孙明结合实际，充分发挥挂职干部桥梁与纽带的作用，引入先进地区成熟的工作模式，运用挂职锻炼中所学知识和经验，放开手脚，融入到火热的工作实践中。

2019 年以来，来宾市开展江河湖库清“四乱”专项行动的力度持续加大。孙明协助分管推进河湖长制工作期间，亲力亲为将太湖流域推行河湖长制好的经验做法引入当地，利用陪同、走访、督查等机会，多次实地调研考察全市江河湖库“四乱”问题，协调督办相关部门单位及时进行整改落实，全部销号，来宾市地表水水质优良率达 100%，在全国地表水环境质量状况榜单中，来宾市稳居红榜前列。

躬身前行体察民生

任何事都亲力亲为的孙明在治理江河湖库“四乱”问题时发现，治“乱”只是过程，加强水资源管理、关注民生用水才是作为水利挂职干部最强有力的抓手。

他为此多次带队检查防汛抗旱和山洪灾害工作。在检查过程中，孙明坚持实行最严格水资源管理制度和水土保持考核。通过孙明的努力，来宾市的水资源管理有了突破性进展。稍有成效后他持续加力，并协助水利部门协调解决 2020 年来宾市农田灌溉水利用系数测算分析工作经费 60 万元，为科学化、精准化的水资源管理打下坚实基础。

地处大石山区、石漠化地区的忻城县，农村饮水安全是群众面临的最实际、最关心的生活问题。在推进水利建设工作中，孙明针对农村饮水安全问题，带队深入各县调查研究，协调解决农村饮水工程建设问题，推动出台了全市农村饮水安全问题全面排查及整改工作方案，持续强化农村饮水安全巩固提升工程的精准性、科学性和持续性。

孙明（左二）在金秀瑶族自治县了解防汛抗旱情况

太湖流域管理局供图

孙明一直把来宾人民当成自己的乡亲，把来宾当成自己的另一个故乡。当他看到列入自治区清单式管理的 150 处饮水安全战役项目全部完工、农村饮水安全基本得到保障时，他说：“挂职不是‘镀金’，而是切实发挥作用，服务地方发展。”

挂职一年多以来，孙明深深体会到，在多个岗位上得到的锤炼，不仅是敦促自己要把每一项工作都做精、做细、做出成效，更要成为工作多面手、专业攻坚手，这是自己职业生涯中最宝贵的财富。“感谢这段刻骨铭心的经历，我也享受这份战胜困难的欣喜。”

离家千里、不舍昼夜地奋斗，孙明在全身心投入工作的同时，也承受着与家人聚少离多的思念、家庭角色缺失的遗憾。如今照顾家庭和孩子的重任，全都落在妻子一个人身上。“再忙再累她也从没有过一声怨言，默默地把家里收拾得井井有条。”孙明与妻子的同甘共苦、守望相助，成为他源源不断的勇气和力量。

肖竹林：攻坚路上的“老黄牛”

（2021年3月11日）

本报通讯员　肖勇

57岁的湖南省怀化市水利局农村水利水电科科长肖竹林，近日荣获“全国脱贫攻坚先进个人”荣誉称号。在脱贫攻坚的工作队伍中，他已不算年轻。

2002年3月至今，肖竹林从事防汛抗旱工作14年、从事农村水利和脱贫攻坚工作5年，经历的每一个岗位和承担的每一项任务都是重点、难点和焦点。也正是因为他在工作中不惧挑战、勇挑重担的优良作风，干部群众都亲切地称他为吃苦耐劳的“老黄牛”。

勇做攻坚“急先锋”

2016年是“十三五”脱贫攻坚战首战之年，由于工作需要，肖竹林从市防汛办副主任岗位被调整为负责水利扶贫的农村水利水电科科长，他二话不说，立刻奔赴脱贫攻坚战场。截至2015年年底，怀化市有122.56万人（其中建档立卡贫困人口56.12万人）没有解决饮水安全问题。肖竹林不仅急在心里、更干在实处，一到岗就着手部署调查摸底，制定攻坚行动方案，提请在全市启动实施。

“多亏肖科长来现场督导，我们才能喝上这甘甜的水。”辰溪县长田湾乡锄头坪村村民田玉刚高兴地说。2020年6月，锄头坪村群众反映供水不正常，肖竹林立马组织县、乡、村委相关负责人现场查看，提出具体解决意见，在短短一个月内通过打深井新增1处水源，彻底解决了村民饮水问题。

这只是肖竹林作为“急先锋”的缩影之一。为打赢水利脱贫攻坚战，5年来，他大部分时间都在基层督导工作，处理并解决问题700多个，交出了怀化水利脱贫的出色答卷。

当好脱贫“参谋长”

根据农村饮水安全工程特点，肖竹林积极响应局党组部署，拟定怀化市农村饮水安全全覆盖两年行动方案和每年的水利建设方案，为市委、市政府提供决策依据，得到了市委市政府高度重视并高位推进。

针对山区特点，他因地制宜地提出了四种建设模式：城市和规模水厂向周边延伸供水、人口密集地新建联村联组工程集中供水、打小型深水井和引山泉解决分散农户供水、老水厂改造扩容供水。这种“一延、二建、三打、四改”模式很快推广至全市并得到了极好的反响。在项目实施中，肖竹林还实行群众民主监督，聘请责任心强、威望高的村民为质量监督员，保证了工程质量和群众满意，架起了施工方和群众之间沟通的桥梁。

建设模式的推广不仅节省了工程投资成本，农村饮水安全的保障水平也稳步提升，人民群众更是满满的幸福感。

“我是民生工程义务监督员，我是在为我们的美好生活做工作。”洪江市安江镇金花村老党员黄明泽在饮水安全工程施工现场自豪地说。

奋力实干“排头兵”

“他办公室的灯总是最后一个熄灭。”同事谢喜喜这样评价肖竹林。

肖竹林经常牺牲双休日，晚上也时常加班加点，全身心投入水利扶贫工作。期间，他组织力量完成了全市 25 户以上的每个村饮水情况调查、“十三五”农村饮水安全巩固提升专项规划和全市 80 多万建档立卡贫困人口安全饮水台账，实施了 2500 多处新建和改扩集中供水工程。

肖竹林督促指导各地出台了《农村饮水安全工程运行管理办法》和水费计收政策，落实工程管理责任，保障工程正常运行；帮助市水利局 3 个定点扶贫联系村各投入 100 多万元水利项目资金完善水利设施，为贫困村出列创造条件；结对帮扶 4 户贫困户，帮助贫困户顺利脱贫。

2 月 26 日上午，载誉归来的肖竹林在怀化市脱贫攻坚总结表彰大会代表座谈会上，激动地表示：“这份荣誉应该属于怀化市所有为水利脱贫攻坚作出贡献的人。习近平总书记说，‘征途漫漫，惟有奋斗’，我这只‘老黄牛’不仅在脱贫攻坚中发光发热，更要在乡村振兴的新征途中继续作出新的贡献。”

杜心雨：做一朵翻腾的浪花

（2021 年 3 月 11 日）

本报记者 边境 通讯员 郭吉丽

杜心雨，吉林省水利厅农村水利水电处三级主任科员。这位在城市长大的女孩，因为农村饮水安全工作，卷起了裤腿扎根基层，像朵“小浪花”一样投身到脱贫攻坚的浪潮中，用瘦弱的身躯担起兴水惠民的历史重任。近日，她获得“全国脱贫攻坚先进个人”荣誉称号。

敢于直面“硬骨头”

在编制“十三五”规划时，吉林省水利厅优先支持贫困地区农村饮水安全建设，参与国家《农村饮水安全评价准则》起草，精心绘制“施工图”“流程图”“作战图”。为了让农村人口喝上放心水，啃下这块“硬骨头”，作为吉林省水利厅农村饮水专班一员的杜心雨，与专班的同事们一起加班加点，专门研究如何摸清“家底”。

2019 年 6 月，全省水利系统尽锐出战，逐村逐户排查贫困人口饮水安全状况。为了数据精准，杜心雨经常加班到半夜，饿了趴桌上吃口泡面，乏了靠椅子打个瞌睡。经过大家的一番苦战，终于把 47 万贫困人口的饮水安全状况台账建立起来。

除此之外，杜心雨经常利用周末和节假日时间深入农户和工地，以暗访形式倾听百姓对饮水安全工作的真实声音；在前往农户家调研饮水安全情况的路上，时常遇到山路崎岖，有次险些酿成交通事故……然而，一切困难都无法阻断杜心雨决胜脱贫攻坚的决心。在大家共同努力下，吉林如期实现贫困人口饮水安全问题动态清零。

善于抓住“新机遇”

2020 年，国家加大专项债券发行力度，杜心雨意识到，这是水利扶贫的“新机遇”。

在省水利厅领导的支持下，杜心雨立刻查阅资料文件，弄清弄懂专项债券要点，制作了一张农村饮水安全项目专项债券申报流程图，让毫无金融知识基础的水利人，通过一张图就能读懂申请专项债券的各个流程。依托之前债券发行相关工作经验，结合抗疫国债发行，杜心雨点对点指导县市，沟通协调财政、发改部门，推进项目落地和资金落实服务跟踪“一条龙”。经过积极谋划，参与申请项目达 53 亿元，已有 39 亿元项目资金通过审批落地。

打造农村饮水安全的“精品工程”是杜心雨一直以来的愿望。在水利部提出遴选百座“农村供水规范化水厂”时，杜心雨意识到，这是向全国展示吉林省农村供水成效的好机会，便积极动员各地申报。最初，因政策不明确，很多地方对申报规范化水厂意愿不高。为了调动地方积极性，杜心雨耐心向大家讲解申报流程和示范作用，还带领宣传团队前往基层水厂拍样片、找亮点。每到一处，她都会仔细查看工程运行管护情况，拉着供水员详细询问本村水费收缴情况，上报的每一份材料和照片她都仔细斟酌修改。最终，农安县洼中高供水管理站、江源区砟子镇区农村饮水安全工程、前郭县吉拉吐乡扎罕布勒格村水厂分别作为吉林省千吨万人供水工程代表、城乡一体化供水工程代表、千人以下小工程代表，被水利部评为“农村供水规范化水厂”。

杜心雨在人民大会堂接受表彰　　杜心雨　供图

勇于迎接“新挑战”

农村饮水安全工程三分建、七分管，随着农村基础设施的不断完善，吉林农村供水格局重心由“建”转“管”。

杜心雨与农饮工作专班为了推进全省农村供水格局的转变，到宁夏、甘肃两地学习建管经验；结合东北实际研究起草管理模式，推动《吉林省农村供水规范化管理办法》出台；召开全省现场会议，带领典型县市做展板、拍宣传片；指导设立省、市、县、乡监督电话和电子信箱，发放24.9万用水户“明白卡”……

2020年，吉林省农村自来水普及率达到90%，创历史新高。看到饮水有保障的乡亲们，杜心雨笑意盈盈，心中的信念也更加笃定：“在吉林高速发展的航道上，我只是众多水利奋战者中小小的缩影、沧海中一朵翻腾的浪花。也正是因为有千千万万水利人的共同努力，才有了如今的浪潮澎湃，才能让脱贫攻坚的惠民之水流进千家万户。”

谢皓：牢记嘱托再出发

（2021 年 3 月 11 日）

本报通讯员　吕建强

“脱贫攻坚战已取得全面胜利，能参与到这场战役中，我深感自豪。脱贫摘帽不是终点，我们仍要居安思危，为老百姓科学谋划饮水安全工作远景目标，巩固脱贫攻坚成果，为乡村振兴打下坚实基础。”2 月 25 日，全国脱贫攻坚总结表彰大会在北京人民大会堂隆重举行，安徽省阜阳市颍泉区水利局党组成员、水利规划设计室主任谢皓作为全国脱贫攻坚先进个人受到表彰，说起这次参会感受，谢皓激情满怀。

真抓实干　农饮路上不落一人

谢皓主要负责颍泉区农村饮水安全工程实施和管理，他深知，作为一名参与脱贫攻坚一线工作的党员干部，要沉得下心、耐得住寂寞，紧紧贴近群众，尤其是贫困群众。

解决贫困人口饮水安全问题是脱贫攻坚“两不愁、三保障”的重要内容，是脱贫攻坚的底线任务之一，所以谢皓把每项工作都看得很重、抓得很细。走访调研时，他都会挨家挨户认真排查，确保每一个贫困户的饮水安全都有保障，确保每一个贫困户在脱贫攻坚的道路上不掉队。

在他的推动下，颍泉区自农村饮水安全工程实施以来，累计投资 4 亿元，通过并网、改扩建、改造提升等方式，建成万人以上集中式供水工程 24 处，全区农村饮水安全工程于 2017 年实现全覆盖，提前三年完成目标任务，累计解决 60.46 万人饮水安全问题（含贫困人口 6 万余人）。

坚持创新　供水保障畅通无阻

谢皓经过实地走访、征求意见，结合颍泉实际，通过明晰所有权、规范管理权、搞活经营权，逐渐摸索出一套有效的农村饮水安全工作管护模式，实现了产权有归属、管理有载体、运行有机制、工程有效益。

特别是在搞活经营权方面，他大胆创新，在保持所有权、管理权不变的原则下，对水厂经营权进行公开竞拍，实行自主经营、自负盈亏，充分调动水厂经营者的积极性。

在管好用好已建水厂方面，谢皓颇费了一番心思。围绕管理责任建立，他参与制定了农饮工程建后管护三级责任体系有关文件，明确区政府负总责、区水利局具体管理、镇（办）协助管理，共同对水厂经营进行监管。为了在过程中实现高效、便捷的集中式信息管理，他组织建设了颍泉智慧农饮信息平台，对全区 24 处水厂进行集中统一式监控和管理。

由他牵头，颍泉区制定了四级水质检测体系，由区疾控中心每季度抽样检测，区水利局委托有资质的检测单位每年两次检测、区水质检测中心每月定期检测、水厂日常检测。同时，他主持编制了农村饮水安全考核办法，采取日常考核和年终考核相结合的方式对集中管理水厂进行绩效考核。

紧抓民生　全心全意为民服务

让贫困人口喝上“明白水、放心水、安全水”是以谢皓为代表的颍泉水利人不懈的追求。为了提高农村集中供水率、普及率、保障率和水质合格率，满足群众对饮水安全的需求，谢皓带头成立抢修服务队，设立农饮工程维修基金，建立日常巡查制度，做到“及时发现、及时维修、及时供水”。

同时，谢皓组织农村饮水安全领域的相关负责人每年不定期“回头看”，针对水

谢皓检查除氟设备膜处理工艺运行情况　　　本报通讯员　王燕红　摄

厂的群众满意度、日常运行、水质检测、维修管护等工作进行检查，针对全区贫困户在水量、水质、用水方便程度和供水保证率等指标进行全面排查评估，实行问题动态清零；落实水价措施，切实做到让群众喝水更舒心，严格按照“两部制”水价收费，坚持让利于民。对于特别困难的建档立卡贫困户，谢皓组织水厂仅收取 30 元到 50 元不等的爱心水费，助力全区脱贫攻坚。

无论是脱贫攻坚战还是“十三五”建设任务都已圆满收官，谢皓说：“做好颍泉区农村供水保障‘十四五’规划尤为重要，在规模化供水上再提高、运行管护上再精细、供水服务上再提升，我希望用自己的实际行动推动颍泉区农村饮水安全工程管理再上新台阶。”

张广志：在新起点上接续奋斗

（2021年3月13日）

本报记者　李刚

在2020年全国脱贫攻坚普查中，黑龙江省农村饮水安全问题率清零。这份答卷，是黑龙江省水利厅农村水利水电处处长张广志意料之中的。当他荣获“全国脱贫攻坚先进个人”表彰时，与战友们并肩战斗的日日夜夜再次浮现在眼前。

爱岗敬业“钢铁侠”

从2006年开始，张广志长年从事农村饮水安全工作。他深知，精准识别、摸清底数，是农村饮水安全脱贫攻坚精准施策的先决条件。

2017年，张广志带领农村水利水电处的同事，积极协调省扶贫办，组织各地超前开展农村贫困人口饮水安全精准识别工作。历经近半年时间，深入11个县（市、区）56个村屯了解掌握农村贫困人口饮水安全第一手资料，多次复核、调查、确认，建立“一村一册”“一屯一册”饮水安全台账，确保“不落下一个贫困户”，为有效解决贫困人口饮水安全问题奠定了基础。

对于工程的建设进度和建设质量，张广志总是一步步紧跟、一砖一瓦紧盯。黑龙江的冬季十分寒冷，冻土厚度接近2米，在这种情况下根本无法进行建设施工。在有效施工期内，张广志处理完手头的工作就开始跑施工现场，催进度、督质量，完全没有周末和节假日的概念；与技术人员研究打井难题和挖方坍塌解决方案。

黑龙江省各地的施工现场留下了张广志的身影，也正是因为他的实干与敬业，同事们亲切地称他为“钢铁侠”。

农饮问题“终结者”

黑龙江省共有336个村屯饮用水氟超标，由于饮用水中含有的氟90％以上会被人体吸收，含氟超标的饮用水会导致全身慢性中毒病变。做好饮水型地方病防治既是饮水安全的需要，更是防止因病致贫的需要。

2018 年 10 月，张广志带领水利水电处的同事们，联合省直有关部门对黑龙江省氟病区饮水安全状况进行深入调研，科学编制实施方案，合理确定技术路线。截至 2019 年年底，通过水源置换地下水方式，解决了 12.18 万人饮水氟超标问题；通过净化消毒方式，解决了 0.75 万人饮水氟超标问题，饮水型氟超标改水任务全面完成。

黑龙江的农村人口从此摆脱了饮水型“氟斑牙”“氟骨症”的困扰，喝上了安全水、放心水和幸福水。

工程管理“参谋长”

工程建好更要管好，这样才能保障百姓长期喝上放心水。张广志组建团队，攻坚克难。在团队的共同努力下，2020 年 4 月，黑龙江省人民政府印发《黑龙江省农村供水工程运行管理办法》，落实农村供水管理各项制度的刚性约束。全省 119 个有管理任务的县（市、区）全面落实了运行管理“三个责任”和“三项制度”，将贫困地区政府主体责任延伸到 237 个乡镇政府和 2423 个村委会。目前，水费计收率超过 95%。

张广志多次组织“回头看”和审计发现问题排查整改等工作，持续巩固脱贫攻坚成果。2019 年，为加强饮水安全工程管理，他组织开展全省农村饮水安全问题专项排查整改工作，带领全处同事开启“五加二、白加黑”模式，共清查工程 2 万处，整改问题工程 4254 处；2020 年，带领处内同事走访 59 个县 199 个乡镇 558 个村屯，及时解决农村居民饮水动态问题……本着“发现问题、立整立改”的原则，农饮整改工作受到了水利部和省委省政府的充分肯定。

全国脱贫攻坚总结表彰大会结束后，张广志并没有卸下农村饮水安全工作的重任：“幸福小康生活已经来临，今后我们还要继续努力，把解决人民群众最关心、最直接、最现实的涉水问题作为根本要务，接续奋斗。”他的眼神里充满着希望与坚定。

谭治康：好日子是干出来的

（2021 年 3 月 13 日）

本报通讯员　冉春轩

三月初，重庆市巫溪县盛开的鲜花让群山一夜之间春意盎然。

“乡亲们终于不再怕春旱了。”谭治康是巫溪县水利局农村水利水电科负责人，当他凝望着大山，脑海中闪过的不只是他在人民大会堂接受“全国脱贫攻坚先进个人”表彰时的画面，更多的是想到乡亲们喝上放心水时开心的笑脸。

12 年来，为了让乡亲们喝上放心水，49 岁的谭治康守大堰、钻天坑、挖隧道、建管网，成功解决巫溪县 40 余万名乡亲的喝水难题。

30 米天坑寻水源

地处秦巴山区腹地的巫溪县，属于典型的喀斯特地貌，山大坡陡，沟壑纵横，地表水难以保存。“天上下雨山下流，雨停三天用水愁”道出了群众用水难、喝水难的心酸。

谭治康 2009 年在民主大堰管理站工作。直到 2016 年调至县水利局农村水利水电科，上任的一年时间里，谭治康就带领同事们完成饮水安全项目 125 个，解决了 10 多万名山区群众的吃水难题，然而水源的缺乏一直以来是谭治康的心病。

2018 年 8 月，正在规划乡镇饮水线路的谭治康接到城厢镇副镇长赵启贵的电话：“新坪村神州湾一个天坑里可能发现水源了，群众在洞口听见流水声。”

听到消息的谭治康非常兴奋，次日一早，他带领同事趴在天坑口听流水声。但天坑口太小，人进不去，他当即决定组织挖掘机挖开洞口，下到天坑内一探究竟。不曾想，谭治康和赵启贵带着 3 名群众，头戴矿灯、腰系保险绳，下降了 30 余米，仍没找到水源。

寻找水源的艰难让他意识到，必须通过提水方式解决村里的饮水问题。2018 年 9 月，新坪村饮水安全项目开工建设。2019 年春节，新坪村 1000 余名群众喝上了从几十公里外引来的自来水。

被隧道塌方追着跑

巫溪县羊桥坝水厂位于古路镇白家村，是全县最大的水厂，供水范围覆盖上磺镇、古路镇、城厢镇片区 5 个乡镇近 10 万名群众。

覆盖面广，水源是关键。时间回溯到 2013 年，当时，谭治康负责水厂水源工程金鱼水库引水隧洞的建设。2014 年 8 月，巫溪县遭遇多年未见暴雨。古路片区由于雨量太大，一片汪洋。谭治康忧心忡忡时，隧道工程施工传来坏消息，由于长时间下雨导致洞内多处出现塌方，情况危急。

接到消息后，谭治康立即绕道进入隧道施工现场，与技术代表研判形势。经过仔细商议，他们挑选了几名经验丰富的技术人员，在施工方管理人员的带领下，进入现场勘查，力保把工程损失降到最低。

一行人进入隧道后，发现山体多处渗水，已经严重威胁隧道安全。“在作业面那里被塌方追着跑了好几步。”谭治康至今回忆起来，仍然心有余悸。

现场勘查后，谭治康立即从施工安全、工程造价等方面向县水利局里进行上报，并要求施工方第一时间暂停施工，确保人员安全。同时，多方寻找技术专家重新制定施工方案。

汛期结束后，在他的多方奔走下，经过专家论证，该隧道全程采取钢筋拱顶支护方案进行加固。2015 年 5 月，金鱼水库引水隧道经过多方努力成功竣工。现在，金鱼水库有效保障了羊桥坝水厂供水区域的水源。

农饮脱贫两手抓

近 5 年来，谭治康不是奔走在农村饮水项目建设现场，就是在赶往培训农村管水员的路上，无论周末还是节假日。

上磺镇石峰村管水员王良万曾是一名贫困户，体弱多病。2018 年，村里通自来水后，村里用公益性岗位聘请他担任管水员，年工资 6000 元。现在，石峰村的管网管理得井井有条，王良万自己工作顺手，家里脱了贫，精神状态变好后带动身体状况也变好了。

“我们每年培训贫困户管水员 1000 余名。”谭治康说，农村饮水安全工程建设难管理更难，他希望自己在工程管理方面多做一些探索和努力，让这支管水队伍真正发挥作用，打通农村饮水安全进村入户的“最后一公里”。

自脱贫攻坚以来，在谭治康的谋划和参与下，巫溪县修建跨区域调水工程 10 处、提水工程 40 余处、蓄水池 800 余处，铺设管道 5500 公里，2020 年，巫溪县 40 余万山区群众实现了饮水安全全覆盖。

“我是农民的儿子，我了解乡亲们的心愿。”谭治康说，只要乡亲们需要，他会做全县群众饮水安全最忠实的守护者，直到自己老到干不动的那一天。

谭治康协助安装引水管道　　本报通讯员　陈凌云　摄

韦春梅：脱贫路上书写人生芳华

（2021 年 3 月 13 日）

本报记者　骆远柱

她是广西农村饮水安全的骨干力量；她攻坚克难，把清澈的饮用水送入千家万户；她奋战在脱贫攻坚一线，把最美好的青春年华奉献给了农村饮水安全事业。她就是“全国脱贫攻坚先进个人”荣誉称号获得者、广西壮族自治区水利厅农村水利水电处一级主任科员韦春梅。

梦起少年心

韦春梅出生在广西平果县旧城镇，她的家乡是典型的大石山区，十分缺水。

从南京农业大学毕业后，立志要改变家乡饮用水状况的韦春梅，考入了广西壮族自治区水文水资源局从事水质检测工作。2009 年广西大旱，韦春梅随调研组到干旱地区调研，亲眼目睹了缺水状况，感受到大石山区群众旱季喝水难的无奈，她主动向领导请缨从事农村饮水安全工作。

从 2011 年开始，韦春梅正式加入广西农村饮水安全工程建设管理的队伍，她非常珍惜这个来之不易的机会，始终对农村饮水安全事业充满热情，加上勤于学习和总结，很快就成为了行家里手。

她瞄准大石山区、深度贫困地区、少数民族聚居区最迫切、难以解决的饮水安全问题，深入开展调研暗访；她跑遍了自治区内 54 个贫困县，多次翻山越岭到达未通路的村屯。

在开展摸底调查的基础上，韦春梅作为主要人员参与编制了《广西农村饮水安全巩固提升工程“十三五”规划》《广西大石山区农村饮水安全巩固提升工程专项规划（2018—2020 年）》等 30 多项指导性文件，为广西解决贫困人口饮水安全问题提供了有力基础支撑。

青春追梦人

打响脱贫攻坚战以来，广西平均每年计划建设农村饮水项目达 3000 多个，其中

85%以上分布在贫困地区，任务十分繁重。韦春梅和饮水安全小组的同事一起，按照“一个项目、一个清单”建立项目台账，同时建立贫困人口饮水安全问题到村到户到人清单，制定饮水安全战役作战图，实现挂图作战。

广西河池、百色等市地处大石山区和石漠化片区，为了啃下这些饮水安全工作的“硬骨头”，韦春梅经常深入都安、大化、隆林等深度贫困县进行调研，每到一个地方都与当地干部、技术人员详细交流、全力指导，保障工作顺利推进。

对于工作中遇到的问题，她总是有着不解决彻底就不罢休不收队的韧劲。在一次下乡检查指导中，为解决工程不通水的问题，她废寝忘食，和技术人员一起，连夜攻坚，直到工程恢复通水。

面对农村饮水安全巩固提升与脱贫攻坚紧密结合的新形势和新问题，她以严谨负责的态度，在充分调查研究的基础上，指导全区做好脱贫摘帽饮水安全工作，带领团队共发放宣传资料 104 万份、明白卡近 300 万份，将中央、自治区有关政策落实到基层，逐渐提高群众知晓率。

梦圆新时代

农村饮水安全工程惠及千家万户，为保障工程持续良性运行，韦春梅和饮水安全专责小组的同事一起，定期组织各市、县对全区 5 万多个农村饮水工程进行全面排查，建立工程管理台账，对排查发现问题进行专项整治，切实解决存在的问题，促进工程有效运行。

韦春梅（左一）到农村饮水安全工程建设现场调研

广西壮族自治区水利厅供图

同时，积极完善相关制度，促进农村饮水工程发挥实效，作为主要参与人起草了《进一步加强农村饮水工程运行管理的实施意见》等管理办法，为工程的良性发展打下坚实基础。

现如今，在八桂大地上，贫困人口饮水安全问题得到了全面解决，农村饮用水条件得到明显改善，近九成的农村群众用上了干净的自来水，广西干旱地区的人们告别了因水而穷、因水致病的历史，与全国同步走向了小康生活的幸福大道。

作为亲历者、建设者、见证者的韦春梅，在全国脱贫攻坚总结表彰大会结束后激动地说："脱贫攻坚的全面胜利，是记录自己青春年华的最好礼物。"

肖翔：甘做决胜全面小康的“挑山工”

（2021年3月18日）

本报记者　赵新

决战决胜脱贫攻坚，犹如冲刺高山之巅，一路攀岩向上。肖翔就是扶贫战线上一名挑担不畏难、重压不歇肩、坦途不歇脚的“挑山工”，他一步一个脚印，尽职尽责完成任务，全面打赢了脱贫攻坚战。

山东省水利厅农村水利处一级主任科员肖翔在获得“全国脱贫攻坚先进个人”荣誉称号后，迅速投入到了巩固拓展脱贫攻坚成果的征途上。“干水利工作，群众随时随刻都需要我们，更激励我要带领群众走好未来的发展之路。”

1987年出生的肖翔虽然年纪不大，但经过6年来水利扶贫工作的历练，成了人人都交口称赞的“多面手”，他用多重身份书写着一名水利工作者的扶贫担当。

信息收集的“侦查员”

肖翔把水利脱贫攻坚工作时时放心上、事事装脑中，不仅积极组织各级水利部门开展调查摸底，同时自己进村入户开展调研。

得知山东省贫困村的饮水安全状况后，肖翔迅速组织开展农村饮水安全脱贫攻坚“回头看”大排查和农村饮水安全工程问题大排查，组织流域机构连续两年进行暗访调查，进一步核准摸实饮水安全脱贫攻坚情况。

管护“最后一公里”是农村饮水安全巩固提升的关键。在农村水利处领导带领下，肖翔和工作专班的同事们连续加班几天几夜，几易其稿起草完成了《关于加强农村饮水安全工程长效管理机制建设的实施意见》，省政府领导作出专门批示，印发至各市人民政府实施。

项目落实的“督查员”

针对如何坚持问题导向、目标导向，确保精准发力问题，肖翔组织开展了“全省贫困村通水回头看”，对全部省定贫困村进行拉网式检查，发现问题建立台账逐一销号。

针对如何落实工作责任、确保工作实效问题，他积极争取将饮水安全纳入全省水利工作要点、水利脱贫攻坚工作要点，及时制定《全省水利脱贫攻坚重点任务责任分工》，进一步砸实责任、细化时间表、实化路线图。针对加强行业监督等具体工作，他扎实拟定具体方案，及时督促工作进展。截至目前，全省累计设立“116”农村饮水监督电话 181 部，及时受理群众举报、及时调查解决问题。

饮水安全的“质检员”

从根本上保障水质才是提升农村饮水安全工程的根本之策。

肖翔通过调研得知，省内有百万人口面临“高氟水”的问题。于是，他到处奔走，联络市县有关水利部门，最终确定了通过建设区域调水及规模化供水工程、引蓄黄河水置换水源等措施解决这一难题。截至 2020 年 4 月，剩余的 1617 个村 111 万人饮水型氟超标问题全面解决，比国家规定时间提前半年多。

巩固成效的“服务员”

临沂市山丘区面积占总面积的 70%，北部山区部分村庄还使用山泉、水窖等饮水，季节性缺水严重。

对此，肖翔和当地饮水安全负责人一起想办法、找对策，成功走出了一条多渠

肖翔查看高效节水农业项目　　本报通讯员　王海澎　摄

道融资、高标准建设、规范化运营的新路子。临沂各县通过成立县级农村供水公司统一融资、建设、管理，累计筹集资金55.92亿元，新建、改扩建水厂35处，解决5109个村458.33万人的饮水安全问题。

“动脑多，加班多，付出多；休息时间少，个人考虑少，家庭照顾少。”山东省水利厅农村水利处二级调研员王孝亮说，这是同事们对肖翔最深刻的印象。肖翔对于自己所做的一切，只是笑了笑说：“群众的利益高于一切。”质朴的语言背后是肖翔挥洒的热血青春，更诠释了一名水利扶贫工作者的初心。

韦零：饮水没有保障 脱贫就是空谈

（2021 年 3 月 18 日）

本报记者 王伟康 通讯员 冉阿建

在贵州省黔东南苗族侗族自治州黄平县的安江村、城溪村和火车站村，有一个人的名字家喻户晓。听闻其名，群众无不竖起大拇指。

他大力实施产业发展、生态建设、农村饮水、村级道路建设，村容村貌焕然一新；他带领贫困群众走上脱贫致富的道路，齐头并进共奔小康。他就是“全国脱贫攻坚先进个人”荣誉称号获得者、贵州省水利厅烟水配套工程处副处长韦零。

基础设施筑牢根基

2016 年 4 月，时年 38 岁的韦零主动请缨到贫困落后的黄平县开展同步小康驻村工作。让黄平县摆脱贫困是一场硬仗，其中，推进基础设施建设更是筑牢根基的重大工程。

韦零开展驻村帮扶工作后发现，黄平县的贫困村中，安江村、城溪村和火车站村的农村饮水工程建设十分落后。他意识到，饮水没有保障，脱贫就是空谈。

在安江村，他向贵州省水利厅寻求多个水利扶贫项目支持，投资 2400 万元实施水环境综合治理项目改善人居环境；投资 40 万元修建新城片区农村饮水安全巩固提升工程，解决 252 户近 1300 人的饮水问题；争取 100 万元水土保持项目在新城一组全部建设耕作便道和修建茅坪坝蔬菜大棚。

2016 年至 2018 年，韦零一直为安江村、城溪村和火车站村的基础设施、党建扶贫、美丽乡村建设、重点产业发展到处奔走，村里的每条街道、每根输水管道都记录着韦零为黄平县脱贫攻坚付出的点点滴滴。

产业发展破题解困

产业是破题农村贫困的关键，韦零深知这一点，所以他每到一处，就为一处百姓带去产业希望。

依托水利基础设施和农田水利建设，3 个贫困村的致富路越走越宽阔。2016 年，在安江村投资 160 万元建设 70 亩大棚蔬菜基地；2017 年，在城溪村利用扶贫基金投资 1500 万元种植中草药 600 亩，投资 430 万元建设 10 万羽林下养鸡项目；2018 年，在火车站村，整合水利资金建设规模化养殖 390 头育牛项目。

基础强起来了，产业发展了，产量增加了，群众的收入也多了起来。安江村老党员张玉清，身为贫困户的他搭上了村里产业发展的快车，种下西红柿每年增加了 1 万元收入。

驻村三年以来，韦零认准 3 个村的产业和基础设施项目建设，提高产业产出效益，提升了贫困村的"造血"能力，让 3 个村集体年收入均超过了 10 万元，为三个深度贫困村 719 户 3422 人的脱贫奠定坚实基础。

农村饮水冲锋在前

2019 年 5 月，韦零结束驻村帮扶工作，本以为可以弥补三年未能陪伴家人的遗憾，但是脱贫攻坚还未结束，更难啃的"硬骨头"来了。

回到贵州省水利厅工作岗位后，他立即投入到全省脱贫攻坚农村饮水安全工作推进和挂牌督战中，并作为贵州省最后脱贫 9 个县之一的沿河土家族自治县农村饮水安全挂牌督战工作队第一副队长，以见人、见事、见时间、见责任、见终端、见成效的"六见"要求为工作标准，长期驻扎沿河自治县，整合省、市、县督战力量，共同

韦零（右一）走访贫困户了解饮水安全状况　　贵州省水利厅供图

开展沿河农村饮水安全督战工作。

开展督战工作以来，韦零所在的督战队累计走访检查沿河自治县 22 个乡镇 434 个村 4789 户，查看了 1082 处集中式供水工程。督战队全面普查、重点整改，确保沿河自治县农村饮水安全零问题，助力全县顺利通过各级考核评估，胜利完成脱贫攻坚任务。

用心用情是他的底色，真干实干是他的标签。不管是在驻村工作期间，还是回到省水利厅工作岗位上，韦零都一丝不苟地做好每一件事。看到群众纷纷走上了奔向小康的大道，韦零欣慰地笑了："每到一处，我都像建设自己家乡一样，看到自己的'家乡'越来越好，一切都值得了。"

卜晓军：水是幸福生活的源泉

（2021 年 4 月 1 日）

本报记者　刘艳芹

“水是最底线的保障，是群众幸福生活的源泉。只有水的问题解决了，村民才能过上真正的小康生活。”从大山里走出来的卜晓军深知农村饮水的状况，在面对脱贫攻坚的艰巨任务时，时任陕西省韩城市水务局水资源与供水科科长的他，迎难而上，面对农饮问题从未退缩。

截至 2020 年年底，韩城市共组织实施农村饮水工程 140 余处，30 万农村群众的饮水安全问题得到全面解决。兼任韩城市脱贫攻坚农村饮水工程建设项目法人的卜晓军，也凭借优异的农饮答卷获得了全国脱贫攻坚先进个人的殊荣。

走遍每一个角落

韩城“七山二水一分田”，多年煤田开发导致地质沉陷，地下水水位下降，泉水干涸，农村饮水没有保障，田地浇灌更是不敢奢望。

面对这种情况，为了确保调研时不漏一村、不漏一户、不漏一人，卜晓军积极与扶贫办和各镇办联系沟通、协调配合，带领专业技术人员，深入镇村开展地毯式调查，摸清群众饮水难的原因，掌握第一手资料，分类建立台账，确定了“整体推进、分类实施，动态回访、巩固成效”的工作思路。

全市 166 个村和 16 个社区，他和同事一家一家落实，3 年来从未停歇。芝阳镇政府农办职工高建勇，经常和卜晓军对接工作，他说：“群众只要有需要，任何时候都能找到卜晓军，而且随时上岗。”

紧盯每一项工程

农村供水事关人民福祉，坚决不能马虎。卜晓军为此组织参与了全市农村饮水工程前期设计、项目建设、竣工验收全过程。每一处工程他都要亲自勘探，科学选择水源、工程模式及规模，合理进行工程布局，制定出最佳的扶贫解困方案。

工程实施中涉及很多具体问题，如开挖管道过境问题、村民之间的矛盾问题、水价制定问题等。“只要一心为群众着想，办法总比困难多。”卜晓军对解决工作中的困难，始终有着坚定的信念。

桑树坪镇院子村康家岭组只有九十几户人，住在终年大风不断的山梁上，村里每家每户仅靠旱窖勉强供应饮水。为了给康家岭组建设供水工程，要下到几百米以下的深沟，找到合适的水源，再铺设管道把水引上来。卜晓军和同事下沟找水，一找就是一整天。

“当清澈干净的水流进村民的家里，看见村民脸上开心喜悦的笑容，就觉得所有付出、所有苦累都是值得的。”卜晓军说。

管好每一方饮水

工程建成并不等于就大功告成，更重要的是要管护好，让工程长期发挥效益、群众长受益。这一点，对于从事水利工作 20 余年的卜晓军来说，心里再清楚不过。

工程还未全部结束，他就开始积极与省水利厅、市发改委、市电力局对接协调，简化规范工作流程，将韩城市 507 处供水工程电价由每度 0.51 元降低到每度 0.29 元，确保惠民政策落地，有效降低工程运行成本，减轻农民用水负担。

同时，卜晓军还组织召开农村饮水工程运行管理现场会、农村饮水管护专业技术人员培训会，不断提升农村管水人员业务能力，并在全市积极推行水费收缴，牢固树立“水是商品”“建管并重”“以水养水”的理念，有效破解工程运行管护难题，

卜晓军在人民大会堂接受表彰　　卜晓军　供图

逐步实现饮水工程良性发展。

完成了脱贫攻坚的艰巨任务后，2020 年 12 月，卜晓军调到了韩城市水利管理站担任站长，工作任务由农村饮水安全转到了农村饮水工程的运行管护和品质提升上，负责指导全市农村饮水设施的日常维护和运行管理。

“今后我会继续关注农村供水保障工作，在品质提升和后期管理上下功夫，聚力乡村振兴，为韩城的发展作出水务人更大的贡献。”新征程，新使命，卜晓军依然前行在保障农村饮水的路上。

农饮路上的科技劲旅

——中国水科院农村供水室科技助力脱贫攻坚侧记

（2021年4月15日）

本报通讯员　吕育锋　李晓琴

民以食为天，食以水为先。农村供水事关亿万民生福祉，是伟大且艰巨的事业。

作为农饮技术支撑的“顶梁柱”，中国水利水电科学研究院农村供水室的8位农村供水工作者深入一线、潜心钻研、决战决胜，为打赢农村饮水安全脱贫攻坚战和取得农村供水事业发展奉献了青春、智慧和力量。

为农饮安全提供评价依据

农村饮水安全脱贫攻坚伊始，如何科学评价农村人口尤其是贫困人口饮水安全状况，成为一个亟待解决的问题。

2017年年底，受水利部农水水电司委托，供水室勇担重任，会同有关单位在全国广泛调研，并征求水利、卫生健康、扶贫等部门意见，邀请23个有脱贫攻坚任务省份的水利厅参编，如期完成《农村饮水安全评价准则》（以下简称《准则》）的编制工作，由水利部、国务院扶贫办、国家卫生健康委联合发文，于2018年6月发布实施，为打赢农村饮水安全脱贫攻坚战提供了一把准确、实用、科学的量尺。

依据《准则》，水利部会同国务院扶贫办组织各地从数千万农村贫困人口中，精准识别了104.3万存在饮水安全问题的贫困人口，为建立到村到户台账、按月调度、挂图作战、挂牌督战等重要决策部署提供了标准依据。2019年，供水室在《准则》的基础上，又牵头编写了《脱贫攻坚农村饮水安全评价若干问题解答》，确保各地和相关评价人员能科学理解和合理使用《准则》，统一评价尺度。

为科学改水贡献智慧

2018年开始，水利部多次召开全国氟超标水、苦咸水防治工作推进会，确保在2020年年底前基本完成氟超标水、苦咸水的改水任务。

按照水利部农水水电司的部署，供水室经过广泛搜集材料、研讨，总结分析多年科技攻关成果和实践经验，提出了“首选合格水源置换、优选集中处理工艺、建设单村供水小站、结合易地扶贫搬迁”的科学改水技术路线。从技术手段、资金筹措、工程管理管护、保障措施等全方位出发，研究编制了《饮水型氟超标改水实施方案编制大纲》等指导文件，形成《农村供水水质保障提升方案》，并在各地广泛推广应用。

2020年，供水室全员出动，克服新冠肺炎疫情影响，牵头分片包干联系内蒙古、陕西、吉林、河南等四省（自治区）苦咸水改水工作，逐县线上线下指导县级苦咸水改水实施方案编制、督导工程建设进度和质量，培训4个省（自治区）60个县的相关技术和管理人员。

截至2020年年底，高氟水、苦咸水改水工作全面完成，供水室科技助力解决了975万饮水型氟超标人口和120万苦咸水人口的饮水安全问题，让农村居民在2020年年底前告别饮用高氟水、苦咸水的历史。

为工程长效运行奉献力量

农村供水工程点多面广量大，供水规模、处理工艺、经营管理水平差别大。如何结合实际、分类合理测算农村供水成本，成为又一难题。

供水室为此查阅大量资料、深入实地调研、和地方广泛对接，主编完成了《农村集中供水工程供水成本测算导则》（T/JSGS 001－2020）。《导则》结合农村供水实际，针对不同类型的农村供水工程，分析了供水成本的构成及测算，明确了测算方法，在此基础上提出多种定价方式，全面覆盖了农村供水工程的各种水费计收模式，为全国农村集中供水工程供水成本测算提供了技术依据，促进了工程长效运行。

供水室不仅在脱贫攻坚方面作出了突出贡献，在农村供水的科学技术研究方面也取得了丰硕成果。其中，获省部级科技进步奖6项、厅局级科技进步奖10余项、发明专利16项（国际级1项），出版专著13部，编制标准12部……

“当看见农民兄弟姐妹如愿喝上安全便捷的自来水，真切感受到我国农村供水保障水平一步步提高，我们作为农村供水工作者感到由衷的骄傲与自豪。”这是供水室的同事们最常说的一句话，也正是这句话激励着这群农村供水工作者不负韶华、永远向前。

干出来的事业　诉不完的深情

——记河北张家口市涿鹿县水务局林慧钦

（2021 年 6 月 10 日）

本报记者　陈思杰

他从事水利工作多年，为解决农村饮水安全问题到处奔走；他致力于生态文明建设，为地区可持续发展倾尽心力。他就是河北省张家口市涿鹿县水务局党组书记、局长林慧钦。

作为一名脚踏实地的水利人，当提及荣获“全国脱贫攻坚先进个人”称号时，林慧钦只是笑了笑：“我不会说，只会干，我只想用实际行动表达我对涿鹿人民的情感。”林慧钦眼神坚定，映照着脱贫攻坚一路走来的付出与收获。

农村饮水　使命在肩

最初，林慧钦面对千头万绪的脱贫攻坚工作无从下手。在实地走访中他发现，必须先建立农村饮水安全台账，脱贫攻坚才能有的放矢。

在林慧钦的推进下，涿鹿县水务局先后开展了 4 次进村入户排查工作。对排查出的饮水问题，建立台账，制定整改方案。

排查时，林慧钦来到栾庄乡上井沟村，这里地处丘陵山区，水源匮乏，十年九旱，供水没有保障。很快，他带领涿鹿县水务局组织的专业团队钻井取水，历时半个月，在上井沟村东南沟成功钻出地下水。2018 年国庆节过后，全村 292 户通上自来水，祖祖辈辈受困于水的上井沟村民终于告别了“喝水难”的历史。

2019 年 12 月临近涿鹿县脱贫出列验收之时，大堡镇蟒蝉寺村的引泉水输水管道由于没有妥善管护，全村无法正常供水。当林慧钦得知这个消息后，立即按照程序启动了农村供水保障应急预案。从断水的第二天开始凿井，在寒冬腊月气温极低的状况下，他 3 次进村现场督导，仅用了 5 天时间就凿好一眼出水量 10 立方米、深 100 米的机井，解决了蟒蝉寺村村民的饮水问题。

脱贫攻坚　敢为人先

在2020年涿鹿县农村饮水安全情况大排查时，林慧钦发现大堡镇贾儿岭村由于季节性泉水的涌水量下降，造成村民饮水困难。于是，他立即进村入户询问村民情况，当看到一位80多岁村民去担水时，他流下了眼泪：找水源是摆在当前的第一要事。

由于贾儿岭村地处贫水区，寻找水源特别困难，为此他在村内现场调度，联系勘探队先后在村子附近探测了8个水源点，最后确定了2个待选点。可是和寻找水源相比，更大的困难再次摆在面前，由于进村道路险且窄，道路一侧就是深达30多米的悬崖，车辆稍有不慎就会翻下山崖，大型凿井机械根本无法进入。

勘探队为此先后更换了3种型号的凿井机械，林慧钦通过多方协调，从宣化县调来新型凿井机，历时4个多月，终于在进村道路处新凿一眼深330米的机井，通过铺设输水管道连接原有蓄水池，从根本上解决了贾儿岭村饮水问题。

在林慧钦的推动下，涿鹿县“十三五”期间实施的农村饮水安全工程项目累计完成投资近1亿元，解决了173个村（其中贫困村66个）的农村饮水安全问题，保证了全县12.22万户28.95万人喝上了安全水、健康水、卫生水、放心水，实现了全县373个村饮水安全指标全部达标。

生态治河　激发活力

桑干河和洋河是涿鹿县域内重要的水脉。林慧钦深知，对于涿鹿人民而言，水不仅是“两不愁、三保障”的基石，更是激发生态活力、构建生态文明的源泉。

林慧钦为此全力支持治水工程，让桑干河、洋河两大主要河流生态修复取得明显成效。其中，桑干河治理工程总投资4.4亿元，洋河工程总投资1.9亿元，治理内容包括河道治理、疏浚、加固、引水、排水、桥梁建设等方面。

“桑干河和洋河的综合治理，为涿鹿‘首都两区’建设增添了许多活力。”林慧钦对于未来持续推进石湖水库、水力发电、康养小镇、桑干河文旅等一系列项目充满希望。

“下一阶段，涿鹿还将统筹河道整治、生态修复、桑洋湿地及沿线26.3千米绿化生态廊道、水土保持等工程建设，为涿鹿天更蓝、水更清、树更绿助力加油。”生态之水不仅滋润了涿鹿的山河，更像在替林慧钦诉说着对涿鹿这片土地的热爱与深情。

旱塬无悔筑水梦

——记全国优秀共产党员李识海

（2021 年 7 月 22 日）

本报记者　孟砚岷

渠水欢腾，绿树成荫，田野葱绿。仲夏的宁夏山区，一派生态绿洲欣欣向荣的景象。

扬黄工程和一座座水库将黄河水引上旱塬，浇灌了这片原本极度干旱的土地。就算脱掉几层皮，也要把苦咸水变成甘甜水。如今，宁夏回族自治区水利厅原总工程师李识海用生命践行的心愿终于实现，西海固“喊叫水”的日子一去不复返，他用一生书写的扬水梦永筑在旱塬大地。

“到祖国需要的地方去！”

最初，各科成绩优秀、总成绩排名全班第一的李识海毅然放弃北京工作的机会，毕业后主动要求到宁夏。他蜷缩在装满羊毛的军用卡车里，看到刚刚解放的塞上大地满目疮痍、百废待兴，一颗年轻火热的心被强烈地感召着。

西北农学院学习期间，李识海义无反顾跟随人民解放军西进。随后，他便全身心投入到改天换地的水利建设热潮，先后组织引黄灌区唐徕渠、秦渠、汉渠、七星渠的改造，跃进渠、二农场渠及排水干沟的开挖，南部山区张家湾、石峡口等水库兴建，与千百万群众一道战严寒斗酷暑，兴水利除水害。

1977 年，自治区党委决定开发固海扬黄灌区，建立长山头机械化农场。在“天上无飞鸟、地上不长草、风吹沙石跑”的戈壁滩上，李识海负责完成清水河西岸渠线改线测量任务，及时提供了详实准确的规划设计前期资料。

李识海和广大水利建设者自力更生、艰苦奋斗，宁夏水利建设取得历史性成就。灌排体系基本完善，灌溉面积由 1949 年前不足 160 万亩迅速增加到 600 万亩。昔日破烂不堪的水利设施得到新生，满目疮痍的泽卤之地变成了欣欣向荣的塞上江南。

“只要党派我，再艰苦的地方我也要去！”

“天旱窖枯水断流，麻雀渴了喝柴油。”这是20世纪50年代宁夏山区的真实写照。

当李识海在宁夏中部干旱带第一次下乡，吃到人生中第一碗苦涩的咸水面，目睹了村民赶着毛驴去几十里外的沟里驮水、争水的场景。他说，我没想到老百姓这么可怜。他的心里比这碗咸水面还苦。

也就是从那一刻，他内心萌生了要让老百姓喝上黄河水的愿景！

1975年，在党中央和国务院的亲切关怀下，同心扬水工程率先开工建设。当时，机械设备少，地处西北的宁夏基本没有机械化施工，扬水工程建设全靠人拉肩扛。

临河而建的泉眼山泵站，是固海扬水工程的首级泵站，被称为固海扬水的“龙头”。岩石层泉眼数十处，每小时出水量1700立方米，湍急的黄河水流最深处达7米，给施工带来了极大困难。担任总工程师的李识海坐镇指挥千人大军奋战9个昼夜，长242米、顶宽15米的草土围堰胜利合龙，成功堵截地下水，确保工程如期完工。

长山头渡槽横跨黄河一级支流清水河，地质条件十分复杂，单节槽壳重达70吨，吊装难度罕见。李识海集思广益，创新设计出跨距352米、吊高40米的大吨位缆索吊装工具，仅用一年时间就完成咽喉工程建设，工期缩短了一年零八个月，节约投资18万元。这一工艺不仅在宁夏水利施工史上属首创，至今在全国乃至世界上也是少有。

1986年9月，固海扬水工程竣工通水，滔滔黄河水爬升400米润泽亘古荒原。

宁夏扬水工程的兴建，在千年旱塬上再造了300万亩生命绿洲，为百万群众提供了命脉支撑。

“党交给的任务一定完成！”

1980年，李识海光荣加入了中国共产党，实现了多年来的愿望，这是他参加工作以来最愉快的日子。

当自治区把山区扬水工程提上日程表的时候，已年近五旬的李识海再一次主动向党组织请缨：“我是总工，也是党员，困难面前不能没有我。”

从水利工程处工务科副科长，水利工程队副队长，水利工程处副处长，到自治区水利厅总工程师；从土办法“拔杆”到机械化吊装，从人背肩扛到机械拉运，从老百姓缺水而困到水沁花开——他 40 多年本色不改、奋斗不懈。

数十年的辛勤付出，宁夏水利实现了跨越式发展：北部平原建成了近 600 万亩的引黄灌区，中部干旱带建成了近 300 万亩的扬黄灌区，南部黄土丘陵建成了近 80 万亩的库井灌区，灌溉、供水、防洪、水土保持等工程体系初步形成，数字治水让塞上水脉脱胎换骨、生机勃发，为黄河流域生态保护和高质量发展先行区建设提供了坚实水利支撑。

自治区专业技术工作突出贡献奖、全自治区水利系统先进工作者、自治区文明先进个人、少数民族地区长期从事科技工作者荣誉称号、全国水利电力系统劳动模范——串串闪光荣誉，映照出一名党员的初心不改、使命担当。

因为长期坚守在风沙肆虐的施工线上，李识海落下了严重颈椎病。医生告诫他要抓紧治疗，可他顶着四肢麻木、瘫痪风险依旧奋战在岗位上，直到离休后，身体遗留下行走困难的后遗症。

在医护人员眼里，他是一个“不近人情”的丈夫，因为爱人生孩子大出血病危时，正值二农场渠建设关键期，作为工地负责人他只赶回去匆忙见了一面。唐徕渠西门桥决口，自家房屋倒塌，物件损毁，但他仍坚守在施工工地，拒绝了组织上安排的假期……

“作为一名党员，坚决服从组织分配。把宁夏水利建设起来，我应当这样做。”这是投身水利 70 载、一名 96 岁老党员李识海的坦荡心声。

李识海（右一）奋战在山区水利建设一线　　李识海　供图

把水务人生融进民生事业

——记江苏徐州市铜山区自来水有限公司刘智

（2021 年 11 月 11 日）

本报记者　李坤　温婷婷　郑贤　通讯员　丁永康

在江苏省徐州市铜山区自来水有限公司，一位皮肤黝黑、身材高大、身穿蓝色工作服的工作人员刚刚从农村供水一线回来，正在与同事进行技术对接。这位一心扑在供水工作上的水务人，就是铜山区自来水有限公司党支部书记、总经理刘智。

2001 年 7 月，刘智成为了一名光荣的共产党员。从污水治理、城市排水到城乡供水，作为一名老水务人，他把水务人生融进民生事业，融进“守初心就是守民心”的铮铮誓言里。

做有“归零意识”的带头人

2013 年，刘智调到自来水公司工作，从事污水治理和城市排水工作。他坦言，当时作为公司副总经理，虽然已是水务系统的“老兵”，但对于城市供水来说自己是名“门外汉”。

“不怕不懂不会，就怕不学不干。”这是刘智的口头禅。“归零意识”破除“本领恐慌”。刘智说的“归零意识”，就是面对新的领域，要打破惯性思维，一切从头开始。往后的一段时间内，他不是跟一线工人一起深夜抢修、值守热线，就是在办公室看资料，很快，刘智成为了城市供水的“行内人”。

完成城市供水的“硬任务”

“带好班子，管好队伍，做好党的事业。”刘智如是总结自己的职责。履职以来，他带领公司党员干部职工认真学习，不断提升员工的党性修养，努力提升党员的整体素质。在党员中培养一批业务骨干、技术能手，在全公司上下开展“学帮带”活动，锻造出了一支“拉得出、冲得上、打得赢”的供水服务队伍。

2018 年，铜山区在全市率先实现城区供水一体化，可当时西北片区的黄集、何桥、郑集等乡镇由于水压问题，需要配置 4 个加压泵站才能打通主城区供水主管网。

“一个半月必须完成”是硬任务，但现实情况是，泵站混凝土的浇筑养护就需要 40 天的时间。面对这个几乎不可能完成的任务，刘智带领团队接受挑战。

大型供水加压设备受场地限制进不了场，拆了重装太浪费时间，工人们集思广益想出部分切割的办法，能节省的时间一秒钟也不浪费；按天倒排工期，倒计时最后几天按小时倒排；全员满负荷运转，保证 4 个加压泵站如期完工……一个半月的时间内，所有党员干部放弃休假，争分夺秒地抢工期。

多年来，像这样的硬仗，刘智不知打赢了多少场。

解决急难愁盼的水问题

2017 年夏季，城区某小区居民反映用水高峰期家里总停水。刘智了解情况后得知，原来小区建设年份久远，加之近年来区域用水量增加并且周边高校用水时间集中，导致小区水压不足、频繁停水，严重影响了居民正常生活。

居民用水要保障，学校用水也要保证。于是，刘智在与工人摸排市政管网情况，并与学校后勤服务部一同研究学校用水规律后，提出了“错时错峰供水方案”。

开启学校应急水源，调整优化蓄水池蓄水时间，暂时减轻市政管网运行负荷，保证管网末梢水压水量充足；协调小区居民提前备水，用备结合；筹备市政主管网改造工程，一次性解决整个地区的用水紧张问题。用水问题得以解决，小区居民送

刘智（右二）与技术人员讨论增压泵站改造方案

铜山区自来水公司供图

来锦旗表示感谢。

近年来，刘智组织公司“红帽子服务队”与“党员城乡供水攻坚队”，在城乡供水一体化、乡镇贫困户用水等急难险重任务中攻坚克难。他还在三级化验室的基础上，组建了农村饮水安全水质检测中心，检测范围实现全区城乡全覆盖。

在刘智的带领下，铜山区自来水公司先后获得多个省市及区级荣誉。刘智个人连续多年获得区级荣誉，2020 年当选第十五届铜山区政协委员，2021 年当选铜山区第十五次党代表并被徐州市委授予“优秀党务工作者”荣誉称号。

“守水负责，守水担责，守水尽责，就是要把群众的急难愁盼装在心里，扛在肩上。”刘智用一个“责”字，诠释了水务人一心为民的使命担当。

加强水工程建设　促进农业高质高效

（2021 年 3 月 11 日）

凌先有（中国水利文协）

水利是农业的命脉，是实施乡村振兴战略的基础。水利在脱贫攻坚和乡村振兴中发挥着重要支撑作用。要认真总结水利在推进脱贫攻坚取得全面胜利中的成功经验，并将这些经验复制推广到乡村振兴战略的伟大实践之中，全面提升水利支撑乡村振兴战略的能力和水平。

一是加强水工程建设，促进农业高质高效。围绕乡村振兴目标，精准实施农田水利、高效节水灌溉等工程建设，提高农业综合生产能力，促进农业快速高效发展，确保国家粮食安全，为乡村全面振兴提供可持续发展动力。

二是强化水环境治理，实现乡村宜居宜业。深化河湖长制，全面清理农村河湖乱占、乱采、乱堆、乱建等突出问题。坚持清管并举，大力开展美丽河、湖、塘、库整治工作，全力推动水美乡村建设，打造干净整洁、生态宜居、管理有序的农村宜居水环境。

三是促进水资源高效利用，保障农民富裕富足。进一步确保农村自来水普及率、集中供水率和饮水安全达标率。提升水资源对农村产业发展的保障能力，确保农村产业因水而兴、农民因水而富、乡村生活因水而幸福滋润。

一以贯之持续确保饮水安全

（2021 年 3 月 11 日）

孔庆捷（北京中水新华灌排有限公司）

农村饮水安全关系到广大人民群众的切身利益，目前饮水安全工作虽然取得了可喜的成绩，但我们仍需坚持将农村饮水安全保障工作抓好抓实。一是坚持人民至上，把农村饮水安全作为乡村振兴战略的重要一环，适当提高农村供水标准，综合考虑农村各类生活用水需求；二是坚持因地制宜，把城乡供水一体化作为主攻方向，以“十四五”规划编制实施为契机，深入推进城乡一体化供水工程建设，要在管理上做到城乡统筹；三是坚持建管并重，把完善农村饮水安全管理机制作为重点任务加以推进，农村饮水工程要实行企业化、专业化、规范化管理，加强对管护维修人员的技能培训，建立健全水源保护、水质监督体系；四是坚持改革创新，在完成基础供水设施建设后，进一步提高农村供水信息化、自动化、智能化水平。

宜居环境　治水优先

（2021 年 3 月 13 日）

李贵宝（中国水利学会）

民族要复兴，乡村必振兴，治水最关键。乡村振兴饮水先行，宜居环境治水优先。为此，笔者建议：

一是强化河长履职。基层河长制工作要和推进乡村振兴、人居环境整治以及污染攻坚战工作相结合；加大力度培训基层河长。

二是要因地制宜、分类指导，与当地发展阶段相适应，由易到难，从村庄清洁行动做起，通过细化工作方案，使措施能落地、群众愿配合。

三是要协调分散处理和相对集中处理的匹配，加强污水和畜禽粪污资源化利用，既节水又洁水，一举多赢。

四是健全农村人居环境设施管护机制。有条件的地区推广城乡环卫一体化第三方治理，深入推进村庄清洁和绿化行动。开展美丽宜居村庄创建和考核活动。

配齐配强县级水利专业队伍

（2021 年 3 月 13 日）

钮清海（山西省侯马市水务局）

要实现农村水利支撑乡村振兴战略能力和水平的全方位提升，要在持续加强农村水利工程设施“硬件”建设的同时，建设一支支撑乡村振兴战略顺利实施的农村水利队伍。

一是健全机构改革之后的县级水利专业队伍。按照县级水利部门机构改革确定的“三定”方案，尽快将缺编的公务员如数补充到位。尤其是县级水利部门行政股室，要通过严格规范的公务员招考程序，尽快补齐基层水利部门公务员队伍建设短板，最大程度地实现年轻化和专业化。

二是发挥好政府购买社会公益服务作用。要通过政府购买水利社会公益服务方式破解“人手短缺”瓶颈，助力乡村振兴战略实施。购买水利社会公益服务，应根据具体的工作岗位，设定明确的招录“门槛”，招聘具有真才实学、愿意从事相关公益服务的优秀人员，发挥好他们在支撑乡村振兴战略实施过程中的应有作用，提升农村水利整体水平和工作绩效。

三是改革完善水利业务培训方式方法。精心编写符合当地实际的基层水利技术指南等简明实用的工作手册，推广普及当今最新的水利业务知识，以此丰富基层干部职工业务理论知识；把学习培训的课堂开办到农村水利工作一线，切实达到业务工作培训“学一艺”“长一技”的目的；建立健全正向激励机制，鼓励基层干部职工学技术、长才干，在助力乡村振兴的大舞台上建功立业，作出无愧于新时代的应有贡献。

从巩固提升向提标升级转变

（2021 年 3 月 13 日）

蔡宇杰（湖北省宜昌市兴山县水利局）

通过脱贫攻坚，贫困地区农村饮水安全已实现了现行标准下保障全覆盖。在脱贫攻坚向乡村振兴历史性转移的大背景下，大山区县农村饮水安全工作要抓住加快疫后发展新机遇，加快从巩固提升向提标升级转变。

一要科学编制农村供水“十四五”规划，提高工程建设标准，推进城乡供水一体化。从“小厂、小网、分散、孤立”向“大水源、大水厂、大管网”方向发展，按照“建大、并中、减小”的思路，实施城镇供水管网延伸，逐步破解山区分散式饮水“老大难”的问题。

二要加强部门联动，加大水行政执法力度，强化监管措施，保护水源，保障水质。组织开展农村水质安全保障宣传工作，引导群众加入水源保护行动，严厉打击破坏、污染水源的各类违法行为，对保护区内农药、化肥、禽畜粪便、生活垃圾等危害水质的行为进行严格处罚。

三要深入推动农村供水公司化改革，加强后期管护，实现供水基础设施良性运营。积极引导社会资本和民营资本等参与农村供水工程建设和运营管理，探索实施政府购买服务、政府与社会资本合作、租赁承包等方式，推行农村供水公司化运营和专业化服务；建立健全供水工程后期管护长效机制，落实村级专职管水员，培育本土化、专业化的管水队伍，实现供水基础设施的良性运营。

加强坑塘沟渠治理　努力打造宜居乡村

（2021 年 3 月 13 日）

刘建设（广西壮族自治区桂林市水利局）

乡村振兴，水利是基础，我们要以更高的标准、更高的要求做好乡村水利工作。乡村宜居，水是灵魂，要把乡村水生态治理作为乡村振兴的重要内容来抓，特别是做好乡村坑塘沟渠水生态治理工作，努力做好巩固拓展脱贫攻坚成果同乡村振兴有效衔接。

首先，要加大资金投入力度，对乡村坑塘沟渠进行修复改造和美化绿化，并将其打造成群众喜欢的亲水平台和休闲乐园；其次，要引导农户改厕改圈改厨，对人畜粪便和生活垃圾进行无害化处理，从源头上截断坑塘沟渠污染；再次，要建立长效机制，实行“坑长制”或“沟长制”管理，指定专人负责，加强日常维护管理，使其长期保持在水清、岸净、景美、宜人的良好状态。

打好农村水利“组合拳”

（2021 年 3 月 13 日）

彭玲玲（贵州省黔东南州凯里市水务局）

在乡村振兴战略中，水利发展要切实围绕“三农”问题，不断丰富农村水利的深刻内涵，让人民群众得到更多的实惠。

一是全面提升集镇及以下用水保障力度。乡村振兴战略需在已有的饮水安全工程前提下，充分保障水源、水质与农村供水能力，通过加强水质检测能力，强化骨干水源工程建设，不断提升集镇及以下的用水保障力度。

二是不断加大农村水利基础设施建设。加强农业园区水利基础设施建设，强化小水电增效扩容项目、小水电扶贫项目，为农村产业发展提供水利支撑；夯实脱贫攻坚成果，强化农村饮水安全工程和农田水利基础设施的养护维修，助推新农村建设。

三是认真落实农村水生态环境治理。大力兴建农村污水处理厂，加大河长制落实力度，开展节水宣传，提高农村生活污水处理率，全面改善人民群众的生活环境。

四是切实强化农村水利改革力度。以农业水价改革和水权确权制度改革为抓手，在成功试点的基础上，全面推进水权确权工作和农业水价改革，不断践行节水优先的治水思路。

制定科学用水规划
充实一线人才力量

（2021 年 3 月 13 日）

李永明（陕西省安康市汉滨区水利局）

在全面完成脱贫攻坚任务后，既要进一步巩固脱贫成果，更要有效与乡村振兴战略衔接。

在用水安全方面，应进一步加大用水管护，继续发挥好各镇办管水员、护河员等公益岗位的人员管理，明确责、权、利，对现有供水设施进行科学管护、查漏补缺；对于边远山区的供水设施，要强化安全监管，制定科学的供水机制，饮水的重点部位要落实专人管护，千方百计保障广大群众的饮水需求；要加强水源地保护，严厉打击水源地的偷采、污染、人为破坏的现象，进一步发挥好河湖长的管理职责，保护好水源地安全；对乡村振兴要制定科学的用水项目规划，抓早动快，抢抓机遇，满足乡村振兴的用水需求；要把农村经验丰富、有水利技术专长的人员充实到乡村振兴第一线，真正构建“钱往基层花、人往基层走、事往基层办”的良性管理机制，让幸福水、安全水为乡村振兴注入生机活力。

第一书记要有第一担当

（2021 年 3 月 11 日）

崔院强（陕西省甘泉县石门镇魏家沟村驻村第一书记）

2017 年，陕西省甘泉县水政水资源管理办公室选派我到甘泉县魏家沟村担任第一书记。魏家沟村位于县城西北 28 公里，去的路上，我无法想象他们的贫困。开始驻村后，我慢慢了解村里的发展现状，这让我感到肩上的使命责任重大。

魏家沟村属丘陵地区，下辖 4 个村民组，207 户 576 人，耕地面积少，人均耕地仅有 1.77 亩；产业基础不强，山地苹果产业刚建起，大棚效益低；基础设施落后，生产用水紧缺，生产道路未能全面到位，村容村貌不整洁；贫困人口较多，人均纯收入在 4000 元以下的低收入户达到 60 户，占全村总户数的 29%。

面对如此贫困的情况，驻村帮扶不仅要治标，更要治本。我与乡干部、村干部一道查找原因、商讨对策，我们先后多次召开会议讨论，经过反复论证，制定了魏家沟村《2017—2020 年包扶规划》和《低收入户一对一帮扶计划》，明确了包扶工作的目标、任务、措施等，理清了帮扶工作思路。

要想脱贫致富，产业是第一出路。然而，所有的产业都离不开水。魏家沟村的主导产业蔬菜大棚是村民致富的出路，但是在走访时我发现，村里灌溉用水十分紧缺，甚至出现了村民争水抢浇的情况。

见此情形我向上级领导汇报，通过项目投资为魏家沟村新建了灌溉用水渗水井一座，约 22 万元左右。同时，还给每座蔬菜大棚争取到免费的高效节水滴管，连续三年免费使用土壤杀菌高温石灰氮高温闷棚及杀虫防虫项目等，纳入蔬菜合作社的成员，可以全部实施享用；组织菜农学习了节约用水宣传资料，号召增强全民节水意识。

实施了这些项目以后，村民们不仅关系和睦了，而且灌溉效率提升了，蔬菜的品质和产量都发生了很大的飞跃。看到村民们的生活因为水利扶贫发生了变化，我更是打心眼儿里高兴，感觉扶贫的路越走越宽阔了。

自蔬菜种植产业开展以来，村民们的收入稳步提升。但是，村里蔬菜园区中的巷道是原沙石化路面，2018 年的雨季降水量大，水毁十分严重，还造成了生产与种植受阻。经过多方协调，魏家沟村蔬菜园区争取到水泥道路硬化项目，除此之外，棚前排水管线 130 米全部实施到位，村道路补修等项目总投资约 13 万元。

由于魏家沟村在过冬期间时常遭遇严寒天气，原有水源经常出现干枯的情况，村民不要说饮水安全，就连基本供水也无法保障。

见此情况，我跑遍了相关的负责部门。经过协调争取，农村饮水安全工程终于在魏家沟村落地。其中，新修蓄水池 1 处、集中供水点 2 处、管线安装 3200 米，项目总投资约 32 万元。

看着一根根输水管道进田入户，一个个蔬菜大棚效益凸显，我想，这就是我作为魏家沟村第一书记兑现的最好承诺。现如今，魏家沟全村耕地面积 2764 亩，退耕还林 2640 亩，建有蔬菜大棚 33 座（标准棚 66 座），山地苹果种植面积 294 亩。其中，建档立卡贫困人口 60 户 159 人全部脱贫。

征途漫漫，惟有奋斗。脱贫攻坚只是乡村发展的一个阶段，水利扶贫的路途仍然任重道远，我更应该带领大家进一步实现乡村振兴，这才是我作为第一书记的崇高使命。

（本文由本报记者陈思杰采访整理）

崔院强在蔬菜种植园内　　本报通讯员　陈仕伟　摄

引来甘泉就是迎来美好生活

（2021 年 3 月 13 日）

童俊杰（安徽省固镇县石湖乡陡沟村驻村第一书记、扶贫工作队队长）

2014 年到 2020 年，整整六年时间，陡沟村从当年的贫瘠荒地蝶变为如今的幸福乡村，其中的过程让我永生难忘。

最初，安徽省选派第六批机关干部到贫困村担任驻村第一书记、扶贫工作队队长，任期三年。我毅然决然报名，从蚌埠市水利局规划计划科科长成为了陡沟村驻村第一书记。陡沟村位于浍河北岸，当我进村的第一天，未见到想象的田园风光，却见满眼的贫困。家家都用手压井，村民喝的水全是苦涩味；产业发展是空白，脱贫致富无门路。

刚开始，我和乡亲们一起下地种瓜，一起在田埂上喝水啃馍，大家逐渐和我说了心里话：最急的是喝水修路，最盼的是发家致富，最怨的是为民服务做得还不够……村民的需求成为了我的驻村工作落脚点。针对众多需要改变的方面，我打算先从解决饮水安全开始。

通过多方争取资金，我开始谋划建设陡沟村水厂，然而还未开工，矛盾接踵而至。浍河沿岸 4 个村，如果只建设陡沟村水厂，无法满足其他 3 个村群众饮水需求。眼见矛盾即将升级，我主张陡沟村抛弃传统地界利益观，将土地相连、道路相连、宗姓相连、血脉相连的所有群众一并纳入受益范围，我再次争取扩大项目规模，延伸铺设干支管网 6 万米，受益群众 1 万余人，我们把水厂改名为鑫利幸福水厂。

在一点一滴的帮扶中，贫困户的质朴与真情让我感动，记忆最为深刻的是老黄一家。

黄纪课，他是我到陡沟村接触的第一户贫困户。老黄没有文化，不善与人交流，没有技术和本钱，也不愿发展家庭产业，全家守着几亩薄田过着清汤寡水的生活。因为太过贫穷，老黄的小儿子始终找不到对象。

于是，扶贫队筹资帮他建简易大棚，种时令蔬菜，收获时联系饭店上门收购，一年下来能多收入五六千元，老黄点钱的时候，激动得数了几遍都没数对。我们趁热打铁，接连落实产业、小额贷款等各项帮扶措施，尝到了甜头的老黄一下子发展了 8 个蔬菜大棚。脱贫那天，老黄不仅换了件干净衣服，腰杆也挺直了。

三年的驻派结束后，我实在放不下陡沟村的一切，便决定再留三年。为了让惠及各户的产业发展更加稳固、更可持续，我留任后的第一件事就是编制未来三年的农田水利扶贫规划。蚌埠市水利局作为我的坚强后盾，持续加大了对农田水利建设的帮扶力度。我们召集党员和群众代表成立互助小组，广泛征求村民对项目规划的意见，并在实施中协调解决工程用地矛盾、监督工程质量。在大家团结协作下，我们完成1万亩高标准农田的水利配套建设，干群关系更加紧密，产业发展更加有劲，用水矛盾得到有效解决。

时间一转眼来到了2019年中秋节，黄纪课找到我，憋了半天才开口说："我不要慰问品，我想要一口灌溉井。"原来，老黄的蔬菜大棚不断发展，产量和质量进入了瓶颈期，灌溉配套的"最后一步路"没有及时跟上。于是，我们在大棚附近打了口井送给老黄。

没过多久，皖北局部地区遭遇干旱，农田水利"最后一公里"和灌溉配套的"最后一步路"的完美搭配，帮助老黄和其他农户有效抗御了旱情。在老黄看来，这甘泉就是美好生活，把蔬菜滋养得生机勃勃，仿佛争相述说着老黄勤劳致富的故事。

人勤地不懒，处处是金山。老黄一家的变化，也让他家喜事连连，小儿子边种菜边学厨师，吸引了邻村姑娘，两人于2020年喜结连理，小两口准备自己开个小饭店。

往后，我每次见到老黄，他的脸上总是洋溢着幸福的笑容。当我看到每家每户像他一样过上了美美的小日子，开心地笑着，我的幸福感也从心底满溢出来。

（本文由本报特约记者俞晖采访整理）

童俊杰在人民大会堂接受表彰

蚌埠市水利局供图

牢记使命在心间

（2021 年 3 月 18 日）

郇继淮（安徽省颍上县垂岗乡墩黄村驻村第一书记、扶贫工作队队长）

2017 年 4 月 28 日，是一个让我终身难忘的日子，这一天，我成为了安徽省颍上县垂岗乡墩黄村驻村第一书记、扶贫工作队队长。这是一个皖北国家级贫困县的深度贫困村，在这里，我开始了驻村扶贫生活。

自愿报名驻村扶贫时，我做好了充分的思想准备，风吹日晒、远离家人和城市是每一位扶贫干部必须经历的考验。刚驻村时，贫困的面貌深深触动着我，房前屋后杂乱的池塘，到了晚上漆黑一片的道路，多年未清理的沟渠……

到岗伊始，我带领扶贫工作队队员遍访贫困户、老党员、老村干，多次召开村两委、党员和村民代表座谈会，一方面了解村民情况，另一方面宣传党的政策。在我的工作记录本里，记载着村里的大事小事，全都是群众关心的热点难点问题。

墩黄村水利基础设施薄弱，大部分水利工程失修损毁，村庄内沟塘污染严重，填沟埋渠、与水争地时有发生，灌排系统几乎瘫痪，旱涝灾害频发。我带领工作队深入村庄地头，实地查看，询情问策。与此同时，我一方面向"娘家"安徽省水利水电基本建设管理局求援，省水利厅派来了测绘队，完成了全县第一张全村测绘图，编制了墩黄村农田水利实施方案；另一方面，我奔走市县水利部门，争取支持和帮助，抓好项目落实。

在沟渠整治施工中，并不是一帆风顺。部分村民为自己生产方便，阻挠施工，并私自在刚修建好的排涝渠上架设便桥，得知情况后，我带领工作队多次登门解释。经过耐心开导，终于让部分村民从干扰阻挠到逐渐理解配合，主动拆除了便桥。

如今，墩黄村的水利基础设施得到极大改善，全村的沟塘彻底变了样；在人口密集、条件成熟的村民组和主干道栽植 4000 余棵黄桃、桂花树等；将整治后的 100 余亩池塘统一竞拍给村民承包，收回 10 余亩土地进行育苗，并以此强化村集体资产管理。

驻村四年来，我带领工作队落实资金 1800 余万元，建成 500 亩水利扶贫产业基地，疏浚沟渠 40 条 21 公里，清淤当家塘 31 座 200 多亩，护砌渠道 16 条 7 公里……

截至目前，墩黄村水利扶贫产业基地共带动全乡 250 户贫困户分红 117 万元，村集体分红 38 万元。贫困户人均收入由 2016 年 3700 多元增至 2020 年 1 万多元，村集体经济由 2016 年 5.5 万元增至 2020 年 52.5 万元。

2017 年年底，墩黄村脱贫出列；2020 年 12 月，贫困户全部脱贫。墩黄村第一书记，是组织的重托、是群众的期盼。只要我在岗一天，就要为墩黄村干实事，就要为全村脱贫致富贡献一份力量，把党的温暖传递给每位村民，这就是我作为第一书记的使命所在。

郇继淮在京接受表彰　　　　郇继淮　供图

他 乡 即 吾 乡

（2021 年 3 月 18 日）

王青山（陕西省平利县长安镇金沙河村驻村工作队队员）

2015 年 7 月，我被陕西省平利县水利局选派到金沙河村任第一书记。2020 年 5 月，我的任期届满，但我始终放不下金沙河村。于是，我转换了角色，以驻村工作队队员的身份，继续为这个让我牵挂始终的地方奉献我的全部热血。

金沙河村是平利县 8 个深度贫困村之一，由于地理位置偏僻，贫困程度深，加上地处县城水源地，发展模式受到限制，脱贫攻坚难度远比一般贫困村大。截至 2014 年，全村贫困发生率高达 73%，5 个村民小组 293 户 892 人，共有建档立卡贫困户 219 户 688 人，贫困程度不容乐观。

开展扶贫工作后发现，不要说脱贫致富，金沙河村连最基本的“两不愁、三保障”都是难题。于是，我便将扶贫的落脚点先放在村中的基础设施建设。

我积极协调平利县水利局落实各类帮扶资金，提升村内基础设施水平、保障饮水安全……为了让村民喝上放心水，让村容村貌焕然一新，县水利局先后出资 500 万元展开帮扶。

2016 年金沙河村建成了农村饮水安全工程，修建了净水厂，解决了全村 5 个村民小组喝水难问题。随后，还建成了平利县水源湿地保护区、小水喷灌项目各 1 处；完善金沙村内 7.8 公里排污管网；新修河堤 3800 米；完成 15 公里道路硬化……现在的金沙河村，真正实现了网络、通讯、饮水安全全覆盖。

“现在我们全村户户通自来水，所有的污水进入污水处理站，村里环境好得就像花园一样。”基础设施建设得到完善，村民每次见到我都聊聊村里的变化。

然而，我深知，基础设施建设只是扶贫的第一步，依托现有的水利基础设施建设，大力发展产业经济才是脱贫致富的出路。于是，我与村两委一班人，带领群众积极发展符合生态环保理念的绿色产业，大力探索农村“三变”改革。

在原有的村集体经济基础上，我们为金沙河村制定了产业发展的“五个有”方案，即有主导产业、有产业园区、有市场主体、有农技人员、有电商网点。另外，我们还让每个有发展能力的贫困户实现“三个有”，即每户有一项长效增收产业、有一人稳定就业、有一家市场主体带动。

为了发挥“能人大户”的带动效应，我们成立了金沙河村松树坪茶业专业合作社等3个村社合一的合作社，按照“支部＋集体合作社＋专业合作社＋股东”模式，发展绿茶种植1000亩、核桃园1000亩、中药材种植1000亩；2020年又发展了魔芋500亩、烤烟400亩，实行股份合作经营。通过土地入股、园区务工、代养回购、股份分红等途径，带动113户贫困户户均增收6000元，实现了村集体、贫困户、经营主体三赢的目标。

截至2019年，金沙河村实现脱贫退出65户143人，贫困发生率从2014年73％下降到1.01％，实现了2019年整村脱贫退出。

这份令人欣喜的脱贫答卷，是群众用自己的勤劳脚踏实地干出来的。如今，脱贫攻坚已取得全面胜利，6年的扶贫工作，历历在目；今日的小康景象，映入眼帘。

（本文由本报记者陈思杰采访整理）

王青山（右一）给贫困户讲解脱贫攻坚政策

王青山　供图

攻坚决胜——小康路上的水利担当

黄委：决战决胜脱贫攻坚的黄河力量

山水千里情 江河一家亲

攻坚决胜
——小康路上的水利担当

8版 中国水利报 2021年1月29日

5版

长江委：攻坚克难担使命 凝心聚力启新篇

舍生忘死 共铸伟大抗疫精神

众志成城 科学防洪确保安澜

多点发力 补强短板从严监管

依法治江 流域管理全面推进

冲锋一线 党的旗帜高高飘扬

创新引领 改革发展释放动能

持续补短板强监管 推进长江治理保护

10版 中国水利报 2021年1月23日 ·广告· 责任编辑：张元一

11版 电话：(010)63205234 E-mail:zbe@chinawater.com.cn

白洋淀生态补水

开展河湖管理暗访督查

四女寺枢纽北进洪闸除险加固工程完工

"清四乱"拆除违建

南水北调东线一期北延应急试通水

海委：勇担时代使命 夯实水利基石

□[illegible]

"十三五"以来，水利部海河水利委员会（以下简称海委）始终坚持以习近平新时代中国特色社会主义思想为指导，认真贯彻党的十九大和十九届二中、三中、四中、五中全会精神，深入学习习近平总书记关于治水工作的重要论述精神，积极践行"水利工程补短板、水利行业强监管"水利改革发展总基调，以全面提升水安全保障能力为主线，以服务京津冀协同发展等国家重大发展战略落实为重点，有序实施各项规划任务，推动流域水利改革发展迈上了新的台阶，为海河流域全面建成小康社会提供了坚实水利支撑与安全保障。

强化使命担当 京津冀协同发展水利支撑坚强有力

2015年6月，《京津冀协同发展规划纲要》颁布，这项重大国家战略正式从顶层设计转入全面实施阶段。

2016年5月，海委立足流域实际，会同水利部水利水电规划设计总院编制了《京津冀协同发展水利专项规划》，为京津冀三地协同治水提供了重要基础。随后，海委深入贯彻落实协同发展要在生态环境保护方面率先突破的要求，"一河一策"编制方案推进"六河五湖"综合治理与生态修复，在水利部指导下，以永定河综合治理与生态修复为典型示范，积极探索流域治理一体化推进区域经济社会环境协调发展的新路径。2019年4月，海委深入落实习近平总书记"3·14"重要讲话精神，紧密结合水利改革发展总基调要求，印发实施《海河流域水安全保障方案》，细化提出补短板、强监管、夯基础等三方面十项工作任务，为今后一个时期进一步加快海河流域水利基础设施建设、深化水利改革再添科学指导与支撑。

规划引领，保障发展。五年间，海委在水利部领导下，先后编制完成京津冀多水源多渠道水资源保障体系总体方案、2022年北京冬奥会水资源保障方案，京津冀水安全保障能力稳步提升。创新协同管理体制机制，联合京津冀晋四省市和永定河流域投资公司共同签订《永定河生态用水保障合作协议》，开启了流域协同管理、共同保障永定河生态环境用水的良好局面。积极推进北京城市副中心防洪工程建设，开展了雄安新区水安全保障重大专题研究，完成了新区防洪规划编制并启动工程体系建设。目前雄安新区防洪圈建设已基本完成，防洪安全将得到有力保障。

夯实水旱灾害防御能力 流域防洪减灾体系进一步完善

海河流域地处京畿要地，防洪保安责任重大，不容有失。海委持续深入学习贯彻习近平总书记防灾减灾救灾新理念，坚持"人民至上、生命至上"，将保障流域防洪安全作为首要政治责任，毫不放松、狠抓落实，汛前强化督导检查，扎实开展防洪调度及水文监测应急演练、修订完善各类方案预案，汛期密集会商、科学研判调度，扎实开展联防联控，有效应对了2016年"7·19"暴雨洪水及2018年台风"安比"、2019年台风"利奇马"引发的多次流域重大汛情，流域防汛工作取得良好成效，切实保障了流域人民生命财产安全。

2020年，海委坚定不移贯彻落实水利部超标洪水防御工作视频会议、海河防总工作视频会议、京津冀防汛工作会议等重要会议精神，紧盯"三大风险"，瞄准"四个目标"，聚焦"四个薄弱环节"，高站位、高起点、高要求、高效率、高质量部署推动流域超标洪水防御预案编制，以水位为基准，分河段、分节点梳理流域标准内及超标洪水防御的短板弱项，与京津冀三省市水利部门强化沟通协调，多批次派出工作组、河系组进行现场查勘，及时补充完善防御预案。2020年6月底，海河流域2020年度超标洪水防御预案和"作战图"顺利编制完成，流域大清河、永定河、北三河、滦河、漳卫河5个河系应对超标洪水有了科学可靠的技术支撑，为年度安全度汛奠定了坚实基础。

与此同时，海委持续夯实水旱灾害防御基础能力建设，组织编制雄安新区起步区安全度汛方案、滦河洪水调度与水量应急调度方案、海委水旱灾害防御工作规则、水旱灾害防御应急响应工作规程等多项方案预案及制度；深化水文气象合作，与中国气象局和天津市气象局签署战略合作协议，实施水文监测预报预警能力提升工程，强化"以测补报"和雷达反演、短临降水预报等关键技术应用、努力提高洪水预报精度和时效性；建成具备信息服务、工程调度、数据汇集等业务功能的流域防汛抗旱指挥系统，水文报汛站点涵盖流域所有大型水库、部分中型水库和重要河道控制断面……在暴雨洪水与人民群众之间筑起一道道安全之墙。

坚持节水优先 流域水资源供需矛盾初步缓解

海河流域"人地水"不平衡的矛盾十分突出，多年来，水资源短缺和过度开发利用成为制约流域经济社会可持续发展的首要问题。坚持"节水优先"，深入贯彻《国家节水行动方案》，落实最严格水资源管理制度，是流域破解水资源短缺问题、缓解水资源供需矛盾、促进水资源可持续利用的根本途径。

"十三五"时期，海委坚持把节水作为水资源开发、利用、保护、配置、调度的前提，以用水定额为核心，以重点行业和领域节水为重点，督导流域全面落实最严格水资源管理制度。完成流域第三次水资源调查评价，开展了流域省级行政区"三条红线"指标以及京津冀晋实行最严格水资源管理制度考核等多项监督检查工作。扎实推进跨省河流水量分配，编制完成潮白河、滦河等9条河流水量分配方案。加强水资源监测能力建设，建成海河流域水资源监控管理信息平台和水资源承载能力监测预警系统平台。推动流域节水型社会建设取得丰硕成果，流域102个县级行政区完成达标建设，建成率近三分之一。京津冀晋四省市用水定额覆盖农业、工业、生活和服务等各行业，300余家水利行业机关完成节水机关创建工作。截至2019年年底，流域万元GDP用水量36立方米、万元工业增加值用水量17立方米，北京市、天津市两项指标均处于全国领先水平。

在强化流域节约用水的同时，海委以完善水量调度方案（协议）为核心，不断提高直管工程水量调度管理规范化、精细化水平，全力助力引江、引黄等跨流域调水。先后组织编制并印发引滦枢纽工程、漳河水量调度方案，抓好直管工程水量调度；圆满完成南水北调东线一期北延应急试通水，实现输水量约6800万立方米，并编制水量调度方案，不断加强全过程监督管理，为东线一期北延应急供水工程实施通水提供有力保障；会同黄委等单位共同签订《引黄入冀（补淀）供水协议》，构建起供用水方沟通协作的良好平台，保障了引黄入冀（补淀）供水的顺利实施，多项引调水举措切实助力华北地区地下水超采综合治理。为流域经济社会发展、生态文明建设和新冠肺炎疫情防控、复工复产提供了强有力的水资源支撑与保障。"十三五"时期，海委直属工程累计供水87.41亿立方米，南水北调供水243.39亿立方米，引黄入冀供水44.01亿立方米（入白洋淀水量2.47亿立方米）。

落实绿色发展 水生态治理保护有序推进

全面建成小康社会，生态环境是最普惠的民生福祉。让流域人民从自然生态中获得幸福感、满足感，也正是建设"幸福海河"的关键立足点。海河流域由于水资源过度开发利用挤占了大量生态环境用水，河流湿地生态功能退化、地下水战略储备濒临枯竭，水污染、人为水土流失问题较为严重，建设宜居环境，首先要确保河流"有水"。

海委为此认真摸清"家底"，组织开展生态流量调查评估工作，按照河湖生态系统自身演替规律和可达性原则，分批次分河段逐步推进生态流量保障，七里海、白洋淀等生态水量保障实施方案先后获水利部批复印发实施。在水利部领导下，海委协调多渠道向京津冀增加水源补给，利用南水北调东中线和引黄、引滦等多水源，向滹沱河、滏阳河、南拒马河等22条河（湖）补水超85亿立方米，有效改善河湖水生态状况。实施永定河综合治理与生态修复，组织向永定河生态补水超7.29亿立方米，永定河北京段25年来首次全线通水。组织实施华北地下水超采综合治理，推动落实"一减、一增"治理措施，严格地下水管控，实现地下水压采量逾27亿立方米。加强水资源保护，完成潘家口、大黑汀水库网箱养鱼清理，推动建立引滦入津生态补偿机制，持续强化潘大水库及岳城水库水源保护工作。水土流失防治体系逐步完善，流域新增水土流失治理面积5522.38平方公里，京津风沙源、太行山国家重点工程和坡耕地治理持续推进，国家级重点防治区水土流失动态监测实现县域全覆盖。

强化行业监管 河湖面貌和执法环境明显改善

水利治理体系和治理能力是国家治理体系和治理能力的重要组成部分。多年来，流域水利在水资源节约保护、江河湖泊管理、水利建设与运行管理等领域的监管失之于宽松软，积累了很多矛盾和问题。为从根本上扭转这一局面，海委坚定不移践行水利改革发展总基调，从思想、行动、方式、作风上进行了革命性的转变，从重点领域向全面覆盖拓展，从专项监督向常态化监管发力，从常规查事治乱向精准化监管转变，推动行业监管取得重要突破。

全面加强河湖管理。海河流域省、市、县、乡四级河湖长制全面建立。组织开展河湖"清四乱"专项行动，督查覆盖流域片内25个设区市183个规模以上河湖，对大沙河非法采砂等10多起重大河湖问题进行调查核实并强力督导完成整改。印发《海河流域河长制湖长制联席会议制度》，创新构建四位一体的跨区域协作平台。委直属单位主动融入地方河长制组织体系，协力解决直管河库"老大难"问题。强化水政执法巡查，建立京津冀省际边界河流联合执法巡查机制，排查化解流域多起重大水事纠纷，流域河湖违法陈年积案实现"清零"。

推动农村饮水安全巩固提升。解决农村饮水安全问题是全面建成小康社会、打赢脱贫攻坚战的底线任务，不容有失。"十三五"期间，海委高度重视农村饮水安全工作，多层次组织开展调研检查与专项研究，强化与流域地方水利部门的沟通协作，按照水利部工作部署，组织完成了河北、山西两省81个贫困县农村饮水全覆盖督导检查。同时，海委持续推动灌区泵站标准化规范化建设，确保农田水利"最后一公里"全面畅通，有力促进了地方农村饮水安全脱贫攻坚任务顺利完成。

加大行业监管力度。构建"1+1+N"的监督队伍体系，大范围采取"四不两直"方式开展小型水库暗访督查，摸底调查小型水库病险问题。开展山洪灾害防御和河道防洪专项督查、华北地下水超采综合治理补水试点督查，农村饮水安全度汛和高效节水灌溉项目等暗访督查，及时发现问题隐患，督促整改落实。加大水利安全生产监督力度，流域水利安全生产形势稳定向好。强化水土保持全过程监管，实行部批生产建设项目"一项目一档案"管理，采取"水土保持双向告知+承诺""互联网+监管"等方式对32个部批生产建设项目实行全覆盖、全过程监管，强化问题整改和责任追究，累计对43个生产建设单位开展约谈。

海委为更有效支撑行业监管，发挥信息化管理优势，编制印发《智慧海河总体方案》，全面启动智慧海河建设，全面助力建设"幸福海河"。加速推进国家水资源监控平台（海河流域节点）、华北地区地下水超采综合治理信息管理系统等信息化项目建设，逐步完善水文水资源监测站网、水土保持监测网络、河湖岸线和工程工情监测设施建设，大幅度提升水利业务监控能力。加大力度保障水利基础网络安全环境，形成安全可控的水利网络与信息安全体系，为各项信息化业务开展提供保障。

完善工程体系 水利基础设施建设稳步推进

完善的水利基础设施是流域水安全保障的"基石"。海河流域防洪减灾工程体系较为薄弱，防洪排涝等新老问题交织，加速补齐补强流域防洪工程短板，是海委践行水利改革发展总基调的一项重要任务。

"十三五"以来，海委以流域节水供水重大水利工程和灾后薄弱环节建设为重点，全力构建与全面建成小康社会相适应的水利基础设施网络。大力推进南水北调东线二期工程建设，顺利完成东线二期工程规划、东平湖以北可研及穿黄工程初设工作，推动东线一期工程北延应急供水工程正式开工。引黄入冀补淀工程建成通水。全面推进流域节水供水重大水利工程建设，累计完成水利建设投资2124亿元，先后实施拒马河、潴阳新河、滹沱河等骨干堤防治理和永定河泛区、恩县洼等蓄滞洪区建设，完成274条中小河流治理和规划内5座大中型病险水库、126座重点小型以及369座重点小（2）型水库除险加固，流域防洪体系建设不断完善。完成委属卫运河治理，漳河上游病险水闸除险加固建设并通过验收，四女寺北闸除险加固顺利完工。卫河干流治理、海河防潮闸除险加固、漳河上游水毁及控导治理工程等前期工作顺利推进。

加强综合能力建设 海委事业改革发展不断迈进

综合能力的提升是海委事业改革发展的不竭动力。一直以来，海委高度重视水利行业能力提升，坚持党建与业务工作深度融合，持续推进全面从严治党，大力开展干部队伍与和谐单位建设，为流域治水事业长足发展提供了坚实保障。

扎实推进水利改革发展。深化水利"放管服"改革，高效完成396项行政许可事项审批。积极推进水管体制改革，委属45家水管单位全部实现维修养护市场化，引滦局顺利通过国家级水管单位复核，潘家口水库工程管理处等3家单位通过海委示范单位复核。国际合作与科技创新工作持续推进，成功签署中法合作第三阶段及延长联合合作协议，6项成果获省部级以上科技奖励。坚持"过紧日子"，强化预算绩效管理，创新审计方式，持续加大审计监督力度。圆满完成海委成立40周年系列纪念活动，出版发行《海委志》。文明单位创建成果丰硕，委系统全国文明单位2个，省部级双文明单位5个，省级文明单位12个。

纵深推进全面从严治党。坚决贯彻中央和水利部全面从严治党决策部署，以全面从严治党主体责任清单为抓手，建立"清单+监管+问责"工作机制，着力打通"最后一公里"。扎实开展"两学一做"学习教育、"不忘初心、牢记使命"主题教育和政治机关意识教育，不断增强"四个意识"，坚定"四个自信"，做到"两个维护"。严格落实中央八项规定精神，坚决整治形式主义、官僚主义及"灯下黑"问题。认真做好水利部巡视整改的后半篇文章，充分发挥巡察利剑作用，实现委属单位巡察全覆盖。大规模、高强度、多层次开展廉政警示教育，强化监督执纪问责，营造风清气正的良好政治生态。强化委党组和纪检组沟通协调，形成全面从严治党合力，实现主体责任和监督责任同频共振、同向发力。全面加强干部队伍建设，出台加强海委干部队伍建设的意见，坚持正确选人用人导向，选优配强各级领导班子，加大年轻干部培养选拔力度，通过双向交流、援藏、援疆、扶贫等多渠道培养干部，开展中青年科技创新领军人才选拔工作，着力加强高层次专业技术人才培养，为流域治水事业持续注入新的活力。

今年是中国共产党成立100周年，也是实施"十四五"规划的开局之年。全面建设社会主义现代化国家新征程已然开启，海委将坚持以习近平新时代中国特色社会主义思想为指导，深入贯彻"节水优先、空间均衡、系统治理、两手发力"的治水思路，践行水利改革发展总基调，永葆治水初心，牢记治水使命，持续加大流域"补短板""强监管"工作力度，为建设幸福海河谱写崭新篇章！

本版图片由海河水利委员会提供

京津风沙源治理成效显著

官厅水文站涉水测流

永定河北京城市段通过综合治理与生态修复焕发生机活力

淮委：勇毅笃行谱写治淮华章

“一盘棋”御水旱灾害 “新理念”护淮河安澜

松辽委：人水和谐惠民生 踔厉奋发谱华章
务实笃行 全力推动水利监督工作落地见效
把握水利命脉 夯实粮食安全之基

攻坚决胜
——小康路上的水利担当
中国水利报
珠江委：久久为功 绘就幸福珠江新画卷
亮点一 规划引领 让粤港澳大湾区水更安全
精准把脉 厘清方向
统筹谋划 科学布局
系统治理 协同发展
统筹治水全局 做好顶层设计
补齐工程短板 提升保障能力
强化行业监管 激发内生动力
深化党建引领 为发展夯基垒台
亮点二 巍巍大坝起平湖 百年梦想映现实
——大藤峡工程顺利实现三大节点目标
亮点三 同饮一江水 共济十六载
亮点四 创新体制机制 强化行业监管
深入调研 高质推进
创新机制 示范引领
亮点五 扬执法利剑 护水清岸绿
高位推动 同频共振
动真碰硬 亮剑护河
以点带面 举一反三

太湖局：协力绘就山水人城和谐新画卷

积极作为 融入长三角一体化发展大局

重点发力 深入贯彻“强监管”主基调

思想引领 激发干事创业原动力

领航定向 立足新起点谋划新发展

亮点一 打赢流域超标洪水阻击战

亮点二 前瞻谋划协同治水 支撑保障长三角一体化发展

亮点三 构筑流域高标准水安全网络

亮点四 贯彻“强监管”主基调 率先探索流域监管共建机制

亮点五 建设法治机关 打造流域高质量发展水利法治新高地

18版 中国水利报 2021年1月23日 ·广告· 责任编辑：赵洪亮 照 排：刘建军 电话：(010)63205047 E-mail：zbs@chinawater.com.cn

天津：补齐民生短板 服务小康建设

□杨飞 高群 何璐 文静 王延

党的十八大以来，习近平总书记先后4次亲临天津视察，对天津工作提出着力提高发展质量和效益、着力保障和改善民生、着力加强和改善党的领导的"三个着力"重要要求，为天津发展提供了根本遵循、指明了前进方向、注入了强大动力。

牢记嘱托，勇担使命。"十三五"以来，天津水务系统以习近平总书记提出的"三个着力"重要要求为元为纲，对标中央和市委、市政府全面建成小康社会决策部署，积极践行"水务工程补短板，水务行业强监管，转变作风提效能"工作思路，着力解决群众最急、最忧、最怨的水问题，为天津全面建成高质量小康社会提供坚实的水务保障。

水源保障能力明显增强

天津是资源型缺水的特大城市，水资源短缺始终是制约天津城市发展的瓶颈。"十三五"以来，天津牢牢把握南水北调中线通水的有利条件，先后建成引江入尔王庄水库和武清、宁汉等原水管线工程，北塘水库和王庆坨水库实现蓄水运行，全市引江、引滦双水源供水工程体系进一步完善。引江中线供水覆盖范围扩大到14个区，受益人口近1200万，通水以来连续2000多天不间断安全供水，累计水量达到52亿立方米，水质始终保持在地表水Ⅱ类标准以上，成为水量充足、水质优良的城乡供水"生命线"。

受益于双水源供水体系的完善，天津全市供水总量由2015年的25.68亿立方米增长至2019年的28.45亿立方米，再生水利用率由30%提高到42%，淡化海水利用量由4100万立方米提高到4700万立方米，水资源配置更加优化。外调水的稳定供水还为地下水压采创造了条件，深层地下水开采量由2015年的2.02亿立方米降至2020年的0.5亿立方米，深层地下水水位较2019年同期上升2.5米。

城乡供水一体化格局初步形成

到2020年年底，天津全面建成高质量小康社会，让广大农村居民喝上高品质自来水是水务工作者义不容辞的责任。2018年以来，天津先后投入60.45亿元，实施了农村饮水安全巩固提升和农村饮水提质增效工程。通过采取更新改造配套水厂、城市自来水延伸等措施，2061个村202.2万人喝上城市自来水；特别是全市1000个困难村全部完成饮水提质增效，与城市居民用水"同水、同质"，初步实现了城乡供水公共服务均等化。

此外，天津还新改扩建凌庄、宁河、武清等10座自来水厂，新建城市供水管网1232公里、改造老旧供水管网601公里，提升改造224处二次供水设施，更换智能水表175.3万具，城市供水管网漏损率降至10.1%，城市供水实现水质达标、水压稳定、服务更优，为高质量小康社会建设打下坚实基础。

北水南调中线完善工程通水运行

海河口泵站

潮白新河

于桥水库前置库芦苇湿地

海河三岔口

天津引江调蓄水库王庆坨水库

中心城区排水能力稳步提高

天津地处海河流域尾闾，地势低洼易涝，汛期积水问题给群众出行带来严重困扰。"十三五"以来，天津持续推动中心城区防汛排涝补短板工程，陆续实施了六纬路、西南楼等29处积水片改造，易积水地区由51处减少至10处，一批老旧排水管网得以改造提升；建成三元村、月牙河、复兴门等8座二级河道泵站，二级河道泵站排水能力由2015年的199.27立方米/秒增加到274.27立方米/秒；建成海河、陈台子、万家码头等3座外排泵站，合计外排能力300立方米/秒，外排泵站能力由2015年的202.6立方米/秒增加到502.6立方米/秒，城市排涝能力得到全面提升。

依托防汛排涝工程体系的发展，"十三五"时期，天津各区各部门通力合作、协同作战，成功应对了2016年"7·20"、2018年"7·24"、2019年"利奇马"等多次台风强降雨袭击，大暴雨量级下城区主干道路退水时间由24小时缩短至12小时，城市排水经受住了严峻考验，得到了群众的高度认可。

水生态环境质量显著改善

天津河网水系密布，河湖水环境是全市生态环境的重要载体。"十三五"以来，天津准确把握群众对更加优美水环境的需求，全力打好碧水保卫战，深入落实任务，实施入海河流"一河一策"污染治理，全市12条入海河流基本消除劣Ⅴ类水体。深入推进黑臭水体治理，在完成建成区26条黑臭水体治理基础上，进一步推动农村地区567条黑臭水体治理任务，实现全市域黑臭水体基本清零。

着力补齐城镇污水处理能力短板，陆续新建扩建了滨海新区新河、北辰大双等27座污水处理厂和40座一般镇污水处理设施，全市污水处理能力达到400万吨/日，城镇污水集中处理率提高到95.97%；完成中心城区津沽、咸阳路、张贵庄等5座和环外105座污水处理厂提标改造，全市110座污水处理厂出水水质主要指标达到地表水Ⅳ类标准，入河污染负荷有效减少。

深入开展水系连通建设，建成北水南调中线工程，打通引滦向南部缺水地区的生态调水通道，海河—独流减河、海河—永定新河两大水循环系统建成生效，向南北运河、七里海等重要河湖湿地生态补水40余亿立方米，有效补充河湖生态水量。2020年1至10月，全市国考断面水体优良比例达到55%、劣Ⅴ类水体比例降至零，水生态环境质量实现历史最佳。

补齐民生短板，助力小康建设。"十三五"时期一个个振奋人心的建设场景，记录着津门大地因水而变、因水而美的伟大历程。在新的历史时期，天津水务系统将深入学习贯彻党的十九届五中全会精神，准确把握天津高质量发展要求，科学谋划水务"十四五"规划，为天津高质量发展提供重要水务保障。

本版图片由天津水务局提供

陈塘泵站建设现场

防汛演练

武清区新建农村供水厂

28版 中国水利报
2021 年 1 月 23 日 ·广告· 责任编辑:郑源 照 排:李洪华
电话:(010)63205230 E-mail:zbs@chinawater.com.cn

黑龙江：深入践行总基调 攻坚克难抓落实

□李刚 文/图

2020 年是实施"十三五"规划的收官之年，也是脱贫攻坚和实现全面建成小康社会第一个百年奋斗目标的决战决胜之年。对黑龙江省水利工作来说，是极不平凡又充满挑战的一年。一年来，黑龙江省水利系统广大干部职工齐心协力，真抓实干，攻坚克难，各项工作取得了新的突破，为黑龙江经济社会发展提供了有力的水安全保障。

严守水旱灾害防御安全底线，夺取防汛抗旱工作全面胜利

2020 年，黑龙江省受严重洪涝灾害影响，发生了 1961 年有气象记录以来最大降雨量，汛期较常年延长 1 个多月，特别是 8 月末至 9 月初，在不到 15 天的时间内，连续遭遇 3 次强台风袭击，41 条大江大河全部超警超保，最长超警时间 41 天。

面对异常严峻的水旱灾害防御形势，全省水利系统充分发挥监测预报预警、水工程调度、抢险救援技术支撑职能作用，克服影响，认真履职尽责，组织会商 18 次，发布水情预报、汛情通报、防汛专报 327 次、发布山洪灾害预警 549 次、预警短信 2 998 万条，研究制定 423 座大中小水库预泄方案，科学调度 93 座大中型水库，腾出库容 11.69 亿立方米，拦蓄洪水 52.14 亿立方米，减淹城镇个数 85 个、耕地面积 252.57 万亩，减免人员转移数量 106.68 万人。汛期，更是派出 65 个专家组 157 人指导地方开展防汛抢险救灾，组织督促 2.86 万名责任人下沉一线，5.3 万余人巡堤查险，2.3 万余人抢险救灾。

春种期间，黑龙江省加大尼尔基、丰满水库放流，为嫩江、松花江沿岸地区提供抗旱补水 3.09 亿立方米，全面确保了防凌减灾、抗旱保种、大江大河和水库安全度汛、山洪灾害无人员伤亡，实现了"不死人、少伤人、少损失"的"一不两少"目标，为全省做好"六稳"工作、落实"六保"任务和决胜脱贫攻坚提供了重要保障。

全省水利系统应对台风"海神"影响视频调度会

洪水过后的松花江肇源县城区段

省水文水资源中心哈尔滨水文站职工测量松花江哈尔滨段洪峰流量

松花江肇源段

青龙山灌区干渠

克服疫情和汛情不利影响，实现重大水利工程建设稳步推进

2020 年，新冠肺炎疫情，雨水大、汛期长，江河退水慢、水位高、土壤含水量大等诸多不利因素，严重影响了水利项目施工和建设进度。

黑龙江省克服困难，多措并举，全力组织推进以"百大项目"为重点的水利工程建设。2020 年全省落实水利项目总投资 109.08 亿元，累计完成投资 90.73 亿元，完成率 83.2%。全省 13 个水利"百大项目"总投资 82.25 亿元，完成投资 66.24 亿元，完成率 80.5%。其中，兰西县傣原水库、依兰县丹青水库超额完成目标，一批大型水库建设正在全力推进，全省供水保障能力得到提升。

三江平原灌区田间配套工程完成投资 20.27 亿元、中小河流治理完成投资 8.69 亿元、主要支流治理工程完成投资 9.39 亿元、一批重大水利基础设施建设稳步推进，水利工程补短板提速提质。农村饮水安全巩固提升工程 2020 年下达投资 6.7 亿元，已超额完成年度任务，巩固提升了 1 636 个村屯 92.66 万农村居民供水保障水平，水利民生福祉持续推进。此外，全省水利工程设施水毁修复完成投资 1.13 亿元，山洪灾害防治项目完成投资 0.41 亿元，小型病险水库除险加固项目完成投资 0.26 亿元，小型水库维修养护 630 座，水库安全鉴定 491 座，水利基础设施安全保障能力显著增强。

国家级河湖示范段——松花江佳木斯段

立足强化顶层设计补短板，获得重点水利规划和重大项目前期工作新突破

《黑龙江省"十四五"水安全保障规划》完成重点项目筛选和投资规模测算工作，已形成初稿；顺利编制完成《黑龙江省新时代水利现代化规划纲要》《黑龙江省水生态空间管控规划》《黑龙江省河道采砂规划》《重点城市应急备用水源规划》；加快推进《黑龙江省松嫩平原水利综合规划》《河湖水域岸线管理与保护规划》编制工作。

同时，黑龙江省启动了防洪标准复核、防洪体系布局研究和全省水网工程规划编制，坚持用高水平规划引领水利事业高质量发展。

聚焦成果巩固提升，打赢农村饮水安全脱贫攻坚战

在 2019 年农村饮水安全专项清查整改取得成效基础上，黑龙江省在 2020 年继续通过组织暗访、督导和强化群众监督等措施，反复进行动态问题排查和整改，做到问题发现一处、解决一处，农村供水工程和农村供水工程运行管理排查问题整改率均达 100%。在 2020 年国家开展的脱贫攻坚大普查中，黑龙江省 26 个普查县均未发现建档立卡贫困人口饮水安全方面的问题。

72 万农村人口饮水安全巩固提升工程超额完成。全省 119 个有管理任务的县（市、区）全面落实了运行管理"三个责任"和"三项制度"，将贫困地区政府主体责任延伸到 237 个乡镇政府和 2 423 个村委会，县级运行管理经费落实率超 96%。全部工程完成水费定价，水费收取率达 95.9%。在全省脱贫攻坚表彰中被评为组织创新奖。

注重从"有名"到"有实"，赢得河湖长制和河湖运行管理新提升

在 2019 获得国务院督查激励的基础上，2020 年，黑龙江省围绕落实省总河湖长 1、2、3 号令，以河湖长制为平台，打响了"三大战役"，部署了"三大行动"。常态化"清四乱"排查整治问题 714 个，全部实现销号，清理非法占用河道岸线 105.01 公里、非法采砂点 1 个、砂石 1 300 万立方米、建筑和生活垃圾 12.05 万吨、违建 6.98 万平方米、围堤 251.47 公里、非法林地 4.2 万平方米、非法网箱养殖 40 平方米、违规种植大棚 14.37 万平方米。

黑龙江省全面完成 2 762 条流域面积 50 平方公里以上河流划界工作，河流划界长度 68 770 公里。联合启动"亮剑护河"联合执法行动，累计出动执法人员 2.8 万人次，立案 356 件，破案 278 件，查处违法人员 336 人，有力打击涉河湖违法犯罪行为。联合推动落实 10 项挂图作战任务清单、5 433 项具体任务，完成率 92.5%。开展了一批示范河湖建设工作，其中松花江佳木斯段国家级示范河湖建设以 98.5 的高分通过水利部松辽委组织的国家级验收，河湖面貌得到明显改善。1—10 月 62 个国控考核断面年度水质达标率为 91.9%，无劣Ⅴ类水质断面，Ⅰ至Ⅲ类水质断面个数同比增加 5 个，优良水体占比 71%，同比上升 8.1 个百分点。

强化节约保护管理，取得水资源水生态综合防控新进展

——节水行动实施方面。黑龙江省建立了省级节约用水工作部门协调机制；完成了水利科技"十四五"规划和节约用水"十四五"规划编制；启动了用水定额修订工作；26 个县（市、区）县域节水型社会达标建设全部通过省级行政验收；全省水利行业节水机关建设全面完成；严格实施节水评价，促进与水资源条件相适应的空间布局和产业结构形成；万元 GDP 用水量、万元工业增加值用水量两项指标双双实现下降。

——水资源管理与保护方面。三江平原"三水共治"措施稳步推进，2020 年完成置换面积 622 万亩，地下水压采量 21 亿立方米，实现了"三年任务两年完成"的可喜成绩，地下水过量开采势头得到有效遏制；推动全省取用水管理专项整治行动，全省取水口完成登记审核 32.8 万个，工作进度位列全国前 5 位。

——水生态修复治理方面。倭肯河、乌裕尔河、梧桐河、穆棱河 4 条跨地市河流生态流量保障方案顺利完成编制。全省 12 条跨地市重点河流水量分配任务全面完成，水量配置体系得到进一步完善。超额完成年度下达的 2100 平方公里水土流失治理任务，坡耕地治理和侵蚀沟治理项目完成率均超 90%，水生态水功能水环境修复治理持续向好。

深化水利改革，建立有利于增强水利发展活力的体制机制

——水法规制度体系建设方面。黑龙江省印发推进落实行政执法"三项制度"实施方案和 4 项配套制度，印发《黑龙江省农村供水工程运行管理办法》，修订《黑龙江省河道采砂管理办法》，印发实施《黑龙江省水土保持条例》。同时，强化水行政执法，2020 年共查处水事违法案件 438 件。深入开展扫黑除恶专项斗争，中央督导组转办的 13 条问题线索全部办结，反馈的问题全部整改完成。

——水利行业强监管方面。构建完成黑龙江省水利强监管"2+N"制度体系；突出河湖长制、小型水库安全运行、农村饮水安全、防洪工程调度、山洪灾害防御等 7 个重点领域清单式监管；开展 4 项综合督查和 14 项专业监督检查；采取"四不两直"的方式对重大水利工程建设质量与安全运行情况进行监督，水利行业强监管成效明显。

——优化营商环境方面。全面加强"放管服"改革力度，在行政权力"应放尽放"基础上，实现"应简尽简、应优尽优"。2020 年平均每项行政审批需要提供材料比上一年减少 0.6 个，减少承诺办理时间 1.4 个工作日，每项行政审批实际办理时间比上一年减少 1.2 个工作日，每个项目技术审查用时比去年减少 14 天。推进 26 项政务服务事项实现"一网通办"，16 项政务信息实现跨部门共享，22 项公共服务事项信息做到网上可查询，水利营商环境持续优化。

——农业水价改革方面。2020 年，黑龙江省将改革成效与项目安排挂钩，利用中央水利发展资金 6 125 万元，支持 17 个项目县开展农业水价综合改革，年度项目投资完成率达 87.6%，超过国家要求 80%的建设目标，全年新增改革面积 1 000 万亩，实际完成 1 791 万亩，超额完成了年度目标任务。

——水利信息化建设方面。黑龙江省完成了《全省智慧水利总体方案》编制，构建了安全实用、智慧高效的全省水利信息系统顶层设计架构。开发了"水利普查数据应用平台"，推进了省级山洪灾害监测预警平台提档升级，完成了黑龙江省大江大河水文监测等一批建设任务，水利信息化步伐不断加快。

电话：(010)63205230 E-mail：zbs@chinawater.com.cn
责任编辑：郑贤 照 排：高永红 ·广告· 2021年1月23日

上海：坚持人民至上 推进现代化治水

百舸争流，奋楫者先；千帆竞发，勇进者胜。东海之滨，黄浦江畔，在四季轮替的时间年轮中，来自江河湖海的一波又一波绿水碧浪，见证着上海水务不断前进的步伐。

站在"十四五"开局之际，回望刚刚过去的2020年，这注定是一个不平凡的年份：新冠疫情突如其来，防汛抗洪形势严峻，常态化防疫与社会经济发展并重，进博盛会如期举办，浦东开发开放30周年……

这一年，面对一次次突发事件，一项项国家战略和重大任务，上海水务始终牢记习近平总书记的嘱托，坚持"人民至上、生命至上"，不断创新工作体制机制，紧紧围绕全市经济社会发展大局，统筹推进水环境治理、水安全保障、水生态保护等工作，圆满完成各项任务，交出了一份满意的答卷。

上海黄浦江

坚持科技赋能 全力打赢防汛防台风硬仗

2020年的汛期，极不寻常。

在上海，122天里的雨日多达64天，刷新历史记录，徐家汇站总降水量1176毫米，为历史同期第二位，仅次于1999年，防汛形势异常严峻；在上游，太湖流域发生超标洪水，上海不仅要确保自身安全，而且还承担着助太湖洪水下泄的重大责任。

防汛工作做得好不好，直接关系到人民群众生命财产安全。上海贯彻落实习近平总书记关于防汛救灾工作的重要指示批示精神，始终坚持"人民至上、生命至上"重要理念，压紧压实防汛责任，从快从严排查隐患，加紧加密监测预报，落实落细抢险准备，抓好抓牢宣传引导，强化科技赋能智慧防汛，全力配合流域开展泄洪纳潮，成功应对超标洪水、超长梅雨、超强降雨和超高水位的严峻考验，确保城市运行平稳有序和人民生命财产安全，实现了"不死人、少伤人、少损失"的目标。

防汛水平不断提升的背后，是高科技的赋能。自动监测积水动态，信息实时共享，智能调度指挥，多部门联动响应，直接视频对话……从一部电话到一块大屏，如今的上海防汛体系愈发智能、精准、高效，"科技+管理"长效机制正在逐步形成。

入汛首日，"上海市防汛防台指挥系统2.0版"同步上线，防汛防台风工作全部纳入"一网统管"。平台融合了"测、报、防、抗、救、援"六大防汛工作要素，针对上海主要防御对象、防汛预案、灾情、舆情、社情以及各类指挥智能化场景，实现了全市统一、科学、高效的实时智能调度和多部门联动协同，意义十分重大，有力提升了上海防汛抗灾体系和应急处置能力的现代化、精细化水平。

2020年11月1日，上海市水务局"一网统管筑就魔都风雨结界——上海防汛中的超大城市治理智慧"获评首届"上海城市治理最佳实践案例"。这意味着，上海强化科技赋能与智慧防汛，将防汛防台风工作纳入一网统管的创新与探索，得到了充分肯定。

加快实施重大工程 全年完成投资百亿元以上

风雨从容应对的背后，是全市不断完善的防汛防台风基础设施体系。

上海闵行浦江郊野公园水系

上海青浦徐姚村水系

经过多年努力，上海已基本建成千里海塘、千里江堤、区域排涝工程和城镇排水工程四道防线，应急排水能力可达每小时10万立方米。

2020年，上海水务继续加快实施重大工程，基础设施体系得到进一步完善。在防汛基础设施项目及水利重大工程方面，吴淞江工程（新川沙河段）开工，持续推进23.8公里海塘达标工程，加快推进黄浦江堤防维修专项，推进老旧病险水闸的改建、重建和15项城镇排水系统建设。此外，列入市政府实事项目的11项道路积水改善工程和3.5万户农村生活污水处理设施改造全面完工。

上海水务正全力建设的重大工程，还有更多。

以吴淞江工程（新川沙河段）、竹园污水厂四期工程全面开工为代表，一批水务重大工程取得突破，实现节点目标，全年完成重大工程投资120亿元以上，新开工项目7项，基本建成16项。

作为上海水环境治理重中之重的引领性项目，苏州河环境综合整治四期工程加快推进，苏州河堤防达标改造工程建成，底泥疏浚工程基本建成；竹园四期120万吨污水处理厂和50万吨调蓄池工程以及中心城区污水厂6个调蓄池工程加快推进。到2020年底，苏四期工程范围内基本消除劣Ⅴ类水体，防汛能力进一步提升，航运功能得到优化，中心城区全长42公里的苏州河岸线实现全面贯通。

绿树成荫，鸟语花香，绿水碧波，涟漪阵阵……市民游客漫步在苏州河两岸步道上，幸福感与获得感油然而生。

深化河长制湖长制 基本消除劣Ⅴ类水体

"绿水青山就是金山银山"，加快水环境治理保护，制度的保障是关键。

近年来，上海认真践行习近平总书记的重要指示精神，不断深化河长制湖长制，碧水保卫战取得新成效。上海市委书记、市总河长李强多次提到，实行河长制湖长制，是推进生态文明建设的重要制度安排，是全面加强水环境治理、打赢碧水保卫战的关键所在。

上海高度重视水环境治理保护和河湖长制落实工作，在全国率先出台省级河长制实施方案，党政一把手共同出任总河长。通过高位推动、落实责任、采取有效措施，上海市中小河道整治和消除劣Ⅴ类水体等工作取得长足进展，城乡水环境面貌持续改善。

2020年，上海继续深化完善河长制湖长制，持续推动河长制工作重心下移，推进河长制标准化街镇、村（居）河长工作站，落实市属重点区域、市级企业河长制，着力强化治水神经末梢，压实河长"巡、盯、管、督"履职责任。同时，出台《关于进一步加强水务监督工作的实施方案》，成立水务监督工作领导小组，在河长制工作处同时挂牌综合监督处，进一步完善了工作体制。全面完成水利部督查发现的河湖"四乱"问题整改工作；组织24个专项监督组，开展检查169次，查出问题共计459个，整改完成率达100%。

在制度的保障下，水环境治理成效显著。上海加快推进劣Ⅴ类水体整治，完成河道整治428公里、断头河打通1096条段、小区雨污混接改造1870个、中小河道轮疏626公里、农村生活污水处理设施安装3.5万户，顺利实现"2020年基本消除劣Ⅴ类水体"目标。

如今，无论是黄浦江、苏州河、淀山湖，还是一些中小河道，城乡水环境都有了明显提升，阳光微风下碧波粼粼，一副水美申城的美丽画卷正在上海这座"人民城市"徐徐展开。

聚焦水质提升 持续强化供水安全保障

除了看得见的水环境，更重要的是老百姓用得舒心、喝得放心的自来水。

2020年，上海始终坚守供水安全底线，聚焦水质提升，筑牢民生保障，持续强化水资源管理和可持续发展。在供水基础设施建设方面，加快推进18座长江水源水厂深度处理工程建设，完成10座水厂深度处理系统通水，全市水厂深度处理率达60%；推进完成500公里老旧供水管网改造及优化，完成200公里郊区小口径管网改造，保障城市供水安全运行的"地下生命线"。

上海供水行业以"国内领先、国际一流"为战略目标，致力于提升水质的更多探索和创新实践，完成《住宅二次供水技术标准》《临港新片区高品质饮用水入户工程技术规程》，在临港新片区滴水湖核心区等区域逐步展开高品质饮用水示范工程建设。此外，结合二次供水设施接管，不断优化供水运行模式，运用在线监测设备，通过智能运行，有效降低水龄，保障用水新鲜，最终实现居民入户饮用水水质提升，增强人民群众高品质生活的获得感和幸福感。

上海持续推进节水型社会建设，建成一批节水型小区、校区、企业和工业园区。完成本市最严格水资源管理考核自查。严格地下水开采总量控制，预期年末开采量100万立方米，回灌量超过2000万立方米。

全力以赴 服务保障国家战略与重大任务

长三角更高质量一体化发展、第三届中国国际进口博览会如期线下举办……一项项国家战略和重大任务中，上海水务同样全力以赴，配合做好各项体制机制创新与服务保障工作。

作为实施长三角一体化发展国家战略的先手棋和突破口，长三角生态绿色一体化发展示范区于2019年11月1日正式揭牌成立，区域内重点水体联保共治体系建设进入加速期。

示范区内河网水系纵横、湖泊星罗棋布，在这片约2413平方公里的区域内，水域面积就占了约488平方公里。在这里，如何与相关各方加强联保共治，确保做好"水文章"？

经过广泛调研和多方深入协商，历时一年编撰，沪苏浙三地共同摸索出行之有效的《长三角生态绿色一体化发展示范区重点跨界水体联保专项方案》，将47个主要跨界水体纳入实施范围，为长三角生态绿色一体化发展和跨界水体生态环境保护探索路径、提供示范。不止是示范区，整个长三角继续深入推进区域治水联动，完成2019年长江生态环境警示片披露"宝山5号泵站排江问题整改不彻底"问题整改和全市121项长江干流岸线利用项目清理整治工作，加强长江河道采砂管理，并在已有太湖淀山湖湖长协作机制的基础上，先行建立"一河三湖"联合河湖长制，不断加强重点跨界水体联保共治。

2020年11月4日，第三届进博会在上海国家会展中心开幕。此前，上海市水务局执法总队专门组织开展了进博会水务海洋保障专项执法行动，维护水环境和水安全。通过联合执法、重点抽查、专项督导等方式，重点打击危害河湖水环境、供水安全、排水设施安全、海底光缆安全以及违法采砂等行为。

进博会期间，上海供水行业为国家会展中心建立了"两路水源、三家水厂、四座泵站、八路进水"的全方位、全覆盖供水保障体系，实时监测国展中心核心区的水质水量，并加强对重点区域供水管线巡检，圆满完成了保障任务。

改革开放再出发 "十四五"扬帆启航

"十三五"圆满收官，"十四五"扬帆启航。回顾过去，展望未来，上海水务将以习近平新时代中国特色社会主义思想为指导，在市委和市政府的领导下，进一步振奋精神、转变作风、开拓进取、扎实工作，努力确保全面完成各项目标任务。

未来五年，上海水务将继续围绕"节水优先、空间均衡、系统治理、两手发力"治水思路和"幸福河"重要论述，坚持"人民城市人民建、人民城市为人民"，以超大城市水系统治理现代化需求为发展导向，以河长制湖长制为抓手，以"补短板、提品质、升能级"为发展主线，提高防汛安全保障能力，着力改善水环境质量，提升饮用水品质，推进水治理体系和治理能力现代化，更好地服务经济社会高质量发展，提高人民群众的获得感、幸福感和安全感。

"十四五"的总体目标也已明确：至2025年，基本建成与上海社会经济发展大局相适应的现代水系统治理体系，基本实现"水体水质提升，江河湖泊美丽；防御能力增强，安全底线坚固；供给保障有力，资源利用高效；行业管理精细，系统智能高效"的目标，为达成水城相依、人水和谐的幸福愿景，支撑高质量发展、高品质生活，助力城市能级和核心竞争力的提升提供坚实保障。

2021年是"十四五"的开局之年。上海水务将继续践行"十六字"治水思路和水利改革发展总基调，坚持"人民城市人民建，人民城市为人民"重要理念，着力推动"十四五"水系统治理规划落实落地，进一步提升巩固水体水质，增强灾害防御能力，强化水资源保障，促进精细化管理，支撑高质量发展、高品质生活，助力城市能级提升，服务保障经济社会发展。

改革开放再出发的号角已经吹响，上海将继续全力以赴、奋楫向前，以敢为人先的精神，勇于挑最重的担子、啃最硬的骨头，努力奔跑在开放创新、共享共赢的人民大道上。

本报文字及图片由上海市水务局提供

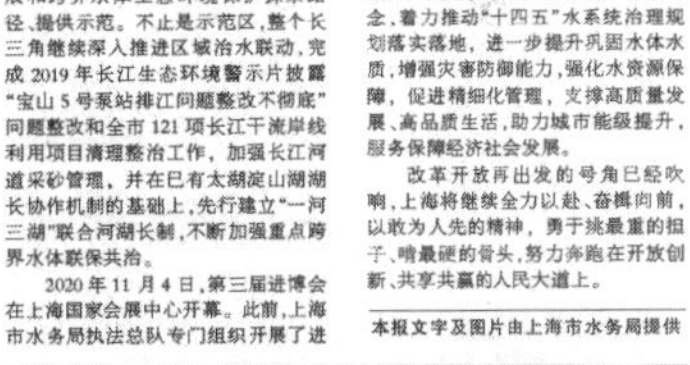
吴淞江工程（新川沙河段）

杨树浦水厂正在进行深度处理改造

入汛首日上线的"上海市防汛防台指挥系统2.0版"

电话:(010)63205237 E-mail:zbs@chinawater.com.cn
中国水利报 责任编辑:王洁 照 排:高永红 ·广告· 2021年1月23日 31版

江苏：波澜壮阔治水路 华笔妙墨写宏篇

□吴卿风 程藻

2020年，习近平总书记到江苏视察，亲临江都水利枢纽，为江苏水利发展注入了强大动力，指明了发展方向。

回顾过去的5年，江苏水利坚持以习近平新时代中国特色社会主义思想为指引，遵循"节水优先、空间均衡、系统治理、两手发力"的治水思路，以全面推行河湖长制为统领，以系统治水为导向，以生态河湖行动为抓手，以改革创新为动力，大力推进江苏特色水利现代化进程，以只争朝夕的奋斗书写了治水兴水的精彩答卷。

日月经天，江河行地。时间的脚步又行进至一个意义非凡的节点。

凝望浩渺的岁月长河，5年的时光不过是短暂的一瞬间；环视江苏大地的变化，这5年的水利发展成就令人振奋。

这是奋力克难的5年。台风来袭，洪水肆虐，连年干旱……面对猝不及防的重大水旱灾害，江苏水利人迎风逐浪，众志成城，科学防控，最大程度地减轻了旱涝灾害损失。

这是力度空前的5年。全省全社会投入近2100亿元，年均投资超400亿元。重大水利工程建设加快推进，农村饮水安全、农村水利等民生水利工程建设全面提速，水安全保障得到有效提升。

这是水韵动人的5年。"碧水保卫战""河湖保护战"全面打响，生态河湖建设纵深推进，全省超过70%的主要河流和64%的省管湖泊生态状况达到优良水平，河湖生态持续向好，生态底色更加鲜明。

这是锐意进取的5年。最严格水资源管理制度考核连续4年蝉联全国第一，水权水价、简政放权、河湖管护、建管体制等改革取得新进展，深化水利改革实现新突破。

长江江阴段

江都水利枢纽

退圩还湖后的长荡湖

徐州潘安湖

三河闸行洪

长江南通五山段

从容防洪御旱 力保河湖安澜

2020年7月21日，南京下关，已逾百年历史的长江南京潮水位站，电子屏上清晰的"10.39米"标志着最高水位已然刷新历史纪录！

从小在附近长大的王瑛用手机记录下了水位不断破纪录的过程。"小时候，这里都是土堤，谁敢在发洪水的时候来江边看风景啊？现在不光建起了防洪墙，还有这么多人在守护大堤，我感觉很安心。"

2020年，江苏经历了非比寻常的旱情和历史罕见的全域洪水。面对大旱大洪大涝，江苏依托较为完善的水利工程体系和行之有效的组织指挥体系，通过精准的"防"、统筹的"调"、超前的"泄"、迅捷的"分"，以及"全面排、提前备、全力守、及时避"的防御策略，成功取得无重大险情、无人员伤亡、无重大损失的优异成绩，实现抗旱抗洪的全面胜利。

2020年只是"十三五"期间防汛抗旱工作的一个缩影。

回顾这5年，一幕幕场景令人印象深刻：

2016年，太湖流域发生特大洪水，秦淮河流域发生超历史纪录洪水；

2017年，淮河流域发生严重秋汛；

2018年，淮河干流春汛、"温比亚"等5次台风连续袭击；

2019年，苏北地区遭遇60年一遇气象干旱，新中国成立以来登陆华东地区的第三强台风"利奇马"穿越全省，沂沭泗地区发生1974年以来最大洪水；

2020年，长江和太湖流域性大洪水、淮河流域性较大洪水、沂沭河1960年以来最大洪水接踵而至。

回望这5年，一段段记录让人信心倍增：

5年间，江苏成功抵御了严重的气象干旱，保障了全省粮食增产增收，保障了城乡用水安全，实现了大旱之年无大灾；

5年间，江苏成功抗御了历次洪涝灾害，实现了无重大险情、无人员伤亡、无重大灾害损失，保障了经济社会平稳发展；

5年间，江苏成功应对历次台风，转移人员22万人次，人员转移规模创历史新高，实现了人员零伤亡。

5年间，江苏不断提升水利防汛抗旱应急能力，信息化与监测预警预报实现深度融合，洪水台风预报精度不断提高，预见期不断延长。修订《江苏省防汛抗旱应急预案》，编制全省重要河湖库超标洪水防御预案，完善洪水预报调度系统与突发性水污染事件应急处理预案，推进洪水风险图编制和应用实践，加强水情旱情预警发布管理，形成里下河地区、秦淮河、苏南运河区域洪水调度方案及49座大中型水库洪水与水量调度方案。编制实施《江苏省防汛防旱抢险能力建设规划》，建成全国首个省级防汛抢险训练基地。每年年初，各级防汛抗旱部门立足防大汛、抗大洪、抢大险、救大灾，做好各项汛前准备已成常态。

5年间，185次会商，120余次预警应急响应，2100余道调度令，100多个工作组，6000多人次深入一线指导抢险救灾……

每一个数字，每一帧场景，每一场胜利，无不展示了江苏儿女与水旱灾害搏斗的英雄气概，记载了江苏水利人防汛抗旱的累累硕果。

夯实工程基础 增进民生福祉

水兴则邦兴，水安则民安。

江苏历届省委和省政府始终将治水放在突出位置，开展了大规模的水利工程建设，基本建成了防洪、挡潮、除涝工程体系。尤其是"十三五"期间，江苏始终保持每年400多亿元的高强度大规模水利投资，不断加快水利基础设施建设，完善水利基础设施网络。

2020年，在新冠肺炎疫情最严重期间，厅领导班子全部下沉一线，对重点水利工程复工情况进行督导，积极帮助企业协调解决"员工返岗难、物流运输难、企业自身防控难"等问题，统筹加快水利工程建设，做好安全度汛各项准备，为稳定有序复工创造条件，确保全省水利重点工程建设顺利实施，实现了疫情防控期在全国水利系统率先全面复工。

"十三五"期间，全省水利重点工程建设加快推进。长江新济州河段、八卦洲汊道、镇扬河段三期等一批河势整治工程及干流崩岸应急治理工程全面完成，长江堤防防洪能力得到全面提升，长江河势总体稳定。

新沟河延伸拓浚、望虞河除险加固及西岸控制工程全面完成，新孟河延伸拓浚完成主体工程，环太湖大堤后续工程全面实施，太湖"两进三出"引排格局基本建成。

淮河入江水道、分淮入沂、洪泽湖大堤、川东港整治工程建成投运，黄墩湖滞洪区调整与建设、淮河行蓄洪区与淮河干流滩区居民迁建实施完成，淮河流域重点平原洼地近期治理工程全面实施，淮河治理有序推进。

中小河流治理、大型泵站改造、大中型病险水闸加固等一批区域治理项目加快实施，城乡水利设施网络不断完善，水安全保障能力有效提升。目前，江苏长江、淮河、太湖等流域的防洪标准均已达到50年一遇以上。

不断完善的防洪减灾工程体系和跨流域、跨区域调配水工程体系，成为科学配置水资源的基础，也使得江苏能够以丰补枯，以余补缺，调配自如，实现水随人愿。

"十三五"期间，江苏江水北调、江水东引、引江济太三大跨流域调水系统引水量达641亿立方米。南水北调东线工程累计调水出省超47亿立方米，兑现着一江清水向北送的承诺。

水旱灾害频发的这5年，江苏粮食生产仍然保持稳产增收，农村水利基础设施的进一步夯实是其强大后盾。"十三五"期间，紧紧围绕乡村振兴战略，江苏加快构建保障民生、服务民生、改善民生的农村水利发展格局，实施了21个大型灌区和56个中型灌区续建配套与节水改造项目，新增粮食产能8.4万吨。布局合理、功能完善、运转有效的"挡、排、引、蓄、控"农村水利工程体系已经初步建成，工程长效管护机制和基层水利管理服务网络基本建立，农业抗灾能力、粮食生产能力、农村供水保障能力和水资源利用效率持续提升。

2020年6月29日，位于江苏省供水最末端的连云港市赣榆区莒城湖水厂竣工，标志着全省农村饮水安全巩固提升工程全面完成。至此，江苏提前半年完成了年度建设任务，在全国率先基本实现城乡供水一体化，广大农民群众喝上安全水、放心水、幸福水，受益人口达1167万人。全省农村区域供水入户率超98%，基本实现城乡居民用水"同源、同网、同质、同服务"。

5年间，江苏积极推进水库移民后扶和重点片区水利帮扶工作，丰县湖西片区整体帮扶实现了"五年规划四年完成"的目标，高质量推进"美丽库区幸福家园"建设，建成了一大批惠及民生的工程项目，转化为万千群众看得见、摸得着的实惠，赢得了人民群众的普遍赞誉。

系统治理河湖 绘就生态底色

5年前，这是一张极具挑战的考卷——

江苏全省超过三分之一的河湖水体受到不同程度的污染；

河湖过度开发利用、生态退化现象尚未得到有效遏制；

经济社会发展与水资源环境承载力之间的矛盾相对突出；

广大人民群众对优美水生态环境的需求不断增长。

5年后，这是一张可圈可点的答卷——

太湖平均水质由Ⅴ类改善为Ⅳ类，连续13年实现"两个确保"；

断面水质逐年改善，全省104个国考断面优Ⅲ比例达到77.9%，国省考核断面、主要入江支流已全部消除劣Ⅴ类；

13个设区市和太湖流域县级城市建成区全部消除黑臭水体，全省近70%的重点河湖生态状况优良；

太湖、滆湖网围养殖全部退出，全省重点湖泊网围养殖面积负增长；

9个设区市建成国家级水生态文明城市，建成农村生态河道339条、生态清洁小流域96个、水利风景区151个、水美乡村1820个。

2017年10月，针对江苏当前面临的治水问题，一个贯彻系统思维、依托河长制实施、瞄准生态河湖目标的行动计划，应运而生。江苏省人民政府发布《江苏生态河湖行动计划》。

2019年省委书记娄勤俭、省长吴政隆签发第1号总河长令，部署开展"碧水保卫战""河湖保护战"。

5年来，全省6.3万名河湖长履职尽责，齐心协力，各地各部门清单式管理、项目化推进，生态河湖建设全面铺开，河湖两战全面打响。全省上下形成省级河长抓推进、市县河长抓治理、镇村河长抓管护的治水责任链。

江苏将水利部河湖"清四乱"专项行动与"两违三乱"专项整治结合起来，对全省河湖水库的违法违规占用情况进行全方位调查摸底，形成各区域重点河湖主要违法行为问题清单、任务清单，查找河湖"病因"。全省排查整治河湖问题3.8万个，国家下达的长江岸线整治596个项目全部完成，退出岸线47千米，复绿面积572.8万平方米，生态岸线占比提升至62.1%，在沿江省市中整治数量最多、退出岸线最长。

太湖累计打捞蓝藻202万吨，引江济太累计引水5.76亿立方米，累计入湖2.29亿立方米，有效改善了太湖水质。

江苏坚持生态理念，有序推进退圩（渔）还湖、清淤疏浚、水系连通等工程，修复河湖生态。洪泽湖等9个湖泊退圩还湖工程开工实施，恢复水域面积100平方公里，洪泽湖恢复调蓄库容1亿多立方米。

如今，行走江苏大地，处处呈现"人在画中走，水绕身边流"的美景。放眼400多公里的长江江苏段，公园绿地替代码头船厂，物流基地变身生态绿岛，生产岸线变为生活岸线，长江绿色廊道江苏段建设正加快推进。清水长清，碧水长流，全省水环境治理明显改善，人民群众对美丽河湖的满意度越来越高。

在江苏，水清岸绿景美只是开始。人们对水环境美的追求正由被动为主动，并日益成为社会共识。有了水的滋养，一幅精心描摹的水韵江苏画卷愈发动人。

本版图片由江苏省水利厅提供

34版 中国水利报
2021年1月23日 ·广告· 责任编辑：魏晓雯 两 校：刘建军
电话：(010)63205049 E-mail：zbs@chinawater.com.cn

浙江：之江奔腾平野阔

□徐鹤群

"十三五"交卷时刻，浙江水利累计完成投资2 880亿元，用实干与创新，书写了高质量发展的时代华章。

这是一抹秉持匠心精神的澎湃！百项千亿防洪排涝工程进一步补齐基础设施短板，在迎战超强台风"利奇马"、太湖流域高水位、超标准洪水等重大考验中勇打胜仗，最严格水资源"国考"连续5年优秀，水利工程质量连续6年获评A级。

这是一次满载民生理想的出发！农村饮用水达标提标行动让3 200万农村居民喝上"好水"，河长制湖长制连续2年获得国务院激励，316条美丽河湖"串珠成链"，成为美丽浙江"大花园"的生态底色。

这是一场渗透改革智慧的探路！纵深推进节水行动、水利数字化转型、水利工程标准化管理改革等重点领域改革，迈出实质性步伐。

补齐短板 城市防洪封闭圈基本闭合

2020年8月，受"黑格比"台风登陆影响，温州市经历了风、雨、潮三重考验，但是"年年防台，年年受灾"的平阳县水头镇却安然无虞。当地老百姓都说，是"因为建好了水利工程"！

水头百姓口中的水利工程，正是7月基本建成并投入使用的鳌江干流治理水头段防洪工程。水头镇地处浙江八大水系之一的鳌江中游，因地势低洼，上游9条溪流汇聚而下，加之鳌江下游涌潮顶托，历史上经常发生洪涝灾害。2016年，"鲇鱼"台风影响下的水头更是全镇受淹，经济损失达7.9亿元。

2016年10月，总投资16.69亿元的鳌江干流治理水头段防洪工程开工，2020年7月基本建成。"等到平阳县南湖分洪工程建成后，水头的洪水防御能力将提升至20年一遇。"平阳县水利局有关负责人介绍，届时鳌江流域防洪减灾能力也将得到有效提升。

防洪工程向上筑起"安全网"，排涝泵站横向提升排涝能力。在杭嘉湖平原的嘉兴，2020年的梅雨期，这里迎来了历史最大降雨量，但嘉兴站最高水位却仅列历史第9位，比历史最高水位低0.31米，全市没有一处内涝成灾和水毁险情。嘉兴的"安全感"来自南台头排水泵站、长山河排水泵站等泵站的建成投用，为扩大杭嘉湖南排工程增加了300立方米每秒的强排能力。

平阳水头和嘉兴的变化，见证了5年来浙江着力补齐防洪短板的坚实步伐。"十三五"期间，浙江以百项千亿防洪排涝工程为抓手，加速完善"上蓄、中防、下排"的防洪排涝工程体系，累计新增排水能力2 050立方米每秒，完成六大主要江河干堤及海塘加固720公里，新增水库总库容5.1亿立方米，县级以上城市防洪封闭圈基本闭合，六大江河干堤达标率提高至85%以上。

2020年梅雨期，在钱塘江上游连续发生多轮强降雨后，浙江最大的水库——新安江水库建库61年来首次9孔全开泄洪。面对机构改革后的这场艰苦卓绝"战役"，浙江水利人沉着应对、化险为夷！

一大批防洪排涝工程的建成，是底气；日渐完善的水旱灾害防御工作体系，够硬气！8 000余个水文测站、每5分钟实时采集、每15分钟动态报送，第一时间把海量数据送到会商室，调度专家动态分析了171种开闸及关闸方案，研究提出57种调度方案……

在科学调度下，新安江水库发挥了重要的拦蓄作用，新安江河段洪峰流量从23 000立方米每秒降至7 700立方米每秒，削峰率达到67%，减少下游受淹面积123.8平方公里，减少受淹人口45万，实现水利工程防灾减灾效益最大化、暴雨洪水影响最小化。

千岛湖配供水工程

杭嘉湖南排工程长山河枢纽

安吉桃花岭供水站

浦江金坑岭电站

衢州市柯城区石梁溪

诸暨永宁水库

民生接力 打通经济社会发展"水脉"

龙游县龙洲街道岑山村村民朱秀卿家中装着三个水龙头，第一个连接的是家里打的70米深井，第二个源头在村里后山上的一座小山塘，第三个是来自县城水厂里的自来水。"这个水最好了，水量足，喝得也放心！"朱秀卿指着第三个水龙头笑得灿烂。

决胜全面小康的道路上，这三个水龙头里蕴藏的是浙江水利人的温情，传递的是社会发展的温度。2018年年底，聚焦城乡同质、县级统管，浙江省农村饮用水达标提标行动拉开序幕，攻坚803万农村居民"喝好水"，农村饮用水达标人口覆盖率达到95%。

三年为期，匠心铸造。2020年10月底，浙江省农村饮用水达标提标行动提前超额完成1 054万农村居民"喝好水"任务，基本实现城乡同质饮水。至此，浙江全省范围内也形成了以供水区为中心、水库(枢纽)工程为节点、引调水工程为主线、农村供水工程为补充的城乡水资源配置格局。

浙江，一个典型的江南水乡，河网密布、湖漾众多、雨水充沛，但也同时存在水资源先天不足、时空分布不均、有效利用不多的问题。新建优质水源地，优化水资源配置网络，打通经济社会发展"水脉"，成了浙江提升水资源保障能力的重要出路。翻开"十三五"的日历，有很多时刻值得铭记：

2019年5月26日，缙云县潜明水库一期工程大坝主体工程全部完工。几代缙云人民的水库梦，终于实现；

2019年9月29日，蜿蜒100余公里的地下隧道，将一池湛蓝的千岛湖水缓缓输向杭州主城。千岛湖配供水工程正式通水运行标志着杭州城市供水格局从以钱塘江为主的单一水源供应转变为千岛湖、钱塘江等多水源供水；

2020年6月19日，新昌天姥山下，黄泽江边，钦寸水库巍然屹立。随着一声"开闸"令下，万顷碧波在群山间掀起漫天云雨，一路奔腾向东，流进宁波的千家万户，可解决宁波近1/5人口的用水需求……

一批重点水源及引调水工程的建设建成，不仅有力保障了全省经济社会高质量发展，为民生改善带来了无尽空间，更为区域与城市发展带来了新的机遇。缺水严重的海岛舟山，无疑是最大的受益者之一。从宁波姚江引水，穿越杭州湾海底至舟山本岛，浙东引水工程一路"跋山涉水"，送来的清泉将为舟山群岛新区海洋经济发展插上腾飞的翅膀。

据统计，"十三五"期间，浙江省累计新增供水能力15.9亿立方米，县级以上集中式饮用水水源地水质达标率提高到97.8%，90%县级以上城市具备"一源一备"供水保障体系，累计新增农村饮用水达标提标人口1 054万人，以水库为主要水源的城乡水资源保障体系不断完善，有力保障了重点区域和重要城市供水安全。

幸福迭代 河湖汇聚美丽浙江新图景

浙江人民历来择水而栖、择江而居，村庄临水而建、产业依水而兴、人水相依共生。守住绿水青山，就是守住美丽幸福。

从"五水共治"到"美丽河湖"再到"幸福河"建设，在新发展理念指导下，浙江河湖治理的目标不断升级、路径不断优化、内涵不断丰富，一条条美丽河湖，汇聚成了美丽浙江"大花园"里的新图景。

创新，蕴含在一项项机制中。在河湖治理的顶层设计上，浙江一路解放思想、探索实践、开拓创新，率先出台省级《河长制规定》、率先实行湖长制、成立全国首家河长学院……河长制从这里走向全国，并连续两年获得国务院激励。2019年5月1日，《浙江省水域保护办法》正式施行。作为省级层面第一个水域保护的地方立法，它意味着浙江的水域保护工作进入了有法可依、加强监管的新阶段。

协调，折射于一棵"嫁妆树"。2020年夏天，衢州籍作家毛芦芦惊喜发现，1980年，父亲在柯城老家大俱源溪边为自己种下的"嫁妆树"，在流域整治中被保留了下来。这是浙江坚持系统治理、全域打造美丽河湖的生动注脚。从单一的防洪安全向自然保护、生态修复、综合开发转变，"十三五"期间，浙江以清淤泥、通水系、活水网为重点，推进"活水入镇，清水绕村"。同时推动水系沿线重要集镇、美丽乡村岸线公共空间的贯通开放，着力加强公路与堤防共建、水利与旅游融合，做到还河于民、还岸线于民。

绿色，辉映在"黑臭河""断头河"的嬗变里。在浦江，翠湖从"牛奶河"变身"游泳池"；在建德，引新安江水入梅城，重新激活千年玉带河；在德清，贯通全域河漾，织就以苕溪运河为脉、以河道为线、以湖漾为珠的大水网……浙江已累计清理1.1万公里垃圾河、黑臭河，治理中小河流4 384公里，完成河湖库塘清淤3.69亿立方米，完成水土流失治理面积2 320平方公里，重要江河湖泊水功能区水质达标率由"十二五"期末的75.8%提高到92.9%。

开放，体现于民间护水力量的不断涌现。2020年，浙江"公众护水绿水币"上线三个月，就吸引了60万人注册参与，该活动注册人数是浙江省河长人数的10倍，为河湖管理注入了新的活力。社会资本的引进则为河湖治理提供了"底气"。湖州市南浔区采用PPP模式吸引社会资本20余亿元推进"百漾千河"建设，宁海县盘活水利资产约70亿元，组建运作水投公司，为水利项目建设提供资金保障。

共享，凝聚在产业转型发展里。城市，拥江布局；乡村，因水振兴。一条条美丽河湖，打通了"绿水青山"向"金山银山"转换的通道，释放出了绿色发展的生机与活力。在衢州市柯城区，系统治理后的"两溪流域"经济提档升级，域内农民纯收入增长10%以上；在开化县，马金溪"百里黄金水岸线"年接待游客550万人次，营业收入超33亿元；在诸暨市，黄檀溪畔拥有农家乐50家左右，床位2 000多张，每年接待市内外游客30万人次以上，带动农户收益5 000万元左右。

数字赋能 率先探索强监管的浙江路径

进入新时代，我国治水矛盾发生深刻变化，水利行业强监管成为新时代给我们提出的一大新课题。

坚持建管并重，率先全面推进水利工程标准化管理，是浙江水利的第一个"窗口"。经过5年建设，1万余处水利工程标准化管理创建，率先基本建立了水利工程运行管理标准体系和制度体系，工程管护水平明显提升，有效保障了水利工程安全运行。

在此基础上，针对当前仍存在的工程产权归属不清、物业化覆盖率不高、数字化程度偏低等问题，2020年，水利工程管理产权化、物业化、数字化改革三年行动接力续航，进一步提升水利工程管理水平。

2020年9月24日，新修订的《浙江省水资源条例》正式通过省人大审议，以省级地方性法规的形式，进一步强化了对水资源管理的刚性约束，提升水资源安全保障能力。

《条例》背后，是浙江水利推进"强监管"向深水区迈进的决心。2020年，浙江省水利厅制订《浙江省水利监督规定》，全面回答"监管什么"和"如何监管"的问题。一方面，加大厅领导带队的综合督查和"四不两直"暗访督查力度，累计检查各类项目2 937个，并实施8批次警示约谈；另一方面，综合运用多种手段规范涉水行为，组织编制钱塘江等11条跨行政区河流流域水量分配和生态流量保障方案，启动取用水管理专项整治行动，基本完成全省取水工程核查登记工作。完成水利部要求的865条河流划界任务，整改河湖"四乱"问题353个，如期完成3 082座小水电清理整改任务。

眼下，在数字化的浪潮中，"互联网+监管"已成为水利"强监管"的重要支撑。以数字化转型为牵引，建立一套务实高效管用的智慧监管体系迫在眉睫。

桐乡，世界互联网大会永久会址所在地，打造了"数字工地"平台，通过远程视频监控技术，对工程质量和安全生产开展全天候、多方位、多节点、动态化监管，实时掌握工程施工现场质量管理情况，实现重点工程建设智能监管全覆盖。

"十三五"期间，浙江深化水利数字化转型，在数字流域、工程建设、工程管理、生态流量监管、一体化政务服务等方面开展积极探索，上线了浙江省水管理平台等一批应用。其中，钱塘江流域防洪减灾数字化平台和山洪灾害预报预警平台在2020年"超长梅"大考中发挥实战效益，城乡供水管理平台已实时接入11 112座水厂及9 823处水源地信息，农村水电站管理数字化应用实现了生态流量在线监测。

站在新发展阶段的起点上，浙江水利肩负展示"重要窗口"的使命担当，奔腾不息，向"新"而行，奋力书写"争创水利现代化先行省"的浙江故事，让涓涓幸福溪流，流淌进每个浙江人的小康生活中。

本版图片均由浙江省水利厅提供

电话：(010)63205049 E-mail：zbs@chinawater.com.cn
责任编辑：魏晓雯 照 排：高永红 ·广告· 2021 年 1 月 23 日

浙江安吉：让幸福浸润每个人的心田

□朱欣超 黄佳

冬日的安吉，依旧满目绿意，漫步在西苕溪畔，绿水逶迤向前，两岸芦花摇曳，民居错落有致，江南水乡诗意更浓。

西苕溪发源于天目山脉、安吉南部，自西南向东北流经安吉全县，最终汇入太湖。作为浙江省安吉县的母亲河，西苕溪水一直滋养着这片土地，哺育着千千万万竹乡儿女。

16 年前，习近平总书记在这里提出“绿水青山就是金山银山”的科学论断，如今，这一理念就像潺潺苕溪水，早已融入竹乡儿女的血脉。十几年来，安吉水利人坚决扛起“绿水青山就是金山银山”理念诞生地的使命担当，推动山水林田湖草系统治理向纵深发展，做大做精做美“水文章”，用实际行动让幸福浸润每个人的心田。

水保民安 夯实安全底色

安吉地处浙西北，境内主要水系为西苕溪。三面环山、中间凹陷、东北开口的“畚箕形”地貌，导致这里一遇降水，几乎所有雨水都汇入西苕溪。加上原河道堤防防洪标准基本为 5 年一遇至 10 年一遇，西苕溪成了安吉防汛的“洼地”。

早年间，沿线村庄对洪水已是习以为常。梅溪镇荆湾村位于西苕溪下游，因为地势偏低，村民饱受洪涝之害，甚至会根据发布的洪水高度来处置家里物件。如果水位高，一楼家具能搬的全部搬上二楼，不能搬的就层层叠叠架起来，减少损失。

改变的契机发生在 6 年前。

2015 年 4 月，总投资 17.45 亿元的苕溪清水入湖河道整治工程（安吉段）开工建设，整治河道总长 54.34 公里，加高加固堤防 78.01 公里，建设水闸、泵站 52 座。工程涉及安吉县递铺、梅溪、天子湖和溪龙等 4 个乡镇（街道）33 个村（社区），可保护人口 30.64 万人、耕地面积 43.41 万亩。

历时 3 年，西苕溪两岸巍然矗立起一条绵延百里、防洪标准达到 20 年一遇至 50 年一遇的防洪长堤。

这道大堤能否就此消除西苕溪防洪隐患？实践是检验真理的唯一标准。

2019 年 8 月，“利奇马”台风来袭，西苕溪梅溪站在 11 日 8 时出现最高水位 6.96 米，超警戒水位 1.79 米，逼近设计洪水位，这是苕溪清水入湖河道整治工程（安吉段）完工后经受的第一次最高水位考验。所幸，大堤挺住了！

2020 年夏天，面对历史第二大的梅雨量、历史第二长的梅雨期，太湖水位连续 46 天超警、9 天超保，杭嘉湖区嘉兴站连续 53 天超警、19 天超保，安吉短时降雨量集中，梅雨量达 714 毫米，是多年平均梅雨量的 2.5 倍。其中西苕溪梅溪站超警戒水位时间长达 45 个小时。大堤也挺住了！

至此，平原斗区“逢涝必淹”历史得到改变，长年受西苕溪“威胁”的沿河村庄，因清水入湖工程得到了安全保障，拥有了更多发展的想象空间。

“现在只看见天下雨、河水涨，家里依旧清清爽爽，很安心。”荆湾村村民说。

除害兴利，造福群众，是水利人的使命和担当，只有夯实安全底色，百姓生活才有踏实感与幸福感，乡村振兴才有稳定的发展基础。

水润民心 厚培民生本色

位于安吉南部的山川乡山清水秀、环境宜人，长年平均气温 14.7 摄氏度，被誉为竹乡天然氧吧，是知名省级旅游度假区。

曾经，村民集资从山上引水，来保证日常用水。近年来，随着云上草原、灵溪山等景区建成运营，农家乐民宿快速发展，用水矛盾凸显，饮水问题成为制约山川发展的堵点和痛点。

“一到旺季就停水，游客不愿住，我们的发展只能停滞。”民宿业主张阿姨道出心声。

2018 年，在浙江省统一部署下，安吉启动农饮水达标提标行动，3 年投入 8.56 亿元，先后实施水源工程、水厂建设、管网延伸、水站改造等项目 106 个，受益人口 36.09 万人，全县农村饮用水达标人口覆盖率达到 99%，供水保证率达到 95%，形成了“集聚区规模供水为主，偏远村水站供水为辅”的城乡一体化供水模式。

一泓清泉，流进了千家万户。

“我们再也不用为水发愁了！”曾满目愁容的张阿姨如今笑靥如花，这笑容是千千万万农户对未来生活的美好期盼！

走进山川乡高坞里供水站，小桥流水，假山鱼池，沿着用老石板铺设的小径漫步，红枫、罗汉松、乌桕、柏树连成一片，清水池、沉淀池都成了风景。

“我们充分结合美丽乡村建设，坚持‘一站一品、一站一景’提升水站形象面貌，全域化打造‘小而美、精而全、智能化’庭院式美丽水站。”安吉县农饮办主任刘杭生说。

安吉农村水站早已跳出传统，“蝶变”成美如画卷的风景。它们或结合山水元素打造园林式景观；或墙面彩绘桃树栩栩如生；或就地取材，用山石打磨成挡墙台阶……一座座庭院式水站坐落山间，与自然和谐共生。

随着农饮水达标提标行动收官，安吉将重心转向长效管护，成立全省首个县级农村饮用水管理服务中心，涵盖工程运行监测中心和水质检测中心，打造城乡清洁供水数字化管理系统，实现“全链条”管理。

“我们将继续完善数字化管理机制，完善应急保障预案，严格水费收缴，财政兜底保障运维经费，真正让农村群众喝‘放心水’、交‘明白费’！”刘杭生表示。

水美民富 壮大发展成色

民生无小事，枝叶总关情。随着时代车轮滚滚向前，安吉水利基础保障能力得到全面增强，经济社会发展基础不断夯实。

没有“后顾之忧”的安吉逐步向绿色转型要出路、向生态产业要动力，在绿水青山和金山银山之间打开一条通道，走出了一条兼顾经济与生态、开发与保护的发展新路径。

2017 年，安吉县着手编制《县域美丽河道综合规划》，围绕“安全流畅、生态环境、文化景观、兴产便民、长效管护”五条主线，以西苕溪母亲河、美丽城镇、美丽乡村建设范围内河湖为重点，构建“一干两翼四翎百羽”的河道布局，推进安吉河湖“由清而净、由净而美”的蜕变，进一步提升安吉旅游本底特色。

发展新路径带来的变化在悄然间发生。

3 年来，安吉成功打造美丽河湖沿岸景观 318 处、涉及沿线总长 98 公里，西苕溪（乌象坝段）、浒溪（天荒坪段）、浒溪（灵峰—递铺段）、递铺港（凤凰水库—六官里段）、南溪（老石坎水库下游段）、郝吴溪等 6 条河道相继创成省级美丽河湖。

走进余村，青山叠翠、流水潺潺，游步道、亲水平台等设施增添野趣，完成浒溪流域综合治理的余村大大改善了溪水生态和水环境，成为安吉彰显“现代文明繁荣，生态文明美丽”的一张金名片。

“我们如今的幸福日子，就是从南溪水里流淌出来的！”潴口溪村党总支书记叶国平由衷地说。这几年，村庄“点绿成金”，将烂泥地建成了湿地公园，还引进了浩瀚水业、水上乐园等项目，发展欣欣向荣。

2020 年，安吉完成了《西苕溪绿水经济带概念规划设计》编制，目前，正加紧调整完善《安吉县国民经济和社会发展第十四个五年规划和二〇三五年远景目标纲要》。按照规划和远景目标，安吉将进一步系统做好西苕溪全流域生态修复保护、综合整治与全域旅游体系的构建，优化生态、生活、生产空间布局，南北向提升建设绿水大动脉，形成集现代生态城市、美丽乡村建设、高新技术研发、健康养生度假、生态绿色生产、产城一体的“绿水”经济示范带，全面开启由“美丽河湖”向“幸福河湖”转变的新征程。

变绿水青山为金山银山，是习近平总书记的关切，也是安吉生动的发展实践。为了让绿水青山源源不断地带来金山银山，安吉水利人走过万水千山，一路风雨兼程，为安吉发展绘就了一幅波澜壮阔的历史画卷，也书写了安吉水利改革发展的全新篇章！

“绿水青山就是金山银山”理念诞生地——安吉县余村

波光粼粼的郝吴溪

安吉县石坞岭供水站

清水入湖，护绿两岸 潘学康 摄

安吉县凤凰水库

本版图片除署名者外
均由安吉县水利局提供

苕溪两岸是家乡 鲍高峻 摄

36版 中国水利报
2021年1月23日 ·广告· 责任编辑：吴峥 排版：李洪华
电话：(010)63205040 E-mail:zbs@chinawater.com.cn

福建：凝心聚力促发展 攻坚克难攀新高

□魏剑华 张智杰 陈布泽

"十三五"以来，在福建省委省政府的正确领导下，全省水利系统以习近平新时代中国特色社会主义思想为指引，深入贯彻党的十九大及十九届二中、三中、四中、五中全会精神，遵循习近平总书记"节水优先、空间均衡、系统治理、两手发力"治水思路，落实习近平总书记重要讲话重要指示批示精神，以问题为导向，以创新促发展，凝心聚力攻坚克难，实现新时代水利事业新跨越。

长汀县新桥镇汀江河、鸳鸯河安全生态水系

漳州市九龙江安全生态水系

黄沙坑水库

葫芦门水库

彭村水库

本版图片由福建省水利厅提供

牢记嘱托推进改革 一批示范项目取得历史性突破

福建水利人牢记总书记关于水土流失治理"进则全胜，不进则退"的重要批示，坚持精准治理深层治理，实现从"低流失"向"高保持"质的变化。全省累计治理水土流失1244.93万亩，提前1年实现"十三五"目标，流失率从2015年的9.95%降至目前的7.52%，居全国领先水平；长汀水土流失率降至6.78%，取得决定性胜利，成为全国标杆。

践行总书记关于木兰溪治理"变害为利、造福人民"的重要指示，木兰溪治理成为全国生态文明建设样本，筼筜湖治理成为厦门特区人水和谐的典型示范；治理河湖总长5416公里，建成一批社会认可度高、群众获得感强的河湖生态走廊。

贯彻总书记关于"率先实现两岸新四通"的重大决策，"两岸共饮一江水"成为现实。2018年8月6日，福建向金门供水工程正式通水，已累计输送优质原水1000多万吨；福建向马祖供水近期工程于2019年年底建成投用，实现了海运输水。

响应总书记关于建设"造福人民的幸福河"的伟大号召，深化河湖治理保护，大力消除劣V类小流域、"牛奶溪"和城市黑臭水体，水质保持全国领先，一批"安全、健康、美丽、繁荣"的幸福河湖陆续形成。

遵循总书记关于防汛抗灾救灾"以防为主、防抗结合"的基本方针，精确预报，精准指挥，精细落实，5年成功抵御64场致灾性暴雨和8个登陆、39个影响台风，圆满完成党的十九大和厦门金砖国家峰会期间的防汛抗灾救灾任务。

投资规模持续加大 一批骨干枢纽工程建成收效

"十三五"期间，福建省累计完成投资1992亿元，投资规模是"十二五"的1.7倍，位列全国前五；全省水利安全生产零事故，水利建设质量全国考核优秀，进入A级行列；水利建设连续2年受到国务院正向激励。

实施枋洋、霍口和"一闸三线"等一批重大蓄引调水工程，全省建成大中型水库13座，新增蓄水能力4.9亿立方米、供水能力21亿立方米，实现跨行政区水量分配、年取水100万立方米以上取水口全面在线监控，水资源配置网络基本形成。

推进"五江一溪"、中小河流防洪治理，加快8个县城防洪治涝工程建设，实施水库水闸常态化除险，建设数字水利。全省建成江海堤防1500公里，加固水库345座、大中型水闸22座，治理山洪沟16条，基本实现防汛减灾预警预报体系全覆盖，水安全保障体系不断完善。

推进农村饮水安全巩固提升，农村自来水普及率增至92%，集中供水率增至95%，受益人口674万人；完成灌区续建配套与节水改造35处，建成小农水重点县25个、高效节水灌溉项目县60个、高标准农田节水灌溉项目县83个，新增恢复灌溉面积52.31万亩，民生水利建设惠及千家万户。

深化重点领域改革 一批创新经验做法复制推广

在中组部推广的生态文明建设3个水利样本中，福建省占2个；在国家发改委推广清单8个涉水项目中，福建省占6个。

河湖长制工作始终走在全国前列，连续3年受到国家正向激励。建立"党政同责、五级联动"模式，形成以党政主要领导牵头抓总、区域流域结合、省市县乡村五级全覆盖的河湖长组织架构；建立"行刑衔接、依法治河"模式，实现法院、检察院驻河长办联络室全覆盖；建立"科学评价、社会监督"模式，在全国率先发布《河流健康蓝皮书》、公布水质监测数据、开通96133监督电话。

创新农村基础设施管护模式取得新突破，水库安全管理入选2020年全国基层治水十大经验。建立"应检尽检、该修即修、能改则改"工作机制，小型水库定期"体检"、及时"治病"、日常"保健"，87%的县域通过政府购买服务，实施公益性小型水库社会化管护。

积极探索生态产品价值实现机制，满足大规模水利建设资金需求。大胆尝试"水生态银行""融水贷"做法，努力让"闲水"变"富水"。采取债贷融合方式，累计发行地方债券29.49亿元，获国开行、兴业银行等金融机构授信416.9亿元，有力推动城乡供水一体化在全省66个市县全面铺开，受益群众近500万人；综合治水试验和安全生态水系建设，有效统筹涉河涉水资金，推动全县域、全流域、全方位综合治水。

提升行业监管水平 一批管用制度规范成功实践

福建省水利改革发展有法可依、有规可循、有标可鉴。制定修订了《福建省水资源条例》等3部条例、《福建省河长制规定》等3部规章，研究出台了《水利工程工地标准化建设指南》《水利建设市场主体信用评价管理办法》《小型水库管理制度范本》等一系列制度，制定实施了全国首个省级河湖健康评价、小型水库防汛责任人履职、水库工程维修养护定额、行业用水定额等技术标准。

水利建设市场更加规范、更加和谐、更加安全。构建信用评价体系，推行电子招标投标，建立信用与市场份额挂钩机制、黑名单制度，有效破解专家被"围猎"、企业搞"围标"、监理常缺位等突出问题，倒逼3138家水利建设市场主体诚信经营。

水利设施数字化监管"信息可查、现场可视、指令可达、运行可控"。建成河湖长制、视频监控、运行管理等23个数字水利系统和省级水利数据中心，整合汇集行业各类数据资源超10亿条，为基层提供了近4000万条次的数据服务。

全面从严治党纵深推进 政治生态风清气正

通过五年来持续加强党建工作，福建水利系统政治机关本色更加鲜明、基层组织基础更加夯实、队伍作风纪律更加严明。

坚持以政治建设为统领，深化思想教育理论武装，"不忘初心、牢记使命"主题教育取得良好成效，"把主题教育开展在防汛前沿"等经验做法得到中央第3巡回指导组高度评价。水利干部队伍忠诚可靠，有能力，敢担当，会干事，厅领导班子年度考核等级为"优秀"，"一报告两评议"好评率高出省直平均值近12个百分点。

建立水利厅领导与党支部挂钩联系点等基层党建制度，锻造过硬"好书记"，制定务实"好规范"，打造坚强"好支部"。党的建设走在前列，党支部标准化获省直机关体制机制创新一等奖，党支部"达标创星"经验在全省推广；厅机关蝉联全国文明单位，多个直属单位相继获评。

大力弘扬"马上就办、真抓实干"精神，推进行政审批"三集中"改革和电子化、网络化，基本实现"一趟不用跑、最多跑一趟"，服务能力水平明显提升，机关效能多年获评"优秀"。坚持无禁区、全覆盖，重遏制、零容忍，党风廉政建设落细落实，省委巡视反馈问题逐项整改，制定完善有关制度规定70余项；组建厅巡察办，全面开展直属单位巡察，推进水利系统监督执纪问责全覆盖，形成有效震慑；组建厅预算执行中心，集中整治入股经商办企业和违规兼职取酬，举一反三，正风肃纪。厅领导班子无一人违纪，厅机关干部无一人受重处分。

构建现代化水利基础设施体系 加快"十四五"水利改革发展

水利部近日发出《关于支持福建省高质量发展超越水利工作的意见》，支持福建省加快构建系统完备、高效实用、智能绿色、安全可靠的现代化水利基础设施体系，全面加强水利行业监管，努力实现用水安全可靠、洪涝总体可控、河湖健康美丽、管理现代高效。"十四五"时期，福建水利发展规划目标基本确定。

"十四五"期间，福建省计划投资2100亿元，推进水资源、水生态、水环境、水灾害系统治理，为全方位推动高质量发展超越提供高水平的水利支撑与保障，实现"县县达标、乡乡设防"，城乡居民饮水"同水质、同服务"，河湖水质、水保生态保持全国领先。到2025年，全省江河堤防达标率将达到76%；用水总量控制在228亿立方米以内，万元工业增加值用水量降至32立方米，农田灌溉水利用系数增至0.57，新增供水能力20亿立方米，农村自来水普及率、农村集中供水率分别达到90%、97%，水土流失率降至7%以下，重要河湖水域岸线监管率超过80%，主要河流控制断面生态基流达标率大于90%。到2035年，水资源调控网络形成，水灾害防御体系健全，水生态环境优美、基本实现水治理体系和治理能力现代化。

投资710亿元，完善山海兼顾、安全可靠的洪涝防御体系。围绕"消隐患、强弱项"，加快推进江河防洪和沿海防潮提升工程建设，重点实施宁德上白石水库、闽江干流防洪提升、闽东苏区宁德市防洪防潮、九龙江北溪水闸改扩建、三明安砂水库加高等5个重大项目，以及"五江一溪"防洪治理、病险水库水闸除险加固、城市防洪防涝能力建设等8类面上项目。

投资995亿元，完善节约高效、空间均衡的资源配置体系。围绕"挖潜力、强骨干"，加快推动一批重点水源和重大引调水工程建设，大力推进城乡供水一体化，重点实施全省农村供水提升，金门供水水源保障，闽西南、闽江口城市群及宁德环三都澳水资源配置，马祖供水，浙溪、龙湘、新桥大型水库等9个重大项目，以及中小型水库、引调水工程等6类面上项目。

投资380亿元，完善人水和谐、健康稳定的生态保障体系。围绕"重保护、促修复"，坚持保护优先、自然恢复为主，加强水源涵养与河湖保护，重点实施木兰溪下游水生态综合修复与治理、重要河流水生态修复与综合治理、莆田宁海闸等3个重大项目，以及安全生态水系、水土保持等2类面上项目。

投资15亿元，完善信息共享、系统完整的数字水利体系。围绕"强感知、增智慧"，根据数字福建、智慧社会的战略部署，对标"安全、实用"总要求，充分利用5G、北斗、视频、遥感、人工智能、区块链等新一代信息技术，确保全国智慧水利在福建率先落地见效。

38版 中国水利报
2021 年 1 月 23 日 ·广告· 责任编辑：刘艳飞 版 排：高水红
电话：(010)63205271 E-mail：zbs@chinawater.com.cn

福建莆田：示范河湖木兰溪 综合治理再创新

□林国富

2020 年 11 月 10 日，福建省莆田市木兰溪通过了全国示范河湖建设验收。

"莆田市坚持高位推动，认真对标对表示范河湖建设标准，责任体系完备、制度体系健全、基础工作扎实、管理保护规范、水域岸线管理严格、管护成效显著。"水利部验收组认为，"木兰溪全面完成了示范河湖建设任务，打造了'河畅、水清、岸绿、景美、人和'的示范河湖，实现了'防洪保安全、优质水资源、健康水生态、宜居水环境、先进水文化'的目标，示范效应显著。"

2020 年，木兰溪除创成水利部首批示范河湖外，综合治理工作也捷报频传。

——7 月 30 日，时任福建省委书记、省总河长于伟国在全省河湖长制工作推进会上强调传承创新木兰溪治理模式。

——9 月 25 日，木兰溪治理展示馆获评首批 10 个福建省青少年思想政治教育基地。

——9 月 28 日，莆田市人民政府与河海大学联合成立河海大学木兰溪生态河湖研究院。

——9 月 30 日，木兰溪流域民间河长林华忠获评水利部、全国总工会、全国妇联授予的"民间河湖卫士"荣誉称号。

——10 月 3 日，莆田市人民政府与中国水利报社成立全国"最美家乡河优质农产品联盟·福建木兰溪基地"，助力乡村振兴。

——11 月 19 日，《"溪"望莆田》在第二届"守护美丽河湖——争创示范河湖"全国短视频公益大赛中获奖。

——11 月 25 日，《木兰溪流域综合治理模式》入选国家生态文明试验区改革举措和经验做法推广清单。

——12 月 21 日，《莆田市木兰溪流域保护条例(草案)》通过莆田市七届人大常委会第三十三次会议审议。

——12 月 22 日，木兰溪流域系统治理规划通过福建省水利厅审查。

——12 月 25 日，福建省省长王宁在《学习时报》头版头条发表署名文章《全方位推动高质量发展超越》，强调创新推广木兰溪治理经验。

——12 月 24—25 日，福建省委书记尹力在莆田调研时强调，深入学习贯彻习近平生态文明思想，牢记习近平总书记当年提出"变害为利、造福人民"的重要要求，坚持一张蓝图绘到底，让木兰溪成为造福当地人民的幸福河。

——12 月 31 日，木兰溪流域东圳水库成为第四批国家水情教育基地。

…………

"2020 年 3 月 30 日，水利部向莆田市委、市政府复信，高度肯定了市委、市政府坚持变害为利、造福人民的目标要求。"莆田市副市长吴健明强调，"2020 年，我们一张蓝图绘到底，以木兰溪全流域系统治理为统揽，加快水利改革发展，打造了全国生态文明建设的木兰溪样本。"

2021 年 1 月 20 日，莆田市委书记、市河长刘建洋带领市直相关部门负责人深入基层开展"河长日"活动，并召开"河长制"工作专题会议。他强调，木兰溪治理只有起点，没有终点。各级各部门要深入贯彻落实习近平总书记治理木兰溪的重要理念，久久为功，一任接着一任干，始终把木兰溪流域系统治理作为"头号工程"抓在手中、落实在行动上，全面推进河湖治理体系和治理能力现代化。

2021 年 1 月 22 日，莆田市委常委、常务副市长、木兰溪河长傅冬阳开展巡河履职，贯彻市河长刘建洋"河长日"指示精神，全面部署今年木兰溪河长制工作……

图片说明：

①荔城区和平河"清四乱"现场

②60 年来，东圳水库已成为莆田人的生命之水、生态之水、精神之水 许金珊 摄

③"修复河湖生态 多元共建幸福河"增殖放流活动

④城厢区灵川镇径里村贫困户王志华家接上了自来水

⑤木兰溪绿道 蔡昊 摄

本版图片除署名者外均由莆田市水利局提供

守护水安全 织牢"生命水网"

地处福建省沿海中部的莆田，如何保障水安全成为首要问题。

莆田完善陆海统筹、洪涝潮共治的防洪减灾体系，构建"三纵三横"水网体系。

在防御洪涝潮水方面，莆田坚持"共治"：创新治水害思路，在上游地区实施水库蓄洪调洪，重点开展木兰溪防洪工程提升工作，建成堤防 40.8 公里、水闸 11 座、穿堤建筑物 27 座，实现防洪全线达标；中下游地区实施河道疏浚，着力治理城区易涝点，打通拓宽断头河、瓶颈河，疏通 665 公里南北洋排涝水网，完善南北洋等平原排涝体系，解决中心城区内涝、缺水困局。

实行水资源消耗总量和强度双控行动，莆田完善了节水技术标准体系。辖区内的城厢区，创成国家级节水型社会建设达标县(区)，秀屿区、仙游县创成福建省级节水型社会建设达标县(区)。此外，加快建设西音等 3 个水库水源工程和东圳水利枢纽引水配套工程，随着乌溪中型水库蓄水，提高水资源保障输配能力，完善"三纵三横"水网体系，极大改善群众生活生产用水条件。

在统筹城乡供水方面，莆田打破行政区划和城乡二元供水格局，推进以大水源、大水厂、大管网为主的集中连片、规模化供水，打造从源水、引调水、制水到配水完整的供水产业链，21 个城乡供水一体化项目共完成投资 3.33 亿元，已完工 9 个。

治理水环境 做优"生态水网"

莆田坚持源头治理、协同治理，统筹山水林田湖草，全方位、全地域、全过程开展水生态文明建设，不但修复了水生态，保障了生态基流，更有效治理了水环境。

莆田将河道生态修复等项目，整合打包为投资 27.5 亿元的木兰溪下游水生态修复与综合治理大专项，项目可研、初设批复等前期工作已完成，计划 2025 年完工；串联木兰溪沿线河网水系、湿地、荔枝林等，建设 65 平方公里生态绿心，综合治理绿心河网，推进玉湖与企溪水系连通、荔城区南洋水系水环境综合治理 PPP、涵江区水环境综合治理一期等项目建设，秀屿区、湄洲岛入选全国首批 55 个水系连通及农村水系综合整治试点县名单、全省第三批综合治水试验县，荔城区创成全省首批综合治水试验县。

与此同时，莆田市制定了东圳水库等 6 座大中型水库生态基流保障方案，完善生态流量监测预警机制，并通过退出备案、保留供水灌溉功能、实施生态下泄流量改造、接入下泄流量在线监控平台等措施，落实最小生态流量，全市 95 座 5 万瓦以下水电站率先纳入全省生态电价考核，且全年生态下泄流量考核情况位列福建省第二名，有效解决了因水电站导致的减水脱流问题。此外，增殖放流淡水滤食性鱼苗 200 多万尾，修复流域水生生物资源，维护木兰溪生物多样性。

莆田入选福建省首批农村生活污水治理试点，以乡镇为主体，以点带面推动农村污水治理，全面收集厨房污水、阳台污水和厕所污水，共完成投资 9.38 亿元，新建污水收集管网约 1600 公里，农村生活污水治理率达到 72%。

值得一提的是，莆田率先通过企业环保用电监控整治"散乱污"企业，取缔关闭 9 家；推进入河排污"全口径"排查整治，投入约 1.5 亿元建设 30 个"污水零直排村"。同时，投资 1.38 亿元重点推进仙游县沧溪、荔城区延寿溪、南洋河网 3 条省控小流域综合治理为民办实事项目，占年计划的 123.3%。目前，建设城镇污水管网一体化等工程已覆盖 50 个乡镇，推进污水"厂网一体化"运维模式，整合 5 个县区污水处理设施，形成厂—站—管等污水处理主干设施统一建设、运行、管理机制。

严格水管理 打造"现代水网"

莆田坚持科学治水，落实最严格水资源管理制度，创新治水管水机制，推进水治理体系和治理能力现代化。

随着福建省试点河道管理范围划定，完成木兰溪干流划定工作，莆田市创新空间管控，着力构建"控制线+退距线+发展线"多规合一体系，实现岸线资源节约集约利用。同时，加快立法保护进程，颁布实施城市生态绿心保护等条例，《莆田市木兰溪流域保护条例(草案)》通过市人大常委会会议审议；加强农林水、生态环境等部门联动执法，设立公检法服务保障河湖长制工作站、警务队、巡回审判点，实行民事、刑事、行政"三合一"归口审理、集中管辖模式，构建"立法+执法+司法"多维护航体系。

莆田创新河长制体系，搭建了"行政+流域+民间"多元立体组织，由市委书记、市长担任市级河长，干流县级河段长均增设县区委书记为第一河长，55 条重要支流、小流域及间溯河道增设县区党政主要领导担任第一河长，发动企业家、乡贤、记者、志愿者等担任民间河长，形成全民参与管河护河局面。此外，市委开展木兰溪流域系统治理专项巡察整改评估工作，纪委监委推行河长制"5+X"日常监督联席会议，派驻纪检监察组创新抓实三清单、压实三责任、做实三督导等河长制专项监督，确保重点项目、领域、内容等跟踪督导走深走细走实。

在智慧管水方面，莆田建设水生态科技中心，构建多维度一体化水网大感知平台，推行"水质在线自动监控+视频在线监控"双监控、"专管员现场巡河+无人机(船)巡查"双巡查、热点网格"平台+手机 APP"双监管，着力构建木兰溪流域感知一张网、信息一张图，运行一个平台，以水利数字化驱动水利管理现代化。同时，建成 26 座木兰溪流域简易水质自动监测站，做到"监测吹哨、管养报到"。

发展水经济 构建"幸福水网"

在上述工作基础上，莆田构建了木兰溪沿线产业生态化、生态产业化的节水型高新产业体系，实现了产城深度融合发展。

2019 年，莆田市坚持高起点谋划，出台《打造人与自然和谐共生美丽莆田行动方案》、《坚持以木兰溪流域系统治理统揽美丽莆田建设》等多份文件，将优质河湖生态资源转化为绿色发展新动能，加快推动高质量发展超越。

2020 年，莆田市立足山水林田湖草生命共同体，统筹流域生产、生活、生态空间，出台《莆田市城市功能与品质提升暨拓展新城区三年行动计划》，着力优化木兰溪南岸永久基本农田布局，启动木兰溪南岸新度镇、黄石镇全域土地综合整治，跨溪南进，开启城市从跨福厦路到跨木兰溪东拓南进建设高铁新城的全新阶段，努力实现"一溪两岸、连片发展"，为城市"东拓南进西联北优中修"作出生动实践。

此外，莆田将木兰溪两岸产业串珠成链，以雪津公司为龙头企业促进食品产业延链，以福英泰公司为龙头企业加快电子信息产业补链，以华峰公司为龙头企业加速鞋服产业强链，力争到 2025 年食品、鞋服、电子信息等产值突破 3700 亿元；沿溪推动特色优势产业与互联网平台深度融合，力争到 2025 年工艺美术、新型材料、新能源、高端装备、数字经济、生命健康等产值突破 1.32 万亿元。

2021 年是实施"十四五"规划的开局之年。"全市水利系统始终牢记习近平总书记'变害为利、造福人民'的殷切嘱托，坚持一张蓝图绘到底，久久为功，按照'水利工程补短板、水利行业强监管'水利改革发展总基调，大力实施强产业、兴城市'双轮驱动'，持续推进木兰溪全流域系统治理。"谈及今年工作，莆田市水利局局长黄德元说，"我们将进一步探索治水管水新路径新经验，全力推进河湖治理体系和治理能力现代化，不断巩固生态文明的木兰溪样本，着力打造新时代河湖保护治理的新模式新范本，努力让莆阳大地的每条河湖都成为造福当地人民的'荔林水乡'幸福河，为中国共产党成立 100 周年献礼。"

42版 中国水利报 2021年1月23日 ·广告· 责任编辑：吴涛 排版：李洪华 电话：(010)63205049 E-mail：zbs@chinawater.com.cn

河南：兴水新战略 幸福新中原

□李乐乐 彭可 国立杰 王新明

栉风沐雨，水润中原。乘着祖国飞速发展的快车，河南省水利事业蓬勃发展。崇山险滩，田园旷野，气贯长虹的水利工程如座座巍然屹立的丰碑，见证了河南水利的巨变。

“四水同治”落地生根，水利投资1 736亿元，河口村水库工程在全国172项重大水利工程中首个通过竣工验收并获得中国建设工程“鲁班奖”，建档立卡贫困人口饮水安全100%动态达标……

“十三五”期间，河南水利工作只争朝夕、足音铿锵。水利事业与民生同频，与时代共振，成就了一段不平凡的征程。

叶县国源水务公司 彭可 摄

四水同治 实施兴水新战略

河南地跨长江、淮河、黄河、海河四大流域，特殊的地理位置和地形地貌决定了河南具有水旱灾害频繁、水资源禀赋先天不足等显著特点。

根据实际，河南提出高效利用水资源、系统修复水生态、综合治理水环境、科学防治水灾害，实施“四水同治”，以实现节约集约、增加供给、连通水系、统筹治理、科学监管，支撑和保障河南高质量发展。

“十三五”期间，尤其是近年来，河南深入分析治水主要矛盾转化，在传承中创新，在探索中提升，在实践中升华，不断调整治水理念，“四水同治”被河南省委、省政府列为全省重要战略。

河南实施“四水同治”的做法，受到国务院第五次大督查通报表扬，成为国务院办公厅向水利部推荐的两个典型经验之一。

2019年9月18日，习近平总书记发出了“让黄河成为造福人民的幸福河”的伟大号召，擘画了黄河流域生态保护和高质量发展的重大国家战略，刻下治黄史上新的里程碑。

嘹亮号响，大河激荡。前所未有的定位，开辟了治黄全新视野，开启了大江大河的“大治时代”，激发了河南水利发展的新活力。

黄河是河南最大的过境水资源，是中原地区经济社会发展的重要支撑，也是建设“生态河南”的重要保障。

2021年年初，河南粮食产量数据发布，2020年总产量1 365.16亿斤，连续15年超千亿斤，“粮仓”更满更高。粮食生产，命脉在水利，引黄灌溉为河南粮食高产奠定了坚实基础。黄河，静静滋润着河南这个人口大省，保障着河南粮食安全。

在温县子夏湖边，市民漫步谈笑，感受着黄河水带给他们的幸福生活；小浪底北岸（济源）灌区一期工程试充水运行，济源彻底告别“守着黄河没水用”的历史；三门峡市构筑沿黄生态屏障，成为全国最大的白天鹅栖息地和观赏区之一……

借助毗邻黄河的优势，河南沿黄各地相继启动黄河水生态战略，科学编制城市生态水系规划，加大水系生态修复力度，加快城区水系贯通，逐步恢复城市河流生态功能，致力打造河畅水清、岸洁景美、人水和谐的生态环境。

“河南省水利系统深入贯彻落实践行总基调，坚持‘四水同治’，全力推进水利改革发展各项工作取得重大进展，水利事业呈现出好的趋势、好的态势、好的气势，有力地支撑和保障了全省经济高质量发展与社会和谐稳定。”河南省水利厅党组书记刘正才说。

新蔡水系连通工程 彭可 摄

除险加固后的石漫滩水库 曲帅超 摄

息县龙湖公园 彭可 摄

补齐短板 助力幸福新生活

随着甘甜的自来水流入南蒲街道夹堤村农民家中，河南省长垣市农村饮水安全歼灭高氟水、苦咸水、污染水的战役，于2019年11月宣告胜利。

聚焦饮水安全短板。“十三五”以来，河南大力推进农村饮水安全工程建设，截至2020年6月底，全省实现了任务清零、问题清零、贫困人口饮水安全百分之百动态达标的目标。

全省共建成农村集中供水工程21 119处，集中供水人口7 600万人，超额完成了全国“十三五”规划农村集中供水率目标，贫困人口饮水安全全部达标，实现了由“喝上水”到“喝好水”的转变。

河南省水利厅探索“规模化、市场化、水源地表化、城乡一体化”的农村供水“四化”新路径，在濮阳市进行试点，取得积极成效。2020年11月29日，受到国务院第七次大督查通报表扬。

决战决胜，助力脱贫。河南省水利厅先后派驻四任第一书记到范县王楼镇东张村，投资2 400万元对多年废弃的河塘进行集中连片打造，共同打造田园综合体项目。“水韵康庄、柳溪小镇”，村口墙上遒劲有力的8个大字，道出了村子5年来的变化。

河南省水利厅每年安排投资计划优先向贫困地区倾斜，“十三五”期间累计向贫困地区安排投资248.89亿元，落实农村饮水安全巩固提升工程建设资金94.08亿元，受益人口共计2 418.16万人。

同时，河南全面贯彻落实大中型水库移民后期扶持政策，水库移民收入稳步增长。2019年全省水库移民人均可支配收入较2015年增长5 000余元。

2020年10月26日，河南省大别山革命老区引淮供水灌溉工程成功实现截流。该工程是河南省实施“四水同治”首批推进的十大水利工程之一，建成后，将进一步完善沿淮革命老区水资源综合利用体系，解决沿淮103万群众生产生活用水问题，惠及35.7万亩灌溉面积，还能有效涵养水源，改善流域生态环境。

蓄滞洪区、骨干河道治理、中小河流治理、病险水库（水闸）除险加固，南水北调中线工程防洪影响处理等重点水利工程实施，使得防洪减灾能力明显提升。

大中小水源、水系连通、引黄调蓄等工程建设，使得水资源配置体系进一步完善。

大中型灌区续建配套与节水改造、农田水利、水土保持、农村水电、水文基础设施建设等任务，使得农村水利基础进一步夯实……

“以提升支撑保障能力为导向，以工程补短板为重点，河南省加快完善全省水利基础设施网络，水网体系加快完善。”河南省水利厅厅长孙运锋说，“‘十三五’时期，河南省水利投资达1 736亿元，规模再创新高。前坪水库、出山店水库拔地而起，列入河南省‘四水同治’首批推进的引江济淮工程（河南段）等‘十大水利工程’已开工9项。”

强化监管 开源节流新探索

2020年12月2日起，河南省新修订的《农业与农村生活用水定额》《工业与城镇生活用水定额》两个地方标准开始施行。

其中，《农业与农村生活用水定额》与原定额相比实用性更强，在区域适用度上更加合理，如小麦在南阳、豫东、豫北的新定额从南至北依次提高；《工业与城镇生活用水定额》中新用水定额标准的实施可以促进各行业节水减排防污，提高水资源利用效率，推动经济社会高质量发展。

在“十六字”治水思路中，“节水优先”摆在首位，河南水资源开发利用进入以量定需、严格管控的新时期。目前，河南持续开展节水型社会建设和水效领跑者活动，开展水利行业节水机关建设，示范引领节水新风尚。

“十三五”期间，河南大力实施国家节水行动，深入开展节水型社会建设，郑州市等5个全国节水型社会建设试点市先后通过验收，命名洛阳孟津县等72个县（市、区）为县域节水型社会建设达标县（市、区）。灌溉水利用系数提高至0.616，万元GDP用水量下降至32.1立方米，万元工业增加值用水量下降至24.5立方米。

2020年是南水北调中线工程通水6周年。“十三五”期间，南水北调累计向河南供水超过117.91亿立方米，受益人口2 300多万人，丹江水润泽中原。

以节水优先为遵循，河南致力于管好水资源。通过实行最严格水资源管理制度，推动用水方式由粗放向节约集约转变，积极开展饮用水水源地表化试点工作。

下一步，河南将充分发挥南水北调工程效益，实施郑开同城、驻马店等地南水北调供水配套工程建设，同时，加快推进“丹江水进农村”，选取在濮阳、平顶山2个省辖市，以及21个县，推行地表水源置换工作，扩大南水北调受水区，提高供水保障率，让更多的城乡居民喝上优质的丹江水。

“全省水利系统以总基调为指导，全面加强行业监督管理。”孙运锋说，“农村饮水安全实现100%全覆盖、群众饮用水100%全流程监管；河道采砂由无序转向规范；全省水利生产建设项目水土保持监测连续两年全覆盖，实现了从‘被动查’到‘主动管’的转变；连续5年保持‘零事故、零死亡’的安全生产态势，2017年以来连续3年被河南省安委会评为全省安全生产先进单位；水利发展资金、中央水库移民扶持基金绩效评价连续两年被财政部、水利部评为优秀等次；水利建设质量考核连续5年获得A等，位居全国前列。”

生态和谐 兴利除害新画卷

2020年7月的豫南，连遭多轮强降雨。7月18日10时起，河南省水利厅先后启动水旱灾害防御Ⅳ级、Ⅲ级、Ⅱ级应急响应，并组建临时党支部，靠前指挥，全力抗洪。7月21日，固始县丰港乡潘庄村史灌河右堤发生重大管涌险情，后发展成洞穿。河南省水利厅迅速抽调精兵强将紧急驰援，连续奋战54小时，成功保住了史灌河大堤，保护了人民生命财产安全。

2016年“7·19”强降雨、2018年“温比亚”台风、2020年淮河流域性大洪水得以成功抵御……“十三五”期间，河南省有效抗御60次较强降水过程和10多次明显旱情，将洪涝干旱损失降到了最低，实现防洪减灾效益212.9亿元、抗旱减灾效益182亿元。

尤其是2020年河南省成功应对淮河流域性大洪水的做法，得到了水利部和省委、省政府的充分肯定，水利部部长鄂竟平、河南省省长尹弘作出批示，水利部办公厅在全国范围内给予通报表扬。

白鹭盘旋湖面、野鸭游弋水中，行人踏着彩色步道环湖而行，这是笔者前不久在驻马店市新蔡县东湖看到的场景。汝河、小洪河在新蔡交汇，历史上，这里曾被戏称为“洪水招待所”。

为变“水患”为“水利”，近年来，新蔡县投资实施了“五湖四带”生态水系建设工程，通过整治水塘、鱼塘、沼泽洼地等，建设东、西、南、北、中五个湖泊，以沿河的四个景观带连通，环绕城区总长49.2公里，成为群众休闲健身的好去处。

近年来，河南水生态文明建设深入推进，城市品位得以提升，人居环境得以改善，城市居民充分体验获得感和幸福感。通过推广水生态文明城市试点经验，实施乡村河塘清淤整治试点，助推以水润城、美丽乡村建设。

河南通过统筹域内水资源，科学配置生产、生活、生态用水。推进河湖水系连通，加大生态流量调度，南水北调中线工程累计完成生态补水23.67亿立方米，河湖孕育了新生机。

河湖长制从“有名”向“有实”迈进，河湖监管取得突破。19位省级河湖长开展巡河调研41次，示范带动全省各级河湖长巡河194万余次。推广“河长+检察长”“河长+警长”机制，推行上下级河湖长“三个清单”交办机制，推进卫星、无人机、监控、人工“天空地人”一体化监督机制，水环境得到全面改善。

用汗水浇灌收获，以实干笃定前行。2021年是“十四五”规划的开局之年，也是两个百年目标交汇与转换之年，谋划实施好水利工作至关重要。

展望“十四五”，刘正才说：“要紧扣治水主要矛盾变化，把水安全风险防控作为底线，把水资源承载能力作为刚性约束上线，把水生态环境保护作为控制红线，着力构建‘一纵三横’兴利除害的现代水网体系，建设水资源节约集约利用先行区，进一步提升水治理能力，满足人民群众对防洪保安全、优质水资源、健康水生态、宜居水环境、先进水文化的需求，建设造福人民的幸福河湖，为谱写新时代中原更加出彩绚丽篇章提供水安全保障。”

电话：(010)63205049 E-mail:zbs@chinawater.com.cn 责任编辑：吴涛 照 排：迪光 ·广告· 2021 年 1 月 23 日

湖北：千湖之省河湖长制走深做实

□焦泰文 潘颖 何少斌 李亮 刘超 秦双 龚心雨

荆楚大地，江河纵横，湖泊棋布。浩浩长江流淌千余公里自西向东横贯湖北省，汤汤汉江由西北向东南斜插入境，蜿蜒八百多公里，与长江交汇于武汉市；集水面积 50 平方公里以上河流 1 232 条，列入省政府保护名录的湖泊 755 个……"河湖大省"湖北当之无愧，"千湖之省"更是湖北闪亮的名片。

扛起长江大保护政治责任，把湖北打造成中部水生态文明高地，承担好"一库净水北送、一江清水东流"特殊使命，是省委、省政府全面推行河湖长制的核心任务。湖北省以河湖长为核心的各级河湖管护责任主体切实履职担当，社会公众积极监督参与，共同交上一份又一份满意答卷。

——顶层设计持续强化，制度体系系统性、协同性不断增强。湖北在全国率先全面推行《湖北省跨界河湖"四联"(联席联巡联防联控)机制》等制度，率先出台了《湖北省小微水体治理管护工作指南(试行)》等规范，率先打造河湖长制考核评价、约谈通报、协同推进等机制。

——组织结构持续优化，以河湖长履职为核心的工作平台建设稳步推进。湖北明确省市县乡村五级河湖长 3.8 万余人，创造性将 24 万余处小微水体纳入河湖长制实施范围，明确"一长两员"16 万余人，实现河湖水体全覆盖、源头末梢全管控。市县两级河湖长办全部建立，"1+N"联席会议机制和"总+分"河湖长办平台协同联动机制稳步施行，全省 3 000 余个单位纳入河湖管护监督责任链条。

——主题行动持续深化，河湖管理规范化标准化建设全面加强。组织实施碧水保卫战"迎春""清流""示范建设"等行动，树立 1 300 个可供学习参照的示范标杆，解决了一大批突出问题，武汉市东湖、枝江市金湖荣获长江经济带最美湖泊，汉江、清江入选最美家乡河。持续开展"清四乱"、划界确权、长江岸线清理整治等专项行动，近 5 500 个"四乱"问题销号，4 000 多个河湖管理范围基本划定，300 多条河流和 100 多个湖库实行生态补偿，河湖生态环境持续向好。

——创新成效竞相涌现，河湖长制优势持续发挥。湖北创新开展重要河湖水质水量月报工作，遴选第一届河湖长制湖北经验"二十佳"，形成了宜昌市黄柏河流域综合治理、武汉市"三长联动"等一批典型做法，河湖长制工作成功入选湖北改革开放 40 周年全面深化改革优秀案例，获评省委、省政府"第二届改革奖"。荆楚河湖面貌改善明显，河湖水质稳步提升，管护长效机制加快健全。

提前一年建成体系

河湖是湖北优势突出的战略资源。中央部署全面推行河长制不到两个月，湖北省委、省政府即迅速出台《关于全面推行河湖长制的实施意见》，首个提出统筹"河长制+湖长制"，实行"河湖长制"。

2011 年，武汉市在全国率先试行了湖长制，而河长制早早在一些地方萌芽。在积累丰富经验基础上，湖北坚持高标准推进"四个到位"，以确保河湖长制落地生根。

2017 年 8 月 17 日，《湖北日报》公告了"省委和省政府领导担任河湖长名单"。省委书记任第一总河湖长，省委副书记、省长任总河湖长，省委副书记任副总河湖长，分管水利的副省长任常务副总河湖长；18 个在职省委省政府领导任重要河流、湖泊省级河湖长。

一时间，全省各地纷纷行动，河湖所在市、县、乡分级分段设立河湖长，由同级党委、政府负责人担任。为打通最后"一公里"，按照《关于全面推行河湖长制的实施意见》的要求，各地还将河湖长延伸至村级组织。

至 2017 年 11 月底，湖北已全面建成省市县乡村五级河湖长制体系，37 331 名河湖长走马上任、守护河湖，比中央提出的"2018 年年底前全面建立河湖长制"目标任务，提前一年零一个月。

全国示范湖泊——武汉市东湖风光 邹幼勤 摄

完善制度配套

2020 年 12 月 1 日，宜昌市在长阳县和宜都市交界处启动跨界河流联合巡查工作，这标志着该市开启跨界河湖管护新模式。包括拖溪在内，共有 14 条河流纳入"四联机制"。

自河湖长制全面推行以来，跨界河湖管护得到明显加强。2020 年 8 月，湖北在全国率先推行《跨界河湖"四联"(联席联巡联防联控)机制》(以下简称机制)，进一步发挥河湖长制在跨界河湖管护中的积极作用。

宜昌市、武汉市等地一条条跨界河流、一个个跨界湖泊，正分批有步骤地纳入"四联机制"。

新机制的建立，得益于河湖长制的深入实施，得益于地方的实践探索。2020 年 6 月 2 日，湖北赤壁市和湖南临湘市河湖长制"七联"共治黄盖湖机制又添新战果，两地在黄盖湖水域联合开展打击非法捕捞专项行动，现场收缴地笼 26 条、丝网 50 条。近几年来，两地配合默契、合作顺利，黄盖湖管护水平明显提高，水质由Ⅳ类稳定提升至Ⅲ类。

而在豫陕鄂边界，三地共护丹江水正从倡导变为现实。继 2020 年 7 月 9 日，湖北省十堰市郧阳区、陕西省商南县、河南省淅川县共同签订联巡联防联控联治工作方案，发出丹江管理保护联合倡议书以来，三地动作频频、合作加深，丹江河长联合巡查、联合商定问题整治措施、联合编制丹江保护规划……丹江，逐步成为携手打造跨界幸福河的新样板。

河湖警长制、河湖助理制、小微水体河湖长制、河湖长制宣传"六进"、河湖水质水量变化月提醒、河湖长制巡查通报等等，一系列河湖长制配套制度建立并实施，使得河湖长制制度体系系统性、协同性不断增强，带来水治理体系和治理能力现代化程度显著提升。

当前，湖北正积极推动河湖长制工作条例和河湖健康评价、河湖管护和河湖长巡查规范等"一法三标"早日落地实施，"十四五"也将谋划一批重大配套制度和工作机制。

搭建务实工作平台

如何更好地发挥河湖长的作用？搭建好完善的河湖长制工作平台是关键。

据统计，当前共有 3.8 万名河湖长挺身河湖管护一线，常态化履职尽责，每年巡查河湖超百万人次，协同带动上百万人参与河湖管护，解决河湖突出问题 2 万多个。

湖北将河湖长制向老百姓房前屋后、田间地头的塘堰沟渠等小微水体延伸，对 24.4 万个小微水体进行长效管护，明确小微水体"一长两员"16 万人，实现河湖水体全覆盖、源头末梢全管控。

除了"官方河湖长"，还有由各级河湖长制办公室统一招募和认定的"民间河湖长"，肩扛社会责任守护身边河湖。这支队伍不断发展壮大，吸纳了个人、集体、社会组织以及家庭、退休党员等群体，粗略统计已有民间河湖长个人 28 000 余人，群体 8 000 余个。这些个人和群体正不断壮大民间河湖长这支队伍，奏响河湖管护交响乐。

"总+分"河湖长制办公室设置，是湖北为全国河湖长制平台搭建探索出的新路子。在河湖长工作平台设计中，湖北坚持全局观念、系统思维，把省河湖长制办公室设置在省水利厅，在省发改委、省公安厅、省自然资源厅等 14 家省直单位设分河湖长办公室，形成"总+分"模式。目前，全省已成立 3 000 多个河湖长制平台，有力推动河湖长制走深做实见效。

此外，湖北还抢抓机构改革机遇，市、县级河湖长制办公室全部经编制部门批复挂牌成立，配备专兼职干部 926 人。大冶市还专设河湖长制综合服务中心，批复 11 个事业编制。

湖北进一步探索发挥河湖长+优势，深化河湖长+警长模式，加强与司法机关、高校等主体合作，在黄石市、宜昌市河湖长+检察长，武汉市河湖长+高校试点工作基础上，谋划在全省建立河湖长制与检察机关协同推进机制、与高校智力支撑和保障机制。

打赢碧水保卫战

湖北以河湖长令形式，整合涉水职能和事项，每年谋划和推行 1 个碧水保卫战主题行动，是湖北河湖长制鲜明特色。

2017 年 12 月初，湖北发布省河湖长 1 号令，打响碧水保卫战"第一仗"，剑指河湖"乱占乱建、乱围乱堵、乱采乱挖、乱倒乱排、乱捕滥捞"等问题，在不到 2 个月的时间里，全省各地共组织人力 70 多万人次，开展专项行动 1.8 万多次，累计清除了 16.2 万吨河湖垃圾，拆除了 69.1 万平方米的河湖岸边违章阻水建筑，清理了 38.8 万亩水葫芦水花生，省内 1 412 条河流和 337 个湖泊的水域面貌焕然一新，露出了"美丽面容"。

2018 年 5 月 1 日，湖北省长、省总河湖长王晓东签发了第 2 号省河湖长令，在全省部署开展碧水保卫战"清流行动"。期间，共清理整治长江岸线 1 555 公里，腾退岸线复绿 10.4 万亩，清理水葫芦、水花生 64.6 万余亩，取缔、整治排污口 1 834 个，整治城市黑臭水体 348 处，新增生态流量 2 095 立方米每秒。

碧水保卫战系列行动已经成为湖北河湖长制加速从"有名"向"有实"迈进的响亮品牌和第一载体。

2019 年 4 月至 2020 年 10 月，碧水保卫战"示范建设行动"在荆楚大地全面展开。1 300 个省级示范对象经网络投票、专家评定脱颖而出，通报发证。全省各地共遴选出市级示范 1 537 个，县级示范 2 793 个。

在示范建设行动中，各地各部门以星罗棋布的湖泊为点，以纵横交错的河流为线，点线结合辐射带动全区域、全流域示范建设，实现县县有亮点、行行有标杆。武汉市东湖入选全国首批示范河湖建设名单，高分通过验收。长江、汉江、沙河(枣阳市城区段)等被遴选为全省幸福河湖示范，为全流域树立了学习比照"标杆"。

省级示范单位中，非水利部门达 266 家，占 66.5%，基本上囊括所有行政单位类别。省级示范人物中，只有 84 人直接从事水利、河湖管理等相关工作，占比仅为 10.5%；民间河湖长 200 人，占比 25%。

示范建设行动开展以来，示范引领效益持续发酵，引发社会各界广泛关注，省市县百余家主流媒体持续跟进。十堰、荆门等地与宣传部门加强合作，拍制示范建设专题视听材料；宜昌与摄影师协会、抖音官方对接，精拍"收藏级"大美河湖，开展水润宜昌短视频大赛。据统计，在遴选投票阶段，累计参与投票达 3 亿人次。

清除群众身边的污染

2020 年 9 月，湖北省河湖长制办公室统筹省住建厅、省农业农村厅、省生态环境厅等部门意见，编制发布了《小微水体治理管护工作指南（试行）》，专门规范全省小微水体综合治理和长效管护工作。

小微水体与人民群众生产生活息息相关、紧密联系，是人民群众最关心、最直接、最现实的生态环境需求。

长期以来，一些小微水体无人问津，疏于管理，加之"人进水退"、乱占乱排、垃圾倾倒堆积等，导致流通阻断、面积和功能萎缩、水质恶化、生物栖息地破坏等问题突出，小微水体已然成为污水、垃圾的重要载体、水污染的重要来源和生态环境的重要隐患。

清除群众身边的污染，绝不把小微水体问题带入小康社会。为此，2019 年湖北省出台了《关于在小微水体实施河湖长制的指导意见》，将河湖长制向小微水体延伸。目的就是遵循水连通、流动、循环的自然属性，坚持"点""线""面"统筹，把大江大河大湖和小微水体兼顾起来，实现各类水体系统治理。

小微水体是打好水污染防治攻坚战的决胜战场，事关人民群众获得感幸福感，省委、省政府高度重视。省委将其纳入 2020 年度目标责任考核清单，省长、省总河湖长签发第 4 号省河湖长令，将"小微水体整治攻坚"列为重要内容，明确提出：2020 年年底前，基本完成城区小微水体整治任务，完成 60% 以上农村小微水体整治任务；2021 年年底前，小微水体整治取得阶段性成效，基本实现小微水体"三无"(污水无直排、水面无漂浮物、岸边无垃圾)目标。

一场清除群众身边的"污染"，斩断江河湖库污染渠道的人民战争正在荆楚大地持续开展。16 万名小微水体"一长两员"奋战在小微水体治理管护一线，15 万处小微水体经整治焕发勃勃生机，24.4 万处小微水体完成登记造册，建立了电子档案和信息化数据库，有了"身份证"。

生态更美、形态更优、功能作用发挥更充分的小微水体有望在荆楚大地重焕生机。

提升河湖水域岸线质量

河道湖泊空间及其水域岸线是强化河湖管护、维护河湖健康的"生命线"。

一直以来，这条"生命线"屡屡被"践踏"。由于没有明确的管理保护范围，导致一些开发建设项目、生产经营活动及人为活动随意侵占河湖范围，与水争地、侵害水域空间现象多有发生，严重威胁河湖生态健康，损害河湖生态环境。

在 20 世纪 50 年代，千湖之省的湖北，全省仅面积 100 亩以上的湖泊就有 1 332 个，总面积 8 528.2 平方公里。随着经济社会的高速发展和人口迅速增长，向河湖要生存发展空间成为一个时期的主流行为，围湖造田、填湖造地、拦湖养殖等行为大行其道。据 2012 年湖泊普查数据，全省仅余 755 个湖泊(含 100 亩以下城中湖)，水面面积 2 706.8 平方公里，比 50 年代面积萎缩近 70%。

湖北以"抓铁有痕，踏石留印"的精神开展河湖"清四乱"专项行动，自加压力，将河流清理范围由流域面积 1 000 平方公里以上的 61 条河流，扩大至 50 平方公里以上的 1 232 条河流，范围增加了 20 倍；将湖泊清理范围由水面面积 1 平方公里以上的 231 个湖泊，扩大到列入省政府保护名录的 755 个湖泊以及厅管水库工程，范围扩大了 3 倍多。

仅 2019 年，湖北就投入经费 21.73 亿元、人力 52.87 万人次，当年 4 415 个"四乱"问题全部销号。清理非法占用岸线 9 531.88 公里，占全国统计总量的 38%；清除围堤 1 796.37 公里，占全国统计总量的 18.3%。清除非法网箱养殖 2.46 万亩，占全国统计总量的 19%；退垸（渔、田）还湖恢复水面面积 15.3 万亩，清理建筑和生活垃圾 1 156 万吨，拆除违规建筑物、构筑物 161 万平方米，清理力度和成效居于全国前列。

2020 年，湖北进一步推进"清四乱"常态化规范化。各级河湖长主动担当、积极下沉督导，市县级总河湖长每月审签进度台账，各地各级或召开总河湖长会、或签发总河湖长令、或组织督查暗访、或开展联合执法，形成党政主导、河湖长领责、水利牵头、部门协同、社会参与的"清四乱"工作格局。目前，排查出的 1 097 个"四乱"问题，已全部销号。

"四乱"问题表象是乱占、乱堆、乱建和乱采，根子是边界不明导致河湖保护和监管不力。针对这一问题，2018 年年底，省政府办公厅正式印发《湖北省河湖和水利工程划界确权工作方案》，计划到 2020 年年底前，基本完成全省河湖和水利工程划界确权工作。

划界确权范围涵盖河、湖、库、灌区、水闸、泵站等，涉及全省 5 公里以上河流 4 230 条、列入省政府保护名录的湖泊 755 个、水库 6 900 多座，其他水利工程数以万计。多年未解决的问题两年结账，划界和确权一体化推进、河湖和水利工程同步实施，难度可想而知。

在各级河湖长和各地政府的统筹调度下，终是啃下了这块"硬骨头"，水普内的 4 000 多个河湖管理范围基本划定。划界成果由县级以上政府公告后，省厅集中核审、相关责任主体签字后，全部载入水利一张图、国土一张图。

战疫情找问题 抓整改护生态

2020 年，新冠疫情肆虐，湖北是重灾区。今年的河湖长制是否受到重大冲击？

2020 年，全省国控断面水质优良比例达 91.2%，劣Ⅴ类断面全部消除；15 条河湖批复了生态调度方案，300 多条河流和 100 多个湖库实行生态补偿，1 300 个示范对象经遴选脱颖而出，4 000 多个河湖管理范围基本划定，5 500 个"四乱"问题予以销号，24.4 万个小微水体重新焕发生机活力，汉江、清江入选最美家乡河，通顺河、东湖等河湖水质达到近 40 年来最好水平。

重要河湖水质水量变化即时提醒、河湖长履职尽责全程纪实月通报等机制广泛实施，宜昌市黄柏河流域综合治理、武汉市"三长联动"等一批典型做法和河湖长制湖北经验"二十佳"持续深化，夷陵区家庭河湖长、枝江市小微水体名片打造等一大批新经验新做法竞相涌现，河湖长制工作成功入选湖北改革开放 40 周年全面深化改革优秀案例，入选省委省政府"第二届改革奖"。

这份沉甸甸的答卷背后，是湖北河湖长制各方付出的辛勤汗水。

这一年，全省 3.8 万名河湖长奋战在河湖治理管护一线，常态化履职尽责，巡查河湖超百万人次，协同带动上百万人参与河湖管护，解决河湖突出问题 2 万多个。为抗击疫情，湖北积极开展河湖爱国卫生运动。各级河湖长把河湖卫生环境情况作为巡查河湖履职的重要内容，阻断一切高传染性病毒水体传播渠道。

这一年，3 000 多个河湖长制责任单位主动履职担当，巡河湖，找问题，抓整改，护生态，解决了一大批涉河涉湖突出问题。

这一年，16 万个小微水体管护力量纳入河湖长制责任链条，近 3 万名民间河湖长冲在河湖管护一线，数以百万计的社会公众自觉爱水护水、参与河湖保护。

这一年，清江、沮漳河等 16 条重要支流岸线保护利用规划形成初稿，15 条河流生态调度方案批复，18 个省级重点河湖一河(湖)一策和湖北省河湖长制"十四五"发展规划正式启动，24.4 万个小微水体纳入常态化管护，河湖健康评价、河湖管护和河湖长巡查河湖规范 3 个技术标准深入推进、有望近期出台。

这一年，20 多个全国河湖长制先进省市无私支援湖北，志愿为受疫情影响导致工作难以开展的湖北河湖长云端"授课"。"湖北河湖长"微信公众号共收录网课 27 期，每期平均吸引阅读量超万次。

站在"十四五"新起点上，湖北必将坚决扛起长江大保护政治责任，牢记嘱托，感恩奋进，奋力谱写幸福长江、美丽湖北新篇章，开启推动长江经济带高质量发展"中游作为"新征程。

电话:(010)63205049 E-mail:zbs@chinawater.com.cn
责任编辑:魏晓雯 照 排:高永红 ·广告· 2021年1月23日

湖南：不落一户不漏一人 保障农村饮水安全

□汤荣军 伍松辉 易巧惠 钟敏达

“搭帮党和政府的好政策,我们用上了干净卫生的自来水。以前,一到旱季就要到离家很远的井里挑水,现在再也不用担心没水用了。”望着净化消毒后清澈的自来水哗哗地从自家水龙头流出,湖南省湘西州永顺县卓福村贫困户吴功斌激动地说。群众朴实的语言,最直接地表达着对农村饮水安全工作的赞许。

民生为上,治水为要。农村饮水安全事关百姓健康和民生福祉,党中央国务院、湖南省委省政府始终以浓浓的为民情怀高位推动农村饮水工作,取得了累累硕果。

湖南省是一个农业大省和人口大省,集中了民族地区、革命老区、连片特困地区,全省曾有40个国家级贫困县、11个省级贫困县、6 920个贫困村,贫困面较广、程度较深,是全国脱贫攻坚任务最重的省份之一。水利扶贫作为脱贫攻坚行业扶贫十大行动之一,更是任务艰巨、责任重大。湖南省坚决贯彻党中央、国务院决策部署,紧抓农村饮水安全工作,取得了显著成绩。“十一五”至“十三五”期间,全省累计投入300多亿元,持续开展大规模建设,农村供水格局已初步形成。目前,湖南省已建各类农村集中供水工程近4万处,覆盖4 798万农村人口,农村集中供水率接近90%。2020年6月底以来,湖南省580万建档立卡贫困人口饮水问题持续保持动态清零,全省农村人口实现了安全饮水全覆盖,做到了“不落一户、不漏一人”全面解决。

祁阳县浯溪水厂

高位推动 强化责任担当

湖南省连续17年将农村饮水安全工作列为省政府重点民生实事。

湖南省坚决贯彻党中央决战脱贫攻坚要求,牢牢扛起保障农村饮水安全政治责任。湖南省委省政府高度重视农村饮水安全工作,“十二五”期间,针对洞庭湖区地下水水质问题,对洞庭湖区域进行了专题调研,积极向水利部报告,成功争取到计划外中央资金10亿元,用于解决湖区农村饮水安全问题。湖南省委省政府主要领导多次研究部署,作出系列批示指示,协调解决农村饮水安全重大问题;分管省领导多次赴一线督导检查,要求兑现对人民群众的承诺。

湖南省水利部门将农村饮水安全脱贫攻坚作为水利扶贫的头号工程,省水利厅成立了湖南省脱贫攻坚农村饮水安全工作领导小组,将巩固和新增任务指标分解落实到14个市、州的108个项目县,明确目标任务,构建省市县三级水利部门一把手负总责、班子成员分片负责的责任体系;建立督查暗访机制,推进不定期暗访、大规模督查和全覆盖“回头看”,排查“盲区死角”,拉条挂账制定问题清单,实行“一单四制”、动态清零管理。

在市县层面,农村饮水安全工作同样纳入了各地脱贫攻坚考核、政府绩效考核、重点民生实事考核、全面小康社会考评等六项考核评价,严格奖优罚劣,进一步强化责任落实。

创新融资 畅通筹资渠道

湖南省各级水利部门积极筹资,落实农村饮水安全工程建设资金,通过向上争、社会融、银行贷、整合用,“十三五”以来,省市县三级累计完成投资156.28亿元。

省水利厅积极争取中央支持和省级财政投入。“十三五”以来,累计落实中央投资16.48亿元、省级投资28.56亿元用于提升农村饮水安全保障水平。依据“优先扶贫、分类奖补”原则,按照贫困人口每人500元、非贫困人口每人120元的标准,对贫困人口和非贫困人口实行地区差异化补助。

市县通过加大地方财政投入、整合涉农资金、利用银行贷款、引进社会资本等多渠道筹措资金。“十三五”以来,市县累计落实建设资金111.24亿元用于农村饮水安全巩固提升项目建设,其中邵阳市在14个市、州中筹资力度最大,达23.61亿元。

水利部门会同财政、发展改革等部门统筹部署,力推运用政府与社会资本合作模式(PPP)实施农村饮水安全巩固提升工程;对采用PPP模式的项目县在政策、资金和技术方面给予大力支持,引导国有企业在农村饮水安全建设中发挥重要作用,精心指导武冈、常宁等一批农村饮水PPP项目落地实施。目前,已完成合同签订的8个项目县总投资达51.54亿元。

分类施策 确保工作实效

因地制宜、分类施策,是解决农村饮水安全问题的关键。湖南省各县市区想方设法,根据各地基本情况研究制定适合本地的供水模式。

武冈市地处武陵山集中连片特困地区,季节性缺水严重,相比于腰包瘪,武冈人更怕水缸干。龙溪镇塘田村55岁的养殖大户冷德元,就是这样的典型代表。

冷德元从2017年开始把所存积蓄全部投入养鸡,但第一批喂养的1 000只鸡和第二批喂养的6 000只鸡存活率都不高,第二批养殖甚至亏损了6万元。冷德元无奈地说:“缺少水源是两批养殖失败的原因之一。”

2019年年初,龙溪镇实施了农村饮水安全工程,塘田村实现了自来水全覆盖。

水润民心,苦尽甘来。当年11月冷德元就扩大了养殖规模,建起了3千多平方米的鸡厂,养殖了3万多只鸡。冷德元感慨地说:“鸡厂一天的用水量最多能达到60吨,没有水就不敢建鸡厂,更尝不到规模养鸡的甜头,多亏了农村饮水安全工程。”

为让百姓尽享“水之甜”,武冈市因地制宜巧谋划:整合城区3座自来水厂,新建4座日供水2万吨以上自来水厂,把辖区内的水源通过大管道串联在一起,相互补给,彻底解决了数十万人的安全饮水问题;在新化县、古丈县等旱季存在缺水风险的干旱山区建设水窖,在丰水期将山泉水、井水引至水窖,储存至旱季使用,有效解决了季节性缺水问题。

武冈的成功是湖南省分类施策推进农村饮水安全工作的生动体现。湖南省在有条件的县市区,积极推广“武冈模式”,建立同网、同质、同服务的城乡一体化供水体系;在其他地区鼓励推进区域规模化供水,通过城镇自来水厂管网延伸、中小型集中供水工程并网改造、单村供水工程提质改造等方式巩固提升工程质量;在人口少、海拔高、位置偏远的地区,推进“一村一厂、一户一策”模式,建设分布散、规模小的供水工程切实解决饮水问题。

精准发力 不留脱贫死角

农村饮水安全是打赢脱贫攻坚战的底线任务。2019年,湖南开展了大规模全省农村饮水安全“回头看”。

省市县实行三级联动,历时近3个月,共组织4 200余人对全省农村饮水安全情况进行摸排,发现问题766个,拉条挂账制定问题清单,督导县市区于2020年6月底前将问题全部整改完成。

2020年3月,省水利厅再次组织7个工作组深入14个市州、28个县市区、56个乡镇、168个自然村,开展农村饮水安全全覆盖专项调研,精准排查出全省存在饮水安全问题的建档立卡贫困人口455人、非贫困人口84 251人,并制定整改方案,按照贫困人口“一户一策”、非贫困人口“一村一策”,分类有效解决,11月底前所有问题整改完成,全省实现了农村饮水安全有保障,有力支撑了湖南省城镇和农村的迅猛发展。

他们因水脱贫,也因水而富。

洞口县杨林乡联盟村是湖南省有名的贫困村,全村共872人,其中建档立卡贫困人口就有271人。该村位于洞口县东南端,属于典型喀斯特地貌,多石少土缺水,平均海拔960多米,也是严重的缺水村。“以前,每到夏天,饮用水都紧张,更别说灌溉用水了,淘米水用来洗涤,洗涤完用来浇菜,每一滴水都要省着用。”当地村民回忆过往,感慨万千。

以往每年夏季,县政府都要安排消防车送水上山,但这也只是应急措施。洞口县水利局分组建设饮水安全工程,投入75万元彻底解决了联盟村的饮水难题;通过开展“回头看”,更是严格了水源地保护,切实加强了供水工程水源水、出厂水、管网末梢水水质检测监测工作,进一步提升农村饮水安全保障水平。

如今,联盟村再也没有了村民排队接水的现象,自来水通到了各家各户,水量足、水质好的农村饮水安全工程获得当地百姓的一片点赞。“缺水村”实现“华丽转身”。

省水利厅还印发了脱贫攻坚农村饮水安全知识挂图和手册,引导群众正确认识农村饮水安全的概念和标准,并设立了省市县级农村饮水监督电话并向社会公开,畅通群众监督渠道,提高农村饮水监管水平,及时解决农村饮水问题,保证农村居民喝上干净水、放心水。

建管并重 提高饮水保障

2013年,习近平总书记到十八洞村考察,首次提出了“精准扶贫”这一重要论述。省水利厅认真贯彻落实“精准扶贫”重要指示精神,通过现场踏勘确定水源、走村入户问计问策切实解决了十八洞村的饮水问题。但是,从2018年开始,日益增多的游客给十八洞村带来了可观的经济收入,同时也对饮用水提出了更高要求,为此十八洞村又新增了2处备用水源,升级了全村239户居民的自来水入户管路、水表等设施设备,狠抓项目建设,提升工程质量,强化工程管护,促进长效运行,确保全村居民和到访游客饮用水更加放心、更有保障。

十八洞村因水而兴的美丽嬗变只是湖南省建管并重提高饮水保障的一个缩影。

湖南省修订完善《湖南省农村饮水安全巩固提升项目管理办法》等,进一步规范工程建设,省水利厅联合多部门建立农村饮水安全巩固提升项目月报制度,并多次通过全省性会议对年度项目进行调度,强力推进项目实施。

除保障工程质量外,湖南省还强化管护。通过抓实“三项制度”,已实现农村饮水工程管理责任延伸到1 764个乡镇、22 382个行政村,100%覆盖了有农村饮水安全任务的乡镇和行政村;通过创新运行管理模式,已成功在千吨万人供水工程推行企业化运营和专业化管理、落实专业管理人员,千吨万人以下供水工程根据实际情况,采取专业化公司、用水户协会、村集中或委托专业化公司等管理模式,落实专人管理;通过强力推进水费收缴,已实现以县为单元统一进行农村供水成本核算并制定区域指导水价。目前,湖南省95%的集中供水工程已实行收费,水费收取率达95%。

下一步,湖南省将把农村饮水安全作为“十四五”水安全保障规划的重点任务,继续坚持“以城乡供水一体化和区域规模化供水为主、小型集中供水为辅、分散供水为有益补充”的思路,围绕保障人民群众喝上放心水、优质水的目标,进一步巩固脱贫攻坚成果,做到优水优用、城乡统筹,逐步构建“一带四片多点”饮水格局,打造“湖南水网”,为实施乡村振兴战略提供可靠的农村供水支撑。

本版图片均由湖南省水利厅提供

平江县长寿水厂

嘉禾县建档立卡贫困户刘却上一家用上放心自来水

常德市澧县山门水厂

46版 中国水利报
2021 年 1 月 23 日 ·广告· 责任编辑：陈晓磊 版 排：刘建军
电话：(010)63205230 E-mail：zbs@chinawater.com.cn

广东：水岸联动促发展 河畅景美绘锦绣

□粤水轩

2020 年年初，正值人员流动规模最大的春节假期，突如其来的新冠肺炎疫情袭击大江南北。这一年，是决胜全面小康、决战脱贫攻坚的收官之年。

危机骤降，如临大考。疫情打乱了人们正常生产、生活节奏。“櫂伤虽多意愈厉，直与天地争春回”。关键时刻，广东水利人奋勇前行，以水利之兴为立业之本，为决战脱贫攻坚提供了坚实的水利支撑，展现出了水利人的实干与担当，谱写了决胜全面小康的精彩篇章。

这一年，广东省基本完成 180 公里省级碧道试点建设任务，相继建成近 300 公里市级碧道试点。如今，碧道已成为群众喜爱的网红打卡点，尤其是以广州流溪河、清远连樟村、梅州石正河、茂名锦江画廊等为代表的自然生态型碧道，展现出了美丽的原生态景观，带动全域旅游发展，助力乡村振兴，水碧岸美的生态效益和水岸联动发展的经济效益开始显现。

这些年，通过广东水利人的接续努力，全省 170 多万建档立卡贫困人口饮水安全问题全部解决，2277 个省定贫困村全部实现集中供水全覆盖。此外，广东省水利厅通过采取产业扶持、资产收益、以奖代补、兜底保障等一系列帮扶措施，雷州市茂莲村贫困户全部脱贫，顺利实现贫困村脱贫出列目标。

攻坚克难，解困水之困：汩汩清泉入农家

11 月 6 日，正值立冬时节，南粤大地依然艳阳高照，暖意融融。英德市连江口镇连樟村村民兴高采烈地前往一间厂房，见证重要时刻——连樟村集中式供水工程试运行暨连樟水厂揭牌。

连樟水厂揭牌，对村民来说是一件大喜事。这意味着连樟村将迎来集中供水时代，村民再也不用自建蓄水池来供应自来水了！工程正式运行后，可有效解决连樟村 17 个自然村和沿线企业近万人的生产生活用水需求，连樟样板区在推动城乡基础设施一体化发展方面取得了新成效。广东省水利厅指导连樟村做好水厂的后续运营管理维护，确保可持续供水。

用水条件改善的不止连樟村，省定贫困村茂莲村家家户户也都通上了自来水，告别了祖祖辈辈靠打井饮水的历史。

广东省水利厅作为指导农村水利工作的主管部门，在茂莲村水利基础设施建设和规划上，充分发挥部门优势，助力贫困村脱贫摘帽。针对茂莲村水利基础设施短板明显、缺乏资金的困境，省水利厅筹集了 974 万元专项资金用于翻修、新建水利设施，并从专项资金中划拨 88 万元，启动了贫困村集中供水工程建设，修建水塔、安装过滤灌、铺设给水管道等，水质检测全部达标，4000 余人安全饮水问题得到解决。

雷州市属于旱地区，农业生产常因缺水受到影响。2020 年，广东省水利厅又启动了 3 口灌溉水井和配套灌溉渠建设。据省水利厅驻茂莲村第一书记彭惠介绍，该项目已基本完工，灌溉水渠覆盖村庄全部农田，村民灌溉取水十分方便。

2020 年，广东省《政府工作报告》提出要实现全省剩余村全部实现集中供水的工作目标。广东省水利厅提前超额完成 2020 年省民生实事新增 100 万农村集中供水人口任务，让更多农村群众喝上安全放心水。目前，广东已建成各类农村供水工程 2.07 万宗，全省 2.05 万个村实现了集中供水，受益人口 6300 万人，农村自来水普及率 92.5%。

未雨绸缪，缓解水之患：江河安澜群众赞

广东降水充沛，但年内分配不均，4—9 月汛期降水占全年总量的 80% 以上。加上广东省河流众多，集水面积在 50~3000 平方公里的中小河流有 1190 条。这些中小河流长期未经治理，河道淤塞严重，岸坡崩坍损坏，河道行洪严重不畅，尤其近些年受极端天气影响，中小河流洪涝灾害多发频发，成为防洪减灾的薄弱环节和水利建设的最大短板，严重制约山区群众脱贫致富。

2014 年，广东省委和省政府作出在韶关、河源、梅州、清远、云浮等山区五市实施中小河流治理的重大决策部署，对山区五市的中小河流(约占全省中小河流总数的 50%)进行全面治理，规划治理河长 8264 公里，总投资 159 亿元。2018 年又将山区五市中小河流治理的经验做法复制推广至全省，在全省实施中小河流二期治理，计划再投入 171 亿元，治理 7848 公里。治理后的中小河流因暴雨洪水灾害造成的人员伤亡和经济损失数量与多年平均相比，降低幅度分别接近 90%和 50%，防洪减灾效果显著。

梅州市原来未设防的村庄，治理后河道行洪标准全面提升，群众免受洪水威胁。2019 年“龙舟水”期间，梅州市出现 4 次较明显的降雨过程，部分中小河流发生超警洪水，洪水防御工程运行正常，发挥了明显的减灾效益。据估算，受益人口约 48.4 万人，保护农田 26.5 万亩，实现减灾效益约 1.9 亿元。

河源市先后遭遇 2013 年“8·16”洪灾和 2016 年强台风“海马”袭击，在两次近乎一样雨情的情况下，2016 年全市受灾人口下降了 71.6%，受灾农作物面积下降了 43.1%，倒塌房屋数量下降了 87.7%，转移人口数量下降了 85.5%，人员伤亡数量下降了 95.7%，经济损失下降了 74.9%。

清远佛冈县潖江 2013 年、2014 年和 2020 年三年遭遇了较大洪水。2013 年，潖江流域 24 小时最大降雨量达 338 毫米，洪水造成佛冈县直接经济损失 11.15 亿元，有记录的洪痕水位为 86.47 米。2014 年，潖江治理工程开始启动，同年遭遇暴雨 24 小时最大降雨量 328.8 毫米，经济损失 2.01 亿元，洪痕水位 84.85 米，较 2013 年下降了 1.62 米。随着治理工程的推进和竣工，2020 年，佛冈县在遭遇 24 小时最大降雨量高达 484.3 毫米的严峻形势下，全县经济损失控制在 3.33 亿元，洪痕水位下降到 84.7 米，较 2013 年下降了 1.77 米。治理后的潖江防洪减灾效益显著，实现减灾效益近 8 亿元，实现小投入产生大效益。

通过系统治理后，广东境内中小河流近年来在抵御多轮台风及强降雨袭击中发挥了重要的防洪减灾作用，截至目前，全省累计完成中小河流治理长度 1.52 万公里，完成投资 295.1 亿元。

聚力发展，续写水之美：综合治理富乡村

一条条“垃圾河”“洪灾河”治理后成了一道道“河畅、堤固、岸绿、水清、景美”的风景带。中小河流治理改善了农村环境，增强了沿岸群众的获得感、幸福感和安全感，在促进乡村经济发展方面也发挥了积极作用。

近年来，广东将中小河流治理与新农村连片治理、美丽乡村建设、精准扶贫、乡村旅游等有机结合起来，整合水利、交通及新农村建设各项资金，既治理了河流，又完善了当地镇村的基础设施，涌现出一大批适合群众休闲娱乐、享受自然、亲近河流的美丽生态示范工程，助推了人居环境改善，促进了乡村旅游发展。

让阻水植物蔓生、水质脏差的河流恢复原生态，在适当位置布设低水头堰坝，增加河道的调蓄水量，不仅实现了河道景观增色，还为鱼、虾等水生生物提供了良好的生存环境，也让群众有了更多的亲水空间。

水清岸绿，鱼翔浅底，水草丰美，白鹭成群……河道变宽了，水体变清了，村子变美了，农田水利设施更加优化了。有了良好的水生态环境，不少村镇开始大力挖掘水文化资源，为发展农业生产和乡村旅游编织“嫁衣”，助力当地居民脱贫致富。

蓄水之地，纷纷蜕变成为了亲水空间。河源市源城区埔前河，治理后河水清澈，河道宽阔，两岸郁郁葱葱，一派田园水乡景象。随着治理后环境质量的全面提升，当地政府成功引进了投资约 200 亿元的包括文化旅游、智慧农业和生态小区三个板块的春沐源岭南生态小镇项目，将埔前河周边地区打造成为有山、有水、有人文、有产业的特色风景带，带动当地乡村经济发展。

清远市连州市朱岗水综合治理工程，更是为打造畔水美丽乡村建设贡献了水利力量。据不完全统计，工程建设后年均收益 356 万元，其中减少农田受灾面积 1800 亩，减少房屋受浸 372 间，减少洪灾损失 145.2 万元，受益种植业面积 260 亩，受益经济作物面积 385 亩，年均增加农业农村效益 14.83 万元。如今定位为粤北客家旅游小镇的畔水村先后创建成为清远市美丽乡村生态村、省级新农村示范片核心村，成为丰阳镇打造田园综合体、美丽小镇和创建省级乡村旅游示范点的一面旗帜。在产业支撑下，畔水村人均年收入从 2014 年的不足 8000 元提升至 2017 年的 2.57 万元，年均增加旅游效益 196 万元。

一河两岸的景观带，催生成为产业兴旺的“聚宝盆”。广东省水利厅在清远市连州市江咀水河边建设了村级污水处理池和鱼塘，处理之后的水先排到鱼塘，经过生态过滤沉淀后再排到河里，利用鱼塘的营养物质种荷花、养鱼，既解决了村里的污水治理问题，又打造了美丽乡村景观，吸引了游客观光消费。

还河于民，共治共享。2020 年，是广东省河长制湖长制改革深入发展、万里碧道建设取得良好开局的关键之年。全面推行河湖长制以来，广东高度重视，以高质量建设万里碧道为抓手，统筹流域系统治理，下好生态水利先手棋，激发水利改革发展新动力、新活力。

在实现巩固拓展脱贫攻坚成果同乡村振兴有效衔接中，广东省水利系统将结合河道两岸乡土特色，因地制宜开展水环境治理，实现工程措施与周边环境协调呼应，打造青山绿水好风光、和谐富裕美村落。

本版图片由广东省水利厅提供

图片说明
①清远连州金坑河干流生态治理工程
②鹤地水库雷州青年运河渠首枢纽工程
③北江大堤石角段
④高州水库
⑤河源市新丰江水库
⑥雷州青年运河灌渠

中国水利报 49版
电话：(010)63205233 E-mail：zbs@chinawater.com.cn
责任编辑：陈思杰 照 排：高永红 ·广告· 2021年1月23日

海南：自由贸易港建设的水务担当

□邹小和

2021年1月2日上午，位于海南省屯昌与澄迈交界处的迈湾水利枢纽工程正在加快推进，建设工地上，工程车忙着挖掘和运输土方、平整土地，一切井然有序。

作为国家172项节水供水重大水利工程之一和海南水网的关键性工程，迈湾水利枢纽工程是全省有史以来获中央投资最多的单个项目，工程建成后，将对屯昌乃至全省防洪减灾、农业灌溉、城市供水、工业用水、生态保护等提供重要支撑保障。

“十三五”期间，海南现代水网建设成效凸显，区域水资源优化配置能力、水旱灾害防御能力不断增强，水生态环境质量、民生水务保障水平持续提升，重点领域改革和水务工程建设管理深入推进，农村饮水安全脱贫攻坚任务全面完成，中央环保督察和国家海洋督察反馈城镇生活污水问题整改成效显著，顺利完成全省“十三五”水务发展规划确定的主要目标任务，为开启全面建设社会主义现代化新征程、海南自由贸易港建设打下了坚实的水务基础。

海岛型骨干水网初具规模

作为海南省力推的“五网”（路网、光网、电网、气网、水网）基础设施之一，“十三五”期间，海南水网不仅规划顶层设计落地见效，且海岛型骨干水网已经初具规模。

2019年8月，海南省水务厅结合“多规合一”改革，编制完成的《海南水网建设规划》经省政府印发实施。规划立足海岛型水系特点，围绕提高水安全保障能力，坚持一盘棋统筹、一张网布局、一平台管理，着力打造集生态水系网、水利工程网、水务管理网、智能信息网于一体的协调均衡水网。这部推动海南水务改革发展的战略性、指导性顶层设计的规划，对海南水务发展具有里程碑式意义，不仅荣获2018年度全国优秀工程咨询成果一等奖，还获评“大地河源杯”2019年基层治水十大经验之一。

2020年6月，聚焦海南自贸港建设和水务高质量发展，深入推进海岛型综合立体绿色智慧水网建设，海南省水务厅出台了《关于推动海南自贸港重点园区水务高质量发展的指导意见》，突出水安全对园区规划设计和开发建设的约束与引领作用，推动科学谋划建设与园区灰色空间相协调的蓝绿水系统。

“早在水网建设规划编制过程中，我们就同步开展了项目可行性研究、环境影响评价等工作。”海南省水务厅党组书记、厅长王强说，“‘十三五’期间海南省水务厅扎实做好新开工项目前期论证，全力推动项目落地。”

迈湾水利枢纽、天角潭水利枢纽、南繁基地（乐东、三亚片）水利设施，于2020年全面开工建设并超额完成年度投资计划任务；琼西北供水工程、龙塘大坝枢纽改造工程、昌化江水资源配置工程、牛路岭灌区工程等项目前期工作加快推进并纳入国家新一轮150项重大水利工程建设范围，形成梯次接续格局；南渡江引水工程正式通水，红岭灌区工程基本完工，五指山新春水库提前一年下闸蓄水，三亚西水中调等工程加快实施……

防灾减灾能力有效提高

“十三五”期间，海南省水务厅在做好水旱灾害防御的同时，民生水务保障水平显著提高。

“‘十三五’期间，海南基本建成工程措施和非工程措施相结合的水旱灾害综合防治体系，洪涝灾害年均损失率进一步降低，全省水旱灾害防御能力得到有效加强。”王强说。

海南省水务厅加强江河防洪防潮工程建设，对松涛、长茅、沉香湾等39座水库水闸进行除险加固，推进五指山、琼中等中部地区山洪灾害防治。同时，根据气象部门每平方公里的网格化降雨预报成果，建立全部有闸水库下游洪水数学模型，动态模拟不同量级洪水演进过程，实施水库科学调度、联合调度。

值得一提的是，互联网防灾减灾信息平台二期的建成使用，以及海南省水务厅印发实施的《小型水库防汛管理标准(2020版)》，为全面完成小型水库防汛标准化建设奠定了基础。另外，提前一年超额完成农村饮水安全巩固提升“十三五”规划目标任务，64.97万建档立卡农村贫困人口饮水安全全面达标，有力助推了脱贫攻坚战的胜利。

在此基础上，海南省水务厅积极推进城乡供水一体化建设，五指山市探索建立城乡供排水项目建、管、护一体化模式。松涛、石碌等大中型灌区完成续建配套与节水改造，红岭灌区田间工程建设加快，小型农田水利设施运行维护得到加强，热带特色高效农业水利基础进一步夯实。城市供排水设施持续完善，城市（县城）供水水质合格率达到100%，供水管网平均漏失率控制在10%以内，一批易涝积水点得到整治。

海南从严从实抓好中央环保督察、国家海洋督察反馈问题整改，加快城镇生活污水治理，开工建设144座建制镇污水处理设施，完成10座敏感区域城镇污水处理厂提标改造，污水处理规模可达到每天38.6万立方米，铺设污水管网3100公里。

河湖监管促生态保护成效显著

“实施河湖长制建设美丽河湖，满足人民群众对美好生活的需求是我们义不容辞的责任。”王强说，“在水网建设实现新突破的同时，海南的河湖保护和监管持续发力，水生态修复与治理成效显著。”

目前，海南省河湖长制从全面建立到全面见效，建立完善省、市、县、乡、村五级河湖长体系，各级河长巡河常态化、制度化。

2020年，海南省水务厅组织开展了“绿水行动”，评选出“最美河湖长”“最美河湖专管员”“民间河湖长”和“最美家乡河”。同时，海南省水务厅持续开展河湖“清四乱”专项行动，结合扫黑除恶专项斗争，重拳整治河道非法采砂乱象，有效遏制非法采砂行为，促进河湖休养生息，为“十三五”生态文明建设留下了骄人成绩。

海南省水生态修复与治理成效显著，离不开海南省水务厅制定实施的南渡江、昌化江、万泉河三大江河生态流量确定与管控方案。方案全面推进三大江河采砂河段生态修复，启动文昌市农村水系综合整治试点。

与此同时，海南省水务厅加强城市内河湖水生态治理，列入国家考核的29条城市黑臭水体全部治理到位，海口市、三亚市入选全国黑臭水体治理示范城市，海口美舍河、鸭尾溪、大同沟、五源河荣登全国城市水体治理光荣榜，海口市荣获全球首批“国际湿地城市”称号，水体治理和湿地保护荣获2020年“保尔森可持续发展奖”。

水务重点领域改革持续推进

“十三五”期间，海南省持续推进水务重点领域改革。一方面，海南省水务厅印发了《海南省节水行动实施方案》，全面完成国家下达的5项最严格水资源管理制度“三条红线”指标；另一方面，海南省水务厅在三亚赤田灌区探索开展水权改革试点，基本建立流域上下游横向生态保护补偿体系，13个市县签订了生态保护补偿协议。

此外，海南省水务厅深化农业水价综合改革，出台改革绩效评价办法和农业用水价格形成机制指导意见，并在昌江、三亚、海口和陵水等市县开展试点。同时，深入推进“放管服”改革，对开发园区建设实行水土保持区域评估和一次性评审，简化供水报装环节、提高办理效率，不断优化水务领域营商环境。

值得一提的是，“十三五”期间，海南省水务厅建立完善水务工程项目分级质量监督机制，全面实施第三方质量检测。同时，开展水务工程转包、违法分包、出借资质专项整治，对违规企业予以惩戒。

在迈湾、天角潭等重大水利工程建设中，海南省水务厅大力推广运用“BIM+GIS”技术加强项目勘察设计和建设管理，推广EPC、EPC+O、PPP等建设模式，探索将市县同类面上工程打包打捆后统招分签、集中代建实施，有效破解基层技术力量不足和专业人才匮乏困局。

海南省水务厅实施的水库运行管理长效机制三年行动方案，让三亚市大隆水利工程管理局顺利通过国家级水利工程管理单位考核验收，三亚市天涯区被评为全国小型水库管理体制改革样板县（市、区）。

“目前，海南省水安全保障能力与高质量高标准建设中国特色自由贸易港还存在差距。”王强说，“下一步，我们要抓好‘十四五’规划编制，水生态文明建设、智慧水网建设、完善工程建管机制、巩固提升饮水安全等工作，聚焦海南自贸港建设和水务高质量发展，全面加强水资源利用与保护，深入推进海岛型综合立体绿色智慧水网建设。”

天角潭水利枢纽工程落实施工期环保措施

海南省红岭灌区田间工程作业人员进行格宾笼排沟施工

河道养护保证河湖水体健康

工程质检人员深入海南南渡江迈湾水利枢纽工程右岸排水洞检查

海南省水务厅党组书记、厅长王强（左四）深入施工现场检查指导工作

鸭尾溪治理工程实现生态蝶变

河湖监管成效显著的海南绿意盎然

本版图片由海南省水务厅提供

数说

- 累计落实水务投资521亿元，年均投入104亿元，较“十二五”期间增长130%；
- 成功防御“山竹”等33个台风；
- 有效灌溉面积达到570万亩，灌溉率达到52.4%；
- 3526条河流和1105座水库全部纳入河湖长制管理范围；
- 完成流域面积50平方公里以上的河流管理范围划定，划定625平方公里的河流湖库生态保护红线并纳入陆域生态红线统一管控；
- 26座小水电站被水利部授予“绿色小水电示范电站”称号；
- 治理水土流失面积680平方公里；
- 主要河流湖库水质优良率93%，国家考核断面水质优良率100%，城镇集中式饮用水水源地水质达标率100%。

重庆：水润民心 福泽后人

“看，这水多干净清亮。”临近中午，重庆市璧山区三合镇二郎村村民何祖灿拧开家中水龙头，清澈的自来水喷涌而出。他一边冲洗蔬菜，一边喜滋滋地说：“现在水压高了，生活可方便了。”

还有许许多多与水相关的幸福场景正在重庆山城上演。“十三五”以来，重庆市抢抓脱贫攻坚任务，深入贯彻习近平总书记关于“西南地区重点解决储水供水和水质达标问题”的重要指示精神，全面落实“节水优先、空间均衡、系统治理、两手发力”的治水思路和水利改革发展总基调，着力改善农村饮水基础设施条件，加快推进运行管护长效机制建设。目前，全市建成以规模化供水工程为主、小型集中供水工程为辅、分散供水工程为补充的农村供水保障体系，供水人口达 2 350.6 万人，全面解决了 168.6 万贫困人口饮水安全问题，贫困人口供水入户率达到 99.73%，实现了农村饮水从“有水喝”向“喝好水”的巨大转变。

以“水源工程三年行动”为抓手 凝心聚力补水源工程短板

重庆大部分地区属于山地、丘陵，喀斯特地貌突出，呈现典型的“人在高处走，水在低处流”的特征，虽有丰富的过境水，但开发利用难度大。全市多年人均占有当地水资源量约为 1 700 立方米，约为全国人均水资源量的五分之四、世界人均水资源量的五分之一，属中度缺水地区。已建成水利工程可供水量 79 亿立方米，仅占当地水资源量的 14%，现全市实际用水量已达 77.4 亿立方米，接近可供水量上限，预计 2030 年需水量将达 107 亿立方米。

水源工程是保障贫困人口饮水安全的前提。为加快解决工程性缺水问题，2018 年，全市启动实施了水源工程建设三年行动，规划投资 1 270 亿元，拟实施 232 个重点水源项目，着力解决水源问题。现已完成初设审批 112 个，新开工 64 个，渝西水资源配置工程、藻渡水库、跳蹬水库、向阳水库、福寿岩水库 5 个大型工程列入国家 2020—2022 年 150 项重大水利工程建设项目清单，大滩口水库扩建工程列入预备名单。经过多年艰苦努力，全市累计建成水库共计 3 076 座，总库容约 126.1 亿立方米。其中，大型水库 18 座、中型水库 103 座、小型水库 2 955 座。目前，全市水库年供水能力约 27 亿立方米。

以巩固提升工程为抓手 凝心聚力补农村供水设施短板

供水设施是保障农村贫困人口饮水安全的基础。重庆市农村饮水保障工作先后经历“饮水解困”“饮水安全”“巩固提升”三个阶段——

2004 年以前“饮水解困”阶段，投入 8 亿元，解决了农村饮水困难地区 245 万人“有水喝”的问题；

2005 年到 2015 年“饮水安全”阶段，投入 110 亿元，解决了 1 828 万农村居民饮水安全问题，基本消除高氟水、苦咸水、铁锰超标等饮水不安全问题；

2016 年至 2020 年 “巩固提升”阶段，已累计投入 76 亿元，持续改善农村居民饮水条件，受益人口 1 409 万人。特别是 2018 年以来，通过争取中央支持、市级补助、地方自筹，充分利用财政预算资金、三峡后续资金、后期扶持资金、地方政府专项债券等，打资金组合拳，发挥资金捆绑的“拳头”效应，累计筹资 51.2 亿元，其中市级以上财政预算资金倾斜支持 14 个国家级贫县 8.36 亿元，占市级以上资金的 77%，重点支持修建水厂、蓄水池、改造供水管网和配套净化、消毒设施等。

铜梁区安居镇农村饮水安全提升建设工程 周天良 摄

黔江区石会镇老容溪水库

潼南区五桂镇高峰村农户用上自来水喜笑颜开

巫山县骡坪镇北山村里有了自来水

建成后的奉节县兴隆镇喇叭洞饮水安全工程

重庆市水利局紧紧抓住国家分期解决农村饮水的契机，累计争取投入各类资金 193.2 亿元，弥补农村供水设施不完善的短板。目前，全市累计建成农村供水工程 44.9 万处，设计供水能力 476 万立方米每天，覆盖农村人口 2 350.6 万人。其中，集中供水工程 3.6 万处、覆盖 2 068.8 万人；分散供水工程 41.3 万处、覆盖 281.8 万人。集中供水率达 88%、自来水普及率达 86%，比“十三五”规划目标分别高出了 3 个百分点、6 个百分点，农村人口供水入户比例达到 97.5%，农村供水设施基本实现全覆盖。

以解决“三缺”难题为抓手 凝心聚力补运行管护短板

农村饮水工程能否持续有效运行三分靠“建”、七分靠“管”。目前全市农村集中供水工程 3.6 万处，其中千吨万人以上的规模化供水工程有 685 处，千吨万人以下的小型集中供水工程有 35 315 处、占 98%。

早在 2016 年，市水利局就争取市人大常委会颁布《重庆市村镇供水条例》，于 2017 年 5 月 1 日正式实施，为农村供水管理提供法制保障，成为全国 8 个最早制定农村供水条例的省市之一。尽管在运行管护方面做了大量艰苦扎实的工作，但部分供水工程缺制度管、缺人管、缺钱管“三缺”现象仍然突出，尤其小型集中供水工程是运行管护难点。市水利局按照“水利工程补短板、水利行业强监管”水利改革发展总基调的要求，紧紧围绕“管”字做文章，围绕“管”字出效益。

——致力解决“缺制度管”的问题。2019 年，市水利局选择了 13 个区县在全市开展农村饮水安全巩固提升试点，积极探索建立运行管护长效机制。市政府办公厅出台了《关于建立健全农村供水工程运行管护长效机制的意见(试行)》，从建立健全农村供水工程运行管护责任、设施建设、水质监管、运营管理、有偿用水、运行管护激励等方面推进长效管护机制建设，区县还出台了县级农村供水管理办法。

——致力解决“缺人管”的问题。落实农村供水工程管护区县政府主体责任人、水行政主管部门行业监管责任人、供水工程管护责任人“三个责任人”，公开 2 700 余处千人以上供水工程管理单位、责任人、服务电话和监督电话等信息。685 处规模化供水工程已全部实行企业化管理，近 3 万处千人以下集中供水工程落实了管护责任人，贫困区县共落实公益岗位管水人员 800 余名。

——致力解决“缺钱管”的问题。加快推进农村有偿供水机制建设，梁平、荣昌区实现集中供水计量收费率 100%，2019 年全国农村有偿供水工作推进会在梁平区召开。目前，全市千人以上工程水费收取率达 95%、千人以下工程水费收取率 93%。为切实解决管护经费不足的问题，建立运行管护经费财政补贴机制。2019 年以来，市、区县积极争取将维修养护经费纳入财政预算，解决维修养护经费缺口。2020 年，中央、市级、区县解决维修养护财政资金共计 2.3 亿元，有效保障了供水工程的正常运行。

——致力加强水质监测。在市生态环保局、市卫生健康委按国家法定职责加强水质监测的基础上，市水利局充分发挥市水质监测中心和 35 个区县水质监测中心的作用，加强行业内部水质监管，建立分区域水质检测季检制度，督促区县按规范进行水质监测。市水利局还会同市卫生健康委、市扶贫办制发了《脱贫攻坚阶段农村饮用水水质检测工作的指导意见》，加强区县水质监测指导，保障贫困人口饮水安全，得到水利部肯定。尤其是 2019 年 8 月以来，加大水质监管力度，全市累计检测集中供水工程 2.66 万处，占集中供水工程的 73%，检测分散供水工程 3 179 处；2020 年春节期间现场取样抽检水质 1 318 处，有效保障了疫情期间供水安全。

以建立“三查”监管机制为抓手 贫困人口饮水安全动态“清零”

自农村饮水安全脱贫攻坚以来，市水利局建立了“区县排查、行业核查、市级督查”动态监管机制，全覆盖解决贫困人口饮水安全问题。尤其是 2020 年以来，市水利局克服新冠肺炎疫情影响，积极开展“三查”，确保在脱贫攻坚路上不漏一户不掉一人。

——组织区县开展农村饮水安全保障大排查。组织 37 个区县对 930 个乡镇(街道)、9 000 个村(社)开展全面排查，重点排查饮水安全达标、工程运行管护、群众反映问题查处情况。

——组织开展农村饮水安全保障行业大核查。从区县水利部门和局机关、事业单位抽调 57 名精干专业人员，组成 19 个工作组，对 18 个贫困区县和 3 个非贫困区县开展为期 1 周的蹲点式抽查复核，核查区县排查情况。

——组织开展农村饮水安全保障市级大督查。市水利局成立 9 个督导工作组，建立“局班子成员包片、处室(单位)包区县”和“一月一督查、一月一调度”工作机制。局领导带头暗访，对区县排查、市级核查情况再抽查，确保农村饮水安全脱贫攻坚工作落在实处。自 2020 年 4 月以来，市水利局 9 名局级干部以现场检查和暗访形式，共督查 28 个区县，占全市有扶贫任务区县的 84%，59 个乡镇、82 个村（涉及农村供水人口 19 万人），走访农村居民 193 户、查看供水工程 77 处。目前，全市贫困人口饮水安全达到了国家脱贫攻坚现行标准。

本版文图除署名者外
均由重庆市水利局提供

电话:(010)63205233 E-mail:zbs@chinawater.com.cn
责任编辑:李爽 照排:高永红 ·广告· 2021年1月23日

贵州:打赢水利“六场战役” 书写攻坚优质答卷

□王伟康

地处中国西南、“八山一水一分田”的贵州省,是全国脱贫攻坚的主战场、决战区。2020年11月23日,贵州宣布剩余9个县退出贫困县序列,标志着全省66个贫困县全部实现脱贫摘帽。

“十三五”以来,贵州省水利系统克服“山多地少、石多土少、雨多库少、丰水又缺水”的发展制约,坚持“节水优先、空间均衡、系统治理、两手发力”的治水思路,全面落实“水利工程补短板、水利行业强监管”的水利改革发展总基调,以一刻不停、一步不错、一天不耽误的决战状态和见人、见事、见时间、见责任、见终端、见成效的“六见”工作要求,全力以赴打好饮水安全攻坚战、水利建设大会战、水旱灾害防御战、水生态保卫战、疫情防控阻击战、水利改革攻关战“六场战役”,全力破解千百年来制约贵州发展的缺水困局,助推黔中大地发生了历史性巨变。

夹岩大坝面板施工　　杨良强 摄

威宁自治县草海镇中海社区蔬菜基地喷滴灌　　杨良强 摄

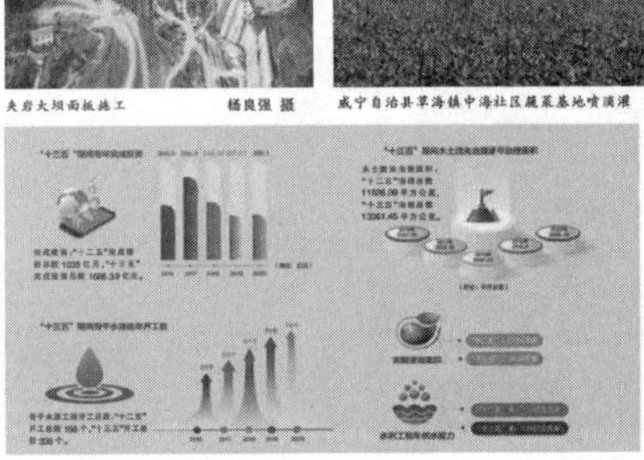
“十三五”期间贵州水利发展成就　　贵州省水利厅供图

督战队员查看乐旺镇大湾村达务组村民用水情况　　杨良强 摄

云水仙居　　王茂祥 摄

瞄准问题短板 沉入终端督战 全力打好饮水安全攻坚战

“宁愿给人一顿饭,不愿给人一口水。”这是水城县海坪街道甘塘村过去缺水的真实反映。

村民石明娥回忆说:“走几公里远的地方挑水,一个来回就是大半天。甚至有时候天不亮就去挑水,我背着孩子也得去。洗脸水留着洗脚,洗脚水舍不得倒。现在通了自来水,家家用上洗衣机、热水器,还有水冲厕所,生活环境变干净了。村里还发展食用菊、葡萄、生猪养殖等产业,日子越过越幸福。”从挑水中解放出来,石明娥开起了两个经营部。

确保农村饮水安全不漏一村,不落一人,是落实脱贫攻坚“两不愁三保障”、筑牢民生底线至关重要的一环。这既是一项重大的政治任务,更是一项伟大的民生工程、德政工程。

全省上下思想同频、行动同步、一抓到底,确保攻坚战速度与质量并举,自上而下构建起一整套科学有效的调度、协调、整改及责任追究机制,合力推动、纵深挺进。

农村饮水安全点多、面广、线长,涉及千家万户,特别是边远山区、高海拔地区、季节性缺水地区的饮水安全工程有盲区、易反复、难管理等问题。为彻底解决这一顽疾,2020年1月,贵州启动脱贫攻坚农村饮水安全挂牌督战行动,向影响脱贫攻坚成败的农村饮水安全问题“堡垒”发起最后的总攻。按照省级主“督”、县级主“战”、市级既“督”又“战”的要求,以“9+3”地区为主攻区、20个有贫困人口的县区为“排雷区”、其他县区为巩固区的督战路线,制定1—2月市县自查自纠、3—4月全省排查整改、5—6月全面销号、7—12月巩固成果的督战时间表,组织18支1 087人的督战工作队,围绕农村饮水安全“四项指标”和工程管护要求,创新“五个坚持”“八个必须”战术打法,逐村逐寨走访,逐户逐人排查,逐个整改销号。

截至2020年6月底,督战队发现的81个村1 840户饮水安全短板问题已全部整改“清零”。同时,国务院、水利部和贵州省委省政府等反馈的脱贫攻坚农村饮水安全问题101个,全部整改完成;大普查发现存在饮水安全问题的445户,全部整改销号,现行标准下农村饮水安全问题全面解决。目前,各督战队继续驻扎一线,持续跟踪问效,巩固拓展成果,强化工程管护,确保农村群众持续稳定喝上安全水、放心水、干净水。

“十三五”期间,贵州相继启动农村饮水安全巩固提升工程、攻坚决战行动和挂牌督战行动,累计投入资金69.5亿元,解决了740.9万人饮水安全问题,其中包括贫困人口252.3万人,投入资金、解决人数居全国前列。

持续加大投入 补齐工程短板 全力推进水利建设大会战

一步跨千年!伟大成绩的背后,离不开基础设施建设的支撑。其中,水利建设是不可或缺的重要一环,是最大的民生保障之一。

走进有贵州水利“一号工程”之称的夹岩水利枢纽及黔西北供水工程施工现场,只见工程车辆穿梭不停、施工机械轰鸣不断,到处都是热火朝天的建设场面。

山多地少、石多土少、雨多库少的贵州,是典型的工程性缺水省份。为破解这一矛盾,贵州水利建设掀起了一轮轮高潮。

在“三位一体”规划总布局下,贵州相继启动水利建设“三大会战”、小康水行动计划、水利建设三年行动计划、“市州有大型水库、县县有中型水库、乡乡有稳定供水水源”战略行动、“水网会战”等。随着水利建设高位推进,人民群众真切感受到了水利事业发展带来的红利。

“十三五”以来,贵州水利建设投资逾1 650亿元,年均投入超过300亿元。首个大型水利工程——黔中水利枢纽工程一期建成通水,以夹岩、马岭、黄家湾、凤山为代表的336座骨干水源工程开建,在建骨干水源工程达465座,一大批中小型骨干水源工程建成并发挥效益,全省水利工程供水能力从“十二五”末的110亿立方米提升到126亿立方米,大中型水库进入国家规划数量、项目开工数量均居全国之首。

坚持人民至上 落实三早三抓 全力打好水旱灾害防御战

水灾年年有,大灾三六九。特殊的地形地貌,加之水利工程缺少、人为破坏等多重因素影响,使贵州成为洪水经常“光顾”的省份。有数据显示,从1949年至今,全省发生局地性洪涝灾害平均每年达11.7次。

“十三五”期间,贵州坚持早部署、早研判、早预警、抓调度、抓应急、抓责任“三早三抓”要求,建立起从省到村的五级水旱灾害防御组织指挥、山洪灾害监测预警等防灾减灾体系。通过开展防汛应急演练、汛前安全排查、水库防洪调度、预测预报预警、严格汛期值守、压实“三个责任”等方式,科学严密推进水旱灾害防御工作,将灾害损失降低到最小,有效保障了人民群众生命财产安全。

2017年,《贵州省防洪条例》修改出台,全面统筹指导全省防汛工作。同时,编制乌江、三岔河、六冲河、北盘江等主要河流防洪预案,划定山洪灾害易发区、危险区并予以公告;紧抓村一级防汛薄弱点,制定一村一预案,建立群测群防责任制组织体系,保障防灾信息上传下达畅通,监测、预警、避灾措施落实。

贵州在全国率先实施全省防汛指挥系统建设,建成9个市(州)、贵安新区及88个县级防汛抗旱中控室,全省已有2 445个雨量站、1 910个水文站;信息采集系统涵盖291个重点防洪城镇、883座大中型和重点小型水库等;88个县(市、区)均建成水雨情监测、预警及发布系统,对雨量进行实时监测预警,为保一方平安服务。

同时,贵州搭乘大数据战略快车,加快集成水利行业数据资源,着力构建全省水利“5+N”大数据平台。融合数据管理、数据决策、数据生态的现代水利,整合多年积累的海量数据建成“水利云”平台,打造贵州“水利一张图”,颠覆了传统洪涝灾害预测手段。

如今,贵州城市防洪功能及水景观全面升级,现代化的水旱灾害防御体系全面建立,应对水旱灾害能力全面提升。

坚持绿色发展 守好生态屏障 全力打好水生态保卫战

作为长江、珠江上游重要的生态屏障和国家首批生态文明试验区,贵州牢牢守好发展和生态两条底线,坚持水利建设与生态建设协调推进,充分发挥水利在生态文明建设中的重要作用,在实行最严格水资源管理制度、全面推行河长制湖长制、水土保持生态建设、绿色小水电建设等方面不断创新出彩,多项工作成为全国典范。

全面推行从省到村的五级河长制湖长制。在全国首创省、市、县、乡四级双总河长,独创省级四大班子人人当河长,将“6·18贵州生态日”“保护母亲河·河长大巡河”活动作为制度性安排;汇编刊印《贵州省河湖名录》,全省4 697条河流设五级河(湖)长22 755名,实现河流、湖泊等各类水域河长制全覆盖,凡是老百姓叫得出名字、长流水的河流都有河长负责,并分级招募11 220名民间河湖义务监督员,在全社会形成了爱水护水的氛围。

铁腕推动江河治理。出台《贵州省河道条例》《贵州省水资源保护条例》等地方性法规,持续开展河湖“清四乱”活动,全域实现“零网箱、生态鱼”,湖库生态渔业达40万亩,河湖水质持续转好,河长制湖长制工作连续两年获国务院表彰;编制“一站一策”方案,建立问题整改台账,省级成立5个督战工作队,指导、督促各地加快推进小水电清理整改工作。截至2020年年底,小水电清理整改综合完成率达100%,全国排名前列。

建立最严格水资源管理制度体系。颁布实施《贵州省水资源保护条例》,是全国省级层面率先颁布实施的水资源保护方面地方法规,将用水总量、用水效率、水功能区限制纳污“三条红线”控制指标纳入县域经济增比进位考核;开展河湖划界工作,启动取水工程核查登记工作,完成全省50平方公里以上的1059条河流及重要断面、重要水库、农村小水电站的生态流量调查与核定,明确了主要控制断面生态流量。

落实防控责任 加快复工复产 全力打好疫情防控阻击战

2020年是决胜脱贫攻坚、全面同步小康的总攻之年、大考之年、收官之年,突如其来的新冠肺炎疫情,给贵州经济社会发展带来了意外冲击。

2020年1月22日,全省水利系统正式进入战“疫”状态。第一时间召开专题会议,立即研判防控形势,部署工作任务、建立防控体系、出台工作方案、完善防控制度,逐级成立防控组织、备齐各类防控物资、组建严密防控网络,落实防控方案,压实防控责任。

特别是在春节疫情防控关键时期,全省水利系统干部职工扛起责任担当、顶着压力、坚守一线,全力保障城乡供水安全,为脱贫攻坚挂牌督战和水利发展争取了时间、创造了条件、赢得了空间。

2020年2月15日,全省统筹做好疫情防控和经济社会发展工作会议召开后,贵州水利系统立即开展行动,省水利厅成立水利工程复工建设领导小组,建立水利工程复工日报告制度,及时出台8项“硬核措施”,帮助企业解决防护物资、建筑材料及运输等困难。夹岩、凤山等5个在建重大水利工程项目、401个中小型骨干水源工程2月底全部复工,全省所有水利项目3月底全部复工。

2020年,贵州坚持疫情防控和工程建设两手抓、两手硬,贵州加快推动“水网会战”投资计划执行,以周保旬、以旬保月、以月保季,密集调度、全面督导,各项水利工程建设进展顺利,2020年累计开工骨干水源工程74个,完成水利投资306亿元,超额完成年度目标。同时,持续加大水利资金向贫困地区倾斜力度,加强水利灌溉设施建设,保障农村生产用水。

最紧密的部署、最严密的防控、最务实的行动,筑起贵州水利系统疫情防控的坚强堡垒。

着眼机制障碍 逐个破解顽疾 全力打好水利改革攻关战

“2000立方米的上寨山塘已经沉睡多年,以前每年250元的价格承包给村民种水稻,基本丧失了蓄水功能。”息烽县小寨坝镇大寨村村民杨明华花20.24万元拍下上寨山塘产权后,通过清淤、加固、建设施,在确保原有灌溉功能不变的情况下,做起养殖产业、办起“农家乐”,还流转周边土地种植葡萄,如今年收入达数十万元。

上寨山塘的修缮,让大寨村有了稳定水源,全村水晶葡萄种植面积扩大到800余亩,每到葡萄成熟时节,游客都络绎不绝。仅靠葡萄一项,村民人均收入就达6 000元。

“国家管不了,集体管不好,农民管不到”,长期以来,贵州农村小型水利工程管理主体缺位,国家、集体、受益户三者的职责与义务未明确界定,小型水利工程建、管、用脱节,处于“有人用、无人管”的状况。2017年,贵州在全国提前3年完成小型水利工程产权制度改革任务,明晰小型水利工程产权,搭建了一批管理平台,创新了一系列制度。通过赋权释能释放存量,把原来村镇无人管的小型水利设施“烫手山芋”,变成了人人想要的“香饽饽”,既盘活了沉睡资产,又助推乡村发展。

小型水利工程产权制度改革,是全省推进水利改革攻关战的缩影。贵州着眼于破解长期制约水利发展的体制机制障碍,相继启动水行政管理、水利投融资管理、水利工程运行管理、水利工程建设管理等8个方面的改革行动,通过近年来的不断探索攻坚,多个制约水利发展的顽疾得到破解,水利事业焕发新的生机活力。

“十三五”时期,全省水务一体化管理实现市县两级全覆盖,基层水利管理走向以片区或流域为单元的条块结合模式,水利工程建设管理、质量与安全监管模式取得突破,水利建设市场更加规范和开放,水利政务服务精简高效。其中,省级水行政权力从219项减至28项,行政许可从43项减至4项,减幅居全国省级水行政主管部门、贵州省直机关部门前列。

回望五年来的攻坚决战之路,全省水利人一场接着一场战役打、一个接着一个堡垒攻,贵州水利一路筚路蓝缕、一路砥砺奋进、一路高歌猛进,多项工作出新出彩,多个典型推广全国……贵州水利发展大步向前,紧随水利“六场战役”之后的,必将是高质量发展之路。

电话:(010)63205233 E-mail:zbs@chinawater.com.cn
中国水利报 57版
责任编辑:李爽 照 排:刘建军 ·广告· 2021 年 1 月 23 日

陕西:水美家园 幸福流长

□王幸石 刘艳芹

民生为上,治水为要。兴水利、除水害,事关人类生存、经济发展、社会进步,历来是治国安邦的大事。"十三五"期间,陕西省全面贯彻"节水优先、空间均衡、系统治理、两手发力"治水思路,积极践行"水利工程补短板、水利行业强监管"水利改革发展总基调,依法治水、科学治水体系不断完善,从传统水利向现代水利的转变不断深化,水利改革发展取得新成就,实现了陕西水利事业的历史性跨越。

宝鸡渭河生态文化园开园

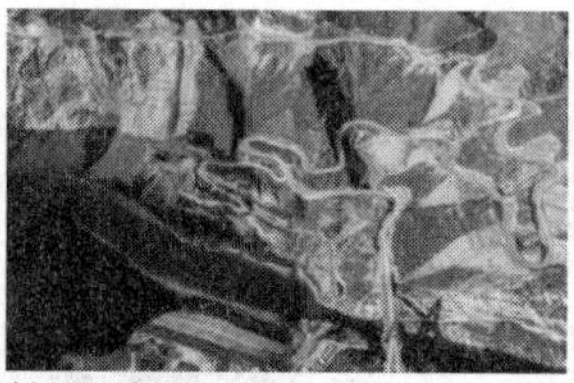
东庄水利枢纽建设现场

石门灌区武乡片铺设输水管道

汉江湿地公园

黄金峡枢纽汉江截流合龙成功

引调水 重大工程捷报频传

2021 年 1 月 15 日,经过 500 多个日夜的顽强拼搏和持续奋战,由中国水电四局承建的东庄水利枢纽工程对外交通公路(新建段)施工Ⅳ标谢家山 1 号隧道顺利贯通,标志着对外交通公路左岸段全线贯通。

有"陕西三峡"之称的泾河东庄水利枢纽工程于 2018 年 6 月底全面开工建设,建成后,可解决渭河水患,缓解渭北缺水问题,西安、咸阳、渭南近 150 万人将因此受益。

2020 年 11 月 12 日,国家重点水利工程——陕西省引汉济渭工程重要水源地黄金峡水利枢纽成功实现截流。

引汉济渭工程建设有限公司工程管理部副部长刘国平说:"黄金峡水利枢纽是国家规划的汉江干流梯级开发的第一级,是引汉济渭的龙头水源工程,建成后每年可向关中地区调水 10 亿立方米。"作为陕西省"南水北调"工程,引汉济渭工程建成后,将惠及全省 4 个重点城市、西咸新区 5 个新城和 11 个中小城市,受益人口 1 400 多万人。

陕西是全国水资源最紧缺的省份之一,且时空分布严重不均。陕西为解决水问题,连续多年付出了艰苦卓绝的努力。"十三五"时期,陕西始终坚持以人民为中心的发展思想,聚焦高质量发展,坚持抓重点、补短板、强弱项,突出治水综合性、整体性、协同性,抢抓历史机遇,连续 4 年抢在正月十五前后即开工重大水利工程,不断掀起水利建设新高潮。

2020 年,面对突如其来的新冠肺炎疫情,全省水利系统干部职工以钉钉子精神以及"功成不必在我"的精神境界和"功成必定有我"的历史担当,在做好疫情防控的基础上,不畏险阻、攻坚克难,加快复工复产,努力抢赶时间,在披星戴月、加班加点中实现工程建设新突破。

截至 2020 年年底,引汉济渭工程秦岭输水隧洞累计完成主洞开挖 95.11 公里,完成总目标任务的 96.75%;三河口水利枢纽大坝底孔具备下闸蓄水条件,黄金峡水利枢纽完成二期截流任务。引汉济渭二期工程可研获国家发改委批复,被统筹纳入 172 项节水供水重大水利工程范围。东庄水利枢纽工程建设全面铺开,累计完成投资 34.6 亿元,其中中央投资 19 亿元。

全省各地你追我赶、真抓实干,先后建成引红济石调水、延安黄河引水工程,咸阳亭口水库和彬州红岩河水库完成建设扫尾,铜川龙潭水库、安康洞河水库下闸蓄水受益。榆林东线黄河马镇引水工程、榆林三县供水工程和沣东斗门水库开工建设。

御洪水 筑牢屏障护佑民安

三秦大地人杰地灵、物华天宝,离不开水的滋养;但同样也是水,使三秦儿女面临着洪涝干旱等灾害的威胁。

"十三五"时期,陕西着力构建防洪保安大屏障,启动了汉江、丹江、延河、无定河、泾河等重要支流防洪治理项目,建成堤防、护岸约 732 公里。实施了 110 条中小河流 154 个治理项目,综合治理长度 1 369 公里,保护了 65.93 万人和 23.42 万亩农田免受水旱灾害。除险加固大中型病险水库 2 座、小型病险水库 45 座。开展了山洪灾害防治和农村基层防汛预报预警体系建设,防患于未然。全面推行"党政同责、一岗双责"防汛抗旱责任制度,创新建立主汛期气象水文部门负责人联署办公会商新机制,加强无人机和信息化等现代科技手段应用;创新推进指挥系统信息化、应急抢险队伍专业化和洪水资源空间利用均衡化。成功应对了榆林"7·26"、汉中"7·11""7·14"等特大暴雨洪水,做到了大灾期间零伤亡或少伤亡,有力保障了人民群众的生命财产安全。全面完成了防抗干旱灾害引提调和抗旱应急水源工程建设任务,统筹加强设施联合调度,及时启动防汛抗旱应急响应,有效减轻了水旱灾害损失。

"十三五"期间,陕西洪涝灾害年均损失率和干旱灾害年均损失率控制在 0.80%和 0.87%,达到规划目标。

抚今追昔,渭南市华州区赤水镇王里渡村村民王林感慨道:"过去一发洪水就人心惶惶,家里东西都不带,拉着架子车就跑出去了。现在大坝修起来,人再也不心慌了,也敢放心种庄稼了。"

保供水 城乡群众喜笑颜开

初冬,延安市吴起县背洞台村村民郝文玉坐在房前墙根下,和三五个村民一边惬意地晒太阳一边闲聊,他高兴地说:"以前喝的是周湾水库的水,去年政府资助新建了集雨场和水窖,再也不用担心没水吃、不够吃了。"

民生水利工程事关农民健康、农业发展、农村稳定,是老百姓最关心、最直接、最现实的利益问题之一。"十三五"时期,陕西省以保障水量、改善水质、提升水效为目标,组织开展了 65 个县城 92 处供水水源和管道改扩建工程建设,全省 85 个县城城区供水人口由"十二五"末的 617 万人增加到 705 万人,63 个县实现了双水源或多水源供水,供水保证率大幅度提高。坚持"精准扶贫水利先行、精准脱贫水利保障"的思路,聚焦农村饮水安全脱贫攻坚,实施饮水安全巩固提升,建立了"省级及时推送、市级加强落实、县级强化履职、乡镇严格尽责"的农村饮水安全四级回访机制,落实了省市县镇村五级责任体系,签订了省、市两级政府农村饮水安全目标责任书,确保了每处工程有专人管理。开通了"陕西城乡供水"微信公众号,快速处置群众反映的各类供水问题,赢得群众赞誉。截至 2020 年年底,全省农村自来水普及率达到 95.83%、集中供水率达 96.91%,56 个贫困县和所有建档立卡贫困人口全部达到饮水安全标准。

用好水 美丽家园幸福流长

渭河,曾被老百姓戏称为"关中道的下水沟"。

"十二五"期间,陕西省通过实施渭河综合整治,基本实现了渭河"洪畅、堤固、水清、岸绿、景美"。

"十三五"期间,陕西省围绕生态治水理念,在全国创新性设立渭河生态区,沿渭河两岸堤防向外侧按城市核心区 200 米、城区段 1 000 米、农村段 1 500 米控制。规划投资 189 亿元,重点实施渭河滩面整治、生态修复、水源涵养、水景观提升及沿岸产业开发等。通过 5 年努力,形成了诗情画意、风景秀美的千里生态景观长廊,让渭河成为造福百姓的安澜河、生态河、景观河、文化河、致富河,使更多的人因河受益,支撑陕西经济社会发展。

宝鸡市眉县常兴镇河邻村党支部书记杨宗田高兴地说:"我们村荒滩地变成良田,新增猕猴桃种植面积 1 100 多亩,原有人均收入 5 000 多元,现在增加到 11 000 多元。"

"建设渭河生态区最大的特点,就是改变了过去单纯的防洪理念,坚持人水和谐,突出系统化,山水林田湖草一体化修复整治。"陕西省渭河生态区保护中心主任党德才说。

一体化整治,让渭河流经的西咸新区沣西新城有了更好的发展。陕西省西咸新区沣西新城水务工程建设管理办公室袁萌说:"渭河从我们沣西新城的城区穿过,形成了一个以城为骨架、以水系为脉络、以文化为魂,水景相依、水城共融的生态城市。目前,西安交通大学创新港、西工大翱翔小镇、硬科技小镇等已陆续落户这里。"

"十三五"时期,陕西省深入贯彻落实习近平总书记系列讲话精神,坚持以生态优先、绿色发展为主导,全面推行河长制实施湖长制,开展示范河湖创建,全省河湖面貌和水生态环境持续向好,有力维护了江河湖库健康生命。

陕西省相继启动了渭河、汉江、丹江、延河、无定河、泾河等综合整治,实施了杨凌渭漆水系联通、蓝田辋川河峪口至汇流段水系治理等 13 个河湖水系连通工程,以及长安、宝塔农村水系综合整治试点项目,推进了涝池陂塘坝窖整治、生态清洁小流域建设、江河源头预防保护等小微型水生态修复项目,为乡村水系治理探索了路径。科学实施江河水量调度,加强水源地保护和水功能区管理,增强重点河湖生态水量保障,连续 4 年 5 次从内蒙古扎萨克水库向榆林红碱淖跨省区生态补水 400 万立方米,宝鸡峡累计向渭河泄放生态水量 42.7 亿立方米。持续实施国家水土保持重点工程、病险淤地坝除险加固、坡耕地水土流失综合治理等水土保持项目,推进水保生态治理,治理水土流失面积 3 679 平方公里。创新推进渭河生态区、西安全域治水等水生态修复工程建设,建成宝鸡陈仓区渭河生态公园、岐山水利风景区、杨凌渭河生态湿地公园等 55 处水生态公园。渭河由一条大河、两条大堤提升到"千里最美家乡河、一方水域生态区",成为全国为数不多的绿色生态长廊,人民群众亲水、近水、乐水的好去处,获得首届全国"最美家乡河"称号。

瑟瑟寒风中,在西安浐灞生态区灞河右岸的绿道建设项目现场,沿线排开的挖掘机、装载机等机械设备正在同时作业,忙碌而有序。根据项目规划,浐灞生态区绿道建成后,将连接起浐灞生态区已有的生态文明成果,形成绿地广场、林带河流、水域公园湿地,点、线、面、网相融合的生态系统,真正实现全域生态化。

2020 年,在全域治水的基础上,西安市提出"三河一山"绿道建设。如今,西安市 29 个绿道项目已经全面启动,3 个绿道项目基本建成。在不久的将来,一幅以水为核、依水塑景、伴水而栖、亲水成趣的和谐画面将在西安徐徐铺展。

民生期许殷殷,治水未有穷期。站在"十四五"的起点上,面对新形势、新任务,陕西将聚焦兴水富民、江河安澜,全力保障和改善民生,高质量推进水治理体系和治理能力现代化,为实现"十四五"规划和 2035 年远景目标提供强有力的水利支撑和保障。

本版图片由陕西省水利厅提供

生态治理后的西安渼陂湖

58版 中国水利报
2021年1月23日 ·广告· 责任编辑:李爽 照 排:李洪华
电话:(010)63205233 E-mail:zbs@chinawater.com.cn

甘肃：治水兴水为人民 砥砺奋进再扬帆

□戚笃胜 张金芳

盛世兴水，润泽陇原。"十三五"时期是全面建成小康社会的决胜阶段，甘肃水利攻坚克难、砥砺奋进、治水安民、兴水惠民，在新时代甘肃水利发展征程上绘就了一幅浓墨重彩的画卷。

五年来，甘肃水利系统认真贯彻习近平总书记"节水优先、空间均衡、系统治理、两手发力"的治水思路，积极践行"水利工程补短板、水利行业强监管"的水利改革发展总基调，围绕打赢脱贫攻坚战、与全国一道全面建成小康社会的总体目标，加快推进重点水利工程建设，不断提高水资源节约集约利用水平，大力发展民生水利，强化水旱灾害防御能力等，水生态文明建设成效显著，水利重点领域改革取得突破，依法治水管水能力得到明显加强，进一步补齐工程短板、强化行业监管，提升水利支撑保障能力，为甘肃省脱贫攻坚和全面建成小康社会提供了强有力的水安全保障。

石门河调蓄引水工程水库大坝

东乡族自治县老百姓喝上甘甜的自来水

黄河兰州段防洪工程

福水泽民 涓涓清流助脱贫

"民以食为天，食以水为先"，饮水安全是实现"两不愁三保障"目标的重要内容，更是全面建成小康社会的底线任务。甘肃省始终坚持把水利工作的"根"深深扎在人民群众之中，按照省委、省政府总体部署，立足打赢脱贫攻坚战、全面建成小康社会大局，把解决脱贫攻坚农村饮水安全问题作为头等大事，全面实施农村饮水安全巩固提升工程和饮水安全有保障冲刺清零行动，制定实施多项脱贫攻坚农村饮水安全实施方案，全力打赢水利脱贫攻坚战。

省水利厅成立脱贫攻坚农村饮水安全冲刺清零工作领导小组，挂牌督战全力攻坚，39个工作指导组"一对一"常驻未脱贫县区帮扶指导，建立领导包抓、分析研判、后进调度、协调推进，以及自上而下的暗访工作机制和自下而上的监督举报工作机制；指导市县补齐短板弱项、优化工作举措、消除隐患苗头；完善机制强化监管、细化措施健全管理机制……一系列实打实的举措，着力解决农村饮水"最后一米"问题。

全国第一个开发建设"横向到工程，纵向到农户"的省级农村饮水安全管理信息"大数据"平台，为脱贫攻坚提供了精准的数据支撑；

全国第一个公布农村饮水安全微信公众号，让社会各界知晓、参与、监督和宣传农村饮水安全；

全国第一个向全省所有农村用水户发放"用水户明白卡"，主动推介"甘肃饮水安全"微信公众号和各级饮水安全监督服务电话，让群众足不出户就能解决用水过程中出现的各类问题。

五年间，全省累计投入105.5亿元，巩固提升集中供水工程3861处，分散工程4.67万处，受益人口1251万人，其中建档立卡贫困人口166万人，全省86个县市区全部建立了县级农村饮水安全专管机构，在陇原大地织就了一张"从源头到龙头"的农村供水网络，集中供水率达到93%、自来水普及率达到90%，均高于全国平均水平，形成了以集中供水工程为主、分散供水工程为辅的农村供水体系，全省供水工程体系更趋完备，供水保障能力明显提升，历史性解决了甘肃农村饮水安全问题。

从人拉驴驮到"活水"入户，从"饮水难"到"饮水甜"，星罗棋布的农村饮水安全工程及其供水管网如同一条条血脉滋养着陇原大地，是村民渴盼已久的真正"甘霖"，滋润了他们的心田。干净卫生的自来水，不仅让干旱山区的陇原人民改善了苦涩的日子，过上了水灵灵的新生活，更重要的是，以前被水羁绊的种植业、养殖业和加工业红红火火展开了，脱贫致富的步伐加快了。甘谷县西坪乡湾儿河村70岁的老人王换来吃上自来水后，在自家入户工程的背面题写了铭文："水是山中血脉精，饮水不忘党的恩。"

凝心聚力，攻坚克难，农村饮水安全"甘肃经验"的靓丽名片，为陇原老百姓交上了一份沉甸甸、令人欣喜的饮水安全答卷，更为甘肃人民与全国同步迈进小康社会注入了强劲动力。

兴水安澜 握河牵龙走山川

五年来，甘肃水利着力补齐水利工程短板，加快重点水利项目建设，加大水利投入力度，谋划推进重大项目前期……陇原上下春潮澎湃，治水兴水高潮迭起。

自引洮供水一期工程2015年正式通水以来，目前受益人口已达308.5万人；引洮供水二期工程总干线全线贯通，将成为支撑保障甘肃中部地区经济社会发展的"生命线"工程，又将惠及甘肃中东部地区的268.57万人、29.2万亩旱地，陇中群众祖祖辈辈"看天吃饭"的日子从此一去不返。

这仅仅是一大批打基础、管长远、利发展、惠民生的重大水利工程加快建设的一个缩影。五年来，甘肃水利人建设了一批引调水工程、重点水源工程和区域供水工程。全省列入国务院172项节水供水重大水利工程的民勤红崖山水库加高扩建工程全面建成，黄河甘肃段防洪工程基本完工。

重要城市水源工程加快建设，兰州市第二水源地、天水城区引洮供水工程建成通水，全省第一、第二大城市告别单一水源历史。

区域性水资源配置格局不断优化，临夏回族自治州引黄济临、会宁北部供水、天祝县石门河引水等相继建成并发挥效益，甘南藏族自治州引洮济合、庆阳市小盘河水库等加快建设，甘肃中部生态移民扶贫开发供水工程、临夏州南阳渠提质增效及水系连通工程开工建设，白龙江引水、引哈济党工程、陇南国家油橄榄基地供水工程等重点水利项目前期工作积极推进。

农田水利基础进一步夯实，30处大中型灌区续建配套与节水改造，12处大型泵站更新改造完成。

水旱灾害防御能力显著提升，完成39条重点山洪沟防洪治理工程，提升改造84个县级（含嘉峪关市）山洪灾害监测预警系统，开展3个县农村基层防汛预报预警体系建设，实现了全省87个县级山洪灾害防御能力全覆盖。

甘肃加快水利工程建设的步伐从未停歇，"十三五"期间，全省新增供水能力约7.5亿立方米，为甘肃经济社会发展提供了重要的水资源支撑保障。

系统治理 保护生态筑屏障

地跨长江、黄河、内陆河三大流域的甘肃，犹如一道重要的生态屏障守卫着祖国西北。屏障立，则生态安全；屏障废，则生态失守。

滔滔黄河，蜿蜒九曲。让黄河成为造福人民的幸福河，是习近平总书记发出的伟大号召。甘肃紧抓黄河流域生态保护和高质量发展重大国家战略机遇，组织专班，初步建立了包括1个水利规划报告、6个专项规划、6个专题研究、4个数据库、1个黄河流域涉水底数图的"1+6+6+4+1"规划体系，在新时代奏响了黄河大合唱的陇原乐章。

"风卷黄尘草木枯，湖区何处觅平湖。当年大泽成沙海，昔日人家宿野狐。天降瑞，地回苏。多年治理费功夫。碧波千顷多鸥鹭，万亩荒滩披绿芜。"一首《鹧鸪天·青土湖》道出了青土湖的沧桑巨变和生死轮回。曾经狂沙肆虐的石羊河流域，经过重点治理，青土湖重现碧波，绿意盎然，湖区周边地下水位逐步回升，形成了100多平方公里的旱区湿地，石羊河流域两大约束性指标，分别提前8年和6年实现。青土湖的变化是甘肃治水实践中坚持"绿水青山就是金山银山"，把推进水生态文明建设放在突出位置的真实写照之一。

在黑河流域，每年秋天，碧波荡漾的居延海四周成片金黄的胡杨林装扮茫茫戈壁滩。人们无不感慨，要不是坚持不懈实施黑河流域综合治理，美丽的胡杨林和生机勃勃的居延海不可能实现。自2000年国家实施黑河水量统一调度以来，累计向下游输水201亿立方米，甘肃为下游内蒙古额济纳旗生态恢复做出了巨大贡献。

在疏勒河流域，敦煌水资源合理利用与生态保护规划加快实施，月牙泉周边地下水水位下降趋势减缓，干涸多年的哈拉诺尔湖碧波重现，为敦煌及其周边生态安全乃至莫高窟等文化遗迹的保存发挥了巨大作用，也让疏勒河成功上榜全国首届"最美家乡河"。

祁连山是我国西部重要生态安全屏障，自祁连山生态环境保护专项督查以来，甘肃省水利厅迅速行动、查找问题，深刻汲取祁连山生态保护问题教训、举一反三，全力推进祁连山生态保护涉水问题整改落实工作，制定整改方案，明确整改措施，细化任务分解，以钉钉子的精神切实把涉水问题全部整改到位。

五年间，祁连山、甘南黄河上游、渭河源区等江河源头区生态保护与建设等项目深入实施，水源涵养能力不断加强。大力开展梯田建设，实施坡耕地水土流失综合治理、国家水土保持重点建设工程、农业综合开发水土保持项目、黄土高原塬面保护项目等一大批国家水土保持重点工程，全省3.08万平方公里水土流失面积重披绿装……

让绿色成为甘肃发展的"底色"，给子孙后代留下天蓝、地绿、水净的美好家园。绿水青山就是金山银山，咬定生态建设不放松，甘肃水利人誓死在生态安全保卫战中不失一山，不失一河。

加强监管 合力建设幸福河

移山易，治水难。

甘肃省深入落实水利改革发展总基调，持续强化河湖、水资源等监管，为水利事业健康发展保驾护航。

自河长制湖长制实施以来，甘肃高位推动河长制湖长制工作，上下游、左右岸共治，破除体制顽疾。全面建立了党政同责的双河长工作机制和省市县乡村五级河湖长体系，全省22995名河长、1181名湖长成为守护河湖"第一责任人"。

省级总河长、各省级河长发挥"头雁效应"，带头巡河护河、履职尽责，当好"领队"。乡村两级河长21927名，是河湖管护的"主力军"和"末梢神经"。各级河湖长既挂帅又出征，把责任"立"在心里，用脚步"丈量"河湖。他们巡河调研、暗访督查、现场办公、签发河长令、召开河长会，竭力擦亮河湖生态底色，守护陇原大地一泓碧水。五级河湖长累计巡河湖44万多人次，召开县级以上总河长会和工作推进会1000余次。

以河长制湖长制为平台，甘肃省建立党政负责、水利牵头、部门联动、社会参与的河湖管理保护格局。集中开展"清四乱"行动，系统治理河湖新老水问题，既管河道这个盛水的"盆"，又管"盆"里的"水"，因地制宜推动河长制从"有名"转向"有实"，向"河长治""河长清"全面迈进。截至目前，全省共排查河流3338条、湖库361个，发现"四乱"问题2912个，整改落实2490个。

河流不同，河情迥异，甘肃省推行"一河一策"，靶向发力。夯基础，严督察，全面实施河湖警长制，建立联防联控机制，加强跨界河流管理保护，铁腕治理河湖顽疾，全力打好河湖管护攻坚战，打造人民满意的健康河湖、美丽河湖、幸福河湖。

治水是一项系统性工程，要实现河湖的立体治理，还得联动"水陆空"、动员千万户。甘肃省落实最严格水资源管理制度，建立了覆盖全省的用水总量、用水效率、水功能区限制纳污"三条红线"控制指标体系。

缺水，根本出路是节水。近年来，甘肃省多措并举，重拳出击，实施总量强度双控、农业节水增效、工业节水减排、城镇节水降损、重点地区节水开源、科技创新引领等六大行动，全面推进节水型社会建设。

让每一滴水最大限度地发挥效益。甘肃省年用水总量由最高的123亿立方米下降至当前的112亿立方米，万元GDP用水量较2010年下降了60%，农业灌溉用水利用系数由2011年的0.518提高到2019年的0.565……

久久为功 深化改革增活力

改革是推动发展的制胜法宝。多年来，甘肃水利人以涉险滩、渡深水的勇气锐气，锐意创新、攻坚克难，走发展与改革"双轮驱动"的水利发展道路，按照"项目搭台、改革唱戏"的思路，全省各级水利部门最大限度释放改革红利，加快传统水利向现代水利、可持续发展水利转变的步伐。

借甘肃省被国家列为全国水权、水价、水流产权、水利工程产权制度改革等多个试点的东风，各级水利部门抢抓机遇，用活政策，抓实举措，从单项突破到综合配套，全新的水利改革，激活一池春水。

疏勒河流域农业用水户水资源使用权确权登记和发证工作全面完成；高台县、民勤县等15个县区国家、省级及市级农业水价综合改革试点取得明显成效，实现了水价调高、用水减少、负担不增和效益提高的多赢成效；凉州区、白银市、武都区3个县区国家小型农田水利设施产权制度试点改革基本完成；自组建集投融资、工程建设与运营管理于一体的省水投公司以来，甘肃各级水利投融资平台已通过贷款融资等筹集水利建设资金过百亿元。2020年全力争取地方债用于水利项目建设，全省水利项目共落实地方专项债84项60.16亿元，其中引洮二期配套城乡供水工程利用专项债券15亿元，是甘肃省有史以来重大水利项目使用债券额度最大的一次，对全省重大水利工程筹资具有重要示范带动作用。

全省初步形成了以水权改革奠基础、以水价改革增动力、以投融资改革添活力、以水管改革促激力的水利改革格局。

一座座"长虹"凌空飞跃，一条条"巨龙"逶迤向前，一片片绿洲奇迹般诞生，一个个生命工程润泽山峁……可以说"十三五"是甘肃水利建设速度最快、水资源管理最严、水利改革力度最大、水利综合效益最好、人民群众受益最多的五年。

逐梦惟笃行，奋进正当时。回首"十三五"，水利辉煌清晰描绘在陇原大地；展望"十四五"，党的十九届五中全会已规划未来五年及2035年远景目标。方略已定，机遇空前，水利发展站在一个新的历史起点，甘肃水利人将弘扬"忠诚、干净、担当，科学、求实、创新"的新时代水利精神，接续奋斗，以更加有效的举措、更加务实的作风，推动甘肃水利事业发展再上新台阶，为加快建设幸福美好新甘肃、开创富民兴陇新局面提供坚实的水利支撑。

本版图片由甘肃省水利厅提供

电话：(010)63205232 E-mail：zbs@chinawater.com.cn
中国水利报 责任编辑：石珊珊 照 排：高永红 ·广告· 2021 年 1 月 23 日 59版

青海：锦绣江源“水”势澎湃

□谈林明

问“水”青海——“十三五”期间，水利工作取得了哪些成就？建成了哪些重大工程？解决了多少人的饮水安全问题？河湖长制从无到有，作用发挥得怎样？

问题简单，却富含深意。2016 年，习近平总书记在青海视察时提出“四个扎扎实实”和“三个最大”要求，高屋建瓴指出了青海在国家发展全局中的战略地位、发展定位，提纲挈领点明了青海“五位一体”发展的基本理念、政治要求和实现路径。五年来，青海水利工作遵循新发展理念和新时代治水思路，持之以恒“谋长远”“补短板”“强监管”，水利改革发展稳步推进，水利扶贫提档升级，河湖长制扎根高原成效显著，水利工作高质量发展，为群众带来了更多民生福祉。

珍藏的记忆

2016 年 8 月 23 日，习近平总书记冒着蒙蒙细雨，穿着雨靴，踩着泥泞，在互助土族自治县班彦村视察，他俯身查看饮水安全的情景是青海人民永久珍藏的记忆。搬迁前，班彦村村民生存条件十分恶劣，山上不通自来水，村民们用的都是窖水。看到移民新居通上了自来水，总书记说，新村水、电、通信都方便了，希望乡亲们日子越过越好。

如今，班彦村彻底解决了吃水难、出行难、看病难、入学难、务工难、娶妻难的“六难”问题，种植、养殖、旅游、土族盘秀、酿酒、电商等产业发展迅速，村民人均年收入超万元，乡风文明，村容整洁，几代人梦寐以求的幸福生活终于成真。73 岁的村民吕有业指着和总书记的合影，高兴地说：“边上这个是我，当时我还和总书记握了手。盼着总书记还能来青海看看，看看我们村的新变化。”

让群众喝上安全水、放心水，是脱贫攻坚、乡村振兴的基础和保障。五年来，全省水利行业扎实推进党中央国务院、水利部和省委省政府决策部署落地落实，水利脱贫攻坚取得决定性成就，人民群众的水利获得感、幸福感和安全感持续增强。五年来，青海省累计落实 30.7 亿元用于农村牧区饮水安全巩固提升工程建设，260.6 万农牧民群众（包括 30.14 万建档立卡贫困人口）的饮水安全水平得到巩固提升，全省所有村基本实现饮水安全工程全覆盖，农牧区集中供水率、自来水普及率、供水保证率分别为 84.7%、78.1%和 92%，提前 1 年实现了绝对贫困人口饮水安全“清零”目标，水费计收率 95.1%；实施了一批大中型灌区续建配套、小型农田水利重点县和草原节水灌溉示范项目建设，基本建成农田灌溉网络，累计改善灌溉面积 133 万亩；玉树“订单式”水利人才培养模式入选全球最佳减贫案例。

73 岁的吕有业指着和总书记的合影高兴地说：“边上这个是我！”
谈林明 摄

2020 年 8 月 23 日，青海省水利厅厅长张世丰（右）暗访循化、化隆农村饮水安全情况
贾克文 摄

黄河流域西宁城市群
谈林明 摄

实现水利高质量发展，需要先“补短板”。省水利厅准确把握青海水利改革发展所处的历史方位、治水主要矛盾的深刻变化，以加快重大水利工程建设为牵引，下大力气补齐水利基础设施短板，五年来累计完成水利投资 345.8 亿元，是“十二五”时期的 1.22 倍。同时，着力构建大中小微并举、丰枯多源互补的水资源优化配置格局，有效解决了水利发展不平衡不充分问题。五年来，引大济湟调水总干渠、北干一期和黄河干流防洪工程、沿黄四大水库灌溉工程等重大水利工程相继建成，蓄集峡水利枢纽主体工程基本建成，引大济湟西干渠、北干二期、那棱格勒水利枢纽等国家 172 项重大水利工程开工建设，循化夕昌、乐都杨家等重点水源工程建设加快推进，饮水安全巩固提升、高效节水灌溉、灌区节水改造、水土流失和中小河流治理等工程建设有序推进，水利基础设施网络进一步健全完善；江河湖库水系连通等水生态治理项目持续推进，水旱灾害防御能力不断加强；2020 年 12 月 30 日，青海水利信息资源整合共享成果上线运行，水利信息化“补短板”取得阶段性成果，水利信息化水平不断提升。

省水利厅规财处处长杨能兵介绍，目前《青海省“十三五”水利发展规划》目标实现情况总体良好，基本形成了“东西部开源节流、南北部保护修复”的水利发展新格局，以水保生态、以水惠民生、以水促发展的治水实践，在全省经济社会发展全局中的影响和作用进一步凸显。

金色的“道钉”

水利高质量发展，离不开行业“强监管”。五年来，面对水利改革发展新形势、新任务、新挑战，青海水利治理能力提升和治理现代化工作同样可圈可点。

“以前老百姓想建啥就建了，觉得和水利部门没有多大关系。现在不一样了，有些群众想建宅基地、场房或采挖砂石都会先到水利部门问问情况，看合不合法，需要什么手续。”贵德县水利局综合执法大队队长刘斌说。贵德县以河湖长制为抓手，在河湖“清四乱”行动中，共拆除沿黄河两岸违法建筑 5.42 万立方米，整改非法侵占河道设施 6.5 万立方米，力度之大，前所未有，河湖长制工作受到国务院督查激励。河湖“清四乱”还让老百姓亲身参与和目睹见证了依法治水的力度，人们的观念意识也发生了转变。目前，随着河湖长制工作的深入开展，全省已划定 3 583 条河流、242 个湖泊的管理范围，5 925 名河湖长、16 263 名河湖管护员履职尽责，为建设大美青海作出贡献。

2020 年，青海省紧紧围绕黄河流域生态保护与高质量发展，在流域生产建设项目水土保持信用监管上主动作为、强化监管，制订了《青海黄河流域生产建设项目水土保持专项整治行动方案》，重点对存在未批先建、未批先变、未实施防治措施、未开展监测、未验先投、未缴纳补偿费等 6 种违法违规行为进行监督管理。据省水保中心主任党生介绍，通过构建以信用监管为核心的生产建设项目水土保持市场监管机制，共督促编报审批省级水土保持方案 36 项，征收水土保持补偿费 1.44 亿元，水土保持法律法规权威更加彰显，各参建单位水土保持履职效能进一步增强，生产建设项目水土保持市场守信者处处收益、失信者寸步难行格局正加速形成。

五年来，青海强化依法治水，修订《青海省实施<中华人民共和国水法>办法》《青海省饮用水水源保护条例》，颁布《青海省节约用水管理办法》，出台《青海省水利发展资金使用管理实施细则》等 30 余件规范性文件。同时，抢抓国家实施新一轮西部大开发、黄河流域生态保护和高质量发展等战略机遇，编制完成《“中华水塔”水生态保护规划》《青海省黄河流域生态保护和高质量发展水利专项规划》《湟水流域水网规划》等重点规划。一系列条例、办法和规划的出台，就像金色的“道钉”，为青海水利高质量发展打下坚实的基础。

“澎湃”的蓝图

“补短板、强监管”，更需要“谋长远”。五年来，青海省水利厅持续加强顶层设计，紧扣高质量发展时代主题，找准国家战略、青海发展和水利工作的结合点，系统谋划了今后一个时期全省水利发展蓝图，一批新的水利工程、项目进入筹划阶段。

引黄济宁工程前期工作取得阶段性重要成果，柴达木盆地水资源配置、泛共和盆地水资源配置、引通济柴等重大工程规划持续深化；按照“两倍储备、三年滚动”要求，精准做实农村饮水、灌区改造、水土保持、中小河流治理等中小项目前期工作，不断充实项目储备……这些“谋长远”的战略布局为水利发展提供了新动能，全省水利“水”和“盆”的关系更加清晰，战略意图更加明确，目标也更加精准。

落其实者思其树，饮其流者怀其源。青海作为“三江源”“中华水塔”，水利高质量发展事关全省 600 万各族群众利益福祉，更事关一江清水向东流和一系列国家战略的实施，这是青海基于特殊省情、水情所担负的重要使命和责任。目前，长江、黄河、澜沧江、黑河干流及青海湖、柴达木内陆河流域水质均保持在Ⅱ类以上，湟水流域水质优良率 85.7%，出省境断面Ⅳ类水质达标率 100%；青海祁连山区山水林田湖生态保护修复试点项目，湟水、青海湖流域及洮河水生态修复项目，长江源区水生态保护及水源涵养、黄河流域水生态治理等重点生态修复项目进展顺利，“一屏两带”生态安全格局更加稳固。

2020 年是极其特殊的一年。面对突如其来的疫情，全省水利系统坚定信心、攻坚克难，强力推进谋长远、补短板、强监管等各项重点工作，全力克服疫情影响，在存在诸多不利因素的情况下，水利工作取得了阶段性胜利，为“十三五”圆满收官和“十四五”良好开局打下了坚实基础。

“习近平总书记治水兴水系列重要讲话精神是我们做好水利工作的根本遵循和行动指南，全省各级水利部门要在不断领会新思想核心要义和践行工作要求上下功夫，从思想、行动、方式、作风上来一次革命性大转变。”青海省水利厅厅长张世丰介绍。青海水利人将进一步解放思想，不断提高贯彻新发展理念、构建新发展格局的能力和水平，坚持和深化水利改革发展总基调，聚焦“五个示范省建设”，服务“四种经济形态”，共同抓好大保护，协同推进大治理，实现绿色、可持续的水利高质量发展。

“十四五”期间，青海水利将以习近平新时代中国特色社会主义思想为指导，全面贯彻落实党的十九届五中全会精神，牢牢把握黄河流域生态保护和高质量发展国家战略重大机遇，按照“空间均衡、协调发展”的总体思路，坚持“生态优先、绿色发展，节水优先、量水而行，因地制宜、分类施策，聚焦短板、着眼长远”的原则，结合“两核一轴一高地”区域协调发展总体布局、“一群两区多点”城镇化发展新格局以及乡村振兴战略要求，推动形成东部构建现代水网、西部优化资源配置、环湖加强系统治理、源头优先保护生态的水利发展新格局，优势互补，区域共进，系统解决全省水利发展中的不平衡不充分问题，为建成富裕文明和谐美丽新青海提供可靠的水安全保障。

问“水”青海，小康路上“十三五”圆满收官。“十四五”开局恰逢中国共产党建党 100 周年，站在百年新起点，青海必将江源锦绣、“水”势澎湃，在开启全面建设社会主义现代化国家新征程中作出新的更大贡献。

祁连山生态修复呈现大美景观
马生录 摄

电话：(010)63205230 E-mail:zbs@chinawater.com.cn
责任编辑：王鹏翔 照 排：高永红 ·广告· 2021年1月23日

小浪底管理中心：文明建设奏响“小浪底乐章”

□温婷婷 刘李祥 刘璐 高凯阳
史帅斌 李一丁 马勇毅

但凡到过小浪底水利枢纽管理中心的人，都会从小浪底人身上感受到一股热情洋溢、积极向上的精气神。这是小浪底人由内而外散发出来的一种群体气质。

“近年来，中心坚持把文化小浪底建设纳入新时代小浪底改革发展目标，将精神文明建设和文化传承同做好中心工作、服务改革发展大局结合起来，同步推动，持续加强，以文化力量促进事业发展。”中心主任张利新说。

小浪底管理中心党委坚持以党的政治建设为统领，认真贯彻落实习近平总书记关于精神文明建设重要论述精神，紧紧围绕“水利工程补短板、水利行业强监管”水利改革发展总基调，大力弘扬新时代水利精神和新时代小浪底精神，实施文明创建与文化传承工程，以建设智慧绿色美丽文化小浪底为目标，以高度的政治自觉、思想自觉和行动自觉开展精神文明建设，打造文化品牌，形成文明风尚，为小浪底各项事业行稳致远提供强大精神力量，积淀出小浪底人特有的精气神。

重视思想建设 把准精神文明之脉

“各级党委要高度重视，深入持久实施文明创建与文化传承工程，把文明单位创建摆在突出位置紧抓不懈，按照文明单位的创建要求，重在日常，抓在经常，扎扎实实做好各项准备工作，确保创建成果经得起检验。”小浪底管理中心党委书记、纪委书记孙晶辉不止一次强调。

号令一出，动若风发。中心党委始终把学习贯彻习近平新时代中国特色社会主义思想作为首要政治任务，将培育和践行社会主义核心价值观作为主线贯穿到生产经营各项工作中，大力推进社会主义精神文明建设，为努力开创高质量发展新局面提供坚强的思想保证、强大的精神动力、丰润的道德滋养和良好的文化氛围。同时，通过党委会、务虚会、“三会一课” 等系统组织学习习近平总书记 “3·14”“9·18”“1·03”等治水重要论述精神，专题学习习近平总书记关于精神文明建设重要论述精神，并将其作为指导精神文明建设实践的重要遵循，转化为具体工作举措，在实际工作中贯彻落实。中心出台加强宣传工作、思想政治工作指导意见，开展思想状况调查，定期分析研判意识形态工作，对宣传工作定期通报、考核激励；推进融媒体宣传，建立抖音号、今日头条号、微信公众号，充分利用学习强国等平台，加强舆情监管和阵地管理。

中心组织青年职工踊跃参加水利部举办的“深研总基调·建功新时代”知识竞赛，举办“悦读新思想，为‘四个小浪底’建设作贡献”读书活动和“学习习近平新时代中国特色社会主义思想”经典诵读活动，充分调动干部职工参与精神文明创建的积极性；组建青年理论学习小组，组织党员应知应会知识测试和“学理论、当模范、促提升”党建基础知识竞赛，开展“勤学习、铸信仰、促成长”五四主题团日活动，引导青年职工坚定实现“中国梦”的信念；借助内外网、学习强国 App 等平台，运用宣传展览、交流征文等方式，教育引导干部职工进一步把爱党、爱国、爱社会主义、爱水利事业落实到实际行动中。

“我们青年人要坚定理想信念，练就过硬本领，勇担时代使命，为实现‘两个一百年’的奋斗目标提供强大动力和坚实保障。”参加活动后，黄河水利水电开发集团有限公司监测维修分公司职工的范少英说。

加强组织领导 筑牢精神文明之基

小浪底管理中心党委切实提高政治站位，高度重视精神文明建设工作，始终坚持将精神文明建设与业务工作、全面从严治党同安排、同部署、同检查，定期召开会议，研究推动落实，为精神文明建设固本培元、凝心铸魂。

美丽的小浪底水利枢纽

中心成立专项工作组，党政主要负责人带头履职尽责，统筹谋划推动，多次审核创建申报材料并提出具体修改意见，为申报工作奠定基础；发布小浪底管理中心 2020 年度精神文明建设工作计划和文明细胞创建实施方案，建立“党政主要负责人统筹抓、各级党组织分级负责、干部职工广泛参与”的工作机制，细化任务，分工协作，充分调动干部职工的积极性、主动性和创造性，广泛听取职工群众意见建议，构建高效有序的精神文明创建工作机制。

开通小浪底党建（精神文明网）网站，及时发布相关动态消息，邀请中国水利职工思想政治工作研究会进行指导，对标文明单位测评体系(2020 年)的规定动作和基本要求编制创建工作指南，认真落实精神文明建设三年规划、年度计划，着力做好创建材料准备工作，牢固树立“创建无小事”的观念，每个环节都按照高质量高标准的要求抓好创建。

全面从严治党 凝聚精神文明之魂

党的力量来自组织。小浪底管理中心党委结合党建六大工程，开展组织生活、主题党日等活动，切实加强党对精神文明建设的全面领导，紧紧围绕“以党建高质量推动小浪底各项事业高质量发展”这一主线，通过组织开展党建提质增效活动，夯实全面从严治党责任，巩固深化主题教育成果，深化作风纪律建设，自觉把党的领导和建设贯穿于精神文明建设各方面、各环节。

中心制定中心党委、所属公司党委和基层党支部“三级联动”主体责任清单，以明确各级党组织、党员干部责任内容和任务要求，推进各级党组织、各部门围绕中心任务坚决落实主体责任；定期分析研判中心全面从严治党工作情况，建立党委班子成员定期向党委报告履行主体责任和“一岗双责”工作机制；组织开展全面从严治党主体责任互查互促和党建工作督查；将党建考核结果纳入部门绩效考核、干部考核，作为干部职工评优的前置条件，进一步压实全面从严治党主体责任；把深化整改和专项整治纳入党建目标任务，严格落实“三会一课”“主题党日”制度，发挥党支部主体作用，努力把主题教育成果转化为推动工作、解决问题的不竭动力。

中心党委认真贯彻水利部党组和河南省委扶贫工作部署，局级干部每月进村扶贫，选派优秀干部援疆、援藏，持续抓好定点扶贫、云南石漠化片区扶贫，组织开展重庆城口县、湖北郧阳区、河南新县以及定点扶贫村消费扶贫，协同部建设司、建安中心与城口县高燕镇红军村开展党支部共建活动。艰辛的付出换来丰硕的回报，2020年，中心在河南省脱贫攻坚成效考核中位于中央驻豫单位前列，获得第一档次好评。

2020 年 8 月 20 日，中心机关二党支部组织开展“创建模范机关，践行社会主义核心价值观，推进党建与业务同频共振”主题党日活动，充分发挥青年理论学习小组作用。青年党员领学《习近平谈治国理政》(第三卷)重点章节内容、习近平总书记对制止餐饮浪费行为作出的重要指示精神等，还采用“诵读+解读”的形式阐述社会主义核心价值观，并将“政治生日”作为一项长效机制贯彻落实。

活动结束后，中心机关二党支部党员常婧华说：“本次主题党日活动有效引导支部党员准确把握社会主义核心价值观的核心要义和精神实质，让我们在工作、生活中自觉践行社会主义核心价值观，将学习成效体现在增强意识、强化担当、改进工作中。”

丰富创建活动 构筑精神文明高地

时代召唤精神，实干成就伟业。小浪底管理中心党委结合党建六大工程，坚持以践行社会主义核心价值观为导向，把提升职工的思想道德素质和科学文化素质作为单位精神文明创建的根和魂，不断深化思想道德建设，深入推进诚信建设，广泛宣传表彰时代水利精神，扎实开展节水护水宣传教育，不断提高中心文化建设水平。中心节水办工作人员刘钢钢说：“节水机关建设传播弘扬了水文化、引导树立了节水意识、文明意识。”

中心以实际行动响应“让黄河成为造福人民的幸福河”的伟大号召，以“忠诚、干净、担当，科学、求实、创新”新时代水利精神为纲，以“爱国忠诚、敬业奉献、精益卓越、团结友善、自律自强”新时代小浪底精神为要，精心组织《逐梦幸福河》精神文明成就展。通过大量图片、实物、场景、音频、视频，记述新时代小浪底精神孕育、形成、发展的历程，充分展示一代代小浪底人在工程勘察设计、建设管理、国际合作、运行维护及效益发挥中的奋斗历程。一张张照片，闪耀着小浪底精神的光芒，唱响了新时代水利精神的赞歌。

中心拍摄了精神文明建设专题片——《文明小浪底》，专题片内容涵盖理想信念教育、核心价值观建设、全面从严治党、文明风尚行动、基层文化建设、水利业务工作、创建工作机制、特色指标等，展现精神文明在小浪底落地生根的全过程。

中心把大力培育和践行社会主义核心价值观作为年度干部职工教育培训的重点内容，并纳入理想信念教育培训、综合管理能力提升培训、专兼职党务纪检监察干部及发展对象专题培训，广泛开展社会主义核心价值观诵读活动，表彰疫情防控工作先进党组织和优秀共产党员，增强社会主义核心价值观的传播力和感染力，使之在全体干部职工心中生根发芽，内化于心，外化于行。

中心在宣传阵地、醒目位置展示社会主义核心价值观主题词及宣传图片，引导干部职工准确把握核心要义和精神实质；制定贯彻落实《新时代爱国主义教育实施纲要》《新时代公民道德建设实施纲要》实施方案，广泛开展余元君等时代楷模、感动人物、最美人物、身边好人先进典型的学习宣传，组织劳模先进座谈会，开展劳模精神宣传月活动，大力弘扬劳模精神、劳动精神、工匠精神，传递正能量。黄河水利水电开发集团有限公司职工金雁说：“作为一名工会工作者，工作中经常接触劳模事迹、先进事迹，深受鼓舞。通过图片、文字、视频等多种方式，对先进人物进行专题学习，对劳模事迹进行系列宣传，能鼓舞大家向先进看齐、向劳模学习。”

中心还充分发挥爱国主义教育、水情教育和研学实践教育 3 个基地作用，全方位展示水文化、黄河文化和小浪底工程文化；加大历史治水名人宣传力度，学习“最美水利人”先进事迹，举办“最美小浪底人”摄影比赛，利用内外网、大屏幕和公众号等营造浓厚舆论氛围。

开展群众活动 弘扬精神文明风尚

小浪底管理中心党委坚持以人为本，用心用情为全体职工打造精神文明阵地，通过开展志愿服务、弘扬优良家风、组织丰富多彩职工活动等，不断深化文化建设，引领精神文明风尚。

2020 年 9 月 18 日的“关爱山川河流·保护母亲河” 全河联动志愿服务小浪底分会场活动中，广大干部职工积极参与，青年志愿者在景区内向公众发放“世界水日”“中国水周”特刊、定制手提袋等宣传资料，向公众宣传和解读治水思路、水利政策法规等，普及节水护水知识，以志愿服务方式唱响新时代黄河大合唱“小浪底乐章”。黄河水利水电开发集团有限公司职工刘大双说：“200 多名干部职工齐聚黄河之畔，纷纷在‘保护母亲河’ 签名墙上留下自己的名字。这不仅仅是每一名小浪底人对母亲河发自内心的热爱和甘于奉献的守护，还是背后新时代水利精神的积淀，这种精神基因始终激励引领着我们坚守岗位，履行好管理生态工程的使命。”

中心还立足水利行业特色、职业特点和工作实际，明确创建标准，深入开展文明细胞创建，评选出文明环境、文明窗口、文明班组、文明办公室、文明职工等一批文明细胞；开展疫情防控党员志愿服务、十一景区志愿服务活动等，展示小浪底人的风采；印发中心推进优良家风建设活动方案，发布《树清廉家风 建美好家庭》倡议书，开展“不忘初心、弘扬优良家风”主题党日活动，认真学习党的领袖关于家庭家教家风建设的重要论述和好家风故事，强化家庭助廉；发布《文明健康我先行 绿色环保当先锋》倡议书，组织干部职工参与文明交通、文明出行、文明旅游、文明用餐、垃圾分类、节能减排等文明新风尚活动，倡导文明健康、绿色环保的生活理念；根据疫情防控常态化要求，组织开展职工疗休养，利用“线上+线下”方式，依托各类兴趣小组，开展健步走、乒乓球、羽毛球比赛，组织“三八节”抗疫答题、家书比赛等系列活动，开展“疫情防控常态化下的健康心理塑造”读书活动等，提升干部职工精神文化素养和身体健康水平，营造团结和谐的工作氛围。

创建有标杆，文明无止境。新一年，新征程，小浪底管理中心将坚决响应“让黄河成为造福人民幸福河”的伟大号召，围绕建设智慧小浪底、发展绿色小浪底、打造美丽小浪底、构筑文化小浪底的战略目标，把文明创建和文化传承工程作为凝心聚魂、奋发进取的强大动力和有力抓手，致力为黄河流域生态保护和高质量发展作出新的更大贡献，推动小浪底精神文明更加出彩！

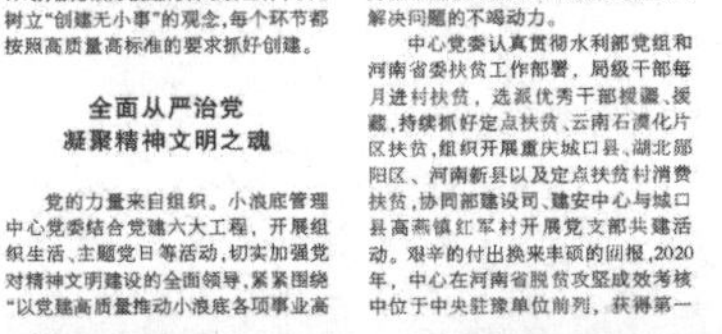

领导与职工信息沟通交流会

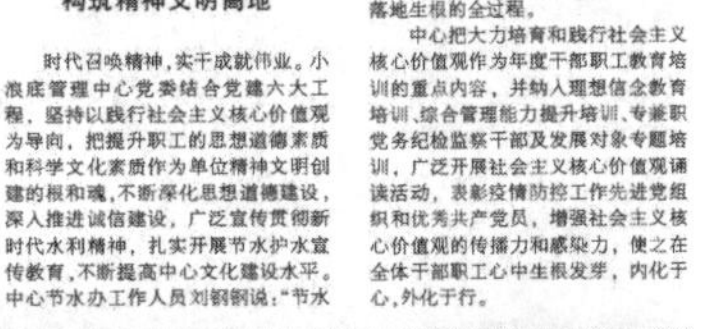

机关二支部开展主题党日暨道德讲堂活动

“学理论、当模范、促提升”党建基础知识竞赛

本版图片由小浪底管理中心提供

64版 中国水利报
2021 年 1 月 23 日 ·广告· 责任编辑：杨晶 照 排：李洪华 电话：(010)63205270 E-mail：zbs@chinawater.com.cn

右江水利公司：助力全面小康 彰显国企担当

□杨晶 吴晓华 冯东昊 李松阳

2020 年是全面建成小康社会和"十三五"规划收官之年。回眸过去五年，广西右江水利开发有限责任公司(以下简称右江水利公司)在发展征程上写就了又一个浓墨重彩的篇章。

"十三五"以来，右江水利公司认真贯彻落实习近平新时代中国特色社会主义思想，按照水利部党组、珠江水利委员会党组工作部署，积极践行水利改革发展总基调，扎实推进"五个一流"目标建设，忠实履行职责，努力做强做优做精，实现百色水利枢纽安全稳定高效运行，全面发挥综合效益，有力助推脱贫攻坚和全面小康建设。

善作为——积极践行总基调，助力全面建成小康社会

初冬时节，右江两岸草木葱绿，生机盎然。广西加快水利工程建设现场推进会在百色水利枢纽召开，自治区各市县参会代表近 160 人走进工程，实地参观学习。

百色水利枢纽工程是西部大开发十大标志性工程之一，建设好、管理好、运行好工程一直是右江水利公司的根本职责。近年来，公司积极践行水利改革发展总基调，重点在工程运管能力建设、信息化建设、人才队伍建设、内部制度建设四个方面补短板，在安全生产、工程管护、库区管理、内部管理四个方面强监管，助力全面建成小康社会。

强化措施，夯实安全生产基础。按照"党政同责、一岗双责、失职追责"要求，牢固树立"促公司发展，保职工平安"责任感、使命感，安全生产态势平稳且持续向好。截至 2020 年 12 月 31 日，百色水利枢纽连续安全生产 5369 天。该纪录在水电行业弥足珍贵。

科学调度，充分发挥枢纽防洪效益。立足"防大汛、抢大险"工作思路，积极践行"两个坚持、三个转变"，抓好防汛基础工作，严格遵守水利部洪水防御相关规定，认真执行珠江委等上级部门调度指令，确保了防洪功能的有效发挥。

精心维护，积极推进设备更新技改。加强水工设施和机电设备管护，针对主要设备制订中长期更新改造计划；加大枢纽建筑物日常安全监测。

主动作为，深入实施库区保护与管理。按照管好"盛水的盆"和"盆里的水"的要求，努力在"调整人的行为"和"纠正人的错误行为"方面下功夫，积极向地方河长办等部门反映库区存在的非法涉水活动问题，力争库区无序水事活动得到遏制。

多措并举，坚持稳健经营。强化成本控制，调整债务结构，建立动态还款机制，财务费用和资产负债率逐年降低；积极应对电力市场化改革，有效降低政策性经济损失；加强子公司监督管理，有效控制投资风险。

突出安全，稳步推进公司网信建设。遵照"安全、实用、经济"原则，编制完成公司网络安全和信息化建设五年规划方案(2020—2024 年)，组织实施一批信息化系统工程，加快公司智慧水利建设步伐。

规范管理，健全完善内部体制机制。颁布"五个一流"建设实施方案，为公司高质量发展提供指南；举一反三，大力推进民主生活会和巡视整改落实，对选人用人、公务接待等进行专项检查；积极回应职工关切，大力解决职工切身利益问题。

真抓实干，统筹推进疫情防控和安全生产两不误。坚决贯彻党中央、水利部和自治区等上级部门决策部署，把疫情防控作为当前工作重中之重，结合实际制订防控方案和各项预案，积极落实各项防控措施，有力保障疫情防控和生产业务工作有序开展。

五年来，右江水利公司全体职工栉风沐雨、砥砺奋进，取得了骄人成绩——

2016 年 12 月，公司圆满完成了百色水利枢纽工程的建设任务，开启运行管理阶段，并于当年取得水利部颁发的水利安全生产标准化一级单位证书；

图片说明：

①百色水库风光
②右江水利公司出资为重庆武隆区沧沟乡青杠村打井　杨晶 摄
③右江水利公司会同右江区人民政府开展库区巡查
④2016 年 12 月，百色水利枢纽工程竣工验收
⑤百色水利枢纽

2018 年 12 月，百色水利枢纽工程荣获水利行业最高荣誉——中国水利工程优质(大禹)奖；

2019 年 12 月，公司顺利通过水利部组织的"国家级水管单位"考核验收；

2020 年，公司申报的"百色水利枢纽工程关键技术研究"成果，荣获 2020 年度中国大坝工程学会科技进步一等奖。右江电厂 4 号机组荣获 2020 年度南方电网 18 台"金牌机组"荣誉称号。公司档案、统计等工作获得自治区档案局和统计局及其他相关部门的通报表扬。

敢担当——扛起政治责任，全力助推脱贫攻坚

在重庆武隆区沧沟乡青杠村，村民冉茂琼一家人生活有了新变化：摆脱过去吃水难的老问题，喝上了甘甜的"幸福水"！

"幸福水"来之不易——

2018 年 10 月，右江水利公司积极响应水利部号召，推荐公司总工程师邓勋发到武隆区挂职交流，任党组成员、副区长。邓勋发到岗后在走访中了解到，青杠村有多户人家存在吃水难的问题，他争取到"娘家"单位右江水利公司 20 万元的捐赠，并请来长江三峡勘测研究院有限公司专业队伍援助打井找水。

在喀斯特地貌区域打井，村民直言"不可能"。然而，邓勋发带领着打井队在经历多次失败后，硬是将不可能变为了现实，共实施 4 口勘探井，安装抽水泵 2 台。看着喷涌而出的井水，村民老汪激动地说："喝上这个水，死了都可以闭上眼睛了！"

聚焦人饮安全猛发力，围绕"八大工程"抓落实。挂职以来，邓勋发一心扑在脱贫攻坚任务上，走遍了武隆区的 26 个乡镇，全力破解脱贫攻坚战中的难题，扶贫取得亮眼成绩。

在 2020 年 7 月 20 日至 8 月 10 日全国脱贫攻坚入户普查中，武隆区与饮水安全相关的四项指标全部满足要求，其中"生活用水水量""饮用水无杂质、异味""过去一年是否缺水"3 项满意率 100%，"用水方便程度"的供水入户率达 99.75%。

小康不小康，关键看老乡。早在 2012 年，右江水利公司便开始参与扶贫工作，选派业务骨干韦道智到广西百色市右江区阳圩镇孟沙村任驻村第一书记，连续四年开展驻村脱贫工作。从 2015 年开始，右江水利公司开始定点帮扶右江区龙景街道六居村，先后派出业务骨干黄晓燕、周少良、张炳亮担任驻村第一书记。公司 29 名中层以上党员领导干部先后与六居村 36 户贫困户开展"一对一""一对多"结对帮扶。

多措并举抓扶贫。为帮助六居村快速脱贫，右江水利公司聚焦精准脱贫政策，强化责任措施落实，以问题为导向，依托行业资源优势，组织实施了一批示范性及可持续性强的帮扶项目。积极开展消费扶贫行动，每年平均向六居村采购农产品近 25 万元，累计为村里争取及投入各类帮扶资金 235 万余元，帮助解决集体经济发展、道路硬化、水冲桥建设、饮水安全提升等问题。

驻村帮扶用真情，精准扶贫见成效。经过努力，如今的六居村，基础设施进一步完善，人居环境不断改善，集体经济快速发展，并于 2017 年顺利完成脱贫任务。右江水利公司对口帮扶以来，六居村先后荣获"自治区级村民合作社示范社"，百色市"产业兴旺红旗村"、"乡风文明红旗村"、"治理有效红旗村"，右江区"村集体经济强村"等荣誉称号。

2020 年右江水利公司定点扶贫工作顺利通过自治区国资委 2019 年度综合考核，公司荣获 2018-2019 年度"百色市脱贫攻坚(乡村振兴)先进后盾单位"称号。荣誉的背后是沉甸甸的责任与担当。

从响应水利部号召，派出班子成员到定点扶贫挂职，到持续开展定点帮扶，派出多批次骨干力量参与驻村扶贫；从完成水利部下达的重庆丰都县产业扶贫和农产品消费扶贫任务，到选派多名技术骨干赴西藏、新疆完成短期技术援助任务……右江水利公司全面落实习近平总书记关于精准扶贫重要指示精神，主动承担政治责任，全力助推脱贫攻坚。

对于下一步工作，广西右江水利开发有限责任公司党委书记、董事长肖卫国表示，公司将以习近平总书记关于乡村振兴重要论述为指引，按照水利部党组、自治区党委政府的要求，进一步增强责任感和紧迫感，紧盯目标，精准发力，以更高的标准，更大的力度，更实的举措做好扶贫工作，为全面推动乡村振兴贡献力量。

谋发展——站在新起点，砥砺前行谱新篇

2021 年是"十四五"规划的开局之年。站在新起点，右江水利公司立足新发展阶段、贯彻新发展理念、融入新发展格局，科学谋划公司新发展。

从严治党促发展——

继续深入学习贯彻党的十九大和十九届二中、三中、四中、五中全会精神，巩固深化"不忘初心、牢记使命"主题教育成果，切实抓好各项整改；认真落实党委党建工作主体责任和纪委监督责任，强化"一岗双责"，层层传导压力；坚持党的领导，进一步增强党委"把方向、管大局、保落实"能力；加强党的思想建设，落实意识形态工作责任制；加强公司党支部标准化规范化建设，推动支部在"围绕中心、建设队伍、服务群众"上更好地发挥作用。

精准发力补短板——

加强工程运管能力建设。通过水库自动预报调度系统，提升水库调度精细化水平，提高发电效率；扎实做好水工建筑物运行维护、技术更新和安全监测工作，提高设备现代化和可靠性水平。

加强网络安全和信息化建设。加快推进百色水利枢纽大数据中心和"一张图"建设，推进基础设施、数据资源、应用支撑、网络和信息安全等建设，使信息化与公司业务深度融合，逐步实现"智慧百色枢纽"。

加强人才队伍建设。认真贯彻《党政领导干部任用条例》，使有为者有位、能干者能上、优秀者优秀；鼓励工匠精神，鼓励扎根生产一线，加强业务培训，提升职工履职尽责能力。

加强内部制度建设。坚持立改废释并举，形成决策科学、管理高效、执行有力的工作秩序；用严明的纪律，维护制度权威、保障制度执行，强化各级领导干部制度意识。

持续推进强监管——

对安全生产强监管。进一步完善安全生产责任体系，加强现场监管，强化现场监护，夯实"三级"安全教育，增强全体员工安全生产技能。

对工程管护强监管。完善枢纽工程运行管理制度和技术标准，全面开展工程安全鉴定，提高机电设备管理和电力生产的智能化和信息化水平；完成《百色水利枢纽调度规程》修订，持续提高水利工程管理单位考核指标得分分值。

对库区保护强监管。推动库区河长制从"有名"到"有实"，促进库区内"人的错误行为"得到有效管控；及时准确掌握"四乱"动态变化，管好水库空间水域岸线；加强水库水体监测，力争扭转水质趋劣的势头。全力配合推进《百色水库管理办法》立法工作。

对内部管理强监管。持续加强作风建设，建立完善激励约束机制，提振广大干部职工干事创业的精气神；加强财务管理，强化内部审计，进一步提高电力市场营销能力。

未雨绸缪防风险——

坚持"严"的总基调，不断创新举措，加强党风廉政建设，一体推进不敢腐、不能腐、不想腐，遏制引发腐败的苗头性、倾向性问题，提高党风廉政风险防控能力；科学制定年度经营支出预算，优先筹措经营保障资金，开展投资风险识别和风险分析，聚焦主业，盘活存量资产，严防债务风险和投资风险。

新起点呼唤新担当，新征程展现新作为。肖卫国表示，公司将深刻领会习近平总书记对新时代水利工作提出的系列重要讲话精神，按照部党组工作部署，紧紧围绕"四个补短板""四个强监管""两个防风险"中心任务，以"补短板强监管；聚主业防风险；练内功转作风；增效益促发展"为切入点、着力点，落实"五个一流"奋斗目标，推动公司实现高质量发展，为"把珠江建设成为造福人民的幸福江"提供有力支撑。

本版图片除署名者外均由
广西右江水利开发有限责任公司提供

66版 中国水利报
2021年1月23日 ·广告· 责任编辑：洪安梅 照 排：刘建军
电话：(010)63205040 E-mail：zbs@chinawater.com.cn

澧水公司：国企担当 造福人民

□席晶

2020年，极不平凡。抗疫战汛，硬仗一场接着一场；脱贫攻坚，社会责任坚实担当；转变思路，"四个澧水"全面推进；稳中求进，生产经营逆势上扬。

这一年，面对重重考验，湖南澧水流域水利水电开发有限责任公司（以下简称澧水公司）全体"澧水人"不畏险阻，迎难而上，以实干笃定前行，用汗水谱写新篇，交出了一份亮丽的"澧水答卷"。

江垭水库开闸泄洪

抗疫保电，一线岗位党员带头上！

庚子年初，一场突如其来的新冠肺炎疫情席卷全国。

澧水公司，因工程管理范围广、旅游业人流聚集多，春节前工作上来往武汉人次多，防疫形势陡然严峻。

疫情汹汹袭来，公司高层果断决策，要抗击疫情，看好自家门，管好自家人，打好"严防死守"阻击战、"外防输入"持久战；更要在非常时期，担起责任，坚守一线，确保机组运行"零故障"、复工复产"零感染"。

澧水公司总部办公楼

一场没有硝烟的"战疫"迅即打响。建立每日"零报告"制度，实施封闭管理，启动突发公共卫生事件一级应急响应，成立新冠病毒防控工作指挥部，划拨专项疫情防控经费……

公司党组坚持把员工生命安全和身体健康放在首位，细致入微的抗疫工作，让每一名"澧水人"都感到安心和温暖。与此同时，复工复产快速启动，澧水公司上下一心，迎难而战，一批批电站的年轻值长们，担当起抗疫保电的"排头兵"，一个个党员干部以英勇奋战的身影，守土尽责，共克时艰。

2020年2月10日，双牌倪家洞风电场建设人员开始返岗，24日全面复工，29日开出新年第一张吊装作业票，转运设备、吊装风机……硬生生将疫情耽误的工期抢回来，成为复工复产后湖南省第一个投产的风电项目。

澧水公司所属的江垭、皂市水利枢纽，既是澧水流域防洪安全的重要屏障，也是湘西北电网稳定的有力保障。疫情当前，必须确保其安全运行和关键作用发挥，不能有丝毫闪失。

"一线岗位党员带头上！"澧水公司党组第一时间发出号召，要求党员干部坚持"五个带头"，充分发挥党支部战斗堡垒作用和党员先锋模范作用。

江垭电站青年党员，担起了对站区定时消毒的任务。每次消毒下来，几十斤的负重，个个全身湿透，但没有一个人选择退出，只为心中的誓约——"不能让站区成为疫区！"

皂市电站3名党员，在连续值班近30天后，主动放弃轮休，继续留守电站，转而加入了志愿服务，被员工誉为"最美一次华丽转身"。

大熊山风电场场长、省直优秀共产党员李立安，在高山之巅坚守70余天，带头协调防疫和生活物资储备，处理风机突发故障，确保风机安全稳定运行。

上下同心者胜。3个多月的"战疫"突围，公司实现了全员零感染、生产未停歇。

董事长文柏海(右一)在皂市水库现场值班并指导防汛

江垭、皂市电站坚决服从抗疫保电调度，坚守岗位持续发电115天，机组多次接近死水位运行，为湘西北电网安全稳定运行提供了有力保障，贡献了澧水力量。

守护澧水，关键时刻显担当

2020年6月中下旬开始，湘中以北及湘西北地区连续多日出现强降雨，一下就是50多天。

暴雨如注，洪水汇集，峰高势猛！

面对长江流域性大洪水和长江上游特大洪水，澧水公司迎峰而战。早已纳入长江流域水库群联合调度的江垭和皂市水库发挥出显著工程防洪效益——

在长江2020年第1号洪水形成之际，江垭和皂市水库与长江流域其他相关水库一起拦洪错峰，成功避免因洪水叠加导致洞庭湖提前进入防洪高水位。

7月8日，在澧水上游出现超额洪量的紧急情况下，江垭、皂市水库将出库流量控制为700立方米每秒、500立方米每秒长达60个小时，保障了涔水大堤安全，避免了澧县北民湖分蓄洪损失，缓解了澧阳平原危机。

7月18日，长江2020年第2号洪水抵达三峡水库，长江中下游抗洪压力陡增，江垭再次联手皂市水库，闸门全关、机组全停，拦蓄洪水8.38亿立方米，有效减轻了澧水下游的防洪压力，降低洞庭湖水位1米左右，极大减轻了洞庭湖水位上涨的压力。

2020年汛期，在水利部的统筹领导，以及长江委、湖南省水利厅的科学研判和精准调度下，澧水公司坚决服从调度指挥，江垭、皂市水库共执行调度指令36次，约占全省总数的1/4，4次提前降库避免石门站超安全泄量，将江垭和皂市水库的防洪功能发挥到极致，共拦蓄洪量22.68亿立方米，最大降低石门站水位3.7米，关键时刻有效减轻了澧水流域、下游洞庭湖及长江中下游的防汛压力。

双牌倪家洞风电场部分风机实景图

"根治澧水、造福人民"，一次次不辱使命的背后，是澧水公司始终以治理澧水洪患为己任，周密部署、规范管理、未雨绸缪、有备而战。

汛前，充实一线防汛力量，及时调整水库"三个责任人"，细化岗位职责，做到"有名有实"；组织开展防汛专题培训，成功承办长江委水库防汛抢险应急演练，首次邀请水库行政责任人全程参与，首次采用5G技术远程协同，确保"有实有能"。

汛中，始终保持一线满员值班、抢险队到位，坚持与水调中心、水库中心、大坝中心联动，公司领导现场带班值守22天，实现"有力有为"；顾全防洪大局，坚决服从统一调度，坚决执行调度指令，严控汛限水位，务求"有责有效"。

汛情紧张时刻，时任湖南省委书记杜家毫、省长许达哲先后前往皂市、江垭水库，对澧水公司在流域防洪保安中发挥的中坚作用给予充分肯定。湖南省副省长隋忠诚高度评价："江垭和皂市水库为澧水干流拦洪错峰，发挥了显著的防洪减灾效益，取得了很好的调度成效。"

慈利、津市、石门县水利局负责人多次表达感激之情："汛情危急关头，正是因为江垭和皂市电站牺牲'小我'，才成就了我们成功抵御洪峰袭击，未溃一堤一垸。"

守护澧水安澜，是"澧水人"与生俱来的使命，是一个水利国企的责任与担当。

风生水起，于变局中开新局

五岭山岗，红军长征曾在这里左冲右突，迂回转战两个月。如今，高耸的塔筒托着巨大叶片，错落有致地分布在群山之间，云龙相得，风起电来——打造湘南风电产业基地，澧水公司在这里开启了二次创业新征程。

一家专职于澧水治理开发的流域性管理公司，为何涉足风力发电？

作为全国首个部省共建的流域治理开发企业，体制特殊、使命特殊，流域防洪保安的功能定位决定了经济上必须顾全大局作出让渡，先天盈利能力不足，后天发展空间受限。

怎么办？确保枢纽工程良性运行不能变，"等靠要"不如"起而行"！

"十二五"期间，澧水公司党组审时度势，实施战略转型升级。坚持立足公益澧水，全面开启二次创业，创新体制机制，优化产业结构，提高盈利能力，力图扭转公司长期亏损局面，弥补江垭、皂市等防洪控制性水库维修维护经费的不足，以确保公益性工程安全稳定良性运行。新能源产业被确定为公司核心发展产业。

这一决策，为公司在疫情大考和电价下调、电站关停、旅游业受挫等数重挑战下，应对经济下行压力，实现逆风翻盘奠定了坚实基础。其全资子公司澧能公司自2014年成立以来，已陆续建成了3座风电场，累计完成发电经营收入3.5亿元，创造利润近亿元，累计上缴税收1.4亿元。

保障经济平稳，要勇开新局，更要节流增效。澧水公司坚持"稳"字当头，一方面，果断调整经营策略，实施紧缩财务预算，控制投资规模，量化成本管理，争取助企纾困政策支持，保持资金归集率85%、资产负债率约30%，稳住经济基本盘。另一方面，调整涉水产业布局，优化水库发电调度，强化电力营销，争取调峰调频补偿，尽量减少经济效益让渡损失，稳住主业经济支撑。

一系列"组合拳"成效凸显：公司经营逆势上扬，同比上年增长50%以上，减亏近1亿元。

企业发展，不忘社会责任。澧水公司坚决落实水利部、湖南省和长江委各项扶贫任务，先后投入1000多万元助力脱贫攻坚。近年来，公司精准发力慈利县凤鹤山村脱贫攻坚，先后筹措1300多万元实施扶贫项目19个，党组书记13次下村调研，92人次党员干部结对帮扶，驻村工作队3名党员每月驻村20多天，促使"最难啃的村"2018年顺利退出贫困村序列，2020年年底实现贫困人口全摘帽。

牢记嘱托，建设造福人民的幸福河

三湘四水，湘资沅澧。

澧水，是长江水系中最小，却是洪涝灾害最为严重的一条河流。

20世纪90年代初，成立不久的澧水公司踏上了"根治澧水、造福人民"的使命之旅，先后兴建江垭、皂市水库两座防洪控制性水利枢纽，将澧水流域的防洪标准从3年一遇~5年一遇提高到了20年一遇，澧水流域防洪减灾体系初步形成。江垭、皂市水库犹如两把巨大的安全锁，在历次流域性洪旱灾害中发挥了巨大的防灾减灾效益。

澧水公司因水而立。面对流域人民新期待，公司党组不忘初心使命，以"幸福河"目标为指引，积极践行水利改革发展总基调，着力打造安澜、绿色、健康、美丽"四个澧水"，在造福流域人民的新征途中，义无反顾，再谱新篇。

聚焦"安澜澧水"——防洪保安全。组织澧水流域综合管理课题研究，推进宜冲桥水库前期工作，完善水库大坝安全设施，补短板，保安全；深入开展安全生产专项整治三年行动，全年排查整改安全隐患226项，整改率98.7%，公司安全生产考评位列长江委前茅，连续10年获得"湖南省平安单位"称号。

聚焦"绿色澧水"——保护优质水资源。贯彻新发展理念，转变发展方式，扎实做好涉张家界大鲵保护区水电站整改工作，全面规范公司涉水行为，优化流域产业结构，打造生态旅游绿色走廊。

聚焦"健康澧水"——维护健康水生态。落实河长工作要求，投入400多万元支持"清四乱"行动，有效遏制江垭、皂市水库违法偷捕鱼行为；探索"库长"工作机制，推动"湖南省江垭和皂市水库管理处"正式挂牌运行；压实"站长"工作责任，切实保障电站下泄生态流量，定期开展增殖放流、水域巡查和水库保洁等工作。

聚焦"美丽澧水"——营造宜居水环境。巩固地企联席会议协商机制，大力传播"九澧"水文化，持续开展流域送温暖、献爱心活动，主动融入流域"守护一江碧水"行动，联合开展4次"关爱澧水"志愿者活动，营造全民亲水护水的浓厚氛围。

补短板、强监管，澧水流域家园安好、天朗地净、山河锦绣的幸福图景徐徐展开。

过去的一年，虽然公司取得了好于预期的成绩，但公司盈利能力先天不足的问题依然存在，公益澧水和保值增值的双重任务依然艰巨。"我们必须立足澧水，主动求变，找准自己的位置，办好自己的事情。"公司董事长文柏海说，"全年的工作，要围绕水利改革发展总基调提档升级总要求，推进'四个澧水'建设更精准，抓实党建引领、战略谋划、公司治理、改革创新、安全生产和提质增效等重点工作。"

征途漫漫，惟有奋斗。2021年，踏上"十四五"发展的新征程，"澧水人"坚信，只要把握机遇，乘势而上，脚踏实地，砥砺前行，就能在危机中育先机，于变局中开新局。

本版图片由澧水公司提供

长江委2020年水库防汛抢险应急演练开幕式

68版 中国水利报
2021 年 1 月 23 日 ·广告· 责任编辑：黄一为 照 排：刘建平
电话：(010)63205231 E-mail：zbs@chinawater.com.cn

我是一滴水，来自绰尔河

□梁建

我是一滴水，来自绰尔河，平凡又普通。我的“体重”大约只有 0.05 克，你可能觉得我微不足道。但是，连续滴水 1 小时可集 3.6 千克水，30 天可集 2.6 吨水，这些水量足以供给 1 人 1 个月的生活所需。

过去，大多数人认识我，是从绰尔河开始的。“绰尔”是蒙古语，意为波涛声音大的河流。河流发源于大兴安岭山脉的吉尔达山，全长 501.7 千米，多年平均径流量 20.89 亿立方米，流域面积 1.77 万平方千米，是嫩江右岸一级支流，也是兴安盟七大河流之首。

她，是一条母亲河。从扎赉特旗“五道河子灌区”直奔“洪家干线”，通过小黄河和二龙涛河为图牧吉水库补水，形成珍禽大鸨、丹顶鹤的自然保护区，灌溉保安沼、乌塔其等水稻产区。

她，是一条见证历史的河。当年，苏联红军在茂力格尔大桥附近歼击了大量侵华日军。在她下游，当年马占山将军领导的部队，以与扎赉特旗一线之隔的江桥为根据地，打响了东北抗日第一枪。

她，是一条壮美的河。两岸山地、丘陵、草原变化有序，错落有致。她时而惊涛拍岸，高歌吟唱；时而婉转低徊，玉带含情。她滋润出北国草原的万顷碧波、平原良田的五谷丰登。美丽的风光、宜人的气候，多个旅游休闲度假胜地由此诞生。

如今，我仍是一滴水，来自内蒙古地区迄今为止规模最大、投资最多的水资源综合利用工程引绰济辽工程的源头。这项工程是国务院确定的“十三五”期间实施的 172 项节水供水重大水利工程之一。这让我扛起了更大的责任，践行起更光荣的使命。

我肩负重任一路奔流到通辽

我身躯虽小却肩负重任。我被誉为工业的血液，参与工矿企业生产中绝大部分的重要环节。在制造、加工、冷却、净化、洗涤、蒸馏等方面发挥不可替代的作用，纺织、石油化工、造纸、冶金等行业也缺我不可，而食品厂内生产出的酱油、醋、汽水、啤酒等简直就是我的化身。

我还是庄稼的命根子。1 千克玉米是我 368 千克兄弟姐妹浇灌出来的。同样，1 千克小麦需要 513 千克水，1 千克棉花需要 648 千克水，1 千克水稻用水量高达 1000 千克。“一籽下地，万粒归仓”，农业的大丰收，我可立下了汗马功劳。

所以说，无论在工业领域还是农业领域，我都扮演着重要角色。正因如此，针对科尔沁地区十年九旱的气候、高耗水农业发展等导致的快速增加的用水需求，面临兴安盟南部地区水资源匮乏、水利基础设施薄弱、经济发展滞后的实际，国家投资 252.16 亿元，建设引绰济辽工程，项目多年平均引水量 4.54 亿立方米，扣除输水损失后，骨干工程末端多年平均供水量 4.36 亿立方米，其中向兴安盟供水 1.49 亿立方米，向通辽市供水 2.87 亿立方米。

我一路跳跃着，穿过绿油油的农田，翻过绵延不断的群山，偶尔也驻足在炊烟袅袅的小村庄，与调皮的孩子们玩耍……我无忧无虑地尽情放歌，奔向我梦中的归宿。

转过一个山湾，一片宽阔的水面出现在我的眼前，一个个山村，掩映在葱葱郁郁的树木中间。站在初具雏形的大坝上远眺，机器轰鸣、运输车来来往往，数百名工人正有序作业……这里便是文得根水利枢纽了。我和伙伴们将从这里出发，一路南下，沿途穿越特默河、洮儿河、归流河、蛟流河，并经突泉大青山水库及科右中旗、扎鲁特旗、科左中旗、开鲁县等地，最终到达通辽市西辽河流域莫力庙水库。

这条全新开挖建设的输水干线和古老的大运河一样，都是人类综合开发利用水资源的伟大结晶。工程利用文得根水库与莫力庙水库 138.94 米的自然落差，全线设计采用封闭式自流形式进行输水。从高空俯瞰，你不得不惊叹，这条渠道是如此美丽，宛如一条丝带，在田野中蜿蜒，在山川间穿梭。

这是一条千里水道，全长 390.263 公里。这一路，我们向前进，我们也流向四方。我们要给通辽送水，但也没有忘记滋润沿途经过的蒙东大地……我们给予，只因听见因缺水而干渴的蒙东大地在呼喊！

我的身上流淌着建设者的汗水

取水口、隧洞、暗涵、倒虹吸、压力管道……这些工程专用术语的背后，是建设者为让北水南下付出的智慧、心血和汗水。

引绰济辽输水工程隧洞段关键控制性标段——隧洞段 2 号主洞总长度 58.5 千米，由中国水电六局承建。该标段采用钻爆法和 TBM（全断面硬岩隧道掘进机）联合施工，两台 TBM 将进行长距离逆坡掘进。其中“草原和谐号”TBM 掘进长度 19.4 千米，“草原平安号”TBM 掘进长度 18.8 千米。我来到这里时，正赶上“草原平安号”TBM 始发掘进。

TBM 施工过程中，将面临穿越浅埋、断层破碎、富水段等复杂地质难题，“草原平安号”TBM 正是为解决这些难题而量身打造的超级利器。你们知道吗？整个工程共投入使用的 5 台 TBM，都是我国自主研制的，分别被命名为“草原吉祥号”“草原如意号”“草原平安号”“草原和谐号”和“草原安达号”，TBM 施工可实现隧洞及隧洞断面一次成型，集开挖、出渣于一体，安全且高效。

在隧洞段施工 2 标有一位普通的建设者，他叫李明德，是一名钻爆工。扛着钻机打孔、装炸药、爆破是他每天都要进行的工作。“我们从事的都是高危工作，干的活也很辛苦单调，每次钻探两米多深，一干就是四五个小时，但习惯了也就没什么了。”李明德来自辽宁省丹东市，从事钻爆工作已有 10 年。有人问他，等到正式通水时，最想做什么？他回答，想到通辽市看看，看看从兴安盟千里迢迢引来的绰尔河水。

其实，整个工程里，如李明德一样的建设者还有很多。我对他们太熟悉了，因为，他们的汗水早已和我融为一体，他们把青春和热血汇入疏通的干渠，用勇气和力量筑成坚实的大坝，万水千山就是他们的行程。他们敬业、高效、敢担当；他们诚信、自律、讲奉献；他们诠释着生命的意义，谱写着内蒙古水利事业的新篇章！

我的身上融着移民者的幸福

当移民们带着收拾好的家当，挥手告别故土的那一刻，他们的泪流到了我的心里。

文得根水利枢纽库区移民霍栓柱是最早一批签订移民安置协议的村民，之所以早早就签订了安置协议，有多个原因：一是他在移民干部的帮助下按照拆迁补偿安置方案算了一笔账，了解到搬迁能给他带来好处；二是对如何拆、怎么建早已心里有底。此外，由于自家耕地有 50%处于淹没区，政府还给他老伴儿交纳了养老统筹。对此，他们非常满意。“我们即将搬进新房，感谢党和国家带来的幸福生活，我一定好好珍惜。”霍栓柱说。

根据引绰济辽工程总体规划，工程涉及永久征地 16.9 万亩，临时征地 3 万亩，拆迁各类房屋 26.46 万平方米，规划水平年移民安置 2743 户，搬迁人口 8568 人，涉及苏木（乡镇）2 个。拆房、砍树、腾地，只为一泓碧水南下……

说到移民，不得不说到另一个特殊群体——移民干部。在移民工作中，移民干部冲在最前面，自然承受最多的辛苦甚至是委屈。“越是困难的工作，越要敢于担当，一定要啃下这块硬骨头！”移民干部多次召开会议研究部署库区搬迁任务，同心协力办好这件民生大事。

2018 年 3 月，巴彦乌兰苏木成立移民安置综合服务中心，抽调 15 名干部成立征迁工作组开展征迁工作。巴彦乌兰还成立了专项工作组，专门解决历史遗留问题，聚焦信访矛盾纠纷排查化解工作，畅通移民反映问题的渠道，不断增强政府公信力，保证整个征迁过程更加平稳有序。

“刚开始，群众觉得住惯了，都不想搬，对搬迁后的生活也有所担忧。”扎赉特旗巴彦乌兰苏木移民安置综合服务中心副主任江双印回忆。搬迁工作启动后，围绕群众搬迁后“怎么生活、怎么发展、怎么留住根”等问题，移民干部主动帮助群众解决住房、子女就学、社保、就业等后顾之忧。

我，是一滴水。我，一路南下，带去了一泓清水，带来了库区百姓的愿望。受水区的人们啊，请不要忘记那千里之外的人们所做出的奉献和牺牲。如果可以，也请给予水源区更多的生态补偿、对口帮扶、政策支持，因为，那里有他们的未来！

我是一滴水，来自绰尔河。

伴着“哗哗”的响声，我和伙伴们要从北走到南，从西走到东。我非常急切地盼望工程能够早日竣工。我期待，在 2023 年工程正式通水的时刻，我们将带着能量一路奔流到通辽。

我盼望着……我整装待发。

引绰济辽工程简介

引绰济辽工程是国务院确定的“十三五”期间实施的 172 项节水供水重大水利工程之一，也是国家确定的 2017 年必须开工建设的 15 项工程之一，受到内蒙古自治区党委和政府的高度重视，是自治区的一号水利工程。工程由水源工程文得根水利枢纽和输水工程组成。总投资 252.16 亿元，总工期 56 个月。

2011 年 3 月，内蒙古自治区水利厅向水利部上报《关于上报审查文得根水利枢纽工程项目建议书的请示》；

2012 年 5 月，由中水东北勘测设计研究有限责任公司和内蒙古自治区水利水电勘测设计院联合编制的《引绰济辽工程规划报告》，于同年 11 月获水利部批复；

2014 年 5 月，国务院常务会议明确提出：集中力量有序推进一批全局性、战略性节水供水重大水利工程，分步建设纳入规划的 172 项重大水利工程。引绰济辽工程赫然在列，而且是内蒙古地区规模最大、投资最多的水资源综合利用工程；

2014 年 7 月，文得根水利枢纽及乌兰浩特输水段项目建议书获国家发改委批复；

2015 年 4 月，国家发改委办公厅同意不再单独审批乌兰浩特至通辽段项目建议书，合并审批引绰济辽工程可行性研究报告；

2015 年 7 月 20 日，内蒙古引绰济辽供水有限责任公司正式成立，由内蒙古水务投资集团有限公司作为国家和自治区出资人代表，与兴安盟行署、通辽市政府以及扎赉特旗政府共同出资组建，全面履行项目法人职责；

2017 年 3 月，环保部批复了工程环境影响评价报告；

2017 年 6 月，国家发改委批复了工程可行性研究报告；

2017 年 11 月，工程取得水利部对初步设计报告的准予行政许可决定书；

2018 年 9 月，引绰济辽工程开工。自此，这项“善水为民、福泽蒙东”的内蒙古水利民生工程正式在时代发展的浪潮中展开……

图片说明
①建设中的文得根水利枢纽
②绰尔河几字湾
③奔腾的绰尔河
④大美绰尔河
⑤设备检修
⑥钻爆工正在进行钻爆作业

本版图片由内蒙古引绰济辽供水有限责任公司提供

攻坚决胜
——小康路上的水利担当
70版 中国水利报 2021年1月23日 ·广告· 责任编辑:杨文杰
电话:(010)63205242 E-mail:zbs@chinawater.com.cn 71版

河南水投：融入发展新格局 兴水为民泽中州

驻马店市新蔡东湖公园

驻马店市平舆县天水湖

□李东东 杨其格

中原大地，山水相依，大别山、伏牛山、太行山，巍峨耸峙；长江、黄河、淮河、海河，水清波柔。兴水利、除水害，历来是天大的事。

2009年，河南省委、省政府决定成立河南水利投资集团有限公司（以下简称“河南水投”）。这是河南省唯一的省级水利投融资企业。河南水投秉持“以水为核心，以科技、资本为驱动”的“一核双驱”战略方向，11年间，从注册资本1.5亿元的企业，发展成总资产750亿元的大型国企。

2020年，面对突如其来的新冠肺炎疫情和复杂多变的国内外环境，河南水投人在党的领导下，秉持“兴水为民，利泽中州”理念，统筹疫情防控和事业发展，继续深耕河南市场，补齐补强水利短板；坚持科技创新，践行绿色发展理念；拓展国际融资渠道，持续改革开放，做好“六稳”工作，落实“六保”任务，主动融入双循环新发展格局，谱写出新时代中原更加出彩的水利华章。

六稳六保：补齐水利基建短板

河南省作为人口大省，人均水资源严重不足，水资源时空分布与空间配置不均衡，且存在水生态退化、水环境污染、水灾害多发等客观现实情况。

为有效解决河南水问题，实现经济社会高质量发展，河南省提出实施“四水同治”，统筹推进水资源、水生态、水环境、水灾害综合治理，全面开启了新时代河南省水利现代化建设新征程。

在“四水同治”治水方略引领下，河南省加大水利基础设施建设，谋划实施了包括引江济淮（河南段）、小浪底南岸及北岸灌区在内的十大水利工程，助力“六保”工作，推动“六稳”任务完成，持续加大投资，扩大国内需求，给河南水投提供了广阔的市场前景。

河南水投把握功能性国有企业定位，紧紧围绕省委、省政府重大决策部署，通过参与引江济淮（河南段）、小浪底南岸及北岸灌区工程、河南省西水东引、鸡冢水库工程等河南省重大水利项目，积极承担起“河南省重大水利工程建设”职责。

河南水投的大旗，在中原水利建设工地上高高飘扬。不仅如此，在改善中原水生态、百城提质中，河南水投同样展现企业担当，发挥着重要作用。

在河南省襄城县北汝河国家湿地公园的“水岸花田”，行走在依水而建的亲水栈道上，放眼望去，远处是宛若丹青的首山，近处是一座白色凉亭，一湾碧水，映衬着文峰塔的古韵，竟有一种步入山水画中的恍惚。

如果说北汝河是一条长长的玉带，那么，散落在北汝河两岸的湿地、绿岸就是一颗颗璀璨的明珠。由河南水投承建的水系工程全部竣工后，襄城县将形成南有北汝河国家湿地公园、中有金襄湖生态公园、北有颍河湿地的生态格局。千年古县将呈现一幅“两水一湖绕古城”的旖旎风光。

“兴水为民，利泽中州”是河南水投的使命。“把握功能性国有企业定位，深入践行新发展理念，认真贯彻落实省委、省政府‘四水同治’战略，始终积极参与省委、省政府百城提质、生态文明建设等重大工作部署。”河南水投董事长王森介绍，补齐水利基础设施短板，是落实“六稳”“六保”工作任务的具体实践。

创新发展：践行绿色发展之路

2020年2月26日，河南省驻马店市平舆县退出贫困县行列，正式脱贫摘帽。

在脱贫攻坚的关键时期，水生态脱困项目——水环境治理和生态修复工程建设如火如荼。平舆县在加快经济发展的同时，弥补水生态环境欠账，携手河南水投，利用PPP项目渠道，投资20多个亿进行水生态治理和修复。经过近两年的水生态治理与修复，如今的平舆县水系连通，生态环境宜人，城区防洪排涝能力大大提升。

“平舆县水环境治理和生态修复工程包括河湖水系连通、水污染治理、中水回用、水源涵养、水土保持、生态景观建设等内容。工程还可以促进平舆县水资源优化配置，为城乡统筹发展和经济社会可持续发展提供支撑和保障。”王森说。

“平舆县水环境治理和生态修复工程运用数采仪、无线网络、水质水压表等在线监测设备实时感知水体的运行状态，并采用可视化的方式整合水生态管理部门与设施，形成‘水生态物联网’。”河南水投舆源水生态有限公司董事长郭磊说，“海量水生态信息及时得到分析与处理，产生相应的处理结果和辅助决策建议，以更加精细和动态的方式管理水生态系统，形成开放、共享的河湖智慧管护模式。”

平舆县水环境治理和生态修复工程实现智慧管护，仅仅是河南水投坚持创新驱动的一个缩影。

近年来，河南水投先后申请成立河南省水环境模拟与治理重点实验室、河南省水—土环境协同治理产业技术创新战略联盟，并与华北水利水电大学共建“河南水谷研究院”。至此，以企业为主体、市场为导向、产学研深度融合的科技创新体系基本完成。

以河南水谷研究院为例，该院提出“羽状水系+多技术融合”治水模式，即以水利工程为主体，以多技术融合为支撑，结合河道、塘泊、水库、池塘再造和连通，建设人工水道，在汛水季节减轻自然河道的排洪压力，加强地下水补充，枯水季节回馈自然河道，增加河流生态基流。同时通过剖析“问题在水里，根子在岸上”的内涵，提出水土联治模式，即除考虑基于生态修复的末端治理外，把过程阻断、源头减排也系统纳入治水措施中。

坚持系统思维，让河南水投拥有了在行业中叫得响的“绝活”。经测算，采用系统生态治理模式的平舆县水环境治理和生态修复工程，相比传统工程措施，可节约投资约4亿元，实现直接经济效益约1375万元每年。基于提出的城镇水系治理模式，河南水投获得2019年度河南省科技进步二等奖。

蓄势赋能：助推双循环新发展

2020年5月21日、7月2日，河南水投先后被国际权威信用评级机构惠誉、穆迪评为A-和A3。

为了用好国际国内“两个市场、两种资源”，河南水投2019年决定赴境外融资，助力河南省水利建设。国内企业赴境外融资，信用评级高能够有效降低融资成本。

2020年9月15日，河南水投成功发行5亿美元境外债券，票息为2.8%，创下河南国有企业美元债券收益率历史新低。

“两家机构工作十分认真严谨，都有着规范专业的评级方法和规则。”王森说，“但无论什么评价方法和体系，河南水投的发展实绩都赢得了两家机构的充分肯定，评级结果实至名归。”截至目前，两项评级均系全国地方国有水利投资公司中的最高级别，与多家央企及金融机构处于相同水平，这标志着我国水利行业继国家级水利投资公司之后，地方国有水利投资公司也正式进入国际评级的“A区间”，整体行业发展取得了突破性成就。

2020年11月29日，国务院对第七次大督查发现的43项典型经验做法给予表扬。其中，河南省水利厅、濮阳市探索供水“四化”新路径保障农村饮水安全榜上有名。

“我们积极投身到‘四水同治’行动中，参与供水城乡一体化、饮水安全提质增效等工程建设，‘省内重大水利工程承建者’的职能定位真正得以履行，在转型升级的道路上又迈出了坚实的一步。”王森说。

河南水投以中州水务公司为主体，在濮阳市清丰县全面实施城乡供水一体化工程，形成了“政府主导，市场运作；城乡一体，建新用旧；规范管理，智慧运营”清丰供水模式。项目采用“建设—运营—移交（BOT）+（OM）”模式，政府以小量资金撬动大量社会资本，一举解决了城乡供水一体化的建设、运营、服务和原有资产保值等一系列问题。

近年来，河南水投积极发挥国有资本的引领撬动作用，紧跟政策导向，优化资本投向，加快金融板块布局，加强产业链投资，相继成立了河南水投资本管理有限公司、希正南岳基金、新兴产业股权投资基金等；通过“参股入股、兼并收购、合资合作、资产重组”等多元渠道，相继引进了重庆水务、中豫港务等战略投资者；稳步推进混改试点，充分调动各类社会资本的积极性。

“以资产筹集资金、以资金建设项目、以运营扩张资本”为主线，河南水投积极探索资产盘活路径，不断创新融资模式，持续拓宽融资渠道，先后以“水费收益权质押、水利资产抵押、物项权证登记、股权质押”等方式，变“死资产”为“活资金”，截至目前累计实现授信1980.78亿元，融资805.54亿元。

党建文化：防疫一线坚守担当

“疫情防控最紧张的阶段，生产稀缺的陈化粮需要通过周口港转运至南阳，我们的职工2月18日就上班了。”负责周口港建设运行的河南水投兴洲港务公司董事长秦西安说。公司把周口港码头作为抗疫主战场，科学调度装卸作业，实现防疫物资优先引航、优先锚泊、优先靠泊、优先装卸，5月底完成了15.23万吨抗疫物资的装卸运送任务，有力驰援了一线抗疫斗争。

坚守工作岗位的不只有周口港的水投人。中州水务公司运行维护人员24小时在岗，对南水北调1041公里的配套输水管线进行维修养护，确保全省89座水厂的正常供水；对供水各环节开展巡查、消毒，确保郑州市680万受水居民安全用水。在疫情防控期间，河南水投所属的13家公司坚持不停工、不停产，每天供水108.4万吨、处理污水13.5万吨、发电供电1.73万千瓦时，惠及700多万人，保障疫情期间居民正常生活。

守望相助，抗击疫情。河南水投各级党员干部和职工群众积极响应党组织号召，有16名党员干部主动到所在村委、社区、公司等基层防控一线开展志愿服务。在疫情防控期间，河南水投捐款捐物共计75.85万元，其中集体捐赠53.96万元，党员捐赠15.24万元，职工群众捐赠6.65万元。

一艘大船不断前行，持续的澎湃动力从何而来？党建引领、文化强企，让河南水投的发展拥有了不竭动力。

河南水投将党组织嵌入到企业决策体系、执行体系和监督体系中，坚持把党建工作融入公司治理、融入机制创新、融入中心工作、融入企业文化、融入全面发展，以“三叠五融”党建工作体系为引领，为集团高质量发展提供坚强的政治保证。

以文育人，以文铸魂。河南水投形成了“至诚、至勉、开拓、创新”的企业精神，构建了以乐于奉献的水文化、思利及人的舍得文化、宁拙毋巧的务实文化、求新求变的创新文化、风清气正的廉洁文化、博学慎思的学习文化为核心的企业文化体系，营造了良好发展氛围，为集团快速健康发展提供了不竭动力。

“当前，河南水投正在谋划一批新增项目——西水东引项目、引江济淮配套项目、小浪底北岸灌区配套项目、平原新区黄河下游滩区生态保护和高质量发展项目等。”王森说，“我们已经启动了战略规划的编制工作，既考虑到决胜阶段困难、迎接近期挑战，又考虑‘十四五’期间乃至远期发展规划，不断为集团发展蓄势储能。”

千淘万漉汇平湖，蓄势待发喷薄出。全在水利事业高质量发展康庄大道上的河南水投，以打造“创新水投、开放水投、数字水投、包容水投、智慧水投”为目标，优化产业布局，强化科技创新，提升治理能力，厚植发展优势，已经成为河南省水资产的运营管理者、水资源的整合者、治水科技的创新者和解决河南水问题的先行者。

驻马店市平舆县陈蕃公园湖水质提升改造项目

焦作市沁阳市丹河滨河公园

小浪底北岸灌区10号隧洞施工

许昌市襄城县北汝河国家湿地公园

平顶山市汝州市中央城市公园

引江济淮(河南段)施工现场

漯河市生态水系

本版图片由杨其格摄

72版 中国水利报
2021 年 1 月 23 日 ·广告· 责任编辑：李海川 照 排：刘建军
电话：(010)63205236 E-mail：zbs@chinawater.com.cn

陕西引汉济渭工程：鏖战秦岭 攻坚前行

□刘刚

冬日的秦岭，层峦叠嶂，莽莽苍苍。在峻岭深谷中，在奔流的汉江之上，高筑的水坝、挺立的塔吊、轰鸣的机器、忙碌的工人，构成了一幅重大水利工程现场施工的画卷。

这里是陕西省引汉济渭工程的建设一线。

随着经济社会的快速发展，水资源支撑和保障能力建设面临着更高的要求。引汉济渭工程正是国家在"十三五"期间重点推进的 172 项节水供水重大水利工程之一，是积极践行"水利工程补短板、水利行业强监管"水利改革发展总基调的典范，该工程建成后将破解陕西水资源分布不均的难题，对推动黄河流域生态环境保护和高质量发展具有十分重要的意义。

此时此刻，秦岭脚下两千米深处两台 TBM（硬岩隧道掘进机）正在相向掘进，鏖战秦岭主脊，努力实现长江与黄河在陕西的世纪拥抱……

冰火淬炼 攻坚克难

引汉济渭工程跨越黄河、长江两大流域，横穿秦岭，分为调水工程和输配水工程两大部分，工程建成后，年均调水规模可达 15 亿立方米。目前，调水工程的大动脉——秦岭输水隧洞正在穿越秦岭主脊；调水工程的调蓄中枢——三河口水利枢纽正式下闸蓄水，大坝主体即将完工；调水工程的龙头水源——黄金峡水利枢纽成功实现截流，全面建设，调水工程建设步入冲刺阶段。

工程进展有序的背后是引汉济渭人为之付出的大量心血和汗水。秦岭输水隧洞从底部横穿秦岭，集合了大量隧洞工程中的复杂地质问题，岩爆、涌水等灾害频繁发生，工人身着防弹衣、头戴钢盔施工，洞内常年温度超过 40 摄氏度，相对湿度接近 90%，岩石抗压强度高达 316 兆帕，TBM 刀头如同在高耐磨钢板上掘进……每掘进一米都极为艰辛。中国工程院院士王浩等专家学者在深入调研考察后，一致认为引汉济渭工程综合施工难度堪称世界第一。

诸多困难，引汉济渭人咬紧牙关挺了过来。如今秦岭输水隧洞剩余 3 公里是输水隧洞埋深最大、岩石强度最高、存在极强岩爆及施工安全风险最高的洞段，但引汉济渭人从来没有被艰难困苦压弯脊梁，正是在这样冰与火的淬炼中，每一位引汉济渭人以顽强的意志攻坚克难，工程建设取得了一次又一次的胜利，拿下了一个又一个重要节点。

引汉济渭调水工程虽困难重重，但已然胜利在望。怎样使工程整体同步建成、同步受益？在输配水工程的前期工作上，引汉济渭人亦殚精竭虑，跑出了水利工程前期工作的"加速度"。今年 7 月，输配水工程的骨干工程——引汉济渭二期工程可行性研究报告获得国家发改委批复，对这一里程碑式成绩的取得，引汉济渭人并没有骄傲，快马加鞭紧盯工程初步设计编制、报审工作，目前，二期工程初步设计即将由水利部批复。

"我们争取到中央投资补助 36 亿元，大幅度减轻了公司建设资金压力，为早日实现引水进关中争取了宝贵的时间。这次我们的前期工作可以说是一场漂亮的攻坚战！"陕西省引汉济渭工程建设有限公司党委书记、董事长杜小洲表示。针对二期工程线路长、涉及区县多、协调工作量大的实际，公司实行目标清单管理，科学安排精干力量，高效协调工作中的难题。3 年来，已办结立项审批所需的 35 项前置要件。

绿色施工 保护生态

秦岭和合南北、泽被天下，是我国的中央水塔，是中华民族的祖脉。2020 年 4 月，习近平总书记在陕西考察时指出：人不负青山，青山定不负人。习近平总书记的重要指示为陕西引汉济渭工程环境保护工作指明了方向。

黄金峡水利枢纽

三河口水利枢纽

秦岭输水隧洞施工现场

新式蜂箱助力生凤村中蜂养殖产业升级

无人驾驶碾压混凝土智能筑坝现场

黄金峡鱼类增殖站投入运行

黄金峡水利枢纽截流现场

引汉济渭人以打造绿色工程、生态工程为己任，坚持开发与保护相结合，按照"建一处水利工程，多一处水利景观"的要求，坚持走生态优先、绿色发展之路，以实际行动践行青山常在、绿水长流、建设生态引汉济渭的初心。

调水工程建设过程中，引汉济渭公司全面落实各项环保、水保措施，高标准建设施工排水处理站，水质处理达标后排放；安装全方位视频监控，24 小时无死角、全工区覆盖，管理人员可随时查看环保设施运行情况；成立了"朱鹮无人机中队"，不定时深入工区，通过无人机高空拍照、河道取水、光谱分析仪现场分析等方式突击巡查施工环保落实情况。

黄金峡水利枢纽修建了 1970 米的过坝鱼道，保护汉江水生态，减轻对汉江上游鱼类资源的影响，还建设了集生态养殖、科普教育、观光游览为一体，有机结合水景观与巴山建筑风格的黄金峡鱼类增殖站，可有效保护汉江长江流域水生物的多样性，被生态环境部誉为"亚洲最高标准的鱼类增殖站"。目前，鱼类增殖站已基本完工投入试运行。

针对水利水电工程高陡硬质边坡生态修复"措施少、效果差、维护难"的特点，工程采取 CBS 植被混凝土生态修复技术，对黄金峡大坝坝肩和柳木沟料场进行了生态修复，使坝肩和料场被郁郁葱葱的植被覆盖；科学规划弃渣场，选取滩涂、水毁处、河滩荒地作为弃渣场，使用完毕将其复垦改建成高标准农田，面积达 800 亩。连片平整的土地上，种植大棚迅速崛起，蘑菇种植、天麻种植等特色产业蓬勃兴起，有效解决了移民土地生产安置问题，成为移民群众发展经济作物的"主战场"。引汉济渭公司的生态成果得到了生态环境部、水利部各级领导专家的高度肯定，取得了良好的社会效益。

二期工程穿越秦岭北麓地区，沿线地貌类型和地质构造复杂，涉及黑河、灞河、浐河、沣河、涝河、渭河、泾河七处省级重要湿地和楼观台、黑河森林公园等多处生态环境敏感点。针对这一问题，引汉济渭公司在前期规划过程中科学测算、统筹考虑，不断优化线路，合理设置分水口，确定高效的施工方案。对于生态敏感点，引汉济渭公司认真排查、反复梳理，编制针对性的影响分析报告，最大限度进行避让，持续完善线路走向，最终确定全线以隧洞、管道下穿形式进行施工，最大程度减少对生态的扰动；在渭河、黑河、涝河、浐河、灞河等河流还设置有退水设施，可增加河流生态基流，改善地区水生态环境，为"八水绕长安"盛景重现提供有力支撑；在泾河、渭河、浐河、灞河等临近城区河流，高标准、景观化设计了地表管桥和渡槽，减小对河道开挖破坏，努力实现工程建设对自然环境的美化和补偿。

科技助力 智能建造

"以引汉济渭为代表的一大批水利工程致力于信息化技术应用工作，并取得了显著成效，工程建设现代化水平大力提升，为水利建设管理领域信息化建设提供了成功的、可借鉴的经验。"2019 年 12 月，由引汉济渭公司承办的全国水利工程建设信息化创新示范活动上，水利部原副部长蒋旭光对引汉济渭信息化应用成果高度肯定。

依托工程建设，引汉济渭公司组建院士工作站、博士后创新基地等平台，以智慧引汉济渭为目标，加强科技创新，全面推进工程建设数字化、信息化、智能化，不断探索水利工程智能建造的新路径，全力打造精品工程、样板工程和生态文明工程。

引汉济渭公司先后将 BIM、VR、AR、无人机等技术广泛运用于工程建设中，有效提升了工程建设管理水平。秦岭输水隧洞超前地质预报技术准确率达到 80%，大幅度降低了岩爆灾害风险；超长通风技术创造了秦岭输水隧洞出口段钻爆法独头掘进 6.5 千米的世界记录；公司积极承担由中国科学院院士陈祖煜牵头的我国首部《岩石掘进机法水工隧洞工程技术规范》的编写工作，为我国水利工程 TBM 施工、设计、规划贡献引汉济渭经验。

2020 年 11 月在广州举行的第四届全国隧道掘进机工程技术研讨会暨 TBM 施工技术创新发展高峰论坛上，杜小洲作了《引汉济渭隧洞施工岩爆预警与防范》主题报告，展示了秦岭输水隧洞工程掘进过程中遭遇到上千次岩爆及现场施工采取的防治应对措施，结合典型案例重点对微震监测系统预测预警效果和作用发挥情况进行总结评价，并就人工智能、大数据技术的探索应用进行展望。引汉济渭公司采用科技创新手段、实施精准管理攻克秦岭输水隧洞施工中超硬岩、强岩爆等众多技术难题，保证安全生产的举措和成果受到与会院士专家的极大关注和高度评价。

"智能建造是未来工程建设的必然选择方向，引汉济渭无人驾驶碾压混凝土工程的智能建造在我们国家首开先河。"由中国工程院院士张建民牵头开展的无人摊铺和无人驾驶碾压混凝土筑坝技术在引汉济渭黄金峡水利枢纽工程建设中正式应用。新技术的联合运用，可提前预设参数程序，同步收集分析数据，有力保证了碾压混凝土质量和筑坝效率，有效控制了工程建设的质量和进度。与此同时，以中国科学院院士陈祖煜领衔的团队正在围绕黄金峡水利枢纽建设开展区块链技术研究，目前已初步建立了数据模型构架和数据信息采集参数等。

信息化技术不仅应用于当下，引汉济渭公司未雨绸缪，在二期工程设计启动阶段就提前着手，以安全性、实用性、创新性、前瞻性为原则，立足工程施工全生命周期管理，以受水区水资源管理与工程沿线水生态环境保护为总体目标，面向工程建设、管理和运行业务智能化，联合国内顶尖科研院所开展信息化系统设计研究，着力打造以采集监控为基础、信息资源平台为核心，智能应用为重点、网络安全体系和综合保障体系为支撑的信息化系统，提高工程智慧化水平。

精准扶贫 造福一方

引汉济渭公司以"建设一处工程，造福一方百姓"的时代使命与责任担当，将扶贫与工程建设、环境保护、移民搬迁融入融合，因地制宜，精准施策，探索出了一条群众持续稳定受益的乡村振兴之路。

安康市宁陕县梅子镇生凤村地处秦岭深处，是引汉济渭公司对口扶贫村，当地山大沟深，经济条件落后，群众生活困难。开展驻村扶贫以来，引汉济渭公司在生凤村深入调研当地种茶传统，打造出千亩生凤生态茶园；为养蜂户捐赠新式中蜂养殖蜂箱，取代自制的、产量低的"棒棒筒"；为种植大户购置了山地微耕机，解决了群众生产中坡地耕种难的问题。

"以前养蜂最怕没资金，没技术，没销路。现在有了引汉济渭公司的扶持，我们再也不用担心了！"生凤村中蜂养殖大户陈开勇的脸上洋溢着幸福的笑容。

引汉济渭公司还投入产业资金奖补，推动生凤村有机农产品、林下特色经济作物两大特色产业发展，并通过"公司+合作社+贫困户"模式，鼓励贫困户以入股的方式参与合作社产业发展。"我家每年仅种植天麻这一项就有十几万元的收入，现在修的房子可以说是全村数一数二的！"说起现在的生活，生凤村天麻种植大户周春芳按捺不住心中的喜悦。引汉济渭公司不仅在种植环节全程帮扶，积极引导扶持贫困群众，还在特色农产品的销售渠道上铺平道路，专门成立了子午商贸有限公司，对特色农产品进行统一收购、加工、包装和销售，极大拓宽了销路。

此外，引汉济渭公司还投资 3000 多万元建设生凤大桥，解决村民出行难的问题；投资兴建了乡镇自来水厂，为贫困群众修建 8 座便民桥，购置村文化广场路灯，为生凤村脱贫攻坚提供了坚实的基础设施保障……2018 年 4 月至今，引汉济渭公司已累计投入扶贫专项资金 3600 多万元，全面用于生凤村脱贫攻坚战，公司连续三年被评为陕西省助力脱贫攻坚优秀企业。

与此同时，引汉济渭公司不断完善库区生产生活设施，高标准规划建设移民安置区，复建等级公路，建成引汉济渭大河坝接待中心、子午玉露山泉水厂、子午梅苑水土保持示范区等项目，在通过工程措施补偿、美化自然环境的同时，尽可能推动地方增收致富、移民群众安居乐业，让移民群众享受到库区发展的红利。

风雷激荡立潮头，勇毅笃行谱华章。回望"十三五"，引汉济渭人一路风雨兼程，"十四五"的征程已经开启，站在新的起点上，引汉济渭人将不忘初心、牢记使命，进一步传承和弘扬"忠诚、干净、担当，科学、求实、创新"的新时代水利精神，在波澜壮阔的新蓝图中立志建功、不负韶华，以更加强劲的步伐阔步前进！

本版图片由陕西省引汉济渭工程建设有限公司提供

《中国水利》杂志

NEWS

卷首语

以伟大胜利为起点再出发

本刊记者　安天杭

2021年2月25日，习近平总书记在全国脱贫攻坚总结表彰大会上庄严宣告："经过全党全国各族人民共同努力，在迎来中国共产党成立一百周年的重要时刻，我国脱贫攻坚战取得了全面胜利。"

千年梦想，今朝梦圆。困扰中华民族几千年的绝对贫困问题历史性地得到解决，摆脱贫困这一世界性难题在广袤的中国大地成为现实，这是亘古未有的伟大壮举，这是中国创造的又一个彪炳史册的人间奇迹。这是中国人民的伟大光荣，是中国共产党的伟大光荣，是中华民族的伟大光荣！

让贫困人口与贫困地区和全国一道进入全面小康社会，是我们党的庄严承诺，是全面建成小康社会的底线任务和标志性指标。回望这段沉甸甸的脱贫历程，每一个时空坐标中都有水利扶贫的足迹。党的十八大以来，在以习近平同志为核心的党中央领导下，水利系统举全行业之力，务实啃硬打好水利脱贫攻坚战，全面解决贫困人口饮水安全问题，加快贫困地区水利基础设施建设。真扶贫、扶真贫、真脱贫，在提供水利支撑保障的同时，"造血式"的帮扶也为贫困地区释放了长效的活力与动力。如今，从三江源头到西南边陲，从秦巴山区到齐鲁大地，群众喝上放心水，良田不复"望天收"，水旱灾害防御能力增强，水土流失治理面积增多……山乡巨变、山河锦绣的时代画卷中，处处有贫困群众因水开启的幸福生活。

胜非其难也，持之者其难也。脱贫摘帽不是终点，而是新生活、新奋斗的起点。从"小康不小康，关键看老乡"到"民族要复兴，乡村必振兴"，起航的号角再次吹响，我们要以脱贫攻坚伟大胜利为起点再出发，乘势而上、再接再厉、接续奋斗。

以伟大胜利为起点再出发，要用好脱贫攻坚的精神财富。伟大事业孕育伟大精神，伟大精神引领伟大事业。脱贫攻坚的斗争中锻造了"上下同心、尽锐出战、精准务实、开拓创新、攻坚克难、不负人民"的脱贫攻坚精神，涌现了一大批新时代的英雄。表彰大会上，水利系统1人荣获"全国脱贫攻坚楷模"荣誉称号，21人荣获先进个人、25个单位荣获先进集体称号。赤子其人，寸心如丹。我们要大力弘扬、赓续传承脱贫攻坚精神，始终把人民放在心中最高位置，在神州大地上书写下更多温暖人心的中国故事。

以伟大胜利为起点再出发，要做好与乡村振兴的有效衔接。在向第二个百年奋斗目标迈进的历史关口，我们要切实把思想和行动统一到中央的决策部署上来，按照水利部党组的要求和安排，结合开展中央巡视整改“三对标、一规划”专项行动，谋划好“十四五”农村水利工作的目标、任务、举措，全方位提升农村水利支撑乡村振兴战略的能力和水平，确保农村供水长期稳定安全，让人民群众因水增加的获得感、幸福感、安全感更加充实、更有保障、更可持续。

一百年前，从上海石库门到嘉兴南湖，一艘小小红船承载着民族的希望，驶入了中国历史崭新的一页。一百年后的今天，这艘红船越过重重急流险滩，承载着亿万人民的梦想，成为领航中国行稳致远的巍巍巨轮。百年征程波澜壮阔，百年初心历久弥坚。在推进乡村振兴、全面建设社会主义现代化国家新征程上，水利人必将接续奋斗，为实现中华民族伟大复兴贡献力量。

脱贫攻坚的水利担当

党的十八大以来，水利系统高度重视水利扶贫工作，坚决贯彻落实党中央、国务院关于打赢脱贫攻坚战的决策部署，充分发挥水利的基础性、先导性和保障性作用，聚焦深度贫困地区薄弱环节，聚焦"两不愁三保障"突出问题，强化责任落实，加大攻坚力度，从项目、资金、人才、技术等方面给予贫困地区倾斜支持，各项水利扶贫任务圆满完成，取得了显著成效。贫困地区农村饮水安全、重大水利工程、农田水利灌排、防洪抗旱减灾、水土流失治理等基础设施建设全面推进，为打赢脱贫攻坚战发挥了重要推动与保障作用。

贫困人口饮水安全问题全面解决

在"十二五"实施农村饮水安全工程的基础上，"十三五"以巩固提升和运行管护为重点，按照现行标准全面解决了贫困人口饮水安全问题，形成了较为完整的农村供水工程体系，彻底改变了贫困人口为缺水发愁、缺水找水的历史，贫困地区群众获得感、幸福感、满意度显著增强。

▸"十三五"期间，落实农村饮水安全巩固提升工程建设投资**2093亿**元，其中中央投资296.06亿元。累计巩固提升了**2.7亿**农村人口供水保障水平，解决了**1710万**贫困人口饮水安全问题，解决了农村人口饮水型氟超标和苦咸水问题。贫困地区农村集中供水率和自来水普及率分别由2015年的75%、70%提升到88%、83%。

链接

全国脱贫攻坚楷模 刘虎

刘虎，男，汉族，中共党员，1974年7月生，新疆维吾尔自治区喀什地区伽师县水利局党组副书记、局长。2016年11月任职以来，为实现贫困人口饮水安全保障目标，解决当地各族群众因水致病、因病致贫的问题，他带领团队找水源、探路线、定方案、划标段，在发现身患肺癌的情况下，仍坚持奔波在工程一线。2020年5月，伽师县城乡饮水安全工程全面通水，47.5万各族群众喝上了"安全水""幸福水"，彻底告别饮用苦咸水的历史。而刘虎却因耽误治疗及劳累过度，病情恶化，左眼失明、瘫痪在床。

10

农田水利灌排设施大为改善

“十三五”期间，支持贫困地区大中型灌区续建配套与节水改造，推进灌区灌排泵站更新改造和牧区水利建设，积极发展高效节水灌溉工程，统筹解决灌溉水源、农田灌排骨干工程和田间工程“最后一公里”问题，泵站装置效率和安全运行可靠性提高，灌溉条件明显改善，为贫困地区优化农业种植结构、促进农业节水增产、实施“发展生产脱贫一批”创造了条件。

▸“十三五”期间，将涉及贫困地区的 **97** 处大中型灌区纳入实施方案，安排中央补助投资 144.2 亿元，完成渠道整修 1 万多 km，除险加固输配水建筑物 4 万多处，新增（恢复）有效灌溉面积 **200 多万**亩，改善灌溉面积约 **3000 万**亩，新增粮食生产能力 **15 多亿** kg，新增节水能力 **30 多亿** m^3。

▸安排贫困地区 **26** 处大型灌排泵站更新改造中央投资 19.9 亿元，累计新增（恢复）灌溉面积 **100 万**亩，改善灌溉面积 **650 万**亩；新增（恢复）排涝面积 **90 万**亩，改善排涝面积 **500 万**亩；新增粮食生产能力 **4 亿** kg；每年节能 **1 亿** kWh；减灾效益 **10 亿**元。

▸“十三五”期间，贫困地区累计新增、改善和恢复农田有效灌溉面积 **8029 万**亩。

水旱灾害防御能力显著提升

水利部高度重视贫困地区水旱灾害防御能力建设，支持干旱问题突出的集中连片特困地区加大水源工程建设，加快实施贫困地区病险水库除险加固，推进大江大河主要支流、中小河流重要河段治理，完善山洪灾害防治保障体系，防洪抗旱减灾效益显著，贫困地区因山洪灾害等死亡人数显著降低，耕地受旱面积、因旱临时饮水困难人口大幅度降低，群众生命财产安全得到有效保障。

▸“十三五”以来，国家 832 个贫困县累计下达中央投资 **173.62 亿**元，用于 **106** 座中型水库建设；累计下达中央投资 **48.8 亿**元，用于贫困地区 **110** 座小型水库建设；累计下达中央投资 **22.59 亿**元，用于 **56** 座大中型水库除险加固；累计下达中央投资 **36.31 亿**元，用于 **3883** 座小型水库除险加固。

▸截至 2020 年年底，国家 832 个贫困县开工中小河流治理项目 **2484** 个，完工 **2108** 个，累计完成治理河长 **17134**km，完成投资 **440 亿**元。

▸“十三五”期间，全国有 744 个贫困县开展了山洪灾害防治项目建设，累计落实建设资金 **36.67 亿**元，其中中央资金 29.02 亿元，地方资金 7.65 亿元。

▸2012 年以来，累计安排中央投资 **24 亿**元，在 500 多个贫困县新建、改建水文（位）站 **1300** 余处、地下水监测井 **1600** 余处、墒情监测站 **150** 余处。

11

重大水利工程建设加快

科学有序推进贫困地区水资源开发利用，加快推进贵州夹岩、滇中引水、西藏拉洛、新疆卡拉贝利、陕西引汉济渭等一批贫困地区大型水库、引调水工程建设。重大水利工程建设对贫困地区提高供水保障和防灾减灾能力、改善群众生产生活条件、促进地方经济发展和产业扶贫发挥了不可替代的作用。

- 国务院确定的172项节水供水重大水利工程中，涉及贫困地区的共**95**项，规划总投资约**1.4万亿**元。目前，涉及贫困地区的重大水利工程已顺利开工85项，完工16项，竣工验收4项。上述工程建成后，可新增贫困地区供水能力约**550亿**m^3，防洪库容**50亿**m^3，新增有效灌溉面积**5000万**亩。
- “十三五”以来，安排贫困地区重大水利工程中央预算内水利投资**1956亿**元，占同期全国的71%。
- 通过水资源开发利用工程建设，新增供水能力**181亿**m^3，贫困地区工程性缺水和资源性缺水问题逐步得到缓解。

水土流失和水生态得到有效治理

坚持生态优先、绿色发展，坚持山水林田湖草沙系统治理。通过国家水土保持重点工程和水生态工程建设，贫困地区水土流失得到有效治理，水生态得到修复，实现了整治一块水土、种植一片林果、扶持一方群众的良好效果。

- “十三五”期间，累计安排贫困地区水土保持中央投资**182.7亿**元，实施了小流域综合治理、坡耕地综合整治、病险淤地坝除险加固、东北黑土区侵蚀沟治理和黄土高原塬面保护、以奖代补试点等国家水土保持重点工程。
- 贫困地区累计完成坡耕地治理面积**493万**亩，治理水土流失面积**6.35万**km^2。全国646个贫困县每年超过**100万**名群众从水土流失治理与发展特色产业中受益。
- 安排中央投资**27.86亿**元，在贫困地区实施江河湖库水系连通工程**49**项。

12

农村水电扶贫效益明显

2016 年起，水利部联合国家发展改革委在水能资源丰富的贫困地区开展农村水电扶贫工程建设。农村水电扶贫工程建设直接增加了建档立卡贫困户的现金收入，改善了贫困地区基础设施条件，有效拉动了贫困地区产业发展，形成了较为成熟的产业扶贫新机制，解决了脱贫攻坚“最后一公里”问题。

▸ 2016 年以来，国家发展改革委和水利部累计下达中央预算内投资 **23 亿**元，支持江西、湖北、湖南、广西、重庆、贵州、陕西 **7** 省（自治区、直辖市）农村水电扶贫工程建设，累计新增或改善农村水电装机容量 **71.9 万** kW，上缴扶贫收益 2.53 亿元，直接帮扶建档立卡贫困户 **9.8 万**多户。

▸ 从 2017 年起，农村水电扶贫项目每年从电站扶贫收益中拿出 **80%** 以上用于直接补助建档立卡贫困户，各地根据实际情况，每户补助 300 ~ 8000 元不等，特困户一次补贴 3 万 ~ 8 万元不等。

水利劳务扶贫作用突出

积极开展水利工程建设与管护就业岗位向建档立卡贫困劳动力倾斜。水利劳务扶贫政策取得较好成效，为助力贫困人口脱贫发挥了重要作用。

▸ 2017 年，水利工程建设与管护就业岗位吸纳贫困家庭劳动力 **3.2 万**余人次，劳均增收 **1100 ~ 2.2 万**元。

▸ 2018 年，水利工程建设与管护就业岗位吸纳贫困家庭劳动力 **47 万**人次，劳均增收 **7019** 元。

▸ 2019 年，水利工程建设与管护就业岗位吸纳贫困家庭劳动力 **30 万**人次，劳均增收 **5845** 元。

▸ 2020 年，水利工程建设与管护就业岗位吸纳贫困家庭劳动力 **26 万**人次，劳均增收 **1 万**元。

13

水库移民脱贫攻坚成效显著

坚持以精准扶持、分类施策、协同配合、绿色发展为基本原则，建立落实扶贫工作任务清单，加强扶贫资金绩效管理，准确掌握各地贫困移民信息动态，通过贫困户转移就业技能培训工程等方式，努力调动政府、移民、社会多个方面的积极性，帮助贫困移民如期实现脱贫致富奔小康目标。

▸ 针对居住在生存条件恶劣、生态环境脆弱、山洪地质灾害频发等“一方水土养不活一方人”地区的贫困移民，先后安排专项资金帮助特困移民搬迁 **72 万**人。

▸ 截至 2020 年年底，全国水库移民人均可支配收入接近 **1.6 万**元，完成 **64 万**水库移民避险解困任务，全国 **86 万**贫困水库移民全部脱贫。

为打赢脱贫攻坚战提供人才保障和智力支持

党的十八大以来，水利部党组把水利人才队伍建设作为水利扶贫的重要内容和优先领域，针对贫困地区水利人才匮乏、人才“引不进、留不住”等突出问题，大力实施贫困地区人才帮扶计划，不断丰富人才帮扶方式，创新实施了“人才组团”帮扶、“订单式”人才培养、“需求导向型”教育培训、专家集中咨询等一系列人才帮扶举措，帮助贫困地区提升水利人才队伍建设水平，为打赢脱贫攻坚战提供了有力的人才保障和智力支持。

▸ 水利部人事司组织 **20** 余所水利有关院校和贫困地区水利部门对接，协调通过“送教上门”“网络函授”等多种方式，面向贫困地区水利干部职工提供学历提升教育服务，2019—2020 年共有 **1500** 余名干部职工接受学历提升教育。

▸ 开展“万名县市水利局长”和“万名镇水利站所负责人”示范培训，累计培训县市水利局长和乡镇水利站所长 **22000** 余名。

链接

“订单式”人才培养

“订单式”培养为破解基层水利人才“引不进、留不住”问题提供了有效途径，成为中西部地区、民族地区和边远地区培养本土水利专业人才的“源头活水”。2020 年，《“订单式”人才培养为地区脱贫提供人才支持——青海省玉树藏族自治州“订单式”水利人才培养案例》获全球最佳减贫案例，并将被收录进南南合作减贫知识分享网站——中外减贫案例库及在线分享平台。

“组团式”技术帮扶

2017 年以来，水利部统筹部属单位选派 1000 余名专家开展短期“组团式”技术帮扶，集中力量、集中时间解决贫困地区重大水利项目推进过程中的“卡脖子”问题；针对水利扶贫挂职干部分布零散、作用发挥不够充分的问题，大力推动在重庆、湖北郧阳、滇桂黔、新疆、西藏、青海等地成立区域“组团式”援派工作组，推动建立团队协作机制，提高帮扶成效。

14

定点扶贫

水利部负责定点扶贫重庆万州、武隆、城口、丰都、巫溪和湖北郧阳六县区。制定《水利部定点扶贫三年工作方案》，加强帮扶力量，实施“八大工程”，全面完成了中央单位定点扶贫责任书明确的各项指标，六县区全部脱贫摘帽。

▸ 六县区五年累计完成水利建设投资 **80.37 亿**元，其中中央投资 **37.89 亿**元。

▸ 实施水源工程、饮水安全、农田灌溉、防洪抗旱、水土保持、生态修复、小水电扶贫等项目 **1.3 万**余个，其中建成小型水库 16 座、山平塘 7363 口，实施农村饮水安全保障工程项目 6119 个、农村小水电扶贫工程项目 25 个，贫困人口饮水安全问题全面解决。

▸ 累计组织 **1200** 余人次赴 6 县区开展水利建设技术帮扶；投入 **1284 万**元，开展 **254** 期 **7829** 人次贫困户技能培训；组织和协调专业技术人才 **4096** 名参与了 **229** 期培训班；开展 **1276** 人次贫困村党支部书记和创业致富带头人培训。

▸ 累计选派 **36** 名优秀干部到六县区挂职扶贫。

▸ 累计购买六县区农产品 **1176 万**元，帮助销售农产品 **4002 万**元；积极牵线搭桥，帮助引进资金 **3.85 亿**元；投入帮扶资金 **2795 万**元，帮助 **10465** 户贫困户发展产业；组织 **1629** 名贫困学生开展勤工俭学，人均增收 **3000** 多元；投入机关党费 **418 万**元，帮扶 **72** 个贫困村党组织。

片区联系

2012 年以来，水利部和国家林草局（原国家林业局）共同负责滇桂黔石漠化片区联系工作，承担片区沟通联系、调查研究、督促指导等职责，合力推进规划实施。经过各方面的共同努力，片区脱贫攻坚任务全面完成，群众生活水平明显改善，幸福感获得感显著提升。

▸ 水利部选派挂职干部 **60** 多人次，帮助片区开展脱贫攻坚工作。

▸ 帮助解决滇桂黔石漠化片区三省份提出的 **100** 多项支持脱贫攻坚事项。

▸ 中央向滇桂黔石漠化片区投入水利建设资金 **250.8 亿**元，支持水利基础设施建设。

▸ 到 2020 年年底，片区 **685 万**贫困人口全部脱贫，**80 个**贫困县全部摘帽。

习近平总书记强调，脱贫摘帽不是终点，而是新生活、新奋斗的起点。要切实做好巩固拓展脱贫攻坚成果同乡村振兴有效衔接各项工作，让脱贫基础更加稳固、成效更可持续。面对新任务、新使命，水利部党组深刻领会习近平总书记关于巩固拓展脱贫攻坚成果同乡村振兴有效衔接的重要指示精神，按照党中央、国务院的决策部署，持续加大脱贫地区水利基础设施建设倾斜支持力度，为巩固拓展脱贫攻坚成果、逐步缩小差距、实现全体人民共同富裕的目标提供更加坚实的水利支撑和保障。

整编/王 慧 设计/王振航

15

卷首语

修复水脉　振兴乡村

本刊记者　轩玮

“桃溪水流过的地方，就是我的故乡，我一定不会忘记。”在著名诗人余光中先生浓浓的乡愁里，河流是不可磨灭的烙印。乡村河湖，是自然与情感的牵连，也是生态与发展的互动，水脉与文脉的守护。

从脱贫攻坚到乡村振兴，面对“三农”工作重心这一历史性转移，以乡村河湖治理为突破口，复苏乡村风姿、激活经济潜能、赓续传统文化，正是新发展阶段水利以水为墨书写的“国之大者”。

（一）

一切为民者，则民向往之。

百年间，中国共产党以移山填海的情怀、魄力和智慧，带领人们凿水源、修沟渠、筑堤坝，汩汩清泉流入千里沃野，流进百姓人家，千年水患变成今朝水利。以全面解决农村贫困人口饮水安全问题为标志，水利为全面打赢脱贫攻坚战提供了重要支撑和保障，为如期全面建成小康社会提供了有利条件。

看历史，就会看到未来。党的十九大报告提出的“乡村振兴战略”，为近6亿中国农村人口擘画了一幅宏伟而美好的蓝图。

观照乡村现实，却是曾经粗放型经济增长模式留下的困境：河湖水量锐减、淤积堵塞、乱挖乱占、污水横流……“村中坑塘的水越来越少，没干涸的也变成了水上垃圾场，恶臭难闻。”“想盖房但又没地方盖的人就去队里申请……于是，坑塘上的第一座新房就建了起来。”《梁庄十年》一书的记录，一定程度上反映了乡村水系的问题。

破局，引发对乡村水系治理的深邃思考。

回顾过往，围绕水系治理的探索从未中断，如中小河流治理、小农水重点县、中小河流治理重点县、江河湖库水系连通等，大多以防洪、供水、生态等某一项或几项为目的，系统性综合性考虑相对不够。着眼全国，部分发达省份创新理念、先行先试，如浙江“美丽河湖”建设、江苏生态河湖行动计划、福建全域综合治水等，经验成效值得提炼总结。

谋定而后动。2019 年 10 月，水利部、财政部联合发文部署农村水系综合整治，并于半年后启动了第一批 55 个试点县工作。2021 年 4 月，试点由“农村水系综合整治”更名“水美乡村”，以更鲜明的目的导向同时启动了第二批 30 个试点县工作。

至此，一场以县域为单元，贯穿系统思维、生态理念的水系治理行动以试点方式在全国渐次铺开。

（二）

乡村河湖治理，这是一道关乎乡村振兴和生态文明建设的大题，某种程度上也是为更大范围统筹解决新老水问题的一次有益探索。

治理兼具防洪、供水、排涝、生态、景观等多功能的乡村河湖，无疑是一项系统工程。系统工程要有系统思维，跳出“以水论水”的圈子，着眼山水林田湖草沙的生命共同体，统筹四大新老水问题开展治理。否则即便河道清淤、防洪排涝做得再好，如果污水防控、生态涵养、人居环境整治等考虑不明朗，也无法真正达到预期的目标。系统工程要有全局观念和长远考量，要着眼流域，统筹上下游、左右岸的治理，也要建管并重，注重治理效益持续发挥，否则哪一个环节不畅通，都将成为治水惠民的“肠梗阻”。

试点工作要求县级政府作为责任主体，目的就是高位推动，打破部门和区域的利益藩篱。因此需要心怀“国之大者”，甚至跳出舒适圈，敢于且善于组织协调部门间联动工作，统筹处理好水里与岸上、治水与乡村发展之间的关系，这正是新发展阶段水利要迎接的挑战。

人们记忆中河流最好的模样，是充满生机、野趣、乡愁的，除了水清河畅，要鱼虾可见、白鹭蹁跹、水草丰美，还要洗衣淘米、游水玩闹、浇灌饮用。因此乡村河湖治理，不是连根拔起，要遵循自然规律，坚持生态优先，科学开展规划。比如避免河道大拆大建，防洪安全前提下护坡岸坡尽量选取自然生态的结构形式和材料，景观设计注重与当地植被相融合，注重湿地建设等自然治污措施等。

值得关注的是，对于“过度渠化、硬化河道”“建高堰坝挡水、连续梯级挡水”“为解决水资源不足问题而进行大规模补水”“随意缩窄河道或裁弯取直”“刻意营造景观水面”等治理措施，试点文件专门列举，并用“切忌”“严禁”“防止”等字眼，给予一概否决。

乡村振兴，需要的是现代化乡村，不是城市化乡村。每一条河流都是独一无二的，有着各自的脾气秉性。乡村河湖治理，不是流水作业，没有标准模板，要因地制宜、因河施策，对于一条河流流经的不同河段，从郊野到农田再到人口聚集区，需求不同也要精准施策，走出一条既保留村庄特性，又具现代化，与城市各美其美、不同村庄各美其美的长远之路。

（三）

河流是村庄的河流，村庄是河流的村庄。与大江大河和城市的宏大叙事相比，河流与乡村关系更紧密，她滋养村庄，见证变迁。

乡村较大程度保留着中国传统文化的基因。乡村河湖治理，用水脉守护文脉。通过挖掘记录河流历史，增强乡土记忆，传承传统文化，让每一朵浪花都经过阳光的折射。

广西生态优势金不换。素有“小漓江”之称的阳朔县，以遇龙河水系为脉络，以各具特色的村庄为节点，通过系统治水，统筹古桥等古迹文化、古民居文化等，建设富里春秋田园生态型片区、遇龙在渊历史文化型片区等特色治理片区，打造了喀斯特栖居的山水典型。

随着经济社会发展，回归田园的热潮涌现，城市居民返回乡村度假、体验乡村生活已成为人们向往的高品质生活方式。2020年，我国人均GDP超过1万美元。根据人均收入与旅游阶段相关性的研究表明，目前整体上已进入体验式旅游需求激增期。

以河湖治理为突破口，依托乡村自然生态资源、地方民俗民族文化，极大推进了农业与旅游业的深度融合，也促进了城乡要素自由双向流动。

安徽省湾沚区，打造乡村公园式农业田园旅游综合体，集壮美现代田园、多彩文化演绎于一体，实现水利＋休闲农业、水利＋旅游融合发展。2020年国庆节中秋节双节期间，全区共接待游客约33.5万人次，其中乡村旅游人数25.5万人次，占全区旅游总人次的76％。

四川省崇州市，在外打拼的赵文良看中了家乡好风光，决定返乡创业，“村里道路干净了，环境美了，桤木河成了热门打卡地，一到周末，附近的居民都来我们村里玩。开农家乐，生意肯定不错。”预计水系整治后，将带动相关产业增收3000万元以上。

水清了，生态好了，人来了不想走。留住绿水青山，就是留住了乡村的根；水脉守护文脉，也就留住了乡村的魂。乡村振兴还会远吗？

卷首语

粮安天下　水溉沃壤

本刊记者　李博远　马颖卓

民为国基，谷为民命。十几亿人口要吃饭，这是我国最大的国情。粮食安全关乎国家命运、百姓福祉，是“国之大者”。

粮食生产根本在耕地，命脉在水利。水利部、国家发展改革委近日印发《“十四五”重大农业节水供水工程实施方案》，明确提出“十四五”期间优先推进实施纳入国务院确定的150项重大水利工程建设范围的30处新建大型灌区，优选124处已建大型灌区实施续建配套和现代化改造。“优先”与“优选”，凸显大中型灌区现代化建设与改造之重要意义。

仓廪实，天下安。70多年来，大中型灌区作为我国农业生产的主力军，生产出全国粮食总量的50%，为中国人把饭碗牢牢端在自己手中作出了重要贡献。

保障国家粮食安全是一个永恒课题。在人多地少水缺矛盾加剧、全球气候变化影响加大、世界粮食安全不利因素增多的大背景下，近年中央一号文件、乡村振兴战略规划、“十四五”规划和2035年远景目标纲要均对大中型灌区建设与发展提出明确要求，重点聚焦大中型灌区工程运行标准低、配套设施差、管理方式粗放等突出问题，从顶层设计科学谋划，推进灌区现代化改造与建设，筑牢粮食安全水利根基。

建设改造现代化工程设施是灌区现代化的关键。在供水水源方面，因地制宜建设水系连通与引、蓄、排水工程，保障水源地设施安全运行，充分提高灌区供水保证率与供水水质，满足灌区日益拓展的多功能用水需求；在输配水方面，补齐灌排设施短板，大力推广管道输水，减少渠系渗漏问题，完善已有输水工程建设与改造，消除安全隐患，建设合理高效的配水设施，畅通灌区“最后一公里”；在取用水方面，建设完善可靠的用水计量设施，大力推广以滴灌、喷灌为代表的田间高效节水灌溉方式，以新技术、新工艺支撑全面提高农业用水效率，真正实现“藏粮于地、藏粮于技”。

先进的管理理念是灌区现代化的保障。现代化不仅是设备、设施、技术的现代化，更需要管理理念的现代化。长期以来，大中型灌区重建轻管的局面未根本性改变、适水发展理念贯彻不到位等因素严重阻碍了灌区现代化发展。要贯彻新发展理念，强化供用水管理，将水资源作为最大的刚性约束，坚持以水定地、以水定产，通过强化灌区取水许可管理与用水审批制度，推进灌区用水总量控制与定额管理。灌区现代化改造与建设是一项庞大而复杂的系统工程，既要有序推进、久久为功，也要实事求是、因地制宜。信息化是“十四五”期间灌区现代化改造的重点内容之一，要提高灌区管理和用水调度的“智慧”含量，通过创新驱动实现管理服务升级，以规划的前瞻性和科学性引领灌区现代化发展，选用的新技术、新工艺、新设备、新模式要具有针对性，切实管用实用，而不能脱离实际盲目求新求大。现代化灌区从规模扩张向提质增效转变的前行路上，必须建立职能清晰、权责明确的管理体制，加快建设高素质、专业化的人才队伍，强化安全生产与工程管理能力，建立健全安全生产管理体系，确保灌排设施安全运行，不断增强灌区抵御水旱灾害的能力，充分发挥大中型灌区综合效益。

粮安天下，水溉沃壤。数十年筚路蓝缕，成就了我国大中型灌区建设事业的蓬勃发展。站在开启现代化国家新征程的起点，水利人将接续奋斗，努力建成节水高效、设施完善、管理科学、生态良好的现代化灌区，为保障国家粮食安全、全面推进乡村振兴、实现经济社会高质量发展提供坚实的水利支撑。

中国水利网站及新媒体

NEWS

新媒体中心脱贫攻坚稿件汇总

序号	标题	链接	二维码
1	优秀！水利部通报表扬 87 个集体和 190 名个人	https：//mp. weixin. qq. com/s/qf9cKOeWOf2oqC _ dyQuEoQ	
2	福建长汀：红土地上的绿色革命	https：//v. kuaishou. com/hHhD9c	
3	昔日“火焰山”，今朝“花果山”	https：//v. kuaishou. com/h0EEDy	
4	长汀水土保持十年巨变！跟着萌新记者一起去看看吧	https：//v. kuaishou. com/fzWTvj	
5	为水奉献 无悔年华——走近重庆水利实干家	https：//v. kuaishou. com/iAGDyJ	

续表

序号	标题	链接	二维码
6	病险水库这么“治”!	https：//v. kuaishou. com/gJVWYv	
7	水利建设成绩单来了!	https：//v. kuaishou. com/iEDvNx	
8	国之重器，威武霸气!	https：//v. kuaishou. com/ilmn4U	